U0745364

「十三五」国家重点图书出版规划项目
国家社科基金重点项目

百年中外文学学术交流史论

【上卷】

王晓平 鲍国华 石祥 等著

山东教育出版社

图书在版编目（CIP）数据

百年中外文学学术交流史论：上、下卷 / 王晓平等著. — 济南：山东教育出版社，2020.6

ISBN 978-7-5701-1057-5

Ⅰ. ①百…　Ⅱ. ①王…　Ⅲ. ①文学-文化交流-文化史-中国、国外　Ⅳ. ①I109

中国版本图书馆CIP数据核字（2020）第085342号

BAINIAN ZHONGWAI WENXUE XUESHU JIAOLIU SHILUN

百年中外文学学术交流史论

上、下卷

王晓平　等著

主管单位：山东出版传媒股份有限公司
出版发行：山东教育出版社
地址：济南市纬一路321号　邮编：250001
电话：（0531）82092660　网址：www.sjs.com.cn
印　　刷：山东临沂新华印刷物流集团有限责任公司
版　　次：2020年6月第1版
印　　次：2020年6月第1次印刷
开　　本：710毫米×1000毫米　1/16
印　　张：88.5
字　　数：1300千
定　　价：278.00元

前　言

一方有一方之学术（学术之民族性、体系性之谓也），一代有一代之学术（学术之时代性、传承性之谓也），一家有一家之学术（学术之群体性、个体性之谓也）。将此方与他方、此代与他代、此家与他家的学术联系起来的活动，便谓之学术交流。

20世纪中国的知识体系发生的最大变化，就是有关他者的学术以前所未有的规模进入中国的话语体系。知同明异，文化互读，成为中国知识者的功课。

论著、学人、学术理念与学术体系，以及学术交流的操作，是包括文学学术交流在内的学术交流的四大要素，也是学术交流史的研究对象。论著是交流的物质载体，学人是交流的主体与核心，而先进性的学术理念与对路的交流活动则是交流成功的条件。优秀的直面问题的论著，持有独立自由、真挚宽容态度的学人，现代性的学术理念与自主、自律的学术组织，以及符合不同文化交流规律的细节操作，都有可能催生出新的交流成果。

尽管学术交流会受到来自政治、经济等各方面因素的制约，但如果就学者之间具体的交流活动而言，提升自身话语能力是最重要的事情。中华学术话语能力的提升，不可能孤立于世界学术体系去完成，必须在与中华文化关系越来越密切的各种文化体系的接触、碰撞、融合、平等对话的进程中去完成。

世界各国的学术同仁都会看到，中国学者与世界学者之间的学术交流，不是去争夺什么“中心”位置，也不是为了让中华文化取代某种文化而获得强势地位，而是真诚地愿意为人类文明的共同发展尽一份自己的力量。中华文明的复兴，不可能离开人类数千年积累的文明成果，也不可能抛弃已经本土化的外国文化而从零开始。

你对世界敞开胸怀，世界才会对你张开臂膀。对于中国学者来说，在传承、阐释与弘扬优秀传统文化的同时，更多地了解这个我们真正睁开眼睛才看了百余年的世界，是极为紧要的。百余年以前，儒道佛体系受到巨大挑战，那些站在时代前列的觉悟的知识者，开始寻找与世界学术对话的智慧，他们苦苦求索的精神将永远彪炳人寰。尽管经历了重重苦难，百年来中国知识者的业绩和他们的生存智慧，永远值得后人细细咀嚼。让我们和他们一起，更多地思考中华文化的未来，更多地享受人类文明的成果。我们有理由真实地记录下百年来那些在精神领域披荆斩棘、填塞沟壑、架设桥梁、修筑高铁的知识者探索与跋涉的轨迹，并以继续前行的行动来纪念那些先行者。

在我国尚处于被封闭的时期时，范文澜在《中国通史》中就为我们留下了一段精辟的话，他说：“各种文化必然要取长补短、相互交流。娶妻必娶异姓，男女同姓，其生不繁，文化交流也是一样，所以文化交流愈广泛，发展也愈益充分，文化输出国不可自骄，文化输入国不必自卑，某一国文化为别一国文化所吸收，这种输入品即为吸收者所拥有。譬如人吃猪肉，消化后变成人的血肉，谁能怀疑吃猪肉的人，他的血肉是猪的血肉而不是人的呢！”①学术乃天下之公器，故不必囿于一方、一代、一家之藩篱。顺应20世纪学术融汇、互通之大势，我国在不同学科的交错比较中确立了现代人文学科体系。文学学科在不断否定昔日通识意识的运行中，修正并确立了其在人文学科中的地位；在与史学、哲学等多种学科的比较、参照、补充、引领、重叠中，在与西方、苏俄以及周边各国的比较中，廓清了边界并重新划定了边界，实现着观念与方法的更新。在这一进程中，诞生了一批眼界宏阔、胸次宽广的探索者，也诞生了一批在国际学术舞

① 范文澜：《中国通史》第四册，人民出版社1978年版，第455–456页。

台上熠熠生辉的论著，学术组织逐步完善，交流活动也从粗糙走向精细。这一切都值得记录下来，为今后的文学教育与文学研究提供经验支撑。在“拿来”时摒弃文化中心主义与事大主义，精于选择，学会消化，为己所用；在“贻赠”时不以己度人，善解他者，谦虚对话。事实上，纯粹的拿来与纯粹的贻赠获得成功的实例越来越不多见了。拒绝拿来时或贻赠少功，不善贻赠时或拿而不来，拿来与贻赠更多的是交流水到渠成的结果。前人留给我们丰富的经验，有待于我们潜心学习，认真总结。

文学学术交流史研究，就是实证、义理交互为用来探讨中外文学学术“拿来”与“贻赠”的历史，进而深究中外文学学术中什么是他者（the Other）、他性（otherness）、异己性（foreinness），怎样涵化（acculturation）、怎样认同（identify）的“他者学”（heterology）。它要关注中外各类文学样式的共性，更要阐发中国文学与各民族文学学术交流的差异性，正是所谓“知同、明异、互读、共赏”在文学研究中的体现。20世纪，具有悠久文化传统的中国文学在深刻变革进程中与扑面而来的世界文学相遇，丰富的传统文献和层出不穷的考古文物和文书加入中外文学学术交流的大潮中，更有各种新鲜的学术思潮随欧风美雨冲击着学人的头脑，文学研究呈现出各种隐性和显性的矛盾、冲突和交锋，而这些矛盾、冲突和交锋又因深受百年政治、经济巨变的左右而具有强烈的中国特色。这一切构成了20世纪中外文学学术交流的丰富性、多样性和复杂性。

本书分为六编，分别为“制度、观念与方法”“学人、著作与刊物”“事件、交游与研究”“翻译、出版与传播”“新时期、新学人与新方法”“国际中国文学研究”，力图以全面、独特、新颖的角度对20世纪中外文学学术交流进行系统梳理与阐释。

本书注重实证，挖掘、剖析中外学人学术交往、学术思想碰撞而被长期掩蔽的事实真相，对20世纪百年中外学术思想主潮整体把握，讲求国际境界与中国风骨的统一，事理相彰，问题集中于影响文学学术交流深度的诸多因素。宏观微观兼顾、大节细节相照，希望为这一崭新课题提供最基础的资源与思考。从内部到外部，从自身到他者，从双边到多边，试图在掘学术交流之文墓、揭学术交流之文幕的路上，迈出坚实的一步。为了尽可能对中国文学学术吸收东西学术精髓与走向世界的历史经验加以系统考察与科学总结，对于今后中外学术交流与中华学术的对外传播提出一点建设性意见。本书集合了20世纪80年代以来熟悉中外文学理论而具有传统文化素养的中外学术交流的亲历者、推动者与探讨者，一些国际学术交流活动的组织者与参与者。他们分别从事比较文学、文学翻译与中外文学研究，富有跨文化、跨学科研究的丰富成果，从20世纪后期便陆续出版过《20世纪国外中国文学研究》等一批与此课题相关的有影响的研究著述。

全书从酝酿到成书，历经十余年，然而探索尚在继续，有关学术交流的许多深层次问题尚未得到更深刻的开掘与阐述。我们在继续积蓄自身实力，也在创造与等待更好的时机。在我们看来，文学学术交流的各个方面，依然面临着繁重的改革任务。我们愿以鲁迅下面的这段话自勉："由历史所示，凡有改革，最初，总是觉悟的智识者的任务。但这些智识者，却必须有研究，能思索，有决断，而且有毅力。"本书写作本身已使我们本人得到了提升，如果我们能用这起步的一本书，引来更多的学者朋友和我们一起来深度探讨文学学术交流思想、研究和教育深水中的问题，那就已是重大收获了。

王晓平

2020年1月

总 目 录

上　卷

第一编　制度、观念与方法

第二编　学人、著作与刊物

第三编 事件、交游与研究

第四编　翻译、出版与传播

下 卷

第五编 新时期、新学人与新方法

第六编　国际中国文学研究

附表

绪　论

迄今一百年是中国现代学术发生的一百年，也是中外学术交流频仍的一百年。纵观百年来的中国学术史，最突出的特色就是中国的学术研究始终处于中外学术的交流之中，在交流中生成，亦在交流中嬗变。

从晚清开始直至今日，大规模引进西方学术成果，与中国本土的学术理念相融会，一直是学术发展的主流。因此，百年来的中国学术史实质上就是一部中外学术交流的历史。正是在百年来打开国门的背景下，中国的学术发展不再处于自我封闭的状态中，而获得了来自域外的理论参照。在中外学术（连同其背后的思想文化观念）的碰撞与磨合中，中国学术的既有观念获得了新的理解与阐释，既有的研究思路与范式也得以重新整合，逐步建立起以科学实证观念为枢轴、以细密的学科分类为外在形式的现代学术体系，并在此体系下开展和推进了各学科门类的研究。同时，中国在现代学术发展中的后进地位，不可避免地造成了学术交流中的“后发展”困境，其具体表现为译介国外成果多，引入国外学说多，效法国外模式多，而能够得到国际学术界普遍认可的成果、学说则相对较少（以理论研究为甚）。

在当下的全球化浪潮中，国际学术交流日趋紧密而频繁，已经成为各学科研究的常态。因此，回顾并梳理百年来的中外学术交流史，在此基础上，理性地分析中国学术研究在国外学术研究的影响下嬗变发展的历程，对明确中国学术研究在国际学术研究中的地位、思考中国学术之于国际学术的使命、引导中国学术继续前行而言，已经是一项急迫而必需的工程了。

一

1919年，王国维先生为祝贺前辈沈曾植先生七十寿辰，撰写了《沈乙庵先生七十寿序》一文。他在文中指出："故国初之学大，乾嘉之学精，道咸以降之学新。"[①]王国维先生的上述论断，旨在概括有清一代学术流变状况，其评价道咸（1821—1861）以降的学术变革，对近百年来的中国学术也颇为适用。从晚清、民国迄今，西学东渐成为中国学术之新流，并日渐成为主流。毋庸置疑，中国的现代学术体系是在这一百年左右的时间里，受域外影响而逐步建立起来的。除了学科建制、研究体系等外在因素基本是域外（尤其是西方）模式的翻版之外，支撑中国现代学术研究的学说信仰、研究范式等内在因素也基本取自域外。

晚清以降，面对外来文明与文化的巨大冲击，对域外学术思想的接受，与汉末魏晋及唐代不同之处，就是始于被动，终于主动。始于被动，体现在晚清至民初，是指在鸦片战争后，中国的国门被西方列强的坚船利炮打开，域外学术思想随之涌入，中国面临变亦变、不变亦变的危局，面对域外学术思想，也就陷入接受亦接受、不接受亦接受的困境，不可避免地呈现出强烈的被动性。虽有所谓"中学为体，西学为用"之说，但大抵是被动之中的自我心理调适。事实上，"体"之不存，才是时人不愿面对却又不得不面对的真实状况。终于主动，是指从新文化运动爆发至今，中国学人在危机之中迸发出巨大的潜能，在接受域外学术思想的过程中，逐渐重树信心，由被动转向主动，最终实现了对中国学术主体的重建。这一由被动到主动的重建过程，可以用北京大学前校长、教务长蒋梦麟先生的两部著作《西潮》《新潮》来加以概括。

在蒋梦麟看来，"《西潮》是写由西方来的外力影响了内部的变动；《新潮》是写内部自力的变动而形成了一股巨大潮流。虽然这种新潮的勃

① 王国维：《沈乙庵先生七十寿序》，见《王国维全集》第八卷，浙江教育出版社、广东教育出版社2010年版，第618页。

起，也可以说是受了西潮的激动，不过并不完全是受外来的影响，而是由内部自己发展起来的。‘五四’前后北京大学学生罗家伦、傅斯年等发刊一本杂志，也叫《新潮》，当时英文译为‘*The Renaissance*’，就是代表我国文化复兴的意义”[①]。上述论断，颇合于百年来中外学术交流的历史轨辙：一方面是在域外学术思想的刺激下，触发中国学术既有的潜力和生机，形成所谓“西潮”之影响；另一方面，则是中国学术在其自身的生成演进过程中，对域外学术思想的主动选择，促成所谓“新潮”之诞生。纵览百年来的中外学术交流史，域外与中国、西潮与新潮之间[②]，并非单纯的影响与被影响，或所谓“冲击—回应”模式所能概括，而是一个彼此间由不尽平等到日趋平等的对话过程，体现出“互为主体性”之关系。

百年来中国学术思想之生成，固然受到“西潮”之滋养，也难以从根本上断绝绵延数千年的中国传统学术思想之血脉。事实上，百年来中国学术思想之“新”，恰恰是本土与外来这两股力量逐渐形成合力的结果。如果把中国传统学术思想比喻成一条自上而下的纵坐标，把域外学术思想比喻成一条自西向东的横坐标的话，百年来的中国学术思想就是在这两条坐标的交汇处延伸出的一条新坐标、一个学术思想的新维度，其突出之处在于世界性。中国不再也不能再自外于世界，继续沉浸于“天朝上国”的迷梦里；也不再并不该再将自身视为世界以外的“他者”，急切地融入一个陌生而似乎又危机重重的环境中。

以上两种思路，看似背道而驰，其内在思路却有着惊人的一致性——将学术思想判然两分为我与你、中与西，或传统与现代、野蛮与文明，而又着力强调其间的差异性和不可调和性等特质。这显然是一种二元对立的思维模式。百年来中国学术思想的价值在于，在避免一元、突破二元的基础上，努力实现一种多元性的思维与建构方式。对百年来的中国学术思想而言，世界本就是存在的，而中国就是世界的组成部分，这是无可争辩的事实（当然还可以进行更为多元的理解和阐释）。因此，世界性就是百年

---

① 蒋梦麟:《西潮·新潮》，岳麓书社2000年版，第274页。

② 百年来的域外学术思想，并不能简单地等同于“西潮”。所谓“西潮”只是特定历史阶段内中国学人对欧美学术思想的概称，不能代表域外学术思想之全部。同样，所谓"新潮"也不是百年来中国学术的唯一主题，而仅仅是中国现代学术思想生成演进的路径之一。

来中国学术思想的先天特质，在世界文化视野中考察百年来中国的学术思想，应该是研究者的一个先在的视角。也就是说，在中外交流的视野中审视百年来中国学术思想的世界属性，应该成为学术研究的初心与常态。这不仅涉及如何“中国”、怎样“学术”之类具有原初意义的学术命题，也会推动诸如经典学人与学术文本的研究视角和方法、学术体制与学术生成之关联，以及中外古今新旧雅俗等具体研究思路的有效推进。

纵览百年来的中外文学学术交流史，以下几组关键词不容忽视，即古今、中外、新旧、雅俗。对这几组关键词的不同取舍，使百年来的中国学术流派众多、立场各异、聚讼纷纭。可以说，这几组关键词引领着百年来中国学术之风潮，维系着百年来中外文学学术交流之命脉。

前文曾将古今、中外这两组关键词，比喻成两大坐标。事实上，古今和中外在各成体系的同时，也存在明显的相通性。中外学术思想的交流，在古代中国可谓源远流长、影响至深，而域外的学术思想也有古今之分。在百年来的中外文学学术交流史上，古今与中外元素的独特之处在于，原本历时性存在的古今学术思想（包括域外学术思想中的古今），共时性地呈现于百年学术的版图之中。也就是说，域外学术思想并没有按照其产生的先后次序进入中国，也没有按照中国本土学术思想产生的先后次序一一若合符节，展开顺向的碰撞与融合，表现为古内有今、中内有外、古内有外、今内亦有外的独特形态。双方原有的学术思想谱系均被打破，在彼此的重叠与倒错中实现了全新的组合。这一古今、中外元素的独特存在方式，使百年来中国对域外学术思想的接受，在难以避免的被动性中又隐曲地呈现出极其微妙的主动性，从而造成百年来中外文学学术交流过程中，彼此间的创造性误解不断出现：域外学人试图在中国学术思想资源中寻找域外（即寻找自身，获得认同），中国学人则努力在域外学术思想感召下发现中国：在《诗经》中寻找“写实”，在《楚辞》中感受“浪漫”，在唐传奇中发现“虚构”。出发点的不同和价值立场的差异，既形成对话与交流过程中难以调和的障碍，又在始料不及之中造就了碰撞与磨合的另类机缘。

与古今、中外相比，新旧、雅俗元素的意义则更为显豁。首先，新旧之争贯穿于百年来的中外文学学术交流史。晚清民族危机的困局，使学术思想文化代变而代胜的进化论观念在中国获得了普遍的接受。从严复到胡适，几代学人都成为这一观念的忠实拥护者和坚定鼓吹者。于是，新与旧由原本互为主体的二元共存状态，被悄然置换为彼此不相容的二元对立关系。新胜于旧、唯新是尚成为百年来绝大多数中国学人的集体无意识，并在中外学术思想交流的背景下，进一步被置换为古与今、中与外、反动与进步、野蛮与文明。对进化的偏执，其中既有面对危机的无奈选择，也有寻求富强的策略考虑。体现在文学研究中，主要是对科学主义的崇尚，以及对俗文学的高度关注。前者与对进化论的高扬相表里，后者则逐渐促成百年来中外文学学术交流史上的一大宗尚，即由经入史、由雅入俗的俗文学研究。受域外学术思想的启发，中国学人努力运用科学方法重新估价本土文学资源，借此推动中国文学研究的现代变革，面对中国古代经学和史学的统治地位，试图通过传统经典的世俗化达到去神圣性的目的，促使经学退隐和史学转型。在文学研究领域，则借助俗文学观念和视角，重构经典秩序、文类等级和文学史格局。例如，作为经典的《诗经》被视为民歌之集成，白话文学的地位得以凸显，小说、戏曲由边缘走向中心，歌谣、俚曲进入学术视野，都使俗文学研究成为百年来中国文学研究中最大胆也最具活力的新领域和新宗尚。于新旧之中择其新，于雅俗之中取其俗，最终以新革旧，以俗化雅，百年来中国学人的学术理想，以实现民族复兴的理想为前提，又以域外学术思想为参照，其理论视野之深度与限度，均源于此。

二

本书旨在考察百年来的中外文学学术交流史，力图从构成学术研究体系的各个环节，诸如学人、著作、观念、体制、机构等入手，全面梳理和分析百年来中外文学学术交流史的诸多层面，借此描绘出百年来中外文学学术交流的整体历史图景，从而建立这一学术领域的基本研究范式，并促进学术史研究的进一步延展和深入。同时，在研究过程中注重挖掘和整理出此前未受关注的新史料，以拓宽这一领域的理论视野和学术空间。

百年来中外文学学术交流史的一个突出特点，亦即突出意义在于，通过中外学术交流，重新定义了文学概念的内涵与外延。文学与文学研究百年来得到了前所未有的价值转换，学贯中外的几代学人的重视和推崇对这一转换起到了至为关键的作用。晚清学人在西学东渐的大背景下，重新审视了传统中国“文以载道”的理念，既对“文”进行了全新的思考，又对“道”予以全新的定位，使文学成为思想启蒙与文化传播的重要载体。

新文化运动兴起后，新一代学人则逐渐将纯文学观念纳入学术视野，使之进入现代大学教育体制和出版体制，成为学术研究对象，并建立起具有学科属性的中国文学研究体系与格局。文学成为中国学术研究领域中的一大显学，吸引了大批杰出学人投入其中，是百年来中国学术史上的一个突出现象，甚至可以作为一个文化事件来解读。一方面，文学与文学研究的价值转换，是百年来中国学人实现其思想文化主张的需要。几代学人通过激扬文学与文学研究的生命活力，使之成为颠覆传统文化的思想资源，力图借此建立新的思想文化秩序。另一方面，随着纯文学观念的逐渐确立并深入人心，又反过来影响并规约了中国学人对“文学”的理解与想象的图景，改变了既有的文学常识。文学与文学研究也不仅作为读书人的一项技艺，而逐渐与经学、史学相颉颃，从学术边缘走向中心。文学家与文学研究者的地位亦因此获得空前提高。在百年来的中国学术史上，因文学研究而名世者，其数量远超前代。

可见，中国文学与文学研究的价值转换，其意义不仅在于对中国文学学科的奠基，还在于中国学人努力将文学纳入学术研究的视野，采用外来之文学史这一研究体式，并重构中国既有之文学理论和文学批评体系，预示并最终实现了一种新的思想认同与文化选择。文学成为学术，其影响不限于单一学科内部，还包括对学术理念与范畴的重新建构，对学术等级秩序的重新调整，以及对一种新的思想旨趣与文化宗尚的倡导和发扬。以上成绩的取得，实有赖于百年来的中外文学学术交流及其间中外文学学术思想的碰撞磨合。综上可知，百年来的中国学术史，既是一段思想新变的历程，又是一部中外学术交流的历史。

考察百年来的中外文学学术交流史，关注代表学人与学说的你来我往、相互启发，或重要研究领域的你争我夺、相互砥砺，自是题中应有之义。然而，百年来中外文学学术交流史的研究范畴和意义，绝不能仅限于表面的人事往还，还应注重跨越文学领域的一些更为深层的因素，诸如教育、出版、翻译等。上述因素对百年来中外文学学术交流史的意义，可谓深入肌理。

先说教育。百余年前，欧美大学理念和学制的引入，逐渐促成现代中国的大学学制之建立，特别是国文门（中文系）的出现，使文学逐渐成为大学教学与研究的对象，其学术和思想地位得到了有效提升。百年来的中国学人绝大多数都有在大学任教的经历，尽管相互间立场不同，理路各异，但在注重文学的审美和社会功能上，却达成了共识，并都借助大学教育和学术生产方式，承载其文学研究观念。这不仅使文学得以登堂入室，还培养了以之为研究对象的新一代学人，实现了学术的薪火相传。京师大学堂—北京大学、中央大学—东南大学、辅仁大学—北京师范大学、清华大学、西南联合大学、复旦大学、中国人民大学、香港大学、台湾大学等知名学府，均借助自身的教学与研究体制，对文学予以不同的定位和考察，推动文学研究的不断深入。而现代大学教育本身就是中外学术交流的产物和载体。

再说出版。同样在百余年前，以机器印刷为主要方式的现代出版业、连同报纸杂志等出版物引入中国，中国现代出版业得以兴起。这对传播新文化、发动新学术起到了关键作用。百年来的中国学人大都注重借助现代出版业，发行其学术著作，传播其学术观念。出版机构也希望通过刊行知名学人的著述，扩大自身的影响力。无论是历史最为悠久的商务印书馆，还是与之竞争的中华书局和泰东图书局，还是后起的亚东图书馆、北新书局、文化生活出版社、良友书局、现代书局、生活书店等等，还是中华人民共和国成立后创办的人民出版社、人民文学出版社、生活·读书·新知三联书店、译林出版社，以及各大学出版社等等，都先后出版了大量的文学原典和研究著作，特别是经由学人参与的原典刊行，引导读者以新的趣味和眼光阅读中外文学作品，重新绘制了中外文学的经典化图景，并由此重构了学人和广大读者眼中的文学观念。

复说翻译。翻译为百年来的中国文学研究增添了中外学术交流的底色。纵览百年来的中国学术，可谓翻译在先，撰著在后。百年来的中国学人通过译介国外学术著作，既促成西学东渐之大潮，又实现彼此间的对话交流。百年来的文学与文学研究译著，其数量不低于、甚至可能高于中国学人的撰著。百年来的杰出学人，如梁启超、王国维、鲁迅、周作人、胡适、傅斯年、陈寅恪、叶公超、梁宗岱、李健吾、朱光潜、冯至、徐梵澄、钱锺书、王佐良、季羡林、金克木、查良铮、吴兴华等，不仅在文学研究领域成绩斐然，在翻译领域也卓然成家，而且其翻译成就绝不在撰著之下。对外国文学原典和理论著作的译介，为百年来的中国文学与文学研究提供了理论资源，并在此基础上确立了文学研究的范畴、格局和方法。近年来成果卓著的汉籍外译工程，实现了翻译由“引进来”到“走出去”的转变，展现出中国学术的新向度。

有鉴于此，本书力图从中外文学学术交流的视角出发，考察百年来中国文学研究之兴起与新变。首先通过史料梳证，厘清百年来中外文学学术交流的基本状况，还原其历史原貌，从而建立百年来中外文学学术交流的历史叙事，全面考察学术交流对中国文学和文学研究的触发与形成作用，以及其间中外学人的对话与论争，全面凸显中外学人或中国学人之间文学研究的不同立场与取径之间的互动关系。在此基础上，从世界学术的大背景出发，深入探讨一些杰出学人、经典著作和重要研究机构的学术观念和理论意识之于文学与文学研究的意义，文学作为观念和史料的功能，文学教育、出版、翻译等关键因素，以及中国传统学术的现代转型等诸多问题，最终建立中外文学学术交流与百年来中国文学研究之间的学术谱系和关联。

百年来的中外文学学术交流史，总体上引进大于输出，中外学术事实上一直未能处于平等对话的状态。这基于中国作为“后发展”国家的困境，但缺乏真正的平等对话，总是处于求师与受教状态，不利于中国学术的发展。20世纪末21世纪初，中国学界提出的“奉献说”体现出学界对中外学术交流中域外对中国这一单向流动的强烈不满，学界力图纠正中国对域外学术思想缺乏深入思考而一味模仿的错误倾向。如何正视百年来中外学术相互碰撞与融合的复杂历程，努力寻求与域外学术开展平等的理性对话的途径，就越来越引起学者的关注。因此，本书也力图在史料梳理和个案考察的基础上，进行及时的理论探索和总结，借此寻求在中外文学学术交流过程中实现平等对话的必要性和可能性，并在此基础上对中外文学学术交流史的前景做出展望。

鲍国华

2020年1月

第一编

制度、观念与方法

第一章

大学制度与现代中国小说的兴起

在促成小说文类兴起的诸多因素中，除视野开阔、才华卓著的先驱者——鲁迅与胡适等——的大力倡导和苦心经营外，制度的保障也至为关键。近年来，随着福柯、布尔迪厄等后现代主义理论大师的著作在中国的广泛翻译与传播，加之受到港台及海外学界的相关研究的启示，中国内地学人开始关注制度尤其是现代教育制度和学术生产机制对于学科建制的作用。[①]其中，现代大学教育与“文学”学科兴起之关联，尤为引人瞩目，

① 其中以福柯《知识考古学》和布尔迪厄《艺术的法则》的影响最为卓著，华勒斯坦等人的著作（如《开放社会科学》《学科·知识·权力》等）也直接促进了中国学术界对于相关问题的密切关注。港台学人的相关著作，在中国内地出版并引起较大反响的有：王汎森著《中国近代思想与学术的系谱》，河北教育出版社2002年初版，吉林出版集团责任有限公司2011年增订再版；陈以爱著《中国现代学术研究机构的兴起——以北大研究所国学门为中心的探讨》，江西教育出版社2002年版；刘龙心著《学术与制度——学科体制与现代中国史学的建立》，新星出版社2007年版。中国内地学人的代表性著作有：陈平原著《中国现代学术之建立——以章太炎、胡适之为中心》，北京大学出版社1998年版；桑兵著《国学与汉学——近代中外学界交往录》，浙江人民出版社1999年版；桑兵著《晚清民国的国学研究》，上海古籍出版社2001年版；罗志田著《权势转移——近代中国的思想、社会与学术》，湖北人民出版社1999年版；罗志田主编《20世纪的中国：学术与社会·史学卷》，山东人民出版社2001年版（中国台湾学者刘龙心参与了该书部分章节的写作）；罗志田著《国家与学术——清季民初关于“国学”的思想论争》，生活·读书·新知三联书店2003年版；左玉河著《从四部之学到七科之学——学术分科与近代中国知识系统之构建》，上海书店出版社2004年版；左玉河著《移植与转化——中国现代学术机构的建立》，大象出版社2008年版；等等。

成为学术研究的一大热点。[①]中国现代大学学制之于“文学”学科之兴起具有毋庸置疑的重要意义，这一论断迄今已基本上达成共识。作为文学文类之一的小说，其地位在晚清民初的日渐上升也与中国现代大学教育关系密切。晚清以降，小说逐渐进入教育管理者的视野，这就为其日后登堂入室、成为教学与研究的对象奠定了基础。蔡元培担任北京大学校长后，正式将小说纳入大学课程体系之中，从而进一步为其文学和文化地位的有效提升提供了制度性的保障。北京大学率先开设小说讲座和小说史课程，成为一个标志性事件。一方面，它促使晚清以来渐受重视的小说文类，正式进入现代中国知识与学术生产的机制之中，小说史学也由此获得现代学科的专学属性，并由于顺应了新文学倡导者的理念与趣味，得以吸引更多学人参与其中，逐渐蔚为显学；另一方面，大学通过制度性设计，鼓励教师开设小说史课程，并从事小说史研究，不仅使小说进入最高学府，而且培养了以小说为研究对象的新一代研究者，实现了学术的薪火相传。由此可见，现代大学制度对于小说文类之兴起的促成与保障，成为新文化运动的众多发现和主张以制度化的方式得以落实的一个显著案例。以民国初年的大学，特别是北京大学的小说教学为考察对象，笔者试图通过还原小说进入大学课堂的过程，揭示现代大学制度与小说文类兴起之关系。在具体的分析中，兼及小说史课程与课程之外的学术演讲。前者作为现代学科建制的关键环节，其重要性自不待言；后者则作为小说史课程的延伸和补充，与之共同组成现代中国众声喧哗而又精彩纷呈的小说史课堂，更因此促成相关学术著作在文体上的差异。课程、演讲及相关著作之间的关联和缝隙尤其值得关注。

---

① 陈平原的研究在这一领域里可谓着其先鞭，《文学史的形成与建构》（广东教育出版社1999年版）、《中国大学十讲》（复旦大学出版社2002年版）等均具有开拓性，近著《作为学科的文学史》（北京大学出版社2011年版）对相关问题有更为系统全面的阐述。海内外学人的代表性著作还有戴燕著《文学史的权力》（北京大学出版社2002年版）、陈国球著《文学史书写形态与文化政治》（北京大学出版社2004年版）、贺昌盛著《晚清民初“文学”学科的学术谱系》（中国社会科学出版社2012年版）等。陈国球的新著《文学如何成为知识？——文学批评、文学研究与文学教育》（生活·读书·新知三联书店2013年版）则代表着学术界对于相关问题的最新思考。

第一节　小说进入大学课堂以前

小说进入现代中国的大学课堂，始于1920年。是年8月，时在教育部任职的鲁迅接受北京大学聘请，讲授中国小说史课程。[①]鲁迅的应聘，促成小说史在中国大学的正式设课，也为北大增添了一门既叫好又叫座的课程。不过，在此之前，北大已有开设小说课程的计划，但由于缺少适合的人选，而只能借助于国文门研究所小说科的系列演讲。事实上，在小说正式进入大学课堂以前，小说科不仅起到了课程的作用，还作为研究机构，使小说成为学术研究对象。然而鲁迅的盛名，和日后出现的引领学术风尚的北大研究所国学门[②]，使国文门研究所小说科一直隐而不彰，逐渐消失在历史深处。然而小说科仍有其不容忽视的重要价值。本节试图借助相关史料，追怀小说科的历史，并阐释其教育史与学术史意义。

晚清以降，“文学”特别是小说在大学学制中占据一席之地，经历了一个渐进的过程。清光绪二十八年（1902）由京师大学堂管学大臣张百熙主持拟定的《钦定大学堂章程》为文学设科。但所谓“文学科”，包括经学、史学、理学、诸子学、掌故学、词章学、外国语言文字学七类[③]，与今天理解的作为常识的“文学”概念相去甚远。次年，由张氏会同荣庆、张之洞共同拟定的《奏定大学堂章程》，将经学、史学、理学等分别设门，中国文学门（简称“国文门”）始获独立。在其所设的具体科目中，包括

---

① 鲁迅：《日记第九（一九二〇年）》，见《鲁迅全集》第十五卷，人民文学出版社2005年版，第408页。

② 由于1917年底成立的北大各科研究所未能取得预想中的成功，蔡元培决定进行改组，并于1922年成立了北京大学研究所国学门——中国现代第一个学术研究的专门机构。有关北大研究所国学门的研究，目前最详尽的著作是陈以爱著《中国现代学术研究机构的兴起——以北大研究所国学门为中心的探讨》，百花洲文艺出版社2002年版，可参见。

③《钦定大学堂章程》，见舒新城编《中国近代教育史资料》中册，人民教育出版社1981年版，第544页。

接近文学史的“历代文章流别”；而在研究法上，则强调了小说等诸文类与古文之不同。[①]应该说，在清政府制定的大学章程中，能够给“引车卖浆者流”的小说文类一线空间，着实不易。当然，《奏定大学堂章程》对于小说只是顺带提及，并未赋予其独立地位。1917年1月蔡元培正式出任北京大学校长后，小说在中国大学学制中才真正浮出水面。同年年底发表的《改订文科课程会议纪事》在国文门选修课中增设“宋以后小说”一项。[②]这是第一次出现以小说为讲授对象的大学课程，但当时仅仅列入计划，并未开课。同时，蔡元培掌校以后，强调以学术研究作为大学的宗旨和使命——“大学者，研究高深学问者也”[③]，并提倡师生开展共同研究——“所谓大学者，非仅为多数学生按时授课，造成一毕业生之资格而已也，实以为是为共同研究学术之机关”[④]。1917年底，北大设立了以文、理、法三科各学门为基础的研究所。[⑤]

研究所的组织形式在《研究所总章》第一节《组织》中有详细规定：

> 第一条　各分科大学中之各门俱得设研究所。例如哲学门研究所及中国文学门研究所之类。
>
> 第二条　研究所以各门“各种”之教员组织之，遇有特别需要得加聘专门学者为研究所教员。
>
> 第三条　各研究所教员中，由校长推一人为研究所主任。
>
> 第四条　每研究所设事务员一人。
>
> 第五条　本校毕业生俱得以自由志愿入研究所，本校高级学生得

---

①《奏定大学堂章程》，见舒新城编《中国近代教育史资料》中册，人民教育出版社1981年版，第587—588页。

②《改订文科课程会议纪事》，载《北京大学日刊》第十五号，1917年12月2日。

③ 蔡元培：《就任北京大学校长之演说》，载《东方杂志》第十四卷第四号，1917年4月。

④ 蔡元培：《就任北京大学校长之演说》，载《东方杂志》第十四卷第四号，1917年4月。

⑤ 对此，《申报》曾予以报道：“北京大学设立各科研究所，顷已次第成立。文科研究所于昨日在校长室开第一次研究会，学生志愿研究者约四五十人，蔡鹤卿校长，陈仲甫学长及章行严、胡适之、陶孟和、康心孚、陈伯弢诸教授均莅会。”《申报》1917年12月8日，见王学珍、郭建荣主编《北京大学史料》第二卷·1912—1937·二，北京大学出版社2000年版，第1365页。

研究所主任之认可，亦得入研究所。

第六条　本校毕业生以外，与本校毕业生有同等之程度而志愿入所研究者，经校长及本门研究所主任之认可，亦得入研究所。

第七条　本国及外国学者志愿共同研究而不能到所者，得为研究所通信员。

…………[①]

此外，研究所各章程还强调教员与教员、教员与研究员、研究员与研究员之间的共同研究。尽管实际入所的研究员以北京大学本科在学的学生为主，但从章程及后来的实际操作看，各科研究所承担起北大最早的研究生教育之职责，也成为中国现代学术研究机构之雏形。

各科各学门研究所均设置若干研究科目，由本门教授担任指导教员。其中，文科国文门研究所最初公布的研究科目和指导教员名单如下：

诂训	陈汉章　田北湖
文字孳乳之研究	黄　侃
修辞学	田北湖
特别研究问题	
宋元通俗文	田北湖[②]

科目较少，教员也仅有三人。稍后，《北京大学日刊》刊出《国文研究所研究科时间表》，对研究科目和指导教员的名单有较大规模的修订增补。详情如下：

---

①《研究所总章》，载《北京大学日刊》第一八二号，1918年7月16日。

②《国文研究所教员担任科目表》，载《北京大学日刊》第九号，1917年11月25日。王学珍、郭建荣主编《北京大学史料》（第二卷·1912—1937）将该表与同年11月28日《北京大学日刊》第十一号刊出的《文科国文门研究所研究员认定科目表（续前）》合二为一，将学生身份的研究员胡鸣盛、黄芬、王肇详、谢基夏、伍一比、陈建勋等六人误归入教员名单。见《北京大学史料》第二卷·1912—1937·二，北京大学出版社2000年版，第1432页。

科目	担任教员	会期次数及时间	
音韵	钱玄同	每月一次第一星期（六）三时至四时	十二月八日
形体	钱玄同	每月一次第四星期（六）三时至四时	十二月二十九日
形体	马夷初	每月二次第一三星期（一）三时半至四时半	十二月三、十七日
诂训	陈伯弢[①]	每月一次第二星期（六）二时至三时	十二月十五日
诂训	田湖北[②]	每月一次第一星期（五）三时至四时	十二月七日
文字孳乳	黄季刚	每月一次第三星期（六）三时至四时	十二月廿二日
文	黄季刚	每月一次第二星期（六）三时至四时	十二月十五日
文	刘申叔	每月一次第四星期（四）三时至四时	十二月二十七日
文学史	朱逷先	每月一次第一星期（三）三时至四时	十二月五日
文学史	刘申叔	每月一次第二星期（四）三时至四时	十二月十三日
文学史	吴瞿安		
文学史	刘叔雅	每月一次第四星期（六）四时至五时	十二月二十九日
诗	伦哲如	每月一次第一星期（三）四时至五时	十二月五日
诗	刘农伯	每月一次第二星期（三）四时至五时	十二月十二日
词	伦哲如	每月一次第三星期（三）四时至五时	十二月十九日
词	刘农伯	每月一次第四星期（三）四时至五时	十二月二十六日
曲	吴瞿安	每月二次第一二星期（四）四时至五时	十二月六、二十日
	刘半农		
小说	周启明	每月二次第二四星期（五）四时半至五时半	十二月十四、二十八[③]
	胡适之		

① 即前文所提陈汉章。

② 当为“田北湖”，原文如此。

③ 该表中小说科“会期次数及时间”原缺“日”字。

从上表中可知，北大国文门研究所在科目设置上涵盖了语言学和文学的诸多分支。语言学领域之音韵、文字（字形字体）、训诂，文学范畴之文学史和诸文类研究，均有所涉及。尤其是在文类研究上，于诗文之外，为不登大雅之堂的边缘文类——“曲”和“小说”单独设科，眼光独具，这无疑承载着新文化运动兴起后北大校方和国文门诸君的新文学与新教育理想。而对各科目教员的选择，也注重其术有专攻，所列俱为一时之选，堪称当时北大国文门教师的最强阵容。同时，部分科目采取不同教员分别指导的形式，“文”由黄侃和刘师培（申叔）分授，“文学史”则由朱希祖（逷先）、刘师培、吴梅（瞿安）和刘文典（叔雅）各自完成，“诗”“词”等亦如是。这保证了不同理念和流派的学者都有充分展现其学术观点与特长的舞台，也使学生有更多的选择。各科目中，最值得详细申说的是“小说”一科。与其余诸科目不同的是，小说科由三位教员共同承担，既不像“文字孳乳”和“曲”科之唱独角戏，也不像“文学史”和“文”科之各领风骚。刘半农、周作人（启明）和胡适这“三驾马车”之所以选择同一科目而又能通力协作，与三人兼具新文学倡导者和北大国文门之边缘人这一“双重身份”不无关联。作为新文学倡导者，这好理解。刘半农、周作人和胡适都是《新青年》的主要撰稿人，对新思想、新文化和新文学的呼唤不遗余力，于诸文类中高扬小说之价值，亦与新文学之主流观念若合符节，借助北大国文门研究所为小说单独设科之契机，传播自家的新文学理想，体现在以三人为中心的小说科历次集会之中。而作为北大国文门的边缘人，三人于小说科中聚首，则更值得关注。刘半农最初由于给《新青年》撰稿，于1917年秋经兼任该刊主编和北大文科学长的陈独秀推荐，担任北京大学法科预科教授；在此之前，刘氏曾在上海中华书局任编译员，创作和翻译过不少言情和侦探小说。[①]这一“鸳鸯蝴蝶派”身份，成为刘半农屡遭新文化同人责骂的“历史污点”[②]；并因难以摆脱旧上海的文人才子气，以其“浅”而被同人批评[③]；加之没有留学经历，又常为英

① 鲍晶编：《刘半农研究资料》，天津人民出版社1985年版，第68—71页。

② 王森然：《近代名家评传》二集，生活·读书·新知三联书店1998年版，第385页。

③ 鲁迅：《且介亭杂文·忆刘半农君》，见《鲁迅全集》第四卷，人民文学出版社2005年版，第74页。周作人：《知堂回想录》下，河北教育出版社2002年版，第420页。

美派所嘲笑[①]。胡适由于1917年1月在《新青年》上发表《文学改良刍议》一文而暴得大名，为蔡元培校长礼聘（其中亦有陈独秀的举荐之功）。[②]不过，同年底《中国哲学史大纲》（上卷）一书尚未出版，缺少旧学师承的胡适还没能在北大站稳脚跟。尽管身兼哲学和国文两门教授，在哲学门尚能开设中国哲学和中国哲学史这类主流课程，在国文门的课程表上却不见其名[③]；且由于倡导白话文，不断遭到旧派学人辱骂[④]。与刘、胡两位相比，周作人在北大国文门的地位更为独特。身为浙江人和“章门弟子”，周氏在北大的地位本应相当稳固，但周作人却一直有如履薄冰的紧张感。在晚年的回忆中仍强调自家的“附庸”地位：“平心而论，我在北大的确可以算是一个不受欢迎的人，在各方面看来都是如此，所开的功课都是勉强凑数的，在某系中只可算得是个帮闲罢了。”[⑤]周作人最初得同门朱希祖推荐，本拟到北大讲授希腊文学史和古英文。[⑥]但抵京后与蔡元培见面时，却被邀请担任预科国文课程，周氏感到力不能及，对此敬谢不敏，还险些为此辞教南归，后转到北大附设的国史编纂处任职[⑦]，1917年9月才被聘为国文门教授[⑧]。查该年北大国文门课程表，周作人承担一年级欧洲文学史和二年级十九世纪欧洲文学史两门课[⑨]，这在时以“训诂音韵”和“文学考据”为宗尚的北大国文门[⑩]，的确属于边缘课程。可见，前引周作人的晚年回

① 周作人:《知堂回想录》下，河北教育出版社2002年版，第410页。

② 胡颂平编著:《胡适之先生年谱长编初稿》（校订版）第一册，联经出版事业公司1990年版，第295页。

③《文科本科现行课程》，载《北京大学日刊》第十二号，1917年11月29日。

④ 周作人:《知堂回想录》下，河北教育出版社2002年版，第546—548页。张中行:《红楼点滴》，见陈平原、夏晓虹编《北大旧事》，生活·读书·新知三联书店1998年版，第432页。

⑤ 周作人:《知堂回想录》下，河北教育出版社2002年版，第468页。

⑥ 周作人:《知堂回想录》下，河北教育出版社2002年版，第339—340页。

⑦ 周作人:《知堂回想录》下，河北教育出版社2002年版，第361—362页。

⑧ 周作人1917年9月4日的日记中有“得大学聘书”的记载，见鲁迅博物馆藏《周作人日记》（影印本）上，大象出版社1996年版，第692页。

⑨《文科本科现行课程》，载《北京大学日刊》第十二号，1917年11月29日。

⑩ 陈以爱:《中国现代学术研究机构的兴起——以北大研究所国学门为中心的探讨》，江西教育出版社2002年版，第15—16页。

忆，并非自谦。综上可知，刘半农、周作人和胡适在当时的北大国文门都处于边缘地位，却也因此无须放下身段，即可以选择名师宿儒所不屑为之的小说——以边缘人身份研究、讲授小说这一边缘文类，可谓实至名归。加之三人在进入北大之前都曾致力于小说的翻译和创作[①]，故成为主持国文门研究所小说科的不二人选。

从前引《国文研究所研究科时间表》中不难看出，北大校方对研究所颇为重视，不仅安排了强大的师资，而且各科目集会在时间设置上也堪称细致严密，因此引发学生踊跃报名。在1917年11月22日、25日和28日的《北京大学日刊》上，连续三期刊载《文科研究所国文学门研究员认定科目表》，据此统计报名人数共计152人次（校方允许学生兼任不同科目的研究员）。不过，各科目的报名人数极不平均，小说科仅唐英、唐伟两人报名（两人还兼任其他科目，而且均未参加小说科此后开展的任何一次集会）。与之相比，音韵报名21人，形体15人，训诂13人，文字孳乳之研究22人，文33人，诗13人，报名人数相对较少的曲科也有7人。[②]日后在小说科研究会中出力甚多的傅斯年，最初报名的科目是注音字母之研究、制定标准韵之研究、文、语典编纂法。报名人数相差悬殊，体现出刘师培、黄侃、钱玄同等知名教授的威望与号召力，也进一步印证了刘半农、周作人和胡适的边缘地位，当然也和作为边缘文类的小说不受重视有关。尽管如此，国文门研究所各科目的实际开展却并非取决于教员声望的高低和研究员人数的多寡。事实上，多数科目没有依照时间表正常开展研究活动，或者即使开展，也没有得到师生的重视并留下相关的文字记录，殊为可惜。独小说科有序进行，而且几乎每次都留下了详细的记录，为今天追怀、重

① 刘半农于民国初年曾在上海创作和翻译小说数十种。周作人曾与鲁迅合作，翻译《域外小说集》及哈葛德、柯南道尔等人的小说，并撰写多篇介绍外国小说的文章。胡适早在1906年就曾在上海《竞业旬报》上发表章回小说《真如岛》（未完），在其鼓吹新文学、倡导白话文的著述中也常常以小说为例。

②《文科研究所国文学门研究员认定科目表》，载《北京大学日刊》第六号，1917年11月22日；《国文研究所研究员认定科目表（续前）》，载《北京大学日刊》第九号，1917年11月25日；《文科国文门研究所研究员认定科目表（续前）》，载《北京大学日刊》第十一号，1917年11月28日。

构其过程并阐释其意义积累了宝贵的材料。小说以外的其他科目没有文字记录，并非偶然。除参与者的重视程度外，将前引国文研究所研究科目和指导教员名单、《国文研究所研究科时间表》和同年的北大国文门课程表相对照，就可以发现个中缘由。1917年11月公布的北大《文科本科现行课程》[①]国文门课程及任课教师有：

第一年级

中国文学	黄季刚　刘申叔
中国古代文学史（上古讫[②]建安）	朱逷先
文字学（音韵之部）	钱玄同
欧洲文学史	周作人
哲学概论	陈百年
英文	

第二年级

中国文学	黄季刚　刘申叔
中国古代文学史	朱逷先　刘申叔
文字学（形体之部）	钱玄同
十九世纪欧洲文学史	周作人
英文	

第三年级

中国文学	黄季刚　吴瞿安
中国近代文学史（唐宋讫今）	吴瞿安
文字学（训诂之部）	钱玄同

不难发现，上表中的课程及任课教师与国文门研究所各科目及指导教师基本重合（将中国文学史和中国文学分别设课，后者涵盖文、诗、词、曲等各文

---

①《文科本科现行课程》，载《北京大学日刊》第十二号，1917年11月29日。

② 当为“迄”，原文如此，下同。

类，体现出将“文学史”与“文学”分而治之的教学思路[1]）。也就是说，研究所各科目中的绝大多数都可以通过日常教学来完成。在有效完成教学工作的前提下，避免重复性劳动，不重视研究所相关科目的开展，或开展但不予记录，问题不大。但小说在当时未列入课程表。如前文所述，稍后颁布的《改订文科课程会议纪事》在国文门的选修课程中增设“宋以后小说”。但也是“有目而无文”，由于缺少合适的教师，未能开设。而与之形成鲜明对照的是，“曲”本与小说同为边缘性文类，但有吴梅这样的曲学大家位列教席，既得以进入课堂，又得以列为研究科目，受到不少学生的青睐，因而身价倍增。[2]这样看来，国文门研究所小说科就不仅仅是一项研究科目，而担任着一直未能正式开设的小说课程之角色。国文门研究所为小说文类单独设科，延请刘半农、周作人、胡适这三位新文学倡导者主持其事，从中可见北大校方的良苦用心。这恐怕也正是刘、周、胡三人，尤其是前两人——胡适由于兼任哲学门研究所教员，指导“中国名学钩沉”等科目[3]，同时还要在英国文学门开设“英国文学”“亚洲文学名著（英译本）”等课程[4]，分身乏术——对此倾尽全力，从而使小说科在研究所各科目中开展得最为成功、相关材料也保存得最为完好的原因之一。

第二节　小说科的具体活动

对于北大国文门研究所小说科，周作人在其晚年有较为详细的追忆：

北大那时还于文科之外，还早熟的设立研究所，于六年

① 北京大学《文科国文学门文学教授案》明确规定：“文科国文学门设有‘文学史’及‘文学’两科，其目的本截然不同，故教授方法不能不有所区别。”载《北京大学日刊》第一百二十六号，1918年5月2日。标点为引者所加。

② 陈平原：《知识、技能与情怀——新文化运动时期北大国文系的文学教育》，见陈平原著《作为学科的文学史》，北京大学出版社2011年版，第80—81页。

③《哲学门研究所纪事》，载《北京大学日刊》第十二号，1917年11月29日。

④《文科本科现行课程》，载《北京大学日刊》第十二号，1917年11月29日。

> （一九一七）十二月开始，凡分哲学，中文及英文三门，由教员拟定题目，分教员公同研究及学生研究两种。我于甲种中选择了“改良文字问题”，同人有钱玄同马裕藻刘文典三人，却是一直也没有开过研究会，乙种则参加了“文章”类第五的小说组，同人有胡适刘复二人，规定每月二次，于第二第四的星期五举行开会，照例须有一个人讲演。我们的小说组于十二月十四日开始，一共有十次集会，研究员只有中文系二年级的崔龙文和英文系三年级的袁振英两人，我记得讲演仅有胡刘二君各讲了一回，是什么题目也已忘记了，只仿佛记得刘半农所讲是什么“下等小说”，到了四月十九日这次轮到应该我讲了，我遂写了一篇《日本近三十年小说之发达》，在那里敷衍的应用。①

知堂老人的这段追忆大体无误，特别是以坚持数十年的日记为蓝本，对时间的记录非常准确，但其中仍有部分细节需要订正：集会的数量并未达到十次；研究员除崔、袁二君外，还包括后来加入的傅斯年和俞平伯，以及“旁听员”傅缉光（仅参加一次）；讲演也不限于三回。接下来结合《北京大学日刊》上刊载的相关记录及《周作人日记》等其他第一手材料，还原国文门研究所小说科从设立到终止的全过程，以及其间历次集会之详情。

据《周作人日记》记载，1917年11月13日，周氏赴北大研究所开会，“认定‘改良文字问题’及‘小说’二项，遇胡适之、刘半农二君”②。这是北大研究所成立之前的一次准备会，会议确立了国文和哲学门研究所的研究科目。三日后的《北京大学日刊》第一号刊载题为《有志研究国文哲学者注意》的通告，介绍研究所的筹备进度：“敬启者：国文哲学门研究所现已组织就绪，内分研究科及特别研究科两项。研究科及特别研究科目已由本门各教授分别担任。……”③同月30日，周作人又赴北大开会，并与刘半农拟定小说研究表。④

---

① 周作人：《知堂回想录》下，河北教育出版社2002年版，第427—428页。

②《周作人日记》（影印本）上，大象出版社1996年版，第707页。标点为引者所加，下同。

③《有志研究国文哲学者注意》，载《北京大学日刊》第一号，1917年11月16日。标点为引者所加。

④《周作人日记》（影印本）上，大象出版社1996年版，第710页。

经过这一系列的准备工作，1917年12月14日，小说科第一次集会如期举行。到会的教员有刘半农和周作人，研究员有袁振英和崔龙文。集会首先由刘半农发表演讲，倡导以科学方法研究小说，提出以“文情并茂”四字为小说界中最美满之评语，进而分析小说不受重视的原因，并结合自家七年来编译小说的经验，探讨如何转变阅读小说的眼光，最后强调研究小说的科学方法应包括历史和进步两方面，后者尤宜以西洋小说为宗尚。周作人在随后的发言中提议研究小说当侧重于进步方面，故研究外国小说当以近代名人著作为主体，19世纪以前的著作可归入历史范围。周作人的发言，明确了小说研究和小说史研究的区别。①

同年12月28日，小说科举行第二次集会。与会教员不变，研究员则增加了傅斯年。集会首先由周作人演讲，将小说研究分为过去的小说研究和新小说之发展两大部分，于后者仍大力推举外国小说，强调其“今日所臻之境远非中土所及也”，并将中国小说之演进分为野史、闲书和人生文学三个时代。周氏还介绍了自家拟定的研究课题——“拟就古小说中寻求历史的发展”“拟研究古小说中之神怪思想”。刘半农随后发言，谈及中文小说之分类（白话之章回小说和短篇之笔记小说）、研究文章之体式（札记或论文），并提出研究所集会不必逐次演讲，宜注重互相讨论、交换研究心得。刘氏也介绍了自家拟定的研究课题——“中国之下等小说此为历史方面者”“印度近代小说思想之变迁此为进步方面者”。研究员傅斯年则表示愿意先研究小说之原理，指出“小说事就其制作方面言之，则为术；就其原理方面言之，则为学”，并请两位教员推荐相关英文书籍。刘半农还带来英俄法国小说各一种，布置三位研究员分别阅读。②较之两周前的第一次

---

①《文科国文门研究所报告》，载《北京大学日刊》第三十三号，1917年12月27日。《周作人日记》1917年12月14日载：“半农来。四时后同往二道桥文科研究所。袁、崔二君来会，六时散。”《周作人日记》（影印本）上，大象出版社1996年版，第713页。

②《文科国文门研究所报告》（傅斯年记录），载《北京大学日刊》第四十八号，1918年1月17日。《周作人日记》1917年12月28日载：“四时往二道桥，半农亦至。六时散。”12月31日载：“傅斯年君函送研究会记事稿。”《周作人日记》（影印本）上，大象出版社1996年版，第716、717页。

集会，第二次集会的内容更加丰富，也具有更为浓厚的研究讨论气氛。

小说科第三次集会于1918年1月18日举行，与会教员和研究员与第一次相同。此次集会，刘半农做了题为《通俗小说之积极教训和消极教训》的专题演讲。这是刘氏在新文化运动期间有关小说的著名文字，由于有“详细演辞录存（研究）所中”，因此记录稿颇为简略。刘半农演讲后，与会的两位研究员就研究所中已购中国小说五十余种，各认数种作为研究对象。崔龙文选择《小说丛考》《顾氏四十家小说》和《晋唐小说六十种》，袁振英选择《留东外史》《老残游记》和《二十年目睹之怪现状》。[①]二人就古代与近代、文言与白话的不同选择，是否出于教员的特意安排，目前尚无材料可以证明。所谓“演辞”与刘半农后来发表的同题文章是否一致，也难以确证。因此无法判断是刘氏事先写好文章，再照章宣讲，还是先草拟初稿，事后再敷衍成文。《通俗小说之积极教训和消极教训》一文不难获取，故不再记述第三次集会演讲的详细内容。

小说科第四次集会举行于同年2月1日，与会教员仍为刘、周两位，研究员则达到四人——傅斯年回归，还新增了俞平伯。集会首先由周作人做题为《俄国之问题小说》的演讲，概括问题小说的定义和条件、与教训小说和社会小说之区别，并分别介绍了俄国小说家赫尔岑的《谁之罪》、车尔尼雪夫斯基的《如之何》（即《怎么办》）、托尔斯泰的《安娜·卡列尼娜》和陀思妥耶夫斯基的《罪与罚》等名著之大意。演讲过后，俞平伯和傅斯年分别认定了自家研究之小说，俞氏为《唐人小说六种》，傅氏为《五代史平话》和《儒林外史》。[②]选择仍有文言与白话之分。现存周作人公开发表的文字及未刊稿中均无同题文章。此前几天的《周作人日记》中

---

①《文科国文研究所报告》，载《北京大学日刊》第五十一号，1917年1月20日。《周作人日记》1918年1月18日载：“往研究所，五时半出，同半农步行至东安门，乘车回。”《周作人日记》（影印本）上，大象出版社1996年版，第729页。

②《文科国文研究所报告》，载《北京大学日刊》第六十三号，1917年2月3日。《周作人日记》1918年2月1日载：“同半农至研究所，六时出。”《周作人日记》（影印本）上，大象出版社1996年版，第731页。

也没有撰写相关演讲稿的记载。可见，周氏在演讲之前并未成文，事后也未加以整理。不过在新文化运动期间讲述日后大行其道的问题小说，自是题中应有之义，其发现与引领时代风尚之用心，值得关注。

1918年3月1日《周作人日记》有如下记录："往研究所，胡、袁二君来，未讲演，谈至五时而散。"[①]似乎小说科于当日举行了一次没有演讲的集会。"胡、袁二君"当为教员胡适和研究员袁振英。查《国文研究所报告》，是年3月的两次小说科集会分别安排在15日和29日。可见，这次会谈并非出于北大校方或国文门研究所的安排，而是由小说科同人自行拟定的。本月15日的集会恰好由胡适演讲，因此这次会谈很可能是为半个月后的集会做准备，不能算作小说科的第五次集会。

两周后，小说科第五次集会如期举行。出席教员有胡适和周作人，研究员仍为前次四人。《北京大学日刊》误将此次集会算作"第四次"，也导致之后两次集会计数的错误。这是胡适唯一一次参加小说科集会，也是唯一一次发表演讲，题目是《短篇小说》。演讲经傅斯年记录，连载于1918年3月22日至23日、25日至26日《北京大学日刊》第九十八至一百零一号（24日为星期日，未出刊）。由此可知胡适事先做了准备，但并未成文。记录稿后经胡适本人改定，以《论短篇小说》为题发表于1918年5月15日《新青年》第四卷第五号上。胡适的修改主要在文字表达方面，文章结构和主要观点没有明显变化。该文已发表，因此不再记述其内容。胡适演讲后，周作人提出了一些不同见解。两人在彼此的辩驳砥砺中深化了自家对于短篇小说的看法。[②]

小说科第六次集会也于3月29日如期举行，与会教员为刘半农、周作

---

①《周作人日记》（影印本）上，大象出版社1996年版，第736页。

②《国文研究所小说科第四次会记录》，载《北京大学日刊》第九十八号，1918年3月22日。《国文研究所小说科第四次会记录（续）》，载《北京大学日刊》第九十九号，1918年3月23日；第一百号，1918年3月25日；第一百零一号，1918年3月26日；第一百零二号，1918年3月27日。《周作人日记》1918年3月15日载："至研究所，又回至校，与适之谈，七时返寓。"《周作人日记》（影印本）上，大象出版社1996年版，第738页。

人，研究员四人未变。由刘氏做题为《中国之下等小说》的演讲。[1]与《通俗小说之积极教训和消极教训》一样，这也是刘半农在新文化运动期间有关小说的代表性著述。其要点连载于4月16—17日《北京大学日刊》第一百一十二至一百一十三号上。定稿则发表于1918年5月21—25、27—31日，6月1、3、4日《北京大学日刊》第一百四十二至一百五十四号上。小说科第七次集会，也是现有记录的最后一次集会，于同年4月19日举行。出席教员与第六次同，研究员中俞平伯未参加，仅剩余下三人，另新增一名旁听员傅绢光。[2]集会由周作人做《日本近三十年小说之发达》的专题演讲。可以肯定的是，周作人事先撰写了详尽的演讲稿（绝非纲要）。[3]《文科国文门研究所记事》仅录其要点，全文则发表于1918年5月20—25、27—31日，6月1日《北京大学日刊》第一百四十一至第一百五十二号上，又发表于同年7月15日《新青年》第五卷第一号上，后收入周氏散文集《艺术与生活》。三次收录，除个别标点略有出入外，整体上无大区别。与刘半农的两篇名作相比，《日本近三十年小说之发达》在当时更为知名，影响也更大，且反复刊载，对其内容亦无须详述。

北大国文门研究所小说科的集会，至此中断。虽然5月3日和17日，6月14日和28日的集会已列入计划，并多次公布，但始终未见关乎其详情的文字记录。[4]查这四天的《周作人日记》，也没有赴研究所出席集会或与刘半

①《文科国文门研究所记事》，载《北京大学日刊》第一百一十二号，1918年4月16日；《文科国文门研究所记事（续）》，载《北京大学日刊》第一百一十三号，1918年4月17日。《周作人日记》1918年3月29日载："至法科访半农，同至研究所。"《周作人日记》（影印本）上，大象出版社1996年版，第741页。

②《文科国文门研究所记事》，载《北京大学日刊》第一百一十七号，1918年4月22日。《周作人日记》1918年4月19日载："又至研究所，六时了。同半农步行至法科，乘车回。"《周作人日记》（影印本）上，大象出版社1996年版，第745页。

③ 在本月17、18日《周作人日记》中，均有"起讲演稿"的记载。《周作人日记》（影印本）上，大象出版社1996年版，第745页。

④《集会一览表》，载《北京大学日刊》第一百二十五号，1918年5月1日；第一百二十六号，1918年5月2日；第一百二十七号，1918年5月3日；第一百三十七号，1918年5月15日；第一百三十八号，1918年5月16日；第一百三十九号，1918年5月17日；第一百六十一号，1918年6月12日；第一百六十二号，1918年6月13日；第一百七十二号，1918年6月26日；第一百七十三号，1918年6月27日。《国文研究所课程时间表》，载《北京大学日刊》第一百五十一号，1918年5月31日。

农、胡适等人会面的记载。[①]因此，在新史料出现之前，可以认定北大国文门研究所小说科集会举行至第七次终止。

在以上的追怀中，之所以特别注重一些看似无关紧要的细节，如演讲与相关著述的先后顺序问题，除力图重构历史现场外，还意在凸显现代大学学制之下演讲与著述之间的关联与缝隙。撰著在先演讲在后，抑或演讲在先成文在后，并非无关紧要之事，而是关乎演讲的现场效果和相关著述的文体选择。撰著在先，固然准备充分，成竹在胸，而且为文也较为谨严，还可以省却记录整理之劳，易于发表；但书面撰著毕竟不同于口语讲述，特别是一旦遇到不善于公开演讲的教师（如周作人[②]），很可能照章宣读，课堂效果不佳。成文在后，可以减少文稿的制约，有利于擅长演讲者（如胡适[③]）的自由发挥，但又可能易放难收，无法集中谈论某一话题；记录稿虽然能保留口语色彩及现场感，却又难免汗漫无序之弊，缺乏书面撰著的条理分明、细致谨严，而一经作者修葺改定，固然成文，却又趋于书面化，难以准确地传达出演讲的现场效果。演讲和著作（抑或课堂和书斋、白话和文言、口语和书面语）之罅隙，在参与人数较少且包含师生问答的研究会上尚能得到遮掩，而一旦面临人数众多、规模较大的课堂讲授，就会显露无遗。这一问题，在鲁迅于北京诸高校讲授中国小说史课程和1924年赴陕西西安暑期学校进行小说史系列演讲，特别是撰著在先的文言讲义《中国小说史略》和成文在后的演讲的白话记录稿《中国小说的历史的变迁》，在观点表述与文体选择上的差异中得到了较为充分的体现。

---

①《周作人日记》（影印本）上，大象出版社1996年版，第747、749、755、758页。

② 周作人不擅演讲，在课堂上常常依照事先写好的讲义宣读。梁实秋在《忆岂明老人》一文中回忆周氏在清华大学的一次演讲："讲题是《日本的小诗》，他坐在讲坛之上，低头伏案照着稿子宣读，而声音细小，坐第一排的人也听不清楚，事后我知道他平常上课也是如此。"梁实秋：《梁实秋怀人文录》，中国广播电视出版社1991年版，第200页。

③ 与周作人相比，胡适的演讲水平极高。柳存仁在《北大与北大人》一文中回忆："胡先生在大庭广众间的演讲之好，不在其演讲纲要的清楚，而在他能够尽量的发挥演说家的神态，姿势，和能够使安徽绩溪化的国语尽量的抑扬顿挫。并且因为他是具有纯正的学者气息的一个人，他说话时的语气总是十分的热挚真恳，带有一股自然的傻气，所以特别的能够感动人。"陈平原、夏晓虹编：《北大旧事》，生活·读书·新知三联书店1998年版，第295页。

笔者对此曾撰文予以论述，此不赘言。[①]刘半农、周作人、胡适等人的演讲稿日后均以文章的形式公开发表，成为新文化运动期间著名的小说理论文献。可见，小说进入课堂，促成了相关著述的问世。通过系列演讲，小说科力图解决“何谓小说”和“怎样研究小说”诸问题。事实上，无论是刘半农对小说价值之高举，还是周作人对域外经验的介绍，以及胡适对短篇小说文体概念的界定，都出于新文学倡导者的理论立场，力图借此确立对小说文类的评判标准，从而为小说获得新文学的身份、进入现代大学学制奠定了理论基础。而诸位教员和研究员的积极参与，也使小说在正式进入大学课堂以前，在师生之间保持了一定的关注度。由小说科集会上的系列演讲到鲁迅开设小说史课程，小说进入大学课堂经历了系统化和规范化的过程。

以上通过对相关史料的钩沉辨析，追忆、重构了北京大学国文门研究所小说科从设立到终止的全过程，以及其间历次集会的详细情况，并阐释了其教育史和学术史意义。北大于1917年底设立各科研究所，最初列入计划的研究科目不下百种，其理想不可谓不高远，气魄不可谓不宏大。但在彼时彼地，相对于开展研究生教育和创建中国现代学术研究机构这一系列重大事业而言，此番努力尚属草创，或者说是一次失败的尝试。北大各学门研究所，连同其麾下的诸科目，包括小说科，虽做出种种努力，但均难言成功，并很快烟消云散。由刘半农、周作人和胡适的演讲稿改定而成的几篇文章，虽经刊载而闻名于世，但其对于新文化运动的现实意义远远大于实际的学术价值。傅斯年、俞平伯等人虽然选定了研究对象，但也均未能落实到文字，产生有价值的学术成果。北大研究所没有取得成功，个中缘由，并非经费支绌或人才匮乏，而是未逢其时。尽管有校方制订计划、提供资金，师生认真准备、积极参与，但当时的北大并不具备支撑起如此规模的学术研究机构的充足条件。[②]直到四年后的1921年底，蔡元培校长决定改组研究所，经学校评议会讨论通过了《国立北京大学研究所组织大纲》，并于次年1月创立了中国现代第一个学术研究的专门机构——北京大

① 鲍国华：《小说史如何讲授——鲁迅〈中国小说的历史的变迁〉片论》，载《天津师范大学学报》（社会科学版）2011年第6期。

② 陈平原：《北大传统：另一种阐释——以蔡元培与研究所国学门的关系为中心》，见陈平原著《老北大的故事》，江苏文艺出版社1998年版，第87—89页。

学研究所国学门[①]，从而开启了中国现代学术史上的一段光辉岁月。尽管如此，1917年底设立的北大各科研究所仍有其不容忽视的意义。特别是国文门研究所小说科，在当时北大小说课程的开设尚未找到适合人选的情况下，举区区数人之力，使小说活跃于大学讲堂近半年之久，其筚路蓝缕之功，惨淡经营之志，依然值得后人珍视与称赏。

第三节　课堂上的鲁迅

新文化运动之后的北京大学，在文学课程设置上较之大学堂章程有相当大的调整和突破，其中最突出的是“中国文学史”和“中国文学”课程的分置。[②]此举使二者的学术分界渐趋明朗，开始形成各自独立的学术视野和理论个性。这两门课程的边界，类似于后来高等院校文学专业的“文学史”和“文学作品选”的区分。前者讲历史演变，提供文学知识和研究思路；后者重艺术分析，培养鉴赏能力和写作水平。课程分置改变了晚清学制中“文学史”概念的混沌局面，使之逐渐摆脱了传统“文章流别”的干扰，理论个性得到更充分的发挥。文学史概念的正本清源，是提升其学术价值的基本条件之一。同时，为长期被排除在学术视野之外的小说和戏曲单独设课，不仅有助于为上述文类的价值提升提供制度性的保障，还使具有西学背景的研究者有了用武之地，有助于透过西学视角重新审视和发现传统，对中国文学的规范和秩序进行重建，同时依据自家的研究兴趣与学术水平，对教学大纲中规定的文学史教学内容及书写形式有所调整和自由发挥，植入研究者本人的学术个性，促进文学史由教科书向个人著作的转

① 梁柱:《蔡元培与北京大学》（修订本），北京大学出版社1996年版，第62页。

② 陈平原:《新教育与新文学——从京师大学堂到北京大学》见陈平原著《中国大学十讲》，复旦大学出版社2002年版，第131页。在此后发表的一篇学术随笔中，陈平原依据巴黎法兰西学院汉学研究所收藏的北大讲义，论述了两门课程的分界，并有精彩的发挥。陈平原:《在巴黎邂逅“老北大”》，载《读书》2005年第3期。“中国文学史”和“中国文学”课程的分置突出了两种文学研究思路，并规定了各自的学术对象和方法，使前者逐渐趋向史学。

化。蔡元培掌校时期的北京大学，在为各门课程（尤其是新设置的课程）选择教师时，特别注重其学有所长与术业专攻，延请刘师培讲授中国中古文学史，周作人讲授欧洲文学史，吴梅讲授戏曲史，鲁迅讲授小说史，俱为一时之选。其中小说史课程的设置，最初由于找不到合适的人选，而暂时搁置。1920年预备增加小说史课，拟请周作人讲授。周作人考虑到鲁迅更为适合，就向当时的系主任马幼渔推荐。鲁迅于是受聘北大，开设小说史课，并因此成就了其小说史的撰写。[①]可见，在北京大学的课程设置和教师遴选中，体现着因人设课、因课择人的办学理念。这既保证了各门课程的学术水平，又促使学者将其学术思路与研究成果以文学史的书写方式落实到文字上并公之于世。鲁迅在应聘北大之前，在小说史研究领域浸淫已久，尤其是在古小说的搜集与整理上用力甚深,《古小说钩沉》可资为证。然而，倘若没有开设小说史课程的经历，鲁迅有关小说的研究著作，是否还会采用小说史这一撰述方式，则难以断言。可见，鲁迅应北大之请讲授小说史，为其学术思路的系统梳理和研究成果的全面展示提供了一个难得的契机，不仅促成了中国小说史学划时代的名著《中国小说史略》的撰写，也开启了小说史学的“鲁迅时代”，并最终奠定了中国小说史学的学科规范与学术品格。之所以能够取得这样引人瞩目的成就，除鲁迅本人学养深厚和态度认真等因素外，也和现代大学教育制度和学术生产机制的逐步确立，特别是小说史课程所设定的研究思路与撰述体例的促成与规约密切相关。

鲁迅自1920年起在大学课堂讲授小说史，直至1926年8月离开北京止，六年中先后在北京大学、北京高等师范学校（后更名为“北京师范大学”）、北京女子高等师范学校（后更名为“北京女子师范大学”）、北京世界语专门学校、北京中国大学文科部等高校任教，影响深远。小说史虽然只是一门选修课，却成为当时最受学生欢迎的课程之一。鲁迅讲授小说史之所以大受欢迎，除基于其在中国小说史研究领域的深厚积累与非凡造诣外，也和鲁迅擅长讲课密切相关。遗憾的是，当时录音、录像等现代化手段尚未出现，无法完整地记录鲁迅小说史课程的现场效果。幸好有若干

① 周作人:《知堂回想录》，三育图书文具公司（香港）1980年版，第410页。

当事人的回忆性文字，为追怀与重构鲁迅的小说史课堂提供了可能。

1924年在北京世界语专门学校读书，并与鲁迅过从甚密的荆有麟于1942年撰《鲁迅回忆断片》一书，这样描述鲁迅的授课：

> 记得先生上课时，一进门，声音立刻寂静了，青年们将眼睛死盯住先生，先是一阵微笑，接着先生便念出讲义上的页数，马上开始讲起来，滔滔如瀑布，每一个问题的起源，经过，及先生个人对此的特殊意见。先生又善用幽默的语调，讲不到二十分钟，总会听见一次轰笑，先生有时笑，有时并不笑，仍在继续往下讲。……时间虽然长些（先生授课，两小时排在一起继续讲两个钟头，中间不下堂），而听的人，却像入了魔一般。随着先生的语句，的思想，走向另一个景界中了。要不是先生为疏散听者的脑筋，突然讲出幽默话来，使大家轰然一笑，恐怕听的人，会忘记了自己是在课堂上的，而先生在中国历史人物中，特别佩服曹操，就都是在讲授时候，以幽默口吻送出的。①

可见，内容充实、言语幽默、富于吸引力，是鲁迅授课的主要特点。而连续讲授两个小时而不令听者感到厌烦，更是难得。北京大学法文系学生、曾选修小说史课并帮助鲁迅印刷讲义的常惠晚年回忆：

> 鲁迅先生讲课，是先把讲义念一遍，如有错字告诉学生改正，然后再逐段讲解。先生讲课详细认真，讲义字句不多，先生讲起来援引其他书中有关故事，比喻解释，要让学生对讲的课了解明白。学生问到讲义中的字句情节，先生一定多方讲解，直到学生明白了，先生才满意。先生的比喻，不止用书中字句，有时还在黑板上画画，不够的地方，还要用姿势表示。《中国小说史略》第八篇“唐之传奇文”（上）有“《异梦录》记邢凤梦见美人，示以‘弓弯’之舞”，学生对“弓弯”不明白，先生援引了《酉阳杂俎》里的故事：“有士人醉卧，

---

① 荆有麟：《鲁迅回忆断片·鲁迅教书时》，见鲁迅博物馆鲁迅研究室《鲁迅研究月刊》选编《鲁迅回忆录》（专著）上册，北京出版社1999年版，第140—141页。

见妇人踏歌曰：舞袖弓腰浑忘却，蛾眉空带九秋霜。问如何是弓腰？歌者笑曰：汝不见我做弓腰乎？乃反首髻及地，腰势如规焉。”先生援引了这个故事，大概觉得还不够，于是仰面，弓腰，身子向后仰，身子一弯曲，就晃起来，脚也站立不稳了。这时先生自语：“首髻及地，吾不能也。”同学们见他这样负责讲解，都为之感动。课堂上师生之间情感接近，课文内容也有情趣。对先生的讲课认真精神和有风趣的言谈，同学们都喜爱和尊敬。①

在授课过程中热情投入，并注重与学生的互动，这样的课程理所当然地会受到欢迎。曾为北京女子师范大学学生的许广平，在《鲁迅回忆录》一书中披露了鲁迅小说史课程的更多细节，尤其关涉讲义以外的发挥之处：

如第四篇《今所见汉人小说》，他明确地指出：“现存之所谓汉人小说，盖无一真出于汉人。晋以来，文人方士，皆有伪作，至宋明尚不绝。”大旨不离乎言神仙的东方朔与班固，前者属于写神仙而后者则写历史，但统属于文人所写的一派。《神异经》亦文人作品。而道士的作品之不同处则带有恐吓性。有时一面讲一面又从科学的见地力斥古人的无稽，讲到《南荒经》的蚘虫，至今传说仍存小儿胃中，鲁迅就以医学头脑指出此说属谬，随时实事求是地分析问题。在《西南荒经》上说出讹兽，食其肉，则其人言不诚。鲁迅又从问路说起，说有人走到三岔路口，去问上海人（旧时代），则三个方向的人所说的都不同，那时问路之难，是人所共知的。鲁迅就幽默地说：“大约他们都食过讹兽罢！”众大笑。②

---

① 常惠：《回忆鲁迅先生》，见鲁迅博物馆鲁迅研究室编《鲁迅诞辰百年纪念文集》，湖南人民出版社1981年版，第516页。

② 许广平：《鲁迅回忆录·三　鲁迅的讲演与讲课》，见鲁迅博物馆鲁迅研究室《鲁迅研究月刊》选编《鲁迅回忆录》（专著）下册，北京出版社1999年版，第1108页。许氏该书著于20世纪50年代末，虽然受到时代症候的影响，评价鲁迅的政治意义时有过甚其词之处，但描述鲁迅授课的情形与他人的回忆相近，可见大体如实，并无增饰。

这一段回忆文字颇具现场感，开头的引文出自《中国小说史略》，之后则是对这一句话的讲解和发挥，既运用医学常识，又引入社会现象，一收一放，轻健自如，确实体现出高超的讲课艺术。此外，对于鲁迅授课的回忆性材料尚多，兹不一一举证。

之所以不厌其烦地引用当事人对于鲁迅授课的追怀，意在接近并还原鲁迅的“教学现场”。从中不难发现，尽管三位当事人回忆的立场和姿态各有不同，撰文的时间及其历史背景也有异，但对于鲁迅的授课方式、特点与效果的描述却非常一致——既遵循讲义，不致离题万里，又时有精彩发挥，保持课堂的生动活跃，这无疑是文学课堂的最佳范例。较之同在北大讲坛执教的林损（公铎）和孟森（心史），前者以授课不入正题、喜欢骂人著称，后者则每每在课堂上一字不差地照读讲义。[①]两相对照，鲁迅的授课大受欢迎，除选修者外，还吸引众多旁听者和偷听者[②]，以至于教室常常爆满，并不断触发当事人的追怀与重构。这恐怕不止源于鲁迅生前身后的巨大声誉，其授课内容的丰富充实和教学方式的灵活生动，才是主因。在鲁迅离开北京后，虽有马廉、孙楷第等人先后在北大开设小说史课程，但都难以再现鲁迅授课的精彩效果。

不过，尽管能够借助当事人的追怀与重构不断接近鲁迅小说史课程的原貌，但在没有完整详尽的课堂记录的情况下，毕竟无法真正做到还原现

---

① 20世纪30年代就读于北大的张中行，晚年撰《红楼点滴》一文，回忆师长：“林公铎（损），人有些才气，读书不少，长于记诵，二十几岁就到北京大学国文系任教授。一个熟于子曰诗云而不识abcd的人，不赞成白话是可以理解的。一次，忘记是讲什么课了，他照例是喝完半瓶葡萄酒，红着面孔走上讲台。张口第一句就责骂胡适怎样不通，因为读不懂古文，所以主张用新式标点。”“孟心史（森）先生。专说他的讲课，也是出奇地沉闷。有讲义，学生人手一编。上课钟响后，他走上讲台，手里拿着一本讲义，拇指插在讲义中间。从来不向讲台下看，也许因为看也看不见。应该从哪里念起，是早已准备好，有拇指作记号的，于是翻开就照本慢读。我曾经检验过，耳听目视，果然一字不差。下课钟响了，把讲义合上，拇指仍然插在中间，转身走出，还是不向讲台下看。下一课仍旧如此，真够得上是坚定不移了。”见陈平原、夏晓虹编：《北大旧事》，生活·读书·新知三联书店1998年版，第432、435页。

② 北大的课堂，素以“来者不拒，去者不追”著称，旁听者的人数有时甚至超过正式在册的学生，其中又有“旁听”和“偷听”之分。曾听过鲁迅小说史课程的孙席珍在《鲁迅先生怎样教导我们的》一文中回忆：“我开始听鲁迅先生讲课，是一九二四年上半年的学期中间，是自由进去听的。像这样的听讲，当时叫作偷听，连旁听也算不上，因为旁听也要经过注册手续，且须得到任课教师的同意。”见鲁迅博物馆鲁迅研究室编：《鲁迅诞辰百年纪念文集》，湖南人民出版社1981年版，第86页。

场。尽管有用作讲义的《中国小说史略》留存至今，但鲁迅将其作为著作经营的用心，又使之不同于普通的课程讲义或授课实录。在这一背景下，鲁迅1924年西安暑期讲学的记录稿《中国小说的历史的变迁》，就体现出独特的价值。虽然由于课时所限，不得不删繁就简，在内容上与《中国小说史略》有详略之分，但这部由听课人记录、授课人审定的讲稿[①]，却成为鲁迅小说史课程的难得的现场实录，较之当事人的回忆，更准确也更直观地呈现出鲁迅的教学现场。鲁迅在西北大学讲授小说史，计十一次十二小时，课时不及在北大的三分之一。但证之以当事人的回忆，其授课方式和效果却与在北大时相同。

李瘦枝在《“刘记西北大学”的创办与结束》一文中述及鲁迅演讲的现场效果：

> 讲演会场有两处，一是校内大礼堂，一是风雨操场（当时在教育厅院内）。鲁迅先生和王桐龄、夏元瑮诸人在大礼堂，刘文海、蒋廷黻等在风雨操场，听众可以自由选择参加。……由于鲁迅先生的讲演内容丰实，见解深刻，特别是他在讲演中的那种昂扬的战斗精神，感染力很强，不多几天礼堂上即座无虚席，及至讲唐宋以后，就有不少人争不到座位站着听讲了。[②]

相比之下，其他几位当事人更关注鲁迅的讲授方式。时任西北大学秘书兼讲师、参与暑期讲学筹备和招待工作的段绍岩回忆：“他（鲁迅——引者按）的仪容严肃，讲话简要而幽默，讲演时如跟自己人谈家常一样亲切。”[③]另一位当事人、后任易俗社编辑的谢迈千的回忆与此相近：“鲁迅先生上堂讲演，总是穿着白小纺大衫，黑布裤，黑皮鞋，仪容非常严肃。讲

---

① 鲁迅的讲演由西北大学学生昝健行、薛效宽记录，经整理后由西北大学出版部寄请鲁迅改订，鲁迅改订后寄回。这在《鲁迅日记》中有详细记载。见鲁迅：《日记十三》（一九二四年），见《鲁迅全集》第十五卷，人民文学出版社2005年版，第528页。

② 李瘦枝：《“刘记西北大学”的创办与结束》，见单演义编《鲁迅在西安》，西北大学鲁迅研究室资料组1978年印行，第121页。

③ 段绍岩：《回忆鲁迅先生在西安》，见单演义编《鲁迅在西安》，西北大学鲁迅研究室资料组1978年印行，第114页。

演之前，只在黑板上写个题目，其余一概口讲。说话非常简要，有时也很幽默，偶而一笑。”陪同鲁迅演讲的刘依仁的追怀则更为详尽：“鲁迅先生的讲演，真如他的写文章一样，理论形象化，绝不抽象笼统，举出代表作品，找出恰当例证，具体发挥，没有废话，使听者不厌，并感着确有独到之处。”[①]

上述几段文字，虽不及前引荆有麟、常惠和许广平的回忆详细丰赡，但大体一致。可见，鲁迅此次西安讲学，依旧以小说史为题，而且不受课时与场地的局限，授课方式及现场效果与在北京各高校无异。但据现有史料，未见向听众发放讲义的记载。而《中国小说的历史的变迁》的存在，成为对于此次演讲内容的详细记录，稍可弥补鲁迅在北京各高校授课有讲义而无现场记录的遗憾。更为重要的是，《中国小说的历史的变迁》使用白话记录，与《中国小说史略》之文言述学恰堪对照，二者在观点表述与文体选择上的差异，成为考察课程、演讲与相关著作之关联与缝隙的绝佳范例。

第四节 课程、演讲与著作

1924年夏，鲁迅应国立西北大学之邀，赴西安讲学。自7月7日启程，至8月12日返京，历时一个月零六天（含旅途时日）。鲁迅对于此次西安之行并不看重，除在自家日记中做“流水账”式的简要记述外（鲁迅的日记历来如此），日后在其著述及与友人的通信中也很少提起。[②]倒是几位同行者和陕西方面的接待者，以及聆听鲁迅讲学的几位当事人对此颇为重视，通过回忆提供了丰富的史料。后世研究者对此则更为关注，分别通过对这一事件的追怀、重构与阐释，奉献出不少精彩的学术论断，使“鲁迅在西

---

① 两段回忆均见单演义：《关于鲁迅的〈中国小说的历史的变迁〉》，见单演义编《鲁迅在西安》，西北大学鲁迅研究室资料组1978年印行，第38页。

② 鲁迅涉及此次西安之行的著述，主要有杂文《说胡须》和一封致日本友人山本初枝的私人通信。《说胡须》探讨中国文化及国民性，西安之行只是引发议论的一点由头，并非主旨。书信中虽然披露“关于唐朝的小说”这一写作计划的终止，但也未详细记述此次行旅，而且记错了赴西安讲学的具体时间。

安”成为一个学界内外竞相讨论的热门话题。有趣的是，此次暑期讲学由国立西北大学和陕西省教育厅合办，获邀者甚众，其中不乏李济、蒋廷黻、陈中凡、夏元瑮、吴宓（受约请而未至）等知名学者[①]，与鲁迅同行赴陕的也有十余人之多[②]，而其中唯有鲁迅受到密切关注，一言一行均获得记述、追忆与研究。这显然并非取决于鲁迅西安之行自身的重要意义，而是时代症候使然，取决于鲁迅日后——尤其是新中国成立后——在思想和政治领域中如日中天的崇高地位。这也使后世对于这一事件的记述、追忆与研究普遍高调，不无政治色彩。[③]

对于鲁迅西安之行的记述、追忆与研究，主要集中于三个话题：与军阀的斗争，长篇小说（或剧本）《杨贵妃》之创作计划的终止，以及演讲的记录稿《中国小说的历史的变迁》。相对而言，研究者更为关注前两个话题，对鲁迅此次西安之行的“正业”——讲授“中国小说史”——反而着墨不多。鲁迅赴陕西讲学，选择小说史做题目，自有在北京各高校开设的相关课程做基础，可谓驾轻就熟，但也不乏周密审慎之处。讲学之余受邀为陕西督军刘镇华的士兵演讲，内容仍是小说史，可见一斑。[④]但是否如论者所言，时时显示出“战士”面目，与军阀及各种恶势力不懈斗争，尚需辨析。突出鲁迅与军阀的斗争，强调其“战士”身份，在特定历史时期自是题中应有之义。然而将《中国小说的历史的变迁》中的若干现场发挥之处，也归之为鲁迅的“斗争策略”，未免过甚其词。与之相比，探求《杨贵妃》的构思及其最终未能着笔的原因，更为当事人及后世研究者所津津乐道，也成为鲁迅西安之行中最受关注的话题，近年来仍是新见迭出，其成果数量和质量均大大超越对于《中国小说的历史的变迁》的研

---

① 受邀者名单详见《暑期学校简章》，见单演义编《鲁迅在西安》，西北大学鲁迅研究室资料组1978年印行，第211—214页。

② 王桐龄：《陕西旅行记》，见单演义编《鲁迅在西安》，西北大学鲁迅研究室资料组1978年印行，第200页。

③ 对于鲁迅西安之行的记述、追忆与研究，除孙伏园《长安道上》做于1924年8月回京后不久，且主要记述自家观感，对于鲁迅只是偶尔提及外，其余大多完成于1936年鲁迅逝世后，而又以1956年鲁迅逝世20周年之际尤为集中，对于鲁迅西安之行的政治意义屡有过甚其词之处。

④ 王淡如：《一段回忆——纪念鲁迅先生逝世二十周年》，见单演义编《鲁迅在西安》，西北大学鲁迅研究室资料组1978年印行，第118—119页。

究。[1]之所以如此，一方面是由于《中国小说的历史的变迁》记录稿经鲁迅本人校订后，已落实为文字，辑入《国立西北大学陕西教育厅合办暑期学校讲演集》（二）[2]，留给研究者驰骋想象的空间远不及未能问世的《杨贵妃》；另一方面，由于有《中国小说史略》这部巨著在前，《中国小说的历史的变迁》的研究余地也就相对有限，即便有研究者述及，也或将《中国小说的历史的变迁》视为独立于《中国小说史略》之外的另一部小说史研究著作加以表彰，或将《中国小说的历史的变迁》作为对《中国小说史略》的浓缩、修正和发展。前者夸大了《中国小说的历史的变迁》的学术价值，后者则对《中国小说的历史的变迁》自身的独特性缺乏关注。可见，在涉及鲁迅西安之行的三个话题中，反而是其讲学及相关记录稿《中国小说的历史的变迁》更有阐释的余地。因此，探讨鲁迅的西安之行，在突出“战士”鲁迅和“作家”鲁迅面目的同时，令“学者”鲁迅适时登场，实有必要。事实上，《中国小说史略》与《中国小说的历史的变迁》相比，不仅有详略之分，还有著作与演讲记录稿之别，其主要差异不在观点，而在表述方式。本节即试图从这一角度入手，探讨作为演讲记录稿的《中国小说的历史的变迁》与作为著作的《中国小说史略》之关系，进而凸显课程、演讲及其相关著作之间的关联与缝隙。

晚清以降，以北京大学的前身京师大学堂为首，曾有任课教师编写讲义的制度性设计。此举在民国初年虽然有所松动和反复，但仍为不少教师所遵循，并精心撰构，因此促成了多部现代中国的学术经典著作的问世。[3]

---

① 对于未曾着笔的《杨贵妃》及其相关话题的探讨，在鲁迅生前即已出现，孙伏园、郁达夫等均曾为此撰文；鲁迅逝世后，友人冯雪峰、许寿裳的回忆，学者林辰、单演义的考察，各抒己见；近年来仍不断有研究者涉足，如国内学者朱正、骆玉明、吴中杰、蒋星煜，日本学者竹村则行等，新见迭出。2008年，陈平原发表《长安的失落与重建——以鲁迅的旅行及写作为中心》一文，详细梳理了相关话题的研究史，并从若干新角度入手，进一步拓展与深化了相关研究，做出了近乎盖棺论定的阐释。该文载《鲁迅研究月刊》2008年第10期，可参看。

② 这部《国立西北大学陕西教育厅合办暑期学校讲演集》由西北大学出版部1925年3月印行，但鲁迅始终未收到。《中国小说的历史的变迁》在鲁迅生前也未辑入其作品集。《中国小说的历史的变迁》在《国立西北大学陕西教育厅合办暑期学校讲演集》以外的首次发表，迟至1957年《收获》创刊号。

③ 京师大学堂—北京大学关于课程讲义的规定及其调整，参见陈平原：《知识、技能与情怀——新文化运动时期北大国文系的文学教育》上之第三部分《从课程讲义到学术著作》，载《北京大学学报》（哲学社会科学版）2009年第6期。

鲁迅在应聘北大后，也开始撰写讲义，先以散页的形式于每次课前寄送校方印行，最终集腋成裘，汇集出版。可见，与同时代的许多学术著作一样，《中国小说史略》最初也是大学的课程讲义。鲁迅撰写小说史，很大程度上是出于大学授课的需要。不过，考虑到鲁迅在离开大学讲坛后仍反复对《中国小说史略》做出修改，亦可见其将《中国小说史略》作为著作经营的用心。[①]同时，鲁迅也非常重视文学史（包括小说史）的学术职能。1926年在厦门大学中文系讲授中国文学史期间，曾致信许广平，介绍自己授课和编写讲义的情况：

> 我的功课，大约每周当有六小时，因为语堂希望我多讲，情不可却。其中两点是小说史，无须豫备；两点是专书研究，须豫备；两点是中国文学史，须编讲义。看看这里旧存的讲义，则我随便讲讲就很够了，但我还想认真一点，编成一本较好的文学史。[②]

这段自述，体现出鲁迅对自家著作的学术期待：不仅满足教学需要，更要在学术上有所创获，希望奉献流传后世的学术经典，而非只供教学的普通讲义。这使他对小说史的撰写精益求精，即使在告别大学讲坛之后，仍对《中国小说史略》进行增补修订。《中国小说史略》成为学术史上的一部名著，除基于作者丰厚的学术积累外，也和鲁迅严谨甚至近乎严苛的治学态度有关。

此外，从最初的油印本讲义到正式出版，《中国小说史略》一直采用文言。对此，鲁迅在该书序言中称：

> 此稿虽专史，亦粗略也。然而有作者，三年前，偶当讲述此史，

---

①《中国小说史略》最初为油印本，共十七篇。后采用铅印，扩充至二十六篇。1923年12月及1924年6月，经修订后由新潮社出版上下册本，共二十八篇。此后，又有1925年2月新潮社再版本、1925年9月北新书局合订本，每次出版均有多处修订。鲁迅告别大学讲坛、定居上海后，仍于1931年9月和1935年6月两次修订《中国小说史略》。《中国小说史略》的版本流变及其修改情况，参见鲍国华：《论〈中国小说史略〉的版本演进及其修改的学术史意义》，载《鲁迅研究月刊》2007年第1期。

② 鲁迅：《两地书·四一》，见《鲁迅全集》第十一卷，人民文学出版社2005年版，第119页。

自虑不善言谈，听者或多不憭，则疏其大要，写印以赋同人；又虑钞者之劳也，乃复缩为文言，省其举例以成要略，至今用之。①

《中国小说史略》“省其举例”固然属实，而鲁迅将采用文言的原因解释为减轻抄写排印之烦劳，此说则不可轻信②。众所周知，自新文化运动起，提倡白话、反对文言的立场几乎贯穿了鲁迅的后半生。对于文言文及其倡导者，鲁迅发出过迄今为止最为激烈的声音。③但他在撰写学术著作——除《中国小说史略》外，还包括《唐宋传奇集》之《稗边小缀》，以及同样曾经作为讲义的《汉文学史纲要》——时，却采用文言。显然，鲁迅对于文言与白话的取舍，并非出于现实考虑，而主要基于不同的论述对象。在鲁迅的著述中，论述对象与言说方式的“隔”与“不隔”，往往通过对文体的不同选择加以呈现。散文抄写记忆，杂文针砭时弊，关注的都是现实。而《中国小说史略》等学术著作，面对的则是古代的文学作品，需要在言说方式上与研究对象相体贴，保持二者的整体感。《中国小说史略》采用文言，且文辞渊雅，甚至可以作为美文来加以鉴赏品读，有效地弥合了述学文体与论述对象之间可能存在的区隔与落差。④

与《中国小说史略》相比，《中国小说的历史的变迁》作为演讲的记录，采用白话，保持了一定的口语色彩和现场感（尤其是开场白和结尾），部分内容就是《中国小说史略》的白话版。如第六讲《清小说之四派及其末流》中关于《儒林外史》的论述：

---

① 鲁迅：《中国小说史略·序言》，见《鲁迅全集》第九卷，人民文学出版社2005年版，第4页。着重号为引者所加。以下引用《中国小说史略》原文，均出自这一版本，不再一一注明。

② 强英良先生曾告诉本书作者，民国时期北大讲义最初多采用油印，即用铁笔在蜡纸上书写，确实颇为“烦劳”。而黄子平先生则告知，鲁迅学术演讲的记录者，多采用速记方式，因此记录稿较之演讲原貌相去不远。在此，特向两位先生致谢。

③ 鲁迅抨击文言文及其倡导者的文字，不乏其例，其中最为激烈的言辞，出自《二十四孝图》一文：“我总要上下四方寻求，得到一种最黑，最黑，最黑的咒文，先来诅咒一切反对白话，妨害白话者。即使人死了真有灵魂，因这最恶的心，应该堕入地狱，也将决不改悔，总要先来诅咒一切反对白话，妨害白话者。”见《鲁迅全集》第二卷，人民文学出版社2005年版，第258页。

④ 鲁迅对于述学文体的选择及其背后的文化立场，参见陈平原：《分裂的趣味与抵抗的立场——鲁迅的述学文体及其接受》，载《文学评论》2005年第5期。

小说中寓讥讽者，晋唐已有，而在明之人情小说为尤多。在清朝，讽刺小说反少有，有名而几乎是唯一的作品，就是《儒林外史》。《儒林外史》是安徽全椒人吴敬梓做的。敬梓多所见闻，又工于表现，故凡所有叙述，皆能在纸上见其声态；而写儒者之奇形怪状，为独多而独详。当时距明亡没有百年，明季底遗风，尚留存于士流中，八股而外，一无所知，也一无所事。敬梓身为士人，熟悉其中情形，故其暴露丑态，就能格外详细。其书虽是断片的叙述，没有线索，但其变化多而趣味浓，在中国历来作讽刺小说者，再没有比他更好的了。[①]

相关内容在《中国小说史略》中，则表述为：

寓讥弹于稗史者，晋唐已有，而明为盛，尤在人情小说中。……迨吴敬梓《儒林外史》出，乃秉持公心，指擿时弊，机锋所向，尤在士林；其文又戚而能谐，婉而多讽：于是说部中乃始有足称讽刺之书。

…………

吴敬梓著作皆奇数，故《儒林外史》亦一例，为五十五回；其成殆在雍正末，著者方侨居于金陵也。时距明亡未百年，士流盖尚有明季遗风，制艺而外，百不经意，但为矫饰，云希圣贤。敬梓之所描写者即是此曹，既多据自所闻见，而笔又足以达之，故能烛幽索隐，物无遁形，凡官师，儒者，名士，山人，间亦有市井细民，皆现身纸上，声态并作，使彼世相，如在目前，惟全书无主干，仅驱使各种人物，行列而来，事与其来俱起，亦与其去俱讫，虽云长篇，颇同短制；但如集诸碎锦，合为帖子，虽非巨幅，而时见珍异，因亦娱心，使人刮目矣。

两相对照，《中国小说的历史的变迁》中的论述稍显简略，但内容与

① 鲁迅：《中国小说的历史的变迁》第六讲《清小说之四派及其末流》，见《鲁迅全集》第九卷，人民文学出版社2005年版，第344—345页。以下引用《中国小说的历史的变迁》原文，均出自这一版本，不再一一注明。

《中国小说史略》基本一致，所不同者只在于表述方式。前者采用白话，并保持口语状态；后者则采用典雅的文言，在述史持论的同时，也体现出对于文字的悉心经营——“秉持公心，指擿时弊，机锋所向，尤在士林”，“戚而能谐，婉而多讽”，不仅是对《儒林外史》之讽刺特质的定评，在文字上亦富于美感。通过比较，不难看出鲁迅明确的文体意识：《中国小说的历史的变迁》作为演讲记录，应保持白话讲学的现场效果；《中国小说史略》作为学术著作，在持论谨严的同时，还须在文字上体贴论述对象。二者具有不同的文体归属和学术职能。

《中国小说的历史的变迁》中还有一些不见于《中国小说史略》的内容，被研究者视为对后者的修正和补充。①《中国小说的历史的变迁》中不同于《中国小说史略》之处，多数源于白话与文言的表述差异，少数是对《中国小说史略》中论断的延伸。《中国小说的历史的变迁》中所独有且篇幅较长者，主要有以下几处：

1. 开场白中讨论历史的进化；

2. 第一讲中提出“诗歌在先，小说在后”的观点；

3. 第一讲中关于神话可否作为儿童读物的论述；

4. 第二讲中阐述“万有神教”及其成因；

5. 第三讲中将张生与崔莺莺的团圆视为“国民性”问题；

6. 第三讲中就孙悟空的原型与胡适商榷；

7. 第四讲中论述唐宋传奇不同的原因。

上述“新见”是否属于对《中国小说史略》的修正，尚需辨析。第1条即开场白中对进化论的言说，常为研究者所引用，所谓“从倒行的杂乱的作品里寻出一条进行的线索”一语虽不见于《中国小说史略》，却是鲁迅小说史研究的基本思路。作为系列演讲的开场白，只是将贯穿于《中国小说史略》的内在学术理路明确说出而已，并非修正。第2至第5条，其主要观点及思路均见于鲁迅的杂文之中。杂文可攻其一点，不及其余，也可借题发挥，任意而谈。学术著作则不然，须有理有据，谨慎施为，同时避免枝蔓过多，随意引申，损害著作的整饬严谨。而介于二者之间的演讲，

① 单演义：《鲁迅在西安》，陕西人民出版社1981年版，第46—65页。

在保持述学之要旨的同时，可以根据现场情况随时延展发挥。因此，这几处“新见”当属于演讲过程中的现场发挥。之所以见于《中国小说的历史的变迁》而不见于《中国小说史略》，恰恰是二者不同的文体归属使然，并非补充。相对而言，第6、7条与小说史研究本身的关联更为紧密。关于孙悟空的原型，鲁迅在《中国小说史略》中提出“无支祁”说。胡适则在《〈西游记〉考证》一文中提出孙悟空形象来源于印度史诗《罗摩衍那》（*Rāmāyana*）中的神猴哈奴曼（Hanumān）。[①]鲁迅与胡适，分别以《中国小说史略》和《中国章回小说考证》系列论文执中国小说史学之牛耳，但彼时小说史学尚处于开创期，新观点、新史料层出不穷。《中国小说史略》初版后不久，鲁迅即收到师友及读者的多封来信，或提供新史料，或对个别论断提出修改意见。[②]鲁迅对此有接受，也有保留，这是学术研究中的正常现象。关于孙悟空形象的原型，“无支祁”说与“哈奴曼”说均可视为一家之言，并无正误优劣可言。鲁迅在《中国小说的历史的变迁》中介绍了胡适的观点，并加以申说，仍然坚持己见。事实上，这类论述更适合写成专门的答辩文章，而不宜写入小说史著作；否则需答辩反驳处甚多，不免枝枝蔓蔓，造成主次不分，影响小说史的正常论述。而作为演讲，《中国小说的历史的变迁》则不存在这种局限，介绍胡适观点并进行答辩，也属于现场发挥。何况鲁迅仍坚持“无支祁”说，更不能视为对《中国小说史略》的修正。

《中国小说的历史的变迁》第四讲如此论述唐宋传奇之不同：

> 传奇小说，到唐亡时就绝了。至宋朝，虽然也有作传奇的，但就大不相同。因为唐人大抵描写时事；而宋人则极多讲古事。唐人小说少教训；而宋则多教训。大概唐时讲话自由些，虽写时事，不至于得祸；而宋时则讳忌渐多，所以文人便设法回避，去讲古事。加以宋时理学极盛一时，因之把小说也多理学化了，以为小说非含有教训，便

---

① 胡适：《〈西游记〉考证》，见欧阳哲生编《胡适文集》第三卷，北京大学出版社1998年版，第510—514页。

② 鲁迅：《〈中国小说史略〉再版附识》，见《鲁迅全集》第八卷，人民文学出版社2005年，第173页。

> 不足道。但文艺之所以为文艺，并不贵在教训，若把小说变成修身教科书，还说什么文艺。

这段论述为《中国小说史略》所无，看似属于新见，但前引许广平回忆中有如下记述：

> 关于传奇，鲁迅批评宋不如唐，其理由有二：（一）多含封建说教语，则不是好的小说，因为文艺作了封建说教的奴隶了；（二）宋传奇又多言古代事，文情不活泼，失于平板，对时事又不敢言，因忌讳太多，不如唐之传奇多谈时事。①

两相对照，内容极为相近。据许广平回忆，她选修鲁迅的小说史课，讲前三篇时还在使用油光纸临时印的讲义，此后就以新潮社出版的上下册本《中国小说史略》为课本了。据此推断，鲁迅提出上述论断当在1924年上半年，早于鲁迅在西北大学演讲。可见，在赴陕西之前，鲁迅已有上述论断，绝非自《中国小说的历史的变迁》始。传奇“宋不如唐”的判断，在《中国小说史略》中即已出现，对其原因也有所阐发，但不及《中国小说的历史的变迁》详尽。因此，《中国小说的历史的变迁》中论述唐宋传奇之不同，较之《中国小说史略》只是由略到详而已，并非从无到有的新见。

综上可知，《中国小说的历史的变迁》中所谓“新见”，无一是对《中国小说史略》的修正和补充，仅属于演讲过程中的现场发挥。对《中国小说的历史的变迁》这样以学术著作为蓝本的演讲记录而言，基本内容和思路相对固定，现场发挥则可因时因地而异，具有一定的随意性和偶然性，能否视为对《中国小说史略》的修正，不在于其观点的新颖别致，而在于是否适合于著作。鲁迅在西北大学演讲，从1924年7月21日起，至29日讫，修订讲稿则在是年9月。此时，《中国小说史略》分别于1923年12月和1924年6月由新潮社出版上下册本。在修订《中国小说的历史的变迁》讲稿并寄还后，

① 许广平：《鲁迅回忆录·三　鲁迅的讲演与讲课》，见鲁迅博物馆鲁迅研究室《鲁迅研究月刊》选编《鲁迅回忆录》（专著）下册，北京出版社1999年版，第1111页。

《中国小说史略》于1925年2月由新潮社再版。此次再版，除订正初版本中的若干错字外，对小说史论断和材料的修改共有四处，无一涉及出现在这两个版本之间的《中国小说的历史的变迁》中的所谓“修正和补充”。在《中国小说史略》此后的一系列版本中，鲁迅多次进行修订，但《中国小说的历史的变迁》中的“修正和补充”也无一纳入其中。由此可见，《中国小说史略》之于《中国小说的历史的变迁》，并非增补修订，而是学术著作及以其为蓝本的演讲记录稿之关系。

以上讨论了《中国小说的历史的变迁》与《中国小说史略》的学术关联，及其自身的学术意义。在现代中国学术史上，由课堂讲义而成为学术专著甚至学术名著者层出不穷，如刘师培的《中国中古文学史》、黄侃的《文心雕龙札记》等；以演讲记录稿的身份流传后世者也不乏其例，如章太炎的《国故论衡》、周作人的《中国新文学的源流》等。相对而言，《中国小说的历史的变迁》则自有其独特性。作为一部学术演讲的记录稿，《中国小说的历史的变迁》既以专著《中国小说史略》为蓝本，又以白话书写，保持口语色彩和现场感，从而在课程、演讲及其相关著作的缝隙之间体现出独特的学术价值和文体特征。其突出意义不在于观点的确凿不移，或结构的严谨整饬，而是在政治与学术、演讲与著作、课堂与书斋、白话与文言之间保持“必要的张力”，成为现代中国学术史、教育史和文学史上的一个独特文本。

附录　作为讲义的《苦闷的象征》

《苦闷的象征》作为日本文艺理论家厨川白村（Kuriyagawa Hakuson，1880—1923）的遗作，在作者罹难后经其弟子山本修二编定，由改造出版社于1924年2月印行。在厨川氏生前，作为该书前两篇的《创作论》和《鉴赏论》曾刊于《改造》杂志，时在1921年1月。该书及其内在各篇章一经面世，即引发中国学人的密切关注，明权（孔昭绶）、丰子恺、鲁迅、樊仲云等先后翻译了单篇或全本。[①]其中，鲁迅的译本更受重视，个中原因，除鲁迅在新文化运动中逐渐积累的盛名[②]，作为国内最早刊行的全译本[③]，以及译者本人的大力推介[④]外，还与鲁迅将《苦闷的象征》作为在北京大学和北京女子师范大学的授课讲义有关。借助现代大学教育这一传播途径，无疑进一步扩大了该书的影响，也因此一直为当年的学生和后世的研究者津津乐道。其中，鲁迅在北京大学授课，始于1920年底（是年8月6日接到聘书，12月24日正式开始授课），直至1926年8月离开北京为止，其间“先是自编讲义，讲授《中国小说史略》，后又以日本厨川白村的《苦闷的象征》为教材，讲授文艺理论”[⑤]。《鲁迅年谱》中的这段记述似可证明鲁迅

---

① 先后次序依译文的初刊时间为据。明权译自前述《改造》杂志刊本，连载于1921年1月16日至22日上海《时事新报》副刊《学灯》。丰子恺、鲁迅、樊仲云均据1924年改造社刊行本。鲁译该书全本，连载于1924年10月1日至31日北京《晨报副刊》；樊译该书第三部分，刊于1924年10月25日上海《东方杂志》第二十一卷第二十号；丰译该书全本，于1925年3月由上海商务印书馆出版，为“文学研究会丛书”之一。曾有研究者认为丰子恺翻译该书的时间是1924年12月，但据鲁迅在北京大学的学生、曾翻译作为《苦闷的象征》附录的莫泊桑短篇小说《项链》和书中引用的波特来尔、望莱培格的两首法文诗的常惠回忆：“有一次见到鲁迅先生，他对我说：‘我准备翻译日本厨川白村的《苦闷的象征》。’我听了这话，当时就告诉先生说：‘我订了一份《上海时报》，报上刊有丰子恺翻译的《苦闷的象征》，正开始译，是连载的，每天登一段。’先生说：‘你拿来我看看。’我就连续给先生拿了三次。他说：‘以后不用拿了，我就要翻译了。’后来他就开始翻译。”常惠：《回忆鲁迅先生》，见鲁迅博物馆鲁迅研究室编《鲁迅诞辰百年纪念集》，湖南人民出版社1981年版，第522页。可见，丰子恺、鲁迅和樊仲云的实际翻译时间互有交叠，而丰氏译文刊行时间最早。

② “鲁迅”这一笔名最早出现于1918年5月在《新青年》第四卷第五号发表短篇小说《狂人日记》时，尽管小说影响巨大，在当时却鲜有读者能够将“鲁迅”和任职于教育部的周树人对号入座。随着一系列现代白话小说的陆续刊出，“鲁迅”其名和周树人其人才逐渐为人所熟知。

③ 鲁迅译《苦闷的象征》目前可见的最早版本署“1924年12月印成”，为“未名丛刊”之一。但据张杰考证，其初版时间当在1925年3月，署“1924年12月”为虚拟。参见张杰：《〈苦闷的象征〉鲁迅译本初版时间考》，见张杰著《鲁迅杂考》，福建教育出版社2006年版，第10—15页。可备一说。另据鲁迅1925年3月7日日记记载：“下午新潮社送《苦闷的象征》十本。”见《鲁迅全集》第十五卷，人民文学出版社2005年版，第555页。可见，鲁迅译本的正式出版时间当不晚于商务印书馆刊行的丰子恺译本。

④ 在《苦闷的象征》翻译、连载和出版的前前后后，鲁迅曾撰写多篇相关文字：1924年9月22日开始翻译后，于9月26日做《译〈苦闷的象征〉后三日序》，于10月4日做《〈文艺鉴赏的四阶段〉译者附记》（《文艺鉴赏的四阶段》为《苦闷的象征》第二章《鉴赏论》之第五节），于10月17日做《〈有限中的无限〉译者附记》（《有限中的无限》为《苦闷的象征》第二章《鉴赏论》之第四节），于11月22日做《〈苦闷的象征〉引言》，于1925年1月9日做《关于〈苦闷的象征〉》（为复读者王铸信），还亲自撰写书籍广告，载于1925年3月10日《京报副刊》。加上同期对厨川白村其他著作的翻译和介绍，鲁迅对厨川氏著作的推介，可谓不遗余力。

⑤ 鲁迅博物馆鲁迅研究室编：《鲁迅年谱》（增订本）第二卷，人民文学出版社2000年版，第33页。

在北京大学开设过两门课程——小说史和文艺理论（文学概论），其中前者显然更受关注。一方面，除北京大学外，鲁迅还曾在北京师范大学、北京女子师范大学、北京世界语专门学校、集成国际语言学校、黎明中学、大中公学和中国大学等院校讲授该课程[①]，听者众多，而且从1920年底首次开课起到1926年8月离京赴闽止，时间跨度长达六年之久。而文艺理论的讲授仅限于北京大学和北京女子师范大学两所学校，受众略少，开设时间则在1924年至1926年两年间，时长不及小说史的三分之一，其影响自不可同日而语。另一方面，在鲁迅之前，国内大学从未开设过小说史课程[②]，鲁迅的应聘不仅为北大增添了一门既叫好又叫座的课程，更顺应了晚清“小说界革命”至五四新文化运动以来大力倡导小说之风潮，借助现代教育体制使小说逐渐由边缘走向中心，实现了对于文类等级秩序的重建。同时，鲁迅以自编讲义《中国小说史略》授课，打破了中国小说自来无史的局面，终成一部名著，以之为依托，加上鲁迅在课堂上的精彩发挥，不断引发后世的追怀与阐释。[③]相对而言，有关鲁迅以自译《苦闷的象征》讲授文艺理论的记述较少，各家回忆或语焉不详，或相互间偶有抵牾。本部分力图借助相关史料，还原鲁迅讲授《苦闷的象征》的历史现场，并对其在现代中国文学史、教育史和学术史上的意义略加阐释。

一

文学概论（文艺理论）在北京大学的课程体系中出现较晚。在1902

① 详见北京鲁迅博物馆绘制：《鲁迅在北京各校兼课时间统计表（一九二〇年～一九二六年）》，见薛绥之主编《鲁迅生平史料汇编》第三辑，天津人民出版社1983年版，第210页。陈洁《鲁迅北京时期的文学课堂》一文亦列表介绍了相关情况，并增补了受聘职务和承担课程，载《新文学史料》2018年第1期。

② 在鲁迅应聘之前，北京大学已有开设小说史课程的计划，但因为缺乏合适的人选，而借助国文门研究所小说科的系列演讲。相关情况参见鲍国华：《北京大学国文门研究所小说科钩沉》，载《新文学史料》2015年第3期。

③ 参见陈平原：《知识、技能与情怀——新文化运动时期北大国文系的文学教育》第四节《消失在历史深处的“文学课堂”》《“文学”如何“教育”——关于“文学课堂”的追怀、重构与阐释》及第二节《课堂内外的“笑声”》，见陈平原著《作为学科的文学史》（增订本），北京大学出版社2016年版，第89—93、129—133页。

年颁布的《钦定大学堂章程》中，文学科目分为七科——“一曰经学，二曰史学，三曰理学，四曰诸子学，五曰掌故学，六曰词章学，七曰外国语言文字学”[①]，与后世文学科目的设定相去甚远。次年制定的《奏定大学堂章程》有明显调整，中国文学门下设科目中有文学研究法一项，与后世文学概论课程在内容上略具关联，但远为浩繁驳杂，既涉及字体变迁、训诂、修辞、文体、文法等，还包括文学与人事世道之关系、文学与国家之关系、文学与地理之关系、文学与世界考古之关系，甚至还有文学与外交之关系、文学与学习新理新法制造新器之关系等[②]，不一而足，差不多统摄了中国语言文学学科的方方面面。这显然很难用一门课程加以涵盖，以至于后来开设此课程的教师，大抵只能删繁就简。如清末民初任教于此的姚永朴曾刊行讲义《文学研究法》，依传统的文章学体系立论，择取了《奏定大学堂章程》中的该课程大纲的部分内容。[③]蔡元培就任北大校长并延请陈独秀担任文科学长后，北京大学的课程体系发生了明显的变化，呈现学科属性的文学概论课程渐渐浮出水面。在《北京大学日刊》1917年12月2日刊载的《改订文科课程会议纪事》中，中国文学门课程中第一次出现文学概论，作为必修课，每周二课时。[④]在一星期后刊载的《文科改订课程会议决议案修正如左》中，文学概论仍作为中国文学门的必修课，唯一的变化是周课时缩减为一。[⑤]在同年年底颁布的《文科大学现行科目修正案》中，周课时又增加至三。[⑥]课时的反复增减，体现出方案制定者对于该课程的举棋不定。而在1918年1月5日刊载的《文本科第二学期课程表》中，中国文学门所辖科目中新出现了一门“中国文学概论”，每周三课时，任课教

---

①《钦定大学堂章程》，见北京大学校史研究室编《北京大学史料》第一卷，北京大学出版社1993年版，第88页。

②《奏定大学堂章程》，见北京大学校史研究室编《北京大学史料》第一卷，北京大学出版社1993年版，第106—107页。

③ 程正民、程凯：《中国现代文学理论知识体系的建构——文学理论教材与教学的历史沿革》，北京大学出版社2005年版，第11—15页；刘顺利：《从姚永朴〈文学研究法〉看中国现当代文学理论的逻辑起点》，载《浙江工商大学学报》2011年第1期。

④《改订文科课程会议纪事》，载《北京大学日刊》第十五号，1917年12月2日第二版。

⑤《文科改订课程会议决议案修正如左》，载《北京大学日刊》第二十一号，1917年12月9日第二版。

⑥《文科大学现行科目修正案》，载《北京大学日刊》第三十五号，1917年12月29日第二版。

师为黄季刚（侃）。[①]这在同年4月12日刊载的《文本科第三学期课程表》中得以延续，并限定为一年级课程。[②]可以判定，这一名为“中国文学概论”的课程即为前述修正案中设定之“文学概论”，加上“中国”二字，概源于黄侃以《文心雕龙》为教材[③]，不涉及外国文论。黄氏此举于课堂教学与学术研究而言，均别出心裁，并由此促成名著《文心雕龙札记》的问世；却因独沽中国文论之一味而导致中国文学门声明该课程“当道冠古今中外,《文心雕龙》《诗品》等书虽可取裁，然不合于讲授之用，以另编为宜”[④]，明显针对黄侃的授课方式。黄氏是否因此停止讲授文学概论，不得而知。但在此后相当长的一段时间里，该课程一直处于停开状态，确乎事实。[⑤]事实上，1914年应聘北大的黄侃[⑥]，次年即讲授《文心雕龙》[⑦]，依托这部名著开设文学概论，可谓驾轻就熟。由于该课程是本科一年级的必修课，中国文学门出于规范性的考虑，希望任课教师提供更为系统全面的文学理论知识，本无可厚非，但因此中断了一门独具特色的课程，却令人遗憾。日后开设文学概论课程的教师可谓多矣，却难以促成《文心雕龙札记》这类学术名著的问世，不能不说有制度方面的原因。[⑧]

---

①《文本科第二学期课程表》，载《北京大学日刊》第三十八号，1918年1月5日第二版。

②《文本科第三学期课程表》，载《北京大学日刊》第一百零九号，1918年4月12日第一版。

③ 据当时就读于北大的杨亮功回忆：“黄季刚先生教文学概论以《文心雕龙》为教本，著有《文心雕龙札记》。”见杨亮功：《早期三十年的教学生活·五四》，黄山书社2008年版，第22页。

④《文科国文学门文学教授案》，载《北京大学日刊》第一百二十六号，1918年5月2日第二版。标点为引者所加。

⑤ 在1918年9月14日刊载的《文本科七年度第一学期课程表》中，有文学概论，每周一课时，任课教师一栏空缺，表明仅仅列入其中，未能实际开设。在同一课表中，列有黄侃开设的文（一）魏晋以前各家、文（二）魏晋以后各家（周课时均为三）和诗（一）魏晋以前各家、诗（二）魏晋以后各家（周课时均为二）等课程。载《北京大学日刊》第二百零七号，1918年9月14日第三版。在同年9月26日刊载的《文本科本学年各门课程表》和11月12日刊载的《文本科国文门每周功课表》中，文学概论均未列入。载《北京大学日刊》第二百十三号，1918年9月26日第二、三版；《北京大学日刊》第二百五十号，1918年11月12日第五版。

⑥ 司马朝军、王文晖合编：《黄侃年谱》，湖北人民出版社2005年版，第90页。

⑦ 司马朝军、王文晖合编：《黄侃年谱》，湖北人民出版社2005年版，第106页。

⑧ 在《1918年北京大学文理法科改定课程一览》中，文学门“通科”中列有文学概论科目，并注明“略如《文心雕龙》《文史通义》等类”。可见虽然作为“通科”，校方当时不仅不排斥，还特别引导教师依托一部中国古代学术名著讲授该课程。见朱有瓛主编：《中国近代学制史料》第三辑下册，华东师范大学出版社1992年版，第114页。

黄侃于1919年9月离开北大后[1]，文学概论仍未找到合适的教师。在1919年10月25日公布的《文本科中国文学系第三二一学年课程时间表》中，文学概论因此未能列入其中。[2]而在次年10月修订的《中国文学系课程指导书》中，文学概论属于“本系特设及暂阙”科目，并特别说明“本学年若有机会，拟即随时增设”。[3]这一状况直到1922年才获得转机。是年5月25日公布的《中国文学系教授会启事》声明：“本系现请张黄教授担任文学概论，戏剧论，外国文学书之译读（戏剧及诗），诸科。本学期先行讲授戏剧之译读。”[4]张黄即张定璜（凤举）。[5]文学概论虽然未能立即开设，但张氏受聘北大，使该课程重新拥有了任课教师。据北大《中国文学系课程指导书》记载，张定璜首次开设文学概论课程，时在1923年。[6]在指导书开列的选修课名录中，有周树人开设的小说史。在之后两年的指导书中，两门课程仍分别归入张定璜和周树人名下，前者为必修，周课时三，后者为选修，周课时一。[7]不过，这一情形仅仅持续了三个学年。查1926年指导书，两门课程均不在其中。[8]可见，鲁迅在北大只开设过一门课程，即小说史。文学概论的讲授者或另有其人，或暂时告缺。在文学概论因缺乏师资而停开的1921—1922年，鲁迅正以自编讲义讲授小说史，即使在1924年秋以自译《苦闷的象征》为教材，也发生在小说史的规定课时之内，并非另

---

① 司马朝军、王文晖合编：《黄侃年谱》，湖北人民出版社2005年版，第148页。

②《文本科中国文学系第三二一学年课程时间表》，载《北京大学日刊增刊》1919年10月25日第一版。

③《中国文学系课程指导书（十年十月订）》，载《北京大学日刊》第八百六十四号，1921年10月13日第四版。值得一提的是，该指导书中第一次出现了由周树人开设的小说史课程。

④《中国文学系教授会启事》，载《北京大学日刊》第一千零三六号，1922年5月25日第一版。

⑤ 据周作人晚年回忆：“我的功课则是欧洲文学史三小时，日本文学史二小时，用英文课本，其余是外国文学书之选读，计英文与日本文小说各二小时，这项功课还有英文的诗与戏剧及日本文戏剧各二小时，由张黄担任。张黄原名张定璜，字凤举。”见周作人：《知堂回想录》下册，河北教育出版社2002年版，第467页。

⑥《中国文学系课程指导书（十二年至十三年度）》，载《北京大学日刊》第一二九三号，1923年9月18日第三版。指导书对于该课程还明确规定：“论一般文学之内容及形式。”

⑦《国文学系课程指导书（十三年至十四年度）》，载《北京大学日刊》第一五三四号，1924年10月3日第二版；《国文学系课程指导书（十四年至十五年度）》，载《北京大学日刊》第一七八〇号，1925年10月13日第三版。

⑧《国文学系课程指导书（十五年至十六年度）》，载《北京大学日刊》第一九八五号，1926年11月20日第三、四版。

行设课，而与张定璜讲授的文学概论同时进行，更不存在以讲授《苦闷的象征》充作文学概论课程之可能。

在鲁迅使用《苦闷的象征》为教材的另一所大学即北京女子师范大学，其授课情况与北大近似。鲁迅于1923年7月接到该校（时称“北京女子高等师范学校”）聘书，担任国文系小说史科兼任教员[①]，直至1926年8月离京南下，其间一直在该校任教，讲授小说史。但据当时就学于女高师的陆晶清回忆：

> 鲁迅先生应聘担任女高师国文科二、三两班讲师，每周讲课一次，每次一小时，于一九二三年十月十三日星期六上午开始第一次讲课，课程名称是“小说史”。但在讲授《中国小说史略》之前，曾讲授过一学期多些时候的文艺理论，是以所译日本文艺批评家厨川白村著的《苦闷的象征》为教材，着重讲了“创作论”和“鉴赏论”两章。[②]

校之以《鲁迅日记》，可知陆晶清所记鲁迅第一次授课时间无误。[③]但在讲授《中国小说史略》之前曾以所译《苦闷的象征》为教材讲授文艺理论则存疑。在鲁迅开始讲授小说史课程的1923年10月，厨川氏的著作尚未出版，鲁迅不可能接触到这本书，更不可能着手翻译。[④]陆晶清很可能记错了鲁迅使用教材的先后次序。可见，鲁迅应聘该校讲授小说史课，先使用《中国小说史略》，待讲完后，再以自译《苦闷的象征》为教材，而不是

---

①《北京女子高等师范学校聘书》，见薛绥之主编《鲁迅生平史料汇编》第三辑，天津人民出版社1983年版，第211页。原件存北京鲁迅博物馆。

② 陆晶清：《鲁迅先生在女师大》，见鲁迅博物馆鲁迅研究室《鲁迅研究月刊》选编《鲁迅回忆录》（散篇）上册，北京出版社1999年版，第403—404页。

③ 鲁迅1923年10月13日日记记载：“晨往女子师校讲。”见《鲁迅全集》第十五卷，人民文学出版社2005年版，第483页。

④ 从前述以《关于〈苦闷的象征〉》为题的通信可知，鲁迅在收到王铸来信前，并不知晓明权曾在《时事新报·学灯》刊出厨川氏《创作论》和《鉴赏论》译文。载《京报副刊》1925年1月13日第七、八版。

在小说史之前或之后另开设文学概论。[①]

以上对若干史料加以爬梳和辨析，意在说明，鲁迅在北京各院校，包括北京大学和北京女子师范大学，均只开设了小说史一门课程，在其他院校甚至没有以自译《苦闷的象征》为教材。文学概论在北大的开设虽然历经波折，但并未邀请鲁迅临时救场。鲁迅在小说史课堂上讲授《苦闷的象征》，绝非以此填补文学概论课程之空缺，或纠正黄侃只及“古”“中”、忽视“今”“外”之“偏失”。个中缘由，主要是《中国小说史略》已正式出版，不希望在课堂上照本宣科，而正在翻译的《苦闷的象征》恰逢其时，实现了对这门课程的精彩延续。而日后鲁迅离京南下，在中山大学短暂的任教经历中，对于小说史和文学理论课程则分别讲授。[②]

二

鲁迅于1924年4月8日购得厨川白村《苦闷的象征》日文原版[③]，同年9月22日开始翻译[④]，至10月10日完成[⑤]，历时19天。其间随译随将稿件交予孙伏园[⑥]，由后者编辑，连载于《晨报副刊》。鲁迅1924年10月3日日记中曾记述：“得伏园信二函并排印讲稿一卷。”[⑦]可见鲁迅在翻译之初即有将译稿作为讲义的计划。请孙伏园编印，既用于向《晨报副刊》投稿，又作为

---

① 女高师国文部预科文学概论课程的任课教师著录为黄侃，本科该课程未著录任课教师。详见王翠艳：《女子高等教育与中国现代女性文学的发生——以北京女子高等师范为中心》，文化艺术出版社2007年版，第88、91、95、98页。前引《黄侃年谱》也未录其事，因此难以判断黄侃是否或者何时在女高师讲授文学概论。

② 许涤新在《鲁迅战斗在广州》一文中回忆：“鲁迅在中大文学系讲授的课程是文艺论、中国小说史、中国文学史。许多热爱文学的青年，纷纷要求旁听他的讲课，于是，他就把文艺论这个课程搬到大礼堂去上……参考书是日本厨川白村的《苦闷的象征》。”见薛绥之主编：《鲁迅生平史料汇编》第四辑，天津人民出版社1983年版，第336页。

③ 鲁迅：《日记十三》，见《鲁迅全集》第十五卷，人民文学出版社2005年版，第507页。

④ 鲁迅：《日记十三》，见《鲁迅全集》第十五卷，人民文学出版社2005年版，第530页。

⑤ 鲁迅：《日记十三》，见《鲁迅全集》第十五卷，人民文学出版社2005年版，第532页。

⑥ 鲁迅1924年10月2日、3日、8日、16日日记，见《鲁迅全集》第十五卷，人民文学出版社2005年版，第531、532页。

⑦ 鲁迅1924年10月2日、3日、8日、16日日记，见《鲁迅全集》第十五卷，人民文学出版社2005年版，第531页。

讲义发放给北大和女师大的选课学生。

鲁迅从1920年底开始在北大开设小说史课程，最初采用自编讲义，先后有油印本和铅印本，不断增补修订，并于1923年12月和1924年6月由新潮社分别出版《中国小说史略》上、下卷。[①]至1924年秋，鲁迅已连续讲授了四个学年，依照刚刚出版的自家著作，可谓驾轻就熟。但讲义既然已经正式出版，学生不难获取，如授课时继续依照，难免自我重复。《中国小说史略》从油印本到铅印本改动较大，从铅印本到新潮社初版本也有明显增补，此后各版本大多进行局部的调整，不再有整体性的修改。可见，该书至新潮社初版本，内容基本确定，用于课堂讲授也不易出新。何况，不乏学生一而再、再而三地随鲁迅听课[②]，这也促使鲁迅调整授课内容，在小说史的课程框架内引入《苦闷的象征》，既涉及精神分析学和象征主义文艺理论，内容有所拓展，又依照厨川氏原书每每以小说为例证的写作方式，延续自家小说史课程以史实联结小说文本、以理论牵引创作实践的讲授思路。加之讲授鲁迅当时密切关注、再三译介的厨川白村[③]，更是别有会心[④]。这从当年听讲的学生在日后的回忆中可略见一斑。

---

①《中国小说史略》的版本流变，参见鲍国华：《论〈中国小说史略〉的版本演进及其修改的学术史意义》，载《鲁迅研究月刊》2007年第1期。

② 据北京大学法文系学生常惠回忆："我在北京大学听鲁迅先生讲了四年'中国小说史'，我也听他讲过他翻译的《苦闷的象征》。"见常惠：《回忆鲁迅先生》，见《鲁迅诞辰百年纪念集》，湖南人民出版社1981年版，第516页。北京大学英文系学生尚钺回忆："我一直这样听了先生三年的讲授。这中间，从一部《中国小说史略》和一本《苦闷的象征》（虽然未经详细地记录和研读）中，我却获得了此后求学和作人的宝贵教育。"见尚钺：《怀念鲁迅先生》，见上海文艺出版社编《鲁迅回忆录》二集，上海文艺出版社1979年版，第187页。

③ 除《苦闷的象征》外，鲁迅还翻译了厨川白村的文艺论集《出了象牙之塔》。在文艺论文合集《壁下译丛》中，也收录了厨川氏的论文。此外，鲁迅还撰写了多篇介绍性文章甚至书籍广告。20世纪20年代中期，中国文艺界掀起一阵阅读、翻译、借鉴厨川白村著作的热潮，鲁迅在其中起到了关键作用。

④ 事实上，鲁迅以《苦闷的象征》为教材，也有借此推介厨川白村著作及其理论的目的。在该书译本出版后，鲁迅即自撰广告，刊于1925年3月10日《京报副刊》："这其实是一部文艺论，共分四章。现经我以照例的拙涩的文章译出，并无删节，也不至于很有误译的地方。印成一本，插画五幅，实价五角，在初出版两星期中，特价三角五分。但在此期内，暂不批发。北大新潮社代售。鲁迅告白。"见《鲁迅全集》第八卷，人民文学出版社2005年版，第467页。三天后出版的《北京大学日刊》也刊登类似广告，虽文字与《京报副刊》所刊略有差别，但更像是出于鲁迅之手，当不是《北京大学日刊》编辑对《京报副刊》广告的摘编。如果这一推断属实，在讲授《苦闷的象征》的北京大学的刊物上发表自撰广告，更见鲁迅对于这部著作及其课堂讲授的重视。

时为北京大学德文系学生和“沉钟社”重要成员的冯至回忆：

> 这本是国文系的课程，而坐在课堂里听讲的，不只是国文系的学生，别系的学生、校外的青年也不少，甚至还有从外地特地来的。那门课名义上是“中国小说史”，实际讲的是对历史的观察，对社会的批判，对文艺理论的探索。有人听了一年课以后，第二年仍继续去听，一点也不觉得重复。一九二四年暑假后，我第二次听这门课时，鲁迅一开始就向听众交代：“《中国小说史略》已印制成书，你们可去看那本书，用不着我在这里讲了。”这时，鲁迅正在翻译厨川白村的《苦闷的象征》，他边译边印，把印成的清样发给我们，作为辅助的教材。但是鲁迅讲的，也并不按照《苦闷的象征》的内容，谈论涉及的范围比讲“中国小说史”时更为广泛。①

这段回忆提供了颇多可堪玩味的细节。对于鲁迅开设的小说史课程，学生最初可能是慕名而来，但能够吸引其反复听课，而且每次都有新的收获，证明鲁迅的授课之所以大受欢迎，并不是源于知名小说家的光环，而是言之有物且能够不断讲出新意。鲁迅使用《苦闷的象征》做教材，确实是因为《中国小说史略》正式出版。然而教材也仅仅是辅助或参照，更换教材并不意味着更换课程。以《苦闷的象征》做教材，对小说史有所拓展，但仍以“对历史的观察，对社会的批判，对文艺理论的探索”作为讲授的基本内容，授课思路和方式没有改变。

在北大旁听鲁迅授课的许钦文回忆：

> 鲁迅先生在北京大学讲完了《中国小说史略》，就拿《苦闷的象征》来作讲义；一面解释，一面教授，选修的人很多，旁听的人更多。无论已毕业在各处做事的，或者未毕业在工读的，到了这一点钟，凡是爱好文学的总是远远近近地赶来，长长的大讲堂，经常挤得

① 冯至：《笑谈虎尾记犹新》，见上海文艺出版社编《鲁迅回忆录》一集，上海文艺出版社1978年版，第84页。

> 满满的。这在当时固然是很难得的关于文学的理论功课，而且鲁迅先生，同讲《中国小说史略》一样，并非只是呆板地解释文本，多方地带便说明写作的方法，也随时流露出些做小说的经验谈来。①

作为小说家的许钦文，在听课时显然有所侧重，所关注的不限于理论，更在“写作的方法”和“做小说的经验”。这段回忆也证明鲁迅授课依照却不依赖教材，能够结合历史、文化、理论、创作等因素不断延展和发挥。这种对于教材入乎其内而又出乎其外的讲授方式，才是其吸引学生的魅力所在。②

1924年下半年在北大旁听鲁迅授课的刘弄潮回忆：

> 鲁迅先生站在讲台前面。他神情沉着而刚毅，用夹杂着绍兴乡音的北方话，从容不迫地、娓娓动听地讲授《苦闷的象征》。他善于深入浅出地联系实际，如随口举例说：“如像吴佩孚‘秀才’，当他横行洛阳屠杀工人的时候，他并没有做所谓的‘诗’；等到‘登彼西山，赋彼其诗’的时候，已经是被逼下台‘日暮途穷’了，岂非苦闷也哉？！”先生的话音刚落，全场哄堂大笑不止，因为当时北京各报，正登载吴佩孚逃窜河南“西山”，大做其诗的趣闻。③

刘弄潮当时在北京从事各大学“社会主义青年团”的宣传工作，日后成为中共党史研究者。他在1980年撰写的这篇回忆文章中，着力刻画鲁迅作为革命者的形象，涉及课堂举例也着重突出鲁迅讥讽吴佩孚的细节（个别细节似乎增添了革命话语的色彩），展现鲁迅面对封建军阀毫不妥协的斗

---

① 许钦文：《在老虎尾巴的鲁迅先生：许钦文忆鲁迅全编》，上海文化出版社2013年版，第37页。

② 另据许钦文《鲁迅先生在砖塔胡同》一文回忆：“鲁迅先生在北京大学讲完《中国小说史略》以后，接着讲文学理论，仍然每星期一小时。”其中对于课程的表述略显含混，可以理解为鲁迅在同一门课程中讲完《中国小说史略》后，将授课内容调整为文学理论；也可以理解为继小说史课程后，新开设文学理论课程。相较而言，前引《鲁迅先生译〈苦闷的象征〉》一文中的表述更为准确。见许钦文：《在老虎尾巴的鲁迅先生：许钦文忆鲁迅全编》，上海文化出版社2013年版，第56页。

③ 刘弄潮：《甘为孺子牛，敢与千夫对——缅忆终生难忘的鲁迅先生》，见鲁迅博物馆鲁迅研究室编《鲁迅诞辰百年纪念集》，湖南人民出版社1981年版，第121页。

争姿态，自是题中应有之意。但刘氏的回忆也体现出鲁迅授课不滞着于理论、能够结合现实甚至时事充分发挥的特点，于回眸古代的《中国小说史略》如此，于关涉现实的《苦闷的象征》更如是。

时就读于北京世界语专门学校，并在北大旁听的荆有麟回忆了鲁迅讲授《苦闷的象征》的若干细节：

> 曾忆有一次，在北大讲《苦闷的象征》时，书中举了一个阿那托尔法朗斯所作的《泰倚思》的例，先生便将泰倚思的故事人物先叙述出来，然后再给以公正的批判，而后再回到讲义上举例的原因。[①]

这段回忆虽简短，却涉及鲁迅在授课过程中对于教材内容的处理。很显然鲁迅是尊重教材的，但又有明显的拓展，并注重保留自家判断。这样，教材既可以作为参考，避免授课时一空依傍，又不会对讲授者造成束缚。

同样作为北大旁听生的孙席珍对于鲁迅授课的回忆最为详尽。做于1980年的《鲁迅先生怎样教导我们的》一文，以极大的篇幅记述了半个多世纪前的课堂景况，而且将鲁迅的讲授内容置于引号之中，体现出保存“原话”的现场实录效果。若非孙氏记忆力极佳，就是有课堂笔记做支撑，并参考了鲁迅的相关著作。当然其中也可能不乏回忆者的踵事增华，但大意当不差，可供参考。孙席珍从1924年秋季开学起正式成为北大旁听生，旁听鲁迅授课，到1925年暑假为止，“整整一年，从未缺课”[②]。恰好赶上鲁迅在小说史课程时间内以《苦闷的象征》为教材。在孙氏的记述中，包括鲁迅“由中国古典短篇小说讲到近代外国短篇小说”[③]和讲授唐宋传奇时把话题引到对于“精神分析学”的批判：“近来常听人说，解决性的饥渴，比解决食的饥渴要困难得多。我虽心知其非，但并不欲与之争

---

① 荆有麟：《鲁迅回忆断片》，见鲁迅博物馆鲁迅研究室《鲁迅研究月刊》选编《鲁迅回忆录》（专著）上册，北京出版社1999年版，第141页。

② 孙席珍：《鲁迅先生怎样教导我们的》，见鲁迅博物馆鲁迅研究室编《鲁迅诞辰百年纪念集》，湖南人民出版社1981年版，第86页。

③ 孙席珍：《鲁迅先生怎样教导我们的》，见鲁迅博物馆鲁迅研究室编《鲁迅诞辰百年纪念集》，湖南人民出版社1981年版，第85—99页。

辩。此辈显系受弗洛伊德学说的影响，或为真信，或仅趋时，争之何益，徒费唇舌而已。”[①]这些内容或与小说史相关联，或明显溢出了《苦闷的象征》的论述范围。据此不难判断鲁迅不仅在小说史课程时间内，还在其框架内讲授《苦闷的象征》，与讲授《中国小说史略》一以贯之。这样的课程，有史有论，而不囿于其中，时时向创作、向现实，甚至向每一位听众的灵魂深处弥散，给学生带来极大的精神触动，赞之曰“先生给了我对社会和文学的认识上一种严格的历史观念，使我了解了每本著作不是一种平面的叙述，而是某个立体社会的真实批评，建立了我此后写作的基础和方向”[②]，“大家在听他的‘中国小说史’的讲述，却仿佛听到了全人类的灵魂的历史”[③]，并非过誉。

以上所述，试图借助史料还原鲁迅在小说史课程时间内讲授《苦闷的象征》的历史现场。从当年听课学生日后的回忆中不难看出，鲁迅在小说史课程中先后以《中国小说史略》和《苦闷的象征》为教材，两书一著一译，一涉及古代，一涉及外国，内容虽不同，但讲授思路、方法及背后隐含的文化精神却高度一致。如前文所述，小说史课程的开设，原本是新文化运动的产物。作为新文化倡导者的鲁迅，借助大学课堂促进新文化的传播，无论是讲授小说史还是文学理论，其目的都是实现对于历史、社会和现实的贯通。这样，在文学研究与教学体系中各有侧重的小说史和文学理论，在鲁迅的讲授中获得了更大限度的融合。作为学者的鲁迅，在学术著作的撰写中追求严谨；而作为教师的鲁迅，在授课中注重学理，同时也融入小说家的艺术体验与现实关怀，从而避免了对于教材的过度恪守、亦步亦趋，而体现出在课堂上天马行空、自由驰骋的勇气和从心所欲不逾矩的能力。同时，小说史作为选修课，也赋予教师更大的自由度，可以将自家的研究兴趣与心得，甚至在学术研究以外的成就——如小说创作——纳入

---

① 孙席珍：《鲁迅先生怎样教导我们的》，见鲁迅博物馆鲁迅研究室编《鲁迅诞辰百年纪念集》，湖南人民出版社1981年版，第104页。

② 尚钺：《怀念鲁迅先生》，见上海文艺出版社编《鲁迅回忆录》二集，上海文艺出版社1978年版，第187页。

③ 鲁彦：《活在人类的心中》，见鲁迅博物馆鲁迅研究室《鲁迅研究月刊》选编《鲁迅回忆录》（散篇）上册，北京出版社1999年版，第121页。

课堂讲授的范畴中。这样更有助于发挥鲁迅的特长，促成因小说史研究而闻名的周树人和因创作现代小说而获誉的鲁迅在课堂上的“相遇”——作为小说家的鲁迅，观察小说史的眼光更为独到；作为小说史家的周树人，在小说创作中获得了新的艺术资源。这促成鲁迅的文学研究、教学与创作之间的互动，从而使课程超越了单纯的知识传授，实现了学院体制内外的融会贯通。

综上可知，鲁迅以自家翻译《苦闷的象征》为讲义，既保证了《中国小说史略》出版后小说史课程的顺利进行，也借助大学课堂推动了厨川白村著作的传播。而《苦闷的象征》的翻译和讲授，意义不限于此。在该书译本问世的前后，鲁迅还撰写了学术著作《中国小说史略》、小说集《彷徨》和散文诗集《野草》中的部分篇章。《苦闷的象征》《中国小说史略》《彷徨》《野草》虽然文类归属和现实功效均有所不同，但彼此间却存在明显的文本关联[①]，体现出“互文性”的特质。这也促使对于作为讲义的《苦闷的象征》的研究，除对于历史细节的钩沉和事件真伪的辨析外，还具有深入探究鲁迅20世纪20年代的文学文本世界的独特意义。将《苦闷的象征》作为一个关键性的文本枢纽，有助于考察鲁迅小说由《呐喊》到《彷徨》的演变、小说创作和小说史研究之互动关联、散文诗集《野草》的创生，以及《苦闷的象征》的翻译选择等问题，从而全面揭示这一错综复杂却又有迹可循的文本互动生成的过程。

---

① 许钦文在《鲁迅先生译〈苦闷的象征〉》一文中指出：“鲁迅先生在翻译《苦闷的象征》时给《语丝》写散文诗之类的《野草》，我觉得许多地方都是受了这书的影响的，最明显的是《风筝》一篇。”见许钦文：《在老虎尾巴的鲁迅先生：许钦文忆鲁迅全编》，上海文化出版社2013年版，第38—39页。许钦文出于小说家的眼光，对问题的看法显得别有会心。

第　二　章

社会历史方法与中外文学学术交流

第一节　社会历史方法在20世纪中国文学研究中的引进与称雄

中国文学学术素有社会历史方法的传统。《左传》中关于吴公子季札听乐观风的记载，可谓从社会视角进行艺术批评的先声。孔子论诗，称“诗可以观”，即观“风俗之盛衰”；《乐记》云“审乐以知政”，所谓“治世之音安以乐，其政和。乱世之音怨以怒，其政乖。亡国之音哀以思，其民困”，成为两千多年传统儒家文艺观的不刊之论。孟子论文，主“知人论世”；刘勰著述《文心雕龙》，说“歌谣文理，与世推移”。直至近代康有为主张文学应“述国政，陈风俗”[①]，王国维倡言“凡一代有一代之文学”[②]。文学系社会生活之反映、文学发展受社会发展推动的观点，在中国实为老生常谈。故外来社会历史方法迅速为中国学者所拥护而成为中体西用的“新”理论。

但中国旧时站在儒家政教中心立场上的社会历史文学观，一般存在着

①［清］王韬:《日本杂事诗・序》。

②［清］王国维:《宋元戏曲史・序》。

两方面不足：一是不能始终恪守社会存在决定社会意识的历史唯物主义立场，不能指出决定社会发展的终极原因，从而给唯心主义的文学本质观和文学发展论留有余地。[①]二是受先秦理性精神和传统儒家“言志”“载道”文学观合力的牵制，总要从反映社会民情的现实主义轨道偏转或迁移到以教化为宗旨、以阐发义理为中心的古典主义或象征主义。不要说中古以来众多貌似反映现实的古典文学名著，诸如《水浒传》《金瓶梅》《红楼梦》之类，均有从理念出发编排现实之嫌；即便近代资产阶级改良主义者如康有为、梁启超者流所倡导的“新”文学，其实质仍是以义理为中心、编造故事曲以解说的“伪现实主义”，甚或是借小说之名而意在“发表政见”的“似说部非说部，似稗史非稗史，似论著非论著，不知成何种文体”[②]的“假文学”，如梁启超之《新中国未来记》。在文学批评方面开近代风气之先的王国维的《〈红楼梦〉评论》，本叔本华、尼采哲学，以“解脱”二字为《红楼梦》之基本精神，也是以先验理性为文学研究的圭臬。故文学学术中社会历史方法的真正登场，还是在19世纪西方唯物史观引进中国之后。

据20世纪美国批评家威尔逊（Edmund Wilson，1895—1972）[③]考察，文学研究的社会历史方法源于18世纪意大利学者维柯对荷马史诗的研究，他的研究揭示了希腊诗人所生活的社会环境。[④]到19世纪，德国浪漫主义运动的先驱赫尔德（Johann Gottfried von Herder，1744—1803）[⑤]也

---

① 如刘勰《文心雕龙》一方面讲“歌谣文理，与世推移”“文变染乎世情，兴废系乎时序”，另一方面又说“风动于上，而波振于下”，把文学的发展归之于统治阶级的提倡和天才人物的推动。

② 梁启超：《新中国未来记·绪言》，广西师范大学出版社2008年版，第4页。

③ 埃德蒙·威尔逊，20世纪美国著名评论家，曾任美国《名利场》和《新共和》杂志编辑、《纽约客》评论主笔。他的文学批评深受马克思和弗洛伊德的影响，对美国文学批评传统的确立以及欧美一些现代主义作家经典地位的确立影响甚大。其代表作有《到芬兰车站》《三重思想家》等。

④ 见威尔逊《文学的历史阐述》，1948年收入《三重思想家》。威尔逊用的是“历史的批评”，但这个术语涉及几种可能产生的混乱含义。对文学背景的大量有价值的历史探索，并不一定是批评和解释性的（比如说，可能旨在确定写作日期），而探索的社会环境不一定完全属于可以使“历史的”这个词站住脚的过去。——原注。转引自［美］魏伯·司各特：《当代英美文艺批评的五种模式》，见江西省文联文艺理论研究室编《外国现代文艺批评方法论》，江西人民出版社1985年版，第24页。

⑤ 约翰·哥特伏里德·容·赫尔德，德国浪漫主义先驱，在德国18世纪文学复兴中扮演过极为重要的角色，影响了“狂飙突进时代”（Sturm und Drang）的兴起和浪漫主义文学的繁荣。他在历史哲学方面是维柯的主要继承者之一，力图在多变的历史事实中去寻求不变的历史规律。

采用过这种批评模式。随后法国人丹纳（Hippolyte Taine，1828—1893）[①]在他的《英国哲学史序言》《艺术哲学》等著作中，提出了文学是时代、种族和社会环境产物的观点，使社会历史方法在文学学术中得以确立。以后马克思和恩格斯提出了以经济关系为基础的历史唯物主义学说，从而使马克思主义的社会历史方法成为文学学术中社会历史学派的一个特殊支派，并在20世纪上半期苏联和日本的左翼文艺运动中得到巨大发展。这种来自苏联和日本、标榜以马克思主义的唯物史观为哲学基础的社会历史方法学派，经由中国驻外记者或留学生的引进和介绍，也就在20世纪相当长的一段时期内成为中国文学学术的主潮。

一、马克思主义唯物史观对20世纪中国文学学术社会历史方法的奠基

以马克思主义的唯物史观为哲学基础的新的社会历史方法流派，比之历史上传统的社会历史学派，有三点质的改进：一是重视人民性，尤其强调下层劳动人民是历史的主人，把文学研究的视点聚焦在底层人民；二是认为物质生产发展是社会发展以及文学发展的终极原因，用经济因素来解释诸种社会矛盾、社会意识的根源，包括解释各种文学现象；三是突出和强化社会的阶级矛盾与阶级斗争，把阶级意识引进文学研究。

这种新的社会历史方法思潮，其主要源头是苏联，间接源头是日本。充当新思潮引进中介和渠道的则是中国驻外记者或留学生。1920年8月，曾在北京俄文专修馆学习过俄语的中国共产党早期重要领导人瞿秋白被北京《晨报》和上海《时事新报》聘为特约通讯员到莫斯科采访。1921年秋，莫斯科东方劳动者共产主义大学（简称“东方大学”）开办中国班，瞿秋白进入该校任翻译和助教，讲授俄文、唯物辩证法、政治经济学等课程，

① 伊波利特·丹纳，法国史学家兼文艺批评家。1828年出生于法国的一个律师家庭。1848年考入巴黎高等师范学校哲学系。曾于1858年至1871年先后游历英国、比利时、荷兰、意大利、德国等国。自1864年始被聘为巴黎美术学校教授，开设美术史讲座，直至1883年。其间于1871年在英国牛津大学讲学一年。1878年当选为法兰西科学院院士。

并担任政治理论课的翻译。早在赴俄之前，瞿秋白的文艺观已经树立起“文学是社会生活反映”的基本认识。他在1920年7月发表的《〈俄罗斯名家短篇小说集〉序》中说：

然而文学只是社会的反映，文学家只是社会的喉舌。只有因社会的变动，而后影响于思想，因思想的变化，而后影响于文学的。[①]

入俄后，他在1921—1922年期间写的《俄国文学史》一书中写道：“文学思想的渐切于现实生活，当然因此而已经辟了一条大道——以前的‘读书人’式的文学已经不能生存，于是俄国文学的伟大性：‘引文化的理想入现实生活，令现实生活反映于文学形式’的原理，就在此时播下了种子。”他把民间文学放到全书第一章，并总结18世纪俄罗斯文学的一条重要经验是“民间文学的搜集整理”。他说，通过这项工作使“文士的思想得受平民的教训；现实与文学的接触联结融洽得以更进一步”。瞿秋白指出：“文学的所以不死，正因为他和活的现实相陶融，说得出‘人话’——平民群众所要说而不会说的话，表现得出当代社会的情绪。”[②]从中可以看出他的文学观中浓厚的“重人民”倾向。

根据现有资料，第一个把马克思主义的经济基础与上层建筑理论及阶级意识引入文学论文的是成仿吾。成仿吾于1910年留学日本东京帝国大学造兵科，1921年回国。1923年他赴日本治疗脚疾，其间写出论文《从文学革命到革命文学》（后发表在1928年2月出版的《创造月刊》第一卷第九期上）。文中写道：

历史的发展必然地取辩证法的方法（Dialektische Methode）。因经济的基础的变动，人类的生活样式及一切的意识形态皆随而变革；结果是旧的生活样式及意识形态等皆被扬弃（Aufheben，奥伏赫变），

① 瞿秋白：《俄罗斯名家短篇小说集·序》，原载1920年7月北京新中国杂志社出版《俄罗斯名家短篇小说》第一集，见北京大学、北京师范大学、北京师范学院中文系中国现代文学教研室编《文学运动史料选》第一册，上海教育出版社1979年版，第169页。

② 瞿秋白：《俄国文学史及其他》，复旦大学出版社2004年版，第12页。

而新的出现。[1]

他要求“革命的‘印贴利更追亚’”（知识分子）“努力获得阶级意识”，“要使我们的媒质接近农工大众的用语”，“要以农工大众为我们的对象”。他还说：“努力获得辩证法的唯物论，努力把握唯物的辩证法的方法，它将给你以正当的指导，示你以必胜的战术。”[2]

此后，曾于1921—1924年间在莫斯科东方大学留学的文学青年蒋光慈在1928年《太阳月刊》第二期上发表《关于革命文学》一文，进一步阐述了作家获得阶级意识、阶级心理，克服个人主义的重要性。他在文中说：“一个作家一定脱离不了社会的关系，在这一种社会的关系之中，他一定有他的经济的，阶级的，政治的地位——在无形之中，他受这一种地位的关系之支配，而养成了一种阶级的心理。”他又说：“革命文学应当是反个人主义的文学。它的主人翁应当是群众，而不是个人；它的倾向应当是集体主义，而不是个人主义。”[3]阶级和阶级斗争的观点，确实是马克思主义唯物史观的一个重要内容，《共产党宣言》的第一句话就是：“到目前为止的一切社会的历史都是阶级斗争的历史。”[4]中国20世纪20年代革命文学的鼓吹者们对文学阶级意识的强调，表明了他们的文学观具有了马克思主义阶级斗争学说的崭新性质。

二、20世纪早期中国文学学术社会历史方法引进中的不良基因

20世纪20—30年代是苏联“无产阶级文化”派和“拉普”（俄罗斯无产阶级作家协会Российская Ассоциация Пролетарных Писателей之俄文缩

① 北京大学、北京师范大学、北京师范学院中文系中国现代文学教研室编：《文学运动史料选》第二册，上海教育出版社1979年版，第16—17页。

② 北京大学、北京师范大学、北京师范学院中文系中国现代文学教研室编：《文学运动史料选》第二册，上海教育出版社1979年版，第21页。

③ 北京大学、北京师范大学、北京师范学院中文系中国现代文学教研室编：《文学运动史料选》第二册，上海教育出版社1979年版，第26、27、28、29页。

④ 马克思：《共产党宣言》，见《马克思恩格斯选集》第二卷，人民出版社1972年版，第250页。

写“РАПП”的音译）积极活动并统领文学潮流的时期。“无产阶级文化”派否定传统，拒绝文化遗产；“拉普”推行“左”倾宗派主义，排斥打击“同路人”作家，提倡所谓“辩证唯物论的创作方法”，推重艺术粗糙但在政治上具有宣传鼓动性的作品。当时中国的文学青年通过去苏联考察或留学所接受到的所谓“革命”的文学观念，必然同时接受了来自苏联方面的这些有害杂质。

同时，影响当时中国激进文学青年的还有来自日本共产党左翼领袖福本和夫（ふくもと かずお，1894—1983）①及支持他的文学理论家的观点。福本和夫及其支持者当时错误地认为日本的资本主义正在迅速地走向灭亡，这就需要组织先锋队来领导革命。因此，也就应该进行彻底的理论斗争，从而把具有纯粹革命意识的分子从不纯的分子中“分离开”，然后再由革命意识纯粹的人团结起来，到群众中去培植革命思想。虽然福本和夫只是政治理论家而非文艺理论家，然而他的这种极左理论和宗派主义思想却通过福本主义文艺理论家青野季吉（あおの すえきち，1890—1961）和藏原惟人（Kurahara Korehito，1902—1991）的文艺理论观点直接影响了当时正在日本留学的中国青年。

这样，来源于苏联和日本、掺杂着庸俗社会学和“左”倾基因不良杂质的号称为“马克思主义”的社会历史文学观，就通过中国青年学者的翻译和引进，统治了中国左翼文坛，并对整个20世纪的中国文学运动产生了深远的影响。

1921—1924年，当时的革命文学青年蒋光慈在莫斯科东方大学留学。在此期间他除了学到一些马克思列宁主义的基本理论之外，还受到当时苏联“无产阶级文化派”“十月派”②以及托洛茨基文艺理论的影响，这就使他的文学观带有马克思主义一般原理与“左”倾文艺思潮相综合的特

① 20世纪20年代，面对日本政府对大批共产党人的拘捕和杀害，日共右倾领袖山川均（Yamakawa Hitoshi，1880—1958）等人以“等到运动自然长成以后再组织共产党”为由，未经党代表大会讨论便提出解散日本共产党。福本和夫与日共取消派进行了斗争，并于1926年参与领导重建日本共产党的工作。他在这一斗争中有些过激言行明显带有极左倾向和宗派主义情绪。

② 全称为“十月新型艺术劳动联合会”，即莫斯科艺术协会，存在于1928—1932年。成员包括建筑师、画家、艺术学家、电影和摄影艺术工作者等。协会的任务是发展群众性的宣传艺术，把艺术因素灌输到工业生产和日常生活中去。

点。比如在他发表于《新青年季刊》1923年第二期上的《经济形式与社会关系之变迁》一文中，从经济形式变迁的角度，对人类社会的历史沿革做了概括性的说明，最后指出，人类“除社会革命和实行无产阶级独裁而外，无他出路”。我们说，在马克思的学说中，无产阶级专政不过是资本主义社会向共产主义社会转变之间的一个过渡。[①]蒋光慈在这里把“无产阶级专政”说成是人类社会革命的终极目标，明显是受到当时俄国对马克思主义社会革命学说的“左”倾庸俗化理解的影响。他在《新青年》季刊第三期上发表的署名蒋侠僧的长文《论唯物史观对于人类社会历史发展的解释》，主旨是阐说意识反映生活并随社会生活变化而变化，以及上层建筑对经济基础有反作用等马克思主义唯物史观的一般原理，基本上是对马克思一些经典论述的照搬。除了他翻译的理论术语常有混淆不清的毛病以外，其对马克思主义一些理论观点的理解与阐说，也存在许多问题。比如他说：

> 既然一切意识的形式是社会生活的反映，则筑物（即今通译的“上层建筑”——笔者注）对于基础是否有反感的作用？……对于此问题，我们可以肯定地给一答案：“筑物对于基础有相当的反感的作用。”他又引用马克思的话指出“反感的作用”的“界限”是：“随着经济基础的变动，一切巨大的筑物迟早都是要崩坏的。”[②]

此话明显来自马克思在《政治经济学批判·序言》中所说的：“随着经济基础的变更，全部庞大的上层建筑也或慢或快地发生变革。”但马克思紧接着在下文中指出：“在考察这些变革时，必须时刻把下面两者区别开来：一种是生产的经济条件方面所发生的物质的、可以用自然科学的精确性指明的变革，一种是人们借以意识到这个冲突并力求把它克服的那些法律

① 马克思说：“在资本主义社会和共产主义社会之间，有一个从前者变为后者的革命转变时朗。同这个时期相适应的也有一个政治上的过渡时期，这个时期的国家只能是无产阶级的革命专政。”见［德］马克思：《哥达纲领批判》，人民出版社1965年版，第22—23页。

② 转引自张广海：《蒋光慈前期文艺思想探源》，载《南京师范大学文学院学报》2010年第2期。

的、政治的、宗教的、艺术的或哲学的，简言之，意识形态的形式。”[①]这就明确指出了意识形态与经济基础之间关系的复杂性，并且意识形态本身还有历史继承性，绝非如蒋光慈所说的“都是要崩坏”那样简单。

此外，从成仿吾文章中所谓革命作家要“努力获得阶级意识”“努力获得辩证法的唯物论”，所谓革命文学的主人翁“应当是群众”“它的倾向应当是集体主义”等表述，也很明显地可以看出当时在苏联喧嚣一时的“无产阶级文化派”的“组织理论”和“集体意识”的影响。

20世纪20年代末30年代初，中国译介出版了相当数量的来自苏联或日本的宣传马克思主义（但也有假马克思主义）文艺观的著作。其中有马列文论原著，如列宁的《托尔斯泰是俄国革命的镜子》《列·尼·托尔斯泰》（旧译名分别为《托尔斯泰——俄国革命的明镜》《托尔斯泰》，嘉生译，载《创造月刊》第二卷第三期）、《党的组织和党的出版物》（旧译名为《论新兴文学》，成文英即冯雪峰译，载《拓荒者》第一卷第二期），马克思《政治经济学批判·导言》中论述文学问题的部分（旧译名《艺术形成之社会的前提条件——关于艺术的断片》，洛杨即冯雪峰译，载《萌芽月刊》第一卷第三期）等；有苏共关于文艺政策的文件，如署名画室即冯雪峰译自藏原惟人、外村史郎日文辑译本的《新俄的文艺政策（联共〈布〉中央1924年文艺政策讨论会记录）》（光华书局1928年出版），鲁迅据藏原惟人、外村史郎日译本重译的《苏俄的文艺政策》（最初连载于《奔流》第一卷第一期至第二卷第五期，后由水沫书店改名为《文艺政策》，于1930年以单行本出版）；还有诸如俄国托洛茨基的《文学与革命》（韦素园、李霁野合译，未名出版社1928年版），普列汉诺夫的《艺术论》《艺术与社会生活》（沈端先译，载《文艺讲座》第一期），弗里契的《艺术社会学之任务及诸问题》（冯雪峰译，载《萌芽月刊》第一卷第一、二期），卢那察尔斯基的《艺术之社会的基础》（林柏修译，载《海风周报》第十四、十七期），法捷耶夫的《创作方法论》（何丹仁译，载《北斗》第一卷第三期），波格唐诺夫（今通译为波格丹诺夫）的《新艺术论》（苏汶译，水沫书店1929年版），日本藏原惟人的《到新写实主义

① 《马克思恩格斯选集》第二卷，人民出版社1972年版，第83页。

之路》（林柏修译，载《太阳月刊》停刊号），《再论新写实主义》（之木译，载《拓荒者》第一卷第一期）等真假马克思主义理论家、文论家的著作。①

上述这些著作，在当时都被看作是马克思主义的文艺理论，其实情况是比较复杂的。比如普列汉诺夫（格奥尔基·瓦连京诺维奇·普列汉诺夫，Георгий Валентинович Плеханов，1856—1918）在与唯心史观和唯艺术论斗争的大背景下，他的文艺观也有绝对化和形而上学之嫌。如他在批评列·托尔斯泰《艺术论》中给“艺术”下的“艺术表现感情”的定义时说：“不，艺术既表现人们的感情，也表现人们的思想，但是并非抽象地表现，而是用生动的形象来表现。”②并就此提出了他对艺术本质的定义：“艺术开始于一个人在自己心里重新唤起他在周围现实的影响下所体验过的感情和思想，但是并非抽象地表现，而是用生动的形象来表现。”这一表述其实是有缺陷的，它没有说明艺术形象与现实的关系；用形象来“表现”感情和思想这一提法也嫌片面，因为艺术创作并不是简单地给感情和思想穿件形象的外衣，并不是简单地将逻辑的语言“翻译”成形象的语言。

又如托洛茨基（列夫·达维多维奇·托洛茨基，Лев Давидович Троцкий，1879—1940），他是一个极为复杂的历史人物，不仅政治命运起伏多舛，其文艺观也是良莠混杂、瑕瑜互见的，既有精言高论，也不乏偏激片面之词。如他断然否定“无产阶级文化”的提法，认为“无产阶级文化不仅现在没有，而且将来也不会有”③。这就实际上否认了文化建设在无产阶级社会革命中的重要意义。他在1923年出版的《文学与革命》一书中提出了这样一个基本观点：十月革命所推翻的既然是一种旧的社会制度，那么，这一制度的崩溃也就成了“十月革命前的文学的崩溃”；十月革命“同时也顺带标出了知识分子无可挽回的失败”。④托洛茨基以对十月革

① 赖干坚：《革命文学运动与马列文论在中国的传播》，载《龙岩师专学报》2000年第1期。

②《普列汉诺夫美学论文集》第一册，曹葆华译，人民文学出版社1983年版，第308页。

③［苏联］托洛茨基著，刘文飞、王景生、季耶译：《文学与革命》，外国文学出版社1992年版，第172—173页。

④［苏联］托洛茨基著，刘文飞、王景生、季耶译：《文学与革命》，外国文学出版社1992年版，第3、6页。

命的态度作为他评价一切文学现象的标尺和准绳，把当时的俄罗斯文学划分为“非十月革命文学”“同路人”文学、未来主义、形式主义和“无产阶级文化派”五大块。许多在当时文坛上颇有影响的作家，诸如索洛古勃、罗赞诺夫、库兹明、扎米亚京、别雷、阿赫玛托娃、皮里尼亚克、莎吉娘等，都被他划入“反动”或“同路人”阵营而加以排斥。他的这种对作家以政治倾向画线的做法，对后来苏联乃至其他共产党国家的文艺学都产生了重大影响，即使他本人在政治上被废黜后，其余波仍长期延续。

再如苏联庸俗社会学文艺学的重要代表弗里契（弗拉基米尔·马克西莫维奇·弗里契，Владимир Максимович Фриче，1870—1929），他竭力试图从错综复杂的文艺现象中找到普遍适用的经验模式和发展规律。他一方面坚持了历史唯物主义关于社会存在决定社会意识、物质生产决定精神生产、经济基础决定上层建筑的正确立场；另一方面又忽视了意识对存在、精神对物质的巨大能动作用，抹杀了艺术区别于其他意识形态的审美特殊性。他在《艺术社会学》中宣称：“对于一切观念形态，以及对于艺术”，“就是隔离着经济基础的领域，在其存在及发展上亦完全受社会经济底规律之如铁的必然性之限制”。[①]他说：

> 造型美术——一切艺术也都同样——是履行一定社会机能的。造型美术藉形象之媒介，作用于感情和想象，又通过这作用于个人之思想；同时造型美术是将社会集团或其一部分……的这些感情、想象、思想、组织、统一起来而决定其方向的。[②]

他在论述艺术生产的法则时说：

> 艺术作品之生产，隶属于那和物质价值之生产同样的法则。所以社会发展之各阶段上的支配底经济制度，也必然地规定艺术家之生产

---

①［苏联］托洛茨基著，刘文飞、王景生、季耶译：《文学与革命》，外国文学出版社1992年版，第96页。

②［苏联］托洛茨基著，刘文飞、王景生、季耶译：《文学与革命》，外国文学出版社1992年版，第115页。

劳动（同样也规定艺术家之社会地位）。[①]

这就把艺术的本质、艺术在社会结构中的作用以及艺术生产的法则等与社会经济基础、物质生产机械僵化地捆绑在一起，从而陷入了庸俗社会学的泥潭。

然而，所有这些混杂着精华与糟粕的外来思想资料，在20世纪二三十年代的中国译者和研究者看来，都是马克思主义文艺学的经典著作，都受到极虔诚的吸纳和极崇高的评价。如鲁迅在《〈艺术论〉译本序》中说："蒲力汗诺夫也给马克斯主义艺术理论放下了基础。他的艺术论虽然还未能俨然成一个体系，但所遗留的含有方法和成果的著作，却不只作为后人研究的对象，也不愧称为建立马克斯主义艺术理论，社会学底美学的古典底文献的了。"[②]

鲁迅对托洛茨基的评价也曾经很高。在《〈十二个〉后记》一文中，鲁迅说："在中国人的心目中，大概还以为托罗兹基是一个喑呜叱咤的革命家和武人，但看他这篇（指托洛茨基《文学与革命》中的第三章《勃洛克论》——笔者），便知道他也是一个深解文艺的批评者。"[③]在《我的态度气量和年纪》一文中，鲁迅说："托罗兹基虽然已经'没落'，但他曾说，不含利害关系的文章，当在将来另一制度的社会里，我以为他这话却还是对的。"[④]这说明鲁迅对托洛茨基的许多文学观点还是抱肯定态度的。

不仅左翼作家，就是当时号称"第三种人"，在政治上、思想上反反复复的胡秋原在翻译了弗里契的《艺术社会学》之后也评论说：

无论在苏俄，在世界，在艺术之社会学底研究上，朴列汗诺夫死后，当要以佛理采为第一人。革命后，更以唯一马克思主义艺术学者，与其渊博之修养，精严之学风，卓然为苏联学术界之泰斗。[⑤]

---

①［俄］佛理采（即"弗里契"）著，胡秋原译：《艺术社会学》，神州国光社1931年版，第143页。

② 鲁迅：《〈艺术论〉译本序》，见《鲁迅文集》第十一卷，吉林文史出版社2006年版，第50页。

③ 鲁迅：《〈十二个〉后记》，见《鲁迅文集》第十八卷，吉林文史出版社2006年版，第166页。

④ 鲁迅：《我的态度气量和年纪》，见《鲁迅文集》第十二卷，吉林文史出版社2006年版，第77页。

⑤ 胡秋原：《艺术社会学·译者序言》，神州国光社1931年版，第1页。

这样，在马克思主义文艺理论在中国开始引进和传播的时候，由于当时一些文艺理论家的马列主义水平不高，误把一些含有极左思潮和庸俗社会学杂质的理论当作马列主义原理来加以介绍，这就从源头上造成了真理与谬误混杂的情况，为20世纪中国文学学术社会历史方法的具体实践埋下了不良基因。

第二节　“社会主义现实主义”——20世纪中国文学学术社会历史方法探源

文学学术中的社会历史方法固然不等于只有马克思主义一家，文学学术的社会历史方法也不仅仅是来自苏联，但从上节介绍中可以看出，苏联文学与文艺运动的经验又确实给予中国20世纪文学学术中的社会历史方法以巨大影响。所以，在论述20世纪中外文学学术交流中社会历史方法的引进、吸纳与具体实践的时候，必须追溯到苏联20世纪文学学术的主流思潮，即所谓“社会主义现实主义”对中国的影响。正如当代文艺理论家钱中文教授在为香港学者陈顺馨的博士论文《社会主义现实主义在中国的接受与转化》写的评阅意见书中所指出的：“抓住社会主义现实主义这一基本问题，可以说抓住了中国几十年来文艺理论的‘纲’。通过这个问题，牵出其他一系列的理论问题，以及政治化的文艺斗争等。”①

1934年第一次苏联作家代表大会通过的《苏联作家协会章程》规定：“社会主义现实主义，作为苏联文学与苏联文学批评的基本方法，要求艺术家从现实的革命发展中真实地、历史具体地去描写现实。”②由此可知，“社会主义现实主义”既是文艺创作应遵循的原则，又是评论、研究文艺现象的标尺和法则。它标榜自己立足于现实，并“真实”“具体”地反映现

① 陈顺馨：《社会主义现实主义在中国的接受与转化》，安徽教育出版社2000年版，第3页。

②《苏联作家协会章程》，见人民文学出版社编辑部编《苏联文学艺术问题》，曹葆华等译，人民文学出版社1953年版，第13页。

实。因此我们说，“社会主义现实主义”就是在苏联和中国文学学术中长期占统治地位的社会历史方法的“同义异词”，或云“变体”。

一、“社会主义现实主义”提出背景探秘

谈到“社会主义现实主义”，有必要先回溯当年被它所取代的“辩证唯物论的创作方法”。这一口号是“拉普”领导人为迎合俄共（布）中央在1925年《关于党在文学方面的政策》的决议中发出的“辩证唯物论……在文学领域中夺取阵地，也同样地早晚应当成为事实”的号召，在1928年提出来的。1928年5月全苏第一次无产阶级作家代表大会在其决议《文化革命和当代文学问题》中宣称：“只有受辩证唯物主义方法指导的无产阶级作家，能够创造一个具有特殊风格的无产阶级文学流派。”[①]这一观点，经由中国留苏和留日学生的译介，很快传入中国，并得到中国左翼文学家的理论拥护和创作实践响应。

今天看来，“拉普”理论家们的创作方法论，从理论上讲有两点错误：（1）把人类对现实的艺术掌握简单地等同于人的一般认识活动，在文艺领域照搬一般认识活动中的方法论原则，从而抹杀了人对现实的艺术认识的特点。（因为把现实概括成抽象的理论形式，也可以是符合唯物辩证法的。——笔者）（2）把属于哲学认识论范畴的方法与具体的艺术表现方法混为一谈，并进而推出一些具体作品作为体现唯物辩证法方法的样板，如当时提出的“杰米扬化”口号，就把文学创作引向某种单一的模式。

杰米扬·别德内依（Демьян Бедный，原名叶菲姆·阿列克谢耶维奇·波里德沃洛夫，Ефим Алексеевич Придворов，1883—1945）是一位积极追随布尔什维克革命的共产党员作家，早年以讽刺寓言和诗歌成名。他积极配合苏联社会主义革命和建设，写了许多热情洋溢的革命抒情诗和辛辣幽默的讽刺寓言。其语言通俗平易，风格朴实诙谐，是苏维埃大众诗歌的创始人，也是文学家中荣获苏联“红旗勋章”的第一人。但后来其讽刺小品文《从热炕上爬下来吧》（Слезай с печки）和《不讲情面》（Без

① Культурная революция и вопросы современной литературы. На посту. 1928. №13/14. с. 9.

пощады）等，受到斯大林的严厉批判。斯大林认为他在作品中对俄罗斯民族特点的批评是："对俄国人民的诽谤，是对苏联的侮辱，对苏联无产阶级的侮辱，对俄罗斯无产阶级的侮辱。"①这一可怕罪名使他在苏联政治生活和文坛上的地位一落千丈，直至1938年被开除出党。这里附带说一句，斯大林后来提出以"社会主义现实主义"取代"拉普"派提倡的"辩证唯物论的创作方法"，其中恐怕也不无否定杰米扬·别德内依作品中还有的一点批判现实精神的目的。

我们说，不管杰米扬·别德内依在创作上的成就究竟如何，他的作品在当时如何适应社会需要，如何获得读者大众的喜爱，把一个作家奉为楷模，要求所有作家去效法和模仿，搞什么"化"，这总是违反艺术规律的。所以苏联当年的一位"同路人"作家伊利亚·谢里温斯基（Илья Сельвинский，1899—1968）就写过这样一段题词来讽刺"杰米扬化"："文学不是阅兵/用整齐一致要求它/我很喜欢杰米扬化/但又恶心它的贫乏。"②

一个有意思的情况是，当20世纪30年代初中国左翼作家还在积极讨论和宣传"辩证唯物论的创作方法"的时候，这个口号已经在苏联被批判和终结了。但也正是由于苏联自己已经抛弃了这一理论，所以这一提法也很快就在中国左翼文学界悄然淡出。1942年延安整风期间毛泽东在《在延安文艺座谈会上的讲话》中说"马克思主义只能包括而不能代替文艺创作中的现实主义"，这标志着"辩证唯物论的创作方法"口号在中国被彻底否定。

美国学者赫尔曼·叶尔莫拉耶夫在《"拉普"——从兴起到解散》一文中曾经分析了当年联共（布）中央改组文学团体、解散"拉普"和提出"社会主义现实主义"口号的原因。他说：

> 党的十七次代表会议影响了"拉普"有关无产阶级和社会主义文化的主张，因为会议通过了一项决议，号召在第二个五年计划

---

①［苏联］斯大林：《致杰米扬·别德内依同志》，见中共中央马克思恩格斯列宁斯大林著作编译局译《马克思恩格斯列宁斯大林论文艺》，人民出版社1964年版，第144页。

② Баевский В. С. История Русской литературы XX века. М.: изд. Языки русской культуры. 1999. с. 109.

> （1933—1937）期间建成社会主义经济基础并把“全体劳动人民”转变为“无阶级的社会主义社会的积极建设者”，这就引起了把重点逐步地由苏维埃国家的无产阶级方面转移到社会主义方面。[①]

他又说：

> 党的改革主要的直接的原因是，文学与其他艺术领域现存的组织结构不再适应由于很多同路人在第一个五年计划中倒向苏维埃政权而造成的新局面。……同路人对于他们如何受“拉普”虐待记忆犹新，党则尽一切努力把自己扮作他们的高尚的保护人。[②]

这是解散“拉普”和提出“社会主义现实主义”的政治上的原因。此外，批判“拉普”文学理论、提出新的理论主张，还有“拉普”理论本身存在的弱点和令斯大林不满的地方。如他们提出的写“活人”、写“直接印象”、“杰米扬化”和“辩证唯物论的创作方法”等等，后来都被扣上了唯心主义或形而上学的帽子。尤其是他们提出的“撕下一切假面具”的口号，更被人引申为号召“从新的社会主义秩序”撕下面具，这就招致他们在组织上的被解散和理论上的被取代。正如叶尔莫拉耶夫在该文中指出的：

> 对“拉普”的攻击以及它被迫的自我批评的结果是，它的虚弱的、派生的美学理论全部被摧毁，它有关现实主义是客观地、不加粉饰地再现现实的见解受到压制。“拉普”的现实主义观念中的批判的脉络——它表现在推崇别德内依的艺术上——现在逐渐为无条件地歌颂社会主义劳动英雄所代替。[③]

---

① 中国社会科学院外国文学研究所外国文学研究资料丛刊编辑委员会编：《“拉普”资料汇编》上，中国社会科学出版社1981年版，第401页。

② 中国社会科学院外国文学研究所外国文学研究资料丛刊编辑委员会编：《“拉普”资料汇编》上，中国社会科学出版社1981年版，第409—410页。

③ 中国社会科学院外国文学研究所外国文学研究资料丛刊编辑委员会编：《“拉普”资料汇编》上，中国社会科学出版社1981年版，第396页。

这一反应又一次表明党畏惧真理仍是摒弃“拉普”理论的主要原因。①

根据近年来陆续披露的一些关于高尔基和苏联文学的档案材料，我们可以补充说，促使斯大林下决心改组文艺团体和解散“拉普”，并提出“社会主义现实主义”口号，除了上述各条原因之外，还有他要争取高尔基回归、树高尔基为他领导下的文坛领袖的目的。中国苏联问题研究专家张捷曾在文章中指出，在促使斯大林下决心解散“拉普”这个问题上，“可能高尔基的态度起了一定作用。高尔基对‘拉普’没有好感，认为他们的派别斗争是‘浪费精力’，反对他们迫害‘同路人’，希望结束这种状态。他趁回国时见到斯大林的机会，多次谈到‘拉普’在文学政策方面的过激行为”②。

众所周知，高尔基虽然长期被苏联宣传为列宁和布尔什维克党的挚友，但他与列宁和布尔什维克党人之间，是有过尖锐的矛盾冲突的。苏联时期的一位政论作家、高尔基研究专家瓦吉姆·伊里奇·巴拉诺夫教授（Вадим Ильич Баранов，1930—　）曾在1989年4月1日的《苏维埃文化报》上发表文章《马克西姆·高尔基的“是”与“非”》，以自问自答的形式提出这一问题：“高尔基是什么时候出走的？高尔基在列宁时期出走，他的出走是因为他不能留下来。高尔基是什么时候回来的？高尔基在斯大林时期回来，他的回来是因为他不能不回来！”文章写道：“1921年秋高尔基出国，先去德国，后住在意大利。在国外，他受到季诺维也夫、托洛茨基等人的攻击。后来，季诺维也夫、托洛茨基受到批判，被开除出党。而斯大林这时正酝酿一个计划，他要改变农村的面貌（即搞合作化——译者）。他寄希望于高尔基支持他的计划，并共同反对布哈林。”③

尽管高尔基在十月革命后因与列宁政见不合而去国出走，尽管他在国

---

① 中国社会科学院外国文学研究所外国文学研究资料丛刊编辑委员会编：《“拉普”资料汇编》上，中国社会科学出版社1981年版，第431页。

② 张捷：《第一次苏联作家代表大会召开和苏联作家协会成立的经过》，载《环球视野》2012年第503期。

③ Вадим Баранов：“Да” и “Нет” –Максима Горького.//Советская культура. 01. 04. 1989г.

外还与布尔什维克党人唇枪舌剑、互相抨击，但正如列宁本人早年说过的："社会民主党的任何一个派别都可以因高尔基加入自己的派别而感到正当的骄傲。"[①]在列宁逝世和托洛茨基、季诺维也夫等批判过高尔基的中央领导人被斯大林作为政敌搞掉之后，新领导者斯大林自然希望高尔基这样有世界声誉的文学巨匠能来为他主政的社会主义文化事业站脚助威。而为了使高尔基欣然回国，并担当起斯大林治下文坛领袖的重任，就要搬掉横在高尔基和苏联文坛之间的绊脚石，就要为高尔基打造一个他能够接受的文学纲领或路线，这样就有了解散"拉普"的举措和"社会主义现实主义"的提出。

高尔基作为一位深谙艺术法则的成熟作家，自然不会接受"拉普"的"辩证唯物论的创作方法"一类蹩脚的文学理论。他早就从艺术规律的角度，探讨过社会主义文学的创作原则。在他1912年10月写给华·伊·阿努钦的信中就说过：

> 关于社会主义艺术——尤其是文学——我将单独给您写一封信。这既不是现实主义，也不是浪漫主义，而是两者的一种综合，这个思想我觉得是可以接受的。[②]

可见，提出一种符合美学和艺术规律、综合了现实主义和浪漫主义两大艺术潮流特征的"新"的艺术法则，是能够为高尔基所接受的。试看后来苏联官方提出的"社会主义现实主义"定义，强调"从现实的革命发展中真实地、历史地和具体地去描写现实"，特别是联共（布）中央主管意识形态工作的高官日丹诺夫在第一次苏联作家代表大会上的演讲中所做的补充说明——"我们的两脚踏在坚实的唯物主义基础上的文学是不能和浪漫主义绝缘的，但这是新型的浪漫主义，是革命的浪漫主义"[③]，都说明这

---

① 中国社会科学院文学研究所文艺理论研究室编：《列宁论文学与艺术》，人民文学出版社1983年版，第272页。

②［苏联］高尔基：《给华·伊·阿努钦（1912年10月22日）》，见北京大学中文系文艺理论教研室编《文艺理论学习资料》下册，北京大学出版社1980年版，第530页。

③ 人民文学出版社编辑部编，曹葆华等译：《苏联文学艺术问题》，人民文学出版社1953年版，第27页。

一理论的提出有迎合高尔基文学主张的成分。

此外，促使斯大林和苏联文艺领导人用“社会主义现实主义”取代“辩证唯物论的创作方法”，也不完全是出于政治策略的需要。从理论建设的角度看，还与20世纪30年代初苏联公布了一批马克思、恩格斯关于文艺问题的通信有关。1932年3月，“拉普”派的《在文学岗位上》杂志第七期以《未发表的玛·哈克奈斯的信》为题，刊登了恩格斯在1888年4月写给英国女作家玛格丽特·哈克奈斯的信。不过“拉普”派理论家当时只是认为这封信意义重大，并没有意识到恩格斯在信中表述的观点也同时敲响了他们自己理论的丧钟。随后，苏联共产主义学院刊物《文学遗产》1932年4月总第二期上发表了塞勒尔的文章《马克思恩格斯论巴尔扎克和文学上的现实主义》，介绍了恩格斯给哈克奈斯的信和恩格斯关于巴尔扎克的论述两方面内容。恩格斯在信中说：“我所指的现实主义甚至可以违背作者的见解而表露出来。”比如“巴尔扎克就不得不违反自己的阶级同情和政治偏见；他看到了他心爱的贵族们灭亡的必然性，从而把他们描写成不配有更好命运的人”，恩格斯把这称为“现实主义的最伟大胜利之一”。[①]这些论述，使人们认识到现实主义创作原则的独立价值，正如赫尔曼·叶尔莫拉耶夫所说：“恩格斯的信提出了文学可以相对独立于思想倾向。这一点成为人们攻击‘拉普’的主要武器之一，因为他们在文学美学观上过分突出了思想意识的作用。”[②]我们认为，也正因为有恩格斯的权威论述作为理论铺垫，才促使斯大林提出“社会主义现实主义”这样突出“现实主义”特点的理论口号。

现在有材料证明，“社会主义现实主义”口号的实际提出人其实就是斯大林自己。据苏联《文学问题》杂志1989年第二期上公布的一篇抄件（Переписка）披露，斯大林曾在1932年4月或5月的某一天单独召见当时的苏联作家协会组织委员会主席伊·米·格隆斯基（Иван Михайлович Гронский，本姓费都罗夫 Федулов，1894—1985），询问他对创作方法问

---

① [德] 恩格斯：《致玛·哈克奈斯（1888年4月初）》，见《马克思恩格斯选集》第四卷，人民出版社1972年版，第 462、463页。

② 中国社科院外国文学研究所、外国文学研究资料丛刊编辑委员会编：《“拉普”资料汇编》上，中国社会科学出版社1981年版，第404页。

题的意见。格隆斯基明确表示坚决反对“拉普”的“辩证唯物主义创作方法”，建议把苏联文学的创作方法称为“无产阶级社会主义的现实主义，或更确切地称为共产主义的现实主义”。斯大林随即对格隆斯基说：“您已经找到了解决问题的正确途径，但对它的表述不十分准确。如果我们把苏联文学艺术的创作方法称为社会主义现实主义，那么您以为如何？”[①]格隆斯基自然是满口赞成。这样便有了同年5月在报刊上正式提出的“社会主义现实主义”这一专名词组。

这里需要插述一个问题，即恩格斯那封著名的论现实主义伟大胜利的书信引发了社会主义国家文艺学上一系列争论多年的问题，诸如“世界观与创作方法的关系”“文学典型与典型化”等等。这些争论也造就了不少受到排斥、打击和迫害的文坛“右派”或“反党反社会主义分子”，这恐怕是革命导师当年始料不及的。把文学论争、理论分歧衍化为政治斗争，制造出打击人、压迫人的文坛冤案，这是斯大林时代苏联的发明，也蔓延到包括我们中国在内的其他共产党国家，这一点我们留给下文讨论。我们这里要说的是，恩格斯这封信所讨论的核心问题，还不是作家的政治倾向与其创作方法的关系，而是提出了“充分的现实主义”的理想，即“除细节的真实外，还要真实地再现典型环境中的典型人物”。[②]那么，什么才是“典型环境”呢？按恩格斯在信中的表述，那就是“在一个有幸参加了战斗无产阶级的大部分斗争差不多五十年之久的人”所看到的历史，是像巴尔扎克那样“在《人间喜剧》里给我们提供了一部法国‘社会’特别是巴黎‘上流社会’的卓越的现实主义历史”，是“在这幅中心图画的四周，他汇集了法国社会的全部历史”。[③]简言之，那就是在对历史和社会现实做了全面、整体把握以后所认识到的历史环境。对现实社会环境有如此真实的全面把握，方能克服自己的阶级同情和政治偏见，写出真实的“典型环境中的典

① 转引自汪介之：《“社会主义现实主义”在中国的理论行程》，载《南京师范大学文学院学报》2012年第1期。

②［德］恩格斯：《致玛·哈克奈斯（1888年4月初）》，见《马克思恩格斯选集》第四卷，人民出版社1972年版，第462页。

③［德］恩格斯：《致玛·哈克奈斯（1888年4月初）》，见《马克思恩格斯选集》第四卷，人民出版社1972年版，第462、463页。

型人物”。

由此可见，恩格斯所说的“充分的现实主义”，其核心是立足于对历史环境的真实把握。正是在这个前提下，他提出：“我所指的现实主义甚至可以违背作者的见解而表露出来。”在恩格斯的论述中，我们看到的是这种现实主义可以“违反”作者的“阶级同情和政治偏见”。①在斯大林提出的“社会主义现实主义”概念中，“社会主义”这个政治范畴的概念变成了制约和统摄“现实主义”的不可逾越的法则。这种政治法则所要求作家的，不是可以“违背”或“违反”，而是必须绝对服从和为之服务。这可以说是斯大林及当时苏联官方文艺理论家对恩格斯现实主义理论的修正和改造。

这样，一种可以突破作家个人的政治偏见、写出“卓越的现实主义历史”的现实主义，在斯大林的理论中就被改造成了为他的“社会主义”服务的现实主义；一种本来包含着表现“工人阶级对他们四周的压迫环境所进行的叛逆的反抗”的富有批判精神的现实主义，就变成了只能正面歌颂“社会主义伟大成就”的肯定性的现实主义。而且，我们看到，由于斯大林对重返祖国的高尔基的优容和礼遇，由于高尔基在回国后看到和听到的都是故意安排给他的美好景象，当然，也包括晚年高尔基为报答斯大林“知遇之恩”和希望在祖国故土安度晚年而有意自我麻木的个人原因，昔日惯于与暴风雨搏斗的“海燕”收敛起了自己的敏锐目光和斗争锋芒，变成了赞美斯大林治下苏联“美好现实”的歌手。他心目中曾经追寻的作为社会主义文学创作原则的“第三种东西”，也就更加被赋予了美化与粉饰的色彩。他在1931年写的《论文学及其他》一文中说：

> 是否应该寻找一种可能性，把现实主义和浪漫主义结合成为第三种东西，即能够用更鲜明的色彩来描写英雄的现代生活，并用更崇高更适当的语调来谈论它呢？②

---

①［德］恩格斯：《致玛·哈克奈斯（1888年4月初）》，见《马克思恩格斯选集》第四卷，人民出版社1972年版，第463页。

② 北京大学中文系文艺理论教研室编：《文艺理论学习资料》下册，北京大学出版社1980年版，第531页。

这就明确说出了“社会主义现实主义”要正面歌颂、热情赞美社会主义现实生活的特点。他于1928、1929年在苏联各地旅行后写的一组报告文学特写（后以《苏联游记》为题结集出版），就鲜明体现了这种歌颂性的特点。在1935年1月30日给“红蔷薇”工厂女工伊·阿·里巴柯娃的信中，高尔基写道：

> 但是我现在回到了莫斯科，就看到无产阶级专政六年来在过去的沙皇俄国所做的事情。这无疑地使我深深感动，激起了我心中永不熄灭的喜悦和由于祖国人民的力量与才能而感到的自豪。……我看到了苏联无产阶级、它的党英明地领导的宏伟的工作，于是从那时候起，我就幸运地靠着这种精力生活着。这种精力每天不断地丰富了苏联，并且教导了世界各国无产阶级应该做什么，应该怎样改变生活。[①]

也正因为如此，苏联解体后俄罗斯于1995年出版的莫斯科大学教授沃尔科夫（Волков）编写的高等学校教科书《文学理论》，把这种现实主义称为有别于“社会批判现实主义”和“心理分析现实主义”的“社会确认的现实主义”（“Социально-утверждающий”реализм）。[②]

二、“社会主义现实主义”的特点及其核心观点辨析

通过以上对“社会主义现实主义”理论提出背景的回顾，我们可以看出，这种“社会主义现实主义”或者叫“社会确认的现实主义”，一个最突出的特点就是为党的事业服务，或者说为党的政治路线、方针、政策服务。从列宁早年在《党的组织和党的出版物》中提出的“齿轮和螺丝钉”理论，直到毛泽东在延安讲话中所说的“武器论”“工具论”，都明确表达了这一宗旨。这种对文学艺术的社会定位，在革命战争年代，对于革命党把文艺作为自己斗争的工具和手段，无疑是必须的和有效的。甚至直至今

---

①［苏联］高尔基著，秦水、林耘译：《苏联游记》，人民文学出版社1960年版，第200页。

② И. Ф. Волков. *Теория литературы*. Москва：изд. Просвещение-Владос. 1995. С. 250.

天，在和平建设的年代，执政党利用文艺为自己的施政路线服务，为自己的统治造势，似乎也无可厚非。对于党自己的文艺队伍来说，这条原则必须继续坚持。

但对于由革命党转化为执政党，由领导单一的本党文艺队伍到面对全社会各阶层人民的文化需求,由作为革命斗争手段可以不计成本地宣传、"灌输"，到为适应市场经济规律而承认文化产品的商品属性，"社会主义现实主义"的文艺纲领无疑有把文艺创作的目的与意义、文艺作品的内容与形式、文艺批评的尺度与标准，以及文艺传播的手段和途径等等单一化、狭窄化之嫌。

更何况给"现实主义"加上"社会主义"这一政治标签之后，它就很自然地把艺术问题转变成了政治问题。可以设想，在一个宪法规定自己为"社会主义"的国家里，"反社会主义"是怎样大的一个罪名?！当代俄罗斯文学史家B. C. 巴耶夫斯基教授在其所著《20世纪俄国文学史》中对20世纪苏联共产党领导下的文艺事业做过这样的描述：

> 在20世纪的历程中，在一个个可怕的灾难中耗尽了俄罗斯优秀的人才。在1905年和1917年的革命中、在国内战争中消灭了，从国内排挤出和放逐出了成批的具有自我牺牲精神的革命青年、贵族和知识分子。在两次世界大战中牺牲了上千万祖国的保卫者。
>
> 在20世纪，俄罗斯作家的职业成了最危险的职业之一。……在20世纪强行处死了上百名文学家。不只是勃洛克，还有赫列伯尼科夫因饥饿和非人的生活条件死去；不只是古米寥夫，还有皮里年科和其他许多作家被枪决；死在集中营里的有曼德尔施塔姆、克留耶夫·巴别里；上吊死的有叶赛宁和茨维塔耶娃；开枪自杀的有马雅可夫斯基和费特；被迫害还达到了这种程度：投河而死的有帕斯捷尔纳克和特瓦尔多夫斯基；被驱逐出境的有世界上最光荣的诺贝尔奖奖金获得者蒲宁、索尔仁尼琴、勃洛德斯基。①

① Баевский В. С. *История Русской литературы XX века.* Москва：изд. Языки русской культуры，1999. с. 16—17、18—19.

诚然，上述被迫害和镇压的作家不一定都是因为反对“社会主义现实主义”，但创作思想、艺术风格上的不合统治者趣味，肯定是其中有些人受排斥和打击的原因。起码上文提到的杰米扬·别德内依，以及在1946年被批判的左琴科，都是因为他们的作品触犯了斯大林及其所规定的“社会主义现实主义”天条。

除了强调党性原则和为政治服务这一鲜明特色之外，“社会主义现实主义”还有以下三条曾经被共产党国家文艺学公认为真理，但今天看来，如果理解偏差、执行过当，就会引起不良后果的基本原则：

1. 反映历史的本质规律。恩格斯在1859年5月18日写给斐迪南·拉萨尔评论他的历史剧《济金根》的信中说：“主要人物是一定阶级和倾向的代表，因而也是他们时代的一定思想的代表，他们的动机不是从琐碎的个人欲望中，而正是从他们所处的历史潮流中得来的。”[①]列宁评论列夫·托尔斯泰说：“如果我们看到的是一位真正伟大的艺术家，那末他就一定会在自己的作品中至少反映出革命的某些本质的方面。”[②]这些都是我们在解说“社会主义现实主义”文艺理论时经常引用的经典言论。它们固然都是不错的。但问题在于，且不说恩格斯、列宁原文所针对的都是史诗性的宏大叙事作品，那些描写日常生活中凡人琐事的个人叙事作品很难说都要反映什么“历史的本质规律”。况且，本质从何而来？本质不是先验的、抽象存在的，而是不可分割地存在于鲜活的生活现象之中的。列宁本人在《黑格尔〈逻辑学〉一书摘要》中曾摘引黑格尔的话：“上述哲学所持观点的主要缺点就在于，它固执地把抽象的自在之物当作一个最终的规定，并且把反思或规定性和多样的特性同自在之物对立起来；但实际上自在之物本来在自身中就具有这种外在的反思，并且把自己规定为赋有自身的规定、特性的物。因此，使事物成为纯粹的自在之物的那个抽象，是不真实的规定。”然后批注道：“实质=反对主观主义，反对自在之物同现象的割裂。”他又对黑格尔所说“规律是经过显现的东西的中介而肯定的东西”一语旁

---

①［德］恩格斯：《致斐·拉萨尔》，见《马克思恩格斯选集》第四卷，人民出版社1972年版，第343—344页。

②［苏联］列宁：《列夫·托尔斯泰是俄国革命的镜子》，见中国社会科学院文学研究所文艺理论研究室编《列宁论文学与艺术》，人民文学出版社1983年版，第201页。

批注道“（现象的）规律”。列宁接下来写道：“这里都是极其费解的。但是，具有活力的思想看来是有的：规律的概念是人对于世界过程的统一和联系、相互依赖和总体性的认识的一个阶段。……这是反对把规律的概念绝对化、简单化、偶像化。”[①]也就是说，“反映历史的本质规律”虽然是每一个有社会责任感、有宏大抱负的作家追求的目标，但能否做到这一点，全在于对生活现象观察、把握、认识、分析的深刻、熟稔、透彻和精辟，而不在于某些理论家、政治家所预言和授意表现的“生活本质”。这也就是像巴尔扎克、托尔斯泰，以及中国的杜甫、白居易、曹雪芹这样的在某些“革命家”看来思想认识有缺陷的作家，反倒写出了堪称一代史诗的作品；而那些曾在某一时期得到政治领导人的首肯和推崇，被宣布为反映了“历史本质真实”的“文艺创作”[②]，却成为艺术长河中的匆匆过客，甚至成为遗臭万年的“阴谋文艺”的原因。

2. 从现实的革命发展中描写现实。1934年通过的《苏联作家协会章程》对“社会主义现实主义”的纲领性表述是：“правдивое，исторически конкретное изображение жизни в её революционом развитии.”[③]周扬译作：“从现实的革命发展中真实地、历史地和具体地去描写现实。”[④]如果按原文直译，这段话应译为“真实地、历史具体地在其革命发展中描写生活”。当然这样说不合汉语语法习惯，周扬的译文还是不错的。这条原则最要紧的一点是“在现实的革命发展中”去描写现实（或说“描写生活”），故苏联早期文化事业的重要领导人卢那察尔斯基（Анатолий Васильевич Луначарский，1875—1933）在解说“社会主义现实主义”时写道：

---

①［苏联］列宁：《黑格尔逻辑学一书摘要》，见中共中央马克思恩格斯列宁斯大林著作编译局译《哲学笔记》，人民出版社1993年版，第125、126页。

② 如“文革”时期“四人帮”授意创作的短篇小说《初春的早晨》《第一课》《警钟长鸣》《一篇揭矛盾的报告》、长篇小说《号上作战史》（后改名《虹南作战史》）、电影《反击》《盛大的节日》《欢腾的小凉河》《千秋业》等等。

③ А. А. Беляев Л · И · Новикова В · И · Толстые. *Эстетика*（*словарь*），Москва：изд. Политиздат，1989，с. 327.

④ 人民文学出版社编辑部编，曹葆华等译：《苏联文学艺术问题》，人民文学出版社1953年版，第13页。

> 请想象一下，人们正在兴建一所房子，等它建好，将是一座富丽堂皇的宫殿。可是房子还没有建成，您便照这个样子描写它，说道："这就是你们的社会主义——可是没有屋顶。"您当然是现实主义者，您说了真话；但是一眼可以看出来，这真话其实是谎言。只有了解正在兴建的是什么样的房子以及如何建造的人，只有了解这所房子一定会有屋顶的人，才能说出社会主义的真实。[①]

多年来，我们一直把卢那察尔斯基的这一解释作为经典来引用，"在现实的革命发展之中去描写现实"也就成了"社会主义现实主义"的不二法则。

但是今天看来，这一法则起码存在着两方面的问题。其一，什么叫"革命发展"？俄文"Революция"一词，意思为"革命""变革""根本性的改革"，作为哲学术语则是"突变"。"现实（生活）的革命发展"可以有两方面的理解：一是生活中革命性的、根本变革的事件；二是以革命者的眼光或者从革命者的思想观点出发所看到的现实生活。前一种理解，有把文学表现的对象、范围狭窄化之嫌，因为现实生活、艺术对象未必处处都是革命性的变革，家务事、儿女情，花鸟鱼虫、风花雪月，还可不可以成为艺术表现的对象？后一种理解，则会产生戴着"革命精神"的有色眼镜去过滤现实、图解概念、粉饰或拔高生活之弊，实际上是戴着"革命"光环的伪现实主义，是打着文学旗号的政治宣传。像鲁迅先生当年讽刺的所谓"革命文学"剧本，野妓、小偷会说出"我再不怕黑暗了！""我们反抗去！"[②]这样满带学生腔的"革命"话语；苏联斯大林时代出现的一批虚构现实、拔高生活的作品，诸如《金星英雄》《远离莫斯科的地方》等等，都可以说是"从现实的革命发展中描写生活"的蹩脚样本。

其二，"从现实的革命发展中描写现实"这一命题，首先还存在着如何理解"发展"，"发展"与"现实"哪个是基础、哪个为根本的问题。"社会主义现实主义"理论讲的"革命发展"，强调的是"革命"，即"根本性

---

① ［苏联］A. B. 卢那察尔斯基：《社会主义现实主义》，见蒋路译《卢那察尔斯基论文学》，人民文学出版社1978年版，第55页。

② 鲁迅：《三闲集・文艺与革命》，见《鲁迅全集》第四卷，人民文学出版社1956年版，第68页。

的变革”，是哲学上的“突变”。但实际上社会进步是否意味着总是不断地“革命”，不断地推倒重来、“彻底变革”？中国共产党积几十年领导国内社会发展和经济建设的经验，于2003年提出了“科学发展观”这一执政理念，提出“以人为本，树立全面、协调、可持续的发展观，促进经济社会和人的全面发展”的思想，这是中国共产党人对社会主义建设、社会发展和共产党执政规律的认识所达到的新高度，也是我们今天纠正“左”的文学思想、端正文学航向的理论指南。文学作品展示给人们的，应该是符合社会发展规律的“科学发展”的美好前景，而不应是靠单纯“革命”热情驱使的、经常是盲动、冒进的所谓“革命发展”。只有符合“科学发展观”的对现实的描写，也才能是经得起历史检验的、真实的文学描写。其次，“发展”与“现实”哪个为主？哪个为本？本来，立足于对现实的真实描写，从对现实关系的真实描写中揭示或暗示历史发展的客观规律，应该是现实主义创作的基本原则。当年恩格斯在致敏娜·考茨基的信中说：“如果一部具有社会主义倾向的小说通过对现实关系的真实描写，来打破关于这些关系的流行的传统幻想……即使作者没有提出任何解决办法，甚至作者有时并没有明确地表明自己的立场，但我认为这部小说也完全完成了自己的使命。”他特别指出：

> 我认为倾向应当从场面和情节中自然而然地流露出来，而不应当特别把它指点出来；同时我认为作家不必要把他所描写的社会冲突的历史的未来的解决办法硬塞给读者。①

但“社会主义现实主义”要求作家“从现实的革命发展中真实地、历史地和具体地去描写现实”，“革命发展”成了“描写现实”的前提和基础，这就把“主”与“从”、“本”与“末”顺序颠倒、因果互换了。未来的发展远景不是在现实描写中展现的趋势，而是直接取代了眼前的现实。更可怕的是，有时这种所谓的“未来发展远景”是根本不可能实现的乌托邦幻想。

---

①［德］恩格斯：《致敏娜·考茨基》，见《马克思恩格斯选集》第四卷，人民出版社1972年版，第454页。

这就势必造成一大批从当前政治领导人的政治需要出发，美化现实、歌功颂德的伪现实主义作品。这种弊病不仅发生在苏联，也传染到中国。正如天津师大文学院汤吉夫教授在他的《当代中国小说的变迁》一文中所说：

> 世界上像我们中国人这么强调和推崇现实主义的国度，不能说绝无仅有，起码为数不多。奇怪的是，现实主义在中国的命运却又真正是多灾多难。一方面在理论上把现实主义定为一尊，一方面却又绝不允许现实主义文学的存在和发展。其结果，真正的现实主义被洗劫一空，剩下来的多是一些粉饰现实、歌功颂德的赝作劣品。①

而另一方面，那些真正来自生活、真实反映了现实生活实况的作品，却又往往被打上“不能以发展的眼光看待现实”“自然主义描写”“丑化社会主义”，甚至“利用文学攻击党的领导”等可怕罪名，予以排斥和打击。这种思维定式和思维逻辑不仅在20世纪50年代中期的“反右”斗争中打击了那些勇于“干预生活”、有一定批判锋芒和思想力度的优秀作家作品，造成了一批文坛冤案；而且直至“文革”结束后在新时期对具体作品的评论中，仍时有发作，不时干扰和威胁着作家们直面现实的勇气。如电影《被爱情遗忘的角落》在1981年获得文化部“金鸡奖”之后，就有人引用恩格斯的“典型环境”理论，指责影片编导者“这样地表现社会主义农村的阴暗面，这样地表现新中国成立三十年来农民生活的社会环境，只抓住它的特殊性，不考虑它的普遍性，是不典型的，不能给人民以鼓舞和向上的力量”②。

3. 劳动人民是文学艺术的主人。我们在本章第一节里曾经指出，以马克思主义唯物史观为哲学基础的社会历史方法流派“尤其强调下层劳动人民是历史的主人，把文学研究的视野聚焦在底层人民”。苏俄十月革命后出现的“无产阶级文化派”就曾提倡“集体主义”艺术，主张生产和艺术

---

① 汤吉夫：《当代中国小说的变迁》，载《天津师范大学学报》（社会科学版）1989年第3期。

② 硕华：《暴露有余　歌颂不足——对影片〈被爱情遗忘的角落〉的异议》，载《电影评介》1982年第4期。

相融合。后来的“拉普”则积极推行过让工人突击队员直接加入文学队伍和把作家编成生产队派往建设工地等违反艺术规律的极左政策。“社会主义现实主义”理论虽然部分纠正了“拉普”的错误，但仍把“描写无产阶级阶级斗争的历史”和“社会主义建设的历史”，以及从工农兵中培养作家作为自己的基本目标和任务。1934年通过的《苏联作家协会章程》规定：

> 在广大人民群众中间宣传艺术创作，将熟练的作家和批评家的创作经验传授给青年作家，与职工会、青年团组织和工农红军政治部共同工作，与工人、集体农庄庄员和红军士兵的文艺小组共同工作——借此从工人、集体农庄庄员和红军士兵中间培养出新作家。[①]

让无产阶级和广大劳动人民成为文学艺术的主人，这是以马克思主义科学社会主义为思想指针的国际无产阶级文学运动的一贯理想，是共产党人领导下的文艺事业的一个重要特点。恩格斯当年在《诗歌和散文中的德国社会主义》一文中批评德国小资产阶级诗人卡尔·倍克“歌颂各种各样的‘小人物’，然而并不歌颂倔强的、叱咤风云的和革命的无产者”[②]。他在1888年4月写给英国女作家玛格丽特·哈克奈斯的信中说：

> 工人阶级对他们四周的压迫环境所进行的叛逆的反抗，他们为恢复自己做人的地位所做的剧烈的努力——半自觉的或自觉的，都属于历史，因而也应当在现实主义领域内占有自己的地位。[③]

列宁在1905年写的《党的组织和党的出版物》中，提出党的文学事业要“为千千万万劳动人民”[④]服务。毛泽东1942年在《在延安文艺座谈会上

---

① 人民文学出版社编辑部编，曹葆华等译：《苏联文学艺术问题》，人民文学出版社1953年版，第14页。

②［德］恩格斯：《诗歌和散文中的德国社会主义》，见《马克思恩格斯列宁斯大林论文艺》，人民出版社1964年版，第31页。

③［德］恩格斯：《致玛·哈克奈斯》，见《马克思恩格斯选集》第四卷，人民出版社1972年版，第462页。

④［苏联］列宁：《党的组织和党的出版物》，见《列宁论文学与艺术》，人民文学出版社1983年版，第71页。

的讲话》中说："我们的文学艺术都是为人民大众的，首先是为工农兵的，为工农兵而创作，为工农兵所利用的。"①他在1944年看了延安平剧院演出的《逼上梁山》之后写给杨绍萱、齐燕铭的信中说：

历史是人民创造的，但在旧戏舞台上（在一切离开人民的旧文学旧艺术上）人民却成了渣滓，由老爷太太少爷小姐们统治着舞台，这种历史的颠倒，现在由你们再颠倒过来，恢复了历史的面目，从此旧剧开了新生面，所以值得庆贺。②

这些主张归纳起来就是：文艺要表现工农兵、服务工农兵，并且还要培养和鼓励工农兵自己来进行创作，唯其如此，才是实现了劳动人民成为文学艺术主人的理想。

我们说，上述这些主张都有其历史合理性，对以往千百年来剥削阶级统治下的文学艺术具有摧陷廓清的革命意义，对社会主义文艺事业的繁荣也有积极的推动作用。但是，如果对这些主张过分夸大、理解偏颇、执行过当，又会产生诸如以作者和作品中人物以及作品所反映的社会生活层面的阶级属性来评判作品高下，把文学艺术的表现领域和范围狭窄化，忽视人民群众多方面的文化需求，拒绝人类以往历史上创造的优秀文化遗产，盲目吹捧和抬高民间创作、贬低专业创作，矮化甚至排斥文学艺术专业知识分子等等弊病。特别是在苏联和中国都曾发生过的群众运动式的"工农兵创作"闹剧③，实际上是否认艺术规律、否认艺术天赋和素养、混淆体力

---

① 毛泽东：《在延安文艺座谈会上的讲话》，见《毛泽东论文艺》（增订本），人民文学出版社1992年版，第52页。

② 毛泽东：《致杨绍萱、齐燕铭（一九四四年一月九日）》，见《毛泽东论文艺》（增订本），人民文学出版社1992年版，第142页。

③ 俄罗斯当代文学史家B. C. 巴耶夫斯基教授在他的《20世纪俄罗斯文学史》中写道："拉普"派文艺领导人"公开号召工人突击队员加入文学。过了三个月莫斯科无产阶级作家协会的执行书记就自豪地宣称：到目前为止，莫斯科组织已经招来了200位作家，他们中间有35%是工人；以后又招来了2000名作家，他们中90%是工人突击队员"。"拉普"领导人要求："作家要掌握技术，因为没有这个就不能反映社会主义工业化。作家被编成生产队派往工地。""拉普"还规定："每一个作家都要尽快着手艺术地展现五年计划的英雄。""拉普"强迫作家参加各种文学"生产会议"，如"诗歌问题"生产会议、戏剧生产会议、特写作家生产会议等等。而红军指挥官们则要求："作家同志们，推动人民准备应征！"（Баевский В.С.История Русской литературы XX века. М.：изд. Языки русской культуры. 1999. с. 162.）

劳动与脑力劳动的差别、无视社会分工必要的一种文化乌托邦幻想，是国际共产主义运动中文化“左派幼稚病”的共同表现。

以上是我们对苏联模式文学学术的社会历史方法——“社会主义现实主义”理论的形成及其核心观点的分析。至于“社会主义现实主义”理论引入中国的情况，国内已有学者做过比较详尽的介绍和梳理，这里不再赘述。下面我们想进一步探讨的是，这套盖有苏联印记的文学学术社会历史方法，在以毛泽东为领袖的中国共产党文艺事业中得到怎样的吸纳、改造、发展和变异，进而成为有中国特色的20世纪中国文学学术社会历史方法的主导流派。

第三节　苏联模式社会历史方法在20世纪中国文学学术中的延异

20世纪中国文学学术之社会历史方法，在指导思想和基本理论取向上，具有以下四方面特征：

一、在艺术本体论上，把文艺看作一种特殊的社会意识形态，它来源于社会生活，并反作用于社会生活，以生活为创作的唯一源泉。

二、在艺术社会学上，把文艺看作是社会政治斗争的工具，是团结人民、教育人民、打击敌人、消灭敌人的思想武器。要求文艺作品正面表现劳动人民、首先是工农兵的斗争生活，塑造工农兵英雄形象。要求用阶级和阶级斗争的观点来分析生活、创作和评价作品。

三、在艺术美学上，推崇理想化的现实主义，也就是具有现实主义外观、实质是表现主观理想的“革命现实主义”或云“革命现实主义与革命浪漫主义相结合”。要求按照“意识到的历史内容”，也就是党的政治理想和路线、方针、政策，对来自现实生活的艺术材料进行加工和典型化创造。在艺术风格和形式上提倡民族化和大众化，强调在人民大众中普及艺术。

四、在艺术史的传承上，以“人民性”“革命性”和“民主性”为选择和评价优劣的标准。承认古代和外国艺术精品的价值，但要以“用”为取舍依据，提倡“古为今用，洋为中用”，表现出浓郁的功利色彩。

上述这四方面中国文学学术社会历史方法的基本倾向，自延安时代奠基，至新中国成立以后尤其是20世纪五六十年代发扬光大。中间虽有所修补和调整变换，但其基本精神一直延续到今天，是我们至今仍在遵循的文学学术的基本原则。这些基本原则，既是中国共产党人领导文艺工作的现实斗争经验与中华民族几千年文化传统融合的产物，又吸纳了当年被中国共产党人奉为师法榜样的苏联模式文学学术社会历史方法的要素。在文学学术的社会历史方法中，这些原则同苏联模式实际上可以归为同一流派，故我们称之为“苏联模式的社会历史方法”。中国社会科学院钱中文教授曾经指出：

> 半个世纪以来，苏联的文学观念对中国的文学理论影响很大。特别是20世纪50年代，它在中国传播了一些马克思主义文艺知识，另一方面它本身教条化、简单化的东西不少，影响着中国文学界与学校的教学工作。但是作为最基本的文学观念都是我们自己的，在简单化、庸俗化方面，大大超过了苏联文学理论，而且自成体系。①

因此，回顾苏联模式社会历史方法在中国的延异，研究中国共产党对苏联文学经验的选择性接受和本土化改造，对于我们厘清中国共产党各个时期文艺路线、方针、政策的理论渊源，辨明其功过责任与正谬源头，对于今天建设有中国特色的马克思主义文艺理论和繁荣新时代社会主义文艺事业，都是一项极有现实意义的工作。

一、毛泽东对苏联模式文学学术社会历史方法的选择性吸纳

毛泽东1942年《在延安文艺座谈会上的讲话》主要吸纳的是列宁在

① 钱中文：《文学原理——发展论》，社会科学文献出版社2007年版，第69页。

《党的组织和党的出版物》中提出的文艺是党的整个事业的“齿轮和螺丝钉”的思想，是党的文艺家要加强思想改造并与党保持一致的思想。而对于列宁提出的写作事业是“自由的写作”“写作事业最不能机械划一，强求一律，少数服从多数”“在这个事业中，绝对必须保证有个人创造性和个人爱好的广阔天地，有思想和幻想、形式和内容的广阔天地”等观点[①]，《在延安文艺座谈会上的讲话》则基本没有涉及。从中可见，在当时日本帝国主义和国民党反动派双重围剿的严酷斗争环境下，毛泽东指导革命文艺工作的强烈的功利态度。当时党领导下的文艺工作的第一要务，是宣传群众、组织群众，是号召人民进行革命和斗争。什么“自由写作”，什么“个人爱好”，首先是环境不允许，同时也不是党的实际工作目标的迫切需要。至于毛泽东在《在延安文艺座谈会上的讲话》中很少提及“社会主义现实主义”，我们认为这一方面是因为当时中国尚处于民族解放战争和民主革命时期，提“社会主义”还为时尚早，苏联“社会主义现实主义”理论的许多内容与当时中国的文艺实际还相隔甚远，而且在以清算王明教条主义为目标之一的延安整风中，也不可能重犯言必称苏联的错误。另一方面，则是毛泽东作为一个有理论个性和独创精神的思想家，他在理论问题上从来是不甘拾人牙慧、屈居人下的。同时作为一个有文学修养和创作经验的文艺内行，他对文艺问题也是有自己的看法、自己的审美选择的。因此，不要说在延安时代中国的文艺家们还没有太多地介绍和宣传苏联的“社会主义现实主义”理论，即便毛泽东原原本本知道了苏联理论的来龙去脉，他也会标新立异，提出自己中国式的文艺口号。这从新中国成立后不久毛泽东便提出了“革命现实主义与革命浪漫主义相结合”的“两结合”创作原则就可以看出来。这样，在1939年5月，在苏联的“社会主义现实主义”理论早已介绍到中国多年的情况下，毛泽东为延安鲁迅艺术学院成立周年纪念题词，采用的是“现实主义”与“浪漫主义”并提的平行句式：“抗日的现实主义，革命的浪漫主义。”这一方面显示出毛泽东一贯把文艺纳入现实政治需要的功利精神，另一方面也透露了他内心始终不渝的

① 列宁：《党的组织和党的出版物》，见中国社会科学院文学研究所文艺理论研究室编《列宁论文学与艺术》，人民文学出版社1983年版，第68—69页。

对浪漫主义的偏爱[①]。这一提法，也为他在20世纪50年代提出“革命现实主义和革命浪漫主义相结合”的创作主张埋下了伏笔。

以文艺源于生活并反作用于生活为哲学基点，以文艺为人民大众、首先为工农兵为价值取向，以文艺工作者的世界观改造为实施关键，以艺术的典型化创造为美学追求的毛泽东《在延安文艺座谈会上的讲话》所体现的基本思想，是吸纳了马克思列宁主义文艺观，并结合中国文学传统、中国五四以来进步文艺运动的实际经验，而形成的具有中国特色的文学学术社会历史学派的基本纲领。这些基本主张，在延安时期中国共产党领导的文艺工作中付诸实践，到新中国成立后覆布全国，是苏联模式社会历史方法在20世纪中国文学学术中的延异。其中有成功经验，也有失误和失败的教训。对于毛泽东《讲话》的历史功过，胡乔木同志在1981年8月8日所做的《当前思想战线的若干问题》报告中，有过这样的总结：

> 关于《在延安文艺座谈会上的讲话》，我认为，这个讲话的根本精神，不但在历史上起了重大的作用，指导了抗日战争后期的解放区文学创作和新中国成立以后的文学创作的发展，而且是我们在今后任何时候都必须坚持的。它的要点是：文学艺术是人类社会生活的反映，生活是文学艺术的唯一的源泉。生活可以从不同的立场反映，无产阶级和人民的作家必须从无产阶级和人民的立场反映，必须在实际上而不是口头上解决立场问题。在人民当家作主的地方，必须深入到人民的生活中间去，首先是到占人民绝大多数的工农兵的生活中间去，这才能够写出反映他们的生活、符合他们的需要的作品。这不但是作家、艺术家的义务，也是他们过去常常求之不得的权利。作家要站在无产阶级和人民的立场上，创造文学艺术的作品，来团结和教育人民，惊醒和鼓舞人民，推动人民为反对敌人、改造旧社会旧思想、

① 毛泽东在1964年8月同哲学工作者的一次谈话中，肯定了司马迁对《诗经》的评价，认为诗皆“发愤之所为作”，指出：“心里没有气，他写诗？”（陈晋：《“心里没有气，他写诗？”》，载《瞭望》1991年第36期。）周恩来在《关于文化艺术工作两条腿走路的问题》一文中说道：“毛主席就说过话剧在舞台上和生活一样，没看头。”（中共中央书记处研究室文化组编：《党和国家领导人论文艺》，文化艺术出版社1982年版，第27页。）

建设新社会新生活而斗争。这些都是完全正确的。①

同时他又指出：

长期的实践证明，《讲话》中关于文艺从属于政治的提法，关于把文艺作品的思想内容简单地归结为作品的政治观点、政治倾向性，并把政治标准作为衡量文艺作品的第一标准的提法，关于把具有社会性的人性完全归结为人的阶级性的提法（这同他给雷经天同志的信中的提法直接矛盾），关于把反对国民党统治而来到延安但还带有许多小资产阶级习气的作家同国民党相比较、同大地主大资产阶级相提并论的提法，这些互相关联的提法，虽然有它们产生的一定的历史原因，但究竟是不确切的，并且对于新中国成立以来的文艺的发展产生了不利的影响。②

他又说：

应该承认，毛泽东同志对当代的作家、艺术家以及一般知识分子缺少充分的理解和应有的信任，以致在长时间内对他们采取了不正确的态度和政策，错误地把他们看成是资产阶级的一部分，后来甚至看成是"黑线人物"或"牛鬼蛇神"，使林彪、江青反革命集团得以利用这种观点对他们进行了残酷的迫害。这个沉痛的教训我们必须永远牢记。③

胡乔木同志所总结的毛泽东《讲话》的历史功过，虽然还有进一步研究和补充修正的必要（上文我们对苏联"社会主义现实主义"理论所存在问题的分析，实际上也是我们对在中国流行多年的公认为"真理"的文学

① 胡乔木：《当前思想战线的若干问题》，见中共中央书记处研究室文化组编《党和国家领导人论文艺》，文化艺术出版社1982年版，第322页。

② 胡乔木：《当前思想战线的若干问题》，见中共中央书记处研究室文化组编《党和国家领导人论文艺》，文化艺术出版社1982年版，第324页。

③ 胡乔木：《当前思想战线的若干问题》，见中共中央书记处研究室文化组编《党和国家领导人论文艺》，文化艺术出版社1982年版，第325页。

学术社会历史观点反思的结果），但其基本精神和评价立场还是正确的，在今天仍需继续坚持。

近年来有人把毛泽东《讲话》中的文艺观称为“党文化”观，认为“毛氏‘党文化’观直接师承斯大林，与具有极其强烈的政治功利性和反艺术美学的日丹诺夫主义一脉相承。作为有中国特征的‘党文化’观，毛的文艺思想则较俄式的‘党文化’观更加政治化，表现出更浓厚的反智色彩”①。他把毛泽东的文艺观归纳为五个核心概念：

> 一、文艺是政治斗争的工具，革命文艺的最高目标和最重要的任务就是利用文艺的各种形式为党的政治目标服务。二、和工农兵相比，知识分子是最无知和最肮脏的，文艺家的主体意识是资产阶级个人主义的无稽之谈，因此知识分子必须永远接受“无产阶级”的改造。三、人道主义、人性论是资产阶级文艺观的集中体现，革命文艺家必须与之坚决斗争和彻底决裂。四、鲁迅的杂文时代已经过去，严禁暴露革命队伍中的阴暗面。五、反对从五四新文化运动遗留下来的文艺表现形式上的欧化倾向，文艺家是否利用“民族形式”并不仅仅是文艺表现的个别问题，而是属于政治立场和世界观的重大问题。②

这位作者在文中列举的所谓“毛氏文艺观”的种种问题，前三点在胡乔木的报告中都已分析，只不过措辞没有这么尖刻。而后两点“暴露”和“欧化”问题，必须联系毛泽东《讲话》发表时的现实环境及他所针对的实际问题来实事求是地予以评说。毛泽东是在物质生活十分艰难、人民文化水平十分低下的解放区，面对“敌军围困万千重”、日本帝国主义和国民党反动派虎视眈眈的严酷斗争形势来谈论文艺问题的。在对敌斗争的严峻时刻，革命党必须保持自己队伍的整齐一致，必须维护自己的形象，

---

① 高华：《红太阳是怎样升起的——延安整风运动的来龙去脉》，香港中文大学当代中国文化研究中心2011年版，第352页。

② 高华：《红太阳是怎样升起的——延安整风运动的来龙去脉》，香港中文大学当代中国文化研究中心2011年版，第352页。

必须在革命队伍和人民群众中营造自己的政治自信。唯其如此，才能争取人心，获得斗争的胜利。这是历史上一切政治斗争得胜者的成功经验。反之，如果在强敌围攻面前搞什么“自我批判”“自由写作”，则只能在残酷的阶级斗争、政治斗争中授人以柄，自乱阵脚。宋代革新派政治家王安石在《咏商鞅诗》中写道：“今人未可非商鞅，商鞅能令政必行。”在政治家看来，能保证政治目标成功的政策，才是好政策；同理，在毛泽东这样的正在领导艰苦革命斗争的革命家看来，能够推动自己政治目标实现的文艺，才是最适时、最可贵的文艺。对于他这种似乎不那么合乎艺术规律的“文艺观”，处于和平年代的后人凭几条书本上的美学、文艺学原则，书生气十足地妄加评断，是不合适的。

当然，毛泽东这种带有“霸气”和“土气”的文艺观，在和平建设、文化发展的年代，有可能束缚艺术家的手脚，有可能阻碍艺术的繁荣；但在特殊时期，它又是必需的。这也许就是毛泽东早年在《湖南农民运动考察报告》中所说的“矫枉必须过正，不过正不能矫枉”吧？当年法国进步作家罗曼·罗兰应高尔基之邀访问苏联，他在苏联看到了许多令他不满意的事实。他一方面没有迎合苏联领导人的需要，对他的《莫斯科日记》做美化和修饰，但又在日记原稿的标题页上注明：

> 未经我特别允许在1935年10月1日起的50年期限满期之前，不能发表这个本子——无论是全文，还是摘录。我本人不发表这个本子，也不许出版任何片段。①

这里表现的就是一个真正的现实主义艺术家的良心和良知。他要记下历史的真实，又要捍卫信仰的热忱。他不愿意动摇全世界向往社会主义的进步人士对社会主义的信念，也不愿意给社会主义的敌人提供攻击苏联的口实。我们今天谈论毛泽东《讲话》中所说的“歌颂”与“暴露”问题，是不是也应作如是观呢？

---

①［法］罗曼·罗兰著，夏伯铭译：《莫斯科日记》，上海人民出版社1995年版，第4页。

二、20世纪中国文学学术社会历史方法接受苏联模式的四个阶段

20世纪中国文学学术接受和借鉴苏联模式的社会历史方法，形成有中国特色的文学学术社会历史学派，大致可划分为以下四个阶段：

（一）自延安解放区文艺运动到20世纪50年代初期

这一时期中国对苏联模式文学学术社会历史方法的吸纳和借鉴，可以说是满腔热情的顺承式接受。

1944年，延安解放社出版了由周扬编选的《马克思主义与文艺》一书。该书以“意识形态的文艺”“文艺的特质”“文艺与阶级”“无产阶级文艺”及“作家、批评家”五大部分辑录了马克思、恩格斯、普列汉诺夫、列宁、斯大林、毛泽东等人有关文学艺术的文章片段和相关言论，书末附录还收录了俄共（布）中央1925年的决议《关于党在文学方面的政策》以及1934年的《苏联作家协会章程》。该书在1946年又出了第二版，在附录中增加了《鲁迅对于左翼作家联盟的意见》。编者周扬在第二版序言中写道：

> 毛泽东同志的《在延安文艺座谈会上的讲话》给革命文艺指示了新方向。……本书就是企图根据这个讲话的精神来编纂的。……从本书中，我们可以看到毛泽东同志的这个讲话一方面很好地说明了马克思、恩格斯、列宁等人的文艺思想，另一方面，他们的文艺思想又恰好证实了毛泽东同志文艺理论的正确。①

从中可见，周扬编选这部马克思主义文艺论文集的目的就是与毛泽东文艺思想互为印证，一方面证明毛泽东文艺思想是符合马列主义的，另

① 周扬编：《马克思主义与文艺》，大众书店1946年版，第1页。

一方面也把书中辑录的文艺论著和文件列为规范中国文艺事业的指导性文献。这样，俄共（布）1925年《关于党在文学方面的政策》，就被放到了指导中国共产党文艺事业的纲领性文件的地位。

新中国成立后，《人民日报》于1951年1月28日发表了曹葆华译的俄共（布）中央1925年的决议《关于党在文学方面的政策》。《人民日报》在发表这篇译文的“编者按语”中说：

> 一九二五年六月苏俄共产党（布）中央关于党在文学方面的政策的决议，在苏联文学发展历史上起了极巨大的指导作用。这个决议发表于苏联新经济政策时期，当时的历史条件、阶级关系与无产阶级文学的发展情况和今天中国当然有很多的差别。但这个决议中所提出的关于党领导文学活动的基本原则在今天仍有现实的教育意义。决议指出：党应当周到地和细心地对待中间作家，使他们尽可能迅速地转到共产主义思想方面来；党对待无产阶级作家，一方面以一切方法帮助他们成长，另一方面以一切手段防止他们骄傲、摆共产党员的架子；对于轻视旧文化遗产、轻视文学专门家的错误态度必须进行坚决斗争；关于无产阶级文学的内容，无产阶级文学应“广泛把握极其复杂的现象，不关闭在一个工厂范围内，不要成为车间的文学，而要成为领导千百万农民前进的伟大的战斗阶级的文学”；在文学形式方面，党不特别支持某一文学派别，而主张文学领域中各种集团和派别的“自由竞赛”；党积极地指导文学批评和创作的活动，而避免在文学事业上采取行政命令的办法。这个决议是值得我们很好地重新加以研究的。[①]

对照俄共1925年的决议《关于党在文学方面的政策》，可以看出，1951年《人民日报》“编者按语”所归纳的俄共决议的六个要点，其中第一点“对待中间作家”来自原文的第十条，第二点“对待无产阶级作

① 人民文学出版社编辑部编，曹葆华等译：《苏联文学艺术问题》，人民文学出版社1953年版，第3页。

家”、第三点“反对轻视旧文化遗产和文学专门家”、第四点“把握复杂现象”“领导农民前进”，均来自原文的第十一条，第五点“党不特别支持某一文学派别”和“各文学集团、派别自由竞赛”来自原文的第十三、十四条，第六点“避免文学事业上的行政命令”来自原文的第十二条。而在决议原文中占据几乎一半篇幅着重阐述的诸如“无产阶级文学的性质”“无产阶级作家队伍的建设”“文学战线上的阶级斗争”“辩证唯物论占领文学阵地”等重大问题，这里被大大地简化或淡化了，甚至把如何对待无产阶级作家的问题放到了“对待中间作家”之后，成为第二点。而如何“周到地和细心地对待中间作家”却被提到第一位，并且在谈到同“轻视旧文化遗产、轻视文学专门家的错误态度”做斗争时，还特别加上原文所没有的“坚决”二字予以强调。这不能不说是面对中国几千年农业社会、无产阶级和无产阶级文学队伍尚不壮大、农民和小资产阶级是社会结构和文化事业主体等实际国情，同时吸取了当年苏联文化政策中“左”的错误教训，而对俄共决议做出的“中国式”解读。这六条原则，实际上成为中共建立政权后相当长一段时期内文化政策的基本方针。

影响新中国成立之初中共文艺政策和文学学术发展走向的，还有苏联共产党对于文艺问题的一系列决议。如20世纪20年代的俄共（布）中央《关于无产阶级文化协会的信》《关于党在文学方面的政策（1925年6月18日决议）》，30年代的联共（布）中央《关于改组文学艺术团体的决议（1932年4月23日）》，40年代的联共（布）中央《关于〈星〉和〈列宁格勒〉两杂志的决议（1946年8月14日）》《关于剧场上演节目及其改进办法的决议（1946年8月26日）》《苏联作家协会理事会主席团的决议（1946年9月4日）》《关于影片〈灿烂的生活〉的决议（1946年9月4日）》《关于穆拉杰里的歌剧〈伟大的友谊〉的决议（1948年2月10日）》《关于〈鳄鱼〉杂志的决议（1948年9月11日）》《关于〈旗〉杂志的决议（1949年1月11日）》等等。此外，联共（布）中央主管意识形态的领导人日丹诺夫就其中某些决议所做的专门讲话或报告，如《关于〈星〉和〈列宁格勒〉两杂志的报告》《在联共（布）中央召开的苏联音乐工作者会议上的开幕词》《在联共（布）中央召开的苏联音乐工作者会议上的发言》等，也被及时译介过来。前面提到的人民文学出版社于1953年出版的《苏联文学艺术问题》（印数31 500册），辑为三编，分别收录了苏联20世纪20—30年代、40年代以及50年代党关于文学艺术问题的决议和相关领导人的讲话及文艺政策文件，其中包括联共（布）中央关于文学艺术的六个决议、《苏联作家协会章程》、苏联作家协会理事会主席团的决议、苏共中央书记处书记马林科夫（Георгий Максимилианович Маленков，1902—1988）在联共（布）第19次代表大会上的总结报告，以及日丹诺夫在第一次苏联作家代表大会上的讲演、1946年至1948年关于文学艺术的三次报告和演说。此书在1959年又重版（印数12 000册），可以说是当时中国文艺工作者熟知的纲领性文献。

苏联共产党关于文艺问题的决议、信件和领导人讲话，就领导文艺事业的工作方法和文艺政策而言，开了以政治手段管理文艺、以作品的政治倾向或政治领导人的个人好恶决定文艺作品和作者命运的先例。这一做法在相当长的一段时间里也为中共领导人所效仿，于是新中国成立后出现了对电影《武训传》的批判、对俞平伯《红楼梦》研究的批判、对胡风文艺思想的批判等名为“文艺论争”实为政治运动的对知识分子异己思想的整肃。直至20世纪60年代对小说《刘志丹》、历史剧《海瑞罢官》、杂文集《燕山夜话》等的批判，以及江青在1966年2月所作的那个《部队文艺工作座谈会纪要》，更成为“文革”动乱的前奏。这样的政治运动式的“文艺批评”及其灾难性后果，凡是经历过“文革”动乱的人们都记忆犹新，其历史教训值得永远记取。

（二）20世纪50年代中期至60年代初期

这是苏联内部文艺政策、文艺路线发生松动和转变，中国方面对“苏联模式”也由紧跟、效法到观望、选择和有所疑惑的时期。对于这种接受，我们称之为“游离式”接受。

早在斯大林逝世前，苏联文艺界已经对斯大林时代由于政治高压而形成的文艺上的歌功颂德、粉饰太平和“无冲突论”，表示了不满和质疑。1952年4月7日，苏共《真理报》在一篇题为《克服戏剧创作的落后现象》的专论中指出：“我们不应该害怕揭示缺点和困难。有毛病就应当医治。我们需要有果戈理和谢德林。只有在不运动、不发展的地方，才没有缺点。而我们正在发展，正在前进——这就意味着我们既有困难，也存在缺点。”文章说：“戏剧创作应该揭示生活中的冲突，否则也就不成其为戏剧创作了。”文中还引用斯大林的话论证了“写真实”问题，指出：“通过生活的革命发展去反映生活，这种真实态度就是社会主义现实主义艺术的首要戒律。‘要写真实’——斯大林同志是这样教导我们作家的。”①

斯大林逝世后，要求文学揭露现实阴暗面、揭露矛盾的观点更是连续发表，形成当时文坛舆论的热点。1953年7月16日，苏联《文学报》在社论《同党和人民在一起》中提出：

> 作家在塑造我们时代正面人物形象的同时，应该真实地而且同样有艺术概括力地暴露反面现象，通过各种艺术手段来揭露敌人。
>
> 社会主义现实主义艺术，也即高度人道主义和进步艺术的伟大教育力量就在于它激发的不仅是爱，而且还有恨，不仅有赞扬，而且还有蔑视。②

苏联《真理报》则在1953年11月3日的一篇题为《进一步提高苏联戏剧的水平》的专论中，第一次提出“干预生活”的口号。

> 积极干预生活——这是社会主义现实主义艺术的战斗口号。对当代一些最尖锐的问题采取畏缩态度，是与这种艺术完全背道而驰的。
>
> 勇敢地提出广大劳动人民关注的问题，鼓舞人心地表现生活的真实、矛盾和冲突，反映历史创造者——人民的活动，并善于看到我国的明天——这就是语言艺术家们的崇高使命。③

---

① 北京大学俄语系俄罗斯苏联文学研究室编译：《关于〈解冻〉及其思潮》，北京大学出版社1982年版，第9、10页。

② 北京大学俄语系俄罗斯苏联文学研究室编译：《关于〈解冻〉及其思潮》，北京大学出版社1982年版，第13页。

③ 北京大学俄语系俄罗斯苏联文学研究室编译：《关于〈解冻〉及其思潮》，北京大学出版社1982年版，第16页。

这一时期，在创作上出现了作家B. B. 奥维奇金（Валентин Владимирович Овечкин，1904—1968）以揭露现实生活矛盾为特色的近似于小说的农村题材特写，如《区里的日常生活》（1952）、《在前沿》（1953）、《在同一区里》（1954）等。作品通过包尔卓夫和马尔登诺夫两个区委书记不同领导作风的对比，揭露了苏联在农业管理上存在的官僚主义、命令主义等弊病，在苏联文学界和社会上产生了强烈的反响。

1954年，出生于乌克兰的犹太裔作家伊利亚·格里高利耶维奇·爱伦堡（Илья Григорьевич Эренбург，1891—1967）的中篇小说《解冻》（*Оттепель*）第一部出版，标志着苏联文学斯大林时代的终结和"解冻文学"思潮的正式登场。该思潮首先要求重视人，呼唤人性的复归，要求文学站在"人性本位"的高度，直面和批判历史和现实中存在的种种弊端；其次则要求重新发掘文学的现实主义传统，打破以往虚伪矫饰、既"瞒"又"骗"、图解政治口号的创作模式。这一年苏联还发表了女作家迦林娜·尼古拉耶娃（Галина Евгеньевна Наколаева，1911—1963）的中篇小说《拖拉机站站长和总农艺师》，这部小说很快由在中国发行量很大的《中国青年》杂志翻译连载并向广大青年读者推荐，对中国20世纪50年代"干预生活"作品的出现起了推动作用。

1955年10月，奥维奇金随苏联新闻代表团来华访问，中国当时的青年作家刘宾雁任陪同翻译。时任中国作协副主席、党组书记的刘白羽在中国作协机关的一次讲话中首次介绍了奥维奇金这个特写作家的特色。作协主办的外国文学杂志《译文》译载了奥氏的《区里的日常生活》等作品。1956年1月21日下午，中国作协创作委员会小说组开会讨论《拖拉机站站长和总农艺师》《区里的日常生活》和肖洛霍夫的《被开垦的处女地》第二部这三部作品。2月15日出版的《文艺报》以《勇敢地揭露生活中的矛盾和冲突》这样一个醒目的标题，发表了会上的部分发言。《文艺报》编者说：讨论上述作品是"为了帮助中国读者了解这些作品和学习苏联作家勇敢干预生活的精神"。作家马烽、康濯、郭小川、刘白羽等人的发言一致承认，中国的文学创作存在回避斗争、不敢干预现实生活、不能真实地描写生活的缺点。马烽说，尼古拉耶娃的作品是通过尖锐的思想斗争刻画人物的，我们的多数作品却是通过与自然灾害的斗争表现英雄人物的，不能不承认这“是一条绕开生活中尖锐矛盾的狭窄小路”。有些作品接触了社会矛盾，但多半限于很小范围，批评干部至多写到区一级。[①]康濯说，与尼古拉耶娃的小说相比，“我们创作中存在的严重问题之一，正是粉饰生活和回避斗争”[②]。刘白羽在发言中承认，我们的文学作品的突出问题是“没有真实地、按照历史的发展来写我们的现实生活”[③]。

值得注意的是，在《文艺报》讨论会上发言的作家都是来自解放区的党员领导干部作家，他们也都承认和批评文学界不敢“写真实”，这本身就表明新中国文艺界对文艺现状的普遍不满。此外，当时出现的提倡“写真实”“干预生活”的思潮，固然有受苏联文学影响的因素，但根本原因还在于当时中国现实生活的发展向文学艺术提出了新的要求，以及中共领导层当时要开展整风以应对现实生活中涌现的新矛盾、新问题的意向。毛泽东本人在1957年2月最高国务会议上的讲话中，明确提出要正确处理人民内部矛盾。在3月召开的中国共产党全国宣传工作会议上，他宣布要通过不断的整风，“把我们身上的错误东西整掉”。他说：“彻底的唯物主义者是无所畏惧的，我们希望一切同我们共同奋斗的人能够勇敢地负起责任，克服困难，不要怕挫折，不要怕有人议论讥笑，也不要怕向我们共产党人提批评建议。‘舍得一身剐，敢把皇帝拉下马’，我们在为社会主义、共产主义而斗争的时候，必须有这种大无畏的精神。”这样就激发了一批有政治责任感和艺术敏感的作家艺术家革新创作的冲动，引领他们投入到大胆揭露矛盾、“写真实”“干预生活”的创作中。

1955年12月苏共中央机关刊物《共产党人》发表专论《关于文学艺术中的典型问题》，对斯大林的继承人马林科夫当年在联共（布）第19次代表大会上代表斯大林宣读的《关于联共（布）中央工作的总结报告》中对文艺典型问题的论述提出了尖锐的批评。这也引起了早就在典型问题上有过争论的中国文艺界讨论的兴趣。当时的《文艺报》开辟了“关于典型问题的讨论”专栏，发表了张光年《艺术典型与社会本质》、林默涵《关于

---

① 马烽：《不能绕开矛盾走小路》，载《文艺报》1956年第3号。

② 康濯：《不能粉饰生活，回避矛盾》，载《文艺报》1956年第3号。

③ 刘白羽：《在斗争中表现英雄性格》，载《文艺报》1956年第3号。

典型问题的初步理解》、钟惦棐《影片中的艺术内容》、黄药眠《对典型问题的一些感想》、陈涌《关于文学艺术特征的一些问题》、巴人《典型问题随感》、王愚《艺术形象的个性化》、李幼苏《艺术中的个别和一般》等文章。这些文章的观点虽大都没有超出《共产党人》专论之外，但也有些联系中国文艺的实际情况提出了一些较为新颖的见解。如张光年批评了“一个阶级只有一个典型”“一个社会力量只有一个典型”的错误公式①，钟惦棐则批评了当时有人主张典型“和社会历史本质相一致”的机械观点②。

值得注意的是，20世纪50年代中期至60年代初中国文坛出现的这次对苏联文学思潮的呼应，已经不是以往那样亦步亦趋的顺承式接受，而是有所选择、有所争议的了。如《人民日报》1957年1月27日发表的马铁丁的文章《何谓“干预生活”？》，就对“干预生活”口号提出了疑问。特别是当时中共高层政治领导人对“苏联经验”的态度趋于暧昧，更多的只是文艺家们、文艺工作领导者们在那里肯定苏联的做法，所以我们称之为“游离式”接受。个中原因，今天已然知晓，那就是正当中国的文艺家、知识分子们还在津津有味地响应苏联文学的“写真实”“干预生活”口号的时候，赫鲁晓夫在1956年2月苏共20大上的秘密报告、1956年10月发生在匈牙利的政治动乱，已经给以毛泽东为代表的中共领导人敲响了警钟——斯大林式的社会主义面临着被颠覆的危险。这一重大的政治危机已经威胁到了党的生存和社会主义的政治前途。维护党的领导，维护社会主义事业，成为压倒一切的中心任务。这就使1957年开始的整风运动迅速演变为引蛇出洞的“反右”斗争，而参与“干预生活”创作的许多作家被打成“右派”或“反革命分子”，受到迫害和不公正待遇长达二三十年之久。中国文学学术中吸纳和效法苏联20世纪50年代文学经验的许多“新”观点，诸如“写真实论”“现实主义——广阔道路论”“现实主义深化论”“反题材决定论”“中间人物论”“时代精神汇合论”“离经叛道论”“反火药味论”等，也在后来的“文革”中被宣布为修正主义的“黑

① 张光年：《艺术典型与社会本质》，载《文艺报》1956年第8号。

② 钟惦棐：《影片中的艺术内容》，载《文艺报》1956年第8号。

八论”，成为文学学术的禁区。

（三）20世纪60年代中期至70年代末

1956年苏共20大之后，中苏两党领导层在思想政治路线上的分歧日渐加大。中国国内开始“反右”和“反修”，对苏联文艺“修正主义”倾向的批判也悄然运行。1958年，当苏联新片《共产党员》在国内公映时，就有人写文章批判。只是由于此时中苏关系还维持着表面良好的局面，批判被有关领导压了下来。[①]到1959年至1960年以后，中苏矛盾逐步公开化，中国开始编选出版后来被称为“黄皮书”或“灰皮书”的苏联文学作品[②]，为文艺“反修”提供资料。当时中国作家出版社、世界文学出版社、中国戏剧出版社、人民文学出版社还出版了一批“供内部参考”的“黄皮书”文学理论著作，如1961年出版的伊萨科夫等著述的《关于〈山外青山天外天〉》（作家出版社）、《关于〈被开垦的处女地〉（第二部）》（世界文学出版社）、《关于〈感伤的罗曼史〉》（世界文学出版社），1962年出版的《世界文学参考资料》（世界文学杂志社）、布罗茨基主编的《俄国文学史》（下册，作家出版社）[③]、《关于文学和艺术问题》（文件汇编·增订

---

① 黎之：《回忆与思考——文艺“反修”、毛泽东十二月批示和他亲订〈毛泽东诗词〉出版》，载《新文学史料》1998年第1期。

② 1962年至1965年间中国出版的“黄皮书”有：小说《苦果》（1962）、《生者与死者》（1962）、《带星星的火车票》（1963）、《解冻》（1963）、《伊万·杰尼索维奇的一天》（1963）、《索尔仁尼津短篇小说集》（1964）、《战争与回声》（1964）、《苏联青年作家小说集》（上、下，1965）、《军人不是天生的》（1965）、《小铃铛》（1965）、《艾特玛托夫小说集》（1965）等；爱丁堡的回忆录《人、岁月、生活》（第一、二部，1962）；诗歌《人》（1964）；剧本《德聂伯河上》（1962）、《伊尔库茨克故事》（1963）、《保护儿子》（1963）、《晚餐之前》（1964）、《暴风雪》（1963）等10余种。以后在1971年至1978年间又出版了一批封面改为“白皮”或“灰皮”的书，如《人世间》（1971）、《多雪的冬天》（1972）、《落角》（1973）、《白轮船》（1973）、《特别分队》（1974）、《阿穆尔河的里程》（1975）、《最后的夏天》（1975）、《木戈比》（1976）、《蓝色闪电》（1976）、《绝望》（1978）、《白比姆黑耳朵》（1978）、《滨河街公寓》（1978）。此外，在《苦果》之前出版的《山外青山天外天》（1961）虽然封皮是绿色的，但也应归为“黄皮书”之列。这些书一般在封面或封底印有“内部发行”字样，有的书中还夹着一张一寸长、二寸宽的小字条：“本书为内部资料，供文艺界同志参考，请注意保存，不要外传。”其发行量不大，每种只印大约900册，读者也只限司局级以上干部和著名作家，带有一定神秘色彩。

③ 该书上册于1954年11月由作家出版社出版，中册于1955年9月由作家出版社出版。

本，作家出版社）、《高尔基文学书简》（上卷，人民文学出版社），1963年出版的《现代文艺理论译丛增刊》（作家出版社）、《苏联文学中的正面人物、写战争问题》（作家出版社）、《苏联文学与人道主义》（作家出版社）、《苏联青年作家及其创作问题》（作家出版社），1964年出版的《苏联文学与党性、时代精神及其他问题》（作家出版社）、《苏联一些批评家、作家论艺术革新与“自我表现问题”》（作家出版社）、《新生活——新戏剧》（中国戏剧出版社），1965年出版的《戏剧冲突与英雄人物》（中国戏剧出版社）、《高尔基文学书简》（下卷，人民文学出版社）、《人道主义与现代文学》（上、下册，作家出版社）等。这就开始了长达20多年的中苏文学交流中独特的相互攻讦和对峙的局面。对此，我们称之为“逆反式”接受。

中国文艺“反修”时期对苏联文学学术的“逆反式”接受，其突出特点是以捍卫马克思列宁主义的基本原则、捍卫无产阶级专政和社会主义道路的战士自居，以“马克思主义中国化”的毛泽东思想为指针，同时维护和有选择地吸纳苏联斯大林时期的一些传统理论观点，从而出现了把苏联在20世纪50年代已经批判或放弃了的一些文艺政策和文论主张又重拾回来的怪现象。

比如，前面提到的马林科夫在联共（布）第19次党代表大会所做报告中对文艺典型的论述：

> 典型性是与一定社会历史现象的本质相一致的，它不仅仅是最普遍的、时常发生的和平常的现象。有意识地夸张和突出地刻画一个形象并不排斥典型性，而是更加充分地发掘它和强调它。典型是党性在现实主义艺术中的表现的基本范围。典型问题任何时候都是一个政治性的问题。①

对此，苏联《共产党人》杂志在1955年12月第18期上发表专论《关

①人民文学出版社编辑部编，曹葆华等译：《苏联文学艺术问题》，人民文学出版社1953年版，第138—139页。

于文学艺术中的典型问题》，对马林科夫报告的观点做了尖锐的批评。这篇专论在当时很快被介绍到中国，并且得到中国文艺界的支持和响应。但在中国“文革”期间，那种已被否定了的斯大林时期的文艺典型观又卷土重来。如东北地区八院校（辽宁大学、吉林大学、黑龙江大学、辽宁师范学院、延边大学、哈尔滨师范学院、辽宁第一师范学院、通辽师范学院）1973年合作编写的《马克思主义文艺理论基本问题》，在论述文学艺术中的典型问题时就写道：

> 在艺术舞台上树立哪个阶级的代表人物，标志着哪个阶级在政治上，在意识形态领域实行专政。①
>
> 艺术典型是通过鲜明、独特的个性，深刻地、充分地揭示一定阶级本质的艺术形象。在阶级社会中，艺术典型首先要充分揭示人物的时代的和阶级的本质特征。②
>
> 我们要着重批判片面追求艺术典型的个性，借口个性的“复杂性”，甚至抽掉人物的阶级性，造成脱离阶级本质，把个性和阶级性、党性对立起来的倾向。这实际上是把个性看成单纯的人性的资产阶级观点，使艺术典型失去了灵魂，必然歪曲人物的阶级本质。③

该书甚至还重拾了在20世纪50年代的典型问题讨论中早已批判过了的“一个阶级只有一个典型”“典型是现实生活中大量存在的事物”等错误观点。该书在论述典型是“集中性与普遍性的辩证统一”问题时说：

> 集中性是指艺术概括的深度，普遍性是指艺术概括的广度。把社

---

① 东北地区八院校文艺理论编写组编：《马克思主义文艺理论基本问题》（内部教材），1973年10月版，第120页。

② 东北地区八院校文艺理论编写组编：《马克思主义文艺理论基本问题》（内部教材），1973年10月版，第128页。

③ 东北地区八院校文艺理论编写组编：《马克思主义文艺理论基本问题》（内部教材），1973年10月版，第134页。

> 会生活中的千百个人物化为一个艺术典型，就有了集中性；通过一个艺术典型概括了千百个社会生活中的人物，就有了普遍性。①

当时中国对苏联斯大林时代传统文学学术观点的坚守与回归，对苏联文学艺术新动向的警惕与逆反，首先表现在对当代苏联文学的介绍和批判上。

中国方面第一次公开点名批判苏联文学的是在1963年9月号《文艺报》上发表的署名黎之的文章《垮掉的一代，何止美国有！》。该文批评了当时苏联号称“20大和22大的产儿”的一批青年诗人，如卡扎柯娃、叶甫赛耶娃、叶甫图申科、沃兹涅先斯基、阿赫玛杜琳娜等人的作品。嗣后，当时任人民文学出版社社长的张光年在《文艺报》1963年11月号上发表长篇文章《现代修正主义艺术的标本——评格·丘赫莱依的影片及其言论》，以当时“苏联新浪潮”代表人物、青年导演丘赫莱依执导的影片《第四十一个》（*Сорок первый*）、《士兵之歌》（*Баллада о солдате*）、《晴朗的天空》（*Чистое небо*）为主要靶子，捎带批判了当时在西方获得好评的米·卡拉托佐夫导演的《雁南飞》（*Летят журавли*）和谢·邦达尔丘克导演的《一个人的遭遇》（*Судьба человека*）等苏联电影。

今天看来，中国文艺“反修”期间对苏联文艺作品的评论和批判，有批评当时苏共领导错误路线的合理成分，但也存在以下四个方面问题：

1. 以政治评论代替艺术分析，或者说，全无艺术和美学的分析，实际上是以文艺作品为切入点，进行思想政治路线和意识形态的论战。如上海人民出版社1975年出版的《苏修文艺批判集》中的第一篇，署名“魏峡安”的文章《费多尔的过去、现在和将来——读苏修短篇小说〈扎格达伊金和他的孩子们〉》。作者在文章一开头就说：

> 毛主席曾经指出：“轻视反面教员的作用，就不是一个辩证的唯物主义者。”正由于这个原因，我们经常愿意读一点反映苏修社会各方面的种种资料，包括一些文学作品在内。它们从反面证明着马克思、

① 东北地区八院校文艺理论编写组编：《马克思主义文艺理论基本问题》（内部教材），1973年10月版，第143页。

> 列宁关于加强无产阶级专政的一系列论述的正确，以及我们今天学习和落实这些论述的重要意义。①

可见作者仅仅是把苏联文学作品看作是了解苏联社会状况和印证马克思、列宁论断的“资料”。上述文集中其他文章，基本上也遵循的是同样的思路。所以，严格讲来，这些文章实在不能算是文学批评，而是在文艺领域进行政治论战的变种。

2. 违反常识，简单粗暴，不合逻辑。由于中国文艺“反修”时期许多批判文章是出自有官方背景的“写作组”②之手，其背后政治权威的意旨和政治论战的需要往往使其不顾作品实际而强下断语。比如，文学作品中所描写的生活并不等于或不全等于客观实际生活，但文艺“反修”时期的许多批判文章，为了把作品当作揭露“苏修社会现状”的实际样板，便把作品所讲述的故事说成是当时苏联社会的实际情况，而且是普遍情况，这就违背了文艺理论的基本常识。同时，文艺“反修”文章的作者们在强调作品反映了“苏修社会实际情况”之后，又陷入一种逻辑上的悖论：既然这些作品真实地反映了苏修社会，为我们提供了“很有价值的反面参考材料”③，“让人们能够看到……苏修社会帝国主义的一点真相”④，那为什么又要把这些作家称作“日益堕落的苏修文学界”，甚至用谩骂的语调称这些作品是“打上社会帝国主义印记的‘狗屁文艺’”⑤呢？

中国文艺“反修”时期批判苏联文学作品的简单粗暴、违反常识，还表现在这些文章的作者往往从毛泽东所说的“修正主义上台就是资产阶级上台”的理论命题出发，把苏联社会出现的种种问题与西方资本主义社会简单等同，把马克思、恩格斯早年对西方资本主义的分析批判用于分析苏

① 上海人民出版社编：《苏修文艺批判集》，上海人民出版社1975年版，第1页。

② 如上述文集中的署名“魏峡安”，取自毛泽东诗词“快马加鞭未下鞍”；“杜华章”，取自毛泽东诗词“落花时节读华章”；“任犊”是当时“四人帮”控制的上海市写作组文艺组的笔名之一。这样的文章虽然表面上是以个人名义书写，但其背后的政治权威尽人皆知，故在当时具有无可争辩的话语强势。

③ 上海人民出版社编：《苏修文艺批判集》，上海人民出版社1975年版，第1页。

④ 上海人民出版社编：《苏修文艺批判集》，上海人民出版社1975年版，第83页。

⑤ 上海人民出版社编：《苏修文艺批判集》，上海人民出版社1975年版，第337页。

联社会，而完全不顾苏联即便出现了“资本主义复辟”，也是由社会主义蜕变而来，因而有与西方传统资本主义国家不同表现的现实国情，表现在不考虑苏联即便是官员靠手中权力掠夺了国家财产而成为“新生的资产阶级”，也与西方靠资本运作、市场竞争起家的垄断资产阶级有种种不同的实际情况；因而这些批判往往成为对马克思主义早年批判传统资本主义的经典理论的演绎，而缺乏真正切合苏联社会实情的深入分析。虽然文中充满了“背叛工人阶级的无耻叛徒”“官僚垄断资产阶级”一类的政治帽子，但终因缺乏对“苏联式”资产阶级特点的分析，而显得大而无当，难以服人。

3. 用一种错误批判另一种错误。中国文艺“反修”时期借批判“苏修文艺”来批判苏共领导的错误路线，最终目的是捍卫和阐发中共对国际共产主义运动的主张，以及中国本国的路线、方针、政策。所以，很多批判文章的理论依据，就是当年著名的中共中央评苏共中央公开信，即所谓“九评”中的观点。“九评”中的最后一篇是《关于赫鲁晓夫的假共产主义及其在世界历史上的教训》。该文列举大量事实说明“在苏联社会上，不仅有许多旧的剥削阶级分子，而且大量产生着新的资产阶级分子，阶级分化正在加剧”[①]。新资产阶级分子“形成苏联社会上的特权阶层”，“这个特权阶层，是目前苏联资产阶级的主要组成部分，是赫鲁晓夫修正主义集团主要的社会基础”。[②]“这个特权阶层，把为人民服务的职权变为统治人民的特权，利用他们支配生产资料和生活资料的权力来谋取自己小集团的私利。”[③]《苏修文艺批判集》中入选的反映苏联国内现实的作品，基本上都是围绕这些论点来选材的。

应该说，中共“九评”以及当时选译的苏联文学作品中所描述的许多苏联社会问题，确实是存在的。但问题在于，当时中国方面以毛泽东为代表的中共领导层对这些问题提出的解决方案，有些在今天看来，同样存在着错误。如“九评”的最后一封信，作为毛泽东“丰富和发展了马克思

① 人民出版社编：《关于国际共产主义运动总路线的论战》，人民出版社1965年版，第462—463页。
② 人民出版社编：《关于国际共产主义运动总路线的论战》，人民出版社1965年版，第474—475页。
③ 人民出版社编：《关于国际共产主义运动总路线的论战》，人民出版社1965年版，第475—476页。

列宁主义关于无产阶级专政的学说”而总结出的十五条经验中，所谓“中国人民在长期革命斗争中创造出来的大鸣、大放、大辩论，是依靠人民群众，解决人民内部矛盾和敌我矛盾的一种重要的革命斗争形式”[①]，所谓“中国人民创造的人民公社”是解决从集体所有制经济向全民所有制经济过渡的“一种适宜的组织形式”[②]等，就已经被后来中国自己的“文革”动乱和新时期农村家庭联产承包责任制的成功实践所否定。

4. 以意识形态取代客观规律，对苏联的错误批判过度，否定改革创新探索。中国文艺“反修”时期的政治领导人和文学评论工作者，自认为自己是在捍卫马克思列宁主义的基本原则，捍卫无产阶级专政和社会主义道路，充满了意识形态上的正义激情和道德自豪感。但是，社会发展与经济建设都有自己的客观规律，不是意识形态上的狂热所能代替的。站在今天的观点回顾过去，可以说当年苏联党内、国内出现的种种变化，有些是苏共领导执行错误路线造成的背离无产阶级和人民大众利益的蜕变，也有些是当时的苏联领导人注意到了社会政治、经济的客观规律而进行的有积极意义的革新和探索。但这些革新和探索在当时头脑发热的中国评论家看来，全然是对社会主义革命精神和无产阶级利益的背叛。中国评论家们进而对之做出了扩大化的、过度的批判。

比如，由苏联老作家B. B. 李帕托夫（Липатов，1927—1979）创作的中篇小说《普隆恰托夫经理的故事》，在20世纪70年代被苏联理论界誉为描写科技革命时代的“当代英雄”的代表作。小说表现了在科技发展的时代，有现代经营管理理念和科学技术知识的新型企业领导人取代以往那些不懂技术业务的行政官僚型领导的矛盾冲突过程。再如剧作家И. М. 德伏列茨基（Дворецкий，1919—1987）的剧本《外来人》，比较成功地塑造了科技革命时代的新型管理者、“实干家”切什科夫的形象。而这些尊重规律、科学管理、勇于改革探索的新型企业家、领导者，在中国文艺“反修”时期的评论中，则统统被斥责为“工人阶级的叛徒”“苏修叛徒集团的鹰犬”，并且被安下评判——“这种‘改革’的出现，本身就是苏修垄

① 人民出版社编：《关于国际共产主义运动总路线的论战》，人民出版社1965年版，第508页。

② 人民出版社编：《关于国际共产主义运动总路线的论战》，人民出版社1965年版，第510页。

断资产阶级‘内囊已经尽上来了’的一种征候。”[①]这样的思维方式和批判逻辑，实际上是弥漫于20世纪60年代中国社会的极左思潮在文艺领域的反映。这种对社会主义模式的僵化理解，以及对社会主义体制内改革的抵触，不仅直接造成了当时中国为纠正“大跃进”“共产风”错误而进行的调整政策的夭折，而且导致后来“文革”期间“左”倾错误的进一步升级，以至于使中国经济滑到崩溃的边缘。

半个世纪前中国文艺“反修”时期对苏联文学的“逆反式”接受，可以说是20世纪中外文学学术交流乐章中的一段不谐和插曲，是我们对斯大林时代形成的社会历史方法模式的一次悲壮的固守和坚持。而且它还不只限于对苏联文学的评论，也同样被用于中国自己的文学，从而造成了文艺政策的强硬化、文艺管理的行政化、文艺标准的政治化、文艺趣味的单一化等极左倾向，尤其在中国“文革”期间达到极致。

（四）20世纪80年代至90年代初苏联解体

这一时期，苏联文学学术中有了一定程度的更新和变化，而此时中国对苏联的态度也有转变。苏联文学学术不再是20世纪六七十年代那种单纯批判的对象，而成为中国自身文学学术更新的一个有益的外来参照物。同时，由于改革开放，中国向世界敞开国门，所以为中国文学学术提供思想资料的不再是苏联一家。苏联方面的学术资料也不再是20世纪50年代那样的唯一的师法榜样，而是变成了多种学术资源中的一派意见。所以，此一时期的接受，可以称作是“平行式”接受。

20世纪70年代末，一度受到冷落的苏联文论再度步入中国，并在中国新时期文学的发展进程中留下了深刻的印痕。1977年“文革”结束后不久，上海人民出版社翻译出版了曾获列宁文学奖金的苏联文艺理论家M. Б. 赫拉普钦科（Михаил Борисович Храпченко，1904—1986）的理论专著《作家的创作道路和文学的发展》。该书的出版虽然还带有明显的“反修”色彩，其“译者的话”也对原著做了火药味十足的批判，但毕竟是打

① 上海人民出版社编:《苏修文艺批判集》，上海人民出版社1975年版，第69页。

开了了解苏联文论现状的一扇窗户，让中国学者得以接触久违了的苏联文论发展的最新动向。20世纪80年代，中苏关系缓和，许多苏联文艺学、美学著作被不加批判地正面译介到中国，如斯托洛维奇的《审美价值的本质》（凌继尧译，中国社会科学出版社1984年版）、波斯彼洛夫的《文学原理》（王忠琪、徐京安、张秉真译，生活·读书·新知三联书店1985年版）、布罗夫的《艺术的审美实质》（高叔眉、冯申译，上海译文出版社1985年版）、卡冈的《艺术形态学》（凌继尧译，生活·读书·新知三联书店1986年版）等等。此外，在苏联当代文论中具有突破性创新意义的巴赫金文学思想和洛特曼符号学理论，也开始以单篇论文或专题综述的形式被陆续译介和述评。①这些论著对中国文艺理论观念的更新、新的文艺学体系的建构以及旧有批评模式的突破和批评话语的转换，都产生了有力的影响。比如1989年中国社会科学院文学研究所组织编写的钱中文著《文学原理——发展论》、杜书瀛著《文学原理——创作论》、王春元著《文学原理——作品论》，就明显地受到波斯彼洛夫、斯托洛维奇的观点和思路的启示。

苏联20世纪六七十年代美学、文艺学研究的新成果，促使中国学者对我们在文学学术中长期沿用、奉为惯例的社会历史方法进行了反思。王春元在他的《文学原理——作品论》中写道：

> 我们多年的文学研究，都是用社会历史学为唯一的理论参照系的。不用说，这种社会历史学派是以唯物主义为其思想根据的。对此，我们长期养成的思维定式使我们自然形成两个不易更动的思维定

---

① 20世纪80年代较早发表的巴赫金研究论文有：宋大图《巴赫金的复调理论和陀思妥耶夫斯基的作者立场》，载《世界文学》1982年第4期；夏仲翼《陀思妥耶夫斯基的〈地下室手记〉和小说复调结构问题》，载《世界文学》1982年第4期；彭克巽《陀思妥耶夫斯基与动荡的二十世纪》，载《读书》1983年第12期；彭克巽《"复调小说"及其理论问题——巴赫金的叙述理论之一》，载《文艺理论研究》1983年第4期。较早介绍洛特曼文论的论文有：凌继尧《塔尔图—莫斯科学派——记苏联符号学家洛特曼和乌斯宾斯基》，载《读书》1987年第3期；钱中文《苏联文学理论研究近况——访苏散记》，载《文学评论》1988年第4期；孙静云《洛特曼的结构文艺学》，载《北京大学学报》1989年第5期。最早介绍巴赫金诗学的专著有：王忠勇等著《本世纪西方文论述评》，云南教育出版社1989年版。最早介绍洛特曼符号学的专著有：凌继尧著《苏联当代美学》，黑龙江人民出版社1986年版。

式：其一是这个理论体系是正统的、整一的唯物主义文学理论，就是说，它本身就代表了唯物主义；其二是，我们的理论体系是世界上唯一正确的，就是说，它代表了绝对真理。

社会历史学派，作为一种理论流派，具有突出的优点，建立了不朽的历史功勋……但是它有一个明显的不足，对人，对创作主体、心灵的研究，特别是对读者的接受、文学的价值和文学的特性这类问题的研究，可以说是建树较弱的。①

因此，他的这本书就专门有一章来谈论“审美价值判断”问题，并且在这一章中正面引用斯托洛维奇在其《审美价值的本质》一书中的论断，从中不难看出苏联文论对中国新时期文论的积极影响。

艺术价值不是独特的自身封闭的世界。艺术可以具有许多意义：功利意义（特别是实用艺术、工业品艺术设计和建筑）和科学认识意义，政治意义和伦理意义。但是如果这些意义不交融在艺术的审美冶炉之中，如果它们同艺术的审美意义折衷地共存并处而不是有机地纳入其中，那么作品可能是不坏的直观教具，或者是有用的物品，但是永远不能上升到真正的艺术高度。②

不只是理论上的反思，在文学评论和文学史研究等文学学术的具体实践方面，20世纪80年代以来也对传统的社会历史方法做出了突破。如1986年《文学评论》杂志第3期发表了李庆西《〈水浒〉主题思维方法辨略——兼说“起义说”与“市民说”》。该文一反传统的关于《水浒传》主题的“起义说”或“市民说”，而提出“《水浒》是为施耐庵们自己‘写心’”的观点。作者在分析了“起义说”和“市民说”的种种牵强不实之处后指出：“‘市民说’和‘起义说’何以都走到岔路上去了呢？这里有一块障眼石，就是所谓阶级斗争这个‘纲’。”他说：

① 王春元：《文学原理——作品论》，社会科学文献出版社1989年版，第2—3页。

② 王春元：《文学原理——作品论》，社会科学文献出版社1989年版，第109页。

新中国成立以来，学术界相当一些同志在接受马克思主义世界观的同时，偏偏忽视了马克思主义的方法论（当然有其客观原因）。于是在扔掉唯心主义治学方法之后，找上门来的便是庸俗社会学和机械唯物主义。即以社会学规律印证文学现象，以社会运动的一般定义代替文学研究的具体方法。直至如今，还有人以为，只有站在阶级分析的“高度”，才是提纲挈领把握对象的唯一途径。①

他用自问自答的方式写道：

《水浒》是用阶级观点做文章的吗？看来不是。施耐庵们倘能娴熟地运用唯物史观从事创作，不至于生出那许多令人费解的问题。

封建中国的文人、学者很少重视历史进程的客体功能，而习惯把注意力放在主体范畴的伦理关系上面，以伦理观点看取历史，看待人世的纷纭事变。……到了产生《水浒》的时代，怀疑的精神已大大增长。面对仕途坎坷，人间忧患，那些落拓文人，不守规矩的才子们，愈益感到一种困惑，或者说是知与行的矛盾。他们尽管没有也不可能获得进而认识和改造世界的力量，却滋长着强烈的自我反省的理性精神。

这个被许多《水浒》研究者忽视的情结，正是《水浒》的主题思维方法其深意所在。②

李庆西关于《水浒》主题思想的具体结论，当然还可以在今后的《水浒传》研究中继续讨论，但他得出这一结论的思维方法，无疑是对克服以往社会历史方法研究中的庸俗社会学和机械唯物论的一次有益的探索和尝试。

1996年出版的上海复旦大学章培恒、骆玉明主编的三卷本《中国文学史》，也体现了在文学史编纂上对以往机械、僵化的“社会历史方法”的突破。章培恒在该书《导论》中，以文学史上许多传世作品的实例，对以文

① 李庆西：《〈水浒〉主题思维方法辨略——兼说“起义说”与“市民说”》，载《文学评论》1986年第3期。

② 李庆西：《〈水浒〉主题思维方法辨略——兼说“起义说”与“市民说”》，载《文学评论》1986年第3期。

学“反映社会生活的广度与深度”定优劣的传统观点提出了疑问。他写道：

> 倘若应该在“社会生活的”“反映”上打着重点，那就意味着决定文学作品价值的首先是其反映社会生活的广度与深度；倘若“对社会生活的形象反映”本是一个整体性的概念，那么，在反映社会生活的广度与深度上有所欠缺的作品绝不是第一流的作品。[①]

但通过引证《诗经·秦风·蒹葭》、陈子昂《登幽州台歌》、李白《静夜思》、崔颢《黄鹤楼》、李商隐《夜雨寄北》等传世作品，章培恒指出：

> 这些都是千古传诵的名篇。但若就其反映社会生活的广度和深度加以考察，实算不上有突出成就。以李白的那首来说，所写是十分单纯的游子思乡之情。如果我们要从中了解当时的社会生活，至多只能知道当时有些人旅居异乡，并对故乡颇为怀恋。至于这些旅居异乡者的具体生活，诗中却毫无反映。比较起来，早在李白之前的乐府诗《艳歌行》《悲歌》写游子的生活和感情反而具体得多。[②]

他说：

> 《艳歌行》及《悲歌》的总体成就纵或不在《静夜思》之上，也应与之并驾齐驱，可是，为什么这两首诗受读者欢迎的程度还不如《静夜思》呢？[③]

就此，章培恒认为：

> 这些都说明反映社会生活的广度与深度并不是决定一篇作品高下

---

① 章培恒、骆玉明主编：《中国文学史》上册，复旦大学出版社1996年版，第1—2页。

② 章培恒、骆玉明主编：《中国文学史》上册，复旦大学出版社1996年版，第2—3页。

③ 章培恒、骆玉明主编：《中国文学史》上册，复旦大学出版社1996年版，第3页。

的主要尺度。甚至在像小说这样的文学体裁中，也并不例外。[①]

在引述了马克思关于“人的一般本性”的一系列论述之后，章培恒指出：

文学发展过程实在是与人性发展的过程同步的。[②]

理解了这一点，也就可以懂得为什么有一些看来似乎没有多大社会意义的作品却能在许多世代中引起广大读者的强烈共鸣，成为千古名篇。[③]

最后，章培恒提出了他对文学史编纂的构想：

一部文学史所应该显示的，乃是文学的简明而具体的历程：它是在怎样地朝人性指引的方向前进，有过怎样的曲折，在各个发展阶段之间通过怎样的扬弃而衔接起来并使文学越来越走向丰富和深入，在艺术上怎样创新和更迭，怎样从其他民族的文艺乃至文化的其他领域吸取养料，在不同地区的文学之间有何异同并怎样互相影响，等等。[④]

这些论述，充分体现了新时期编写文学史在指导思想方面对传统社会历史方法的突破。

---

① 章培恒、骆玉明主编：《中国文学史》上册，复旦大学出版社1996年版，第5页。
② 章培恒、骆玉明主编：《中国文学史》上册，复旦大学出版社1996年版，第19页。
③ 章培恒、骆玉明主编：《中国文学史》上册，复旦大学出版社1996年版，第21页。
④ 章培恒、骆玉明主编：《中国文学史》上册，复旦大学出版社1996年版，第61页。

第　三　章

科学方法论与现代中国文学研究

20世纪80年代的中国文学理论与批评，呈现出纷繁复杂的局面。新的方法不断涌现，新的词语让人应接不暇。除采用已有的研究方法外，许多学者尝试着运用一些自然科学的方法来研究文学，出现了系统论、控制论、信息论，以及耗散结构论等理论。这些新方法对于冲破当时文学理论僵死的结构有着积极的意义，受到了文学理论家和批评家们的欢迎。但是，自然科学的方法与文学的理论与批评仍有着明显的差别，各种自然科学的方法在文学理论和批评中的运用具有很大的随意性，大多只是比喻、暗示或借用而已。这些方法的可靠性，并不能得到证明。因此，尽管这些文章并非全都是毫无价值可言的，但总体来说，这是一次失败的尝试。除这些科学方法外，当时还有各种研究方法被运用于文学理论研究中，比如文艺心理学、原型批评等，丰富了我国的当代文学理论。

第一节　“文学”与“方法论”

20世纪80年代初，国内学术界出现了试图把文学研究与“方法论”联结起来的倾向。这种做法的合法性被追溯到亚里士多德的《工具论》以及培根的《新工具》。笛卡尔的《方法谈》以及牛顿、穆勒等人的相关论述则被认为是“方法论”的总结和补充。从当代中国文化演进的角度来看，在1978年之后出现这种现象是一点也不奇怪的，“文革”十年里最尖锐的辩论之间就有“武器的批判”与“批判的武器”之争。就文学研究而言，我们又必须承认，文学方法论之“热”，绝对不是“文革”大批判的延续，而是在新的历史时期内学术界对于文学研究的新的探索。

但其中出现的矛盾又是显而易见的：是“方法论”还是“科学方法论”？假如是“方法论”，则哲学意义上的方法论是从事任何学术研究都要讲求的。没有方法也就无法进行研究。问题在于，此时人们津津乐道的“方法论”，实际上是“科学方法论”，其中有些可以说是“自然科学方法论”。被称作“三论”的系统论、信息论和控制论，就都是自然科学的方法论。是时出版的《文艺研究新方法论文集》（内部交流）、《文学研究新方法论》、《外国现代文艺批评方法论》、《文学批评方法论基础》等书，对此倾向起到了推波助澜的作用。一时间，“熵定律”“耗散结构”“测不准原理”“波粒二象性”以及“场”等高深的自然科学概念成了文学研究的热门话题。应该承认，在当时的情况下，把文学看作是一种具有物理学意义的“场”，毕竟是对于“文革”中把文学看成是战斗武器的一种反拨。但在“方法论热”中最明显的问题是食“新”不化。仅仅知道皮毛就连篇累牍发表文学研究文章，在20世纪80年代似乎成了某些文学研究的常态。在全国性的“文学信息交流会”上，代表们谈论最多的话题是作家要不要“换笔”，即是否用电脑来写作，其相应的理论命题是“打字”问题。时至今日，研究文学的学者们似乎也没有多少人知道电脑500G硬盘涉及的“G”和“T”的下一个信息存储单位是什么，在1985年“苹果”机一枝独秀的环境下大谈信息论（谈论者也许连打字都不会），其对文学的研究效果可想而知。

此类现象在运用“熵定律”“耗散结构”“测不准原理”“波粒二象性”等等进行文学研究时比比皆是。

这里必须说明的是，“科学方法论热”与科技美学的研究没有任何关联，尤其不能把它们和提倡在科学技术中（例如在数学里面）追寻美混为一谈。文学研究中的“科学方法论热”不是要在科技里面寻找人文的、美的因素，而是恰恰相反。我们这里所说的“科学方法论热”，事实上也不是科学技术哲学意义上的“方法论热”，而是把科技哲学里面的方法论研究生硬地套进文学研究之中。

在20世纪80年代文学研究中的这场科学方法论热潮中，还有一个奇怪的现象，就是把“归纳法”“演绎法”“分析法”与“综合法”也算作新的科学方法论，并统称之为“逻辑方法”。亚里士多德早在2000多年前创造的形式逻辑被披上了新的外衣。这种做法显然忽略了形式逻辑是中学生的语文基础知识这样一个基本事实，硬是把普通逻辑拔高为新的方法论。1979年以后十多年里，我国的“人教版”高中语文教材里一直有“形式逻辑”部分。而且，假如把“逻辑”也算作方法论，古希腊亚里士多德所创造的形式逻辑是方法论，我国的公孙龙之名辩类辩证逻辑就不是方法论了？胡适所研究的“名学”就是这类逻辑。我国的名辩不仅是逻辑，而且拥有很完整、极具东方特色的逻辑体系。佛教独创的因名学也是世界上三大逻辑之一，难道也不是方法论？因名学是世界上最复杂的逻辑之一，在我国的西藏保存得相当完整，至今还在佛寺里面讲授和研究。但在“方法论热”中，同属世界三大逻辑体系中的两个被生硬地砍掉了。“方法论热”之中的绝大多数论著都没有搞明白一个基本事实，“熵定律”“耗散结构”“测不准原理”“波粒二象性”这些前沿性的科技研究领域里有一个普遍的倾向，那就是它们在某种程度上冲击了亚里士多德的形式逻辑。“测不准原理”“波粒二象性”恰恰是“三段论”无法归纳和演绎才出现的新概念。波尔等人十分倾心中国哲人的论述就是明证。与之类似的是“光子纠缠”现象。

对于这样的现象，我们可以强烈地感觉到原有西方形式逻辑方法的不足；但是，对该现象的研究是有实际用途的。未来的因特网需要在星际传输，即使是光速，在一光年的距离内也需要跑一年，一封自动回复的电子邮件就要两年时间才能收到。假如可以把光子纠缠现象开发出来，就没有这样的问题了。可见，光子纠缠及“测不准原理”“波粒二象性”等等，都不是2000多年前的亚里士多德的形式逻辑可以概括的，甚至也不是可以用形式逻辑的分析和综合就说得清楚的。打着“最新”旗号的文学研究“方法论热”，在这些方面恰恰是以最“不新”的基础知识为依据展开论述的。

仅就科学方法论而言，20世纪80年代的科技发展突飞猛进，也推动着科学方法论有着巨大的变革。北美在与苏联数十年的较量中已经建立起了相对完备的网络体系，其目标是北美即使被炸掉三分之二网络依然能照常运转。此时，比尔·盖茨已经登上了发展的前台。其时我国在这些方面显得孤立，显得落后。在这样的背景下，我国科技界展开对于研究方法的讨论，本来无可厚非。在科学的春天到来之后，其他一些领域的专家学者，尤其是哲学界的学人也参与其中。在这些专门的领域，学者们对于“归纳”“演绎”“分析”“综合”等方法论的探讨，是在科学认识论范畴内的反思，带有很明显的颠覆与重构的意味。在这些特定的领域内展开的对于“测不准原理”“波粒二象性”的研讨，是正常的学术研究。这就好像邮电学院不研究“信道”“信噪比”反而不正常一样。当时，一批科学家也参与了科学方法论的研讨，这对于我们国家在“文革”破坏基础上重新建立的科学技术研究具有不可或缺的意义。但文学研究领域的这个“方法论热”，其实是一种简单的模仿，或者说是硬拉着真理往前走了一步。

“归纳”“演绎”“分析”“综合”是自然科学与社会科学研究的最起码的原则，而在文学研究“方法论热”中居然被重新炒作，只能说明此“热”在学术方面确实是一场巨大的冒险。就社会心理而言，是其时我国普遍希望尽快与国际接轨、迎头赶上西方学术发展的一种渴望的具体表现；但其效果，往好处说是差强人意。

以“最新”为旗号的文学研究“方法论热”，说来也并不新鲜。“新”与“不新”是相对的。“方法论热”推崇之“新”，在某种程度上其实是国人由于长期封闭、内耗而不熟悉的外面的文学与科学现象。而且，这种“热”在中国也不是第一次出现。早在1905年王国维就在《教育世界》上发表《论新学语之输入》一文，已经对20世纪初出现的各类“新学语”进行了剖析。他直截了当地指出：“近年文学上有一最著之现象，则新语之输入是已。”他还发现在当时“新学语”的输入者中，“其能兼通西文，深知一学之深意者，以余见闻之狭，殆未见其人也”①。

王国维对于不求甚解的现象进行了尖锐的批评。在同样是发表于1905

① 姜东赋、刘顺利编：《王国维文选》，百花文艺出版社2006年版，第44页。

年的《论近年之学术界》一文里，王国维对于风靡一时的严复译《天演论》提出了自己的看法。首先，王国维指出严复所译赫胥黎的原书书名为《进化论与伦理学》，翻译本只取了“进化论”而舍弃了“伦理学”，译义不全。其次，王国维指出：

> 嗣是以后，达尔文、斯宾塞之名腾于众人之口，“物竞天择”之语见于通俗之文。顾严氏所奉者，英吉利之功利论及进化论之哲学耳。其兴味之所存，不存于纯粹哲学，而存于哲学之各分科，如经济、社会等学，其所最好者也。故严氏之学风，非哲学的，而宁科学的也。此其不能感动吾国之思想界者也。近三四年，法国十八世纪之自然主义，由日本之介绍而入于中国，一时学海波涛沸渭矣。然附和此说者，非出于知识，而出于情意，彼等于自然主义之根本思想固懵无所知，聊借其枝叶之语，以图遂其政治上之目的耳。由学术之方面观之，谓之无价值可也。①

赫胥黎的著作本来是反对社会达尔文主义的，但在严复的译本里，书名两个核心词被去掉了一个。进化论在赫胥黎那里仅仅是生物界的竞争法则，赫胥黎强调的是人类社会要以道德情感和社会责任感为基础。如果说严复的译本在推动中国近现代革命方面还有巨大作用的话（其实孙中山就已经发现，用“天演论”这样的野蛮法则来指导社会是很危险的），那么，鹦鹉学舌般地鼓吹自然主义在王国维看来就是完全没有学术价值的了。但即使王国维也不会料到，这样的怪现象在20世纪80年代还会重新出现。

改革开放初期，中国文学界不但需要大量译介国外的新的文学现象、文学术语，也同样需要扎扎实实的文学研究，尤其需要对被林彪和“四人帮”扭曲并忽略掉了的文学内部及外部规律进行研究。传统的研究方法不仅在20世纪80年代不过时，其实在任何时候也不可能过时。比如扎实、细致的考证研究，即使是在“方法论热”的数年间也是可以大展身手的。不幸的是，考证类研究方法在“方法论热”中是被排斥在外的。“方法论热”

① 姜东赋、刘顺利编：《王国维文选》，百花文艺出版社2006年版，第48页。

几乎毫无例外地热议国外的文学研究方法。而在这一巨大的研究领域内，“兼通西文，深知一学之深意者”多是老一辈学人，经过“文革”摧残，人数较少，而且他们也没有兴趣去研究什么新方法。即使是稍有常识的中年研究者，也面临着政治和学识的两方面考验。一篇《我所评论的就是我》的论文所引发的批评，折射了那个年代研究者战战兢兢、如履薄冰的心理背景。从这个角度来看，无法要求“方法论热”中出现的都是“兼通西文，深知一学之深意者”。现实点来说，“方法论热”也许是最不容易招惹是非的一个学术出口。从学术自身的要求来看，“方法论热”中出现的绝大多数文章都没有达到圆通的程度，更多的是属于似懂非懂、强拉新概念的文字。

30多年过去了，如今客观地来看当年的热潮，我们必须承认，“方法论热”对于推动中国文学研究者放眼全球，并努力追寻最新最好的研究方法确实起到了积极的作用。而且，在此热潮中涌现出一大批研究者，他们试图用新的方法论来代替“文革”期间的判决性批评文字。显然，新的文学研究方法论与“大批判”“上纲上线”“打棍子”“扣帽子”的思路与文笔形同水火。新中国成立以后，苏联以弗里契、彼列威尔泽夫为代表的庸俗社会学始终像梦魇一样，在我国的文学研究中挥之不去。这种社会学把文学看作是由经济基础直接决定的，把社会的进步和文学艺术的演进生硬地套在一起。由此也就出现了唐诗不如宋词、宋词不如元曲、元曲不如明清小说这样十分奇怪的逻辑，而忽视了文学艺术所具有的特殊规律。十一届三中全会之前，“左”的文艺路线主导我国的文学艺术界，把某些别有用心的人号称的“社会主义文学”看作是世界上唯一伟大的、最进步的文学，从而把“四人帮”所主导的“阴谋文艺”推到了他们所说的“社会主义”文艺的象牙塔尖上，并且大肆破坏传统文化。同时，不属于他们政治要求的文学作品都统统被打倒。文学批评成了文学批判。

从这个意义上说，“方法论热”的积极作用是必须肯定的。《当代文艺思潮》等在当时很有影响的学术刊物发表了大量的译介文章。火车上、地铁里的人们在读文艺理论研究的文字，这在世界各国历史上都是不多见的。同时，也有一部分十分严谨的学者力图用自己所理解的“三论”来研究文学文献，并发表了较有分量的论文。林兴宅发表在《鲁迅研究》1984

年第1期上的《论阿Q性格系统》等论文，试图用系统论方法来重新阐释阿Q性格，认为阿Q的性格不是简单的判断句就可以说得明白的，而是多层面、多方面的存在。类似的论文尽管不多，但确实令人耳目一新。

文学研究中“方法论热”的最大贡献，是译介西方和苏联的前沿性理论观点。就当时出现的文章和书籍来看，“科学方法论”这个名目本身就不够准确。首先，它们并不都是“科学”方法论；其次，它们也不都是方法论。尽管“科学方法论”这个名目不能涵盖译介观点的全部，但学者们在译介上表现出的热情是极为高涨的。《文学批评方法论基础》一书所罗列的“心理批评”“原型批评”“形式主义批评”“结构主义批评”“社会批评”“比较文学”在当时都有大量的翻译和介绍。其中，“心理批评”在港台原有译本的基础上，重新翻译和再版了弗洛伊德的几乎全部作品。对于荣格等心理学大家也有介绍。还有一批学者不受“科学方法论”框框的限制，在文艺心理学方面下了相当深入的功夫。正如人们早已知道的，“新批评”不仅仅是文学方法论，“比较文学”就更不是“科学方法论”这样一个框子所能够包容的，而是一门相当完整且在20世纪80年代国际范围内已经相对成熟的学科。

第二节　“方法论热”隐含的危机

把亚里士多德的《工具论》、培根的《新工具》看作是文学研究方法论的起点，这种做法本身就表明，“方法论热”在寻找理论上的合理性时，就显露出了十分明显的工具理性的色彩。“方法论热”一开始就隐含着危机，命中注定会成为昙花一现的学术现象而不是研究常态。

当然，苏联及东欧的文艺理论主张对“方法论热”的作用不可低估。发表于《国外社会科学》1982年第2期上的A.布什明的《文学学的方法论问题》和发表于《国外社会科学提要》1982年第9辑上的H.马尔凯维其的《现代文艺学的方法论问题》是较早的两篇论文，对于我国的方法论研究有很大的启迪作用。但在“方法论热”的持续过程中，东欧思想界的影响逐渐消退，西欧和北美的思想家起到了支配作用。韩素音谈文学艺术与科技之间的关系仅仅是个引子，西方加尔文教派式的工具理性才是起主导作用的影响因素。具体表现是“方法论热”中全国出现的文章几乎异口同声，把文学看作是自然科学研究的对象，或者以“方法论”的名义把文学研究等同于实验室的具体操作，明显忽视文学对于人的终极关怀，忽视文学所具有的超越性。“方法论热”是新中国成立之后在“科学”的旗帜下所进行的最不科学的一种学术运作。其实，德国学者马克斯·韦伯早在1917年就论述过社会科学的“价值无涉”问题，并对包括文学研究在内的社会科学方法论有过精深的研究。可惜在我国的“方法论热”中却有意无意地忽略了韦伯的方法论理论，他的《社会科学方法论》一书的中文译本直到1998年才出版。

“方法论热”的出现与消失，与当时我国的发展环境有着不可分割的关系。

（一）“方法论热”一开始就隐含着危机。当时整个社会急功近利，因此难免在学术界出现“短、平、快”式的论述文章。“方法论热”在方法论方面的纠缠，表面上是与“文革”时的“大批判”文章完全对立的学术建设，其实还是隐含着“武器的批判与批判的武器”之类的话语。“文革”中被普遍信奉的“批倒批臭”加上感叹号，变形为文学加上新词语。可以说，其时出现的一批新的科技词语在某种程度上就是“文革”中感叹号的变形。可见，“方法论热”实乃工具理性在学术界的具体显现，尽管我们不否认当时存在的社会压力。

（二）“方法论热”热衷于自然科学，其理论导向是取消社会科学，否定人文学科的价值。这在文学研究中显然是本末倒置的，实际上也就是在否定文学自身的价值。不管是在计划经济还是在社会主义市场经济的大环境中，文学都是人的发展的需要，是马克思和恩格斯所说的远离经济基础的“更高的悬浮于空中的意识形态”，是一种审美意识形态的建构。“方法论热”持续的过程，正处于我国重要的转型期。当新的社会主义市场经济出现以后，人们马上发现资本流动的社会环境里不是要消解人文关怀，而是恰恰相反。文学这一类马克斯·韦伯所说的“文化事件”，不管是用“新三论”还是用“旧三论”来阐释，都或者是隔靴搔痒，或者根本就是南辕北辙。“方法论热”迅速降温也就是理所当然的了。

（三）文学研究“方法论热”的旗号是“最新”，但其论述者并无法做到最新，尤其是一批研究者缺乏最起码的科技常识，特别是高等数学和物理的常识，结果就把这一场文学范围内的研究“热潮”搞成了与“文革”中的所谓“最新指示”“最最”无法分割的文化现象，有十分明显的时代痕迹。

毋庸置疑，“方法论热”的消退是历史的必然。

第　四　章

现代中国文学史中的“进化论”

本章主要讨论“进化论”信念在现代早期文学史研究中的展开方式、途径、形态。讨论的方式，是分析比较20世纪上半叶三部影响较大的文学史著作，以期揭示作为公共信念的“进化论”如何与不同的价值预设、写作意图、分析框架相结合，从而形成差异极大的文学史叙述。“进化论”信念影响了20世纪文学研究，这是个简单的判断。“进化论”信念如何渗透到文学研究话语当中，则是一个复杂的故事。

意欲理解“进化论”与“文学研究”的关系，必须首先将视野从“文学研究”拓展开去。这是20世纪中国学术发展的特质使然。

“20世纪中国文学研究”并非一个封闭自足的体系。尤其是在20世纪前三四十年，“文学研究”的身份，亦即作为一门学科的主体性，尚不明确。一方面，传统的词章之学已然式微；另一方面，作为舶来概念的“文学”，在大学的课堂上，在报刊的讨论中，在教材的编写里，都要经历一段时间的水土不服。此际兴起的各种学术新潮里，“文学研究”的身份主要是“史学”“国学”的子项，而无论“史学”与“国学”，在其主事者心目中又都是“赛先生”的实验田。

20世纪初期，学术转型的中心是史学。史学的转变，也非内在理路使然，更多的动力来自对国族处境与异质文明的因应。梁启超以史学为强国之具，胡适以史学操演“科学方法”，陈垣、傅斯年等人在史学上则有与东西方同行较量高下之意。

进化论为国人提供了新的国族叙事和国族想象的空间。进化论这一据信是科学的人类社会公理、公例，不但可以解释中国的过去，还向人们昭示着中国的未来。既然中国的过去皆与公理、公例若合符契，那么中国的未来也必不在公理、公例之外。对渴求强国的知识精英而言，进化论既是认识过去的理论工具，也是指导当下和未来的道德律令。政治层面上最大的道德，就是不得阻碍本已迟滞的国族的进化，相反，要认清方向，推动它，促成它。这样一套有关国族的进化话语，实际上包含了两个层次：一是指向过去，帮人们重新解释历史的“实然”；二是指向未来，使人们确认行动的“应然”。对于以强国为第一要务的国人而言，后者的分量恐怕远远高于前者。这种进化思潮，在20世纪初影响极大。从严复翻译《天演论》算起，它只用了很短的时间，便从一种舶来的知识，沉淀为普遍的国人信念。除章太炎等少数人对之有所质疑和反思之外，大多数人对其信而不疑，甚至习焉不察。

进化论进入中国，首先是与民族主义思潮相结合，继而影响史学范式，并由此渗入文学研究。

文学研究方法随史学研究范式的转移而转移。考察文学研究中的“进化论”因素，必须追溯研究者所持有的历史哲学、所遵从的史学范式。同时，在学术之外，研究者对国族命运抱有何种信念，居于何种立场，也可能影响他的学术语汇、语调。

因此，问题仅仅停留在一位研究者、一项研究是否受进化论影响上，意义并不大。还须追问，他（或它）在哪个层面上，以怎样的方式，受哪种进化论的影响。或者可以这样问：研究者是如何理解进化论的？将其视为宏大的信念，还是具体的方法？这些信念和方法是如何习得的？又是如何将其转化为自身的学术话语的？

第一节　进化论与胡适的文学史观

胡适的《白话文学史》出版于1928年，被公认为确立现代中国文学史编写范式的开山之作。这部书有两个重要的思想史背景：一是白话文运动；二是国故整理风潮。两者都由胡适倡导。胡适坚信，书写语言的更新，是历史发展的趋势，更符合世界其他主要文明昭示的公理、公例。而以科学方法整理国故，则有助于为传统“祛魅”[①]。两个运动，代表了胡适“再造文明”的两个努力方向。无论推行白话文，还是整理国故，胡适依凭的，是他所谓的“科学方法”。热衷于方法论的胡适，对此有不少著名的本土化转述，比如“历史的眼光”“祖孙的方法”“大胆的假设，小心的求证”等等。

“历史的眼光”“祖孙的方法”，是胡适历史研究、历史判断的方法论支柱，它们显然脱化于达尔文、赫胥黎的进化论。在胡适那里，进化论并非可能的选项，而是一个事先给定的条件。只有接受它，真正的历史思考才能得以展开。胡适相信，自己对白话文的判断，对国故的态度和处理方式，无不合乎进化论的方法和原则，因此，它们具有内在一致性。

《白话文学史》既是对逝去时代文学的讲述，也有明确的为白话鼓吹的意图。胡适的雄心，似乎正是要以一种符合进化论的“科学方法”把两项使命整合在一个宏大而单一的历史叙事之中。但也正因如此，当胡适不断谈起进化论的时候，并不总是如他自己认为的，在谈论同一件事。他的进化论话语，往往包含两种不同的语调。

胡适为文学进化开列了四种意义：

> 一、文学乃是人类生活状态的一种记载，人类生活随时代变迁，故文学也随时代变迁，故一代有一代的文学。
>
> 二、每一类文学不是三年两载就可以发达完备的，须是从极低微的起源，慢慢的，渐渐的，进化到完全发达的地位。有时候，这种进化刚到半路上，遇着阻力，就停住不进步了；有时候，因为这一类文学受种种束缚，不能自由发展，故这一类文学的进化史，全是摆脱这种束缚力争自由的历史。
>
> 三、一种文学的进化，每经过一个时代，往往带着前一个时代

① “祛魅”（Disenchantment）一词来自马克斯·韦伯，指曾经一贯信奉的或被追捧的人或物在新的认识论基础上被颠覆。

留下的许多无用的纪念品；这种纪念品在早先的幼稚时代本来是很有用的，后来渐渐的可以用不着他们了，但是因为人类守旧的惰性，故仍旧保存这些过去时代的纪念品。在社会学上，这种纪念品叫作“遗形物”。

四、一种文学有时进化到一个地位，便停住不进步了；直到他与别种文学相接触，有了比较，无形之中受了影响，或是有意的吸收人的长处，方才再继续有进步。①

上面四条，可以分为两组。一、四，为探究历史上文学演变之“实然”提供了观察工具。前者提醒人们关注文学与时代的关系，后者提醒人们注意异质文明的碰撞。这两点，重在解释“为何变”。二、三，则是对“应然”的规定。它们的重点，不是“为何变”，而是“如何变”“变得如何”——进化，不仅仅是变化，还应该是朝着某个方向、目标的变化。顺应这个方向、目标的变化，便是应当发生的进化，反之，便是阻碍进化的退化。这样，进化就带有了价值判断的意味，而历史上的变与不变、此变与彼变之间，也就成了路线问题。

作为观察“实然”的工具与作为规定“应然”的武器，进化论提供了不同的洞见。但是，事实领域的洞见与价值领域的洞见，毕竟是二非一，需要划清界限。历史研究的首要任务，是关注事实领域，解决“实然”问题。以科学自命的历史研究更应如此。作为文献考释专家的胡适，通常可以将笔墨限定在事实论域，在那种场合，他所谓的“历史的眼光”“祖孙的方法”，无非是要寻找、确认文献之间的先后、因果。而作为文学革命的推动者，胡适则常把进化视为崇高的价值，并由此推衍历史的正确方向。《白话文学史》里，胡适同时扮演上述两种角色，他在自序里说：

历史进化有两种：一种是完全自然的演化；一种是顺着自然的趋势，加上人力的督促。前者可以叫做演进，后者可以叫做革命。演进是

① 胡适：《文学进化观念与戏剧改良》，见《胡适文集》第三册，人民文学出版社1998年版，第89—90页。

> 无意识的，很迟缓的，很不经济的，难保不退化的。有时候，自然的演进到了一个时期，有少数人出来，认清了这个自然的趋势，再加上一种有意的鼓吹，加上人工的促进，使这个自然进化的趋势赶快实现；时间可以缩短十年百年，成效可以增加十倍百倍。因为时间忽然缩短了，因为成效忽然增加了，故表面上看去很像一个革命。其实革命不过是人力在那自然演进的缓步徐行的历程上，有意的加上了一鞭。[①]

一位文学史家，首先是历史上各种实际发生的“演化”乃至“革命”的观察者。文学史家胡适希望自己的观察能为正在发生的革命“有意的加上一鞭”。“加上一鞭”的具体方式，是通过重新组织的“实然”为“应然”助威，以不容置疑的“应然”为据，向精心筛选的“实然”致敬。“白话”是未来中国文学的“应然”，由此出发，重新构筑一个历史上中国文学的“实然”，一个以“白话”为主角的故事。

> 我要人人都知道国语文学乃是一千几百年历史进化的产儿。国语文学若没有这一千几百年的历史，若不是历史进化的结果，这几年来的运动绝不会有那样的容易，决不能在那么短的时期内变成一种全国的运动，决不能在三五年内引起那么多的人的响应与赞助。……我们现在研究这一二千年的白话文学史，正是要我们明白这个历史进化的趋势。[②]

一千几百年以来的事情是否可以直接推导出某种指向未来的必然趋势？“实然”是否能够为“应然”提供充分的证明？这是哲学史上著名的“休谟问题”。胡适似乎对此措意无多。因此，在他的笔下，“休谟问题”不成问题。

如果只是把历史当成革命的注脚，《白话文学史》不会成为现代学术典范之作。此书的一大优长，是展现了作者对史料的敏感、熟稔和高超的处

① 胡适：《白话文学史·自序》，见《胡适文集》第四册，人民文学出版社1998年版，第23页。
② 胡适：《白话文学史·引子》，见《胡适文集》第四册，人民文学出版社1998年版，第20页。

理能力。胡适说，决心写这部书，是因为受到很多新材料的鼓舞："这些新材料大都是我六年前不知道的。有了这些新史料作根据，我的文学史自然不能不彻底修改一遍了。"①

以史料为基础建构史论，以史料的发现为契机发掘选题，这是现代学术的基本规律和通行模式。正是由于对大量新史料的发现和运用，胡适使文学史的编纂成为一项具有现代意义的学术事业。也正由于他的关注和介绍，大量新史料，如敦煌文献，从此成为文学史的标准配备。不过，细绎上面的引文，可以发现，新史料带给胡适的，不仅仅是关乎学术的智识的惊喜，同时也引发了关乎革命的激情。在他眼里，这些新史料无不印证了他六年前的旧判断，关于文学发展大趋势的判断，而这个判断又是论证文学革命合法性的重要支撑。可见，文学的未来与"应然"，才是胡适根本的问题意识所在。

当革命意图成为文学史编纂者的根本问题时，文学史本身便被工具化了。《白话文学史》里随处可见胡适对史料的拣择、考证，在这些地方他实践着"历史的眼光""祖孙的方法"。而他本人更在乎的，当然是对历史大趋势的判断和证明，这些大判断同样来自他的"历史的眼光"。这是完全不同的两种进化论。在胡适那里，却是相辅相成一以贯之的一回事。针对史料的绣花功夫，其实是为事先给定的大判断添几个漂亮的注脚，或扫除几个恼人的障碍。比如对王梵志的考证，对《秦妇吟》《京本通俗小说》的探访等。陈国球将他的整体策略概括如下：

一、找来"白话诗人王梵志"，访得韦庄的《秦妇吟》，发现"南宋的"《京本通俗小说》。

二、把"白话"的定义放宽，连本属"死文学"的《史记》都变成是白话文学的部分。

三、又把"文学"的定义放松，连佛经译本、宋儒语录都包括在内。

于是，他可以正式宣布："白话文学"是"中国文学史的中心部分"，是"最可以代表时代的文学史"。②

---

① 胡适：《白话文学史·自序》，见《胡适文集》第四册，人民文学出版社1998年版，第16页。

② 陈国球：《文学史书写形态与文化政治》，北京大学出版社2004年版，第91页。

这三项，概括得极为准确。当然，每项之下并未穷举胡适的所有工作。比如，关于把“白话”的定义放宽，胡适所做的工作远不止拉拢《史记》一项。把建安文学的主要事业说成是制作乐府歌辞，也是他自己颇为得意的提法。与此相关，他在写唐代的时候，就把那句“自从建安来，绮丽不足珍”解释为李白要向乐府传统致敬。而在胡适的整个叙述中，乐府、民歌、民间传统、白话传统等概念又常常不加区分，可以相互替代。这样，建安诗人，乃至李白，也都成为白话传统的一部分。

半部《白话文学史》，胡适在史料上做了很多细密的考辨，这使他的工作具有了典范意义；同时，在概念的界定、推论的展开方面，胡适又留下不少漏洞，这使他常常受人指摘。在批评家眼里，前者体现胡适学术的一面，后者则显得不太学术。其实，学术的也好，不太学术的也好，全都指向一个更宏大的目标——建构文学进化的单线故事。为了这个故事，胡适可以适时地细密，也可以适时地疏漏。

回到前文对进化论的区分，它既可以是观察“实然”的工具，也可以是规定“应然”的武器。在胡适的文学史叙事里，两种语调，兼而有之，并且很明显，他是以后者统摄前者的。作为思想者，胡适当然有权利根据自己的理念判断历史趋势和未来走向。但是，作为通史编纂者，是否应当在价值判断和事实描述之间保持界限，这仍有待讨论。当一位通史编纂者倾向于对历史做出某种单一的价值判断时，往往会形成过分单一的焦点，对焦点之外的丰富事实则视而不见，或见而不视。

当一个历史叙事成为单线的、排他的进化系谱时，尤其是当这一系谱的最大价值是为现实和未来提供方向时，这种历史想象就带上了决定论的色彩。

胡适当然不是历史决定论者。他对此有自觉的警惕。1930年，他写《介绍我自己的思想》，提到实验主义和辩证法的根本区别。胡适指出：一、实验主义和黑格尔的辩证法，都是提供关于进化的史观。二、辩证法是玄学，实验主义是科学，其间的分野在于是否接受生物进化论的洗礼。三、玄学的进化观，出之于玄想，不考虑驳杂多样的历史事实，以武断的方式“化复杂为简单”，以证成其说；科学的进化观则反是，不但承认进化的复杂，且以认识、解释复杂为己任。[①]胡适已经触及而未尝言明的一点是：黑格尔式的进化观出自演绎，而生物进化论、实验主义则以归纳为基础。

虽然如此，胡适的通史编纂仍然带有他所反对的玄学的、决定论的色彩。这表现为：他未必自觉地把细密的实证研究纳入一个宏大的演绎框架之下，试图把历史讲成一个整体的、单线的、排他的故事。他为历史规定了一个预设的方向，从而把丰富的历史简化为顺势、逆势两个路线。无论发掘、阐释多少数据，历史，都只是进步与反动的路线之争。属于进步路线的人与事，才有机会进入历史。此路线之外的一切，皆为历史的枝节，可以忽略。胡适这种讲述整体的、单线的、排他的故事的热情，与其说得自对历史的归纳式的考察，不如说基于对国族现状的忧思和对未来的期许。从此种迫切的忧思和期许出发回溯历史，无论有多少归纳式的局部研究，其整体框架，只能是演绎式的。这样一种通史架构，未必如胡适自我期许的那样，是与玄学史观无涉的科学研究。

过于强烈的价值诉求是否宜于引入历史编纂？这在胡适的同时代即已引发讨论。不少讨论，都是围绕胡适的研究展开的。对此，学界已有深入讨论。这里简述两种更具方法论意识的反思，分别来自梁启超和傅斯年。

如前所述，梁启超的《新史学》是较早以进化论为主要方法论的汉语历史哲学文献。梁启超本人则对据信是科学的进化论保持有限度的警惕："我去年著的《中国历史研究法》，内中所下历史定义，便有'求得其因果关系'一语。我近来细读立卡尔特著作，加以自己深入反复研究，已经发觉这句话完全错了。我前回说过：'宇宙事物，可中分为自然文化两系，自然系是因果律的领土，文化系是自由意志的领土。'两系现象，各有所依。……历史为文化现象复写品，何必把自然科学所用的工具扯来装自己门面，非惟不必抑且不可。因为如此便是自乱法相，必至进退失据。"[②]

在梁启超看来，胡适的通史方法正有"进退失据"的问题。他在《评

① 胡适：《介绍我自己的思想》，见《胡适文集》第二册，人民文学出版社1998年版，第163—164页。

② 梁启超：《研究文化史的几个重要问题》，见《饮冰室合集》第五册，中华书局1989年版，第2页。

胡适之中国哲学史大纲》中说："胡先生是最尊'实验主义'的人，这部书专从这方面提倡，我很认为救时良药。但因此总不免怀着一点成见，像是戴一种着色眼镜似的，所以强古人以就我的毛病，有时免不掉。本书极力提倡'物观的史学'，原是好极了。我也看得出胡先生很从这方面努力做去。可惜仍不能尽脱却主观的臭味。"①

"唯一的观察点"，正是前文所说整体、单线、排他的叙事。如果真的对历史贯彻科学的、"物观"的考察，是否可以得到这样一套宏大叙事？梁启超表示怀疑。

正因如此，梁启超在自己的历史编纂实践中，有意识地淡化机械的进化论模式。他的《中国的美文及其历史》，也可视为一部未完成的文学通史。这部作品，主要由文献考述和文本批评两部分组成。史料编排，依照时代和文体两条线索。史料考索，严守文献学家法。重要作家、作品，给出个性化的评点。此书作风，与《白话文学史》差异极大。表面看来，梁著缺少大宗旨、大判断、大脉络，远不如胡著那般雄心勃勃。但这种表面平庸的背后，似乎另有深意：梁启超似乎宁愿提供一种基于文献的较为松散的历史读本，从而与宏大的进化论叙事保持距离。

对于通史编纂中的单线叙事，胡适的学生傅斯年也表示怀疑。在一封致胡适的信里，他提到自己对所谓"中国哲学史"的思考：

> 中国古代的方术论者，与六朝之玄宗、唐之佛学、宋明之理学等等，在为人研究上，断然不是需要同一方法和材料。例如弄古代的方术论者，用具及设施，尤多是言语学及章句批评学。弄佛学则大纲是一个可以应用的梵文知识，汉学中之章句批评学无所用之。至于治宋明理学，则非一个读书浩如大海的人不能寻其实在踪迹，全不是言语学的事了。有这样的不同术，故事实上甚难期之于一人。而且这二千年的物事，果真有一线不断的关系吗？我终觉——例如——古代方术家与他们同时的事物关系，未必不比他们和宋儒的关系更密；转来说，宋儒和他们同时事物之关系，未必不比他们和古代儒家之关系更

① 梁启超：《评胡适之中国哲学史大纲》，见《饮冰室合集》第五册，中华书局1989年版，第52页。

> 密——所以才有了误解的注，所以以二千年之思想为一线而集论之，亦未必有此必要。①

这段话，前半部分是说编纂哲学同时在技术上的困难，后半部分则涉及线性模式的通史是否合理。因为精神领域的诸多现象之间，并非只有一个单向的时间序列。它们很可能自成系统，相互异质，不但要施以不同的处理技术，更要理解其不同的内在脉络。对之强为牵合，组成“一线不断”的绵延两千年的故事，恐怕未必促进理解，徒然加深误解。傅斯年对自己的工作设想是，先选取最合适的工具与方法，做断代研究。就算将来有所成就，可以作一部历史，其成品也“决不使他像一部哲学史，而像一部文书考订的会集”。

傅斯年欲以文书考订替代一线不断的哲学史，梁启超用文献考述加文本批评的办法作文学史，二者有异曲同工之处。这样做，恐怕绝非仅为降低通史编纂的难度。他们都意识到单线叙事通史模式存在的方法论困境。

第二节　进化论与郑振铎的文学史观

郑振铎的《插图本中国文学史》出版于1932年。《白话文学史》提供的突破性的范式，在郑书中已趋于稳定。两相比较，确有相当大的延续性，或者说，有不少一致的地方。比如，对中国文学民间传统的重视。比如，给传统意义上的边缘文体更大的篇幅。再比如，对新材料的重视乃至依赖。这一点，郑书的气质与胡书尤其相近。许多关键性的论断，郑振铎也同意胡适的意见。《白话文学史》里，有两个胡适自己颇为看重的观点，一是抬举汉魏六朝乐府歌辞的地位，二是强调佛教对中国文学实际发生影响之晚。郑振铎把它们完全移植了过来。两书之间，延续之处很多。可以

---

① 傅斯年1926年8月17日致胡适信，见《傅斯年全集》第七册，湖南教育出版社2003年版，第38—39页。

说，在对中国文学史的总体情节和节奏的判断上，胡、郑基本是一致的。

不过，郑书与胡书之间，仍然存在着相当大的差异。差异，不仅体现在篇幅、密度和完整性上，更重要的是方法论的微妙转换。

《插图本中国文学史》的框架仍是进化论的。只是，郑振铎对进化论的运用方式，已不同于胡适。首先，他另有范本：

> 最早的“文学史”都是注重于“文学作家”个人的活动的，换一句话，便是专门记载诗人、小说家、戏剧家等的生平与其作品的。这显然的可知所谓“文学史”者，不过乃是对于作家的与作品的鉴赏的或批判的“文学批评”之联合，而以“时代”的天然次序“整齐划一”之而已。像写作《英国文学史》的法人太痕，用时代、环境、民族的三个要素，以研究英国文学的史的进展的，已很少见。北欧的大批评家勃兰兑斯也更注意于一支文学主潮的生与灭，一个文学运动的长与消。他们都不仅仅的赞叹或批判每个作家的作品了；他们不仅仅为每个作家作传记，下评语。他们乃是开始记载整个文学的史的进展的。①

郑振铎心目中的文学史范本编纂者，是太痕（通译“泰纳”）和勃兰兑斯。这两个人对20世纪前期中国文学研究影响至深。两位欧洲学者都受达尔文进化论的鼓舞，试图为人类精神生活的“进化”提供某种规律性的洞见。泰纳著名的种族、时代、环境三要素，意在为文学变迁建立一种“客观”“实证”的解释模型。勃兰兑斯则吸纳黑格尔的辩证方法，以正题、反题的交错互动解释文学潮流的更替消涨。他们的学术取向与风格差异极大。但在郑振铎眼里，都是足资借镜的他山之石。主要原因是，他们为中国文学史家提供了一套极具操作性的认知工具。这些工具至少可以避免文学史的两种偏颇：一是碎片化，仅仅串联作家、作品之个案；二是单线化，把整个历史视为一个单一的宏大故事。避免碎片化，写史像史，而非录鬼簿，这是胡适与郑振铎的共同追求，也是现代史家的共识。而胡适

① 郑振铎：《插图本中国文学史 · 绪论》上册，人民文学出版社1957年版，第2页。

之失，恰恰在于试图讲述单线故事。相较而言，郑振铎关注的文学进化情节，要丰富许多。

胡适的《白话文学史》是一个关于“白话文学”的进化故事，他着力于把“白话文学”塑造成千年来一直被人视而不见的饱受忽视的主流。郑振铎同样关注白话文学，关注文学进化的民间动力。但在《插图本中国文学史》里，外来影响与民间文学并列为推进文学两大原动力。这明显体现于郑振铎的文学史分期上。他把全史分为古代、中世、近世三期。中世文学开始于东晋，理由是佛教文学开始大量输入，从此中国文学告别本土时代。近世文学的开端是明代嘉靖时期，标志是昆剧的产生和长篇小说的发展。两个开端，分别对应两种原动力。胡适当然同样重视文学的外来影响，尤其是佛教的影响。但在他的文学史图景里只有一个主线，那就是民间。为使这条主线更为凸显，更为连续，更为自足，胡适尽量将佛教发生影响的时间推后。比如，他把《孔雀东南飞》的时代提前，把佛教影响推后，以此论证从汉到南北朝这五六百年中，中国民间自有无数民歌发生，这个传统不能说是不连续的，也不能说是太骤然的。[①]这是一个典型的例子，体现出单线叙事的意图与史实之间的紧张关系。这种紧张关系，在郑振铎的叙述脉络里便不存在。他也同意佛教对文学发生实质性的影响是很晚的事，但这并不妨碍他把尚未发生实质影响的佛教当作文学史的重要分界线。他的文学史，不只有一条线索，也无须仅仅强调一条线索。

除线索更多元之外，郑振铎在价值判断上也比胡适更为节制。他重视民间，重视白话，但不像胡适那样，要把整个历史当作为白话文学正名的武器。在他看来，文学随环境、时代、人种而变化，文学又有超越环境、时代、人种的不变的一面。文学所具有的这种超越性，使之成为“一切时代与一切地域与一切民族的人类”的精神通道。作为精神通道的文学，是观察各个环境、时代、种族内人类生活的绝佳方式。而作为文学总簿的文学史，则是反映环境、时代、种族变迁的镜子。在这里，文学史的认知功能得到强调。文学史家的首要任务，也就从提供价值判断转变为提供认知和理解。

---

① 胡适：《白话文学史》，见《胡适文集》第四册，人民文学出版社1998年版，第75—88页。

《插图本中国文学史》与《白话文学史》的一个明显差异，是对那些据说不符合某种价值、趋势的文学现象给予了相当充分的关注。因此，在很多局部判断上，郑振铎比胡适更有耐心，也更能做持平之论。比如对齐梁诗，胡适说：

> 沈约、王融的声律论却在文学史上发生了不少恶影响。后来所谓律诗只是遵守这种格律的诗。骈偶之文也因此而更趋向严格的机械化。我们要知道文化史上自有这种怪事。往往古人走错了一条路，后人也会将错就错，推波助澜，继续走那条错路。①

郑振铎则说：

> 齐梁诗体为世人所诟病者已久。但齐梁体的诗果是如论者所攻击的徒工涂饰，一无情思么？唐宋文人惯于自夸的说什么“文起八代之衰”，或什么“自从建安来，绮丽不足珍”。但唐、宋的许多大诗人，其作品或多或少的受齐梁诗人们的影响是无可讳言的。……齐梁诗人们有一个极大的贡献，那便是对于诗的音韵的规律的定式之发见。②

再如对律诗，胡适说：“譬如缠小脚本是一件最丑恶又最不人道的事，然而居然有人模仿，有人提倡，到一千年之久。骈文与律诗正是同等的怪现状。”③郑振铎则说：“由不规则的古体诗，变为须遵守一定的程序的律诗，其演进是很自然的。自建安以后，诗与散文一样，天天都在向骈偶的路上走去。”④

在胡适，凡与其总体价值判断不符的，皆斥之为邪路、反动。郑振铎却从中看到了“自然”的“演进”。一种演进是否自然，只能在其自身所

---

①《胡适文集》第四册，人民文学出版社1998年版，第114页。

② 郑振铎：《插图本中国文学史》中册，人民文学出版社1957年版，第202页。

③《胡适文集》第四册，人民文学出版社1998年版，第114页。

④ 郑振铎：《插图本中国文学史》中册，人民文学出版社1957年版，第293页。

属的历史脉络、价值系统之中判断。胡适急于凸显一种历史、一个价值，因此齐梁诗、律诗不可能自然。对郑振铎而言，“自然”不必只有一种。

单线的、排他的历史叙事一旦出现松动，大量因其“反动”不配入史的东西得以入史，并且得以在其原本的历史脉络、价值系统里被评价。《插图本中国文学史》里对士大夫文学的处理，就是这样。正是这点，使得此书在形式上显得远比《白话文学史》怀旧。虽然有将近三分之一的材料为他史所无，虽然发心要作一部真正意义上的现代的文学史，但具体操作时，郑振铎常常回到传统书写模式。这体现为：（1）对大量士大夫作家群体的介绍，采用“艺文志”加“诗文评”的写法。（2）对作家、作品的辨析与评赏，也回归“集部”之学的传统。比如，五言诗的兴起这样一个“常规问题”，郑振铎引钟嵘、萧统、徐陵、刘勰、东坡、洪迈、翁方纲、钱大昕，毫不回避新型史著对那个更为悠久的学术传统的依赖。①再如论应璩，考证《百一诗》之义，引《丹阳集》《乐府广题》《七志》；论璩之诗风，引钟嵘、李充、孙盛。论璩与渊明之渊源，只说“或者璩诗果有与渊明诗情调相似处，可惜已不可得见”②。其实，最终并未得出任何确凿的结论。而在相应的部分，胡适则要明快得多：“当时的确有一种民众化的文学趋势，那是无可疑的。当时的文人如应璩兄弟几乎可以叫作白话诗人。”③他的证据，只是“《三叟》，可算是一首白话的说理诗”。再如论繁钦。郑振铎说：“钦诗不甚为人所称，然其造诣却在粲、干以上。如《定情诗》之类，实可登曹氏之室。”④同一首《定情诗》，胡适说：“虽然也是笨拙浅薄的铺叙，然而古乐府《有所思》的影响也是很明显的。”⑤两相比较，不难看出，胡适处处驱遣史料以就自己的系统，把所有话题引向白话文学这一单一主线，郑振铎则试图让话题回到原本所属的背景。同样一首《定情诗》，在文人诗的脉络中评价，与在民歌脉络中评价，结论自然不同。相异的结论背后，是两种不同的方法论预设。

---

① 郑振铎：《插图本中国文学史》上册，人民文学出版社1957年版，第102页。

② 郑振铎：《插图本中国文学史》上册，人民文学出版社1957年版，第140页。

③《胡适文集》第四册，人民文学出版社1998年版，第65页。

④ 郑振铎：《插图本中国文学史》上册，人民文学出版社1957年版，第140页。

⑤《胡适文集》第四册，人民文学出版社1998年版，第65页。

第三节　进化论与刘大杰的文学史观

刘大杰的《中国文学发展史》上卷成于1939年，出版于1941年。胡适、郑振铎为之激动的新材料、新考证、新观点，在刘著中得到充分吸收，并且已经沉淀为文学史的常规知识。与胡、郑相比，刘大杰在材料的发掘和占有上不占优势。20世纪三四十年代的文学史编纂，也已经过了以史料为导向的阶段。刘著的优长，在于对史料的解释。

对于文学史编纂方法论，刘大杰有极高的敏感和热情。据他自述，其文学史观的形成，自有渊源：

> 在文学理论上给我影响最深的……是下列几种：1. 泰纳的《艺术哲学》和《英国文学史》；2. 朗宋的《文学史方法论》；3. 佛里契的《艺术社会学》和《欧洲文学发达史》；4. 勃兰兑斯的《十九世纪文学主潮》。[①]

《中国文学发展史》里，刘大杰引证的理论不只这些，至少还有布哈林、普列汉诺夫、瓦夫生等人。

总体而言，刘大杰的文学史观，是进化论与辩证唯物史观的结合。他说：

> 法国的朗宋在《文学史方法论》一文中说："一个民族的文学，便是那个民族生活的一种现象，在这种民族久长富裕的发展之中，他的文学便是叙述记载种种在政治的社会的事实或制度之中，所延长所寄托的情感与思想的活动，尤其以未曾实现于行动的想望或痛苦的神秘

---

① 刘大杰：《批判〈中国文学发展史〉中的资产阶级学术思想》，见复旦大学中文系文学教研组编《〈中国文学发展史〉批判》，中华书局1958年版，第275—283页。

> 的内心生活为最多。”可知文学便是人类的灵魂，文学发展史便是人类情感与思想发展的历史。人类心灵的活动，虽近于神秘，然总脱不了外物的反映，在社会物质生活日在进化的途中，精神文化自然也是取着同一的步调……在这种状态下，文学的发展，必然也是进化的，而不是退化的了。文学史者的任务，就在叙述他这种进化的过程与状态，在形式上，技巧上，以及那作品中所表现的思想与情感。并且特别要注意到每一个时代文学思潮的特色，和造成这种思潮的政治状态、社会生活、学术思想以及其他种种环境与当代文学所发生的联系和影响。①

这是典型的反映论。作为精神生活的表征，文学随物质生活的变化而变化，因此，即使在文学史里面，文学也是一个“因变量”。文学是进化的，但并非自有逻辑。对文学进化的解释，须从物质生活的变化当中寻求，前者是后者的反映。

反映论，古已有之。《汉书·艺文志》从“春秋之后，周道浸坏，聘问歌咏不行于列国”，说到“贤人失志之赋作矣”。讲乐府，又说“代赵之讴，秦楚之风，皆感于哀乐，缘事而发，亦可以观风俗，知薄厚”。这是传统的文学反映论。

反映论，不必是进化论。如果对历史总体的判断是退化论的或循环论的，那么作为历史镜像的文学命运也是退化的或循环的。古人讲文与政通。文学的兴衰，只随政治消涨而已。

现代史家，多具进化论信念，而在具体的历史解释中，又时常运用反映论模式。二者如何结合，是一个问题。

进化论者胡适厌恶旧式的文与政通的陈旧史观。1917年，他看到张之纯的《中国文学史》，其中论昆曲：“是故昆曲之盛衰，实兴亡之所系。道咸以降，此调渐微。”胡适说：“这种议论，居然出现于‘文学史’里面，居然做师范学校‘新教科书’用。我那时初从外国回来，见了这种现状，真是莫名其妙。这种议论的病根全在没有历史观念，故把一代的兴亡与昆曲的

---

① 刘大杰：《中国文学发展史》上卷，百花文艺出版社2007年版，第1页。

盛衰看作有因果的关系。”[①]而胡适自己动手写《中国哲学史》，谈到哲学的勃兴，归因于“长期战争”“人民痛苦”。这似乎比张之纯更具“历史观念”，然而在思维方式上，却都是从宏大空泛的政治印象出发，推衍精神现象的走势，差异未必有胡适自己认为的那样大。对此，梁启超评论：“胡先生专宗淮南子要略说：‘诸子之兴皆因救时之弊。’所以他书中第二篇，讲了许多政治如何腐败，社会如何黑暗，救时因这种时势的反动，就把后来各派学说产生出来。他所讲的时势状况对不对，已经很是问题。据我看来，内中一部分，总不免有些拿二十世纪的洋帽子，戴在二千五百年前中国诗人的头上。”[②]这种粗糙的反映论，看似颇为“历史”，其实往往是出自概念化演绎的后见之明。

在进化论的整体框架下贯彻反映论的诠释方法，刘大杰要比胡适、郑振铎更熟练，更自觉。这显然得益于他对唯物辩证史观的借鉴。辩证唯物史观提供了关于人类社会进步、发展的一系列洞见，总结出历史运行的基本模式、规律。这些模式、规律，在其追随者那里，被认为是人类发展的公理、公例。物质生活进化的公理、公例既明，欲解释文学的进化，需要的就是一点因地制宜、因时制宜的诠释技巧了。

《中国文学发展史》里，援引公理、公例以解释文学变化因由的例子甚多。比如第三章《诗的衰落与散文的兴起》，刘大杰这样解释其原因：

> 我们要了解这时代动摇变化的原因，首先便要注意当时生产力的进展与社会经济的情况。要由这一点，才可充分地说明当时政治、社会、文化、思想诸方面的变动发育的真实情形。瓦夫生教授说：“生产工具的改变，引起人类对自然关系的改变，同时也引起人与人间关系的改变。”由此可见生产工具的改变，决定了社会发展的整个进程。……佛理采在《欧洲文学发展史》中论意大利小说时说：“意大利的有产文化渐次发达及确立起来，中世纪的诗歌的形态和样式，都

① 胡适：《文学进化观念与戏剧改良》，见《胡适文集》第四册，人民文学出版社1998年版，第89—90页。

② 梁启超：《评胡适之中国哲学史大纲》，见《饮冰室合集》第五册，中华书局1989年版，第54—55页。

> 不得不随之而消灭。在商业都市的环境中，诗歌已把位置让与散文小说了。中世纪的诗歌的特质，是唯心的象征主义，连诗歌的主题也离不了宗教。但到了现在，作家们已成了现实主义者，他们所描写的，乃是不含寓言意味的现实的事件及现实的人物了。”他这里所讲的是小说，但从诗歌的形式变为散文的形式，从宗教的象征主义变为人本的现实主义，却完全是相同的。因此，我们考察中国古代的文学发展时，对于这种重要变迁的过程，万不可忽视，尤其要注意的，是造成那种变迁的物质环境。春秋战国时代散文的兴盛与完成，在中国文学史上，确实是一件重大的事。①

按照刘大杰自己设定的方法论，欲阐明一种文学变迁的潮流，须向政治状态、社会生活、学术思想以及其他种种环境当中探求讯息。可是，上面这段引文，几乎没有提供任何具体的历史信息。相反，大段引用时代、地域，乃至文体都错位的《欧洲文学发展史》。因为在作者看来，虽有时代、地域、文体的区别，但背后的变迁模式是“完全相同”的。

上面几段引文，意在指出刘大杰在方法论上的一大特色——依赖辩证唯物史观提供的公理、公例，构筑中国文学进化的解释框架。对公理、公例的援引，在胡适、郑振铎那里也能偶然见到，在《中国文学发展史》里则成为一种熟练的编史技巧。

当然，刘大杰绝非用公理、公例解释一切。《中国文学发展史》最迷人的部分，恰恰是那些于公理及公例之外，照顾到文学特殊性、文学家特殊性的部分。论述盛唐文学的浪漫风格时，他先从政治氛围、国家实力、社会风尚等角度做了一番推衍，结论是：“开元、天宝的诗坛，能够那么有生气有力量，有各种各样的颜色与声音，便是由于当日那种浪漫的人生观与生活基础反映出来的浪漫情调。”②紧接着的一章，他又提出了一个补充论点：“文学思潮的起伏变动，时代的影响，固然是关系重大，然作家的个性与思想也占着很重要的因素。如梁陈到初唐以来格律浮艳的诗风，转变

① 刘大杰：《中国文学发展史》上卷，百花文艺出版社2007年版，第29页。

② 刘大杰：《中国文学发展史》上卷，百花文艺出版社2007年版，第222页。

为开天时代的浪漫主义，其中我们固然承认当日的政治现象与时代的影子是重要的原因，但同时也不能忘记那几位作家在个性与思想上所表现的特色。因为他们有那种特色，所以他们和杜甫同处着一样的时代，同样呼吸着长安的政治空气，李白写出来的是《清平调》，杜甫写出来的是《丽人行》《兵车行》，那作品的内容与风格的分别是多么大。……这种地方，正可看出把时代看作是决定文学思潮的唯一因素，是一件危险或是武断的事。”①

一个有趣的现象是：时代越早，刘大杰越是频繁地援引公理、公例，越是简洁轻快地把时代与文学一一对应。时代越近，在做勾连时，便越谨慎，也越少援引公理、公例。这体现了刘大杰的方法论自觉。他似乎意识到辩证唯物史观的局限性：它所提供的一套社会发展轨辙，面对秦汉以后的漫长时段，没有太大的解释效力。刘大杰的解决办法有二：

一是在社会发展公理及公例之外，标举文学发展的内在逻辑，给出文学内部的公理、公例。比如，他讲文学思潮的兴衰：“所谓文学的思潮，便是一种风气。这种风气初起来，是新兴的革命的，许多人都跟着他走，努力发现他的特点。过了不少的时候，这种思潮渐渐地生出流弊，又为新人所厌恶。另有一种思潮在暗中酝酿成长，待到成熟的机运，终于带着新兴革命的姿态而出现了。这种兴衰的自然律，放在任何事物上都是一致的。”②再如，他讲诗歌体式的演化：“诗歌发展到了唐代末年，无论古体律绝、长篇短制，都达到了最成熟的阶段。后代虽仍有不少人从事制作，已难显出什么惊人独创的成就。在文学演进的公例上，一种文体到了这境地，因其本身的和外部的种种原因，不得不将其地位让之于一种新起的体裁。我们试看由四言而古体而近体，更可明了这种文体的兴衰和转变的因果性。”③这些公例，不再把文学当作“因变量”，使史家得以摆脱严格的反映论的束缚，使文学史可以触及文学自身的内部规律。

二是对于关键作家进行个性化、陌生化描述，凸显文学的超时空价

① 刘大杰：《中国文学发展史》上卷，百花文艺出版社2007年版，第247页。
② 刘大杰：《中国文学发展史》上卷，百花文艺出版社2007年版，第247页。
③ 刘大杰：《中国文学发展史》下卷，百花文艺出版社2007年版，第279页。

值。比如讲李白，说他是“天才、浪子、道人、神仙、豪侠、隐士、酒徒、色鬼、革命家”[①]。讲柳永：“他的浪漫的人生观同他的颓废生活融成一片，于是娼楼妓院成了他心身的归宿，酒香舞影歌浪弦声成了他的粮食，而这一切又都是他文学作品的乳房。”[②]讲张岱：“不忧生，不畏死，去世之前，自己做好墓地，做好墓志，一天不死，一天还是读书著书，这是何等宽容的态度。他一生最爱陶潜、苏轼，他确是陶、苏一流的人物。”[③]对于这些华彩段落，历来论者皆强调刘大杰的才华与个性。其实，在文学史里逞才使性，也有深刻的方法论意义：当史家真正以灵魂碰另一个伟大灵魂的时候，文学的生命才被重新激活，而不再仅仅充当进化链条的一环。一部意欲探究文学的进化、文学与社会关系的文学史，魅力彰显之时，恰恰是史家暂时搁置进化、反映的一刻。

---

① 刘大杰：《中国文学发展史》下卷，百花文艺出版社2007年版，第242页。

② 刘大杰：《中国文学发展史》下卷，百花文艺出版社2007年版，第332页。

③ 刘大杰：《中国文学发展史》下卷，百花文艺出版社2007年版，第492页。

第二编

学人、著作与刊物

第　一　章

姚永朴《文学研究法》与现代中国文学理论的逻辑起点

姚永朴的《文学研究法》是其在北京大学教授文学时的讲义。1914年姚氏在北大讲课时，人满为患，北京城为之洛阳纸贵。《文学研究法》于民国五年（1916）由商务印书馆出版。笔者珍藏一部商务印书馆民国十五年（1926）第九版该书，从中得到的启发很多。本章以此书为基础，来探究现代中国文学理论的逻辑起点。

姚永朴（1861—1939），字仲实，晚号蜕私老人，出身桐城望族麻溪姚氏。[①]《文学研究法》初版，共二十五章。笔者所珍藏该书第九版共四卷，线装，竖排，第四卷封底内页有该书的英文名字*Methods of Studying Chinese Literature*，以及“每部定价大洋八角”字样。

姚永朴的《文学研究法》是以抒情性文学作品为基点的文学理论，是中国的、东方的文学理论，它对于现代以来以叙述为主的西方文学理论具有明显的纠偏作用。就理论构架而言，《文学研究法》不是一部西方式的文学理论，而是在新世纪到来之时中国学者所建构的文学理论。《文学研究法》显然不是重点论述小说与戏剧的理论。在现有的二十五章里面，我们看到的是“诗歌第十二，性情第十三，状态第十四，神理第十五，气

① 许结:《姚永朴与〈文学研究法〉》，载《文学遗产》2010年第3期。

味第十六，格律第十七，声色第十八，刚柔第十九，奇正第二十，雅俗第二十一，繁简第二十二，疵瑕第二十三，工夫第二十四”，然后就是结论。显然，姚永朴是恪守其桐城家法的，他不是要笼统地论文学，而是有很明显的取舍倾向的。这个倾向就是把文学看作是由抒情性作品为主导的艺术作品。在姚永朴看来，没有“真悟”就没有办法论文学。尽管论述记载，姚永朴也以其先祖姚范（姜坞先生）的主张为范式。[①]姚永朴说：“文章必有义法，而记载门尤重。无论所录者，或关一代，或系一人，而事必有收尾，人必有精神。倘不知所剪，何由收尾昭融、精神发越乎？”[②]可见，即使是记述、记载等叙述性作品，在姚永朴的文学理论框架中，也是《春秋》笔法，是《史记》做派。说得极端一点，在姚永朴的心目中，“叙述”是要由“抒情”来统一的。“文学—抒情性诗文—乐”才是《文学研究法》所论述的“文学”。

姚氏撰写《文学研究法》时，民国刚建立不久。《文学研究法》表面上是“桐城派”的文学理论，实际上在当时中国的最高学府里面是充当着国家学术指针的作用的。也就是说，姚永朴的《文学研究法》不仅代表了“桐城派”的文学主张，也是中国的文学理论。《文学研究法》是用文言文写作的，但是这并不代表它仅仅适用于旧体诗文，而是所有文学的研究法。姚永朴在全国文学的主流倾向都在“祛魅”的时候，旗帜鲜明地主张“复魅”，这种理论勇气是值得称许的。

在其后的中国以及整个东方的文学理论中，叙述性文学作品逐步压倒了抒情性文学作品，成为文学理论最主要的研究对象。以至于在现今的文论中，有一个显学，叫作“叙述学”，但是却没有与之相对应的“抒情学”。[③]叙述逐步成了文学的本质性规定，而抒情却几乎成了文学被丢弃的属性，如此的文学理论显然是跛足的。具体来说，不是在理论书籍里面把“抒情”的论述压低，就是不得要领。前者的情况，可参见1962年在韩国首尔市出版的《文学概论》，该书主编为金东里，由语文阁出版。由该书

① 参见其门人张玮于民国三年（1914）所作《序》。

② 姚永朴：《文学研究法》第二卷，商务印书馆1926年版，面二十六。

③ 王德威：《“有情”的历史》，载《中国文哲研究集刊》2008年第33期；李珺平：《中国古代抒情理论的文化阐释》，北京大学出版社2005年版，第89页。

目录可以清楚地看出，理论家对于小说的论述长篇大论，而关于诗歌的论述却少得可怜。

对于“叙述”的重视绝非从姚永朴讲授《文学研究法》的时代开始，我国的近代小说里面普遍缺少诗歌，如《三国演义》里面的“滚滚长江东逝水”一样的诗句悄然退出了文学作品。不是这些作家没有写作诗词的文学修养，也不是他们不懂得欣赏这些句子，而是在一个特定的时代里面，这些诗句被普遍的“祛魅”了。我们无法理解可以成为甲骨文收藏大家的刘鹗不会在他的小说里面加上诗句。更何况，许多古典小说里面的诗句本来就不是小说家的创造。

作为一个在北京大学讲授文学理论的专家，姚永朴选择了中国传统诗学。

显然，姚永朴竭力要保护一个没有被西方的“二元对立”污染的文化世界,《文学研究法》不主张在文学艺术里面过分追求悲剧。2010年8月在北京大学举行的第十八届世界美学大会期间，国际美学协会前主席穆尔（Jos de Mul）教授就刘顺利提交的论文《“悲剧”概念是否具有世界性》与刘讨论了近三个小时。他总体上认定“悲剧”概念具有世界性，并反复列举中国的现实为例，说明我们的生活里面到处都有《安提戈涅》类的不可克服的矛盾与对立现象。但刘顺利知道，中国历史上没有哪位先哲是这么说的。悲剧是亚里士多德《诗学》的主要研究对象，叔本华甚至认为，悲剧实际上是最伟大的艺术。当叔本华说这些话的时候，中国文学被代表了。我们是否与西方人一样，真的从心底里那么热爱悲剧？就中国大学生来说，他们是否急不可待地要花钱去买票，到剧院里面看《俄狄浦斯王》？尤其是在饭厅里面看到了把自己的双眼刺瞎、满脸流血的广告以后？亚里士多德的《诗学》不可能全面考虑到世界，叔本华则不一定把包括中国在内的东方放在其视野之内。①

西方在培根的《新科学》（1620）之后，逐步发展出来了“文史哲”三大门类的学问。我国传统的四类“经史子集”，在近代被逐步替换为三类的“文史哲”。文学理论逐步带有某种程度的“交叉”含义。就如同

①《美学的多样性：第十八届世界美学大会论文摘要集》，2010年版，第139页。

“文”与“史”的交叉是文学史一样，文学理论是在“文学”与“哲学”的既对立又统一的张力中存在的。但是，如何在“文学本质论”“文学起源论”“文学特征论”“文学体裁论”的框架下避免“文学”与“哲学”之间的龃龉，一直是难解之结。姚永朴《文学研究法》强调了歌德所说的文学作为存在的“特殊性”，巧妙地解决了这个问题。姚永朴强调“真悟必出于真知，真知必出于真学”。在姚氏看来，文学是一种特殊的精神产品，这种产品离不开“悟”，有真“悟”的才是真文学，没有真“悟”的就不是文学。如此一来，在“文学理论”中，“文学”就不会被“哲学”所吞并。相反，在某些方面，文学反而可以给哲学提供特殊的意味，给哲学开拓出新的道路来。《文学研究法》里面的“性情、状态、神理、气味、格律、声色”，是其时世界上任何哲学都无法把握的，而恰恰是文学理论，可以在这样一个极为特殊的研究领域大展身手。

第九版《文学研究法》还给我们提供了许多其他信息，包括版式、纸张等“类文本”信息。就在姚氏在北大讲授《文学研究法》之时，讲求时效性的新的文本运作方式正在全世界大行其道。按月计算时间的杂志、按天计算时间的报纸以及按小时计算时间的广播都成了文学的载体。文学理论的文本生成逐步与文学的载体疏离甚至分离（如广播）。抒情性文学作品（如《诗经》）显然与时效性背道而驰，“叙述”不仅有文本时长，而且还有故事时长，自然与大众传媒一拍即合。但文学理论就是文学理论，它不能仅仅概括西方人所说的文学，也不可以仅仅涵盖现今的文学。起码，姚永朴《文学研究法》提示我们，中国与东方不应该永远被人家代表，文学理论也不应该是跛足的。

第　二　章

王国维与狩野直喜相近的学术选择

> “清末以前的中外学术交往基本上是不平等交流，即西学的单向输入，而真正的双向交流始于罗振玉、柯劭忞、王国维等人，尤以王国维为代表。王国维身处清末民初史料大发现的时代，兼具精通数门外语、谙熟西方哲学、与处于学术前沿的中外一流学者密切交流的优势，因而在甲骨学、敦煌学、简牍学等众多新学术领域做出了奠基性的贡献。”①

王国维曾与多名日本一流学者有过学术交流，其中与狩野直喜的学术交往尤为密切，因缘颇深。王国维的《曲录》《戏曲考原》《宋元戏曲考》等著作奠定了他在中国戏曲史研究领域的鼻祖地位。《宋元戏曲考》这部力作是王国维1912年2月在日本京都完成的。或许和这一因素有关，后人就狩野直喜的元曲研究是否始于王国维来京都后这个论题，曾出现争议。现在看来，中日两位学术巨擘相互激励，通力协作，共同开创了中国戏曲史和戏曲研究的新格局，已成为中日学术交流史上的一段佳话。

本章通过对王国维与狩野直喜学术交往等相关史实的考辨，分析其相近的学术选择背后的不同学术角度，借此展现中国戏曲史、戏曲研究建立之初中日两国学者相同的学术理念和文化追求。

---

① 马信芳:《〈王国维全集〉“求全存真”》，载《深圳特区报》2010年6月3日。

第一节　王国维对狩野直喜的激励

吉川幸次郎在昭和四十七年（1972）在谈到狩野直喜的中国戏曲研究时说："然而，最近在中国人所写的书中有人认为是《宋元戏曲考》的作者王国维来京都之后，受其（王国维）影响，本书的作者（狩野直喜）才开始从事戏曲研究的。这一说法的错误可由本书367页《忆王静庵君》来澄清。两位大家的戏曲研究虽然远隔大海，却是同时创始的。"[①]显然，理清狩野直喜开始从事戏曲研究的时间以及两人的关系是阐明该问题的关键。

为了确定狩野直喜关于戏曲研究的起始时间，我们将其相关研究成果发表的时间梳理如下：

1. 1910年8月,《水浒传与中国的戏剧》（明治四十三年八月,《艺文》第一年第五号）；

2. 1911年,《元曲的由来与白仁甫的梧桐雨》（明治四十四年三月,《艺文》第二年第三号）；

3. 1911年3月,《关于以琵琶行为资料的中国戏曲》（明治四十三年一月八日《大阪朝日》）；

4. 1914年3月,《覆元椠古今杂剧三十种跋》（大正甲寅三月）；

5. 1916年1月,《中国俗文学史研究的资料》上,（大正五年一月）；

6. 1916年3月,《中国俗文学史研究的资料》下（大正五年三月,《艺文》第七年第三号）；

7. 1919年9月,《观看梅兰芳的御碑亭》（大正八年九月）；

8. 1921年10月,《读曲琐言》（大正十年十月）。

狩野直喜在发表《水浒传与中国的戏剧》之前，还曾于1909年发表《关于中国小说红楼梦》（明治四十二年一月七日刊于《大阪朝日新闻》）。该论文虽不能列入戏曲研究成果之列，但属俗文学研究的开端。

---

①［日］吉川幸次郎：「解说」，狩野直喜『支那學文藪』，みすず書房1973年版，第503頁。

1912年2月，王国维来到日本京都。同年，其力作《宋元戏曲考》问世。此时，狩野直喜已发表了《水浒传与中国的戏剧》《元曲的由来与白仁甫的梧桐雨》《关于以琵琶行为资料的中国戏曲》等重要戏曲研究论文。据此可知，“狩野直喜从事戏曲研究是《宋元戏曲考》的作者王国维来京都之后”的说法不能成立。

但是，狩野直喜从事元曲研究受到王国维的影响是不容置疑的。高田時雄提出了“我觉得或许受了王国维的刺激”[①]的说法。“刺激”一词稍显狭隘，“或许”之词改为“的确”似更准确。因为狩野直喜在结识王国维之前，对中国文学就有很深情结，尤其对元曲怀有一种偏爱。神田喜一郎在谈到狩野直喜对俗文学研究的贡献时说：“诚然，先生很早就对俗文学感兴趣，早期从事过《红楼梦》研究，对元曲情有独钟，在大学也讲授元曲，所以取得这方面的成就并非偶然；但是，不能不说这与他和当时对俗文学研究并未完全放弃的王国维之间的相互影响有关。”[②]显然，神田喜一郎肯定了王国维和狩野直喜在学术研究上的相互影响。具体看来，对狩野直喜来说，王国维给予他的是对其中国戏曲研究的激励。

在此应指明，狩野直喜《水浒传与中国的戏剧》一文的完成，借用了王国维的一些研究成果（后面有例子说明），但受王国维影响不大。他对“水浒戏”与“水浒小说”的研究，是对日本著名作家幸田露伴、森鸥外和森槐南以来持续研究的继续与突破。狩野直喜对元曲的偏爱，在获得王国维的认同之后，他获得了极大的自信和动力，那种兴奋和亢进的情绪溢于言表。

王国维对狩野直喜的激励，一方面来自王国维的研究成果对他的吸引，另一方面来自二人在北京的首次会面。当时，狩野直喜的戏曲研究首篇成果《水浒传与中国的戏剧》业已发表。狩野直喜已关注和借鉴了王国维的戏曲研究，在其论文中已有体现，例如“《啸馀谱》里把博鱼写作模

---

①［日］高田時雄：「君山狩野直喜先生小伝」，礪波護・藤井譲治編『京大東洋學の百年』，京都大学學術出版會2002年版，第48頁。

②［日］神田喜一郎：「冊府」の発刊された頃」，神田喜一郎著『敦煌學五十年』，筑摩書房1971年版，第219頁。

鱼，王国维《曲录》则为扑鱼”[①]。1910年，铃木虎雄在《艺文》上发表《〈曲录〉和〈戏曲考原〉》，对王国维《曲录》《戏曲考原》进行介绍。狩野不仅读了这篇介绍文章，还“在《戏曲考原》问世不久，狩野便在京都帝大专门予以介绍了”[②]。由此推测，狩野直喜在完成《水浒传与中国的戏剧》时，对王国维戏曲研究成果的关注度已经很高了。

自从两位学者于1910年8月在北京相见[③]，狩野直喜受到激励，接连发表《元曲的由来与白仁甫的梧桐雨》和《关于以琵琶行为资料的中国戏曲》。这两篇重要的研究论文，确定了作者在日本学界中“元曲研究鼻祖”的地位。“狩野于明治四十三年以后，每年教授元曲，一直坚持到昭和三年退休，长达十七年。”[④]狩野直喜的教学和研究带动了日本学界对中国戏曲研究的深入发展。其俗文学研究，为近代日本中国学实证主义学派——“狩野体系”的形成奠定了基础。

狩野直喜的《元曲的由来与白仁甫的梧桐雨》和《关于以琵琶行为资料的中国戏曲》的完成，与二人北京首次会面关系很大。此时的王国维已完成了《曲录》，他把《梧桐雨》写入《曲录》首卷，对其评价极高。据陈鸿祥所写，王国维录曲更知曲，他写有《蝶恋花》是记述当年入秋以后撰《曲录》的感怀。

> “谁起水精帘下看？风前隐隐闻箫管”意指唐明皇梦忆“按霓裳舞六幺，红牙箸击成腔调”，在长生殿欢会杨贵妃，此即白朴的代表作《唐明皇秋夜梧桐雨》，这是备受王国维激赏而写入《曲录》首卷的元代杂剧名著，被他推为“沉雄悲壮，为元曲冠冕”。[⑤]

---

①［日］狩野直喜：「水滸伝と中国劇曲」，狩野直喜『支那學文藪』，みすず書房1973年版，第206頁。

② 王晓平：《近代中日文学交流史稿》，湖南文艺出版社1987年版，第394页。

③［日］狩野直喜：「王静安君を憶ふ」，狩野直喜『支那學文藪』，みすず書房1973年版，第367頁。

④［日］高田時雄：「君山狩野直喜先生小伝」，礪波護・藤井讓治編『京大東洋學の百年』，京都大学學術出版會2002年版，第262頁。

⑤ 陈鸿祥：《王国维传》，人民出版社2004年版，第11、347页。

王国维在1910年所写的《录曲余谈》中，发前人之所未发，对元杂剧的文学价值做出极高评价：

> 余于元剧中得三大杰作焉。马致远之《汉宫秋》，白仁甫之《梧桐雨》，郑德辉之《倩女离魂》是也。马之雄劲，白之悲壮，郑之幽艳，可谓千古绝品。今置元人一代文学于天平之左，而置此二剧于其右，恐衡将右倚矣。[①]

王国维认为元杂剧的艺术价值，超过了同时的其他文体样式。

狩野直喜在《忆王静安君》中写道：在与王国维北京会见之前，“当时，我正打算从事元杂剧的研究”[②]。从狩野直喜发表论文的时间上看，他的《水浒传与中国的戏剧》已完成，他所打算从事的元杂剧研究成果应是后来的《元曲的由来与白仁甫的梧桐雨》。王国维《送日本狩野博士游欧洲》描述了二人首次见面时“夜阑促坐闻君语，使人气语回心胸”的情景。[③]所谓“夜阑促坐”“语回心胸”，我们可以推测有关元曲、《梧桐雨》的话题在畅谈中占有很大分量。于是，两人遂有高山流水、一见如故、相见恨晚之感。吉川幸次郎称狩野直喜的“平生第一知己应是王国维吧”[④]，不无道理。

北京相会时，狩野直喜“正打算从事元杂剧的研究”，凭借其文学底蕴，在观点和材料等方面应已有足够的积累，但此时他面对的王国维，已完成多部戏曲史巨著。我们推测，在相会恳谈、讨论切磋时，主角应是侃侃而谈的王国维。这次学术交流和探讨，对狩野直喜来说，不啻为一次鼓舞和激励，成为他回国后立即着手完成《元曲的由来与白仁甫的梧桐雨》《关于以琵琶行为资料的中国戏曲》等重要论文的直接动力。

王国维对狩野直喜戏曲研究的激励，不仅推动了他的论文写作，而且

---

① 王国维：《录曲余谈》，见《王国维戏曲论文集》，中国戏剧出版社1957年版，第267—282页。

②［日］狩野直喜：「王静安君を憶ふ」，狩野直喜『支那學文藪』，みすず書房1973年版，第367页。

③ 王国维：《送日本狩野博士游欧洲》，《观堂集林》卷24，《王国维遗书》第4册。

④［日］吉川幸次郎：「解説」，狩野直喜『支那學文藪』，みすず書房1973年版，第504頁。

坚定了其对元曲地位认定的信念。他在《元曲的由来与白仁甫的梧桐雨》中写道：

> 基于上述原因，元朝时期中国的经学文章不甚兴盛。当然，从整体上说，许衡、吴澄、虞集、姚燧等仍可称为一代名匠，但从元朝文学角度来说，他们和关王马郑等杂剧作家相比谁更优秀呢？王君国维等人更倾向于后者，我同意此观点。[①]

如此盛赞元杂剧的文学价值，实始于王国维，狩野则是响应者和完善者。他在赞同王国维对元杂剧文学价值做出极高评价的基础上，强调“关王马郑”等杂剧作家的文学成就远远胜过“许衡、吴澄、虞集、姚燧等”“一代名匠”。他在《关于以琵琶行为资料的中国戏曲》中写道：

> 总之，是从元朝开始才把《琵琶行》变为戏剧，而到了明朝则使之复杂化了，原因在于学者文人尚不能玩赏如此通俗的东西，还只能是延续过去追求古风。诚然，通俗和古风虽各有特点，但是我觉得从价值上看首先要数元曲，其次是四弦秋，明曲在其后。[②]

他对口语化、通俗化、大众化的元代杂剧倍加赞赏，认为其文学价值胜过追求文言典雅的明曲。

第二节　狩野直喜对王国维戏曲研究的完善和拓展

关于王国维和狩野直喜在中国戏曲研究中的地位问题，先人早有公

---

①［日］狩野直喜：「元曲の由来と白仁甫の梧桐雨」，『藝文』1911年（明治四十四年）第二年第二、三號。

②［日］狩野直喜：「琵琶行を材料としたる支那劇曲に就いて」，『大阪朝日』1910年（明治四十三年）1月8日。

论。梁启超在王国维《宋元戏曲考》一书出版后评价道："最近则王静安国维治曲学，最有条贯，著有《戏曲考原》《曲录》《宋元戏曲考》等书。曲学将来能成为专门之学，静安当为不祧祖矣。"①梁启超肯定了王国维在曲学研究中的鼻祖地位。郭沫若在《历史人物·鲁迅和王国维》中指出："鲁迅是中国新文学的开山祖，王国维是中国新史学的开山祖。"郭沫若肯定了王国维在史学研究中的鼻祖地位。

王国维曲学、曲学史鼻祖地位确立的标志是《宋元戏曲考》的完成。王国维在该书《自序》中指出："凡诸材料，皆余所搜集；其所说明，亦大抵余之所创获也。世之为此学者自余始，其所贡于此学者亦以此书为多。"②直至今日，学界公认该书为中国戏曲史的奠基之作。

狩野直喜的高足青木正儿，在评价其师中国戏曲研究功绩时说："先生实为中国元曲研究的鼻祖。……我敢断言，中国的元曲研究，应以君山先生为鼻祖。"③青木正儿的这个评价是公正的，因为在狩野直喜之后，日本学界迎来了中国戏曲研究高潮的到来。

王国维和狩野直喜两位戏曲研究大师，在研究生涯中有着密切的学术交往，既有王国维对狩野直喜元曲研究的激励，也有狩野直喜对王国维戏曲研究的完善和拓展。王国维的每一部戏曲研究作品一问世，狩野直喜就会有所评论，或在王国维的基础上进行拓展性深入研究，二人给人以配合默契之感。

王国维《曲录》刊于1909年，狩野直喜戏曲研究首篇成果《水浒传与中国的戏剧》发表于1910年8月。如前所述，狩野直喜已在论文中引用了王国维的新说法："《啸馀谱》里把博鱼写作模鱼，王国维《曲录》则为扑鱼。"《曲录》是一部集大成的戏曲剧目著作，它对元明清三代水浒戏做了较全面的著录，认为《水浒传》中的人物最先出现在元杂剧中。狩野直喜赞同王国维的观点，并且以实证的方法为其夯实论据。他认为：

---

① 梁启超：《中国近三百年学术史》，东方出版社1996年版，第158页。

② 王国维：《〈宋元戏曲考〉序》，见《王国维戏曲论文集》，中国戏剧出版社1957年版，第3页。

③［日］青木正儿：「君山先生と元曲と私」，『東光』第五號。

自元明以后至现代，有很多戏曲里出现了《水浒传》的人物，或者人物及性情全部来自于《水浒传》，在此不能一一列举。姑且根据明朝程明善《啸馀谱》所引《太和正音谱》、清朝李斗的《扬州书舫录》、梁廷枏《曲话》《元曲选》《汲古阁六十种曲》，还有至今所录曲名最详细的当代王国维所作《曲录》等，让我们来罗列一下与水浒相关的曲目。从中就可以看出，首先开始于元杂剧：斗鸡会、丽春园、穷风月、牡丹园、黑旋风乔教学、敷演刘要和、黑旋风借尸还魂、双献头。以上为元代高文秀撰写，全部是以黑旋风李逵的故事为中心创作的。①

狩野直喜《水浒传与中国的戏剧》一文，是对水浒戏的溯源，是对水浒戏的个案研究。他主要借用王国维的《曲录》列举了戏剧谱录中有关的水浒戏，从另一角度论证了《水浒传》中的人物最先出现在元杂剧中。狩野直喜在对王国维的戏曲研究进行完善的同时，还进一步把戏曲和小说联系起来从俗文学的角度加以研究，探索俗文学中戏曲、小说等之间的联系，使戏曲研究拓展了新的路径。他将戏曲和小说研究结合起来，汇聚到俗文学的角度去探寻俗文学的发展脉络，从俗文学的角度研究戏曲发展史。

日本著名作家幸田露伴、森鸥外和森槐南等认为“水浒戏”是依据小说《水浒传》改编的，在时间上小说要先于杂剧。狩野直喜则认为：

大《水浒传》之前恐怕有为数众多的小《水浒传》，由此长期积累最终才成为今天我们所见到的《水浒传》。该现象绝非只限于《水浒传》，如果就其他小说进行研究，不仅会发现相似的情况存在，而且有理由相信其萌芽于宋代（明代郎瑛《七修类稿》卷二十二有“小说”的记载，可供参考）。《水浒传》来自不同的历史背景，必然造成

① ［日］狩野直喜：「水滸伝と支那劇曲」，狩野直喜『支那學文藪』，みすず書房1973年版，第206頁。

在作者问题上说法的不一。[①]

狩野直喜在肯定王国维的水浒相关曲目开始于元杂剧观点的基础上，提出小说的情节应该是由类似的杂剧发展来的，而并不是由小说的某一回情节分编为几出戏剧。吉川幸次郎写道：

> 在《水浒传与中国戏剧》中，作者提出了元朝的水浒戏早于人们看到的小说。（狩野直喜）论文中也曾引用《醒醒草》杂志刊登的槐南（指森槐南）、鸥外（指森鸥外）等对这一问题的见解，狩野先生的观点和他们相反，和现在学界的定论一致。[②]

如果我们从当时的历史背景来看，狩野直喜的勇气和胆量令人佩服，这也奠定了他对日本中国戏曲及小说研究的引领地位。吉川幸次郎甚至说狩野先生“发表的这篇关于小说的论文要早于鲁迅的《中国小说史略》”[③]。我们在肯定狩野直喜对文学研究的贡献时，是否也会想到他的勇气和胆量或许来源于王国维的支持，至少不能忘记王国维的基石作用。同时，他们二人的学术往来也让我们看到了学术交流的真谛。

严绍璗先生评价说，《水浒传与中国戏剧》是“狩野直喜以实证的方法，第一次对中国俗文学进行了近代科学意义上的研究”[④]。严绍璗接着又说：“在《艺文》上发表题为《水浒传与中国戏剧》的论文。这是日本中国学界第一次把对中国俗文学的研究置于文学史的观念之中，并且这也是用原典实证的方法获得的早期研究成果。”[⑤]

王国维《古剧脚色考》刊出后，狩野立即对其作出评价：

---

①［日］狩野直喜：「水滸伝と支那劇曲」，狩野直喜『支那學文藪』，みすず書房1973年版，第214—215頁。

②［日］吉川幸次郎：『解説』，狩野直喜『支那學文藪』，みすず書房1973年版，第503頁。

③［日］吉川幸次郎：『解説』，狩野直喜『支那學文藪』，みすず書房1973年版，第503頁。

④ 严绍璗：《日本中国学史稿》，学苑出版社2010年版，第258页。

⑤ 严绍璗：《日本中国学史稿》，学苑出版社2010年版，第258页。

> 王氏不懈地致力于戏曲文学领域的研究，其所著《曲录》和《戏曲考原》可以为证。本来，古剧脚色名散见于宋元以来的杂书中，但其说法不一，其中有的至今不可知。王氏就脚色逐一注明其出处，并加入说明名称的异同变迁，（其论证）脚踏实地但不武断，治学精神堪称严谨。①

可见，狩野直喜对王国维的研究成果十分关注，他及时敏锐地抓住王国维研究成果的亮点并为自己的研究所用。

梁启超称王国维“治曲学，最有条贯”，意味着他对王国维戏曲史研究系统性的肯定。随着《曲录》《戏曲考原》《古剧脚色考》的问世，王国维循着戏曲史的路径深入下去。《宋元戏曲考》的完成，标志着他在戏曲史研究上取得了最高成就。

狩野直喜是沿着戏曲与小说、戏曲与诗的联系这一线索，追寻戏曲的由来，探索俗文学之间的紧密联系，并就俗文学与传统文学的关系进行深入研究的。狩野在《元曲的由来与白仁甫的梧桐雨》中，在表达他和王国维关于元杂剧地位的观点一致后写道：“历来中国的学问皆归于古典学，中国的学问衰退既意味着古典势力的丧失，同时也是俗文学兴起的理由之一。换言之，古典历来具有极大的特权，人们认为古典之外的东西不能称其为文学。我觉得基于上述理由，俗文学仅仅是抬头，杂剧、小说开始兴起。”②他从杂剧引申到俗文学，从和古典文学并行的俗文学角度，阐述了俗文学的兴旺理由。

关于戏曲与小说的关系，狩野直喜在《水浒传与中国戏剧》中已经论及，此处不再赘言。关于戏曲与诗的关系问题，他在《关于以琵琶行为资料的中国戏曲》中指出：

> 谈到中国文学，人们就会说到汉文、唐诗、宋词、元曲，某一时代的文学形式，采用的一定是别的时代无法模仿的体裁来书写。汉文

---

①［日］狩野直喜：「国学叢刊第一冊」，『藝文』第二年第七號，1911年（明治四十四年）七月。

②［日］狩野直喜：『支那學文藪』，みすず書房1973年版，第244—245頁。

> 姑且不提，且说唐诗、宋词、元曲的关系，唐朝的诗自不必说是后世的典范，就是在当时，也绝不是所谓文人墨客等某个阶层所独具，而是普通百姓所能够接受的。[①]

他以白乐天《琵琶行》为例，提到白乐天的诗在当时非常流行，诸如《长恨歌》《琵琶行》等不仅在京城，就连偏僻地区也是无人不知无人不晓的。那么，唐诗是如何变为元曲、中国戏剧起源于何处呢？狩野直喜接着写道：

> 元曲就在于词的变化，除了“唱”之外还有“白”，由演员把它表演出来，这就是中国戏剧的起源。我们看了《侯鲭录》等可知，金董解元《西厢记》就是将元稹《会真记》的故事编成词，再配上器乐来唱，《会真记》就是脚本吧。[②]
>
> 唐朝有叫作“传奇”的体裁，后世将“传奇”改编为戏曲。唐朝的“传奇”是用散文写的小说，它成为后世元曲等的脚本（种子）。在此所说的《琵琶行》就是其中的一例，将诗、序以及与白乐天相关的轶事编纂成戏曲。[③]

白乐天的诗、唐朝的传奇都有情节故事，容易被人接受，改编为戏曲也容易传唱。狩野直喜最后写道：

> 总之，是从元朝开始才把《琵琶行》变为戏剧，而到了明朝则使之复杂化了，原因在于学者文人尚不能玩赏如此通俗的东西，还只能是延续过去追求古风。诚然，通俗和古风虽各有特点，但是我觉得从价值上看首先要数元曲，其次是《四弦秋》，明曲在其后。[④]

---

①［日］狩野直喜:『支那學文藪』，みすず書房1973年版，第230頁。

②［日］狩野直喜:『支那學文藪』，みすず書房1973年版，第231頁。

③［日］狩野直喜:『支那學文藪』，みすず書房1973年版，第232頁。

④［日］狩野直喜:『支那學文藪』，みすず書房1973年版，第238頁。

在戏曲研究领域拓宽视野，另辟蹊径，是狩野直喜对戏曲研究的一大贡献，更是对王国维戏曲研究的完善和拓展。

第三节　不同学术角度的殊途同归

狩野直喜和王国维同属中国戏曲研究大家，且皆硕果累累，为二者之同；但分别从不同角度入手，研究各有侧重，则是二者之异。

狩野直喜以个案为例，从俗文学的角度探索了戏曲的源流，为王国维戏曲史研究提供了依据。此时，恰逢王国维《宋元戏曲考》问世。该书为王国维俗文学研究代表作之一（另一为《红楼梦评论》），也标志着他戏曲史系统研究的结束。王国维的戏曲史研究，犹如大江大河，水流滚滚；而狩野直喜的戏曲研究犹如九派支流，不断向主流注入清冽活水。表面上看，《宋元戏曲考》涵盖了狩野直喜戏曲与小说、戏曲与诗的戏曲溯源研究；但从另一个意义上讲，《宋元戏曲考》完成了戏曲史研究向俗文学研究的汇聚，开辟了戏曲研究更大的空间。这是王国维首次向狩野直喜靠拢，两位学术大师最终殊途同归。

高田時雄在《君山狩野直喜先生小传》中指出："王国维来日本的最初一两年，又完成了《宋元戏曲考》，之后便不再涉及戏曲研究。"[①]青木正儿在《中国近世戏曲史·序》中称之为"渐倦于词曲"。事实上，王国维并未放弃对戏曲的研究，而是走向了更为宽广的俗文学研究领域。可以说，他和狩野直喜在学术上走得更近了，这明显体现在敦煌俗文学研究上。狩野直喜对自己从欧洲带回的一部分材料加以研究，在大正五年一、三月发行的《艺文》第七年第一、三号上发表了以《中国俗文学史研究的材料》为题的连载论文；把带回的其他材料无私地交给了知音王国维。民国九年（1920），王国维发表《敦煌发见唐朝之诗及通俗小说》。该论文

①［日］高田時雄：「君山狩野直喜先生小伝」，礪波護・藤井譲治編『京大東洋学百年』，京都大学學術出版會2002年版。

标志着王国维在俗文学研究领域取得了巨大成就。

在中国戏曲史、戏曲研究的初始期，中日两国的著名学者在相同的学术理念和文化追求的背景上，开拓性地把戏曲、戏曲史以及俗文学研究纳入文学研究的范畴。他们不仅共同为中国文学研究作出了巨大贡献，更重要的是为学术界展现出相互尊重、取长补短的学术交流范式。王国维与狩野直喜在学术上的真诚相待，令人钦佩；彼此都在用自己的肩膀支撑着对方攀登学术高峰的精神，更令后学追崇。他们的切磋交流为后人称道，堪称楷模。可以说，这种心心相印、弥足珍贵的交流是相济互补的，为双方在新的学术领域上分别作出奠基性贡献，大有裨益。后人在赞叹两位宗师学术造诣的同时，不免在一些枝节问题上评短论长，或有龃龉。循着问题追寻下去，我们看到的并不是孰优孰劣或彼是此非，而是学术的无国界、学术交流的真谛。

第　三　章

胡适对杜威学说的接受与选择

作为现代中国学术之新范式的建立者①，胡适在人文学科诸领域中均做到了开风气之先，对于中国小说史学而言亦如是。作为胡适大力倡导的"整理国故"运动的重要组成部分，中国小说史学不仅承载着提升白话文学地位的文化使命，也体现出以小说为社会史料的阅读趣味。以《〈水浒传〉考证》和《〈红楼梦〉考证》为代表的"中国章回小说考证"系列论文②，与胡适的大部分学术著作一样，具有"教人以方法"的典范意义③。其学术思路与写作策略，启发并规范了几代学人。胡适对于小说史研究的

---

① 胡适对于现代中国学术的典范意义，余英时在《中国近代思想史上的胡适》一文中率先加以总结和表彰。见［美］余英时：《重寻胡适历程——胡适生平与思想再认识》，广西师范大学出版社2004年版，第197—202页。

② 这些论文最初是为汪原放主持的上海亚东图书馆出版的一系列标点本中国古典小说所作，或名为"考证"，或名为"序""跋"。1942年，上海实业印书馆汇集这部分文字，出版《中国章回小说考证》一书，包括《〈水浒传〉考证》、《〈水浒传〉后考》（附《致语考》）、《百二十回本〈忠义水浒传〉序》、《〈水浒〉续集两种序》、《〈红楼梦〉考证》、《重印乾隆壬子本〈红楼梦〉序》、《考证〈红楼梦〉的新材料》、《跋〈《红楼梦》考证〉》、《〈西游记〉考证》、《〈三国演义〉序》、《〈三侠五义〉序》、《〈官场现形记〉序》、《〈海上花列传〉序》、《〈镜花缘〉的引论》。本章统称之为"中国章回小说考证"。

③ 对此胡适曾多次予以承认。他在《〈胡适文存〉序例》中称："我的唯一的目的是注重学问思想和方法。故这些文章无论是讲实验主义，是考证小说，是研究一个字的文法，都可以说是方法论的文章。"见欧阳哲生编：《胡适文集》第二卷，北京大学出版社1998年版，第1页。他在《介绍我自己的思想》中还特别强调："我的几十万字的小说考证，都只是用一些'深切而著明'的实例来教人怎样思想。"见《胡适文集》第五卷，第517页。

学术期待与文化诉求，不仅在他本人的著述中得到了较为有效的呈现，更经其弟子和学术追随者顾颉刚、孙楷第、周汝昌等人的进一步倡导与发挥，逐渐蔚为大观。尽管随着小说史资料的不断发现和小说史观念的日益更新，后世的研究较之胡适有一定的突破与超越，胡适的一些学术论断，尤其是对作品的审美判断，也常常遭到诟病[①]；但其基本思路为后学所承继，至今仍保持着旺盛的学术生命力。胡适对于中国小说史学的贡献，不在于某些具体论断的确凿不移，而在于开辟了一条新的学术路径，并最终奠定了中国小说史学的学术品格。

第一节　杜威的中国传人

1921年7月11日，来华两年又两个月的实用主义哲学大师约翰·杜威（John Dewey，1859—1952）离开中国，其亲传弟子胡适携长子祖望送行。胡适对导师的离去依依不舍，并在当天的日记中表达了对杜威的惜别和仰慕之情：

> 杜威先生今天走了。车站上送别的人甚多。我带了祖儿去送他们。我心里很有惜别的情感。杜威先生这个人的人格真可做我们的模范！他生平不说一句不由衷的话，不说一句没有思索过的话。只此一端，我生平未见第二人可比他。[②]

① 胡适曾有《狸猫换太子故事的演变》一文（载1925年3月14日、21日《现代评论》第一卷第十四、十五期），考察传说的变迁沿革，但顾颉刚的“孟姜女故事”研究，在学术视野与理论深度上显然有所超越。此外，孙楷第对于通俗小说书目的整理、周汝昌对于曹雪芹家世的考证，都在胡适开辟的学术路径上有显著推进。而胡适晚年在与后学的通信中反复强调《红楼梦》“在文学技术上比不上《海上花列传》，也比不上《老残游记》”，更被视为审美误断的“范例”。参看胡适1961年11月20日致苏雪林信、1961年11月24日致高阳信，见胡颂平编著《胡适之先生年谱长编初稿》（校订版）第九册，台北联经出版事业公司1990年版，第3374、3386页。

② 曹伯言整理：《胡适日记全编》第三卷，安徽教育出版社2001年版，第368页。

胡适一生中，对于世界思想文化名人的评价之高，无出于杜威之右者，而其做人作文，也始终奉乃师为楷模，直到晚年，仍念念于心，反复申说。[①]作为对胡适产生终身影响的学者，杜威的学说也经由其弟子的大力鼓吹和亲身实践，在中国现代思想史和教育史上均产生了巨大反响。[②]杜威来华之时，胡适已经以其“文学革命”首倡者的身份驰名海内。尽管身为五四新文化运动的领袖人物，胡适却丝毫不敢掠美，在不同场合反复强调杜威思想对其新文学主张，尤其是治学方法的深刻影响。表面上看，胡适一生的思想与治学都局限在杜威学说的体系之中，无论是世界观还是方法论均没有越雷池一步。但事实上，我们不能将胡适简单地视为杜威思想的中国翻版，忽视其自身的主体性。胡适在接受与传承乃师思想的过程中，时有选择和发挥。特别是回国以后，他在本土的文化语境中研究、处理中国问题时，对杜威思想的选择更为主动，发挥也更为自如。可见，胡适与杜威的思想关联，体现为一种在接受中有选择、在传承中有发挥的对话关系。胡适从事中国小说史研究的代表性论作——“中国章回小说考证”系列论文正是这一对话关系的产物。这组论文不仅是其研究旨趣和治学方法的集中代表，成为中国现代学术史上的一种研究范式，而且在中国传统的“考证之学”和杜威的“实验主义”之间寻求交集，最能体现胡适“不疑处有疑”和“有疑处不疑”的思维方式，承载胡适在对杜威思想传承中的自我发挥之处，更是展现胡适与杜威乃至整个中国与西方之间思想对话的绝佳范例。

1915年9月，胡适由康奈尔大学转学至哥伦比亚大学哲学系研究部。之所以离开康奈尔，除逃避友朋之间无休止的应酬外，还出于对哥伦比亚大学哲学系在学界的崇高威望的仰慕，尤其是对杜威的思想甚为心仪。[③]胡适最终得偿所愿，师从杜威，并在其指导下完成博士学位论文。杜威人格与思想的巨大感召力，使胡适终身以“实用主义哲学的传人”自励。杜威在华期间，胡适几乎全程陪同，并以其精彩的翻译使杜威的英文演讲产生了

① 胡适晚年在其口述自传中，还特别强调“杜威教授当然更是对我有终身影响的学者之一”，并举出若干影响的实例。参见唐德刚译:《胡适口述自传》，华文出版社1992年版，第102—104页。

② 参见元青:《杜威与中国》，人民出版社2001年版，第216—231页。

③ 参见唐德刚译:《胡适口述自传》，华文出版社1992年版，第95—109页。

轰动效应，促使杜威的哲学思想和教育思想在中国得到了有效的传播，并因此奠定了自家“杜威思想的中国传人”身份。[①]

胡适对杜威实用主义哲学思想的传承，不限于其博士学位论文，还表现在回国后一系列宣扬新文化的著述中，以及在杜威来华前后对其思想不遗余力地鼓吹。其间，胡适先后发表《实验主义》《杜威哲学的根本观念》《杜威论思想》《杜威的教育哲学》等多篇论文。在杜威离开中国的前一天，他还撰写了《杜威先生与中国》一文，情真意切。这些文章中，对于实用主义哲学思想介绍最为全面详尽的，当属《实验主义》。该文最初共分四部分，包括“引论”“皮耳士——实验主义的发起人”“詹姆士的心理学”和“詹姆士论实验主义”，发表于1919年4月15日出版的《新青年》第六卷第四号，介绍了实用主义哲学思潮由皮尔士到威廉·詹姆斯的演变历程。该文后来与《杜威哲学的根本观念》《杜威论思想》《杜威的教育哲学》这三篇论文合并为长文《实验主义》（三文分别作为第五、六、七部分），收入《胡适文存》一集。该文用近一半篇幅介绍杜威思想，着力突出其在实用主义哲学流派中的主导地位，阐述的内容与杜威思想大体吻合，评价也较为公允，并无过甚其词之处，对于实用主义哲学在中国的传播贡献多多。表面上看，该文以介绍为主，甚至亦步亦趋，力求若合符节，绝少自我发挥之处。但事实上，胡适在介绍和阐释杜威思想时不无主观色彩，并有独特的理解和创造性的发挥，将以杜威为代表的实用主义哲学流派的主要观念，总结为“科学实验室的态度”和“历史的态度”，体现出对杜威实用主义哲学思想的传承中的选择、接受中的背离。

首先，胡适将实用主义哲学划分为两种趋向：一是Pragmatism（这是“实用主义”一词的英文表述，胡适译为“实际主义”）；二是Experimentalism（胡适称为“实验主义”）。“‘实际主义’（Pragmatism）注重实际的效果；‘实验主义’（Experimentalism）虽然也注重实际的效果，但他更能点出这种哲学所最注意的是实验的方法。”[②]胡适一直把实用

① 胡适对杜威的敬慕，不限于思想，也在于情感。除前引《胡适日记》外，杜威归国后，胡适为次子取名“思杜”——思念杜威之意，由此可见一斑。

② 胡适：《实验主义》，见欧阳哲生编《胡适文集》第二卷，北京大学出版社1998年版，第208—209页。

主义称为“实验主义”，强调效果之外的方法的重要性，并不是出于对杜威思想的误解，而是在接受过程中的别有会心，出于对方法的格外关注。这显然属于胡适的创造性发挥。其次，胡适将实用主义哲学与达尔文进化论相勾连，强调后者对前者的决定性意义，并据此将实用主义哲学的根本观念总结为“进化观念在哲学上应用的结果，便发生了一种‘历史的态度’（The genetic method）”[①]。这也很难说是对于实用主义哲学的准确阐释，而更多地出于胡适对进化论的主观认同与强烈好感。无独有偶，在此前提到的作于杜威离华前一天的《杜威先生与中国》一文中，胡适进一步阐述了杜威思想，虽不及《实验主义》一文详尽博洽，却更为简洁明晰。

> 他的哲学方法总名叫作“实验主义”，分开来可作两步说：
>
> （一）历史的方法——“祖孙的方法”。他从来不把一个制度或学说看作一个孤立的东西，总把他看作一个中段：一头是他所以发生的原因，一头是他自己发生的效果；上头有他的祖父，下面有他的子孙。捉住了这两头，他再也逃不出去了！这个方法的应用，一方面是很忠厚宽恕的，因为他处处指出一个制度或学说所以发生的原因，指出他的历史的背景，故能了解他在历史上占的地位与价值，故不致有过分的苛责。一方面，这个方法又是最严厉的，最带有革命性质的，因为他处处拿一个学说或制度所发生的结果来评判他本身的价值，故最公平，又最厉害。这种方法是一切带有评判（Critical）精神的运动的一个重要武器。
>
> （二）实验的方法。实验的方法至少注重三件事：（1）从具体的事实与境地下手；（2）一切学说思想，一切知识，都只是待证的假设，并非天经地义；（3）一切学说与理想都须用实行来实验过，实验是真理的唯一试金石。第一件——注意具体的境地，使我们免去许多无谓的假问题，省去许多无意义的争论。第二件——一切学理都看作假设——可以解放许多“古人的奴隶”。第三件——实验——可以稍稍限制那上天下地的妄想冥思。实验主义只承认那一点一滴做到的进

① 胡适：《实验主义》，见欧阳哲生编《胡适文集》第二卷，北京大学出版社1998年版，第212页。

> 步，步步有智慧的指导，步步有自动的实验——才是真进化。[①]

该文发表于《晨报》后，胡适将剪报附在日记之中，并指出“中国真懂得杜威先生的哲学的人，实在不多，故我很想使大家注重这一个真正有益的一点——方法”[②]。将杜威哲学思想的核心价值定位于“方法”之上，这是胡适一以贯之的看法。但以杜威为代表的实用主义哲学流派，其立论自然不限于方法论层面，也涉及本体论和认识论范畴。胡适对其方法论价值的一味强调，有失片面。实用主义哲学的兴起，固然与近代科学的发达密切相关，但其核心价值并不单纯维系在进化论学说的基础之上。[③]胡适将实用主义总结为“历史的方法”，显然以进化论为依据，可以胡适在《介绍我自己的思想》一文中的表述为证。

> 我的思想受两个人的影响最大：一个是赫胥黎，一个是杜威先生。赫胥黎教我怎样怀疑，教我不信任一切没有充分证据的东西。杜威先生教我怎样思想，教我处处顾到当前的问题，教我把一切学说理想都看作待证的假设，教我处处顾到思想的结果。[④]

胡适自陈受到赫胥黎与杜威的影响，两人分别代表的进化论和实用主义思想在胡适身上都有明显的体现，而在接受过程中，赫胥黎和杜威的思想也互为因果。可见，胡适借助进化论理解实用主义，又透过实用主义接受进化论。在情感层面，胡适显然更侧重于杜威，但在接受杜威思想时，却难以避免先在的进化论眼光。可见，胡适强调实用主义哲学的“实验性”内涵，放大其方法论价值，做出了个人化的解读。这样看来，胡适对于杜威思想的理解，不仅出于对乃师学说的接受和传承，也在有意无意之间形成

---

① 胡适：《杜威先生与中国》，见《胡适文集》第二卷，北京大学出版社1998年版，第280页，着重号为原文所有。

② 曹伯言整理：《胡适日记全编》第三卷，安徽教育出版社2001年版，第368页。

③ 对杜威实用主义哲学的解说，参见［美］梯利著，葛力译：《西方哲学史》（增补修订版），商务印书馆2000年版，第623—626、733—737页。

④ 胡适：《介绍我自己的思想》，见《胡适文集》第五卷，北京大学出版社1998年版，第507—508页。

了背离与超越，从而使其对实用主义哲学的阐释，不无夫子自道式的自我言说意味。胡适对杜威思想的选择性接受和自我发挥，体现出他对实用主义哲学的创造性理解，也使其与杜威之间的思想传承超越了单纯的影响与被影响，呈现为一种对话的关系。

胡适终身奉杜威为师，在西学领域可谓师出名门，渊源有自，但其毕生关注和研究的，却是中国的思想和文学问题。这又使他在面对具体的研究对象时，一方面自觉取法西方，另一方面又不肯轻易放弃本土的治学理念和方法，力图在中西思想与学术中寻求交集。无论是其终生信奉的“大胆的假设，小心的求证”的十字真言[①]，还是对中国古代“汉学”方法的肯定，在胡适的言说中都具有中西合璧的色彩。尤其是后者，不仅属于胡适坚守一生的方法问题，而且对“考证之学”的关注，更是早在赴美留学之前，并在接触实用主义哲学后，与之相印证，发掘出考证方法的科学性，将其与实验的方法相类同、相对举。[②]胡适在这方面最杰出的贡献和最具典范意义的工作，在于将小说文类与考证方法的聚合。同样，正是在中国小说史学这一研究领域中，胡适试图整合中西学术，对于杜威思想的接受与选择及其自我发挥之处，也蕴含其中。

第二节　小说作为文学

1929年，有志于从事小说目录学研究的孙楷第致信胡适。他在信中说：

> 窃尝谓吾国小说俗文素被摈斥，收藏家不掇拾，史学家不著录，考证家不过问，使七八百年以来负才之士抱冤屈而不得伸。独先生于“五四”之际，毅然提倡，不仅为破坏工作，兼从事于积极整理，为小说抬高身分，使风气稍稍转移，今之读书人犹肯从事于此，实源渊

① 胡适：《清代学者的治学方法》，见《胡适文集》第二卷，北京大学出版社1998年版，第288页。
② 参见唐德刚译：《胡适口述自传》，华文出版社1992年版，第133—144页。

于先生，可谓豪杰之大先天下之忧乐者也！[①]

孙楷第大力褒奖胡适对于小说史研究的学术贡献，实非过誉。小说文类，在中国古代奉诗文为正统的文学体系中一直处于边缘性地位，受到身居庙堂的士大夫的轻视。尽管个别上层文人偶有触及，参与小说阅读和创作，但也是将小说视为消闲的对象，并未赋予其独立的文学地位。有清以来，小说的地位有所提升，有文人开始关注白话小说的严肃性："《红楼梦》热这种现象使得小说的严肃性已经成为无可否认的事实。"[②]但这一提升不过是小说文类内部的自我调整，在整体的文类等级秩序中，小说仍居于诗文之下，很难对诗文的正统地位构成有力的挑战。小说的文类等级获得提升，实有赖于晚清至五四两代学人之力。以梁启超为代表的晚清学人，奉小说为"文学之最上乘"，在以诗文为正统的士大夫阶层中提升了小说的地位。相对而言，以胡适等为代表的五四学人，淡化了梁启超等人推崇小说背后的政治诉求，更体现出学术的眼光。五四学人视小说为学术研究对象，采用西来之文学史（小说史）的研究体式，将小说作为主要文类，纳入中国文学史的叙述之中。对于小说的"文学"发现，使作家逐渐摈弃了视小说创作为正业之余的悠闲笔墨这一观念，也改变了读者将小说作为消闲阅读对象的态度，重构了中国人的"小说想象"，并最终形成一种新的阅读趣味和审美理想。

作为新文学倡导者，胡适的主要贡献在于揭开"文学革命"的序幕，并通过一系列论著对新文学进行了系统的理论建构。而小说文类在这一理论建构中起到至为关键的作用，成为胡适的新文学理论的主要依据和资源。早在1906年，时在上海中国公学读书的胡适，就在《竞业旬报》上连

---

① 杜春和、韩荣芳、耿来金编：《胡适论学往来书信选》上册，河北人民出版社1998年版，第495页。

②［美］宇文所安：《过去的终结：民国初年对文学史的重写》，宇文秋水译，载刘东主编《中国学术》2001年第1辑，商务印书馆2001年版。宇文所安认为，清代"传奇和杂剧虽然总的来说仍被排除在'四部'之外，但是已经很明显地获得了'高级文学体裁'的地位"。这一论断未免言过其实。如果比照清代诗文和小说戏曲的地位，会发现后者尽管有所提升，但诗文的正统地位依然如故。而且，倘若小说已获得"高级文学体裁"之殊荣，清末梁启超等人也就无须倡导"小说界革命"，林纾翻译西方小说也无须以"史迁笔法"自我期许了。

载长篇章回体小说《真如岛》，意在“破除迷信，开通民智”[①]。以小说为启蒙之利器，此时的胡适与晚清学人同一声气，这是其从事新文化建设的起点。赴美留学期间，胡适进一步构筑了以白话文学为正宗的文学史观念，日记中即有“清文正传不在桐城、阳湖，而在吴敬梓、曹雪芹、李伯元、吴趼人诸人也”[②]的论断。1917年1月发表《文学改良刍议》，揭开了“文学革命”的序幕。[③]该文不仅提出文学改良的“八事”主张，而且从“一时代有一时代之文学……文学因时进化，不能自止”的进化史观出发，强调以白话取代文言，确立白话文学的正宗地位：“然以今世历史进化的眼光观之，则白话文学之为中国文学之正宗，又为将来文学必用之利器，可断言也。”[④]可见，胡适试图借助一种文学史研究思路——以白话文学为正宗的进化史观——达到建构新文学观念的目的。[⑤]而这一思路的主要实践，就是其文学史和小说史研究。

作为文学史家，胡适的主要工作在于从“整理国故”的纲领出发，重新梳理了中国文学的变迁沿革。1919年11月，胡适发表《新思潮的意义》，提出“研究学问，输入学理，整理国故，再造文明”的新文化纲领，标志着他由文化批判转向学术研究。尽管胡适强调“整理国故”旨在

---

① 胡适：《四十自述·在上海（二）》，见《胡适文集》第一卷，北京大学出版社1998年版，第80—81页。

② 胡适1916年9月5日日记《王阳明之白话诗》，见《胡适日记全编》第二卷，安徽教育出版社2001年版，第482页。

③“文学革命”的口号，胡适在留美期间与人讨论新旧文学问题时即已提出，只是撰文寄给《新青年》时，考虑到反对者的压力和当时国内的舆论状况，改作较为平和稳健的“文学改良”这一称谓。参见《胡适留学日记》卷十四《一四、文学革命八条件》，见《胡适日记全编》第二卷，安徽教育出版社2001年版，第464—465页。胡适：《逼上梁山——文学革命的开始》，见《胡适文集》第一卷，北京大学出版社1998年版，第143页。

④ 胡适：《文学改良刍议》，见《胡适文集》第二卷，北京大学出版社1998年版，第7、14页。

⑤“一代有一代之文学”这一命题，在晚清至五四得到了两代学人的反复申说，但其背后的思维方式并不都因循进化论。如王国维《宋元戏曲史·序言》开篇有云：“凡一代有一代之文学：楚之骚，汉之赋，六代之骈语，唐之诗，宋之词，元之曲，皆所谓一代之文学，而后世莫能继焉者也。”（华东师范大学出版社1995年版，第1页）。这里王国维就是依文类立论，指出某一文类在某一朝代达到其高峰，所谓“后世莫能继焉者”即指文类自身的发展状况而言，各文类之间不存在相互取代的递进关系。《宋元戏曲史》以戏曲这一中国古代的边缘文类为研究对象，借用“一代有一代之文学”的命题，意在突出其文学史地位，并非奉进化论为圭臬。进化论真正大行其道并深入人心，实有赖于胡适等人在“文学革命”时期的大力倡导。

以“评判的态度”重新估定历史文化遗产的价值[①]，然而以新文学倡导者的身份主张阅读和研究古书，还是引起了人们的非议与责难，使他不得不宣称“我所以要整理国故，只是要人明白这些东西原来‘也不过如此’”，“化黑暗为光明，化神奇为臭腐，化玄妙为平常，化神圣为凡庸：这才是‘重新估定一切价值’”[②]。这一价值重估的努力，与杜威实用主义哲学的基本价值取向极其吻合。但胡适也结合自家所处的现实语境，有所发挥。事实上，“整理国故”的主张隐含着胡适推进“文学革命”的文化策略。“文学革命”发生后，尽管新文学凭借其倡导者的广泛宣传，并通过与反对者的论争初步建立起来；但要使之得到根本确立，还需要从历史的角度寻求理论支持。胡适借助“整理国故”系统梳理中国文学史，从文学史的发展趋势上肯定白话文学的“正宗”地位，正是为新文学合理性与合法性寻求历史依据。[③]其“中国章回小说考证”系列论文，以及《国语文学史》和《白话文学史》这两部关系密切的文学史著作，均可视为上述文化策略的产物。

《国语文学史》是1921年至1922年分别在教育部国语讲习所和南开大学所作演讲的讲义，其间有一定的删改；《白话文学史》则是在前者的基础上，吸收国内外新发现的史料和学术界新的研究成果，增删修订而成。[④]尽管《白话文学史》只及中唐，未成完璧，但胡适的文学史观得到了充分的彰显。在该书序言列出的“《国语文学史》的新纲目”中，自先秦至清代，小说逐渐居于文学史叙述的中心地位。这与胡适1922年3月3日所作《文学革命运动》一文中对白话文学史的分期相呼应。该文将白话文学史划分为五个时期：（1）汉魏六朝“乐府”；（2）唐代的白话诗和禅宗的白

---

① 胡适：《新思潮的意义》，见《胡适文集》第二卷，北京大学出版社1998年版，第552页。

② 胡适：《整理国故与“打鬼”》，见《胡适文集》第二卷，北京大学出版社1998年版，第117—118页。

③ 胡适在《〈中国新文学大系·建设理论集〉导言》中称：“我们特别指出白话文学是中国文学史上的‘自然趋势’，这是历史的事实。……我们再三指出这个文学史的自然趋势，是要利用这个自然趋势所产生的活文学来正式替代古文学的正统地位。简单说来，这是用谁都不能否认的历史事实来做文学革命的武器。”见《中国新文学大系·建设理论集》，良友书局1935年版，第20—21页。

④ 由《国语文学史》到《白话文学史》的流变及相互间的差异，参见曹伯言《从〈国语文学史〉到〈白话文学史〉》，载《学术界》1993年第2期。

话散文；（3）五代的白话词，北宋柳永、欧阳修、黄庭坚的白话词，南宋辛弃疾一派的白话词；（4）金、元时代的白话小曲和白话杂剧；（5）明清白话小说。胡适强调明清以来“五百年流行最广，势力最大，影响最深，就是《水浒》《三国》《西游》《红楼》等几部小说。……白话小说起于宋代，到明朝已进入成人时期”[①]。如前所述，胡适对于白话文学史的建构，是从历史进化的文学观念出发，对中国文学史进行重新估价，以此为其“文学革命”主张寻求历史依据，进而实现其建立新文学的文化理想。在胡适看来，“白话文学史就是中国文学史的中心部分”[②]，一部中国文学史就是“古文文学的末路史”和“白话文学的发达史”[③]。这种“双线文学史观”在学理上的得失姑且不论，值得关注的是，胡适是怎样通过这种文学史建构方式将小说纳入文学史的叙述框架之中，提升其文类等级，并进而实现建立新文学的文化策略的。从历史进化的“双线文学史观”出发，中国文学史被胡适描述为白话文学不断进化，逐渐占据文学发展的主流，动摇并最终取代古文文学正宗地位的历史，表现为“活文学”对“死文学”的征服。在这一文学史叙述的“剧情主线”中，小说这一长期被轻视的边缘性文类，逐渐占据了显要位置。在胡适构筑的“白话文学史”体系中，每一时代都有一种代表性的文类，体现这一时代白话文学的主要成就——汉魏有民歌，唐宋有白话诗词，元代有戏曲，至明清两代，小说则居于中心地位，而且随着白话文学对于古文文学的不断“征服”，小说的地位也逐渐提升。基于这种白话文学“代变”而“代胜”的文学史建构方式，小说地位的提升成为文学史变革的大势所趋，小说无可争辩地成为明清两代文学主要成就的代表。胡适曾指出：“清朝的文学，除了小说之外，都是朝着‘复古’的方面走的”[④]，“在我们自己的时代，那唯一可以被称作活文学的作品便是“我佛山人”（吴趼人）、“南亭亭长”（李伯元）和“洪都百炼生”（刘鹗）等人所写的《官场现形记》《二十年目睹之怪现象》《九

---

① 胡颂平编著：《胡适之先生年谱长编初稿》（校订版）第二册，联经出版事业公司1990年版，第478页。

② 胡适：《〈白话文学史〉自序》，见《胡适文集》第八卷，北京大学出版社1998年版，第146页。

③ 胡适：《白话文学史·引子》，见《胡适文集》第八卷，北京大学出版社1998年版，第151页。

④ 胡适：《〈词选〉自序》，见《胡适文集》第四卷，北京大学出版社1998年版，第548页。

命奇冤》和《老残游记》”[①]。这一具有“托古改制”[②]意味的文学史研究思路，使新文学不再是横空出世的孤立现象，而成为白话文学发展的最新和最高阶段的产物。这就为新文学的确立提供了看起来相当严密的历史逻辑，新文学的存在也因此获得合法性。

胡适晚年在回顾新文学运动时，把“文学革命”成功的原因归结为以下两点：（1）“反对派实在太差了”；（2）“用历史法则来提出文学革命这一命题，其潜力可能比我们所想象的更大。把一部中国文学史用一种新观念来加以解释，似乎是更具说服力。这种历史成份重于革命成份的解释对读者和一般知识分子都比较更能接受，也更有说服的效力”。[③]前者固然是在新文学及其反对者的论争尘埃落定、胜负已分之后，以胜利者的姿态回首当年，不无得意之态；后者则是胡适对其文学史观的历史总结。可见，正是出于为建立新文学提供历史依据的目的，胡适选择并最终确立历史进化的白话文学史观，作为构筑中国文学史的基本线索，从而决定了“小说成为文学”——进入文学史叙述框架的身份和姿态。新文学倡导者的理论立场和言说策略，决定了胡适对小说的定位和取舍——白话而非文言。尽管胡适认为先秦诸子的寓言“可当‘短篇小说’之称”、《世说新语》“很有‘短篇小说’的意味”、《虬髯客传》“可算得上品的‘短篇小说’”[④]，但在小说史研究中最为用力的主要还是白话小说，纳入“考证”视野的也主要是章回小说。[⑤]综上可知，胡适的文学史和小说史研究，促成了小说文类和新文学理念的价值互补：小说凭借白话文学的身份参与新文学的建构，为后者提供了历史依据；而新文学的建立，又保证了小说地位持续稳步的上升。

① 唐德刚译：《胡适口述自传》，华文出版社1992年版，第161页。

② 参见黎锦熙：《〈国语文学史〉代序》，见《胡适文集》第八卷，北京大学出版社1998年版，第5页。

③ 唐德刚译：《胡适口述自传》，华文出版社1992年版，第185—186页。

④ 胡适：《论短篇小说》，见《胡适古典文学研究论集》下册，上海古籍出版社1988年版，第680、683、685页。

⑤ 在胡适公开发表的文字中，专门讨论白话短篇小说的只有《宋人话本八种序》。在其“小说考证”系列中，唯一涉及的文言小说是《聊斋志异》，但主要是对于作者蒲松龄生平的考证，相关论文也未收入实业印书馆的《中国章回小说考证》一书。

第三节　考证作为方法

胡适使“小说作为文学”，将其纳入文学史的叙述框架中，解决了“小说可以读，可以研究”的问题。至于“小说怎样读，怎样研究”，则取决于胡适对于“方法”的选择。

“方法”对于胡适而言具有特殊的意义。如前所述，胡适承认自家在治学方法上受到赫胥黎进化论和杜威实验主义哲学的影响，并据此在清代考据学中发现了“科学”精神，从而总结出“大胆的假设，小心的求证”的十字真言。这既是胡适治学的基本原则，也是支撑其“文学革命”主张的理论基础。胡适大部分学术著作都有教人以“拿证据来”的思想方式和治学方法这一终极目的。大力倡导“文学革命”，也意在传播其重实证的科学法则和科学精神。据此，胡适的学术研究在中国现代学术史上构成一种研究范式，提供了一种具有典范性的方法论。[①]对胡适而言，“方法”不是学术研究中的技术因素，而具有决定性意义：“方法”决定了胡适发现问题、思考问题的视角和眼光，也决定了他对于研究对象的取舍与判断。而对于“方法”的格外关注，又使胡适在接受杜威实用主义哲学时别有怀抱，将乃师思想化约为一种方法论，进行了颇能凸显自家个性的发挥。

应指出的是，在新文学倡导者中，胡适最乐于并善于进行自我言说。这与他对于自传文体的高度关注和积极倡导密切相关[②]，意在通过对其自传的经营以身作则，身体力行。同时，对于自家文化身份和历史使命的自我期许，使胡适将文稿、演讲，乃至书信、日记等私人性文本，均视为其新

---

① 陈平原在《胡适的文学史研究》中指出：“胡适的这两部大书（引者按：指《中国哲学史大纲》和《白话文学史》）都是建立‘典范’（paradigm）之作，既开启了新途径，引进了新方法，提供了新概念，又留下了不少待证的新问题。……其意义主要不在自身论述的完美无瑕，而在于提供了示范的样板。”见王瑶主编：《中国文学研究现代化进程》，北京大学出版社1996年版，第215页。

② 参见陈平原：《现代中国学术之建立——以章太炎、胡适之为中心》，北京大学出版社1998年版，第216页。

文化主张的重要载体，下笔审慎，结构精心，不肯放过任何一个宣扬自家理念的机会。胡适在新文化运动初期因倡导“文学革命”而骤得大名，不满27岁即被聘为北京大学教授，学术起点甚高。作为先觉者，他时时受到广泛的关注。面对同行和读者期待的目光，胡适也不断地进行自我言说，强化众人和自家对于先觉者形象的期许：似乎在新文化运动前的一举一动，都是在为即将到来的“文学革命”做准备，经过胡适的深思熟虑，目的性与方向感十足。应该说，此举不无“为名所累”的意味：以宣扬新文化而闻名于世，新文化也就成为外界对胡适文化身份的基本定位。在众人眼中，胡适之于新文化，不容不做，亦不容改做，稍有差池，即引起质疑和责难。这使胡适几乎终生都在解释中度日。尽管胡适对此应对自如，而且似乎乐此不疲，但事后追认的言说立场，还是遮蔽了促成其新文化主张的诸多偶然性因素，掩盖了先觉者形象背后的某些个人趣味，尤其是掩盖了胡适在亦步亦趋地接受杜威思想过程中的自我选择与发挥。

胡适对于“方法”的反复言说亦如是。胡适不断强调方法的重要性，赋予其对于学术研究的决定性意义，并进一步将自家治学的基本方法定位在“考证”之上。[①]除前引《清代学者的治学方法》和《〈胡适文存〉序例》中对于方法的强调外，1921年8月13日，他在与顾颉刚谈编写《中国历史》时说：“整理史料固重要，解释（interpret）史料也极为重要。中国止有史料——无数史料——而无历史，正因为史家缺欠解释的能力。”[②]约一年后，在与日本学者今关近磨的谈话中，他出言更为大胆：

> 我们的使命，是打倒一切成见，为中国学术谋解放。
> 我们只认方法，不认家法。
> 中国今日无一个史家。[③]

① “方法”不仅是胡适学术研究的自我期许，也成为他衡量旁人学术著作的标尺。在为孙楷第《日本东京所见中国小说书目提要》所作序言中，胡适称赞孙楷第“是今日研究中国小说史最用功又最有成绩的学者。他的成绩之大，都由于他的方法之细密。他的方法，无他巧妙，只是用目录之学做基础而已”。见《胡适古典文学研究论集》下册，上海古籍出版社1988年版，第1271页。

②《胡适日记全编》第三卷，安徽教育出版社2001年版，第431页。

③《胡适日记全编》第三卷，安徽教育出版社2001年版，第772页。

如此“心中有法，目中无人”式的论断，基于胡适手握杜威实用主义哲学的尚方宝剑及对自家治学方法的高度自信，也进一步强化了他在学术界的自我定位和期许。[①]胡适以科学的眼光考量中国传统学术，在清儒家法和杜威实用主义哲学之间寻找交集，在清学的考证方法中发现了与科学理念的契合处——实证性。在胡适看来，考证方法经过科学理念的改造与整合，已不为中国传统学术所囿，而能够与“科学”的研究方法——杜威实用主义哲学——产生交汇，甚至因此获得了解放和再生，得以纳入其思想体系之中，成为自家得以安身立命的学术根基，并担负起“整理国故”——建设新文化的历史使命。

不过，胡适选择考证作为治学的主要方法，不仅出于对杜威思想的认同与接受，也与回国之初的学术环境及其带来的巨大压力有关。胡适最初因提倡白话文而被蔡元培延请，担任北大教职。彼时北大文科正笼罩在一股考证学风之下，当时最有声望的三位文科教授——刘师培、黄侃和陈汉章，都在小学方面功力深厚。[②]而且，胡适发现他的学生傅斯年、顾颉刚、毛子水等在旧学根底上也胜过自己。[③]这一学术环境及其带来的生存压力，迫使胡适不得不在治学方法上，尤其是在考证之学上加倍用功。不过，胡适毕竟是以杜威思想传人和新文化倡导者的身份进入北大的，将自家治学完全纳入旧学轨辙，既非胡适所能，亦非其所愿。于是，胡适以杜威实用主义哲学为根基，调整考证的学术思路与研究对象，将考证从传统经学、史学的体系中抽离出来，以“西学东渐”统摄“旧学新知”，试图在旧学与西学之间找到一个有效的平衡点。胡适此举，一方面是基于其新文化立场，有意与旧派争夺学术阵地，将白话小说这一被排斥在传统“四部”之

---

① 除上引文献外，胡适在其他场合也多次讨论方法。1928年9月，他作《治学的方法与材料》一文，提出科学的方法只不过是“尊重事实，尊重证据”，科学的方法在应用上只不过“大胆的假设，小心的求证”。载《新月》第一卷第九期、《小说月报》第二〇卷第一期。1952年12月1日至6日，他在台湾大学进行了三次关于“治学方法”的演讲，仍对“方法”予以反复申说。见胡颂平编著：《胡适之先生年谱长编初稿》（校订版）第六册，联经出版事业公司1990年版，第2242—2256页。

② 陈以爱：《中国现代学术研究机构的兴起——以北大研究所国学门为中心的探讨》，江西教育出版社2002年版，第22—24页。

③ 罗家伦：《元气淋漓的傅孟真》，见胡颂平编著《胡适之先生年谱长编初稿》（校订版）第一册，联经出版事业公司1990年版，第296页。

学视野以外的边缘性文类，纳入考证的视野[①]，提升了小说的文化地位，也从根本上改变了考证之学的研究对象和学术品格[②]；另一方面，由于胡适在旧学上无师承，也使其不为之所囿，比较容易“离经叛道”，在研究中闪展腾挪，依照研究对象进行自我调整。可见，胡适不为传统经学家法和门户所限，源于其对旧学的相对“陌生”——旧学根基和功力的相对不足，以及对杜威思想的深切认同和自家选择的高度自信。在学术转型的大背景下，“以西学剪裁中国文化”渐成主潮，旧学根基和功力的相对不足反而成为他的长处：胡适与旧学之间的距离，恰好为西学所填补。这样，由经史子集“四部”之学转向现代学科划分的过程中，特别是在文学文类的等级秩序重新调整的过程中，胡适敏锐地把握住了新学科的命脉，以西学的眼光唤起新一代学人改造旧学、创建新学的信心与热情。[③]胡适以其“半新不旧的考据”[④]给人以耳目一新之感，并作为一种研究范式，在学界产生了极为深远的影响。[⑤]而胡适在中西学术之间的纵横驰骋、左右逢源，也得到了充分展现。

胡适以“考证”作为小说史研究的主要方法，还源于自家对于小说的阅读趣味。早在赴美留学以前，胡适就曾撰写《小说丛话》[⑥]。这一系列学术笔记，涉及《石头记》《金瓶梅》《七侠五义》等章回小说，其中除考

---

① 在《四库全书总目提要》中，“子部”之下包括被后世视为“笔记小说”的《世说新语》等，“集部”之下包括作为文言小说总集的《太平广记》以及收录小说的各种类书，但白话小说均被排斥在“四部”之外。

② 胡适在《〈曲海〉序》中指出：“向来中国的学者对于小说、戏曲大都存鄙薄的态度，故校勘考据的工力祇用于他们所谓‘正经书’，而不用于小说、曲本；甚至于收藏之家，目录之学，皆视小说戏剧为不足道。……比较说来，小说更受上流社会的轻视，故关于他们的记载更缺乏。”见《胡适文集》第四卷，北京大学出版社1998年版，第569页。

③ 顾颉刚的“疑古”思想及其“层累地造成的古史”观，即得益于胡适的学术研究，特别是《〈水浒传〉考证》等论文的启发。参见顾颉刚编著：《古史辨》第一册，上海古籍出版社1982年版，第40—41页。

④ 胡适：《〈水浒传〉考证》，见《胡适古典文学研究论集》下册，上海古籍出版社1988年版，第750页。

⑤ 胡适依据传统学术方法和体例“托古改制”，不限于考证。1922年1月21日，他在《章实斋先生年谱序》中说：“我这部年谱，虽然沿用向来年谱的体裁，但有几点，颇可以算是新的体例。”见胡颂平编著：《胡适之先生年谱长编初稿》（校订版）第二册，联经出版事业公司1990年版，第475页。

⑥《小说丛话》系胡适《藏晖室笔记》之一，未刊，无写作日期，当是1910年出国留学前在上海中国公学读书时所作。见《胡适日记全编》第一卷，安徽教育出版社2011年版，第42—47页。

证作者外，已见其以小说为社会史料之眼光。可见，胡适的“历史癖”与“考据癖”并不是自倡导新文学始，而是其一贯的阅读趣味。[①]以治史的眼光看待小说，使小说更加适于纳入考证之学的范畴，得以和经史相并置，从而将小说从边缘性地位中解放出来，使之真正进入学术研究的视野，获得高级文类的地位。[②]在考证的前提下，以小说取代经史，又促成对于传统经学的研究对象的置换，使之逐步获得现代学术的品格。为提升小说的文化地位，胡适为其量身打造了考证之法；为实现考证之学的现代转化，胡适又选取小说文类，纳入其研究范畴。由此可见，对于胡适而言，提升小说的文化地位，非考证不得其法，使考证为新学所用，亦非小说不得其实。作为方法的“考证”与作为学术对象的“小说”，交融在胡适的小说史研究的视域之中。“小说”与“考证”的遇合，促进了双方在现代学术体制中的身份转换与价值提升，也成为胡适改造清儒家法和发挥杜威思想这一学术选择得以大显身手的舞台。

---

① 除早年笔记中显露以小说为社会史料的阅读趣味外，胡适在其最先完成的“章回小说考证”论文《〈水浒传〉考证》中，即明确突出自家“历史癖”和“考据癖”。见《胡适古典文学研究论集》下册，上海古籍出版社1988年版，第750页。在1936年3月21日复叶英信中，他特别指出：“你读过《儒林外史》没有？那是中国教育史的最好史料。”见杜春和、韩荣芳、耿来金编：《胡适论学往来书信选》上册，河北人民出版社1998年版，第346页。1950年6月21日，在阅读《五续今古奇观》（该书是坊间抽印的“短篇小说总集”的一部，其中作品往往出于“三言”“二拍”）时说：“今天我特别注意王本立《天涯寻亲》一篇，其中写明朝北方‘差役’制度的可怕，特别写报充‘里役’之种种痛苦，真是重要史料。”见《胡适日记全编》第八卷，安徽教育出版社2001年版，第39页。直到晚年，在对台湾教育学会等六个学术团体发表题为《中国教育史的材料》的演讲时，仍强调：“要找寻教育史的活的资料，《儒林外史》《醒世姻缘》……都有很好的资料。《儒林外史》实在是一部很好的教育史资料，书中不但谈到学制，学生、老师们的生活，同时还谈到由于学制，老师、学生们的生活与关系，所养成的学生的人格与德性。《醒世姻缘》虽然是一部全世界最伟大的怕太太小说，但它里面有些地方，把当时的学制与师生之间的生活情形，描写得非常透澈。”见胡颂平编著：《胡适之先生年谱长编初稿》（校订版）第八册，联经出版事业公司1990年版，第3133页。可见，胡适的这一阅读趣味，终其一生。

② 值得关注的是，在中国古代与小说同处于边缘性地位的词、曲、戏曲、弹词及其他民间说唱艺术，在20世纪中国也引起了学人的重视，并被纳入学术研究视野，但相对于小说而言，均未获得“高级文类”的地位。“戏曲学”尽管名家辈出，渐称显学，但只限于研究范畴，作家从事“戏剧”创作，盖以舶来之话剧为基本形态，并非中国古代戏曲创作的延续。民间说唱艺术，则被纳入所谓“俗文学”的视野中加以考察，相对于诗文的边缘性依旧。真正脱“俗”入“雅”、彻底摆脱边缘性地位的，似唯有小说文类。这与小说自身可以承担“大说”的特质有关，也源于西来之注重小说的文学观念；同时，与胡适等人以“考证”之眼光凸现小说的史料价值，亦不无关联。

第四节　小说如何考证

胡适的“中国章回小说考证”系列，最初是为汪原放主持的亚东图书馆标点排印本“中国古典小说读本”系列（以下简称“亚东版”）所作的序言。胡适对于考证对象的选择，首先取决于“亚东版”的小说选目。“亚东版”对于小说选目及其底本的遴选慎之又慎，作品经过细致校勘，并以新式标点断句；而且每部小说都由胡适、钱玄同、陈独秀等新文化倡导者作序，承担导读的作用。学人的参与，为阅读和研究小说提供了可靠的版本，逐渐在现代读者心中构筑起中国古典小说的经典化图景；对于小说史研究的学术提升，也起到了重要作用，影响及于一时。[①]孙楷第曾在致胡适信中称誉：“亚东排印古小说，甚便阅者，自是胜事。”[②]胡适本人对此亦有好评，在为日译本《五十年来中国之文学》所作序言中说：

> 小说向来受文士的蔑视，但这几十年中也渐渐得着了相当的承认。古小说的发现，尤为这个时期的特色。《宣和遗事》的翻印，《五代史平话》残本的刻行，《唐三藏取经诗话》的来自日本，南宋《京本通俗小说》的印行，都可给文学史家许多材料。近年我们提倡用新式标点符号翻印古小说，如《水浒传》《红楼梦》之类，加上历史的考证，文学的批评，这也可算是这个时期一种小贡献。[③]

胡适将“亚东版”视为对于古典小说的重新发现，学术期望甚高。他

---

① 亚东图书馆出版的“中国古典小说读本”系列，是现代学术参与古典小说阅读与出版的范例。亚东图书馆以新文学出版机构的身份（亚东图书馆曾先后出版胡适《尝试集》《胡适文存》等新文学读物）从事古典小说整理，胡适、汪原放等策划人关注小说的立场和视角、遴选作品的策略与眼光，意味深长。“亚东版”的策划、出版、发行，对于中国小说史学之建立，以及构建现代中国读者的“古典小说想象”，都起到至关重要的作用。

②《胡适论学往来书信选》上册，河北人民出版社1998年版，第500页。

③《胡适古典文学研究论集》上册，上海古籍出版社1988年版，第168—169页。

在为小说所作的具有导读功能的序言中，也有意识地植入自家的学术理念与文化策略。胡适对“亚东版”的策划、出版、发行用力甚勤[①]，意在告诉普通读者哪些小说可读，该怎样读，提供经过整理的可靠读本，指引读者借助其导读文字，获得阅读古典小说的正确途径，并进而了解其学术创见和研究方法。经由学者标点校勘、撰写导读的古典小说，是对胡适“整理国故”主张的有效呈现。[②]胡适为“亚东版”系列所作的序跋，本身也构成一个系列。虽然每篇文章各有侧重，但整体思路一以贯之。

胡适曾在复王重民信中坦言自家“在文学史上的贡献只是用校勘考证的方法去读小说书”[③]。晚年也曾对助手胡颂平谈道：“我自己对《红楼梦》最大的贡献，就是从前用校勘、训诂、考据来治经学史学的，也可以用在小说上。”[④]胡适以实证方法研究小说，既要借此传播科学观念，又力图将小说与经史相并置，提高其文化地位，并进而为新文学的确立提供理论支持。但小说作为文学文类，具有不同于经史的特性，在纳入“考证”视野的过程中也受到方法的制约。“考证”视野中的小说，首先是作为社会史料，而不是以具有审美价值的文学文类的身份进入胡适的学术视野的。以治经史的眼光和方法研究小说，决定了他“重史轻文”的研究倾向。[⑤]胡适在选取考证对象时，依据的主要是小说的学术含量，而不是其审美价值的高低。例如，尽管胡适对《红楼梦》的思想见地和文学技术的评价始终不高，但这部小说在作者和版本上的诸多疑点，使之成为可供考证研究大显身手的绝佳例证。因

① 胡适全程参与了“亚东版”的小说选目和底本遴选。小说导读，以胡适所作数量为最，也最为用力。参见胡适与汪原放的通信，见《胡适论学往来书信选》下册，河北人民出版社1998年版，第644—652页。

② 1921年7月31日，胡适在南京东南大学及南京高师暑期学校发表题为《研究国故的方法》的讲演，着重谈了四点，第四点就是“整理”：形式的方面，加上标点和符号，替彼分开段落来；内容方面，加上新的注解，折中旧有的注解，并且加上新的序、跋和考证；还要讲明书的历史和价值。见曹伯言、季维龙编著：《胡适年谱》，安徽教育出版社1986年版，第209页。

③《胡适论学往来书信选》上册，河北人民出版社1998年版，第74页。着重号为原文所有。

④ 胡颂平编著：《胡适之先生年谱长编初稿》（校订版）第十册，联经出版事业公司1990年版，第3652页。

⑤ 在1960年11月24日致高阳信中，胡适承认：“三十年来（快四十年了，我的《考证》稿是民国十年三月写的，改稿是十年十一月改定的）‘红学’的内容，一直是史学的重于文学的。”见胡颂平编著：《胡适之先生年谱长编初稿》（校订版）第九册，联经出版事业公司1990年版，第3385—3386页。

此，对于《红楼梦》的考证，几乎贯穿于胡适的整个学术生涯。[①]

胡适的“中国章回小说考证”侧重于两端：一是对作品的版本、情节及人物形象的起源、流变与生成过程的梳理；二是对小说作者的考证。前者成为“历史进化的文学观念”的绝佳例证；后者则在实践考证方法的同时，承载了胡适的学术理想与文化关怀。而这两大侧重，无论是研究策略还是具体的操作方法，都与胡适本人对于杜威实用主义哲学的阐释相符合——所谓“科学实验室的态度”和“历史的态度”均蕴含其中。同时，胡适“中国章回小说考证”系列论文，尤其是《〈水浒传〉考证》和《〈红楼梦〉考证》这两篇代表作，在写作思路上也明显依照杜威实用主义哲学的思维模式展开。在《实验主义》一文中，胡适将杜威思想分作五步：

> （一）疑难的境地；（二）指定疑难之点究竟在什么地方；（三）假定种种解决疑难的方法；（四）把每种假定所涵的结果，一一想出来，看那一个假定能够解决这个困难；（五）证实这种解决使人信用，或证明这种解决的谬误，使人不信用。[②]

胡适的“中国章回小说考证”即体现出以上思路。以《〈红楼梦〉考证》一文为例，该文首先指出“红学”研究陷入了“索隐派”的附会误区，成为胡适从事《红楼梦》考证的触发点，是为第一步；然后将附会的“红学”分为三派，逐一指出其谬误，是为第二步；接下来强调以科学的考证作为正确的研究方法，取代猜谜般的索隐，是为第三步；之后提出胡适本人的大胆假设，即“自传说”，再根据可靠的版本与可靠的材料，分别考察《红楼梦》作者的事迹家世、著书时代以及版本流变，证实假设的准确性，是为第四和第五步。可见，胡适对于乃师思想的接受，可谓亦步

① 与《红楼梦》形成鲜明对比的是，《金瓶梅》一直没有进入胡适的研究视野；尽管关于其作者的疑点更多，可供研究者发挥的余地更大。表面上看，是因为《金瓶梅》不适于普及，无法纳入“亚东版”的小说选目之中。胡适在致钱玄同信中，也曾批评《金瓶梅》“即以文学的眼光观之，亦殊无价值。何则？文学之一要素，在于‘美感’。请问先生读《金瓶梅》，作何美感？”见《胡适论学往来书信选》下册，河北人民出版社1998年版，第1109页。事实上，胡适的上述论断，主要基于对《金瓶梅》表现“兽性的肉欲”的道德评判。所谓“美感”，也建立在这一道德评判之上，并非审美判断。

② 胡适：《实验主义》，见《胡适文集》第二卷，北京大学出版社1998年版，第233页。

亦趋。不过，在胡适的小说考证中，多有自我发挥之处，体现出自家的研究兴趣、文化关怀与言说策略。

中国古代白话小说，尤其是长篇章回小说，由初创到成书，往往不是出于一人之手：或在传抄中为文人改写（如《三国演义》），或在刊刻中遭书商删削（如《红楼梦》）。小说中的人物和情节也经历了由雏形到不断丰富到最终蔚为大观的过程。《水浒传》作为其中的代表，成为第一部进入胡适考证视野的章回小说。[①]《水浒传》触发了胡适的“历史癖”与“考据癖”，小说人物与情节的因时递变、不断积累的过程，也使考证方法有了用武之地。胡适对于《水浒传》的考证颇为用力，不仅确立了这部白话小说的文学史价值，并且以此为契机，总结出“历史进化的文学观念”[②]，成功地实践了其眼中的实用主义哲学的方法论，并使《〈水浒传〉考证》成为一篇学术宣言，为此后自家及其学术追随者的一系列考证研究，提供了可资借鉴的范例。

胡适“中国章回小说考证”系列论文的另一用力之处，是对于小说作者的考证。小说在中国古代长期处于边缘性地位，特别是白话小说，作为文化消费的对象，作者主要是民间艺人和下层文人，在读者眼中并不具备“作家”的文化身份和精英地位。即使有上层文人偶或为之，也多将真名隐去，以假名存焉，不求以小说传名，使之与经史诗文等量齐观，作为安身立命的大事业。小说既然不被视为“创作”，也就不存在对于“小说家”的身份认同。这使中国古代小说流传至今，往往是作品尚存，作者湮没，从而在小说史研究中造成无数悬案，虽经几代学人多方努力，但至今仍未有定论。[③]在胡适开始从事小说考证的20世纪初，相去不远的晚清小说家李宝嘉、刘鹗

---

①《〈水浒传〉考证》于1920年7月27日脱稿，是胡适的第一篇“章回小说考证”论文。

②《胡适古典文学研究论集》下册，上海古籍出版社1988年版，第790页。

③ 如《金瓶梅》之作者“兰陵笑笑生”，经几代学者考证，竟得出十几种答案。《三国演义》之作者“罗贯中”的生平，《西游记》是否为吴承恩所作，《封神演义》之著作权属于“许仲琳”还是“陆西星”，《水浒传》之作者“施耐庵”、《红楼梦》之作者“曹雪芹”是否实有其人，至今也莫衷一是，争议不绝。小说作者之争，一直是中国小说史学的研究热点。特别是在“红学”领域，对于作者生平及家世的研究，逐渐形成所谓“曹学”。参见陈曦钟、段江丽、白岚玲：《中国古代小说研究论辩》，百花洲文艺出版社2006年版。

等人的生平事迹已多汗漫不可考，引起研究者的广泛争议[①]，遑论元明两代的小说家。中国古代小说“作者”的悬案，使胡适的考证方法获得了大显身手的机会。然而，胡适对于小说作者的考证，并未停留在治学方法的操练之上，而将新文学倡导者的学术理想和文化关怀注入其中：尊小说家为“作家”，视小说为“创作”，将“文学”的身份赋予小说和小说家，从根本上提升了其文化地位。

1922年，在为自家《吴敬梓年谱》所作短序中，胡适指出：“中国小说家都不能有传记，这是中国文学史上最不幸的事。”[②]三十多年后，又在一次致辞中解释自家投入大量精力考证白话小说的用意：一是研究白话文学史，以提高白话文学的地位；一是感激白话文的创始者，所以研究他们的生平，表扬他们的事迹。[③]对小说家生平的考证，是胡适小说史研究的主要内容，甚至成为胡适考证小说的前提，在其“中国章回小说考证”系列中占据了显著的位置。即使对于《水浒传》作者施耐庵这样的“乌有先生”[④]，虽然不能考证其真实身份，但对于小说家“高超的新见解”“伟大的创造力”[⑤]仍大加赞赏。此外，胡适率先为小说家编写传记和年谱，改变了小说家不入正史、“自来无传”局面。在胡适看来，小说首先是“创作”，既然是“创作”，其“作者”——小说家——的价值就应该得到认可和尊重。这一论断在今天已成为常识，似乎并无高妙之处。但考虑到中国小说史学建立之初，小说和小说家尚未完全摆脱边缘性地位，胡适对其

---

① 1931年11月8日，容肇祖致胡适信，据周桂笙《新庵笔记》中的一则史料，证胡适《〈官场现形记〉序》中“这书有光绪癸卯（一九〇三）茂苑惜秋生的序，痛论捐官的制度；这篇序大概是李宝嘉自己作的”之论断有误。《胡适论学往来书信选》下册，河北人民出版社1998年版，第1165页。胡适本人在读罗振玉《雪堂丛刻》时，也从其《五十日梦痕录》中检出有关刘鹗（铁云）的“事实一篇”，并说：“我寻求刘铁云事实，久而无所得，今见此篇，大喜过望。……他的《老残游记》，我当时即疑心是一种自传。今读此传，果然。”见《胡适日记全编》第三卷，安徽教育出版社2001年版，第467页。

②《胡适日记全编》第三卷，安徽教育出版社2001年版，第871—877页。

③ 胡颂平编著：《胡适之先生年谱长编初稿》（校订版）第七册，联经出版事业公司1990年版，见第2406页。

④ 1929年6月26日，胡适手抄胡瑞亭《施耐庵世籍考》，在日记中说：“我不信此事，颇疑为乡下小族无可依托，只好假托于《水浒》作者，而不知《水浒》作者也是乌有先生也。”见《胡适日记全编》第五卷，安徽教育出版社2001年版，第440—443页。

⑤ 胡适：《〈水浒传〉考证》，见《胡适古典文学研究论集》下册，上海古籍出版社1988年版，第785页。

价值的认定，隐含着将小说和小说家置于文学体系中心位置的文化策略，对于小说地位的提升，功莫大焉。

考证小说从作者入手，也源于胡适讲求实证的治学理念。这在对《红楼梦》的一系列考证中体现得最为突出。在《〈红楼梦〉考证》等论作中，胡适提出了其小说史研究中最著名也最大胆的“假设”——“自传说”。“自传说”针对的是“索隐派红学”：

> 他们不去搜求那些可以考定《红楼梦》的著者，时代，版本等等的材料，却去收罗许多不相干的零碎史事来附会《红楼梦》里的情节。他们并不曾做《红楼梦》的考证，其实只做了许多《红楼梦》的附会！①

事实上，“索隐派”和胡适的《红楼梦》研究，使用的方法都是考证。但在胡适看来，“索隐派”的“考证”建立在猜谜一般的臆想之上，缺乏实证的科学精神，只能以“附会”命名之。胡适将小说的情节视为作者曹雪芹的亲身经历，从考证作者入手，强调“必须先作这种种传记的考证，然后可以确定这个‘作者自叙’的平凡而合情理的说法”②，动摇了“索隐派”的根基。应该承认，胡适对“索隐派”的批驳，使“红学”更为接近小说本身。然而，实证性的治学方法对于批驳“索隐派”十分有效，对于审美判断则不无局限。实证性研究遮蔽了小说与传记之间的区隔，使胡适以治史的眼光阅读小说，也就决定了他对于小说写实性的格外关注。尽管胡适的小说考证，并不回避审美判断，但不语怪力乱神的阅读趣味③使胡适的审美判断成为实证研究的延伸：以实证精神考证作者，同样以实证精神判断作品文学价值之高下。在致高阳信中，胡适说：

---

① 胡适：《〈红楼梦〉考证》（改定稿），见《胡适红楼梦研究论述全编》，上海古籍出版社1988年版，第75页。着重号为原文所有。

② 胡适：《对潘夏先生论〈红楼梦〉的一封信（与臧启芳书）》，见《胡适红楼梦研究论述全编》，上海古籍出版社1988年版，第223页。

③ 在《论短篇小说》一文中，胡适将《神仙传》和《搜神记》之类称为“最下流”。见《胡适古典文学研究论集》下册，上海古籍出版社1988年版，第682页。

> 我写了几万字的考证，差不多没有说一句赞颂《红楼梦》的文学价值的话……我止说了一句：“《红楼梦》只是老老实实的描写这一个‘坐吃山空’‘树倒猢狲散’的自然趋势，因为如此，所以《红楼梦》是一部自然主义的杰作。”此外，我没有说一句从文学观点来赞美《红楼梦》的话。
>
> 老实说来，我这句话已过分赞美《红楼梦》了。书中主角是赤霞宫神瑛侍者投胎的，是含玉而生的——这样的见解如何能产生一部平淡无奇的自然主义的小说！①

可见，写实视角下的文学阅读，以及对于小说社会史料价值的关注，逐渐强化了中国小说史研究的史学归属。这一趋势由胡适首创，经其弟子顾颉刚、周汝昌等人的倡导与发挥，形成了中国小说史学的学术品格，成为20世纪上半期中国小说史研究的主流。

---

① 胡颂平编著：《胡适之先生年谱长编初稿》（校订版）第九册，联经出版事业公司1990年版，第3386页。

第　四　章

鲁迅与盐谷温的学术渊源与歧见

1923年10月，鲁迅为北京大学新潮社初版《中国小说史略》撰写序言，开篇即称："中国之小说自来无史；有之，则先见于外国人所作之中国文学史中，而后中国人所作者中亦有之，然其量皆不及全书之什一，故于小说仍不详。"[①]鲁迅序言中所谓"外国人所作之中国文学史"，包括［俄］瓦西里耶夫《中国文学简史纲要》（1880）、［日］古城贞吉《中国文学史》（1897）、［英］翟理斯《中国文学史》（1897）、［日］笹川种郎（临风）《中国文学史》（1898）、［德］顾鲁柏《中国文学史》（1902）等。[②]这些撰著于世纪之交的文学史著作，尽管各有其成就，但均未能及时译为中文，因此在当时的中国声名不著。倒是稍后问世的盐谷温（1878—1962）著《中国文学概论讲话》，大有后来居上之势。[③]盐谷氏的著作之所以声名远播，除本身的学术价值较高，并且多次译为中文、为国内读者所熟知外[④]，也和该书与鲁迅《中国小说史略》之间的一场涉及

① 鲁迅：《中国小说史略·序言》上卷，北京大学第一院新潮社1923年版，第1页。

② 郭延礼：《19世纪末20世纪初东西洋〈中国文学史〉的撰写》，载《中华读书报》2001年9月19日。

③ 该书据盐谷温1917年夏在东京大学的演讲稿改写而成，于1918年12月完稿，1919年5月由大日本雄辩会出版。《中国文学概论讲话》虽不是严格意义上的文学史，但对中国的影响超越了此前及同时代的文学史著作。

④ 郭希汾节译该书小说部分，题名《中国小说史略》，中国书局1921年5月初版。后有陈彬龢节译本，题名《中国文学概论》，朴社1926年3月初版；君左节译本，题名《中国小说概论》，载《小说月报》第十七卷号外《中国文学研究》下册，商务印书馆1927年6月版；孙俍工全译本，题名《中国文学概论讲话》，开明书店1929年6月初版。

“抄袭”的学术公案密切相关。两部著作之关联，至今仍引起纷纭众说。本章力图“回到历史现场”——首先对于近百年前的这桩学术公案进行详细梳理与论析，进而通过比较两部著作的学术思路与方法，廓清二者之关系，以此接近并还原历史的本来面貌，从而在实证研究的基础上，使对“抄袭”之论的批驳，超越为鲁迅本人的辩诬，而从学理层面探讨同时代学人对《中国小说史略》的历史评价，进而展现“中国小说史学”建立之初，中日两国学人不同的学术思路与文化选择。

第一节　从一桩学术公案说起

鲁迅《中国小说史略》最初作为在北京大学、北京高等师范学校等院校开设中国小说史课程的讲义，从1920年12月起陆续油印编发，共17篇；后经作者增补修订，由北大印刷所铅印，内容扩充至26篇。1923年12月，该书上卷由北京大学第一院新潮社出版，下卷出版于次年6月。《中国小说史略》至此得以正式刊行。[①]作为中国小说史研究划时代的著作，该书问世之初，并未引起评论家和研究者的重视。鲁迅在当时主要以小说家闻名，其小说史研究方面的成就不免为小说家的盛名所掩盖。涉及该书的第一次论争也并未发生在学术研究范围内，而是陈源（西滢）在《闲话》及与友人的通信中，指责《中国小说史略》抄袭盐谷温《中国文学概论讲话》之小说部分。

1925年11月21日，陈源在《现代评论》上发表《闲话》，称：

> 现在著述界盛行“摽[②]窃”或“抄袭”之风，这是大家公认的事

①《中国小说史略》的成书过程及其版本流变，参见以下文献：荣太之《〈中国小说史略〉版本浅谈》，载《山东师院学报》（社科版）1979年第3期；吕福堂《〈中国小说史略〉的版本演变》，见唐弢等著《鲁迅著作版本丛谈》，书目文献出版社1983年版；杨燕丽《〈中国小说史略〉的生成与流变》，载《鲁迅研究月刊》1996年第9期；［日］中岛长文《“悲涼”の書——〈中国小説史略〉》，见中岛长文译注《中国小説史略·附录》，平凡社1997年版；鲍国华《论〈中国小说史略〉的版本演进及其修改的学术史意义》，载《鲁迅研究月刊》2007年第1期。

② 当作“剽”，原文如此，下同。

实。一般人自己不用脑筋去思索研究，却利用别人思索或研究的结果来换名易利，到处都可以看到。……

可是，很不幸的，我们中国的批评家有时实在太宏博了。他们俯伏了身躯张大了眼睛，在地面上寻找窃贼，以致整大本的摽窃，他们倒往往视而不见。要举个例么？还是不说吧，我实在不敢再开罪“思想界的权威”。……

至于文学，界限就不能这样的分明了。许多情感是人类所共有的，他们情之所至，发为诗歌，也免不了有许多共同之点。……

“摽窃”“抄袭”的罪名，在文学里，我以为只可以压倒一般蠢才，却不能损伤天才作家的。文学史没有平权的。文学是“只许州官放火，不许百姓点灯”的。……至于伟大的天才，有几个不偶然的摽[①]窃？[②]

陈源这篇《闲话》以“剽窃”为主题，事出有因。1925年10月1日起，徐志摩接编《晨报副刊》，报头使用凌叔华所作画像一幅。10月8日，《京报副刊》发表署名重余（陈学昭）的《似曾相识的〈晨报副刊〉篇首图案》，指出该画像剽窃英国画家比亚兹莱。1925年11月7日，《现代评论》第二卷第四十八期发表凌叔华的小说《花之寺》。11月14日《京报副刊》又刊登署名晨牧的《零零碎碎》一则，暗指《花之寺》抄袭契诃夫小说《在消夏别墅》。可见，陈源大谈“剽窃”主题，概源于此，实有为凌叔华开脱之意。陈源与鲁迅因同年的“女师大事件”而交恶，因此怀疑上述两篇文章皆出于鲁迅之手，于是旁敲侧击，暗指鲁迅抄袭。虽然“整大本的摽窃”一说的矛头所向，文中没有明言，但“思想界的权威”一语，实指鲁迅而言。[③]既然陈源未曾指名，鲁迅“也就只回敬他一通骂街”[④]，在一篇文章的附记里略做回应：

---

① 当作“剽”，原文如此。

② 陈源：《闲话》，载《现代评论》1925年第二卷第五十期，署名“西滢”。

③ 1925年8月初，北京《民报》在《京报》《晨报》刊登广告，宣称“本报自八月五日起增加副刊一张，专登学术思想及文艺等，并特约中国思想界之权威者鲁迅……诸先生随时为副刊专著”。

④ 鲁迅：《华盖集续编·不是信》，见《鲁迅全集》第三卷，人民文学出版社2005年版，第244页。该文最初发表于1926年2月8日《语丝》周刊第六十五期，署名“鲁迅”。

按照他这回的慷慨激昂例，如果要免于“卑劣”且有“半分人气”，是早应该说明谁是土匪，积案怎样，谁是剽窃，证据如何的。现在倘有记得那括弧中的“思想界的权威”六字，即曾见于《民报副刊》广告上的我的姓名之上，就知道这位陈源教授的“人气”有几多。[①]

次年一月，陈源在发表于《晨报副刊》上的通信里重提“剽窃”之事，并将矛头明确指向鲁迅及其《中国小说史略》：

他常常控告别人家抄袭。有一个学生抄了郭沫若的几句诗，他老先生骂得刻骨镂心的痛快。可是他自己的《中国小说史略》却就是根据日本人盐谷温的《中国文学概论讲话》里面的“小说”一部分。其实拿人家的著述做你自己的蓝本，本可以原谅，只要你在书中有那样的声明，可是鲁迅先生就没有那样的声明。在我们看来，你自己做了什么不正当的事也就罢了，何苦再去挖苦一个可怜的学生，可是他还尽量的把人家刻薄。“窃钩者诛，窃国者侯[②]”，本是自古已有的道理。[③]

这组题为《闲话的闲话之闲话引出来的几封信》的私人通信，内容主要是陈源和周作人就“女师大事件”的余波展开的若干问答，以及试图在陈周之间进行调解的张凤举的来信。不过，陈源在批评周作人之余，笔锋一转，将矛头指向鲁迅，围绕“剽窃”大做文章。因“女师大事件”交恶于前，怀疑鲁迅著文指责凌叔华“抄袭”在后，陈源此举也就不难理解。针对上述攻击和指责，鲁迅随即发表《不是信》一文予以驳斥：

盐谷氏的书，确是我的参考书之一，我的《小说史略》二十八篇的第二篇，是根据它的，还有论《红楼梦》的几点和一张《贾氏

① 鲁迅：《学界的三魂·附记》，载《语丝》周刊1926年第六十四期。

② 当作“侯”，原文如此。

③ 陈源：《闲话的闲话之闲话引出来的几封信》之九《西滢致志摩》，《晨报副刊》1926年1月30日，署名“西滢”。

> 系图》，也是根据它的，但不过是大意，次序和意见就很不同。其他二十六篇，我都有我独立的准备，证据是和他的所说还时常相反。例如现有的汉人小说，他以为真，我以为假；唐人小说的分类他据森槐南，我却用我法。六朝小说他据《汉魏丛书》，我据别本及自己的辑本，这工夫曾经费去两年多，稿本有十册在这里；唐人小说他据谬误最多的《唐人说荟》，我是用《太平广记》的，此外还一本一本搜起来……其余分量，取舍，考证的不同，尤难枚举。自然，大致是不能不同的，例如他说汉后有唐，唐后有宋，我也这样说，因为都以中国史实为“蓝本”。我无法“捏造得新奇”，虽然塞文狄斯的事实和“四书”合成的时代也不妨创造。但我的意见，却以为似乎不可，因为历史和诗歌小说是两样的。诗歌小说虽有人说同是天才即不妨所见略同，所作相像，但我以为究竟也以独创为贵；历史则是纪事，固然不当偷成书，但也不必全两样。①

在上述回应之后，这场纷争暂时偃旗息鼓。然而鲁迅对“剽窃”之说一直耿耿于怀。直到十年后《中国小说史略》由增田涉译为日文出版，鲁迅称：

> 在《中国小说史略》日译本的序文里，我声明了我的高兴，但还有一种原因却未曾说出，是经十年之久，我竟报复了我个人的私仇。当一九二六年时，陈源即西滢教授，曾在北京公开对于我的人身攻击，说我的这一部著作，是窃取盐谷温教授的《中国文学概论讲话》里面的“小说”一部分的；《闲话》里的所谓“整大本的剽窃”，指的也是我。现在盐谷温教授的书早有中译，我的也有了日译，两国的读者，有目共见，有谁指出我的“剽窃”来呢？呜呼，“男盗女娼”，是人间的大可耻事，我负了十年“剽窃”的恶名，现在总算可以卸下……②

① 鲁迅：《华盖集续编·不是信》，见《鲁迅全集》第三卷，人民文学出版社2005年版，第244—245页。

② 鲁迅：《且介亭杂文二集·后记》，见《鲁迅全集》第六卷，人民文学出版社2005年版，第450—451页。

从这段充满了洗刷屈辱的快意之情的文字中，不难看出所谓“剽窃”事件给鲁迅带来的巨大的心灵压抑与伤害。其实，陈源又何尝不是在遭遇“女师大事件”及此后的一系列冲突所造成的压抑与伤害中，慌不择言，以致听信他人“鲁迅《中国小说史略》系‘剽窃’而来”的传言，不经查证，即以之作为攻击鲁迅的“有力”证据。假使陈源认真阅读鲁迅和盐谷温的著作，再加以比较，恐怕不会犯此“常识错误”。[①]此后，鲁迅和陈源都不再提及这场论争。倒是在鲁迅去世的当年，胡适在复苏雪林信中重提此事，并表明了自己的立场：

> 凡论一人，总须持平。爱而知其恶，恶而知其美，方是持平。鲁迅自有它的长处。如他的早年的文学作品，如他的小说史研究，皆是上等工作。通伯先生当日误信一个小人张凤举之言，说鲁迅之小说史是抄袭盐谷温的，就使鲁迅终身不忘此仇恨！现今盐谷温的文学史已由孙俍工译出了，其书是未见我和鲁迅之小说研究之前的作品，其考据部分浅陋可笑。说鲁迅抄袭盐谷温，真是万分的冤枉。盐谷一案，我们应该为鲁迅洗刷明白。[②]

在肯定鲁迅的学术贡献、驳斥“抄袭”说的同时，胡适指出陈源（即信中所谓“通伯先生”）得出鲁迅“抄袭”盐谷温的错误论断，源于张凤举的“小人播乱”。张凤举其人及其在这次论争中所作所为，已有学者著文考证。[③]应指出的是，尽管是私人通信，但胡适确信以其在文化史上的地位和影响力，其书信日记等私人文字势必与其公开发表的文章一样，会

---

① 陈源所谓“抄袭”说来自传言，鲁迅对此亦有所觉察，在《不是信》中说：“好在盐谷氏的书听说（！）已有人译成（？）中文，两书的异点如何，怎样‘整大本的摽窃’，还是做‘蓝本’，不久（？）就可以明白了。在这以前，我以为恐怕连陈源教授自己也不知道这些底细，因为不过是听来的‘耳食之言’。不知道对不对？”鲁迅：《华盖集续编·不是信》，见《鲁迅全集》第三卷，人民文学出版社2005年版，第245页。不过从语气上看，鲁迅的上述看法也是出于推测，对于传言的始作俑者既不知其名，也无意追究。

② 胡适：《致苏雪林》（1936年12月14日），见《胡适文集》第七卷，人民文学出版社1998年版，第185页。

③ 朱正：《小人张凤举》，载《鲁迅研究月刊》2002年第12期。

被后人视为重要史料。因此，胡适将书信日记也作为著作来经营，下笔审慎，结构精心。可见，在与苏雪林的通信中，胡适将“抄袭”说的始作俑者归于旁人，实有为陈源开脱之意，同时将罪责坐实在“小人张凤举”身上，以正视听。不过，使陈源“误信其言”的很可能不只张凤举一人。时在北大任职的顾颉刚亦认为鲁迅有抄袭之嫌，并以此告知陈源，才引发陈源著文指责鲁迅“抄袭”。尽管几位当事人在公开发表的文字中对此均讳莫如深，但1949年，时任云南大学教授的刘文典在一次演讲中加以披露。刘文典的演讲稿没有发表，今已不存。但在刘氏演讲的第二天，即1949年7月12日，昆明《大观晚报》发表《刘文典谈鲁迅》一文，记录了刘氏演讲的要点，其中涉及顾颉刚与“抄袭”说云：

> 顾颉刚曾骂鲁迅所著的《中国小说史略》是抄袭日本人某的著作，刘为鲁辩护，认为鲁取材于此书则有之，抄袭则未免系存心攻击。①

刘文典对所谓“抄袭”说持否定意见，但并未在演讲中指明“顾颉刚曾骂鲁迅”“抄袭”的消息来源。刘文典之后，所谓“抄袭”说绝少为人提起。直到近半个世纪后，顾颉刚之女顾潮在回忆父亲的著作中重提此事：

> 在“女师大学潮”中，鲁迅、周作人坚决支持学生的运动，而校长杨荫榆的同乡陈源为压制学生运动的杨氏辩护，两方发生了激烈的论战，鲁迅与陈源由此结了深怨。鲁迅作《中国小说史略》，以日本盐谷温《中国文学概论讲话》为参考书，有的内容是根据此书大意所作，然而并未加以注明。当时有人认为此种做法有抄袭之嫌，父亲亦持此观点，并与陈源谈及，1926年初陈氏便在报刊上将此事公布出去。……为了这一件事，鲁迅自然与父亲亦结了怨。②

---

① 中国社会科学院文学研究所鲁迅研究室编：《鲁迅研究学术论著资料汇编（1913—1983）》第四卷，中国文联出版公司1987年版，第839页。

② 顾潮：《历劫终教志不灰：我的父亲顾颉刚》，华东师范大学出版社1997年版，第103页。从顾潮的这段回忆看，当时持“抄袭”说者，亦不止顾颉刚一人。

顾潮的上述论断源出当时尚未公开的《顾颉刚日记》。2007年，日记经整理正式出版，使顾颉刚持“抄袭”说的真相得以公之于世。

在1927年2月11日的日记中，顾颉刚按语云：

> 鲁迅对于我的怨恨，由于我告陈通伯，《中国小说史略》剿袭盐谷温《中国文学讲话》。他自己抄了人家，反以别人指出其剿袭为不应该，其卑怯骄妄可想。此等人竟会成群众偶像，诚青年之不幸。他虽恨我，但没法骂我，只能造我种种谣言而已。予自问胸怀坦白，又勤于业务，受兹横逆，亦不必较也。①

假使如顾氏所言，陈源著文宣扬“抄袭”说实源出顾颉刚，而不是（或不仅仅是）胡适所指认的张凤举，那么，在前引致苏雪林信中，胡适力图为之开脱的就不只陈源一人了。而且，顾颉刚一直将首倡“抄袭”说并告知陈源作为与鲁迅结怨的缘由，言之凿凿。②然而目前尚无确证表明两人之结怨源出于此。③

以上之所以率先讨论这桩学术公案，意在“回到历史现场”——接

---

① 顾颉刚：《顾颉刚日记（1927—1932）》第二卷，联经出版事业股份有限公司2007年版，第15页。

② 在1927年3月1日的日记中，顾颉刚总结受鲁迅“排挤”的原因数端，其中“揭出《小说史略》之剿袭盐谷氏书”位列榜首。

③ 现有探讨鲁迅与顾颉刚结怨之起因的论著，绝大多数均强调其复杂性，而不以顾氏散布“抄袭”之论作为结怨的直接动因。参见：赵冰波《鲁迅与顾颉刚交恶之我见》，载《河南教育学院学报》（哲学社会科学版）1999年第1期；汪毅夫《北京大学学人与厦门大学国学研究院——兼谈鲁迅在厦门的若干史实》，载《鲁迅研究月刊》2002年第3期；徐文海《从〈南下的坎坷〉看顾颉刚和鲁迅的矛盾冲突》，载《内蒙古民族大学学报》（社会科学版）2003年第5期；卢毅《鲁迅与顾颉刚不睦原因新探》，载《晋阳学刊》2007年第2期。明确“抄袭”事件作为结怨的主要原因的是包红英、徐文海的《鲁迅与顾颉刚》，但该文所据仍是刘文典的演讲及顾潮的著作，前者无实据可考，后者则出于《顾颉刚日记》的一面之词，均非确证。《鲁迅与顾颉刚》载《辽宁大学学报》（哲学社会科学版）2003年第6期。桑兵在《厦门大学国学院风波——鲁迅与现代评论派冲突的余波》（载《近代史研究》2000年第5期）一文中指出：“顾颉刚或为传言者之一。至于鲁迅是否知道顾颉刚的态度，则无明确证据，鲁迅本人关于此事的言论，始终未提及顾的名字。”邱焕星《鲁迅与顾颉刚关系重探》（载《文学评论》2012年第3期）一文则认为“抄袭”事件使鲁迅对顾颉刚“极为不满”，但二人结怨的真正原因，是五四之后新文化阵营的分化及其导致的派系冲突，以及对20世纪20年代新式政党和新式革命的不同态度。有关这一问题更为详尽的论述，参见施晓燕《顾颉刚与鲁迅交恶始末》（上、下），载《上海鲁迅研究》2012年春之卷、2012年夏之卷。

近并还原这一历史事件的真实面貌。通过对相关史料的梳理不难发现，尽管“抄袭”说不符合事实，但在当时持此说者却不乏其人。然而无论是陈源、张凤举，还是顾颉刚，各自的出发点却未必相同，似不可概而论之，其中尤以顾颉刚的态度格外值得关注。从上文摘录的顾氏日记看，顾颉刚持“抄袭”说，既不像陈源那样出于私怨，为争一时之意气而完全不顾事实（在顾氏看来，显然是宣扬“抄袭”说为因，和鲁迅结怨为果）[①]，亦非怀有“小人”张凤举式的“播乱之心”（顾颉刚当时与鲁迅同为“语丝社”成员，虽彼此过从不密，但尚未结怨，刘文典所谓“存心攻击”之说不确）。而且，以顾颉刚为人为文之严谨，道听途说、人云亦云或歪曲事实、搬弄是非的可能性亦极小。因此，顾氏之认定“抄袭”，很可能是出于自家的学术判断，是对鲁迅小说史研究的学术思路和方法缺乏充分的了解与认同所造成的“误读”。[②]因此，顾颉刚对于《中国小说史略》的态度，在表面的人事纠葛的背后，尚有从学术史的高度做进一步探讨的余地。考察顾氏的态度，也有助于使对“抄袭”说的批驳，超越单纯的为鲁迅本人的辩诬，获得进行更深层的学理探讨的可能。

第二节　顾颉刚的态度

顾颉刚认为《中国小说史略》与《中国文学概论讲话》内容上有相沿

---

① 与陈源指斥“抄袭”源自途说不同，顾颉刚本人对盐谷温《中国文学概论讲话》并不陌生。陈彬龢的节译本《中国文学概论》就是在顾氏的帮助下，由其主持的北平朴社出版的。陈氏之妻汤彬华在节译本序言中记述了该书由翻译到出版的过程。见［日］盐谷温著，陈彬龢译：《中国文学概论·序言》，朴社1929年12月版，第1页。《顾颉刚日记》1925年7月23日亦有“审核彬龢《中国文学概论》”的记载。见《顾颉刚日记（1913—1926）》第一卷，联经出版事业股份有限公司2007年版，第644页。

② 持相同立场的不止顾颉刚一人。小说史家谭正璧在其《中国小说发达史·自序》（光明书局1935年8月初版）中亦指出：“周著（鲁迅《中国小说史略》——引者按）虽亦蓝本盐谷温所作，然取材专精，颇多创建，以著者为国内文坛之权威，故其书最为当代学者所重。”着重号为引者所加。谭正璧虽然对《中国小说史略》颇有好评，但仍强调鲁迅以盐谷氏之著作为“蓝本”，且将该书之闻名学界归因于鲁迅在当时文坛的地位，态度略显暧昧。

袭处，据此判定鲁迅“抄袭”，但只在友朋间的闲谈中述及。陈源却“听者有心”，不仅在公开发表的文字中加以披露，而且放大为“整大本的剽窃”，终于导致事态的恶化。这恐怕也是顾颉刚所始料未及的。尽管顾氏持“抄袭”说，对于《中国小说史略》的学术价值评价不高，但其立场却不曾公开表露。直到十几年后，顾颉刚应邀撰写《当代中国史学》一书，才得以公开自家对于《中国小说史略》的学术判断。该书出版于1942年，其中设专章考察俗文学史（包括小说史与戏曲史）和美术史研究。在专论小说史的部分，顾颉刚分别就胡适、鲁迅、郑振铎等人的学术成就做出评价：

> 胡适先生对于中国小说史的研究贡献最大，在亚东图书馆所标点的著名旧小说的前面均冠以胡先生的考证，莫不有惊人的发现和见解。……所论既博且精，莫不出人意外，入人意中。对于中国小说史作精密的研究，此为开山工作。
>
> 周树人先生对于中国小说史最初亦有贡献，有《中国小说史略》。此书出版已二十余年，其中所论虽大半可商，但首尾完整，现在尚无第二本足以代替的小说史读本出现。
>
> 郑振铎先生对于中国小说史的成就也极大，当为胡适先生以后的第一人。①

顾颉刚对于胡适和郑振铎的小说史研究较多赞美之词，而对于鲁迅的态度则有所保留，用语颇为审慎。“小说史读本”一语，足见顾氏对《中国小说史略》的基本判断，前后论断恰堪对照。作为新文化的代表人物，鲁迅和胡适在治学方面均做到了穿越“古今”、取法“中西”，二人又都对小说史研究具有浓厚的兴趣，分别以《中国小说史略》和《中国章回小说考证》奠定了中国小说史学的研究格局和自家的学术地位，成为小说史学的开拓者。同时，知识结构、学术理念、文化理想和审美趣味的不同，又使二人的研究显示出鲜明的个性：分别以独具会心的艺术判断和严密精

---

① 顾颉刚：《当代中国史学》，胜利出版公司1942年版，第118页。

准的考证见长。基于各自的研究成果和学术威望，中国小说史学在建立之初即呈现出双峰并峙、二水分流的局面。可以说，鲁迅与胡适治学路径不同，成就却难分轩轾。而郑振铎尽管也在小说史研究上取得了较大成就，但其学术视野及理论开创性较之鲁、胡二人均略有不及。由此看来，顾颉刚的上述论断，似乎有失公允。而联系到鲁、顾二人在厦门和广州的结怨，顾颉刚对《中国小说史略》评价不高，很容易给人以夹杂了私人恩怨的印象。然而，《当代中国史学》是一部严肃的学术史著作，作者不因个人的政治倾向和情感好恶而影响到对于研究对象的判断。不因人而废文的态度，使顾颉刚对于政治上“左”倾的郭沫若和时已与其交恶的傅斯年均做出极高的评价，奉前者为“研究社会经济史最早的大师”[①]，对后者之《性命古训辨证》亦颇有好评[②]。因此，顾颉刚在学术判断上的“扬胡抑鲁”与其本人对于小说史学的学术定位密切相关。

顾氏治学，受胡适影响极深，奠定其学界地位的“层累地造成的古史”观，也得益于胡适著述的启发。此后虽以《古史辨》别开生面，自成一家，但对胡适的授业之功依旧念念在心。[③]作为现代中国学术之新范式的创建者，胡适的大部分著作都具有“教人以方法”的典范意义。[④]小说史学之于胡适，首先是其倡导的“整理国故”运动的重要组成部分。[⑤]“考证”视野下的小说，首先也是作为史料，而不是以具有审美特质的文学文类的

---

① 顾颉刚：《当代中国史学》，胜利出版公司1942年版，第100页。该书在讨论甲骨文、金文、古器物学和专门史的有关章节中亦多次对郭沫若进行专门论述，见第61、106、109—111页。

② 顾颉刚：《当代中国史学》，胜利出版公司1942年版，第100页。该书在讨论甲骨文、金文、古器物学和专门史的有关章节中亦多次对郭沫若进行专门论述，见第87页。顾颉刚与傅斯年于中山大学由合作到交恶，时在1928年。顾氏曾在与胡适信中谈及此事，在自家日记中亦有所记载。参见中国社会科学院近代史研究所中华民国史组编《胡适来往书信选》上册，中华书局1979年版，第533—534页；顾颉刚1928年4月30日日记，见《顾颉刚日记（1927—1932）》第二卷，第159—160页。

③ 顾颉刚编著：《古史辨·自序》第一册，上海古籍出版社1982年版，第40—41页。

④ 胡适曾说：“我的唯一的目的是注重学问思想和方法。故这些文章无论是讲实验主义，是考证小说，是研究一个字的文法，都可以说是方法论的文章。”见欧阳哲生编：《胡适文集·序例》第二卷，北京大学出版社1998年版，第1页。余英时《中国近代思想史上的胡适》对此有深入考察，可参看。见［美］余英时：《重寻胡适历程——胡适生平与思想再认识》，广西师范大学出版社2004年版，第197—202页。

⑤ 陈平原：《现代中国学术之建立——以章太炎、胡适之为中心》，北京大学出版社1998年版，第185—239页。

身份进入其学术视野的。谈艺既非胡适所长，亦非其所愿。虽然上述思路在胡适的“章回小说考证”中只是初露端倪，但经其追随者的进一步倡导与发挥，逐渐蔚为大观，成为中国小说史学的研究范式，也使小说史学在建立之初即呈现出史学化的趋向。顾颉刚在胡适的这一学术设计中立论，将小说史纳入“史学史”的范畴之中加以讨论，以历史研究的学术规范和评判尺度考量小说史写作的理论创见与文化职能。《当代中国史学》之小说史专节在逐一点评各家的学术贡献之后，道出了自家对于小说史研究的学术期待：

> 因为旧小说不但是文学史的材料，而且往往保存着最可靠的社会史料，利用小说来考证中国社会史，不久的将来，必有人从事于此。①

可见，顾颉刚在“史学”前提下讨论小说史写作，先验地带有“重史轻文”的倾向，视小说为可信之史料，主张利用小说考证社会史，从而将艺术判断排除在小说史研究的视野之外。依照这一评判标准，《中国小说史略》一类以审美感受见长的小说史论著，较多描述与概括，而缺乏对一些具体问题的深入考察，给人以空疏之感，虽“首尾完整”，但深度不足，作为“读本”尚可，史学创见则有限，与盐谷温《中国文学概论讲话》之类概述文类特征的著作大同小异，难免有相互沿袭之处。这正是顾颉刚认定鲁迅“抄袭”的依据所在。《中国小说史略》的学术价值因此得不到顾氏的充分认可。与顾颉刚可堪对照的是，胡适一直对鲁迅的小说史研究抱有极大的好感，不仅在前引复苏雪林信中为鲁迅辩诬，在为自家著述所写的序言中，亦对《中国小说史略》的开创意义和鲁迅的学术创见颇为肯定，评为“搜集甚勤，取裁甚精，断制也甚谨严，可以为我们研究文学史的人节省无数精力”②。表面上看，这一评价不可谓不高。然而，胡适着力关注的仍是鲁迅在小说史料方面的贡献。他之所以对《中国小说史略》的学术

---

① 顾颉刚：《当代中国史学》，胜利出版公司1942年版，第119页。

② 胡适：《白话文学史·自序》，见中国社会科学院文学研究所鲁迅研究室编《鲁迅研究学术论著资料汇编（1913—1983）》第一卷，中国文联出版公司1985年版，第506页。

价值大加赞赏，不过是因为该书体例完整，能够为其小说考证提供可依循的历史线索而已。对于鲁迅在小说审美批评方面的建树，则较为隔膜。[①]有趣的是，出于相近的小说史研究理念和学术定位，顾颉刚与胡适对于《中国小说史略》的评判均以“考证”为主要标尺，而依据相同的标尺，竟然得出彼此截然相反的结论：一方指斥鲁迅缺乏个人创见，有抄袭之嫌；另一方则认为鲁迅在考证方面胜于盐谷温，据此为其洗刷辩白。可见，“考证”未必能作为衡量鲁迅小说史研究之成败得失的有效标准。不过，“考证”的标准却反证出《中国小说史略》的理论特色。尽管鲁迅在小说史料的稽考上颇为用力，这方面的成绩也得到时人的大力揄扬[②]，但《中国小说史略》并不以此见长，维系该书学术生命的不是对史料的占有，而是基于自家的学术眼光，对史料做出重新“发现”。鲁迅之于考证，非不能也，实不甚为也，其长处在于通过寻常作品和寻常史料，产生不同寻常的学术创见。特别是他凭借自己对于小说艺术的超凡领悟力，对作品的审美价值做出精准的判断，往往寥寥数语，或成不刊之论，这是其小说史研究最为人所称道处，却是胡适等学者不愿为或不擅为的。与胡适等赋予小说史研究以明确的史学归属和方法论依据不同，鲁迅治小说史有专家之长，却素无专家之志。鲁迅将小说史研究视为其整体的文学事业的一部分，着力于发掘作品的审美质素。小说家的身份，赋予其相对完整的知识结构和感性资源，促成了他审视小说的独特眼光，更铸就了他作为小说史家的“诗性”自觉。因此，单纯以史学标准衡量《中国小说史略》的学术成就，难免凿空之弊。

顾颉刚对于《中国小说史略》评价不高，还源于他对鲁迅的文化身份及其著述的学术职能的认定。鲁迅和顾颉刚应聘厦门大学教职后，最初

① 1923年，胡适在阅读北大第一院新潮社初版《中国小说史略》（上卷）后，曾致信鲁迅，指出该书“论断太少”。此信今不存，但由鲁迅复信中“论断太少，诚如所言”一语可知。见《新发现的鲁迅书简——鲁迅致胡适》，载《鲁迅研究月刊》1990年第12期。鲁迅复信中语，恐属谦辞。《中国小说史略》（上卷）之学术论断，未必“太少”，只是若干论断在胡适看来，不属于“学术”范畴而已。所谓“论断太少”，可见胡适对于《中国小说史略》学术价值的基本判断。

② 除前引胡适《白话文学史·自序》中的论断外，阿英《作为小说学者的鲁迅先生》亦称《中国小说史略》“实际上不止是一部‘史’，也是一部非常精确的‘考证’书”。见阿英：《小说四谈》，上海古籍出版社1981年版，第186页。

尚能相安无事，且彼此间偶有往来（这在二人的日记中均有所记载），但始终不以朋友相待，交情淡薄，颇有些“道不同，不相与谋”的意味。随着嫌怨的加深，分歧也渐趋明朗。鲁迅以顾颉刚为陈源之同道①，顾颉刚则称鲁迅为“不工作派”②，彼此难容。事实上，鲁迅在厦门大学任教期间，除担任本科生教学、编写《汉文学史纲要》、提交《〈嵇康集〉考》和《古小说钩沉》、承担《中国图书志·小说》的研究外，还指导研究生并审查论文。③可见，鲁迅并非真正的“不工作”。之所以被讥为“名士派”④，皆由顾颉刚对鲁迅的上述工作，尤其是教学工作的学术价值缺乏认同所致。在顾颉刚看来，自家与鲁迅有从事研究与教学之分，在身份上亦有学者与文人之别，而教学工作的学术价值与研究相去甚远，文人的文化贡献亦不能望学者之项背。⑤顾氏强调自家“性长于研究”“不说空话”，而鲁迅“性长于创作”，是“以空话提倡科学者”，与己相较，“自然见绌”⑥，于此可见一斑。出于学者的优越感，顾颉刚在1929年8月20日致胡适信中，对研究与教学的价值一判高下：

> 在此免不了中山大学的教书，一教书我的时间便完了。我是一个神经衰弱的人，越衰弱便越兴奋，所以别人没有成问题的，我会看他

---

① 顾颉刚本不属于“现代评论派”，但与胡适过从甚密，且其《古史辨》曾得陈源褒奖，因此被鲁迅视为“陈源之流”，对其全无好感。见鲁迅：《两地书·四八》，见《鲁迅全集》第十一卷，人民文学出版社2005年版，第137页。

② 顾颉刚在致胡适信中说：“广州气象极好，各机关中的职员认真办事，非常可爱。使厦门大学国学院亦能如此，我便不至如此负谤。现在竭力骂我的几个人都是最不做工作的，所以与其说是胡适之派与鲁迅派的倾轧（这是见诸报纸的），不如说是工作派和不工作派的倾轧。”见《顾颉刚致胡适》（1927年4月28日），见中国社会科学院近代史研究所中华民国史研究室组编《胡适来往书信选》上册，中华书局1979年版，第430页。

③ 汪毅夫：《北京大学学人与厦门大学国学研究院——兼谈鲁迅在厦门的若干史实》，载《鲁迅研究月刊》2002年第3期。

④ 鲁迅：《两地书·四八》，见《鲁迅全集》第十一卷，人民文学出版社2005年版，第137页。

⑤ 早在赴厦门大学任教之前，顾颉刚对于学者与文人的身份已有明确区分，并以学者自命，不愿与文人为伍。在1923年8月6日的日记中，即有如下记载：“日来觉得凡是文学家都是最不负责任而喜出主张的人，非我所能友。”见《顾颉刚日记（1913—1926）》第一卷，联经出版事业股份有限公司2007年版，第383—384页。

⑥《顾颉刚日记（1927—1932）》第二卷，联经出版事业股份有限公司2007年版，第22页。

成问题。这在研究上是很好的，但在教书上便不能。教书是教一种常识，对于一项学科，一定要有一个系统，一定要各方面都叙述到。若照教书匠的办法，拿一本教科书，或者分了章节作浅短的说明，我真不愿。若要把各种材料都搜来，都能够融化成自己的血肉，使得处处有自己的见解，在这般忙乱的生活中我又不能。所以教了两年书，心中苦痛得很。[①]

这一重研究而轻教学的立场，使顾颉刚对于鲁迅《中国小说史略》和盐谷温《中国文学概论讲话》这类从课堂讲义脱化而成的学术著作缺乏起码的认同与敬意。在顾氏看来，这类著作不过是常识之汇集，虽有稳健博洽之长，却不利于研究者个人创见的充分发挥，学术含量不高，亦难免空疏之弊，且相互间在体例及论述上均大体相沿，视之为粗陈梗概的教科书"读本"尚可，而难以企及严谨的学术著作的理论深度。同样，顾颉刚以学人为自家定位，而视鲁迅为文人，以此区别两人的文化身份，知彼罪彼，所依据的也都是对于文人的评判标准。学人的自我期许和身份认定，使顾颉刚对于胡适一脉的学院派的小说史研究更为认同，将其学术贡献置于鲁迅之上，而将《中国小说史略》与盐谷温《中国文学概论讲话》相类同，否定其原创性。顾氏不把鲁迅视为学术同道，对其研究成果评价不高也是势所必然。

然而在鲁迅看来，教学与研究没有这样明显的高下之分。文学史（小说史）这一著述体式在中国的确立，实有赖于晚清以降对西方学制的引进，对近代日本及欧美文学教育思路的移植。[②]这使中国人撰写的文学史一经出现，即先天地具备教材性质，承担教学职能。晚清至五四的学人选择文学史这一著述体式，大都与其在学院任教的经历有关。随着对文学史概念理解的深入，以及具有新文化背景的研究者加盟，文学史开始由教材式的书写形态向专著化发展，其学术价值获得了明显的提升。在讲义基础上形成的文学史著作，不乏在观点和体例上卓有创见者，不仅显示出作者

①《顾颉刚致胡适（1929年8月20日）》，见中国社会科学院近代史研究所中华民国史组编《胡适来往书信选》上册，中华书局1979年版，第534—535页。

② 陈平原：《中国大学十讲》，复旦大学出版社2002年版，第112—113页。

的学术个性，而且实现了对文学史这一著述体式的学术潜质的创造性发挥。《中国小说史略》最初也是大学讲义。鲁迅以小说史体式承载其学术见解，很大程度上是在大学授课的需要。[①]然而考虑到鲁迅在离开大学讲坛后仍反复对《中国小说史略》做出修改，足可见其将该书作为学术著作经营的用心。衡量一部文学史著作学术价值的高下，除学术水平高低之外，还有赖于作者对自家著作的学术定位。鲁迅非常重视文学史的学术职能，希望通过文学史写作奉献流传后世的学术经典，而非只供教学的普通讲义。鲁迅最初应授课之需编写讲义，只有出于杰出的理论才能对自家的著作寄予学术期待，在此过程中显示出经营个人著作的明确意识。鲁迅对文学史的学术定位，使之超越了单一的教学职能：一部《中国小说史略》，用于讲坛则是讲义，供同行阅读则为专著，在讲义和专著之间自由出入，从而有效地弥合了教学与研究之间的学术落差。而顾颉刚视《中国小说史略》为讲义，对其学术价值无法做出有效的阐释，仅凭表面的论述框架及观点的近似，而认定该书是对盐谷氏之著作的沿袭，忽视了两者在“小说史意识”上的重大差别，其“抄袭”之论，看似凿凿，实出于误断。

综上可知，无论是顾颉刚认定鲁迅“抄袭”，还是在《当代中国史学》中“扬胡抑鲁”，抑或否认鲁迅的教学工作的学术价值，均不是出于个人恩怨与好恶，而是自家的理论立场、学科背景和身份定位使然。以史学视野统摄小说和小说史，忽视了小说作为文学文体自身的独立性，尤其是在评判鲁迅这样以艺术感受力见长的研究者时，作为史家的“傲慢与偏见”也就在所难免，“史学视野下的小说史研究”的理论洞见与盲点亦因此得以同时呈现。

第三节　“概论”与“史”

19世纪末20世纪初，日本汉学家编撰了多部有关中国文学的研究著

① 陈平原：《作为文学史家的鲁迅》，见《陈平原小说史论集》下卷，河北人民出版社1998年版，第1771页。

作，这些著作多采用“文学史”（如古城贞吉、笹川种郎）或“文学概论”体式（如儿岛献吉郎、盐谷温），对中国学术界产生了重大影响。其中，盐谷温著《中国文学概论讲话》虽然问世较晚，但其对小说与戏曲的开创性研究尤为中国学者所瞩目。该书分上、下两篇，共六章，并缀附录两篇。

篇章目次如下：

上篇　第一章　音韵
　　　第二章　文体
　　　第三章　诗式
　　　第四章　乐府及填词
下篇　第五章　戏曲
　　　第六章　小说
附录　论明之小说“三言”及其他
　　　宋明通俗小说流传表[①]

由以上篇章设置不难看出，该书除第一章从分析汉语之特性入手，为后文探讨韵文及诗歌提供理论依据外，其余五章均各自以文类为中心展开论述，各章之间呈现出平行的结构方式。盐谷氏将中国古代文学批评体系中长期处于边缘地位的小说、戏曲独立成篇，使之与诗文相并列，意在突出小说与戏曲的地位。而且，统计表明：下篇两章占据该书正文的66%，其中小说独占35%，如果加上同样涉及小说的附录，讨论小说的总篇幅则几乎占据全书的50%。在综论各文类的著作中，研究者对于某一文类的价值判断，既体现在若干具体论断之中，亦通过其著作留给该文类的论述空间得以彰显。在《中国文学概论讲话》中，盐谷温有意将小说、戏曲与诗文相并列，并着力扩充其篇幅，用意即在于此。作者在该书《原序》中称：“及元明以降，戏曲小说勃兴，对于国民文学产生了不朽的杰作。”[②]这在

①［日］盐谷温著，孙俍工译：《中国文学概论讲话·目次》，开明书店1929年版，第13—18页。
②［日］盐谷温著，孙俍工译：《中国文学概论讲话·原序》，开明书店1929年版，第5页。

今天已成为学界之共识，但在当时则实属新见。[①]盐谷氏之前，日本学术界关注小说者不乏其人，然而在自家综论各文类的著作中，或仍以小说为诗文之附属，或仍将主要篇幅用于分析诗文，留给小说的论述空间颇为有限。以全书近半数篇幅讨论小说，《中国文学概论讲话》尚属首创。盐谷温对于戏曲、小说，尤其是对于后者的重视，恰与彼时中国学术界的研究风气相契合。自晚清以降，小说文类日渐成为文人学者之关注点，这由中国文化与文学自身发展的现实困境所决定，而关注小说的眼光、思路及方法却主要受到日本的影响。不仅晚清梁启超倡导之“小说界革命”，其基本理念及术语多借自明治新政[②]；五四新文化运动后，胡适以一系列章回小说的考证奠定中国小说史学之根基，亦得到日本汉学家的大力协助，尤其在资料搜集上受益良多[③]。两代学人借助来自东瀛的“他山之石”，逐步建立起中国小说史学的学术规模和理论体系。可见，《中国文学概论讲话》受到中国学者的推崇，概源于盐谷氏对于小说的侧重。在该书三种中文节译本中，有两种节译其小说一章。特别是最早出现的郭希汾节译本，直接冠名为《中国小说史略》。由于该译本在鲁迅《中国小说史略》正式出版之前面世，且书名相同（郭译本未注明“节译”及盐谷原书名），也为指责鲁迅“抄袭”者提供了依据和口实。郭希汾截取盐谷氏著作中概论小说之章节，作为小说史加以译介，且冠以“小说史略”的名称，基于自家对小说史这一研究思路和著述体式的理解，却误解了原著的写作策略。盐谷温在该书《原序》中云：

---

① 日本学者内田泉之助为《中国文学概论讲话》作序，对其学术价值评判如下：“盐谷博士生于汉学世家，夙在大学专攻中国文学，深究其蕴奥。尝游学西欧及禹域，归朝之后发表其研究之一端而著《中国文学概论讲话》一书。在当时的学界叙述文学底发达变迁的文学史出版的虽不少，然说明中国文学底种类与特质的这种的述作还未曾得见，因此举世推称，尤其是其论到戏曲小说，多前人未到之境，筚路蓝缕，负担者开拓之功盖不少。”见［日］盐谷温著，孙俍工译：《中国文学概论讲话·内田新序》，开明书店1929年版，第7页。

② 参见夏晓虹：《觉世与传世——梁启超的文学道路》，上海人民出版社1991年版，第201—235页。

③ 胡适在考证《水浒传》时，在资料搜集和版本考订上多次就教于日本汉学家青木正儿，其间书信往还，受益良多。参见杜春和、韩荣芳、耿来金编：《胡适论学往来书信选》下册，河北人民出版社1998年版，第805—823页。

> 中国文学史是纵地讲述文学底发达变迁，中国文学概论是横地说明文学底性质种类的。[①]

盐谷氏将《中国文学概论讲话》命名为“概论”而非“史”，各章以文类为中心，与文学史有横向与纵向之别。该书全译本的译者孙俍工对此亦有认识，他在《译者自序》中称：

> 关于中国文学底研究的著述照现在的情形看来，恰与内田先生（该书新序作者内田泉之助——引者按）所说日本数年前的情形同病，纵的文学史一类的书近年来虽出版了好几部，但求如盐谷先生这种有系统的横的说明中国文学底性质和种类的著作实未曾见。[②]

鲁迅本人对于“文学概论”和“文学史”也做出过明确区分。在致曹靖华信中，他曾向曹氏推荐若干种中国文学研究著作：

> 中国文学概论还是日本盐谷温作的《中国文学讲话》清楚些，中国有译本。至于史，则我以为可看（一）谢无量：《中国大文学史》，（二）郑振铎：《插图本中国文学史》（已出四本，未完），（三）陆侃如，冯沅君：《中国诗史》（共三本），（四）王国维：《宋元戏曲史》，（五）鲁迅：《中国小说史略》。[③]

鲁迅将盐谷氏与自家著作分别归类。可见，“概论”与“史”的研究思路和著述体式本不相同，郭希汾以盐谷氏之“概论”为“史”，将二者相混淆，实源于中国小说史学建立之初，中国学者对这一学科理解的纷纭与混乱。即便依郭氏所见，将《中国文学概论讲话》之小说专章视为小说史，其“小说史”意识与鲁迅相比亦大相径庭。

---

①［日］盐谷温著，孙俍工译：《中国文学概论讲话·原序》，开明书店1929年版，第5页。

②［日］盐谷温著，孙俍工译：《中国文学概论讲话·译者自序》，开明书店1929年版，第10页。

③ 鲁迅：《致曹靖华》，见《鲁迅全集》第十二卷，人民文学出版社2005年版，第523页。

盐谷氏著作第六章《小说》之细目如下：

第一节　神话传说
第二节　两汉六朝小说
　　一　汉代小说
　　二　六朝小说
第三节　唐代小说
　　一　别传
　　二　剑侠
　　三　艳情
　　四　神怪
第四节　诨词小说
　　一　诨词小说底起原
　　二　四大奇书
　　三　红楼梦[①]

表面上看，这一章节设计与鲁迅《中国小说史略》并无明显分别。鲁迅著作凡二十八篇，各篇依朝代为序，在朝代之下设计类型，连缀以为史。如此看来，无论是指责鲁迅“抄袭”，还是认定其以盐谷氏之著作为“蓝本”，均证据确凿，不容申辩。然而，在章节设计相近的背后，小说史意识的差异才是比较这两部著作的关键。盐谷温的著作，依朝代分期，力图依次展现每一时期中国小说的格局和面貌，但真正得到展现的是朝代的递进，对于小说的论述，各时期之间仍采取并列方式。尽管各部分在分析具体文本时精彩之见迭出，但对于小说文类自身的演变却关注不够。可见，《中国文学概论讲话》之小说部分是依照朝代顺序论列小说，“小说史”的意味其实并不突出。这并不是盐谷温的眼光或学养不足造成的，而源于该书著述体式的制约。“概论”的基本思路是横向地呈现各文类之特征，也就无须对其发展递变做纵向考察。在中国小说史学建立之初，以朝

① [日]盐谷温著，孙俍工译：《中国文学概论讲话·目次》，开明书店1929年版，第18—20页。

代为线索撰史者不乏其例。这些研究者与盐谷温的区别在于，后者对自家著作之“概论”特征颇为自觉，明确将其与“小说史”相区隔，前者则径以为“史”，忽视了两者在学术思路与著述体式上的差异。鲁迅本人对于这类依朝代分期之小说史，也颇有异议。1931年上海北新书局出版订正本《中国小说史略》，鲁迅为之补撰《题记》云：“即中国尝有论者，谓当有以朝代为分之小说史，亦殆非浮泛之论也。”[①]其中并未明示“论者”一词之所指。据《中国小说史略》日译本之译者增田涉回忆，《题记》付印时鲁迅曾做出修改：

> 我还记得一件事，在他的《小说史略》订正版的《题记》里，有这样的话：“……即中国尝有论者，谓当有以朝代分之小说史，亦殆非肤泛之论也。”这题记的底稿是给了我的，现在还在手边，原文稍有不同，在“中国尝有论者”的地方，明显地写作“郑振铎教授”。可是，付印的时候，郑振铎教授知道点了他的名字，要求不要点出，因此，校正的时候，改作“尝有论者”了。乍一看来，好像他对郑振铎的说法有同感，我问他为什么郑不愿意提出他的名字呢？他给我说明了：“殆非肤泛之（浅薄之）论”，实际上正是“浅薄之论”，所以郑本人讨厌。[②]

可见，鲁迅对于“以朝代为分之小说史”评价不高，在自家之《中国小说史略》中，朝代只是作为小说变迁的历史背景。鲁迅的小说史意识表现为：以小说发展的历史时期为背景，以小说类型的递变为线索，用类型概括一个时期小说发展的格局与面貌。上述思路有助于展现小说文类自身的发展变迁，从而保证了小说史作为文学研究与著述体式的自律性与自为性。[③]

---

① 鲁迅：《中国小说史略·题记》（订正本），北新书局1931年版，第3页。

②［日］增田涉著，钟敬文译：《鲁迅的印象·三十三·鲁迅文章的“言外意”》，见钟敬文著/译《寻找鲁迅·鲁迅印象》，王得后编，北京出版社2002年版，第343—344页。

③ 韦勒克、沃伦批评那种“只是写下对那些多少按编年顺序加以排列的具体文学作品的印象和评价”的文学史不是“史”，“大多数文学史是依据政治变化进行分期的。这样，文学就认为是完全由一个国家的政治或社会革命所决定”，“不应该把文学视为仅仅是人类政治、社会或甚至是理智发展史的消极反映或摹本。因此，文学分期应该纯粹按照文学的标准来制定”。见［美］勒内·韦勒克、［美］奥斯汀·沃伦著，刘象愚等译：《文学理论》（修订版），江苏教育出版社2005年版，第302—303、315、317—318页。

在鲁迅看来，依朝代这一历史存在为小说史分期，无疑是以外在因素作为文学研究的标准，忽视了小说的文学性；而径取朝代为线索，在做法上也略显取巧。这是鲁迅与郑振铎、盐谷温等人在“小说史意识”上的重大区别。综上可知，鲁迅《中国小说史略》与盐谷温《中国文学概论讲话》都以朝代为经，确实给人以雷同乃至因袭之感，但这只是表面上的论述体例的相近，背后的学术思路却大为不同。诚如鲁迅在《不是信》中所言，自家著作中的朝代更迭只是“以史实为‘蓝本’”，作为背景存在，而不是小说史的线索。以所谓“蓝本”为依据，指斥鲁迅“抄袭”盐谷温，是对其“小说史意识”缺乏充分的关注和深入的了解所致。

前引鲁迅《不是信》中对于“抄袭”说的答辩，其中也坦诚《中国小说史略》二十八篇中的第二篇，即《神话与传说》是根据盐谷氏著作之大意而成。这也成为“抄袭”说的主要依据。鲁迅论及神话传说时，对于盐谷温确有不少借鉴之处，但是否能够就此认定“抄袭”，尚须辨析。现代汉语中所谓神话及神话学的概念，均译自日本，时在20世纪初。[①]彼时鲁迅正在日本留学，最初接触神话及神话学，也是通过日文材料。在作于日本的《破恶声论》中，鲁迅阐述了神话的文化价值，将其视为文学与思想的起源。[②]1920年受聘北京大学、开设中国小说史课程并撰写讲义时，以神话为小说之起源这一思路就与其在留日期间接触神话学不无关联。鲁迅的神话学知识主要习自日本，加之当时中国的神话学尚处于初创阶段，缺乏可供参考的本国学术成果，借鉴日本学人的研究，也有其不得已处。在最初的油印本讲义《中国小说史大略》中，《神话与传说》一篇的主要观点均来自盐谷温的著作，但油印本纯作讲义，没有作为个人著作公开出版，吸收前沿成果用于教学，无涉“抄袭”。1923年北京大学新潮社刊行《中国小说史略》初版本上卷时，有关神话一篇的内容则大为改观，不仅材料较之油印本增补甚多，次序和观点也有相当大的调整和修正——仍保留盐谷温对于中国神话散失之原因的两点解释，但以“论者谓有二故”领述之，最

① 参见陈连山《20世纪中国神话学简史》、叶舒宪《海外中国神话学与现代中国学术：回顾与展望》，见陈平原主编《现代学术史上的俗文学》，湖北教育出版社2004年版，第3—27、415—437页。

② 鲁迅：《集外集拾遗补编·破恶声论》，见《鲁迅全集》第八卷，人民文学出版社2005年版，第32页。

初的油印本讲义也做如是处理，并补充自家的一则论断于后，且辅以多则史料证之。可见,《中国小说史略》第二篇《神话与传说》受《中国文学概论讲话》之影响属实，但绝非一味沿袭、全无创见。盐谷氏对于鲁迅最大的启发，是一部中国小说史从神话讲起、视神话为小说之起源这一学术思路。所谓“抄袭”说，未免过甚其词。而且，鲁迅从1909年起即开始搜集唐前小说佚文，最终汇成《古小说钩沉》稿本十册，成为后来撰写小说史的重要资料。鲁迅的小说史辑佚工作，早于盐谷氏著作之刊行,《不是信》中自陈“我都有我独立的准备”，并非虚言。

以上通过对两部著作之学术思路的辨析，试图为批驳“抄袭”说提供若干“内证”。“抄袭”说之不可信，除“内证”外，还有过硬的“外证”可为凭据，即鲁迅与盐谷温的学术交往。盐谷温对于中国小说研究的贡献，除在《中国文学概论讲话》中充分肯定小说的价值与地位外，在作品和相关资料发掘上的成绩也甚为可观。在中国本土久已失传的元刊全相评话及明话本集“三言”就是由盐谷氏率先发现并传回国内的。鲁迅在《中国小说史略》（订正本）题记中对此大加褒奖：“盐谷节山教授之发见元刊全相评话残本及‘三言’，并加考索，在小说史上，实为大事。”[①]根据这些新材料和研究成果，鲁迅订正了《中国小说史略》，对第十四、十五和第二十一篇进行了大幅修改——调换原第十四、十五篇的顺序，题目统一定为《元明传来之讲史》，内容也做出相应的调整，并增补了对新发现的作品和材料的论述；第二十一篇则增加了对《全像古今小说》和《拍案惊奇》的分析，内容也有较大扩充。此外，在自家的小说史著述中，鲁迅多次引用盐谷氏的研究成果。同样，盐谷温对于鲁迅的学术成就也颇为推重，不仅在教学过程中参考《中国小说史略》，还与其他九位日本的中国小说史研究者联名写给鲁迅一张明信片，公开表达对于鲁迅的敬意。这一则新近披露的材料，成为两位学者之间学术因缘的又一确证。明信片为竖行毛笔书写，上半面写收信人的地址及人名：

上海北四川路底

---

① 鲁迅:《中国小说史略·题记》（订正本），北新书局1931年版，第3页。

内山书店　转交

鲁迅先生

下半面是信文及签名：

中国小说史会读了一同记名以为念恭请撰安

盐谷温　内田泉　小林道一　松井秀吉　藤勇哲　荒井瑞雄　守屋禛次　松枝茂夫　黑木典雄　目加田诚[①]

这张明信片写于1930年，由于邮戳日期模糊不清，不能确定是2月还是3月。此时《中国小说史略》订正本尚未出版，信中“读了”当指1925年北新书局合订本或此前的新潮社本。

鲁迅和盐谷温的学术因缘，不限于此。早在1926年，盐谷温的学生和女婿辛岛骁（增田涉在东京帝国大学文学部中国文学科的同班同学）到北京造访鲁迅，带来盐谷温所赠《至治新刊全相平话三国志》一部（即盐谷氏影印的《元刊全相评话》残本之一种），并稀见书目两种，即日本内阁文库现存书目《内阁文库书目》和日本古代的进口书帐《舶载书目》。1927年7月30日，鲁迅把这两种书目中的传奇演义类和清钱曾《也是园书目》中的小说二段，合并编为《关于小说目录两件》，发表于同年8月27日、9月3日《语丝》周刊第146—147期。两天后，鲁迅回赠辛岛骁以排印本《三宝太监西洋记通俗演义》《醒世姻缘》各一部。[②]通过辛岛骁，鲁迅和盐谷温建立了学术联系，每当发现小说和戏曲的新材料，即互相寄赠。两人互通书信，互赠书籍，这在《鲁迅日记》中多有记载，兹不一一举证。1928年2月23日，两人终于在上海会面，盐谷温赠鲁迅《三国志平话》、杂剧《西游记》，并转交辛岛骁所赠旧刻小说、词曲影片七十四页，鲁迅回赠以《唐宋传奇集》。[③]鲁迅亲笔题字送给盐谷温的《中国小说

① 《鲁迅研究月刊》2009年第6期，封三。信中“读了”指读了鲁迅《中国小说史略》。

② 鲁迅：《日记十五》，见《鲁迅全集》第十五卷，人民文学出版社2005年版，第633页。

③ 鲁迅：《日记十七》，见《鲁迅全集》第十六卷，人民文学出版社2005年版，第71页。

史略》也保存至今。[①]从鲁迅与盐谷温的学术交往不难看出，两人在小说史研究上始终互相支持，互相推重。如果真有所谓“抄袭”，鲁迅恐怕不会如此坦然地面对盐谷温，而盐谷温不断向鲁迅寄赠书籍资料，亦无异于“开门揖盗”了。

余论　“寂寞的运命”

1935年6月，《中国小说史略》日译本出版，鲁迅为之作序云：“这一本书，不消说，是一本有着寂寞的运命的书。”[②]在自家著作问世后的十余年间，鲁迅的小说史研究曾得到各种各样的赞扬与诟病，但大抵是褒多于贬，鲁迅之于中国小说史学的开创地位和学术贡献，得到了公认。然而在鲁迅看来，《中国小说史略》的命运是寂寞的，在纷繁的赞扬与责难声中，自家的学术理念并未获得准确的理解和有效的阐释。“寂寞”一语，充满了“难得知己”的悲凉之感。纵观20世纪上半叶的中国小说史研究，尽管鲁迅与胡适的学术成就难分高下，但以后者为代表“实证派”研究实居于主流地位。胡适等人对于古典小说的考证，将小说这一边缘性文类纳入学术研究的视野，以治经史的态度和方法从事小说研究，从根本上提升了其文化地位，并因此创建了学术研究的新范式，为后学开无数法门。胡适的小说史研究，在奠定中国小说史学的研究格局的同时，也形成了一座不易超越的理论高峰，更因后世学人的推重与承继，自成一派。然而，学术高峰在彰显其优长的同时，往往也暴露出内在的困境与矛盾。在“整理国故”的前提下，胡适之于中国古代小说，着力关注社会史料价值，而相对忽视其作为文学文类的审美特质。“胡适关注的始终是‘文本’产生的历史，而不是‘文本’自身。”[③]即便偶有所及，由于“历史癖”与“考据癖”，其论断

---

① 李庆：《日本汉学史·成熟和迷途（1919—1945）》，上海外语教育出版社2004年版，第444页。

② 鲁迅：《且介亭杂文二集·〈中国小说史略〉日本译本序》，见《鲁迅全集》第六卷，人民文学出版社2005年版，第360页。

③ 陈平原：《现代中国学术之建立——以章太炎、胡适之为中心》，北京大学出版社1998年版，第264页。

往往“别具幽怀”。胡适评判小说的艺术价值时，对于写实笔法最为关注，也最为欣赏，在文学阅读趣味背后透射出史家的心态和视野。胡适等人对于审美批评的相对忽视，逐渐强化了小说史研究的史学归属，并最终导致文学研究自身的“失语”。[①]这恰恰是鲁迅和胡适在小说史研究上的主要分歧所在。在与台静农的通信中，鲁迅对胡适一派的研究做出如下评判：

> 郑君（郑振铎——引者按）治学，盖用胡适之法，往往此实足以炫耀人目，其为学子所珍赏，宜也。我法稍不同，凡所泛览，皆通行之本，易得之书，故遂孑然于学林之外，《中国小说史略》而非断代，即尝见贬于人。但此书改定本，早于去年出版，已嘱书店寄上一册，至希察收。虽曰改定，而所改实不多，盖近几年来，域外奇书，沙中残楮，虽时时介绍于中国，但尚无需因此大改《中国小说史略》，故多仍之。郑君所作《中国文学史》，顷已在上海豫约出版，我曾于《小说月报》上见其关于小说者数章，诚哉滔滔不已，然此乃文学史资料长编，非“史”也。但倘有具史识者，资以为史，亦可用耳。[②]

可见，鲁迅难以认同胡适、郑振铎等人“恃孤本秘笈，为惊人之具”的治学方法，而特别关注研究者的“史识”，力图通过对“史识”的强调使小说史研究从史学笼罩下挣脱出来，恢复小说作为文学文类的独立性。“史识”是鲁迅判断文学史著作成就高下的首要标准。基于这一标准，鲁迅对同时代学人的文学史著作评价极严。[③]与通信之中显示出的治学理念相比，鲁迅发言时的立场和心态也格外值得关注。该信写于1932年，鲁迅时已远离学院，寓于上海从事自由撰述，“孑然于学林之外”恰恰是鲁迅当时处境的真实反映。身处学界边缘，以局外人的姿态立论，既造成与学院中人难

① 罗志田：《文学的失语：整理国故与文学研究的考据化》，见罗志田《裂变中的传承——20世纪前期中国的文化与史学》，中华书局2003年版，第287页。

② 鲁迅：《致台静农》，见《鲁迅全集》第十六卷，人民文学出版社2005年版，第321—322页。着重号为引者所加。

③ 在前引致曹靖华信中，鲁迅在列举几种文学研究著作后，评价为：“这些都不过可看材料，见解却都是不正确的。”见《鲁迅全集》第十二卷，人民文学出版社2005年版，第523页。

以弥合的疏离感，又获得隔岸观火的绝佳位置，得以洞彻学院派研究的种种缺失。[①]而反观自家小说史研究的命运——《中国小说史略》或以“长于考证”而得赞扬，或因“不善考证”而被疑“抄袭”，在种种赞赏与非议中，其“史识”却始终未获关注。在鲁迅看来，同时代学者的文学史与小说史研究，于史料上勤于用力者不乏其人，而能够在史料中凸显“史识”者却寥若晨星。在学术研究上缺乏真正的同道，使鲁迅萌生“寂寞”之感；而远离学院又使他“不复专于一业，一事无成”[②]，计划中的中国文学史最终未能完成，“一点别人没有见到的话”[③]也随之失去了言说的契机，则更增添了鲁迅的“寂寞”。

---

① 鲁迅与胡适等人在小说史研究上的分歧，于方法之外，也包含对于学术研究之文化担当的不同理解。鲁迅始终不以学者自居，与学院有意保持距离，在与学院派治学门径不同的背后，文化选择上的相异更为关键。

② 鲁迅：《两地书·一三五》，见《鲁迅全集》第十一卷，人民文学出版社2005年版，第323页。

③ 鲁迅在《两地书·六六》中说：“但如果使我研究一种关于中国文学的事，大概也可以说出一点别人没有见到的话来。”见《鲁迅全集》第十一卷，人民文学出版社2005年版，第187页。

第 五 章

学问吟咏之间:《文字同盟》与中日学术交流(1927—1931)

《文字同盟》是日本学人桥川时雄于20世纪二三十年代之交在北京主办的学术文化刊物。桥川时雄(1894—1982),字子雍,号醉轩,别号晓夫、待晓庐主人、采菊诗屋主人等,日本福井县人。1918年来华,先后任职于共同通讯社、顺天时报社,并曾在北京大学听讲。1927年3月,创办《文字同盟》。1928年1月,任职于东方文化事业总委员会;1933年起,署理该会总务委员,以后长期为实际负责人,直至日本战败,该机构被中国政府接收为止。1946年返日,先后任教于京都女子专门学校、大阪市立大学、二松学舍大学,从事中国古代文学的研究。

桥川时雄长期致力于中日学术交流,最重要的学术贡献是在东方文化事业总委员会任职期间主持《续修四库全书总目提要》的编纂。①他主编的《中国文化界人物总鉴》,收录4600余人,至今仍是治民国学术史之重要工具书。他还致力于向日本学界译介中国学者的论著,早在1923年,就曾翻译胡适《五十年来的中国文学》、梁启超《清代学术概论》,归国后仍翻译了冯至《杜甫传》②。

① 吴格:《桥川时雄与〈续修四库全书总目提要〉编纂》,见《域外汉籍研究集刊》第四辑,中华书局2008年版,第375—388页。

②[日]橋川時雄編:『文字同盟』第三卷,汲古書院1991年版,第644—666頁。

至于本章所要探讨的《文字同盟》，是桥川时雄的学术生涯中极值得关注的事业之一，就学术史而言，更是“1920年代后半至1930年代初北京学艺世界的数据集”[①]，其中保留了大量中日学界交流切磋的鲜活记录，是研究中外学术交流史的主要史料。

第一节　《文字同盟》的编刊与运营

《文字同盟》创刊于1927年4月，本为月刊，每月15日发行，但自第15期起，屡次延宕跳票[②]，1931年8月出版35—37期合刊后停刊，共发行37期，其中第18—20期、24—25期、33—34期、35—37期为合刊[③]，实共31期。

《文字同盟》的延期乃至最终停刊，有人事纷扰、时局动荡等诸多原因，加之该刊由桥川一手操办，所有事宜系于一身，更增加了不确定性。比如，首次延误出现于第15期，原应于1928年6月发行，却推迟至7月，乃是因为“敝社主干前月廿日翛然离燕，自辽而沈，又游韩京。而返抵辽，偶逢华北战争正酣，京津交通断绝，不能启行，延伫多日”[④]。

因系个人刊物，《文字同盟》没有强大的资金支持，加之办刊路线过于阳春白雪，势难获得大量订购，财务之捉襟见肘自可想见。1929年7月前后，桥川时雄曾致信程淯，坦承财政困难已对刊物的出版发行造成严重影响：

关于《文字同盟》杂志，屡荷隆情照顾，感媿感媿。杂志出版因

① [日]橋川時雄編:『文字同盟』第三卷，汲古書院1991年版，第667—668頁。

② 以实际出刊的31期计，《文字同盟》各年的出刊情况为：1927年共9期，1928年共9期，1929年共4期，1930年共6期，1931年共3期。可见，只有创刊的1927年实现了每月发行，从次年起就已出现了延期跳票的情况。

③ 创刊号至第24—25期合刊，《文字同盟》以数字连续编号，自第四年第一号（第26期）起，改用某年某号的方式标记刊期。为行文简省起见，本章统一使用数字连续编号。

④ [日]橋川時雄編:『文字同盟』第二卷，汲古書院1991年版，第255頁。

经济未充少有停顿，兹由下月起，继续刊行矣。[①]

桥川时雄的夫人桥川淑在停刊60年后，对创刊时的艰难仍记忆犹新：

（我们）居住在顺天时报社附近——离西长安大街仅二三十步之遥的地方，那里连自来水、电灯都没有，与设备齐全的顺天时报社的社宅相比，生活极为不便。尽管如此，丈夫在昏暗的灯光下埋头于《文字同盟》的工作，一句不便啊不自由啊之类的抱怨都没有。[②]

桥川淑笔下"连自来水、电灯都没有"的地方，是西长安大街21号，既是桥川夫妻的寓所，也是文字同盟社的所在地。其后，文字同盟社又先后迁至东城洋溢胡同38号、东城甘雨胡同32号。可以想见，五年之内两次移居势必会对《文字同盟》的编刊造成影响，例如1928年9月迁至洋溢胡同，延误了第18、19期的出版，直至11月才出版了第18、19、20期合刊。

为改善财务状况，《文字同盟》也曾通过刊登广告赚取利润。根据第2期的"广告价目表"，收费标准为："一页一月十五圆，半页一月十圆，四分之一页一月六圆，表纸广告及长期广告另议。"[③]不过，在《文字同盟》上登载广告的商业机构主要有4家：日本电报通信社（15次）、直隶书局（6次）、同仁会北京医院（5次）、东亚公司（5次）。以上广告支持也未能长久维持，第6期之后，再无后三家的广告，日本电报通信社维持至第18期。之后《文字同盟》以登载书籍广告为主，而第29期至33、34期合刊更无任何广告。值得注意的是，在广告减少的同时，刊物篇幅大大缩水，编辑也见草率。《文字同盟》最终于1931年夏季停刊，固然与时局人事等诸多因素有关，但因财务困难而难以为继恐怕也是重要原因之一。

---

①［日］橋川時雄編：『文字同盟』第二卷，汲古書院1991年版，第519頁。

②［日］橋川淑：「文字同盟のころ」，见［日］橋川時雄編『文字同盟』第三卷，汲古書院1991年版，第603頁。

③［日］橋川時雄編：『文字同盟』第一卷，汲古書院1991年版，第129頁。

第二节 《文字同盟》的宗旨与旨趣

作为个人刊物，《文字同盟》的创办宗旨自然体现桥川时雄的个人趣味。他在创刊号卷端《宣言》中吐露心迹，直呈办刊目的：

文字同盟杂志胡为乎而组织乎？以中日两国士大夫握手交欢乎学问吟咏之间，阐扬同文之大谊，其订交之坚，比之攻守同盟，有过之无不及也。此吾曹所以有文字同盟社之发起而每月刊此文字同盟杂志之大旨趣、真面目也。[①]

可见他对《文字同盟》的期许，绝不仅仅在于普通的学术文化杂志，而是成为阐扬所谓中日“同文之大谊”、结成“攻守同盟”的阵地。至于这一同盟的成员，则是“中日两国士大夫”中“赞成本社宗旨而加盟订购者”。桥川认为，欲使具有高度知识修养的中日士大夫结成同盟，理想途径莫过于最能体现“同文”色彩的诗文倡和与学问交流，因此他决心将《文字同盟》建设为形式多元而宗旨归一的文化桥头堡。他呼吁“两国同志”多方支持，尤其是以投稿形式参与《文字同盟》乃至他理想中的“攻守同盟”的建设：

以此杂志而成为两国士大夫诗文应酬之俱乐部，为往代鸿儒遗文之绍介者，为现在学艺两界之新闻报，为学中日话文者之参考书，则吾曹之寸愿岂不已酬乎？才难钱艰，尚望两国同志诸公惠赐鸿著，搜寄奇文并为多方鼎力，俾克奏厥敷功。大谊之所存，想两国贤达必不河汉视之也。[②]

---

①［日］橋川時雄編：『文字同盟』第一卷，汲古書院1991年版，第4頁。

②［日］橋川時雄編：『文字同盟』第一卷，汲古書院1991年版，第4頁。

此目标陈义甚高，欲完美实现，首先须解决中日学人之间的语言障碍。为此，《文字同盟》采用了日汉对照的形式，除广告、诗文外，全部日汉对译，分上下两节制版。翻译工作由桥川一力承担，工作量之大不言而喻，足见他以促进两国学人沟通为己任，付出了艰苦努力。桥川对于这一新颖的刊物样式也颇为自矜，在第4期公开宣称《文字同盟》是"宇内唯一的日汉文并载的月刊杂志"。不过，这一模式过于费时耗力，故自第21期起改为全中文出版。

欲实现桥川时雄的设想，栏目设置与刊物内容同样成败攸关，他最初设定的四大目标——"诗文应酬之俱乐部""鸿儒遗文之绍介者""学艺两界之新闻报""学中日话文者之参考书"，看似完美，实则扞格难容。盖前三项的关注点在于学术与文艺，阳春白雪，曲高和寡，而第四项则先天性地要求通俗浅近。他很快意识到这一矛盾，并在第3期卷首小序《渐入佳境》中将主要目标改为沟通两国学界，"将中国著名鸿儒，正确介绍其学藻于日本"，以期"两国学术上之提携……生甚大之效果"。

在这一思路下，《文字同盟》的内容重点有三：论学文章、学界动态、中日学人的诗文倡和。桥川在创刊号卷端的《杂志内容》中，具体划定了稿件范畴：

> 时贤之肖像笔迹关于东方文献之写真、每月大事记（此项并不叙及外交时事问题）、关于学艺文学之研究文读书记诗话词话文话书论画论、各体诗文（以两国人唱和之作居多有批有注）、小说、先哲遗文之拾收、鸿儒哲士之阅历藻怀、新刊著书之提要、著述出版界之情形、学者教授诗家画家其他高人雅士之消息、学会吟社讲演会展览会之情况。

考之以实，《文字同盟》忠实践行了这一预订设想，无论是相对规范稳定的前期，还是有草率应付的后期，论学文字、学界动态与诗文倡和始终是该刊的核心内容。唯一稍稍逸出的是"小说"一项，但实际仅第2期刊载了《浮生六记》的片段，可忽略不计。

桥川不仅重视刊载时人著述诗文，同时也强调"先哲遗文之拾收"以及阐扬"鸿儒哲士之阅历藻怀"。在他看来，"介绍潜儒学藻，刊印近贤遗稿”，如同“辟前人未踏之幽境，得世外羡慕之桃源”[①]，在学术上有相当重要之意义。至于《文字同盟》所钩潜烛隐的“先哲近贤”，或为已作古人的宿儒，如陶鸿庆、郑文焯，或为新文化大潮下为人遗忘的旧派士人，如黄节、杨庶堪。桥川还将遗文佚稿编为附刊，附于正刊之后。至后期，几乎每期均有附刊，且篇幅超过正文（如第28期正刊共22页，附刊《陶集郑批录》却有30页之多），大有喧宾夺主之势。现将各期附刊罗列如下：

晦闻丙寅诗　黄节　第3期
邠斋论诗绝句　杨庶堪　第5期
乘桴集　溥儒　第6期
老庄札记　陶鸿庆　第6期
读诸子札记（管子）　陶鸿庆　第27期
陶集郑批录　郑文焯　第28期
读诸子札记（淮南子）　陶鸿庆　第28期
读诸子札记（墨子）　陶鸿庆　第29期
柳如是事辑　第30期
读骚大例　郭焯莹
读诸子札记（韩非子）　陶鸿庆
陶集版本源流考　桥川时雄　第35、36、37期合刊
读诸子札记　陶鸿庆　第35、36、37期合刊

除附刊之外，《文字同盟》还出版过5期专号，或为纪念重要学人，或以书代刊，分别是：第4期《王国维专号》，第12期《郑文焯专号》，第17期《东瀛考古记》，第21期《旧京遗事》，第24、25期合刊《旧京书影提要》。

---

①［日］橋川時雄編：『文字同盟』第一卷，汲古書院1991年版，第137頁。

第三节　《文字同盟》的学术宗尚

前已述及，“学问吟咏之间”是《文字同盟》所标榜的口号，也是其最大的办刊特色，更毋宁说体现了桥川时雄的学术宗尚——学问与文艺一体融合。自从西力东渐、科学肇兴，在科学主义的时代大潮下，出现了“现代学术之建立”，传统的学问转身为现代的科学，即便最具传统色彩的人文领域也不例外。而现代学术建立的一大表征是细分畛域，确定学科范畴与边际，建立知识与范式，以学科分野为枢轴展开研究。不过在学科细分之前，其实还有另一前提，即区分学术与非学术的文艺。诗文吟咏在现代语境下绝不属于学术范畴，这在当时已是人所共知的常识。

桥川时雄不以“余事”视吟咏，提倡二者并重，似有“落伍守旧”的味道，但细究起来这正是他的立场所在。旧的文史传统固然也区分“学问”“文章”，但两者绝非互不关涉。清代版本目录学家吴骞曾如此评价乾嘉时代的一流学者卢文弨：“窃观先生之学，原本六经，溯洄于先秦两汉，扶树风骨，含咀英华。其发而为文，磅礴郁积，牢笼万有，灏灏噩噩，日星丽而霞霨变。”①其中透露出的便是文为学之外化及两者相辅相成的观点，桥川的“学问与文艺一体融合”的理念正与之相通。

桥川时雄因何持此种理念呢？日本学者今村与志雄从桥川的个人志趣来解释这一问题：“对他（桥川时雄）来说最有魅力的是，清朝时代形成的、修习学问文艺的文人学者们将学问与趣味浑然一体的文雅生活方式。”②换言之，桥川所醉心的是传统中国式的学艺合一与通人境界，在这里，学问与文艺不仅是互为表里的名山事业，更是雅致生活的组成部分，所以他提出“学问吟咏之间”的理念，自在情理之中。

---

①［清］吴骞：《抱经堂集序》，见《抱经堂集》，中华书局1990年版，第1页。

②［日］今村与志雄：「刊行語——代序」，见［日］橋川時雄編『文字同盟』第一卷，汲古書院1991年版，第3頁。今村是桥川时雄之婿，同时也是汲古书院《文字同盟》影印本的编者，他对桥川内心世界的阐述当可采信。

“学问吟咏之间”这一理念，除了体现于稿件编排并重论学与诗文之外，更可透过桥川时雄由衷敬慕的学人一窥究竟。前已述及，《文字同盟》以介绍“鸿儒哲士之阅历藻怀”为要务之一，学界闻人的动态消息或是追思老师宿儒的文字，屡屡可见。其中最引人注目的是第4期王国维专号与第12期郑文焯专号，均是投入整期篇幅，浓墨重彩，盛大其事。这无疑是对学人最高规格的礼敬。因此，若说王、郑二人是《文字同盟》时代的桥川最为推崇的学人，恐不为过。

桥川时雄与王国维的交往始于《顺天时报》时期。1925年冯玉祥驱逐逊帝溥仪出宫时，他曾“诣（王国维）织染局之寓，备为慰问”[①]；1927年3月24日，“上午十时，与小平绥方、三宅子俊，俱往清华园，谒王静庵先生，稍舒寒暄，敬聆其语，且留午餐而归”[②]。1927年6月4日，王国维自尽于昆明湖。6月9日，他与黄节、小平绥方访清华园王邸致哀。[③]6月15日发行的《文字同盟》第3期以“学界中枢遽丧志士为之心伤”为标题报道了王氏自杀的消息，并称将“慨然乞日支两国同志，征求追悼文字、评论感想，并收集遗文，出版特别号《王国维》，略表哀悼之意”。7月15日发行的第4期专号，果如许诺，征集了金梁、赵万里、张尔田、孙壮、马衡、罗振玉、八木幸太郎、唐兰、松浦嘉三郎、吴闿生、叶恭绰、谢国桢、升允、陈宝琛、柯劭忞、王式通、黄节、郑孝胥、溥儒、章钰、孙雄、杨虓、杨钟羲、胡嗣瑗、王树枏、邓之诚等中日名流的悼文挽诗，并刊布了罗振玉、马衡等人抄寄的王国维遗文，极尽追思彰显之能事。

之后，《文字同盟》又多次刊登与王氏相关的内容，如第5期报道了“观堂遗书刊行会之成立”[④]以及狩野直喜、内藤湖南、铃木虎雄、溥儒挽诗[⑤]，第8期刊登了陈寅恪《王观堂国维挽词并序》，第10期介绍了“王静安纪念刊物七种”，第11期介绍了《王静安遗书初集》，第16期刊载了杨钟羲《王忠悫公墓志铭》，并介绍了《海宁王忠悫公遗书》。

---

①［日］橋川時雄編：『文字同盟』第一卷，汲古書院1991年版，第174頁。

②［日］橋川時雄編：『文字同盟』第一卷，汲古書院1991年版，第60頁。

③ 黄节：《蒹葭楼自定诗稿原本》，广东人民出版社1998年版，第182页。

④［日］橋川時雄編：『文字同盟』第一卷，汲古書院1991年版，第285、288頁。

⑤［日］橋川時雄編：『文字同盟』第一卷，汲古書院1991年版，第294—295頁。

桥川钦佩于王国维的“绝世之才学”与“如炬之节操”[①]，屡屡使用“学界中枢”“宇宙学坛之宝剑”之类最高级别的赞美语，甚至认为“吾曹现在学识未足以请教于先生，意拟伏案十年之后，或可以就正请益”[②]。要之，以上种种无不体现出桥川对王国维甚为心折。

若说推崇王国维是当时学人的普遍认识，那么桥川时雄对于郑文焯的推重则更多私淑的色彩，也更能体现“学问吟咏之间”的宗尚。郑文焯（1856—1918），晚清著名词人，有《大鹤山人诗集》《词源斠律》《南献遗征》等传世，在词学、目录学等方面有不凡造诣。与王国维不同，桥川与郑氏素未谋面，他与郑氏结缘始于获得郑文焯手批《陶渊明集》。桥川一生酷爱陶渊明，在北京琉璃厂购得郑批陶集后，爱屋及乌，渐生仰慕：

> 忆余初来燕时，在戊午春，始知搜寻中籍。而先于厂肆购得者，实为山人手批陶集。其时距山人捐馆未数月，书迹犹新，若见其人。予谨什袭藏之，不异拱璧焉。嗣在程先生白葭书室，览其遗墨，闻其遗事，弥深钦仰。[③]

具体而言，郑氏之所以得桥川仰慕，乃是因为其“博通淹雅，硕学高蹈，诗词并长，经义六书训诂医经乐律金石书画，不无精诣。著作等身，高风亮节”[④]。在上文中，桥川所勾勒出的是一幅非常典型而传统的通人画像，除了学识博雅之外，尤以诗词见长，与“学问吟咏之间”的宗旨十分切合。

当然，郑氏的学养与知名度无法与王国维比肩，加之时势变迁，他这样的传统文人在五四后普遍遭受冷遇，身后颇为寂寥。因此《郑文焯专号》无法像《王国维专号》那般广罗诸家追悼文字，除却引述俞樾等少数几人的评论外，几乎全由桥川时雄自撰稿件，分为传记、著述考及未刻诗

---

①［日］橋川時雄編：『文字同盟』第一卷，汲古書院1991年版，第205頁。

②［日］橋川時雄編：『文字同盟』第一卷，汲古書院1991年版，第174頁。

③［日］橋川時雄編：『文字同盟』第二卷，汲古書院1991年版，第57頁。

④［日］橋川時雄編：『文字同盟』第二卷，汲古書院1991年版，第83頁。

稿三个部分，不过这倒更加体现了桥川之于郑氏的爱戴。此外，与王国维类似，桥川对郑氏的追颂彰显也贯穿始终：第11期孙雄《郑叔问先生别传》、第23期杨𧆛七律《吴小城西访郑大鹤石芝西崦故宅》、第27期康有为《清词人郑大鹤先生墓表》，均系追思纪念郑氏学行的纪念文字；第22期《郑叔问手批唐五代词选》、第28期附刊《陶集郑批录》，之前未曾公开，非经《文字同盟》披露，则诗词大家郑文焯这些精彩的文学批评就无法广为人知；第27、28期及第35、36、37期合刊连载程淯辑录的郑文焯手札，则为研究郑氏及其文学研究保留了一手史料。

桥川时雄同样推崇的亚于王、郑二氏的学人，还有叶德辉。叶德辉之死略早于王国维，当时亦引起极大轰动。《文字同盟》第2期头条刊发了桥川（署名"晓夫"）所作《湘儒叶郎园德辉追悼记》，显示出对叶氏殒命的极大痛惜，同期还刊载了叶氏遗文《重刊八指头陀诗序》。之后，第5期刊登了《叶郎园被害后之消息》[①]，第11期预告了叶德辉《郎园读书志》《书林余话》的出版消息，第14期刊发了叶氏某弟子的《叶郎园之经学》，第16期再次介绍了《郎园读书志》，第35、36、37期合刊刊载了杨树达《叶郎园先生经学通诰跋》。

与王、郑相同，从报道死讯、介绍事迹到遗文刊布与出版预告，桥川对叶氏的关注同样持续不歇。所不同者，除了未采用专号纪念的形式之外，桥川在评价叶氏时，绝无对王国维那般使用"宇宙学坛之宝剑"之类近乎无以复加的赞美之辞。他虽然认为叶氏乃"湖南之大儒"，且能"群经小学乙部百家之书，无不淹贯宿通，发前人未发之蕴"，但叶氏学术的贡献主要还在于"著书等身，藏书丰富，而有《观古堂所著书》《观古堂书目》之刊……对于《书目答问》一书，详为补缀，以数种颜色表记明注，颇得要领"[②]。换言之，尽管桥川与叶德辉之交游关系似比王国维更为紧密——"其前年（民国八年），余在苏城，晋谒崇阶，十分愉快。十四年六月……余屡次往见承教，相与周旋，亲聆嘉言，快甚"[③]，但他对叶氏的

① 该文原为叶氏长子叶尚农致松崎鶴雄（曾师从叶德辉）函，松崎转寄桥川，桥川摘抄刊出。

②［日］橋川時雄編:『文字同盟』第一卷，汲古書院1991年版，第78頁。

③［日］橋川時雄編:『文字同盟』第一卷，汲古書院1991年版，第78頁。

肯定赞许实有所保留，主要集中于叶氏最擅长的版本目录学领域，而不似王国维那般“不止为一国之笃学者，而在世界的学者之地位，此中外人士均所承认也”①，认可其具备国际学术巨擘的地位。要之，桥川对于叶德辉未曾点破的学术评价是学有专长的老派儒者，但与融汇新旧且能预世界学术之流的王国维，不可同日而语。

在观察了《文字同盟》对哪些学者投以关注和尊崇之后，再来看看哪些是受冷落者，势必饶有趣味。不幸在此榜上有名的是康有为、梁启超师徒。康、梁分别卒于1927年3月、1929年1月，恰值《文字同盟》刊行期间，但几乎未得到该刊的关注。《文字同盟》第1期以不显眼的补白报道了康有为逝世的消息，平铺直叙，极为简短，最可玩味的是对康氏在学术文艺上有何成就不置一词。②同期还刊登了日人辻武雄的《哭康南海》七绝一首，桥川在诗后小注中略述自己与康氏的因缘：

> 庚申六行（当为“年”）冬，余因事赴沪，一见康南海，谈论接物，若即若离。近数年，斯翁仆仆风尘，奔驰京沪，竟客死于鲁邦，可惜可悲。③

言语间颇为清淡，绝无述及与王国维、叶德辉交游时的亲切和景仰。称康氏为“斯翁”为“南海”，而不用“先生”，更可见微知著，窥见桥川对于康氏的态度。

康有为受此冷遇，或可解释为他晚年在政治、学术上均已淡出人们的视野。时为清华国学研究院导师的梁启超，身处学术与文化界的舞台中心，所受“待遇”竟尚不及乃师。《文字同盟》甚至连梁氏逝世的消息都未予报道，也从未介绍过他的任何著述，尽管1923年桥川曾翻译过《清代学术概论》。如此“反常”的冷遇，只能解释为桥川对于梁启超评价甚低，这点可以从1924年2月28日桥川与吴虞的谈话中得到印证：

---

①［日］橋川時雄编：『文字同盟』第一卷，汲古書院1991年版，第173頁。

②［日］橋川時雄编：『文字同盟』第一卷，汲古書院1991年版，第38頁。

③［日］橋川時雄编：『文字同盟』第一卷，汲古書院1991年版，第51頁。

> 桥川时雄来谈……云梁任公为人随波逐浪，表面清淡，内容猎利，其学亦甚杂。①

对于梁氏为人的讥刺可暂不论，但“其学甚杂”的评语则说明桥川虽重视学问与文艺的一体性，推崇贯通四部的通人，但必须以学问的精严醇正为基础。梁氏为学庞杂横通，议论侃侃，乍看似与博约淹雅有几分相似，但实则剽窃割裂，鲁莽粗疏，自然无法得到桥川的佳评。②

透过以上桥川时雄对于故去学者的不同评价，可知在他的学术眼光中，学艺合一、通达博约为第一义，以醇正精深为学术评价的重要标准，绝不以世间名声显赫与否取人，同时又糅合了个人的爱好，形成了既有公共标准又有个人特色的学术宗尚与评价标准。

第四节　《文字同盟》的学术推介与中日学术交流

作为一份学术文化刊物，刊发论学文字当然是最重要的工作。《文字同盟》以沟通中日学界为己任，故它刊登的稿件就直接反映了桥川时雄意欲达成的中日学术交流图景，换言之，即何者为中日学术交流之要务。

首先，让我们考察一下《文字同盟》的作者阵容。前已述及，桥川认为凡是《文字同盟》的订阅者，均为中日士大夫“攻守同盟”中的一员，而投稿者更可谓核心成员。那么进入桥川所认可的这一文化交流同盟的中坚，究竟有哪些人呢？经笔者粗略统计，在《文字同盟》刊发论学文稿（不计刊发诗作者）的约有百人之多，其中有日本学者15人，欧美学者1人，主要作者如下表（名后数字为文稿刊登次数，中国学人只列知名度较

---

① 吴虞：《吴虞日记》下册，四川人民出版社1986年版，第165页。

② 桑兵指出，当时日本学界对梁启超的评价甚低，是普遍现象。见桑兵：《国学与汉学——近代中外学界交往录》，中国人民大学出版社2010年版，第243—258页。

高或稿件刊登三次以上者）：

中国学者				
杨虓10	叶瀚10	杨树达7	傅芸子6	阚铎5
孙人和4	邓之诚4	程滨3	吴贯因3	刘盼遂3
余绍宋3	马衡3	黄立猷3	杨钟羲3	王重民2
容庚2	周作人2	傅增湘2	叶恭绰1	李详1
陈寅恪1	郑振铎1	赵万里1	张尔田1	叶德辉1
胡玉缙1	黄节1	丁文江1	姚名达1	张宗祥1
罗振玉1	吴虞1	文廷式1	郑孝胥1	高步瀛1
张星烺1	伦明1	谢国桢1	容媛1	傅惜华1
陶湘1				
日本及欧美学人				
冈井慎吾1	八木幸太郎1	松浦嘉三郎1	神田喜一郎2	长泽规矩也1
大村西崖5	渡边晨亩1	马场春吉1	吉井芳纯1	冈山源六1
小林胖生1	植野武雄1	后藤朝太郎1	盐谷温1	藤冢邻1
蒙塞勒（Monseler）1				

上表所罗列的中国学者，大体而言，具备三项特点：

其一，与日本政界、学界有互动关系者多。周作人、罗振玉、郑孝胥、阚铎等日后"落水者"自不待言；傅增湘、傅芸子曾赴日本参观、访书；马衡曾参加中日合办的东亚考古学协会，与日本学者联合进行考古挖掘；吴虞、黄节与桥川交游甚密[①]，文廷式则是桑原鹭藏的好友；傅惜华、胡玉缙、伦明、孙人和、王重民、谢国桢、杨树达、杨钟羲、余绍宋、赵万里等人，先后参与了日本政府支持下的东方文化事业总委员会所主持的

① 可参阅《吴虞日记》，《文字同盟》屡屡刊登黄节致桥川的书札及其诗作，足证两人交谊。

《续修四库全书总目提要》的分纂稿撰写[①]，而桥川自1928年1月起就职于该委员会。

其二，老派人物多。傅增湘、李详、胡玉缙、罗振玉、杨钟羲、文廷式、陶湘、伦明、程淯、张尔田、高步瀛等老辈大多出身科甲，当时又持政治或文化上的“遗民”立场，时为中年的邓之诚、余绍宋、陈寅恪等通常也被目为在文化上相对守旧一派，年轻一辈的谢国桢、赵万里、姚名达、傅惜华在学术取径上也非“趋新”人物。

其三，这份名单虽不能说尽一时之选，但既有成名的老辈，又不乏青年才俊。如赵万里、姚名达均出生于1905年，傅惜华则生于1907年，当时年未而立，桥川却能将他们列入中日学术交流的一线，堪称慧眼识才。

将以上三点稍加归纳，可知桥川在推介中国学人时，注重依类求友，利用自身人脉，以参与东方文化事业或与日本人士关系密切者为主，在学风上则偏重于旧学人才（这与“学问吟咏之间”的总方针相通），同时又能奖掖后进，拔擢英才，显示出卓越的学术眼光。

接下来，我们考察一下《文字同盟》刊登的稿件内容。《文字同盟》稿件的主要话题点为：

一、金石、艺术、考古。此类稿件所占比例相当大，且多长篇连载，如：黄立猷《印学源流及其派别》（第1—2期连载），杨䗖《东瀛考古记》（第1—3、5、7—11、13期连载），余绍宋《画学研究参考书目》（第3、6—7期连载），大村西崖《塑壁残影》（叶瀚译，第6、81期连载），张江裁《燕京访古录》（26—27期连载），容庚《金石书录目叙》（第30—31期连载）。单篇论文也精彩迭见，如刊发于第18、19、20期合刊的马衡的《中国之铜器时代》。该作是马氏重要的学术论文，原是他1927年3月赴日参加东亚考古学协会的成立大会时在日本东京帝国大学所做演讲，先后在日本《民族》第三卷第五号、《考古学论丛》第一册、《北京大学研究所国学门月刊》第一卷第六号等刊物上发表。[②]第32期略厂的《北魏长乐冯邕之妻元氏墓志跋》，该墓志于1926年出土，兼具文献性

① 王亮：《〈续修四库全书总目提要〉研究》，复旦大学博士学位论文。

② 马衡：《凡将斋金石丛稿》，中华书局1997年版，第115—120页。

与艺术性，为民国时期所发现之北魏墓志中极为重要者，而此跋为考释该墓志的早期研究成果。此外，18、19、20期合刊以大篇幅介绍朱启钤的文化事业，而朱氏在文化上的最大贡献就是创办营造学社，整理刊布了大批工艺美术史文献。第3期《中日学者合作之发掘古物》，在第一时间介绍了1927年4—5月中日联合挖掘大连貔子窝遗址的情况，这是民国时期少有的中日联合科学考古之一，也是东方考古学协会成立后的首次田野活动。

二、中国文学史研究。20世纪二三十年代，中国文学史学科建立伊始，小说戏曲研究盛极一时，中外（尤其是中日）交流极为活跃，这些情况在《文字同盟》中均有体现。如第2期蒙塞勒《俄国学者的研究中国文学情形》一文，虽极简短，却是极为罕见的介绍俄国汉学研究的早期文献。第7期长泽规矩也《日本现存小说戏曲类目录》，虽不完备，却是第一次由日本学者向中国读者介绍日藏资源，对当时正处热潮之中的戏曲小说研究而言，是极为新鲜的海外资料。第13期盐谷温《由文学上所看的中日的关系》，是他1928年访问中国时的演讲记录，其中介绍了日本藏元刻孤本《全相平话五种》及《杂剧西游记》等罕见秘籍，并追思与叶德辉、王先谦的交往。此外，如第9期郑振铎《中国文学的新世纪》、第11期刘盼遂《世说新语校笺序》、第13期刘盼遂《世说新语校笺凡例》、第22期《郑叔问手批唐五代词选》、第27期高步瀛《文选李注义疏叙》、第28期附刊郑文焯《陶集郑批录》及傅惜华《图书展览会之小说戏曲》、第32期附刊郭焯莹《读骚大例》等，也是有价值的研究文字和可贵的学术史资料。

三、版本目录学。如前所述，桥川时雄后曾主持《续修四库全书总目提要》的编纂，颇以此为志业，并取为“七略庵”斋号①。其实桥川研治版本目录学，在《文字同盟》时代就已肇端。最后一期附刊桥川时雄《陶集版本源流考》，系统考察了南北朝以来陶集流传嬗变之过程、各版本之传承关系与异同，展现了他在版本目录学方面的精深造诣。此作在日本学界极受好评，著名中国古代文学研究专家小尾郊一评论说：“超越它的研

① 国家图书馆藏有桥川时雄《六朝文学的变迁考》，封面署题“七略庵稿本”。

究恐怕今后也很难出现，是对学界贡献极高的论著。读陶集者应先一读此《版本源流考》，以之为发表意见的基础。”[①]第24、25期合刊专号《旧京书影提要》，反映了北平图书馆在20世纪20年代末的馆藏精华[②]；第28期周云青《四部书目录纂例》，则为《续修四库全书总目提要》发凡起例，是考察《续修提要》修纂历史的重要史料；第5期张宗祥《补抄文澜阁四库书记》、第11期尹炎武《影印四库提要原本缘起》、第15期藤冢邻《四库全书编纂与其环境》及陈垣《文津阁四库全书册数页数表》，是四库学发轫期的研究资料。此外，第1、2期连载傅芸子《雍和宫所藏经要典目》，第14期丁文江《宋应星与天工开物卷之内容》，第27、28期连载文禄堂主人《刘承干所刊之书目》，第29期伦明《续书楼藏书记》，第30期孙人和《修文殿御览考》，第33、34期合刊陶湘《陶氏涉园刻印书目》，第35、36、37期合刊傅增湘《涉园明本书目跋》，或为本色当行的文献学考据，或为考察藏书史、文献史的有用史料。

四、经学、小学与子学。在此方面，杨树达是《文字同盟》最主要的供稿者[③]，先后有第1、2期连载《“之”字用法十二则》，第16期《“则”字之意义及用法》，第33、34期合刊《读淮南鸿烈集解》，第35、36、37期合刊《叶郎园先生经学通诰跋》。第9期王小航《致狩野君山函稿》，是与日本著名学者狩野直喜论皇侃《论语集解义疏》四库本之讹误与武内义雄校正本之精善的论学书札；第14期《叶郎园之经学》，由叶氏子弟撰写，申发叶氏经学成就。此外，第23期熊罗宿《影覆阮刻宋本十三经注疏略例》、第10期刘盼遂《申郭象注庄子不盗向秀义》、第13期叶瀚《墨辨斠注自叙》，也是各具价值的学术考证。

新刊书籍的介绍品评，则是《文字同盟》作为“现在学艺两界之新闻报”，推介中外最新研究成果与新近刊布文献、促进中日学界沟通的另一

---

①［日］橋川時雄编:『文字同盟』第三卷，汲古書院1991年版，第566頁。

②《旧京书影》也是该馆第一部善本书影，参阅人民文学出版社编辑部编:《〈旧京书影〉、〈北平图书馆善本书目〉出版说明》，载《版本目录学研究》第一辑，国家图书馆出版社2009年版，第307—318页。

③ 杨树达是与桥川时雄交往较多的中国学者，且曾参与《续修四库全书总目提要》的纂写。见杨树达:《积微翁回忆录》，上海古籍出版社2006年版，第256页。

重要方式，其价值甚至更在该刊刊登的论学文章之上。现将《文字同盟》曾予介绍的中外书刊，分类罗列如下：

中　国				
金石·考古·艺术	黄立猷《石刻名汇》《金石书目》	陆增祥《八琼室金石补正》	余绍宋《画学要录》	余绍宋《书法要录》
	孙汝梅《读雪斋金文目手稿》	卓君庸《章草考》	卓君庸《章草草诀歌》	张璜《梁代陵墓考》
	中研院史语所《安阳发掘报告》	《中国剧脸谱》第一集	齐如山《中国剧之组》	齐如山《中国剧之变迁》
	邓之诚《骨董琐记》	张鸿采《婚丧礼杂说》	朱启钤、阚铎《丝绣丛刊》	《清湘书画稿手卷》
	胡佩衡《王石谷画法抉微》			
中国文学史研究	《山带阁楚辞注》	朱兰坡《文选集释》	陆侃如《乐府古辞考》	高步瀛《古文辞类纂笺证》
	郑振铎《文学大纲》	黄节《曹子建诗注》	黄侃《文心雕龙札记》	郑文焯《陶集郑批录》
版本目录学	沈干一《丛书书目丛编》	叶德辉《郎园读书志》	金毓黻《辽东文献征略》	邵瑞彭《书目长编》
	《静嘉堂文库目录》	《奉天图书馆名著解题》		
经学、小学与子学	范文澜《群经概论》	姚际恒《诗经通论》	林義光《诗经通解》	吴承仕《三礼名物布帛编》
经学、小学与子学	王重民《老子考》	陈昌齐《吕氏春秋正误》	陶鸿庆《老庄札记》	陶鸿庆《读管子札记》
	丁福保《说文解字诂林》	《古书疑义举例丛刊》	刘淇《助字辨略》	黎锦熙《国语四千年来变化潮流图》
	王重民、孙楷第《西苑丛书》			

续表

中国				
历史	陈垣《中西回史日历》	李泰棻《西周史征》	周明泰《三国志世系》	王桐龄《中国历代党争史》
	瞿兑之《方志考稿》	江春霖《梅阳江侍御奏议》	缪荃孙《艺风老人年谱》	徐润《徐愚斋自叙年谱》
稀见古籍	《天工开物》	《杂剧西游记》	《道光十八年登科录》	《天禄琳琅丛书》
	《髹饰录》	明传奇《想当然》	《夺天工》	《文渊楼丛书》
	影宋本《周易王弼注》	《国学丛编》	《图觉藏目》	严遂成《海珊诗钞》
	文二十八种病			
诗文集・杂著	《王静安遗书初集》	《海宁王忠悫公遗书》	《王忠悫公遗墨》	《观堂外集》
	邵伯絅《云淙琴趣扬荷集》	王振垚《王古愚先生遗集》	王树枏《陶庐诗续集》	刘师培《左庵集》
	汪士铎《汪梅村先生遗诗》	曾习经《蛰庵诗存》	杨令茀《虚白堂笔记》《莪怨室吟草》	卓君庸《自青榭酬唱集》
	陈垣编《明季之欧化美术及罗马字注音》	李笠《三订国学用书撰要》	周作人译《两条血痕》	周作人《谈龙集》
诗文集・杂著	凌启鸿《揖民译著丛书》			
刊物	《国立中央研究院历史语言研究所集刊》	《燕京学报》	《师大国学季刊》	《女师大学术季刊》
	《国学月刊》	《国学论丛》	《国学月报》	《古史辨》
	《学衡》	《学文》	《南金》	《辽东诗坛》
	《语丝》	《莽原》		

续表

外　国				
日本书籍	竹内贞《诗韵异同便览》《初学诗体便览》	儿岛献吉郎《中国文学概论》	竹林贯一《汉学者传记集成》	山本悌二郎、纪成虎一《宋元明清书画名贤详传》
	大村西崖《塑壁残影》	马场春吉《济南遗迹志》	八木奘三郎《满洲考古学》	井上秀夫《碧颜录の现代的解说》
	井上秀天《汉英考证老子の新研究》	小柳司气太《老庄哲学》	小田文鼎《大典禅师》	野崎诚贞《吉祥图案解说》
	三宅俊成《中国风俗史略》	永尾龙造《中国の风俗》	村上信太郎《华语演说集》	南条文雄《怀旧录》
	今西龙《青邱说丛》	岛田翰《古文旧书考》		
日文期刊	《东洋文学》（立命馆大学出版部）	《东洋文化》（东方文化学会）	《东洋文化》（东洋文化社）	《哲学评论》
	《雅声》	《亚东》	《垂宪》	《斯文》
	《回教》	《现代佛教》	《曼荼罗》	《满蒙の知识》
欧美汉学	［德］亨里希·哈克曼（Heinrich Hackman）《中国哲学》	［瑞］高本汉《左传真伪考》（陆侃如译）	［美］哈罗德·莱姆（Harold Lamb）《成吉思汗传》	［美］亚瑟·德·索尔比（Arthur de C. Sowerby）《年节与圣诞节》
	［德］弗朗兹·比亚留斯（P. Franz Biallus）《楚辞》			

如上表所示，以专门领域论，金石艺术考古、中国文学史研究、版本目录学、经学小学子学等四类书籍，几乎占据了半壁江山，这与前述《文字同盟》刊发文章的重点若合符节；与前者相印证，可知在桥川看来，以上领域的交流是中日学术交流的重心所在与当务之急。

报道稀见古籍的刊布消息，也是桥川时雄极为重视的工作之一。特别需要指出的是，他尤其重视向中国读者介绍日藏汉籍善本秘籍的刊布消息。如表中所载的《杂剧西游记》，日本学者盐谷温在日本宫内省图书寮发现此孤本，经校正后，于1928年以斯文会的名义在东京刊行。桥川敏感地意识到此书具有重要价值，迅速于当年4月出版的第13期上发布消息。鲁迅最初撰写《中国小说史略》时，没有利用此书。1928年2月，盐谷温来华，向鲁迅赠送了该书。[①]1931年《中国小说史略》修订再版时，鲁迅便增添了相关内容[②]，可证桥川的眼光不虚。此外，《夺天工》为罕传的明代工艺技术典籍，据日本内阁文库所藏崇祯刻本影印；《海珊诗钞》为清人严遂成诗集，原刊本流传极罕，由日本斯文社排印出版；《图觉藏目》是于日本高野山亲王院发现的宋版佛典，经日本著名学者内藤湖南题跋考证后，影印出版。《文字同盟》所报道的中国新印古籍，也多为罕见秘籍，如明传奇《想当然》据陶湘涉园藏明刊孤本影印，影宋本《周易王弼注》则是瞿氏铁琴铜剑楼的镇库之宝。

至于诗文集与杂著，或为词人骚客之作，或为桥川所景仰的学人文集，这当然也是“学问吟咏之间”宗旨的体现。饶有兴味的是，入围其中的几乎全为旧派人物，“新文学家”中只有周作人，唯一的女性杨令茀也是师从陈师曾、林纾、樊增祥等老辈的“闺秀”诗画家。而在桥川所推介的期刊中，严肃扎实的学术及文化类期刊占绝大多数，《辽东诗坛》《语丝》《莽原》是仅有的文艺刊物，前者又是旧体诗文刊物，只有后两家是新文学刊物。由此可知，桥川对于新文学的态度相当冷淡，《语丝》《莽原》的入选，可能是因为它们“于新文坛上甚占势力”。

将外国学术引入中国，是中外学术交流的另一翼。接下来，让我们看看桥川时雄心目中极具价值、有必要向中国学界介绍者，是何等模样。首先以作者阵容论：狩野直喜、儿岛献吉郎均是老辈汉学家中之佼佼者，《中国学文薮》《中国文学概论》是其各自名作，后者还曾译为中文；小柳司气太、井上秀天以宗教史、思想史研究见长；大村西崖是著名的美术史专

① 鲁迅：《日记十七》，见《鲁迅全集》第十六卷，人民文学出版社2006年版，第71页。
② 鲍国华：《鲁迅小说史学研究》，天津社会科学院出版社2008年版，第75页。

家；八木奘三郎是日本考古学开创期的重要学者；至于欧美汉学，桥川介绍较少，可能与当时难以获得相关讯息有关，但高本汉《左传真伪考》则是西方汉学史上的经典名著。其次以领域论，涉及史学、文学、美术、考古学、民俗学等方面，既有《诗韵异同便览》《初学诗体便览》之类偏于传统的论著，也有哈克曼《中国哲学》这类新式的研究专著。这说明，尽管桥川时雄本人的学风偏向传统的朴学一路，但他并无学术偏见，能兼重新旧，并具有世界性的眼光。

除却推介学术论著之外，《文字同盟》中《学艺大事记》等栏目，及时报道了中日学界的最新动态，为后人留下民国学术史的鲜活记录，同样有着宝贵的价值。在这一方面，桥川时雄同样展现了良好的学术敏感。第3期报道的《文镜秘府论笺》在日本高野山某寺发现，第6期报道耶律楚材《西游录》抄本在日本宫内省图书寮发现，第28期报道日本前田家尊经阁所藏宋刻本《世说新语》影印出版，这些均是民国时期重要的文献发现；第1期预告东亚考古学协会将于东京成立，第8期报道东方文化事业总委员会召开大会，第14期报道东亚考古学协会召开大会，第15期报道因济南事变东方文化事业总委员会中国委员全体辞职，第28期、第33及34期合刊报道中国营造学社近况，这些组织机构均是民国时期重要的学术机构与团体。第11期、第13期连续报道盐谷温、狩野直喜、儿岛献吉郎等人来华，也是民国时期中日学术交流史的重要一页。

除了学术推介之外，《文字同盟》还直接引发了中日学人交流。兹举两例：

第10、11期连载了王重民《杨惺吾先生著述考》，考述清末学者杨守敬的生平著述。日本熊本医科大学教授冈井慎吾阅后认为王文“立论矜慎太至，必证请目睹，始引为信。故对于未见之本，时有小误”，因此做《杨惺吾先生著述考补正》。①

1928年，杨钟羲在北京开办雪桥讲舍，以私人讲学的方式传授经史词章之学，参与其事者有胡玉缙、陈垣、傅增湘、邓之诚、伦明等著名学人。《文字同盟》第18、19、20期合刊，第22期、第24、25期合刊相继刊登了

① ［日］橋川時雄編：『文字同盟』第二卷，汲古書院1991年版，第131頁。

类似于招生简章的《雪桥讲舍序例》。当时在华留学的日本学者仓石武四郎通过《文字同盟》获悉此事后，大感兴趣，与吉川幸次郎同往受业。

如前述,《文字同盟》秉持“学问吟咏之间”的理念，以沟通中日学人交流为己任，以刊发论学文字、披露遗稿、诗文倡和与发布学术动态为主要途径，向中日学界提供了互相了解的平台。因为是个人刊物,《文字同盟》屡屡体现出主办者桥川时雄的个人趣味，但难能可贵的是，桥川在坚持自身趣味的同时，又能拥有广阔的学术视野。比如说桥川在文学上偏爱传统的旧体诗文，但在学术上绝不抱残守缺，既重传统的经学小学、金石版本，又对时兴的考古学、民俗学关注有加。

同样值得称赞的，还有桥川时雄公平持允的学术判断力，这突出表现于不以声名显赫与否取人。在《文字同盟》以各种形式表彰的学人中，既有王国维、叶德辉、黄节、杨树达、余绍宋、邓之诚等成名已久的前辈学者和学界中坚，又有郑文焯、陶鸿庆这样身后寂寥乃至被人遗忘的“潜儒”，更有傅惜华、陆侃如等青年俊杰。桥川时雄曾回忆过一个有趣的细节，他前往清华园拜访王国维，劳力阶层的校工“必肃然低语曰，彼留辫之先生，是此校第一之学者也”[①]。可知矮子看戏，随人道好，并不难做到；但拔擢英才则难能可贵，因为这不仅需要学术勇气，更要有学术眼光，而傅、陆等人日后的成绩，则人所共睹。

要之,《文字同盟》体现着一个日本学者对中国学界的观察以及他所设想的中日学术交流的图景。当年，它曾向中日学界提供了诸多及时而有用的讯息；而在今日，它又是当年中日学术交流的实录，可为此领域的研究提供丰富而可靠的史料。1992年,《文字同盟》当年的读者顾廷龙回顾说：“《文字同盟》……刊载中国老辈著述甚富，良可敬佩……桥川先生在中国做了不少有益的工作，既独力办了《文字同盟》……对两国文化交流，贡献甚大。”[②]身为版本目录学大家又亲炙民国学术风云的顾老在《文字同盟》终刊61年后的这番话，实可为该刊的盖棺定评。

---

① [日] 橋川時雄編:『文字同盟』第一卷，汲古書院1991年版，第237頁。

② 顾廷龙:《读新版〈文字同盟〉有感》，见《顾廷龙文集》，上海科学技术文献出版社2002年版，第694页。

附录　《文字同盟》载俞平伯文《〈浮生六记〉考》

在中国古代的叙事类文学作品中，除《红楼梦》外，俞平伯先生对《浮生六记》用力最勤，不仅将其校点出版[①]，还撰写多篇诗文，从1923年起，至1983年迄，时间跨度长达六十年。计有：

《拟重印〈浮生六记〉序》，作于1923年10月20日，发表于本年10月29日《时事新报·文学》周刊第九四期；后收入霜枫社版《浮生六记》，改题《重印〈浮生六记〉序》（一）。

《〈浮生六记〉新序》，作于1924年2月27日，发表于本年8月18日《时事新报·文学》周刊第一三五期；后收入霜枫社版《浮生六记》，改题《重印〈浮生六记〉序》（二）；后又收入1928年8月上海开明书店出版的散文集《杂拌儿》，改题《重刊〈浮生六记〉序》。

《〈浮生六记〉年表》，具体创作时间不详，因收入霜枫社版《浮生六记》，故应作于1924年5月前。

《题沈复山水画》（诗并序），作于1980年2月立春日，收入人民文学出版社本年7月出版的《浮生六记》（“中国小说史料丛书”之一）。

《〈浮生六记〉二题》，作于1980年10月21日，发表于1981年2月《文汇》月刊第2期。

《德译本〈浮生六记〉序》，作于1981年11月12日，发表于1983年4月《学林漫录》第八辑。

《沈三白晚年的踪迹》（随笔），作于1983年1月28日，作为《随笔两篇》之一，发表于文化艺术出版社本年6月出版的“万叶散文丛刊”第一辑《绿》。[②]

---

① 1924年5月作为俞平伯主编“霜枫丛书”之一，由霜枫社出版，朴社印行。

② 孙玉蓉编纂：《俞平伯年谱》，天津人民出版社2001年版，第73、75、79、444、447、465、491页。

以上诗文在孙玉蓉先生编纂的《俞平伯年谱》中均有著录。不过，在日本人桥川时雄主编的学术刊物《文字同盟》第三号（1927年6月出版）上曾发表俞平伯《〈浮生六记〉考》一文，则未见于《俞平伯年谱》。原文不长，抄录如下：

> 此书少单行本。见于烛[①]悟庵丛钞。及雁来红丛报中。共有六编[②]。故名六记。闺房记乐。闲情记趣。坎坷记愁。浪游记快。中山记历。养生记道。今只存上四篇。其五六两篇已佚。作者为沈复。字三白。苏州人。能画。生于一七六三年（乾隆二八。[③]）卒年无考。当在嘉庆十二年以后。此书虽不全。今所存四篇似即其精英。故独得流传。中山记历当是记漫游琉球之事。或系日记体。养生记道。恐亦多道家修持之妄说。虽佚似不足深惜也。就今存者四篇言之。不失为简洁生动的自传文字。
>
> 闲情记趣写其爱美的心习[④]浪游记快叙其浪漫的生涯。而其中尤以闺房记乐。坎坷记愁为最佳。第一卷自写其夫妇间之恋史。情思笔致。极宛转而又极简易。向来人所不敢昌言者。今竟昌言之。第三卷历述其不得于父母兄弟之故。家庭间之隐痛。笔致既细。胆子亦大。作者虽无反抗家庭之意。而其态度行为已处处流露于篇中。固绝妙一篇宣传文字也。[⑤]

在现存俞平伯书信、日记及孙玉蓉先生编纂的《俞平伯年谱》中，均未提及该文及俞氏与桥川时雄和《文字同盟》之关联。事实上，该文是对《拟重印〈浮生六记〉序》一文第三、四自然段的摘录，只是略有删节。两相对照，第三自然段仅在“能画”一句后删去“习幕及商”四字，第四自然段摘至“固绝妙一篇宣传文字也”止，删去了后面的文字，“情思笔致

---

① 当作“独”，原文如此。
② 当作“篇”，原文如此。
③ 此处标点应在括号外，原文如此。
④ 此处应有标点，原文如此。
⑤［日］橋川時雄編：『文字同盟』第三号，汲古書院1991年版，第23—24頁。

极旖旎宛转，而又极真率简易”一句则略为“情思笔致。极宛转而又极简易”，其余文字一仍其旧。

前已述及，与桥川时雄交往并在《文字同盟》上发文的新文学人物较少。除当时声名显赫的胡适、周作人外，仅有郑振铎、俞平伯等寥寥数人而已，而且所刊均为论学文字。胡适在该刊第一号和第六号上各发表一首新诗，这在以刊载旧体诗为主的《文字同盟》上可谓绝无仅有（第二号还刊载胡适《赠朱经农》七言诗一首，颇似打油诗，作为补白）。周作人则在第二号和第八号上发表三篇译文，均译自日本人吉田兼好的随笔集《徒然草》。1925年4月13日出版的《语丝》杂志第二十二期曾刊载周作人译《〈徒然草〉抄》，是从《徒然草》中节选翻译的十四段散文。时隔两年后在《文字同盟》上发表的译文，就是这十四段中的三段。在现存周作人书信和日记中，未见与桥川时雄交往的史料，也未提及在《文字同盟》上发表译文的事。但在《文字同盟》第二号《赠书志谢》栏目中，录有周作人的译著《冥土旅行》。①可见，周氏曾赠书给桥川。而《文字同盟》同一期即发表周作人的译文，这应该不是出于巧合。在第二号的《发刊词》中，桥川时雄表示已将第一号“赠寄同嗜长老”。作为新文学的代表人物和日本文学的重要翻译家，周作人当在“赠寄”之列。由此可以推断，正是桥川向周作人赠寄刊物（也可能向周氏约稿），周作人才回赠书籍并允许《文字同盟》刊载自家译文。②

之所以率先讨论周作人与桥川时雄及其《文字同盟》之关系，意在论证该刊发表俞平伯文章的缘由。自1924年7月末回北京探亲并顺便寻找工作开始，俞平伯与周作人一直过从甚密。特别是1925年秋，俞氏应聘燕京大学教职，得与周作人任教于同一所大学，更促成二人在文学理念和趣味上的反复交流与互相启发。③继《文字同盟》第二号发表周作人的译著后，紧接着出版的第三号即刊载俞平伯《〈浮生六记〉考》，其中很可能有周

---

①［日］橋川時雄編：『文字同盟』第二号，汲古書院1991年版，第49頁。

② 张铁荣《周作人与〈文字同盟〉》一文，对周氏与桥川时雄及《文字同盟》之关系，论述详备，可参看。该文载《鲁迅研究月刊》1994年第1期。

③ 俞平伯赴京后与周作人的交往，参见孙玉蓉编纂：《俞平伯年谱》，天津人民出版社2001年版，第80—101页。

作人的推介引荐之功。当然，也不排除桥川时雄直接向俞氏约稿的可能，但尚无实证。在现有材料可证实周作人与桥川时雄之间存在书刊往还的前提下，周氏作为桥川时雄和俞平伯之间的引介人这一推断是可以成立的。与此同时，《文字同盟》发表俞平伯文，还源于桥川氏对《浮生六记》的喜爱。该刊第一号曾发布预告：自第二号起登载清沈复著《浮生六记》之《闺房记乐》，并做如下广告语：

> 浮生六记一书。为沈复字三白杰作。苏州人。能画。此书虽不全。今所存四篇。独得流传。其第一卷闺房记乐。自写夫妇间之恋史。情思笔致。俱极宛转。真率简易。中国记叙体文章中。罕观之绝妙文字也。①

这段广告语基本上摘自俞氏《拟重印〈浮生六记〉序》。该刊第二号在同一广告语后即登载《闺房记乐》片段，从开头至“余亦负气，挈老仆先归”止，600余字。但仅登此一期，第三号起不复刊载，原因不详。

《文字同盟》登载《浮生六记》，并借助广告语大加褒奖，当出于主编桥川时雄对这部作品的喜爱。而俞平伯曾于三年前校点出版该书，理所当然地会被视为研究《浮生六记》的权威人物。桥川氏向俞平伯约稿，也是顺理成章的事。不过是否借助周作人的居中引介，尚待考证。由于篇幅所限，《文字同盟》第三号仅摘录俞氏《拟重印〈浮生六记〉序》的片段，并将标题改为《〈浮生六记〉考》。将作者已发表的著述加以摘录并重新刊载，在《文字同盟》上不乏其例。该刊第九号头条刊登郑振铎《中国文学的新世纪》一文，即注明“摘录《文学大纲》第四册中”②。可见，俞平伯在《文字同盟》上发表《〈浮生六记〉考》，源于他在相关领域的学术成就和桥川时雄的文学趣味。较之同时代人，俞平伯与外国学者交往不多，于《文字同盟》上发表《〈浮生六记〉考》是为数不多的例证之一，其意义自不待言。因材料所限，以上论述中难免推断，若想进一步考察，

---

①［日］橋川時雄編：『文字同盟』第一号，汲古書院1991年版，第48頁。

②［日］橋川時雄編：『文字同盟』第九号，汲古書院1991年版，第1頁。

还有待于挖掘更为过硬的新材料。

综上可知，《〈浮生六记〉考》虽然不是俞平伯的佚文，但仍有其史料价值。

补 记

花山文艺出版社1997年版《俞平伯全集》（以下简称《全集》）第三卷收录作者有关《浮生六记》的文章四篇：《重刊〈浮生六记〉序》《〈浮生六记〉年表》《〈浮生六记〉二题》《德译本〈浮生六记〉序》。其中，《重刊〈浮生六记〉序》注明“原载1924年8月18日《文学周报》第一三五期”[①]。如前所述，该文发表在《时事新报·文学》周刊时题为《〈浮生六记〉新序》，收入霜枫社版《浮生六记》时改题为《重印〈浮生六记〉序》（二），收入《杂拌儿》时改题为《重刊〈浮生六记〉序》。如《全集》中注明原载，则宜使用《〈浮生六记〉新序》，而不是修改后的标题。《全集》第二卷亦收录该文，作为散文集《杂拌儿》中的一篇，题为《重刊〈浮生六记〉序》，标题和正文与第三卷所收大体一致，有明显区别的是文末的创作时间，第二卷作“一九二三，二，二十七”[②]，第三卷作“一九二四年二月二十七日”[③]，时间相差一年。事实上，该文的创作时间应为1924年2月27日。

证据有二：

其一，收入霜枫社版《浮生六记》时，《拟重印〈浮生六记〉序》改题为《重印〈浮生六记〉序》（一），《〈浮生六记〉新序》改题为《重印〈浮生六记〉序》（二）。前者可确知作于1923年10月20日，依照排序，后者的创作时间当不早于1923年10月，且发表于次年8月，当作“1924

① 《俞平伯全集》第三卷，花山文艺出版社1997年版，第477页。

② 《俞平伯全集》第二卷，花山文艺出版社1997年版，第98页。

③ 《俞平伯全集》第三卷，花山文艺出版社1997年版，第478页。

年”为是。

其二,《〈浮生六记〉新序》有“去秋在上海，与颉刚、伯祥两君结邻”一句[①]，创作时间若为1923年,“去秋”当在1922年。查《俞平伯年谱》，1922年夏秋之际，俞平伯正在美国考察，同年11月才回到国内，也未在上海久居。[②]而1923年9月，俞氏到上海大学任教，直到次年2月才辞去教职回到杭州。[③]可见，所谓“去秋”当在1923年，该文的创作时间也可由此断定为1924年。

《重刊〈浮生六记〉序》的创作时间在开明版《杂拌儿》中作“一九二三”，虽系误植，但《俞平伯全集》第二卷依据该书原版收录，即便时间有误，也完全照录而不加修改，这是妥当且负责的做法。依据原书，就必须保持原貌，不可妄改。当然，如果能通过注释加以说明，似乎更好。不过，尽管《全集》对《重刊〈浮生六记〉序》特别注意，收录两个版本，但作为俞平伯先生研究《浮生六记》最重要的文章,《拟重印〈浮生六记〉序》未能收入《全集》，这是令人遗憾的。

---

①《俞平伯全集》第二卷，花山文艺出版社1997年版，第97页；第三卷，花山文艺出版社1997年版，第477页。第三卷所收没有顿号，文字与第二卷相同。

② 孙玉蓉编纂:《俞平伯年谱》，天津人民出版社2001年版，第55—67页。

③ 孙玉蓉编纂:《俞平伯年谱》，天津人民出版社2001年版，第71—75页。

第三编

事件、交游与研究

第　一　章

1926年胡适游欧之行中与伯希和、卫礼贤的交游

第一节　胡适与伯希和的巴黎交谊

作为中国现代学术与文化史上的中心人物之一，胡适的重要性不言而喻。作为有留美背景而在中国现代文化场域里大红大紫的人物，胡适对作为西学之源的欧洲文化究竟有多少了解，评价如何，值得关注。就此而言，其1926年的欧洲之行值得关注。此时的胡适，经由北大场域的占位和五四时代的叱咤风云，已是名满天下。他此行的主要目的是出席在伦敦举行的中英庚款委员会。能得游欧机缘，自然要看一看流落异邦的"国宝"，所以他会去巴黎的国家图书馆看敦煌卷子，这样自然要拜访作为国际汉学领军人物的伯希和（Paul Pelliot，1878—1945）。

8月24日下午，胡适专程拜会伯氏，称："他（指伯希和——笔者注）是西洋治中国学者的泰斗，成绩最大，影响最广。我们谈了两点钟，很投机。"[①]8月26日，胡适先到伯希和家中，然后由对方陪同去法国国家图书

① 曹伯言整理：《胡适日记全编》第四集（1923—1927），安徽教育出版社2001年版，第257页。

馆，伯希和给他介绍，并且需要到“写本室”去看敦煌各卷子[1]。所以第二天，胡适在致徐志摩信里就记述了此事，并表态：“在此见着Pelliot，我也很爱他。”[2]9月7日又记载，与傅斯年、梅光迪一起去拜访伯希和，正好戴密微（Paul Demieville）也在。[3]9月19日，胡适又见伯希和，“谈了两点钟”。这次的内容比较实质：一方面胡适指出了伯希和编写的目录很多是错的，建议由中国哲学者参加伦敦、巴黎的敦煌卷子的整理编目；伯希和表示接受并赞同，并请其记下错误以便更正，同时也请其留意禅宗在中国画派上的影响。[4]9月22日，胡适访伯希和不遇，乃留函辞行，并委托他招呼帮助影印敦煌写本。[5]而这种学术联系显然并不因此而终结，10月29日到伦敦后的第二天，胡适即又写信给伯希和，估计内容当与寻找资料有关；因为他同时也写信给在法的李显章，称“寄100镑，请他找人代抄神会语录（3488），此卷纸太暗，影印不（清楚）”[6]。

当然我们谈论胡适此行的德、法交谊，并不否认其主线索仍乃英国。正如他自己所说，除了中英庚款会议之外，11月还要到英国各大学去演讲，都是由“英国与爱尔兰大学中国委员会”（British and Irish Universities' China Committee）布置的[7]；而对法、德的访问讲学，都是“见缝插针”做的额外活动。但即便是在英伦，胡适又碰到了伯希和，可见其时伯希和在国际汉学界和学术界的地位与声望。11月19日，胡适在亚非学院（School of Oriental and African Studies）会见伯希和。他在亚非学院讲演Western Art in Medieval China（西方艺术在中世纪的中国），有许多材料很新鲜。不但如此，伯希和还不负所托，给胡适带来了三种影印的材料——《历代法宝记》《楞伽师

① 曹伯言整理：《胡适日记全编》第四集（1923—1927），安徽教育出版社2001年版，第260页。胡适做了大量敦煌卷子的笔记在日记里，其中间或包括与伯希和讨论的意见。他不仅与伯希和交往，也与伯希和的弟子交往，如与一俄国人马戈里斯（M. Margonlies）一起吃饭。参见上揭书第327、339、343页。

② 耿云志、欧阳哲生编：《胡适书信集》上册，北京大学出版社1996年版，第383页。

③ 曹伯言整理：《胡适日记全编》第四集（1923—1927），安徽教育出版社2001年版，第281页。

④ 曹伯言整理：《胡适日记全编》第四集（1923—1927），安徽教育出版社2001年版，第342—343页。

⑤ 曹伯言整理：《胡适日记全编》第四集（1923—1927），安徽教育出版社2001年版，第356页。

⑥ 曹伯言整理：《胡适日记全编》第四集（1923—1927），安徽教育出版社2001年版，第414页。

⑦ 胡适1926年8月27日致徐志摩函，载耿云志、欧阳哲生编：《胡适书信集》上册，第383页。

资记》《神会语录》长卷[①]。第二天，即20日，胡适又去听伯希和演讲，“下午去听Pelliot［伯希和］讲演‘Christianity Central Asia and China’［基督教在中亚与中国］，有许多新发现的材料”，之后又一起参加英国主人举行的晚宴，大家“谈到夜深始散”。[②]

第二节　胡适、卫礼贤与伯希和的德国相会

相比胡适访欧之以英国为重心，而将法国（巴黎）作为其私心向慕之地，他到德国则属客串性质的“游览讲学”。但这个日程实际上早有安排，胡适在致徐志摩信中已经提到了。可见，卫礼贤（Richard Wilhelm）早就专门邀请他赴法兰克福参加中国学院的活动。确实是在1926年，时掌法兰克福大学中国学院的卫礼贤，邀请胡适之、伯希和齐聚于德国名城法兰克福，举行“东方和西方”专题报告会，伯希和谈中国戏剧，胡适则谈中国小说。

胡适于10月24日（星期日）16：45抵达法兰克福（莱茵河畔）火车站，卫礼贤亲自接站。25日上午与中国驻德公使魏宸祖聊天，下午做演讲稿，晚上是正式活动。胡适记录了中国学院的秋季大会典礼情况：

> 晚七时，China Institute［中国学院］第一次秋季大会开幕，在市中之Romer［罗马大道］行礼。Romer为Frankfurt［法兰克福］的一大名胜，古来日耳曼皇帝在此间加冕；有“皇帝厅”，今晚我们即在此集会。
>
> Hers Passarant［海斯·帕萨兰特］（院长）致开会词；市长Langmann［朗曼］演说致欢迎词；次为Comt Keiserling［孔特·凯塞林］演说，又次为Wilhelm［威廉］演说，我不大听得懂，但后来听旁人说，Comt

① 曹伯言整理：《胡适日记全编》第四集（1923—1927），安徽教育出版社2001年版，第430页。胡适自己写的是“东方文化学校”，但据其所提供的英文School of Oriental and African Studies，当为大名鼎鼎的“东方学院”（今译“亚非学院”）。

② 曹伯言整理：《胡适日记全编》第四集（1923—1927），安徽教育出版社2001年版，第431页。

Keiserling的话，虽德国人也不很能了解。[①]

晚上市长还举行宴会招待来宾，胡适在这里又见到不少熟人，其中包括“M. Pelliot，Dr. Schindlr，Dr. Erker”[②]。如果此时还只是场面上的“例行会面”，那么此后的正式讲座，则引出了非常有趣的学术话题。胡适曾记录下在德国法兰克福大学中国学院的一段话：

> 是夜有M. Pelliot［M. 伯希和］的讲演：“中国戏剧”。他在本文之前，略批评德国的“中国学”，他说，德国科学甚发达，而“中国学”殊不如人；他说，治“中国学”须有三方面的预备：1. 目录学与藏书，2. 实物的收集，3. 与中国学者的接近。他讲中国戏剧，用王静庵的材料居多。[③]

这里有几点值得特别指出：一是对德、法学术及汉学的比较视域；二是汉学研究的学术伦理意识；三是对中国学者研究的重视，譬如这里与王国维学术关系的交代。学术伦理问题乃是法国汉学家历来具有的优良学术传统，毋庸赘言。余两者值得略加分说。事实上，伯希和素来推重的是王国维、陈垣二位，所以他引用王国维也是很正常的[④]；而他对陈垣的推重，

---

① 曹伯言整理：《胡适日记全编》第四集（1923—1927），安徽教育出版社2001年版，第409—410页。这说明胡适是学过德文的，但口语听力恐怕不佳。他在康奈尔大学留学时学校规定须学德语、法语。

② 曹伯言整理：《胡适日记全编》第四集（1923—1927），安徽教育出版社2001年版，第410页。

③ 曹伯言整理：《胡适日记全编》第四集（1923—1927），安徽教育出版社2001年版，第411页。M. Pelliot当为法文称呼“伯希和先生”（Monsieur Pelliot）。这段话可与傅斯年的评价相互印证。傅斯年认为，伯希和“治中国学，有几点绝不与多数西洋之治中国学者相同：第一，伯先生之目录学知识真可惊人，旧的新的无所不知；第二，伯先生最敏于利用新见材料，如有此样材料，他绝不漠视；第三，他最能了解中国学人的成绩，而接受人”。见傅斯年《法国汉学家伯希和莅平》，载《北平晨报》1933年1月15日。

④ 实际上，伯希和并不讳言自己对王国维的引用：“作为王国维的老朋友，我经常提到他的名字，并很多次引用他如此广博而丰富的成果。”见［法］伯希和：《王国维》，原载《通报》（*T'oung Pao*），1929年第26期。此处引自陈平原、王枫编：《追忆王国维》，中国广播电视出版社1997年版，第416页。伯希和还特别介绍了自己是如何进入包括王国维在内的中国一流学者圈的：“一九零八到一九零九年我客居北京之时，曾带去几卷精美的敦煌遗书，并由此结识了罗振玉和他身边的一群学问家，有蒋斧、董康以及王国维。同上海的缪荃孙、叶昌炽，而尤其是和北京的罗振玉、他的对手及门生在一起，我才有幸第一次与这些当代中国视作考古学家和文献学家的人有了私人接触。”见上揭书第414—415页。

则曾引起日后与胡适继续交往中的不快。作为当事人的梁宗岱曾回忆起1933年时北平学者名流欢宴伯希和的场景：

> 席上有人问伯希和："当今中国的历史学界，你以为谁是最高的权威？"伯希和不假思索地回答："我以为应推陈垣先生。"我照话直译。频频举杯、满面春风的胡适把脸一沉，不言不笑，与刚才判若两人。一个同席的朋友对我说："胡适生气了，伯希和的话相当肯定，你也译得够直截了当的，胡适如何受得了，说不定他会迁怒于你呢？"这位朋友确有见地，他的话应验了。我和胡适从此相互间意见越来越多。①

这段话或夹杂着当事人的意气成分，但基本情况大致应当不错。因为，我们也可从其他人记录的伯希和的相关评述中得到印证。1933年4月15日，伯希和离京时，陈垣、胡适、李圣章等人前往火车站送行，伯希和表示了大概这样的意思：中国近代之世界学者，唯王国维及陈先生两人。……不幸国维死矣，鲁殿灵光，长受士人之爱护者，独吾陈君也。而伯氏"在平四月，遍见故国遗老及当代胜流，而少所许可，乃心悦诚服，矢口不移，必以执事为首屈一指"②。这里对陈垣的推崇与梁宗岱的回忆是一致的。但这种评价在伯希和是出自自家的学术判断，不会因为其他因素而轻易更变，而胡适似乎也并未因此与伯希和直接发生矛盾。事实上，

---

① 戴镏龄：《梁宗岱与胡适的不和》，载赵白生编《中国文化名人画名家》，中央编译出版社1995年版，第413—414页。

② 1933年4月27日尹炎武致陈垣函，见陈智超编注：《陈垣来往书信集》，上海古籍出版社1990年版，第96页。这一点也得到日本学者的印证，如桑原骘藏评介陈垣《元西域人华化考》说："中国虽有如柯劭之老大家，及许多之史学者，然能如陈垣氏之足惹吾人注意者，殆未之见也。"桑原骘藏又说："陈垣氏研究之特色有二，其一，为研究中国与外国关系方面之对象。从来中国学者研究关系外国之问题，皆未能得要领，故中国学者著作之关于此方面者，殆无足资吾人之参考。惟陈垣氏关于此方面研究之结果，裨益吾人者甚多。""其二，则陈垣氏之研究方法，为科学的也。中国学者多不解科学的方法，犹清代学者之考证学，实事求是，其表面以精巧的旗帜为标榜，然其内容非学术的之点不少，资材之评判，亦不充分，论理亦不彻底，不知比较研究之价值。今日观之，乃知从来中国学者之研究方法缺陷甚多……然陈垣氏之研究方法，则超脱中国学者之弊窦，而为科学的者也。"见［日］桑原骘藏：《读陈垣氏之〈元西域人华化考〉》，陈彬和译，载《北京大学研究所国学门周刊》1925年第6期。

1935年伯希和访华时胡适与他数度见面交流，甚至陪访研究所等。[①]

至于说到德、法汉学之争，则是尤其有趣的话题。卫礼贤在德国学术界是没有什么太高地位的。要知道他在1924年受聘于法兰克福大学时不过是一讲师地位，而且还是因为有西尔斯多普（Siersdorpff）伯爵夫人的资助，他才最终“美梦成真”。伯希和虽然严厉批评德国汉学，但其出发点仍在纯粹的学术立场，无可指责。其实伯希和对德国汉学家颇为重视，如对长一辈的孔好古（August Conrady）就相当尊重。就在这一年，他还在自己主编的《通报》上撰文纪念，认为其贡献卓著，甚至承认他是首位从社会学、宗教历史学角度解释古代历史的学者，认为他开创了一个学派。[②]其实这样一种出于学术伦理尝试的价值判断，是符合实际的。当时与卫礼贤来往颇多的中国留德学人郑寿麟，也从学术史的比较角度提供了对于卫氏学术个性的考察：“（卫礼贤——引者注）所以要讲创造和精密，或不及葛禄（Grube）与孔好古（Conrady），至于宽泛博大，乃其所长。把中国传播到德国的民间，使一般国民都能发生好感；把中国历年所有风潮，很公道地解析剖释：这确是他的功业。”[③]这个把握很恰当，与科班出身的孔好古、顾路柏等职业汉学家相比，卫礼贤确实难称专业[④]，但若论及类似“百家讲坛”的普及之功，恐怕任何一个专业学者也难及卫氏。

所以，我们看到，对于胡适这位中国现代文化场域里的领袖型新贵，

---

① 1935年，胡适先后参加钢和泰、史语所、辅仁大学对伯希和的宴请。见曹伯言整理：《胡适日记全编》第六集（1931—1937），安徽教育出版社2001年版，第464、476、480页。5月28日则专访伯希和，陪他一起去研究所看汉简及缪藏珍本。见上揭书第479页。1938年，胡适再度赴欧，如何见到伯希和似无确切记载。见桑兵：《国学与汉学——近代中外学界交往录》，浙江人民出版社1999年版，第175页。查作者引1938年7月21、23日日记，未核对到伯希和，但有Pellivt名，虽然与伯希和（Pelliot）只有一个字母之差，但疑并非同一人物，因胡适将其直接翻译成佩利特，若是伯希和，他应当不至于这样译。29日日记提到给陈寅恪写推荐信事。见上揭书第143页。30日致傅斯年函也提到伯希和答应帮忙。见耿云志、欧阳哲生编：《胡适书信集》中册，北京大学出版社1996年版，第753页。

② Paul Pelliot. “August Conrady（1864—1925）”, in *T'oung Pao*, 1926, Vol. 24. pp. 130—132.

③ 郑寿麟：《尉礼贤的生平和著作》，载《读书月刊》1933年第1卷第Ⅵ册。

④ Mechthild Leutner（罗梅君）. “Kontroversen in der Sinologie-Richard Wilhelms kulturkritische und wissenschaftliche Positionen in der Weimarer Republik”（汉学界之论争——魏玛共和国时期卫礼贤的文化批评立场及其学术地位）. in Klaus Hirsh（hrsg.）. Richard Wilhelm Botschafter zwei Welten-Sinologe und Missionar zwischen China und Europa（卫礼贤：两个世界的使者——在中国与欧洲之间的汉学家与传教士）. Frankfurt am Main & London：IKO-Verlag für Interkulturelle Kommunikation，2003. pp. 43—84.

卫礼贤、伯希和的态度迥然不同：卫礼贤对其极为推崇，将其作为一个相当具有代表性的中国现代学者来看待，但其关注点主要恐怕还是落在其特殊的文化与学术场域地位；而伯希和则持严正的学者立场，坚守学术伦理，终其一生，他似乎对胡适的学术水平并未做过特别的推崇。有论者认为胡适“气质上毕竟与纯粹学院派的伯希和有些疏离”[①]，此诚的论。因为胡适与陈寅恪两人还是截然不同的，就学术上的成长来说，胡适属于长袖善舞于场域之中的学术领袖之代表，而陈寅恪则是典型的坚守学术伦理的现代学人之典范。

但话说回来，胡适与卫礼贤在气质上其实倒不乏共通之处。早在1922年5月3日，胡适应邀赴德国驻华使馆，在评价新公使“英语很好”的同时，也不忘夸奖卫礼贤“精通汉文，曾把十几部中国古书译成可读的德文”[②]。但到了1926年，他对卫礼贤的德国事功却颇有不以为然处：“Wilhelm在此地办了一个中国学院‘China Institute’，专宣传中国文化。其意在于使德国感觉他们自己文化的缺点；然其方法则［有］意盲目地说中国文化怎样好，殊不足为训。”[③]此时的胡适，年纪不过35岁，但说起话来却俨然大宗师的气派。但事实上，他对德国语境和文化还是相当陌生的。当其时也，正处于一战后的魏玛时代，王光祈对德国在一战后重建时期的“上下兢兢图存”深感钦佩，认为“国内青年有志者，宜乘时来德，观其复兴纲要”，以为中国之借鉴。[④]而宗白华更指出：“德国战后学术界忽大振作，书籍虽贵，而新书出版不绝。最盛者为相对论底发挥和辩论。此外就是‘文化’的批评。”[⑤]宗白华更以比较文化史的眼光指出：“风行一时两大名著，一部《西方文化的消观》，一部《哲学家的旅行日记》，皆

---

① 桑兵：《国学与汉学——近代中外学界交往录》，浙江人民出版社1999年版，第173页。

② 在这里，胡适还提到了自己的《中国哲学史大纲》的德译本的事情，说卫礼贤1921年即动手译此书，近年因忙搁置。见曹伯言整理：《胡适日记全编》第三集（1919—1922），安徽教育出版社2001年版，第657页。有论者称胡适1922年5月结识卫礼贤于德使馆，似有待确证。参见桑兵：《国学与汉学——近代中外学界交往录》，浙江人民出版社1999年版，第160页。

③ 见曹伯言整理：《胡适日记全编》第四集（1923—1927），安徽教育出版社2001年版，第409页。

④ 左舜生等：《王光祈先生纪念册》，王光祈先生纪念委员会1936年编印，第35页。

⑤ 宗白华：《自德见寄书》，见林同华主编《宗白华全集》第一卷，安徽教育出版社1994年版，第335页。

畅论欧洲文化的破产，盛夸东方文化的优美。”又说“德人对中国文化兴趣颇不浅也”，而一月之内就“出了四五部介绍中国文化的书”，所以即便是“实在极尊崇西洋的学术艺术”的时候，宗白华也仍然强调“中国旧文化中实有伟大优美的，万不可消灭”。[①]而正是在这样一种背景下，卫礼贤在德国语境创设中国学院及传播中国文化的思想史意义是怎么高估也不过分的。

第三节　胡适的德、法学术交谊与文化认知意义

胡适与法国汉学界则颇少交往，除了伯希和、戴密微之外，恐怕并无整体性的接触；但他在德国汉学界则与福兰阁（Otto Franke，1863—1946）相互颇有好感，在1938年出席国际史学会议时结识福兰阁，二人颇为投契。而此前二人已有交往。1932年6月2日，普鲁士国家科学院（die Preußische Akademie der Wissenschaften）函聘胡适为哲学史学部通讯会员，乃由福兰阁推荐而致；不过同样非常有趣的是，当卫礼贤极力为蔡元培争取一个德国大学的荣誉博士头衔时，福兰阁则坚决反对。他称蔡为“极端主义的思想家和头脑胡涂的人”[②]，其主要原因或在于蔡元培在一战期间反对德国，主张加入协约国。但若仅因此而做出判断，可见德国学者的迂腐之处。福兰阁可谓德国首位汉学教授，1909年任汉堡殖民学院（Kolonialinstitut）创办的东亚语言与历史研究所首任教授兼所长，1923年移帐柏林，在其时为世界学术中心场域的柏林大学任汉学教授兼研究所所长。此前，他先后在柏林大学、哥廷根大学攻读历史、梵文、法律等，1888—1901年在德国驻华的使领馆（北京、天津、上海等地）工作，1903—1907年则受聘为清政府驻德公使馆秘书。应该说，他的路径与

① 宗白华：《自德见寄书》，见林同华主编《宗白华全集》第一卷，安徽教育出版社1994年版，第336页。

② 转引自吴素乐：《卫礼贤——传教士、翻译家和文化诠释者》，见［德］马汉茂等主编《德国汉学：历史、发展、人物与视角》，李雪涛等译，大象出版社2005年版，第480页。

卫礼贤有某种程度的相似之处，都是先有其他的职业生涯，而后转回学院。就其学术转型而言，应该说还是相当成功的。作为具有早期旅华经历的外交官型汉学家，福兰阁、伯希和或许可以代表学院型的德、法汉学路径。与卫礼贤的“野狐禅”相比，伯希和或许并不屑于将自己的学术水平与之相提并论，他的自信应是建立在与以福兰阁这样的纯粹学院派的德国汉学家的“比拼较技”之上。作为德国汉学的代表人物，顾路柏（Wilhelm Grube，1855—1908）、福兰阁、佛尔克（Alfred Forke，1867—1944）分别在文、史、哲三大领域里有较为经典的著述问世，分别是《中国文学史》（*Geschichte der chinesischen Literatur*，1902）、《中华帝国史》（*Geschichte des chinesischen Reiches*，1930—1952）、《中国哲学史》（*Geschichte der chinesischen Philosophie*，1927—1938）。有论者再加上甲柏连孜（*Georg von der Gabelentz* 1840—1893）的《中国文言语法》，认为它们都是代表德国汉学学术水平的“巨著”。[①]作为史学家，与福兰阁的通史写作（何况其时尚未出版）相比，伯希和对中亚、敦煌等的专题研究在具体实证方面的学术功力确实更加高明。

胡适对德、法文化的态度可以进一步考究，虽然他与卫礼贤、伯希和颇有交往，但留美背景使其对欧洲文化难以发自内心地亲近。譬如他对李石曾一派人物就很反感，对“北大里的法国文化派历来嗤之以鼻”[②]；不过，他对德国同样不太有发自内心的敬重[③]。他甚至这样说：“我感谢我的好运气，第一不曾进过教会学校，第二我先到美国而不曾到英国与欧洲。如果不是这两件好运气，我的思想绝不能有现在这样彻底。”[④]从事物发展总有利弊的角度考虑，这话当然不无道理。但如果从学术与思想资源的汲取角度来看，胡适的未曾留学欧洲，其实是其学养形成过程中当引以为憾的事。事实上由美留欧者不在少数，而且多为那代知识精英人物，如陈寅

---

① Erich Hänisch Alfred Forke（Nachruf）. *In Zeitschrift der Deutschen Morgenländischen Gesellschaft*（*ZDMG*），Vol. 99（1945—1949）. S. 2—6.

② 桑兵：《国学与汉学——近代中外学界交往录》，浙江人民出版社1999年版，第175页。

③ 就其言辞来看，胡适对德国文化并无太多见解。见曹伯言整理：《胡适日记全编》第四集（1923—1927），安徽教育出版社2001年版，第409—412页。

④ 曹伯言整理：《胡适日记全编》第四集（1923—1927），安徽教育出版社2001年版，第441页。当然胡适对欧洲文化不是全无认知，他毕竟在美国大学里曾选修过德文、法文。

恪、陈序经、罗家伦、林语堂、贺麟、陈铨等都是，应该说他们都深刻意识到了欧洲文化作为西学之源的重要功用，故有由美留欧之择。没有留欧经历倒也罢了，因了文化资本炫耀和使用的需要，而贬欧扬美，实在可见出胡适非但学养有限，而且判断有问题。

当然，卫礼贤、伯希和共有交谊的中国学者并非胡适一人，譬如太虚法师到欧洲之时，也曾分别在德、法受到二人的接待。但就中国现代学术的第一代学者来说，胡适无疑很有代表性。至于说到二人的中国学术交谊圈，则更大。因此，卫、伯二氏的中国居留值得深入考察。他们两人均有过长期驻华经历，并通过其孜孜不倦的学术（或高深，或普及）工作与文化活动，成就了自己作为一代学人的事功与思想。此处初步探讨二君与胡适的交谊，他们的巨大贡献与思想史意义只是“小荷才露尖尖角”而已，其身后的巨大思想宝藏和学术史意义如何进一步揭示，仍有待学界同仁勠力推进。但我坚信的是，卫礼贤和伯希和不仅在中欧之间文化交流史上有重要意义，他们同样具备世界范围内思想史、学术史的重要意义。同样毋庸置疑的是，与他们有深厚交谊的中国现代学术建立期的那批学者，身上也蕴藏着毫不逊色的思想矿藏。

第　二　章

左联与国际左翼文学团体的交流

五四运动倡导“文学革命”，此后以鲁迅为首的进步作家在文学革命的实践过程中逐步认识到文学应该并且能够成为现实斗争的重要武器，进而提出了“革命文学”的口号。1928年，太阳社李初梨、冯乃超等人率先使用了“革命文学”一词。[①]左联（中国左翼作家联盟之简称）成立后高举“革命文学”火炬，“革命文学”随之燃遍全国，中国新文学开始由“文学革命”转向“革命文学”。

第一节　左联与国际间的多层次合作

革命文学国际局（International Bureau of Revolutionary Literature，简称I.B.R.L.）是世界革命作家的国际组织，1927年在莫斯科举行的第一次国际革命作家大会上宣布成立。1930年的3月2日，左联在上海中华艺术大学举行了成立大会。同年11月，苏联哈尔柯夫世界革命文学大会召开，会上成立了国际革命作家联盟（International Union of Revolutionary Writers，简称

① 李初梨：《怎样地建设革命文学》，载《文化批判》1928年第2期。

I.U.R.W.），左联也随之成为国际革命作家联盟支部。[①]可见，左联的成立与国际革命作家联盟同步，这就注定了国际交流在左联工作中的重要地位。

左联成立之初就凸显对国际交流的重视，在成立大会上提出的17件提案中就有“组织自由大同盟的分会，发生左翼文艺的国际关系”[②]。左联借助各方力量加紧与世界各国左翼文艺团体的联系，开创了中国文学团体与多国文学团体及人员交流的先河。左联的国际背景为其多层次国际联系提供了可能和便利，顶级层面是与国际革命联盟的联系，横向是与各国间的合作，末端更有盟员和各国作家的世界流动。

一、打破中国革命文艺和世界革命文艺间的“万里长城”

左联是五四新文化运动的继承和发展，也是“国际无产阶级文艺运动的一个组成部分”[③]。左联成立之时远在莫斯科的“革命文学国际局”已经存在，但该机构组织松散，是由一批“来苏避难的匈、波、德、意等国家的作家”组成的，在这时期他们常有集会并“出版一种刊物叫《世界革命文学》”。[④]萧三在《世界革命文学》任编辑，他把要召开国际革命作家代表会议并邀请中国革命作家参会的信息传递给鲁迅，得到的回信是“由中国现在派作家出国，去苏联，碍难实现；即请你作为我们的代表出席”[⑤]。于是，萧三代表左联出席了1930年11月的第二次国际革命作家代表会议，参加会议的有匈牙利、波兰等国文学家。据萧三回忆，与会的还有：美国的哥尔德、法国的阿拉贡、德国的贝歇尔（后任东德文化部部长）、捷克的魏斯科普夫（后曾任捷克驻新中国第一任大使）、日本的藤山成吉及另

---

① 参见《代表二十二国革命文学国际局在中国将有支部建立》，载上海鲁迅纪念馆编《纪念与研究》1980年第2辑。

②《中国左翼作家联盟的成立》，载《拓荒者》1930年第1卷第3期。

③ 周扬：《继承和发扬左翼文化运动的革命传统——在纪念“左联”成立五十周年大会上的发言》，见中国社会科学院文学研究所《左联回忆录》编辑组编《左联回忆录》，知识产权出版社2010年版，第8页。

④ 萧三：《我为左联在国外作了些什么》，载《新文学史料》1980年第1期。

⑤ 萧三：《我为左联在国外作了些什么》，载《新文学史料》1980年第1期。

一年轻人、意大利的哲尔孟涅多（《理发员》的作者、老革命家）等。[①]这次会议作出了对于中国无产文学的决议案，规定左联加入国际革命作家联盟，国际革命作家联盟必须帮助中国支部建立国际间的关系，关于中国无产阶级文学运动的报告必须大规模地广播于国际。[②]

由此可见，左联成立之初与国际革命作家联盟并无组织上的关系，它是“根植于中国大地的产物”，是经萧三的介绍与之联系上的，鲁迅委托萧三为正式代表前往参会，并在会上“介绍了中国有许多左翼文艺团体”[③]。左联是国际无产阶级文艺运动在中国左翼文化运动中存在的组织方式，会后国际革命作家联盟秘书处曾发函《代表二十二国革命文学国际局在中国将有支部建立》和《革命作家国际联盟秘书处给各支部的信》，确定了左联和国际革命作家联盟的关系以及工作任务。萧三自此成为左联常驻苏联国际组织的唯一代表，继续兼任其机关报编辑工作，架起了左联与国际进步组织联系的桥梁，国际革命作家联盟机关报和左联机关报成为消息传播的主要通道。

随即，左联所代表的中国顶级层面文学团体与国际革命联盟的交流正式开始。1931年2月7日，国民党上海龙华警备司令部杀害了殷夫、柔石、胡也频、冯铿、李伟森五位左联盟员。4月25日左联对内发表《中国左翼作家联盟为国民党屠杀大批革命作家宣言》，对外发表《为国民党屠杀同志致各国革命文学和文化团体及一切为人类进步而工作的著作家思想家书》，刊载于秘密出版的《前哨》（第2期改名为《文学导报》）创刊号《纪念战死者专号》上。据戈宝权的研究，对内“宣言”和对外“呼吁书”“是由鲁迅和史沫特莱共同起草，并经茅盾和史沫特莱共同翻译而在国外发表的”。[④]呼吁书在国外发表的首条重要渠道就是国际革命作家联盟的机关报《世界革命文学》。它是以俄、法、英、德四种文字出版的，原名《外国文学消息》，1933年改名为《国际文学》。萧三称他在国际革命作家联盟及《国际文学》做的第一件事“就是宣传蒋介石枪杀五个革命作家

① 萧三：《我为左联在国外作了些什么》，载《新文学史料》1980年第1期。

②《国际革命作家联盟对于中国无产文学的决议案》，载《文学导报》1931年第2期。

③ 萧三：《我为左联在国外作了些什么》，载《新文学史料》1980年第1期。

④ 戈宝权：《谈在美国发表的三封中国左翼作家联盟的信》，载《新文学史料》1980年第1期。

和一位戏剧演员的惨剧"[①]。他还将左联寄给他的死难作家照片和我国几位著名作家的抗议短文刊印在《国际文学》上。国际革命作家联盟的各国作家马上就有了回应，1931年8月5日《文学导报》第2期上刊登了《世界无产阶级革命作家对于中国白色恐怖及帝国主义干涉的抗议》专栏，共刊发了德国革命作家路特威锡·稜、美国无产阶级诗人和作家密凯尔果尔德、奥国革命诗人翰斯·迈伊尔、英国矿工作家哈罗·海斯洛普、日本无产阶级作家永田宽等人的抗议书。国际革命作家联盟秘书处专门为抗议国民党屠杀中国革命作家发表的《革命作家国际联盟为国民党屠杀中国革命作家宣言》，刊登在国内1931年8月20日出版的《文学导报》第3期上。该宣言指出：

> 国际革命文学家联盟，坚决的反抗国民党逮捕和屠杀我们的中国同志，反对蒋介石的"文学恐怖政策"，同时表示极深切的信仰——相信中国的革命文学和无产阶级文学，虽然受着残酷的摧残，仍旧要发达和巩固起来。

在宣言上签名的有13个国家的法捷耶夫、巴比塞、辛克莱等28位作家。左联通过国际革命作家联盟将左翼青年被杀一事宣传到世界各国，使国民党罪行遭到国际社会谴责。萧三通过《国际文学》将国内传来的信息传播到国际社会，在国际革命作家联盟的舞台上揭露国民党白色恐怖，展现中国革命文艺活动和中国革命文学作品，同时又将国际革命作家联盟的活动及革命文学作品及时传递到国内，刊登在左联秘密刊物《前哨》等机关报上，由此打通了一条中国左翼文艺运动与国际进步文艺合作的通道，一边通向全中国，另一边连着全世界。萧三称他还曾将开代表大会时几位国际作家向中国革命作家致敬的诗文等寄回国内，也刊发在《文学导报》上，"据说，奥地利作家写的一首德文短诗，是鲁迅先生亲自译成中文的"[②]。

1931年国际革命作家联盟的声援活动可以说是与左联首次携手发起的

① 萧三：《我为左联在国外作了些什么》，载《新文学史料》1980年第1期。

② 萧三：《我为左联在国外作了些什么》，载《新文学史料》1980年第1期。

较大规模的国际间联合抗议活动。1934年双方再次合作，举行了世界各国作家联名规模最大的一次抗议活动。1933年5月14日国民党逮捕丁玲、6月18日杨铨被暗杀、9月17日楼适夷被捕等一连串残酷事件发生。面对国民党的白色恐怖，国际革命作家联盟再次发起了强烈抗议，发来的《世界各国作家对中国焚书坑儒的抗议》刊载于1935年1月出版的左联机关刊《文报》新年号上。这封抗议书附有11个国家的44位作家的签名——苏联17名，德国9名，法国、捷克各4名，瑞典、英国、西班牙各2名，丹麦、荷兰、拉脱维亚、希腊各1名，第一个签名人是高尔基。①

在此，我们需要对1931年国际革命作家联盟秘书处声援的宣言上没有高尔基签名做一解释。史沫特莱和鲁迅起草的五烈士惨案呼吁书，左联除发给了常驻国际革命作家联盟的萧三、美国《新群众》外，还发给了高尔基，即戈宝权所说的“包括写给高尔基的信”②。1931年4月19日寄给高尔基的应该是“经茅盾和史沫特莱共同翻译”的呼吁书英文版，1960年苏联科学院出版的《高尔基与外国作家通信集》中有该文件的俄文版。③由于当时高尔基正在意大利索伦托养病，因而宣言上没有高尔基的签名。萧三在回忆高尔基没有签名一事时说道：

> 高尔基没有签名，但听了胡兰畦和我以及日本戏剧家土方×的发言后，特别写了一封《致革命的中国作家》的信，发表在代表大会之后最近一天的《消息报》上。中文的《国际文学》因技术关系没有发表这封热情的信，是很大的遗憾！但他的报告和闭幕词都发表了。希望出版《高尔基全集》的时候注意一下这封信的下落。④

萧三提到的“这次代表大会”应该是指1934年8月召开的苏联首届作家代表大会。由此可以推断，高尔基1934年8月曾写下了《致革命的中国作家》的

① 孔海珠：《“左联”后期重要的国际支持和交流——关于不可湮没的三封信探究》，载《新文学史料》1998年第3期。

② 戈宝权：《谈在美国发表的三封中国左翼作家联盟的信》，载《新文学史料》1980年第1期。

③ 戈宝权：《谈在美国发表的三封中国左翼作家联盟的信》，载《新文学史料》1980年第1期。

④ 萧三：《我为左联在国外作了些什么》，载《新文学史料》1980年第1期。

信，1935年又首签了这封抗议书，用他的威望带动了这次活动，形成了世界各国作家联名抗议活动规模最大的一次。这些叠加反应足以说明高尔基对中国革命以及对左联的极大支持。顺便说一下，萧三提到的“土方×”应该是日共党员、日本革命戏剧家土方与志，他曾拜小山内熏为师，并一同于1923年创立筑地小剧场，小山内熏死后他组建了新筑地剧团。土方与志因导演无产阶级戏剧和1933年小林多喜二遇害后为之举办盛大葬礼而与日本政府产生激烈对抗，5月他全家在逃亡法国的路上途径莫斯科时参加了1934年8月召开的苏维埃第一次作家代表大会，并做了关于日本戏剧运动状况的发言。

鲁迅的逝世，在苏联及国际革命作家组织中引起了很大轰动，莫斯科举办了一系列悼念活动。《真理报》上刊登了萧三撰写的短讯，苏联出版的英文报纸（鲍罗庭主编）刊发了萧三撰写的短文等。莫斯科还组织了一场由苏联作协负责人法捷耶夫担任主席的追悼大会，会上萧三作了鲁迅生平与创作的报告，苏联演员在会上朗诵了鲁迅的作品，会场外展览了俄文版的鲁迅著作，会后为鲁迅出了一本书。1937年10月，鲁迅逝世周年，萧三再次组织会议纪念，邀请了苏联作协负责人绥拉菲莫维奇担任会议主席。[①]正如萧三所说，左联加入国际革命作家联盟，“我们算是把隔在中国革命文艺和世界革命文艺之间的一座万里长城打破了。——从此可以发生很密切的关系”[②]。同样，高尔基逝世、日本作家遇害等国际革命作家联盟的大事也都传到了国内，左联都配合举办了大型纪念活动。

二、左联与各国支部的横向合作

左联成立的初衷之一就是要发生左翼文艺的国际关系，组织种种研究会，与各革命团体发生密切的关系。[③]国际革命作家联盟通过在各国的支部开展活动，左联不仅与国际革命作家联盟保持密切联系，还积极与各国支

① 萧三：《我为左联在国外作了些什么》，载《新文学史料》1980年第1期。

② 萧三：《出席哈尔柯夫世界革命文学大会中国代表的报告》，载《文学导报》1931年第3期。

③《中国左翼作家联盟的成立》，载《拓荒者》1930年第1卷第3期。

部沟通联系。

首先，与苏联作家委员会的联系最为密切。萧三参加了苏联第一次作家代表大会，他以左联的名义向大会致敬并发表简短讲话，介绍了鲁迅在中国革命文学界的领导作用及茅盾的《春蚕》《子夜》等情况，最后通报了中国苏维埃第二次代表大会上高尔基被推举为名誉主席之一的消息，赢得了听众的掌声。因为国际革命作家联盟在莫斯科，再加上苏联的主导地位，所以左联与苏联作家委员会的联系无论如何都应是最为紧密的。

左联和日本无产者艺术联盟联系颇多且深受其影响，首先表现为重视日本无产阶级文艺理论的翻译。1928年日本组成全日本无产者艺术联盟（简称“纳普”），而左联筹备小组鲁迅、郑伯奇、冯乃超、彭康、阳翰笙、钱杏邨、蒋光慈、戴平万、洪灵菲、柔石、冯雪峰、夏衍等12人大都有留日经历，而且左联成立纲领的起草参考的主要是日本“纳普”纲领，[①]有人甚至认为左联的无产阶级文学是日本无产阶级文学在中国的“投影”。左联与日本无产者艺术联盟关系密切体现在译介了大量日本左翼文艺理论，最典型的当属日本无产阶级文艺理论家藏原惟人的作品：1929年勺水先后在《乐群》第1卷第3期上译出《现代的世界左派文坛（二）：三、现代欧洲的无产作家》，在第2卷第9期上译出《由日本文坛看来的欧美文坛的优点：（三）俄文坛的最尖端的要素》，在第2卷第12期上译出《向新艺术形式的探求去：关于无产艺术的目前的问题》；1930年《大众文艺》第2卷第3期刊登许幸之译藏原惟人的《艺术理论的三四问题》和《无产阶级艺术运动的新阶段》；1930年5月现代书局出版吴之本译藏原惟人的《新写实主义论文集》等。日本左翼文艺理论翻译作品数量大且集中面世，译者大都是左联重量级人物：“勺水”即沈雁冰的笔名，他是左联的核心层人物，一度任左联执行书记；许幸之任左联“美联”主席；林伯修是左联的发起人之一。1929年11月上海前夜书店出版林伯修译《理论与批评》，其中包含藏原惟人的《普罗列塔利亚艺术底内容与形式》和《到普罗列塔利亚写实主义之路》两篇和田口宪一的《日本艺术运动的指导理论

① 夏衍：《“左联”成立前后》，见唐沅、韩之友、封世辉等编著《中国文学史资料全编·现代卷》，知识产权出版2010年版，第32页。

底发展（附录）》等。王成在《“直译”的“文艺大众化”——左联“文艺大众化”讨论的日本语境》一文中提出：“《战旗》《文艺战线》《无产阶级艺术》《前卫》《纳普》等日本无产阶级文艺杂志在左联成员中的传播，给左联提供了理论资源。”①

日本无产阶级文艺杂志也不断刊登中国左联的活动。1931年2月，在日本出版的《纳普》第2卷第2期刊登了萧三代表中国左翼作家联盟撰写的《出席国际革命无产文学大会的中国代表萧三因日本政府禁止发卖〈战旗〉、逮捕无产作家致日本无产阶级作家同盟的檄文》；五壮士事件日文版的呼吁书刊登在1931年10月东京同文书院出版的《中国小说集·阿Q正传》卷首，日本革命作家尾崎秀实（笔名白川次郎）5月23日为该书写的《谈中国左翼文艺战线的现状》一文收录了该呼吁书全文；1932年3月25日，日本《无产阶级文学》杂志刊载了《中国左翼作家联盟（文战）新辟谣的来简》等。

中日左翼联盟的密切关系更体现在双方对重要事件的迅速反应上。1930年4月，大江书铺出版潘念之译小林多喜二《蟹工船》，其卷首载有小林多喜二专为中译本所撰写的《序文》，成为中日文化交流史上极有意义的一页。1933年小林多喜二在日本被害，鲁迅闻讯代表左联用日文给其家属发去题为《闻小林同志之死》的唁电：“日本和中国，两国民众历来都是兄弟关系。资产阶级欺骗民众，用大众的鲜血划清了界线，而且至今还未停止依旧在划。”②左联在机关刊物《文学杂志》《洪荒》上刊登悼念小林多喜二、抗议日本法西斯残暴行为的战斗檄文；郁达夫在《现代》第3卷第1期上发表了《为小林多喜二的被害檄日本警视厅》；郁达夫、茅盾、叶绍钧、陈望道、洪深、杜衡、鲁迅、田汉、丁玲等人以《为横死之小林遗族募捐》为题撰写了募捐启文，刊载在《文艺月报》《文学杂志》等新闻媒体上。

鲁迅于1936年10月19日离世。日本改造社创始人山本实彦为了纪念大

---

① 王成：《“直译”的“文艺大众化”——左联“文艺大众化”讨论的日本语境》，载《中国现代文学研究丛刊》2010年第7期。

② 鲁迅：《闻小林同志之死》，载《无产阶级文学》1933年第4、5期合刊。原文为：「日本と中国との大衆はもとより兄弟である。資産階級は大衆を騙し、その血で界を描いた、又描きつつある。」

文豪鲁迅，立即将出版《鲁迅杂感选集》的计划调整为出版七卷本《大鲁迅全集》，并于1937年8月将该书全部出版。第一部《鲁迅全集》是在日本出版的，这充分体现了日本左翼文人对鲁迅的敬仰和崇拜。

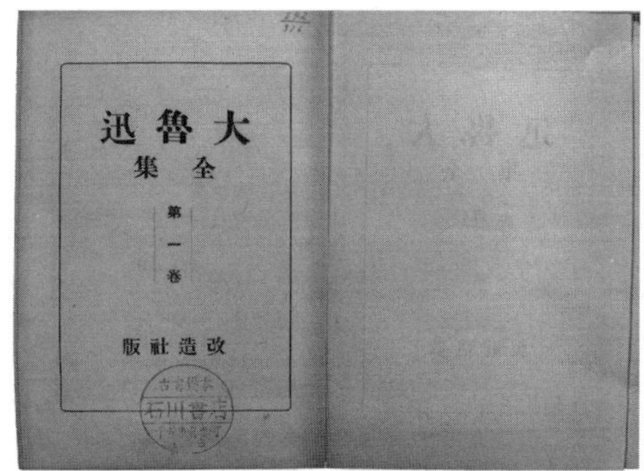

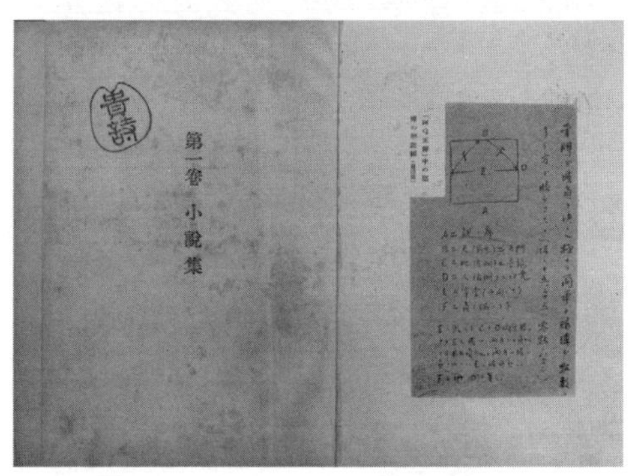

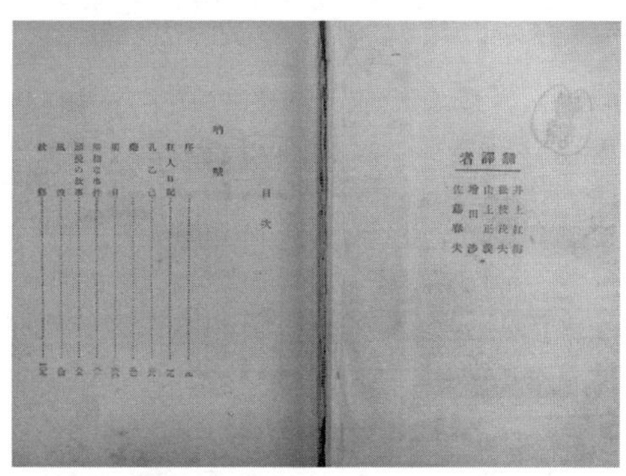

1937年8月改造社版七卷本《大鲁迅全集》

左联成立后不久就开始主动与美国左翼团体联系。约翰·里德俱乐部是美国左翼文艺团体的代表，左联一方面通过国际革命作家联盟渠道经萧三与其有过接触，另一方面也利用国内渠道直接与其联系。左联曾给美国左翼团体发过三封信，两封是给美国《新群众》杂志的——1931年1月第6卷第8期刊发的《中国左翼作家联盟致所有国家的我们的同志们的信》①和1931年6月第7卷第1期刊发的《中国作家致全世界的呼吁书》（《中国左翼

① 戈宝权：《谈在美国发表的三封中国左翼作家联盟的信》，载《新文学史料》1980年第1期。

作家联盟为国民党屠杀大批革命作家致各国革命文学和文化团体及一切为人类进步而工作的著作家、思想家的信》），在《新群众》上也还有烈士们的照片和略传。第三封发表在1935年6月美国出版的《今日中国》（过去译为《现代中国》）上，题为《中国左翼作家联盟致美国作家代表大会的贺信》。[①]这三封信是由当时在上海工作的美国革命作家艾格尼丝·史沫特莱联系发出的，她与中国左翼文艺作家有广泛交往，帮助左联与美国进步杂志《新群众》取得了联系。史沫特莱和鲁迅起草的五烈士惨案呼吁书即第二封信，是史沫特莱译的英文版，也是其他语种的底本，也就是说，这封信并不只是通过国际革命作家联盟机关报《世界革命文学》传播开来，左联当时已经开通了与美国左翼团体直接联系的通道，使呼吁书能够尽早传送到美国。寄给高尔基呼吁书的时间是1931年4月19日，寄给《新群众》杂志也差不多是同一时间，能够在6月出版的第7卷第1期上刊登可以说是非常快的了，比中国的近邻日本刊发得还早。

第一封信是1931年1月《新群众》杂志刊登的，1930年12月17日瓦特·卡尔门（Walt Carmon）代表《新群众》杂志已经给左联回信了。该信刊发于1931年4月25日《前哨》秘密出版的《纪念战死者专号》上，题为《美国“新群众”社来信》。该信的后面有编者附记：

> 我们寄‘新群众’社去的信，以及此回信中说起的关于中国出版界的消息，均已发表于1931年‘新群众’第一期及第二期上了，同志们可参看。

该信提到左联给“新群众”社的信里附有一封给约翰·里德俱乐部的信，告知附信已转给约翰·里德俱乐部，他们会直接回信，并将来信发表，而且告知《新群众》已被约翰·里德俱乐部认定为“此局之一出版物”。来信中还说到他们要将收到的信再寄给“国际革命文学局的其他各分部，以供他们登载”。《新群众》杂志对呼吁书的宣传在美国文学界引起反响，美国的五十多位领袖作家，一致抗议屠杀中国作家的暴行。

---

① 戈宝权：《谈在美国发表的三封中国左翼作家联盟的信》，载《新文学史料》1980年第1期。

可见，与美国左翼文艺团体的联系是由左联主动发起的，左联与美国约翰·里德俱乐部的联系开始于同“新群众”社的通信，“新群众”社不仅积极帮助联系约翰·里德俱乐部，还牵线联系到其他国家组织，帮助左联扩大了联络范围。1932年5月，美国的约翰·里德俱乐部召开全国代表大会，推举鲁迅、高尔基、古久里等为主席团名誉会员，说明左联与美国左翼文艺团体约翰·里德俱乐部的联络渠道已非常通畅。

三、左联盟员与各国盟员间的流动

共同的革命理想和信念，让各国进步人士纷纷加盟左联，其中外国记者所占比重为最，美国人史沫特莱和埃德加·斯诺夫妇、日本人尾崎秀实和山上正义等都在其中。史沫特莱时任德国《佛兰克福日报》驻上海记者，尾崎秀实是日本《朝日新闻》驻上海特派员，山上正义是日本联合通讯社驻中国的记者。他们将左联的成立及相关情况、1931年柔石等五烈士的报道、左联告国际进步作家书等传播到国外，又将世界各国的左翼文艺革命动态传给左联。[①]

史沫特莱1928年底作为德国《佛兰克福日报》的特派记者来到上海，她和中国的左翼文学作家有广泛的交往，经常为德国和美国的革命和进步的报刊撰稿，还是《呼吁书》的撰写人之一。她在回忆录《中国的战歌》里记载了她听到柔石等人被杀消息后去鲁迅家的情况：

> 在我离开他家之前，他和我一同起草了一份致西方世界的知识分子关于中国屠杀作家和艺术家的宣言。我把它带到茅盾那里去，他作了一些修改，并且帮助我把它翻译成英文。由于这一篇宣言，从国外传来了第一声抗议。五十多个主要的美国作家，一致抗议对中国作家的屠杀。[②]

---

① 夏衍：《“左联”成立前后》，载唐沅、韩之友、封世辉等编著《中国文学史资料全编·现代卷》，知识产权出版社2010年版，第245页。

② 戈宝权：《谈在美国发表的三封中国左翼作家联盟的信》，载《新文学史料》1980年第1期。

《呼吁书》的英文版和《前哨》所载内容有所不同，这是出于在国际社会传播的需要。文件前面写有："我们请求你把这个呼吁书尽可能更广泛地传播出去，把它译成俄文并告知所有的苏联作家。我们请求你把这个呼吁书以国际的规模传播出去。"这段话更像是写给萧三的，我们可以推测寄给萧三的应该是英文和中文两种版本并有照片和略传，同时将英文版寄给了美国，也于1931年4月19日寄给了高尔基。

左联成员与德国无产阶级革命作家联盟成员的交流成为20世纪中德文学因缘的佳话。1928年，德国无产阶级革命作家联盟成立。20世纪德国文学史上杰出的女作家安娜·西格斯同年加入德国共产党，并于次年参加德国无产阶级革命作家联盟。胡兰畦1930年到德国，经廖承志、成仿吾介绍加入中国共产党旅德支部。共同的理想、共同的志向很快让二人展开了合作，1932年德国共产党5月1日出版的《红旗》杂志上刊登了她们合作完成的通讯《杨树浦的五一节》，之后德国左翼作家联盟的机关刊物《左翼阵线》发表了两人合作的对话《来自我的工作作坊的小报告》。1933年，西格斯根据胡兰畦提供的材料写成《重山》一文发表在《红旗》上。

如前所述，左联盟员与日本"纳普"成员之间有着较为紧密的人际交流关系，这是由创造社、太阳社与日本纳普的渊源所致。1931年，尾崎秀实（笔名欧佐起）和山上正义与陶晶孙、夏衍等人合作，出版了日文版的鲁迅作品集，此书被收入日本四六书院的《国际无产者丛书》，于1931年10月出版。山上正义（用笔名林守仁）翻译了鲁迅的《阿Q正传》、柔石等五烈士的作品等。鹿地亘是日本无产阶级作家联盟的负责人之一，经内山完造介绍认识了鲁迅。日本改造社创始人山本实彦关注中国左翼文化现象，1934年也经内山完造介绍结识了鲁迅，鲁迅支持山本实彦向日本介绍一些中国现代文学作品的想法，并将中国左翼青年作家的作品介绍给他，其中有萧军的《草》、彭柏山的《崖边》、周文的《父子之间》、欧阳山的《明镜》、艾芜的《山峡中》、沙门的《老人》等。这些作品都是由鹿地亘翻译，在《改造》杂志上连载的。基于鲁迅杂文独特的语言风格和特殊的背景，鹿地亘继续接受了翻译《鲁迅杂感选集》的委托，结果翻译工作尚未全部完成，鲁迅就于1936年10月19日离世了。山本实彦为了纪念鲁迅，在日本出版了第一部《鲁迅全集》，其中《野草》《热风》《坟》《华盖集》《续华盖集》《而已集》《二心集》等均为鹿地亘译。

与左联并肩战斗的史沫特莱、尾崎秀实等进步记者，在积极报道左联活动之外，还联合川合贞吉、佐尔格等人，从1931年起在国民党白色恐怖和法西斯的残暴统治下，用了十年时间一直奔走于东北地区、北京、天津、上海与日本各地，调查日、蒋、汪三方关系变化及关东军动向等情报，同时，将左联作家的作品译介到世界各国，其中译介鲁迅的作品最多。如美国青年记者埃德加·斯诺于1928年来华，曾任欧美几家报社驻华记者、通讯员，1933年与鲁迅结识。1936年10月，斯诺翻译、编辑的《活的中国——现代中国短篇小说选》（*Living China*）在伦敦的哈拉普书局出版，收录了鲁迅的《药》（*Medicine*）、《一件小事》（*A Little Incident*）、《孔乙己》（*K'ungI-chi*）、《祝福》（*Benediction*）、《风筝》（*Kites*）、《离婚》（*Divorce*）等作品。另一位美国记者伊罗生是史沫特莱的朋友，他曾接受过共产主义思想教育，1932年结识鲁迅，1935年9月翻译了鲁迅的《风波》并刊发于纽约出版的《小说杂志》。通过引进并翻译鲁迅的小说，西方世界对中国的现实有了一个真实的了解。

第二节　左联的革命文学译介

如前所述，左联成立之初就凸显对国际交流的重视，在成立大会上提出的17件提案中除了要“组织自由大同盟的分会，发生左翼文艺的国际关系”之外，还提出要将“吸收国外新兴文学的经验”[①]作为主要工作方针的首条，即通过与国际左翼文学团体建立联系，更多地吸纳国际革命文学的创作经验，进而在我国“从事产生新兴阶级文学作品”[②]（左联主要工作方针的第五条），在输入、借鉴、效仿国际革命文学的基础上，实现构建中国革命文学之目的。

①《中国左翼作家联盟的成立》，载《拓荒者》1930年第1卷第3期。
②《中国左翼作家联盟的成立》，载《拓荒者》1930年第1卷第3期。

左联通过与世界各国左翼文学团体的联系，联合了各国革命作家共同抗击法西斯暴行，声援革命行动；同时，吸纳世界各国革命文学的创作经验，建构中国左翼革命文学。中国革命文学的构建需要世界革命文学的引领，为此，译介革命文学成为左联的重要工作。为了推动革命文学译介工作，1932年3月12日“文总”签订了《和剧联及社联竞赛工作的合同》，规定自3月15日至4月底，即在一个半月的时间内在各左翼文化团体中开展工作竞赛。合同第7条是“国际宣传及联络”：

A. 至少写二次有系统的于国际（关于文艺斗争及群众斗争）；
B. 至少翻译五篇作品于国际；
C. 至少编定一个应该翻译的国际革命普洛作品的书目；
D. 和法国德国建立联系。①

“译介革命文学”是左联革命竞赛的内容和工作重点。在左联存在的六年时间里外国文学翻译数量突出，据赵建国在《贾植芳为什么翻译契诃夫》一文中的统计：“左联文学”时期翻译出版的外国文学书籍约有700种，占1919年至1949年全国翻译总量的40%。②左联的译本主要选择外国文学中无产阶级革命文学作品和反法西斯侵略、反压迫、反奴役的革命文学作品。

一、从“普洛大众文学建设”到“革命文学”译介的兴起

鲁迅是左联的最高领导者，众所周知其背后是中国共产党的领导。冯雪峰、李立三等人都曾在幕后领导了左联的工作，瞿秋白甚至被捧为左联的“精神领袖”；但是，冯雪峰却说：“秋白同志来参加领导左联的工作，

---

①《和剧联及社联竞赛工作的合同》，载左联秘书处油印《秘书处消息》1932年第1期。

② 赵建国：《贾植芳为什么翻译契诃夫》，见陈思和主编《史料与阐释》总第4辑，复旦大学出版社2016年版，第151页。

并非党的决定，只由于他个人的热情。"[①]那么，究竟瞿秋白与左联有着怎样的关系呢？这要从普洛大众文学建设说起。

普洛大众文学建设是左联成立的初心。尽管左联是群众性团体，组织相对松散，中共党组织也并未直接领导左联事务，但是中国共产党的领导和革命意识形态占主流是贯穿始终的，这就注定了左联政治立场鲜明。其行动总纲领是：

（一）我们文学运动的目的在求新兴阶级的解放。

（二）反对一切对我们的运动的压迫。[②]

成立左联是中共六大党的宣传政策调整带来的举措之一。党提出的倡导"大众化的宣传教育"与瞿秋白的思想和助力密切相关，瞿秋白"普洛大众文学建设"思想影响了中共六大宣传政策的制定。1928年7月中国共产党第六次代表大会在莫斯科召开，瞿秋白时任临时中央政治局主席。他是六大召开准备工作的主要负责人之一，而且六大期间的几个会议多由他主持。中共六大书面报告《中国革命与中国共产党》是瞿秋白亲自执笔，并在征求斯大林、布哈林和其他党内同志意见后完稿的。六大会议上关于宣传教育问题的讨论会也由瞿秋白主持，他提出了大众化的宣传教育方式和方法问题。苏兆征明确提出："这就是满足社会群众的需要。社会群众的需要也就是人民的需要，以满足人民的要求为目标，就会尽可能采取更科学、大众化的宣传教育方式和方法。"大会7月10日通过的《宣传工作的目前任务》也是瞿秋白起草的，其中第十五条写道"宣传之另一种的方式就是我党同志参加各种科学、文学及新剧团体"[③]，并提出"需要党的宣传工作之根本变动而增加对于扩大群众工作的注意"。

《中国共产党第六次全国代表大会档案文献选编》里写到了瞿秋白在

① 冯雪峰：《关于鲁迅和瞿秋白同志的友谊》，见《忆秋白》编辑小组编《忆秋白》，人民文学出版社1981年版，第256—270页。

②《中国左翼作家联盟的成立》，载《拓荒者》1930年第1卷第3期。

③ 中共中央党史研究室、中央档案馆编：《中国共产党第六次全国代表大会档案文献选编》上卷，中共党史出版社2015年版，第915页。

六大召开时所担负的任务：

> 瞿秋白参加了大会政治、组织、职工、苏维埃、宣传、农民土地等六个委员会，并任政治委员会召集人，负责起草大会决议案。[①]

这说明瞿秋白在六大召开时身处中共领导核心地位，党的宣传教育工作政策的变化与其本人的思想有关。在与专程来莫斯科看望他的曹靖华见面时，瞿秋白对其"普洛大众文学建设"思想的阐释更加具体、透彻——"应当把介绍苏联革命文艺作品与文艺理论工作，当作庄严的革命的政治任务来完成"[②]。

1929年6月，中国共产党在上海召开六届二中全会，出台了《宣传工作决议案》，强调：

> 为适应目前群众对于政治与社会科学的兴趣，党必须有计划地充分利用群众的宣传与刊物，以求公开扩大党的政治影响。党应当参加或帮助建立各种公开的书店，学校，通信社，社会科学研究会，文学研究会，剧团，演说会，辩论会，编译新书刊物等工作。[③]

《宣传工作的目前任务》和《宣传工作决议案》这两个文件都提出了通过党员同志参加或建立文艺团体的工作来扩大党的宣传工作要求，表现出把文艺工作纳入宣传的工作思路，后者是前者宣传工作的贯彻和实施，是对宣传工作的推进。六届一中、二中全会上提出把文艺工作纳入宣传的工作思路绝非偶然。六大在莫斯科召开时普洛文学在苏俄发展进入新阶段。六大召开的半年前，1927年11月，在莫斯科召开了第一次革命作家代表大会，成立了"国际革命作家"组织。该组织是由流亡苏联的各国作家和苏

---

① 刘小中、丁言模编著：《瞿秋白年谱详编》，中央文献出版社2008年版，第276页。

② 曹靖华：《罗汉岭前吊秋白》，载刘小中、丁言模编著《瞿秋白年谱详编》，中央文献出版社2008年版，第289页。

③ 中共中央宣传部办公厅、中央档案馆编研部编：《中国共产党宣传工作文献选编（1915—1937）》，学习出版社1996年版，第825页。

联的一些进步作家组成的，该组织规定凡是反对法西斯主义、帝国主义战争威胁和白色恐怖的作家都可以成为其会员，这就是“国际革命作家联盟”的前身——革命文学国际局。

瞿秋白是左联创建的顶层设计者和领路人。瞿秋白虽在六大前后基本上是党的核心人物之一，但毕竟左联成立之前他远在莫斯科，真正的实施者、瞿秋白思想的践行者是李立三。关于左联成立问题，学界普遍认为是李立三提出的。1928年10月中央要求建立和健全中央宣传部组织，1929年6月30日在上海召开的六届二中全会结束，李立三成为政治局常委并担任中央宣传部部长。会议决定在中央宣传部内成立中央文化工作委员会（以下简称“文委”），由中宣部干事潘汉年任“文委”书记，负责指导全国高级的社会科学的团体、杂志，及编辑公开发行的各种刊物和书籍。中央宣传部部长李立三指示潘汉年停止革命文艺界的内战，着手筹建鲁迅在内的左翼文艺统一组织。接受了任务的潘汉年于当年10月在上海主持召开会议，传达了党中央的决定和李立三的重要指示，并做出决定：“《创造社》《太阳社》等所有的刊物一律停止对鲁迅的批评，即使鲁迅还批评我们，也不要反驳，对鲁迅要尊重。”[①]关于成立左联一事的提出人问题，夏衍曾回忆说，当时中央首先提出停止文艺界的“内战”，联合起来建立左联这一提案据说是李立三同志提出来的。吴黎平也曾回忆说，李立三同志确实就成立左联这个问题提出过意见，并且布置他去做过一点工作。1928年12月，党组织派冯雪峰到上海开展工作，冯雪峰经柔石介绍与鲁迅结识并彼此保持了密切的关系。潘汉年经冯雪峰转达请鲁迅领导左联工作，李立三也曾以中共中央代表身份亲自与鲁迅谈话，转达中共中央对成立左联的纲领性意见与具体事宜。

李立三提出并亲自领导筹建左联有其自身的追求和愿望，但是更多的是执行中央决定，“根本上源于中共中央政策的这种调整”[②]，他是中共中央政策的执行者，更是瞿秋白“普洛大众文学建设”的践行者。六大及六届二中全会精神是李立三推动成立左联的指导性文件。此外，1928年六大

① 张广海：《“左联”筹建问题的史料学考察》，载《文艺研究》2014年第7期。

② 张广海：《“左联”筹建问题的史料学考察》，载《文艺研究》2014年第7期。

闭幕后，9月瞿秋白出任中共驻共产国际代表，还为共产国际起草给中共中央的指示信。尽管远在莫斯科，瞿秋白依然与当时党内核心领导保持密切联系。1929年4月，他曾“复信李立三”，蔡和森也于当月再次来到莫斯科，当时瞿秋白虽患病，但仍一边休养，一边参加中共代表团工作。1930年1月，瞿秋白曾建议李立三于3月中旬来莫斯科商谈问题；1930年4月，李立三写信给周恩来、瞿秋白，希望他们5月底前回国等：这些都表明瞿秋白的指导力依然很强大。这期间瞿秋白虽不是常委，可依然是中共中央核心人物，他身在莫斯科不可能具体指挥左联的筹建，但是他应该是参与了筹划的，这也注定了他回国后能够马上投入推动左联工作。

1930年9月，瞿秋白和周恩来回国主持召开了党的六届三中全会，解除了李立三的领导职务，瞿秋白当选为中央政治局七人政治委员之一，并主持中央工作，接替李立三中央宣传部部长等职务。1931年初六届四中全会召开，瞿秋白因所谓“调和路线”问题遭彻底批判和否定，被撤销了政治局委员职务，丧失了党内的领导权。1932年以后，其“精神领袖”地位也开始动摇。但是六届四中全会之前瞿秋白在党内的威望、领导地位，足以使之思想得到深入贯彻。左联表面上是李立三提出，而其思想基础和行动与瞿秋白不无紧密联系。

中央宣传政策调整的背景是普洛文学在苏俄发展进入新阶段，瞿秋白“普洛大众文学建设”思想影响了中共六大宣传政策的制定。中国共产党通过左联的成立将左翼文艺队伍组织、统一起来，李立三在其中倾注了大量心血。

六大宣传政策的转向与瞿秋白的主导有关，他是成立左联的推手，更是继李立三之后的又一推动者。瞿秋白到上海后冯雪峰将他介绍给鲁迅。1931年瞿秋白译《铁流》序时，鲁迅刚刚译出《毁灭》，两人就有译笔交流。瞿秋白“悄悄调和了”1928年开始的创造社、太阳社与鲁迅的争论和敌对，“瞿秋白对鲁迅的期望是普洛革命大目标、大策略、大方针的要求”[①]。1931年瞿秋白与冯雪峰初次见面，开始了左联时期的“愉快合

① 胡明:《也谈瞿秋白与鲁迅、冯雪峰》，载《西南大学学报》（社会科学版）2012年第1期。

作”。[1]瞿秋白虽不是左联组织意义上的真正领导，却是“精神领袖”[2]。1931年初六届四中全会对于瞿秋白的批判与否定是很彻底的，反对所谓“斯特拉霍夫”调和路线的斗争火药味很浓，瞿秋白在党内政治上再也没有翻身。冯雪峰当江苏省委宣传部部长时还兼任着“文委”的领导，这位有职有权的“文委”领导兼左联党团书记愿意搬出瞿秋白来做“顾问”、做“指导”。[3]这里要说明的是瞿秋白为何对左联工作如此热情，笔者认为六大提出的扩大党的宣传工作以及创建左联的工作方针就应该来自瞿秋白，他在莫斯科感受到了成立左翼作家团体对中国普洛大众文学建设的重要。1929年秋潘汉年、冯雪峰等人与鲁迅商谈成立革命文学团体之前，1928年 5 月，中共江苏省委宣传部建立文化工作党团，潘汉年任书记，并将创造社的冯乃超、李初梨等人吸收入党。为响应中共六大号召，文化工作党团后由党中央政治局更改为“文委”，直接受中央宣传部领导，潘汉年仍任书记。从左联成立之前党的宣传政策变化和人员调整可以看出，瞿秋白主导了六大党的宣传政策变化，六大后李立三马上着手成立左联是在践行党的宣传工作重点转移。在此我们要进一步探究的是瞿秋白改变党的宣传政策的思想根源。

斯大林是“普洛文学在苏俄的新阶段”的指导者，他曾两次会见瞿秋白。1931年斯大林要求党和苏维埃改组，这代表了最高领袖的批判态度，也为苏联文学发展指明了方向。瞿秋白1931年12月6日及时完成了《斯大林和文学》，介绍了“拉普”根据斯大林讲话进行检讨和自我批评的情况；1932年1月16日完成了《苏联文学的新的阶段》，详细分析了苏联对待被冠以“同路人”称谓的资产阶级作家的正确态度。瞿秋白亲眼看到、亲身感受到普洛文学在苏俄的发展，准确把握了苏联文学运动的动向，认为普洛大众文学建设思想的第一步是要进行“无产阶级领导之下的文化革命和文学革命”。瞿秋白曾指出：

---

① 胡明：《也谈瞿秋白与鲁迅、冯雪峰》，载《西南大学学报》（社会科学版）2012年第1期。

② 胡明：《也谈瞿秋白与鲁迅、冯雪峰》，载《西南大学学报》（社会科学版）2012年第1期。

③ 胡明：《也谈瞿秋白与鲁迅、冯雪峰》，载《西南大学学报》（社会科学版）2012年第1期。

要来一个无产阶级领导之下的文艺复兴运动，无产阶级领导之下的文化革命和文学革命，无产阶级的“五四”。[①]

1930年8月26日，瞿秋白回到上海，同年9月与周恩来共同主持召开六届三中全会。瞿秋白在上海积极参与左联的工作，他并不是组织意义上的领导，却得到冯雪峰、鲁迅、茅盾等左联骨干的支持和拥戴，是左联的精神领袖。

瞿秋白为了实现“普洛大众文学建设”的设想，于1931年11月15日又起草了《中国无产阶级革命文学的新任务》，提出了中国无产阶级革命文学最重要的六项任务，并指出：

必依据上述诸原则而迈进，然后中国无产阶级革命文学始能从文学的思想的领域完成了中国工农兵苏维埃革命所要求的任务，然后我们幼稚的中国无产阶级革命文学能够成长为真正的健全的无产阶级革命文学。[②]

他还提出中国无产阶级革命文学“第一个重大问题，就是文学的大众化”。1931年10月，瞿秋白以史铁儿之名写出《普洛大众文艺的现实问题》，刊载于1932年4月25日《文学》第1卷第1期；1932年，他又以宋阳之名重写《大众文艺的问题》，刊载于1932年6月10日《文学月报》创刊号。瞿秋白的遗文《苏维埃的文化革命》手稿，是向“文委”下达的指示性文件，是“左翼文化运动的行动纲领”[③]。该文未署写作日期，估计原稿草拟于1931年3月至1932年6月，是白区左翼文化运动的指导性文件。他以苏联普洛文学为模式，同时扭转了中国左翼文艺深受苏联拉普“左”倾影响的局面，客观上坚持了国际无产阶级文化统一战线的正确发展方向，让中国革命文学跻身于“世界革命”的战斗文学行列中，置于“世界的革命文学

①《瞿秋白文集·文学编》第三卷，人民文学出版社1985年版，第13页。

② 北京大学、北京师范大学、北京师范学院中文系中国现代文学教研室编：《中国现代文学史参考资料 文学运动史料选》第二册，上海教育出版社1979年版，第1058页。

③ 唐天然：《瞿秋白遗文〈苏维埃的文化革命〉手稿的说明》，载《纪念与研究》1985年11月。

和普洛文学”的大背景中。

综上可见，瞿秋白20世纪30年代初回国后自觉投身到左联工作中，他的建设和批评主张与苏联普洛文学新阶段的某些“指示”精神不谋而合，甚至被奉为左联的“精神领袖”等种种不解之谜就不难理解了。1928年12月，瞿秋白遇见曹靖华。1929年2月，瞿秋白肺病加重赴莫斯科南面库尔斯克州玛丽诺休养所疗养一个半月。1929年7月，瞿秋白等人赴德国法兰克福参加国际反帝同盟大会。显然，瞿秋白的头脑中应该不乏左翼文化运动的构想。还有一点，六大一系列宣传政策的决定都与瞿秋白身处主导地位有关。茅盾曾有诗云：“左翼文台两领导，瞿霜鲁迅各千秋。”该诗句道出了左联真正的领导者。

左联1930年3月成立之初，与国际革命作家组织并无联系，同年11月经萧三牵线联络正式加入国际革命作家联盟。笔者认为，左联成立的动意与该组织的存在不无关系，更与瞿秋白1928年在莫斯科的停留以及与该组织的接触有关。1928年12月，党组织派冯雪峰到上海，冯经柔石介绍与鲁迅结识并保持了密切的关系，并转达请鲁迅领导左联工作之事。这一系列活动都基于党的六大在莫斯科的召开和对宣传工作的新要求，瞿秋白的作用最大。

综上所述，我们可以认为中国共产党对成立左联是有顶层设计的，瞿秋白应该是成立左联的重要倡导人之一，李立三是建立左联的重要践行者。“瞿秋白是中国无产阶级左翼文艺事业的领路人与指导者，也是中国无产阶级革命文艺理论的设计者与阐释者。”①

二、革命文学译介的发生

瞿秋白在《关于翻译的通信·来信》中指出：

> 翻译世界无产阶级革命文学的名著，并且有系统地介绍给中国读

① 胡明、赵新顺：《新俄文学偶像与瞿秋白的高尔基情结》，载《清华大学学报》（哲学社会科学版）2011年第5期。

者——这是中国普罗文学者的重要任务之一。[①]

左联作为中国普罗文学者的聚集地，译介世界无产阶级革命文学名著是左联上上下下都予以重视的工作。左联是中国共产党领导下的群众性团体，在20世纪30年代前半期受共产国际影响，左联译本选择的重点为苏联、日本、美国、西欧等国的左翼文学作品。

左联领导层瞿秋白、鲁迅率先垂范，充当了革命文学译介先锋，引领了译介方向。高尔基的作品自清末开始译入，五四时期一度从日文、英文、法文、德文乃至世界语等转译，达到抢译的程度。1927年之后，瞿秋白开始引领高尔基作品译介，他不再仅仅将高尔基作为世界文学巨匠来看待，而是要借助高尔基的作品来影响中国革命文学的构建和发展。他先后译出了《高尔基论文选集》和《高尔基创作选集》，还译有苏联文学界的高尔基作品评介等。瞿秋白的行为进一步带动了高尔基作品的译介，1928年民智书局出版了宋桂煌译的中国第一部中译本《高尔基小说集》。自左联成立后，高尔基的作品就被大量地介绍过来了：1930年11月上海大江书铺出齐了夏衍由日文本转译的《母亲》（上下两部），1934年生活书店出版了巴金译的《草原故事》，1935年12月上海春光书店印行鲁迅等译的《恶魔》，1936年启明书局出版卞纪良译述的《我的童年》，1938年生活书店出版罗稷南译的《和列宁相处的日子》等。[②]1936年生活书店“世界文库”印行罗稷南译的《燎原》，此后至1945年罗稷南完整译出《克里·萨木金的一生·四十年》（第一部《旁观者》，第二部《磁力》，第三部《燎原》，第四部《魔影》）。至此，高尔基的主要作品大都有了汉译本。

在苏俄无产阶级革命文学翻译方面鲁迅更是旗帜鲜明，他从“问题作品”之最入手。1930年初鲁迅根据日译本开始翻译苏联作家法捷耶夫1921年创作出版的长篇小说《溃灭》（日译本名为《十九人》），译文连载于新创刊的进步刊物《萌芽》，不久《萌芽》被国民党查封，连载中断。

---

① 瞿秋白：《关于翻译的通信·来信》，载《文学月报》1932年第1期。

② 戈宝权：《高尔基作品中译本编目》，见张静庐辑注《中国现代出版史料　丁编》下卷，中华书局1959年版，第465页。

1930年底鲁迅译完全书交给上海神州国光社准备出版时，却因遭国民党通缉未能出版。1931年9月，鲁迅将译稿删去序跋，改名为《毁灭》，交给大江书铺，用笔名“隋洛文”印了一版。当年10月鲁迅自己创办三闲书屋，又将译稿加上序跋，署名鲁迅再次出版，而且还撰写了广告词：

> 《毁灭》作者法捷耶夫，是早有定评的小说作家，本书曾经鲁迅从日文本译出，登载月刊，读者赞为佳作。可惜月刊中途停印，书亦不完。现又参照德英两种译本，译成全书，并将上半改正，添译藏原惟人，弗理契序文，附以原书插画六幅，三色版印作者画像一张，亦可由此略窥新的艺术。不但所写的农民矿工以及知识阶级，皆栩栩如生，且多格言，汲之不尽，实在是新文学中的一个大炬火。全书三百十余页，实价大洋一元二角。[①]

苏俄左翼文艺运动最为活跃，所以左联以苏俄革命文学译介为最。苏联十月革命的胜利为左翼文学的发展提供了土壤和条件，苏联也由此被视为“革命文学”的源头，更是世界无产阶级革命文学最早的聚集地。基于苏联在国际革命作家联盟中所居的主导地位，左联在苏俄无产阶级革命文学作品译介的数量和质量上无疑占据首位。

首先，从“十月革命”直到1932年4月23日全苏无产阶级作家联合会联盟被联共中央解散，“拉普”作家作品一直处于苏联文学界主流地位，所以左联的译介活动曾集中着眼于苏联左翼文艺团体核心“拉普”作家作品。

如前所述，1930年初鲁迅根据日译本翻译的法捷耶夫的《毁灭》连载在《萌芽》上，1931年9月大江书铺出版《毁灭》单行本；1930年，上海北新书局出版左联筹备核心人物蒋光慈译里别进斯基的《一周间》；1931年10月，三闲书屋出版曹靖华译A. 绥拉菲摩维支的《铁流》。

随后，1932年上海新生命书局出版董秋斯译革拉特珂夫《士敏土》（现译作《水泥》）；1935年文化生活出版社出版巴金译高尔基的《草原故事》；1936年生活·读书·新知三联书店出版郭定一译富曼诺夫（现译

---

① 鲁迅：《三闲书屋校印书籍》，最初印于1931年11月“三闲书屋版”《铁流》版权页后。

为“富尔曼诺夫”）的《夏伯阳》；1936年生活书店出版周立波译梭罗诃夫（现译为“肖洛霍夫”）的《被开垦的处女地》；1936年光明书局出版赵洵、黄一然根据俄文合译的肖洛霍夫的《静静的顿河》；1936年文化生活出版社刊行孟十还译果戈理《密尔格拉德》等。至此，苏俄一批早期无产阶级文学作品被译介出版。

尽管左联与苏联的“拉普”关系密切，但是鲁迅对“拉普”作家的作品的评价非常客观。即便他在极力选择其中艺术成就较高的来译介，如肖洛霍夫、里别进斯基、革拉特珂夫、法捷耶夫、绥拉菲摩维支等代表着苏联无产阶级的最近的发展的东西，让他们在中国“大踏步跨到读者大众的怀里去，给一一知道了变革，战斗，建设的辛苦和成功”[①]，但是他还是认为“内容和技术，杰出的都很少”。

相比之下，苏联以高尔基、马雅可夫斯基等为代表的“同路人”的作品接连被左联盟员译出，呈现热译局面，苏俄古典名著翻译也热度不减。

如前所述，高尔基作品不但基本上全部译出，而且还是一本多译的典范。1929年8月，上海光华书店印行的L和郭沫若合译的《新俄诗选》里收入了马雅可夫斯基的诗作《我们的进行曲》《巴尔芬如何知道法律是保护工人的一段故事》《非常的冒险》等；1930年，神州国光社出版柔石从英文版译出的苏联卢那卡尔斯基著11幕歌剧《浮士德与城》（收入鲁迅编“现代文学丛书”），并节译了日本尾濑敬止作的小传；1932年，商务印书馆再版耿济之译安特列夫著五幕剧《人之一生》。A. 托尔斯泰的戏剧《但顿之死》，1930年7月开明书店出版巴金译本，译为《丹东之死》，1933年商务印书馆出版楼适夷译本，译为《但顿之死》。

瞿秋白在《关于翻译的通信·来信》中曾说：

> 尤其是苏联的名著，因为他们能够把伟大的十月，国内战争，五年计划的“英雄”，经过具体的形象，经过艺术的照耀，而供献给读者。[②]

---

① 鲁迅：《祝中俄文字之交》，载《文学月报》1932年第5—6期。

② 瞿秋白：《关于翻译的通信·来信》，载《文学月报》1932年第5—6期。

苏俄古典名著翻译一本多译频出，翻译水准不断提高。1931年6月商务印书馆出版陈西滢译屠格涅夫的《父与子》（收入“万有文库”），1934年文化生活出版社又出版巴金的译本（收入“译文丛书”）。新译本不断出现，也达到了直接由源语高质量翻译的新阶段。果戈理的《巡按》（即《钦差大臣》），1921年1月商务印书馆曾出版贺启明的译本，1937年5月启明书局出版了沈佩秋的译本。列夫·托尔斯泰的《复活》，自1914年马君武以文言文译为《心狱》后，1922年3月商务印书馆出版了耿济之的译述本，1936年12月上海杂志公司出版了田汉译改的六幕剧本。在此提一下陀思妥耶夫斯基作品的小热译，1931年是陀氏诞辰110周年，仅此一年就有：北平未名社出版部出版韦丛芜由英译本译出的《罪与罚》，译本影响很大，多家出版社再版，第6版时经张铁铉用俄文修订后成为译介经典；6月商务印书馆出版何道生译《淑女》；11月商务印书馆万有文库“汉译世界名著”收入李霁野由英译本译出的《被侮辱与损害的》，上海湖风书局“世界文学名著译丛”收入洪灵菲译《地下室手记》；周起应（周扬的原名）译《大宗教裁判官》刊于《青年界》第1卷第5期。另外，同年纪实性小说《死屋手记》（1947年开明书店出版耿济之译本为此名）诞生了两个译本，一是平化合作社出版刘尊棋译《死人之屋》，另一个译本是上海现代书局出版刘曼译《西伯利亚的囚徒》。至此，陀思妥耶夫斯基的作品达到了深入和成熟的译介阶段。译者大都是左联中坚人物，周起应自不必说，韦丛芜是北方左联的筹建人之一，李霁野、洪灵菲、刘尊棋等都是重要盟员。

翻译出版的选材从根本上受到当时历史语境中意识形态与诗学的操控，以鲁迅为代表的左联基于“为革命而文学”的宗旨而译介，以“诞生中国革命文学”为目标，这就决定了译本选择。“真理圣地”与“革命导师”的苏俄文学成为译介首选，自然选材数量最多。鲁迅曾对20世纪30年代苏联文学如此评价：

> 十五年以来，被帝国主义者看作恶魔的苏联，那文学，在世界文坛上，是胜利的。这里的所谓“胜利”是说：以它的内容和技术的杰

> 出，而得到广大的读者，并且给与了读者许多有益的东西。①

据葛文峰统计：《译文》的347篇译作中，苏俄文学作品译介总数为161篇，占译介总量的46.4%。其中包含了不少译诗，如孙用先后在第1卷第3期上译有俄国N. 奈克拉索夫的《诗三首》，在第2卷第2期上译有H. 斯米尔伦斯基的《诗三篇》，在第2卷第4期上译有N. 伐佐夫的《诗三首》，傅东华也曾在第1卷第6期上译有俄国M. 莱蒙托夫的《诗三首》等。②这一时期仅瞿秋白自己就译有卢那察尔斯基的《解放了的董吉诃德》、绥拉菲摩维支的《一天的工作》《岔道夫》、葛拉特柯夫的《新土地》等等。

左联除译介苏俄革命文学之外，最为热衷译介日本革命文学。夏衍曾说过左联与苏联的“拉普”和日本的“纳普”关系密切。③这与左联中留苏、留日盟员较多有关，左联筹备小组人员中夏衍、郑伯奇、钱杏邨、蒋光慈、戴平万、洪灵菲等均为创造社和太阳社成员，且大都有留日经历，后期创造社和太阳社成员是日本革命文学译介的主体。王向远指出：

> 后期创造社和太阳社在1928年前后合力掀起的“革命文学”（早期普罗运动），作为国际普罗（无产阶级）文学思潮的重要组成部分，受到了苏联和日本普罗文学的很大影响。由于最先倡导“革命文学”的后期创造社诸位成员都是留日归来的，加上1927 年大革命失败后中苏断交，当时苏联文学的有关信息大多由日本过滤后再传到中国来，所以日本普罗文学

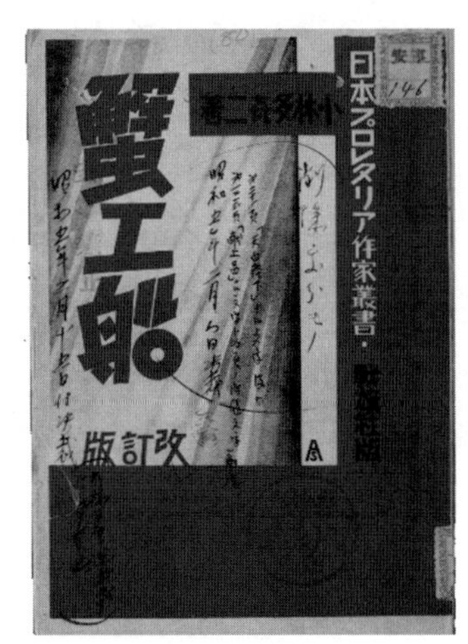

1929年刊载于日本《战旗》杂志的《蟹工船》

① 鲁迅：《祝中俄文字之交》，载《文学月报》1932年第5—6期。

② 葛文峰：《“最早专门译介外国文学的刊物”：〈译文〉考论（1934—1937）》，载《安康学院学报》2015年第2期。

③ 夏衍：《“左联”成立前后》，载 唐沅、韩之友、封世辉等编著《中国文学史资料全编·现代卷》，知识产权出版社2010年版，第45页。

对中国早期普罗文学的影响更为深刻和更为直接。[①]

日本无产阶级革命文学奠基人小林多喜二的作品在左联成立之前就已经是左联成员关注的重点。小林多喜二的代表作《蟹工船》1929年3月连载于杂志《战旗》上，同年9月出版单行本。1930年1月在《拓荒者》第1—5期上刊载了若沁（夏衍的笔名）的评介文章《关于〈蟹工船〉》，该文高度评价了《蟹工船》：

> 假使有人问：最近日本普罗列塔利亚文学的杰作是什么？那么我们可以毫不踌躇地回答：就是《一九二八年三月十五日》的作者小林多喜二的《蟹工船》。——我们可以大胆地推荐：《蟹工船》是一部普罗列塔利亚文学的杰作。[②]

1930年2月15日，鲁迅主编的《文艺研究》创刊号上刊出了《蟹工船》译作出版预告："日本普罗列塔利亚文学，迄今最大的收获，谁都承认是这部小林多喜二的《蟹工船》。"[③]两个月后，左联盟员潘念之译小林多喜二的《蟹工船》由陈望道等主持的大江书铺出版。此时，距原文单行本发行仅半年多的时间。

除了《蟹工船》之外，小林多喜二的其他作品也相继被译介出来。1930年2月发行的《拓荒者》第2期上，夏衍介绍了小林多喜二的早期成名作《一九二八年三月十五日》。1933年小林多喜二遇害后，为了纪念这位伟大的无产阶级革命文学家，7月出版的《现代》第3卷第3期上刊登了左翼作家森堡译的《母亲们》。1935年3月，商务印书馆出版《日本短篇小说集》三册，收入了郭沫若译的小林多喜二的《"替市民"》《不在地主》《为党生活的人》等。

① 王向远：《中日现代文学比较论》，湖南教育出版社1998年版，第96—97页。

② 转引自胡从经：《光明的祝颂　永在的情谊——纪念〈蟹工船〉出版五十周年》，载《读书》1979年2期。

③ 转引自胡从经：《光明的祝颂　永在的情谊——纪念〈蟹工船〉出版五十周年》，载《读书》1979年2期。

除了集中译介小林多喜二的作品外，左联还曾出现过译介日本无产阶级作家叶山嘉树的小热潮。叶山嘉树之前就已经被我国进步作家所关注，他的作品一经面世就很快被译介进来。1928年，《乐群》杂志第1卷第1期刊登了张资平译的短篇小说《士敏土罐里的一封信》（也译为《士敏土桶里的一封信》），《大众文艺》第1卷第3期刊登了君乔译的《卖淫妇》，《北新》第3卷第6期刊登了张我军译的《樱花季节》；1929年，《现代小说》第4卷第6期刊登了沈端先译的《别离》，《乐群》第2卷第1期刊载了陈勺水翻译的《佃户的狗和地主的狗》。左联成立后叶山嘉树的作品更多地被译出：1930年，《新文艺》第2卷第2期刊登了郭建英译的《一个残酷的故事》，《新文艺》第1卷第5期刊登了崔万秋译的《随笔三篇——挨蛰的男人、散步、代价码的贵夫人》，《拓荒者》第1期刊登了冯宪章译的《没有劳动者的船》；1933年，上海现代书局出版冯宪章译的《叶山嘉树集》，收有《没有劳动者的船》《卖淫妇》《印度船》《坑夫的儿子》《士敏土桶里的一封信》《湾街的女人》《苦斗》等小说。叶山嘉树的作品不仅数量上呈现集中译介的态势，而且还出现了一本三译的情况。《士敏土桶里的一封信》除了有上述张译本和冯译本之外，还有张我军译本——《洋灰筒里的一封信》，刊载于鲁迅、周作人等人创办的《语丝》第5卷第28期上。身为日本著名的无产阶级作家的叶山嘉树后来堕落为天皇主义者，当初将他的无产阶级作品译介进来的译者中也有人后来滑向了他们反对过的日本帝国主义一边。但是，左联时期他们还都是革命文学的向往者，他们的译介对中国左翼文学运动的积极影响还是应该肯定的。正如左联盟员冯宪章将叶山嘉树的作品喻为“面包”那样，尽管不十分合口但“至少也能够充饥”。

日本新戏剧也是左联译介的热点。日本左翼文学阵营代表人物、被日本人称为日本“幸克雷”[①]的前田河广一郎的作品也进入左联盟员译介的视野。1928年9月乐群书店出版陈勺水译的《新的历史戏曲集》，收入前田河广一郎的《克罗帕特拉》《土耳其最后的国王》《拉思浦琴的死》等剧本。1928年被选为全日本无产者艺术联盟第一任委员长的藤森成吉，于1930年参加了在苏联哈尔科夫召开的世界作家会议。藤森成吉与前田河广一郎是

① ［日］前田河广一郎著，陈勺水译：《新的历史戏曲集·序》，乐群书店1928年版，第2页。

日本新方面戏曲家“双璧”，其作品同样被热译——1929年北新书局出版沈端先译的《牺牲》，1937年张鑫山发行森堡译的《藤森成吉集》，他的《特别快车》是陶晶孙在《大众文艺》里发表的日本剧作家的多部译作之一。

为日本无产阶级文坛赢得声誉的两部小说，一部是《蟹工船》，另一部是日本无产阶级作家德永直1929年发表的长篇小说《没有太阳的街》。1932年，现代书店出版了何鸣心（何洛的笔名）译的《没有太阳的街》。此外，现代书店1934年还出版了尹庚译日本无产阶级作家中野重治著的《中野重治集》，收有《老铁的话》《初春的风》《看樱花·送报的人》《年轻的人》《砂糖的故事》等作品。1930年，水沫书店出版一切（巴金）译日本秋田雨雀著《骷髅的跳舞》；1932年，湖风书店出版袁殊译日本村山知义著《最初的欧罗巴之旅》；1934年，中华书局出版黄九如译日本菊池宽的《菊池宽戏曲集》；1937年，曙星社出版适夷译日本林守仁著《震撼中国的三日》等。

除了苏俄、日本以外，其他国家反法西斯革命文学的译介也不在少数。左联的革命文学译介在注重苏俄、日本无产阶级革命文学作品的同时，还注重译介其他国家歌颂民族英雄以及被压迫民族的反帝、反压迫、反法西斯侵略的作家的作品。

我国20世纪美国文学译介领域中，对其左翼文学译介一枝独秀的状况一直延续到改革开放。杰克·伦敦是美国无产阶级文学之父，左联成立后他的革命作品再次成为左联的关注点之一。1929 年5月，上海泰东图书局出版了王抗夫译杰克·伦敦的长篇政治幻想小说《铁踵》，前夜书店出版彭芮生译的他的第一部短篇小说集《叛徒》（收入《德布士的幻梦》和《战斗》）。1932年10月，上海光明书局出版邱韵铎译的报告文学《深渊下的人们》；1934年5月，商务印书馆出版方土人译的《红云》；1935年，上海中华书局出版刘大杰和张梦麟合译的《野性的呼唤》和张梦麟译的短篇小说集《老拳师》（收入《老拳师》《鼻子》《叛徒》《两个强盗》）；1937年1月，文化生活出版社出版的“译文丛书”收入许天虹译的《杰克·伦敦短篇小说集》。

美国无产阶级作家麦·哥尔德（Michael Gold）的作品更得到了左联盟员的青睐。1929年，鲁迅主编的《奔流》第4期发表了刘穆译的《走快点，美利坚，走快点！》；1929年8月，上海金屋书店出版凌黛译的《一万二千万》（收入《上帝是爱》《美国荒年》《一个黑人底死》《自由！》《垃圾堆上的爱》等）；1930年9月，上海联合书店出版邱韵铎译的《碾煤机》；1930年10月，上海南强书局出版左联中国诗歌会发起人之一杨骚译的《没钱的犹太人》；1931年，乐华图书公司出版史晚青译的《垃圾堆上的恋爱》，上海现代书局出版杨昌溪译的《无钱的犹太人》；1932年，辛垦书店出版周起应译的《果尔德短篇杰作选》，书中收入他的自叙传和群众朗诵剧——《可恶的煽动家》《黑人之死》《释放》《两个墨西哥》《垃圾堆上的恋爱》《大约尔的生日》《工人》《死囚牢中的樊宰特》《一亿二千万》；1933年，前锋书店出版许粤华译的《卓别麟漫游记》等。

与中国革命关系密切的史沫特莱和斯诺的作品更受到重视：1932年11月，湖风书店出版林宜生译史沫特莱的《大地的女儿》；1938年3月，光明书局出版黄峰译史沫特莱、斯诺等美国进步作家的《现代美国小品：突击队》；1937年，斯诺的《毛泽东自传》有了汪衡和平凡两个译本；1938年，汪衡译斯诺的《二万五千里长征》，王厂青等译作《西行漫记》，胡仲持等译了《续西行漫记》。

此外，左联还译有美国其他左翼文学作品：1930年，文林出版社出版曾鸿译的报告文学《震撼世界的十日》，据说同年还有张超尘译本，译为《震撼世界的十天》；1932年，开明书店印行月祺（胡伯恳的笔名）译马克·吐温的《汤姆莎耶》等。左翼黑人作家休斯1933年 7 月访问中国，与鲁迅等左联作家会面。1936年10月，良友图书印刷公司出版夏征农译休斯的小说《不是没有笑的》；1936年,《译文》第2期刊登了姚克译休斯短篇小说《好差事没了》。奥尼尔的作品也相继译出：1930年商务印书馆出版古有成译的《加力比斯之月》，1931年商务印书馆出版古有成译的《天外》，1936年中华书局出版了王实味译的《奇异的插曲》。

德国雷马克的作品相继译出,《西线无战事》有了三个译本：1929年水沫书店出版林疑今译《西线前线平静无事》，1934年神州国光社出版徐翔卭、光沫译本《西线无战事》，1936年钱公侠译本出版。另外，1931年，开明书店出版沈叔之译雷马克的《战后》，1948年文化生活出版社出版朱雯译雷马克的《凯旋门》等。德国其他进步作家的作品也不断译出，仅商务印书馆就出版有：1930年钟国仁译霍普德曼著《寂寞的人们》；1932年胡仁源译席勒著《瓦伦斯坦》；1933年关德懋译席勒著《奥里昂的女郎》和胡仁源译歌德著《哀格蒙特》；1934年张富岁译席勒著《阴谋与爱情》；1935年周学普译歌德著《浮士德》和《铁手骑士葛兹》；1936年汤元吉、俞敦培译黑贝尔著《悔罪女》。其他出版机构也出版了不少：中华书局于1934年出版梁镇译恺撒著《从清晨到半夜》和毛秋白译赫伯尔著《季革斯及其指环》；开明书店1935年出版孙博译霍普德曼著《沉钟》，1936年出版项子龢译席勒著《威廉退尔》；生活书店1936年出版郭沫若译席勒著《华伦斯泰》；启明书店1936年出版钱公侠译弗罗培尔著《圣安东尼之诱惑》等。

爱尔兰著名剧作家萧伯纳的作品陆续译出：1930年商务印书馆出版金本基、袁弼译《不快意的戏剧》和中暇译《英雄与美人》；1931年开明书店出版林语堂译注《卖花女》；1934年商务印书馆出版胡仁源译《圣女贞德》，同年中华书局出版钱歌川译《黑女》；1935年商务印书馆出版刘叔扬译《一个逃兵》、黄嘉德译《乡村求爱》和潘家洵译《华伦夫人之职业》；1936年文化生活出版社出版姚克译《魔鬼的门徒》；1936年商务印书馆出版胡仁源译《千岁人》；1937年2月启明书局出版汪倜然译《黑女寻神记》等。萧伯纳的《人与超人》有多个译本出现：1933年商务印书馆出版罗牧译本；1934年10月中华书局出版张梦麟译本；1937年启明书局出版蓝文海译本。英国莎士比亚作品的译本有：1930年新月书店出版顾仲彝译《威尼斯商人》；1930年金马书堂出版戴望舒译《麦克佩斯》；1935年商务印书馆出版曹未风译《该撒大将》；1936年商务印书馆出版梁实秋译《马克白》《威尼斯商人》《丹麦王子哈姆雷特之悲剧》《李尔王》《如愿》《奥赛罗》；1937年商务印书馆出版梁实秋译《暴风雨》等。英国作品的译本还有：1930年12月商务印书馆出版朱复译述高尔斯华绥的《群众》；1937年1月启明书店出版沈佩秋译奥斯卡・王尔德的名剧《莎乐美》等。

法国雨果的作品译本主要有：邱韵铎译《死囚之末日》，1929年5月由现代书局出版；1934年共学社出版俞忽译《活冤孽》（上、中、下）；1935年商务印书馆出版顾维维译《嚣俄的情书》。《悲惨世界》有两个译本：一是1934年9月中华书局出版张梦麟译《悲惨世界》；另一个是1937年商务印书馆出版方于和李丹合译本《可怜的人》。商务印书馆接连出版罗曼·罗兰的作品：1930年李王泉、辛质译《孟德斯榜夫人》；1933年陈作樑译《甘地》；1934年贺之才译《七月十四日》；1935年傅雷译《托尔斯泰传》和《弥盖朗琪罗传》等。此外，法国杜德的《娜丽女郎》的罗玉君译本1930年由商务出版社出版。

其他国家的译本还有：1931年9月，世界书局出版柯蓬洲译意大利亚米契斯的《爱的学校》；1933年，开明书店出版巴金译意大利阿美契斯的《过客之花》；1930年，商务印书馆出版傅东华译瑞典梅脱灵的《青鸟》；1933年，商务印书馆出版汤澄波译瑞典梅脱灵的《梅脱灵戏曲集》；1934年，商务印书馆出版静子译瑞典梅特林克著《圮塔》；1936年，商务印书馆出版罗念生译希腊索缚克勒斯著《窝狄浦斯王》和希腊爱斯若罗斯著《波斯人》；1936年，一心书店出版胡适、罗家伦译挪威易卜生著《娜拉》；1937年，文化生活出版社出版巴金译波兰廖抗夫著《夜未央》等。

译介的主要资本主义国家文学，内容上大都是从民主与道义的角度，揭发、批判资本主义的黑暗与罪恶的进步性、革命性作品，且多为源语国"非主流"作品。译介的其他作品均为"弱小民族文学"，以备受列强欺凌和被压迫国家的文学为对象。左翼翻译家的诗学观念决定了其译本选择，主要是世界无产阶级革命与解放主题的文学名著，尤其是苏联与东欧的作品。译介的文学形式也不仅限于小说，诗歌、戏剧等也不在少数。从《译文》刊载的作品来看，译诗38篇，主要来自苏俄，也有欧美国家的，如林特塞的名诗《忘掉了的鹰》。身为《译文》发起人之一的黎烈文，在1卷2期上就发表了他译自法国现代主义创始人之一、世界散文诗鼻祖、法国象征派诗歌先驱波德莱尔的《散文诗抄》，此后还译有法国C. 亚波黎奈的《动物寓言诗四首》等。《译文》的戏剧翻译数量不多，曾连载亚菲诺甘诺夫创作的反映社会底层民众生活疾苦的多幕剧《恐惧》。另外，儿童文学（主要为童话）与社会奇闻也有若干介绍，以满足不同读者群的阅读需求。①

① 葛文峰：《"最早专门译介外国文学的刊物"：〈译文〉考论（1934—1937）》，载《安康学院学报》2015年第2期。

第三节 左联的中国革命文学构建

有学者认为“革命文学”口号最早出自1903年杨守仁著述的《新湖南》，也有人认为出自创造社或太阳社。总之，在左联成立之前，“革命文学”处于孕育阶段，而左联的成立才真正标志着“中国的普罗文学将因此而更加飞跃到一个开展期”①，且由此谱写出中国近代文学史上的华丽乐章。世界革命文学的翻译和交流催化了中国革命文学的构建，革命文学的创作和发展又推动了中国文学的现代性进程。

左联革命文学的译介活动关乎中国文学的现代性进程。关于文学艺术和中国现代性的关系，陈晓明说道：

> “文化革命”在文化层面上率先触发了中国社会由传统向现代转变，白话文学对中国现代性的建构是如此之大，以至于我们完全可以说，如果没有现代白话文，现代性的感觉方式、认知方式和情感价值都无法建立起来。随后出现的“革命文学”，更是以激进的方式，为激进的社会变革，为一个阶级推翻另一个阶级的暴力革命提供情感认知基础。②

左联是中国革命文学史上的一座丰碑，它诞生于白色恐怖与殖民侵略“内忧外患”双重危机的政治文化语境中。世界各国进步团体间的联系让中国革命作家深受国际无产阶级艺术成果的影响，通过译介为中国无产阶级文艺创作方法提供了效仿版本，极大地推动了革命文学的创作及中国文学的现代性进程。

---

①《左翼作家联盟成立了》，载《大众文艺》1930年第2卷第4期。

② 陈晓明：《现代性与中国当代文学转型》，云南人民出版社2003年版，第19页。

一、世界革命文学译介为中国革命文学提供了范本

戈宝权曾指出：

> 我国杰出的作家如鲁迅、郭沫若、茅盾、郑振铎、巴金等，他们不仅是俄国文学的热烈爱好者和宣传者，而且是积极的翻译和介绍者。[①]

五四前后，俄国古典名著多半是根据日文和英文转译的，不仅多用文言文译，还多采用“译述”形式。如商务印书馆刊行的共学社编译的“俄罗斯文学丛书”，1921年12月出版了瞿秋白、耿济之译述的《托尔斯泰短篇小说集》，1922年3月又出版了耿济之译述的托尔斯泰的《复活》。“译述”是一种较粗放的翻译方式，不强调严格按照原文翻译，而是对原文的内容加以叙述。当然，瞿秋白、耿济之等人的“译述”比“林译小说”的合作式翻译又迈上了一个台阶。这两种译介方式都是基于强烈的目的性。五四文化革命是受十月社会主义革命的影响而发起的，采用“译述”的翻译策略是急于让民众从十月革命中看到“新世纪曙光”。经过后五四时期苏俄古典名著如火如荼的译介，到了左联时期苏俄古典名著翻译逐渐趋于平稳，并开始走向深入和成熟。左联盟员对苏俄古典名著翻译热情高涨也是基于苏俄文学的指导意义，白话文翻译完全取代文言文、译自源语俄语的作品增多是这一时期苏俄古典名著翻译的特点，其译介数量、系统性、翻译质量均达到了新的繁盛期，再造了苏俄文学译入的辉煌。

国际无产阶级文学思潮对中国革命文学影响最大最深刻的，当属苏俄。鲁迅是左联的旗帜人物，他自身的革命文学创作就深受苏俄文学影响。正如戈宝权所说：

> 鲁迅在创作上是深受俄国文学的影响的——鲁迅在1918年用“鲁迅”作为笔名发表的第一篇短篇小说《狂人日记》，题名就和果戈理

① 戈宝权：《中外文学因缘——戈宝权比较文学论文集》，北京出版社1992年版，第24页。

的同名小说相同。[①]

20世纪30年代的苏俄文学译者后来大都成了中国顶级作家，他们都直言受到苏俄作家的影响。瞿秋白曾用“俄国文学成了中国文学家的目标”[②]来形容中国文学家受苏俄文学影响的程度。茅盾的小说创作就深受托尔斯泰的影响，他曾说过：

> 我爱左拉，我亦爱托尔斯泰。…… 可是对我自己来试作小说的时候，我却更近于托尔斯泰了。[③]

1929年，上海大江书铺出版了夏衍由日文本（村田春男译本等底本）转译的高尔基的《母亲》第一部，1930年11月出版了夏衍译的第二部。该书畅销到一年内两次再版的程度，但很快遭到查禁。1935年前后，开明书店将该书改名为《母》，署名“孙光瑞”（即沈端先，也就是夏衍）又印了几版。夏衍当年曾说：

> 抗战胜利之后这本书命运如何，我今天还不能想像。但是有一句话我是可以傲言的，要从中国青年人心里除掉这本书的影响，已经是绝不可能的了。《母》已经成为禁不绝、分不开的，中国人民血肉中心灵中的构成部分了。[④]

《母亲》是高尔基创作于1906年的皇皇巨作，更是左翼作家“伟大母亲”形象的原型。丁玲的《母亲》这部倾尽心血的同名小说完成后，在1932年5月江苏省委委派楼适夷主持创办的《大陆新闻》报上连载，不到20

---

① 戈宝权：《“五四”运动前后俄罗斯古典文学对中国现当代文学的影响》，载《国外文学》1991年第4期。

② 戈宝权：《“五四”运动前后俄罗斯古典文学对中国现当代文学的影响》，载《国外文学》1991年第4期。

③ 茅盾：《从牯岭到东京》，载《茅盾全集》第十九卷，人民文学出版社1991年版，第176页。

④ 夏衍：《“左联”成立前后》，载唐沅、韩之友、封世辉等编著《中国文学史资料全编·现代卷》，知识产权出版社2010年版，第45页。

天因日报被迫停刊而终止刊登。1933年8月，丁玲被捕。出于斗争的需要，在鲁迅的建议下上海良友图书印刷公司将丁玲寄给赵家璧的稿子收入“良友文学丛书”出版了。该书出版后畅销三年之久，共印了四版，累积印数达一万册。如果说高尔基的《母亲》塑造了世界文学史上第一批自觉为社会主义而斗争的无产阶级革命者的英雄形象，是社会主义现实主义文学奠基之作的话，那么丁玲的《母亲》则延续了高尔基《母亲》的社会主义现实主义叙事模式，开启了中国新历史时代在革命意识形态召唤下觉醒了的伟大的革命牺牲者和继承者的中国英雄形象，从此诞生了左翼革命文学叙事中的“母亲”新人气质。

《铁流》俄文本原有的序言（涅拉陀夫作）是鲁迅推荐瞿秋白翻译的，鲁迅称之为“二万言，确是一篇极重要的文字”。瞿秋白和鲁迅对《铁流》如此看重，是因为《铁流》创造的是一种可供左翼作家学习效法的无产阶级创作方法。

苏俄革命文学对中国左翼文学产生的巨大影响，既包括托尔斯泰、高尔基、肖洛霍夫等人文学作品的创作形式和方法，又有卢那察尔斯基、普列汉诺夫等人的文艺理论带来的指导。卢那察尔斯基的美学和文艺思想曾对苏联早期社会主义文艺起到了重要指导作用，以鲁迅为代表的左联高层基于这一点迅速将他的著作集中译介进来。1929年5月水沫书店印行冯雪峰译的《艺术之社会的基础》；同年6月15日大江书铺出版鲁迅据日译本转译的《艺术论》，收有4篇论文——《艺术与社会主义》《艺术与产业》《艺术与阶级》《美及其种类》等；同年10月又由水沫书店印行了鲁迅据日译本转译的《文艺与批评》，收有6篇论文——《艺术是怎样地发生的》《托尔斯泰之死与少年欧罗巴》《托尔斯泰与马克思》《今日的艺术与明日的艺术》《苏维埃国家与艺术》《关于科学底文艺批评之任务的提要》；1930年7月20日，《南国》月刊第2卷第4期刊发了译介卢那察尔斯基的文章《苏联革命电影之现在及将来》。继而其文学作品也相继译入：1930年神州国光社出版的鲁迅编“现代文艺丛书”中收入了柔石译的歌剧《浮士德与城》（末附鲁迅《后记》），1934年联华书局出版了瞿秋白用笔名易嘉译出的剧本《解放了的董吉诃德》等。

普列汉诺夫的文艺理论作品集中译入也在这一时期。1929年8月，水沫书店出版了冯雪峰译的普列汉诺夫的《艺术与社会生活》。普列汉诺夫的《艺术论》有两个译本：一是1929年4月上海南强书局出版的林柏重译本（原作者译为“蒲列哈诺夫”），收入《论艺术》《论原始民族的艺术》《再论原始民族的艺术》；另一个是1930年7月上海光华书局出版的鲁迅译本，收入《论艺术》《原始民族的艺术》《再论原始民族的艺术》等。

域外革命戏剧的译入推动了中国新戏剧的左翼转向，也为中国革命戏剧创作提供了范本。《大众文艺》是左联主要刊物之一，陶晶孙任《大众文艺》主编期间设专栏介绍国外的戏剧艺术家，刊载国外的戏剧通讯和翻译的剧本，用译介外国革命戏剧配合左联工作。他在《大众文艺》上先后译出日本剧作家村山知义的《鸦片战争》、藤森成吉的《特别快车》，德国威特福该尔的《谁最蠢》、乌托·密拉的《运货便车》（《毕竟是奴隶罢了》）等作品。陶晶孙任《大众文艺》主编期间刊出的6期中共刊载了15部剧本，其中7部是翻译剧本。张万国等在《〈大众文艺〉杂志与1930年代戏剧的左翼转向》一文中认为，《大众文艺》译介外国戏剧“为1930年代国内新兴的戏剧运动提供了学习的样本，创造了展示平台，发掘了行之有效的大众化艺术形式，有力地推动了1930年代国内戏剧的左翼转向”[①]。陶晶孙在翻译戏剧的同时还创作戏剧，他在1931年12月20日《北斗》1卷4期上发表了抗日题材剧本《谁是真正的朋友》。他践行革命文学大众化的观念，积极倡导“普罗列塔利亚演剧”，并和左联同仁成立上海艺术剧社，推动了中国新戏剧的左翼转向。

左联亲身感受苏联，借助日本，借镜美国。20世纪30年代美国左翼文学是继苏俄、日本之后影响中国革命文学的第三大思想资源，对其译介和接受影响了中国新文学的构建和发展。左联强化了美国左翼作家作品译介，其中对建设我国“革命艺术”极具参考价值的当属无产阶级文学代言人厄普顿·辛克莱的作品。他是美国当代“最著名的社会主义的创作文学家”[②]，是当时最受中国人欢迎的美国作家。日本首先接受了辛克莱的文艺观念，后创造社李初梨和冯乃超等人将辛克莱传入我国。1928年《文化

① 张万国、张望：《〈大众文艺〉杂志与1930年代戏剧的左翼转向》，载《四川戏剧》2018年10月。

② 张仕章：《辛克莱的宗教思想·译者序》，青年协会书局1937年版，第1页。

批判》第2号上刊登了冯乃超选译的辛克莱《拜金艺术》的部分章节。冯乃超在译文前言中指出："辛克莱和我们站着同一的立脚地来阐明艺术与社会阶级的关系…… 他不特揭破了艺术的阶级性，而且阐发了今后的艺术的方向……给努力于文艺批评及建设革命艺术的各种文笔劳动者做参考。"基于辛克莱阐明了艺术与社会阶级的关系，能够给"建设革命艺术"做参考，冯乃超，李初梨、郁达夫等人不仅都利用了辛克莱的文艺观点，也将其文艺主张运用于中国革命文学的理论建构，对中国的"革命文学"上升发展为"无产阶级文学"有着阶级启蒙的作用。伴随着辛克莱文艺观点的被接受，他的作品也在左联时期得到大量译介。郭沫若先后翻译出版了多部辛克莱的作品：1928年5月上海乐群书店出版《石炭王》；1929年8月南强书局出版《屠场》；1930年上海光华书局出版《煤油》（上、下册）等。此外，左联骨干成员纷纷参与辛克莱作品的译介：1930北新书局出版陶晶孙译辛克莱的长篇小说《密探》；1933年大光书局出版余慕陶译《波斯顿》；1932年10月上海实现社出版王宣化译《罗马的假日》；1935年商务印书馆出版缪一凡译《文丐》等。在中国左翼文学最为活跃的1928年至1937年，据葛中俊在《厄普敦·辛克莱对中国左翼文学的影响》一文中的统计，辛克莱作品不含再版和重译，仅单行本就多达30部。[①]这些译作对中国革命作家的创作实践具有示范意义：织云的《纱厂巡礼》、夏衍的《包身工》、楼适夷的《纺车的轰声》等都体现着《屠场》带来的影响；龚冰庐的《炭矿夫》、孟超的《路工手记》、巴金的《矿坑》等都受到《石炭王》的启发。

二、左联革命文学译介呈"国际间接力"态势

中国左翼文学是国际左翼文学阵营的重要组成部分，国际左翼文学阵营为左联的文艺宣传提供了国际空间，这是其他文学团体所不具备的资源，更使左联革命文学译介"国际间接力"成为可能。

1935年1月1日，国际革命作家联盟会刊《国际文学》中文版创刊，其

① 葛中俊：《厄普敦·辛克莱对中国左翼文学的影响》，载《中国比较文学》1994年第1期。

发刊词《我们的任务》指出：

> 鉴于中国文艺和先进的国际文艺之间至今仍隔着一座“万里长城”——出版这个中文的《国际文学》汇刊，以期于沟通及联系中外文艺的任务内，尽一份子力量。——使中国文坛能直接和国际文艺运动发生交流。[①]

该创刊号设有《中国文艺栏》，刊出的埃弥（时任《国际文学》主编萧三的笔名）作《血书》一文曾载《莫斯科晚报》，并被译成法文、西班牙文、保加利亚文。1935年8月中文版刊出第二期“第一次苏联作家代表大会专号”。《国际文学》中文版承担了左联与世界各国联系之责。应该说以翻译出版方式向世界报道中国革命的真实情况、最早用诗歌及其他文艺形式向全世界宣传中国革命真相的，除了美国记者兼作家史沫特莱、斯诺之外，当属常驻苏联国际组织的萧三了。萧三出版了六部俄文版诗集、一部中文版诗集以及《毛朱传略》，还承担了传递接力棒的重任——他借助《国际文学》多种文字的优势将大量文艺作品译成俄、英、法、德、日、捷文宣传出去，向全世界介绍中国工农红军、土地革命，在国际上产生了广泛影响。

传递接力棒的还有很多外国人，如前所述，左联在《致各国书》的基础上曾给高尔基发去英文版的《致各国书》，这封英文版《致各国书》还刊在美国《新群众》杂志上，据此译出的俄文版载于苏联《国际文学》上，尾崎秀实又将其译成日文版刊于日本杂志。

《怒吼吧，中国！》的创作、翻译、传播是左联带动下国际间交流及互动的典型案例。左联筹办期间，核心人物之一夏衍等创办了艺术剧社，提出了“无产阶级戏剧”的口号，并首次公演了女作家路·米尔顿的《炭坑夫》，还公演了美国辛克莱的《梁上君子》、法国罗曼·罗兰的《爱与死的角逐》等剧目。左联成立后，其成员开始积极筹备兄弟团体，1930年3月19日艺术剧社和摩登剧社等发起成立了上海戏剧运动联合会。从此以

① 陈漱渝：《萧三在苏联的文学活动点滴》，载《新文学史料》1983年第3期。

后，剧本创作、翻译的国际接力更为频繁。《怒吼吧，中国！》的创作素材来自中国。苏联剧作家谢尔盖·特列季亚科夫1924年在北大讲学期间亲眼看到了英国侵略者欺压中国人民、两名无辜船夫被英国舰长残暴杀害的暴行，他以此为素材创作了该剧。该剧1926年1月在莫斯科的国家剧院首演，即刻受到国际左翼文化力量的高度评价，随之以剧本或舞台演出等形式从苏联传到日本。1929年日本作家大隈俊雄把该剧俄文演出本译成日文，几乎同时西方有德文版剧本译出。大隈俊雄译本当年被日本筑地小剧场剧团搬上了东京本乡座戏院，陈豹隐和沈西苓先后自筑地小剧场剧团演出脚本译出中文译本。同年10月，勺水（陈豹隐）以《发吼罢，中国！》为题译出剧本，共9幕，刊发于《乐群》第2卷第10期上；1930年5月，叶沉（沈西苓）译为《呐喊呀，中国！》刊于《大众文艺》2卷4号。除了这两个译自日文的译本之外，欧阳予倩导演的《怒吼吧，中国！》采用的是潘孑农、冯忌译自英语的脚本，即先有脚本，后公开发表。1933年9月潘孑农、冯忌在《矛盾》月刊2卷1期上发表了《怒吼吧！中国》译本。潘孑农在《〈怒吼吧，中国！〉译者谨注》中曾有说明：

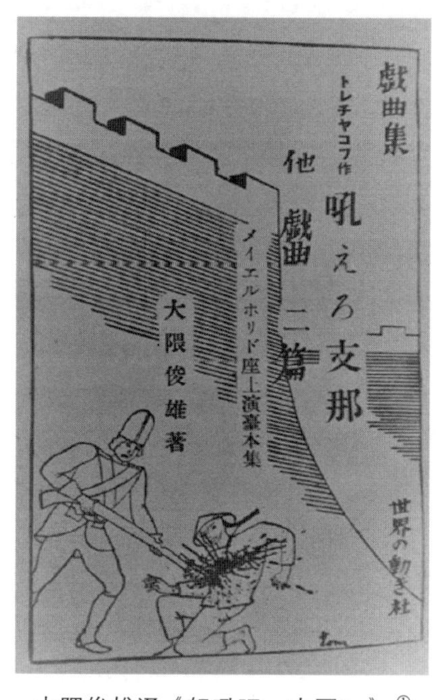

大隈俊雄译《怒吼吧，中国！》[①]

> 本篇系根据曼华脱剧场的英译本，筑地小剧场的日译本二书相互参考而成。间有数处，为方便于出演起见，曾略加删改，则又是得力于欧阳予倩先生在广州用粤语上演的脚本了。[②]

---

① トレチヤコフ著、大隈俊雄訳：「吼えろ中国」（メイエルホリド座上演台本集）、世界の動き社、1930年。

② 潘孑农：《〈怒吼吧！中国！〉译者谨注》，载《矛盾》月刊1933年2卷1期。

1933年的潘译本是译自英译本，又经日译本校阅，再经剧场化。1935年，潘孑农又一次根据德文本订正并由良友图书印刷公司出版《怒吼吧，中国！》单行本。至此，国际间传递尚未结束，此后还有1936年读书生活出版社出版罗稷南译本、1935年未名木刻社刊行刘岘的28幅木刻连续图《怒吼吧中国之图》。

左联在积极译介外部进步作家、革命文学作品的同时也将中国当代优秀作家作品推向了世界，中国文学开始走向世界。国际革命作家联盟是左联将中国当代优秀作家作品推向世界的重要阵地之一。萧三作为常驻代表，他利用国际革命作家联盟机关报《国际文学》中文版主编的身份，在1934年8月17日苏联第一次作家代表大会召开之前推介鲁迅、茅盾参加《答国际文学社问》约稿。鲁迅所著《中国与十月》一文，刊于1934年《国际文学》第三、四期合刊，并和罗曼·罗兰等人的答复一同在7月5日苏联《真理报》上转载，他们与世界著名作家站在了一起。尽管鲁迅等人未能到会，但是萧三代表左联出席，故在苏联第一次作家代表大会上始终都在发声。大会之后萧三和胡兰畦在会场里举行了“中国文艺晚会”，萧三在《我为左联在国外作了些什么》一文中记录了当时的场景：

> 请帖上写的主持晚会的是高尔基。他因代表大会后要开别的会未能到我们的会，却写了上面所述《致革命的中国作家们书》。晚上我改请了在苏联享有盛名的法国作家马里洛为主席。主席团上还坐着国际革命者救济会会长、老布尔什维克、曾当过列宁的秘书的斯塔索娃等。马里洛用法语致开会词，由我译成俄语。晚会由胡兰畦同志唱了一首中国歌开始；我朗诵了几首俄译的诗……最受会众欢迎的是由某演员朗读了鲁迅的《阿Q正传》的一部分。①

左联通过萧三与高尔基有了直接联系，时任中共在莫斯科办的《救国时报》副主编的张报也曾说过：“1933年，萧三同志曾带领我和其他几位中

---

① 萧三：《我为左联在国外作了些什么》，载《新文学史料》1980年第1期。

国同志去拜访高尔基。”[①]不仅苏联的马雅可夫斯基、奥斯特洛夫斯基、阿·托尔斯泰等著名作家与左联有了联系，而且左联的“文字之交”扩展到世界其他国家。1932年12月30日，鲁迅在《祝中俄文字之交》一文中说道：

> 在现在，英国的萧，法国的罗兰，也都成为苏联的朋友了。这，也是当我们中国和苏联在历来不断的“文字之交”的途中，扩大而与世界结成真的“文字之交”的开始。这是我们应该祝贺的。[②]

作为常驻苏联国际组织的唯一代表，萧三同鲁迅保持着密切的通讯联系，并积极向全世界宣传鲁迅、介绍中国左翼作家和作品。他曾说过：

> 我作为左联代表在国外作的另一件事了，那就是：宣传鲁迅。1935年秋（哪月哪日我记不得了），《真理报》有意介绍外国名作家，隔几天发表一篇关于某人的文章。我写一篇题名《鲁迅》的文章寄去《真理报》。[③]

1934年，萧三与彭秀纶、屈公合编的一期文艺性刊物《太平洋灯塔》在苏维埃作家同盟远东管理委员会中国分部出版，共登小说10篇、诗8首、剧本1个、论文2篇。作者除萧三外，还有莎利、袁明远、汤文渊、方格、纳客吐哺、宝力特、丁尧山、林啸等。[④]

除了在苏联的国际革命作家联盟之外，其他的渠道也开始将左联的优秀作家作品推介出去，1930年，国内英文期刊《远东杂志》上刊登王际真译鲁迅短篇小说《风波》《祝福》；1931年，日本出版山上正义译鲁迅的《阿Q正传》；1934年，鲁迅与茅盾受美国人伊罗生委托编选的中国现代短篇小说集《草鞋脚》在美国出版。据宋绍香在《世界鲁迅译介与研究六十

① 张报：《萧三同志与〈救国时报〉》，载《新文学史料》1984年第1期。
② 鲁迅：《祝中俄文字之交》，载《文学月报》1932年第5—6期。
③ 萧三：《我为左联在国外作了些什么》，载《新文学史料》1980年第1期。
④ 陈漱渝：《萧三在苏联的文学活动点滴》，载《新文学史料》1983年第3期。

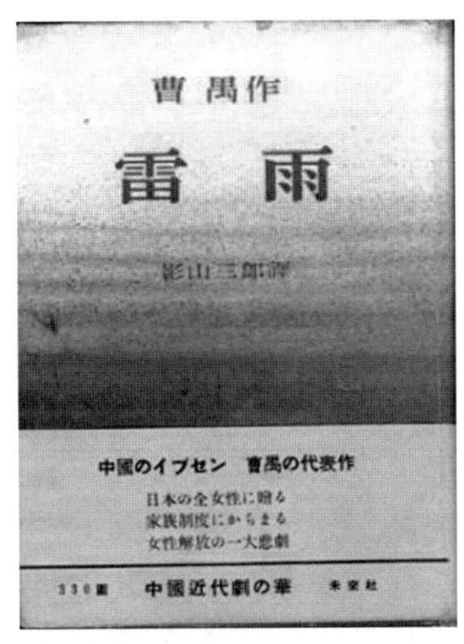

影山三郎和郑振铎合译《雷雨：戏曲》

年》中的统计，截至1937年抗日战争全面爆发，鲁迅作品已经译介到了日、苏、法、美、德、英等国，其中日本译介得最多，达23种，俄苏译介了《阿Q正传》《幸福的家庭》《高老夫子》《头发的故事》《故乡》《孔乙己》《风波》《社戏》等11种。[①]中国现代优秀作家被推向了世界，标志着中国文学开始走向世界。

曹禺的代表作《雷雨》开始在日本传播。1935年4月，留日中国学生团体中华话剧同好会在日本东京神田一桥讲堂公演曹禺的《雷雨》。东京帝国大学学生影山三郎是其中为数不多的日本学生之一，他被《雷雨》所打动，翻译了《雷雨》剧本。1936年2月，影山三郎和郑振铎合译的《雷雨》剧本在日本出版。日本著名剧作家秋田雨雀为之作序，他高度评价了《雷雨》：

> 从编剧的风格来看《雷雨》，这不是一般的易卜生式三一律结构的戏，可以说是运用电影手法的戏。只有序幕和尾声的时间是现在，其他四幕都是过去发生的事情。这样的结构让这部剧作具有历史发展的必然性。[②]

秋田雨雀在序中称之为“中国近代剧之典范”，打出了“中国的易卜生、曹禺的代表作、献给日本所有的女性、家族制度的羁绊、女性解放的一大悲剧”等推介词。影山三郎于1953年4月再译《雷雨》，进一步扩大了中国戏剧在日本的影响。

---

① 宋绍香：《世界鲁迅译介与研究六十年》，载《文艺理论与批评》2011年第5期。

②［日］饭塚容：《〈雷雨〉在日本》，载《戏剧艺术》2014年第1期。

三、宣传革命文学，构建中国早期“世界文学”图景

随着域外文学译介在“质”和“量”上的攀升，左联普及了外国革命文学知识，中国文坛在“文学话语”上产生了巨变。左联在利用境外的期刊等媒体将中国当代优秀作家推向世界的同时，更是在国内接连出版进步刊物，打开了宣传革命文学的窗口。

革命文学是革命人的文学，鲁迅背后的直接支持者是革命人组织——中共中央宣传部。冯雪峰不仅接受党组织委托与鲁迅商谈并请鲁迅出面组织成立了左联，还与鲁迅密切配合创办了一系列刊物，[①]构建了中国早期“世界文学”图景。左联的机关刊物有左联成员之前依靠进步团体所办刊物。在左联成立之后转为左联机关刊物的有：冯雪峰、鲁迅等人编辑的《萌芽月刊》，蒋光慈主编的《拓荒者》，郁达夫主编的《大众文艺》等。《巴尔底山》《世界文化》等也属于左联成立后创办的，《前哨》（第2期改名为《文学导报》）、《北斗》、《十字街头》、《文学》、《文艺群众》、《文学月报》、《文学新地》等也都是左联重要的机关刊物。此外，左联领导下的文艺团体和地方组织也有单独的会刊，如中国诗歌会有《新诗歌》，北平左联分盟有《文学杂志》《文艺月报》，东京分盟任均、叶以群、谢冰莹、孟式均等办有《东流》、《杂文》（后改名《质文》）。此外，还有两个秘密发行的油印刊物《秘书处消息》和《文学生活》等。左联盟员还以个人名义编辑刊物，如有叶紫、陈企霞的《无名文艺》，周文、刘丹的《文艺》，庄启东、陈君治的《春光》，聂绀弩的《中华日报》副刊《动向》，陈望道的《太白》，郑君平的《新小说》等。六年时间里仅机关刊物就有20余种，而且都有翻译作品专栏，翻译作品数量很多。据学者统计，在左联期刊发表的2951篇署名文章中，有564篇是译作，占刊出总数的20%。[②]左翼刊物如雨后春笋，且将革命文学译介置于办刊的重要位置，为构建现代中国早期“世界文学”图景开辟了道路。

---

① 张丹：《冯雪峰与“左联”初期的几份刊物》，载《文艺报》2013年11月11日。

② 左文、毕艳：《论左联期刊的翻译作品》，载《中国文学研究》2005年第2期。

《萌芽月刊》1930 年1月1日创刊，是冯雪峰和鲁迅一起主编的左联机关刊物，取名“萌芽”寓意着中国普罗列塔尼亚革命文学的萌芽。①该刊由光华书局发行，只发行了5期即被查禁，随即改名为《新地月刊》，仅出1期又被查禁。②《萌芽月刊》和《新地月刊》都把译介放在了重要位置。《萌芽月刊》是主要译介马克思主义文艺理论的刊物，冯雪峰在该刊第一卷第一期的《编者附记》中声明：

> 将新俄的几个优秀的作家，给以绍介。但同时，西欧诸国及小国度的作品，也想择其倾向比较正确的，绍介一些。③

基于这一宗旨，《萌芽月刊》连载了鲁迅译法捷耶夫长篇小说《毁灭》（译为《溃灭》）、沈端先译革拉特珂夫的《醉了的太阳》、蓬子译巴比塞的短篇小说两篇等。每期的插画还刊登了高尔基、法捷耶夫、革拉特珂夫等人物的肖像，将他们介绍给中国的读者。在《新地月刊》卷末余载中除提到《萌芽月刊》“不能言所欲言”外，还专门提到不能“译所欲译”，可见翻译在《萌芽月刊》里所占比重实为不小。在《新地月刊》“第一卷内，为主的是朝着这三方面：翻译和绍介，创作，评论”，即译介至少占有三分之一的比重，而且位居第一。在这一卷内译有倩霞译卢波勒著《文化问题》、鲁迅译法捷耶夫长篇小说《毁灭》和成文英译《共产学院艺术部本年度研究题目》，以及鲁迅译序《艺术论》等颇具革命文艺导向性译作。从《萌芽月刊》到《新地月刊》，译介不仅限于文艺领域，政治特征也较为明显，《萌芽月刊》第一卷第五期刊载了雪峰译《太平洋沿岸劳动组合在反战反帝斗争上的任务——1929年8月泛太平洋劳动组合会议底决议》、洛扬译《马克思论出版底自由与检阅》等，《新地月刊》刊载了贺菲译《为什

① 钱杏邨认为1921—1927年是中国普罗列塔尼亚革命文学的萌芽期。见钱杏邨：《中国新兴文学论》，载《文艺讲座》1930年第1期。

② 方馨未：《冯雪峰编辑〈萌芽月刊〉〈十字街头〉及与鲁迅和瞿秋白的关系——李浩先生的某些论述与史实不符》，载《上海鲁迅研究》2014年第4期。

③ 上海文艺出版社编：《中国新文学大系 1927—1937 第十九集　史料·索引一》，上海文艺出版社1989年版，第59页。

么我们不是和平主义者》、成嵩译《苏联第一次马克思主义的、列宁主义的哲学家代表会》等。《萌芽月刊》和《新地月刊》的办刊指向代表着左联的意图——引进他山无产阶级革命文学之石，构建中国无产阶级革命文学之林。

太阳社的机关刊物《新流月报》，由蒋光慈、钱杏邨1929年创刊，从1930年1月第五期改名为《拓荒者》，成为左联的刊物之一。同年1月10日出版的第1卷第1期特大号上有《翻译小说》栏目，刊登了洪灵菲译法国巴比塞的《不可屈伏的》和冯宪章译叶山嘉树的《没有劳动者的船》等。第1卷第3期上刊有藤森成吉的《寄自旅中：给“战旗”的信》。此外还有《国内外文坛消息》栏目，第1卷第1期刊登了艺术学者付利采的死、格尔顿夫人诞辰五十周年、1929年诺贝尔奖奖金的候补者、日本文坛近况、最近的几部名译，第3期上刊有苏联新教育人民委员长蒲蒲诺夫的肖像照、高尔基的画图等。

左联的刊物除了上述的机关报刊之外，还有盟员以个人名义编辑的刊物，由鲁迅创办并亲任主编的《译文》颇具代表性。译文社于1934年9月在上海由鲁迅、茅盾、黎烈文、黄源等左翼进步文人创办，[①]起初由邹韬奋主持的进步文化出版机构生活书店发行，复刊后改由上海杂志公司出版。

茅盾曾称《译文》的创刊“开辟了一个新的战场”。左联盟员以翻译为武器，以《译文》为阵地，译载世界名作，揭露社会黑暗和统治者对人民的压迫，并以国外无产阶级文学运动启迪国内民众。《译文》很快成为国民政府集权统治者“文化围剿”的对象，1935年9月被迫停刊，1936年3月改特大号为新一卷一期复刊，1937年出至新三卷第四期后再度被迫停刊。《译文》是我国翻译文学史上最早的专门译介外国文学的刊物，也是以翻译外国文学作品、抒发救国救民心声为主题的中国第一份纯文学翻译期刊。

左联标志着中国革命文学的诞生和成长，并以它在当时的巨大作用以及对后世的深远影响而闻名，这一点早已为世人所公认。但是，国际交流为左

---

① 黎烈文虽没有加入左联，但他与鲁迅、茅盾等革命作家是取同一步伐的，国民党视他为洪水猛兽，一位官员在大庭广众之中称他是“上海有名的左翼作家”。参见康咏秋：《黎烈文评传》，湖南人民出版社1985年版，第1页。

联“革命文学”的构建所作的贡献尚未引起学界足够的重视。

左联是国际左翼文学阵营的一部分，具有十分广阔的国际视野，这是国内其他文学团体所不具备的优势。尽管左联从成立到解散只有六年时间，但它标志着中国无产阶级革命文艺的起步。夏衍在《“左联”成立前后》一文中将1927年至1936年称为“左翼十年”。左联为中国革命文学大厦的建构铺筑了基石，正是凭借这十年的基础，我们才形成了抗日战争中雄壮有力的革命文艺队伍，才有了全国解放时刻国统区、解放区的文艺工作者紧密团结而形成的新的文艺队伍。[①]

左联敞开了世界革命文学输入的大门，也开始让中国革命文学迈向世界，更为推进中国文学打通“共同话语”通道、新文学国际“共同语”呈现等现代性发展添了砖加了瓦。此后，中国作家“世界文学”自觉意识进一步强化。郑振铎在《希腊神话》再版本中，运用了马克思在《政治经济批判导言》中关于古代神话的著名论述来分析希腊神话，使外国古典文学焕发出新的审美价值，更使中国学者融入世界文学研究中去。而以鲁迅、曹禺为代表的作家及其作品的早期译介，也让世界了解了中国文学，中国文学开始迈向世界舞台。

左联的国际交流催化并引领了中国革命文学的诞生和构建。此次与国际左翼文艺团体的联系和交流，虽不能断言其开启了中国文艺团体与国际文艺团体交流合作的先河，但可以说这是我国文学界在国家民间团体层面较早的一次国际交流，是涉及20余个国别的较大范围的交流，更是国际著名文学家参与人数较多的交流。左联依靠文学翻译出版的助力较出色地完成了中国共产党意识形态传播的历史使命，同时对中国文学的现代性发展产生了积极的影响。

---

① 夏衍：《“左联”成立前后》，见唐沅、韩之友、封世辉等编著《中国文学史资料全编·现代卷》，知识产权出版社2010年版，第45页。

第　三　章

20世纪80年代的中苏文学学术交流

苏联于1991年12月25日解体，20世纪80年代显然是苏联的最后时期。此时的中国，则在1978年中共第十一届三中全会确立改革开放方针之后，进入了“新时期”。这一时期中苏两国的文学学术交流，则由20世纪60—70年代的逆反、对抗和相互攻讦，转向冷静的观察、对话、沟通和客观评价，这首先表现在对中国当代文学的评论和文学史研究上，同时也表现在古典文学研究的视角选择和方法更新上。

第一节　20世纪80年代苏联对中国当代文学的译介和研究

从1976年中国粉碎“四人帮”到20世纪80年代末，中国文学本身走过了一段曲折的道路。这一时期苏联汉学对中国新时期文学的研究，也经历了前后两个不同时期的转折。前期大致从1977年到20世纪80年代初。在这一时期的研究中，由于当时中苏两国的关系尚处于冷淡乃至敌对的状态，一贯受官方控制的苏联汉学研究还习惯于用长期敌对状态下形成的眼光来看待中国文学，加之这一时期的中国文学本身由于刚刚走出“文革”阴影，确实存在着许多“左”的思想残余和艺术上公式化、概念化的弊病；所以苏联汉学家对这一时期中国文学的评价，总的来说是低调的、怀有戒心的。他们在这一时期对中国文学的研究，主要热衷于两个主题：一是在中国文学作品中寻找对所谓“毛主义”的批判，寻找从文学中透露出来的中国社会的政治动向；二是注重研究作品对苏联的态度。很明显，这种研究基本上是围绕当时苏联领导层的政治需要进行的，其主旨在于对中国社会状况的分析，而非单纯的文学研究。在这一时期的评论文章中，还不时出现过去多年用惯了的带有敌意的词句，如“毛派领导人”“反苏主义”“民族沙文主义”等，评论的内容也多是概略的介绍。

20世纪80年代中期以后，一方面，中国国内高举有中国特色的社会主义旗帜，实行改革开放，在各方面取得了举世瞩目的成就，中国文学也在清除了种种羁绊之后大步腾飞，涌现出一大批重振革命现实主义雄风的优秀作品；另一方面，苏联领导层也调整了他们的国际国内政策，其中包括对华政策，特别是当时的苏联领导人戈尔巴乔夫提出“改革与新思维”之后，苏联汉学界对中国新时期文学逐渐由挑剔的观望转为兴趣浓厚的介绍与研究。从20世纪七八十年代之交开始，中国新时期文学作品被陆续介绍给俄文读者。到20世纪80年代中期，这种介绍已达到一定的规模，除单篇译作外，还出版了一定数量的中国当代作家作品选集。也正是从这时开始，苏联汉学家对中国当代文学作品的研究，逐渐由单纯的政治主题分析转为对思想内容和艺术特色的多方面、多角度的品评。以往那些带有敌意色彩的语汇也渐趋消失，而代之以较为中肯的评论以至于热情的赞誉。

由于此前20多年的对抗和隔膜，此时的苏联汉学家首先进行的是对中国当代文学及文坛论争的宏观报道和介绍。如时任苏联科学院远东研究所研究员的阿列克谢·尼古拉耶维奇·热洛霍夫采夫（Алексей Николаевич Желоховцев，1933—　）在苏联《国外社会科学》杂志上连续发表了一系列摘要介绍中国报刊对当代文学问题讨论的文章[①]，对苏联汉学家和一般读

① 由热洛霍夫采夫摘译介绍的我国文学工作者评论当代文学作品的论文主要有：张冲《论刘心武的短篇小说》（原载《北京大学学报》1979年第1 期；摘介文章见苏联《国外社会科学·文艺学卷》1980年第1期）、孟伟哉《有益的一课——关于刘宾雁的特写〈人妖之间〉》（原载《文艺报》1979年第11—12期；摘介文章同上刊，1980年第4 期）、《关于1979年中国短篇小说的争论》（原载《甘肃文艺》1980年第4期；摘介文章同上刊，1981年第1期）、冯牧《论1979年获奖的短篇小说》（原载《上海文学》1980年第5期；摘介文章同上刊，同期）、《对王蒙最近的六篇短篇小说的讨论》（原载1980年9月3日《人民日报》；摘介文章同上刊，1981年第3期）、张冲《王蒙的新探索——论〈蝴蝶〉及其他六篇短篇小说描写方法的特点》（原载1980 年9月28日《光明日报》；摘介文章同上刊，同期）等。

者了解中国文坛现状起了积极的推动作用。

中国新时期文学作品第一个被完整地翻译介绍给俄文读者的是戴晴1979年在《光明日报》上发表的短篇小说《盼》（达维多夫、乌里扬诺夫译，载苏联《文学报》1980年11月19日）。此后，苏联《外国文学》杂志在1981年第11期上集中发表了一批中国当代作家的新作，有王蒙的《夜的眼》、李陀的《愿你听到这支歌》、韩少功的《月兰》、韶华的《舌头》《上书》和李发模的诗《桥》。

到1982年，中国当代作家作品的译作开始结集出版。第一部在苏联出版的中国当代作家小说集是以刘宾雁的同名报告文学命名的《人妖之间》（进步出版社1982年出版）。该小说集由热洛霍夫采夫和索罗金编选，收有王蒙的《夜的眼》、刘心武的《班主任》和《我爱每一片绿叶》、王亚平的《神圣的使命》、李陀的《愿你听到这支歌》、韩少功的《月兰》、韶华的《舌头》和《上书》、刘宾雁的《人妖之间》、李准的《芒果》等10篇作品。此外还有两篇非新时期的创作：王蒙的《组织部新来的年轻人》和陈翔鹤的《陶渊明唱挽歌》。

截至1989年，苏联共出版中国新时期中短篇小说集8部，除上面提到的《人妖之间》以外，还有热洛霍夫采夫编选的中篇小说集《一个人和他的影子》（青年近卫军出版社1983年版）、索罗金编选的《当代中国小说：王蒙、谌容、冯骥才》（《消息报》1984年版）、李福清编选的中短篇小说集《人到中年》（虹出版社1985年版）、李福清编选的《冯骥才中短篇小说集》（虹出版社1987年版）、热洛霍夫采夫编选的短篇小说集《相会在兰州》（青年近卫军出版社1987年版）以及哈赫洛娃编选的《中国当代短篇小说》（艺术文学出版社1988年版）等。这些作品集共收入中国新时期小说作品80多篇。此外还有切尔卡斯基译的一部诗集《蜀道难——中国50—80 年代诗歌选》（虹出版社1987年版），其中在“70年代末80年代初的诗”一编中收入艾青、公刘、浪波、李发模、骆耕野、刘祖慈、吕剑、寥寥、苏叔阳、吴力均、方冰、方殷、方敬、傅天琳、韩翰、胡笳、黄永玉、赵恺、朱健等22位诗人的30首诗。

此外，苏联出版的中国新时期中长篇小说单行本共4种，即古华的《芙蓉镇》（谢曼诺夫译，虹出版社1986年版）、路遥的《人生》（谢曼诺夫译，青年近卫军出版社1987年版）、戴厚英的《人啊，人！》（罗日杰斯特文斯卡娅–马尔恰诺娃译，虹出版社1988年版）和张洁的《沉重的翅膀》（谢曼诺夫译，1989年版）。

在对中国新时期文学的研究方面，截至1991年，苏联汉学家共发表译介或研究性的论文近30篇，其中包括译作序跋、概括性评述和对个别作家作品的专题研究。其中李福清为小说集《人到中年》写的序言《论当代中国中篇小说及其作者》和他的论文《中国当代小说中的传统因素》、托罗普采夫的论文《王蒙小说中"未自我实现的冲突"》以及H. A. 阿桑诺娃在1990年中苏文学关系国际研讨会上宣读的论文《古华的〈芙蓉镇〉和A. 普拉东诺夫的〈地槽〉》，已由我国译者译成中文，分别发表在我国《文学自由谈》（1986年第2期）、《当代文艺探索》（1987年第2期、第3期）和《国外文学》（1991年第4期）等刊物上。

1989年，莫斯科科学出版社东方文学总编室出版了苏联科学院远东研究所研究人员集体编著的《中华人民共和国的文学与艺术（1976—1985）》，这是苏联解体前苏联汉学家系统论述中国新时期文学艺术的唯一一部专著。参加编写工作的有索罗金、鲍列夫斯卡娅、盖达、托罗普采夫、思切夫、马尔科夫等。全书共分六章：第一章"在文学镜子中变化着的现实"（索罗金）；第二章"文学中的青年主人公和关于青年主人公的文学"（鲍列夫斯卡娅）；第三章"戏剧与时代"（盖达）；第四章"八十年代的电影：问题与解决"（托罗普采夫）；第五章"在探索革新道路上的造型艺术"（思切夫）；第六章"中国的创作界知识分子，'使用与再教育'问题"（马尔科夫）。这部专著可以说是苏联时期研究中国新时期文艺问题的概括性总结。关于这部书中对中国当代文学的评论与研究，在笔者撰写的《二十世纪国外中国文学研究》"俄苏篇"第五章"新时期中国文学在俄苏"[①]中有较详尽的介绍，这里不拟赘述，读者可自行参阅。

---

① 见夏康达、王晓平主编：《二十世纪国外中国文学研究》，学苑出版社2016年5月版，第351—377页。

第二节　费德林论中国文学史研究的经验与问题

尼古拉·特罗菲莫维奇·费多连科（Николай Трофимович Федоренко，1912—2000），汉名费德林，是苏联时期外交家和著名汉学家。他1912年出生于北高加索地区的温泉疗养胜地皮亚季戈尔斯克（Пятигорск，意为五峰山城），1937年毕业于莫斯科东方学院，1943 年获语文学博士学位，1939—1968年在苏联外交部工作。曾任苏联驻华使馆参赞（1950—1952）、驻日本大使（1958—1962）、常驻联合国及安理会代表（1963—1968）。自1957年起兼任科学院东方学研究所研究员，1958年晋升为高级研究员并被选为苏联科学院通讯院士。专著有《〈诗经〉及其在中国文学中的地位》（1958）、《中国文学研究问题》（1974）、《中国古代文学作品》（1978）、《中国文学遗产与现代性》（1981）、《屈原：创作渊源与问题》（1986）等。1988年，费德林在苏联《远东问题》杂志上发表论文《研究中国文学的原则（经验与问题）》，对以往中国本国的中国文学史著作和包括俄罗斯在内的西方学者编写的中国文学史，做了全面的梳理和点评，同时对拟议中的苏联科学院远东所和东方所的汉学家们集体编著中国文学史的规划做了介绍，并提出自己的一些设想。但可惜世事不遂人愿，两三年后苏联解体，政治动荡，经济滑坡，俄罗斯社会遭遇种种困难，导致费德林在文中提出的“将于10年内问世”的俄文版40卷《中国文学丛书》计划未能实现。但他对今后编写中国文学史所应遵循的原则、所应创新的方面提出的建设性意见，还是值得我们参考和吸纳的。

费德林指出：“在20世纪之前的旧中国并不存在成系统地论述本国文学发展过程的文学史。”他说，问世于1910年的“被认为是建立中国文学史的首次尝试”的京师大学堂教授林传甲的《中国文学史》，“在结构上特别是在方法论上都很松散”。[①]后出的著作，如“谢无量的《中国大文学史》、

① [苏联] Н. Т. 费多连科：《研究中国文学的原则（经验与问题）》，载《远东问题》1988年第3期。

曾毅的《中国文学史》、顾实的《中国文学史大纲》、葛尊礼的《中国文学史》，还有王梦曾、张之纯、赵景深、郑振铎、胡小石等其他许多人的一些同名的著作”，除了“鲁迅的《中国小说史略》和郑振铎的《中国文学史》这样的作品，包含着非常珍贵的材料和作者们对重要文学现象的观点，无疑是中国文艺学和文艺批评向前迈出的重大一步”之外，其余大部分著作“存在着共同的缺点”，即“缺乏科学的方法，以及在选择和评价文学作品时作者的主观性”。他说：“在这些著作中没有研究工作本身的主要对象——文学的明确的概念和定义，缺少对研究对象的客观观点和应有标准，而导致作者们对文学现象和事实的随意态度和对语言艺术领域问题的主观解释等等。”[①]在这些早期的文学史研究者中，费德林最推崇的是鲁迅。他写道：“鲁迅的文学著作具有特别重要的意义。他在第一批研究者中间开始创立科学的中国文学史。对历史遗产问题的原则性的新阐释以及对在语言艺术的一般过程中民间创作的作用的正确评价，都应归功于他。这些创作在过去的许多世纪中一直为官僚地主贵族所鄙视，并不被看作是有价值的文学。”他说：“由鲁迅完成的研究中国文学史的工作，为在新中国条件下对其进行真正的马克思主义研究奠定了基础。”[②]这些观点，与我国当时对鲁迅的评价是完全一致的，是当年中苏两国文艺学有共同理论渊源、共同评价标准的表现。

费德林认为：“就前面提到的大部分作者的著作来说，文艺学分析的方法论体系、研究工作的具体方法，没有跳出形式主义的、食古不化的罗列古代文献和传统注释的框子。”他说：“在这些著作中没有包含对不同历史时期的作品中形象和性格的意义的说明。在这里没有试图分析文学作品的结构，确立主人公与社会生活、与时代的思想和风尚的联系等等。更没有哪一部旧中国作者的著作能从文学理论、美学、文学史与批评史的综合的观点来对语言艺术进行研究。”[③]他写道：“这些著作中的大部分所涉及的问题，与其说是专门的文学运动，不如说是中国学术的传统部门：历史

① [苏联] H. T. 费多连科：《研究中国文学的原则（经验与问题）》，载《远东问题》1988年第3期。
② [苏联] H. T. 费多连科：《研究中国文学的原则（经验与问题）》，载《远东问题》1988年第3期。
③ [苏联] H. T. 费多连科：《研究中国文学的原则（经验与问题）》，载《远东问题》1988年第3期。

（史部）、经典文集（经部）、哲学（子部）和文学（杂部）。这样一来，就同专门的文学史一起提出了哲学史、儒家学者的经典和逻辑学等等问题。”①

被费德林在文中逐一点评的新中国成立之前中国文学史研究者的著作有胡怀琛的《中国文学史略》（新文化书社1935年版）、胡云翼的《中国文学史》（上海北新书局1932年版）、郑宾于的《中国文学流变史》（上海北新书局1936年版）、谭正璧的《中国文学进化史》（光明书局1929年版）、梁乙真的《中国民族文学史》（三友书店1943年版）、谭丕模的《中国文学史纲》（上海北新书局1933年版）等。这些著作各具特色，各有千秋，但也都存在着一定问题。比如胡怀琛的《中国文学史略》，“完全没有哪怕是多多少少的作者对文学历史发展过程的概括的观点”，“经常引用各种类型的过去时代的历史和文学史料中所包含的见解，援引古代文学家的文章段落和句子，但却没有作者自己的分析和注释”；②因此被胡云翼批评为“简直是一部流水账簿”③。而胡云翼自己的《中国文学史》，却又“表现出对‘纯文学’也就是文学创作的兴趣”。他把文学定义为“由情感引起”并且是“美感的作品”。从这个观点出发，“胡云翼把与文学没有任何关系的东西，不仅是经典的、历史的、哲学的、自然的以及科学的文献，而且甚至还有《左传》《史记》《资治通鉴》等文集中的文学篇章，都从文学的概念中排除出去”④。费德林对此评论道：“在胡云翼的上述观点中，不能不看到伪科学的唯美主义，对‘纯艺术’极端热情的表现。这种观点的过分片面性导致对那些卓越文献，如《左传》《史记》等等的文学价值的否定。”⑤

费德林引用郑振铎在《研究中国文学的新途径》一文中所说，批评一些文学史旧著的作者们“通常只限于公式化地和形式主义地叙述作家履历

① ［苏联］H. T. 费多连科：《研究中国文学的原则（经验与问题）》，载《远东问题》1988年第3期。
② ［苏联］H. T. 费多连科：《研究中国文学的原则（经验与问题）》，载《远东问题》1988年第3期。
③ 胡云翼：《中国文学史》，北新书局1936年版，第4页。
④ ［苏联］H. T. 费多连科：《研究中国文学的原则（经验与问题）》，载《远东问题》1988年第3期。
⑤ ［苏联］H. T. 费多连科：《研究中国文学的原则（经验与问题）》，载《远东问题》1988年第3期。

和家族谱系中他一生的各种活动、亲属及朋友联系的情况等等[①]，极少注意对作家创作的分析和评论”[②]。费德林指出：“文学过程的发展、各种体裁和风格产生的根源和原因、艺术创作与物质和精神生活条件的相互关系等问题，经常被遗忘在旧学派作者们的视野之外。”[③]也就是说，许多文学史旧著是把文学史变成按文学线索串联起来的社会发展史和作家个人生平史。费德林举郑宾于的《中国文学流变史》为例：“在这部著作中，语言创作的运动是从各种体裁、风格的产生和发展的观点来加以研究的。”“在自己著作的第一页作者就强调指出，从诗的体裁产生了‘赋’，以后是‘唐律’、‘宋词’、‘元曲’等体裁；而在散文中相应产生了‘古文’、‘杂文’、‘小说’，同样也是演进、变化和创造。在这里郑宾于指出，每一种体裁都同一定的朝代相适应：‘叙诗止于唐，词止于宋，曲止于明而流于清’，等等。”费德林评论说：“这样一来，郑宾于仅只是作为与这个或那个王朝政体相适应的创作形式的演变来研究中国文学的演变历史，而忽略了文学的内容、创作的思想倾向和在一定历史文化条件下产生的社会历史意义。”[④]

费德林指出：“旧学派的中国文学史家的研究著作中包含着矛盾的和完全是主观的文学与文学史任务的定义。”[⑤]这里被他用作例证的是谭正璧的《中国文学进化史》。谭正璧在该书中写道：“用心理学上的分析，来说明世间一切学术的性质，我们可以说：哲学是属于意志的，科学是属于知识的，而文学是属于情感的；哲学是求‘善’，科学是求‘真’，而文学是求‘美’。所以文学的性质，必须具有美的情感。”他进一步解释说：“所谓美的情感者，是脱离现实生活的利害是非等而艺术化了的东西，是与个人当前的实际利害无关系的东西，他能使人起一种快感。就是他的情是痛苦时也可以起一种快感。”[⑥]基于这一观点，谭正璧断言：“为什么山水花月几乎成了文学基本的材料？正因彼等是超出现实生活的利害是非，而令

① 郑振铎：《研究中国文学的新途径》，《中国文学研究》第三卷，作家出版社1957年版，第1140页。
② ［苏联］H. T. 费多连科：《研究中国文学的原则（经验与问题）》，载《远东问题》1988年第3期。
③ ［苏联］H. T. 费多连科：《研究中国文学的原则（经验与问题）》，载《远东问题》1988年第3期。
④ ［苏联］H. T. 费多连科：《研究中国文学的原则（经验与问题）》，载《远东问题》1988年第3期。
⑤ ［苏联］H. T. 费多连科：《研究中国文学的原则（经验与问题）》，载《远东问题》1988年第3期。
⑥ 谭正璧：《中国文学进化史》，光明书局1932年版，第6页。

人容易感受一种美感的缘故。反之，道德、金钱、名誉所以被摈弃于文学材料之外，正因彼等已被执著实际的利害是非，而使人起憎恶之感。”[①]谭正璧还强调：“文学是情感的产物，历史为社会科学之一，是知识的产物；文学求美，历史求真；文学是偏于主观的，历史完全是客观的……所以凡是好的历史，他绝不是文学；反之，好的文学，也绝不是历史。”[②]在谭正璧1940年写成的另一本书《中国文学史大纲》中，他表示赞同《中国文学史》一书作者张之纯给文学下的定义：“文学是我的情感的宣扬、我的理想的展示、我的语言的表现——借助于象形文字符号的相互联系创作出的作品。”[③]对谭正璧的这些观点，费德林一方面表示承认“借助于理性原则不是永远能够把一切都理解和解释清楚的”，“在艺术创作中，特别是在中国传统诗歌中，并非一切都是合乎理性的，也远不是一切都只有一个意义”；[④]但同时又批评道：“谭正璧的观点是极为主观和不科学的。他仅只是作为情感的产物来研究文学，而忽略了了解作家的内部感觉，他的创造性想象的必要性。”[⑤]

除了与中国旧派文学史家对文学性质的认识有分歧之外，费德林认为中国旧文学史著作还存在着不能“客观地提供语言艺术创作活动的正确画面”的问题。比如梁乙真的《中国民族文学史》，作者在书中正确地指出：“文学是人生的反映，也是时代的映画。政治的良污，时代的治乱，民生的苦乐，国民的思想，都可以从文学中表现出来。我们欲知某一时代的真像，要研究那时代的文学作品；欲研究文学作品，也要研究产生那作品的时代真像。”[⑥]但费德林批评这本书的实际情况是：“由于作者极为主观地和随意地叙述文学创作的事实，因此这本书提供的只是中国民族文学扭曲了的画面。”[⑦]

尽管上述中国人自己编写的中国文学史旧著存在着种种问题，但费德

---

① 谭正璧：《中国文学进化史》，光明书局1932年版，第6页。
② 谭正璧：《中国文学进化史》，光明书局1932年版，第13页。
③ 谭正璧：《中国文学进化史》，光明书局1932年版，第3页。
④［苏联］H. T. 费多连科：《研究中国文学的原则（经验与问题）》，载《远东问题》1988年第3期。
⑤［苏联］H. T. 费多连科：《研究中国文学的原则（经验与问题）》，载《远东问题》1988年第3期。
⑥ 梁乙真：《中国民族文学史》，三友书店1943年版，第10页。
⑦［苏联］H. T. 费多连科：《研究中国文学的原则（经验与问题）》，载《远东问题》1988年第3期。

林对它们的态度并不是一概鄙夷和否定，而是客观历史地予以相当宽容的评价。他写道："我们不能不注意到，中国的作者们，其中包括老的作者，对事物有着传统的观点，这些观点以他们自己本身的世界观、独特的感受为根据。我们有权从现代方法学的观点来判定它是否是主观的。但在这里不应当凭猜测轻率地下结论。当然，最简单的是说这种解释具有非理性的性质。但是，由这个结论出发未必能改变其中包括我们刚才引证过的那些在中国文学史料中记录下来的东西。在这里必须有更宽宏的历史态度，它承认在中国不同的历史条件下的民族世界观的独特发展。"①

费德林对中国文学史旧著给予较高评价的，除了鲁迅和郑振铎的著作外，还有谭丕模的《中国文学史纲》。他写道："在语言艺术研究的道路上向前迈出了一步的是谭丕模的《中国文学史纲》，其中作出了以进步的文艺学科学的观点来说明文学的最主要现象的尝试。在论述文学史的意义的时候，谭丕模在'绪论'中指出，它是社会历史过程的一部分，不能把它从社会生活的发展中分离出来。文学的历史，一般说来同不停顿的历史运动一样，任何时候也不会停止自己的向前发展。谭丕模进一步强调指出，新风格的产生、新运动的开始、新的伟大作家的诞生，所有这一切都是社会历史过程中的现象，对它们的因果联系的说明就成为文学史的任务。"②当然，这里也不难看出当年在"社会主义现实主义"文学观念统御下苏联汉学——文艺学家的思维定式，即偏重强调文学与社会生活、文学与历史发展的联系。

大约是由于20世纪六七十年代中苏交恶、苏联汉学家对当时中国国内的文学史研究动态了解有限或不屑理会的缘故，费德林对中华人民共和国成立以后的中国文学史著作的介绍和评论，仅限于北京大学在1958年集体编著、1959年修订再版的《中国文学史》，而对20世纪60年代曾作为中国国家教育部颁行教材的由游国恩领衔主编、在中国高等学校延续使用了20多年的四卷本《中国文学史》，以及在当年也产生过重大影响的中国科学院文学研究所编三卷本《中国文学史》，居然只字未提。这不能不说是在

---

①［苏联］H. T. 费多连科：《研究中国文学的原则（经验与问题）》，载《远东问题》1988年第3期。

②［苏联］H. T. 费多连科：《研究中国文学的原则（经验与问题）》，载《远东问题》1988年第3期。

资料占有、考察视域上的重大欠缺。对北京大学这部《中国文学史》，费德林虽然也有局部的批评，但总的来说评价是相当高的。这恐怕是由于那个时期尚属中苏蜜月期，两国文艺学研究的指导思想高度一致，他对中国在这一时期编写的文学史产生符合自己经验期待的阅读快感及认同感。费德林写道："1958年问世的《中国文学史》是北京大学中国文学专门化学生的集体著作。对语言艺术创作过程的新解释是它的原则上的特点。作者们给自己提出了对中国文学史的马克思主义研究的任务。"他说："在这部著作中，中国共产党关于科学地阐释文化和艺术问题、科学地研究丰富的古代遗产问题的决议，得到了实际的体现。由《中国文学史》的作者们完成的巨大的研究工作，引用了大量独特的材料，并使它们得到全面的分析评论。"①同时，费德林也指出了这一版本的缺点，那就是"其中论述民间口头创作与文学的关系问题的方法就令人怀疑。民间口头创作在这本书里被赋予了一些被夸大了的作用，尽管作者们是从列宁主义的关于两种文化、关于每一种文学中都有两种潮流的无可争议的论点出发的"②。

对于1959年修订补充的新版四卷本《中国文学史》，费德林的评价则完全是正面的、高度肯定的。他写道："总的来说，这本书证实了在研究中国文学史问题方面严肃的方法论改革，并且是对在中国建立马克思主义文艺学的实际贡献。作者们在序言中正确地强调指出，文学史的任务就是在正确地运用马克思列宁主义的世界观和方法论的同时，深入地掌握各个时代文学的丰富材料，研究文学发展的过程，发现其规律性，客观地评价作家及其创作在总的历史格局中的位置。"③他指出："作者们从历史宏观的角度来研究文学创作的思想的和艺术的意义，并且顾及各个时代社会发展、哲学和美学观点的特点。同样重要的还有在《中国文学史》中比其他著作更为详尽地研究了作品内容的艺术体现的手段。本书的作者们力图指出，作家的形象思维处于同他们对概括周围现象的方法的磨炼、语言工具的完善、体裁风格的发展的一定的相互联系之中。所有这些，使这本书成为中

① ［苏联］H. T. 费多连科：《研究中国文学的原则（经验与问题）》，载《远东问题》1988年第3期。
② ［苏联］H. T. 费多连科：《研究中国文学的原则（经验与问题）》，载《远东问题》1988年第3期。
③ ［苏联］H. T. 费多连科：《研究中国文学的原则（经验与问题）》，载《远东问题》1988年第3期。

国学者和外国汉学家同类研究中最为详尽的著作。”[①]

在逐一点评了中国人自己编写的中国文学史著作之后，费德林回顾了西方和俄罗斯人编写中国文学史的历程。他首先否定了英国人H. A. 翟里斯（Herbert Allen Giles，1845—1935）自称其1901年出版的《中国文学史》是世界上第一部中国文学史的说法，指出：“在此之前20年，俄国科学院院士B. П. 瓦西里耶夫在1880年就写成了用石印出版的《中国文学史纲要》一书，并在同一年完成了《中国文学史论集》。”[②]但他紧接着指出：“B. П. 瓦西里耶夫的这部著作虽然是系统研究中国文学史的第一次尝试，但很快就能发现他用的是经验主义的而不是严格的科学方法。”费德林写道：“这正是经验主义地研究中国文学的时代，当时的工作基本上被归结为对个别文学事实的记叙，而没有理论的认识与概括。同时这完全是大概地作出的。所看到的是局部的，而不是一般的和整体的。没有对语言艺术运动过程的全面概括，没有文学发展、体裁与风格更替的总的画面，等等。”[③]

费德林指出：“只是到了更晚的时期，革命以后，在我国才开始了对中国文学的科学研究。这研究的对象已经不是单个的、局部的现象，而是在其全部特点、特性的有机联系之中的统一的整体。”[④]他说：“这方面的功勋属于苏联汉学的奠基人B. M. 阿列克谢耶夫。任务在于研究的不是个别的事实，虽说它们就其本身来说是有意义的，不是派生的或再生的，而是最初的现象。换言之，要努力再现在其整体性之中的、在其同一性和制约性的复杂多样性中的画面，同时不忽略通过深刻地了解个别来认识整体。从这些观点出发，合理地达到对中国文学在全世界文学过程中的地位和作用的确定。”[⑤]从中可见，费德林是把B. M. 阿列克谢耶夫奠定的苏联汉学、文艺学研究的原则，作为俄罗斯汉学家今后编写中国文学史所应遵循的圭臬。

但是，苏联文艺学长期存在着的用机械唯物论和庸俗社会学观点来研

①［苏联］H. T. 费多连科：《研究中国文学的原则（经验与问题）》，载《远东问题》1988年第3期。
②［苏联］H. T. 费多连科：《研究中国文学的原则（经验与问题）》，载《远东问题》1988年第3期。
③［苏联］H. T. 费多连科：《研究中国文学的原则（经验与问题）》，载《远东问题》1988年第3期。
④［苏联］H. T. 费多连科：《研究中国文学的原则（经验与问题）》，载《远东问题》1988年第3期。
⑤［苏联］H. T. 费多连科：《研究中国文学的原则（经验与问题）》，载《远东问题》1988年第3期。

究作家作品，以及忽视对象的特殊性和历史条件，将其主观武断地纳入某种先验模式的公式化倾向，也深刻影响到汉学—文学研究。正如进入21世纪后俄罗斯科学院东方学研究所女汉学家К. И. 戈雷金娜在她与В. Ф. 索罗金合著的《中国文学研究在俄罗斯》一书中所指出的："在战后年代特别展示了这种情况，此时在俄罗斯文学和文艺学中占统治地位的是总体现实主义（Тотальный реализм）的思想，而在哲学和美学中是全面唯物主义和马克思列宁主义。"①她说："现实主义的观点被转用到古代和中世纪文学文献，促使忘却了许多此前说过的有价值的思想，破坏了已经习惯了的术语辞典上的说法，某种程度上用类似于'人民诗人'、'封建文学'、'贵族上层和被压迫下层的文学'等等抽象定义来评价。在汉学中也兴起了相应的文学现象起源的观念和相应的文学事实评价。"②在20世纪六七十年代的苏联汉学—文学研究中，甚至一度出现过拿中国文学的历史进程与西方文学发展阶段简单类比和套搬的观点。如在苏联东方学中享有盛誉的日本学家Н. И. 康拉德（Конрад Николай Иосифович，1891—1970），就在他1966年出版的《东方与西方》一书中提出了"东西方文学之间存在着类型学平行，其中之一是文艺复兴的思想"③。费德林在自己的文章中对苏联时期中国文学研究中存在的这种现象提出了批评。他写道："从我们的观点来看，不能容许把在研究标准的欧洲文学中确定的东西转移或扩展到中国文学中来（比如，风格的时期划分或更替——古典主义、浪漫主义、现实主义、自然主义、象征主义、先锋主义等等）。把这一公式机械地扩展到东方文学，其中包括中国文学，恐怕未必是科学的论证。"他提出："把文学现象、语言艺术作品、体裁与风格、文学流派、整个时代的艺术创作过程并列起来加以比较，绝不能不时刻考虑到国家历史运动的社会的和思想的现实的特殊条件。"④他批评苏联当年的中国文学史研究"不是在全部多样性

① [俄罗斯] К. И. 戈雷金娜、В. Ф. 索罗金：《中国文学研究在俄罗斯》，俄罗斯科学院东方文学出版公司2004年版，第10页。

② [俄罗斯] К. И. 戈雷金娜、В. Ф. 索罗金：《中国文学研究在俄罗斯》，俄罗斯科学院东方文学出版公司2004年版，第10—11页。

③ [俄罗斯] К. И. 戈雷金娜、В. Ф. 索罗金：《中国文学研究在俄罗斯》，俄罗斯科学院东方文学出版公司2004年版，第12页。

④ [苏联] Н. Т. 费多连科：《研究中国文学的原则（经验与问题）》，载《远东问题》1988年第3期。

中和发展的特点与矛盾性中深入地研究具体文学的相应作品，而是为了分类本身的某种类似分类的东西”[①]。

费德林指出：“在我们的习惯中对过去、现在和将来的通常的时期划分完全是有条件的。时间的运动是不停顿的。这是一条统一的长河。因此，时期界限本身是相对的。所以人为地或是科学地对它进行划分都是证据不足的。”[②]他批评当年苏联一些汉学家热衷于论证中国也有“启蒙运动”“文艺复兴”等观点，指出：“中国自己的研究者们，甚至是具有最不受约束的想象力的人，任何时候在任何一本著作中也没有暗示过在中国存在过‘文艺复兴’。”[③]他批评持这种观点的人“经常是全人类的意义给带有偏见的搜集工作增添了某些凭主观意志强加的‘特征’和空间的想象。这种方法轻易地确信，可以在随便什么地方发现文艺复兴，甚至是在那些无论是谁、无论什么时候都没有想到过的地方。简言之，就是似乎要证明各地全有文艺复兴，其中之一出现在意大利”。费德林指出：“我们一点儿也不想否定学者们探索和发现的神圣权利，绝对不是。可是，发现——如果这是真的发现的话，应该是有证据的和具有必需的历史具体性，否则这不过是完全没有包含必需的真相的假说，是失去了准确性的假说。没有有分量的和客观的材料就不可能有准确的评价或说明。按照学者们的观点去寻找他们想要的东西是非常危险和冒险的，这会引起空想的牵强附会。”[④]他在分析这种不顾事实的大胆假说产生的原因时说：“开拓性的观念是建立在早就被创造出来的、主要是欧洲中心起源的公式上的，按照‘古典的’‘中世纪的’‘文艺复兴的’‘巴洛克的’等模式，而不去全面地研究产生于具体的社会历史条件之中的各民族文学的特点。”[⑤]

在批评了苏联以往中国文学研究中存在的问题之后，费德林提出了他自己对今后中国文学史研究的设想。他指出：“在中国文学史家们面前，存在着许多问题性的和局部性的任务。这首先是研究文学发展过程的规律

①［苏联］H. T. 费多连科：《研究中国文学的原则（经验与问题）》，载《远东问题》1988年第3期。
②［苏联］H. T. 费多连科：《研究中国文学的原则（经验与问题）》，载《远东问题》1988年第3期。
③［苏联］H. T. 费多连科：《研究中国文学的原则（经验与问题）》，载《远东问题》1988年第3期。
④［苏联］H. T. 费多连科：《研究中国文学的原则（经验与问题）》，载《远东问题》1988年第3期。
⑤［苏联］H. T. 费多连科：《研究中国文学的原则（经验与问题）》，载《远东问题》1988年第3期。

性，研究创作与风格的特殊性，研究艺术表现手段与作家的语言，研究中国文学的民俗学基础和民间创作的作用，研究语言创作的基本流派、现实主义创作中的民主性和贵族性的表现等等。”①

费德林文中提出的对今后苏联编写中国文学史的设想，概括起来有以下八点：

（一）重视对民族文学遗产的继承与创新。费德林指出：“每一个民族、每一个时代都造成自己对事物的观点。而随后的每一代人实际上仅只是继续从前所作的。同时，每一个新的贡献绝不是永远与过去同等意义或同等价值的。这里没有相同性，但毫无疑问，存在着运动的前进性。无论是在科学的关系中还是文化的关系中，这都是正确的。在这里社会活动与精神生活发展不平衡的法则发挥着作用。”②

（二）坚持在内容与形式、思想与艺术的统一中研究文学作品。费德林写道：“我们所遵循的文艺学是有重大价值的人文科学之一，它在对社会的精神遗产的科学研究中占有重要地位，在规律性与观点的阐述之后正确地显示独具一格的现象、风格和语汇的独特个性。对文学作品的研究应该在内容与形式、思想性与艺术手法的不可分割的相互联系中进行。同时应该奉行以科学的方法论体系和研究方法来表述内容与形式的研究的客观性。”③

（三）把文艺学看作语言艺术的一部分，把科学性与艺术性统一起来。费德林写道：“我们是把文艺学作为文学、语言艺术不可分割的一部分来加以研究的。从我们的观点来看，关于语言艺术的科学和艺术本身不是互相干扰的，而更多的是在认识人与生活的领域中的补充。而如果这样的著作还很少或者完全没有，我们认为，致力于写出这样的书是合理的。与此同时很明显的是，许多东方学的文艺学著作是用呆板的语言写成的，枯燥而又晦涩。”④

（四）坚持马克思主义的社会历史研究方法，重视文学与社会生活、作

---

①［苏联］H. T. 费多连科：《研究中国文学的原则（经验与问题）》，载《远东问题》1988年第3期。
②［苏联］H. T. 费多连科：《研究中国文学的原则（经验与问题）》，载《远东问题》1988年第3期。
③［苏联］H. T. 费多连科：《研究中国文学的原则（经验与问题）》，载《远东问题》1988年第3期。
④［苏联］H. T. 费多连科：《研究中国文学的原则（经验与问题）》，载《远东问题》1988年第3期。

家世界观与创作的联系。费德林写道："建立马克思主义的中国文学史，这是苏联汉学—文艺学家们的主要任务。批判地掌握过去时代的科学遗产将有助于这一问题的解决。我们认为，中国文学史研究中的重要任务在于全面地研究作家与自己时代生活、与围绕他的社会历史现实的联系，在于在内容的思想性与艺术性的有机统一之中研究作家的世界观与创作。"①

（五）把握中国文学最本质、最卓越的现象。费德林指出："在历史—文学的过程中，最为重要的是区分出中国艺术创作的最本质的、在文学运动的历史过程中起了特别卓越作用的现象。同时应当对最大量的文学文献和卓越的语言艺术家的创作给予深切的关注，在一般的文学发展中特别显著的作用是属于它们的。文学史家的重大任务之一也正在这里。"②

（六）揭示作家个人创作与时代、与民族文学发展历程的有机联系。费德林写道："我们从这一点出发，即每一个重大的现象都应该被看作不是孤立的、绝缘的，而是同以其历史时代为特点的一般的文学创作直接地、活生生地相互联系在一起的。每一个单个作家的个性特点应该被揭示为处于同创作的客观规律性相互联系之中的一般的文学过程的不可分割的有机组成部分。"③

（七）指出中国文学与世界各民族文学的相互联系与相互作用，从而揭示世界文学发展的共同规律。费德林写道："文学史的任务最终在于指出中国的语言艺术在同其他民族的文学、同世界文学史的相互联系与相互作用中的发展。这里所作的努力应该是致力于说明对于各国文学有代表性的、与对中国文学的民族特色的具体分析结合在一起的一般的规律性。"④

（八）吸纳中国文艺学家和批评家对文学作品的注释和评论，其中包括中国古代文论的宝贵思想资料。费德林指出："研究中国艺术创作的资料中有一些是由更为晚近的文艺学家和批评家们对其所作的注释和评价。在这方面像《文选》《文心雕龙》等等一类的资料是有很大意义的。"⑤从费德

①［苏联］H. T. 费多连科：《研究中国文学的原则（经验与问题）》，载《远东问题》1988年第3期。
②［苏联］H. T. 费多连科：《研究中国文学的原则（经验与问题）》，载《远东问题》1988年第3期。
③［苏联］H. T. 费多连科：《研究中国文学的原则（经验与问题）》，载《远东问题》1988年第3期。
④［苏联］H. T. 费多连科：《研究中国文学的原则（经验与问题）》，载《远东问题》1988年第3期。
⑤［苏联］H. T. 费多连科：《研究中国文学的原则（经验与问题）》，载《远东问题》1988年第3期。

林的这个意见中，我们看到了他在中国文学史研究方面力图突破传统欧洲中心主义的努力，看到了他对中国文学史研究应注意听取中国学者意见，包括吸纳中国古代文论的重要性的强调。这不仅对俄罗斯汉学家的中国文学史研究有指导意义，对于中国本国的文学史研究和古代文论研究工作者也是一个鼓舞。

第三节　马努辛的《金瓶梅》俄译与李福清的评论

20世纪七八十年代中苏关系的缓和与双方意识形态对立的松动，使苏联学界对中国古典文学的研究摆脱了服务于政治斗争的导向，出现了选材、研究观点与方法宽松的局面。在这样的背景下，对有市场卖点和趣味性的中国古代艳情文学作品的译介与研究，成为这一时期苏联汉学—文学研究中新的热点。

本来，苏联时期的中国古典小说译介与研究，就一直有关注中国古代艳情文学的传统。20世纪20年代曾出版过列文译自法文的《侠义风月传》（国家文学出版社1927年版）和泽德巴姆译自德文的《二度梅》（莫斯科联邦出版社1929年版）。新中国成立后，随着中苏两国文化交往的热络，在中国古代艳情文学研究方面也出现了热洛霍夫采夫的专著《话本——中世纪中国的市民小说》（1969年，其中涉及《金主亮荒淫》、冯梦龙《情史》等作品）、沃斯克列辛斯基的《隔帘花影》研究（1977年）、戈雷金娜的《中世纪中国的短篇小说》（1980年，其中论及中国古代艳情文学作品《赵飞燕外传》《吴紫玉传》《莺莺传》《青琐高议》《剪灯新话》等）等。

由于文化传统与民族心理的不同，加之中国古典小说原文文本转译成俄文后，原文描写性活动、性心理，在中国人看来颇具挑逗性、诱惑性的文字及其字里行间所隐含的微言大义，往往因难以言传而大大减弱。所以苏联汉学家对待中国文学中的色情描写，一般没有中国学者那种神秘、隐晦、难以启齿之感。同时，苏联时期的汉学家研究中国色情小说，主要的兴奋点、关注点并不在于小说的色情内容，而是从社会学的文学观念出发，着眼于文人小说与时代社会生活、民间文学传统与哲学宗教思想的联系，着眼于小说题材的渊源流变。所以，他们可以毫无顾忌地谈论这些在中国被列为“禁书”的作品。

1977年，莫斯科国家艺术文学出版社出版了由莫斯科大学东方语言研究所副教授维克多·谢尔盖耶维奇·马努辛（Виктор Сергеевич Манухин，1926—1974）翻译的《金瓶梅》两卷集。据我国浙江师范大学高玉海教授考察：“B. C. 马努辛在1969年即完成了《金瓶梅》的全部译稿，但由于当局的严格审查和出版社所做的大段删节，该书在作者去世三年之后才得以出版。”[①]该版本诗词为根纳季·鲍里索维奇·雅罗斯拉夫采夫（Геннадий Борисович Ярославцев，1930—2004）译，李福清做注释。

马努辛译本对《金瓶梅》原本做了很大的删节，高玉海指出其“实际上篇幅只有《金瓶梅》原作的五分之二多一些”[②]。这里仅举1993年莫斯科正方出版联合体出版的《中国色情》一书所收马努辛译《金瓶梅词话》第五十一回《月娘听演金刚科 桂姐躲在西门宅》为证：该回中除了有些诗词、次要人物对话和叙述过程中的细节描写，以及某些情节前后的铺垫概述被略去之外，大段删节的有“派来保赴东京为桂姐说情”“王六儿托来保给女儿带物”“桂姐为月娘唱曲”“西门庆在夏提刑府会见倪鹏”“薛姑子为月娘讲佛法”等情节，以及自“巡按宋老爷送礼来”至回末近3000字被略去。此外，西门庆与潘金莲在床上交欢的细节描写，也略掉不少。这里除了有些中国描写情爱活动的隐语、诗词难以翻译的原因之外，也有苏联时期出版物比较注意社会道德净化、对淫秽色情内容严加控制的因素。如原作中下面一段西门庆与潘金莲床戏的描写：

> 这妇人便将灯台挪近床边桌上放着，一手放下半边纱帐子来。褪去红裈，露见玉体。西门庆坐在枕头上，那话带着两个托子一味弄得大大的，露出来与他瞧。妇人灯下看见，唬了一跳，一手揝不过来，

① 高玉海：《中国古典小说在俄罗斯的翻译和研究》，吉林大学出版社2015年版，第78页。

② 高玉海：《中国古典小说在俄罗斯的翻译和研究》，吉林大学出版社2015年版，第78页。

> 紫巍巍，沉甸甸，约有虎二。便眤瞅了西门庆一眼，说道："我猜你没别的话，定是吃了那和尚药，弄耸的恁般大，一味要来奈何老娘。好酒好肉，王里长吃的去。你在谁人跟前试了新，这回剩了些残军败将，才来我屋这里来了？俺每是雌剩鸡巴肏的，你还说不偏心哩！"

俄译为：

> 金莲把烛台挪到床前，放下纱帐，脱下裤子，露出玉石一样的胴体。西门坐在枕头上，在他那个地方（俄语用于指男性生殖器的隐语——笔者注）吊着一对马肚带，向外翻出，一个挺立的大家伙出现在眼前。金莲看到这个，拍手跳了起来。一座紫红色的山峰耸立着并轰然作响，好像遇见了两只老虎。金莲用激情的眼光瞥了西门一眼，说道："我猜，你心里想的就是一件事。没别的，就是和尚的药起作用了。看那可怕的样子！想毁了我吗？上等的都给了别人，而我的命就是用这累坏了的。说，你跟谁干过了，到半死不活的时候到我这里来了！到底我在哪里和人家一样？还说对所有人都一样呢！"①

应该说，马努辛的这段译文基本忠实地译出了原文的场景和人物话语，不愧为优秀的俄文译本。但任何两种民族文化、两种语言文本之间的译介和传达，都必然有信息的衰减和遗失。从我们所引这段俄文译文也可以看出，俄译本在翻译中已经把中文原文的淫秽文字或多或少地净化了。如潘金莲作为一个市井泼妇，其脱口而出的许多生动形象的俚语、俏皮话，以及下流的污言秽语，在译文中就有所缺失、减弱和过滤。这在两种语言系统对译中固然是一种不可避免的遗憾，也是在不同民族文化交流与接受中取其精华、去其糟粕原则的必须，但对读者感受原作人物风神气貌、把握人物思想性格不能不说有所损害。此外，马努辛译文中也有对原文理解不准确的地方。如原文说的"虎二"，据白维国《金瓶梅词典》

---

①［俄罗斯］А. И. 科博杰夫主编：《中国色情》，莫斯科正方出版联合体1993年版，第468—469页。

的解释，是“比虎口大出二分”[①]，实际上相当于我们平常说的“一扎多长”。俄文译者不知道中国民间这种计量方法，按原文直译，就变成“两只老虎”了。再有就是中国古代房中术的一些性器具，如“银托子”[②]等等，在中国已经失传，现代中国人尚且搞不明白，俄文译者只能按俄国人能想到的事物，译成能束紧并托起物体的“马肚带”了。

1986年，时任苏联科学院高尔基世界文学研究所高级研究员的李福清为马努辛《金瓶梅》俄译本第二版撰写了前言《兰陵笑笑生和他的长篇小说〈金瓶梅〉》[③]，这是苏联时期的中国艳情文学研究中一篇真正涉及作品情爱内容并对其进行了深入分析和研究的重要论文。李福清在文中一方面从宏观角度论述了小说《金瓶梅》与其所处历史时代的关系，指出作品的认识价值和社会意义；另一方面又着重从微观角度深入挖掘和分析了作品中一些细节的象征和隐喻意义。该文不少见解颇为新颖独到，值得中国本国的研究者重视和参考。

首先，关于如何看待《金瓶梅》中的色情描写问题，李福清认为，小说中的色情场面描写“不是目的，而是揭露的手段”[④]。他指出：“许多国家人民的文学史上，常常有这样一个时期，以往禁止描写的情欲会突然间赤裸裸地闯入文学。这种情况一般发生在从中世纪到近代的过渡时期。”他请读者回忆一下卜迦丘和17世纪日本作家井原西鹤的作品，指出：“这里含有处处存在的同样的文学发展规律：这条规律是同克服中世纪过分严肃主义、同中世纪把主人公只看成是尽天职而不是有感情的人的态度相联系的。”[⑤]

关于《金瓶梅》的历史价值，李福清指出，《金瓶梅》“这部小说仿佛

---

① 白维国编：《金瓶梅词典》，中华书局1991年版，第224页。

② 银托子是古代一种用金属制造的性爱工具，它外形一般呈半弧状。根据阳物的大小不同，又有不同的型号。使用前常在开水或药水中煮一煮，以起到消毒作用，然后用带子绑在阳物之上。银托子的作用，顾名思义就是借助其将阳物托起，加之它有金属的硬度。

③ 中文节译文载我国《文艺理论研究》1986年第4期。全译文收入李福清著《汉文古小说论衡》，江苏古籍出版社1992年版，第115—149页。

④［苏联］李福清著，白嗣宏译：《兰陵笑笑生和他的长篇小说〈金瓶梅〉》，见李福清著《汉文古小说论衡》，江苏古籍出版社1992年版，第127页。

⑤［苏联］李福清著，白嗣宏译：《兰陵笑笑生和他的长篇小说〈金瓶梅〉》，见李福清著《汉文古小说论衡》，江苏古籍出版社1992年版，第129页。

是整整一个时代的镜子，封建社会危机形成时代的镜子”。这部小说“是对当时中国社会、对上层统治者道德败坏和腐化的辛辣讽刺”。他写道，小说所写的历史事件虽然发生在北宋时期，但从书中所描绘的生活本身和各种具体事物来看，作者实际上是再现自己的时代，即16世纪的社会生活。李福清指出“兰陵笑笑生几乎是中国文学史上第一个谈到金钱势力的人”，通过放高利贷而发财的西门庆“是当时中国生活的新主人公，相应地也是文学的主人公”。①而《金瓶梅》这部小说与以往的社会小说（如《水浒传》）的最大不同，则是通过主人公私生活的角度来显示作者对国家和社会问题的关注。李福清认为，这正是《金瓶梅》的“创新之处”②。

李福清在前言中对《金瓶梅》一些细节的象征意蕴做了相当有趣的深入阐发，显示出作者深厚的汉学功底和对中国传统民俗文化的熟悉。比如他说，《金瓶梅》中的女主人公月娘在盛大场合总是穿红袄，而明朝皇帝姓朱，朱即红色，“红”是一种高贵的颜色，所以“月娘穿红衣裳可能与是富家里的大太太和她在小说里指定所起的象征作用有关”③。同时李福清又提醒读者注意，潘金莲在李瓶儿生日那天穿的是“深红色嵌金坎肩”，这说明她“千方百计地突出自己比其他几房妻妾所处的优越地位”④。

对于《金瓶梅》中所表现的古代中国人的性观念与性风俗，以及性爱活动的方式和过程，李福清结合《金瓶梅》第二十七回《李瓶儿私语翡翠轩　潘金莲醉闹葡萄架》，运用20世纪西方文论阐释学、语义学派的“文本细读”方法，做了相当细致精到的分析。他说：“瓶儿的意译是‘花瓶’，照中国古老的概念，花瓶是子宫和女人天然物的象征。难怪新

---

①［苏联］李福清著，白嗣宏译：《兰陵笑笑生和他的长篇小说〈金瓶梅〉》，见李福清著《汉文古小说论衡》，江苏古籍出版社1992年版，第119页。

②［苏联］李福清著，白嗣宏译：《兰陵笑笑生和他的长篇小说〈金瓶梅〉》，见李福清著《汉文古小说论衡》，江苏古籍出版社1992年版，第120页。

③［苏联］李福清著，白嗣宏译：《兰陵笑笑生和他的长篇小说〈金瓶梅〉》，见李福清著《汉文古小说论衡》，江苏古籍出版社1992年版，第124页。

④［苏联］李福清著，白嗣宏译：《兰陵笑笑生和他的长篇小说〈金瓶梅〉》，见李福清著《汉文古小说论衡》，江苏古籍出版社1992年版，第124页。

娘的花轿里一定要放上盛满粮种或者珍宝的花瓶，表示祝愿五谷丰登、多子多孙。小说中提到的中国古代游戏——投壶，也具有同样象征的意义。这项游戏在《金瓶梅》里常常影射色情场面。不过，这种象征含义只有在第二十七回里揭示得最细腻。”①李福清提醒读者注意这样一个看似不经意的细节：“一个闷热的白天，西门庆披散着头发走进花园，身上随意搭着一件长袍。”他写道：“各国人民的民族文学和中世纪文学里，披散头发是感情和性欲放纵的象征。看来17世纪评论家张竹坡特地指出，这种形象‘生情’，是有道理的。”李福清继续写道：“主人公在欣赏花盆里盛开的瑞香花儿。这时金莲和瓶儿出现在花园里。金莲想折一朵花儿。但西门庆阻止她说，他已经折过几枝插进（意思是浸入）翠磁胆瓶里。作者利用这些细节，仿佛是把读者引向几分钟之后将要发生的重大事件，即李瓶儿吐露自己怀孕的事。这就是此处提到花瓶——‘瓶儿’——的原因，既影射瓶儿，又影射女性天然物。”李福清还提示读者注意：“主人公话中异常的动词：不知为什么不说把花插进或者放进花瓶，而是用‘浸’这个字——‘浸入’、‘浸湿’、‘浇灌水’。”在他看来，把花“浸入”盛有水的胆瓶，实际上是男性阳物插入女性阴道使之受孕的象征。李福清还指出，胆瓶的样子“像是吊在那里的胆囊”，“照我们看来，花瓶的式样也包含着不太美的含义”，但“胆——照中国人的说法是盛勇敢、胆量的容器。看来作者是想说，这里指的正是生儿子、生继承人的事”。他还指出：“也许提到瑞香花也不是偶然的。瑞香花含有一个‘瑞’字，有吉祥的意思。花瓶的颜色本身——翠色——是春天的象征，是人诞生和男子力量的象征。”李福清写道：“金莲想折一朵花儿戴在头上的事也不是偶然的。她明白，西门庆把花儿‘浸入’翠瓶儿，表示希望瓶儿而不是金莲或者另外一房妻子给他生一个儿子。因此他才阻止金莲从花枝上折下与花瓶里插着的花儿相同的花。”②对于这一回后半部分西门庆在葡萄架下肆意玩弄潘金莲，甚至用性虐方式羞辱她的一场描写，李福清认为：“这个场面通过最粗暴最无人性的形式表

---

①［苏联］李福清著，白嗣宏译：《兰陵笑笑生和他的长篇小说〈金瓶梅〉》，见李福清著《汉文古小说论衡》，江苏古籍出版社1992年版，第115页。

②［苏联］李福清著，白嗣宏译：《兰陵笑笑生和他的长篇小说〈金瓶梅〉》，见李福清著《汉文古小说论衡》，江苏古籍出版社1992年版，第125页。

现了西门庆对妻妾们的权力。作者在这里表明，妻妾对他来说，实际上只是一件物品，他想怎样摆弄就怎样摆弄。”[①]我们说，李福清对《金瓶梅》微言大义所做的这些挖掘与阐发，固然有仁者见仁、智者见智的性质，不一定令人全部赞同，但他这种“细读”的研究方法还是值得参考和借鉴的。

---

①［苏联］李福清著，白嗣宏译：《兰陵笑笑生和他的长篇小说〈金瓶梅〉》，见李福清著《汉文古小说论衡》，江苏古籍出版社1992年版，第126页。

第四章

苏联解体后中俄文学学术交流的新动向与新发展

第一节 中国古典文学研究的新视角与新热点

1991年底苏联解体，克里姆林宫改旗易帜带来了社会主流意识形态的巨大变化，俄罗斯文艺学研究随之发生了明显的理论基础、价值取向与研究方法的“路标转换”，结束了以往社会历史视角与现实主义方法一家独尊的局面，呈现出理论多元化的倾向。正如莫斯科大学教授Л. В. 切尔涅茨在其主编的《文艺学概论》一书“绪言”中所说：“我国文艺学经历了迅速而急剧转变的时代。从一方面说，它摆脱了（在几十年时间里实行的）许多教条和神话，摆脱了残酷的意识形态监管，积极地与世界文艺学——首先是西方文艺学相联系。”[①]文体学、语义学、民俗学、文化人类学、原型批评等研究角度与方法，开始在新俄罗斯时代的汉学—文学研究中崭露头角。

---

① [俄罗斯] Л. В. 切尔涅茨主编：《文艺学概论》，高等学校出版社1999年版，第6页。

一、中国古代性文学与性文化研究

与苏联时期受官方资助的学院派研究不同，苏联解体后市场经济条件下的俄罗斯汉学为了自身的生存与发展，必须关注研究选题的现实性、迫切性，必须考虑自己产品的市场卖点。以往远离现实、大而无当的研究选题自然难以为继，被迫中止，适时随俗的选题开始大行其道。在这样的背景下，莫斯科正方出版联合体于1993年推出一部名为《中国色情》（*Китайский эрос*）的文集，内中收有圣·彼得堡国立埃尔米塔日博物馆、莫斯科国立东方民族艺术博物馆、东方学研究所列宁格勒分所绘画馆收藏的中国和日本等国的春宫画。而其中收录的"中国艳情文学"译文，多为过去苏联时期中国古典小说研究专家К. И. 戈雷金娜、Д. Н. 沃斯克列辛斯基、В. М. 阿列克谢耶夫、В. С. 马努辛等人的旧译。老材料新包装，再加上中国文学与中国哲学、中国医学方面研究论文的融合，构成了一部图文并茂的"中国性学"大全，自然引起不少俄国读者的青睐。

《中国色情》一书与以往苏联时期对中国色情文学研究最大的不同，就在于它不是从文学角度，从文学体裁、题材、主人公形象、基本情节的渊源流变角度来研究对象，而是把它们看成中国古代性学，包括性哲学、性医学、性心理学、性民俗学的文献。正如本书序言的作者伊戈尔·谢苗诺维奇·孔（Игорь Семёнович Кон，1928—2011）[①]教授所说："这本文集的特点在于，它是由高水平的汉学学者在中文原文的基础上编写的。它不是任意的转述，而是通过科学的注释和丰富的插图细致地做出的对中国最重要的性学论文和典范的古典色情小说的翻译，并附有一系列关于在中国哲学、宗教意识、日常生活、文学和绘画艺术中如何建立起性和性欲问题的专门文章。这样一来，苏联（本书编辑与序言的写作均在苏联后期，故行文中还称"苏联"——笔者）读者得到的就不是一套简单的'中国性术'

---

① 伊戈尔·谢缅诺维奇·孔，1928年生于列宁格勒（今圣彼得堡），1947年毕业于列宁格勒赫尔岑师范学院历史系，1950年在新历史与哲学两个研究生班毕业。曾在列宁格勒化学药剂研究所、列宁格勒大学、苏联科学院哲学研究所等单位工作。1975年起为俄罗斯科学院民族学与人类学研究所首席研究员。

的药方，而是或多或少地得到关于色情与性在古代与中古中国文化中的地位的完整概念。”①

И. С. 孔重点探讨了中国古代对性与色情的理解的特点。他说：“与把性看作是某种龌龊的、卑鄙的和极其危险的基督教文化不同，中国文化在性欲中看到了活生生的重要的积极因素。它强调，没有圆满健康的性生活，就不会有任何幸福，没有健康，没有长寿，没有好的后代，没有精神的圆满，没有家庭和社会的安定。性欲以及一切与其相联系的东西，被中国文化理解为非常严肃、非常正当的。”但是，孔教授指出，中国人的性观念又与“更多地指向个人享乐的印度享乐主义观念不同，中国色情是最理性的。这里一切是经过权衡的、仔细验证的，严格的，分类编排的，并且所有这些法则和分类的基础不是偶然的一定条件下的看法，而是宗教哲学的观念，以及与其紧密联系的保持健康和长寿的准则”②。他说：“如果利用弗洛伊德的现实原则与愉快原则对照，那么可以说，中国的色情指向的不是愉快原则，而是有益。”③И. С. 孔指出，中国性学主要是对男人有益，特别是对在性关系上拥有极大自由的有权势的男人有益。因此，他告诫今天的读者不要盲目地“向中国模式看齐”④。“中国性学包含有许多与性活动有关的有益的建议和介绍，如正确的呼吸、滋补等等。其中一些被现代西方性学所接受，但也有一些是有争论的（如控制射精等——笔者）。”⑤从这篇序言不难看出本书编者把读者引向了解中国古代性学，而不是研究文学的总意图。

《中国色情》的第一部分题为《爱的怪癖和淫行的原则》，收入全书主编、俄罗斯科学院东方学研究所研究员、哲学博士阿尔觉姆·伊戈列维奇·科博杰夫（Артём Игоревич Кобзев，1953—　）为这一部分写的引言《中国色情的奇谈怪论》，美国汉学家珍·休马娜和吴旺（译音）合写的《爱情的阴暗面》，Е. В. 扎瓦茨卡娅-柏芝的《作为中国传统绘画特殊色

---

①［俄］А. И. 科博杰夫主编：《中国色情》，正方出版联合体1993年版，第5—6页。

②［俄］А. И. 科博杰夫主编：《中国色情》，正方出版联合体1993年版，第6页。

③［俄］А. И. 科博杰夫主编：《中国色情》，正方出版联合体1993年版，第7页。

④［俄］А. И. 科博杰夫主编：《中国色情》，正方出版联合体1993年版，第9页。

⑤［俄］А. И. 科博杰夫主编：《中国色情》，正方出版联合体1993年版，第8页。

调的性活动》，O. M. 戈洛杰茨卡娅的《“春宫”的艺术》等四篇论文，专门介绍中国古代小说、绘画中对无射精性交、同性恋、口交、群交、恋物癖等变态性行为的描写。

科博杰夫在引言中一开始就指出了这样一个无可争辩的事实，那就是：“中国人情爱成果不容置疑的证明可以说就是他们的人口数量，这是比长城——从月亮上用不借助工具的眼睛看到的唯一人工建筑——规模更伟大的成就。”[①]他指出：“中国文化的共相存在着深厚的色情底蕴。”[②]这种文化的精神源头可以用白行简的传奇《李娃传》中一位女主人公的话来概括：“世上最重要的就是男人和女人的关系。”[③]（即《李娃传》中姥曰：“男女之际，大欲存焉。”——笔者）

虽然中国人把男女交欢、阴阳媾合看作是天经地义的自然之道，是完全符合伦理纲常的现实生活中最重要的人际关系，但中国人又在这方面创立了许多奇特的理论和法则，用科博杰夫的话来说，就是“奇谈怪论”（парадокс）。科博杰夫写道：“但在最早的现实记录中，隐藏着类似于长城的最后阻隔力量与伟大中国人民战胜任何限制的生长力量神秘统一的奇谈怪论。中国色情以奇异的方式把对保存精液的努力与一夫多妻制和生殖崇拜结合在一起。颇为惊奇的无射精性交乃是在快感物质与物质快感之间界面进行的奇特试验。这种被道家学派反复研究的不射精性交的特殊技术，准确地说，是为了内部自我增强和延长生命的‘还精术’，是‘偷行升天’的一种形式，也就是自然本性的独特错觉，而更为离奇的抑或是道家学说的主要原则——绝对地服从大自然的自然之道。”[④]也就是说，古代中国人一方面鼓励性生活和生育活动，另一方面又采取独特方式来保养精液，有意识地控制性生活的长度、力度和节奏，以期既获得性快感，又有助于

---

①［俄］А. И. 科博杰夫：《中国色情的奇谈怪论》，见《中国色情》，正方出版联合体1993年版，第12页。

②［俄］А. И. 科博杰夫：《中国色情的奇谈怪论》，见《中国色情》，正方出版联合体1993年版，第29页。

③［俄］А. И. 科博杰夫：《中国色情的奇谈怪论》，见《中国色情》，正方出版联合体1993年版，第30页。

④［俄］А. И. 科博杰夫：《中国色情的奇谈怪论》，见《中国色情》，正方出版联合体1993年版，第12—13页。

强身健体，从而长期有效地保持个人的性能力和保证生殖质量。这在俄国汉学家看来，是最值得从“中国性学”中研究和汲取的奥秘。

科博杰夫指出：“延长生命，对它的精心培养（长生、养生），在传统中国世界观中绝不仅仅是对血亲的、氏族的、个人之上的自然力表现的崇敬。”“在中国人看来，完满的个人仅只是在他成家有了自己的孩子以后。”他写道：“在对事物的类似观点中反映的不只是生殖崇拜和与之相应的为了孝敬先人而要求生产后继者的祖先崇拜，同时还有认为生命—生长是最高价值的深刻观念。”他指出：“在古典中国哲学中最主要的世界观法则——‘道’要求的实际上是‘延续生命’（生生），后继者也都应这样做。”[①]

科博杰夫说：“‘精’是一个独特的、极难翻译的术语。”“它可以分解成两个语义学的极端——‘精液’（物理学意义上的精华）和‘精神’（心理学意义上的精华）。这样一来，‘精’这个概念表达的就是性与心理能力直接相等的意思。”[②]他认为，正如弗洛伊德分析心理学所确定的术语“利比多”“成为对欧洲的启示”一样，“在为中国人所建立的类似基础上，特别是道家的长生理论，借助于泛性欲能力的积累”。[③]

科博杰夫指出：“标准的西方翻译用‘精液’来对译汉字‘精’是不准确的，某种程度上这个中国术语一般意味着‘精液’，但不单纯是男人的。‘精’——这是精炼过的‘气’，它可以是男人的（阳气、男气），也可以是女人的（阴气、女气）。”他说：“在中国文化书《周易》（公元前8世纪至公元前4世纪）中就说过：‘男女媾精，万物变生。’（《系辞传》）”他写道：“总的来说，在最重要的《周易》哲学文本《系辞》中这样确定：‘精生万物。’”“在那里，汉字‘精’意味着精神、心灵、理智。”[④]

在回顾和对比了古希腊哲学家在理论上探讨的精液与精神的关系问题

---

①［俄］A. И. 科博杰夫：《中国色情的奇谈怪论》，见《中国色情》，正方出版联合体1993年版，第13页。

②［俄］A. И. 科博杰夫：《中国色情的奇谈怪论》，见《中国色情》，正方出版联合体1993年版，第14页。

③［俄］A. И. 科博杰夫：《中国色情的奇谈怪论》，见《中国色情》，正方出版联合体1993年版，第14页。

④［俄］A. И. 科博杰夫：《中国色情的奇谈怪论》，见《中国色情》，正方出版联合体1993年版，第14页。

之后，科博杰夫写道："大概所有文化都知道或多或少地用理智来说明作为生命精神存在的精液的直觉概念，耗费它是致命的，而积蓄它则是养精蓄锐的。在世界的不同地区处于这种先决条件的日常生活逻辑，引起了对性克制、不婚甚至自阉的努力，以保持自己生命和精神的力量。而古代中国的思想家们，首先是道家提出了'疯狂的思想'，继续走向那个目的，但是相反的道路——性生活的极为精细化，而其中的全部焦点，是极少的甚至是不射精。"[①]也就是说，根据中国古代性学观念，尤其是道家主张的"房中术"，是既要享受性生活的快感，又努力控制精液的流失，以期保养生命精力。这种理论和施行方法，就是本书编者最感兴趣的问题。

科博杰夫在文中对中国色情文学的起源提出了自己的看法。过去一般以《汉武帝内传》的公元前110年为中国色情文学的开始，西方还有人认为应是公元3—7世纪。而他认为，中国于20世纪70年代初出土的马王堆汉墓中保存的《和阴阳》和《天下之道谈》是中国最早的色情文献，所以中国出现色情文学的年代应是"公元前2世纪初"。[②]他说："古代中国的书面文献早在汉代就极为广泛地普及了色情内容。它们的内容涉及广泛的问题：从宇宙之爱的哲学到关于性交姿势和淫欲动作，以及同性功能药剂相联系的实践教导。"[③]但是，到宋代以后，"随着在中国一直到20世纪初都是占统治地位的意识形态的后期儒家道德的全面形成，这些文章开始消失，并被官方意识所抛弃"[④]。然而，色情文学却没有被消灭。于是出现了这样一种矛盾现象："一方面，是教条主义的后期儒家清教主义的强化"；另一方面则是"色情文学的巨大繁荣，并且经常带有描绘艺术，如大量的春宫插图"。[⑤]他还指出："在中国16—17世纪色情小说中占优势的是对在集中研

①［俄］A. И. 科博杰夫：《中国色情的奇谈怪论》，见《中国色情》，正方出版联合体1993年版，第16、22页。

②［俄］A. И. 科博杰夫：《中国色情的奇谈怪论》，见《中国色情》，正方出版联合体1993年版，第25页。

③［俄］A. И. 科博杰夫：《中国色情的奇谈怪论》，见《中国色情》，正方出版联合体1993年版，第25页。

④［俄］A. И. 科博杰夫：《中国色情的奇谈怪论》，见《中国色情》，正方出版联合体1993年版，第26页。

⑤［俄］A. И. 科博杰夫：《中国色情的奇谈怪论》，见《中国色情》，正方出版联合体1993年版，第26页。

究了各种现象之后要求指责放纵淫欲的对象的宗教道德观点。”①

对于中国古代一方面有着清教徒式的严格的性禁忌，另一方面又存在着大量色情文学的矛盾状况，科博杰夫分析道：这一方面是由于“在某种程度上官方儒家的禁忌是有效的”，使得对两性问题的表现全部进入通俗文学，并采用“艺术暗示和多义性的半吞半吐的话语”；另一方面则是由于“中国人……学会了成功地解决棘手的性问题，去掉了它的为文学所必需的悲剧性的不可解决的色彩”。②也就是说，由于封建时代两性关系的不自由，而中国的封建制度又不允许对这种不幸进行公开的揭露和抗议，如在文学中采取悲剧的处理方式，于是就用色情文学的纵欲来化解这种矛盾。

《中国色情》中第三部分《春情小说》，译介了中国古代艳情文学的一些著名片段，如伶玄的《赵飞燕外传》,《青琐高议》中收录的无名氏撰《迷楼记》、宋郑景璧《红裳女子传》,《醒世恒言》中的《汪大尹火烧宝莲寺》（俄译名《火烧宝莲寺》）和《赫大卿遗恨鸳鸯绦》（俄译名《两个尼姑与淫夫》）,《初刻拍案惊奇》中的《闻人生野战翠浮庵》（俄译名《闻人的爱情狂欢》）和《乔兑换胡子宣淫》（俄译名《被处罚的性欲》）,《聊斋志异》中的《黄九郎》（俄译名《温柔的美男子黄九》）、《恒娘》（俄译名《恒娘论爱情的魔力》）和《巧娘》（俄译名《巧娘和她的情人》）,李渔《十二楼》中的《十卺楼》和疑为李渔所著的小说《肉蒲团》节选。

考察这些小说入选的原因，除《醒世恒言》《拍案惊奇》《聊斋志异》中的这些传奇小说有较强故事性和较高艺术性之外，我们认为主要是因为这些小说反映了古代中国人性观念、性习俗、性文化的各个方面，可以成为了解中国古代性学的形象化样本。比如《赵飞燕外传》中赵飞燕早年与射鸟儿有私，入宫后其姑妹还为其担心，但被汉成帝招幸时，竟能“流丹浃席”，反映了中国人的处女情结；赵飞燕、赵合德姊妹为争得皇帝宠

---

①［俄］А. И. 科博杰夫：《中国色情的奇谈怪论》，见《中国色情》，正方出版联合体1993年版，第25页。

②［俄］А. И. 科博杰夫：《中国色情的奇谈怪论》，见《中国色情》，正方出版联合体1993年版，第26页。

爱，保持肌肤柔嫩，用香汤沐浴，并服用丹药，以至于终生不孕，汉成帝因超量服药，以至于精亏而死等等，都反映了中国性学讲究顺应自然、节欲养生的理念，是对纵欲行为的有力告诫。《迷楼记》描写隋炀帝使用机械御女，丧心病狂，纵欲伤身，最后误国误己。《红裳女子传》篇幅不长，故事性也不强，只是写了奸尸这样一件卑鄙龌龊的行为，最后主人公罪行暴露，自己也丢了性命。《汪大尹火焚宝莲寺》写和尚设计奸淫到庙中求子的妇女，一方面是对披着宗教外衣祸害人民的邪恶势力的揭露，另一方面也反映了求子心切的中国妇女不惜通过个人受辱来满足生儿育女愿望的愚昧民俗。小说中对宝莲寺中供奉的送子诸神的描述，也是对中国古代性文化、性神祇崇拜的介绍。《赫大卿遗恨鸳鸯绦》《闻人生野战翠浮庵》都是写女尼淫荡、男人纵欲的故事，但前者下场悲惨，对女人的变态性心理做了无情的揭露，后者虽是大团圆结局，但最后有“少年时风月，损了些阴德”因而“宦途时有蹉跌”的教训，对这种淫乱行为也有所谴责。《闻人生野战翠浮庵》后半部分正文写女尼静观设计使自己脱离寺院，与情人最终结成眷属，塑造了一个美丽机智的女子形象，同时展示了许多中国古代的婚姻礼俗。而该篇入话讲一个男扮女装的假尼姑会缩阳术，《乔兑换胡子宣淫》写男女勾搭成奸的许多伎俩，《黄九郎》写同性恋，《恒娘》写女子如何获得和保持吸引异性的魅力，《巧娘》写男子天阉阴茎短小，《十卺楼》写先天石女无阴道。以上各篇两两相对，上下互文，全是男女性关系中悖理反常的行为或现象，可以说集中了性奇闻异事的各个方面，称得上是一部中国古代的性学大全。

这一部分的一篇重头文章是老汉学家沃斯克列辛斯基撰写的长篇论文《中国唐·璜的命运——关于李渔的长篇小说〈肉蒲团〉和它的主人公的札记》，该文后来成为《肉蒲团》2000年俄译本的序言。这篇论文拿《肉蒲团》中的主人公未央生与欧洲文学中著名的花花公子典型唐·璜做比较，分析了中国色情文学中主人公的特点，以及这类小说产生的原因；所以它的意义已不限于说明《肉蒲团》一书，也可以看作是对中国古代艳情文学的总概括。

沃斯克列辛斯基在文中首先指出，世界各民族文学都有寻求爱欲之欢的典型，不仅西方有唐·璜，俄罗斯民间文学中也有萨瓦·戈鲁岑[①]故事。这类主人公的行为模式大多是在获得肉欲满足之后，随即受到命运的沉重惩罚。中国的色情主人公也不例外。但是，拜伦的唐·璜还“被赋予了许多正面的性质。因此他很快被看作是命运的牺牲品，而与有罪的诱惑者的情况有所不同”。沃斯克列辛斯基认为：“拜伦的主人公……由于努力保持自己爱情的忠实对象，而经常有着儿童式的天真和纯洁。肉体快乐的渴望在他那里处于第二位，第一位的则是某种在精神上与理想女人接近的浪漫主义幻想。”[②]而“中国文学中类似的主题，以及它的中心形象”，如李渔的长篇小说《肉蒲团》的主人公未央生，就是“西方唐·璜的类似物，他也是多义性的”。[③]

沃斯克列辛斯基指出，与西方的唐·璜相比，“李渔的小说更为深刻，因为它涉及许多令现代人激动的重要问题，它具有自己的建立起一定哲学潜台词的观念、自己的构造。它通过多姿多彩的风流韵事的外表，流露出人类命运、人类使命和人的自身存在的重要主题的轮廓。在小说中涉及不寻常的伦理和哲学（宗教）问题，它们同样触动着同时代的西欧作者。与此相联系，在小说中色情与‘唐·璜式’具有特殊的意思。因此，它的主题无论如何不能仅仅看作是对肉欲满足的描写”[④]。他写道：“（未央生）与（孤峰）和尚的谈话变成了独特的关于生活意义的辩论。”“和尚由自己的学说出发，对主人公说：认识生活与人的道路实际上就在于经过对宗教真理的了解（这里是禅宗佛教的真理），而享乐的道路孕育着不幸，因为享乐是没有界限的。报应最终等待着人们。”[⑤]“主人公强调的则是相反的，现实的意义就在于使人了解人生的全部快乐，其中包括肉体的快乐。”沃

---

① 萨瓦·戈鲁岑，俄国17世纪一部世俗小说的主人公，他把自己的灵魂出卖给魔鬼，以换取淫欲和贪婪的满足。

②［俄］Д. H.沃斯克列辛斯基：《中国唐·璜的命运——关于李渔的长篇小说〈肉蒲团〉和它的主人公的札记》，见《中国色情》，正方出版联合体1993年版，第397页。

③［俄］Д. H.沃斯克列辛斯基：《中国唐·璜的命运——关于李渔的长篇小说〈肉蒲团〉和它的主人公的札记》，见《中国色情》，正方出版联合体1993年版，第397页。

④［俄］Д. H.沃斯克列辛斯基：《中国唐·璜的命运——关于李渔的长篇小说〈肉蒲团〉和它的主人公的札记》，见《中国色情》，正方出版联合体1993年版，第399页。

⑤［清］李渔：《肉蒲团》。

斯克列辛斯基认为："看来作者是站在主人公一边，因为和尚遭受了失败，他没能说服主人公。这样一来，生活的感性方面战胜了和尚的宗教——道德图式。但是，主人公的胜利很快就显示出是一个幻影。"他指出："（双方）思想的这种抵牾，是小说哲学观点最重要的特点。"①

《肉蒲团》的主人公未央生最终还是遭到了报应，他终于以自阉来对自己进行惩罚。沃斯克列辛斯基分析了中国艳情文学与西方文学中的报应主题的区别，指出："在中国（情爱小说）主人公中实现的是佛教的'因果'思想，类似于西方宗教由于淫荡行为带来的报应思想。……在未央生的生活中，他的一切爱情冒险最终使他走向厄运的结局。他失去了妻子、情人、力量和健康。这些都是由于自己的贪欲造成的无情的报应。这就是他的'果'。"②

沃斯克列辛斯基在文中提出了这样一个问题："如果说好色主人公道路的最终结局都是预定了的（他的行为是愚蠢的、不合道德的，然后就要受到指责），那么为什么还要诱人地描写他的性生活的画面呢？为什么作者（李渔或者其他作者）是那样形象和鲜明地、带着那样一种满足甚至是带着对令人难堪的感情的陶醉来描写恶行的画面呢？"③就此，他指出了三点原因："首先，这种刻意描写的色情场面的肉欲努力表现了恶行本身的令人讨厌的性质"④，"以便读者明显地信服这种恶行令人厌恶的特点，更重要的是明白，报应的不可避免"。⑤其次，小说中大量色情描写的出现"说明了那个时代文化的一个特点"，那就是"养生""养心"等一系列"与那个时代的生理心理学以及养生保健学相联系的概念"。他指出："'养生'与

①［俄］Д. Н.沃斯克列辛斯基：《中国唐·璜的命运——关于李渔的长篇小说〈肉蒲团〉和它的主人公的札记》，见《中国色情》，正方出版联合体1993年版，第400页。

②［俄］Д. Н.沃斯克列辛斯基：《中国唐·璜的命运——关于李渔的长篇小说〈肉蒲团〉和它的主人公的札记》，见《中国色情》，正方出版联合体1993年版，第402页。

③［俄］Д. Н.沃斯克列辛斯基：《中国唐·璜的命运——关于李渔的长篇小说〈肉蒲团〉和它的主人公的札记》，见《中国色情》，正方出版联合体1993年版，第403页。

④［俄］Д. Н.沃斯克列辛斯基：《中国唐·璜的命运——关于李渔的长篇小说〈肉蒲团〉和它的主人公的札记》，见《中国色情》，正方出版联合体1993年版，第403—404页。

⑤［俄］Д. Н.沃斯克列辛斯基：《中国唐·璜的命运——关于李渔的长篇小说〈肉蒲团〉和它的主人公的札记》，见《中国色情》，正方出版联合体1993年版，第404页。

‘养心’实质上就是人类自我调节活动的部分或方面。（李渔就此写过篇幅巨大的随笔著作《闲情偶记》——原注）这种学说中最重要的就是阴阳的和谐。”[①]“在所有这些问题中，性关系包括性实践（性活动的样式、必需的药剂、如何建立阴阳的和谐等）起着重要作用。”[②]第三，文学作品中的色情描写是由“那个时代的现实和道德来说明的实际生活的特点”[③]所决定的。“中国作者采取对现实画面的色情描写，是想说明，文学作品中感性的、色情的东西如同贞节和禁欲一样，具有成为现实的权利，因为它们都存在于生活之中，都是现实的产物和它的组成部分。”[④]我们认为，沃斯克列辛斯基对中国古代艳情文学产生原因的这三点分析，对我们今天正确认识中国古代小说中性心理、性行为描写的意义和价值，肯定其中蕴含的人文精神和相对于当时历史环境而言的革命性启蒙作用，还是很有参考价值的。

二、李福清论中国中世纪文学的体裁

20世纪60年代，匈牙利汉学家F. 托凯伊（Tokei Ferenc，汉名杜克义，1930—2000）出版了一部用匈牙利文写的论述中世纪中国文学体裁理论的著作，其中引用了不少刘勰《文心雕龙》中的材料。以后杜克义在1971年出版了这部著作的英文版，副标题为《刘勰的诗歌体裁理论》，这就在欧洲汉学界掀起了研究中国古代文学体裁的热潮。与此相呼应，苏联科学院东方学研究所汉学家基拉·伊万诺夫娜·戈雷金娜在1971年也出版了自己的专著《19—20世纪初中国的美文学理论》。该书首先以刘勰《文心雕龙》对各体文章的定义为依据，来说明中国古文的各种体裁。她认为文学的定义总是以某一种体裁来界定，而文学理论就是自己种类的体裁理论，

①［俄］Д. H.沃斯克列辛斯基：《中国唐·璜的命运——关于李渔的长篇小说〈肉蒲团〉和它的主人公的札记》，见《中国色情》，正方出版联合体1993年版，第404页。

②［俄］Д. H.沃斯克列辛斯基：《中国唐·璜的命运——关于李渔的长篇小说〈肉蒲团〉和它的主人公的札记》，见《中国色情》，正方出版联合体1993年版，第405页。

③［俄］Д. H.沃斯克列辛斯基：《中国唐·璜的命运——关于李渔的长篇小说〈肉蒲团〉和它的主人公的札记》，见《中国色情》，正方出版联合体1993年版，第405页。

④［俄］Д. H.沃斯克列辛斯基：《中国唐·璜的命运——关于李渔的长篇小说〈肉蒲团〉和它的主人公的札记》，见《中国色情》，正方出版联合体1993年版，第406页。

同时也是文学批评。[①]1994年，时任俄罗斯科学院高尔基世界文学研究所首席研究员的鲍里斯·利沃维奇·李福清（Борис ЛьвовичРифтин，1932—2012）在该所出版的论文集《历史诗学——文学时期与艺术知觉的类型》中，发表了一篇题为《中国中世纪文学中的体裁》（*Жанр в литературе китайского средневековья*）[②]的长篇论文（中译文2万多字），全面梳理了中国从《尚书》以来文学体裁概念的演进历程，形成了俄罗斯汉学—文学研究中一个新的关注热点。

李福清在文中首先从词源学角度探讨了古代汉语中“体裁”一词的原意。他引中国学者薛凤昌在20世纪30年代出版的《文体论》一书对《尚书·伪毕命》中“辞尚体要”一语的解释，认为这说的是“词美丽，‘体’（身体）适宜”[③]，从而得出自己的结论：“这样一来在《尚书》中就出现了关于‘文辞的身体’，也就是说，显然是关于不被包含在‘词’这个概念里的某种形式[④]的观念”[⑤]。可见，“体”并不是词本身，而是词的某种表现形式。当然，李福清并不认为《尚书》作者已经提出了体裁的概念，因为“‘体’这个术语可以被理解为极为多样的概念，首先是风格的，还有一些更广泛的概念，适合于现代样式划分为‘诗’和‘散文’等等”。但他同时指出：“尽管古代汉语中没有抽象的‘体裁’概念，某种特殊的文本构成——按照形式的或修辞的，可能还有题材特征的——被古代作者们划分出来，而我们可以有条件地认为它们的构成是体裁的”。（第267页）

---

①［苏联］К. И. 戈雷金娜：《19—20世纪初中国的美文学理论》，科学出版社1971年版，第3页。

② 该文汉译文本由笔者全文译出，发表于《汉学研究》第十五集，学苑出版社2013年4月版，第109—137页。另有笔者概述性文章《李福清论中国中世纪文学体裁》，发表于冯骥才主编《永存的记忆——李福清中国文化研究国际学术研讨会文集》，天津社会科学院出版社2013年版，第163—176页。

③《尚书》此语原文为“政贵有恒，辞尚体要，不惟好异”。孔颖达疏曰：“政以仁义为常，辞以理实为要，故贵尚之。若异于先王，君子所不好。”近人也有解释“辞尚体要”为“文辞体现精要”，“体”为动词。李福清所引解释，未必合适。但在刘勰《文心雕龙》中，除引述《尚书》的“辞尚体要”外，还把“体要”作为单独语词来用，如《诠赋》曰“愈惑体要”，《奏启》曰“宜明体要”，这里的“体要”却是“文体的要领”。如《奏启》云：“是以立范运衡，宜明体要。必使理有典刑，辞有风轨，总法家之式，秉儒家之文，不畏强御，气流墨中，无纵诡随，声动简外，乃称绝席之雄，直方之举耳。”这就是说的文体风格或规则了。

④ 薛凤昌：《文体论》，商务印书馆1931年版，第3页。

⑤［俄］李福清：《中国中世纪文学中的体裁》，见《历史诗学——文学时期与艺术知觉的类型》，遗产出版社1994年版，第267页。本节以下所引李福清言论皆出此书，不另注，仅在引文后标注页码。

李福清通过分析最古老的中国文献汇编《尚书》中的编排逻辑来探讨古代中国人的体裁意识。他根据《尚书》收录的“诰”“誓”“命”等文献，指出它们“就是被表现在古代中国文章中的最早的体裁构成”，并且这些构成显示出“古代作者们已经意识到它们是独立的话语形式”。（第268页）

接着，李福清分析了《诗经》中的体裁概念，他指出，在《诗经》“六义”的“风、雅、颂、赋、比、兴”中，真正属于体裁名称的只有“颂”，只有“颂”部分的作品“实际上被用它们的体裁归属的称呼——术语‘颂’组合起来”，而“其余与体裁有关的各部分的名称，其中所包含的歌曲未必是相互联系的”。他说：“根据《诗经》，古代中国人在诗学里起初实际上划分出两种类型的文本——‘雅’和‘颂’，它们与仪式和音乐紧密联系。”（第269页）但他认为，还不能“称这些不同样式为最古老的体裁形式”，因为“雅”中的部分抒情诗与“风”中的诗“就很少有什么区别”。他还认为，可以把“风”解释为“民歌”，但“‘民歌’概念全然不是体裁的定义，这更是样式的概念，比一定体裁的概念更一般化”，因为民歌中还可以划分出不同的体裁。他引用日本学者诸桥辙次在《大汉和辞典》中对“风”概念的解释“如同风吹动万物一样，歌曲能影响人的感情”，说明了“风”被用于歌曲名称的原因。（第270页）

李福清解释“六艺”中的“赋”“比”“兴”时说：“它们明显地表示的不是体裁，而是描写的特点、艺术方法；它们的联合一般是同假定为体裁名称的‘雅’‘颂’一起被列举出来的，这证明了古代中国理论家体裁分类的模糊性，证明了体裁与修辞标准的混淆。”（第270页）这里，李福清是囿于我国唐代以来解释诗“六义”的“三体三用”说，如唐孔颖达《毛诗正义》所说的“赋、比、兴是诗之所用，风、雅、颂是诗之成形”。根据近年来我国学者的研究，“风、雅、颂”“赋、比、兴”最初都是诗的体裁。所以他的这一解释还有待商榷。但他所说的“古代中国理论家体裁分类的模糊性”“体裁与修辞标准的混淆”，则是确切无疑的；并且如他所说，这种“模糊”与“混淆”在古代中国人“对文学的态度上长久地保持着决定的意义”。（第270页）

李福清认为，“对于理解中国人关于文学种类与体裁的概念具有无可争论的意义”的是古代和中世纪的目录学著作。他通过分析刘歆的《七略》和班固的《汉书·艺文志》，指出他们的目录都是从儒家经典开始、以应用科学结束的，中间夹入纯文学的“诗赋”。他认为这种安排是古代中国人有意识地要在那个时代必须阅读的经典和哲学著作之后，“带入自己的诗歌”。（第271页）换句话说，据笔者的理解，这种安排一方面提升了文学的地位，另一方面也肯定了文学对“经艺”的辅助作用。

李福清指出：“班固的目录没有把按体裁来给诗歌作品分类设定为自己的目的，但已经认识到它了。”（第271页）因为班固在“独立单位的性质上”划分出了“赋”和“歌唱的诗”，即专门的“诗赋”类。他根据班固引用古人的“不歌而诵谓之赋，登高能赋可以为大夫”的说法，指出：“‘赋’的定义出自它们的表演形式，而不是主题、结构或者其他的标志。”同时，“登高能赋，可以为大夫”，也显露出了“赋”的“贵族气”。李福清认为，班固的这一说法说明他“辨别出了‘赋’的表演特点（这是用押韵的散文来写，并用特殊的歌唱语调来读的独特种类的小型长诗），同时还根据它们的起源（大概是仪式），以及主要是根据它们修辞的文雅来称呼它们”。（第271—272页）但李福清在这里又做出自己的补充：“风格的奇异性，大量的不常见的词语、不常见和复杂的形容词与比喻，在许多个世纪的全部中国文学史的其他体裁中划分出了‘赋’。”（第272页）笔者认为，他的这一补充虽然与俄国现代美学、文艺学中对“体裁”的定义不完全吻合[①]，但却说出了古代中国人的“体裁”观念偏于形式因素的特点。

李福清总结班固的理论贡献说：“班固没有给自己设置建立某种文学理论的任务，但他的著作有助于了解古代中国人对他们独特的文学的发展的观点。他的目录乃是总结了古代中国书面语言的发展，并为在许多个世纪的漫长时期里，被中国书籍爱好者改造过的、各种变形了的文本的分类提供了范例。”（第272页）

---

① 奥夫相尼柯夫、拉姆祖内依认为：“体裁指艺术作品的结构组织在历史上稳定的形式，这种形式是随着艺术中所反映的现实的多样性以及艺术家在作品中所提出的审美任务而产生并发展起来的。”见［苏］奥夫相尼柯夫、拉姆祖内依主编：《简明美学辞典》，知识出版社1981年版，第38页。

李福清认为："清楚地意识到特殊文学形式及其分类的特点"，是与中国"公元3—4世纪文学理论的发展相联系"的。这里首先做出贡献的是"第一批中国文学理论家之一"的陆机。（第273页）

李福清指出，陆机谈到"体裁"问题时使用的术语是"体"，他认为这个概念"同时具有文学形式与风格的意义"。（第273页）他引用B. M. 阿列克谢耶夫院士当年在《文赋》俄译文中对"体有万殊"一语的翻译"形式与风格有万种不同的丰富"，又根据中国古代文论研究专家郭绍虞的解释，对阿氏的说法做了一定的修正。他说："实际上陆机说的是这样的文学形式，它极接近我们现在说的体裁。"因为郭绍虞在"注释《文赋》时，就是把'体'看作体裁（体制）的"（第273页）。李福清进一步指出，即便阿列克谢耶夫说的是对的，"但对于陆机来说，'体'这个概念却更为灵活：比方说，是由风格形成的体裁"（第273页）。他这种"体"兼有"形式"与"风格"的含义，但侧重点在体裁，是"由风格形成的体裁"的看法，笔者认为是精确的。

陆机在其《文赋》中列举了十种体裁，但放到第一位的是"诗"，李福清认为这不是偶然的。他指出："陆机把自己的叙述从诗开始"，而在他的前人班固那里，第一位的却是"赋"，这"明显反映了文学过程本身的变化"。虽然陆机本人写的这篇"赋"还是用的赋体，但"'赋'的繁荣已经过去了……走上文学第一位的正是诗"。（第274页）

接下来，李福清逐个解释了陆机《文赋》中提到的其他体裁。这里他基本上承袭了当年阿列克谢耶夫翻译《文赋》时的解释，但也有他自己的补充说明和新的发现，体现了他在民俗学方面的研究专长。比如他说"碑"是古代放在宫门或庙前的石柱，可以用作日影计时和拴缚献祭用的牺牲，后来才被刻上文字并放到墓前，成为纪念死者事迹的墓碑。又比如他故意打乱陆机原文按"诗""赋""碑""诔""铭""箴""颂""论""奏""说"来论述的顺序，把"碑"和"铭"放到一起来谈，其目的如他自己所说："希望是强调，这两种体裁依赖于材料，在这些材料上做出相应的记录，并且它们最初的功能是赞美和教训，与作为装饰性词语的文学并无直接的关系，而在中国是从早期中世纪就这样来理解文学的。"他指出："艺术文学的中国名称——'文'"，其古已有之的意义就是"花纹、图

形”。（第275页）

在详细论述了陆机所列举的十种文体之后，李福清指出：“在这里占优势的文学体裁……明显是功能性的，它们的出现是以功利需要为条件的，是与社会生活（教训、给帝王的报告、对经典题目的议论等等）相联系的。”他认为，虽然陆机列举的体裁很多是功能性的，但“它们被列入雅文学的概念，看来完全是合理的”，因为“在某种程度上它们满足了陆机时代的基本文学标准——回应社会审美要求的文雅风格的标准”。（第277页）

李福清指出，陆机论文学体裁还只是在思考文学创作问题时顺便谈到的，而与他同时代的挚虞所写的《文章流别论》则是关于体裁问题的专论。他根据挚虞所说“图谶之属，虽非正文之制”，认为“挚虞已经试图认清纯文学体裁与非文学的、应用性体裁的区别”。（第278页）

李福清在文章中引述当代俄罗斯著名学者Д. С. 利加乔夫[①]关于“在古代俄罗斯文学中出现了大量自生的体裁”[②]的说法，指出中国中世纪文学也是这样。比如在挚虞之后任昉的《文章缘起》中，“就划分出了84种样式”。李福清指出，任昉的“分类法原则上是功能的，然后部分地也是过细的，他经常把一个体裁按其所完成的部分功能而划分成两个”。（第278页）

接下来，李福清在简要介绍了任昉《文章缘起》的文学样式分类之后，用较大篇幅[③]探讨了刘勰《文心雕龙》的体裁观念和体裁划分。从他这部分的论述看，他对《文心雕龙》确实有相当全面深入的涉猎和研究。不过，从我国《文心雕龙》研究目前达到的水平来看，李福清对《文心雕龙》理论体系总纲和全书逻辑建构的认识，还基本处于我国20世纪60年代研究的水平（如释“文之为德也大矣”为“‘文’是某种强大力量‘德’的表现[④]，

---

① 德米特里·谢尔盖耶维奇·利加乔夫（1906—1999），俄罗斯语文学家、艺术学家、剧作家，俄罗斯科学院（1991年前为苏联科学院）院士。著有多部俄罗斯文学史（主要是古俄罗斯文学史）、俄罗斯文化史方面的著作。

②［俄］Д. С. 利加乔夫：《古罗斯文学的诗学》，科学出版社1979年版，第57页。

③ 这部分论述共6页，占全文29页的五分之一强。

④《文心雕龙·原道》所谓“文之为德也大矣”，是说“文”作为“道”的合规律表现是无所不在的。见李逸津：《〈文心雕龙〉“枢纽”论探义》，见《文化·传播·教育——天津师范大学中文系论文集》，天津教育出版社1999年版。

认为《宗经》是刘勰论述文学问题的逻辑起点，认为《辨骚》是刘勰文体论的第一篇[①]等），但他这篇文章并非专门讨论《文心雕龙》的理论体系，我们也就不必苛求。他对《文心雕龙》文学体裁观的剖析和论述，则颇为深刻并时见新意，值得我们重视和吸纳。

李福清认为："刘勰从《辨骚》篇开始考察雅文学的各种体裁。"这是因为，在刘勰看来，屈原的《离骚》"是集中了古代《诗经》中'国风'和'小雅'部分诗歌的优点"（第278页）。他还根据我国浙江省发现了至今仍在民间流传的古老体裁"骚子歌"[②]的实证材料，对"骚"是哀歌的看法提出了疑问。他说："这种既在服丧又在婚礼仪式上演出的仪式歌曲——'骚'，未必归结为只是表达悲哀。"他认为，刘勰把"骚"放到他文体论的第一篇来讨论，"明显是艺术的，尽管可能某时与仪式民俗有一定的联系"。（第279页）

李福清分析《辨骚》之后的《明诗》篇说，刘勰在这一篇里与之前文论家不同的地方，在于他"全面阐说了诗的形式特点，指出了从公元3世纪开始在中国得到普遍接受的五言诗的普及，努力展示了文学和诗歌与时俱进的运动"（第279页）。在刘勰的时代，已经全然是书面诗的诗歌"被推到其他雅文学样式的首位"，因此《明诗》篇也就被刘勰放在了"关于民俗歌曲和接近民间的诗，也就是那些模仿民歌样本或者普及的民歌曲调的诗人写作的作品"的《乐府》之前。（第279页）

李福清注意到，从"骚"到"诗""赋""乐府"，刘勰都是用专章来论述的。但后面的体裁叙述，则设置了成对的体裁组合。他进一步探讨了这些体裁之所以被刘勰搭配成对的原因："颂"和"赞"，"在他那个时代比较接近"，"并且这两种体裁在风格、主题和结构上都很复杂"（第279页）；"祝"和"盟"，"这两者都产生于仪式"（第279页）；"铭"和"箴"，都是在器物上的刻字；"诔"和"碑"，都是纪念死者文字；"哀"和"吊"都"表达对离世者的哀悼"（第280页）；等等。

---

① 上海复旦大学王运熙教授曾撰文《刘勰为何把〈辨骚〉列入"文之枢纽"？》，反对《辨骚》属于文体论的说法。见王运熙：《当代学者自选文库：王运熙卷》，安徽教育出版社1998年版。

② "骚子歌"是海盐民间待佛仪式的歌谣，与我国戏剧鼻祖——四大声腔之一的海盐腔有着一定的渊源。

李福清还指出，刘勰把曾被挚虞划分为独立体裁范畴的“七”与“连珠”直接关联在一起放进《杂文》篇。此外在上古时代很重要的文体，如《尚书》中的“诰”和“誓”，也都被刘勰放到《杂文》篇里，这说明了“类似体裁种类在公元初年文学中作用的下降”。此外，李福清还发现了一个有意思的情况，那就是虽说《杂文》篇已经是“混合在一起（或不同）的体裁”，里边收入了许多零零碎碎但都不值得单独论述的体裁，“但它还没有结束自己的文学体裁概述”，在它后边又“出乎意料”地出现了一篇《谐隐》。李福清认为，刘勰之所以这样做，是因为“它们是被他作为通俗民间体裁组合到一起的”。但他又指出：“用我们的观点来看，‘隐’可以被看作是民间文学体裁，但‘谐’被划分成单独体裁的标准却是令人怀疑的。”（第281页）

回顾刘勰在论述雅文学“文”的部分的体裁时，李福清指出：“有意思的是深入研究这些篇章的顺序”，它们显示了刘勰“同这些或那些体裁与体裁分支的关系”。他说，刘勰首先研究的是诗歌体裁——骚、诗、乐府、颂和赞，然后是与仪式相联系的体裁——献祭、安葬、纪念，再以后是各种杂七杂八的体裁。李福清认为，被刘勰归入“杂文”的那些作品“实质上属于文学的不同层次”，它们“被集合到一起的已经不是功能上的归属，也不是主题的一致，而纯粹是形式的、数量的特征”。（第281页）

至于《文心雕龙》中“叙笔”部分所论述的各种文体，李福清说：“用现代标准来看，很难最终理解刘勰的分类原则。”（第282页）比如：“诰”和“诏”“有什么原则的区别？”“可是，‘诰’被刘勰放在第一组的《杂文》篇，而‘诏’放在应用文书体裁的第二组。”如果说刘勰是把为国家服务的应用文体放在“笔”类，以便把它们同传统的仪式体裁区别开来，那么“明显是民俗体裁”的“谚”却为什么又被“归属于第二组”？对此，李福清根据刘勰自己所说“谚者，直语也。丧言亦不及文，故吊亦称谚”[①]，指出：“失去了修辞光辉的‘谚’对于刘勰是没有充分的审美价值的。”（第282页）他就此得出结论：“很明显，对于刘勰重要的标准是文学性，或者说风格的装饰性。”但是李福清又承认“刘勰执行的也并不总是这

---

①［南朝］刘勰：《文心雕龙》第二卷，人民文学出版社1958年版，第460页。

个标准”，因为他也“把含有高度艺术性的历史传记文，放到第二体裁组中去列举。”根据这一情况，李福清指出：“在这里我们正好能够探索到刘勰分类的主要原则”，那就是“所有被他放到第一组——‘文’中的体裁形式……其文本都是押韵的。看来这就是各体裁组之间的分水岭”。他由此得出的最终结论是：“韵律作为基本的修饰标准，而不单纯是风格的优雅、描写的美和形象性等等，决定了对于刘勰以及4—6世纪中国理论思想来说的所有艺术的文章（文）与事务的文章（笔）的划分。”（第282页）

李福清认为：“刘勰的论著说明，在中国6世纪初……已经建立起带有被确定出体裁层级的一定的文学体系。如果我们转向刘勰的同时代人——梁元帝萧绎……和太子萧统的文章，就会看到，刘勰反映了他那个时代普遍接受的观点。”（第283—284页）他认为，萧绎的《金楼子·立言》把全部文学文本划分成“儒”与“学”和“文”与“笔”，其中“儒”与“学”是“把最初的儒家哲学家、学说创始人与他们的继承者区别开来”，而“文”与“笔”的划分则“是按刘勰那样的原则，即装饰性的原则（虽然他没有说韵是主要的风格形成因素）来进行的”①。（第284页）

李福清指出：“如果说刘勰和萧绎对文学的讨论，实现了把文学分类成为大的基本部分”，那么萧统的理论贡献就在于他“试图建立从他的观点来看的艺术文学的第一部文选”。（第284页）他根据萧统《文选·序》中的论述指出，被“萧统归入‘文’的是作品的优雅文辞，用现代语言来说，就是以艺术成就为其特点”。（第285页）李福清还特别指出，在萧统所说的《文选》遴选作品的标准中，“他一点也没有谈到……韵律，而只谈了思想的深刻和语言的华美”②。（第285页）这说明萧统并不接受当时“基于形式特征，即有没有韵律，把文学分成‘文’和‘笔’”的做法。李福清指出：“对于萧统来说唯一的选择标准就是文本的‘艺术性’”，即“‘高明的形式与巧妙的描写’的文章”。（第288页）

李福清说：“萧统的作品集中包括了39种样式。”他在这里声明，“之所以特意回避了‘体裁’这个术语，因为某种程度上，萧统所划分出来的样式按现

① 即《立言》篇曰“至如文者，惟须绮縠纷披，宫徵靡曼，唇吻遒会，情灵摇荡”。

② 即《文选·序》所谓“事出于沉思，义归乎翰藻”。

代对这个词的理解并不都是体裁”。（第285页）比如“诗”，“在现代概念中诗并不是体裁，它是一个更广阔的范畴，更具有种类的性质”。李福清写道：“文集的编者把诗又划分成22个分支绝不是偶然的。”但他又指出，萧统的划分“在这里又一次不能经受统一的分类标准的检验：有些诗是根据主题原则组合的（如风景诗）；另一些又是按照精确形式的（诗歌体的‘赠答’）；第三类则是根据起源的类型（乐府诗）”。（第285页）

李福清注意到：“与偏爱诗歌的刘勰不同，被萧统放到第一位的是颂歌——‘赋’。”他认为，虽然这种区别的逻辑原因并不那么重要，因为无论是“赋”还是“诗”，都是“既不与古代中国人的实践活动，也不与仪式或其他非文学因素相联系”的纯艺术作品。但李福清又指出：“萧统在自己的序言里特别预先说明了‘赋’的文学属性，强调了其中被颂歌作者臆想出来的，而不是现实历史活动者的出场人物的存在。”[①]（第286页）笔者认为，联系到萧统《文选·序》中所说的“‘凭虚’‘亡是’之作”“《长杨》《羽猎》之制”，这些作品的重要特点，就是“驰骋想象，凭虚构象”。萧统把“赋”体放到文学体裁的首位，反映了他那个时代重文轻质、重形象思维轻质实陈述的文学观的变化，是推动文学朝审美方向发展的重大理论折点。李福清指出的这一点，对于我们是有启发意义的。

在全面阐释了萧统《文选》中所收录的各种体裁之后，李福清得出自己的结论：“中国第一部文学选集的编者偏爱的体裁是纯粹艺术的（赋和诗）；而与葬礼等仪式相联系的、明显是功能性的体裁，它们在自己的体系中占据的是后面的位置；反映日常事务的体裁……以及和官方历史编纂有关系的、占据中间地位的体裁，也进入文学的构成。”（第288页）他指出，萧统“《文选》的独特价值就在于对在中世纪中国理论家意识中的艺术文学的构成给出了准确鲜明的概念”。（第288—289页）

写到这里，李福清拿中国中世纪以刘勰和萧统为代表的文学观与“同样是由中世纪世界观决定的古代罗斯的文学体系”做了一个比较。他指出：

---

① 即《文选·序》所谓：“古诗之体，今则全取赋名。荀、宋表之于前，贾、马继之于末。自兹以降，源流实繁。述邑居则有‘凭虚’‘亡是’之作。戒畋游则有《长杨》《羽猎》之制。若其纪一事，咏一物，风云草木之兴，鱼虫禽兽之流，推而广之，不可胜载矣。”

“在古罗斯……宗教的或者接近宗教的文本构成了中世纪文学的基础。教堂文学的体裁系统是固定的和保守的，明显地占有位于尘世文学之上的优势。”“在中国则是另一种情况：借自印度的（经常经过中亚的中介）佛教文学处于自我封闭的状态，存在于普遍承认的文学界限之外的地方。……而成为中国所有官方意识形态基础的儒家学说是道德的教训，并不是宗教的。”他说：“正是这一点说明了中国文学的世俗性质。”（第289页）他指出：“在儒家的影响下，无论是刘勰还是萧统都没有建立起自己的体裁等级。”在他们谈论文学体裁系统的时候，位于“体系前列的是类似于对经典题目讨论的‘论’等儒学体裁”。（第289页）但刘勰和萧统在强大传统的束缚下，还是有所突破和解放的，那就是如李福清所说的，他们“是从美学的，首先是风格的标准出发。因此在他们的体系中占第一位的是因风格的特别华美而从其他体裁中划分出来的‘赋’或‘诗’”。（第290页）

李福清文章的后半部分扩展到阐述由萧统奠定的文选编辑传统对中国后世及东方国家的影响。被他论及的有宋代姚铉[①]编辑的《唐文粹》，李昉、徐铉、宋白等人编辑的《文苑英华》[②]，元苏天爵的《元文类》[③]，明程敏政选编的《明文衡》[④]，清薛熙编辑的《明文在》[⑤]，桐城派领袖姚鼐编纂的《古文辞类纂》和曾国藩编纂的《经史百家杂钞》等。他指出，在唐宋直至元代的文集中，还是基本延续萧统的传统，即把“诗赋”放在文学体裁等级的前列。但自明代的《明文衡》以后，则“提供了全然另一样的关于文学体系的概念”，排在“最前面的体裁等级不是文学的，而是功能的、应用的”。（第291页）笔者认为，这种变化一方面与封建社会后

① 姚铉（967—1020），字宝之，庐州（今安徽合肥）人。宋太宗太平兴国八年（983年）进士及第。所编《唐文粹》为唐代诗文选集，共一百卷。

②《文苑英华》系北宋四大部书之一的文学类书，由李昉、徐铉、宋白及苏易简等二十余人奉宋太宗赵炅之命共同编纂。全书共一千卷，上继《文选》，起自萧梁，下讫晚唐五代，选录作家两千余人，作品近两万篇，按文体分赋、诗、歌行、杂文、中书制诰、翰林制诰等三十九类。

③《元文类》，元朝诗文选集，本名《国朝文类》，元苏天爵编，七十卷。共收窝阔台时期至元仁宗延佑时期约八十年间各家诗文八百余篇，按文体分四十三类。

④《明文衡》，原名《皇明文衡》，明代程敏政选编。九十八卷，补缺二卷，选录明初至成化末辞、赋、乐府、琴操及散文一千一百二十一篇。

⑤《明文在》，明代诗文总集，清薛熙编，一百卷。仿《昭明文选》体例，选录明代诗文二千余篇。编选标准着眼于文辞。选录对象从明代唐宋派古文入手，门户之见颇深，故所选不够全面。

期儒家保守主义进一步强化和僵化有关，另一方面是因为这些文集都明确自己是“古文”的或“经史”文章的选集，自然不会收录纯文学的诗词歌赋。李福清也意识到了这种情况，他在指出姚鼐的文集“全然没有顾及诗歌文本”的同时，还补充说：“他的文集是被称作古文的文章选集，而不是总的文学作品集。”（第293页）

李福清指出，中国古代文学体裁观念中“这种儒家功利主义的反复发作一直到临近我们今天的时代”，由于“官方儒家思想的保守性，还有以中世纪文学观念、中世纪体裁体系为方向的中国文学家观点的保守性”，小说、戏剧这些已经取得巨大艺术成就的体裁，在中国被长期排斥在文学正宗之外。他指出，中国古代的体裁分类标准“具有混合的性质：共存于其中的体裁，有的是按主题，有的是按形式，有的则是按功能标记来划分的”，“缺少清晰的体裁标准来指出同样明确的小的分支”，还存在着“公认的体裁划分的偶然性”问题。（第293页）但李福清又指出，尽管存在着种种含混不清和偶然即兴的体裁划分，中国传统文学体裁观有一个基本的共同特点，那就是把“超出对其起源和功能的依赖的”“修辞原则”“语言修饰原则（韵律、譬喻、不寻常的词汇或者词语组合等等）”的独特性看作是“确定为‘文’——雅文学的界限”。（第293页）

作为一位有世界视角的东方学家，李福清还在自己的文章里把对中国中古文学体裁的研究延伸到日本、朝鲜、越南等国家。他指出：“在这些国家里，也自然地习惯于中国的形式，无论是诗的，还是散文（主要是非叙事的、优美散文）的。”这些“被称作‘年轻的’文化区域的文学是在‘老的’，特别是中国古代文学的直接影响下开始发展的”。（第293页）他在日本的《本朝文粹》[①]、朝鲜的《东文选》[②]和越南的《皇越文选》[③]中，都“看到了与萧统《文选》中体裁的连续性”。（第294页）他又指出，在日本和朝鲜的文集中还有中国文集所没有的佛教文章，“这与佛教在日本和朝鲜

①《本朝文粹》，日本人藤原明衡（989—1066）编，收录日本平安时代秀逸汉诗文的选集。

②《东文选》，李氏朝鲜时代开始编纂的历朝历代朝鲜汉学家作品集，于公元1478年大致成书。因朝鲜相对于中国中原被称为东国，朝鲜成宗定名为“东文选”。

③《皇越文选》，越南人裴辉璧（号存庵，1744—1818）编辑，现存世有越南河内希文堂皇朝明命六年（1825年）刻本。

历史上起了比在中国（也有越南）更重大的作用，成为持续多个世纪的官方宗教有联系”。（第295页）

通过这种对中国等国家间文学联系的考察，李福清提出了“引进外来文学体系和它在新条件下的生命”的问题。他认为：“这与地方文学的发展水平有密切的关系。”比如，日本在引进中国文学系统之前已经形成了自己相当稳定的口头和书面文学传统，因此外来的文学体系只能“自成体系”，与原有的“独特的日本体裁共存”。而由于朝鲜和越南连自己的文学语言也是从中国引进的，所以在那里，外来的“中国体裁实际上经历了好多个世纪都是唯一的书面文学创作形式”。（第295页）

李福清在文章最后的简短结论中，将中国18世纪之前的文学体裁观与俄罗斯文学的体裁系统做了比较。他引用Д．С．利加乔夫所说的在古俄罗斯文学中“用于体裁划分的基础，不是描写的文学特点，而是对象本身，是作品所写的主题”①的观点，指出在俄罗斯文学发展中存在的“带来体裁系统细化的超文学的因素，在中国中世纪体裁发生的过程中也占优势”。（第295页）这是两大民族文学体裁进化的共同性。但他又指出，中国文学观念不同于俄罗斯的特殊性在于由儒家世界观特点所决定的“世俗定位”，使中国人“很早就意识到了‘文学性’的原则”，很早就“注意到了艺术体裁不同于仪式和日常应用体裁的特点”。（第295页）

文学体裁的划分与界定是文学发展和文学理论建设中的一个重要问题。体裁理论的成熟是文学发展到了一定阶段以及文学观念趋于明晰的标志。俄罗斯从20世纪90年代开始，在巴赫金言语体裁理论的激发下，首先在语言学界掀起了言语体裁研究的热潮，并由此催生了一门新的学科——体裁学。李福清这篇论述中世纪中国文学体裁的论文，就是俄国汉学界呼应这一学术新潮的产物，突显出李福清学术思想与时俱进的灵活朝气。他对中国古代文学体裁及体裁理论的科学梳理与客观评估，并无轻蔑嘲讽、反衬西方优越的意味。相反，他实际上感受到了中国传统文学思想具有现代价值的超前性特点。比如他所说的古代中国人很早就意识到了的“文学性”原则，正是20世纪初俄国形式主义——彼得堡和莫斯科“诗语”

① ［俄］Д. С. 利加乔夫：《古罗斯文学的诗学》，科学出版社1979年版，第58页。

研究中热衷讨论的问题。在20世纪文艺学发生语言学转向、“文学是语言的艺术”这一命题得到重视和强化的现实背景下，古代中国人的“雅”文学、泛文学观念，找到了自己新的历史存在依据。此外，随着多媒体技术的普及、大众审美趣味和审美需要的多元化，传统的文学体裁划分在今天又一次经历被拆解、重组、融合、出新的过程，一些用传统体裁标尺难以界定的新文体纷纷涌现，如“可视小说”“有声小说”“微小说”“手机小说”“随笔式散文”等边缘文体的产生，迫使文学理论必须紧追文学实践发展的步伐。在这样的文坛大环境下，回顾和梳理古老的中国文学体裁理论，吸收其哲理性的精华，效法其兼容性的胸怀，也许正是新世纪文学体裁理论的出路之所在。笔者认为，这也正是李福清这篇论文的理论价值之所在。

三、戈雷金娜对中国古代神话志怪小说的原型批评和文化人类学解读

俄罗斯科学院东方学研究所研究员、女汉学家基拉·伊凡诺夫娜·戈雷金娜（Кира Ивановна Голыгина，1935—2009，汉名郭黎贞）在1995年出版新著《太极：1—13世纪中国文学与文化中的世界模式》（*Великий предел−Китайская модель мира в литературе и культуре. Ⅰ−ⅩⅢвв*），运用原型批评和文化人类学的观点与方法，把中国古代神话、诗歌以及后世的小说与远古时代的宗教祭祀仪式和占星术联系起来考察，提出了不少令人耳目一新的见解。

作者在全书结语中自述其写作本书的宗旨是：“考察一至十三世纪中国文学与关于现实的概念之间的联系，以及在从祭天仪式图画到宋代哲学探索的世界观进化方面的文学发展过程。”她给自己提出的任务是：“显示现实图画的民族特点和在艺术观及与之适应的文学中找到的世界观的特点。”①

①［俄］К. И. 戈雷金娜：《太极：1—13世纪中国文学与文化中的世界模式》，俄罗斯科学院东方文学出版公司1995年版，第324页。

《太极：1—13世纪中国文学与文化中的世界模式》一书共363页，除前言与结语外，分为六章：第一章“仪式的记录——文章中的《萨满[①]书》”，讨论“祭司之言”及其在艺术与文学中的作用、仪式与占星术、仪式的记录——文章中的《萨满书》阶段、建立在“祭司之言”上的文学中的第一批形象、在传统语文学理论词语中流行的宗教仪式的反映和文章起源的观念等问题。作者提出《易经》是古代巫师祈祷祭祀用的《萨满书》的变体，在《春秋》《庄子》及扬雄撰《太玄经》中都有对古代占星术的记录。《山海经》具有记录古代仪式的文献功能，《楚辞》实际上是《祈祷书》。而《诗经》中的许多诗篇，都可以从古代祭天仪式的角度加以解读。[②]第二章“在文学中的历史意识，历史的人的揭示”，通过《汉武故事》[③]《汉武帝内传》[④]《燕丹子》[⑤]《赵飞燕外传》[⑥]等取材于历史故事的六朝志怪小说，研究了历史传记与志怪小说的关系。第三章“3—6世纪的神话故事：文化密码和基本叙事结构的形成”，论述了3—6世纪短篇小说的特点、短篇小说的基本叙事结构和叙事能指逻辑、小说中的世界模式和文化密码的形成、本体论的世界观念和文学理论等问题。第四章“小说叙事的形成，7—9世纪的短篇小说”，研究7—9世纪短篇小说的一般特点、故事情节在小说叙事形成中的作用、小说中民俗神话因素的变换和日常生

---

①“萨满”是通古斯语的音译，即“巫”。我国内蒙古自治区呼伦贝尔盟新巴尔虎旗的鄂温克人，在新中国成立前被称为通古斯人。在西方和日本，有些人对操阿尔泰语系满—通古斯语族语言的人，泛称为通古斯人。

② К. И. 戈雷金娜认为，《诗经·周南·关雎》实际上是远古时代的占星记录。她说：“‘关关’一词……很可能是祭司喊叫的某种声音的记录或者是‘观’卦……转用‘雎鸠’来标志，用的是九月的鸟，也就是黄道带‘申’区；和六月的鸟，在这种情况下带着偏旁‘且’写出的‘无尾鸟’的标志，按照词典《尔雅》，意味着‘六月的鸟’。”（《尔雅卷六·释天》：“六月为且。”——笔者）于是她得出结论：“诗歌的占星术观点按我们的观点来看，绝对是显而易见的，说明了仪式和‘祭司的语言’是文化和艺术传统形成的强有力事实。”见《太极：1—13世纪中国文学与文化中的世界模式》，第39页。

③《汉武故事》，又名《汉武帝故事》，是一篇杂史杂传类志怪小说，记载汉武帝从出生到死葬茂陵的传闻佚事。其作者，前人有汉班固、晋葛洪、南齐王俭诸说，皆无确凿证据，现一般认为是建安前后有一定文化水平的民间文人。

④《汉武帝内传》，又作《汉武内传》《汉武帝传》，明清时有人认为是汉班固或晋葛洪所撰。《四库全书总目》认为是魏晋间士人所为，《守山阁丛书》集辑者清钱熙祚推测是东晋后文士造作。

⑤《燕丹子》，古小说，作者不详。清代孙星衍认为此书是燕太子丹死后其宾客所撰。全书记燕太子丹之事，以反暴秦为基本思想，歌颂了荆轲刺秦王。

⑥《赵飞燕外传》，托名汉伶玄著，叙述汉成帝宠妃赵飞燕姐妹的故事。

活情节的开发等问题。第五章“10—14世纪初的叙事小说”，从讨论这一时期的小说选集、文本及作者入手，研究了10—13世纪小说中的传统象征意义及对作者个人因素的探寻、宋代小说中的政治乌托邦和权利与义务的观念、小说中的“新”“旧”英雄、书面与口头传统在10—14世纪初小说中的反映、神话原稿在10—13世纪小说中的命运等问题。第六章“在10—13世纪世界观探索中的世界和人的形象”，论述了宋代哲学家周敦颐、邵雍、张载、程颢、程颐和朱熹等人学说中的世界模式和自然与人的观念。

戈雷金娜研究中国文学与文化的一个基本观点，是中国文学与文化所包含的民族特点“起源于基本的存在的观念、世界自身的古老图画和模式”①。她指出：“中国文明在民族文化的各个方面都是独特的，在建筑、绘画、戏剧、哲学、逻辑学、文学中，特别是在诗学中，在民族的烹饪、婚姻准则和性生活中，因为在所有这些文化形式的基础上有一幅在民族精神的本文中被构想出来的世界图画。”②而构成这幅世界图画的源头之一就是远古时代的占星术和祭天仪式。③她说：“由世界的许多参数模式化了的基本的民族图画，呈现为对天空的中央部分和在由古代和中世纪文化的基本参数奠定的民族历法中具体化了的对时间认知的概念。”④“地方的神话传统向无声的大自然存在的时间周期中添加了补充的思想和内容。”“仪式又使地方神话传统系统化。”这在“关于初始神的某些传说中可以看出来”。“具有‘星际内容’的潜台词，表现在被戏剧化了的现实中，这样一来，神话传说就变成了未来文学情节和形象起源的材料。”⑤她指出：“仪式突出了从事测量天上情况并在专门的‘巫师语言’中进行日记记

---

①［俄］К. И. 戈雷金娜：《太极：1—13世纪中国文学与文化中的世界模式》，俄罗斯科学院东方文学出版公司1995年版，第5页。

②［俄］К. И. 戈雷金娜：《太极：1—13世纪中国文学与文化中的世界模式》，俄罗斯科学院东方文学出版公司1995年版，第5页。

③ К. И. 戈雷金娜在2003年刊行的《星空与〈易经〉》（俄罗斯科学院东方学研究所刊行）中提出《周易》是中国古代天文历法和星象记录的观点。

④［俄］К. И. 戈雷金娜：《太极：1—13世纪中国文学与文化中的世界模式》，俄罗斯科学院东方文学出版公司1995年版，第5页。

⑤［俄］К. И. 戈雷金娜：《太极：1—13世纪中国文学与文化中的世界模式》，俄罗斯科学院东方文学出版公司1995年版，第6页。

载的萨满巫师这样的人物。这种专门语言基本上由占星术术语构成，它影响的不只是同仪式相联系的文章，而且影响到书面文学语言——‘文言’的形成。”①

德国哲学家恩斯特·卡西尔（Ernst Cassirer，1874—1945）在其所著的《神话思维》中指出：“根据‘泛巴比伦’（pan-Babylonian）学说，如果神话只源出于原始神话概念或梦幻经验源出于万物有灵的信仰或其他迷信，那么神话绝不能发展成一种内在一致的世界观。这样一种世界观只能由一特定概念，即把世界作为一个有序整体的观念演化而来——只有巴比伦的占星术和宇宙论才满足这样的条件。……泛巴比伦学说方法的基石，是断言所有神话都源于星相，根本上都是‘历法神话’（Calendar myths）；这个理论的拥护者们把这个断言当作唯一能引导我们穿过神话迷宫的‘阿里艾德尼之线’②（Ariadne's thread）。”③看来，戈雷金娜的上述观点，正是在这一理论基石之上形成的。

戈雷金娜对世界汉学研究中的一些学者——包括我国的袁珂和俄国的李福清——把神话看成是超仪式的实践活动的观点提出了疑问。她认为，“应该看到神话在仪式活动的形式中流传的阶段”，这样才能搞清“起源于仪式成分解释的文学情节与文学形象的起源问题”。④她对李福清在《从神话到长篇小说——中国文学中人物形象的演进》一书中的结论“文化英雄的形象是某种动物（如果是来自动物世界的图腾）同时又是人的标志的总和的模式化……这种形象的本质在于英雄的各种外部因素的简单相加之中”⑤提

---

①［俄］К. И. 戈雷金娜：《太极：1—13世纪中国文学与文化中的世界模式》，俄罗斯科学院东方文学出版公司1995年版，第6页。

② 出自古希腊神话，通译“阿里阿德涅之线”。克里特岛上的弥诺斯国王与雅典人结怨，根据阿波罗的神谕，雅典人须每隔九年送七对童男童女到克里特岛，供奉看守岛上著名迷宫的人身牛头的米诺牛，以平息弥诺斯的愤恨。这个迷宫道路曲折纵横，进去的人谁都别想出来。英雄忒修斯在克里特公主阿里阿德涅的帮助下，用一个线团破解了迷宫，杀死了怪物米诺牛。这个线团就称为“阿里阿德涅之线”，后用来比喻解决复杂问题的线索。

③［德］恩斯特·卡西尔著，黄龙保、周振选译：《神话思维》，中国社会科学出版社1992年版，第21页。

④［德］恩斯特·卡西尔著，黄龙保、周振选译：《神话思维》，中国社会科学出版社1992年版，第6页。

⑤［俄］李福清：《从神话到长篇小说——中国文学中人物形象的演进》，科学出版社1979年版，第10页。

出了批评，她认为李福清“所谈论的‘神话形象’，完全不是通常意义上的形象，而是被赋予了某种本质样式的行星的日程状态的记录。可能，正是扮演神的角色的萨满表演时用的面具”[①]。这种“在那个时代天文学专门术语中做出的行星状态记录”，在不同的古代典籍中“建立起不同特点的对世界的象征性描述”，如《易经》中的“六爻”、《山海经》中的珍禽异兽、《春秋》中某些神话祖先的形象等等。[②]

在本书第二章“在文学中的历史意识”里，戈雷金娜分析了历史传记与取材于历史故事的志怪小说的不同特点。她指出：“历史学家集中精力于记录具有雄才大略的人士的活动，但他们对人的兴趣带有实用性质并且重在展示自己主人公——现实的和社会上层人士的功勋和失策。”“文学家们使用了那些关于主人公的材料和事实，但他们通过主人公行为的中介让读者自己评论主人公的道德和精神的性质。并且与历史家不同，经常引用传说和使用通常起源于宫闱秘事的虚构的情节。”她指出，在那些已经具备了小说雏形的志怪小说中，“主人公的形象是标签式的——国君具有国君应有的特点，而臣民具有那个时代社会理想中臣民应有的特点，个人特点是缺乏的。但他们把那些由（古代）仪式规定的涉及他们的事当作是真的，并把内心认同的仪式的现实性变成了文学主人公真实的现实性”。在这里，“仪式已经具有了描写的意义”，成为塑造人物“特殊的程序”。“文学由一系列中介建立起描写的格局，它具体体现在词语中。”戈雷金娜指出：“历史可以作为某种外来的文本进入到文学中……但文学同时又设计了自己特殊的起源于古老世界神话图画的基本参数的虚假现实性”，从而在“历史原型”的基础上，“按照史诗的叙述模式”塑造出“模式化了的主人公”。[③]比如在《汉武帝故事》和《汉武帝内传》中，都讲述了武帝出世前

---

①［俄］К. И. 戈雷金娜：《太极：1—13世纪中国文学与文化中的世界模式》，俄罗斯科学院东方文学出版公司1995年版，第5页。

②［俄］К. И. 戈雷金娜：《太极：1—13世纪中国文学与文化中的世界模式》，俄罗斯科学院东方文学出版公司1995年版，第7页。

③［俄］К. И. 戈雷金娜：《太极：1—13世纪中国文学与文化中的世界模式》，俄罗斯科学院东方文学出版公司1995年版，第95页。

出现的种种神奇征兆[①]。戈雷金娜指出：汉武帝出生的日子七月七日，正是民间故事与宇宙的时间，是传说中的牛郎织女夫妇相聚的时候。[②]她认为《汉武帝内传》中汉武帝会见西王母的情节，是祭祀“下凡的神仙”的古代仪式的翻版[③]；而西王母派使者传谕武帝她将在七月七日到来[④]，这实际上意味着作为“岁阴”（戈氏作Анти-Юпитер[⑤]）的西王母“在黄道带第七区上与岁星的路线会合”[⑥]。

关于历史传记和历史题材小说的关系，戈雷金娜指出，历史传记的“主人公是现实的人，有历史名字的人，他的行为影响到民族的历史。这是高级的人士——帝王、他们周围的人们、统帅、国务活动家等等”。她指出，由司马迁《史记》开创的“对历史事件及其主体的评价态度的传统”，就是“在评价历史人物的活动时，历史学家努力把他理解为个性”。她说：“司马迁在《史记》中建立起不同典型人物形象的画廊。历史散文致力于揭示主人公的类型，为此创造了叙述的专门形式。这种形式就是传记。在传记中完成了为叙述历史人物所必需的叙述结构。它建立在历史所造就的个性的观点上，建立在属于历史的时代观点上，并使用了大量

---

①《初学记·中宫部·皇后第一》引《汉武帝故事》：“孝景王后，梦日入其怀，以乙酉年七月七日生武帝于猗兰殿。”《汉武帝内传》：“未生之时，景帝梦一赤彘从云中下，直入崇芳阁，景帝觉而坐阁下。果有赤龙如雾，来蔽户牖。”又云：“景帝梦神女捧日以授王夫人，夫人吞之，十四月而生武帝。”

②［俄］К. И. 戈雷金娜：《太极：1—13世纪中国文学与文化中的世界模式》，俄罗斯科学院东方文学出版公司1995年版，第99页。

③［俄］К. И. 戈雷金娜：《太极：1—13世纪中国文学与文化中的世界模式》，俄罗斯科学院东方文学出版公司1995年版，第97页。

④《汉武帝内传》：“至四月戊辰，帝闲居承华殿。……忽见一女子，著青衣，美丽非常，帝愕然问之，女对曰：‘我墉宫玉女王子登也。向为王母所使，从昆仑山来。语帝曰：闻子轻四海之禄，寻道求生，降帝王之位，而屡祷山岳，勤哉有似可教者也。从今日清斋，不闲人事，至七月七日，王母暂来也。’帝下席跪诺。”

⑤ Юпитер即罗马神话中最高的天神朱庇特，也就是希腊神话中的宙斯。天文学中是木星。木星在黄道带里每年经过一宫，约12年运行一周天，所以我国古代叫它“岁星”。Анти-Юпитер是“反天帝”。戈雷金娜在《太极：1—13世纪中国文学与文化中的世界模式》中说：“中国天的主要人物有天帝——十二年巡天一周，经过24个星座，和反天帝——岁阴。”又说：“天帝是伏羲”，“反天帝是女娲”。笔者按：岁阴本是我国天文学中假设的星名，又称太阴或太岁，与岁星相应。古代将黄道分为十二等分，以岁星所在的部分作为岁名。但岁星运行的方向为自西向东，与将黄道分为十二支的方向正好相反，为避免这种不方便，假设岁阴作与岁星运行方向相反的运动，以每年岁阴所在的部分来纪年。

⑥［俄］К. И. 戈雷金娜：《太极：1—13世纪中国文学与文化中的世界模式》，俄罗斯科学院东方文学出版公司1995年版，第100页。

为历史学家所采用的方法和手段。”她认为，虽然“在官方历史的框架中建立的传记很少能成为关于主人公自己的故事”，但它给以历史人物为题材的志怪小说的情节“提供了基础”。[①]

戈雷金娜指出：“根据历史材料做出的文学传记创造出了历史所难以做到的东西，它创造出了第二种描绘的意图，即‘被描绘的’第二种现实，而它正是艺术的实质。”“文学用一致的思想填补了那些事件，它们组成了骨架，同时使用了适合于它那个时代的文化代码。”她说：“在建立第二种描绘意图的时候，文学在形象和情节结构的层次上被以传统的结构普遍性和重复性原则创作出来。”[②]而“这些形象和情节正起源于现实的非文学形式，主要是仪式中”。比如“帝王远游的动机是完成对山河的献祭”，“从天上下凡的神的动机是从他那里得到神秘的知识”[③]等。

戈雷金娜指出：“中国文学史就是不断增强的对人及其周围对象的兴趣的历史”。“这个过程发生在仪式中——把现实世界和头脑中理解的世界融合成一个仪式的文化代码，揭示了它所描写的世界是统一的和不可分割的。”因此，中国的历史与文学尽管存在种种不同，但在共同的文化代码制约下，又有着紧密的联系。她说：“在儒家学说观点上建立的历史，注重事实。文学注意于史诗世界的现实，但以历史家的眼光认识这个世界。”尽管“对于历史和文学来说存在着不同的现实性”，但“它们的写作技术相似，都是‘史笔’”。“叙事小说从历史那里借用了其写作经验，使用了它在‘技术’领域的成就（使用了编年体——按年代线索安排事件或者在传记中安排材料的特殊方法），这些成就后来便成了它的方法。”[④]

在本书第三章“3—6世纪的神话故事：文化密码和基本叙事结构的形成”中，戈雷金娜论述了3—6世纪中国短篇小说的特点。她指出：“3—6世

①［俄］К. И. 戈雷金娜：《太极：1—13世纪中国文学与文化中的世界模式》，俄罗斯科学院东方文学出版公司1995年版，第96页。

②［俄］К. И. 戈雷金娜：《太极：1—13世纪中国文学与文化中的世界模式》，俄罗斯科学院东方文学出版公司1995年版，第96页。

③［俄］К. И. 戈雷金娜：《太极：1—13世纪中国文学与文化中的世界模式》，俄罗斯科学院东方文学出版公司1995年版，第97页。

④［俄］К. И. 戈雷金娜：《太极：1—13世纪中国文学与文化中的世界模式》，俄罗斯科学院东方文学出版公司1995年版，第97页。

纪小说的基本事件永远是人与妖怪的会见。”“被研究的这个时期在中国小说史上是最重要的。在一定程度上它是文学从历史向叙事民间文学迈出特殊步伐的时期。”①

戈雷金娜指出：“在早期中世纪小说中发生了现实地理与神话宇宙的地理的位移，它不只是被理解为自然的客体，在某种程度上也是不知由谁建立的文化的客体。”比如《幽明录》②中说：“海中有金台，出水百丈；结构巧丽，穷尽神工，横光岩渚，竦曜星汉。台内有金几，雕文备置，上有百味之食，四大力神，常立守护。”戈雷金娜认为：“很可能在我们面前的是天的中央与象征着世界四方和时间循环相适应的四个神的正方形形象。”③她指出：“在早期神话故事中描写的主要对象不是人，而是他所遭遇的神奇的东西。它们能够存在于兽形或类人的形态中。”④而在3—6世纪小说中的人物同《山海经》⑤中创造的形象相比较，其“形象征状的数量减少了”，更重在对形象内在特征的揭示。而这种内在特征则源于民间意识对它的认识。比如魔鬼被规定具有“喜欢吃，经常埋怨和悲伤，走路困难”等特点。这样，“另一个世界的图画和它的主体就在特征和标志上被理解，而它们是由民间意识造成的”⑥。戈雷金娜指出，3—6世纪小说中出现的“彼岸人物”，虽然“是从《山海经》上的动物形象临摹下来的”，但在这一时期的小说中，“完成了神的拟人化和建成稳定的低级神话代表人物动物拟人描写的标准”。人物的兽形特性往往用代表其性质的服饰来代替，如“鱼

---

①［俄］К. И. 戈雷金娜：《太极：1—13世纪中国文学与文化中的世界模式》，俄罗斯科学院东方文学出版公司1995年版，第113页。

② 志怪小说集，南朝宋刘义庆撰。

③［俄］К. И. 戈雷金娜：《太极：1—13世纪中国文学与文化中的世界模式》，俄罗斯科学院东方文学出版公司1995年版，第115页。

④［俄］К. И. 戈雷金娜：《太极：1—13世纪中国文学与文化中的世界模式》，俄罗斯科学院东方文学出版公司1995年版，第116页。

⑤《山海经》，中国先秦古籍，主要记述了古代神话、地理、物产、巫术、宗教、古史、医药、民俗、民族等方面内容。全书十八卷，其中“山经”五卷，“海经”八卷，“大荒经”四卷，“海内经”一卷。《山海经》一书的作者和成书时间都还未确定。过去认为是禹、伯益所作，大约出于周秦人的记载，不可信。现代中国学者一般认为《山海经》成书非一时，作者亦非一人，时间大约是从战国初年到汉代初年，为楚、巴蜀及齐地方的人所作，到西汉校书时才合编在一起。

⑥［俄］К. И. 戈雷金娜：《太极：1—13世纪中国文学与文化中的世界模式》，俄罗斯科学院东方文学出版公司1995年版，第117页。

样的头”“像鱼头一样的帽子”“像三头公鸡的头巾”“五彩衣”“羽毛衣”等等。她指出，这一时期小说中“任何一个形容词都是多义的和与宗教仪式有关系，如‘圆形的石头’像天，‘黄裙子’像地，‘白裙子’总是从那个世界来的人穿的，或者白色是死亡的国度——西方的象征”①。

戈雷金娜指出，在3—6世纪的短篇小说中，“来自另一个世界的主体履行的只是那样一种由民间意识为其拟定的功能。结果建立起这个主体所能做出的稳固的情节模板、动作的链环”。比如“神通常是下凡来，而得到不朽的赠品的人们飞升后无意中进入另一个世界，并在那里得到某种珍贵的东西——知识、宝物，且获得永生”等等。但是，戈雷金娜认为：“进入另一个世界在通常的意义上意味着死。因此，叙述的逻辑本身引入到那一点，即小说提炼出日常死亡和死人的景象的主题。”②鲁迅在《中国小说史略》中曾经指出：“中国本信巫，秦汉以来，神仙之说盛行，汉末又大畅巫风，而鬼道愈炽；会小乘佛教亦入中土，渐见流传。凡此，皆张皇鬼神，称道灵异，故自晋讫隋，特多鬼神志怪之书。其书有出于文人者，有出于教徒者。文人之作，虽非如释道二家，意在自神其教，然亦非有意为小说，盖当时以为幽明虽殊途，而人鬼乃皆实有，故其叙述异事，与记载人间常事，自视固无诚妄之别矣。”③这里说出了汉魏六朝鬼神志怪小说所产生的时代背景和民族心理，似可为戈雷金娜的上述说法提供解答。

戈雷金娜认为，3—6世纪小说的情节特点是“人会见来自另一个世界的主体或者人与另一个世界本身的特别的接触和遇到它的稀有现象——拥有神奇和奇异性质的对象。这样，人进入另一个世界的主题就和获得神奇的东西、草药、秘密、知识的主题联系在一起，同时又和了解关于这个世界的某些具体的东西联系起来（如那里的吃、喝、穿等等）”④。她说：“类似的主题成了3—6世纪短篇小说的情节基础。”而中国古代“小说世界的源头就在

①［俄］К. И. 戈雷金娜：《太极：1—13世纪中国文学与文化中的世界模式》，俄罗斯科学院东方文学出版公司1995年版，第118页。

②［俄］К. И. 戈雷金娜：《太极：1—13世纪中国文学与文化中的世界模式》，俄罗斯科学院东方文学出版公司1995年版，第118页。

③ 鲁迅：《中国小说史略》，东方出版社1996年版，第28页。

④［俄］К. И. 戈雷金娜：《太极：1—13世纪中国文学与文化中的世界模式》，俄罗斯科学院东方文学出版公司1995年版，第118页。

于对世界的神话理解和在一定程度上由仪式——婚礼的、追荐亡灵的、招魂的、追悼的、历法的仪式建立起来的对它的解释之中”[①]。

鲁迅《中国小说史略》云：“神话不特为宗教之萌芽，美术所由起，且实为文章之渊源。”[②]恩斯特·卡西尔在《神话思维》一书导言中介绍德国唯心主义哲学家谢林的神话哲学理论时说：“一个民族的神话不是由它的历史确定的，相反，它的历史是由它的神话决定的……印度、希腊等民族的全部历史都暗含于他们的神明之中。”[③]他本人则指出：“祭礼是人类借以主宰世界的真正工具，它的作用主要是在纯肉体意义上而不是在纯精神意义上；创造者对人的首要利益是赋予后者不同形式的礼仪，借助这种礼仪人类可以获得驾驭自然的力量。”[④]以神话思维和巫术观念为核心的巫术文化，在世界各地、在人类所有民族的早期文化中都曾经普遍存在。戈雷金娜把中国古代神话志怪小说中的意象、情节和主题追溯到原始巫术、占星术和祭祀仪式的理论探索，为我们认识中国文学中的原型意象与母题的渊源，并进一步认识潜藏在中华民族一代代心灵深处的文化遗传基因，提供了颇具参考价值的启发性创见。尽管我们不一定完全同意她的每一个结论，但我们必须感谢她在这方面所做的开拓性工作，并应进一步发扬中国本土文学研究工作者的自身优势，把这项研究推向深入。

四、戈雷金娜对《文心雕龙》文学观念的宇宙本体论解读

在《太极：1—13世纪中国文学与文化中的世界模式》一书第三章第三节“世界本体观念与文学理论”中，戈雷金娜通过对3—6世纪散文的考

---

①［俄］К. И. 戈雷金娜：《太极：1—13世纪中国文学与文化中的世界模式》，俄罗斯科学院东方文学出版公司1995年版，第118—119页。

② 鲁迅：《中国小说史略》，东方出版社1996年版，第7页。

③［德］恩斯特·卡西尔著，黄龙保、周振选译：《神话思维》，中国社会科学出版社1992年版，第6页。

④［德］恩斯特·卡西尔著，黄龙保、周振选译：《神话思维》，中国社会科学出版社1992年版，第45页。

察，看到了包括刘勰在内的文论家“对现实和艺术认识有一些共同点”。她指出，古代中国的“本体论观念造成了一致的、包罗万象的、使世上的一切全都联系起来的系统。与这个系统相协调的首先是艺术活动和实践活动”，而“表现为语言艺术与宇宙的联系的包罗万象的著作就是刘勰的《文心雕龙》”。①她把“文”译作“符号组合”，所以她说“文心雕龙”“按照字面来翻译就是‘包含在符号组合中的心，雕刻出龙’”，“文学作品，就是‘被文字的心雕刻出来的龙’”。②她说：“在刘勰论著的标题中实际上有两个隐喻的结合：‘文心’——‘包含在符号组合中的心’，也就是由天显现在人面前的思想；而‘雕龙’——‘雕刻的龙’——是这些思想在文章中的实现。”③

戈雷金娜从解读《原道》篇入手，探讨刘勰的基本文学观念。对于外国研究者来说，理论阐释的正确来源于翻译的准确。所以这里不妨先对她译的《原道》篇开头一段话——“文之为德也大矣！与天地并生者何哉？夫玄黄色杂，方圆体分，日月迭璧，以垂丽天之象。山川焕绮，以铺理地之形。此盖道之文也。仰观吐曜，俯察含章，高卑定位，故两仪既生矣”，来一番“品质阅读”：

> 由符号组合表现出来的存在的完美是多么伟大啊！
> 它是与天地一起诞生的，
> 为什么这样说呢？
> 当黑色与黄色混合到一起，
> 然后又分成圆形（也就是天——原注）与方形（也就是地——原注），
> 而那发着光的、堆满了的星座，悬挂在美丽的天空中，

① [俄] К. И. 戈雷金娜：《太极：1—13世纪中国文学与文化中的世界模式》，俄罗斯科学院东方文学出版公司1995年版，第147页。

② [俄] К. И. 戈雷金娜：《太极：1—13世纪中国文学与文化中的世界模式》，俄罗斯科学院东方文学出版公司1995年版，第147页。

③ [俄] К. И. 戈雷金娜：《太极：1—13世纪中国文学与文化中的世界模式》，俄罗斯科学院东方文学出版公司1995年版，第148页。

以便显示出天的样子（天之象——原注）。

星星之山与天上的河流的闪光的锦缎，在法则的帮助下铺成可见的形体。

这都是存在——道的花纹印迹。

你抬起头，观察星星放射出的光芒，

这星星在给人们展示出花纹所包孕的意思（含章——原注）。

当上与下确定了自己的位置，两种状况就产生了。

这段翻译，应该说是瑕瑜参半的。比如把“山川焕绮，以铺理地之形”译为“星星之山与天上的河流”，而无视原文明确指出的“理地”，即有条理的地上文采，可说是明显的误译。但这里我们尤其要注意的是戈雷金娜对“道”“德”一类对于理解刘勰思想极为重要的理论概念的解释。她把“道”译作“Бытие”（意为“存在”——笔者），把“德”字译为“Благодать Бытия”（Благодать意为“美满、幸福”，旧宗教词语中有“天惠、神赐”之意。“Благодать Бытия”就是“存在的完美表现”——笔者）。中国的“德”在西方语言里没有对应的词语，也可以说在西方思想体系中没有类似的概念，因此是一个非常难于翻译的术语。戈雷金娜把它与“道”相联系，指出“德”是“道的完满”，“是自然存在的美好地发挥职能。德是功能，但好像‘带有有机的职责’。天在征兆中显示出自己的德，而那时‘德’就是被具体化了的功能”。她还用黑格尔的说法来解释中国的“德”，认为“‘德’接近于‘应当’（Долженствование）”，“也就是黑格尔所说的：‘在自己的限度中并超越自己的限度实现自己的努力’”。[①]我们说，在中国古代道家学派的观念中，“道”是居于冥冥之中、无可形状、无以言传的东西。当它通过具体事物体现出来时，就不能再叫作“道”，而只能称为“德”。“德”是指物德，也就是某物之所以成为某物的本质属性，或者说是事物合规律的本质属性。庄子曰：“物得以生谓之德。”（《庄子·天地》）《管子》曰：“德者，道之舍，物得以生生。”“故

---

①［俄］К. И. 戈雷金娜：《太极：1—13世纪中国文学与文化中的世界模式》，俄罗斯科学院东方文学出版公司1995年版，第149页。

德者，得也；得也者，其谓所得以然也。”（《管子·心术上》）可见戈雷金娜对“德”的解释是基本正确的。但中国古代哲学所谓“道”并非实在的物质世界，不能理解为如同“存在决定意识”的所谓“存在”，它只是一种处于冥冥之中的精神性实体，戈雷金娜把它译作具有“此岸世界”意义的“存在”，似乎就不够妥当了。

戈雷金娜指出，《原道》篇这段话是对“宇宙符号——文的概念的讨论”。“文是宇宙的符号，同时又是本性固有的写入宇宙的文章、文字和书面遗产。文是被表现出的自然存在的完美（道—德）的符号。”[①]她说：“基本上，宇宙的思想就是星空。宇宙的起源是在黑色（天空黑暗的颜色——原注）与黄色——地的颜色的杂交之中。这是宇宙诞生的隐喻。……天借助于月亮和星星，肩负起显示天的形象的功能。”“人被带入对隐蔽的、逐渐消逝的天上的花纹的查看，并解释它们。这种解释经过巫师的话或者下意识的话语在仪式和占星术中实现，它们有效地导致对宇宙的花纹符号的理解。”[②]这样，戈雷金娜就找到了刘勰的文学观念同古代占星术、原始宗教仪式的联系，印证了她关于“中国的文学和文化……起源于基本的对存在的观念、世界自身的古老图画和模式”[③]的理论预设。

戈雷金娜指出：“在刘勰的论断中建立起一个环：‘宇宙—宇宙之心’—‘话语——某种符号花纹的表现’—‘圣人对花纹的阅读——孔子对这种阅读的解释’，其结果就是‘六经’。”“经典的信息可以‘晓生民之耳目’。”“经典从自然人中造成属于文化的人（但不是有文化的人），造成向着活动的特殊种类发展的特殊的人。”这就是会“观天文以极变”“察人文以成化”的人。而“观察”“分析”的目的，“都是为了使知识适合于具体的事情”。戈雷金娜在这里提醒说：“如果读者还记得司马迁关于占星家在天上‘读出’星星和它们的意思，以及统治者从中接收信息的论述，就会明

①［俄］К. И. 戈雷金娜：《太极：1—13世纪中国文学与文化中的世界模式》，俄罗斯科学院东方文学出版公司1995年版，第148页。

②［俄］К. И. 戈雷金娜：《太极：1—13世纪中国文学与文化中的世界模式》，俄罗斯科学院东方文学出版公司1995年版，第148页。

③［俄］К. И. 戈雷金娜：《太极：1—13世纪中国文学与文化中的世界模式》，俄罗斯科学院东方文学出版公司1995年版，第5页。

白，在过去的许多世纪中很少有什么变化。”①

戈雷金娜认为：“在刘勰的著作中产生了对文化的符号性质的认识。划分出统一的，就其性质来说是宇宙的语义，这一点在论文的第一句话中就谈到了：‘文之为德也大矣。’这样一来，存在（即‘道’——笔者）的标记就可以是各式各样的，但又都是存在显示的完美，它们在世上占有优先的位置。文，这是可见的也是‘可想象’的宇宙。”她指出：“以刘勰为代表的中国文化认为自己是思想的文化。同时这思想并不与自然客体相脱离，并不脱离支撑这些思想的具体内容，不脱离星星形象的组合或者天河河床的花纹。自然客体应当获得意义，这些意义作为‘纯’意义，是不能与之分离的。”②

戈雷金娜特意指出，对于这些“符号”“标志”即“文”的理解，并不是在某个人的头脑中产生的，“因为它本身已经是功能和意义的体现者”③。她举中国文学艺术为证说：“在这种文化类型条件下，在诗歌中，除去被本体论眼光看到的，不应该有另一种物体性或者自然，而这是没有任何折射的单纯的物体性，因为文字（象形字）本身就意味着客体，同时体现着自然现实的原则。”“在绘画中容许对象世界变形并转向抽象。而中国传统绘画‘国画’，在风景画中描绘自然现实的‘花纹组合’时，全然是向思想的突破。”她说：“在所有艺术中最有中国本体论意义的是绘画、建筑、雕塑和诗歌。绘画和雕塑转达了对宇宙世界的知觉——第一是文的符号，第二是客观的具体形象（象）。建筑在庙宇建筑的结构中也是表达了对宇宙的可见的观念。”“在对世界的本体论理解的条件下，风景可能只是背景。但是本体论意识正好应该把风景和风景诗推到第一位，例如王维的创作。”“在3—6世纪的中国，形成了对象世界的统一的本体论原则。这一时期的中国文化和文章特别注意到由一切艺术文本统一的阅读形成的高级

---

①［俄］К. И. 戈雷金娜：《太极：1—13世纪中国文学与文化中的世界模式》，俄罗斯科学院东方文学出版公司1995年版，第151页。

②［俄］К. И. 戈雷金娜：《太极：1—13世纪中国文学与文化中的世界模式》，俄罗斯科学院东方文学出版公司1995年版，第152页。

③［俄］К. И. 戈雷金娜：《太极：1—13世纪中国文学与文化中的世界模式》，俄罗斯科学院东方文学出版公司1995年版，本段引文皆出于此页。

的符号学性质。阅读要求脱离一切，脱离经典、文学文本、画卷、简单的日常事务。在对世界的本体论理解中，在文化的客体中总是实现着同一般宇宙内容的联系。”戈雷金娜指出：“在一切关于现实和文章，或者单纯的关于鬼怪现象的讨论基础上形成的本体论意识，引起了在所有世界观形式中的急剧转变。在传统语文学中产生了稳固的关于词和文本的宇宙性质的概念。为宇宙思辨、综合系统的意识所吸引，产生了对这样或那样文学现象的真正的体裁起源的注意。艺术词语被从这样或那样的经典著作中推衍出来。在刘勰那里，这种思想得到最充分的体现。”

笔者认为，戈雷金娜从中国古代宇宙本体论出发对刘勰《文心雕龙》的文学观念所做的解读，以及由此得出的对中国文化，尤其是3—6世纪中国文化的特点的论断，起码在两点上对我们是有所启发的。首先就是将“文”与“宇宙之道”相联系，昭示了中国艺术所普遍具有的先验的象征意蕴性质。在我们的诗歌、绘画中，自然景物、生活事件往往具有固定的意蕴，这就是现代文论常讲的原型意象和抒情母题。诸如“春风春鸟”“秋月秋蝉”“寒江钓雪”“孤雁离群”“游子怀乡”“怨妇思夫”等等，其意蕴旨归，往往是先验地存在于创作者与接受者共同的文化心理建构之中。故双方能迅速达成默契，产生共鸣。这是当代俄罗斯汉学—文学研究工作者打破传统语文学阐释的局限，将文学研究与中国哲学、中国历史文化及民族心理联系起来，而得出的对中国文学与文化特点的新认识。其次，戈雷金娜对《文心雕龙》文学观念的分析，有助于我们理解在玄学成为社会主流思潮的条件下，对文学形式因素的研究何以成为刘勰前后（包括刘勰本人在内）的文论家们关注的热点。正因为一切形式的“花纹”都与“道”相联系，都是宇宙之道的体现，所以这些“花纹”本身就具有了独立的意义，有了被认真探讨的资格。故《文心雕龙》要用那么多的篇幅讨论各种文体的起源，讨论声律、骈偶、修辞、造句等形式问题。以往我们总是从文学研究的社会历史视角出发，把魏晋南北朝时期形式主义文风的出现归咎于士族地主阶级的腐朽没落；或者从文学和语言发展的角度，认为这种文风是人们对文学语言特征认识发展的必经阶段。现在加上哲学本体论视角的切入，可以说对这一现象又多了一层合理的解释。

五、克拉芙佐娃的中国古典诗歌研究

1994年，俄罗斯圣·彼得堡东方学中心出版了女汉学家M．E．克拉芙佐娃的新著《古代中国诗歌：文化逻辑分析的尝试》。该书以中国古典诗歌两部最重要的文献——《诗经》和《楚辞》为依据，从文化人类学角度分析了中国诗学传统的起源及特点，令人颇有耳目一新之感。书中附有南北朝以前的诗歌作品选译和大量插图资料，反映了苏联解体后俄罗斯汉学家研究中国古典诗歌的最早成绩。

《古代中国诗歌：文化逻辑分析的尝试》一书分为两部分：第一部分总题为"诗歌与文化：从古代中国的人类文化情境角度看中国诗学传统的形成"，内分四章。第一章论述古代中国的书面诗歌文献，第一节概括介绍了周代、汉代至魏晋南北朝时期中国的概况及诗歌发展特点，第二、三两节分别介绍了中国古典诗歌两部最古老、最重要的文献《诗经》和《楚辞》。第二章论古代中国的民族起源。作者在第一节里对中国文明起源于周代的看法提出了不同意见，认为中国文明的更早源头是"带着新石器时代遗迹的青铜时代文化"的商殷文明。[①]在第二节"古代中国的人类文化学特点"里，作者着重分析了亚风俗的"中"与"南"，即中原文化与南方文化的不同。第三章论古代中国中央地区的文化，分四节论述了中原地区古代中国人的宇宙观念、官方神庙与仪式活动、长官崇拜以及婚姻与爱情。第四章论述古代中国南方区域的文化特别是楚国的宗教传统，内分七节，着重探讨了楚人的神话观念、作为文学情节的"神游"以及在中国文化和文学中的楚神话倾向。

克拉芙佐娃专著的第二部分总题为"古代中国的诗歌创作：起源、进化道路和社会意义功能"。第一章论中国古代遗迹中保存的诗歌创作，分三节介绍了古代中国关于神的起源的观念和诗歌的魔法功能、诗歌与宗教仪式，以及在中国文化中诗歌的宗教功能。第二章论儒家传统中的诗歌创作，分三节论述了儒家诗学观念的起源、儒家诗学观念的实质和儒家学说

---

①［俄］M. E. 克拉芙佐娃：《古代中国诗歌：文化逻辑分析的尝试》，圣·彼得堡东方学中心1994年版，第63页。

对帝国时期中国诗歌创作的影响。第三章论古代中国南部的诗歌传统，内分五节：第一、二两节论述南部诗歌的起源问题和《楚辞》在中国文学发展史上的作用；第三节是对《楚辞》的具体阐释；第四节论南方诗歌的历史文化之根；第五节是对屈原形象原型的探讨。

克拉芙佐娃专著研究的对象在世界汉学特别在俄苏汉学中并不新鲜，但她研究问题的角度和方法有很大创新。作者在“绪论”中首先指出中国诗歌有两个特点：“在中国，诗歌创作永远占据着国家精神生活的重要位置，大大超出只是民族文学体裁之一的范围。它是最普及的和被作为中国人精神活动的特殊的社会意识形式而使用。”[①]“它的主题倾向的局限性和与文本的主题倾向相联系的、从思想及形式的观点来看的同样性。”[②]她说：“在欧洲文学中每一个作者从其独特性出发做出自我评价。而中国文学家们的诗常常被认定为源出于唯一的早就在标准文本中定型了的主题的变异的感想。”比如，在中国山水诗中，“通常出现的是同一类型的主题（如讴歌在自然荒野的天地中‘自由生活’的快乐，叹息人生的短暂等）”。再如中国的爱情抒情诗，“由于创作它的都是男诗人”，所以诗中大多“叙述失去情人或丈夫的抒情女主人公对爱情的心情”。[③]克拉芙佐娃认为，对于中国诗歌的这些特点，以往的汉学家们尽管“不止一次地在科学文献中发现，但是，很遗憾，仅只是停留在确认它们存在的事实的水平”。克拉芙佐娃认为，之所以会出现这样的问题，在于以往的汉文学研究本身存在着两个弱点：首先是“对艺术文学的来自旧中国语文学和注释学传统的狭义语文学态度占优势”[④]；其次是受旧中国语文学影响而形成的“将诗歌创作和整个高雅文学（文）脱离国家的社会和精神生活而独立的

---

①［俄］M. E. 克拉芙佐娃：《古代中国诗歌：文化逻辑分析的尝试》，圣·彼得堡东方学中心1994年版，第9页。

②［俄］M. E. 克拉芙佐娃：《古代中国诗歌：文化逻辑分析的尝试》，圣·彼得堡东方学中心1994年版，第10页。

③［俄］M. E. 克拉芙佐娃：《古代中国诗歌：文化逻辑分析的尝试》，圣·彼得堡东方学中心1994年版，第10页。

④［俄］M. E. 克拉芙佐娃：《古代中国诗歌：文化逻辑分析的尝试》，圣·彼得堡东方学中心1994年版，第11页。

绝对化倾向”[①]。

克拉芙佐娃指出，在世界汉学特别是俄苏汉学研究中，“克服对中国艺术文学的狭义语文学态度的尝试，无疑早已着手进行了”[②]。比如俄国汉学经典作家B. П. 瓦西里耶夫和B. M. 阿列克谢耶夫院士在其著作中，都“提出了研究文学现象和过程的历史—科学的原则”。此外，英国汉学家Д. P. 克涅克杰格斯、澳大利亚汉学家Д. 弗洛德施埃姆、匈牙利汉学家Ф. 托凯伊、俄国汉学家B. B. 马里亚温的专著，也都“目的明确地揭示中国艺术文学发展史的一般文化事实”[③]。但是，克拉芙佐娃指出，尽管几乎“所有专家都承认在与其同时代的历史文化环境的有机联系中研究任何文学现象的必需性。可是这一论题在科学研究实践中的实现，经常局限在记述和研究历史与思想的现实对被研究的文学家的生活道路和创作活动影响的片段事件”。她说：“在现有汉学—文艺学的大多数著作中”，“研究者局限于研究诗人的生平、文学创作史，对他们的思想和艺术特点给予叙述和做出对作品的带注释的翻译，而这些注释与中国注释传统相适应”。因此，许多在科学研究中很熟悉的中国文学现象，“实际上还都被看成具有独立的性质，引起整个文学过程的虚假的非连续性”[④]。

克拉芙佐娃认为：“艺术文学……是特殊的一般文化现象。它的存在形成于特殊的文学和超文学因素的整体性综合。而后者被理解为对其同时代诗歌表现出直接或间接影响的历史与文化现实的总和。”“从自己发生的那一刻起，诗歌创作就不只是在文学事实的性质中存在。”[⑤]因此，要理解“被研究的诗歌传统的性质”，就必须研究“它同产生它的地区的一切

---

①［俄］M. E. 克拉芙佐娃：《古代中国诗歌：文化逻辑分析的尝试》，圣·彼得堡东方学中心1994年版，第12页。

②［俄］M. E. 克拉芙佐娃：《古代中国诗歌：文化逻辑分析的尝试》，圣·彼得堡东方学中心1994年版，第13页。

③［俄］M. E. 克拉芙佐娃：《古代中国诗歌：文化逻辑分析的尝试》，圣·彼得堡东方学中心1994年版，第12页。

④［俄］M. E. 克拉芙佐娃：《古代中国诗歌：文化逻辑分析的尝试》，圣·彼得堡东方学中心1994年版，第13页

⑤［俄］M. E. 克拉芙佐娃：《古代中国诗歌：文化逻辑分析的尝试》，圣·彼得堡东方学中心1994年版，第13页。

精神生活的内部联系”，“注意最广泛的历史文化范围的事实”。这也就是“对艺术文学的文化逻辑分析的基本原则和任务”。[①]她写道：“为了揭示中国诗歌类型学的特点和文明的标志，必须了解其从古典时期开始的发展的一般法则”，也就是要“搞清中国文明的全部历史—文化特点”。[②]

为了“用独特的实例为书中基本部分提出的理论观点服务”[③]，克拉芙佐娃在自己专著的末尾附录了“中国古典诗歌典范作品的艺术译文选集”。这里有以前已被翻译过的诗歌作品，也有的是第一次译成俄文。克拉芙佐娃自述其翻译中国古典诗歌的原则“首先是最充分地保持原文形式上的特点”。比如“将原文的一行诗句转译成俄文诗的一行，并且其中有效词的数量接近于汉字的数量”，同时“在某种程度上保持原文的规模和韵律”。为此，克拉芙佐娃“采用了最为多样的俄国韵脚系统的类型：从精确的到建立在辅音重复法上的声韵”[④]。对于中国诗歌中常见的叠字，她“借助于同义词或用连接符号连接起来的近义词”[⑤]来翻译，如“无边—无际”“不知—不觉”“花—草”“分—散”等等。对于《楚辞》中大量出现的同偏旁字，克拉芙佐娃则巧妙地把它们译成同字母打头的俄文词，如将《楚辞·招隐士》中的“嵚岑碕礒兮，硱磳磈硊”一句译作“А кручи крутые кружат крутизною. Громат，грозясь громоздятся горою.”（啊，被悬崖环绕着的陡峭的峭壁，重山叠嶂巨大可怕。）[⑥]。由此可见克拉芙佐娃在中国古典诗歌翻译方面独具的匠心和娴熟的翻译技巧。

通过对中国古典诗歌两大源头《诗经》与《楚辞》深入细致的分析和研究，克拉芙佐娃得出自己的结论：中国诗歌“具有两个原则性不同的诗歌

①［俄］M. E. 克拉芙佐娃：《古代中国诗歌：文化逻辑分析的尝试》，圣·彼得堡东方学中心1994年版，第13页。

②［俄］M. E. 克拉芙佐娃：《古代中国诗歌：文化逻辑分析的尝试》，圣·彼得堡东方学中心1994年版，第14页。

③［俄］M. E. 克拉芙佐娃：《古代中国诗歌：文化逻辑分析的尝试》，圣·彼得堡东方学中心1994年版，第14页。

④［俄］M. E. 克拉芙佐娃：《古代中国诗歌：文化逻辑分析的尝试》，圣·彼得堡东方学中心1994年版，第14页。

⑤［俄］M. E. 克拉芙佐娃：《古代中国诗歌：文化逻辑分析的尝试》，圣·彼得堡东方学中心1994年版，第16页。

⑥［俄］M. E. 克拉芙佐娃：《古代中国诗歌：文化逻辑分析的尝试》，圣·彼得堡东方学中心1994年版，第16页。

传统的源头，其中每一个的特点都以其所由产生的人类文化系统的特点为条件”。她认为：“中国文明实际上具有多元的起源……其中特别重要的是两个人类文化体系，一是殷商和周文化，另一个是楚文明。”①

克拉芙佐娃把在周文化基础上产生的文化体系称为中央亚风俗文化，认为这种文化产生于中国本土，并且“很可能给北亚地区及中国带来萨满教神话和执行者”。在这种文化中产生的无论是口头的还是书面的早期诗歌，“被赋予了魔法性质和功能”，它们表现了“按照周人的精神观点进行积极的创造性活动”和“促进人与最高力量联系的法则”。②这种诗歌“与宗教仪式和关于最高权力及其体现者的观念体系在源头上有着联系”。“以具有超凡能力的领袖身份出现的统治者借助于作诗行为展示了自己奇异的力量，实现了自己神圣的权力。”③她说：“诗歌创作的宇宙学意义被强有力地保存在以后的时代”，决定了诗歌创作“在帝国社会的官方思想体系和官方实践中”④的地位。

克拉芙佐娃指出，在周代后期，古代诗歌的原始文本“受到来自自然哲学和社会道德学说观点的概念化”解释。还有一些儒家学者把诗歌作者比作编年史作家。他们尤其倾心于民歌创作，因为民歌特别符合“儒家对诗歌预先提出的要求”，并且“在作者的激情方面……发育不足”。克拉芙佐娃认为，这种诗学观念一方面“增强了诗歌创作在民族精神价值和国家体系中的地位”，但另一方面，把文学看作“实用教科书”的立场使“周汉诗歌文化的现实状况呈现为畸变”。她认为：“《诗经》和汉代歌曲集《乐府》是被人为地建立起来的纪念碑，它们实际上并没有反映他们当时的文学现实，而是诗人的道德观点的具体化。”“这样就产生了周汉民歌与诗歌长期占统治地位的错觉。”⑤克拉芙佐娃指出：“对诗歌创作的原始宗

---

①［俄］M. E. 克拉芙佐娃：《古代中国诗歌：文化逻辑分析的尝试》，圣·彼得堡东方学中心1994年版，第353页。

②［俄］M. E. 克拉芙佐娃：《古代中国诗歌：文化逻辑分析的尝试》，圣·彼得堡东方学中心1994年版，第353页。

③［俄］M. E. 克拉芙佐娃：《古代中国诗歌：文化逻辑分析的尝试》，圣·彼得堡东方学中心1994年版，第354页。

④［俄］M. E. 克拉芙佐娃：《古代中国诗歌：文化逻辑分析的尝试》，圣·彼得堡东方学中心1994年版，第354页。

⑤［俄］M. E. 克拉芙佐娃：《古代中国诗歌：文化逻辑分析的尝试》，圣·彼得堡东方学中心1994年版，第354页。

教的、自然哲学的和实用教学的理解，构成了中国传统诗歌艺术美学经典的基本层次，这决定了它作为国家系统的成分在社会中的职能和存在特点。”①

克拉芙佐娃认为，与上述文化体系不同的第二种人类文化综合体——南方亚风俗，“具有明显的非中国起源，（它）起源于……更早的印欧基础”。她认为，南方诗歌在早期人类文化综合体中“也负有原始宗教活动”的使命，但是它“与周的集体演奏、歌唱、舞蹈的仪式不同”。因为“楚国宗教是神秘宗教的变种，它本身要求其人格化”。“同时诗歌文本不只是确立，还是与最高力量接触和进入宗教仪式的具体化的主要方式。”克拉芙佐娃指出：“所有这些引起了南方诗歌创作从一开始就具有高度发展的作者情感因素。”而它的出场人物，则是“继承了古代楚国诗人祭司”的“失去了自己原有身份的诗人”。她说：“正是从南方诗歌传统中，后来的中国抒情诗接受了……艺术性、情感性和反社会情绪，也就是周围现实的人的心情的悲剧性。”②克拉芙佐娃最后指出：“就这样，在中国，当诗歌创作变成完全是社会精神生活的不同环境的必要因素的时候，在上面列举的历史文化因素的影响下，就形成了古老的中国诗歌惊人的普及和它的社会意义功能多样性的情况。”③

第二节　中国现代作家作品研究的新收获

一、巴金作品的译介与研究

俄罗斯直接从中文翻译介绍巴金作品的工作，是从20世纪50年代中期

---

①［俄］M. E. 克拉芙佐娃：《古代中国诗歌：文化逻辑分析的尝试》，圣·彼得堡东方学中心1994年版，第354页。

②［俄］M. E. 克拉芙佐娃：《古代中国诗歌：文化逻辑分析的尝试》，圣·彼得堡东方学中心1994年版，第355页。

③［俄］M. E. 克拉芙佐娃：《古代中国诗歌：文化逻辑分析的尝试》，圣·彼得堡东方学中心1994年版，第355页。

正式开始的。其原因正如俄罗斯圣彼得堡大学东方系青年汉学家阿·罗季奥诺夫在2005年10月第八届巴金国际学术研讨会上的发言中所说："取决于当时的历史背景和政治情况对文坛的影响。一方面，20世纪30年代末许多汉学家遭受了镇压，再加上二战期间苏联从事文学翻译的人数又降低了，客观原因战争遏止了中国文学研究；另一方面，20世纪30—50年代苏联出版社在制订外国文学出版计划时一般从政治合理性原则出发，共产主义作家和无产阶级文学占一定的优势。巴金作品虽然也涉及革命，但还是属于另一类文学。"①1954年，巴金参加纪念契诃夫逝世50周年活动访问苏联，结识了当时苏联许多知名的作家、文艺学家和汉学家，他的名字才正式纳入俄罗斯翻译文学和汉学家研究的视野。

1954年，苏联《十月》杂志10月号发表了题为《一位四川男青年》的俄译巴金短篇小说《黄文元同志》。1955年，苏联国立文学出版社在莫斯科出版了包括《奴隶的心》《狗》《煤坑》《五十多个》《月夜》《鬼》《长生塔》《雨》《黄文元同志》等小说的《巴金短篇小说集》。1956年，巴金代表作《家》的俄译本在苏联出版。1957年，苏联国立文学出版社连续翻译出版了巴金的三本书：《爱情三部曲》（包括《雾》《雨》《电》和《沉落》《能言树》《废园外》等小说）、《春》和《秋》。1959年，苏联国立文学出版社出版了由著名汉学家兼外交官费德林教授选编、彼得罗夫作序的两卷本《巴金文集》。该文集第一卷收有1957年已出版过的《雾》《雨》《电》等中篇小说以及《狗》《煤坑》《五十多个》《怀念》《雨》《沉落》《能言树》《废园外》《活命草》《寄朝鲜某地》《坚强战士》《一个侦察员的故事》《爱的故事》等短篇小说，其中多数是新译。第二卷包括新翻译的《憩园》和《寒夜》。截至20世纪50年代末，巴金代表作俄译本的印刷总量达到54万册（杂志上发表的单篇作品除外），与中国现代文学其他大师级作家作品俄译本的出版发行量大致相当。②

巴金作品俄译本的问世，受到广大苏联读者的欢迎。用A. 罗季奥诺夫的话来说："我国读者特别喜欢的是巴金作品中主人公强烈的社会正义感、

① [俄] A. A. 罗季奥诺夫：《巴金研究在俄罗斯》，载《文艺理论与批评》2005年第6期。

② [俄] A. A. 罗季奥诺夫：《巴金研究在俄罗斯》，载《文艺理论与批评》2005年第6期，第44页。

道德上的清白、纯正的全人类感情、自我牺牲的能力、对真理的追求。作家的语言以不凡的表现力和感染力引起瞩目。虽然巴金的小说在社会批评方面很尖锐，但是它们并没有患上当时文学所流行的口号化、公式化和狭窄的政治服从之病。”①

正当巴金作品的翻译研究工作方兴未艾之际，由于20世纪六七十年代中苏关系恶化，包括巴金作品在内的中国文学作品的翻译和出版工作受到了严重的负面影响。下一部俄译巴金作品选集，直到30多年之后的1991年才再度问世。

1991年，莫斯科虹出版社出版了最新版的《巴金选集》。该书长达432页，由科学院东方学研究所高级研究员B. Φ. 索罗金主编并作序。书中收有巴金的长篇小说《寒夜》、中篇小说《灭亡》和《雾》、短篇小说《奴隶的心》《煤坑》《沉落》《长生塔》《马赛的夜》等，还有《随想录》中的《怀念萧珊》《把心交给读者》等杂感。

索罗金为1991年版《巴金选集》撰写的长篇序言《伟大历程的路标》，作为苏联解体前最后一篇代表苏联时期俄罗斯汉学家研究巴金创作的总结性专论，很有纪念意义和参考价值。论者在序言中指出：“本世纪最伟大的中国作家之一——巴金的创作道路长达60年。在这段时间里，中国和整个世界得到了巨大改变。自然，作家在很多方面也改变了，如他的创作的内容、他的艺术手法。但主要的东西没有改变，那就是作家意识到自己在人民面前的义务、对真理和正义的追求，以及作家把人类从一切形式的社会和精神的奴役中解放出来的思想的忠诚。”②索罗金的文章以主要篇幅论述了巴金的早期创作。他首先探讨了巴金早期创作的思想倾向问题，向俄文读者介绍了“巴金”的笔名同无政府主义者巴枯宁、克鲁泡特金的名字在字面上的联系，同时提醒读者注意“‘巴’还是作家故乡省份的简称”③。他指出：“在巴金的言论中很少提到巴枯宁，他更明显接近的是另一些俄国虚无主义者和民粹派分子，特别是薇拉·菲戈涅尔④和C. M. 斯捷

① [俄] A. A. 罗季奥诺夫：《巴金研究在俄罗斯》，载《文艺理论与批评》2005年第6期，第44页。

② [俄] B. 索罗金主编：《巴金选集》，虹出版社1991年版，第5页。

③ [俄] B. 索罗金主编：《巴金选集》，虹出版社1991年版，第6页。

④ 薇拉·尼古拉耶夫娜·菲戈涅尔（1852—1942），出身贵族，民粹主义者。

波涅亚克—克拉甫琴斯基[①]。”[②]他说：“巴金对无政府主义的倾心不能不在他的创作中表现出来。其中不只是在20年代的政论中，在其中他以他所信仰的学说的精神既批判了资产阶级国家，又批判了无产阶级专政的理想，也批判了苏联的社会制度。这种影响的痕迹在巴金的早期艺术作品中也有表现。”[③]

索罗金认为：“造成巴金无政府主义的是（他的）年龄、气质和为他所认清了的封建社会中个性不自由的个人生活经验所产生的道德上的处世态度。”他写道：“出身于富裕家庭的青年很少有机会接触纯粹的社会问题，但物质上的富裕生活使他产生了首先是潜在的，然后是意识到的、在比较不那么幸福的大多数同胞面前的道德责任感。用少年巴金的话来说，这责任在于为建立‘新的社会’而斗争。在这个社会里，所有的人都能享乐和快乐，而罪恶立刻消失了。”[④]

索罗金在序言中特别介绍了由他本人翻译、第一次与俄文读者见面的巴金的第一部中篇小说《灭亡》。[⑤]索罗金指出，巴金在这部小说中把主人公杜大心“描写成有着强烈的激烈的本性和复杂的性格，具有因别人的痛苦比自己大而忧愁的特点。他为路上的死者……更为那些没有了解自己苦难的根源并起来与之斗争的人们而哭泣。这些人需要帮助，而他，杜大心，应该做的正是这个。为此他开始政治活动，为此他放弃了爱与被爱的幸福，为此他毫不犹豫地走上必死的道路。”[⑥]

索罗金认为，巴金小说中对青年工人张为群死刑的描写“是小说中最有力的一场”，主人公杜大心为了给战友复仇而献出了年轻的生命。论者

---

① 谢尔盖·米哈伊洛维奇·斯捷波涅亚克—克拉甫琴斯基（1851—1895），出身贵族，民粹主义者，作家。

②［俄］B. 索罗金主编：《巴金选集》，虹出版社1991年版，第6页。

③［俄］B. 索罗金主编：《巴金选集》，虹出版社1991年版，第6页。

④［俄］B. 索罗金主编：《巴金选集》，虹出版社1991年版，第6页。

⑤ 索罗金将书名译作“Гибель”。对此，另一位老汉学家A. H. 热洛霍夫采夫有不同意见，他在1983年《远东问题》杂志上发表论文《巴金：作家—爱国者》指出，该书确切的译名应该是“Погибель”。热洛霍夫采夫的理由是，巴金在这部小说的题记中曾引用俄国诗人雷列叶夫的诗句：“我知道那第一个起来，/反对压迫人民的人，/他的结局是灭亡；/我也注定要遭这样的下场。”他认为巴金所用的标题“灭亡”，正是从这首诗中借用来的，而原诗用的是“Погибель”。

⑥［俄］B. 索罗金主编：《巴金选集》，虹出版社1991年版，第8页。

问道：小说中这一连串不幸事件是不幸的偶然事件还是悲惨的合规律性？主人公的自我牺牲给事业带来什么现实的好处？他为什么去拼杀？索罗金指出，巴金的小说对此“没有直接的回答”，但“在小说的结局中引出了这样的思想，即杜大心之死促使他所钟爱的、起先躲避政治的李静淑参加革命”。[①]

在分析杜大心的形象时，索罗金对彼得罗夫早年对杜大心形象的评论提出了不同意见。彼得罗夫曾经特别强调杜大心形象的矛盾性，认为矛盾构成了这一形象的全部生活。而索罗金则认为杜大心形象“具有内在的完整性”，因为“杜大心的那些冲突及矛盾，他都是在不从自己的原则后退的情况下合乎逻辑地解决的”。[②]比如主人公对爱情的态度，索罗金认为他之所以“以不可思议的意志力拒绝这种爱情”，其主要的推动力是“在所有多灾多难和备受压迫的人们面前所感到的天职”。他认为杜大心采取自杀式的激烈行动，“不只是一个为朋友的死报仇的努力，还有引起社会共鸣的希望”[③]。

通过分析研究巴金的早期创作，索罗金认为作家对无政府主义者的个人恐怖行为是持“消极态度”的。他指出，这一点在中篇小说《死去的太阳》中已“表现得更为清楚”。而在巴金1931年写的另一部中篇小说《新生》中，其主人公与《灭亡》相比发生了“惊人的变化”。索罗金指出：“在评论中经常把巴金的早期作品评价为过分阴暗、传播无信仰和悲观主义，但中篇小说《新生》不能在这一点上受到责难，这部小说初现了希望的曙光。”[④]这就是说，论者认为巴金早期创作中的无政府主义倾向有一个渐变的过程，并且其中不乏积极的思想因素。他特别指出：“巴金在《新生》里抛弃了那个最重要的、按照列宁的定义作为无政府主义特点的个人主义”，巴金在小说中发出了“把自己的情感同大众的情感相融合，把自己的生命同集体的生命相融合，在人类的幸福中找到自己个人幸福”[⑤]的

① ［俄］B. 索罗金主编：《巴金选集》，虹出版社1991年版，第8页。
② ［俄］B. 索罗金主编：《巴金选集》，虹出版社1991年版，第8页。
③ ［俄］B. 索罗金主编：《巴金选集》，虹出版社1991年版，第8页。
④ ［俄］B. 索罗金主编：《巴金选集》，虹出版社1991年版，第9页。
⑤ ［俄］B. 索罗金主编：《巴金选集》，虹出版社1991年版，第9页。

号召。

索罗金指出：“30年代前半期是巴金创作积极性繁荣的时期。”他在分析巴金的一批以煤矿工人生活为题材的作品时说：“其中有些来自左拉，有些来自作家的想象，但主要来自生活。”索罗金指出，对于煤矿工人苦难生活以及他们的反抗和斗争，巴金并“没有预言”“出路是什么”，“他只是如实地描写”。[①]

索罗金指出，巴金在这一时期的创作“几乎没有注意农民”。他分析其原因说：“作家是过于市民化了。（他）需要深入到农民心理的深处并反复研究，是否在他们那里真的发生了变化。”他以巴金的短篇小说《五十多个》为例：“在我们面前的不是农村生活的真实的一幕，而是人的精神战胜一切障碍的象征性的、被浪漫化了的画面。”[②]

对于巴金在1931—1933年间写的《爱情三部曲》(《雾》《雨》《电》)，索罗金写道：“《爱情三部曲》是写青年的，是作家为那些进入生活的青年而写的。”“青年们找到了独立的道路，但是需要帮助。”而巴金就是他们可贵的、愿意帮助他们的朋友。索罗金说，巴金“不是预言家，不是教训者，而是（青年的）建议人和朋友”。他指出：“巴金在（与青年）同呼吸中写成的著作，如果一口气读完，读者就会在其中遇到不可分割的小块、相似的情境、类似的语言和接近的描写。”[③]

索罗金认为：“在巴金早期创作中最流行的，并且被永久保存的是长篇小说《家》。”他指出，这部作品的“自传性基础显而易见，但无疑也有概括的力量。借助它，作者从自己童年和少年时代的回忆中选出最本质的有普遍意义的东西，描绘出内部分化和临近解体的宗法制家庭的画面”[④]。

由E. 罗日杰斯特文斯卡娅—莫尔恰诺娃翻译的《寒夜》是这一版《巴金选集》中唯一的一部长篇小说。索罗金评论这部作品说：“一般认为，在小说中明显感到契诃夫的影响，以及他（指巴金——笔者）如何延续了为俄国文学所特有的广大恶世界中的‘小人物’主题。”他认为：“对这一观点的正确

---

①［俄］B. 索罗金主编：《巴金选集》，虹出版社1991年版，第9页。
②［俄］B. 索罗金主编：《巴金选集》，虹出版社1991年版，第10页。
③［俄］B. 索罗金主编：《巴金选集》，虹出版社1991年版，第11页。
④［俄］B. 索罗金主编：《巴金选集》，虹出版社1991年版，第11页。

性，读者可以自己做出判断。”他提出自己的另一看法是，对巴金产生影响的还有“中国的前驱者——鲁迅、郁达夫及其他人”。[①]索罗金的这一意见纠正了以往俄国汉文学研究中过于强调俄国文学影响的偏颇。

索罗金指出：“《寒夜》里的人物是巴金早期作品（如《爱情三部曲》）中的主人公的同龄人……他们没有实现作家所寄托的期望，作者在《寒夜》中把他们看作是，用勃洛克的话来说，‘善良的和无希望的’。”当时的巴金已经了解自己笔下的同龄人“正在共产党的领导下，同那旧世界的力量进行着最后的和坚决的斗争”。当时的巴金已在“专注地倾听共产党人的声音，并且开始了解马克思列宁主义”。[②]这就是说，在索罗金看来，巴金的《寒夜》与他的早期作品相比，有了不同的思想背景，作家是站在对未来前途有了明确认识的立场上来描写那些不幸成为旧世界牺牲品的“小人物”的。

索罗金在序言中还简略介绍了巴金在中国“文革”期间的遭遇和他在“文革”后写的《随想录》。“苏联读者了解巴金的创作已经有近40个年头了”，而通过这新的一版《巴金选集》的问世，可以“扩展对中国作协主席、著名语言大师、爱国者和国际主义者巴金的艺术品格和创作道路的认识”。[③]这话说出了新版俄译《巴金选集》出版的目的和意义。

20世纪90代初苏联解体和俄罗斯严重的经济危机使中国文学的研究陷入停顿，巴金研究也不例外。自1991年以后的13年内，俄罗斯没有发表任何有关巴金创作的研究成果。直到2004年6月22—26日，俄罗斯圣彼得堡大学东方系为纪念巴金诞辰100周年，召开“远东文学研究”国际学术讨论会，会后出版了两本论文集《远东文学研究》和《从民族传统到全球化，从现实主义到后现代主义》，标志着巴金研究在俄罗斯的复兴。会上发表的俄罗斯汉学家关于巴金的研究论文有E. A. 谢列布里亚科夫的主题报告《探寻善与正义——纪念卓越的中国现代作家巴金诞辰100周年》、H. B. 扎哈洛娃的《巴金的随笔》、A. H. 热洛霍夫采夫的《现代中国文学中的巴

①［俄］B. 索罗金主编：《巴金选集》，虹出版社1991年版，第11页。
②［俄］B. 索罗金主编：《巴金选集》，虹出版社1991年版，第11页。
③［俄］B. 索罗金主编：《巴金选集》，虹出版社1991年版，第13页。

金传统》。它们反映了21世纪初俄罗斯汉学家研究巴金的新水平。

圣彼得堡大学东方系教授E. A. 谢列布里亚科夫在讨论会主题报告中指出："对于每个思索人生的意义、忍受着梦想与现实间矛盾的人来说，巴金的创作道路和文学作品是富有启发意义的，其中充满了对社会和思想道德的选择。现在，我们更为深刻地意识到，社会发展与国家作用的发挥，其目的应是人，是人的幸福，是人的才能和知识的充分实现。""巴金的长、中、短篇小说和随笔都展示着他个性形成和发展中复杂的相矛盾的过程，并反映着作家心灵世界的进步。"他说："不少人倾向于为自己的冷漠、缺点甚至恶习开脱，将一切归咎于恶劣的社会和生活环境。而巴金首先为自己提出了硬性要求，为自己树立了崇高的思想道德目标。这做起来并不容易——作家的生活贯穿于整个20世纪，而无论是在世界还是在中国，这都是一个以重大历史变革和激烈的政治事件而著称的世纪。"①

在详细回顾了巴金的思想发展与创作道路之后，谢列布里亚科夫指出巴金小说的特点："他的短篇小说向来以强烈的抒情开始，这给作品增加了独特的令人信服的语调和低沉忧郁的声音。他的短篇都以第一人称叙述，这可能是作者本人，也可能是另一个拥有和作者同样生活经历和世界观的人。在每部作品中，他对生活现象的主观态度和回忆事件时的感情色彩特性，都是以叙述者的形象来确定的。巴金的抒情散文是个性与社会性的结合，在其中他都是随着日常生活情况来提出严肃的社会和思想道德问题。"②

谢列布里亚科夫的报告还特别强调了巴金与俄罗斯文学的关系。他说，在中国"文化大革命"的艰苦岁月中，"巴金在俄国古典文学中找到了精神支撑，作品给他展示了人性的伟大与弱小，以及同样降临在他身上的痛苦经历"③。他指出，赫尔岑、列·托尔斯泰都给过巴金思想慰藉与激励，而"屠格涅夫的写作方法、心理描写和作品中的社会激愤之情很合乎巴金的心意"。④

---

①［俄］E. A. 谢列布里亚科夫主编：《远东文学研究》，圣彼得堡和平玫瑰出版社2004年版，第6页。
②［俄］E. A. 谢列布里亚科夫主编：《远东文学研究》，圣彼得堡和平玫瑰出版社2004年版，第12页。
③［俄］E. A. 谢列布里亚科夫主编：《远东文学研究》，圣彼得堡和平玫瑰出版社2004年版，第12页。
④［俄］E. A. 谢列布里亚科夫主编：《远东文学研究》，圣彼得堡和平玫瑰出版社2004年版，第14页。

对巴金在晚年倾吐内心真言的《随想录》，谢列布里亚科夫指出："巴金在随笔中保持了他的创作方式，即抒情语体、无拘束的思想情感交流。他真诚地谈论亲人和朋友，感悟自己和他人的命运，分担巨大损失带来的痛苦。伴随着他的痛苦与损失的文化革命的主题贯穿整个文集。"谢列布里亚科夫在报告最后总结说："在21世纪，他（巴金）的作品开启了精神顿悟、高尚理想与纯洁思想的世界，它们符合当今读者的思想道德要求，并能带给读者深层的审美愉悦。"①

莫斯科国立语言大学教授扎哈洛娃的论文《巴金的随笔》，研究了随笔这种文学形式的特点，肯定了巴金对推动散文发展的贡献。论者还以题材为原则，给巴金所写的散文随笔做了分类。

俄罗斯科学院远东研究所研究员A. H. 热洛霍夫采夫在他的论文《当代中国文学中的巴金传统》中，首先回顾了中国现代文学的奠基人与开创者鲁迅、巴金等大师当年是如何吸收与借鉴欧洲特别是俄罗斯进步的文学传统的。他指出："中国作家学习俄国文学有其合理性，这是无可争议的，这也给了我们以俄国古典文学的良好影响为荣的权利。"②他认为："鲁迅、巴金作品中的例证较好地反映了产生于五四时期的20世纪中国文学。"③但热洛霍夫采夫同时指出："在鲁迅、巴金那样的作家那里的文学背景，远不是所有人都喜欢的，一些中国知识分子甚至感到害怕。"他引用阿列克谢耶夫院士在1935年8月写的，但直到2003年才发表的一段话说："欧洲主义在完全不正常的气氛和环境中，在革命的中国蔓延。人们的选择失去了标准，外来语借助混乱的思潮一拥而上，不可遏制地、无休止地、不加选择地、没有前途地、不经思索地涌入着。报纸卖光了最后一点廉耻。在这种情况下，在毁人名誉方面，连西方报刊都被压倒了。文学突然转向了模拟欧洲过去的文学思潮，这些思潮被混乱地搅成散发着低级趣味般腐臭的一堆。在偶然成功中形成的时尚，成了重点。由于众多的国耻，惶恐、悲观和无休止的长篇大论占满了全部文学评论的空间，并延展至艺术和社会生

---

①［俄］E. A. 谢列布里亚科夫主编：《远东文学研究》，圣彼得堡和平玫瑰出版社2004年版，第15页。
②［俄］E. A. 谢列布里亚科夫主编：《远东文学研究》，圣彼得堡和平玫瑰出版社2004年版，第37页。
③［俄］E. A. 谢列布里亚科夫主编：《远东文学研究》，圣彼得堡和平玫瑰出版社2004年版，第40页。

活之中，甚至对文字都陷入了难以置信的曲解之中，对此很难想到当初的风格。”[①]热洛霍夫采夫指出：“这一大段摘自有70多年之久的文章的引文一点也没有过时。它不仅准确地描述了五四文学革命，而且还与中国当代文学的现状惊人地类似。”

接下来，热洛霍夫采夫对当代中国文学现状提出了尖锐的批评。他说：“可以肯定，中国文学在上世纪80年代完成了自身发展中照例的循环，在90年代它又在新的层次上重复20世纪20、30年代的文学状况。在今天的中国，欧洲主义的确淹没了中国的社会思想。而在21世纪又见到了过去欧洲文学思潮令人难以置信的混乱的混合物。在中国出现了销量几百万册的年轻作家，如，其中的少女作家兴致勃勃地将自己写成成年人，并以自然主义式的爱情愉悦的细节吸引了早熟的年轻人。严肃的作家并不愿意承认这些人是自己的同行，而为了继续进行报酬丰厚的文学活动，这些年轻人也没有加入中国作协的必要。”[②]

热洛霍夫采夫指出：“在中国文坛上，这类西方商业模式下的畅销书作者，引导着不同于老一代作家的生活方式，携带着不同的文学思想价值，这一现象不能不引起年长作家的沮丧与惶恐。如果说，90年代的一些流行作家，如贾平凹、王朔，还被视为作协成员的话，那么，近三年里这些作协之外的年轻作家获得的则是时尚的声望。”热洛霍夫采夫批评道：“在这些中国畅销书中包含了一切在西方流行的东西——大众文学、女性和爱情小说，只不过放到了中国背景中，带上了中国特色。在这些体裁的作品中，性爱场面是必然有的。在我看来，对于年轻读者来说，这才是主要的诱惑。”[③]他说：“现在一些中国文艺学家抱定这样的观点：在西方文学的影响下，80年代末90年代初，中国进入了后现代主义时期。”但他认为：“在中国，18—19世纪文学发展中的现代时期还尚未完成。而在中国文学中已出现的后现代主义现象，在我们看来，由于现在全球化的作用，（中国文

① ［俄］B. M. 阿列克谢耶夫：《中国文学著作集》第2册，俄罗斯科学院东方文学出版社2003年版，第276页。

② ［俄］E. A. 谢列布里亚科夫主编：《远东文学研究》，圣彼得堡和平玫瑰出版社2004年版，第41页。

③ ［俄］E. A. 谢列布里亚科夫主编：《远东文学研究》，圣彼得堡和平玫瑰出版社2004年版，第41页。

学中）产生了偷梁换柱的过程。”[①]热洛霍夫采夫指出：“新的中国畅销书的年轻作者们以西方同行为榜样的热情与勤奋，并不比70多年前鲁迅、巴金等五四文学革命的奠基人效法果戈理、屠格涅夫、左拉等19世纪欧洲文学经典作家的创作经验要少。但这里最为重要的就是应致力于将中国当代文学视为世界文学行列中的一员，视为世界文学的组成部分，而不是在同别国文学相比较时，将自己看得一无是处。”[②]热洛霍夫采夫的分析和忠告，对于当代中国文坛继承、捍卫和发扬五四以来由鲁迅、巴金等老一代作家开创的光荣传统，纠正现代化道路上的种种偏颇与不良倾向，是很中肯和有益的。

二、老舍作品的译介与研究

对老舍创作的译介与研究曾经是苏联汉学—文学研究的一个热点。20世纪50年代，由于当时中苏关系友好，加之老舍本人在推动中苏文化交流方面的积极工作[③]，他在苏联的知名度很高，苏联方面翻译出版与研究老舍作品的规模和速度也逐年加大。1954年出版了A. 季什科夫编的《老舍短篇小说集》，1956年莫斯科国家文学出版社出版了H. 费德林主编的《老舍短篇小说、剧本、散文选》，1956年还出版了E. 罗日杰斯特文斯卡娅译的长篇小说《骆驼祥子》。1957年，H. 费德林主编的两卷本《老舍文集》问世。1959年，莫斯科科学出版社出版了A. 法因加尔主编的老舍短篇小说集《末一块钱》。这一时期苏联还翻译出版了《龙须沟》《茶馆》《方珍珠》《全家福》《女店员》等老舍剧作。

1966年中国爆发“文革”，老舍被迫害致死，这一悲剧反向刺激了当时的苏联追思、纪念老舍和翻译研究老舍作品的热情。苏联在中国十年“文革”期间先后译出了《小坡的生日》（E. 罗日杰斯特文斯卡娅等译，

① ［俄］E. A. 谢列布里亚科夫主编：《远东文学研究》，圣彼得堡和平玫瑰出版社2004年版，第42页。

② ［俄］E. A. 谢列布里亚科夫主编：《远东文学研究》，圣彼得堡和平玫瑰出版社2004年版，第42页。

③ 老舍曾于1957年和1959年两度出访苏联，并在这一时期写过十多篇表达中国作家对苏联友好情谊的文章。老舍所写文章几乎全被译成俄文在苏联《真理报》《文学报》《外国文学）等全国性报刊上发表。

莫斯科1966年版）、《猫城记》（B. 谢马诺夫译，莫斯科1969年版）、《离婚》（E. 罗日杰斯特文斯卡娅译，莫斯科1967年版）等三部长篇小说。"文革"结束后，又有《赵子曰》（B. 谢马诺夫译，莫斯科1979年版）、《正红旗下》（Л. 沃斯克列辛斯基译，收入莫斯科1981年版《老舍选集》）、《鼓书艺人》（H. 斯别什涅夫译，莫斯科1986年版）等三部长篇译作问世。加上20世纪50年代译出的《骆驼祥子》，老舍12部长篇小说[①]中的近60%都有了俄译本。此外，苏联在1981年还出版了一部《老舍选集》，这是在已有两部老舍作品选集的情况下出的新版本。中国现代作家中除鲁迅外，在苏联享此殊荣的大概只有老舍一人。该选集除收有老舍的自传体长篇小说《正红旗下》外，还有B. 索罗金翻译的老舍创作理论集《老牛破车》、A. 法因加尔译的老舍短篇小说《断魂枪》。这样，老舍小说、剧作、散文及文学论文的精华大都被译成了俄文。

研究方面，从中国"文革"开始，苏联的老舍研究就远远超过了传统的鲁迅研究，一跃而位居苏联中国现代文学研究的首位。据笔者的不完全统计，从1970年至1985年的15年间，苏联共发表中国现代文学研究论文140多篇，其中论老舍的有29篇，占20%，而研究鲁迅的只有14篇，占10%。此时苏联还推出了几部奠基性的高水平研究专著，如1967年出版的苏联科学院东方学研究所研究员A. A. 安季波夫斯基（Александр Андреевич Антиповский）的《老舍的早期创作：主题、人物、形象》、1983年出版的远东国立技术大学（ДВГТУ）东方学院教师O. П. 博洛京娜（Ольга Петровна Болотина，汉名罗金兰）的《老舍战争年代的创作（1937—1949）》，以及书籍出版社1983年出版的《老舍生平图书编目索引》（И. 格拉戈列娃编著），这就为今天俄罗斯的老舍研究打下了坚实的资料基础。

但遗憾的是，就在20世纪80年代后期中苏关系逐渐正常化、苏联汉学家与中国学者恢复了面对面的学术交流、苏联老舍研究开始摆脱国家关系对峙时代的政治干扰而呈现出在新时代新学术思维背景下兴旺发展态势的

---

① 老舍的长篇小说有：《老张的哲学》、《赵子曰》、《二马》、《猫城记》、《离婚》、《牛天赐传》、《文博士》、《骆驼祥子》、《火葬》、《四世同堂》、《鼓书艺人》、《正红旗下》（没有完成）。

时候，苏联陷入严重的政治和经济危机。特别是1991年苏共下台，苏联解体，政治上与中国分道扬镳和经济的拮据，严重冲击了属于社会上层建筑又具有强烈意识形态性的包括汉学文学研究在内的人文学科的发展，老舍作品的翻译出版与研究工作一度陷于停顿。

1997年，距1986年春苏联老舍研究专家A. 安季波夫斯基、O. 博洛京娜、H. 斯别什涅夫来北京出席第三次国际老舍学术研讨会11年之后，圣彼得堡大学东方系教授H. A. 斯别什涅夫（汉名司格林，Николай Алексеевич Спешнев，1931—2011）编译出版了《老舍幽默短文集》（圣彼得堡大学出版社出版）。老舍该书的最初版本是1934年4月他自己编辑的《老舍幽默诗文集》，上海时代图书公司印行，收有35篇幽默讽刺诗文。但在那个兵荒马乱的年代，这样的文字被认为不合时宜，仅印了一版就绝迹了。此后的40多年中，老舍幽默小文虽创作颇丰，但都未结集出版。直到1982年香港出版了10万字的中文繁体字本《幽默诗文集》，增至40篇，由著名漫画家方成作插图。1983年，湖南人民出版社出版了《老舍幽默文集》，收录了65篇短文而没有收入诗歌，司格林的译本就是根据这个版本。俄文版《老舍幽默短文集》全书196页，收有《一天》《当幽默变成油抹》《天下太平》《不远千里而来》《吃莲花的》《买彩票》《有声电影》《科学救命》《特大的新年》《讨论》《新年的二重性格》《自传难写》《1934年计划》《记懒人》《狗之晨》《新年醉话》《辞工》《到了济南》《大发议论》《青岛与我》《有钱最好》《考而不死是为神》《避暑》《写字》《谈教育》《鬼与狐》《代语堂先生拟赴美宣传大纲》《相片》《理想的文学月刊》《画像》等共30篇老舍幽默短文，并附有方成绘制的插图。司格林亲自为这本书写了序言《伟大的幽默大师》。序言写道："老舍为自己的故事引用广泛的材料，涉及与民族悲剧处于同一水平的问题，以及普通人遇到的生活困难。尽管在所有描写中透露出幽默，但在它们上面又都印着痛苦和悲伤。"司格林指出："和鲁迅一样，老舍也注意研究中国人民族性格的特点，展示他们的弱点，因为处在异国，正如他所说：'你受到来自一切大量刺激方面的影响。'这些'刺激'的结果就是对民族优点的夸大的感觉和对民族弱点的病态的同情。"司格林写道："特别令老舍苦恼的是城市小资产阶级和普通人中存在的奴才性和奴隶性。在这种情况下，普通人心理的展示在老舍的作品里总是与强烈的民族优点的情感并存的。”司格林还写道：“‘对外国的态度’的主题占有特殊的位置。这个问题在那个时代是极为现实的，当时落后的中国试图弥补缺失，其中包括掌握外国的经验。可是很多中国人试图复制的外国生活‘方式’（如《避暑》《代语堂先生拟赴美宣传大纲》），老舍是极为轻蔑和讽刺的。”[①]这就指出了老舍作为一位有着强烈爱国主义精神和乡土意识的作家，在民族危亡的关键时刻对自己同胞民族心理的深刻解剖与爱恨交织的复杂情感，充分肯定了老舍幽默艺术的社会意义和思想价值。

2001年，司格林指导的研究生阿列克赛·阿纳托里耶维奇·罗季奥诺夫（Алексей Анатольевич Родионов，汉名罗流沙）在圣彼得堡国立大学东方系答辩通过了他的副博士学位论文《老舍与中国20世纪文学中的国民性问题》。该论文于2006年由圣彼得堡和平玫瑰出版社正式出版，是年轻一代俄罗斯汉学工作者研究老舍创作的代表性新成果。

A. A. 罗季奥诺夫，1975年出生于布拉戈维申斯克，1997年毕业于俄罗斯远东布拉戈维申斯克师范大学汉语教学专业，1998—2001年在国立圣彼得堡大学东方系研究生班学习，2001年毕业获语文学副博士学位。现任俄罗斯圣彼得堡国立大学东方系常务副主任、副教授，圣彼得堡国立大学孔子学院院长，圣彼得堡俄中友协副主席，欧洲汉学协会副理事长，俄中两国互译50部文学作品计划工作小组成员。他是一位学业精湛且对中国人民和中国文化抱有深厚感情的俄罗斯汉学新秀，近年来在中俄文化交流中做了许多卓有成效的工作，是一位活跃的社会活动家和著述颇丰的中国文学研究者与翻译家。

《老舍与中国20世纪文学中的国民性问题》一书共262页，由五部分组成：第一部分“上下文”，总述“20世纪中国文学中的国民性问题”。作者首先把自己的研究对象放到历史文化语境的大背景下去考察，这也是由苏联老一代汉学泰斗B. M. 阿列克谢耶夫奠定的苏联汉学—文学研究一脉相承的传统。第二部分“学生”，内分五节：（1）起步：1899—1924年间老舍世界观的形成。（2）英国与投入写作。（3）性格描写。（4）中国人

① ［俄］H. A. 斯别什涅夫编译：《老舍幽默短文集》，圣彼得堡大学出版社1997年版，第12页。

与英国人国民性的比较。（5）回到中国：从欣喜到失望。第三部分“大师”，内分四节：（1）观点深化，新的倾向。（2）传统文化与道德变形。（3）普通人的恶习。（4）聚焦：从文化批判到社会批判。第四部分“公民”，内分四节：（1）爱国主义主导思想。（2）中国人心理中的战争与变化。（3）揭露背叛心理。（4）净化传统价值。第五部分“象征”，内分三节：（1）新的探寻。（2）歌颂中国人心理中的正面变化。（3）重新表现旧中国。

A. 罗季奥诺夫在本书的“结束语”中写道：“中国人的国民性问题是20世纪中国文学的主要主题之一。”“老舍的作品为这个问题的研究带来明显而独特的贡献。国民性问题成为老舍作品中的一个关键性主题。”[①]他认为，老舍创作中对国民性的研究可以划分成四个阶段：第一阶段从1925年至1933年，这时是“对中国人国民性缺点的启蒙式揭露”。“这一时期老舍对国民性的描写逐渐由个人形象转向建立中国人的集体群像，以及对其作品所做的一些评论中作者自己的概括。”[②]第二阶段从1933年到1937年，这时是“寻找国民性缺点之根”。罗季奥诺夫指出，1931—1932年中国面对外敌入侵时暴露出的软弱无能，“给老舍的启蒙思想带来了危机。作家意识到，为了消除民族的软弱性，靠单纯的揭露是不够的，还要深入考察它们形成的原因和道路”。“总的来说，他展示道路比描述原因要成功得多。”[③]第三阶段从1937年至1949年，这时老舍“深入思考中国人国民性在对日战争影响下变化的根源”。罗季奥诺夫指出，抗日战争的爆发“导致老舍的笔服从于爱国主义宣传的需要”。于是，“1937—1940年，在研究国民性问题的同时，老舍或是歌颂准备为祖国献身的英雄，或是批判那些造成变节或国家防御能力下降的国民性恶习”。由于老舍在这一时期意识到“同日本的战争不只是在其军事角度上”，还有它

---

①［俄］A. 罗季奥诺夫：《老舍与中国20世纪文学中的国民性问题》，圣彼得堡和平玫瑰出版社2006年版，第213页。

②［俄］A. 罗季奥诺夫：《老舍与中国20世纪文学中的国民性问题》，圣彼得堡和平玫瑰出版社2006年版，第213页。

③［俄］A. 罗季奥诺夫：《老舍与中国20世纪文学中的国民性问题》，圣彼得堡和平玫瑰出版社2006年版，第214页。

“对中国文化的挑战”，以及“它对生命力的检验”，因此在他1941—1949年的作品中，“描写被战争净化的中国人文化和心理占据了显著地位”。“总之，同日本的战争增强了老舍对传统价值潜能的正面观点。”① 老舍创作的第四个阶段从1949年到1966年，这时老舍主要是歌颂新中国成立后国人精神面貌的变化，唯物主义地分析旧中国国民性的缺点。作者写道：“在这一时期老舍创作表现出的政治色彩比他以往任何时候都要强烈。老舍在新中国公民形象中强调了中国人国民性的新特点，他在普通人民的道德纯洁和中国共产党对人民的关怀中看到了它的根源。”但同时他又指出：“在接受了‘革命现实主义’方针之后，作家为了政治上的适应，而往往让自己的主人公体现了比现实理想化得多的特点。这就带来了形象的公式化。”②罗季奥诺夫认为，老舍创作的这些阶段“总体上是与那个时代中国的社会与文学倾向相适应的”，但与此同时，老舍又表现出一些特点：“（1）比之他的大多数同行，在对待传统价值的关系上更多地循规蹈矩和较少政治参与性（在1920—1930年）”③；（2）“在20世纪20年代末30年代初运用了比较中国人与外国人（英国人、法国人、印度人等）心理的方法”；（3）重在表现北京人的心理；（4）“运用幽默、讽刺、滑稽等情节构成因素”；（5）“把国民性变化看作是历史与社会现实影响的结果”；（6）“提高了对传统的自我品行调节机制（脸面、人情、良心）和中国人个人缺点的注意”。④

罗季奥诺夫在“结束语”中最后指出：“老舍创作的独立性和人类尊严的价值成为他的生命。这位伟大作家的充满了对中国人国民性特点的准确观察和深刻思考的作品，今天帮助着中国读者探索自己心灵的奥秘，也使

①［俄］A. 罗季奥诺夫：《老舍与中国20世纪文学中的国民性问题》，圣彼得堡和平玫瑰出版社2006年版，第214页。

②［俄］A. 罗季奥诺夫：《老舍与中国20世纪文学中的国民性问题》，圣彼得堡和平玫瑰出版社2006年版，第215页。

③［俄］A. 罗季奥诺夫：《老舍与中国20世纪文学中的国民性问题》，圣彼得堡和平玫瑰出版社2006年版，第215页。

④［俄］A. 罗季奥诺夫：《老舍与中国20世纪文学中的国民性问题》，圣彼得堡和平玫瑰出版社2006年版，第216页。

外国读者更好地了解同一天空之下的人民。”①

罗季奥诺夫的这部专著比之苏联时期的老舍研究成果，有以下三个特点：

一是首次涵盖了老舍的全部创作生涯。与苏联时期的老舍研究，如A. 安季波夫斯基只谈老舍早期创作、O. 博洛京娜只研究老舍战争年代作品相比，视野更加宏大，对作家创作道路与思想发展的脉络梳理得更加清晰透彻，有助于研究者和一般读者更全面地了解老舍这位伟大作家及其作品的全貌。特别是他对老舍在新中国成立以后的创作道路与作品倾向的研究评论，不仅在俄罗斯老舍研究中具有首创意义，对中国的老舍研究者也极具参考价值。

二是资料掌握相当丰赡。罗季奥诺夫写作这部专著共参考引用俄文、中文及其他外文文献将近500篇（部），其中中文资料有338篇。这些中文材料包括老舍作品、亲友回忆录，以及中国学者在20世纪八九十年代撰写的老舍研究论文。如此丰富的资料占有，在俄苏“老舍学”研究中是空前的。这当然首先归功于中俄两国关系的改善、文化交流的重新热络，以及中国国内文学学术研究的复兴。作者本人在资料的搜集钩沉、爬梳剔抉方面用功之勤、下力之多，也颇堪赞许。从这个意义上说，罗季奥诺夫的这部专著不仅是他对俄罗斯“老舍学”研究的一大贡献，对于中国的老舍研究也有很重要的参考价值。

三是选题具有重大现实意义，研究方法也有一定突破。近代以来，反思批判中国人的国民性，一直是中国先进思想家、文学家致力研究和表现的主题。选择这个切入点，可以说就是把住了包括老舍在内的20世纪中国作家创作的主脉，有提纲挈领、纲举目张的效果。同时，中国人的民族心理也是21世纪初国际汉学热衷研究的话题。罗季奥诺夫的导师司格林生前在欧洲各国讲学的主要题目，就是“中国人的民族心理”。罗季奥诺夫在这样一位导师的指导下写这样一篇论文，自然是厚积薄发、得心应手的。此外，作者在研究中还适当借鉴了民族心理学的研究方法，他的研究一定

① [俄] A. 罗季奥诺夫：《老舍与中国20世纪文学中的国民性问题》，圣彼得堡和平玫瑰出版社2006年版，第216页。

程度上突破了单纯文学研究的局限，而有了民族学、社会学、国情学研究的意义。这对于中外学者透过老舍文学创作的窗口窥视中国人的民族心理、更好地了解中国及中国文化，对于中国人自己反省自我、塑造适应时代前进大潮的新的民族意识和民族精神，都有一定的启发和借鉴价值。

在年轻一代老舍学研究者崛起的同时，老一代俄罗斯汉学家也继续发展着自己的老舍作品翻译与研究工作。早在20世纪80年代初就译出老舍最后一部长篇小说《正红旗下》的莫斯科大学亚非学院功勋教师、高尔基世界文学研究所教授德米特里·尼古拉耶维奇·沃斯克列辛斯基（Дмитрий Николаевич Воскресенский，汉名华克生，1926—　），在2007年编辑出版了以《正红旗下》为书名的老舍传记作品集。书中除收有老舍的自传体长篇小说《正红旗下》之外，还收录了由沃斯克列辛斯基本人翻译的老舍的《自述》《自传难写》《我的母亲》《小型的复活》《抬头见喜》等传记性随笔，以及老舍公子舒乙写的《父亲最后的两天》，还有沃斯克列辛斯基写的《作家老舍的北京》。沃斯克列辛斯基在题为《老舍最后的长篇小说》的序言里写道："小说《正红旗下》是他（老舍）创作成就的代表，但可惜啊，是'天鹅之歌'[①]！"[②]他引用老舍夫人胡絜青在《写在〈正红旗下〉前面》一文中所说的话："《正红旗下》是一部自传体小说，但我愿意强调，它首先是小说，并非真人真事。当然，小说里有真人真事的影子，但仅仅是影子而已。很明显，老舍的目的，不是要写自传，而是要写社会，就像《茶馆》的目的，并不是要写茶馆本身，而是以一个茶馆为背景，写社会的变迁和历史的发展趋势。"[③]他认为："胡絜青完全正确地指出了这部小说的艺术构成的、决定了其美学基础的重要特点。"[④]

2014年，沃斯克列辛斯基又编辑出版了另一部老舍作品集《猫城记》（莫斯科东方文学出版社出版）。该书是中华人民共和国国家新闻出版广

---

① 传说天鹅在临死之前会发出它一生中最凄美的叫声。称艺术作品为"天鹅之歌"，一方面赞美它是绝美之作，同时也意味着作者在创作此作品之前承受过巨大的折磨与痛苦。

② 老舍：《正红旗下》，Д. Н. 沃斯克列辛斯基翻译、编辑并作序，俄罗斯科学院东方文学出版社2007年版，第3页。

③ 老舍：《正红旗下》，人民文学出版社1980年版，第5页。

④ 老舍：《正红旗下》，Д. Н. 沃斯克列辛斯基翻译、编辑并作序，俄罗斯科学院东方文学出版社2007年版，第3—4页。

电总局与俄罗斯联邦出版及大众传媒署合作开展的俄中两国古典与现代文学作品翻译出版计划支持的一个项目，收有B. И. 谢马诺夫译的《猫城记》《二马》、Д. Н. 沃斯克列辛斯基译的《正红旗下》、Е. И. 马尔恰诺娃译的剧本《茶馆》，以及上述2007年版《正红旗下》一书收录过的老舍的传记性随笔。沃斯克列辛斯基在编者的话《关于作家老舍和他的作品》中指出："这本书中介绍的是20世纪中国一位在各种文学体裁中都表现出自己显著才能的、最有影响的大作家大量文学遗产中不太出名的部分。在老舍创作的大量作品中，可以看到如《骆驼祥子》（俄译名《人力车夫》——笔者）那样的重要长篇小说 、公认出色的中篇小说《月牙儿》、著名剧本《龙须沟》或《茶馆》，以及一些特写和喜剧小品。而这本书中收录的则是不经常出版的部分作品，它们能成为中国作家创作才华与艺术天赋的很好的例证。例如长篇小说《猫城记》对于中国文学来说就是很少见的'反乌托邦'体裁。还有那部不大的长篇小说，或者说是中篇小说《二马》（俄译名《两个人在伦敦》——笔者），就叙述方式而言也完全是另类的。这两部作品都与20世纪二三十年代老舍创作的早期相联系。"[①]编者指出，这两部作品加上这本书中另外收录的《自述》《我的母亲》等随笔，"就在编年史式的框架中展示了从20年代到老舍生命最后时期相当广泛的作品"[②]。

这里涉及对老舍1932年写的长篇小说《猫城记》的评价问题。这部小说在中国曾长期被认为是"有严重错误的作品" 。20世纪50年代苏联的老舍研究步中国评论之后尘，也认为这部小说有"政治错误"而不去翻译。到60年代，年轻一代苏联汉学家开始提出相反的意见。A. 安季波夫斯基在他的《老舍的早期创作：主题、人物、形象》中写道："所有评价的基本点是说老舍没有指明陷入绝境的中国社会的出路，没能拟出一个积极的方案。但在我看来，揭露现实黑暗面的讽刺作品中，没有必要一定提出一个改造这个社会的方案。在果戈理、萨尔蒂科夫—谢德林、A. 奥斯特洛夫斯基、鲁迅的作品中都没有直接的美好远景。但这绝没有降低这些作品的价值。而正是这些作者对罪恶和暴行的毫不妥协才使他们进入那个时代最伟

① 老舍：《猫城记》，Д. Н. 沃斯克列辛斯基编辑，莫斯科东方文学出版社2014年版，第5页。
② 老舍：《猫城记》，Д. Н. 沃斯克列辛斯基编辑，莫斯科东方文学出版社2014年版，第5页。

大的人道主义者的行列。由于自己的倾向性和艺术特色,《猫城记》已接近了伟大讽刺家的优秀作品。”[①]

值得注意的是，20世纪60年代后期苏联汉学家费德林在研究《猫城记》时，还有意识地把《猫城记》中描写的情况同我国当时正在发生的“文革”劫难联系在一起，从而得出结论：老舍这位讽刺作家原来还是一个预言家。这类论文除了B. 谢马诺夫为《猫城记》俄译本写的序《讽刺家、幽默家、心理学家》外，还有他与A. 热洛霍夫采夫合写的《对预见的惩罚——论〈猫城记〉》、Б. 李福清的《中国的讽刺作家老舍》等，约有四五篇之多。尽管我们不认为老舍对“文革”真有什么“预言”或“先见之明”，但老舍的《猫城记》《赵子曰》等作品对于打着革命旗号的封建主义或暴乱倾向在中国的肆虐，一直是有所警惕并予以深刻揭露的。如果说后来发生的“文革”悲剧真的被老舍不幸言中了的话，也只能归功于伟大艺术家对生活真相的深入把握和对社会发展规律的深刻洞察。一般说来，苏联汉学家在中国“文革”期间发表的许多文学研究论文，多带有政治攻讦的色彩，有些结论未免牵强。但他们对老舍《猫城记》的评论，却不失为一种较为深刻的艺术发现和理性挖掘。

作为中俄两国政府赞助的一项文化工程，2014年出版的这部俄译老舍作品集以过去研究中有争议的《猫城记》冠名，我们认为这一方面是因为以前它在俄罗斯“不太出名”“不经常出版”，因而在图书市场上对读者有一定新鲜感和吸引力，另一方面体现了当代俄罗斯汉学家从不同于苏联时期的新的文学观念出发，对老舍作品的新选择与新评价。

---

①［苏联］A. A. 安季波夫斯基:《老舍的早期创作：主题、人物、形象》，科学出版社1967年版，第124—125页。

第　五　章

域外汉籍研究的学术进路与中外学术交流史

无论是从学理角度而言，还是从“人”与“事”的具体实践而言，域外汉籍研究与中外学术交流先天地具有密不可分的关联，这是不言自明的。与此同时，在不同时段内，随着学术研究视角及重心的变迁，域外汉籍研究亦呈现出不尽相同的面貌，或者说，是“范式转移”。本章就域外汉籍研究的学理思路之转变与中外学术交流的互动关联，展开讨论。

引论　术语“域外汉籍”的多义性

“域外”具体是指域外收藏、域外写作（书籍）还是域外生产（版本）?“汉”是代指“中国”还是“汉文”？这两个具有多重意义可能的名词所构成的术语“域外汉籍”，其所指的多元性就会更为突出；因而，不同学者所理解的“域外汉籍”容有差异。

比如，陈捷说：“域外汉籍，既包括流传到域外的中国典籍的抄本、刻本，也包括在域外传抄和刻印的中国典籍，此外，还可以指外国人用汉文写作的创作和研究著作。”[①]张伯伟说：“域外汉籍是相对于中国本土所藏汉

① 陈捷：《中国域外汉籍国际学术会议述略》，载《中国典籍与文化》1992年第1期。

籍的一个概念，根据目前学术界的一般认识，主要包括三个方面：一是历史上域外文人用汉文书写的典籍……二是中国典籍的域外刊本或抄本……三是流失在域外的中国古籍……”[①]他又说：“域外汉籍，今天学术界对此称谓的理解和使用尚未达到一致……”[②]陈正宏说：“域外汉籍是指古代中国周边受汉文化深刻影响的几个国家以汉文（主要是汉语文言文）撰写、刊行的书籍。”[③]金程宇说：“域外汉籍，主要指域外所藏中国古籍（包括域外刻本）以及域外人士撰写的汉文典籍。”[④]王勇说：“‘域外汉籍’应定义为凝聚域外人士心智的汉文书籍，是在中华文明浸润下激发的文化创新，构成东亚‘和而不同’的独特文明景观。”[⑤]

从上述引文可以看出，影响学者对于“域外汉籍”范畴界定的因素，除了其语义上固有的歧义之外，不同学者在各自研究中的侧重点，也在相当程度上决定了他们的取舍。陈正宏的关注点在于版本实物的鉴定，他所界定的范围就是域外撰写与刊行，而将域外收藏的中国古籍版本切割在外。王勇可能更加关注文本及其背后的文化图景，他特别强调域外写作。

学者的职业习惯，使我们总抱有一种整齐划一的期待，希望能有清晰的界定，将一切井井有条地纳入其中。而“域外”与“汉籍”是相当纷繁复杂的文化现象，无论何种框架，总有与事实扞格之处。如以“收藏”论，大仓文库藏书当然是域外汉籍，但现已被北京大学整体购回（个别列入“日本国宝”“重要文化财”者除外），它是否就不再属于域外汉籍研究的对象？如以“写作”论，《桂苑笔耕集》在传统目录学中，与中国文士写作的书籍几乎等同观之。如以“生产”论，20世纪20年代，桥川时雄集资在中国刊刻日人广濑鸟道的汉诗集《醉华吟》，它是域外汉籍吗？笔者在东京松云堂书店购得一册，上有桥川氏钤印。是否在桥川家中与松云堂时，尚属域外汉籍，被笔者携归国内后即转属域内？如以“汉文”论，20

① 徐雁平：《“今世治学以世界为范围”——张伯伟教授谈域外汉籍研究》，载《博览群书》2005年第12期。

② 张伯伟：《作为方法的汉文化圈·后记》，中华书局2011年版，第433页。

③ 陈正宏：《域外汉籍及其版本鉴定概说》，载《中国典籍与文化》2005年第1期。

④ 金程宇：《近十年中国域外汉籍研究述评》，载《南京大学学报》2010年第3期。

⑤ 王勇：《从“汉籍”到“域外汉籍”》，载《浙江大学学报》2011年第6期。

世纪20年代日本学者复制的《满文老档》、流散国外的西夏文文献，是否不能算作域外汉籍？带有训点符号的和刻本汉籍，又当如何归属？

明确上述困局之后，处理此类学理疑难的方法，就是以包容开放的心态看待共相与殊相并存的近代以前东亚世界的书籍现象，充分体认该现象的复杂性，承认当“域外”与“汉籍”搭配时可能具有的多重含义，而不必在定义时刻意追求所谓定于一尊。

第一节　交流前史：藏书家与域外汉籍

从历史上看，在现代学术建立之前，藏书家是最早与域外汉籍发生实际联系的群体。清代是我国私家藏书极为辉煌的时期，藏书家及其师友这一群体是版本目录学研究的重要主体。至晚在清初，他们已开始关注域外版本，最典型的早期实例是钱曾《读书敏求记》著录的传抄正平本《论语集解》。钱曾称：

> 窃疑《古文论语》与今本少异，然亦无从辨究也。后得高丽钞本《论语集解》，检阅此句，与《史》《汉》适合……此书乃辽海道萧公讳应宫监军朝鲜时所得……笔墨奇古，似六朝初唐人隶书碑版，居然东国旧钞……未知正平是朝鲜何时年号，俟续考之。①

钱曾对于正平年号的误解，常被研究者提及。这当然体现出，最初仅有少量域外汉籍回传时，人们对“域外”相关知识匮乏。笔者认为，此例中更可注意的是以下两点：一是钱曾对此本特异之处的认知，既包括文本与通行本有异而与《史记》《汉书》引文相合——意味着其文本来源可能很早，又有物质形态上的“似六朝初唐人隶书碑版”——与他日常寓目的中国版本大异其趣；二是此书乃萧氏于万历援朝之役所得携归者。可以想

① 钱曾著，管庭芬、章钰校证：《读书敏求记校证》，上海古籍出版社2007年版，第31—32页。

见，在战争环境下，书籍的获得大约只能是偶一为之。进一步说，前者体现出，在早期，藏书家们已敏锐地认识到中国古籍域外版本在文本与物质方面的独特性，而这正是构成域外汉籍魅力的基点。后者也许更为重要，它暗示了当时人们所能接触域外汉籍的孔道是零星而偶然的。

在清代，中国与朝鲜存在朝贡贸易关系，与日本则主要以长崎口岸通商。书籍的确是以上贸易的重要商品之一，但多是中国向国外大量输出书籍，反向输出者寥寥无几。特别是长崎贸易，受到幕府的严密管控，中国商船运来的书籍会遭到严密审查（主要是防备书中有关涉天主教的内容），幕府也会主动提出书籍采购清单，要求中国商船下次来航时携来。[①]这种求购系为满足幕府自身的政治与实用需求，意识形态上具有鲜明的官方色彩；但也可以说，输入日本的中国书籍由此具有一定的系统。

反观域外汉籍的回流，数量仍非常有限。这至少在一定程度上，与从事长崎贸易的中国商人文化水平有限有关。采办中土佚籍、稀见珍本或有俾治学的日人著述，将其从习见的一般书籍中拔擢出来，甄别品鉴的能力与版本目录的相关知识自不可少，这不是粗通文墨者可以办到的。可作为典型的是，乾隆时期从日本输入的《七经孟子考文》《论语集解义疏》《古文孝经孔传》三书。《七经孟子考文》为日人撰著，很快受到清代学者的高度重视，成为阮元主持的《十三经注疏校勘记》的重要参考资料。后两者是中土佚书，同样引发了普遍关注。此三书皆由杭州人汪鹏经手购得。据松浦章的研究，汪鹏是监生，曾在浙江巡抚衙门任胥吏，他购买的《论语集解义疏》是宽延三年（1750）的序和刻本，购买时间不晚于乾隆四十四年（1779）。[②]以常理推测，在当时的日本，这并非难得的秘本，但了解这是古佚书，则要求相应学识。可以说，这三部典籍均由汪氏经手传入，偶然间有其必然。松浦章称赞汪氏是“一位极有远见的知识分子”，堪称的评。

在清代中期，此类输入中国的典籍虽数量很有限，但仍在学术上引起了极大震撼。此外，相比正平本在《读书敏求记》中的惊鸿一瞥，私家书

---

① ［日］大庭修著，徐世虹译：《江户时代日中秘话》，中华书局1997年版，第127—130页。

② 松浦章：《清代帆船与中日文化交流》，上海科学技术文献出版社2012年版，第138—147页。

目著录域外版本，亦缓慢而明显地增多。

清代最著名的藏书家黄丕烈，至少收藏有和刻本《须溪先生评点简斋诗集》（见该书跋）、和刻本《唐才子传》（见校旧抄本《张蠙集·跋》，称“右录日本刻《唐才子传》一则，见第十卷”）。此外，他还曾撰跋专门谈及钱曾对于正平年号的误解。①

孙星衍是与黄丕烈同时代的藏书家，其善本解题目录《平津馆鉴藏记书籍》专列“外藩本”一门，是前所未有的创举，计收录和刻本1部、日本抄本7部、朝鲜抄本1部。其中《高丽史》，四库著录为残本二卷，孙氏所藏“影写本”则是一百三十七卷全本。《孝经郑注》《群书治要》《乐书要录》《两京新记》《王翰林集注黄帝八十一难经》《文馆词林》《李峤杂咏》，皆为中国佚书。另据解题可知，《乐书要录》及以下四书是《佚存丛书》之“影写本”。②案：《佚存丛书》系日本学者林衡（述斋）所编，专收日本存留的中国佚书，于日本宽政十一年（1799）至文化七年（1810）间陆续以活字印行；《平津馆鉴藏记书籍》正编约在嘉庆十三年（1808）前后编定，《补遗》《续编》纂于十六年（1811）。其传播之快，令人惊讶。再联系到阮元进呈《宛委别藏》，有七种书出自《佚存丛书》，可以说，它是清代中晚期相当普及的“域外汉籍”。

此外，钱大昕之婿瞿中溶撰有《古泉山馆题跋》，中有和刻本《日本合类节用集大全》、抄本《日本茶道便蒙抄》。前者是“彼国教初学之类书”，“书为予友吴门顾南雅学士所赠”，后者“专为茶具而作”，“道光己丑秋仲，小住虎丘，于旧肆购得”。③

要言之，从清初到道光年间，学人们所能获见的域外汉籍数量有限，但亦有逐渐增多的趋势。在这一时期，朝鲜燕行使与中国文士的交往不少，但中国古籍的朝鲜版本或朝鲜典籍，却很少见时人提及。当时中国学者所关心的主要是日本保存的中国佚书，而日本所藏的中国传世古籍珍本（如古写本、宋元刻本）尚未进入他们的视野，这与流通孔道不甚通畅等

---

① 黄丕烈：《荛圃藏书题识》，上海远东出版社1999年版，第629、572页。

② 孙星衍：《平津馆鉴藏记书籍》，上海古籍出版社2008年版。

③ 瞿中溶：《古泉山馆题跋》，清末刻《藕香零拾》本。

现实条件直接相关。换言之，限于条件，当时人所看重的是域外汉籍的文本性一面。乾隆五十三年，吴骞为《七经孟子考文补遗》作跋，称：“夫经籍去圣日远，阙文讹字，谬本实繁。赖古书流传海外，使学者犹得藉以考证其谬误而补订其阙失，岂不诚斯文一大幸哉！”①

不过，虽偶有汪鹏这样具备学识的人士前往日本，但其出行的身份仍是商人。中日学者之间的直接交往尚未发生，围绕典籍的学术交流则以引用《七经孟子考文》这样的“间接方式”展开。若将这一时段称为“域外汉籍的学术交流前史”，大约是可以成立的。

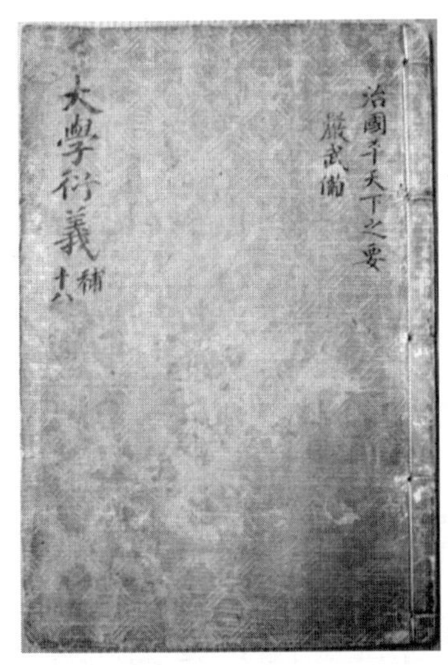
大學衍義 補 十八
治國平天下之要
嚴武備

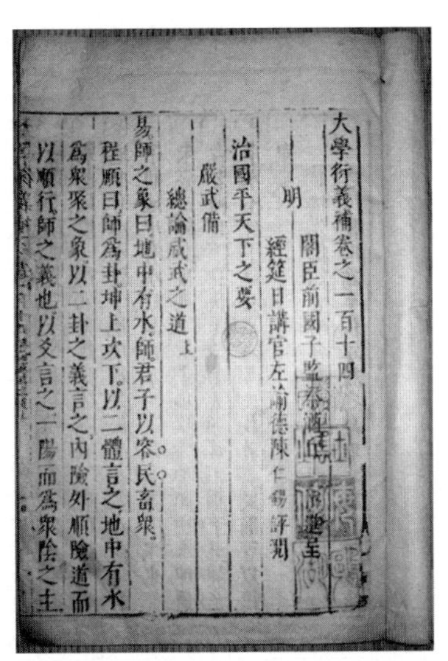
大學衍義補卷之一百十四
明 閣臣前國子監祭
經筵日講官左諭德陳仁錫評閱
治國平天下之要
嚴武備
總論威武之道上
易師之象曰地中有水師君子以容民畜衆。
程頤曰師爲卦坤上坎下以二體言之地中有水
爲衆聚之象以二卦之義言之內險外順險道而
以順行師之義也以爻言之一陽而爲衆陰之主

明末刻本《大学衍义补》，此本使用朝鲜装帧，可知曾流入朝鲜

第二节 域外汉籍研究的发端：晚清的访书活动

到了同治及光绪年间，在东亚国际政治局势发生重大改变的背景下，中日两国逐渐开始近代国家意义上的交往，书籍流转与学人交流的态势随

① 吴寿旸：《拜经楼藏书题跋记》，上海古籍出版社2007年版，第24页。

之出现变化。毋庸置疑，其中的标志性事件是杨守敬的在日活动。他在日访书、编纂《日本访书志》、编刻《古逸丛书》与《留真谱》等事迹为人所熟知，此处不再赘述。

相较于前人，杨氏的活动有以下几个特征：一是围绕典籍鉴藏，与日本学人展开直接交流。特别是他与森立之的交往，不仅为其访书购书活动带来极大便利，同时也深刻地影响到了他的版本目录学研究。比如，他率先接触《经籍访古志》这部日本书志学的重要著作，该书对于《日本访书志》有直接影响；[①]其《留真谱》乃以森立之所藏稿本为基础增补编刻而成。二是开拓了与日本雕版印刷业的交流，可以说为近代中国学者利用日本出版业的精良技术进行古籍影印，开了先河。三是他广泛调查日藏古写本、宋元刻本、朝鲜抄刻等稀见版本，可以说是当下仍如火如荼的域外汉籍版本调查的先声。他的关注点不仅限于乾嘉时所重视的“文本性珍贵”的中国佚书，更多在于“物质性珍贵”。当然，“文本性”与“物质性”不截然对立，古抄古刻的文本面貌自然与习见俗本有所不同；《日本访书志》于某本的文本面貌有何独特之处，往往不惜笔墨；《古逸丛书》同样收录了《天台山记》《玉烛宝典》等中国佚书。但与前人几乎只能利用《佚存丛书》这类在当时日本不算稀见的版本不同，杨守敬刊刻佚书时，也追求以古本为底本。当然，这并非前人没有识见，而是因为当时海舶未畅，前人只能被动接受从日本传来的有限书籍，高度依赖于偶然性；杨守敬亲赴日本，结交学友，所见所得必然超越前人。机缘不同，必然导致工作重心的转移。且当时恰逢日本社会风气改变，一时间不甚重视中国典籍，大量珍本因此流出，客观上增益了杨守敬的努力。

同在光绪年间，傅云龙《籑喜庐丛书》，陈榘、陈田兄弟《灵峰草堂丛书》亦传刻了一些日藏珍本与佚书。[②]值得注意的是，他们与杨氏相同，因外交身份而有此机缘，驻日使馆可谓是当时域外汉籍学术交往的主阵

---

① 杜泽勋、班龙门：《经籍访古志·整理说明》，上海古籍出版社2014年版，第1—21页。

② 关于傅云龙在日访书的情况，请阅王会豪《傅云龙〈游历日本图经余记〉所见汉籍考》，载《贵州文史丛刊》2014年第4期。陈田的藏书散出后，被日本田中庆太郎文求堂购得，后又转售罗振玉，是中日之间书籍流转的一例。详见范青：《陈田藏书流散考》，载《图书馆杂志》2019年第3期。

地。[①]这与欧美的早期汉学家多为传教士与外交官的情形相映成趣。在出版形式上，它们也与《古逸丛书》近似，如雕版影刻、以双钩技法摹刻原书残损之处等。当然，参与此事者的鉴识能力有差异，也导致了一些错误。《籑喜庐丛书》有所谓据日本延喜本影刻的《文选》残卷，其底本实出后人伪造：

> 日本水野梅晓行笥中，有《文选·归去来辞》，卷尾刻“大唐天祐二年秋九月八日馀杭龙兴寺沙门无远刊行”字一行。德清傅云龙《籑喜庐丛书》中刻有此种残本，黎庶昌跋盛称之。据岛田翰云，是彼国大坂西村某赝刻三种之一。三种者：一延喜十三年《文选》，一即《归去来辞》，一忘其名。用写经故纸，集写经旧字活字摆印。水野所藏，正是此种。[②]

在域外汉籍交往大大繁荣的背景下，未曾亲至日本的藏书家们，所得的域外版本与回传的中国版本亦明显超过他们的前辈。此点可从当时问世的诸家书志著作中得到确证。

莫友芝在同治年间撰写的《持静斋藏书记要》著录善本770部，含域外版本15部，其中《佚存丛书》占12部，与孙星衍稍有不同，持静斋所藏均为日本活字本。[③]

潘祖荫《滂喜斋藏书志》择取精严，仅收善本130部，以宋元刻本为主，明刻本不过20部，外国版本却多达14部——日本刻本4部、日本抄本1部、朝鲜刻本7部、朝鲜活字本2部。所藏朝鲜本多为朝鲜人的文集，显得与众不同。[④]至于和刻本，《滂喜斋藏书志》甚至开始谈论版刻源流，与《平津馆鉴藏记书籍》止于客观描述版本特征大异其趣，足见中国藏书家

① 关于这方面的情况，请阅陈捷《明治前期日中學術交流の研究——清国駐日公使館の文化活動》，汲古书院2003年版。

② 叶德辉：《书林清话》，辽宁教育出版社1998年版，第19页。

③ 莫友芝：《持静斋藏书记要》，上海古籍出版社2009年版。

④ 另有《贡园诗草》一部，系越南人文集，但未注明是何版本。关于潘氏收藏域外汉籍，还可参阅顾飞《〈滂喜斋藏书记〉的版本及其学术价值谫论》，载《图书情报工作》2010年第9期。

对于域外版本的知识日渐增加。

> 日本刻何晏论语集解十卷札记一卷
>
> 《论语集解》，日本有明应本，有菅家本，有宗重本，有正平本。此本文化十三年市野光彦从正平本翻刻，后附《札记》一卷，狩谷望之序。……
>
> 日本刻古文孝经孔氏传一卷
>
> 此书国朝康熙末流入中国，长塘鲍氏刻入《知不足斋丛书》，卢文弨序引用唐代诸书，证为隋代旧本，实伪撰耳，不独非孔氏之书，并不出自刘炫也。此本日本阿正精以弘安钞本影刻。原本佚其序文，仅存二行，以元亨中清源良枝校本补缮之。弘安在宋德佑间，元亨则入元代矣。《佚存丛书》本亦从此出，但行款有改易耳。……[①]

杨守敬在日所购善本，在他归国后不久，即有散出。潘祖荫得到了“北宋本”《广韵》（实为南宋中期浙刻本）、宋刻《竹友集》，均著录于《藏书志》。二书皆有杨氏题跋，作于光绪十年十一月一日、二日。[②]案，《藏书志》成书于光绪十五年初，距杨氏归国（光绪十年）不过四五年之间（以上杨跋有可能系临转让前，冀留一痕迹而为之）。对杨氏而言，不能保守秘本，自是遗憾，但就域外所藏善本“扩大学术影响”而言，却是美事。

八千卷楼丁氏亦藏有不少域外版本与域外回流的中国版本书籍，在其《善本书室藏书志》中每每可见。根据顾飞的研究，《丁志》共著录 34 部日本、朝鲜刊印或抄写的域外版本书籍。[③]至于回流的中国版本书籍，如卷三有明万历刊本《春秋左传评注测义》（此书有“长崎海关管史检明一印，盖曾归东瀛所藏者也”），卷七有明刊本《宋史质》（“此本已流入外洋，有蓼仓文库印”），卷十一有明嘉靖刊本《宁波府志》（“有佐伯

① 潘祖荫：《滂喜斋藏书志》，上海古籍出版社2007年版，第15、16页。

② 马月华：《古逸丛书研究》，北京大学出版社2015年版，第86页。

③ 顾飞：《〈善本书室藏书志〉著录域外文献之因及学术价值管窥》，载《图书情报工作》2011年第3期。

文库印”），等等。[①]

《丁志》仅收善本，不反映八千卷楼藏书的全貌。翻检丁氏藏书总目《八千卷楼书目》，更可知丁氏所藏的域外版本数量之多，绝不限于34部。仅以卷五为例，即有日本刊本《圣迹图》《圣贤像赞》《先哲丛谈》《明史三传》《大日本史》《大越史记全书》《唐才子传》、佚存丛书本《嘉靖以来首辅传》《唐才子传》（佚存丛书为活字本，与上举日本刊本《唐才子传》非同一部）、甘雨亭本《足利将军传》《倭史后编》《帝王谱略国朝纪》。[②]类似的间接从国外获得书籍的情况，对于晚清的藏书家们来说，已不新奇。他们的入手途径是跨国贸易，因材料零散，不易收集，目前这方面的研究还较有限。[③]

杨守敬是率先大量参考利用《经籍访古志》的中国学者。在他归国的次年，光绪十一年，驻日使节徐承祖在东京主持活字排印《经籍访古志》。此书由中国人士最先印行，足见中国学者对于了解日藏珍本的渴求。与之相应，晚清的私家书志题跋时有征引此书的案例。

陆心源《仪顾堂题跋》卷七《北宋本外台秘要跋》称：“日本虽有全书，模印在后，多糊模处，见《经籍访古志》。”同卷《元椠风科集验名方跋》：“日本多藏中国古书，《经籍访古志》所载福井榕亭藏本，只存五、六、十二、十四四卷。”[④]案，《日本访书志》完稿并刊行在光绪二十七年，中有《外台秘要方》（影北宋本），亦引《经籍访古志》，而无《风科集验名方》。陆心源卒于光绪二十年，《仪顾堂题跋》刊行于光绪十六年。然则，以上两跋之撰，必在光绪十一年至十六年间，可确定系直接引自《经藉访古志》而非自杨氏《日本访书志》辗转得来。

又如，《善本书室藏书志》与《日本访书志》同年刊刻，卷四有日本写本《论语义疏》，称“按日本《经籍访古志》，是书有旧抄五本”云云。叶德辉《郎园读书志》印行虽较晚，但其中日本庆长九年刻本“《重刻元至正本玉篇》三十卷”条撰于“丁酉（光绪二十三年，1897年）中和”，

---

① 丁丙：《善本书室藏书志》，清光绪二十七年钱塘丁氏刻本。

② 丁仁：《八千卷楼书目》，民国十一年丁氏铅字排印本。

③ 陈捷：《人物往来与书籍流转》，中华书局2012年版，第479—508页。

④ 陆心源：《仪顾堂书目题跋汇编》，中华书局2009年版，第107、112页。

称“余检森立之《经籍访古志》载有元至正丙午刻《广韵》五卷，行款、字数与此正同，后木记云‘至正丙午菊节南山书院刊行’，盖与此书先后合刻者也”。这些也均为确实直接引自《访古志》之例。

与之类似，岛田翰《古文旧书考》于明治三十八年（1905）印行，由俞樾作序，可谓《经籍访古志》的踵继之作，中国学者同样很快注意并利用之。次年，叶德辉便已谈论此书：

> 日本岛田翰君著有《古文旧书考》，自隋唐卷子以及宋元以后线装书，考核异同，精博无匹。……光绪三十有二年丙午岁闰四月小尽日，丽楼主人叶德辉识于长沙洪家井寓宅之观古堂。[①]

五年后即宣统三年辛亥，曹元忠为宋乾道三年绍兴府刻元公文纸印本《论衡》作跋，引用该书：

> 又近时日本岛田翰著《古文旧书考》，称其国秘府有宋本《论衡》二十五卷，其行款格式并刻工姓名与此悉合，而阙卷二十六以下，是彼之所阙即此五卷，倘能牉合，岂非快事，因乞陈侍郎宝琛署检而自书其后，以捡将来。辛亥三月，元忠。[②]

岛田翰还是日本学者来华访书的早期代表人物。他曾访问陆氏皕宋楼、瞿氏铁琴铜剑楼、丁氏八千卷楼、顾氏过云楼等著名藏家，饱览诸家所藏[③]。其中皕宋楼之行，颇有“学术侦察”的味道。后来，他参与静嘉堂文库收藏皕宋楼藏书之举，并撰《皕宋楼藏书源流考》，引发中国知识界的强烈震动。通过岛田氏的例子，可见在此时期围绕典籍展开的中外学术交流，不仅有中国学者赴日的“我往”，也出现了之前所无的日本学者访华的“你来”。另一方面，在两国关系逐步走向对抗的近代，原本正常的

---

① 叶德辉《郎园读书志》，上海古籍出版社2010年版，第193页。

② 陈先行、郭立暄编著：《上海图书馆善本题跋辑录》，上海古籍出版社2017年版，第414页。

③ 钱婉约：《岛田翰生平学术述论》，载《中国文化研究》2009年第3期。

书籍流转，被人为赋予了民族主义色彩与竞争意味。皕宋楼藏书之东去，被国人视为“国耻”，而日人认为这是弥补了杨守敬在日购书的“损失”或曰报了“一箭之仇”。而之前两国关系尚属平和，杨守敬购书之举，虽在学术上得到时人很高的评价，却无人谓之“国光”。这种政治环境在学术上的投射，之后还会不断看到，这里先按住不表。

从域外传来的版本与书籍，是具有新鲜感的材料。这些材料应如何取舍与吸收，是值得一谈的问题。黄丕烈知道日本版本或者日本藏书带有训点：“余曾遇高丽使臣朴贞蕤，云日本书旁有和训，彼国无之。”①晚清学者认为，对于自己而言，日文训点毫无价值，甚至破坏书品。杨守敬说：“此本（宋刻本《监本论语集解》）书估从西京搜出，前后无倭训，至为难得。”②李盛铎说：“《庄子》宋本传世甚尠。辛亥（1911）三月，有书贾持宋本求售，前六卷系南宋建本，后四卷字画方整，确为北宋刻无疑。行间有日人以倭训点窜，且索值太昂，遂拟不收。”③一正一反，态度明确而一致。

总而言之，在清代后期，随着政治、社会环境的变迁，域外汉籍及其中外学术交流出现了诸多有别于之前的动态。最可瞩目的是，中日学者开始亲赴对方国家，与对方学者展开直接交流，不再限于阅读引用这样的“间接交流”。这种直接交往，反过来促进了阅读引用，导致出现了之前所无的跨国学术出版以及域外收藏中国古籍情况的调查。这种调查当然是以“新材料”为关注点的，但已不再单纯关注中国佚书，同样或者更加强调书存而本佚、书存而本珍的情况。同样由此还频繁出现了书籍双向流转的情况。不过除了杨守敬、皕宋楼这样的大规模买卖之外，我们目前对于书籍日常的跨国贸易情况的了解仍相当有限。此外，该时期的书籍流转，亦不再限于或主要限于东亚地区。目前所知，欧美的重要域外汉籍收藏，有相当部分是在这一时期发端或得到大幅度增加的。④

---

① 黄丕烈：《荛圃藏书题识》，上海远东出版社1999年版，第629页。

② 杨守敬：《日本访书志》，辽宁教育出版社2003年版，第17页。

③ 李盛铎：《木樨轩藏书题记及书录》，北京大学出版社1985年版，第29页。

④ 周欣平主编：《东学西渐：北美东亚图书馆1868—2008》，高等教育出版社2012年版，第148页。

第三节　民国时期的域外汉籍调查与中外学术交流

本节略谈现代学术制度在中国逐步建立的过程中，域外汉籍研究与中外学术交往发生的态势变化。具体而言，从历史实践来看，大学、公共图书馆与近代媒体业的创立与发展，均与此事密切相关。

时效性是近代新闻出版业的一大特征。对于新发现的域外秘本、新刊书目题跋等等，民国时期的学术类报刊是十分敏锐的。《图书寮汉籍善本书目》出版于1930年12月；1931年，《国立北平图书馆馆刊》第5卷第3期（1931年5—6月）、《（国立北平图书馆）读书月刊》第1卷第1期（即创刊号，1931年10月）、《中华图书馆协会会报》第7卷第1期（当年共出6期，本期为当年第4期，出版时间应在夏季），在各自的新书介绍栏目内，均有报道。《国立北平图书馆馆刊》的相关报道，还顺带提及《东方文化丛书》（日本东方文化学院发行）已刊行的四种珍本，即图书寮藏《文镜秘府论》、身延山久远寺藏宋刻单疏本《礼记正义》、高山寺本《庄子杂篇》、图书寮藏正宗寺本《春秋正义》（前三种在1930年出版，《春秋正义》在1931年出版）。同期还介绍了长泽规矩也的新书《中华民国书林一瞥》（1931年2月出版）。

1927年4月，桥川时雄在北京创办刊物《文字同盟》，同样注重及时报道域外汉籍的“学术动态”。盐谷温在图书寮发现孤本杂剧《西游记》后，即于1928年以斯文会的名义在东京刊行。同年4月，《文字同盟》第13期即发布了新书消息。此外，《文字同盟》第3期（1927年6月）报道在日本高野山某寺发现《文镜秘府论笺》，第6期（1927年9月）报道在图书寮发现耶律楚材《西游录》抄本，第28期（1930年3月）报道前田家尊经阁藏宋刻本《世说新语》影印出版（1929年），亦属此类。

域外访书的直接记录，同样成为新闻出版关注的对象。1929年10月，傅增湘赴日观书，12月4日返回北平。[1]次年，他在《国闻周报》上连载《藏园东游别录》，首篇刊载于第7卷第13期（1930年4月7日出版），距他归国不过四个月。相比之下，《日本访书志》始撰于光绪六年杨守敬赴日之际，“每得一书，即略为考其原委，别纸记之”，归国后“此稿遂束高阁”，至二十七年，始定稿印行，迁延二十年之久。其间固有人事倥偬之故，但倘使杨氏那时可利用报刊发表单篇解题，则情形决然不同。

以近代印刷技术影印古籍，在晚清已不乏其例（如影印《古今图书集成》），但大规模展开乃在民国时期。此时影印事业的主持者们，纷纷将目光投向海外——或更具体地说是日本，并通过各种公私途径将藏于域外的众多珍本影印公布。此时，私人主持筹划的善本影印，仍占据一定比重，尤其是在阳春白雪的高品质影印方面。这种高品质，不仅体现于他们在选择影印底本上的卓见，同时也表现于他们大多使用成本高昂但效果更佳的珂罗版，如傅增湘、罗振玉、董康均商借印行日藏善本，而且往往利用以小林氏为代表的日本印刷业，所制作的影印本效果精良，颇邀盛誉。与此同时，中国的现代出版机构也着力于域外汉籍的影印，其中最为典型和知名的当属商务印书馆。其编印《四部丛刊》《百衲本二十四史》，多有从内阁文库、东京图书馆、静嘉堂文库、东洋文库等日本收藏机构商借拍摄制版者。1928年秋，张元济赴日，在中华学艺社的协助下，访问日本各公私藏家，成功洽谈了一批日藏善本的影印事宜，后将其收入《中华学艺社辑印古书》《四部丛刊》《续古逸丛书》《百衲本二十四史》（其中有不少先收入《中华学艺社辑印古书》，再收入上述其他丛书）。按照与日方的约定，商务印书馆向提供底本的日方机构回赠了印成的影印本。[2]值得一提的是，商务印书馆更多选择成本较低的石印方式影印，这与前述高端的私人影印形成层次落差，可为不同需求层次的使用者提供更为多元的选择，也使利用域外汉籍展开研究更趋可行与便利。

以上提及刊载域外汉籍消息的刊物，不少是由图书馆创办主持的。

---

① 张元济、傅增湘：《张元济傅增湘论书尺牍》，商务印书馆1983年版，第211页。

② 柳和城：《一部不该遗忘的古籍丛书——〈中华学艺社辑印古书〉考》，载《出版史料》2009年第3期。周武：《张元济赴日访书与民族记忆的修复》，载《学术月刊》2018年第6期。

我国的现代图书馆，大多创办于民国时期，或是在该时期才逐步走上正轨的。即便处于初创阶段，当时诸多现实条件不如人意，图书馆界仍在域外汉籍与学术交流方面做出了卓越的努力。除却在馆办刊物上发布消息、登载文章之外，图书馆主导的对外活动也是重要的一方面，其中表现最为突出的是国立北平图书馆。馆长袁同礼采用出国实地探访与搜集文献资料相结合的方式，不断更新《永乐大典》在世界各地的存藏情况。国立北平图书馆还与多家外国图书馆建立了交换馆员制度。其中，王重民被外派的时间最长，他先后在法国、英国、美国的重要图书馆进行中文古籍的编目调查，这是中国学者首次对欧美收藏的中国古籍进行系统性的调查。他对法藏、英藏敦煌遗书的调查与拍摄，在敦煌学史上尤具意义。向达成行稍晚，时间也较短，但同样是在英国、德国、法国进行了中文古籍编目与敦煌遗书调查拍摄等工作。①

民国时期，日本学者来华访书访学的明显增多。前述岛田翰来华，其身份是德富苏峰的私人助手。此时日本学者来华，大多依托大学、研究所等现代学术建制，以访问团、留学生的身份成行。比如，内藤湖南、狩野直喜均以京都大学教授的身份“赴清国考察”；长泽规矩也首次来华是参加“母校一高旅行部组织的旅行团”成行的，之后他多次来华，则是由“外务省对华文化事业部报销旅费”；吉川幸次郎、仓石武四郎是作为留学生来华的，在北京大学旁听课程；②桥川时雄最初是以共同通讯社的工作人员身份来华的，但从1928年1月起，他任职于日本当时所谓“对支文化事业”的窗口机构——东方文化事业总委员会，后来长期担任该会的实际负责人。该会下属的北平人文科学研究所搜集了规模可观的古籍，抗战胜利后被作为敌产没收，其中相当一部分成为日后中国科学院图书馆的珍藏。

在华期间，这些日本学者既有日常的购书访书、与中国学者的交游互动活动，也产生了诸如长泽规矩也《中华民国书林一瞥》之类的访书回忆录（其他诸人大多也有类似作品），以及桥川时雄、仓石武四郎根据国立

---

① 荣方超：《“交换馆员”王重民、向达欧洲访书考》，载《国家图书馆学刊》2013年第3期。

②［日］内藤湖南、长泽规矩也等著，钱婉约、宋炎译：《日本学人中国访书记》，中华书局2006年版，第85—90，96页。

北平图书馆藏书拍摄的《旧京书影》（其中还有吉川幸次郎的合作）。当然，他们的活动不可避免地具有时代政治的烙印。至于日本军部搜集中国地志文献以及侵华战争时期大肆掠夺中国古籍，更是直接为侵略中国服务的。即便是较为正常的一般购书，随着政治局势的趋近，也表现出愈发明显的“竞争”与“防范”意味。长泽规矩也回忆，国立北平图书馆就曾派出赵万里在他旅行所经之地抢先搜购善本，以防善本外流。

在这一时期，域外汉籍的调查研究还出现了明显的“俗文学转向”，这是尤需关注的一点。在传统的目录学与版本学研究中，小说、戏曲不登大雅之堂。而在现代意义的中国文学史研究中，随着胡适、鲁迅等人的极力鼓吹，通俗文学遽然间成为研究的热点。这种学术范式的转移，相应地投射到了域外汉籍上。尽管如张元济、傅增湘那样，出于学术旨趣，仍将重点置于传统的四部之学上的学者不乏其人，但将调查搜访的重点置于域内罕见的小说、戏曲者，似乎为数更多。年辈与张元济、傅增湘相近的董康，在日访书以及影印域外汉籍善本时，既关注传统四部书籍，又对小说、戏曲及版画表现出特殊兴趣。他以通俗文学为访书重要目的的情况，具见于《书舶庸谭》，毋庸赘言；他影印的明崇祯刻本汪道昆《苏门啸》（杂剧）是东京大学藏本，经盐谷温许可后付印；他编辑影印的《千秋绝艳图》，有摘自神田喜一郎藏李卓吾评本《西厢记》者。郑振铎、孙楷第、王古鲁的工作更趋专门，那就是聚焦于小说与戏曲。他们在法国、日本的调查所得，通过《巴黎国家图书馆中之中国小说与戏曲》《中国通俗小说书目》《日本东京所见小说书目》《王古鲁日本访书记》的发表、出版而广为人知。

前述王重民在国外的编目，因系图书馆工作，必然遍及四部，而不能刻意取舍；其夫人刘修业在协助他之余，则将工作重心放在小说与戏曲之上，先后发表《海外所藏中国小说戏曲阅后记》（《图书季刊》新1卷第1期，1939年）、《海外所藏中国小说戏曲阅后记（续）》（《图书季刊》新2卷第4期，1940年）、《海外所藏中国小说戏曲记》（《中国学报》第1卷第2期，1943年）、《记巴黎国家图书馆所藏环翠山房十五种曲》（《图书季刊》新5卷第2—3期，1944年）。1958年，她的《古典小说戏曲丛考》由作家出版社出版，其中披露海外所藏诸篇，除上述已发表诸作外，又将“旧所札记者，略加修改”增入。

相比之下，傅芸子、傅惜华兄弟于抗战期间在日访书调查的情况，少有人提及。傅芸子在京都大学长期任教，以《正仓院考古记》而闻名。1938年，他前往东京，在无穷会、内阁文库、早稻田大学、宫内省图书寮、东京大学、尊经阁文库、静嘉堂文库及长泽规矩也处，专门观览戏曲、小说，见到了大量稀见的小说及戏曲书，并拍摄了部分书影，事后撰成《东京观书记》《内阁文库读曲记》《内阁文库读曲续记》，分别发表于《书志学》《朔风》《中国留日同学会季刊》，后来又收入《白川集》（未载《内阁文库读曲记》）。《书志学》是日本刊物，《白川集》于1943年由东京文求堂出版。《中国留日同学会季刊》由王揖唐题签，在沦陷区的北平出版。因此，傅芸子此次访书之旅，长期不被提及，自可为人理解。直至2000年，《白川集》由辽宁教育出版社出版（与《正仓院考古记》合刊），国内读者方能较为便利地了解傅氏的访书经历。

傅惜华于1939年赴日，机缘是“日本铁道省国际观光局组织华北名流访日观察团，余承宠召，乃得东游”。他先后前往内阁文库、京都大学、京都东方文化研究所，并走访一些私人藏家，专门观览调查戏曲文献。事后，他“爰将此次东游观览所得，益以长泽氏及家兄芸子，素日调查笔记材料，慨假参考”，撰写《日本现存中国善本之戏曲》（《中国文艺》第1卷第4—6期连载，1939—1940）、《内阁文库访书记》（《日本研究》第3卷第6期、第4卷第1期连载，1944—1945）。《日本研究》在第4卷第1期（1945年1月）后未出新刊，所以《内阁文库访书记》仅见载上、中两篇，终篇未见载。

马廉是民国时期重要的通俗文学学者、收藏家，他虽未亲往日本，但并不妨碍他与外国学者展开此方面的交流。他曾与长泽规矩也通信，探讨《警世通言》，信中又托长泽氏代购《清平山堂话本》《娇红记》影印本，同时抄录了长泽氏《蓬左文库观书记》。此外，马廉还翻译了长泽氏《京本通俗小说与清平山堂》、盐谷温《明代之通俗短篇小说》。①

上文多处提及长泽规矩也。长泽氏多次来华，结识了众多中国学者，

① 马廉：《马隅卿小说戏曲论集》，中华书局2006年版，第150—175页。

归日后又先后供职于多家藏书机构，在日本书志学界极为活跃。中国学者赴日访书或是商借影印底本，往往要借助他的力量。董康《书舶庸谭》多次出现“长泽君”。傅增湘赴日时，“长泽、田中二君分任相伴，极为便利”[①]。张元济与日本各藏书机构商议影印事宜时，长泽帮助尤多。傅芸子访书时，“复承士伦绍介静嘉堂、无穷会两处”，在早稻田大学图书馆，“士伦为检书目”，在内阁文库，“士伦偕余驱车诣禁城”。[②]傅惜华之行，“蒙东京友人长泽规矩也教授，恳挚相待，介绍阅览内阁文库所藏秘籍”[③]。长泽氏之所以能与诸多中国同好如此相得，与他既通晓四部书籍又喜欢小说及戏曲密切相关。他来华访书时即留意搜求此类文献，因此成为此方面重要的私人藏家和研究者。1942年，他作为“代表者”，以“薄井君入营纪念会”的名义编印了《明清插图本图录》。1928年，九皋会以珂罗版影印明宣德刻本《娇红记》，底本即为长泽氏所藏。

第四节 1949年之后的域外汉籍研究与学术交流

1949年之后，域外汉籍及相应的学术交流又发生了很大变化。在20世纪80年代之前，受当时国际国内政治形势的影响，大陆学界的对外尤其是对西方国家的学术交流几至停顿，域外汉籍研究亦不能不受影响。

1957年，郑振铎应邀访问苏联，在当时的列宁格勒调阅了一批敦煌遗书及出土于黑水城的金刻本《刘知远诸宫调》，这是当时为数极少的大陆学者海外观书之举。1951年，苏联列宁格勒大学东方学系图书馆，交还了《永乐大典》十一册。1955年，当时的民主德国交还了藏于莱比锡大学图书馆的三册《永乐大典》。1958年，苏联又交还了前一年郑振铎经眼的金刻本《刘知远诸宫调》及绘图本《聊斋图说》。这是在当时国际政治局势

① 张元济、傅增湘：《张元济傅增湘论书尺牍》，商务印书馆1983年版，第210页。

② 傅芸子：《正仓院考古记 白川集》，辽宁教育出版社2000年版，第124—150页。

③ 傅惜华：《日本现存中国善本之戏曲》上，载《中国文艺》1939年第1卷第4期。

下的特殊的域外汉籍回流。

在影印刊布域外汉籍传本方面，1958年古典文学出版社影印的日本享和三年江户昌平坂学问所刻本《又玄集》（内阁文库藏本），可以作为典型。此书为唐人选唐诗，中土早佚。日本学者清水茂与我国学者夏承焘通信，寄赠全部书影，因而得以影印出版。而1956、1962年，文学古籍刊行社、中华书局影印尊经阁藏宋刻本《世说新语》，并附唐写本《世说新书》残卷，则是以1929年日本前田育德会影印本及民国间罗振玉影印本为底本重印的，这样的“二手影印”自然与前者有所区别。

在这一时期，我国港台地区及流寓海外的学者，在欧美的域外汉籍调查方面也做了一些工作。饶宗颐多次在法国调查研究敦煌遗书；柳存仁（雨生）于1957年前往伦敦，阅览大英博物馆、英国皇家亚洲学会藏书，撰成《伦敦所见中国小说书目提要》；1965—1966年，屈万里前往普林斯顿大学，依据王重民的旧稿，修订编成《普林斯顿大学葛思德东方图书馆中文善本书志》①。

改革开放之后，国际学术交流的态势焕然一新，尤其是随着国家经济实力的跨越式增长，学者长期在外访学已渐成常态。不少从事古代文史研究的学者，在外访学期间，留心挖掘域外收藏珍本，各就专业所长，及时予以介绍。在此方面，严绍璗是较早较多赴日访书的学者，先后撰有《日本藏汉籍珍本追踪纪实——严绍璗海外访书志》《日藏汉籍善本书录》等专著及大量论文。至于介绍考论域外稀见版本的单篇论文，数量庞大，势难一一罗列。

与之对应的是，域外汉籍调查范围的扩大。之前此类调查主要集中在日本、美国、英国、法国，这当然是因为这四个国家是域外汉籍收藏最为集中的国度，而现在国内学者访书的足迹早已不限于此，诸如韩国、德国、丹麦、奥地利、西班牙的域外汉籍收藏已经进入视野。即便是日本、美国，调查范围也从那些最为知名的收藏机构，如内阁文库、宫内省图书寮（宫内厅书陵部）、静嘉堂文库、美国国会图书馆等等，扩展至更多藏书机构。尤其是欧美的东亚图书馆，聘请中国学者，编制馆藏中文古籍书

① 屈万里：《普林斯顿大学葛思德东方图书馆中文善本书志》，艺文印书馆1974年版。

目书志，已屡见不鲜。较早的如哈佛大学燕京图书馆（沈津等）、柏克莱加州大学东亚图书馆（陈先行、郭立暄），到较为晚近的斯坦福大学图书馆（马月华）、华盛顿大学及不列颠哥伦比亚大学（沈志佳、刘静）。近年来，国家古籍保护中心开始实施"海外中华古籍书志书目丛刊"项目，现已出版了《西班牙藏中国古籍书录》《普林斯顿大学图书馆藏中文善本书目》《美国埃默里大学神学院图书馆藏中文古籍目录》等数种。中华书局也有"海外中文古籍总目"之计划，现已出版《美国俄亥俄州立大学图书馆中文古籍目录》《美国杜克大学图书馆中文古籍目录》《美国北卡罗来纳大学教堂山分校中文古籍目录》《美国湾庄艾龙图书馆中文古籍目录》《新西兰奥克兰大学中文古籍目录》等。

域外汉籍研究刊物与专著的编撰出版、域外版本学著述的译介，也在蓬勃发展。前者如张伯伟主编的《域外汉籍研究集刊》已持续出版多年，同氏主编的《域外汉籍研究丛书》已出版多部。后者可以推出尾崎康《正史宋元版之研究》、大木康《明末江南的出版文化》为代表。各研究机构，亦不断举办域外汉籍研究的国际学术会议，相关论文集出版甚多。

域外汉籍的影印与整理出版，亦极为兴盛，其规模远超民国时期。各种大部头的域外汉籍影印丛书，不胜枚举。在极为繁盛的影印事业中，有一个明显的新动向，即开始关注域外版本以及域外对于汉籍的了解。此前，影印域外版本早已存在，但大多是影印中国佚书，或是时代较早的古写本等。而对于书中的日本训点，往往以技术手段抹去。换言之，那时学者重视的是汉籍的文本本身，而现在学界逐渐产生共识，即域外如何理解汉籍，同样应是域外汉籍研究的重要方面。比如，《日本五山版汉籍善本集刊》，多依宋元旧本翻刻，其中部分宋元旧本目前存世，影印该丛书的目的就不止于提供佚书或更为早期的版本。《日藏诗经古写本刻本汇编》反映了历史上《诗经》在日本的传播状况，以及日本学者从经学、文学的角度对于《诗经》的理解。《日本所编中国诗文选集汇刊》更是直接反映日本对于中国文学的受容状况。除传统的影印之外，很多国外收藏机构逐步将所藏汉籍公布于网络数据库，使域外汉籍的使用更趋便利。

目前，域外的汉籍收藏与国内的情况类似，集中于不可流通的收藏研究机构，因此域外汉籍的实物回流存在较大难度。近年最为重要的回购，当属北京大学整体收购日本大仓文库藏书。类似的大宗收购，今后或许会极为困难，但民间的流通依旧存在，如各类古籍拍卖中，不少拍品就来自海外。这方面的情形，迄今尚乏总结归纳，或许若干年后它会成为域外汉籍研究的话题之一。

第四编

翻译、出版与传播

在中外文学学术交流中，人们往往注重中外学者的面对面交流，如留学、访学、参加研讨会等等。事实上，20世纪翻译出版带来的影响，应该说无论从规模上还是从力度上，都远大于其他方式产生的影响。李景端曾论及翻译出版对中国近代发展的影响：

> 中国的翻译出版工作，在历史上曾经对促进人们思想、科学技术、社会文化的更新与进步起过重大的作用。可以说，中国近代以来每一次重大的社会变革，都与接受其他国家和民族的影响分不开，而外来影响，又主要是通过翻译出版得以传播的。①

文学翻译平台作为传播最为重要的载体，中外学人在过去百年中，充分利用它为中国文学现代性启蒙以及发展作出了巨大贡献。20世纪初中国学者的现代性“中国文学史”的著述，都通过各种渠道多多少少借鉴了外国人撰写的中国文学史的体例和写作方法，其中，由上海中西书局翻译生最早翻译过来的笹川种郎著《历朝文学史》带来的影响尤为突出。尽管当时还有更好的著述存在，但是由于完整的译本出版滞后，所以在影响力方面都不及笹川本。夏衍译出高尔基的《母亲》，印刷20余次，继而中国文学作品中诞生了无数个受高尔基《母亲》影响和启发的中国“母亲”形象。鲁迅译出法捷耶夫的《毁灭》，它犹如中国新文学中的一个大火炬。类似个案都是20世纪文学翻译出版力量的明证。

20世纪百年历经的两次翻译高潮是中外文学学术交流的两次高峰。马祖毅曾说过：

> 中国历史上第四次翻译高潮正在神州大地蓬勃推进，方兴未艾，

① 李景端：《翻译出版学初探》，载《出版工作》1988年第4期。

景况壮观。中国历史上出现过三次翻译高潮：东汉至唐宋的佛经翻译、明末清初的科技翻译和鸦片战争至“五四”的西学翻译。而目前这一次的翻译高潮，无论在规模上、范围上，还是在质量水平和对中国社会发展的贡献上，都是前三次翻译高潮无法比拟的。①

把20世纪的翻译活动放在中国翻译史的长河来看，历史上的四次翻译高潮竟在20世纪的百年中出现了两次，一是清末民初思想、文学翻译高潮，二是七八十年代以后呈现的全方位翻译高潮。前者极大地促进了中国封建社会的瓦解，推动了近现代社会的发展进程；后者推动中国社会迈向小康，逐步和现代世界同步。文学翻译出版在中国翻译出版业的历史长河中一直具有重要地位，而在20世纪则超出了以往，它既是前一次高潮的主流，也是后一次高潮的重要组成部分。

20世纪的百年中，中国历经了三种社会形态，历经了从封建愚昧向文明现代的历史进程。社会各个领域都在这一独特框架下运行，快速的社会变革带动了各个领域的变化，但变化快慢、步伐大小差异甚大。出版业属于紧跟的一类，且步伐很大，它率先完成了由传统出版业向近代、现代的变迁，有时甚至先于时代变革，成为引领社会变革方向的重要因素。至此，不禁使人联想到打开国门的洋枪洋炮，难道翻译出版也有催化社会变革的功能？答案是肯定的。翻译出版不同于洋枪洋炮之处在于后者的目的是帝国主义实施殖民政策，接受方是被强行奴役，而前者则是接受方以主动积极的态度吸纳和接受对方以平和方式潜移默化的灌输，是为我所用、能动地推动社会变革之举。

李泽彰在《三十五年来中国之出版业（1897—1931）》一文中曾对“出版业”有过如下论述：

一国文化的盛衰与出版图书的多寡成正比例。我们只要看出书的数量，就可以知道那一国的文化程度。而担任出版图书这个重要任务

① 马祖毅：《中国翻译简史》，中国对外翻译出版公司2001年版，第1页。

的，就是出版业。[①]

中国是伴随着出版业的变革跨入20世纪的，变革体现在三个方面：一是出版体制，新型民营出版业取代传统出版业成为社会主流；其次是设备，先进设备逐步取代传统陈旧的出版设备；三是出版内容呈现出国际化趋势。此后现代中国出版业的起步、发展，历经民营出版、国营出版，直至以国营出版为主体多种经营形式并存，最后朝着出版业企业化方向迈进。

文学翻译出版是20世纪翻译出版最突出、最活跃的部分，同时也是20世纪中外文学交流的最主要媒介。本编所关注的重点不在于翻译文学在中国的确立和传播以及中外文学的比较，而在于中外学人借助翻译出版平台的交流及给中国文学学术研究带来的巨大变化。在“文学”和“文学学术”两个概念中，本编注重的是文学之“术”，主要涉及文学的研究思想与观念、领域划分与界定、研究方法与手段等。聚焦20世纪百年，中国文学领域“术”的改变较为突出，如对小说戏曲的认知、文学史观念的移入、诗坛创作的新形式扩展、文学现代性的深入、与世界文学的对接及参与等等。

中外文学学术交流，即把“中外交流”进一步圈定在了更小的“文学”之“学术”范畴内，考察在翻译出版平台引发或呈现的中外交流史实，进而印证文学翻译出版不仅是20世纪中外文学交流的最主要媒介，更是文学学术交流的最主要媒介。既然是“交流”就应该是双向的，但是，必须承认20世纪百年中国文学翻译出版的天平是向输入倾斜的，带给中国文学学术的转变远远大于中国文学的国际展示。无论是由传统向现代启蒙、转换，还是现代性进程中的每一次转折，均呈现输入的逆差。中外文学学术交流的这种状态一直持续到20世纪最后20余年。随着中国文学现代性进程的加速，中国学者在两代甚至三代学人积累的基础上，经过不断追踪国际文学学术研究方向，寻找新的研究方法和工具，调整和拓宽中国文学研究领域，探求中国文学学术研究与国际对接，并逐步走向与世界同

① 李泽彰：《三十五年来中国之出版业（1897—1931）》，见张静庐辑注《中国现代出版史料　丁编》下卷，中华书局1959年版，第381页。

步，进而迎来了中外文学学术平等交流的21世纪。

两次翻译高潮促成了两次中外文学学术交流的高峰，催化和影响了中国新文学的诞生和发展。20世纪文学翻译、出版与传播状况和中国文学的现代性形成过程交织在中外文学学术交流的主线上，其背后是20世纪百年的三种社会形态的变迁，社会变革制约着出版体制和传播方式。恰恰在如此错综复杂的生态环境下，20世纪的中外文学学术交流之花在翻译出版领域绽放异彩。季羡林的文化“河流喻”是将中华文化喻为长河，它不断地吸纳着作为支流的外来文化之水。两次翻译高潮是两大支流，左联革命文学译介、抗战文学译介等支流也不可小觑，特别是五六十年代更是外国文学翻译的黄金期。20世纪中国文学正是在对外来文学学术吸纳的基础上，取其精华，去其糟粕，日趋成熟与壮大起来的。

第　一　章

第三次翻译高潮与中国现代文学

翻译出版是中国文学由传统向现代转化之启蒙和构建的重要驱动力，中外学人利用翻译出版平台为改变中国根深蒂固的传统文学学术观念作出了重大贡献。本章主要论述点是：伴随20世纪前进步伐而至的新型民营出版业的兴起；域外小说的译入和民营出版业的相辅相成；翻译小说率先打破了中国文学传统格局；中国文学史和新诗的翻译出版进一步使中国文学寻到了新的文学创作方式和学术研究方法，拓宽了传统文学领域，改变了自古以来“诗词歌赋即文学”的狭隘认知，迎来我国历史上清末民初思想、文学翻译的第三次高潮。

中国文学学术观念由传统向现代改变的重要标志是：其一，扩展了原有文学的范畴，诸如小说、戏曲等文学形式堂堂正正纳入文学正宗；其二，新建了学术研究领域，如现代意义上的文学史撰写；其三，由文学领域的扩展延伸到语言表达的脱胎换骨，表现为彻底白话文学的出现。白话诗歌是白话文学最难攻破的堡垒，常言说堡垒最容易从内部攻破，当内部条件具备后，翻译出版推出的白话译诗这条外部导火线便引爆了白话文学的全面开花。

如果说域外小说的译介开启了中国文学现代性启蒙的序幕的话，那么五四新文化运动则开启了中国现代文学的大门，成为传统与现代的分水岭。“新文学”是相对于五四之前传统文学而言的，是中国文学发展的新阶段，既不意味着用西方文学标准来衡量，也不能用中国传统文学整合西方乃至世界文学，而应以进化论的世界观来看待中国文学的发展。新文学是在中国传统文学基础上发展而来的。五四文学革命尽管在坚持进化论方面有其激进的一面，但是其摆脱封建束缚的做法符合时代发展的要求。总之，五四文学革命规约了新文学的发展方向。

第一节　翻译小说与中国文学现代性启蒙

> 但在十九世纪末二十世纪初，中国文学却从根基上发生了变易，此后的文学根本不复建立在旧基础之上，而是脱离二千年传统另辟了一个新的天地。正因此，中国文学才破天荒地形成了古典/现代的分水岭。①

20世纪初中国文学由传统转向现代启蒙，文学学术观念的改变突出表现为对文学的理解和认知，"根基"上发生的"变易"始于小说翻译，也正是小说翻译开启了中国文学现代性启蒙的序幕。1898年梁启超倡导的"小说界革命"和同年林纾《巴黎茶花女遗事》的翻译出版，拉开了20世纪中国文学现代性启蒙的大幕。翻译出版领域推出的域外小说率先使位于中国传统文学边缘的小说找回了其在文学领域应有的地位。

小说翻译能够兴盛，依赖的是现代传媒业。有人说西方资本主义文化形式给中国带来的最大贡献就是现代传媒业。在中国，小说能够回归其应有的文学地位，是中外文学学术交流的结果，而交流所借助的平台恰是现代传媒业——新型民营出版业。梁启超等人将西方文学概念传入中国，还处于"小道"地位的小说一个应有的文学地位，并把小说作为政治和社会改造的武器。晚清域外小说的翻译出版使小说从文学边缘移到了中心位置，撼动了中国传统文学观念，开启了现代文学启蒙。

---

① 李洁非：《现代性城市与文学的现代性转型》，见陈晓明《现代性与中国当代文学转型》，云南人民出版社2003年版，第43页。

一、革新运动、新型民营出版业、翻译小说

中国文学由传统向现代启蒙开始于20世纪初的清末翻译小说。晚清域外小说的翻译出版让外国小说大规模且首次以政治小说、侦探小说、历史小说、哲理科学小说等类型全方位地出现在国人面前，颠覆了中国传统文学观念。晚清域外小说翻译出版繁荣局面的出现绝非偶然，它由诸多因素综合而成，其中革新运动以及由此促生的新型民营出版业是主要外因和硬件条件。

革新运动开始于1895年4月康有为与梁启超集结举人联名上书光绪皇帝的“公车上书”。在康、梁等维新志士的宣传、组织和影响下，维新变法拉开了序幕。到1897年底，各地已建立以变法自强为宗旨的学会33个、新式学堂17所，出版报刊19种；到1898年，学会、学堂和报馆共计300多个。革新运动所需宣传手段的跟进带动了新型民营出版业的出现。

新型民营出版业的诞生源于革新运动的促生，准确地说，革新运动是导火索，因为在此之前西方出版体制、印刷设备和技术已经渗透进来。19世纪末的中国进入一个风云激变的时代，中西文化交汇、新旧嬗变使出版业经历了重大转折，率先出现了体制上的现代性特征，诞生了引入商业运营机制的新型民营出版业。新型民营出版业的兴起是革新运动实施的废科举、办学堂、预备立宪等新政所带来的重大变化。对此，李泽彰在《三十五年来中国之出版业（1897—1931）》一文中有清晰的记载：

> 自革新运动产生以后，新学书籍需要甚紧。中国出版业遂起非常的变动。为供给新书的需要，新式出版业应运而生。现在中国出版业的领袖商务印书馆就是在这个时候创办的。[①]

商务印书馆是伴随着20世纪走来的中外合作民营出版业之典范，它的

① 李泽彰：《三十五年来中国之出版业（1897—1931）》，见张静庐辑注《中国现代出版史料　丁编》下卷，中华书局1959年版，第382页。

出现意味着新型民营出版业的正式诞生。商务印书馆是中外合资性质的民营企业，它和其他民营出版企业一样，草创之初筚路蓝缕。1897年2月，四位来自外地的年轻人倾其所有，在上海棋盘街的一角开了一家小小的印刷店，取名商务印书馆。当时，出版业的主流是教会出版机构和官书局。教会经营的出版机构所出版的主要为历史、理化、伦理、宗教等书籍；清室方面的官书局在革新运动时期改变以往注重科技的编译方针，开始注重教育用书的出版。商务印书馆起步之初生存在教会出版机构和官书局的夹缝中，创办的最初两年中各路生意都接，从外国商人和传教组织的小额订单到为长老会教堂大批量印刷《圣经》都做，其中重印畅销一时的《通鉴辑览》使之获得了一大桶金。[①]革新运动中后期，新型民营出版业逐步代替了教会出版机构和官书局，成为编印新学书籍的主体。[②]

以商务印书馆为代表的新型民营出版业发展速度极快，李泽彰曾著文说道：

> 革新运动的初期，民营出版商业虽然赶不上教会和官书局，但是进步甚速。尤其在革新运动的后期。据光绪三十二年六月上海书业商会出版的图书月报第一期，仅就入会的出版业来说，已有左列二十二家：商务印书馆、启文社、彪蒙书室、开明书店、新智社、时中书局、点石斋书局、会文学社、有正书局、文明书局、通社、小说林、广智书局、新民支社、乐群书局、昌明公司、群学会、普及书局、中国教育器械馆、东亚公司新书店、鸿文书局、新世界小说社。[③]

新型民营出版业不仅数量增长快，而且出版发行量也快速增长。仅以教科书出版为例，据光绪三十二年学部第一次审定初等小学教科书暂

---

① 据高翰卿《本馆创业史》介绍，商务印书馆创办者中的夏瑞芳弄到了低价纸张，使他们得以印制比竞争者的木版印本便宜得多的《通鉴辑览》。这种百科全书的木版印本值价10元到20元，而商务印书馆的重印本则不到3元。商务印书馆卖出约10000部。

②“中国第一部西学读本为朱树人编蒙学课本，出版于壬寅前一年（1901年）”。陆费逵：《六十年来中国之出版业与印刷业》，见张静庐辑注《中国出版史料补编》，中华书局1957年版，第276页。

③ 李泽彰：《三十五年来中国之出版业（1897—1931）》，见张静庐辑注《中国现代出版史料　丁编》下卷，中华书局1959年版，第384页。

用书目的102册中，由民营出版机构发行的计85册，呈现要取代教会出版机构和官书局之势。对此，李泽彰也有明确的说法：

> 光绪三十年左右出版业的中心已由教会和官书局转到民营的出版业了。[①]

自1894年至1904年，中国新型民营出版业“一天发达一天”[②]。

新型民营出版业与传统出版业的不同不仅体现在出版体制、设备等硬件的先进化方面，更主要的是体现在出版内容“国际化”和与国内需求的对接上。这是它取代官办和传教士办出版、迅速向主流地位进军的关键所在。新型民营出版业另辟蹊径，以域外先进思想、文学文化和动态的译介为主业，很快占领了国内市场，也占据了出版业大片江山。新型民营出版业开创的翻译领域中，文学翻译，准确地说是小说翻译异军突起。可以说20世纪出版业变革的最大亮点就是小说翻译出版闪亮登场，它使新型出版业得以繁荣昌盛。

新学书籍的代表——翻译小说的出版，加速了以商务印书馆为代表的新型民营出版业的构建，它取代了传教士出版机构在翻译出版领域的主导位置。文学翻译在20世纪两次翻译高潮中无疑是重中之重，在世纪之初的翻译高潮中，当旧的文学规范遭到质疑和否定、新的文学规范尚未确立、创作文学未形成气候之时，小说翻译成为主流。新型民营出版业成就了晚清翻译小说的空前繁荣，形成了20世纪初出版业的一大亮丽景观。

二、翻译小说与小说地位的嬗变

甲午战争后基于社会变革的需要，翻译小说成了政治及社会改造的武

---

① 李泽彰：《三十五年来中国之出版业（1897—1931）》，见张静庐辑注《中国现代出版史料 丁编》下卷，中华书局1959年版，第385页。

② 李泽彰：《三十五年来中国之出版业（1897—1931）》，见张静庐辑注《中国现代出版史料 丁编》下卷，中华书局1959年版，第385页。

器。恰逢此时，中国新型民营出版业兴起，为翻译小说的出版提供了硬件条件，促成了翻译小说的大量问世，从而为小说回归其应有的文学地位奠定了基础。将小说从文学边缘移到中心位置的主将是梁启超和林纾，他们分别充当了这次热潮的倡导者和践行者。

1.“小说为文学之最上乘”主旨下的小说界革命

鸦片战争以后，洋务派在“中学为体，西学为用”思想的指导下，提出“师夷长技以制夷”的口号，开始设立专门机构大量翻译出版西方应用科学类图书。经过几十年求强求富的实践，洋务运动没有使中国富强起来，科技救国思想伴随着19世纪末甲午战争的惨败而终结。之后，戊戌维新运动的主角康有为、谭嗣同、梁启超等人在对洋务派中体西用反思的基础上提出“维新变法”。梁启超把兴西学、译西书作为维新变法的强国之道，他将翻译出版的选题定位在制度文明的书籍上，翻译的内容偏重西方社会科学，目的是为君主立宪政体的建立提供理论先导。为此，他提出了新的主张：

> 夫政法者，立国之本。日本变法，则先变其本，中国变法，则务其末，是以事虽同而效乃大异也。故今日之计，莫急于改宪法。必尽取其国律、民律、商律、刑律而译之。①
>
> 今日欲举百废，就庶政，以尽译西国章程之书为第一义。②

梁启超为了实现自己的主张，设计了具体实施方法，其中之一是依靠文学翻译来实现政治主张。他认识到了文学是改造国民性的重要途径，在繁多的文学形式中抓住了最贴近民众、最能够唤起国民觉悟的“翻译小说”这一工具。

梁启超用文学来实施其政治主张的第一步是1898年写出了《译印政治小说序》。在该文中，他倡导翻译政治小说，以政治小说为革新运动的宣传武

① [清] 梁启超：《饮冰室文集》第一册，中华书局1926年版，第64页。

② [清] 魏源：《海国图志》，中州古籍出版社1999年版，第67页。

器。他的这一选择并非他本人的发明，而是借鉴了先进国家之经验。他说：

> 在昔欧洲各国变革之始，其魁儒硕学，仁人志士，往往以其身之所经历，及胸中所怀，政治之议论，一寄之于小说。……往往每一书出，而全国之议论为之一变。彼美、德、法、奥、意、日各国政界之日进，则政治小说为功最高焉。①

梁启超在探索救国的过程中发现世界“强国”都曾把小说作为政治及社会改造的武器，他也要借用这一成功经验开启民智，救国家于危难之中。可见，他选择最贴近民众、能够唤醒民众的翻译小说作为政治宣传工具的做法，最初完全出自维新的需要。

梁启超以政治小说为工具，在推进维新变法、推行政治主张的过程中，首先遇到的阻碍是中国传统文学观念中小说“不入流”的地位影响着文人对域外小说译介的热情。具备译介能力的士大夫阶层不肯屈尊从事处于文学边缘的小说的译介活动，更不屑于小说的创作。梁启超发表的《译印政治小说序》刊于1898年他在日本横滨创办的《清议报》第1期上，名为给自己所译日本柴四郎（又名“东海散士”）的政治小说《佳人奇遇》作序，实为大张旗鼓倡导翻译政治小说。同时，梁启超身先士卒，先后译出两部日本政治小说代表作：《佳人奇遇》刊于同期，连载至1900年2月第35期，1901年出版单行本；1900年《清议报》刊载的另一篇外国文学译作是梁启超译日本矢野龙溪的政治小说《经国美谈》（由1900年2月连载至1901年1月），其单行本由广智书店1902年出版。梁启超的这两部译作拉开了政治小说翻译的序幕。

梁启超想依据西方文学这一来自异域的尺度，对传统来一次彻底的重建，在文学理论层面还小说一个应有的地位。他撰写文章改变传统文学观念。他的《论小说与群治之关系》发表于1902年11月《新小说》创刊号上，其中阐述了小说“娱乐”之外所具备的政治功能、教化功能：

---

①［清］梁启超：《译印政治小说序》，见张静庐辑注《中国出版史料补编》，中华书局1957年版，第105页。

> 欲新一国之民，不可不先新一国之小说。故欲新道德，必新小说；欲新宗教，必新小说；欲新政治，必新小说；欲新风俗，必新小说；欲新学艺，必新小说；乃至欲新人心，欲新人格，必新小说。何以故？小说有不可思议之力支配人道故。[①]

梁启超力陈小说之重要性，认为小说的不可思议之力在于“支配人道”，还具体论述了其“力”表现在“熏、浸、刺、提”四个方面，也暗含了小说新民救国的方法。他还提出了“小说界革命”的观点[②]，其主旨是启蒙，“小说为文学之最上乘”[③]是小说应有的文学地位。在此，梁启超将原有的文类等级加以完全的颠覆，将小说推到“最上乘”之地位，这是对小说理解的长足进步。

梁启超不仅是翻译小说的倡导者，而且是新小说创作的践行者。他于1902年创作了我国第一部政治小说《新中国未来记》。黄遵宪给梁启超书信中对《新中国未来记》评价道：

> 果然大佳，其感人处竟越《新民报》而上之矣。仆所最赏者为公之关系群治论及《世界末日记》。读至“‘爱’之花尚开”一语，如闻海上琴声，叹先生之移我情也。《新中国未来记》，表明政见，与我同者十之六七。[④]

梁启超的政治小说翻译和创作，成为以小说形式表达政治主题的范式，掀起了中国政治小说创作热潮。在刊有梁启超的政治小说《新中国未来记》的《新小说》同期上还开始连载了岭南羽衣（罗普）的历史小

---

①［清］梁启超：《论小说与群治之关系》，见张静庐辑注《中国出版史料补编》，中华书局1957年版，第106页。

② 梁启超提出：“故今日欲改良群治，必自小说界革命始；欲新民，必自新小说始。”［清］梁启超：《论小说与群治之关系》，见张静庐辑注《中国出版史料补编》，中华书局1957年版，第106页。

③［清］梁启超：《论小说与群治之关系》，见张静庐辑注《中国出版史料补编》，中华书局1957年版，第110页。

④［清］布袋和尚（黄遵宪）：《致饮冰主人手札》，见黄霖、韩同文选注《中国历代小说论著选》下，江西人民出版社1985年版，第94页。

说《东欧女豪杰》，这部历史小说承载着著者的政治意图和想象；1904年《新小说》第12期开始连载颐琐的《黄绣球》，阿英赞赏其为“当时妇女问题小说的最好作品”[①]；《民报》于1905 年第2号至第9号连载了陈天华的《狮子吼》，更是引起大轰动。

至此，梁启超译西书作为维新变法“强国”之道的主张，已经上升并触及中国传统文学观念的更新，真正揭开中国小说出版史的新篇章。

2.“林译小说”

梁启超出于维新目的提出和倡导了翻译政治小说的主张，他的先导和鼓动力量开始将小说逐步回归到它应有的文学地位。如果说颠覆了国人对小说的传统认知是梁启超一大贡献的话，那么林纾（字琴南）就应该是践行小说开启民智之倡导、译介和传播翻译小说的头号功臣。

梁启超和林纾尽管皆对晚清翻译小说的兴旺、提高小说地位及中国文学现代性启蒙贡献非凡，但他们在翻译域外小说的出发点、翻译文风、发行途径等方面有明显差异。林纾也对维新政治感兴趣，有强国之愿望，这是二人至关重要的契合点。

林纾尽管“不解西文”[②]，却有“今世小说界之泰斗”之称。1919年3月，他在写给北大校长蔡元培的信中曾说自己：

> 积十九年之笔述，成译著一百三十三种，都一千二百万言。[③]

据后来学者统计，在林纾最后的25年里，由别人口授翻译出版了11个国家98位作家的163部小说，后人称之为“林译小说”。

起初，林纾尚未有梁启超式把翻译小说当作工具启发民智的思想，

---

① 阿英：《晚清小说史》，江苏文艺出版社2009年版，第107页。

②［清］林纾：《答大学堂校长蔡鹤卿太史书》，见林纾《畏庐三集》，商务印书馆1924年版，第26—28页。

③［清］林纾：《答大学堂校长蔡鹤卿太史书》，见林纾《畏庐三集》，商务印书馆1924年版，第26—28页。

翻译小说只不过是林纾靠他士大夫的文人功底信手拈来，借之摆脱自身空虚和烦恼的手段而已，似乎和开启小说“教化”功能不沾边，更不可能有“小说为文学之最上乘”的现代文学观念。

林纾明显具有跨代文人纠结于新旧的矛盾特征。他在翻译域外小说的问题上，表现出激进的一面。林纾继《巴黎茶花女遗事》之后的《黑奴吁天录》《鲁滨逊漂流记》等名著翻译选题大多与政治相关，其内容也都围绕时代的主题，寄托了时人新民兴邦等许多现实的理想与使命。尽管排解悲痛、改变生活状态是他翻译小说的起因，但是从1901年译《黑奴吁天录》起，他的译作选题明显带有了政治立场：

> 余与魏君同译是书，非巧于叙悲以博阅者无端之眼泪，特为奴之势逼及吾种，不能不为大众一号。……今当变政之始，而吾书适成。人人既蠲弃故纸，勤求新学，则吾书虽俚浅，亦足为振作志气，爱国保种之一助。①

“爱国保种”及对维新政治的兴趣应该是支撑他大量译入域外小说的动力。他认识到“勤求新学”变法图强的重要意义，想通过翻译小说“振兴”同胞“志气”。同时，林纾深受传统文学观念影响，确有其保守的一面。林纾“以古文笔法译书”，阿英曾对其翻译风格有过论述：

> 当时的译家，最为智识阶级所推重的，是严复、林纾一班所谓以古文笔法译书的人。严复虽曾作过《本馆附印小说部缘起》，了解小说的重要性，但并没有创作或翻译过小说。他只是建立了这一派的翻译理论，给当时的小说译家以很大的影响。②

阿英认为林纾和严复同属一种风格，而且林译小说有足够的影响力，

---

①［清］林纾：《黑奴吁天录·跋》，见李今主编《汉译文学序跋集（1894—1910）》第一卷，上海人民出版社2017年版，第25—26页。

② 阿英：《晚清小说的繁荣》，见张静庐辑注《中国近代出版史料初编》，中华书局1957年版，第192页。

甚至到了“现在大家是只知道有严复，有林纾了，其在小说，当然是只有林纾一人”[①]的程度。“林译小说”孕育了中国第一代近现代文学家的脱颖而出。周作人曾说过林纾对他的影响最大，因大量地阅读林译小说，才“引我到西洋文学里去了”。借助翻译小说来维新、兴邦是梁启超和林纾的共同点；梁启超更注重启发民智，这是他区别于林纾的地方，也是二人翻译策略不同的原因所在。林纾以古文笔法译小说显然与梁启超把翻译小说当作工具启发民智的思想不合拍，而且他极力反对以白话代文言。新文化运动中，面对《新青年》杂志所提倡的白话代文言问题，林纾曾写信给北大校长蔡元培。他在信中写道：

> 若尽废古书，行用土语为文字，则都下引车卖浆之徒，所操之语，按之皆有文法，不类闽广人为无文法之啁啾。据此，凡京津之稗贩，均可用为教授矣。[②]

梁启超启发民智的初衷决定了他尝试白话译小说，这一派还有李伯元、吴趼人等。他们就原书的内容，用章回小说的形式演述。对此阿英曾感慨道，用白话译书，对于知识阶级，或许是“没有人读”，但在士大夫的知识分子之外，其情形是不见得如此的。

三、翻译小说与新型民营出版业

在论述了梁启超和林纾投身于翻译小说的初衷之异同和语言采用策略之差异之后，再谈一谈林纾与商务印书馆的合作。如果说没有书局的积极推动和参与，林纾也就无法成为翻译小说的代名词；反之，如果没有以林纾为代表的小说翻译家的加盟，也会影响出版业由传统转入新型进程的快速实现。书局和小说翻译家的合作为双方带来了双赢，其中以林纾和商务

---

① 阿英：《晚清小说的繁荣》，见张静庐辑注《中国近代出版史料初编》，中华书局1957年版，第193页。

②［清］林纾：《答大学堂校长蔡鹤卿太史书》，见林纾《畏庐三集》，商务印书馆1924年版，第26—28页。

印书馆的合作为最。

1899年，素隐书屋托昌言报馆代印林纾与王寿昌合译的法国小仲马的长篇小说《巴黎茶花女遗事》。该小说一经问世就“不胫走万本”，一时出现“洛阳纸贵”的盛况。严复曾用“可怜一卷《茶花女》，断尽中国荡子肠”①来表达小说的社会影响，它带来了中国人所未见的新的情感冲击，也使林纾一举成名。1901年，和魏易合译的美国斯土活（现译为斯陀夫人）的《黑奴吁天录》由武林魏氏出版，此后“林译小说”一发而不可收。1903年5月，林纾和严培南、严璩合译的《伊索寓言》由商务印书馆出版。这部译作的出版成为林纾翻译生涯中的一个重要转折。这是林纾和商务印书馆的首次合作，从此林纾成为商务印书馆的“大牌”作家，步入商务印书馆的作家群，也使“林译小说”具有了更大的展示和发展空间。林纾与商务印书馆关系之密切，东尔在《林纾和商务印书馆》一文中有记载：

> 仅就单行本来说，他写的各类作品集和编选的古文选集，由商务印书馆一家出版的累计就达40多种，再加上他1897年以后二十多年翻译生涯中所翻译的大量欧美小说（商务印书馆为他出版了两辑《林译小说丛书》，共一百种），他的著译在商务印书馆出版的共达140多种。一位作家在一家出版社出版了如此多种多样的著译，这在国内是前所未有的。②

阿英《晚清小说目》共著录商务印书馆出版的翻译小说186种，其中林译就达60种之多。上述两组数字虽因统计时间、方法等不同而不一致，但是林译小说在商务印书馆出版数量之多是可以证明的。商务印书馆对林译小说的精心塑造和广告宣传，也推动了林译小说的广泛传播。商务印书馆对《伊索寓言》的商业运作首先体现在新书发行广告上。《伊索寓言》并非单纯以所谓“林译小说”出版发行，而是以被纳入“国文教科书”之

① [清] 严复:《甲辰出都呈同里诸公》，见《严复集》，中华书局1986年版，第365页。

② 东尔:《林纾和商务印书馆》，见蔡元培等著《商务印书馆九十年（1897—1987）——我和商务印书馆》，商务印书馆1987年版，第527页。

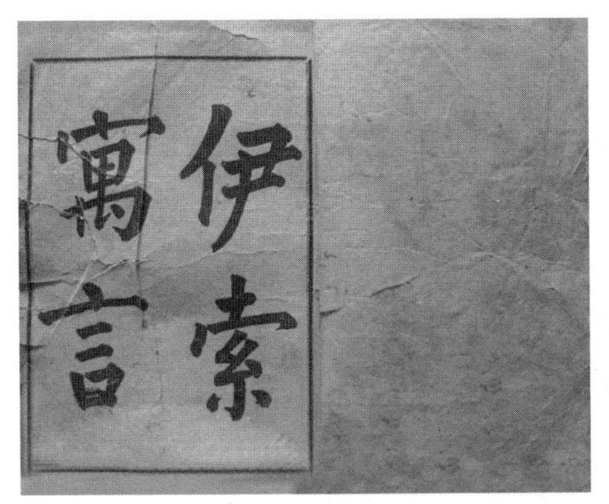

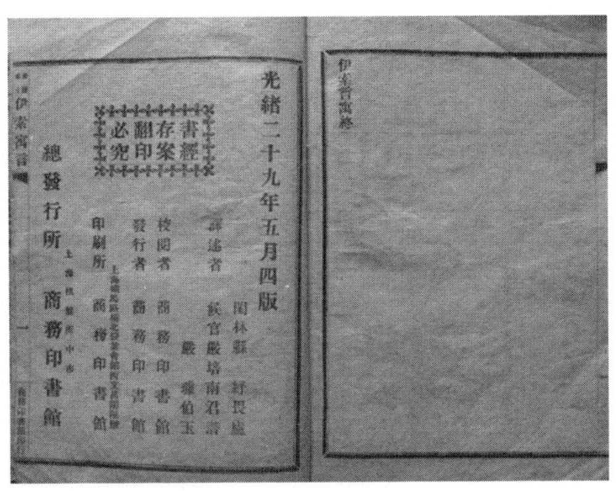

《伊索寓言》1903年5月版书影

列为名进行宣传，[①]因为新式教科书是最能获得利润的图书产品，且教科书刊载的内容不在版权控制之列。张元济1902年到商务印书馆任编译所所长，他一到任就开始与馆内编辑人员一起编写服务于清廷教育改革的《最新国文教科书》，《伊索寓言》被选入教育类书目。1904年该译作问世，其销售量高达数百万册，出版家为翻译家带来了影响力和经济效益。

东尔在《林纾和商务印书馆》一文中，充分肯定了林纾为商务印书馆发展所带来的影响。他说道：

> 林纾和商务印书馆之间是长期合作、相辅相成的文字之交。他是在商务印书馆出书最多的作家，而他的著译在商务印书馆的集中出版又扩大了出版社的声誉，提高了商务印书馆在国内文化界的地位。[②]

翻译小说给正要起步的民营出版机构带来了巨大商机，出版家对译作的包装为双方带来了经济效益。《伊索寓言》的出版，既是林纾和商务印书馆的首次合作，又是民营出版业和翻译家合作的成功范式。

---

① 钱锺书：《林纾的翻译》，见薛绥之、张俊才编《林纾研究资料》，福建人民出版社1983年版，第311—312页。

② 东尔：《林纾和商务印书馆》，见蔡元培等著《商务印书馆九十年（1897—1987）——我和商务印书馆》，商务印书馆1987年版，第527页。

第二节　现代意义上的中国文学史的译入

20世纪初，中国文学学术领域发生了两大变化：一是在翻译小说的冲击下，中国传统文学对小说的认知发生了巨大变化，小说逐渐回归其应有的文学地位，可以说是翻译小说的出版引发了中国文学学术的变革；另一大变化是现代意义上中国文学史的撰写。前者是通过域外文学的译介出版加以唤醒和张力扩充，使中国传统文学中已有但长期边缘化了的小说，回归其应有的文学位置；后者更像舶来品，郑振铎曾说过“中国文学自来无史，有之当自最近二三十年始”[①]，在西方文学理论思潮冲击下，世纪之初现代意义上中国文学史的译入颠覆了中国传统意义“艺文志”文学史书写观念。域外中国文学史著作的译介，加速了现代意义上的中国文学史学的构建。中国20世纪初两次较大的文学发展变化都与翻译出版密切相关。在现代意义文学史这一新模式的构建过程中，翻译出版不仅引进了新思想，而且引进了新的诗学语言、写作模式和技巧。

20世纪的最初20年，中国出版界中国文学史的撰写呈现一大景观——一时间竟有多部文学史著作出现，以至于当时出版的具体数目及出版时间至今还在不断有新的发现和新的研究成果出现，哪一部可称为国人的第一部文学史尚无定论。但是，中国的文学史最早出自外国人之手，国人的早期多部史著都受到日本中国文学史的影响，这一点是毋庸置疑的。

一、最早的中国文学史著述

笔者对1918年之前中外学人撰写的中国文学史按时间先后稍做梳理如下：

---

① 郑振铎：《插图本中国文学史·自序》，作家出版社1957年版，第1页。

表4-1-1　1918年之前中外学人撰写的中国文学史著作（日本除外）①

序号	国籍	作者姓名	作品名称	出版年及出版方等	中译本出版情况
1	俄	瓦西里耶夫（Васильев Василий Павлович）	《中国文学简史纲要》	1880年在圣彼得堡出版	尚未发现中译本
2	中	窦警凡	《历朝文学史》	1897年完成，1906年线装铅印本印行②	
3	英	翟理思（Herbert Allen iles）	《中国文学史》（*A History of Chinese Literature*）	1897年，伦敦，作为戈斯（Edmund W. Gosse）主编《世界文学简史丛书》（*Short Histories of the Literature of the World*）第10种出版；另一说法是1901年于伦敦出版	
4	德	威廉·顾鲁柏（Wilhelm Grube）	《中国文学史》（*Geschichte der Chinesischen Literatur*）	阿梅朗斯（Amelangs）出版社，1902，1909年；是德国第一部由专家所写的中国文学史著作，代表当时德国汉学的研究水平	其影响直至施米特-格林策尔（Helwig Schmidt-Glintzer）《中国文学史》出版（20世纪60年代）

① 表4-1-1和4-1-2参考文献：陈玉堂《中国文学史书目提要》，黄山书社1986年版；日本国立国会图书馆官网；［日］平田昌司《木下犀潭学系和“中国文学史”的形成》，载《现代中国》2008年第10辑；郭延礼《19世纪末20世纪初东西洋〈中国文学史〉的撰写》，载《中华读书报》2001年9月19日；黄霖、周兴陆《中国文学史学学科确立的标志——评〈中国文学史学史〉》，载《文学史话》2005年第1期；黄霖《谈谈1900年前后的三部“中国文学史”著作》，载《古典文学知识》2005年第1期；黄霖《日本早期的中国文学史著作》，载《古典文学知识》1999年第5期；周兴陆《窦警凡〈历朝文学史〉——国人自著的第一部中国文学史》，载《古典文学知识》2003年第6期；陈广宏《黄人的文学观念与19世纪英国文学批评资源》，载《文学评论》2008年第6期；黄文吉编撰《中国文学史书目提要（1949—1994）》，万卷楼图书有限公司1996年版。

② 陈玉堂撰《中国文学史书目提要》时未见原书，系据刘厚滋《中国文学史钞》（上）著录，认定其为国人自撰第一部文学史，谓“据说有张祖翼题签，可能是当年南洋师范课本”，“实系国学概论，而非文学史”。见陈玉堂：《中国文学史书目提要》，黄山书社1986年版，第4页。

续表

序号	国籍	作者姓名	作品名称	出版年及出版方等	中译本出版情况
5	中	林传甲	《中国文学史》	1904年著，1910年6月武林谋新室出版，日本宏文堂印刷，上海科学书局和广东科学分局发行（作为京师大学堂国文讲义）	
6	中	黄人	《中国文学史》	1905年前后出版，国学扶轮社印行（作为东吴大学教材）	
7	中	许指严	《中国文学史讲义》	上海商务印书馆，大约出版在清末	
8	中	王梦会	《中国文学史》	上海商务印书馆1914年8月初版	
9	中	曾毅	《中国文学史》	1915年9月由上海泰东图书局出版	
10	中	张之纯	《中国文学史》	上海商务印书馆，1915年12月出版	
11	中	朱希祖	《中国文学史要略》	北京大学出版部1916年出版	
12	中	钱基厚	《中国文学史纲》	锡城公司1917年8月出版	
13	中	谢无量	《中国大文学史》	上海中华书局1918年10月初版	

表4-1-2　早期日本人撰写的中国文学史著作

序号	作者姓名	作品名称	出版年及出版方等	中译本出版情况
1	末松谦澄（1855—1920）	《中国古文学史略》（上下册）	东京文学社，明治十五年（1882）9月30日初版，明治二十年（1887）2月再版	

续表

序号	作者姓名	作品名称	出版年及出版方等	中译本出版情况
2	儿岛献吉郎（1866—1931）	《中国文学史》（第一编“上古史”）	明治二十四年（1891）至二十五年（1892）《中国文学》杂志（同文社）第一至第九号及第十一号上连载，全书后由早稻田大学出版部出版	
3	儿岛献吉郎	《文学小史》（第一章“总论”）	明治二十七年（1894）《中国學》杂志（汉文书院）第一、二号及第六号上刊登（讲义）	
4	儿岛献吉郎	《中国文学史》	写至宋朝，刊印年不详，早稻田大学出版部出版（讲义）	
5	中野重太郎	《中国文学史》	因作者病逝，未完成	
6	藤田丰八（1869—1929）	《中国文学史》	明治二十八年（1895）至明治三十年（1897）刊行，具体年份不明	有翻译本
7	藤田丰八（剑峰）	《中国文学史稿·先秦文学》	明治三十年（1897）5月，东华堂出版	
8	古城贞吉（1866—1949）	《中国文学史》	明治三十年（1897）5月，经济杂志社初版；1902年，富山房再版（订正版）	1913年，南社社员王灿译，改题为《中国五千年文学史》，上海开智公司铅印出版
9	藤田丰八等	《中国文学大纲》	明治三十年（1897）至明治三十七年（1904），每月一册，大日本图书株式会社刊行	

续表

序号	作者姓名	作品名称	出版年及出版方等	中译本出版情况
10	笹川种郎（临风）	《中国小说戏曲小史》	明治三十年（1897）东华堂刊行	未见此书，只从东华堂出版藤田丰八《中国文学史稿·先秦文学》书后“五月中东华堂出版书目”预告中看到“文学士临风笹川（种郎）氏著《中国小说戏曲小史》”
11	笹川种郎	《中国文学史》	明治三十一年（1898）8月，博文馆发行	光绪二十九年（1903）11月印刷，12月初发行。上海中西书局翻译生译，改题为《历朝文学史》；是最早被翻译过来的一部中国文学史
12	中根淑（1839—1913）	《中国文学史要》	明治三十三年（1900）9月，金港堂书籍株式会社刊行	
13	高濑武次郎（1868—1950）	《中国文学史》	明治三十四年（1901），东京哲学馆（无版权页）印行。只有第一编“上古期”和第二编“中世期”	
14	久保得二（天随）（1875—1934）	《中国文学史》	明治三十六年（1903）11月，东京人文社出版；明治三十九年（1906），早稻田大学出版部刊行	谢雪渔译，1908年，台湾
15	宫崎繁吉（1871—1933）	《中国近世文学史》	明治三十九年（1906），早稻田大学出版部刊行	

续表

序号	作者姓名	作品名称	出版年及出版方等	中译本出版情况
16	黑木安雄	《中国大文学史》	明治三十七年（1904）早稻田大学出版部刊行	
17	儿岛献吉郎	《中国大文史古代篇》	明治四十二年（1909）	
18	儿岛献吉郎	《中国文学史纲》	明治四十五年（1912）	胡行之译，北新书局1931年出版；孙俍工译，商务印书馆1935年出版
19	松平康国	《中国文学史谈》	东京早稻田大学大正二年（1913）初版	

由上表可知：外国人先于国人撰写了中国文学史，其中日人的著述最多且大多为教学用的讲义稿。

据陈玉堂《中国文学史书目提要》[①]所列，日本人之外外国人的中国文学史均不在其书目提要之列[②]，且其所列书目均有相应译本。另据黄文吉《中国文学史总书目（1880—1994）》[③]所列，瓦西里耶夫、翟理思、顾鲁柏三人均有记述，均显示无译本。虽然前者不能说明20世纪80年代之前尚不知有日本人之外的外国人所著中国文学史存在，但至少可以说明其影响很小，假如陈玉堂有所耳闻，他也会像处理窦警凡《历朝文学史》[④]那样加

① 陈玉堂:《中国文学史书目提要》，黄山书社1986年版，第125、180、340页。

② 该书目在当时的条件下堪称完备，正如作者所说:“友人书石为探索中国文学史著述源流，网罗海内外文献，搜求旧作，及十余年之心力，前已积稿盈尺。来上海文学研究所古代史工作后，以专业所需，乃重为补苴，广征博考，不辞辛劳。以事关学术，颇得各方支持。历时两载，卒能辑成全帙，且将以问世，以提供文学史工作者之借鉴。”见陈玉堂:《中国文学史书目提要·序言》，黄山书社1986年版，第3页。

③ 黄文吉编撰:《中国文学史书目提要（1949—1994）》，万卷楼图书有限公司1996年版，第325—524页。

④ 陈玉堂撰《中国文学史书目提要》时尚未见原书，但明确标明系据刘厚滋《中国文学史钞》（上）著录，谓“据说有张祖翼题签，可能是当年南洋师范课本”。

以说明，为后人进一步探寻提供线索；后者显然已处在20世纪末中国文学史撰写讨论开始之后，它将已经面世的研究成果尽可能地罗列了进去，这三人的中国文学史并未对国人早期撰写的文学史带来直接影响。

关于瓦西里耶夫所著《中国文学简史纲要》，李明滨在《世界第一部中国文学史的发现》中提出，1880年出版的该书为世界第一部中国文学史[①]，郭廷礼的研究也持这一观点。但该文学史对国人早期撰写文学史的影响可以说不存在，因为郑振铎1934年3月撰写《评Giles的中国文学史》时尚不知有瓦西里耶夫《中国文学简史纲要》的存在。关于瓦西里耶夫所著《中国文学简史纲要》对中国学界的影响，陈广宏也认为此著在其时几乎没有什么影响。[②]

翟理思1897年出版的《中国文学史》，在向西方读者推广介绍中国文学作品方面具有举足轻重的作用。[③]而在中国，直到20世纪30年代郑振铎才专门撰文论翟理思的《中国文学史》。他对该书的整体评价为：

> 总之Giles这本《中国文学史》，百孔千疮，可读处极少。全书最可注意之处：（一）第一次把中国文人向来轻视的小说与戏剧之类列入文学史中；（二）能注意佛教对于中国文学的影响。……除了这两种好处以外，Giles此书实毫无可以供我们参考的地方。[④]

郑振铎给出的结论，足以证明该书对当时国人撰写中国文学史不具有多少参考价值。

至于德国汉学家威廉·顾鲁柏1902年出版的《中国文学史》，鲁迅对它曾有所耳闻，但未见到。鲁迅在其《中国小说史略·序言》中说道：

---

① 李明滨：《世界第一部中国文学史的发现》，载《北京大学学报》（哲学社会科学版）2002年第1期。

② 陈广宏：《泰纳的文学史观与早期中国文学史叙述模式的构建》，载韩国汉城大学《中国文学》第40辑，2003年11月。

③ 郭廷礼：《19世纪末20世纪初东西洋〈中国文学史〉的撰写》，载《中华读书报》2001年9月26日。

④ 郑振铎：《评Giles的中国文学史》，见《郑振铎全集》第六卷，花山文艺出版社1998年版，第54页。

中国之小说自来无史；有之，则先见于外国人所作之中国文学史中……。[①]

他所说的外国人并非只是指日本人。1936年9月28日，鲁迅在写给捷克汉学家普实克的信中写道：

我极希望您的关于中国旧小说的著作，早日完成，给我能够拜读。我看见过Giles和Brucke的《中国文学史》，但他们对于小说，都不十分详细。我以为您的著作，实在是很必要的。[②]

“Brucke”，1981年版《鲁迅全集》给出的注释为：Brucke疑为Grube，即顾鲁柏。中国学界一直认为顾鲁柏的《中国文学史》对中国的影响不大。

可见，上述三位外国学者所著中国文学史，虽然后来的学者有所耳闻，但是尚没有资料表明其对中国早期文学史撰写带来直接影响，而且翟理思、顾鲁柏的文学史几乎与日本学者著述同时或之后出版，所以他们二人的中国文学史对中国早期国人撰写中国文学史（20世纪前10年）的影响几乎不存在，至于瓦西里耶夫的间接影响问题，至少尚未发现。据此可以断定，所谓国人早期撰写中国文学史受外国人的影响，准确地说应该是受日本人的影响。

二、笹川种郎《中国文学史》译本的问世

1. 关于《普通百科全书》

会文学社1903年成立于上海，主要创办人汤寿潜是变法的主张者。会文学社开始以出版教科书为主，确定翻译出版《普通百科全书》既顺应了社会发展的需求，也与自身经营教科书为主的方向相吻合。为达到这一目

① 鲁迅：《鲁迅全集》第九卷，人民文学出版社1981年版，第4页。

② 鲁迅：《鲁迅全集》第十三卷，人民文学出版社1981年版，第672页。

的，会文学社的主要创办人确定该书主编为范迪吉。范迪吉率领他的翻译生团队不负汤寿潜等人的期望，在译本选择和翻译上实现了会文学社创办人的初衷。

（1）会文学社创办人翻译出版《普通百科全书》初衷的由来

“中学为体，西学为用”，其实质是要在不触动封建制度的前提下，学习西方先进的科学技术。会文学社翻译出版的西书几乎皆为天算技艺，从西书中寻求“他种学问”成为康有为等人关注的目标。

康有为于1897年发表了《日本书目志》，列出日本文部省藏版的《百科全书》80多种单行本的篇目，开始学习日本人借助“百科全书”对日本民族进行系统西学启蒙活动的做法，提倡翻译日本书籍，借助“东洋”——日本，加速西学的进程。于是会文学社确定以日本《帝国百科全书》100种为译本主要选择对象，翻译出版《普通百科全书》。

会文学社成立于1903年，它以出版教科书为主营方向的做法和清朝近代学制的改革密切相关。狩野直喜曾说道：

> 甲午战争的爆发，以中华自居并引以为自豪的中国人战败，死守传统陋习势必将在列强竞争中无法生存。①

局势的发展使清政府不得不实施更大规模的改革。仅就教育而言，狩野直喜列举了清政府的一系列重大举措：“废除科举，兴办学堂，还向东西两洋选派留学生，举动堪称大矣。”②清政府“废除科举，兴办学堂”举措的明显标志是光绪二十九年（1903）5月，官学大臣张百熙、荣庆及湖广总督张之洞三人奉旨奏定大学堂以下各省学堂章程，11月得到裁可，之后各学堂皆以其为基础创立。这一变革是中国教育史上由传统教育向近代教育的飞跃，变革触及中小学直至高等教育各个层面。在文学方面，中国文学为中华文化之精华，应视为国粹保存的一大领域，无论怎样倡导新学，如果不能撰写文章、自由表达思想，于学问亦无益。面对如此大规模的变革，首

---

①［日］狩野直喜：『支那學文藪』，みすず書房1973年版，第180頁。

②［日］狩野直喜：『支那學文藪』，みすず書房1973年版，第180頁。

先直面的就是教材问题。会文学社正是在同一年确定以出版教科书为主营方向，并在当年启动翻译出版《普通百科全书》。由此可见，会文学社的创办绝非偶然，而是具有非常明确的目的性和经营手段。会文学社在选择译本的时候，也注重兼顾译本的教材性和百科性。日本博文馆的《帝国百科全书》“原本分别是日本富山房的初级读物、中学教科书和大专程度的教学参考书”①，它满足了《普通百科全书》的基本要求。

（2）范迪吉等人的译本选择和翻译

“晚清上海会文学社最有影响的读物是为振兴新学而推出的《普通百科全书》。”②主持这套百科全书翻译工作的是留日学生范迪吉，他在日本成立了东华译社，编辑有黄朝鉴、李思慎、张振声、顾福嘉，校阅有顾厚瑰、郑绍谦等。

遵循“以开通民智、养成世界人民的新知识为公责”的宗旨，范迪吉将译本选定为日本帝国百科全书。它是日本帝国教育学会编纂，1898—1909年博文馆推出的《帝国百科全书》一百种。该书发兑广告中称赞该书如同《大英百科全书》一般，将世界“万种事物”网罗殆尽，不仅内容上涉猎各个领域，而且译本选择的质量上也有很高的标准，所选译本均为“日本最有力学者之名著，且系最新最近出之书”。《普通百科全书》所译近百种日本书籍，“原书每册有十余万言，皆为研究专门学之资料，分级以进，有完全无缺之科目，得渐次养成专门学者之资格”。该书共分为三大系列，前两个系列以教科书为主。③

除了对译本内容、学术水平的选择体现了范迪吉等人的睿智和慧眼之外，在翻译时间和速度上也是“以一人一手，更数寒暑，废寝忘食之劳，译录百科之巨册”④。

---

① 邹振环：《上海会文学社与〈普通百科全书〉中的史学译著》，见上海市档案馆编《上海档案史料研究》第一辑，上海三联书店2006年版，第142页。

② 邹振环：《上海会文学社与〈普通百科全书〉中的史学译著》，见上海市档案馆编《上海档案史料研究》第一辑，上海三联书店2006年版，第141页。

③ 邹振环：《上海会文学社与〈普通百科全书〉中的史学译著》，见上海市档案馆编《上海档案史料研究》第一辑，上海三联书店2006年版，第141页。

④ 邹振环：《上海会文学社与〈普通百科全书〉中的史学译著》，见上海市档案馆编《上海档案史料研究》第一辑，上海三联书店2006年版，第141页。

邹振环认为该套译著：

> 对于理解和掌握近代史方法和近代史学的知识体系，为将来进入史学研究之专门阶段的“研精”和“互证”作了重要的知识准备。①

日本学者实藤惠秀在《中国人留学日本史》中写道：

> 1903年，范迪吉等译《普通百科全书》100册，由会文学社出版。这是当时日本中学教科书和一般大专程度参考书，由范氏等人选译，石印旧装出版，真是件大事业。②

实藤惠秀给该套书的评价是：“这套书可以作为本年度汉译日本书最高成绩的代表。”③

2.《普通百科全书》中的笹川种郎《中国文学史》译本

《中国文学史》是范迪吉编译的《普通百科全书》中的一本，又名《帝国文学史》《历朝文学史》。实藤惠秀在《中国人留学日本史》中列举的文学书目中采用的是笹川种郎《帝国文学史》之名。④该书属于这套百科第三系列“末编”专门学类62种之一，这一类属于有相当深度的大专教科书或参考书。

1898—1909年博文馆推出《帝国百科全书》一百种中，笹川种郎《中国文学史》能够编入，首先是因为笹川种郎于明治二十九年（1896）从帝

---

① 邹振环：《上海会文学社与〈普通百科全书〉中的史学译著》，见上海市档案馆编《上海档案史料研究》第一辑，上海三联书店2006年版，第149页。

②［日］实藤惠秀著，谭汝谦、林启彦译：《中国人留学日本史》，生活·读书·新知三联书店1983年版，第226页。

③［日］实藤惠秀著，谭汝谦、林启彦译：《中国人留学日本史》，生活·读书·新知三联书店1983年版，第229页。

④［日］实藤惠秀著，谭汝谦、林启彦译：《中国人留学日本史》，生活·读书·新知三联书店1983年版，第226页。

国大学毕业，仅27岁就曾有为文学社编纂《日本历史教科书》的经历，同时他还是日本近代中国文学史研究的重要人物。就中国文学史研究来说，他在1897年至1898年先后著有《中国文学大纲》（与藤田丰八等合著）、《中国小说戏曲小史》等。1898年8月，作为帝国百科全书第九编，他完成了《中国文学史》。[①]

《普通百科全书》原本分别是日本富山房的初级读物、中学教科书和大专程度的教学参考书，而古城贞吉的《中国文学史》恰恰是1897年5月初出自东京富山房。从时间上和情理上范迪吉都应首选古城贞吉的《中国文学史》，然而事实上选的是笹川种郎的《中国文学史》。从选择译本来看，范迪吉等人要将西学新知识传到国内，达到“在吾中国流通各书，可供参考者先”之目的。[②]笹川种郎的《中国文学史》堪当此任。事实上，它也实现了“志大而才富者”[③]的范迪吉等人的最初设想。

古城贞吉所著《中国文学史》，1913年被南社社友姚光之妻王灿（南社社员）译出出版，并由驻日公使汪大燮题写书名。现如今，我们单单从记载来看，似乎译者身份远比笹川种郎汉译本译者“翻译生”要显赫得多，但是前者的译出出版比后者晚了10年，距原著出版迟了18年，这是它对于中国学术发展特别是文学史撰写借鉴作用小的原因之一。而笹川种郎汉译本译者“翻译生”也并非无名之辈，而是名副其实的“志大而才富者”，因此，笹川译本产生了巨大的影响力也在情理之中。

三、笹川种郎《中国文学史》的“动态经典”作用

1. 笹川种郎《中国文学史》的翻译出版

笹川种郎《中国文学史》翻译出版的及时雨效应表现为两个方面：一

---

① ［日］竹村则行：「『支那文学大綱』と田岡嶺雲」，见［日］川合康三编「中国の文学史観」，创文社2002年版，第216页。

② 邹振环：《上海会文学社与〈普通百科全书〉中的史学译著》，见上海市档案馆编《上海档案史料研究》第一辑，上海三联书店2006年版，第141—149页。

③ 邹振环：《上海会文学社与〈普通百科全书〉中的史学译著》，见上海市档案馆编《上海档案史料研究》第一辑，上海三联书店2006年版，第141—149页。

方面，译著直接被清政府采用为课程改革教材样本；另一方面，译本对中国文学史撰写的影响非同小可。

清政府通过颁布《奏定大学堂章程》贯彻具有现代性改革的措施，译本成为传播新思想的重要来源。《奏定大学堂章程》在“文学科大学”里专设“中国文学门”，主要课程包括“文学研究法”“《说文》学”“音韵学”“历代文章流别”“古人论文要言”“周秦至今文章名家”“四库集部提要”“西国文学史”等16种。其中“历代文章流别”课程的讲授，应以日本的《中国文学史》为教材样本。该章程11月得到裁可，笹川种郎《中国文学史》译本的出版时间为1903年12月。中西书局的举措堪称及时雨，该译本自然而然成为新设课程授课的依据。姑且不论林传甲京师大学堂的国文讲义对笹川种郎《中国文学史》译本的借鉴，林本在出版和时间上都无法和笹川本相比，因为林本起编于光绪三十年（1904），作为京师大学堂国文讲义油印于同年，直到1910年6月才由武林谋新室正式出版，由日本宏文堂印刷，上海科学书局和广东科学分局发行，而笹川种郎《中国文学史》译本是正式出版物。笔者没能找到有多少学堂采用该译本作为课本，但是查到了译本的发行者，其中有启文社、通社、新民书局、国文书局、广智书局、科学仪器馆等数家，这就足以显示其销路状况。普通读者通过阅读该译本见到了具有现代意义的中国文学史著作。

从中国文学现代性进程的角度来说，周作人曾提出日本汉学家撰写的中国文学史“涉及小说戏曲，打破旧文学偏陋的界限”。周作人所说的日本汉学家也许依据他对日本学界的了解而没有具体所指，但是戴燕指出：“自从1903年笹川种郎的《中国文学史》出版，戏曲小说就同诗词文一样也成了中国文学的一部分。”[①]黄仕忠在《笹川临风与他的中国戏曲研究》中对笹川种郎的中国的戏曲小说研究也给予了充分的肯定。他说道：

> 他的《中国戏曲小说小史》（1897），是现代学术意义上第一部戏曲史、小说史著作；他的《中国文学史》（1898），更是首次把戏曲小说作为元明清文学的主体写入文学史。因而在中国戏曲研究史

① 戴燕：《怎样写中国文学史——本世纪初文学史学的一个回顾》，载《文学遗产》1997年第1期。

上，有其重要的地位。[①]

这些足以说明笹川种郎《中国文学史》的意义所在，从它开始戏曲小说成了中国文学的一部分。如上所述，其译本的出版以至于传播都决定了该书对中国的非凡意义，这也是译者选择该书且短时间内译成出版之独具慧眼的体现。

2.《中国文学史》的“动态经典”作用

如果用“经典”来评价中西书局翻译生译的《中国文学史》的话，肯定会遭到质疑；因为不仅原作的选择不具备高起点（在日本至少不及古城贞吉的《中国文学史》），更谈不上世界水平，且译者只用了“翻译生”署名。但是，在当时的语境下该译本无论对中国文学学术由传统转入现代——小说戏曲纳入其中，还是对《奏定大学堂章程》的实施——文学课程开设，以及对国人文学史著述的影响等,《中国文学史》的影响力还是很大的。特别是从影响中国文学的现代性进程来看，从《中国文学史》译本对中国人撰写文学史和中国文学史的发轫的影响上来看，该译本似乎应该被称为“动态经典”。佐哈尔将翻译的“经典性”解释为：

> 经典性并非文本活动任何层次上的内在特征，某些特征在某些时期享有某种地位，并不等于这些特征的“本质”决定了它们必然享有这种地位。……历史学家只能将之视为一个时期的规范的证据。[②]

《中国文学史》本身不能称为经典，只是由于国人撰写文学史的特殊发轫期对蓝本、样本的需求作用于该译本，从而使该译本“经典化”了。这一事实符合佐哈尔在《多元系统论》中对“经典化”的解释：

---

① 黄仕忠：《笹川临风与他的中国戏曲研究》，载《文化遗产》2011年第3期。

②［以色列］伊塔马·埃文-佐哈尔著，张南峰译：《多元系统论》，载《中国翻译》2002年第4期。

经典化（canonized）清楚地强调，经典地位是某种行动或者活动作用于某种材料的结果，而不是该种材料‘本身’与生俱来的性质。①

称译本《中国文学史》为“动态经典”，是因为它的作用是“经典库的真正制造者”②之一。中国文学史单方面的输入史实，是加速中国文学现代化步伐的个案，然而不能否认它是中外文学学术交流的一部分。百年中外文学学术交流就是在所谓“不平等”、以单方面输入为主的基础上逐步走向平衡的。

3. 传统与现代文学史意识的冲突

会文学社选择翻译《普通百科全书》，无论从促进社会进步还是自身经营发展来看，都表明了经营者的睿智，从而有了笹川种郎《中国文学史》译本的诞生。该译本的“动态经典”作用在于接受它的社会生态环境。

如前所述，作为日本的中国学著名学者，狩野直喜阐述了现代文学与传统矛盾之所在。正如戴燕所说，“中国文学史”的出现，从一开始就与近代学制有着密切的关联。③学制改革为中国文学史滋生准备了土壤，也为域外中国文学史译介出版敞开了大门。

笹川种郎《中国文学史》的译本被中国早期撰写文学史的学者借鉴，其中一个重要原因是其翻译出版速度很快，这也使我们联想到了翻译研究的重要话题——接受环境。

出自“翻译生”之手的《中国文学史》，恰逢中国文学史撰写开启期，这就使得这部既不是最早出版也并非最完善的翻译作品的作用发挥到了极致，它是“动态经典”。廖七一认为：

动态经典则指“一个文学模式得以进入系统的形式库，从而被确

① ［以色列］伊塔马·埃文-佐哈尔著，张南峰译：《多元系统论》，载《中国翻译》2002年第4期。
② ［以色列］伊塔马·埃文-佐哈尔著，张南峰译：《多元系统论》，载《中国翻译》2002年第4期。
③ 戴燕：《文科教学与“中国文学史”》，载《文学遗产》2000年第2期。

立为该系统的一个能产（productive）的原则”。就系统的演进而言，动态经典“才是最关键的”，是“经典库的真正制造者”。①

翻译“动态经典”具有创造力。《中国文学史》的翻译出版，接受方的需求是该译著的影响基础。

现代意义上的中国文学史肇始于20世纪初，现代文学意识在中国的出现是其肇始的原因，再进一步追溯下去，它源于中国现代性的起步。现代意识最初体现在近代学制上。近代学制的改革彰显了现代文学意识的存在，也直接表现了“中国文学史”课程的设置。不只是林传甲，即便是思想更加开放、激进的黄人也不能脱离这一历史大背景来撰写文学史。在此，笔者要说的是，笹川种郎《中国文学史》译本在中国文学史撰写的历史上占有重要地位。

第三节　新文化运动、翻译出版与译诗

域外小说翻译促使小说回归其应有的文学位置，现代意义文学史的译入改变了中国传统意义“艺文志”文学史的书写观念。这些改变毕竟只是局限于中国传统文学的某些领域，而接踵而至的新文化运动则不然——五四新文化运动原本目的在于文学的改良，而“后五四时代”则发展为中国的“文学革命”。

“文学革命”运动是新文化运动的重要内容。林庚认为：

在文学革命之前，我们所有的原是文化革命，文化革命亦即是思想上的革命。②

---

① 廖七一：《多元系统论》，载《外国文学》2004年第4期。

② 林庚著，潘建国整理：《新文学略说》，载《中国现代文学研究丛刊》2011年第1期。

全盘的文化亦都有需要改革的地方，于是就有了林琴南翻译西洋司各特诸人的小说，更有了于新文学运动影响最大的梁启超。[①]梁启超看到了小说有改良政治的功用，故创办了《新小说》，其目的在于感化社会。他以一个伟大的运动先声启示了后人，他的翻译小说使得白话有了尝试的机会。他说：

> 务为平易畅达，时杂以俚语，韵语，及外国语法；纵笔所至不检束。学者竟效之，号新文体。老辈则痛恨，诋为野狐。然其文条理明晰，笔锋常带情感，对于读者，别有一种魔力焉。[②]

文学革命的展开体现在两个方面：一是思想方面；另一个是文字方面。林庚对此有清楚的记载：

> 自孙中山先生开创民国，中国数千年的专制政体一扫而空。在清末的时候，学生阅读书报，均受官厅的干涉，至是人民始有言论著作刊行的自由。不到数年，遂发生新文化运动。就大体来说，新文化运动可分作两部：一为批评旧制，一为变更文体。批评旧制的主旨在打破一切因袭的传说，一切旧有的权威，一切腐败的组织，对于文物制度均一一重行估定其价值。变更文体的主旨在以口语代替文言。[③]

梁启超在倡导其“小说界革命”的同时，也带头采用白话文翻译域外小说。虽然“清末最后10年就出现了140多种白话报和刊物”[④]，但白话文在文学中的地位尚无变化。

中国的古体诗由来已久，随着新文化运动的兴起，传统诗歌的审美观念遭受了质疑，采用新文体译诗成为《新青年》标新立异的方式，由此带动了中国诗体由传统向现代的转变。廖七一在《胡适译诗与经典构建》一

---

① 林庚著，潘建国整理：《新文学略说》，载《中国现代文学研究丛刊》2011年第1期。
② 林庚著，潘建国整理：《新文学略说》，载《中国现代文学研究丛刊》2011年第1期。
③ 林庚著，潘建国整理：《新文学略说》，载《中国现代文学研究丛刊》2011年第1期。
④ 陈万雄：《五四新文化的源流》，生活·读书·新知三联书店1997年版，第12页。

文中认为：

> 与白话小说变革面临的困境相仿，白话新诗的草创不外乎也有两条道路可走，一是复古，二是外求。但是，白话新诗遭遇的抵抗远远大于白话小说。按照佐哈尔的观点，中国诗歌出现的“转折点、危机或文学真空”才使译诗从“文学多元系统的边缘移向中心”，诗歌翻译成为引进新的（诗歌）语言或写作规范和技巧的手段。①

于是乎，白话诗的推进任务又一次落到了借鉴域外诗歌的头上。

新文化运动加速了文学翻译出版的发展。早期参与五四新文化运动的建设者们大都有留学经历，他们起步于文学翻译，成为将世界文学大规模传入中国阶段中外文学学术交流的中坚力量，他们使世人看到了俄罗斯文学的全貌，知道了世界文坛，接触到了莎士比亚、泰戈尔、萧伯纳、易卜生等大文豪。之后他们又都以自己雄厚的文学功力开始文学创作，将中国文学展现在世界面前，成为中外文学学术交流的楷模。

一、商务印书馆领军下的民营出版业崛起

商务印书馆是“发行新文化的中心”，更是发行文学译作的中心，它领军下的中华书局、泰东图书局等新型民营出版业都在新文化运动中迅速崛起。

19世纪末，在官办和传教士为主体的出版业夹缝中起步的新型民营出版机构商务印书馆，从接受外国商人和传教组织的小额订单到为长老会教堂大批量印刷《圣经》，一步步发展起来。商务印书馆把握住了发展中至关重要的两大商机：一是1900年买下了一家日本工厂修文书馆，以低成本建立了技术和机械设备的基础；二是在1903年与金港堂的日本投资者建立了财务和技术上的合作关系，吸收日资10万元，一跃成为资本20万元的有限公司。这两次机会使商务印书馆在财政和技术方面都得到了扩充。至辛

① 廖七一：《胡适译诗与经典构建》，载《中国比较文学》2004年第2期。

亥革命时期，以商务印书馆为代表的新型民营现代出版业已经成为出版业主流，中华书局于1912年诞生。中华书局以“用教科书革命”和“完全华商自办”为口号，发展速度极快，到1916年已成为仅次于商务印书馆的华商大书局。陆费逵在谈到当时出版业营业额所占比例时说道：

> 民国初年约一千万元，商务印书馆占十分之三至四，中华书局占十分之一至二。[①]

可见，它们两家就占据了出版业的半壁江山。印刷技术随之突飞猛进，正如陆费逵所说：

> 商务、中华两家印刷较前大为进步。雕刻、凹版、凸版、橡皮版、影写版……以及种种印法，或为从前所未有，或为从前所未精，现在颇有观止之叹。[②]

蒲梢在《初期新文艺出版物编目》中说：

> 年来新文艺的出版物，好像雨后春笋，多得不得了；编者见闻有限，一定有许多很好的东西，给我遗落掉，那是要请著作者与阅者诸君的原谅了。[③]

他在该文中将出版物分为三类：一是创作；二是翻译；三是其他。其中所列举作品篇幅共14页，翻译竟然占到一半。为了分析方便，现将其第二部分列表如下：

---

① 陆费逵：《六十年来中国之出版业与印刷业》，见张静庐辑注《中国出版史料补编》，中华书局1957年版，第279页。

② 陆费逵：《六十年来中国之出版业与印刷业》，见张静庐辑注《中国出版史料补编》，中华书局1957年版，第278页。

③ 蒲梢：《初期新文艺出版物编目》，见张静庐辑注《中国现代出版史料　甲编》，中华书局1954年版，第107页。

表4-1-3　《初期新文艺出版物编目》翻译部分①

序号	作品名	国别	原作者	译者	出版机构
	小说类				
1	《阿丽思漫游奇境记》	英	加乐尔	赵元任	商务印书馆
2	《狱中记》	英	王尔德	汪馥泉	商务印书馆
3	《王尔德童话集》	英	王尔德	穆木天	泰东图书局
4	《甲必丹之女》	俄	普希金	安寿颐	（俄国文学丛书本）商务印书馆
5	《前夜》	俄	屠格涅夫	沈颖	（俄国文学丛书本）商务印书馆
6	《父与子》	俄	屠格涅夫	耿济之	（俄国文学丛书本）商务印书馆
7	《复活》	俄	托尔斯泰	耿济之	（俄国文学丛书本）商务印书馆
8	《假利券》	俄	托尔斯泰	杨明斋	商务印书馆
9	《托尔斯泰短篇小说集》	俄	托尔斯泰	瞿秋白、耿济之	（俄国文学丛书本）商务印书馆
10	《托尔斯泰小说集》	俄	托尔斯泰	邓演存等	（新人丛书集）泰东图书局
11	《托尔斯泰短篇》	俄	托尔斯泰	刘灵华	（文艺丛书本）公民书局
12	《托尔斯泰儿童文学类编》	俄	托尔斯泰	〔日〕升曙梦编，唐小圃重译	商务印书馆

① 蒲梢：《初期新文艺出版物编目》，见张静庐辑注《中国现代出版史料　甲编》，中华书局1954年版，第111—118页。

续表

序号	作品名	国别	原作者	译者	出版机构
13	《柴霍夫短篇小说集》	俄	柴霍夫	耿济之、耿勉之	（俄国文学丛书本）商务印书馆
14	《柴霍夫小说》	俄	柴霍夫	王靖（编译）	泰东图书局
15	《小人物的忏悔》	俄	安特立夫	耿式之	（文学研究会丛书本）商务印书馆
16	《工人绥惠略夫》	俄	阿志巴绥夫	鲁迅	（文学研究会丛书本）商务印书馆
17	《爱罗先珂童话集》	俄	爱罗先珂	鲁迅	（未标明）
18	《近代俄国小说集》	俄	（略）	仲持、愈之、济之、韫玉、宋春舫、范屯、配岳、郑振铎、周建人、松山、秋心、明心等	（东方文库本）商务印书馆
19	《爱弥儿》	法	卢梭	魏肇基	商务印书馆
20	《活冤孽》	法	嚣俄	俞忽	（共学社文学丛书本）商务印书馆
21	《小物件》	法	都德	李劼人	（少年中国学会丛书本）中华书局
22	《遗产》	法	莫泊桑	耿济之	（文学研究会丛书本）商务印书馆
23	《人心》	法	莫泊桑	李劼人	（少年中国学会丛书本）中华书局
24	《莫泊桑小说集》	法	莫泊桑	袁弼（选译）	中华书局
25	《鲁森堡之一夜》	法	古尔梦	郑伯奇	（创造社世界各家小说本）泰东图书局

续表

序号	作品名	国别	原作者	译者	出版机构
26	《近代法国小说集》	法	（略）	谢冠生、高真常、翟毅夫、妃白、李玄伯、仲持、邓演存、韩奎章、傅浚、沈雁冰等	（东方文库本）商务印书馆
27	《少年维特之烦恼》	德	歌德	郭沫若	（创造社世界名家小说本）泰东图书局
28	《涡堤孩》	德	戈塞	徐志摩	（共学社文学丛书本）商务印书馆
29	《意门湖》	德	史笃姆	唐性天	（文学研究会丛书本）商务印书馆
30	《茵梦湖》	德	史笃姆	郭沫若、钱君胥	（创造社世界名家小说本）泰东图书局
31	《你往何处去》	波兰	显克微支	徐炳昶、乔曾劬	（世界丛书本）商务印书馆
32	《无画的画帖》	丹麦	安徒生	赵景深	新文化书社
33	《梦》	南非	须林娜	CF女士	（阳光小丛书本）（未标明）
34	《现代日本小说集》	日	（略）	周作人	（世界丛书本）商务印书馆
35	《家庭与世界》	印度	泰谷儿	景梅九、张墨池	泰东图书局
36	《太戈尔短篇小说集》	印度	太戈尔	雁冰、仲持、邓演存等	（东方文库本）商务印书馆
37	《太戈尔短篇小说集》	印度	太戈尔	如音	民智书局
38	《泰谷儿小说》	印度	泰谷儿	王靖	泰东图书局

续表

序号	作品名	国别	原作者	译者	出版机构
39	《短篇小说》	（五国）	（八个作家）	胡适	亚东图书馆
40	《域外小说集》	（九国）	（十四个作家）	鲁迅、周作人	群益书社
41	《点滴》	（八国）	（十四个作家）	周作人	（世界丛书本） 商务印书馆
	戏剧类				
42	《哈姆雷特》	英	莎士比亚	田汉	（少年中国学会丛书本） 中华书局
43	《陶冶奇方》	英	莎士比亚	诚冠怡	燕京大学
44	《莎乐美》	英	王尔德	田汉	（少年中国学会丛书本） 中华书局
45	《谭格瑞的续弦夫人》	英	平内罗	程希孟	（共学社文学丛书本） 商务印书馆
46	《华伦夫人之职业》	英	萧伯纳	潘家洵	（文学研究会丛书本） 商务印书馆
47	《不快意的戏剧》	英	萧伯纳	金本基、袁弼	（共学社文学丛书本） 商务印书馆
48	《长子》	英	高斯倭绥	邓演存	（文学研究会丛书本） 商务印书馆
49	《林肯》	英	德林瓦脱	沈性仁	（世界丛书本） 商务印书馆
50	《巡按》	俄	歌郭里	贺启明	（俄国戏曲集本） 商务印书馆
51	《村中之月》	俄	屠格涅夫	耿济之	（俄国戏曲集本） 商务印书馆
52	《雷雨》	俄	阿史特洛夫斯基	耿济之	（俄国戏曲集本） 商务印书馆

续表

序号	作品名	国别	原作者	译者	出版机构
53	《贫非罪》	俄	阿史特洛夫斯基	郑振铎	（俄国文学丛书本）商务印书馆
54	《罪与愁》	俄	阿史特洛夫斯基	柯一岑	（俄国文学丛书本）商务印书馆
55	《黑暗之势力》	俄	托尔斯泰	耿济之	（俄国戏曲集本）商务印书馆
56	《教育之果》	俄	托尔斯泰	沈颖	（俄国戏曲集本）商务印书馆
57	《黑暗之光》	俄	托尔斯泰	邓演存	（共学社文学丛书本）商务印书馆
58	《活屍》	俄	托尔斯泰	文范屯	（共学社文学丛书本）商务印书馆
59	《海鸥》	俄	柴霍甫	郑振铎	（俄国戏曲集本）商务印书馆
60	《伊凡诺夫》	俄	柴霍甫	耿式之	（俄国戏曲集本）商务印书馆
61	《万尼亚叔父》	俄	柴霍甫	耿式之	（俄国戏曲集本）商务印书馆
62	《樱桃园》	俄	柴霍甫	耿式之	（俄国戏曲集本）商务印书馆
63	《比利时的悲哀》	俄	安特列夫	沈琳	（共学社文学丛书本）商务印书馆
64	《人之一生》	俄	安特列夫	耿济之	（文学研究会丛书本）商务印书馆
65	《安那斯玛》	俄	安特列夫	郭协邦	新文化书社

续表

序号	作品名	国别	原作者	译者	出版机构
66	《六月》	俄	史拉美克	郑振铎	（俄国戏曲集本）商务印书馆
67	《桃色的云》	俄	爱罗先珂	鲁迅	（新潮文艺丛书本）北新书局
68	《悭吝人》	法	莫里哀	高真常	（文学研究会丛书本）商务印书馆
69	《时髦女子》	法	莫里哀	千里	燕京大学
70	《红衣记》	法	白利安	陈良善	新知丛书本
71	《费德利克小姐》	德	诧恩	杨丙辰	（世界丛书本）商务印书馆
72	《阿那托尔》	奥	显尼志劳	郭绍虞	（文学研究会丛书本）商务印书馆
73	《易卜生集》第一集	瑞典	易卜生	潘家洵	（世界丛书本）商务印书馆
74	《易卜生集》第二集	瑞典	易卜生	潘家洵	（世界丛书本）商务印书馆
75	《海上夫人》	瑞典	易卜生	杨熙初	（共学社文学丛书本）商务印书馆
76	《傀儡家庭》	瑞典	易卜生	陈嘏	（说部丛书本）商务印书馆
77	《史特林堡戏剧集》	瑞典	史特林堡	张毓桂	（文学研究会丛书本）商务印书馆
78	《青鸟》	比	梅德灵克	付东华	（文学研究会丛书本）商务印书馆
79	《青鸟》	比	梅德灵克	王维克	（青鸟丛书本）泰东图书局

续表

序号	作品名	国别	原作者	译者	出版机构
80	《梅脱灵戏曲集》	比	梅脱灵	汤澄波	（文学研究会丛书本）商务印书馆
81	《一个青年的梦》	日	武者小路实笃	鲁迅	（文学研究会丛书本）商务印书馆
82	《人的生活》	日	武者小路实笃	毛咏棠、李宗武	（新文化丛书本）中华书局
83	《春之循环》	印度	太戈尔	瞿世英	商务印书馆
84	《谦屈拉》	印度	太戈尔	吴康	商务印书馆
85	《散雅士》	印度	太戈尔	景梅九	（未标明）
86	《太戈尔戏曲集》第一集	印度	太戈尔	瞿世英、邓演存	（文学研究会丛书本）商务印书馆
87	《泰谷儿戏曲集》	印度	泰谷儿	（未标明）	（上海新中国丛书本）泰东图书局
	诗歌				
88	《屠格涅夫散文诗集》	俄	屠格涅夫	徐蔚南、王维克	新文化书社
89	《飞鸟集》	印度	太戈尔	郑振铎	（文学研究会丛书本）商务印书馆
90	《新月集》	印度	太戈尔	郑振铎	（文学研究会丛书本）商务印书馆
91	《新月集》	印度	太戈尔	王独清	（创造社丛书本）泰东图书局
	其他				
92	《忏悔》	俄	托尔斯泰	张墨池	大同书局

表4-1-3显示，92种翻译类文艺出版物中，商务印书馆出版的有60种，泰东图书局有11种，中华书局有6种。商务印书馆和中华书局分别出版了“共学社丛书”和“新文化丛书”，这两套丛书是出版家加入新文化运动的明证。

二、新文化运动的诸多推动力与文学翻译出版

新文化运动期间除了以商务印书馆为代表的新型出版业对文学翻译出版的巨大推动作用之外，推动文学革命运动的诸多积极因素也都以文学翻译出版为主要媒介，并与“莫不以发行新文化书籍为急务”的新型民营出版业一道构筑了社会“风气一变”的局面。世界文学传入中国呈现规模，莎士比亚、泰戈尔、萧伯纳、易卜生等大家的作品相继展现在世人面前。

1. 民国政府对新文化运动的作用

民国政府对新文化运动的推动作用具体到翻译出版领域体现在两个方面：一是变更文体，以口语代替文言。在民国成立后的最初几年里，教育部先后颁布了与注音字母相关的规定，使白话文由粗俗的俚语变成了堂堂皇皇的国语，为白话文学运动打下了良好的基础。二是推进对小说、戏曲的规范和研究。郑鹤声在《清末民初对于民众读物编审之经过（1906—1923）》一文中说道：

> 民国元年，教育部成立。虽有社会教育司之设，然事草创，无甚表现。四年，教育部呈准于部，内设立通俗教育研究会，以研究通俗教育事项，改良社会、普及教育为宗旨。研究事项分小说、戏曲、演讲三股。其小说股所掌为关于新旧小说的调查、编辑、改良、审核及关于研究小说书籍之撰译等项；戏曲股所掌为关于新旧戏曲之调查、蒐集、审核及关于研究戏曲书籍之撰译等项；演讲股所掌为关于演讲材料之蒐集、审核及画报、白话报、俚俗图书等之

调查及改良等项。[①]

教育部通俗教育研究会于1915年9月6日正式成立，小说股首先颁布了《建议劝导改良及查禁小说办法四条》[②]，又于1917年审核小说标准，分小说为教育、政事、哲学及宗教、史地、实质科学、社会情况、寓言及谐语、杂记八类。“每类分上中下三等，上等者设法提倡，中等者听任，下等者限制或禁止。大要均以适合国情，有益学识，辅助道德为归。又议决良好小说目录议案，同时颁布奖励小说章程六条，发给褒状条例三条，审核小说杂志条例七条。”[③]

民国政府在最初的几年里由教育部先后颁布了与注音字母相关的规定，推进了对小说、戏曲的规范和研究，对后来的新文化运动有积极意义。

2. 五四运动对文学的巨大推动力

中国的近代文学研究常常把五四运动作为文学研究的分水岭之一，之前的启蒙运动涉及“新文字与新文化”，到五四运动时“终于影响到了新文学”[④]。鸦片战争之后，朝野人士认识到“全盘的文化亦都有需要改革的地方”[⑤]。从严复翻译西洋科学与哲学到林琴南翻译西洋司各特诸人的小说再到对新文学影响最大的梁启超，“均以感化社会为目的”[⑥]。五四运动结束了少数人的启蒙运动，带来的是新文学的普及，是对文学革命运动的巨大推动，而首先迎来的是俄苏文学的译介。

五四以前中国对俄国的文学作品已呈热译之势：

---

① 郑鹤声：《清末民初对于民众读物编审之经过（1906—1923）》，见张静庐辑注《中国出版史料补编》，中华书局1957年版，第146—147页。

② 郑鹤声：《清末民初对于民众读物编审之经过（1906—1923）》，见张静庐辑注《中国出版史料补编》，中华书局1957年版，第147页。

③ 郑鹤声：《清末民初对于民众读物编审之经过（1906—1923）》，见张静庐辑注《中国出版史料补编》，中华书局1957年版，第147页。

④ 林庚著，潘建国整理：《新文学略说》，载《中国现代文学研究丛刊》2011年第1期。

⑤ 林庚著，潘建国整理：《新文学略说》，载《中国现代文学研究丛刊》2011年第1期。

⑥ 林庚著，潘建国整理：《新文学略说》，载《中国现代文学研究丛刊》2011年第1期。

> 普希金、莱蒙托夫、屠格涅夫、A. K. 托尔斯泰、列夫·托尔斯泰、契诃夫、高尔基、迦尔洵、安特列夫等十几位俄国名作家的作品约在80种以上，其中托尔斯泰的作品即将近30种。[①]

尽管这些作品“多半是根据日文和英文重译的，而且又是用文言文译述的”[②]，但是它们依旧是人们所渴望读到的。五四运动后，俄苏文学被系统地译介，给中国送来了马克思列宁主义，也帮助中国的先进分子重新考虑自己的问题并得出了走俄国人之路的结论。

如表4-1-3所示，在1919—1923年的92种翻译类文艺出版物中，俄苏文学译介多达35种，占到三分之一强。此外，杂志社也有很多文学专号，如1920年7月北京新中国杂志社出版的《俄罗斯名家短篇小说集》、1921年《小说月报》出版的《俄罗斯文学研究》等,《小说月报丛刊》也有译作刊出。俄苏文学热译虽源于政治需要，但也让世人对文学有了新的认识。

3. 新文化运动兴起结社办刊，放眼世界文学

> 我国近现代的社会变革，经济发展，文化活跃，无一不是由广泛流传的出版物所引起与促成。[③]

新文化运动是五四运动前后由胡适、陈独秀、鲁迅、钱玄同等一些受过西方教育的人发起的一次“反传统、反儒教、反文言”的思想文化革新运动，是一场文学革命运动。这次变革由“出版物所引起与促成”的特征尤为明显，而且形成 “同人刊物”的局面。施蛰存曾对新文化运动所形成的政治性结社办刊情形有清晰记述：

> 五四运动以后，新文化阵营中的文艺刊物，几乎都是同人刊物。

---

① 戈宝权:《五四运动前后俄国文学在中国》，载《世界文学》1959年第6期。

② 戈宝权:《五四运动前后俄国文学在中国》，载《世界文学》1959年第6期。

③ 胡道静:《中国出版史料·序》，见宋原放主编《中国出版史料·现代部分》第一卷下册，山东教育出版社2001年版，第1页。

> 以几个人为中心，号召一些志同道合的朋友，组织一个学会或一个社，办一个刊物，为发表文章的共同园地。每一个刊物所表现的政治倾向、文艺观点，都是一致的。当这一群人的思想观点、政治立场发生分歧的时候，这个刊物就办不下去了。[①]

文学研究会和创造社是“民十以来文坛上最大的两个盟主”[②]，是在五四新文学运动中成立的两个主要文学团体。《文学研究会简章》第二条中明确指出：“本会以研究介绍世界文学、整理中国旧文学、创造新文学为宗旨。”[③]具有代表意义的文学研究会和创造社皆以译介外国文学、放眼世界文学、创建中国新文学为己任。尽管二者都将译介外国文学作为第一要务，但还是各有偏重。林庚曾说道：

> 创造社受的多是德国的影响，文学研究会受的多是俄国文学的影响；所谓影响也即是从他们的理论与翻译的对象上看来，因为翻译至少表明译者对于作者的爱好，而经过一番翻译的劳苦，自然更能多了解一些作品的精神，多做一些与作者的接近，其受影响自较容易了。至于一般人的爱好吸收也莫不即以当时最多的读物为对象，故翻译的工作很可以看出一时文坛的要求与大势来。[④]

赵景深称文学研究会是“中国文学运动史上最早亦最大最光荣的文学团体”[⑤]。文学研究会成立于1921年1月，发起人是周作人、朱希祖、耿济之、郑振铎、沈雁冰、瞿世英、王统照、蒋百里、叶绍钧、郭绍虞、孙伏园、许地山等12人，机关刊物是改版后的《小说月报》。沈雁冰发表在

---

① 施蛰存：《〈现代〉的始末》，见宋原放主编《中国出版史料·现代部分》第一卷下册，山东教育出版社2001年版，第15页。

② 林庚著，潘建国整理：《新文学略说》，载《中国现代文学研究丛刊》2011年第1期。

③《文学研究会简章》，见宋原放主编《中国出版史料·现代部分》第一卷上册，山东教育出版社2001年版，第49页。

④ 林庚著，潘建国整理：《新文学略说》，载《中国现代文学研究丛刊》2011年第1期。

⑤ 赵景深：《文坛忆旧·文学研究会会员录》，见宋原放主编《中国出版史料·现代部分》第一卷上册，山东教育出版社2001年版，第51页。

《现代》上的一篇文章阐述了文学研究会成立的三个初衷：联络盛情，增进知识，建立著作工会的基础。文学研究会的宗旨之一是“研究介绍世界文学”，目的之一是介绍外国的文艺以促进中国新文学的发展。所译作家以俄国为最多，如安特列夫、杜益托益夫斯基、托尔斯泰、阿史特洛夫斯基、柴霍甫、路卜间等，这说明当时英美文学的影响还不甚显著。文学研究会在会刊《小说月报》上出过“俄国文学研究”“法国文学研究”等特号和“被损害民族的文学”专号，还出过“泰戈尔号”“拜伦号”等专辑，在介绍外国现实主义文学方面做出了很大努力。

创造社1921年7月成立于日本，1929年2月被国民党查封，它以极具浪漫主义的翻译风格在20世纪翻译史上留下了浓重的一笔。创造社刊物是现代文学期刊，包括《创造》（季刊）、《创造周报》、《创造日》、《创造月刊》等多种刊物。创造社主张“艺术至上主义”。林庚记载道：

> 创造社人受德国影响最深，最早创造社丛书里便有郭沫若的《少年维特之烦恼》及《茵梦湖》，而超人的思想，浪漫的精神亦莫非来自德国。①

创造社除代表人物郭沫若、郁达夫、成仿吾之外，还有张资平、郑伯奇、田汉、穆木天等，他们早年大多有留学的经历。他们注重西方浪漫主义文学的译介，创办了“雪莱纪念号”专刊，还特别注重德国文学的译介，如尼采、歌德、席勒、海涅、霍夫曼、施托姆等都在其中。创造社最具影响的译者当属郭沫若，他译有《少年维特之烦恼》《血路》《茵梦湖》《浮士德》等。创造社还重视戏剧和诗歌的译介，仅郭沫若就译有《浮士德》《约翰·沁孤戏剧集》《华伦斯坦》《雪莱诗选》《西风颂》等。

三、《新青年》白话译诗

如果说清末的翻译文学以翻译小说为其最高成就的标志，那么五四的

---

① 林庚著，潘建国整理：《新文学略说》，载《中国现代文学研究丛刊》2011年第1期。

翻译文学就应以白话译诗为其最高成就的标志。晚清翻译小说的出版，撼动了中国传统文学观念，开启了现代文学启蒙；五四的白话译诗带动了中国诗体由传统向现代的转变，从而使文坛正式进入言文一致的时代。正如胡适所说：

> 白话文学的作战，十仗之中，已胜了七八仗。现在只剩下一座诗的堡垒，还须用全力去抢夺。①

在“打倒孔家店”“别求新声于异邦”的进步思潮推动下，进步人士开始了新诗探索。许多诗人和文学革命者为了推倒“雕琢”“陈腐”“艰涩”的古典诗歌，纷纷将眼光投向异域，并以译诗活动作为新诗探索的重要媒介，通过译诗领会外国诗歌的形式特征和精神特质，探寻新诗创作的方向，拓宽中国诗歌发展的新路径。文学革命在使中国诗歌背离传统的同时亲近了西方，译诗成为这一时期中国诗歌革命和新诗发展的内在需求。白话译诗的起始阵地就是《新青年》。

新文化运动之前译诗在形式上还散发着浓郁的古体诗味，没有脱离传统诗歌的窠臼，《新青年》本身也经历了文言译诗的过程。方长安等在《〈新青年〉译诗与早期新诗的生成》一文中写道：

> 1918年《新青年》尚未改为白话出版之前，其译诗均为文言，对原诗的改动特别明显。……《新青年》初期的译诗均为文言作品，文言词汇、格律不仅改变了外国诗歌的结构形式，也歪曲了其精神，原语诗歌中的对话意识被弱化甚至被根除，对话体作品十分罕见，只有美国国歌和英国诗人Edmud Waller的*Go*，*Iovely Rose*具有某种潜在对话的特点。②

---

① 胡适：《逼上梁山》，见姜义华主编《胡适学术文集·新文学运动》，中华书局1993年版，第209页。

② 方长安、纪海龙：《〈新青年〉译诗与早期新诗的生成》，载《江汉论坛》2010年第3期。

1918年《新青年》第4卷第1号改为白话文出版后，译者们突破文言藩篱，白话译诗正式开启。他们采取的翻译策略是保留原语诗歌中的对话形式和对话意识，即对话体成为此后译诗的重要形式。

《新青年》作为新文体译诗的舞台，陈独秀、胡适、周作人等充当了不同角色。陈独秀在1917年2月的《新青年》第2卷第6号上发表《文学革命论》一文，为中国文学革命指明了方向。胡适的白话文学思想契合了陈独秀文学革命的三大主义，他提出“白话的诗词”“白话的语录”“白话的小说”“白话的戏剧”[①]并首推“白话的诗词”。

胡适不仅倡导白话译诗，更充当了先行者。1919年3月15日，他译自美国女诗人萨拉·蒂斯代尔的新诗《关不住了》发表在《新青年》第6卷第3号上，开创了中国新诗的新纪元，打开了诗体解放之门。《新青年》一刊一校的倡导，对“白话译诗”活动的传播和影响迅速显现，起到了“赞助人”的推进作用。廖七一在《胡适译诗与经典构建》一文中说道：

> 从赞助人的理论来看，陈独秀主编的《新青年》和中国的最高学府北京大学，正是营造主导意识形态、推进新文化运动和白话新诗（包括白话译诗）的重要力量。[②]

周作人翻译的《希腊牧歌》第十章是甲乙两人一唱一和的对话，1920年11月1日《新青年》第8卷第3号上刊发的译自世界语的波兰民歌《赤杨树》和英国民歌《不安的坟墓》中也有对话出现。此外，刘半农翻译的《访员》《夏天的黎明》和任鸿隽翻译的《路旁》等也都采用了对话体。

由文言译诗转为白话译诗绝非易事，周作人的第一篇白话文《古诗今译》与“题记”，“都经过鲁迅的修改”[③]。修改的地方如周作人所说：

---

① 胡适：《白话文言之优劣比较》，见姜义华主编《胡适学术文集·新文化运动》，中华书局1993年版，第6—8页。

② 廖七一：《胡适译诗与经典构建》，载《中国比较文学》2004年第2期。

③ 周作人：《蔡孑民》（二），见《周作人文选·自传·知堂回想录》，群众出版社1999年版，第300页。

> 题记中第二节的第二段由他添改了两句，即是“如果”云云，口气非常的强有力——这样一改便显得更是突出了。[①]

鲁迅的这一修改体现了白话译诗的一个特点，即表示逻辑推理关系的连接词增加，正如朱自清对鲁迅兄弟译诗的评价——“全然摆脱了旧镣铐”[②]。

《新青年》不仅刊登了大量的译诗，而且其译诗在数量、国别、形式以及译者等方面显示出独特的审美品格。《新青年》第一卷就登载了陈独秀翻译的外国诗歌，这就使它成为现代文学史上最早译介外国诗歌的核心杂志之一。

正当中国诗歌出现“转折点、危机或文化真空”之时，译诗从文学边缘走向了中心。廖七一认为：

> 诗歌翻译成为引进新的（诗歌）语言或写作规范和技巧的手段。在这样的转折时期，主要的作家常常翻译了最令人注目和最受人欣赏的作品。[③]

陈独秀、胡适的译诗地位如前所述。周作人在《新青年》这个舞台上唱了真正的主角，出场次数居首，译诗数量最多。

---

① 周作人：《蔡孑民》（二），见《周作人文选·自传·知堂回想录》，群众出版社1999年版，第300页。

② 朱自清：《〈中国新文学大系·诗集〉导言》，见赵家璧主编《中国新文学大系·诗集》，良友图书印刷公司1935年版，第3页。

③ 廖七一：《胡适译诗与经典构建》，载《中国比较文学》2004年第2期。

第　二　章

翻译与中国文学现代性

文学翻译出版经历了20世纪前30年的艰辛历程，尤其是经过了中国翻译史上的第三次翻译高潮，催化了中国新文学的启蒙和构建。随着新文化运动的结束，中国文学学术现代性构建趋于稳定发展。张志忠认为，20世纪30年代的左翼文学和“前十七年”的红色经典文学也应纳入具有现代性品格的作品之列。

> 所谓“启蒙现代性”等等，并不就是现代性意义的全部。现代民族国家的建立，和文学所担当的对现代民族共同体的想象和认同，其意义不容低估。或者可以说，这是种种现代性之所以能够展开的必要前提，也就是从左翼文学到“十七年文学”的现代性价值之所在。①

在中国文学现代性进程中，文学翻译出版仍旧起着引领和铺路石的作用。20世纪30年代的左翼文学和“十七年”的红色经典文学自不必赘言，即便是在战火硝烟、国难当头的极端环境下以及“文革”的蹉跎岁月里，它始终都在默默地加速中国文学现代性的发展进程。

左联的革命文学译介出版是中国翻译史上第三次翻译高潮后的首次

① 张志忠：《现代民族共同体的想象与认同——论“十七年文学”的现代性品格》，载《文史哲》2006年第1期。

潮起，重点译介无产阶级革命文学和反法西斯文学，倡导和实施了“普洛大众文学建设”，规范了革命文学，呈现出革命现代性。接下来战争的爆发虽然拦腰截断了文学翻译出版整体的高速发展进程，但革命文学、反法西斯文学译介出现了新局面，为文学大众化积累了经验。新中国建立后，随着国营出版体制的形成，我们迎来了“十七年”文学翻译出版的黄金时代，此次潮起，无论是数量还是质量皆史无前例。“文革”十年，文学翻译出版再次降到了最低潮，但平静的水面下也孕育了极大的能量。

身为重要“赞助人”之一的中国出版业，同样历经了白色恐怖的威胁、多年战争的洗礼、“文革”的冲击，但是域外文学翻译出版的步伐没有停止。外国文学译介从转译到由原语直接译入、从节译到全译、从大国到小国……中国文学现代性步伐始终在加速。

五四倡导“文学革命”。在文学革命的实践过程中，以鲁迅为首的进步作家将文学作为参与现实斗争的形式媒介，并在中国共产党的领导下于1930年成立了中国左翼作家联盟，提出了“革命文学”的口号，从此中国新文学由“文学革命”转向“革命文学”。文学翻译出版也是左联国际交流主旋律，革命文学译介是重中之重。左联译入世界革命文学经历了中国革命语境下的解读、创造性地接受和转化过程，催化了中国革命文学的构建，进而服务于中国的革命事业，推动了中国文学现代性进程。日本学者铃木将久曾说道：

> 我把中国左翼文学的发展理解为中国现代主义发展的一个非常重要的维度。①

第一节　三四十年代的文学翻译出版业

1937年日本全面侵华，中国出版业同样未能幸免，本应该持续发展的

① 刘成才、[日]铃木将久：《左翼文学的现代性与中国现代的经验——东京大学铃木将久教授访谈》，载《武陵学刊》2019年第7期。

态势被拦腰斩断，快速跌入低谷。继东北沦陷，以天津、北京为中心的华北沦陷之后，具有全国出版中心之称的上海也陷入日军的铁蹄之下，商务印书馆、中华书局、世界书局等三大书局损失惨重，世界书局总厂沦为日军军营。

上海出版业堪称中国近现代出版业的摇篮和大本营。杨寿清在《上海沦陷后两年来的出版界》一文中记录下了1937年“八一三”事变后上海出版界的惨状：

> 至于图书方面，自1937年“八一三”战事发生后，因各大书局大多把出版中心迁离上海，而留着的书铺则以旧日的存书应着门面，新出的单行本简直寥若星辰。①

随着战事的发展，到了1941年12月8日后，上海这一全国出版界中心正如杨寿清所说：

> 就只有几家新设的报社和杂志社零碎地出版了几种，其中大半是些适应新环境的著译，而尤以关于国际形势者占多数，否则便是些迎合低级趣味专供消遣的东西。②

杨寿清称1942—1944年为上海出版业衰落期中的“回光返照”。他说道：

> 最近两年来的上海出版界，可说是在挣扎的状态中。无论是报纸或杂志，种类果已减少，篇幅更已缩小，长此以往，大概停刊或合并之举，将为势所难免。……自去年以来，虽有中国联合出版公司的成立和太平书局的开张，而且如世界书局等老书店也在出版新书；但全

---

① 杨寿清：《上海沦陷后两年来的出版界》，见张静庐辑注《中国出版史料补编》，中华书局1957年版，第376页。

② 杨寿清：《上海沦陷后两年来的出版界》，见张静庐辑注《中国出版史料补编》，中华书局1957年版，第376页。

上海每月平均出不到四五种，反观“八一三”前商务印书馆日出一新书，和各出版社竞出新书的盛况，那真是有天壤之别。①

中国最大的出版基地上海的出版业已完全瘫痪，失去了引领全国的地位，各地的出版业也不能幸免，中国出版业整体陷入发展停滞的状态。极端的出版条件却激发了抗战所需的苏俄文学、反法西斯文学的译介热情，也推进了世界古典名著的译介，谱写了文学翻译出版富有色彩的篇章。

一、俄苏文学的翻译出版

茅盾在《近年来介绍的外国文学》一文中说道：

中国新文学遇到这样伟大而艰苦，活跃而又矛盾的时代，这考验是实在严重……这几年来，在介绍外国文学这方面，我们也保持着五四以来光辉的传统。或者竟可以说，综观这几年来翻译工作的成绩，我们有理由觉得颇足自傲。②

极端条件激发了人们对苏俄文学、世界反法西斯文学的译介热情。据统计，中国在抗战14年里译介出版的外国文学作品计700多种，其中俄苏作品最多，形成了俄苏文学、反法西斯文学的译介高潮。

1. 苏联享有国际令誉的杰作几乎都被翻译出版

茅盾曾对这一时期苏联文学的整体中译状况做过如下评价：

依据这样的观点来看近几年中翻译的苏联文学，不能不说这一工

① 杨寿清：《上海沦陷后两年来的出版界》，见张静庐辑注《中国出版史料补编》，中华书局1957年版，第376—377页。

② 茅盾：《近年来介绍的外国文学》，见张静庐辑注《中国现代出版史料　丁编》下卷，中华书局1959年版，第451页。

> 作是值得称赞的。大略的算一算，近年来翻译的苏联作品约在三十种左右（短篇小说的合集每部作为一种），总字数六百万上下。在战时的出版条件下，这种数目实不算小；然而我们还不能说我们已经将苏联文学中优秀的作品介绍了一小半，我们只可说已将苏联的卓越的文学作品翻译过来小小一部分罢了，而在这小小一部分中，我们的翻译工作者值得引以自慰的，就是凡属享有国际令誉的杰作，差不多我们都有了译本了。[①]

茅盾首先列举的苏联优秀文学作品是荣膺1941年斯大林文艺奖金一等奖的A. 托尔斯泰的伟大著作《彼得大帝》，由楼适夷1940年由日译本转译，远方书店出版。仅1937年至1949年楼适夷译入的俄苏文学作品就达20种，且涉及小说、剧本、儿童文学，甚至文艺理论和研究也译有多种。现列表如下：

表4-2-1　楼适夷1937年至1949年译入的俄苏文学作品[②]

序号	作品类型及作品名	原作者	翻译出版时间	出版机构
1	论文《文学的修养》	高尔基	1937年	天马书店
2	论文《文学的新的道路》	莱奥诺夫等	1940年	光明书局
3	论文《科学的艺术论》	苏联康敏学院文艺研究所	1940年	读书生活
4	长篇小说《彼得大帝》	A. 托尔斯泰	1940年	新中国（远方书店）
5	中篇小说《老板》	高尔基	1940年	上海文艺新潮社
6	长篇小说《奥古洛夫镇》	高尔基	1941年	重庆大时代书局
7	长篇小说《在人间》	高尔基	1941年	开明书店

① 茅盾：《近年来介绍的外国文学》，张静庐辑注《中国现代出版史料　丁编》下卷，中华书局1959年版，第456页。

② 参见孔夫子旧书网（http://www.kongfz.com/）。

续表

序号	作品类型及作品名	原作者	翻译出版时间	出版机构
8	剧本《仇敌》	高尔基	1941年	国民书店
9	论文《苏联文学与戏剧》	莱奥诺夫等	1946年	光明书局
10	故事集《意大利故事》	高尔基	1946年	开明书店
11	儿童故事《狼》	列夫·托尔斯泰	1947年	万叶书店
12	儿童故事《恶魔的诱惑》	列夫·托尔斯泰	1947年	万叶书店
13	儿童故事《高加索的俘虏》	列夫·托尔斯泰	1947年	万叶书店
14	长篇小说《谁之罪》	赫尔岑	1947年	上海大用图书公司
15	书信《契诃夫高尔基通信集》	契诃夫、高尔基	1947年	珠林书店
16	小说《面包房里》	高尔基	1948年	上海杂志公司
17	中篇小说《奥莱叔华》	高尔基	1948年	生活书店
18	童话《阳光底下的房子》	区马兼坷	1949年	晨光出版公司
19	童话《苏联著名童话集》	邱孟先坷	1949年	惠民书店

楼适夷是抗战时期以文学翻译为武器坚持抗战的翻译家之一，他还译有法国艾克脱·马洛著《海上儿女：少年罗曼之奋斗》（新光书报社1946年5月出版）以及长篇小说《海国男儿》（上海建文书店1947年出版）等。他译介反法西斯文学的数量多且主要聚焦俄苏代表性作品，同时兼顾他国。楼适夷译作所依赖出版商家亦不再是商务印书馆为代表的大商户，而是较分散的中小商户。

左联的旗帜性人物鲁迅和瞿秋白都把译介俄苏文学当作庄严的革命任务。鲁迅将其比作“普罗米修斯取天火给人类”；瞿秋白则强调，把世界无产阶级革命文学介绍给中国读者是“中国普罗文学者的重要任务之一”。曹靖华作为他们的学生和挚友是忠实的追随者，在左联时期就是俄苏革命文学的重要译介者，具有“一声不响，不断的翻译”[①]的奋进精神。抗战爆发后曹靖华更是承担起了两位伟人“给起义的奴隶偷运军火”的重任，成为抗战期间直接由俄语译介俄苏文学的反法西斯战士。

表4-2-2　曹靖华1937年至1949年译入的俄苏文学作品[②]

序号	作品	原作者	翻译出版时间	出版机构
1	《给青年作家》	高尔基	1937年	生活书店
2	《第四十一》	拉甫列涅夫	1937年	上海良友图书公司
3	《铁流》	A. 绥拉菲摩维之	1938年	生活书店
4	《第四座避弹室》	盖达尔	1939年	文化生活出版社
5	《白茶》	班珂等	1940年	开明书店
6	《远方》	盖达尔	1940年	文化生活出版社
7	《恐惧》	亚菲诺甘诺夫	1940年	文化生活丛刊
8	《油船德宾特号》	克雷莫夫	1941年	读书出版社
9	《平常东西的故事》	拉甫烈涅夫	1942年	三户图书社
10	《梦》	卡达耶夫	1942年	文林出版社
11	《天方夜谭》	瓦希列夫斯卡娅等	1942年	文林出版社
12	《苏联抗战文艺选集》	瓦希列夫斯喀亚等	1943年	华北书店
13	《虹》	瓦希列夫斯卡	1943年	新知书店
14	《望穿秋水》	西蒙诺夫	1944年	新群出版社
15	《保卫察里津》	A. 托尔斯泰	1945年	北门出版社
16	《死敌》	苏·邵洛霍甫等	1945年	文光书店

① 鲁迅:《苏联作家七人集·序》，见曹靖华译《苏联作家七人集》，生活书店1947年版，第3页。
② 参见孔夫子旧书网（http://www.kongfz.com/）。

续表

序号	作品	原作者	翻译出版时间	出版机构
17	《魔戒指：鲜红的花》	（民间故事）	1946年	生活书店
18	《星花》	拉甫列涅夫	1946年	冀南书店
19	《列宁故事》	M. 左琴科	1946年	新华书店晋察冀分店
20	《蠢货》	契诃夫	1946年	开明书店
21	《孤村情劫》	卡达耶夫	1946年	辽宁中苏友协
22	《三姊妹》	契诃夫	1946年	文化生活出版社
23	《侵略》	李昂诺夫	1946年	上海生活书店
24	《我是劳动人民的儿子》	卡达耶夫	1946年	生活书店
25	《夏伯阳活着呢》①	（民间故事）	1946年	大众文艺出版社
26	《致青年作家及其他》	托尔斯泰等	1946年	上海杂志公司
27	《城与年》	K. 斐定	1947年	骆驼书店
28	《列宁的正义》	左琴科等	1947年	解放区出版
29	《苏联作家七人集》	拉甫列涅夫等	1947年	生活书店
30	《不走正路的安得伦》	捏维洛夫	1948年	华北新华书店

上述列表中有些译作属于再版印刷。在残酷的环境下，曹靖华的很多译作是通过各种渠道，以各种形式广泛流传的。《铁流》最为典型，它是1931年曹靖华翻译、瞿秋白代译序言、鲁迅编校并自费印刷，"在岩石似的重压下"初版印了1000册，但产生了难以估量的效应。1933年6月，上海光华书局出版何穀天根据曹靖华译本编的缩编大众普及本，将十几万字长诗似的《铁流》缩成三万字的通俗本，印了2000册，目的是"选择有力量的外国名著，把它的故事用最通俗的文字传达出来，使得一个识字的人都能

① 曹靖华译：《夏伯阳活着呢》，最早刊于《文艺杂志》1942年第1卷第2期，题为《苏联民间故事选》。

看……描写极力求简单化……书价也尽可能定得低廉，使得一切忙碌而贫苦的大众都能够买来读”[①]。《铁流》虽被“明令禁止”，但是在抗战的需求下，1938年7月生活书店初版并多次再版，延安的印刷厂不知印了多少版、多少份。《第四十一个》是1928年曹靖华在莫斯科期间译出的，1929年校抄于列宁格勒，1937年上海良友公司特印插图本出版。该译作激励着革命青年的抗战斗志，生死面前可以抛弃一切，唯独这本书和枪留在身边。该译作多次再版。

为了鼓舞革命斗志，曹靖华的译作以多种形式传播。1947年由华北新华书店出版《列宁斯大林的故事》，书中未提到译者，收入列宁的故事11篇和斯大林的故事6篇，大都选自曹靖华编译的《鲜红的花》和《列宁的故事》。同年，解放区出版《列宁的正义》（《战士小丛书》之一），内收关于列宁的民间故事11篇，其中《列宁的正义》等10篇选自曹靖华编译的《鲜红的花》，《庄稼人关于列宁的故事》选自曹靖华编译的《苏联作家七人集》。

曹靖华结合抗战需要，团结文艺界进步力量在重庆中苏文化协会主编《苏联文艺丛书》及《苏联抗战文艺连丛》，后者1942年由文林出版社出版。同年1月出版了曹靖华编《剥去的面具》，收入曹靖华、礼长林等译邵洛霍夫等16位苏联作家宣传抗战的多篇作品；6月出版《天方夜谭》，译者有曹靖华、李葳、铁弦、宝权等人，为《苏联抗战文艺连丛》之一。该书共收录反映苏联卫国战争的短篇小说和报告文学共21篇，其中有瓦希列夫斯卡娅的《党证》《一个德国兵士的日记》《为了胜利》、盖达尔的《战争和孩子们》、维尔塔的《游击队》《北极圈外》、科普杰耶夫的《大上海的三昼夜》、克列敏斯基的《蜜蜂》等。1943年，华北书店刊行曹靖华等译《苏联抗战文艺选集》，收入别德内宜著《十字军的出征》等诗歌9首、瓦希列夫斯喀亚著《党证》等小说14篇。

茅盾在《近年来介绍的外国文学》一文中，记载了苏俄革命文学翻译出版情况：

① 周文：《大众文艺丛书缘起》，见曹靖华译《铁流》，光华书局1933年版，第1—2页。

> 包哥廷的《带锁的人》（葛一虹译本），克雷莫夫的《油船德实特号》（曹靖华译），A. 托尔斯泰的《保卫察里津》（曹靖华译，北门版，另一名也译为《面包》），肖洛霍夫的《静静的顿河》（金人译），奥斯特洛夫斯基的《从暴风雨所诞生的》（王语今译），左琴柯的《新时代的黎明》（葛一虹译），果尔巴托夫的《三天》（秦似译），还有《鼓风炉旁三十年》、半部《钢铁是怎样炼成的》。俄罗斯C. 西蒙诺夫的剧本《从我们城市里来的人》（桴鸣译），李昂诺夫的剧本《侵略》（曹靖华译），考纳丘克的剧本《前线》（聊伊译），瓦希列夫斯卡的小说《虹》（曹靖华译），巴甫林科的小说《复仇的火焰》（茅盾译），葛洛斯曼的小说《不朽的人民》（林凌译），肖洛霍夫的小说《为祖国而战》（陈瘦竹译一节）。[①]

可见，译介苏俄革命文学、反法西斯文学，和出版单行本相比，报纸期刊更能发挥时效性。肖洛霍夫的作品每公开发表一部分，国内都会以极快的速度译介进来。肖洛霍夫未完成的长篇小说《他们为祖国而战》于1942年5月、7月，1943年5月、11月，1944年2月、7月在《真理报》上陆续发表一些章节，继而国内的节译相继出现——1943年7月《苏联文艺》第6期刊登了林凌的节译；1944年《时与潮文艺》第6期刊登了陈瘦竹翻译的一节；1945年《六芸》第2期刊出节译的第一卷《他们为祖国而战》，译者不明；1946年《中苏文化杂志》第7期第17卷刊登沈祈真节译本等。1946年，人民呼声报社“苏联文学丛刊”出版32开1册35页林凌译单行本；1947年，时代出版社出版林凌等译以《他们为祖国而战》为书名的合集。

苏联反法西斯文学的代表作都有了至少一种单行本译本，报刊刊登的短篇小说不计其数。合集仅1942年就有：文献出版社出版秦似、庄寿慈合译的苏联短篇小说集《饥民们的橡树》，内收莱曼尼斯的《大逮捕》、茨维尔卡的《疆界》《饥民们的橡树》、高尔基的《圣人》、左琴科的《误会》《一个不识字的女人》等21篇；11月文林出版社出版曹靖华译的

① 茅盾：《近年来介绍的外国文学》，见张静庐辑注《中国现代出版史料　丁编》下卷，中华书局1959年版，第456—457页。

《梦》，含卡达耶夫的《梦》等及法捷耶夫、伊凡诺夫等的作品共23篇；12月桂林育文出版社出版程之编译的高尔基短篇小说集《我的旅伴》，内收《我的旅伴》《强果尔河畔》《一个人的诞生》《她的情人》《秋夜》《可汗和他的儿子》《筏夫——一段复活节的故事》等7篇。

《苏联文艺》是反法西斯文学翻译刊发的专门期刊代表，从1942年11月创刊到1945年8月抗日战争胜利共刊出15期，连载西蒙诺夫的《日日夜夜》、肖洛霍夫的《他们为祖国而战》等中长篇小说8部，吉洪诺夫的《苏维埃人群像》、阿·托尔斯泰的《伊凡·苏达廖夫的故事》等短篇小说30余篇，柯涅楚克的《前线》（译为《战线》，早于萧三《解放日报》译本）、林陵译列昂诺夫的《侵略》和西蒙诺夫的《俄罗斯人》等多部剧本，还有诗歌和报告文学等，译介的卫国战争文学占到所刊内容的三分之二。很多抗战期刊专设苏联文艺专栏或特辑，如《文哨》1945年第1卷第2期设“欧战胜利纪念特辑之二：战时苏联文艺”，刊载铁弦译A. 椰果林的《爱国战争时期的苏联文学》、茅盾译N. 吉洪诺夫的《苹果树》、赵洵译肖洛霍夫的《保卫祖国》之一章《坚持》、纪坚搏译A. 托尔斯泰的《母亲和女儿》、冯亦代译丽莉安·海儿曼的三幕剧《守望莱茵河》（中）、徐迟与水拍合译苏联伦堡的《这样的“胜利！”》（下）等作品。

2. 俄苏戏剧的“自然疗养力”

如前所述，“八一三”战事发生后，作为出版中心的上海遭受到有史以来最为惨重的破坏，开明书店和世界书局毁于战火，商务印书馆等内迁。失去强大出版支撑的文艺创作及翻译何去何从成为迫在眉睫的问题。郭沫若受约于1938年撰写了《抗战与文化问题》一文，探求战争期间文化发展问题。他认为国家正处于生死存亡关头，“必须打强心剂，须要氧气吸入”。人们应该从“抗战言论、抗战诗歌、抗战音乐、抗战戏剧……举凡与抗战过程有益的精神活动”中受到鼓舞。增强社会的“自然疗养力”需要文化活动充分的大众化、通俗化。[①]抗战戏剧的繁荣正是出自这一理

① 郭沫若：《抗战与文化问题》，见张静庐辑注《中国现代出版史料　丙编》，中华书局1956年版，第27页。

念，其中俄苏戏剧的译入是突出的表现。

据姜椿芳回忆，抗战时期译出了苏联卫国战争时期“有重要意义的十几部剧本”[①]。《俄罗斯人》曾荣获1943年斯大林奖金，它的中译本比1942年获斯大林文艺奖金的《前线》和《侵略》出版得更早。

据戈宝权回忆，西蒙诺夫的多幕剧《俄罗斯人》早期有两个译本：一个是莫斯科外国文书籍出版局本，名为《俄国人物》；另一个是桴鸣根据莫斯科列宁苏维埃剧场的台本翻译的，刊于1943年《中苏文化》前三个月的半月刊中，并未印成单行本。[②]1945年，《俄罗斯人》有两个单行本译本出现，一是上海苏商时代书报出版社出版的白寒（陈冰夷）译本，另一个是韬奋书店出版的桴鸣译本。

柯涅楚克的剧本《前线》1944年同时有了两个译本：6月1日萧三译本在《解放日报》上连载，并发表社论《我们从科尔内楚克（柯涅楚克）的〈前线〉里可以学到些什么？》，同月新华书店出版萧三译本的单行本；11月新知书店出版聊伊译、戈宝权校序的《前线》（戈宝权序题为《考纳丘克（柯涅楚克）及其得奖的剧本〈前线〉》）。《解放日报》连载的萧三译本在解放区产生了很大影响，有的地区还上演了《前线》。

列昂诺夫的《侵略》也同时有了两个译本：1945年1月，上海苏商时代书报出版社出版林陵译的《侵略》；1946年5月，生活书店出版曹靖华译本。

此外，抗战期间曹靖华还译有西蒙诺夫多幕剧《望穿秋水》等多部苏联剧本。1940年开明书店二版印行苏俄独幕剧集《白茶》，内收班珂的《白茶》、奥聂良的《永久的女性》、伯兰次维基的《小麻雀》、亚穆柏的《千方百计》和《可怜的裴迦》等剧本。

西蒙诺夫的剧作除了多幕剧《俄罗斯人》和《望穿秋水》之外，还有多部被翻译出来。西蒙诺夫的三幕剧《俄罗斯问题》于1946年获斯大林奖（戏剧一等奖），于1947年6月被林陵译出，由时代书报出版社出版。1947

---

① 姜椿芳：《〈苏联文艺〉的始末》，载《苏联文学》1980年第2期。

② 戈宝权：《苏联的抗战剧本在中国——“苏联战时文艺作品在中国”的一部分》，载《中苏文化》1945年第16卷第11期。

年山东新华书店出版仓木、继纯合译西蒙诺夫的《日日夜夜》，据说该剧成为解放区官兵学习的教材。1949年西蒙诺夫《栗子树下》同时有了两个译本：一是北平天下图书公司出版荒芜译本，译名为《栗子树下》；另一个是9月开明书店出版叶至美译本，译名为《在布拉格的栗树下》。

1942年7月，华华书店总经售葛一虹译苏联剧作家包哥廷三幕名剧《带枪的人》（附录：包哥廷《我怎样写〈带枪的人〉》、泰洛夫《关于〈带枪的人〉》、葛一虹《〈带枪的人〉及其他》、黄钢《〈带枪的人〉的意义》等），译本首页写有“荣获1941年苏联斯大林戏剧奖金首奖杰作”的字样。这部剧本发表后便相继在晋察冀边区和延安等地上演，在国内外引起很大轰动，增强了人民群众抗战到底的决心和世界反法西斯战争必胜的信念。此外，1947年上海苏商时代书报出版社出版林陵译高尔基的四幕剧《小市民》，1948年东北书店出版愚卿译别克的《恐惧与无畏》，1948年时代书报出版社出版林陵译伊里英可夫的四幕剧《花园》等。独幕剧翻译进来的相对较少：王语今译沙特洛夫的《人民的鲜血》载《戏剧月报》1945年第3期，郁文哉译出《蓝手帕》，据说柯涅楚克的《密斯特配金斯到布尔什维克国家》也在此时期译出。

葛一虹曾将1921—1949年苏联戏剧理论和戏剧创作中译本书目做了梳理，共有120种，其中1937年之前有49种，之后译出了71种。[①]战争期间苏联戏剧翻译出版不但没有停下脚步，反而步伐加快了。

从上述数据还可看出，1937年前出版的49种中有20余种由商务印书馆出版，而之后的71种的出版方相当分散，商务印书馆、中华书局、世界书局等并不突出。这既说明战争给三家领军出版社带来的重创，也意味着文学翻译出版阵地相当分散，形成了众多出版机构平分秋色的局面。1937年前文学翻译家的群体非常集中，大都是为人熟知的耿济之、耿式之、郑振铎、曹靖华、李霁野、沈泽民、焦菊隐等；而1937年之后译者群的壮大尤为明显，已不再是仅仅集中于上述为数不多的人群，而是具有了广泛性，有更多的人在困境中努力地译介俄苏戏剧。

① 葛一虹：《苏联戏剧理论和戏剧创作中译本书目（1921—1949年）》，见张静庐辑注《中国出版史料补编》，中华书局1957年版，第485—493页。

3. 俄苏文学的一本多译

中国对俄国文学的译介，五四以前虽有不少，但大都由日语或英语转译。苏联十月革命的成功，使五四时期先进的中国人把目光转向尚未真正开发的俄苏文学研究，打破了俄国文学汉译转译于英语、日语的局面。随着抗战的爆发，中国迎来了俄苏文学翻译出版的又一高潮，战火中的俄苏文学翻译不仅数量增多，一本多译也呈常态。

高尔基的作品在清末就已经开始被译介到中国来，左联成立前后他的作品被大量译介进来。王钦仁在《高尔基作品在中国的传播》一文中对高尔基作品（不包括发表在报刊上的及与其他作家的合集）在1928年至1949年间的翻译出版情况做了统计：

> 共出版270多版次，其中初版数为90多种。……主要剧本也都有了中译本：《在底层》有译自日、英、俄的六个不同译本，分别名以《夜店》《深渊》《下层》等；《叶戈尔·布雷乔夫及其他》有四个译本；《仇敌》有两个译本；其他诸如《小市民》《太阳的孩子们》也都有了汉译本。长篇小说：《童年》有六个译本，共印刷三十多个版次；《在人间》有两个译本；《我的大学》有四个译本；《阿尔塔莫夫家的事业》有六个译本；《母亲》由夏衍从日文译出，共印刷二十余版次；高尔基的最后一部巨著《克里姆·萨姆金的一生》，共四卷，罗稷南1936年至1945年陆续译出。①

为纪念逝世的高尔基，1936年9月世界文化研究社出版周天民、张彦夫选编的《高尔基选集》，共出版了6卷，分别为1—2卷小说、第3卷戏剧、第4卷诗歌·散文·书简、第5卷论文、第6卷附录·评传以及其他。此后，1937年至1949年高尔基作品译作成系列化出版。现列表如下：

① 王钦仁：《高尔基作品在中国的传播》，载《国外文学》1997年第1期。

表4-2-3　1937年至1949年高尔基作品译作系列表[①]

序号	丛书名	出版机构	作品名	出版时间	译者
1	《高尔基小说全集》	生活知识出版社	《阿路塔毛奥甫家的事情》	1937年	树华（译自俄文）
2	《高尔基小说全集》	生活知识出版社	《更夫及主人》[②]	1937年	树华（译自俄文）
3	《高尔基小说全集》	生活知识出版社	《莽撞人短篇集》[③]	1937年	树华（译自俄文）
4	《高尔基选集》	上海杂志公司	《我的大学》	1944年	胡明（译自俄文）
5	《高尔基选集》	上海杂志公司	《我的童年》	1944年	蓬子（译自英文）
6	《高尔基选集》	上海杂志公司	《未完成的三部曲》	1945年	焦菊隐
7	《高尔基选集》	上海杂志公司	《天蓝的生活》	1945年	丽尼
8	《高尔基选集》	上海杂志公司	《奥罗夫夫妇》	1945年	周筧（译自英文）
9	《高尔基选集》	上海杂志公司	《胆怯的人》	1946年	李兰
10	《高尔基选集》	上海杂志公司	《英雄的故事》	1946年	以群（译自日文）
11	《高尔基选集》	上海杂志公司	《爱的奴隶》	1946年	任钧（译自日文）

① 参照戈宝权：《高尔基作品中译本编目》《高尔基作品中译本编目（续编）》，见张静庐辑注《中国现代出版史料　丁编》下卷，中华书局1959年版，第467—479、489—492页；孔夫子旧书网。

②《更夫及主人》内收短篇小说《更夫》和中篇小说《主人》各一篇。

③《莽撞人短篇集》内收《在筏子上》《书夹子的事情》《莽撞人》《其利尔加》《浪漫者》《毛路德温的姑娘》《人的诞生》《耶拉拉士》《怎样编歌儿》《关于甲虫儿们》等10篇小说。书末附“译者后记”，介绍每篇作品发表的时间等。

续表

序号	丛书名	出版机构	作品名	出版时间	译者
12	《高尔基选集》	上海杂志公司	《夏天》	1946年	雪峰
13	《高尔基选集》	上海杂志公司	《面包房里》	1948年	适夷
14	《高尔基选集》	上海杂志公司	《三天》	1949年	费明君
15	《高尔基戏剧集》	上海出版公司	《仇敌》	1949年	李健吾
16	《高尔基戏剧集》	上海出版公司	《瓦莎谢列日诺娃》	1949年	李健吾
17	《高尔基戏剧集》	上海出版公司	《怪人》	1949年	李健吾
18	《高尔基戏剧集》	上海出版公司	《日考夫一家人》	1949年	李健吾
19	《高尔基戏剧集》	上海出版公司	《底层》	1949年	李健吾
20	《高尔基戏剧集》	上海出版公司	《叶尔高、布雷乔夫和他们》	1949年	李健吾
21	《高尔基戏剧集》	上海出版公司	《野蛮人》	1949年	李健吾
22	《高尔基作品集》	上海光华书店	《夜店》（又名《下层》）	1947年	胡明
23	《高尔基作品集》	上海光华书店	《我的大学》（附《自杀》）	1948年	胡明（译自俄文）
24	《高尔基作品集》	香港生活初版，生活·读书·新知三联书店发行	《奥莱叔华》	1948年	适夷
25	《高尔基作品集》	生活·读书·新知三联书店	《高尔基创作选集》	1949年	瞿秋白

上海杂志公司《高尔基选集》一直延续出版，1950年出版费明君译《监狱》和俞亢咏译《兵》等。

将高尔基作品结成合集出版的有：1942年，八路军军政杂志社出版瞿秋白译《高尔基创作选集》，收入《海燕》《同志》《“大灾星”》《坟场》《莫尔多姑娘》《笑话》《不平常的故事》7篇作品；1946年，中华书局出版梅溪译《高尔基选集》，收入《歌颂海燕》《咏鹰》《人》《同志》《黄鬼城》等5种；1946年，上海铁流书店出版张正之编辑、耿济之译《高尔基选集》；1947年4月，上海苏商时代书报出版社出版林陵等译《高尔基早期作品集》；1949年，上海惠民书店出版汪龠编选、耿济之等译《高尔基作品选》。高尔基的作品译作还分散在很多的苏俄文学丛书中，如读书出版社“苏联文学丛书”1949年出版戈宝权译《我怎样学习写作》，1944年世界书局“俄国名剧丛刊”出版芳信译四幕剧《下层》等。

由此可见，高尔基作品这一时期在中国得到了广泛传播，其主要作品大都有了汉译本，而且一书多译、一书多版的情况普遍存在。正如茅盾所说：

> 外国作家的作品译成中文，其数量之多，且往往一书有两三种译本，没有第二个人是超过高尔基的。[①]

特殊历史背景下形成了独特的文学翻译出版交流形式。一书多译的典范并非只有高尔基的作品，《钢铁是怎样炼成的》也尤为突出。《钢铁是怎样炼成的》在1937年到1949年之间至少有三个译本出版：

段、陈译本。1937年6月由段洛夫、陈非璜翻译，上海潮锋出版社出版。该译本为节译，原著为两部十八章，该译本只译出了第一部的一至九章，且是几番转译而来——最后由日译本译成中文，而日译本又译自英译本。即便是这样一部再转译的节译本，出版两个月后即再版，1939年5月推出了战时订正初版，1940年、1941年又先后在孤岛上海再版。段、陈译本在1937年至1949年之间先后重版八次，销售达一万余册。

梅译本。1941年由梅益翻译完成，上海新知书店出版。它译自1937年纽约国际出版社出版的阿历斯·布朗的英译本，1942年5月由上海远方书店等多家出版社再版，甚至还出现了多部改编本和通俗本，如1948年兆麟书

① 转引自戈宝权：《高尔基作品中译本编目》，见张静庐辑注《中国现代出版史料　丁编》下卷，中华书局1959年版，第463—464页。

店出版了白刃编的缩写本，1949年东北书店出版了中耀改编的通俗本。

冯译本。1949年8月冯驺翻译完成，潮锋出版社出版。译自英译本，英译者不详。

一部能够激发中国人斗志的好书，学人们即使辗转重译、节译、编译，也要译成国文献给渴望的读者。文学翻译出版已远远超出中外文学交流的学术意义，而成为世界人民反法西斯战争所追求的共同心声。

为了激发中国人的斗志，面对世界上反法西斯战争主题的一部部好书，学人们不再拘泥于单一的翻译策略，而是采用重译、节译、编译、复译等多种手段将到手的好书译成国文献给广大读者。

二、古典名著翻译

抗战期间，人们将俄苏文学译入中国，激发国民的抗战热情，同时古典名著的翻译工作也没有停止。茅盾在《近年来介绍的外国文学》中提出：

> 有一点值得提起注意。这便是不论前期后期，介绍世界古典名著这一工作是始终坚持着的。介绍世界古典名著的工作由来已久，可以说，自从五四以来，系统地翻译古典作品的呼声不曾断歇过，而事实上也已有了若干卓越的成绩了，虽然还不能说是这样有系统的。但是，这一工作之成为一种风气，乃至隐隐然成为一种运动，却是近年来的事。到现在，这一风气还是蓬蓬勃勃的，大部的译作正在陆续问世，而一作数译亦屡见不鲜。①

虽然抗战期间翻译出版商家众多，译者群分散，但古典名著的翻译出版依然继续着。

茅盾将远自古代希腊近至十八九世纪已译的名著做过汇总。笔者在此

---

① 茅盾：《近年来介绍的外国文学》，见张静庐辑注《中国现代出版史料 丁编》，中华书局1959年版，第453—454页。

将更多信息加入其中，特列表4-2-4如下：

表4-2-4　1937—1949年世界古典名著译介汇总表①

序号	作品名	原作者	译者	出版机构	出版时间
1	《亚格曼农王》	爱斯古里斯	叶君健	文化生活出版社	1946年
2	《云》	阿里斯托法涅斯	罗念生	商务印书馆	1939年
3	《美狄亚》	攸里辟得斯	罗念生	商务印书馆	1940年
4	《阿尔刻提斯》	攸里辟得斯	罗念生	古今出版社	1943年
5	《特罗亚妇女》	欧里庇得斯	罗念生	商务印书馆	1944年
6	《普罗米修斯》	埃斯库罗斯	罗念生	商务印书馆	1947年
7	《神曲：地狱》	但丁	王维克	商务印书馆	1939年
8	《莎士比亚戏剧全集》	莎士比亚	朱生豪	世界书局	1936—1947年
9	《莎士比亚戏剧全集》	莎士比亚	曹未风	文通书局	1942—1944年
10	《柔蜜欧与幽丽叶》	莎士比亚	曹禺	文化生活出版社	1944年
11	《凯撒大将》	莎士比亚	柳无忌	五十年代社	1944年
12	《雅典人台满》	莎士比亚	杨晦	新地出版社	1944年
13	《知法犯法》	莎士比亚	邱有真	商羊书屋	1944年
14	《爱玛》	奥思婷	刘重德	正风出版社	1949年
15	《劫后英雄记》	司各脱	陈原	五十年代社	1944年
16	《双城记》	迭更司	许天虹	文化生活出版社	1945年

① 茅盾：《近年来介绍的外国文学》，见张静庐辑注《中国现代出版史料　丁编》，中华书局1959年版，第453—454页；孔子旧书网；独秀学术搜索。

续表

序号	作品名	原作者	译者	出版机构	出版时间
17	《四季随笔》	吉辛	李霁野	台湾省编译馆	1947年
18	《曼弗雷德》	拜伦	刘让言	光华出版社	1949年
19	《小夜曲》	拜伦	李岳南	正风出版社	1947年
20	《哈罗尔德的旅行及其他》	拜伦	袁水拍	文阵新辑	1944年
21	《沈茜》（五幕悲剧）	雪莱	方然	新地出版社	1944年
22	《解放了的普罗米修斯》	雪莱	方然	雅典书屋	1944年
23	《悲惨世界》	雨果	微林	自强出版社	1944年
24	《巴黎圣母院》	雨果	陈敬容	骆驼书店	1949年
25	《巴黎圣母院》	雨果	陈瘦竹	群益出版社	1947年
26	《忏悔录》	卢梭	沈起予	作家书屋	1947年
27	《侠隐记》（又名《三剑客》）	大仲马	伍光建	商务印书馆	1941年
28	《基督山恩仇记》	大仲马	徐蔚南	独立出版社	1945年
29	《从兄蓬斯》	巴尔扎克	穆木天	文通书局	1951年
30	《伪装的爱情》	巴尔扎克	储候	自强出版社	1946年
31	《绝对之探求》	巴尔扎克	穆木天	文通书局	1948年
32	《村教士》	巴尔扎克	盛成	中华书局	1940年
33	《两诗人》	巴尔扎克	高名凯	海燕书店	1947年
34	《古物陈列室》	巴尔扎克	高名凯	海燕书店	1948年
35	《幽谷百合》	巴尔扎克	高名凯	海燕书店	1949年

续表

序号	作品名	原作者	译者	出版机构	出版时间
36	《地区的才女》	巴尔扎克	高名凯	海燕书店	1949年
37	《老小姐》	巴尔扎克	高名凯	海燕书店	1949年
38	《外省伟人在巴黎》	巴尔扎克	高名凯	海燕书店	1949年
39	《单身汉的家事》	巴尔扎克	高名凯	海燕书店	1949年
40	《发明家的苦恼》	巴尔扎克	高名凯	海燕书店	1949年
41	《杜尔的教士》	巴尔扎克	高名凯	海燕书店	1946年
42	《米露埃·雨儿胥》	巴尔扎克	高名凯	海燕书店	1949年
43	《毕爱丽黛》	巴尔扎克	高名凯	海燕书店	1946年
44	《欧也妮·葛朗台》	巴尔扎克	傅雷	三联书店	1949年
45	《高老头》	巴尔扎克	傅雷	骆驼书店	1947年
46	《亚尔培·萨伐龙》	巴尔扎克	傅雷	骆驼书店	1946年
47	《萌芽》	左拉	倪明	读书出版社	1948年
48	《给妮侬的故事》	左拉	倪明	世界书局	1948年
49	《娜娜》	左拉	焦菊隐	文化生活出版社	1947年
50	《饕餮的巴黎》	左拉	李青崖	国际文化服务社	1949年
51	《梦》	左拉	马宗融、李劼人	作家书屋	1944年
52	《红与黑》	斯丹达尔	赵瑞蕻	作家书屋	1944年
53	《爱的毁灭》	斯丹达尔	赵瑞蕻	正风出版社	1946年
54	《巴黎圣母院》	雨果	陈敬容	骆驼书店	1949年
55	《伊尔的美神》	梅里美	黎烈文	文化生活出版社	1948年
56	《红与黑》	斯丹达尔	赵瑞蕻	作家书屋	1944年

续表

序号	作品名	原作者	译者	出版机构	出版时间
57	《热爱与毁灭》	斯丹达尔	赵瑞蕻	正风出版社	1946年
58	《伊尔的美神》	梅里美	黎烈文	文化生活出版社	1948年
59	《鹁鸪姑娘》	梅里美	徐仲年	正风出版社	1948年
60	《约翰·克利斯朵夫》	罗曼·罗兰	傅雷	骆驼书店	1946年
61	《托尔斯泰传》	罗曼·罗兰	傅雷	商务印书馆	1947年
62	《贝多芬传》	罗曼·罗兰	傅雷	骆驼书店	1946年
63	《罗曼罗兰戏剧丛刊·理智之胜利》	罗曼·罗兰	贺之才	世界书局	1944年
64	《狼群》	罗曼·罗兰	贺之才	上海出版公司	1944年
65	《狼群》	罗曼·罗兰	沈起予	骆驼书店	1947年
66	《七月十四日》	罗曼·罗兰	贺之才	商务印书馆	1939年
67	《哀尔帝》	罗曼·罗兰	贺之才	世界书局	1944年
68	《圣路易》	罗曼·罗兰	贺之才	世界书局	1947年
69	《爱与死的搏斗》	罗曼·罗兰	李健吾	文化生活出版社	1940年
70	《悲多汶传》	罗曼·罗兰	陈占元	明日社	1944年
71	《歌德与裴多汶》	罗曼·罗兰	梁宗岱	华胥社	1943年
72	《欧根·奥涅金》	普希金	吕荧	希望社	1944年
73	《欧根·奥尼金》	普希金	甦夫	丝文出版社	1942年
74	《现身说法》	托尔斯泰	林纾、魏易	商务印书馆	1937年
75	《战争与和平》	托尔斯泰	郭沫若、高地	五十年代社	1942年
76	《家庭幸福》	托尔斯泰	方敬	文化生活出版社	1937年

续表

序号	作品名	原作者	译者	出版机构	出版时间
77	《复活》	托尔斯泰	方敬	文化生活出版社	1947年
78	《伊凡·伊里奇之死》	托尔斯泰	方敬	文化生活出版社	1947年
79	《幼年·少年·青年》	托尔斯泰	高植	文化生活出版社	1944年
80	《安娜·卡列尼娜》	托尔斯泰	周笕	生活书店	1947年
81	《安娜·卡列尼娜》	托尔斯泰	北鸥	五十年代社	1946年
82	《毕巧林日记》	莱蒙托夫	小畏	星球出版社	1943年
83	《处女地》	屠格涅夫	巴金	文化生活出版社	1944年
84	《父与子》	屠格涅夫	巴金	文化生活出版社	1943年
85	《静静的洄流》	屠格涅夫	赵蔚青	文化生活出版社	1947年
86	《前夜》	屠格涅夫	丽尼	文化生活出版社	1939年
87	《烟》	屠格涅夫	陆蠡	文化生活出版社	1940年
88	《贵族之家》	屠格涅夫	丽尼	文化生活出版社	1940年
89	《不幸的少女》	屠格涅夫	赵蔚青	文化生活出版社	1945年
90	《虔敬的姑娘》	屠格涅夫	浮尘	开明书店	1943年
91	《俄罗斯人剪影》	高尔基	侍桁	国际文化服务社	1949年
92	《巴朗先生》	莫泊桑	徐尉南	现代出版社	1949年
93	《人间悲剧》	德莱赛	钟宪民	国际文化服务社	1947年
94	《两兄弟》	莫泊桑	黎烈文	文化生活出版社	1945年
95	《家事》	高尔基	耿济之	良友图书公司	1940年
96	《卡拉马祖夫兄弟们》	陀斯托也夫斯基	耿济之	晨光出版社	1947年

续表

序号	作品名	原作者	译者	出版机构	出版时间
97	《白痴》	陀思妥耶夫斯基	高溜、宜闲	文光书店	1944年
98	《穷人》	陀思妥耶夫斯基	韦丛芜	文光书店	1945年
99	《死屋手记》	陀斯托也夫斯基	耿济之	开明书店	1947年
100	《罪与罚》	陀思妥耶夫斯基	韦丛芜	文光书店	1946年
101	《被侮辱的与被损害的》	陀思妥耶夫斯基	荃麟	文光书店	1946年
102	《伊凡诺夫》	契科夫	丽尼	文化生活出版社	1949年
103	《关于恋爱的话》	契科夫	黄烈娜等	华南出版社	1937年
104	《契可夫短篇小说选》（英汉对照）	契科夫	李崴	正风出版社	1948年
105	《草原》	契科夫	彭慧	读书出版社	1947年
106	《伊凡诺夫》	契科夫	丽尼	文化生活出版社	1946年
107	《樱桃园》	契科夫	焦菊隐	作家书屋	1947年
108	《樱桃园》	契科夫	满涛	文化生活出版社	1940年
109	《樱桃园》	契科夫	梓江	小民出版社	1946年
110	《黛丝姑娘》（上、下）	哈代	吕天石	正风出版社	1946年
111	《菊子夫人》	洛谛	徐霞村	正风出版社	1947年
112	《情之所钟》	屠格涅夫	橘林	正风出版社	1948年
113	《嘉思德乐的女主持》	斯丹达尔	赵瑞霟	正风出版社	1949年

续表

序号	作品名	原作者	译者	出版机构	出版时间
114	《散文诗》	屠格涅夫	李岳南	正风出版社	1948年
115	《蝴蝶梦》	德芬杜莫里哀	杨普稀	正风出版社	1946年
116	《虎皮骑士》	乔治亚·路斯塔威里	侍桁、北芒	国际文化服务社	1944年
117	《红字》	N. 霍桑	侍桁	国际文化服务社	1948年
118	《如死一般强》	莫泊桑	索夫	国际文化服务社	1945年
119	《白牙》	杰克·伦敦	苏桥	国际文化服务社	1946年
120	《忧愁夫人》	H. 苏德曼	北芒	国际文化服务社	1948年
121	《哥萨克人》	托尔斯泰	侍桁	国际文化服务社	1948年
122	《沉钟》	霍甫特门	谢炳文	启明书局	1937年
123	《小妇人》	奥尔珂德	王宏声	启明书局	1948年
124	《田园交响曲》	纪德原	施宣华	启明书局	1938年
125	《我的童年》	高尔基	下纪良	启明书局	1939年
126	《深渊》	高尔基	谢炳文	启明书局	1937年
127	《卡门》	梅理曼	施大悲	启明书局	1938年
128	《黑女寻神记》	萧伯纳	汪倜然	启明书局	1939年
129	《人与超人》	萧伯纳	蓝文海	启明书局	1941年
130	《婚后》	德莱赛	钟宪民	正风出版社	1948年
131	《嘉丽妹妹》	德莱赛	钟宪民	教育书店	1948年
132	《天之梦》	德莱赛	钟宪民	上海教育书店	1948年
133	《珍妮小传》	德莱赛	钟宪民	晨光出版公司	1949年

续表

序号	作品名	原作者	译者	出版机构	出版时间
134	《屈罗勒斯与克丽西德》	乔叟	方重	古今出版社	1943年
135	《康特波雷故事》	乔叟	方重	云海出版社	1946年
136	《寓言的寓言》	陀罗雪维支	胡愈之	开明书店	1947年
137	《大卫·科波菲尔》	迭更司	董秋斯	生活·读书·新知三联书店	1947年
138	《简·爱》	勃朗特	李霁野	文化生活出版社	1945年
139	《戴依夫人》	巴尔扎克	罗塞	云海出版社	1945年

上表所列世界名著译介只是粗略统计，且仅限于一些单行本。尽管如此也可看出，世界名著已包含了大部，并逐渐成系列化趋势，出版商家纷纷推出世界名著译介丛书——正风出版社出版了“世界文学杰作”，文化生活出版社有“译文丛书”及巴金主编的《文化生活丛刊》。表4-2-4所列译作大都出自这些系列。系列化趋势的另一表现是将某一位名家的某一类作品译介出来：世界书局出版的“罗曼·罗兰戏剧丛刊”，由贺之才翻译，包括《李柳丽》《哀尔帝》《理智之胜利》《圣路易》《群狼》《爱与死之赌》《丹东》等7种剧译本；海燕书店出版了高名凯译的巴尔扎克的《人间喜剧》系列。有的名家作品尽管尚未形成系列，但实际上其代表作已经被多家出版社出齐。俄国名家已在之前介绍过，在此不必多说，就是其他国家的世界名家也是如此。左拉作品的译本有：1940年上海开明书店出版徐霞村译《洗澡》，收入《洗澡》等12个短篇；1941年5月，三通书局出版王了一译长篇小说《娜娜》（上下）；1944年《萌芽》的倪明（倪受禧）译本诞生，由新光书店出版；1948年上海世界书局推出毕修勺译左拉的多部作品，即《给妮侬的故事》《给妮侬的新故事》《蒲尔上尉》《娜薏·米枯伦》《岱雷斯·赖根》和《玛德兰·费拉》。巴尔扎克的作品除了高名凯译的《人间喜剧》系列之外，还有傅雷、穆木天以及盛成等多人译出的多部。

世界古典名著翻译出版俨然成为一种运动。茅盾称这一时期介绍外国古典名著“成为一种风气”，足见其数量之大，其中最值得一提的是《莎士比亚戏剧全集》的两套译本。

一是曹未风译本，由贵阳文通书局1942年至1944年出版。曹未风译本收入剧本11部。他从1930年开始翻译莎士比亚戏剧作品，并且发誓要把莎剧作品全部翻译出来。他是中国翻译史上计划全译莎剧作品的第一人。

另一个是朱生豪翻译的莎士比亚戏剧集，这套译本在中国读者中拥有极高声誉。朱生豪从1936年8月译出第一部莎剧《暴风雨》开始，到1947年共用了10年的时间，世界书局出版了他的27部莎剧译本。

在译出的世界古典名著中，俄国古典文学所占比例依旧较大，如普希金、莱蒙托夫、托尔斯泰、契诃夫、涅克拉索夫、赫尔岑、屠格涅夫、陀思妥耶夫斯基、高尔基等人的作品较多；同时欧美及其他国家也都有所兼顾，如莎士比亚、乔叟、狄更斯、海明威、杰克·伦敦、马克·吐温、雨果、卢梭、大仲马、小仲马、左拉等人的重要作品都有了中译本。

译出的作品呈现小说、诗歌、戏剧、散文等文学形式上的多样化。除了世界书局出版贺之才翻译“罗曼·罗兰戏剧丛刊”之外，还有王统照译出欧美多位诗人诗作汇辑的《题石集》、赵景深译史蒂文生《儿童的诗园》和洛阳译莱蒙托夫的长诗《姆采里》等诗集，此外还有耿济之译高尔基的散文集《俄罗斯浪游散记》、汝龙译库普林《女巫》、杨启瑞译霍桑《红字》、陈伯吹译吉卜林《神童伏象记》等小说及童话作品。

世界古典名著翻译出版这一工作成为一种风气，乃至成为一种运动，在抗战的语境下涵盖了国统区、解放区乃至于沦陷区。用译笔进行抗争的翻译家们，在极端的环境下助推着外国古典名著翻译“成为一种风气”。

带动外国古典名著翻译“成为一种风气”的翻译家群体中，最值得一提的是朱生豪（1912—1944）。1936年他完成第一部莎士比亚的译作《暴风雨》，到1943年他译出莎剧中的悲剧8种、喜剧9种、杂剧10种。他翻译莎剧除了个人兴趣，主要是要为中华民族争一口气。他胞弟曾说道：

> 那些年月里，日本帝国主义欺侮中国人民气焰嚣张，而恰好讥笑中国文化落后到连莎氏全集都没有译本的又正是日本人。因而我认为他决心译莎，除了个人兴趣等其他原因之外，在日本帝国主义肆意欺凌中国的压力之下为中华民族争一口气，大概也是主要的动力。[①]

上海沦陷后，虹口世界书局被日军占为军营。朱生豪携带莎剧的原本和译本辗转避难，1944年病逝。1947年，世界书局分喜剧、悲剧、杂剧、史剧四大类出版了朱生豪译《莎士比亚全集》3辑共27种。朱生豪艰难的莎剧翻译，也是抗战时期中国翻译家用一种特殊方式参与这场民族生存抗争的一个生动缩影。

三、翻译出版与文学交流

抗战时期的中国人民从翻译的外国文学作品中，尤其是从苏联反法西斯斗争文学作品中了解和认识了世界，激励自己投身抗日救亡和抗日民主运动，同时对中国新文学发展意义非凡。陈言在《抗战时期翻译文学述论》一文中说道：

> 这些译作滋养了中国的抗战文学，充实着中国抗战文学的宝库，对于提高中国作家的艺术表现力，促进中国民族新文学的发展，起到了重要作用。[②]

1.《抗战文艺》

抗战时期，中外抗战文艺工作者以其独特的方式在翻译出版领域携手共进，共同支持世界反法西斯运动，表明维护世界和平的态度和立场。中国抗战文艺工作者试图将抗战的文化事业融入世界反法西斯潮流中，于

① 朱文振：《朱生豪译莎侧记》，载《外语教学》1981年第7期。

② 陈言：《抗战时期翻译文学述论》，载《抗日战争研究》2005年第4期。

1938年3月27日在武汉成立了中华全国文艺界抗敌协会（简称“文协”）。《中华全国文艺界抗敌协会宣言》提出：

> 在增多激励与广为宣传的标准下……把国外的介绍进来或把国内的翻译出去。①

该组织成立时发布的《告世界文艺家》《致日本被压迫作家的公开信》等函件与决议，由盛成、戈宝权等译为英、法、德、俄、世界语等文字，号召各国文艺界加强团结，共同抗敌。“文协”会刊《抗战文艺》是中外学人携手战斗的重要阵地。

《抗战文艺》1938年5月4日创刊，它担负着与各国文艺界保持密切联系和大量译介外国文学作品的重任，一直到1946年5月终刊，正刊70余期，另有特刊6期，是国内发行量最大、对文艺运动影响最大且贯穿抗战时期的抗战文艺期刊。

《抗战文艺》承担着“把国外的介绍进来”之重任。“文协”积极联系世界相关组织投入到中国抗日战争中来，向苏联、英、法等国的文化组织致函电，将中国战况通报出去，发表于世界各大报刊上。1938年第1卷第9期刊登了《为敌机轰炸广州告世界友人书》，1938年第1卷第10期《抗战文艺》刊登了《致伦敦国际作家保障文化自由协会电》，1939年第4卷第2期刊登了《年会文献：致全世界反法西斯侵略战争的作家电》。“文协”也感谢各国进步文艺家对中国抗战的声援，1939年第3卷第8期《抗战文艺》刊登王礼锡撰写的《英国文化界的援华运动》。“文协”还将各国进步作家动态报道出来，如1939年第3卷第12期《抗战文艺》刊登了辛克莱作、张郁廉译的《给苏联的作家们》，1938年第1卷第4期刊载了马耳撰写的报道《抗战中来华的英国新兴作家：W. H. 奥登，C. 伊粟伍特》（附照片）。

世界各国文艺组织间的抗敌活动是《抗战文艺》译介的一个重要内容，《抗战文艺》同时重视刊登译作。1938年第3卷第3期《抗战文艺》刊发了戈宝权的《加紧介绍外国文艺作品的工作》一文，1940年第6卷第1期《抗

① 《中华全国文艺界抗敌协会宣言》，载《文艺月刊》1938年第9期。

战文艺》刊登了强调阿拉伯文学译入重要性的文章《阿拉伯文学对于欧洲文学的影响》，二者均强调了翻译外国文学作品对丰富我们文艺作品写作的意义。

《抗战文艺》承担着“把国外的介绍进来”之重任的同时，更承担着“把国内的翻译出去”这一责无旁贷的使命。《抗战文艺》刊发文章阐述抗战文学走向世界的意义，倡导中国抗战文学走出去。[①]1938年第3卷第3期《抗战文艺》刊发《翻译抗战文艺到外国去的重要性》《关于翻译作品到外国去》等文章，力陈让世界人民了解中国人民艰苦抗战的重要性。

“文协”的宣传鼓动，带动了中国进步作品的外译。一些出版机构也以中英对照的形式出版进步文学作品，如东方出版社1948年出版了王际真、柳无垢译的汉英对照本《鲁迅小说选》等进步作品。

各国进步的汉学家用译介中国进步文学的方式来坚持战斗。1938年，苏联科学院出版社出版了苏联科学院东方文化研究所编的鲁迅纪念论文译文集《鲁迅，1881—1936》；1945年，莫斯科国家文学出版社出版了罗果夫翻译的《鲁迅选集》和罗果夫主编的《鲁迅选集》。

日本进步汉学家以译介与研究中国作品作为自己反战的具体行动。佐藤春夫1938年主编了《世界幽默全集·中国篇》，1940年又译了《中国文学选》（东京新潮社出版）；1940年，东成社出版了增田涉、松枝茂夫、冈崎俊夫、小野忍等翻译的《现代中国随笔集》；1941年，东京春阳堂出版了小田岳夫编，佐藤春夫、小田岳夫、武田泰淳译的《现代中国文学杰作集》。中国进步文学作品的译出及出版已经扩展到欧、亚、非、拉的30多个国家。

2. 外国记者撰写的解放区报告文学

中外文学界积极参与反法西斯战争还表现在外国学人来到中国，将亲身感受到的中国各界抗战实景报道出来传递给世界。美国记者埃德加·斯诺（Edgal Snow，1905—1972），1936年深入中国西北革命根据地采访，

① 廖七一：《抗战时期重庆翻译研究》，南开大学出版社2015年版，第61页。

后写出著名的报告文学《红星照耀中国》。在此我们梳理一下该书的翻译出版及传播情况：

1937年3月，《外国记者西北印象记》（简称《印象记》）出版。《红星照耀中国》尚未公开出版之前，北平的王福时组织翻译了《印象记》，并已经地下发行。《印象记》一书包含三大内容：一是将《红星照耀中国》57节中的13节及未写入《红星照耀中国》的内容译出；二是将美国经济学家诺尔曼·韩蔚尔报道四川红区情况的三篇文章《中国红军》《在中国红区里》《中国红军怎样建立苏区》等译出；三是毛泽东主席与美国记者史沫特莱的谈话——关于《中日问题与西安事变》等。[①]

1937年10月，《红星照耀中国》在英国伦敦出版。它轰动了世界，三个月内在美国印了五版。

1937年12月，摘译本《红旗下的中国》译成出版。《红星照耀中国》在英国伦敦出版后，上海大众出版社随即出版了赵文华的摘译本《红旗下的中国》。

1938年2月，全译本《西行漫记》译成出版。1937年11月，斯诺在上海将《红星照耀中国》赠予胡愈之。胡愈之在上海带领傅东华等文化教育界救亡人士，未满一个月，便集体译出了12章30万字的《红星照耀中国》全译本《西行漫记》。胡愈之以“复社”的名义出版，交予商务印书馆工人印刷。该书一年之内出了四版，被称为上海的“孤岛春雷”[②]。

《红星照耀中国》的翻译传播活动，真实反映出中外学人并肩战斗之抗战热情。中外文《印象记》和《红星照耀中国》的几乎同步出版，既是战争环境下的特殊要求，也是中外学人积极投身抗战的真实写照。《红星照耀中国》译本翻译及出版速度之快、传播范围之大，放入当时语境来看，可以说都是惊人的。

另外，被人们称为“三S”的美国女记者尼姆·威尔斯、作家艾格妮丝·史沫特莱和斯特朗创作的红色苏区报告文学，也都很快被国内翻译

---

①《印象记》重新整理后书名改为《前西行漫记》，2006年由解放军文艺出版社出版。参见王福时：《〈一九三七年外国记者西北印象记〉翻译出版史话》，载《出版史料》2006年第4期。

② 杨建民：《胡愈之与〈西行漫记〉的两次出版》，载《党史博采》2010年第11期。

出版。

1937年5月至9月，斯诺的夫人尼姆·威尔斯在中国革命圣地延安采访了近30名中共领导人及其他知名人士。她的采访成果后来结集为《续西行漫记》和《西行访问记》。

《续西行漫记》原名“*Inside Red China*”，于1937年写成，1938年在美国出版。该书详细记录了作者在延安采访的经历，是对《西行漫记》的一个很好的补充。该书1938年底1939年春由胡仲持、冯宾符、凌磨、席涤尘、蒯斯曛、梅益、林淡秋、胡霍等人合作译成，1939年由复社出版，此后多次重印，有精装本和平装本。该译作正文共593页，正文前有原作者写的“序”，正文分“到苏区去”“苏区之夏”“妇女与革命”“中国苏维埃的过程”“中日战争”等章，记述了著者在中国西北苏区的见闻。书末的附录收有《八十六人略传》，分政治领袖、军事领袖和开除党籍者三部分。

《西行访问记》采写了有关朱德、徐向前、萧克、贺龙、罗炳辉、项英、蔡树藩等人的事迹，由华侃译，英文原名“*Lives of Revolution*”，1939年4月由上海译社出版。该书目录为：作者序、译者前言、第一章　绪论、第二章　七十领袖、第三章　朱德底生活史、第四章　徐向前、第五章　萧克、第六章　贺龙、第七章　罗炳辉、第八章　项英（斯诺著）、第九章　蔡树藩、第十章　中国共产主义运动年表、译者后记。

美国记者史沫特莱（Agnes Smedley，1890—1950）1937年来到延安，同年8月19日至次年1月9日随八路军赴抗日前线，其间所写的日记和书札编成《打回老家去》。该书经钱许高译出，1938年由上海导报馆出版。

美国作家安娜·路易斯·斯特朗（Anna L. Strong，1885—1970）的《为自由而战的中国》，1939年3月由伍友文翻译，由上海棠棣出版社出版。[①]棠棣出版社1938年10月成立，设址上海广东路广福里内，经理徐启堂。该社出版的第一本书是史沫特莱著《为中国自由而战》，出版后即遭查禁。这本由斯特朗女士写的《为自由而战的中国》同史沫特莱著《为中国自由而战》不仅书名相似，而且书中都有大量篇幅赞扬中国共产党领导的八路军。

---

① 陈言：《抗战时期翻译文学述论》，载《抗日战争研究》2005年第4期。

此外，美国陆战队军官卡尔逊（E. F. Calson，1896—1947）的《中国双星》记述了八路军及毛泽东、朱德等，1941年7月由世界编译社译出，由上海民光出版社出版。类似宣传红色苏区的报告文学，还有很多被翻译出版。

3.“晨光世界文学丛书”

“晨光世界文学丛书”意味着它将由多部世界各国文学译著构成，事实上它只完成了“美国文学丛书”的部分，“俄苏文学丛书”部分只出版了三部。该丛书出版于新中国诞生前的1949年，加上每本印量仅为2000册，所以正如赵家璧所说：“全国人民欢欣鼓舞，迎接社会主义新中国的诞生，这套在当时确实有些不合时宜的丛书，便默默无闻地被人们所遗忘了。”[①]

2009年6月3日的《中华读书报》上刊登了顾钧撰写的文章，题为《一套由费正清提出的“晨光世界文学丛书”的诞生》。该文将1949年3月上海晨光出版公司推出的一套“美国文学译丛”的翻译出版史实再次揭示出来。在丛书出版60周年、中美建交30周年之际，通过阅读顾钧的这篇文章，人们得以重温中美文学交流史上，两国学人在解放战争国统区经济面临崩溃、上海出版界遇到前所未有困境的情况下，克服重重困难，共同努力，完成“晨光世界文学丛书”之“美国文学译丛”翻译出版的情形。

在社会背景极为不利的条件下，“美国文学译丛”能够翻译出来并且一次出齐，郑振铎和费正清功不可没。正如赵家璧所说：“这套丛书，事实上应当写上‘郑振铎主编’五个大字。”[②]也如郑振铎所说：“这套丛书如果能有一天与中国读者见面，费正清之功是不可埋没的！”[③]

出版“美国文学译丛”的计划是费正清（John K. Fairbank）提出来的：

---

① 赵家璧：《出版“美国文学丛书”的前前后后——回忆一套标志中美文化交流的丛书》，载《读书》1980年第10期。

② 赵家璧：《出版“美国文学丛书”的前前后后——回忆一套标志中美文化交流的丛书》，载《读书》1980年第10期。

③ 赵家璧：《出版“美国文学丛书”的前前后后——回忆一套标志中美文化交流的丛书》，载《读书》1980年第10期。

> 费正清提议由中美双方合作，编译一套系统介绍现代美国文学作品的丛书。①

身为美国新闻署驻华办事处主任的费正清，经与上海文协负责人郑振铎、冯亦代等协商，最后决定由美国新闻署资助，由中方负责组稿，交由中国的出版社出版。

为翻译出版“美国文学译丛”，中方于1947年春在上海和北京专门成立了两个编委会。上海编委会由郑振铎牵头，委员有夏衍、钱锺书、冯亦代、黄佐临、李健吾、王辛笛、徐迟；北京编委会由马彦祥、焦菊隐、朱葆光组成。郑振铎请出出版界重量级人物赵家璧，希望在他主持的晨光公司出版“美国文学译丛”。当时赵家璧正在主持“晨光世界文学丛书”，鉴于当时出版条件恶劣，再加上“美国文学译丛”每本印量仅为2000册，所以赵家璧向郑振铎建议放弃“美国文学译丛”的原名，并入“晨光世界文学丛书”。后来，“美国文学译丛”作为“晨光世界文学丛书”第一批出版。该丛书出版书目、译者、出版时间如下：②

1.《康波勒托：长篇小说节选》，海明威著，马彦祥译，1949年4月；

2.《在我们的时代里》，海明威著，马彦祥译，1949年3月；

3.《没有女人的男人》，海明威著，马彦祥译，1949年3月；

4.《漂亮女人》，现代美国短篇小说集，美国名家名作，罗稷南译，1949年3月；

5.《爱伦坡故事集》，爱伦坡著，焦菊隐译，1949年3月；

6.《海上历险记》，爱伦坡著，焦菊隐译，1949年3月；

7.《传记》，勃而曼著，石华父（真名陈麟瑞）译，1949年1月；

8.《草叶集》，惠特曼著，高寒译，1949年3月；

9.《朗费罗诗选》，朗费罗著，简企之（荒芜与朱葆光合用笔名）译，1949年3月；

---

① 赵家璧：《出版“美国文学丛书”的前前后后——回忆一套标志中美文化交流的丛书》，载《读书》1980年第10期。

② 赵家璧：《出版“美国文学丛书”的前前后后——回忆一套标志中美文化交流的丛书》，载《读书》1980年第10期；冯亦代：《“美国文学丛书”的始末》，载《新华月报（文摘版）》1979年第2期。

10.《悲悼》，奥尼尔著，荒芜译，1949年3月；

11.《珍妮小传》，德莱塞著，朱葆光译，1949年3月；

12.《人生一世》，萨洛阳著，洪深译，1949年2月；

13.《温士堡·俄亥俄》，安德森著，吴岩译，1949年3月；

14.《现代美国文艺思潮》（上下卷），卡静著，冯亦代译，1949年1月；

15.《华尔腾》，梭罗著，徐迟译（徐迟晚年重译时将书名改为《瓦尔登湖》），1949年3月；

16.《林肯在依利诺州》，夏而乌特著，袁俊译，1949年3月；

17.《密西西比河上》，马克·吐温著，毕树棠译，1949年8月；

18.《现代美国诗歌》，美国名家名作，袁水拍译，1949年3月。

从以上译作的出版时间看，只有毕树棠因病导致所译马克·吐温著《密西西比河上》出版稍晚几个月外，其余全部在1949年前4个月内出齐。

“美国文学译丛”的翻译出版是中美两国学人共同努力的结果，18部作品后来有很多重译和再版，作者和译者的名字广为人知。郑振铎和费正清在“美国文学译丛”翻译出版中的贡献可能会被人们淡忘，但是他们二人在中美文学交流史上确实留下了浓墨重彩的一笔。

抗战期间，以商务印书馆、中华书局、世界书局等为代表的大出版商遭到战火重创，历经迁址，勉强支撑。战火中，共产党领导下的革命书店挺身而出，战斗在外国文学翻译出版的前列，其中1945年10月22日由生活书店、新知书店和读书出版社合并诞生的生活·读书·新知三联书店最为典型。[①]

生活书店由邹韬奋创立，他本人在抗战期间挤时间译出了“为鲁迅所推荐的《革命文豪高尔基》”[②]。胡愈之回忆生活书店时写道：“生活出的好书更多，全国分支点最多时有五十多处，比中华、商务还多。”[③]生活书

① 徐雪寒：《新知书店的战斗历程》，见宋原放主编《中国出版史料·现代部分》第一卷下册，山东教育出版社2001年版，第114页。

② 徐雪寒：《新知书店的战斗历程》，见宋原放主编《中国出版史料·现代部分》第一卷下册，山东教育出版社2001年版，第80页。

③ 华应申：《华应申的发言》，见宋原放主编《中国出版史料·现代部分》第一卷下册，山东教育出版社2001年版，第94页。

店在国难当头时站在翻译出版的最前沿。生活书店出版发行的外国文学刊物有鲁迅主编的《译文》、郑振铎主编的《世界文库》、傅东华和郑振铎主编的《文学》等。[①]

读书出版社（以下简称“读社”）成立于1936年。读社入股的人有作家、教员、职员，甚至失业者，他们是读社最忠实的朋友。所有这些“股东”，不论是前前后后拿出几万元的郑一斋、郑易里，还是拿出几十元的读者，很少有人再向读社收回过钱，读社也不曾付过股息。作为后来三联书店成员之一的读社，既不是私人经营的合股公司，更不是资本家办的书店，它从一开始就是在中国共产党的领导下，由部分党员、进步文化界人士、广大追求进步的读者衷心支助下建立起来的革命书店。[②]

读社翻译出版的外国文艺理论和文学作品，除了《高尔基论》（罗稷南译）外还有很多，尤以苏俄为最：《新文学教程》（以群译）、《苏联文学讲话》（以群译）、《苏联艺术讲话》（葛一虹编译）、《世界文学史纲》（杨心秋、雷蛰译）、高尔基的《在人间》《给文学青年的信》《怎样写作》、剧本《怒吼吧，中国》《铁甲列车》。[③]

读社还曾出版《文学月报》，由罗荪主编，编委有戈宝权、罗烽、力扬等。这是继茅盾主编的《文艺阵地》之后在大后方出版的又一个大型文学杂志。

新知书店于1935年秋由钱俊瑞创办于上海，它是中国共产党领导的革命出版机构，以出版理论书籍为主。抗日战争爆发后总店迁到武汉，受中共中央长江局委托，以“中国书店”名义出版马克思主义经典著作。国民党政府对新知书店的迫害日益加剧，书刊屡遭查禁，分店陆续被查封或被迫停业，人员屡遭逮捕。1940年，在姜椿芳的义务帮助下，新知书店上海办事处（俞鸿模主持）组织翻译了苏联文学丛书和长篇文学名著。1941年

---

① 胡愈之：《关于生活书店》，见宋原放主编《中国出版史料·现代部分》第一卷下册，山东教育出版社2001年版，第86页。

② 范用：《一个战斗在白区的出版社——记读书生活出版社》，见宋原放主编《中国出版史料·现代部分》第一卷下册，山东教育出版社2001年版，第127页。

③ 范用：《一个战斗在白区的出版社——记读书生活出版社》，见宋原放主编《中国出版史料·现代部分》第一卷下册，山东教育出版社2001年版，第123页。

夏，由梅益领导的书店工作已处于半秘密状态，不与同业公开往来，专印本版（包括中国出版社）书籍。到1941年皖南事变，国内分店只剩下重庆一处。但他们除坚持继续用“新知”名义出书外，还设立了远方书店、实学书局，出版了不少书籍。法国巴比塞著、徐懋庸译的《从一个人看一个新世界——斯大林传》等，都深受读者欢迎，一再重版。①

华应申主持泰风公司与远方书店，并与香港和内地联系，将编译的“苏联文学丛书”陆续出版，其中有梅益译的《钢铁是怎样炼成的》、楼适夷译的《彼得大帝》、林淡秋译的《时间呀，前进！》、董秋斯译的《索特》等等。这一套丛书的出版计划相当庞大，如金人译的《苦难的历程》（三卷本）等均已交稿。②此外，陈原等人编的《二期抗战新歌初集》、陈原编译的《苏联名歌集》在中国是初次出版，其发行之多，简直救了新知的命。③

除了生活·读书·新知三联书店以外，根据周恩来1942年在重庆对书店工作的指示，徐伯昕等用几个出版社的名义出书，按书籍内容分为一、二、三线。《民主》周刊和原来生活版的书，由生活书店出版。骆驼书店则是1946年由徐伯昕筹建的，专门印行外国文学名著。该社出版了一批有影响的世界文学名著：第一本译著是1946年4月出版的傅雷翻译的罗曼·罗兰的《贝多芬传》，还有《战争与和平》《巴黎圣母院》《高老头》《狄更斯选集》《亚尔培·萨伐龙》等，其中最有影响的是傅雷译的罗曼·罗兰的《约翰·克利斯朵夫》。④

另外，上海地下党交予姜椿芳利用苏商关系筹办的时代出版社，相继出版了《时代日报》和《时代》周刊。1942年推出的文学杂志《苏联文艺》，是中国第一份文学译介专刊。参与编辑和翻译工作的有姜椿芳、陈

---

① 徐雪寒：《新知书店的战斗历程》，见宋原放主编《中国出版史料·现代部分》第一卷下册，山东教育出版社2001年版，第99页。

② 徐雪寒：《新知书店的战斗历程》，见宋原放主编《中国出版史料·现代部分》第一卷下册，山东教育出版社2001年版，第107页。

③ 华应申：《华应申的发言》，见宋原放主编《中国出版史料·现代部分》第一卷下册，山东教育出版社2001年版，第94页。

④ 徐觉民：《战斗的才能和事业的才能——记徐伯昕同志一九四三至一九四九年在上海的文化出版活动》，载《出版史料》1990年第1期。

冰夷、叶水夫、戈宝权、许磊然、包文棣、孙绳武、草婴和蒋路等人。叶水夫1945年译出了柯涅楚克的《赴苏使命》、戈尔巴朵夫的《不屈的人们》，1946年译出《高尔基周期作品集》、法捷涅夫的《青年近卫军》。共产党领导下的革命书店站在了外国革命文学、反法西斯文学翻译出版的最前列。

不仅翻译出版商家发生了变化，译者群也有了很大变化，廖七一称之为“抗战文学翻译的大众化”[①]。翻译文学的大众化是指文学翻译主题内容贴近普通军民，形式通俗化，语言口语化。这一特征蕴含着译者群已由五四时期真正开始俄苏文学翻译研究的鲁迅、瞿秋白等名家，扩展到更大的范围，其中很多人都成为现代文学翻译研究的大家，而且他们又培养和带动了一大批新人的成长。

国统区：从事翻译苏联反法西斯文学的有曹靖华、戈宝权、王语今、葛一虹等人。戈宝权，江苏东台人。1946年（普希金逝世110周年），他编译了《普希金文集》。该书于1947年12月出版。1947年至1948年，他编辑出版了《高尔基研究年刊》。[②]

解放区：1942年5月毛泽东发表《在延安文艺座谈会上的讲话》，之后在不到7年的时间里，解放区共出版苏联文艺理论著作和文学作品56种。解放区创办的《新中华报》和《解放日报》，译介了为数不少的外国文学作品，尤其是短篇作品。译者大多来自国统区和沦陷区，他们主要是周扬、成仿吾、肖三、柯柏年、王子野、曹汀、付克、何锡麟、赵洵等。肖三译出的柯涅楚克的剧本《前线》在《解放日报》上连载，他翻译的苏联作家别克的小说《恐惧与无畏》在解放区引起较大反响。[③]

其间还有很多人从事外国文学的译介活动。陈冰夷，上海嘉定人，1941年至1949年在时代翻译社从事翻译工作，1940年在该社出版普希金的《暴风雪》，1944年译出西蒙诺夫的三幕剧《俄罗斯人》。孙绳武，河南偃师人，1949年调至时代出版社，1949年至1951年在该社先后出版了《史

① 廖七一：《抗战历史语境与重庆的文学翻译》，载《外国语文》2012年第2期。

② 陈玉刚：《中国翻译文学史稿》，中国对外翻译出版公司1989年版，第317页。

③ 陈言：《抗战时期翻译文学述论》，载《抗日战争研究》2005年第4期。

丹尼斯拉夫斯基》《聂米洛维奇·丹钦柯》《克尼碧尔·契柯娃》《莱蒙托夫传》《托尔斯泰评传》《普希金传》等。磊然，上海人，1944年至1952年在时代出版社从事翻译、编辑工作，1945年至1951年在该社出版了叶密良诺娃的《外科医生》、卡达耶夫的《妻》、西蒙诺夫的《日日夜夜》、普希金的《村姑小姐》、基李连科的《寒涛飞溅》、波列伏依的《真正的人》、普希金的《射击》等。

第二节　翻译出版的黄金时代

1949年至1966年，中国的出版业，特别是外国文学翻译出版事业，也像其他领域一样，取得了举世瞩目的成绩。卞之琳等在《十年来的外国文学翻译和研究工作》中介绍了新中国成立后近十年文学作品翻译出版数量和发行量达到高峰的情况：

> 据出版事业管理局不完全的统计，自一九四九年十月至一九五八年十二月止共九年多的时间内，我们翻译出版的外国文学艺术作品共5356种。①

这一数字接近新中国成立前三十年间的全部社会科学和自然科学翻译著作的总和。仅就文艺方面的译本来说，新中国成立后近十年“几乎是解放前三十年的两倍半”②。从文学翻译书籍的印数来看：

> 解放前文艺翻译书籍每种一般只有一二千册，多者也不过三五千册，而解放后上述九年多时间内这方面书籍的总印数为110，132，000册，平均每种为二万册。③

① 卞之琳等：《十年来的外国文学翻译和研究工作》，载《文学评论》1959年第5期。

② 卞之琳等：《十年来的外国文学翻译和研究工作》，载《文学评论》1959年第5期。

③ 卞之琳等：《十年来的外国文学翻译和研究工作》，载《文学评论》1959年第5期。

新中国建立后，文学翻译出版实现了计划性，既考虑到数量大，也顾及到方面广，还兼顾了翻译出版质量。卞之琳等用“一是正确的方向，二是普遍提高的质量”[①]来概括翻译出版事业。

新中国成立后外交战略大体上十年一变，从成立初期的“一边倒”到60年代的“两面出击”，再到70年代的“一条线，一大片”，以摆脱对美、对苏两线作战的不利局面。与此同时，中国先后同亚非拉国家以及西方国家建立了外交关系。五六十年代中国的翻译出版业始终紧跟外交战略指针的变化而变化，这一紧密互动的背后是中国国营出版体制框架强大力量的支撑。

人民文学出版社成立于1951年3月，它是新中国成立最早、历史最长、规模最大的国家级文学专业出版机构，代表了新中国文学出版的最高水平，更是全国文学翻译出版的风向标。考察20世纪五六十年代中国外国文学的翻译出版情况，不能离开人民文学出版社的外国文学翻译出版活动。20世纪五六十年代文学作品的出版大社除了人民文学出版社之外，主要还有作家出版社、中国青年出版社和上海文艺出版社等。1960年作家出版社并入人民文学出版社，1963年11月上海文艺出版社也并入人民文学出版社，人民文学出版社成为文学出版业的“航空母舰”。

这一时期是我国外国文学译介的黄金期，翻译出版数量过大，所以我们在此仅仅将人民文学出版社在这一时期翻译出版的各国古典文学作品作以一梳理，以利之后的讨论。

表4-2-5　人民文学出版社1949—1965年翻译出版外国古典文学著作统计表[②]

序号	作品名	国别	原作者	译者	出版时间
1	《日本狂言选》	日本	作者不详	周启明	1955年4月
2	《浮世澡堂》	日本	式亭三马	周启明	1958年9月

① 卞之琳等：《十年来的外国文学翻译和研究工作》，载《文学评论》1959年第5期。

② 参照国家出版事业管理局版本图书馆编：《1949—1979翻译出版外国古典文学著作目录》，中华书局1980年版，第1-41页。

续表

序号	作品名	国别	原作者	译者	出版时间
3	《夏目漱石选集》（第二卷）	日本	夏目漱石	开西、丰子恺	1958年6月
4	《石川啄木小说集》	日本	石川啄木	丰子恺等	1958年11月
5	《夏目漱石选集》（第一卷）	日本	夏目漱石	胡雪、由其	1958年12月
6	《破戒》	日本	岛崎藤村	由其	1958年12月
7	《哥儿》	日本	夏目漱石	开西	1959年12月
8	《二叶亭四迷小说集》	日本	二叶亭四迷	石坚白、秦柯	1962年1月
9	《樋口一叶选集》	日本	樋口一叶	肖肖	1962年1月
10	《石川啄木诗歌集》	日本	石川啄木	周启明、卞立强	1962年1月
11	《我们的一伙儿和他》	日本	石川啄木	叔昌	1962年10月
12	《古事记》	日本	安万侣	周启明	1963年2月
13	《春香传》	朝鲜	作者不详	冰蔚、木弟	1956年7月
14	《金云翅传》	越南	阮攸	黄轶球	1959年3月
15	《蚌、蛎、螺、蚬》	越南	黄州骥整理	林荫	1959年9月
16	《伊克巴尔诗选》	巴基斯坦	伊克巴尔	邹荻帆、陈敬容	1958年10月
17	《沙恭达罗》	印度	迦梨陀娑	王维克	1954年9月
18	《我的童年》	印度	泰戈尔	金克木	1954年10月
19	《新月集》	印度	泰戈尔	郑振铎	1954年10月
20	《吉檀迦利》	印度	泰戈尔	谢冰心	1955年4月

续表

序号	作品名	国别	原作者	译者	出版时间
21	《沙恭达罗》	印度	迦梨陀娑	季羡林	1956年5月
22	《云使·沙恭达罗》	印度	迦梨陀娑	金克木、季羡林	1956年5月
23	《云使》	印度	迦梨陀娑	金克木	1956年5月
24	《龙喜记》	印度	戒日王	吴晓铃	1956年11月
25	《小泥车》	印度	首陀罗迦	吴晓铃	1957年9月
26	《诗集》	印度	泰戈尔	石真、谢冰心	1958年5月
27	《沉船》	印度	泰戈尔	黄雨石	1957年12月
28	《两亩地》	印度	泰戈尔	石真等	1959年3月
29	《戈拉》	印度	泰戈尔	黄星圻	1959年9月
30	《五卷书》	印度	作者不详	季羡林	1959年10月
31	《泰戈尔作品集》（1—10卷）	印度	泰戈尔	石真等	1961年4月
32	《腊玛延那·玛哈帕腊达》	印度	作者不详	孙用	1962年3月
33	《优哩婆湿》	印度	迦梨陀娑	季羡林	1962年12月
34	《阿富汗诗歌选》	阿富汗	（诸家作品集）	宋兆霖、王然	1957年8月
35	《鲁达基诗选》	波斯	鲁达基	潘庆舲	1958年12月
36	《蔷薇园》	波斯	萨迪	水建馥	1958年9月
37	《鲁拜集》	波斯	莪默·伽亚谟	郭沫若	1958年12月
38	《鲁米诗选》	波斯	鲁米	宋兆霖	1958年12月
39	《虹》	土耳其	奥麦尔·赛斐丁	柳朝坚	1958年12月
40	《赛斐丁短篇小说集》	土耳其	赛斐丁	柳朝坚	1960年4月

续表

序号	作品名	国别	原作者	译者	出版时间
41	《卡星来和笛木乃》（文学小丛书）	伊拉克	伊本·穆加发	林兴华	1958年12月
42	《卡星来和笛木乃》（古印度寓言集）	伊拉克	伊本·穆加发	林兴华	1959年3月
43	《先知》	黎巴嫩	纪伯伦	冰心	1957年4月
44	《黎巴嫩短篇小说集》	黎巴嫩	（诸家作品集）	水鸥等	1960年4月
45	《天方诗经》	埃及	补虽里	马安礼	1957年10月
46	《一个非洲庄园的故事》	南非	奥丽英·旭莱纳	郭开兰	1958年2月
47	《易卜生戏曲集》（一）	挪威	易卜生	潘家洵	1956年7月
48	《易卜生戏曲集》（二）	挪威	易卜生	潘家洵	1958年1月
49	《易卜生戏曲集》（三）	挪威	易卜生	潘家洵	1956年7月
50	《易卜生戏曲集》（四）	挪威	易卜生	潘家洵	1959年3月
51	《戏剧四种》（外国古典文学名著丛书）	挪威	易卜生	潘家洵	1959年9月
52	《比昂逊戏剧集》	挪威	比昂逊	茅盾	1960年4月
53	《吉尔约岭上的一家》	挪威	约那士·李	柯青	1962年9月
54	《玩偶之家》（文学小丛书）	挪威	易卜生	潘家洵	1963年2月
55	《吉斯泰·贝林的故事》	瑞典	塞尔玛·拉格洛孚	高骏千、王央乐	1958年9月
56	《七兄弟》	芬兰	阿列克塞斯·基维	高宗禹	1962年12月
57	《安徒生童话选集》	丹麦	安徒生	叶君健	1955年4月

续表

序号	作品名	国别	原作者	译者	出版时间
58	《安徒生童话选》（外国古典文学名著丛书）	丹麦	安徒生	叶君健	1958年11月
59	《征服者贝莱·黎明》	丹麦	马丁·安德·森尼克索	陈蔚	1959年3月
60	《贡劳格英雄传说》	冰岛	作者不详	郭恕可	1958年9月
61	《死魂灵》	俄国	果戈理	鲁迅	1952年2月
62	《外套》	俄国	果戈理	刘辽逸	1952年4月
63	《鼻子》	俄国	果戈理	鲁迅	1952年4月
64	《茨冈》	俄国	普希金	瞿秋白	1953年2月
65	《坏孩子和别的奇闻》	俄国	契柯夫	鲁迅	1953年2月
66	《怎么办》（上下册）	俄国	车尔尼雪夫斯基	蒋路	1953年9月
67	《樱桃园》（契柯夫戏剧集）	俄国	契柯夫	满涛	1954年7月
68	《三姊妹》（契柯夫戏剧集）	俄国	契柯夫	曹靖华	1954年7月
69	《万尼亚舅舅》（契柯夫戏剧集）	俄国	契柯夫	丽尼	1954年9月
70	《契柯夫独幕剧集》	俄国	契柯夫	曹靖华	1954年10月
71	《叶甫盖尼·奥涅金》	俄国	普希金	吕荧	1954年12月
72	《海鸥》（契柯夫戏剧集）	俄国	契柯夫	丽尼	1954年12月
73	《狄康卡近乡夜话》	俄国	果戈理	满涛	1955年2月
74	《伊凡诺夫》（契柯夫戏剧集）	俄国	契柯夫	丽尼	1955年4月
75	《父与子》	俄国	屠格涅夫	巴金	1955年6月

续表

序号	作品名	国别	原作者	译者	出版时间
76	《家庭的戏剧》	俄国	赫尔岑	巴金	1955年3月
77	《在俄罗斯谁能快乐而自由》（上下册）	俄国	涅克拉索夫	楚图南	1955年6月
78	《贵族之家》	俄国	屠格涅夫	丽尼	1955年9月
79	《前夜》	俄国	屠格涅夫	丽尼	1955年9月
80	《猎人笔记》	俄国	屠格涅夫	丰子恺	1955年11月
81	《上尉的女儿》	俄国	普希金	孙用	1956年2月
82	《村居一月》	俄国	屠格涅夫	巴金	1956年2月
83	《契柯夫小说选》（上册）	俄国	契柯夫	汝龙	1956年4月
84	《穷人》	俄国	陀思妥耶夫斯基	文颖	1956年5月
85	《奥勃洛摩夫》（上下册）	俄国	赫尔岑	齐蜀夫	1956年12月
86	《被侮辱与被损害的》	俄国	陀思妥耶夫斯基	荃麟	1956年12月
87	《安娜·卡列尼娜》	俄国	列夫·托尔斯泰	周扬、谢素台	1956年12月
88	《复活》	俄国	列夫·托尔斯泰	汝龙	1957年2月
89	《艺术论》	俄国	普列汉诺夫	鲁迅	1957年2月
90	《沙逊的大卫》	俄国	作者不详	霍应人	1957年3月
91	《彼得堡故事》	俄国	果戈理	满涛	1957年4月
92	《生活与美学》	俄国	车尔尼雪夫斯基	周扬	1957年5月
93	《我的同时代人的故事》（第一卷）	俄国	柯罗连科	丰子恺、丰一吟	1957年5月

续表

序号	作品名	国别	原作者	译者	出版时间
94	《论西欧文学》	俄国	普列汉诺夫	吕荧	1957年5月
95	《纨绔少年》	俄国	冯维辛	李时	1957年7月
96	《伊戈尔远征记》	俄国	作者不详	魏荒弩	1957年8月
97	《美学论文选》	俄国	车尔尼雪夫斯基	缪灵珠	1957年9月
98	《杜布罗夫斯基》	俄国	普希金	刘辽逸	1957年11月
99	《罗亭》	俄国	屠格涅夫	陆蠡	1957年12月
100	《白痴》（上下卷）	俄国	陀思妥耶夫斯基	耿济之	1958年3月
101	《艺术论》	俄国	列夫·托尔斯泰	丰陈宝	1958年5月
102	《契柯夫小说选》（下册）	俄国	契柯夫	汝龙	1958年5月
103	《五月之夜》	俄国	果戈理	满涛	1958年9月
104	《第六病室》（文学小丛书）	俄国	契柯夫	汝龙	1958年9月
105	《契柯夫论文学》	俄国	契柯夫	汝龙	1958年10月
106	《别林斯基选集》（第一卷）	俄国	别林斯基	满涛	1958年10月
107	《盲音乐家》	俄国	柯罗连科	藏传真	1958年10月
108	《战争与和平》（1—4）	俄国	列夫·托尔斯泰	董秋斯	1958年12月
109	《养女》	俄国	奥斯特洛夫斯基	芳信	1958年12月
110	《马没有罪过》（文学小丛书）	俄国	珂丘宾斯基	王汶	1958年12月
111	《聪明误》	俄国	格里鲍耶多夫	朱维之	1959年2月

续表

序号	作品名	国别	原作者	译者	出版时间
112	《一个城市的历史》	俄国	萨尔蒂科夫-谢德林	张孟恢	1959年2月
113	《旅长》	俄国	冯维辛	李时	1959年4月
114	《木木》	俄国	屠格涅夫	巴金	1959年4月
115	《克列钦斯基的婚事》	俄国	苏霍夫-柯贝林	林耘	1959年5月
116	《来得容易去得快》	俄国	奥斯特洛夫斯基	芳信	1959年5月
117	《我的同时代人的故事》（第二卷）	俄国	柯罗连科	丰子恺、丰一吟	1959年5月
118	《屠格涅夫中短篇小说集》	俄国	屠格涅夫	肖珊、巴金	1959年6月
119	《从市集上来》	俄国	肖洛姆-阿莱汉姆	陈珍广	1959年9月
120	《左撇子》	俄国	列斯柯夫	张铁弦、王金陵	1959年10月
121	《一场欢喜一场空》（文学小丛书）	俄国	肖洛姆-阿莱汉姆	陈珍广	1959年11月
122	《乌克兰民间故事》	俄国	作者不详	王金陵	1959年11月
123	《大雷雨》	俄国	奥斯特洛夫斯基	芳信	1959年12月
124	《契柯夫小说选》（1、2）（外国古典文学名著丛书）	俄国	契柯夫	汝龙	1960年1月
125	《契柯夫戏剧集》	俄国	契柯夫	曹靖华	1960年1月
126	《没有地址的信·艺术与社会生活》	俄国	普列汉诺夫	曹葆华	1962年5月

续表

序号	作品名	国别	原作者	译者	出版时间
127	《屠格涅夫回忆录》	俄国	屠格涅夫	蒋路	1962年7月
128	《当代英雄》	俄国	莱蒙托夫	翟松年	1962年8月
129	《冬天记的夏天印象》	俄国	陀思妥耶夫斯基	满涛	1962年9月
130	《货郎》（文学小丛书）	俄国	涅克拉索夫	飞白	1962年10月
131	《哈泽·穆拉特》	俄国	列夫·托尔斯泰	刘辽逸	1962年12月
132	《草原》（文学小丛书）	俄国	契柯夫	汝龙	1963年2月
133	《给契柯夫的信》	俄国	玛·契柯娃	王金陵	1963年3月
134	《果戈理小说戏剧选》（外国古典文学名著丛书）	俄国	果戈理	满涛	1963年3月
135	《我的同时代人的故事》（第三、四卷）	俄国	柯罗连科	丰子恺、丰一吟	1964年1月
136	《高加索故事》	俄国	列夫·托尔斯泰	草婴	1964年5月
137	《卖牛奶的台维》	俄国	肖洛姆–阿莱汉姆	汤真、万紫	1964年5月
138	《普里瓦洛夫的百万家私》	俄国	马明–西比利亚克	左海	1964年7月
139	《车尔尼雪夫斯基论文学》（中卷）	俄国	车尔尼雪夫斯基	辛未艾	1965年5月
140	《塔杜施先生》	波兰	亚当·密茨凯维支	孙用	1955年5月
141	《奥若什科娃短篇小说集》	波兰	奥若什科娃	施友松	1957年9月
142	《前哨》	波兰	普鲁斯	庄寿慈	1957年9月

续表

序号	作品名	国别	原作者	译者	出版时间
143	《密茨凯维支诗选》	波兰	亚当·密茨凯维支	孙用、景行	1958年7月
144	《烟》（文学小丛书）	波兰	玛丽亚·柯诺普尼茨卡	施友松	1958年9月
145	《柯诺普尼茨卡短篇小说集》	波兰	玛丽亚·柯诺普尼茨卡	施友松	1958年10月
146	《康拉德·华伦洛德》	波兰	亚当·密茨凯维支	景行	1958年10月
147	《歌谣选》（文学小丛书）	波兰	亚当·密茨凯维支	孙用	1958年12月
148	《马尔达》	波兰	奥若什科娃	钟宪民	1959年6月
149	《莱蒙特短篇小说集》	波兰	莱蒙特	金锡嘏、施子仁	1959年6月
150	《狄尔戏剧集》	捷克	约·狄尔	杨成夫等	1962年12月
151	《外祖母》	捷克	聂姆曹娃	吴琦	1957年11月
152	《还我自由》	捷克	阿·伊拉塞克	张家章	1958年10月
153	《哈谢克短篇小说集》	捷克	雅·哈谢克	水宁尼	1959年1月
154	《灯笼》	捷克	阿·伊拉塞克	杨乐云、孔柔	1959年2月
155	《勇敢的约翰》	匈牙利	裴多菲·山陀尔	孙用	1953年3月
156	《裴多菲诗选》	匈牙利	裴多菲·山陀尔	孙用	1958年2月
157	《裴多菲诗选》（文学小丛书）	匈牙利	裴多菲·山陀尔	孙用	1959年4月

续表

序号	作品名	国别	原作者	译者	出版时间
158	《多尔第》	匈牙利	奥洛尼·亚诺士	孙用	1960年3月
159	《钟哥与金黛》	匈牙利	弗罗什马蒂·米哈尔	裴培	1962年11月
160	《七个铜板》（文学小丛书）	匈牙利	日格蒙德·莫里兹	凌山、何家槐	1958年12月
161	《黄蔷薇》	匈牙利	约卡伊·莫尔	汤真	1960年3月
162	《使徒》	匈牙利	裴多菲·山陀尔	兴万生	1963年1月
163	《斯拉维支小说集》	罗马尼亚	斯拉维支	高骏千等	1957年12月
164	《弗拉胡查短篇小说集》	罗马尼亚	弗拉胡查	刘连增等	1957年12月
165	《克里昂加选集》	罗马尼亚	克里昂加	洪有纾	1958年1月
166	《白奴的故事》	罗马尼亚	克里昂加	沈怀洁、洪有纾	1958年10月
167	《聂格鲁吉小说选》	罗马尼亚	聂格鲁吉	陈小曼	1960年4月
168	《普列舍伦诗选》	南斯拉夫	普列舍伦	张奇、水健馥	1956年12月
169	《老管家耶尔奈》	南斯拉夫	参卡尔	郭开兰	1957年4月
170	《波特夫诗集》	保加利亚	波特夫	杨燕杰、叶明珍	1956年10月
171	《弗拉舍里诗选》	阿尔巴尼亚	弗拉舍里	杜承南	1962年11月
172	《米耶达诗选》	阿尔巴尼亚	恩德烈·米耶达	乌兰汗、船甲	1962年11月

续表

序号	作品名	国别	原作者	译者	出版时间
173	《恰佑比诗选》	阿尔巴尼亚	恰佑比	戈宝权	1964年11月
174	《德国——一个冬天的童话》	德国	海涅	艾思奇	1951年9月
175	《华伦斯坦》	德国	席勒	郭沫若	1955年4月
176	《浮士德》	德国	歌德	郭沫若	1955年8月
177	《阴谋与爱情》	德国	席勒	廖辅叔	1955年8月
178	《少年维特之烦恼》	德国	歌德	郭沫若	1955年9月
179	《赫曼与窦绿苔》	德国	歌德	郭沫若	1955年12月
180	《奥里昂的姑娘》	德国	席勒	张天麟	1956年4月
181	《海涅诗选》	德国	海涅	冯至	1956年5月
182	《强盗》	德国	席勒	扬文震、李长之	1956年6月
183	《威廉·退尔》	德国	席勒	钱春绮	1956年6月
184	《西利西亚的纺织工人》	德国	海涅	冯至	1959年5月
185	《希腊的神话和传说》	德国	斯威布	楚图南	1959年6月
186	《格林童话集》	德国	雅各·格林、威廉·格林	魏以新	1959年9月
187	《尼伯龙根之歌》	德国	作者不详	钱春绮	1959年11月
188	《彼得·史勒密奇遇记》（文学小丛书）	德国	阿德贝尔特·封·沙米索	伯永	1962年8月
189	《布登勃洛克一家》（外国古典文学名著丛书）	德国	托马斯·曼	傅惟慈	1962年12月

续表

序号	作品名	国别	原作者	译者	出版时间
190	《豪夫童话集》	德国	豪夫	付趧寰	1963年3月
191	《肖伯纳戏剧集》（一）	英国	肖伯纳	黄钟等	1956年12月
192	《肖伯纳戏剧集》（二）	英国	肖伯纳	朱光潜等	1956年12月
193	《肖伯纳戏剧集》（三）	英国	肖伯纳	张谷若等	1956年12月
194	《亨利四世》	英国	莎士比亚	吴兴华	1957年3月
195	《名利场》（共二册）	英国	萨克雷	杨必	1957年5月
196	《柔米欧与幽丽叶》	英国	莎士比亚	曹禺	1957年7月
197	《解放了的普罗密修斯》	英国	雪莱	邵洵美	1957年8月
198	《德伯家的苔丝》	英国	汤玛斯·哈代	张谷若	1957年10月
199	《咖啡店政客》	英国	亨利·菲尔丁	英若诚	1957年8月
200	《布莱克诗选》	英国	布莱克	查良铮等	1957年8月
201	《大伟人江豪生·魏尔德传》	英国	亨利·菲尔丁	肖乾	1957年12月
202	《失乐园》	英国	弥尔顿	付东华	1958年8月
203	《威克菲牧师传》	英国	哥尔斯密	伍光健	1958年9月
204	《弥尔顿诗选》	英国	弥尔顿	殷宝书	1958年9月
205	《摩尔·弗兰德斯》	英国	迪福	梁遇春	1958年9月
206	《彭斯诗选》	英国	彭斯	王佐良	1959年5月
207	《鲁宾逊漂流记》（外国古典文学名著丛书）	英国	迪福	方原	1959年9月
208	《我的心呀，在高原》（文学小丛书）	英国	彭斯	袁水拍	1959年12月

续表

序号	作品名	国别	原作者	译者	出版时间
209	《格列佛游记》（外国古典文学名著丛书）	英国	迪福	张健	1962年2月
210	《试论独创性作品：致〈查理士·格兰狄逊爵士〉作者书》（外国古典文学名著丛书）	英国	爱德华·扬格	袁可嘉	1963年11月
211	《亨利第五》	英国	莎士比亚	方平	1958年1月
212	《哈姆雷特》	英国	莎士比亚	卞之琳	1958年4月
213	《济慈诗选》	英国	约翰·济慈	查良铮	1958年4月
214	《大卫·科波菲尔》（上下册）	英国	狄更斯	董秋斯	1958年4月
215	《还乡》	英国	汤玛斯·哈代	张谷若	1958年5月
216	《莎士比亚戏剧集》（一）	英国	莎士比亚	朱生豪	1958年7月
217	《莎士比亚戏剧集》（二）	英国	莎士比亚	朱生豪	1958年7月
218	《莎士比亚戏剧集》（三）	英国	莎士比亚	朱生豪	1958年7月
219	《莎士比亚戏剧集》（四）	英国	莎士比亚	朱生豪	1958年7月
220	《莎士比亚戏剧集》（五）	英国	莎士比亚	朱生豪	1958年7月
221	《无名的裘德》	英国	汤玛斯·哈代	张谷若	1958年9月
222	《云雀》（文学小丛书）	英国	雪莱	查良铮	1958年9月
223	《亨利·艾斯芒德的历史》	英国	萨克雷	陈逵、王培德	1958年9月
224	《雪莱抒情诗选》	英国	雪莱	查良铮	1958年10月
225	《吉姆爷》	英国	康拉德	梁遇春、袁家骅	1958年12月

续表

序号	作品名	国别	原作者	译者	出版时间
226	《奥瑟罗》（文学小丛书）	英国	莎士比亚	朱生豪	1959年4月
227	《肖伯纳戏剧集》	英国	肖伯纳	潘家洵	1959年9月
228	《莎士比亚戏剧集》（六）	英国	莎士比亚	朱生豪	1959年9月
229	《莎士比亚戏剧集》（七）	英国	莎士比亚	朱生豪	1959年9月
230	《理查三世》	英国	莎士比亚	方重	1959年9月
231	《莎士比亚戏剧集》（八）	英国	莎士比亚	朱生豪	1960年1月
232	《莎士比亚戏剧集》（九）	英国	莎士比亚	朱生豪	1960年1月
233	《莎士比亚戏剧集》（十）	英国	莎士比亚	朱生豪	1960年2月
234	《莎士比亚戏剧集》（十一）	英国	莎士比亚	朱生豪	1960年2月
235	《莎士比亚戏剧集》（十二）	英国	莎士比亚	朱生豪	1960年2月
236	《亚瑟王之死》	英国	马罗礼	黄素封	1960年4月
237	《肖伯纳戏剧三种》（外国古典文学名著丛书）	英国	肖伯纳	潘家洵	1963年9月
238	《为诗辩护》（外国古典文艺理论丛书）	英国	锡德尼	钱学熙	1964年1月
239	《匹克威克外传》（上下册）	英国	狄更斯	蒋天佐	1964年5月
240	《格莱葛瑞夫人独幕剧选》	爱尔兰	格莱葛瑞夫人	愈大缜	1958年10月
241	《高老头》	法国	巴尔扎克	傅雷	1954年11月
242	《夏倍上校》	法国	巴尔扎克	傅雷	1954年11月
243	《欧也妮·葛朗台》	法国	巴尔扎克	傅雷	1954年11月
244	《邦斯舅舅》（上下册）	法国	巴尔扎克	傅雷	1954年11月
245	《贝姨》（上下册）	法国	巴尔扎克	傅雷	1954年11月

续表

序号	作品名	国别	原作者	译者	出版时间
246	《老实人》	法国	伏尔泰	傅雷	1955年2月
247	《嘉尔曼》（附《高龙巴》）	法国	大仲马	傅雷	1955年3月
248	《于絮尔·弥罗埃》	法国	巴尔扎克	傅雷	1956年11月
249	《查第格》	法国	伏尔泰	傅雷	1956年11月
250	《塞维勒的理发师》	法国	博马舍	吴达元	1956年12月
251	《巨人传》	法国	拉伯雷	鲍文蔚	1956年12月
252	《约翰·克利斯朵夫》（共四册）	法国	罗曼·罗兰	傅雷	1957年1月
253	《费加罗的婚礼》	法国	博马舍	吴达元	1957年3月
254	《九三年》	法国	雨果	郑永慧	1957年5月
255	《昂朵马格》	法国	拉辛	齐放	1957年5月
256	《茶花女》	法国	小仲马	齐放	1957年7月
257	《瘸腿魔鬼》	法国	勒萨日	张道真	1957年9月
258	《杜卡莱先生》	法国	勒萨日	赵少侯	1957年12月
259	《唐璜》	法国	莫里哀	陈佶	1958年1月
260	《心病者》	法国	莫里哀	邓琳	1958年1月
261	《悭吝人》	法国	莫里哀	赵少侯	1958年1月
262	《醉心贵族的小市民》	法国	莫里哀	邓琳	1958年1月
263	《可笑的女才子》	法国	莫里哀	赵少侯	1958年1月
264	《伪君子》	法国	莫里哀	赵少侯	1958年1月
265	《恨世者》	法国	莫里哀	赵少侯	1958年1月
266	《史嘉本的诡计》	法国	莫里哀	万新	1958年1月
267	《安吉堡的磨工》	法国	乔治·桑	罗玉君	1958年2月

续表

序号	作品名	国别	原作者	译者	出版时间
268	《哥拉·布勒尼翁》	法国	罗曼·罗兰	许渊冲	1958年3月
269	《波斯人信札》	法国	孟德斯鸠	罗大冈	1958年3月
270	《贝朗瑞歌曲选》	法国	贝朗瑞	沈宝基	1958年5月
271	《悲惨世界》（一）	法国	雨果	李丹	1958年5月
272	《查理第九时代轶事》	法国	梅里美	林托山	1958年5月
273	《罗曼·罗兰革命剧选》	法国	罗曼·罗兰	齐放、老笃	1958年5月
274	《布封文钞》	法国	布封	任典	1958年8月
275	《金钱》	法国	左拉	冬林	1958年8月
276	《定命论者雅克和他的主人》	法国	狄德罗	匡明	1958年9月
277	《丈夫学堂》	法国	莫里哀	王了一	1958年9月
278	《小酒店》	法国	左拉	王了一	1958年9月
279	《妇人学堂》	法国	莫里哀	万新	1958年9月
280	《高利贷者》	法国	巴尔扎克	陈占元	1958年9月
281	《包法利夫人》	法国	福楼拜	李健吾	1958年10月
282	《吉尔·布拉斯》（上下册）	法国	勒萨日	杨绛	1958年11月
283	《卢贡家族的家运》	法国	左拉	林如稷	1958年11月
284	《火线》	法国	巴比塞	一沙	1958年11月
285	《崩溃》	法国	左拉	华素	1958年4月
286	《羊脂球》（文学小丛书）	法国	莫泊桑	赵少侯	1958年9月
287	《葛洛特·格》（文学小丛书）	法国	雨果	沈宝基	1959年5月
288	《悲惨世界》（二）	法国	雨果	李丹	1959年6月
289	《莫里哀喜剧选》（共三卷）	法国	莫里哀	赵少侯、王了一	1959年9月

续表

序号	作品名	国别	原作者	译者	出版时间
290	《诗的艺术》	法国	布瓦洛	任典	1959年10月
291	《磨坊之围》	法国	左拉	江影	1959年11月
292	《缪塞诗选》	法国	缪塞	陈徵莱	1960年12月
293	《博马舍戏剧二种》	法国	博马舍	吴达元	1962年2月
294	《拉法格文学论文集》	法国	保尔·拉法格	罗大冈	1962年5月
295	《搅水女人》	法国	巴尔扎克	傅雷	1962年11月
296	《嘉尔曼》	法国	梅里美	傅雷	1962年12月
297	《柏林之围》	法国	都德	赵少侯	1962年12月
298	《都尔的本堂神甫·比哀兰德》	法国	巴尔扎克	傅雷	1963年1月
299	《艺术哲学》	法国	丹纳	傅雷	1963年1月
300	《一生》	法国	莫泊桑	盛澄华	1963年1月
301	《小约翰》	荷兰	望·蔼覃	鲁迅	1957年2月
302	《凯勒中篇小说集》	瑞士	高·凯勒	田德望	1963年1月
303	《哥尔多尼戏剧集》	意大利	哥尔多尼	孙维世	1957年6月
304	《乡村骑士》	意大利	乔万尼·维尔加	王央乐	1958年9月
305	《神曲》（地狱、净界、天堂三部曲）	意大利	但丁	王维克	1959年9月
306	《牧歌》	古罗马	维吉尔	杨宪益	1957年2月
307	《特洛亚妇女》	古罗马	塞内加	杨周翰	1958年9月
308	《阿里斯托芬喜剧集》（一）	希腊	阿里斯托芬	罗念生、周启明	1954年11月

续表

序号	作品名	国别	原作者	译者	出版时间
309	《伊索寓言》	希腊	伊索	周启明	1955年2月
310	《伊索寓言选》	希腊	伊索	周启明	1955年3月
311	《欧里庇得斯悲剧集》（一）	希腊	欧里庇得斯	罗念生、周启明	1957年2月
312	《欧里庇得斯悲剧集》（二）	希腊	欧里庇得斯	罗念生、周启明	1957年11月
313	《伊利亚特》	希腊	荷马	傅东华	1958年5月
314	《欧里庇得斯悲剧二种》（外国古典文学名著丛书）	希腊	欧里庇得斯	罗念生	1958年9月
315	《欧里庇得斯悲剧集》（三）	希腊	欧里庇得斯	罗念生、周启明	1958年10月
316	《柏拉图文艺对话集》	希腊	柏拉图	朱光潜	1959年11月
317	《埃斯库罗斯悲剧二种》（外国古典文学名著丛书）	希腊	埃斯库罗斯	罗念生	1961年11月
318	《索福克勒斯悲剧二种》（外国古典文学名著丛书）	希腊	索福克勒斯	罗念生	1961年11月
319	《山民牧唱》	西班牙	巴罗哈	鲁迅	1953年4月
320	《堂吉诃德》（第一、二部）	西班牙	塞万提斯	傅东华	1959年3月
321	《三角帽》	西班牙	亚拉尔孔	博园	1959年6月
322	《悲翡达夫人》	西班牙	迦尔杜斯	赵清慎	1961年12月
323	《茅屋》	西班牙	伊巴涅斯	庄重	1962年8月
324	《小癞子》	西班牙	作者不详	杨绛	1962年12月
325	《羊泉村》	西班牙	洛卜・德・维迦	朱葆光	1962年12月

续表

序号	作品名	国别	原作者	译者	出版时间
326	《里柯克小品选》	加拿大	斯蒂芬·里柯克	佟荔	1963年3月
327	《雪虎》	美国	杰克·伦敦	蒋天佐	1953年5月
328	《荒野的呼唤》	美国	杰克·伦敦	蒋天佐	1953年5月
329	《马克·吐温短篇小说集》	美国	马克·吐温	张友松	1954年11月
330	《汤姆·索亚历险记》	美国	马克·吐温	张友松	1955年8月
331	《草叶集选》	美国	惠特曼	楚图南	1955年10月
332	《王子与贫儿》	美国	马克·吐温	张友松	1956年4月
333	《镀金时代》	美国	马克·吐温、查理·华纳	张友松、张振先	1957年5月
334	《哈依瓦撒之歌》	美国	朗费罗	赵梦蕤	1957年5月
335	《在亚瑟王朝廷里的康涅狄克州美国人》	美国	马克·吐温	叶维之	1958年3月
336	《欧·亨利小说选》（上册）	美国	欧·亨利	王仲年	1958年7月
337	《麦琪的礼物》	美国	欧·亨利	王仲年	1958年9月
338	《密士失必河上》	美国	马克·吐温	常健	1958年9月
339	《败坏了赫德莱堡的人》	美国	马克·吐温	常健	1958年12月
340	《傻瓜威尔逊》	美国	马克·吐温	常健	1959年4月
341	《欧文短篇小说选》	美国	华盛顿·欧文	万紫、雨宁	1959年5月
342	《哈克贝利·费恩历险记》	美国	马克·吐温	张友松、张振先	1959年9月
343	《朗费罗诗选》	美国	朗费罗	杨德豫	1959年10月

续表

序号	作品名	国别	原作者	译者	出版时间
344	《热爱生命》（文学小丛书）	美国	杰克·伦敦	万紫、雨宁	1960年3月
345	《马克·吐温中篇小说选》	美国	马克·吐温	常健	1960年4月
346	《赤道环游记》	美国	马克·吐温	常健	1960年4月
347	《欧·亨利小说选》（下册）	美国	欧·亨利	王仲年	1961年12月
348	《欧·亨利短篇小说选》	美国	欧·亨利	王仲年	1962年12月
349	《秘鲁传说》（拉丁美洲文学丛书）	秘鲁	里卡陀·巴尔玛	白婴	1959年9月
350	《卡斯特罗·阿尔维斯诗选》（拉丁美洲文学丛书）	巴西	卡斯特罗·阿尔维斯	亦潜	1959年4月
351	《腹地》	巴西	欧克里德斯·达·库尼亚	贝金	1959年10月
352	《马蒂诗选》	古巴	何塞·马蒂	卢永等	1958年12月
353	《把帽子传一传》	澳大利亚	亨利·劳森	袁可嘉等	1960年1月

一、外交战略与文学翻译出版

中国在不断改善外部环境的进程中，首先把维护社会主义阵营的利益作为重要外交战略，同时团结拉丁美洲各国。在此大背景下，形成了文学翻译出版的“百花园”。

1.“一边倒”战略下的俄苏文学翻译出版

“一边倒”决定了新中国成立初期文学的翻译出版无论是数量还是类型

均达到了苏俄文学译介前所未有的程度。如表4-2-5所示，人民文学出版社50年代最初4年翻译出版的27种外国文学作品中，俄苏作品占12种，其中契诃夫6种、果戈理3种、普希金2种、车尔尼雪夫斯基1种。这一统计仅限于古典名著。有的学者曾统计过，这一时期俄苏古典文学仅占文学翻译总数10%左右，足见俄苏文学整体翻译出版数量之大。

卞之琳等撰写的《十年来的外国文学翻译和研究工作》中也曾用出版事业管理局的统计数据来说明苏联文学翻译的突出比重：

> 从一九四九年十月到一九五八年十二月止，中国翻译出版的苏联（包括旧俄）文学艺术作品共3526种，占这个时期翻译出版的外国文学艺术作品总种数65.8%强（总印数82，005，000册，占整个外国文学译本总印数74.4%强）。[①]

苏俄文学作品译介出版不仅数量空前，而且质量有口皆碑。出版家李景端曾称赞道："50年代出版的一些外国名著的中译本，其译本质量至今仍受到读者的称颂。"[②]这应该多指翻译出版数量最多的俄苏文学。

苏俄文学翻译出版的系列化愈发突出。生活·读书·新知三联书店1950年以后相继出版了高尔基的系列作品——1950年罗稷南译的《克里·萨木金的生平　第三部：燎原》、周扬译的《奥罗夫夫妇》等。

西蒙诺夫的中篇小说《日日夜夜》有不同译本面世：1949年中原新华书店出版华东军区政治部改编本，1951年时代出版社出版磊然译本，1951年莫斯科外国文书籍出版局出版昌浩、继纯合译的第三版《日日夜夜》。

葛一虹为满足广大读者对苏联和解放区图书的渴望，1949年重新开办天下出版社。1949年至1950年天下图书公司出版了"苏联名剧译丛"：1949年出版有荒芜译西蒙诺夫的《栗子树下》、葛一虹译贝尔采可夫斯基的《生命在呼唤》、安娥译维尔塔的《在某一国家内》、萧三译古爕夫的《光荣》以及张扬等译爱伦堡的《广场上的狮子》；1950年出版有葛一虹

① 卞之琳等：《十年来的外国文学翻译和研究工作》，载《文学评论》1959年第5期。

② 李景端：《翻译出版学初探》，载《出版工作》1988年第6期。

译包戈金的《带枪的人》、焦菊隐译高尔基的《骨肉之间》《夫妇》、焦菊隐译劳克的《爱国者》、张扬等译V. 维什涅夫斯基的《难忘的1919》、艾丁译包哥廷的《克里姆林宫钟声》等。此外，平明出版社1956年前后出版“托尔斯泰戏剧集”“屠格涅夫戏剧集”等系列译本。

文光书店自1946 年开始编撰“陀思妥耶夫斯基选集”，解放前出版了9部，解放后继续出版了3部——1950年出版韦丛芜译的《西伯利亚的囚犯》，1951年10月出版侍桁译的《赌徒》，1953年出版韦丛芜译的《卡拉玛卓夫兄弟》。此外，1958年新文艺出版社出版种觉译的《两重人格（彼得堡史诗）》。至此，陀思妥耶夫斯基的作品除了《群魔》等作品之外基本上都被译介了进来。

普希金的作品解放前已经译出很多，五六十年代中普希金作品的译介开始朝着全部译出的方向推进。平明出版社1954年到1955年出版普希金译本8部，仅查良铮一人就译出7部，余下的一部是萧珊译的《别尔金小说集》。这部小说集收入了普希金假托一个亡故的年轻地主别尔金的名义发表的五篇短篇小说，包含《射击》《大风雪》《棺材商人》《驿站长》《小姐——乡下姑娘》等。

外国文学作品的思想性并不是决定译介与否的唯一条件，但是极其重要的因素，俄苏文学的译介出版尤其如此。俄苏文学的译介出版在中国由来已久，解放后俄苏文学的思想性依旧是其翻译出版选择的重要因素。“一边倒”战略要求中苏之间增进友谊和团结，所以译本选择首先要满足外交需要，要在新的社会建设中互相鼓舞。译本选择除了思想性以外，在艺术形式、表现手法上还包含着需要从中学习一些东西、在文学创作中相互交流经验之意。所以说20世纪50年代俄苏文学的翻译出版，兼顾到了新中国的经济建设、国际关系以及中国文学事业的发展。

2.“两面出击”战略下文学翻译的“百花园”

五六十年代外国文学翻译出版状况是中国外交政策的晴雨表，准确地说，中国的外交战略一定程度上在外国文学翻译出版领域体现了出来。解放初期，中苏同盟“一边倒”战略是基于中苏政治意识形态的认同，在文学翻译出版领域俄苏文学翻译出版自然成为重中之重。20世纪50年代中后期国际形势日益严峻，中国基于维护社会主义阵营利益的构想开始了对外援助，主要包括越南、蒙古、朝鲜，还有阿尔巴尼亚、匈牙利、捷克等社会主义阵营国家。外交战略的调整在翻译出版领域体现为20世纪50年代中后期开始的由只注重俄苏文学和一部分欧美国家的古典文学，转向人民民主国家及欧美各国，以此为契机翻译出版有了面向世界各国的趋势，这就是卞之琳称解放后十年中国的外国文学翻译出版“构成了宽广的‘百花园’”[①]之原因。

亚非拉文学翻译出版受到重视，既有从未译介过的蒙古文学的翻译单行本出版，[②]也有解放前虽有译介但数量很少的越南文学和朝鲜文学翻译单行本出版。在不到十年的时间里就有越南文学三四十种翻译单行本，1959年3月黄轶球译阮攸的《金云翅传》和1959年9月林荫译《蚌、蛎、螺、蚬》均由人民文学出版社出版。朝鲜文学作品70多种问世，其中1956年7月由冰蔚、木弟译介的朝鲜古典文学《春香传》出版。翻译出版的印度文学多达六七十种。[③]

20世纪50年代末至60年代上半期外国文学的翻译出版扩展到亚非拉各国。为了促进亚非各国的文化交流，1958年《译文》9、10月号均设为“亚非国家文学专号”，11月号则设有“现代拉丁美洲诗辑”专栏。1959年，《译文》更名为《世界文学》，2月号上主要是亚非拉文学，4月号开辟了“非洲诗选”栏目。亚非拉文学成为这一时期译介的一个重要内容。

东欧人民民主国家政治上隶属社会主义阵营，与新中国政治意识形态话语颇为相似。“阿尔巴尼亚在我们的翻译地图上也不再是一个空白”[④]，保加利亚革命诗人波特夫的《波特夫诗集》由杨燕杰、叶明珍于1956年10月译出，群众书店1955年2月出版的诗集《九月及其他》中也收有波特夫的诗，还有捷克斯洛伐克、阿尔巴尼亚的长短诗30首。保加利亚、捷克、阿富汗、巴基斯坦、黎巴嫩、南非、古巴等国的文学作品都有翻译出版。

---

① 卞之琳等：《十年来的外国文学翻译和研究工作》，载《文学评论》1959年第5期。

② 卞之琳等：《十年来的外国文学翻译和研究工作》，载《文学评论》1959年第5期。

③ 卞之琳等：《十年来的外国文学翻译和研究工作》，载《文学评论》1959年第5期。

④ 卞之琳等：《十年来的外国文学翻译和研究工作》，载《文学评论》1959年第5期。

1952年，人民文学出版社出版了土耳其诗人希克梅特的诗作《希克梅特诗集》。人民文学出版社还出版了多国别作品集，如纳训从原文译出的相当完备的选本《一千零一夜》（一）（二）（三）、《辛伯达航海历险记》。[①]

1954年召开的全国文学翻译工作会议，使文学翻译成为国家文化蓝图的重要部分。1955—1958年的文学翻译出版称得上是真正的飞跃，在数量、国别、质量及传播范围上都出现了极大的突破。

二、世界名著翻译与欧美资本主义国家文学译介

五六十年代中，欧美古典文学的译介随着中国外交政策的变化而日益扩大，它是以中国开始走向世界为目标的，是为了配合1953年中国提出的和平共处五项原则而实施的。中国不断改善外部环境的外交手段在文学翻译出版领域表现为社会主义阵营和亚非拉文学翻译受到高度重视，反对美苏两国霸权主义的外交战略导致欧美资本主义文学由正面译介转为批判，文学翻译出版逐渐边缘化。

1. 世界名著翻译硕果累累

平明出版社在解放初出版的大多是苏俄名著:《契科夫小说选集》25册（汝龙译）、《托尔斯泰戏剧集》5册（李健吾、文颖译）、《屠格涅夫戏剧集》4册（李健吾译）和《屠格涅夫中短篇小说集》若干册（巴金、成时、海岑译）、《赫尔岑回忆录》6册（巴金译）、《新俄小说选集》若干册（巴金、焦菊隐译）等。欧美国家古典名著所占比例也不在少数，正如卞之琳等在《十年来的外国文学翻译和研究工作》一文中所说：

差不多已成为包罗万象的形势。各个国家、各个时代、各种流

① 国家出版事业管理局版本图书馆编:《1949—1979翻译出版外国古典文学著作目录》，中华书局1980年版，第158页。

派，差不多都有了代表作和我们的广大读者见面。[①]

译本选择呈多样化趋势，译本内容既注重古典名著又注重思想性。据方长安根据国家出版事业管理局版本图书馆编《1949—1979翻译出版外国古典文学著作目录》的统计，五六十年代翻译欧美古典文学最多的年份是1955—1959年，对主要西方国家，如德国、英国、法国、美国古典文学有了较全面的翻译。具体而言，1949—1954年总数仅为265种，而1955—1959年猛增至475种，1960—1966年则跌为103种；翻译俄国文学最多的年份则是1953—1955年，计120种，而1956—1959年翻译数竟然减至97种，反而少于英、法两国（英国为151种，法国为124种）。[②]这一现象从表4-2-5中也可以得到印证，1955—1959年人民文学出版社出版的外国古典文学著作共计255种，其中主要西方国家法国46种、英国38种、美国14种、德国13种，这四个国家占去111种，此外还有挪威6种、丹麦3种，再加上意大利、瑞典、荷兰等，欧美古典文学翻译出版已经超过一半。

古典名著的翻译出版系列化。国际文化服务社的"古典文学名著选译丛书"从1944年开始陆续出版直至解放后依然继续，五六十年代先后有：1950年钟宪民译波兰奥西斯歌《孤雁泪》（原名《玛妲》）；1951年李青崖译法国左拉《饕餮的巴黎》、何敬译法国莫泊桑《漂亮朋友》、索夫译莫泊桑《如死一般强》、东林和索夫译法国巴尔扎克《剥削者》、钟宪民节译美国德莱赛《美国悲剧》；1953年施蛰存译匈牙利莫列支《火炬》、郑永慧译法国巴尔扎克《钱袋》、刘大杰译美国杰克·伦敦《野性的呼唤》、侍桁译俄国托尔斯泰《哈吉·慕拉》、东林译法国左拉的长篇小说《金钱》；等等。

有的作家作品已经达到了全译的程度。据孙致礼等在《1949—1966：美国文学在中国的翻译出版》一文中的统计，五六十年代马克·吐温的作品全部有了译本，其中包括9部长篇小说、4 部中篇小说、4部短篇小说

① 卞之琳等：《十年来的外国文学翻译和研究工作》，载《文学评论》1959年第5期。

② 方长安：《论外国文学译介在十七年语境中的嬗变》，载《文学评论》2002年第6期。

集、1部游记，共计31种译本。[①]马克·吐温译作不仅数量多，而且一本多译现象普遍：长篇小说《傻瓜威尔逊》，1955年5月上海文艺联合出版社出版侯俊吉译本，1959年4月人民文学出版社出版张友松译本；自传体长篇小说《密西西比河上》，1950年8月晨光出版社出版毕树棠译《密士失必河上》（上册），1955年6月新文艺出版社出版毕树棠全译本《密士失必河上》，1958年9月人民文学出版社出版张友松译本《密士失必河上》。

2. 欧美资本主义国家文学由正面译介转为批判与驳斥

20世纪50年代末至60年代上半期，当外国文学译介由社会主义阵营内部扩展到更为广阔的亚非拉国家的时候，西方文学的翻译热情开始降温。自1960年起，我们对英、法、德、美等国古典文学的翻译出版呈直线下降趋势，尤其是1963年以后人民文学出版社每年翻译出版的文学作品大幅度减少——1962年31种，1963年减少到14种，1964年减到7种，1965年只有1种。这一情况并非人民文学出版社一家，它代表了整个国家外国文学作品翻译出版的状况。

虽然1960年以后欧美资本主义国家文学的公开翻译出版量大幅减少，但是译介并未停止，出现了以“黄皮书”形式内部出版的特殊方式，翻译出版的目的已和之前大不相同，它们是作为反面材料出现的。其中规模最大的，当属“三套丛书”中的“外国文学名著丛书”。

“三套丛书”是1958年中国制定并实施的一项文化工程的成果，是一批专供文艺界内部参考的“黄皮书”，即“外国文学名著丛书”“外国古典文艺理论丛书”“马克思文艺理论丛书”。它是1958年由中宣部领导提出，社科院负责翻译出版，集中了全国著名的外国文学专家、学者、翻译家、出版家，共同制订计划并实施的一项文化工程，1959年开始出版。“外国文学名著丛书”共出书145种，从古希腊罗马的悲剧、喜剧到中世纪的《神曲》《十日谈》，从17世纪的《堂·吉诃德》《哈姆莱特》到18世纪的古典主

---

① 孙致礼、唐慧心：《1949—1966：美国文学在中国的翻译出版》，载《解放军外语学院学报》1995年第7期。

义，从19世纪的《大卫·科波菲尔》《安娜·卡列尼娜》到20世纪初的《约翰·克利斯朵夫》，众多世界名作尽入其中。“三套丛书”是经专家调查研究、集思广益精选出的约200种世界上最优秀、最有代表性的作品，几乎涵盖了东西方各民族自古代、中世纪至近代，思想艺术均臻完美的诗歌、戏剧和小说中的杰作，规模宏大，系统完整，基本上能反映出截至当时世界文学的丰富多彩的历史进程，为后来外国文学的译介工作打下了基础。“文革”后对选题又进行了扩充，由中国社会科学院外国文学研究所、人民文学出版社和上海译文出版社的有关专家组成编辑委员会，主持选题计划的制订和书稿的编审事宜，并由上述两家出版社承担具体编辑出版工作。

如前所述，1959年至1965年间，人民文学出版社翻译出版的古典名著134种中，俄苏只有29种，与“一边倒”战略时期的局面相比已经发生了急剧扭转。文学作品大量公开翻译出版的总局势已不复存在，俄苏文学译介也和其他资本主义国家作品一样转入内部发行，成为被批判的素材，文学翻译出版逐渐边缘化。

第三节　翻译出版的空白期

1968年以后，除了翻译出版马列著作外，外国文学作品译介基本处于停顿状态。国家出版事业管理局版本图书馆编《1949—1979翻译出版外国古典文学著作目录》中列出“文革”中人民文学出版社翻译出版的外国古典文学著作只有三种，即1975年5月由周维德校点的日本僧人遍照金刚的《文镜秘府论》、1976年1月叶逢植译德国斐迪南·拉萨尔的《弗兰茨·冯·济金根》和1976年8月韩逸译波兰亚当·密茨凯维支的《先人祭》。[①]1968年以后的十年在号称“翻译的20世纪”百年中可称为翻译出版的最低潮期。尽管如此，从外国文学译介出版方面来看，这一时期还是可以分为“空白

① 国家出版事业管理局版本图书馆编:《1949—1979翻译出版外国古典文学著作目录》，中华书局1980年版，第132页。

期”和“特殊翻译出版形式存在期”两个阶段。前者是指自1966年5月到1972年9月，用马士奎的话来说，“这五年多的时间里竟没有出版一部外国文学译作”[①]，实属空白期；后者是指1971年中国出版工作会议后，外国文学译介以一种独特的方式存在，即少量公开出版和多量“内部发行”并存阶段。

总体上来看，“文革”十年对域外文学的译介基本处于停滞状态。相对而言，毛泽东诗词和“八个样板戏”的对外译介出版以及中国一些古典名著的对外译介却独呈一番景象。

一、公开翻译出版的外国文学作品

“文革”爆发之前，1966年2月少年儿童出版社出版岱学译陈栓等著《运枪记》，1966年2月作家出版社出版叶灵、李翔译陈勇等著《战斗的越南南方青年》第三集，1966年4月作家出版社上海编辑所出版黄敏中等译原玉等著《巴拿的游击队》，1966年4月商务印书馆出版郑永慧注释的越南的《南方来信》（第二集），1966年2月人民文学出版社出版戈宝权译拉扎尔·西理奇著《教师》，1966年3月作家出版社上海编辑所出版北大朝鲜语科教研室译金载浩著《袭击》等。此后，外国文学翻译出版的空白期开始。翻开“文革”期间的出版目录，仅有越南的《南方来信》、老挝的《老挝短篇小说集》、柬埔寨的《柬埔寨通信集》等少得可怜的所谓外国文学作品，其他的几乎绝迹。

表4-2-6　1966年5月至1976年我国公开翻译出版的外国文学作品[②]

序号	作品名	国别	原作者	译者	出版社和出版时间
1	《文镜秘府论》	日本	遍照金刚	周维德	人民文学出版社 1975年5月

① 马士奎：《“文革”期间的外国文学翻译》，载《中国翻译》2003年第3期。

② 国家出版事业管理局版本图书馆编：《1949—1979翻译出版外国古典文学著作目录》，中华书局1980年版；谢天振：《非常时期的非常翻译——关于中国大陆“文革”时期的文学翻译》，载《中国比较文学》2009年第2期；马士奎：《“文革”期间的外国文学翻译》，载《中国翻译》2003年第3期。

续表

序号	作品名	国别	原作者	译者	出版社和出版时间
2	《现代日本文学史》	日本	吉田精一	齐干	上海人民出版社 1976年1月
3	《人间》	苏联	高尔基	汝龙	人民文学出版社 1975年10月
4	《母亲》	苏联	高尔基	夏衍	人民文学出版社（第2版），1973年5月
5	《母亲》	苏联	高尔基	南凯	人民文学出版社 1973年5月
6	《我的大学》	苏联	高尔基	陆风	人民文学出版社 1973年5月
7	《一月九日》	苏联	高尔基	曹靖华	陕西人民出版社 1972年12月（第1版），1973年12月（第2版）
8	《青年近卫军》	苏联	法捷耶夫	水夫	人民文学出版社（第2版）1975年11月
9	《毁灭》	苏联	法捷耶夫	鲁迅	人民文学出版社 1973年5月，1974年9月
10	《铁流》	苏联	绥拉菲莫维奇	曹靖华	人民文学出版社 1973年9月
11	《钢铁是怎样炼成的》	苏联	奥斯特罗夫斯基	梅益	人民文学出版社 1976年10月

续表

序号	作品名	国别	原作者	译者	出版社和出版时间
12	《钢铁是怎样炼成的》	苏联	奥斯特罗夫斯基	黑龙江大学俄语系翻译组、俄语系72级工农兵学员	人民文学出版社1976年10月
13	《巴勒斯坦战斗诗集》	巴勒斯坦	卡迈勒·纳赛尔等	潘定宇等	人民文学出版社1975年1月
14	《沼尾村》	日本	小林多喜二	李德纯	人民文学出版社1973年5月
15	《蟹工船》	日本	小林多喜二	叶渭渠	人民文学出版社1973年10月
16	《在外地主》	日本	小林多喜二	李芒	人民文学出版社1973年10月
17	《老挝短篇小说集》	老挝	陶奔林等	蔡文枞等	人民文学出版社1972年9月
18	《生活的道路》	老挝	伦沙万	梁继同、戴德忠	人民文学出版社1975年6月
19	《阿尔巴尼亚短篇小说集》	阿尔巴尼亚	季米特里·舒特里奇等	梅少武等	人民文学出版社1973年2月
20	《阿果里诗选》	阿尔巴尼亚	阿果里	郑恩波	人民文学出版社1974年11月
21	《火焰》	阿尔巴尼亚	斯巴塞	李化等	人民文学出版社1975年12月
22	《柬埔寨通讯集》	柬埔寨		北京外语学院亚非语系柬埔寨专业师生	人民文学出版社1972年9月
23	《莫桑比克战斗诗集》	莫桑比克		王连华、许世铨	人民文学出版社1975年7月

续表

序号	作品名	国别	原作者	译者	出版社和出版时间
24	《朝鲜短篇小说选》	朝鲜		张永生等	人民文学出版社 1975年9月
25	《朝鲜诗集》	朝鲜		延边大学朝鲜语系72级工农兵学员	人民文学出版社 1976年5月
26	《朝鲜电影剧本集》	朝鲜		延边大学朝鲜语系72级工农兵学员	人民文学出版社 1977年4月
27	《越南南方短篇小说集》	越南	怀武等	岳胜等	人民文学出版社 1972年9月
28	《越南短篇小说集》	越南	杨维语等	王友侠等	人民文学出版社 1973年4月
29	《青铜的种族》	玻利维亚	阿尔西德斯·阿格达斯	吴健恒	人民文学出版社 1976年3月
30	《鲍狄埃诗选》	法国	欧仁·鲍狄埃	徐德炎等	人民文学出版社 1973年3月

从上表可知，这一时期的文学翻译是极端政治意识形态化的行为，译介活动有着明确的政治目的，公开翻译出版的作品皆为“革命”“战斗”“胜利”类的作品，译作选择倾向明显。1966年5月以后，国内外国文学翻译家被推到风口浪尖：1966年9月3日，法国文学翻译大家傅雷自尽；参与“美国文学丛书”翻译出版的大多数人受到牵连，陈麟瑞（笔名石华父）、罗稷南、焦菊隐被迫害致死；赵家璧、徐迟等被诬陷为“美国文化特务”；季羡林、查良铮、巴金、草婴、肖珊等一大批翻译家、出版家被关进“牛棚”。

1971年召开的全国出版工作会议，对文艺政策做了一些调整。1972年9月，三部新译作同时由人民文学出版社翻译出版，分别是柬埔寨的《柬埔寨通讯集》、越南《越南南方短篇小说集》、老挝的《老挝短篇小说集》。以此为开端，紧密跟随中国外交政策指针运转的外国文学译作出版开始复苏。

1975年5月中国与非洲莫桑比克建立外交关系，6月由人民文学出版社出版王连华等译的《莫桑比克战斗诗集》；1972年中国与日本恢复邦交关系，1973年小林多喜二的三部作品重译或再版。按公开翻译出版的作品数量多少排列的话，所属国依次为：苏联、日本、朝鲜、阿尔巴尼亚、越南、老挝、莫桑比克、柬埔寨、法国、巴勒斯坦、玻利维亚。作品兼顾到了国别，大部分是友好国家的，译本均为新作。也有意识形态有严重分歧的苏联的，还有资本主义国家日本、法国等国进步作家的。苏联、日本的大都为重印、再版或重译，苏联作品全部是中国读者所熟悉的著名作家的旧作，之前都有毛泽东、鲁迅等人的定论，是真正的无产阶级革命文学，所以要继续发挥作用。日本作品的出现是为了配合中日恢复邦交这一外交大局，对于实行资本主义制度的日本来说，无产阶级作家作品是唯一可以选择的对象。

苏联和日本作品重印、再版或重译的较多，署翻译家真名的居多；苏联、日本之外的作品译者多为两人以上，即集体完成的居多，还有一些作品没有标明译者，如《阿尔巴尼亚短篇小说集》等，在人民文学出版社编辑部所写出版说明中，只写出所选文章的意义和出处，未说明译者姓名。

这些公开发行的译作除了在译作选择和译者方面有特殊性之外，还存在译作布局上的特殊性。很多译作前面都有群众性文艺评论组织撰写的评论或序言，如《钢铁是怎样炼成的》里面就有黑龙江大学中文系“工农兵学员”和“革命教师”撰写的评论。

以上为公开出版物，主要的出版机构是人民文学出版社和上海人民出版社，公开发行的杂志里虽然刊载译文极少，但还是有星星点点的文学译作因用于批判而被登载出来。

二、“内部发行”的外国文学译作

20世纪70年代初公开翻译出版的外国文学作品极少，但是我们不可忽略这一特定历史时期存在着的一种独特的翻译出版形式——“内部发行”的白皮书。白皮书虽属于“内部发行”，但它仍属于翻译出版范畴，我们不能把它排除在翻译出版之外。它是独特的翻译出版现象，只是译者、出版机构、传播范围等都受到限定而已，尤其是文学翻译类书籍占白皮书的很大成分。“内部发行”的外国文学译作，无论是数量还是品种都要远远超过公开出版发行的作品。这种情况并非始于“文革”，在此之前就已经存在了。作家出版社和中国戏剧出版社都曾以“内部发行”的形式出版过数十种译作，它们是只限于高级干部和高级知识分子才可以购买到的不宜或不准公开发行的图书。由于这些译作的封面都设计成黄色，所以当时也称其为“黄皮书”。

法国作家加缪作品的译介就是其中一例。加缪最早是随着20世纪40年代存在主义的译介而进入中国学界视野的。1947年吴达元曾撰写文章《名著评介 Camus and the tragic hero（加缪和悲剧英雄）》，而其作品的翻译出版却滞后30余年。[①]1961年12月，上海文艺出版社“内部发行”了孟安译自1958年法文版的加缪的短篇小说《局外人》。其《出版说明》的第一句为：“亚尔培·加缪（Albert Camus）是法国反动的存在主义哲学思潮的主要代表人物之一。”中间谈到了《局外人》在西方的影响力：“就是这样一部小说，西欧资产阶级却说它‘深刻而严肃地阐明了人类良心上今天所遇到的问题’；书出版之后，销行数很大。我们这次介绍所根据的原书便是1958年第253版。这些都充分说明了西欧文化反动腐朽贫乏已到了这样的程度。”《出版说明》最后写道：“为了使我国文艺工作者能够具体认识存在主义小说的真貌，为了配合反对资产阶级反动文艺思潮的斗争，我们特将本书译出出版。”[②]此次加缪作品的译介并非公开发行，所以影响力很小，一版一次仅印1500册。此外，1965年6月人民文学出版社的高尔基著、曹葆华等译《文学书简》，1965年9月作家出版社的松本清张著、文洁若译《日本的黑雾》等，皆是“内部发行”。根据谢天振的统计，“内部发行”的外国文学译作从“文革”爆发至1971年也处于停滞状态，直至1971年11月人民文学

① 李军：《加缪在中国的译介与研究》，载《山东社会科学》2008年第2期。

② ［法］加缪，孟安译：《局外人》，上海文艺出版社1961年12月“内部发行”。

出版社“内部发行”的三岛由纪夫的《忧国》（未注明译者）才恢复。①

“内部发行”的主要机构是人民文学出版社和上海人民出版社两大出版社以及“文革”后期上海创办的专门译介苏、美、日等国文艺作品的内部刊物《摘译》。②

在此我们有必要把当时人民文学出版社和上海人民出版社“内部发行”的白皮书做一大致罗列和梳理，还原真实历史。（因《摘译》涉及太多，故不在统计之列）

表4-2-7　1971—1976年“内部发行”的外国文学著作一览表③

序号	作品名	国别	原作者	译者	出版社和出版时间
1	《忧国》	日本	三岛由纪夫	（不明）	人民文学出版社 1971年11月 （供批判用书）
2	《天人五衰》 （《丰饶之海》第4部）	日本	三岛由纪夫	（不明）	人民文学出版社 1971年12月 （供批判用书）
3	《人世间》	苏联	谢苗·巴巴耶夫斯基	上海新闻出版系统五七干校翻译组	上海人民出版社 1972年5月 （内部发行）
4	《晓寺》 （《丰饶之海》第3部）	日本	三岛由纪夫	（不明）	人民文学出版社 1972年8月 （供批判用书）

① 谢天振：《非常时期的非常翻译——关于中国大陆“文革”时期的文学翻译》，载《中国比较文学》2009年第2期。

②《摘译》从1973年11月在上海创刊到1976年12月终刊，共出版了31期，其中苏联文学专刊有9期，另外2期增刊也刊载苏联文学作品。

③ 谢天振：《非常时期的非常翻译——关于中国大陆“文革”时期的文学翻译》，载《中国比较文学》2009年第2期；杨义主编，赵稀方著：《二十世纪中国翻译文学史·新时期卷》，百花文艺出版社2009年版，第279—284页；中国版本图书馆编：《全国内部发行图书总目（1949—1986）》，中华书局1988年版，第352—365页。

续表

序号	作品名	国别	原作者	译者	出版社和出版时间
5	《你到底要什么？》	苏联	弗·阿·柯切托夫	上海新闻出版系统五七干校翻译组	上海人民出版社 1972年10月（内部发行）
6	《多雪的冬天》	苏联	伊凡·沙米亚金	上海新闻出版系统五七干校翻译组	上海人民出版社 1972年12月（内部发行）
7	《奔马》（《丰饶之海》第2部）	日本	三岛由纪夫	（不明）	人民文学出版社 1973年5月（供批判用书）
8	《他们为祖国而战》（若干章节）	苏联	米·肖洛霍夫	史刃	上海人民出版社 1973年7月（内部发行）
9	《白轮船》	苏联	钦吉斯·艾特玛托夫	雷延中	上海人民出版社 1973年7月（内部发行）
10	《落角》	苏联	弗·阿·柯切托夫	上海人民出版社编译室	上海人民出版社 1973年9月（内部发行）
11	《普隆恰托夫经理的故事》	苏联	维·李巴托夫	上海外国语学院俄语系	上海人民出版社 1973年10月（内部发行）
12	《春雪》（《丰饶之海》第1部）	日本	三岛由纪夫	（不明）	人民文学出版社 1973年12月（供批判用书）
13	《美国小说两篇》	美国	理查德·贝奇等	晓路等	上海人民出版社 1974年3月（内部发行）
14	《礼节性访问（苏修的五个话剧、电影剧本）》	苏联	阿·格烈勃涅夫等	齐戈等	上海人民出版社 1974年4月（内部发行）

续表

序号	作品名	国别	原作者	译者	出版社和出版时间
15	《故乡——日本的五个电影剧本》	日本	山田洋次等	石宇	上海人民出版社 1974年6月 （内部发行）
16	《特别分队》	苏联	瓦吉姆·柯热夫尼柯夫	上海师范大学外语系俄语组	上海人民出版社 1974年7月 （内部发行）
17	《乐观者的女儿》	美国	尤多拉·韦尔蒂	叶亮	上海人民出版社 1974年11月 （内部发行）
18	《点燃朝霞的人》	玻利维亚	雷纳托·普拉达·奥鲁佩萨	苏龄	人民文学出版社 1974年11月 （内部发行）
19	《反华电影剧本〈德尔苏·乌扎拉〉》	苏联	弗拉季米尔·克拉德维奇·阿尔谢尼耶夫	（不明）	人民文学出版社 1975年3月 （内部发行）
20	《阿维马事件》	美国	内德·卡尔默	钟卫	上海人民出版社 1975年4月 （内部发行）
21	《日本改造法案——北一辉之死》	日本	松本清张	吉林师大日本研究室文学组	人民文学出版社 1975年4月 （供内部参考）
22	《恍惚的人》	日本	有吉佐和子	秀丰、渭慧	人民文学出版社 1975年4月 （内部发行）
23	《绝对辨音力》	苏联	谢苗·拉什金	上海外国语学院俄语系三年级师生	上海人民出版社 （《摘译》增刊） 1975年5月 （内部发行）

续表

序号	作品名	国别	原作者	译者	出版社和出版时间
24	《日本沉没》	日本	小松左京	李德纯	人民文学出版社 1975年6月 （供内部参考）
25	《现代人》	苏联	谢苗·巴巴耶夫斯基	上海人民出版社编译室	上海人民出版社 1975年6月 （内部发行）
26	《核潜艇闻警出动》	苏联	阿·约尔金等	上海师范大学外语系俄语组等	上海人民出版社 1975年7月 （内部发行）
27	《不受审判的哥尔查科夫》	苏联	萨·丹古洛夫等	北京外国语学院俄语系三年级八、九班工农兵学员	上海人民出版社 1975年7月 （内部发行）
28	《代表团万岁》	埃及	法耶斯·哈拉瓦	北京外国语学院亚非语系阿拉伯语专业	人民文学出版社 1975年10月 （内部发行）
29	《最后一个夏天》	苏联	康·西蒙诺夫	上海外国语学院俄语系	上海人民出版社 1975年10月 （内部发行）
30	《战争风云》	美国	赫尔曼·沃克	石勒等	人民文学出版社 1975年11月 （内部发行）
31	《明天的天气：以对话、书信、电报与其它文件等形式表达的现场报导剧》	苏联	米·沙特罗夫	北京大学俄语系苏修文学批判组	人民文学出版社 1975年10月 （内部发行）
32	《苏修短篇小说集》	苏联	尤利·格拉契夫斯基等	（不明）	上海人民出版社 《摘译》增刊 1975年12月 （内部发行）

续表

序号	作品名	国别	原作者	译者	出版社和出版时间
33	《阿穆尔河的里程》	苏联	尼·纳沃洛奇金	江峨	人民文学出版社 1975年12月（内部发行）
34	《四滴水》	苏联	维·罗佐夫	北京师范大学外国问题研究所苏联文学研究室	人民文学出版社 1976年1月（内部发行）
35	《现代日本文学史》	日本	吉田精一	齐干	上海人民出版社 1976年1月（内部发行）
36	《日本电影剧本〈沙器〉〈望乡〉》	日本	桥本忍、山田洋次，广泽荣、熊井启	叶渭渠、高慧勤	人民文学出版社 1976年1月（内部发行）
37	《帝国主义必败》	坦桑尼亚	基因比拉	思闻	人民文学出版社 1976年1月（内部发行）
38	弗兰茨·冯·济金根	德国	斐迪南·拉萨尔	叶逢植	人民文学出版社 1976年1月（内部发行）
39	《警报（附：平静的深渊）》	苏联	亚历山大·佩特拉什凯维奇	北京外国语学院俄语系研究室	人民文学出版社 1976年3月（内部发行）
40	《蓝色的闪电》	苏联	阿·库列绍夫	伍桐	人民文学出版社 1976年3月（内部参考）
41	《虚构的大义——一个关东军士兵的日记》	日本	五味川纯平	人民文学出版社翻译组	人民文学出版社 1976年3月（内部发行）

续表

序号	作品名	国别	原作者	译者	出版社和出版时间
42	《党人山脉》	日本	户川猪佐武	（未标明译者）	上海人民出版社 1976年6月（内部发行）
43	《热的雪》	苏联	尤里·邦达列夫	上海外国语学院《热的雪》翻译组	上海人民出版社 1976年6月（内部发行）
44	《百年》	美国	詹姆斯·A.米切纳	庞渤	上海人民出版社 1976年6月（内部发行）
45	《先人祭》	波兰	亚当·密茨凯维支	韩逸	人民文学出版社 1976年8月（内部发行）
46	《油断》	日本	堺屋太一	渭文、慧梅	人民文学出版社 1976年8月（内部发行）
47	《泡沫》	苏联	谢尔盖·米哈尔科夫	粟周熊	人民文学出版社 1976年8月（内部发行）
48	《淘金狂》	苏联	尼·扎多尔诺夫	何立	上海人民出版社 1976年11月（内部发行）

外国文学被当成“封、资、修和名、洋、古的产物，从此外国文学就成为禁区：出版社不出版，书店不出售，图书馆不借阅外国文学作品，甚至阅读和研究外国文学作品都成为罪行”[①]。在这样的大背景下，内部发行的文学译作选择不是为了追踪世界各国现代文学的发展脉络以及原作的审美价值，而是为了政治文化利用。由表4-2-7可以看出，译作数量位居前

① 戈宝权：《把“窗口”打开得更大些吧！》，载《译林》1980年第1期。

三的国家是苏联（25部）、日本（14部）、美国（5部），内部发行的根本在于以文学作品为政治批判的依据和反面教材来揭露苏修和西方帝国主义的种种罪行。

“内部发行”是“供批判用”的，译者不仅没有选择译本的权利，译作中还有多部连署名也没有，译者的主体性被完全抹杀。有些译者是文学翻译家，被“劳改”后沦为翻译机器，他们不能以其真名出现。“内部发行”作品通常在封面或扉页上印有“供批判用”字样，翻译质量好坏无所谓，能够“供批判用”就足够了。就是这些翻译质量参差不齐甚至很差的“内部发行”白皮书，给荒芜年代里的人们带来了一点精神食粮。这就是“内部发行”白皮书的积极意义所在。

三、毛泽东诗词和中国古典名著的外译

1968年以后，外国文学作品的译介是以独特的“内部发行”方式运行的。虽然其传播内容和范围有很大的局限性，但是这一方式的存在毕竟给人们的生活增加了点滴色彩。与此形成鲜明对比的，是中国文学的外译。

文学翻译出版紧跟外交指针转动尤显突出，出版领域对外活动的中心任务是宣传毛泽东思想，宣传“世界已进入毛泽东思想的新时代”。《毛主席语录》在100多个国家和地区广泛发行、毛泽东诗词在境内外的译介，成为中外文学学术交流低谷中一道独特的风景线。

马士奎对“文革”十年中国文学的外译状况有如下论述：

> 中国译者所从事的两种方向的文学翻译却达到了相对“平衡”的状态，从翻译规模到译作数量都远比其他历史阶段更为接近。这段时间也成为近代以来中外双向文学传递“逆差”最小的一个阶段，也是中国历史上同时期新创作的文学作品外译比例最高的一个阶段。①

① 马士奎：《特殊时期的文化输出——“文革”十年间的对外文学翻译》，载《山东外语教学》2011年第5期。

外译作品在国内主要由外文出版社出版，或者刊登于英文及法文版《中国文学》上。毛泽东诗词的英译本和八个样板戏都由外文出版社译出出版，浩然的《艳阳天》等当代作家的新作也被外文出版社以多种文字译介出去，鲁迅的作品也在外译的范围内。一批被定位为“法家”的古代文人曹操、刘禹锡、李贺、柳宗元、王安石和陈亮等人的作品，先后发表在《中国文学》上。①

相对于国内而言，毛泽东诗词和中国一些古典名著在境外的翻译出版和传播别有一番景象。著名记者埃德加·斯诺的《红星照耀中国》一书使毛泽东诗词最早为西方国家所知。毛泽东诗词从20世纪50年代初开始在苏联和亚非的许多国家翻译出版，从60年代末70年代初开始在美国、法国、意大利等一些欧美国家翻译出版。1972年8月，美国西蒙和舒斯特联合出版公司出版了美籍华裔作家聂华苓夫妇合译的英文版《毛泽东诗词》；纽约安乔书局、密执安大学分别于1975、1976年出版了由美国华裔学者柳无忌和罗郁正编的英文版《葵叶集：历史诗词曲选集》，其中包括毛泽东8首诗词的译文。1967年，巴黎阿尔吉莱出版社出版了中国旅居法国学者何如的法文版《毛泽东诗词选译》；1969年，法国伊埃尔内出版社出版了著名学者伊·布罗索莱翻译的《毛泽东诗词大全》，共收入诗词38首；1973年，巴黎塞热出版社出版了法国学者让·比亚尔的法文版译著《毛泽东》一书，其中收录了毛泽东的部分诗词。1972年4月，意大利蒙多里出版社和牛顿·康普顿出版社同时出版了两种毛泽东诗词的意大利文译本，两种版本均收入毛泽东诗词37首。②

毛泽东诗词“译入语种之多，总印数之大，在世界诗歌史和文学翻译史上是罕见的”③。许多国家的著名工具书都列有毛泽东专条，高度评价毛泽东文艺思想，视之为指导中国文学发展的指南。国外许多人士给予毛泽

① 马士奎：《特殊时期的文化输出——“文革”十年间的对外文学翻译》，载《山东外语教学》2011年第5期。

② 钟宗畅：《毛泽东诗词在国外的传播》，载《党史文汇》2004年第5期。

③ 马士奎：《文学输出和意识形态输出——“文革”时期毛泽东诗词的对外翻译》，载《中国翻译》2006年第6期。

东诗词高度评价。[①]美国华裔学者柳无忌和罗郁正在介绍毛泽东诗词的文章中说："毛泽东的诗词风格，体现着大胆的打破常规的技巧和创新，体现着开阔生活视野的探索。他的特殊天才，闪耀在他极富想象力的感受性的诗词里。"法国出版的《毛泽东诗词大全》中的评价文章这样说：

> 深受古典文化滋养的毛泽东，在其诗中总是尽可能地保护着固有精神文明的风格。他的诗绝大部分与政治有关，直接展示了内战与近40年来的政治生活场景。[②]

除了毛泽东诗词，这一时期中国古典文学名著在国外的译介也有着极大的进展：

> 例如，在法国，法译本《水浒传》就是在这一时期问世的；1969年法国葛维利出版社出版了吴德明等编译的《聊斋选译》，1970年出版了雷威安编译的《中国白话小说选》，内含从凌蒙初的《初刻拍案惊奇》《二刻拍案惊奇》中选译的12篇短篇小说，1976年又出版了张复蕊译的《儒林外史》；1976年巴黎七大东亚出版社还出版了雅克·勒克等译的《卖油郎独占花魁》。在英国，1973年企鹅出版社出版了大卫·霍克恩翻译的八十回全译本《红楼梦》。在美国，1969年出版了王际真的节译本《红楼梦》。[③]

① 钟宗畅：《毛泽东诗词在国外的传播》，载《党史文汇》2004年第5期。

② 转引自吕德强：《论"文革"时期中外文学的交流》，载《时代文学》2009年4月下半月刊。

③ 转引自吕德强：《论"文革"时期中外文学的交流》，载《时代文学》2009年4月下半月刊。

第　三　章

第四次翻译高潮与世界文学

20世纪最后20余年是社会发生深刻变革的历史转型期。考察这一时期的文学翻译出版领域中外文学学术交流状况，首先要从考察“文革”后的出版体制变迁做起。中国的外部环境有了极大改观，中美建交、中苏关系转好、外交战略由“一条线”转为“全方位”，一系列变化预示着中国的外交进入崭新阶段，外国文学译入也逐渐脱离外交需要。相对于外部环境的变化，国内的工作重点也转移到经济建设上来。在经济大潮的冲击下，单一的国营出版业内部首先发生变化，由过去高度行政化和专业化的出版体制——出版社只管出书不管销售，逐渐转制为出版企业，实行出版、印刷、发行专业分工。出版业在内部出版发行活动日趋多元化的同时，外部开始走出单一国营体制，踏上了国营出版机构为主的翻译出版体制改革之路，进而逐步向企业化全面改革推进。出版业快速且巨大的变化，出版路径的宽泛、便捷，网络传播的加入，都为第四次翻译高潮铺平了道路。这一时期出版体制经历了三个阶段：一是70年代末至80年代末，延续了过去高度行政化和专业化的出版体制；二是90年代前后中国出版业机制逐渐转变；三是世纪之交出版业再遇体制变革。出版体制的改革与中国翻译史上第四次高潮的到来密切相关。

20世纪的最后二三十年，号称我国历史上“第四次翻译高潮”，文学翻译出版进入全方位、系统译介和研究时期。中外学人开启了真正双向文学学术交流的大门，双方已不限于对中国文学学术的单向研究，而是真正成为面向世界文学舞台的双向合作。

第一节　打开窗口，突破禁区

“文革”之后，中国翻译出版界同其他领域一样，虽然在一定程度上延续了之前高度行政化和专业化的出版体制，但是，所不同的是文学翻译出版领域立刻站在了新时期开放的前列，着手进行填补外国文学译介空白、将转译过来的作品由原著重译等工作。经历了十年思想禁锢的人们，迫切需要借外国文学了解当代国际形势和其他国家的真实生活状况。“文革”造成的书荒局面和社会需求奠定了外国文学翻译出版快速复苏的基础。文学翻译出版界在1976年10月至1979年复苏时期的迅速反应体现在三个方面：一是日本文学翻译出版率先崭露头角；二是三大文学翻译杂志的诞生；三是“三套丛书”工程重新启动。文化部出版局赶印的一批少数外国名家作品的译作、西方一些有代表性或有认识价值的当代畅销书也开始被翻译介绍过来，受到读者的欢迎。外国文学翻译出版开始摆脱“文艺服从政治、文艺从属政治”的禁锢。据统计，仅1978年一年就有57158部译本出版，其中翻译文学所占比例最大，仅人民文学出版社就翻译出版了英、法、德、美、丹麦、俄、捷克、日本、埃及、西班牙等十余个国家的多部名著。英国：朱生豪等译莎士比亚的《李尔王》、《温莎的风流娘儿们》、《亨利四世》、《莎士比亚全集》（1—11集），刘尊棋、章益等译华特·司各特的《艾凡赫》。德国：冯至译海涅的《德国——一个冬天的童话》和《海涅诗选》，魏以新译格林兄弟的《格林童话集》、克拉拉·蔡特金的《蔡特金文学评论集》。法国：傅雷译巴尔扎克的《赛查·皮罗多盛衰记》和《幻灭》，赵少侯、郝运译莫泊桑的《羊脂球》，蒋学模译大仲马的《基督山伯爵》。丹麦：叶君健译安徒生的《安徒生童话和故事选》和《安徒生童话选》。还有巴金译俄国屠格涅夫的《处女地》、冯亦代译美国华盛顿·欧文等的《美国短篇小说选》、肖乾译捷克雅·哈谢克的《好兵帅克》、金福译日本国木田独步的《国木田独步选集》、邬玉池等译埃及迈哈穆德·台木尔的《台木尔短篇小说集》。此外，还有杨绛译西班牙塞万提斯的《堂吉诃德》（上下册）。该中译本到21世纪初已累计发行70万册，杨绛本人也因为翻译该书的贡献而荣获西班牙国王颁发的骑士勋章。

1978年9月，人民文学出版社公开出版了邬玉池等译迈哈穆德·台木尔的《台木尔短篇小说集》，它是我国“文革”后翻译出版的第一个阿拉伯作家、第一个埃及作家的文学作品。1979年，我们翻译出版了更多国家的文学作品，如冯志臣译罗马尼亚考什布克的《考什布克诗选》、江诗苑译南斯拉夫奥古斯特·谢诺阿的长篇小说《农民起义》、刘寿康译印度尼西亚民歌《贾雅·普拉纳之歌》等。

改革开放初期外国文学翻译出版的盛况，可以借用冯至状告《译林》信里的一句话来形容：“自五四以来，中国的出版界还从来没有像现在这么堕落过。”[①]这说明文学翻译出版摆脱束缚、突破禁区的步伐之快，竟然连冯至这样的文学翻译大家都跟不上了。

一、结束“内部发行”，打开文学翻译出版的窗口

中国进入改革开放时代以后，在开启外国文学翻译出版的同时，1977年底“内部发行”基本结束。人民文学出版社1977年11月出版的文洁若、叶渭渠译日本有吉佐和子的《有吉佐和子小说选》以及1978年1月出版的冯至译德国海涅的《德国——一个冬天的童话》上已不见了“内部发行”字样，外国文学翻译出版的窗口开始打开。

1. 日本文学翻译出版率先起步

日本文学译介是“文革”结束后在文学翻译出版领域反应最迅速的力量之一。1977年，国内出版社翻译出版的日本文学作品主要有：1977年1月人民文学出版社出版共工译中田润一郎的《从序幕中开始（附：转椅）》

① 转引自李景端:《外国文学出版的一段波折》，载《出版史料》2005年第2期。

（内部发行），1977年1月上海人民出版社出版户川猪佐武的《角福火山》（译者不详，内部发行），1977年4月人民文学出版社出版共工译城山三郎的《官僚们的夏天》（内部发行），1977年11月人民文学出版社出版文洁若、叶渭渠译有吉佐和子的《有吉佐和子小说选》，1977年11月人民文学出版社，唐月梅译井上靖的《井上靖小说选》，1977年12月江苏人民出版社出版南京大学外文系欧美文化研究室译夏崛正元的《北方的墓标》（内部发行）等。可以说，在改革开放开启的外国文学翻译浪潮中日本文学译介反应最为迅速。

1977年底以后，“内部发行”字样逐渐取消。随着中日关系的变化，特别是1972年中日恢复邦交后，基于外交上的需要，文学翻译格局发生了变化。1977年的日本文学译介就出现了规模上和内容上的变化，译本的选择已经不光停留在“革命经典”和“供批判之用”的作品上，选择范围明显扩大，即使内部发行，出版说明中也变以往“供批判之用”为“供研究”，《井上靖小说选》的翻译出版就较为典型。井上靖是中国人民的好朋友，人民文学出版社编辑部的出版说明中采用了该译作“反映了日本人民的生活”[①]的说法。

中日关系的变化以及由此带来的对日本文学的译介，奠定了新时期日本文学翻译出版得以率先发展的基础。新时期日本文学翻译出版率先起步的另一个原因是日语翻译人才的培养。作为基础教育主干课程之一的中学外语教育已经从俄语转入英语，俄语师资荒废的同时也带来了英语师资严重不足的局面。1972年中日恢复邦交，基础外语教育也搭乘此班车以日语替代英语，具备日语师资的中学开设日语课。这样既缓解了英语师资的不足又满足了国家外交需要，更体现了中日友好。这一举措为新时期日本文学翻译出版率先发展奠定了翻译人才基础，缓解了日本侵华战争造成的日语人才青黄不接、严重断层的局面。从此之后日本文学的译介一发而不可收，由《古事记》《源氏物语》《万叶集》等日本古典名著到川端康成、夏目漱石、芥川龙之介、井上靖等现代作家作品的翻译出版接连不断，再加上日本通俗小说及电影电视片的引进，在当时俨然形成了“中国‘新时期’

① 井上靖著，唐月梅译:《井上靖小说选·出版说明》，人民文学出版社1977年版，第3页。

之初出现的'日本文学热'"[①]。如上所述，公开发行的文学翻译作品数量上日本位居第二，内部发行的白皮书同样在数量上仅次于苏联，位居第二位。日本文学译介成为冲破文学翻译出版空白的主流之一，1977年就达6部，之后逐年上升，到了1978年，不仅数量提升，译介层次也由文学作品迅速上升到文学研究。1978年3月，人民文学出版社出版佩珊译日本文学研究界划时代的重要著作——西乡信纲等著述的《日本文学史》。

西乡信纲《日本文学史》的译介出版为中国日本文学史研究提供了重要的观点、资料和知识，也成为中日文学学术交流再度兴起后的交流依据之一。常海青曾在1991年第2期《现代日本经济》上就西乡信纲的文艺观发表《论西乡信纲的文艺观——〈日本文学史〉读后》，严绍璗也在1999年第1期《日本学刊》上发表《〈万叶集〉的发生学研究——兼评西乡信纲的〈日本文学史〉》等文章。严绍璗认为：

> 日本著名的西乡信纲先生在《日本文学史》中就日本古代文学中的"和歌发生学"问题，提出了一系列的见解，几乎影响了包括中国在内的文学史界40余年，直至现今。[②]

谈到西乡信纲《日本文学史》在中国的影响力，我们不能忽视该著作在中国"文革"结束后的及时翻译出版。

在率先发展的日本文学的译介出版中，对川端康成作品的译介引起了较大的轰动。赵稀方认为，新时期对于川端康成作品的翻译介绍相当及时，而且选择也非常精到。[③]川端康成作品的译介推动了新时期中国文学研

① 赵稀方：《"新时期"构造中的日本文学——以森村诚一和川端康成为例》，载《中国比较文学》2005年第4期。

② 严绍璗：《〈万叶集〉的发生学研究——兼评西乡信纲的〈日本文学史〉》，载《日本学刊》1999年第1期。

③ 赵稀方《"新时期"构造中的日本文学——以森村诚一和川端康成为例》一文中认为，作为日本首位诺贝尔奖获得者，川端康成的成就即在于西方现代与东方传统的融合上。出人意料的是，川端康成这样一个世界级的作家在新时期之前基本上没有介绍。川端康成早期优秀之作《伊豆的歌女》早在1926年就面世了，但此时他还不太为人所知，等到他的代表作《雪国》发表的三十年代，中国已是左翼文学的天下，唯美虚无的川端康成也未得到重视，而川端康成获诺贝尔文学奖的1968年则是中国的"文革"期间，不可能有所反应。川端康成就这样与中国一再地失之交臂。值得庆幸的是，新时期对于川端康成的翻译介绍相当及时，而且选择也非常精到。该文载《中国比较文学》2005年第4期。

究的审美转折。1981年《雪国》的两个译本同时问世：上海译文出版社出版侍桁译本，山东人民出版社出版译为《古都·雪国》的叶谓渠、唐月梅译本。川端康成代表作《雪国》的翻译出版，最初因有人认为它是一部描写妓女的黄色小说而遭到反对，据说叶谓渠的译本后来是在省新闻出版局局长愿意承担责任的情况下才得以问世的。

《雪国》的翻译出版引发国内文学观念的巨大变化：文学并不意味着只是史诗或批判现实主义，并非只有巴尔扎克、托尔斯泰、鲁迅等的宏大叙事才是文学，还有很多写作形式和手法；相对中国之前僵化的文学写法，大家意识到文学不一定都有清晰的脉络，文字可以描写细节和情绪。《雪国》的翻译出版对中国文学影响的最大方面是对中国当代作家的影响，余华、莫言、格非、苏童等，可以说没有哪一位不曾受过它的影响，中国的诺奖获得者莫言曾说过《雪国》是他写作道路上的灯塔。

2. 潜在的文学翻译成果终见天日

人民文学出版社是当时外国文学翻译出版的主阵地，是其他出版社的风向标。1977年，人民文学出版社除了出版上述几部日本文学作品之外，还出版了菲律宾何塞·黎萨尔的作品，陈晓光、柏群译著《不许犯我》和柏群译《起义者》，王家瑛译巴基斯坦伊克巴尔著《伊克巴尔诗选》，施升译德国维尔特著《维尔特诗选》，朱生豪译英国莎士比亚的《威尼斯商人》《哈姆莱特》《雅典的泰门》等。如前所述，该社1978年开始翻译出版或再版了很多译作，其中很多初版译作都是在“文革”十年间完成的。

尽管“文革”十年间出版未能进行，但老一辈翻译家没有停笔，他们依旧默默地耕耘，为后来译坛的振兴积蓄了力量。诸如季羡林、冯至等人的潜在翻译活动依旧存在。冯至译德国海涅的《德国——一个冬天的童话》、季羡林的《罗摩衍那》全译本都是在“文革”十年间完成的。

有的译作虽然1966年前已经译出，且已出版一部分，但剩余部分不幸搁置了。冯南江等译苏联作家伊里亚·爱伦堡著《人、岁月、生活》的出版历程就是其中的一例。从1962年开始，作家出版社陆续内部发行该著前三部，本可大量出版的，却被耽误了十年。1979年4月，人民文学出版社竟有四部新版同时内部发行，1980年5月第六部也以“内部出版”形式面世，至此才全部出齐。自1962年初版到1999年10月校改后的全书公开出版，相隔37年之久。

杨绛着手翻译《堂吉诃德》是在1961年，完成的译稿1966年被没收，干校生活结束后她又从头译起。1978年3月人民文学出版社出版杨绛译《堂吉诃德》（上下册），第一版首印十万套很快售完，第二次印刷又是十万套，影响巨大。同年上海译文出版社出版查良铮译拜伦《唐璜》（上下册）等，译作都是“文革”十年中完成的。王小波认为，那时中国一流的作家都在搞翻译，你要读一流的文字，就去读译文。这一大批翻译家在十年中用文学翻译度过了蹉跎岁月，以他们的文字功底和文化底蕴为文学翻译界留下了一大批译作精品。

二、突破禁区

在高度集中的计划经济体制下，学术艺术著作只能由国家出版社出版，省级出版社不能出版长篇小说，更不要说长篇翻译小说了。1978年国家出版局组织的外国古典名著重印是一次摆脱绳索的突破，接踵而至的江苏人民出版社和浙江人民出版社的举动则冲破了计划经济下出版体制的禁锢，三大文学翻译杂志的创刊和复刊又为刚刚燃起的文学翻译出版之“火”加了一把“柴”。经过意识形态对文学翻译出版长期的操纵禁锢，人们在试探着行进，如履薄冰，但是全社会对知识的饥渴驱使全国各地的文学作品翻译出版大胆挺进。1979年以后至20世纪80年代末，文学翻译和科技翻译带动了翻译出版高潮的到来。

1. 从缓解书荒到冲破出版体制禁锢

1976年，“文革”结束。1977年10月，高考恢复，重新燃起了人们对知识的追求，出现了抢购世界文学名著的景观。

1978年，原国家出版局在出版领域实施了拨乱反正、冲破禁区的一次重大突破——组织调动全国出版印刷力量重印了35种中外文学名著来缓解严重的书荒。重印的35种图书中，外国古典文学占了16种，分别为《悲惨世界》《高老头》《欧也妮·葛朗台》《威尼斯商人》《安娜·卡列宁娜》《艰难时世》《九三年》《契柯夫小说选》《莫泊桑短篇小说选》《易卜生戏剧四种》《鲁宾逊漂流记》《汤姆·索亚历险记》《希腊神话》《一千零一夜》《斯巴达克斯》《牛虻》等。①

重印16种外国古典文学的做法，在十一届三中全会尚未召开的语境下颇易产生“越轨”之嫌，所以译本选择的都是在政治上可以有十足说辞的作品，如曾被鲁迅肯定的作者或作品以及不具有多少意识形态色彩的古希腊神话、阿拉伯民间故事集等。重印名著无疑是原国家出版局冲破禁区的一次重大突破，但却无法缓解严重书荒。重印的书籍按计划分配，据说浙江一个省只分到了2.4万册，一上架便被抢完，根本无法满足需要。《出版工作》1978年第3期上就刊登了《读者纷纷反映买不到重印的文学名著》的消息。

1979年，浙江人民出版社率先冲破计划经济下出版体制的禁锢，组织力量审读了一部分外国名著，经过反复论证和研究决定出版傅东华翻译的美国女作家马格丽泰·密西尔的小说《飘》。结果为了满足需求，印刷计划从10万册一路飙升至60多万册。1979年12月，《飘》的中下册尚未印完，就引发了“《飘》要让我们飘到哪里去”的争论，关键时刻邓小平同志对《飘》的出版给予了肯定，为出版改革指明了方向。②浙江人民出版社重印《飘》的举动，不仅率先冲破了计划经济下出版体制的禁锢，更推动了出版业的改革开放。

1979年前后江苏人民出版社也在外国现当代文学翻译出版上有了大举措：1978年4月出版曼罗译美国阿瑟·海雷的长篇小说《钱商》，转年10月第3次印刷，印数竟达30万册；1979年7月出版周煦良译美国劳勃特·纳珊著《珍妮的肖像》；同年又出版任俊译美国亨利·登克尔著《医生》。

1979年，江苏人民出版社和浙江人民出版社还曾共同将英国侦探小说

---

①《1978年重印的35种中外文学名著》，载《出版参考》1998年第24期。

②《打开出版界改革开放的大门——邓小平支持印刷发行〈飘〉》，载《新民晚报》1999年1月23日。

女作家阿加莎·克里斯蒂的小说译介过来。借助由克里斯蒂小说改编的电影《尼罗河上的惨案》在全国公演的大好时机，江苏人民出版社于11月出版了宫英海译克里斯蒂的小说《尼罗河上的惨案》单行本，首印高达46万册；12月浙江人民出版社出版宋兆霖、镕榕译克里斯蒂的另一部小说《东方快车上的谋杀案》，印数竟高达60万册。两部译作的出版带动了阿加莎·克里斯蒂小说在中国的传播，仅在1980年至1981年间，就有20多本阿加莎·克里斯蒂的小说在不同出版社出版，20世纪80年代译介阿加莎·克里斯蒂的作品版本共计五六十种。

2. 三大文学翻译杂志的复刊和创刊

改革开放初期迅速复刊和创刊的《世界文学》《外国文艺》和《译林》成为中外文学学术交流的重要平台。尽管版面有限，三大杂志却能快速地把国外作家的最新动态、作品出版信息和译文刊登出来，使广大读者及早地了解和接触世界文学的新动向。

《世界文学》是新中国成立后创办的唯一一家国家级译介外国文学作品与文学理论的刊物。鲁迅于1934年9月创办的《译文》是中国历史上第一份专门发表翻译文学作品的期刊，是世界革命文学传入我国的重要窗口。茅盾曾协助鲁迅办《译文》，所以1953年中华全国文学工作者协会（中国作家协会前身，茅盾时任协会主席）要创办译介外国文学杂志时，则借用鲁迅之名纪念当年创办历史，依旧取名《译文》。茅盾在《译文》的发刊词中介绍了创刊的任务和责任：

> 今天我们不但迫切地需要加强学习苏联及各人民民主国家的社会主义现实主义的优秀文学作品，也需要多方面地“借鉴”，以提高我们的业务水平，因而也就需要熟悉外国的古典文学和今天各资本主义国家的以及殖民地的革命的进步的文学。①

① 茅盾：《译文·发刊词》，载《译文》1953年第1期。

1959年《译文》更名为《世界文学》，1964年改由中国科学院外国文学研究所（今中国社会科学院外国文学研究所）主办，“文革”期间一度停办。1977年《世界文学》恢复出版，先试刊并内部发行一年，1977年第2期开始刊登译介的美国作家作品——施咸荣和李文俊选译的美国黑人作家阿历克斯·哈莱著《根子》。《世界文学》复刊后一年内便逐渐走上了译介外国文学的正轨。此后的两年中译介的英美小说所占翻译小说的比例不断增加，达到30%。1978年第2期刊有文美惠译英国华·斯各特的《流浪汉威利的故事》，1979年第4期刊有薛诗绮译英国约瑟夫·康拉德的《罗曼亲王》等。可以说，《世界文学》引领了我国思想解放的步伐。

《外国文艺》创刊于1978年6月，由上海译文出版社出版，是一本以介绍外国当代文学为主旨的文学刊物，主要介绍外国流派。创刊号上刊出了日本川端康成的短篇小说——侍桁译的《伊豆的歌女》、刘振瀛译的《水月》，林青译法国存在主义大师让·保罗·萨特的七幕剧《肮脏的手》，南复选译的美国约瑟夫·赫勒的长篇小说《第二十二条军规》等。

《外国文艺》译介了海明威、福克纳、萨特、罗伯格里耶、博尔赫斯等西方现代派的作品，为我国小说创作增添了新的思路。刘心武曾说过，“超级现实主义”这一概念他最初是从《外国文艺》得知与观赏的。他说道：

> 我在长篇小说《钟鼓楼》里便试图以“精微”与“还原”的叙述手法，来取得一种特异的阅读效果。……我是从这一期的《外国文艺》上首次得知与观赏的，这于我实在是一次启蒙。①

1979年初江苏省委指示江苏人民出版社创办的翻译刊物《译林》，以介绍外国当代文学作品为主。②《译林》是继北京《世界文学》、上海《外国文艺》之后的又一译介外国当代文学作品的重要刊物。

如前所述，1979年11月江苏人民出版社出版《尼罗河上的惨案》单行

① 刘心武：《滴水可知海味》，见姜治文、文军编著《翻译批评论》，重庆大学出版社1999年版，第198页。

② 李景端：《外国文学出版的一段波折》，载《出版史料》2005年第2期。

本，此事源于《译林》创刊号上刊载了《尼罗河上的惨案》（第11—149页）小说译本。《译林》的创刊意图在于打开窗口了解世界，选择能够展现外国现实生活的通俗文学，介绍流行的作家和作品，帮助大众了解国外当今的文学创作情况。当时电影《尼罗河上的惨案》正火热上映，编辑部金丽文上门向正在翻译电影原著的上海外语学院教师宫英海约稿，并最终将其译作刊于《译林》创刊号上。读到小说的文学批评家李敬泽回忆道，自己痴迷到甚至把印有小说的那些页码撕下来带回家保存的程度。此后《译林》一直走在时代的前沿，不仅大胆引进国外侦探、悬疑小说以及纯文学作品，还译介了《吕蓓卡》《音乐之声》《教父》《沉默的羔羊》等多部国外流行小说。

1977年《世界文学》复刊，主要介绍外国名家名作；1978年6月创刊的《外国文艺》，主要介绍外国流派；1979年底《译林》与读者见面，主要介绍外国通俗文学。集中译介外国文学的三大期刊复刊和创刊，是中国译介外国文学工作的恢复发展进入崭新阶段的标志。它们率先译介了西方文学作品，摆脱了只译介“社会主义阵营”的畸形禁锢。

摆脱思想上的禁锢和出版体制的束缚是迈出文学翻译出版的重要一步，但是“文革”十年造成的外语人才极度短缺问题也是不能不关注的一点。诚然，老一辈翻译家的坚守令人欣慰，而后来者奇缺也是现实。改革开放初期，大胆起用新人成为文学翻译界必然的选择，草根译者迅速充实到文学翻译队伍中来。江苏人民出版社出版的《钱商》《医生》等译者均署名为南京大学外国文学研究所，大概也是出于译者尚未知名，不能影响大社名声的考虑，只有《珍妮的肖像》署名为翻译家周煦良。

李景端对此最有发言权。1979年，《译林》刚刚创刊，电影《尼罗河上的惨案》上映，李景端突发奇想，他要把小说翻译进来。当时他找到学院派和专业翻译人员，却没人有兴趣，他只能到上海找人翻译，结果发现“草根”译者人数众多，他从这些非专业翻译身上看到了潜力，而且坚信翻译家也是从“草根”走过来的。《东方快车上的谋杀案》的翻译就是李景端大胆启用新人的成功案例，译本印数竟达十万册。草根译者一个个变成了翻译家，中国的翻译队伍发生了前所未有的巨大变化。

三、外国文学丛书

改革开放起步之初正是新中国第四次翻译高潮的开始，世界各主要语种、各个历史时期的文学作品，尤其是当代文学作品的翻译出版量激增。译介国别上，虽然欧美等主要国家占比仍处于优势，日本也略显突出，但是其他国家和地区的引进量已占五分之一强，整体朝着结构合理、引进均衡的方向发展，翻译质量有了很大进步。

20世纪80年代中国出版业机制逐渐转轨。1980年12月，国家出版局发出《建议有计划有步骤地发展集体所有制和个体所有制的书店、书摊和书贩》的通知，从此民营书业获得了“生存权”；1982年6月，文化部组织召开全国图书发行体制改革座谈会，确立改革措施，打破新华书店独家经营的体制。转轨后出版社不直接参与翻译，他们和译者是合作伙伴的关系。出版商不仅关注译者翻译的各个环节，还要完成社会调查、信息搜索、策划广告、销售发行等诸多流程。

文学出版的“翻译爆炸”现象伴随着改革开放大门的开启而出现，但是拨乱反正的道路并不平坦，20世纪80年代初期出现了前进速度放缓趋势，清除精神污染给翻译出版带来了发展上的纠结，对文学翻译出版价值的评价产生了分歧。

1983年6月6日，中共中央、国务院发出《关于加强出版工作的决定》，这是新时期指导出版工作的纲领性文件，它使出版从业者对出版工作的性质、任务和出版改革前景的认识不断深化，顶着印刷生产能力严重不足等诸多困难向前推进改革。克服困难后的翻译出版市场应该用“火爆”来形容，书店的新书台上摆的几乎全是翻译作品，西方现代主义文学作品被大量地翻译和出版，各出版社出版的大量外国文学研究资料受到了广大读者的青睐。据粗略统计，1980年至1989年全国共出版外国文学图书近7000种，平均每年约700种。中国作家纷纷从外来现代思潮中吸取养分，将从中学习到的各种写作技巧及受到的启发运用到他们的创作中，使中国当代文学不断地产生各种文学思潮。尽管外国文学作品在20世纪80年代中后期曾使中国作家感到深深的焦虑和迷茫，但是随着他们在创作上的成熟，进入90年代后，这些作家逐渐从外国作家的阴影中走了出来，在发现自己之后感到了巨大的欣喜。文学研究也从中学到了各种方法，文学批评思维随之焕然一新。

20世纪80年代初可称为以读书为时尚的年代，出版业的繁荣为此时的读书人打造了一场盛宴。仅以狄更斯《大卫·科波菲尔》为例，自1958年人民文学出版社出版董秋斯译《大卫·科波菲尔》之后，截至1983年底，相继有多家出版社出版此书：1980年上海译文出版社出版张谷若译本，1981年人民教育出版社出版李泽鹏译本，1982年湖南人民出版社出版严冬编译缩写本，1983年天津人民美术出版社出版赵万顺改编连环画影剧本，1983年上海人民美术出版社出版徐学初绘连环画，1983年四川少年儿童出版社出版李永翘译缩写本等。文学翻译出版搭上复兴之路早班车，其突出的一点是，文集、选集、全集等多种分类形式出版的翻译丛书扮演了极为重要的角色。此后十余年，外国文学译著除了以外国著名作家文集、选集、全集形式出版之外，还以国家、地区为主线出版了“日本文学丛书”“印度文学丛书”“阿拉伯文学丛书”“东方文学丛书”等，为广大读者提供了“丛书盛宴”。

1. 以外国著名作家文集、选集、全集形式出版的翻译丛书

20世纪80年代初中期，随着“外国文学名著丛书”和“二十世纪外国文学丛书”的问世，以外国著名作家文集、选集、全集形式译介的世界文坛大作接连出现。

“外国文学名著丛书”，俗称“网格本”，由人民文学出版社和上海译文出版社联合出版，并且在很短的时间内产生了很大的影响，是因为它是中断已久的“三套丛书”工程重新启动的标志。1958年，时任中宣部部长的陆定一提出，为了学习借鉴世界文学的优秀遗产，提高我国青年作家的艺术修养和创作水平，满足人民的文化需求，提高人民的文化素质，繁荣社会主义的文学艺术，需要编选外国古典文学名著丛书，并责成中国科学院文学研究所主持这项工作，出版任务则交给了人民文学出版社。1961年，丛书编委会和工作组制定了“三套丛书”的编选计划，初步确定“外

国古典文学名著丛书”120种、“外国古典文艺理论丛书”39种、“马克思主义文艺理论丛书”12种。1966年出版工作被迫中断，但是此前的各项工作已经为“三套丛书”的出版奠定了基础。1978年5月，中宣部批准恢复“三套丛书”的出版工作；同年10月，在北京召开的“三套丛书”第一次工作组扩大会议对原来的选题进行了改动，对“外国古典文学名著丛书”和“外国古典文艺理论丛书”做了扩充，并分别删去两种丛书名中的“古典”二字，改为“外国文学名著丛书”和“外国文艺理论丛书”。

“三套丛书”始于1959年，迄于1999年，共出版“外国文学名著丛书”145种、“马克思主义文艺理论丛书”11种、“外国文艺理论丛书”19种。“外国文学名著丛书”不仅规模宏大，而且翻译质量上乘。丛书所选译本堪称精当，成为外国文学出版界的准绳，几乎囊括东西方各民族自古希腊罗马至近现代思想艺术俱佳的诗歌、戏剧、小说等体裁的经典名作，基本上集外国文学精华之大成，反映出世界文学发展演变的历史过程。译者均是从全国翻译界遴选出来的学风严谨的一流翻译家，译作大都是从原文直接翻译。其中，查良铮译《唐璜》、杨必译《名利场》、朱维之译《失乐园》、杨绛译《堂吉诃德》、方平译《呼啸山庄》等等，时至今日仍然是无人超越的一流译本，堪称精品。

下面再介绍一下“二十世纪外国文学丛书”。该丛书影响之大可谓与“外国文学名著丛书”不分伯仲。“外国文学名著丛书”是从60年代开始做起的，前期有基础，搁置十年后得以重启。“二十世纪外国文学丛书”则是20世纪80年代初为了满足读书人的愿望，由上海译文出版社和外国文学出版社联手推出的新一套大型丛书。该丛书计划选收200种20世纪世界文坛上影响较大的优秀作品，体裁以小说为主，兼及其他，国别以欧美文学为主，兼及亚、非、拉、大洋洲。该丛书可使读者通过作品了解20世纪历史的变化、社会思想的演进，以及各国文学的继承与发展状况。该丛书使20世纪外国文学名作开始有计划地翻译介绍进来，劳伦斯、毛姆、康拉德、德莱塞、海明威、福克纳、托马斯·曼、加缪、莫拉维亚等20世纪名家的佳作逐步问世，很多作品引起了之后的热译。

该丛书1982年由上海译文出版社出版程中瑞译美国海明威的《丧钟为谁而鸣》之后，2007年至2012年先后有广州出版社的李景祥译本、湖南文艺出版社的佟莹译本、黄山书社的陈燕敏译本、长江文艺出版社的韩忠华译本等问世。

1984年上海译文出版社出版黄锦炎、沈国正、陈泉译哥伦比亚加西亚·马尔克斯的《百年孤独》，之前已有台湾宋碧云译出的《一百年的孤寂》（远景出版社1971年版）。黄锦炎等的译本是大陆最早的译本。1984年，高长荣译本由北京十月文艺出版社出版。据笔者所知，继1984年上海译文出版社译本出版以后至2000年底，又有五个译本出版：1984年，《百年孤寂》，杨耐冬译，台湾志文出版社；1993年，《百年孤独》，吴健恒译，云南人民出版社；2000年，《百年孤独》，仝彦芳译，内蒙古人民出版社；2000年，《百年孤独》，海平译，时代文艺出版社；2000年，《百年孤独》，宋鸿远译，台海出版社。20世纪80年代，这部诺贝尔文学奖获奖作品在中国迅速掀起接受热潮。学界出于学习西方现代表现手法的渴望，将《百年孤独》解读为“梦幻现实主义”的代表作，认为它给中国新时期文坛提供了一种可能的文学发展启示，“可以说，《百年孤独》在一定程度上直接影响了中国新时期的寻根文学思潮的产生”①。

上海译文出版社还在20世纪80年代出版了由《外国文艺》编辑部编辑的“外国文艺丛书”。这套选材并不广、开本也不大的丛书一经面世，就受到了广大读者的喜爱。这套以收集中短篇小说为主的丛书，收有《当代美国短篇小说集》《当代苏联中短篇小说集》以及法、英、意的短篇小说集，还收有按作家分类的《公园深处——奥康纳短篇小说集》《加西亚·马尔克斯中短篇小说集》《博尔赫斯短篇小说集》《蒲宁短篇小说集》《博尔赫斯短篇小说》等。此外，还出版有按文学类型划分的施咸荣等译爱尔兰贝克特的《荒诞派戏剧集》、王永年译智利米斯特拉尔诗歌散文集《露珠》等。经典而又颇具现代意识和手法的作品也有很多，比如1980年1月出版的汤永宽译奥地利弗朗茨·卡夫卡的《城堡》和荣如德译苏联索尔仁尼琴的《癌病房》，1981年出版的南文等译美国约瑟夫·赫勒的《第二十二条军规》和刘碧星、张宓译意大利卡尔维诺的《一个分成两半的子

① 艾可：《文本旅行中的文化交往——评李卫华〈中国新时期翻译文学期刊研究：1978—2008〉》，载《世界文学评论》2012年第2期。

爵》等。

有些译作带动了原作者作品的集中译介。1980 年出版了顾方济、徐志仁译法国加缪的《鼠疫》。阿尔贝·加缪是存在主义文学、“荒诞哲学”的代表人物，他的作品虽然不多，但在法国20世纪文学中具有举足轻重的地位。其主要作品有小说《局外人》《鼠疫》《堕落》、散文《西绪福斯神话》《反抗者》《现在集》、戏剧《卡利古拉》《误会》《戒严令》《正义者》等。加缪作品的正式翻译出版源于1978年施康强译《不忠的女人》，刊载于《世界文学》杂志。自1980 年上海译文出版社出版顾方济、徐志仁译《鼠疫》单行本之后，加缪的作品接连被译入。1981年郭宏安译《约拿》被收入外国文学出版社《法国当代短篇小说选》，同年，浙江人民出版社出版的信德、仲南编选的《诺贝尔文学奖获奖作家作品选——中短篇小说》收入了孟安译《局外人》。1985年外国文学出版社出版郭宏安译《加缪中短篇小说集》，收录了《局外人》《堕落》《流放与王国》等。1986年漓江出版社出版发行李玉民译《正义者》，其中收录加缪剧作《卡利古拉》《误会》《正义者》。至20世纪末，除了《幸福的死亡》外，加缪的小说全部有了中译本。1989年4月，三联书店出版了杜小真译《置身于苦难与阳光之间：加缪散文集》，其中收入了《反与正》《反叛者》。至此，加缪全部的理论作品都有了中译本，而且很多作品是一本多译——《局外人》约有 19个版本，《鼠疫》约有 13个版本，《流亡与独立王国》中《沉默的人》约有6个版本，《不贞的妻子》《约拿斯》各有2个版本。[①]

除了人民文学出版社、上海译文出版社等出版社之外，1983年湖南人民出版社和湖南文艺出版社推出《诗苑译林》。《诗苑译林》被北岛誉为“汉译诗歌第一丛书”，自1983年至1992年共出书50余种，是五四以来中国第一套大型外国诗歌中译本丛书。这套丛书由三大部分构成：以我国著名的诗人或翻译家为线索，如《戴望舒诗集》《戈宝权译诗选》等；以外国诗人为线索，如《普希金抒情诗选》《雪莱诗选》等；以国家为线索，如《英国现代诗选》《英国维多利亚时代诗选》《美国现代六诗人选集》等。1988年，湖南人民出版社出版了绿原编译的《请向内心走去——德语国家

① 李军：《加缪在中国的译介与研究》，载《山东社会科学》2008年第2期。

现代诗选》。该书使读者认识到庞德意象派的明快与简单，同样也将他们引入艾略特“荒原”的迷宫。

“获诺贝尔文学奖作家丛书”是漓江出版社推出的能够载入史册的大型丛书。“获诺贝尔文学奖作家丛书”自1982年冬酝酿策划，1983年6月《爱的荒漠》《蒂博一家》《特莱庇姑娘》《饥饿的石头》等四部作品问世。漓江出版社自此开始到2012年，共坚持了30年，陆续将获得诺贝尔文学奖的109位作家的获奖作品，按照每人一卷的要求，逐次出版，已出卷数占到了获奖作家总数的75%。

《外国现代惊险小说选集》是上海文艺出版社傅惟慈于1980—1981年主编的外国现代惊险小说集。20世纪80年代，外国小说尤其是大量惊险小说、侦探小说、推理小说、间谍小说、科幻小说、言情小说等在中国陡然升温。“文革”后普通读者喜欢这些“新鲜”“刺激”“有异国情调”的通俗小说。该选集把20世纪最杰出的几位惊险小说作家的代表作品都收入其中，傅惟慈、施咸荣、董乐山、高慧勤等译坛名家参加了翻译。

2. 以国家、地区为主线出版的文学翻译丛书

中国外国文学学会于1978年正式成立，俄罗斯（苏联）、法国、德国、意大利、西葡拉美、日本、印度、阿拉伯等有关国别或语种研究会相继成立，这对以国家、地区为主线的文学翻译丛书的出版起到了推动作用。

日本文学丛书的翻译出版，率先开启了中日平等交流的大门。基于中日恢复邦交后实施的日语人才培养以及对日本文学译介的基础，此时日本文学丛书的出版也先于其他国家和地区。

“日本文学流派代表作丛书”于1985—1991年由李芒、李德纯、高慧勤主编，十家出版社联合编辑出版，收录了日本浪漫主义、自然主义、现实主义、唯美主义等代表作家的代表作品十多部。浙江文艺出版社1988年3月出版隋玉林译浪漫主义作家森鸥外著《舞姬》；江苏人民出版社1981年8月出版忱流译自然主义作家岛崎藤村著《家》，1987年出版黄凤英和胡毓文译田山花袋著《棉被》，1988年出版龚志明译山本有三著《一个女人的命运》；海峡文艺出版社1987年出版何平和伊凡译水上勉著《饥饿海峡》，

1987年出版郭来舜译德田秋声、正宗白鸟著自然主义作品《新婚家庭》，1986年出版陈德文译现实主义作家夏目漱石著《哥儿·草枕》，1983年出版吴树文和梁传宝译佐藤春夫著《更生记》，1984年出版陈德文译岛崎藤村著自然主义作品《春》；中国文联出版社1987年出版王泰平译石川达三著现实主义作品《爱情的终结》，1987年出版沈海滨等译圆地文子等著现实主义作品《女人的路》，1988年出版戴璨之和郭来舜译宫本辉著现实主义作品《春梦》；黑龙江人民出版社1987年出版王玉琢译山崎丰子著现实主义作品《女系家族》和舟桥圣一著新兴艺术派作品《意中人的胸饰》，1991年出版龚志明等译小岛信夫等著《拥抱家族》；四川文艺出版社1988年出版谢延庄等译唯美主义作家永井荷风著《舞女》，1989年出版王智新译伊藤整著《火鸟》；等等。

“日本当代文学丛书”由刘和民任主编，安徽文艺出版社出版。1985年10月出版《夕雾楼》，1986年12月出版《冰点》，1986年9月出版《蹉跌情》，1985年11月出版《沙女》，1985年12月出版《仙惑》，共五卷。

最值得一提的是日本诗歌译介呈现出新的态势。杨烈1983年译纪贯之等撰《古今和歌集》，由复旦大学出版社出版；1984年，湖南人民出版社推出日本古典诗歌总集《万叶集》全译本；1985年，檀可译《日本古诗一百首》由外国文学出版社出版；1983年，林林将松尾芭蕉、与谢芜村和小林一茶作品的选本以《日本古典俳句选》之名译出，由湖南人民出版社出版；1990年，林林译出《日本近代五人俳句选》并由外国文学出版社出版。

日本电影、话剧剧本等也都陆续译出并先后出版。1980年，江苏人民出版社出版陈德文译井上靖著《太平之甍》；1989年，华岳文艺出版社出版水上勉著《海峡尸案》。

对日本文学更加深入的研究体现在日本文学史和作家传记的翻译方面。继1979年佩珊译西乡信纲《日本文学史》之后，1986年卞立强、俊子译中村新太郎《日本近代文学史话》，1983年罗传开等译《战后日本文学史·年表》，1989年李丹明译长谷川泉《日本战后文学史》，1983年卞立强译手塚英孝《小林多喜二传》等。

丛书译介范围拓展，国别上日趋宽泛，先后有上海译文出版社的“德国文学丛书”、黑龙江人民出版社的“西班牙葡萄牙语文学丛书”等翻译出版。

云南人民出版社“拉丁美洲文学丛书”1987年开始陆续出版。本丛书含拉丁美洲文学作品和文学理论著作两个系列，共7辑，平均每年出版4本，至20世纪末共出版60余本，每本书固定印刷3000册。其中，20世纪80年代出版了韦平、韦拓译秘鲁巴尔加斯·略萨著《青楼》（亦名《绿房子》），赵德明等译秘鲁马里奥·巴尔加斯·略萨著《胡利娅姨妈与作家》，孙成敖、范维信译巴西若热·亚马多著《弗洛尔和她的两个丈夫》，孟宪成、王成家译秘鲁巴尔加斯·略萨著《狂人玛伊塔》，范维信译巴西埃里科·维利希莫著《大使先生》，段若川、罗海燕译智利何赛·多诺索著《旁边的花园》，赵振江编《拉丁美洲历代名家诗选》等。[①] 进入90年代又出版了董燕生译厄瓜多尔米盖尔·安赫尔·阿斯图里亚斯著《总统先生》、朱景冬译乌拉圭马里奥·贝内德蒂著《让我们坠入诱惑》和孙成敖译巴西若热·亚马多著《我是写人民的小说家》等。

“非洲文学丛书”由外国文学出版社于20世纪80年代出版。依出版先后，各分册分别是葛公尚译坦桑尼亚罗伯特·夏巴尼的《想象国》和《可信国》，曹松豪、吴奈译塞内加尔的《桑戈尔诗选》，高长荣编选《非洲当代中短篇小说选》《非洲戏剧选》，杨明秋等译肯尼亚恩古吉的《一粒麦种》，李爽秋译喀麦隆奥约诺的《童仆的一生》，侯焕良等译南非理查德·里夫的《紧急状态》，蔡临祥译肯尼亚恩古吉的《大河两岸》，沈静、石羽山译尼日利亚索因卡的《痴心与浊水》，尧雨译尼日利亚阿契贝的《人民公仆》和《非洲童话集》等。

“印度文学丛书”由人民文学出版社出版，季羡林译蚁垤著《摩罗衍那》为这套丛书的重头戏。自1980年先后有《罗摩衍那·童年篇》《五卷书》《罗摩衍那·阿逾陀篇》《罗摩衍那·猴国篇》《罗摩衍那·美妙篇》《罗摩衍那·战斗篇》《罗摩衍那·后篇》等出版。此外“印度文学丛书”还有以下分册：1981年石真译查特吉著《斯里甘特》（一），1982

① 刘存沛：《取大海之一滴——谈谈〈拉丁美洲文学丛书〉的编辑出版》，载《出版工作》1989年第7期。

年李宗华等译密尔·阿门著《花园与春天》，1982年金克木译《伐致呵利三百咏》，1984年刘安武译《普列姆昌德短篇小说选》，1985年郭良均等译《佛本生故事选》，1987年佘菲克译米尔扎·鲁斯瓦著《一个女人的遭遇》，1988年金鼎汉译杜勒西达斯著《罗摩功行之湖》等。人民文学出版社在出版“印度文学丛书”的同时，还出版了《印度短篇小说选》《英国短篇小说选》《德语国家短篇小说选》《东欧短篇小说选》《拉丁美洲短篇小说选》等。

“法国二十世纪文学丛书”由柳鸣九主编，是中国介绍法国文学的重点工程，一共10辑，每辑7种，共70种，前5辑由漓江出版社出版，后5辑由安徽文艺出版社出版。该丛书几乎将法国当代文学的名作尽收其中。

上述所列丛书只限于文学类翻译丛书，不含诸如商务印书馆被称为80年代丛书之最的“汉译世界学术名著丛书”、华夏出版社的“20世纪文库”、三联的“文化：中国与世界”等综合类丛书所含的翻译作品。20世纪最后20年是中国社会发生深刻变革的历史转型期。中国外国文学学会成立后，1982年又成立了中国翻译工作者协会（后更名为“中国翻译协会”）。中国翻译协会于1986年召开了第一次全国代表大会。这些活动都推动了中国新时期外国文学译介工作。

第二节 翻译出版与面向世界

世纪之交出版业再遇新旧体制的转轨变型。1988年，我国出版业进一步深化改革，实行“放权承包，放开发行渠道，放开购销形式和折扣，推动横向联合”。1995年党的十四届五中全会提出，世纪之交要实现从传统的计划经济体制向社会主义市场经济体制的转变，建立中国特色社会主义出版体制是发展目标，出版社自办发行的观念和机制逐步形成。①

① 王涛：《关于转轨变型时期的出版体制》，载《出版发行研究》1996年第1期；谢刚：《出版体制转轨与新时期文学的转型》，载《江海学刊》2004年第6期。

改革开放20年，国家大力推行发行体制改革。随着国家科技体制改革进程的不断深化及国外新技术的不断引进，图书发行业逐步摆脱计划经济束缚，突破长期以来产销分割、渠道单一、购销形式僵化的局面。销售网点遍布全国城乡，初步形成了以国有书店为主体，多种经济成分、多种流通渠道、多种购销形式并存的图书流通体系。图书发行业结构布局得到合理调整，计算机在发行行业得到广泛应用，网上书店的兴起极大地提高了图书发行业的生产力水平。世纪末中国出版业开始融入世界市场，文学翻译出版随之迈入世界行列。

20世纪90年代初文学翻译出版曾一度再陷低迷，翻译图书种数呈下降趋势。在90年代中国位居世界图书出版大国行列之时，翻译出版与全部出版物种数之比却不断大幅下降，从1990年的10.8%依次下降为1991年的7%、1992年的6.1%、1993年的3.3%、1994年的1.2%。这次低迷虽有国内问题，但主要是复杂的国际经贸形势，尤其是版权贸易问题使然。90年代之前我们对版权问题比较陌生，自中国颁布《中华人民共和国著作权法》以及加入《世界版权公约》后，国家版权局从履行公约义务出发，向国内的所有出版单位发出通知：凡以翻译作品投稿的，投稿人均须同时附有原作品版权人的授权书（也称翻译权许可证，或翻译出版许可合同），否则不得接受。此后翻译著作大为减少，有的出版社甚至减少了90%。这是在我国改革开放、向市场经济转变并逐渐与国际经贸秩序接轨过程中不可避免的问题。在此背景下名著复译弥补了翻译出版量的不足，名著复译出现又一次热潮。

一、国营出版为主体制下翻译出版活动的多元化

20世纪80年代的中国外国文学翻译出版可以用“火爆”来形容，中国文学学术发展在良好的态势下进入90年代，却迎头撞到了翻译出版的一个更大挑战——版权问题。随着国际版权公约的修订演进及人们对版权问题的重视，文学翻译出版很快越过沉寂期。20世纪90年代成为中国翻译文学史上最繁荣的历史阶段，中国成为世界翻译大国和文学翻译出版大国。中国用十多年的时间走完了一些国家用几十年甚至一百多年时间走完的路

程，取得了前所未有的成就，得到国际版权公约组织和国际版权界的高度评价。不仅如此，20世纪90年代，中国文学翻译工作实施了走出去战略，开始将中国文学的发展情况介绍到国外，让中国更好地与国外交流，让外国准确地了解中国文学和文化，使中国文学在世界文学中占据应有地位。

1. 名著复译与西方现当代优秀作品的译入

20世纪90年代初，在“版权”这一陌生的概念进入出版界后，“翻译”和“盗版”就连在了一起，出版社谈译色变。自从中国1992年加入世界版权公约以后，国内出版社必须向作者支付版税，国人对“版权”“翻译权”“版税”等一系列新概念迷惘了，一时间翻译出版业立即由“火爆”变为“沉寂”。用当时极端的说法：整个80年代翻译书的火爆，竟然成了中国翻译的回光返照。根据国家新闻出版署图书司的统计，外国文学作品翻译数量急剧减少，80年代号称每年出版700种的景观不复存在。谈到翻译，人们的第一反应便是版权怎么办。翻译出版在探索中艰难地向前迈进。

云南人民出版社自1987年开始出版“拉丁美洲文学丛书”，90年代初因版权问题出现断档现象。丛书责任编辑刘存沛认为，是内外两方面原因造成了这一局面。外因是当代拉美著名作家的作品版权大都由一位名叫卡门的西班牙老太太代理，这位老太太对中国国情不了解，漫天要价。据说，《百年孤独》的版权费要价30万美元。内因是国内翻译界新一代的翻译队伍尚未成长起来，或出于经济原因，没有人愿意再干这一行，形成了译者队伍上的断档。①

90年代初期，大部分出版社对文学翻译采取了观望甚至抵触态度。基于古典文学名著不受版权保护、不用联系版权、不用支付版税，再加上大部分名著都已有一个或数个译本做参照，复译比较容易，所以出版业出现了名著复译高潮，几乎在市面上热销的每一本世界文学名著都有少则几种多则十余种译本出现。据不完全统计，自1993年至1999年，这次名著复译风潮的代表《红与黑》有多达10个译本出版。更有趣的是，同一出版社接

① 彭论：《拉美文学翻译出版出现断档》，载《文汇读书周报》2003年3月18日。

连出版了不同的《红与黑》译本，如人民文学出版社除了1988年闻家驷译本之外，1995年推出赵琪译本，1999年推出张冠尧译本。其他大出版社也纷纷加入进来：译林出版社1993年推出郭宏安译本，浙江文艺出版社1994年推出罗新璋译本，北京燕山出版社1995年推出邹心胜译本，花城出版社1995年推出边芹译本，陕西人民出版社1996年推出刘志威译本，漓江出版社1997年推出胡小跃译本，大众文艺出版社1999年推出林甫译本，海天出版社1999年推出杨华、杜君译本。

福楼拜的传世佳作《包法利夫人》虽然没有《红与黑》那么引人注目，但中译本也不少：花城出版社1991年罗国林译本、译林出版社1992年许渊冲译本、北岳文艺出版社1994年傅辛译本、开今文化事业出版社1994年仪文译本、海峡文艺出版社1997年冯寿农译本、上海译文出版社1998年周克希译本、陕西人民出版社1998年张放译本、中国和平出版社1999年高德利译本等。

在重译潮中，仅1995年，《堂吉诃德》就有甘肃人民出版社陈建凯、郭先林译本，浙江文艺出版社董燕生译本，译林出版社屠孟超译本，漓江出版社刘京胜译本等问世。

在古典名著重译的同时，出版业也在探索购买海外版权。面对翻译出版新的历史条件，一直以来计划经济下的翻译出版业出现了种种不适应。《尤利西斯》译本的官司就是一例，它是两家出版社之间的商战。90年代中期中国出版部门大量购买海外版权，造成了外商哄抬版权费等做法的出现。1996年北京国际图书博览会上日本讲谈社的《世界遗产》，引发国内多家出版社相互竞价。1998年，贵州人民出版社推出了80本的《阿加莎·克里斯蒂全集》。褚盟介绍说，其实贵州版并不是全集。阿加莎·克里斯蒂一生共创作小说80本，但贵州版的“全集”中，缺少了《三只瞎老鼠》《四巨头》两部小说，另两本是自传和游记。贵州人民出版社的版权是通过法国一家出版公司取得的，而那家公司只有法文版的出版权，并不具备授权他人翻译出版的权利。如今贵州版的《阿加莎·克里斯蒂全集》已经绝版，旧书的价格也升了起来。据说，贵州版的一套在旧书网上已经卖到2万，单本也要卖到600元。

西方现当代优秀作品的译入出版，让90年代中国文学翻译再次进入繁荣期。90年代初，被称为西方20世纪初文学经典巨作的《追忆似水年华》和《尤利西斯》相继被翻译（《尤利西斯》有两个译本：一个译本的译者是研究乔伊斯的著名学者金隄教授，另一个译本的译者是著名作家、翻译家萧乾、文洁若夫妇）出版，在中国文坛引起了极大关注，在海外媒体上也刊登了有关报道。从80年代中期开始，尤其到了90年代，更多的外国现当代名著和现代主义各流派——象征主义、意识流、存在主义、“黑色幽默”以及拉美魔幻现实主义等的代表作也先后译介过来。

意识流文学在美国的代表作家威廉·福克纳的作品相继被李文俊译出：《我弥留之际》于1990年由漓江出版社出版，《押沙龙！押沙龙！》于2000年由上海译文出版社出版。

对于捷克作家米兰·昆德拉作品的译介，作家出版社曾于1987年至1991年前后内部发行了景凯旋与徐乃健合译的《为了告别的聚会》《生活在别处》以及景凯旋译《玩笑》、宁敏译《不朽》等。进入90年代，昆德拉的作品快速公开译入——1993年作家出版社出版了唐晓渡译《小说的艺术》，1992年中国社会科学出版社出版了莫亚平译《笑忘录》，1993年中国友谊出版公司翻译出版了林郁选编的《米兰·昆德拉如是说》，1998年海南文艺出版社出版了曹有鹏和夏有亮合译的《欲望的金苹果》，1999年远方出版社出版了邱瑞鑫译的《身份》，2000年九州出版社出版了周洁平译的《生命中不能承受之轻》等。

读者们逐渐熟悉了萨特、辛格、贝娄、契弗、莫瑞森、纳博科夫、马尔科斯、杜拉斯、川端康成、大江健三郎、博尔赫斯等各国知名作家。现当代优秀及代表性作品的译介确实使中国读者进一步开阔了眼界，更广泛地认识了世界，对西方现代主义也有了了解，同时也为中国作家的文学创作提供了重要借鉴。

2. 观念和机制的转变与外国文学翻译出版奖项的设立

20世纪90年代以来，随着出版行业的市场化，激烈的图书市场竞争无形中打破了原先的专业化分工，不少出版社纷纷涉足外国文学的翻译出版领域。这在一定程度上促进了外国文学出版的多元化格局的形成，为读者提供了更多的阅读选择。尽管90年代初期中国的翻译出版一度陷入低潮，但是在出版业改革开放大背景下出版人对翻译出版这块大有开垦价值的园地的新关注，以新的突破口寻求增长点的努力尝试，使名著复译成为新增长点，名著复译出版随之空前繁荣。诚然，这一局面的形成与党和国家对外国文学翻译工作的重视密不可分。其中设立外国文学图书奖项的举措，使译者和出版业的贡献得到了承认，进一步激发了翻译出版优秀译作的热情。

1991年11月，全国优秀外国文学图书奖设立。在20世纪的最后十年，为鼓励表彰外国文学图书译编人员及有关出版社的工作，提高外国文学图书质量，进一步繁荣外国文学出版事业，国家新闻出版署总共举办了四届全国优秀外国文学图书奖评选活动。

首届全国优秀外国文学图书奖评选于1991年11月举办，39家出版社的96种图书获奖，其中属于20世纪以来的现当代文学家的著作约有40种，几近一半。译林出版社的《追忆似水年华》等获一等奖。马塞尔·普鲁斯特的传世之作《追忆似水年华》经李恒基、许渊冲、许钧等[①]法文专家、译者的通力合作圆满译成。此书从组译、编辑到全部出齐历时七年，填补了中国翻译史上的一项空白。

第二届全国优秀外国文学图书奖评选于1995年9月举办。在参评的500多种书中，评选出一等奖11种、二等奖16种、三等奖22种。译林出版社出版的萧乾、文洁若夫妇译《尤利西斯》全译本获一等奖。《尤利西斯》被称作“旷世奇书”“天书”，萧乾、文洁若夫妇译《尤利西斯》填补了文学翻译领域的又一项空白。

第三届全国优秀外国文学图书奖评选于1998年举办。评选结果如下：《塞万提斯全集》等3种获特别奖，《易卜生文集》（8卷）、《蒙田随笔全集》（3卷）等5种获一等奖，《里尔克诗选》、《毛姆文集》（6卷）等11种获二等奖，《世界寓言经典》（5卷）、《西方长篇小说结构模式论》、《波斯古代诗选》等17种获三等奖。

第四届全国优秀外国文学图书奖评选于新中国成立50周年之际在北京

---

① 涂卫群：《文学杰作的永恒生命——关于〈追忆似水年华〉的两个中译本》，载《文艺研究》2010年第12期。

举行。本届参评的共有29家出版社的117种图书。获奖共计32种：一等奖7种，二等奖11种，三等奖14种。

全国优秀外国文学图书奖，不仅表彰了一批确属优秀的外国文学图书，而且以点带面地反映了外国文学出版工作长足发展的盛景。该活动还对理论性、研究性著作的翻译出版进行了表彰。

声誉卓著的文学奖项鲁迅文学奖于1995年首次设立翻译彩虹奖，以表彰翻译家的成就和突出贡献。翻译彩虹奖评选由中国作家协会主办，由中国作协外联部承办。本奖设立的宗旨是鼓励优秀文学作品的翻译，特别是中国文学作品的向外翻译。

1995年至1996年举办了第一届全国优秀文学翻译彩虹奖评选，获奖作品有杨德豫译《华兹华斯抒情诗选》、燕汉生译《艾青诗百首》、绿原译《浮士德》、范维信译《修道院纪事》、顾蕴璞译《莱蒙托夫全集·抒情诗Ⅱ》。1995年至1998年举办了第二届全国优秀文学翻译彩虹奖评选，获奖作品有屠岸译《济慈诗选》、董燕生译《堂吉诃德》、王焕生译《奥德赛》、董纯译《秧歌》、陶洁译《圣殿》等。

二、迈向21世纪的文学翻译出版

20世纪末文学翻译出版数量惊人，外国现当代名著被译介进来，中国文学译出出版力度加大，中外文学学术交流范式频出，中国文学与世界文学加速融合。

1. 翻译出版国际化起步

国家图书馆相关信息显示，20世纪80年代的译作总数（含新译作和再版）达到40余种，90年代则成倍增长，突破了100种。仅以《基度山伯爵》译本为例，1978年有人民文学出版社的蒋学模译本，80年代尚未找到新译本，而90年代竟有8个译本出现：1991年上海译文出版社周克希、韩沪麟译本，1993年花城出版社王学文、李玉民译本（1999年由北京燕山出版社再版），1994年甘肃人民出版社龙雯、龙序译本，1995年时代文艺出版社肖娅译本，1997年四川文艺出版社钟德明译本，1998年译林出版社郑克鲁译本，1998年陕西人民出版社孙桂荣等译本，1999年中国对外翻译出版公司沈培德、于君文译本等。《马丁·伊登》80年代有两个译本——上海译文出版社1981年吴劳（吴国祺）译本和商务印书馆1984年潘绍中译本，90年代竟有7个译本问世。

文学翻译出版不仅数量惊人，译本选择上也有新的突破，更多的外国现当代名著被译介进来。除上述之外，还有：1990年上海译文出版社出版郝运、周克希、朱角译大仲马的《四十五卫士》，1993年上海译文出版社出版谭玉培、郑书周、李椿龄译《夏尔尼伯爵夫人》（上下册），1996年黑龙江人民出版社出版张成柱、王长明译《裙衩之战》，1999年群众出版社出版薛江、吴蕾译《红颜恩仇记》（上中下）等。一本多译更是不断，美国作家伊迪丝·华顿《纯真年代》的于而彦译本1993年由皇冠文学出版社出版，王家湘、王立礼译本1997年由漓江出版社出版。

现代主义各流派的代表作也先后译介过来。美国作家托尼·莫瑞森的代表作《所罗门之歌》的舒逊译本，1996年由中国文学出版社出版。1998年，时代文艺出版社出版陈东飙译美国作家纳博科夫的《说吧，记忆——纳博科夫自传》和潘小松译纳博科大的《固执己见：纳博科夫访谈录》。1999年，作家出版社出版马振聘、潘耀华译法国作家杜拉斯的《杜拉斯选集》。1997年，漓江出版社出版徐和瑾译克里斯蒂安娜·布洛·拉巴雷尔的《杜拉斯传》。

基于改革开放20余年文学翻译出版的积累，90年代又有很多名著专集问世。在狄更斯的作品几乎都被译成中文的基础上，1998年上海译文出版社又出版了堪称高水平的《狄更斯文集》；在勃朗特三姐妹的《简·爱》《呼啸山庄》等作品相继被译出或复译的基础上，上海译文出版社、时代文艺出版社、河北教育出版社分别出版了勃朗特三姐妹的文集，几乎囊括了她们的所有作品；自1980年上海译文出版社重印了奥斯丁著、王科一译《傲慢与偏见》后，奥斯丁的作品相继被译介进来。20世纪90年代欧美的“奥斯丁热”使其作品在中国再次畅销，1997年南海出版公司出版了第一套《奥斯丁全集》（六卷）。1995年，光明日报出版社出版了叶渭渠主编《大江健三郎作品集》、李正伦等译《广岛札记》、郑民钦译《性的人》

等。2000年，唯美主义代表作家王尔德的《王尔德全集》（六卷）由中国文学出版社出版，包含了女性主义作家伍尔芙主要作品的《弗吉尼亚·伍尔芙文集》由上海译文出版社出版。

伴随着外国文学的译入出版，国内中国文学译出出版也大步迈进。20世纪末，中国每年引进版权6000多种，输出版权只有1000多种（且有一半多是输向新加坡、马来西亚和港澳台地区的）。[①]但是，中国文学译出出版的步伐仍然得以大步迈进。《大中华文库》是中国历史上首次系统、全面地向世界推出的外文版中国文化典籍的重大出版工程，由国家新闻出版署牵头，中国外文出版发行事业局参与编译出版。

1995年4月，新闻出版署正式批复《大中华文库》出版工程立项，很快该项目被列入国家重点图书出版规划中，随后又被列为国家“九五”“十五”重点出版工程。《大中华文库》入选作品首先翻译成英文出版，在完成40种图书的英文翻译出版的同时开始其他语种的翻译，陆续启动了法文、俄文、德文、日文、西班牙文等语种的翻译。外文出版社、湖南人民出版社、中华书局、商务印书馆、新世界出版社、译林出版社、人民文学出版社、世界图书出版公司等出版单位具体承担了该项目浩繁的编辑出版工作。1996年到2000年为第一阶段，完成60种著作的英文翻译出版。

20世纪80年代末，电子出版业兴起，网络翻译成为翻译出版的新路径，文学翻译出版由单一的纸质出版变为网络、纸质双重途径出版。

随着高新技术的发展，80年代末电子出版业兴起且发展迅速，截至1998年底已出版电子出版物3000余种，出版质量和水平逐渐提高，初步掌握并应用了国际上较先进的虚拟现实、非特定语音识别、手写体汉字识别等多媒体制作技术。1998年3月，中国第一个电子出版物五年规划《“九五”国家重点电子出版物出版规划》颁布实施。电子出版物的重要组成部分网络文学翻译兴起。网络文学翻译是以网络为平台、以翻译为手段、以外国文学为来源文本、以译文为目的文本、以网络发表为形式的新兴文学传播现象。

网络文学翻译的发展呈现出多层次、全格局的特点。与传统文学翻

---

① 于友先：《积累文化　推进交流》，载《中国出版》2000年第11期。

译出版相比，网络文学翻译成本低廉、问世快捷并具有很强的互动性。传统的文学翻译出版要经过选题申报、组稿、翻译、编辑审读、印刷发行等环节，如涉及版权问题还要有前期的购买交涉环节；而网络文学翻译则省去了这些环节，其时效性尤为明显。如《哈利·波特与混血王子》上市伊始，此书中文版出版商人民文学出版社授权的几位译者刚刚开始案头工作，由网友集体或单独翻译的多个未授权译本已经在互联网上出现。这一现象不仅限于中文，包括俄文和德文在内的几大语种，都有未经授权译文就在互联网上流传的情况。诚然，这是侵权行为，但是从另一个角度来看，数字化和网络提供了一个便捷的平台，一个平民化的翻译时代已经到来。正如陈晓明在《现代性与中国当代文学转型》一文中所说：

> 与80年代张扬“人的主体性”截然相反，中国当代文学呈现一种“非主体化”的状态……那种“高尚纯洁”式的写作不复存在，主体仅仅是芸芸众生中的一员，仅仅具有小人物式的凡俗，并以调侃方式对世界纷纭复杂景观而终于无可奈何。①

网络翻译文学改写着传统文学翻译标准，译者的身份真正实现由精英到平民的转化，译本不用去迎合读者，完全可以将自家对原作的理解表述出来。这种情形催生出我国新的文学形态“网络文学”。②

网络翻译文学译者可以借助网络的互动性和读者在线交流，可以随时修改译文，这是传统文学翻译出版所无法想象的。网络翻译文学对版权的侵犯无疑是必须解决的大问题，传统文学翻译出版和网络文学翻译的合作为解决问题提供了良好途径。译林出版社的《杀死一只知更鸟》、人民文学出版社的《雷蒙德·卡佛短篇小说自选集》等都是先网络发布后由出版机构出版的实例。

网络运用的普及和网络技术的开发有力地促进了文学翻译的发展，翻译文学的空间极大地丰富，文学传播、阅读更为便捷，共时性的世界文学

---

① 陈晓明：《现代性与中国当代文学转型》，云南人民出版社2003年版，第29页。

② 陈晓明：《现代性与中国当代文学转型》，云南人民出版社2003年版，第29页。

语境得以真正形成。

2. 中外双向文学学术交流的开启

20世纪末，中国的翻译活动在广泛的文化意义上热烈展开，每年的翻译出版量均居世界之首，正在形成中国翻译史上的第四次翻译高潮。文学翻译出版逐渐朝着引领国际水准学术研究的方向发展，世纪末中外学人开始了在文学学术领域的平等对话，文学学术交流的天平逐渐朝着平衡进发。

现代性文学意识由来的本身，就意味着中国文学正在走向并汇入世界文学总体格局。20世纪80年代日本文学译介的全面展开，为中日文学学术交流铺平了道路，中国学者和日本学者站到了同一个起跑线上，率先开启了平等交流的大门。中国学者撰写的专著开始问世，如1984年李德纯出版了《战后日本文学管窥》，1987年李芒主编的评论集《投石集·日本文学古今谈》汇集了1961年以来的26篇评论文章，也概述了当时日本文学研究和争论的主要情况。日本文学研究的深入，也促进了中日比较文学的发展。赵乐甡主编的《中日文学比较研究》1990年由吉林大学出版社出版，赵乐甡主持翻译的铃木修次的《中国文学与日本文学》1989年由海峡文艺出版社出版，王晓平著《近代中日文学交流史稿》1987年由湖南文艺出版社出版，刘柏青著《鲁迅与日本文学》1985年由吉林大学出版社出版。

吕同六是位典型的学者型翻译家。改革开放以来，他先后译介了一百多位意大利作家的作品。他先后译出《葛兰西论文集》《莫拉维亚短篇小说集》《皮兰德娄戏剧集》《约婚夫妇》《夸西莫多抒情诗选》《意大利二十世纪诗歌》等名著。关于文学翻译和文学研究的关系，他曾形象地比喻为“一枚银币的两面”。他认为:“文学翻译离不开文学研究”,“文学研究也需要翻译。两者密不可分，理当互为促进，相辅相成”。[①]在意大利文学研究领域，他注重研究从中世纪到当代的意大利重要作家和文学现象。他

① 吕同六:《一枚银币的两面——文学翻译与文学研究》，见吕同六著《寂寞是一座桥》，湖北教育出版社2001年版，第65页。

不仅发表了《地中海之魂》《多元化　多声部：意大利二十世纪文学扫描》《寂寞是一座桥》等多部重要论著，还在意大利《但丁学刊》《薄迦丘研究》等重要刊物上发表论文。韩耀成说："吕同六是中国引进和传播意大利文学的开拓者。"①

吕同六学术上的成就在国内外文学界有口皆碑，他让人们领略到意大利文学多姿多彩的魅力，为国人打开了辉煌灿烂的意大利文学宝库之门。他翻译、研究、编辑齐头并进，为中国意大利文学的翻译和研究填补了空白，建立了一个又一个丰碑。吕同六的意大利文学翻译的一大特点是他的译介活动伴随着文学研究。他翻译的第一部作品是意大利著名新现实主义女作家安娜·玛丽娅·奥尔黛赛的《眼镜》，当时他正着手意大利新现实主义文学的专题研究。

吕同六主编了多套意大利文学丛书，力求全面系统地介绍意大利文学。他主编了"意大利20世纪文学丛书""意大利反法西斯书系""经典对话录丛书""意大利散文经典""意大利中篇小说经典"等。他撰写《乡村文明的歌手——意大利作家卡尔洛·斯戈隆》和《回归自然，呼唤真情——斯戈隆的小说》，向国内介绍意大利当代著名作家卡尔洛·斯戈隆的小说创作。他将斯戈隆描述马可·波罗传奇生涯的长篇小说《春蚕吐丝》介绍到国内。在意大利驻华使馆召开的吕同六先生逝世三周年纪念会上，卡尔洛·斯戈隆特地发来信件表示纪念。

1983年，吕同六被聘为意大利语言文学研究会国际联合会理事及《意大利古典文学》杂志编委。他多次参加意大利文学研讨会，在罗马、威尼斯、特兰托、波伦尼亚、马切拉塔等地作了有关意大利文学的专题报告。

吕同六是荣获意大利总统颁发的骑士勋章、爵士勋章和科学与文化金质奖章的唯一一位中国学者。意大利驻华大使在授予吕同六意大利爵士荣誉勋章的仪式上说："意大利文学能够被中国人民了解，并获得越来越广泛的传播，很大程度上应归功于吕同六教授。"②

---

① 韩耀成：《"一枚银币的两面"——悼念学者和翻译家吕同六》，见《人民日报》（海外版），2005年11月17日。

② 杨鸥：《意大利爵士勋章获得者吕同六》，载《人民日报》（海外版），2004年8月30日。

吕同六还曾获得1990年意大利第16届“蒙德罗国际文学奖”特别奖。“蒙德罗国际文学奖”创立于1975年，由意大利著名作家、批评家、出版家组成评委会。1987年，王蒙曾获特别奖。1990年，评奖活动进行了改革，把特别奖由过去的每年颁发给一两位外国作家改为每年颁发给五大洲的作家，每洲一位。吕同六是评奖活动改革后亚洲的第一位获奖者。1991年，他获得意大利皮兰德娄奖和意大利尼亚诺奖。

吕同六说，翻译是一项寂寞的事业，翻译家的寂寞是一座桥，联结着中意两国的文化和人民的友情。吕同六率先撰文肯定意大利中世纪文学承上启下的作用，率先打破禁区，给予未来主义再评价。

如果说吕同六开创了真正意义上的中意文学学术交流的话，那么中德文学学术平等交流的开创者就应该属冯至了。

冯至（1905—1993），现代诗人、教育家、翻译家，是德国文学，尤其是海涅、歌德及其作品的重要传播者和研究者。基于他在中德文学学术交流中所做出的贡献，他先后荣获了德意志联邦共和国慕尼黑歌德学院颁发的歌德奖章、民主德国格林兄弟文学奖、联邦德国国际交流中心的艺术奖、代表联邦德国最高荣誉的“大十字勋章”、弗里德里希·宫多尔夫外国日耳曼学奖。

冯至当之无愧地成为“海涅在中国最优秀的翻译者和最具权威性的研究专家之一”[①]。冯至对海涅的译介和研究由来已久，但这只是他对德国文学在中国传播的一大贡献，其更大的贡献在于对歌德的译介和研究。他在这一领域里不仅使国人知道了歌德，更重要的是为世界性歌德研究做出了贡献。

冯至能在歌德研究上取得巨大成就，和他师从德国海德贝格大学享有盛名的宫多尔夫教授不无关系，更离不开他的好友鲍尔。他选择海德贝格这座德国最古老的大学去留学，跟随宫多尔夫从事歌德研究近一年，他的起步和领路人是他德国的恩师。他在1931年7月12日写给他的好友鲍尔的信里说道：“几月之久，宫多尔夫以他的讲授鼓舞了我。我衷心敬重他的人格

① 蒋勤国：《冯至评传》，人民出版社2000年版，第268页。

以及他的著作。我是一个寻路的人，并把他看作我的指路者。”[①]

宫多尔夫这位“指路者”，指给他的既有学术上的研究之路，还有人格上的做人之路。

冯至和鲍尔相识在宫多尔夫教授的德国文学课堂上。自20世纪30年代开始直到1947年，二人都有书信往来，之后中断联系，1982年再次重逢。鲍尔是冯至学术研究事业上的知音和相助者。冯至在德国期间，经常得到鲍尔推荐的很多书籍，经常会把自己的想法以写信的方式坦诚地讲述给对方。他谈到里尔克、荷尔德林、普拉滕伯爵，更会说到歌德，他还把写好的关于荷尔德林的论文给鲍尔看，把中国古诗寄给鲍尔欣赏。[②]

冯至在青年时期就开始接触并译介德国文学。1920年，15岁的冯至读了《三叶集》，开始知道了歌德。1924年，他发表了译诗《箜篌引》《迷娘》《中德四季晨昏杂咏》，为他德国文学研究之路打开了一扇大门。

回国后，尽管生活“动荡和贫困”，但冯至还是干了“不少事”，相继撰写了“一些关于歌德的论文，翻译了席勒的美育通信，出版了一本历史小说，写了一组十四行诗”[③]。冯至将他干的事都写信告诉了鲍尔，推算一下该信写于1947年11月2日。当时他的《歌德的〈威廉·麦斯特的学习时代〉》[④]已经写完，该文完整介绍了歌德的大作《威廉·麦斯特的学习时代》。

1986年，上海文艺出版社出版了冯至的《论歌德》（1—2卷），标志着冯至歌德研究达到了顶峰。1988年6月，冯至、姚可昆译歌德著《维廉·麦斯特的学习时代》由人民文学出版社出版。冯至的歌德研究并没有停留在同德国同行间的学术切磋和沿袭上，他的独到之处在于洋为中用。他曾明确地说过:“我们搞外国文学，并非为研究而研究，也不是为外国人

---

① 韩耀成:《冯至致鲍尔信三十一封（1931—1947）》，载《新文学史料》2001年第4期。

② 韩耀成:《冯至致鲍尔信三十一封（1931—1947）》，载《新文学史料》2001年第4期。

③ 韩耀成:《冯至致鲍尔信三十一封（1931—1947）》，载《新文学史料》2001年第4期。

④ 冯至《歌德的〈威廉·麦斯特的学习时代〉》写于1943年，1984年修改，原载人民文学出版社1988年出版的“外国文学名著丛书”之《威廉·麦斯特的学习时代》，为译本序，后载《出版史料》2005年第4期。

研究，而是从中国的需要出发去研究，根本目的还是在于为发展社会主义文学提供借鉴。”①

至此，冯至的歌德研究具备了国际一流的学术水准。1986年出版的《论歌德》填补了中国学术界歌德研究的空白，代表着中国歌德研究的最高学术水平，也是对世界歌德研究做出的重要贡献。他并没有停留于此，而是用世界性的眼光，兼有中国文化的问题意识，充分利用中国的材料，发挥中国学者的优势，站在世界文学的高度研究歌德、杜甫。他于1980年10月访问瑞典，在瑞典首都斯德哥尔摩皇家文学、历史、文物科学例会上发表了《歌德和杜甫》的讲演。1981年8月，他在《外国文学研究集刊》上发表论文《歌德与杜甫》。

冯至在他的后期研究中一直活跃在国际歌德文学研究领域：

1981年6月，冯至率团参加了在古老的海德堡大学举行的“歌德与中国”国际学术讨论会。

1982年3月，冯至在北京歌德逝世150周年纪念会上做《更多的光》的学术报告；6月1日至6日，在海德贝格参加“歌德与中国——中国与歌德”国际学术研讨会，做《读歌德诗的几点体会》的报告。

1988年3月，冯至的《海德贝格纪事》发表在《新文学史料》上。

1990年2月3日，冯至在《人民日报》上发文《希望更好地介绍歌德》。

冯至一生致力于德国文学的译介研究。今天，中国的德国文学研究在国际上终于有了自己的话语权，这一切离不开冯至。就德国文学研究，特别是歌德研究而言，在中国近现代学术史上，冯至的贡献无人可比。

新时期的文学翻译出版，迎来了中国翻译史上的第四次高潮。西方现当代文学逐渐跃居文学翻译出版的重要位置，翻译出版的视野真正具有了世界性，展现出世界文学的广阔景象，文学翻译的高速发展助推翻译文学成长为独立的文学门类。

本章对20世纪百年翻译出版为中外文学学术交流所立功劳的梳理，是

① 冯至：《我与中国古典文学》，见冯至著《山水斜阳》，黑龙江人民出版社1999年版，第147页。

以中国文学史“现代性”为主线进行的。[①]对中国文学“现代性”发端的寻找，文学翻译出版应该是一个重要线索。20世纪百年的文学翻译出版始终是翻译出版活动的主流。马祖毅的《中国翻译简史》、孟昭毅的《中国翻译文学史》等相关著述，已让读者对文学译介史有了较为清晰的梳理和认识，而对透过文学翻译出版活动探寻中外文学学术交流的研究还有广泛的空间，等待着学者涉足。

每一次文学翻译出版活动都决定了它一定涉及“内”和“外”的联系，都戴着中外文学交流的面纱，掀开面纱探索之后会发现，中外文学交流活动会引发我国文学学术的变化。

从我国文学发展的历史长河来看，20世纪百年文学学术变化最大，突出表现为打破了传统文学观念，冲破了“诗词歌赋即文学”的狭隘文学范畴。小说、戏曲回归其应有的文学地位，开启了现代性文学史的撰写，现代诗和革命文学兴起……中国文学学术接连产生的重大变化，逐步构建起现代性中国新文学大厦。世纪末的中国文学开始走向世界，完成了与世界文学接轨的起步，成为世界文学大家庭的重要成员。梳理中国文学走过的20世纪，我们发现每一次变革都会有外来因素的影响和刺激，中外文学学术交流的力量不可小觑，其中翻译出版领域交流最为突出。中外文学交流既有学者间通过留学、访学、研讨会等形式进行的直接交流，更有以出版为媒介进行的间接交流，应该说20世纪翻译出版带来的影响无论规模还是力度都远远大于其他交流方式。

① 吴福辉曾指出：“20世纪百年中国文学史以‘现代性’为主线，似乎已经在学界达成了共识。”吴福辉：《突破·调适·推进——读严家炎主编的〈二十世纪中国文学史〉》，载《中国现代文学研究丛刊》2011年第9期。

“十三五”国家重点图书出版规划项目
国家社科基金重点项目

百年中外文学学术交流史论

【下卷】

王晓平 鲍国华 石祥 等著

山东教育出版社

目　录

第五编　新时期、新学人与新方法

第六编　国际中国文学研究

附表

第五编

新时期、新学人与新方法

第一章

中西文学交流新脚步（1978—2000）

第一节　新时期以来中国大陆海外“留学热”

20世纪是一个多元文化交互发展的时期。从全球格局来看，广大发展中国家取得独立并在世界格局中的地位凸显。从我国自身情况来看，随着我国国际地位的提高及中美关系的恢复，一大批的西欧国家开始与我国建交，掀起了“与中国建交热”。新的国际关系催生了我国海外留学热潮的兴起。1978年，我国开始实施改革开放，并制定了支持出国留学的政策。邓小平提出要“扩大派遣留学人员”，促进了新时期以来我国大陆海外留学形势的发展。“在将近20年的时间里，出国留学也走过一个从起步、发展到逐步完善的过程。据粗略估计，在1978—1992年短短的15年中，我国的出国留学人员就达16万人之多。比1872—1976年这100余年间留学人员的总和还多1万人左右。”[①]这种“内外相合”的社会环境，不仅为中国文学的发展提供了契机，更为中国学术交流研究提供了平台。纵观新时期以来的中外学术交流，主要有以下特征：

① 姚勤：《八十年代以来出国留学的潮落潮起》，载《探索与争鸣》1999年第11期。

一、留美成主要趋势

1978年底，首批公派访问学者赴美，不仅标志着我国留学热潮的掀起，也奠定了美国作为主要目标城市的留学新趋势。学者邵巍曾言:“在国家面临生存与发展危机的时候，派遣留学生出国学习，既可以带动教育的发展，又可以直接为国家振兴服务。同时还可以改善国家间的关系，创造比较有利的国际环境。”①70年代末，随着改革开放的推进及国内对人才的需求，中国海外留学生数量急剧上升。据统计，“1970 年全球范围内的国际留学生总人数为 39 万人，到 1980 年增长至84万，到1990年已达到117万”②。

就留学国家而言，美国作为主要的留学目的地，首先离不开中美关系缓和的大环境，加之二战后的美国逐渐成为新兴的科学技术中心，在其优秀的高等教育和先进的科研环境的吸引下，中国留学生改变了曾经的“一边倒”留学倾向，转向以美国为主的欧美资本主义国家为留学目的地。同时，随着1978年底首批赴美留学项目的开启，1979年之后，美国自然成为中国留学生的主要留学地。其次，英语作为第一外语在中国教育中的大力推广与普及，也在一定意义上促进了“留美热”的兴起。再次，美国教育体系的完整性，为世界留学教育提供了平台。“根据2005年时任美国参赞裴孝贤（Donald M. Bishop）的介绍，美国有2300多所四年制授予学位的大学院校，另有1800多所两年制学院和社区大学。同时期英国有228所授予学位的大学和学院，德国368所，法国545所，日本709所，韩国、加拿大约有200所，澳大利亚42所。两相比较，足见美国高等教育体系的庞大。”③而且美国高校在世界大学排名中多名列前茅。就人文学科发展而言，美国传统的人文学科理论建设的系统性、规范性、前瞻性也为中国社科研究提供了经验。最后，为保证出国留学生派遣工作的顺利进行，1978年8月21日至

---

① 邵巍:《现代留学与21世纪中国留学》，星光书店有限公司2006年版，第67页。

② 于富增:《世界外国留学生教育发展形势、特点分析》，转引自《全国高等学校来华留学生教育管理职能学术研讨会论文集》，对外经济贸易大学2001年版，第 252 页。

③ 梁可:《美国参赞：现在是留美的良好时机》，载《21世纪》2005年第3期。

9月7日，教育部、外交部、国家科委（现名为科学技术部）召开了部分驻外使馆文化参赞会，对中国留学生赴各国的人数进行了明确，其中留美名额最多，约占去往其他国家留学生总额的四分之一，其次是联邦德国、法国和日本。另外，美国通过对全球性的留学生的吸收，也为自身的经济发展储备了人才。去美国留学的人，有很大一部分留在美国，成为美国社会发展的重要力量，“每年在美国获得博士学位的留学生中，约有60%留在美国工作”①。因此，美国成为我国改革开放以来留学的重要目的地是中美双方的共同需求，是一种追求“双赢”的结果。

二、留学方式多样化

由于国家政策的扶持，80年代初期的出国留学主要以国家公派形式为主，且多是高校学者，属于“精英留学”。同时，作为中美两国政府间重要的教育交流的富布莱特项目，也为我国海外留学起到了积极的推动作用。该项目以冷战时期美国最具影响的社会活动家和政治家詹姆斯·威廉·富布莱特（James William Fulbright）命名，是80年代中美政府之间教育和文化交流的重要形式。而随着我国经济发展和国民水平的不断提高，从80年代后期开始，出国留学不再是政府官方的事，而逐渐成为个人的自愿选择。1981年，国务院批准《关于自费出国留学的请示》，是我国第一个关于自费出国留学的政策性文件，奠定了我国自费出国留学的基础。1993年，国务院批准国家教委《关于自费出国留学有关问题的通知》，进一步放宽自费出国留学政策，自费出国留学人员的数量大增，渐渐成为我国海外留学的主力军。而1985年，我国取消了“自费出国留学资格审核”，并出台了“支持留学，鼓励回国，来去自由”的政策，更使得留学这一行为愈加便捷，且呈现出低龄化的特点。“《文汇报》1999年4月发表的一份报告显示近两年出国留学者尤其是自费出国留学者在年龄上明显地出现了低龄化的倾向。80年代我国出国留学生的年龄平均在30岁左右，而近两年出国留学生的年龄下降了大约10岁，主要是一些20岁左右的大学

---

① 岳婷婷：《改革开放以来的中国留美教育研究》，南开大学博士论文，2015年，第39页。

生，其中包括了数量不少的中学生。”[①]而留学派遣渠道“采取官方、民间（包括友好人士和院校之间直接联系）等多种形式”[②]。随着社会的不断进步，新时期以来的海外留学逐渐成为一种全民性的大众留学活动，并以个体不同的留学形式促进了中外文化间的交流。简言之，新时期的留学主要以国家公派留学为主，辅之以特定的留学项目以及私人化自主留学等多种形式，正是这种留学形式的多元化在一定意义上促进了中外文学交流的兴盛。

三、人文社科类留学者凸显

在浩浩荡荡的赴美中国留学生中，绝大部分是冲着STEM（Science，Technology，Engineering，Mathematics 科学、技术、工程、数学的缩写）去的。这是1986年美国国家科学基金会发布的教育战略，体现了美国大学教育对自然科学（“理工科”类）的侧重，也是我国留学生选择专业的重点。改革开放初，新中国第一批留学的52个人中，从学习专业来看，全部集中在理、工、农、医专业，没有人从事人文学科学习和研究，这是中国恢复派遣留学生之初在学科构成上的重大缺陷。

而二战后的美国不仅在科技方面有所突破，其人文学科也成果卓著。从学历教育来看，二战后美国高校的本科授予量经历了20世纪50年代中期至70年代初的持续增加，到20世纪80年代末，已形成一定规模。随着美国人文学科的发展，中国留学生的专业选择也逐渐多元化。从富布莱特项目数据来看，自1979年中美双方恢复实施该项目后，1980年，双方互派了第一批富布莱特学者，并对“交流人数、人员要求、学科分布”等方面做了详细的要求与细化。“与富布莱特项目在其他国家的实施略有不同的是，中美富布莱特项目的交流领域仅限于社会科学和人文科学，具体涉及的学科有26个”，“从各学科所占比重看，中美历年互派人员总数占前5位的分别是美国文学、经济学、美国历史、法律和政治学，这5个学科的总人数

① 姚勤：《八十年代以来出国留学的潮落潮起》，载《探索与争鸣》1999年第11期。

② 李滔主编：《中华留学教育史录：1949 年以后》，高等教育出版社2000年版，第366—369 页。

达 378人，其余21个学科的总人数仅为 232人。其中中方赴美访问学者中排前 5 位的分别是经济学、美国文学、美国历史、政治学和法律”，[①]这一方面反映了人文学科在中国留学生专业选择中越来越被重视，另一方面也促进了80年代以来美国文学在中国的译介与研究。据统计，80年代在《外国文学》（1980年创刊）杂志上“刊登的美国文学作品的翻译高达78%，而中国学者的评论性文章仅占19%”[②]。这些著作的译介，引起了中国学者对美国文学的关注与研究。尤其是80年代中后期，随着中美关系的加强和一大批的海外留学者的回归，一些流行的西方文学思潮（比如形式主义、新马克思主义、解构主义、后结构主义等）也大量被引入，更是加快了中国学者对美国文学研究的步伐。同时，其他欧美国家的作家作品及文学思潮也随之被大量引进并得到中国学界的关注，比如卡夫卡的《城堡》（汤永宽译，1980年）、存在主义作家加缪的《鼠疫》（顾方济、徐志仁译，1980年）、法国新小说派代表作家罗伯-格里耶的《橡皮》（林青译，1981年）等。一些学术杂志也开辟专栏来介绍国外作家作品，如《当代外国文学》对于萨特《禁闭》（1980年第1期）和尤奈斯库《秃头歌女》（1981年第2期）的刊发，以及《世界文学》推出“阿根廷作家博尔赫斯作品小辑”（1981年第6期）等等，都显示了新时期以来中外文学交流的发展及其对中国比较文学研究的影响。

第二节　中国比较文学的海外互动

随着改革开放的推进，中国比较文学也得以发展，在国际学术活动、海外汉学研究、国内相关专业及机构的建立方面都取得了重大成就。

---

① 胡礼忠：《富布莱特项目与中美教育交流》，载《国际观察》2000年第5期。

② 金莉、李芳：《中国美国文学研究三十年——基于〈外国文学〉杂志的个案分析》，载《外国文学》2012年第1期。

一、国际学术活动频繁

中国比较文学的海外互动主要包括国际学术研讨会的举办和中国作家的海外活动等方面。80年代以来，随着国内外形势的转向，中国学界与西方文学之间的对话交流日渐频繁，很多国际性的会议在中国举行，也有一些海外学者来中国访问、讲学，进一步拓展了中国文学的学术研究视野，也促进了中国比较文学的发展。

表5-1-1　1980—2000年中国比较文学学术活动一览表

时间	学术活动名称	备注
1981年	美国印地安那大学教授欧阳桢（Eugene Eoyang）、香港中文大学教授叶维廉（Wai-LimYip）、美国罗契斯特大学教授魏弗尔在北京大学举办比较文学专题讲座。乐黛云作《比较文学和中国现代文学》学术讲演	国际比较文学协会致函北京大学，望派人参加第10届纽约年会
1982年	美国哈佛大学比较文学系主任克劳德·纪延（Claudio Guillen）教授在北京大学开设比较文学连续讲座； 张隆溪、乐黛云、林秀清在美国纽约参加国际比较文学协会第十届年会	乐黛云的论文《比较文学和中国文学史教学》被收入《美国比较文学年鉴》
1983年	德国波恩大学教授埃尔温·科本（Erwin Koppen）在北京大学开设“比较文学导论”课程； 中美比较文学学者双边讨论会在北京举行； 天津召开中华人民共和国成立以来第一次全国性的、大规模的比较文学学术会议	天津师范大学、南开大学等开设比较文学课； 由南开大学、天津师范大学、天津外国语学院和天津外国文学学会共同召开的比较文学讨论会在天津市举行，来自全国19个省、市、自治区高等院校和文学研究、出版单位的140多名代表参加了这次学术会议。与会代表共提交学术论文和译著80余篇

续表

时间	学术活动名称	备注
1985年	美国杜克大学教授詹明信（Fredric Jameson）在北京大学讲授“西方文化与文学观念”一学期； 中国比较文学学会成立大会暨首届学术讨论会在深圳召开	参加深圳会议的人数有120余人，参加的大学和科研机构有32个，同时还附设了1个讲习班，学员200余人
1988年	我国学者参加慕尼黑国际比较文学第12届年会	会上，我国学者除参加各组讨论会外，还独立筹备并主持了专题会议“中国和西方：文学影响中的意识形态层面”，由来自英国、美国、法国、捷克等不同国家的学者作专题报告进行讨论
1991年	第13届国际比较文学大会在日本东京召开	本届大会的综合议题是“文学——跨国界的力量”。来自欧洲、美国、韩国等十几个国家和地区的近千名学者出席了本届大会
1991年	四川国际比较文学学术研讨会召开	出席大会的有德国、瑞典、澳大利亚等国学者和国内代表共50余人，会议收到论文30余篇
1993年	比较文学研究所与欧洲跨文化研究院主办国际研讨会，题为“独角兽与龙：在寻找中西文化普遍性中的误读”	1995年，北京大学出版社出版学术论文集《独角兽与龙：在寻找中西文化普遍性中的误读》，由乐黛云、勒·比松（Alain Le Pichon）主编
1995年	北京召开了“文化对话与文化误读”国际学术研讨会	与会的120多位学者来自25个国家，就“文化相对主义的意义与局限”“西方、东方和多元文化的文学经典”“文化误读与文学形象”等议题进行了探讨
1996年	中国比较文学学会第5届年会暨国际学术讨论会在东北师范大学召开	与会代表210余人，分别来自国内近百所高校及科研机构。意大利、美国、澳大利亚、韩国、日本等国的著名学者以及我国港台地区有关高校代表也参加了这次学术盛会。会议的主题是“文学与文化对话的距离”

续表

时间	学术活动名称	备注
1996年	“文化：中西对话中的差异与共存”国际学术讨论会在南京大学举行	由江苏省比较文学学会、南京大学比较文学与比较文化研究所同欧洲跨文化研究院、法国-瑞士人类进步基金会联合主办
1999年	中国比较文学学会第6届年会暨国际学术研讨会在成都举行	来自15个国家和我国港澳台地区及大陆各地的260余位学者参加，会议共收到论文200余篇

当然，80年代以来，中国作家到欧美各国访问及学术交流活动，也在一定意义上促进了中外文学的交流，在将中国文学、文化推向世界的同时，彰显了中国的文学和文化自信。

表5-1-2　1980—2000年中国作家、学者赴欧美各国访问及学术交流一览表

时间	代表人物	地点	事件
1980年	季羡林	德国	率领中国社会科学代表团赴德访问
1980年	钱锺书	日本	赴日本访问，在早稻田大学作《诗可以怨》的演讲
1982年	冯至	德国	参加海德堡大学举行的“歌德与中国”国际学术讨论会
1982年	冯牧、陈白尘、张洁等	美国	参加第一次中美作家会议
1983年	王安忆	美国	参加爱荷华“国际写作计划”活动
1985年	铁凝	美国	随中国作家代表团访问美国，其间在哥伦比亚大学、哈佛大学、斯坦福大学及国际笔会中心美国会所与美国作家、学者座谈，并交流中美当代文学现状
1985年	张抗抗	德国	参加西柏林妇女文学讨论会，发表演讲《我们需要两个世界》

续表

时间	代表人物	地点	事件
1986年	李存葆、裘小龙等	美国	参加第三次中美作家会议
1986年	黄秋耘	德国	参加在德国汉堡举行的国际笔会第49届大会
1986年	戈悟觉	保加利亚	参加世界作家大会
1987年	黄秋耘	瑞士	参加在瑞士卢加诺举行的国际笔会第50届大会
1987年	汪曾祺	美国	参加爱荷华“国际写作计划”活动
1987年	张贤亮	美国	参加爱荷华大学国际写作中心成立20周年纪念活动
1988年	吉狄马加	意大利	应意大利蒙代罗国际文学奖评委会邀请，作为中国作家代表成员访问意大利
1988年	季羡林	德国、日本、泰国等	先后出访德国、日本、泰国等
1989年	王安忆	德国、荷兰	随中国作家代表团赴联邦德国，参加“中国文化月”活动；同年赴联邦德国参加法兰克福国际书展，顺访荷兰
1990年	冯骥才	德国	赴德国考察文化
1994年	浩然	美国	随中国作家代表团出访美国
1995年	于坚	荷兰	赴荷兰莱顿大学参加“中国当代诗歌国际研讨会”
1996年	余华、史铁生、格非等	瑞典	赴斯德哥尔摩参加由瑞典乌拉夫·帕尔梅国际中心主办的“沟通：面对世界的中国文学”研讨会
1996年	徐小斌	美国	参加在美国科罗拉多大学、杨百瀚大学等举办的题为“中国女性写作的呼喊与细语”的文学讲座
1998年	蒋子龙	美国	参加哈佛大学、哥伦比亚大学和耶鲁大学举办的赠书仪式和系列文学交流活动

续表

时间	代表人物	地点	事件
1999年	冯骥才	法国	访问法国，考察巴黎和卢瓦河一带文物保护
2000年	王蒙、冯骥才、王安忆、刘恒、迟子建等	挪威、爱尔兰等	访问挪威、爱尔兰等国，与外国作家交谈文学

另外，改革开放以来，随着中国留美访学潮的掀起，一大批的北美华裔学者与中国大陆之间的学术互动也日渐频繁。他们虽身处美国语境，但其译著在中国大陆出版，或者经常参与大陆学术会议、在大陆开设学术讲座，在一定意义上影响了中国比较文学的发展。比如刘禾（Lydia H. Liu）的著作《跨语际实践——文学、民族文化与被译介的现代性（中国，1900—1937）》《帝国的话语政治——从近代中西冲突看现代世界秩序的形成》《世界秩序与文明等级：全球史研究的新路径》《新民说：语际书写——现代思想史写作批判纲要》（修订版）[①]在大陆的译介与出版，引起了学界对于翻译理论的关注与研究。还有一些华裔学者不仅在海外担任重要教职，而且在中国大陆学术界也较为活跃，比如凌津奇（美国华盛顿州立大学博士，美国加州大学洛杉矶分校英文系和亚裔研究系终身教授、亚裔研究系主任）、余宝琳（哈佛大学学士，斯坦福大学比较文学硕士、博士，曾任加州大学洛杉矶分校东亚语言文化系教授，并兼任文理学院院长，现任美国学术团体联合会主席）、叶嘉莹（曾任台湾大学教授，哈佛大学、密歇根州立大学、哥伦比亚大学客座教授，以及加拿大不列颠哥伦比

① 这些著作在大陆的出版情况：《跨语际实践——文学、民族文化与被译介的现代性（中国，1900—1937）》（*Translingual Practice*：*Literature*，*National Culture*，*and Translated Modernity-China*，*1900—1937.* Stanford，1995. 中译本为宋伟杰等译，生活·读书·新知三联书店2002年版）、《帝国的话语政治——从近代中西冲突看现代世界秩序的形成》（*The Clash of Empires*：*The Invention of China in Modern World Making.* Harvard，2004. 中译本为杨立华等译，生活·读书·新知三联书店2009年版）、《世界秩序与文明等级：全球史研究的新路径》（生活·读书·新知三联书店2016年版）、《新民说：语际书写——现代思想史写作批判纲要》（修订版，广西师范大学出版社2017年版）。

亚大学终身教授，并受聘为国内多个高校的客座教授）等等。其中以叶嘉莹最具代表性，她于1945年毕业于辅仁大学国文系，1990年当选加拿大皇家学会院士，现为南开大学中华古典文化研究所所长。叶嘉莹不仅在中国古典文学研究方面成就丰硕，而且对于中国古典文学、文化的传播也做出了巨大的贡献。她的人生经历和学术研究对于中国文学的国际互动起到了重要的推动作用。

二、比较文学相关研究机构、期刊的设立

1978年，施蛰存在华东师范大学开设比较文学讲座，是中国比较文学建设的先声。1981年，广西大学、华东师范大学等学校开始开设比较文学课程，随后一年，南京大学、中山大学、杭州大学、北京师范大学、北京大学、黑龙江大学等高校也相继开设该课程。1981年，复旦大学贾植芳教授较早招收比较文学研究生及出国预备生，1983年，南京大学也开始招收比较文学硕士生。1990年，比较文学成为研究生培养的重要科目，标志着比较文学进入国家教育体制。1993年，北京大学建立中国第一个比较文学博士点和博士后流动站，之后，复旦大学、苏州大学、四川大学、北京师范大学也相继建立博士点。1997年，比较文学与世界文学合为一个专业，成为中国语言文学的二级学科，并开始招收比较文学与世界文学专业学生。1998年，首都师范大学和四川大学分别成立了比较文学系。这些都是中国比较文学发展中的重要事件。大陆各高校对于比较文学系、专业、课程的体制化建设，为比较文学的发展起到了推波助澜的作用。与此同时，80年代以来一些文学研究机构的设立，也在一定意义上反映了中国比较文学的兴盛及中外文学发展交流的新面貌。

表5－1－3　20世纪80年代比较文学学术期刊创刊一览表

创刊时间	杂志名称	主办单位
1978年	《外国文学研究》	华中师范大学
1978年（复刊）	《文学评论》	中国社会科学院文学研究所

续表

创刊时间	杂志名称	主办单位
1980年	《当代外国文学》	南京大学外国文学研究所
1980年	《俄罗斯文艺》	北京师范大学
1980年	《外国文学》	北京外国语大学
1981年	《国外文学》	北京大学
1984年	《中国比较文学》	上海外国语大学和中国比较文学学会
1987年	《外国文学评论》	中国社会科学院外国文学研究所

改革开放以来，文学研究机构和文学刊物的创办对于中国比较文学研究及传播起到了至关重要的作用。这些机构主要以大学为依托，反映了大学教育自恢复高考后在学科设置上对人文学科的重视。而从研究机构设立的地域分布来看，也反映了我国高校文学研究的不平衡性。由图表（表5-1-3）可见，北京作为我国的政治经济文化中心，同时也是我国文学研究的重镇，是中国比较文学发展的重要平台。而期刊作为文学研究的重要传播手段，在80年代以来一直肩负着文学交流的重要使命，“在众多的传播媒介中，期刊是使许多科学研究成果和社会精神产品成为社会财富的传播工具。它较之报纸、书籍，有着无可替代的优点。及时、廉价，又便于携带和保存，是传递信息，传播知识，满足不同读者不同需要的理想载体”①。作为文学传播的重要媒介，这些期刊以其自身的特点，成为80年代以来中外文学交流的重要工具，并在学术前沿的传播、理论研究探讨、学术争鸣等方面扮演着重要的角色，成为新时期以来中外文学交流史的重要见证者。

三、海外汉学的兴盛

汉学或称中国学，是指中国以外的学者对有关中国的方方面面进行

① 陆雪琴：《文学史的见证与参与——论文学期刊在文学生产中的作用》，载《小说评论》2008年第2期。

研究的一门学科。按地域划分，主要有东亚汉学（以日本为中心）、欧洲汉学和美国汉学。从东亚汉学来看，早在20世纪20到30年代，北京就出现了第一批专业汉学家：恒慕义（Arthur William Hummel）、卜德（Derk Bodde）、顾立雅（Herrlee Glessner Creel）等。新时期以来，随着中外文学交流的增多，海外汉学也得到大力发展，涌现出一大批汉学家，他们对于中国文学及文化的海外传播起到了巨大的作用。比如，日本汉学家松枝茂夫所翻译的《红楼梦》的出版与问世，在日本红学史上具有划时代的意义。同时，松枝茂夫也是沈从文《边城》的翻译者。1982年秋，沈从文访问日本，松枝特意去看望，并热情地邀请沈从文到他曾任教多年的东京都立大学去演讲，盛况空前。

同样研究沈从文的还有美国汉学家金介甫（Jeffrey C. Kinkley，现为美国纽约圣约翰大学历史系教授），他是第一个给沈从文以明确的崇高地位的人，也被誉为“国外沈从文研究第一人”。1977年，他以《沈从文笔下的中国》一文获得哈佛大学博士学位。此外，美国汉学家还有邓尔麟（Jerry Dennerline）。1980年，时任耶鲁大学中国史研究专家的邓尔麟读到80岁的国学大师钱穆写的《八十忆双亲》时，他领悟到“这篇回忆录体现了中国文化之精髓”。1985年，邓尔麟第一次来到无锡，之后，他在台北素书楼向钱穆讲述了他看到的80年代的无锡城乡——“工厂林立、汽车奔驰，已成为工人的农民过着不同于往日的生活”。回美国后，邓尔麟完成了十多万字的《钱穆与七房桥世界》，试图阐释为什么钱穆这样一位现代知识分子能笃信某些真理并且毕生致力于传播这些真理。而宇文所安（Stephen Owen）则是近年来较为活跃的美国汉学家。1972年，宇文所安获得耶鲁大学东亚系博士学位，随即执教耶鲁大学，他的著作被译介到中国的有：《初唐诗》《盛唐诗》《中国“中世纪”的终结：中唐文学文化论集》《晚唐：九世纪中叶的中国诗歌（827—860）》《追忆：中国古典文学中的往事再现》《迷楼：诗与欲望的迷宫》《中国文论：莫译与评论》《他山的石头记》等。在对中国古典诗歌的研究与翻译方面，他是美国汉学家中的佼佼者。他的妻子田晓菲也是一名汉学家。1998年6月，田晓菲从哈佛毕业，并获得比较文学博士学位，现任哈佛大学教授，出版作品有《爱之歌》《尘几录：陶渊明与手抄本文化研究》等。

被称为“欧洲三大汉学家”之一的德国汉学家顾彬（Wolfgang Kubin）于1974年至1975年在北京语言大学进修汉语；1977年至1985年间任柏林自由大学东亚学系讲师，教授中国20世纪文学及艺术；1981年在柏林自由大学因论文《空山——中国文人的自然观》获汉学教授资格；1985年起执教于波恩大学东方语言学院中文系，1995年任波恩大学汉学系主任教授。顾彬以德文、英文、中文出版专著、译著和编著达50多部，如《中国文学中自然观的演变》《中国古典诗歌史》等。20世纪90年代起，顾彬在中国文学的翻译方面成绩斐然，已出版的译著主要有：北岛《太阳城札记》（1991年）、杨炼《面具和鳄鱼》（1994年）和《大海停止之处》（1996年）、《鲁迅选集》六卷本（1994年）、张枣《春秋来信》（1999年）等。

“欧洲三大汉学家”的另外两位分别是施舟人（Kristofer Schipper）和施寒微（Helwig Schmidt-Glintzer）。施舟人生于瑞典，祖籍荷兰，2005年定居中国，成为中国的永久居民。1972年，他受聘于法国高等研究院，讲授中国宗教史。1976年，他在巴黎创办了欧洲汉学协会，为欧洲各国汉学家间的交流提供了平台。1979年，他来到北京进行研究工作，发起并主持了由法国国家科学研究中心（CNRS）、荷兰莱顿大学、北京大学、中国社会科学院、北京市社会科学院共同参加的大型国际汉学项目《圣城北京》。2001年，施舟人举家迁居中国福州，创办了中国第一个以收藏西方人文典籍为主的西文图书馆——西观藏书楼，并捐赠了所收藏的一万余册西方各种语言的经典名著以及流失海外的部分中国古珍本，其文献价值不可估量。施寒微出生于德国，1973年获博士学位，1979年获得大学授课资格，1981年起历任德国慕尼黑大学汉学教授、巴伐利亚国家图书馆馆长、哥廷根大学汉学教授、汉堡大学教授、奥古斯特公爵图书馆馆长等职，主要著作有《中国文学史》《墨翟著作集》《联邦德国的汉学》《古代中国》等。

法国汉学家艾田伯（René Etiemble，又译艾田蒲）于20世纪70年代主持编译的“认识东方”丛书，主要译介亚洲地区各国的文学作品，汇集了阿拉伯、孟加拉国、古埃及、菲律宾、越南、日本、中国等国家或地区的作品。在现有60种出版物中，就有《红楼梦》《水浒传》《金瓶梅》《老残游记》等17种中国古典文学作品。其中，《水浒传》法文译本分上、下两册，由加利玛出版社专门搜集出版世界性名著的“七星文库”发行，它是进入西方文学殿堂的第一部中国文学作品。1976年出版《我的毛泽东思想40年（1934—1974）》，表达了他对中国的热爱和痴迷。1983年，“七星文库”出版了艾田伯的《金瓶梅》法文全译本，其中融入了他从文化角度对中国这部名著多方面深入的考察。1985年8月，在巴黎第11届国际比较文学年会上，他以“中国比较文学的复兴”为题做了他的总结发言，总体评价了当时中国比较文学的发展态势，并介绍了大陆的《中国比较文学》《国外文学》《文贝》(《国际比较文学》的前身）以及台湾的《淡江评论》，评价了包括钱锺书、季羡林等人的文章、著作，甚至还涉及了对梁启超、王国维、鲁迅、茅盾等作家的评述。艾田伯饱含着对中国汉学研究的热情，写下了《中国之欧洲》《孔子》《东游记》（或称《新孙行者》）等多部汉学著作。1990年3月，艾田伯欣然接受中法比较文化研究会的聘请，担任该会名誉会长。从以上汉学家的生平经历与文学研究中可以看到，他们无论在文学创作，还是文学研究方面都促进了中国比较文学的发展，在中外文学交流史上起着重要的作用。

总体来看，新时期以来的中国比较文学的国际互动既与当时的国内外形势相关，也与国家、个人自身发展需求相联系，是特定时代背景下出现的一种现象。但无疑，中国作家的海外学术交流、访学、任职任教、学术研究等活动的开展对于中国文学的海外传播及自身发展都具有重要的意义。新世纪以来，随着全球化和网络信息的发展，这种国内外文学之间的交流愈加频繁，也为中国比较文学的海外互动提供了新的机遇与平台。

第　二　章

西方文学批评方法的引进

第一节　“西学东渐”与人文社科翻译

80年代以来，随着改革开放步伐的迈进，我国大陆引进了大批的文学著作，许多翻译者致力于译介工作，为新时期以来的外国文学研究做出了巨大的贡献。

从翻译史的角度看，80年代可以被称作是清末民初以后的又一个“翻译的黄金时期”。据统计，“1978—1987年间，仅是社会科学方面的译著，就达5000余种”[①]。这些译介作品，无论是文学作品，还是社科丛书对于中国文学研究及文化变革都具有积极的引领作用。

从具体的时代环境来看，80年代的翻译是一种特定时代的文化发展需要。经过“文革”时期翻译工作的停滞，随后的改革开放无疑为中国新时期文化的发展带来强大的发展动力。此时此刻，文化界迫切需要一些新思想、新学术、新理论来指导中国文化的发展。“梁启超曾言：‘今日之中国欲自强。当以译书为第一事。’此语今日或仍未过时。但我们深信，随着中国学人对世界学术文化进展的了解日益深入，当代中国学术文化的创造性

① 陈久仁主编：《中国学术译著总目提要（1978—1987）·社会科学卷》，吉林教育出版社1994年版，第1页。

大发展当不会为期太远了。”[①]正是在这种对于新时期以来中国哲学思想的整体建构中，翻译成为一种高于学术研究，并成为指导与丰富中国社会精神文化重建的重要内容。因此，对西方人文社科著作的引进遂成为80年代翻译的重要任务。80年代的人文学科翻译，“既不是从官方意识形态的需要出发，也不像90年代许多人所主张的，从专业和学术建设的需要出发，而是从当时整个社会的思想和文化变革的需要出发，从他们对于自身作为知识分子的社会和历史使命的理解出发，投身到大规模的翻译活动的组织工作中去。对他们而言，这绝非技术性的工作，也不只是学术性的工作，而更是一项思想性的工作，一项精神启蒙的工作。由他们这种对于翻译的意义的理解，你很容易会想起七八十年前梁启超、严复以及稍后的‘新青年’同人对于翻译的理解，想起当年周氏兄弟翻译《域外小说集》的动机。的确，20世纪初那些思想启蒙者兼社会革命家以‘窃火者’自任的翻译态度，对80年代这一批新的翻译组织者，显然有很深的影响（或许他们自己并未意识到）”[②]。

从译者来看，80年代的翻译活动非常壮观，首先体现在译者数量的增加。1985年前后的“文化热”中产生了三个大的民间文化机构：以金观涛、包遵信为主编的“走向未来”丛书编委会；以汤一介、乐黛云、庞朴、李泽厚等为主力的“中国文化书院”编委会；以甘阳、王焱、苏国勋、赵越胜、周国平等为主力的“文化：中国与世界”丛书编委会为代表。在五六年间，这三大“文化圈子”实际上成了引领中国大陆人文科学各种思潮的主要“思想库”。其中，从1983—1988年，“走向未来”丛书以平均每年一批的频率，总共出版了5批74种书，销量总计约1800万册；而“文化：中国与世界”编委会主持出版了“现代西方学术文库”“新知文库”“人文研究”丛书以及《文化：中国与世界》集刊等上百种出版物。这些出版物中包括《存在与时间》《悲剧的诞生》《资本主义文化矛盾》等思想著作。而在这些编委人员中，滕守尧、金观涛、刘青峰等，当时都不

---

① “现代西方学术文库”总序，1986年版。

② 王晓明：《翻译的政治——从一个侧面看80年代的翻译运动》，载《文艺批评》微信公众号，2018年6月22日。

到40岁。“甘阳年龄更小，1985年他还不到30岁，而丛书的两位副主编，苏国勋30多岁，刘小枫则只有26岁……年轻，非翻译界出身，可以说是这一批新的翻译活动组织者的两个最突出的特点。”[①]他们虽然不是专业的翻译者，但却尽心尽力以自己的热情和努力为引进西方知识做出了巨大贡献。他们以丛书（《走向未来》丛书、《美学译文》丛书）的方式出版了一系列的西方美学、哲学等著作，为我国80年代的文化发展奠定了基础。

从出版形式来看，80年代以来的人文社科方面的翻译现象繁盛，离不开出版社的作用。在80年代中期，“出版社的总数已达400多家，比1976年增加了三倍”。[②]80年代的出版形式较之前的有所改变，从以出版社要求为主转为以个别人文学者组织翻译为主（比如李泽厚、金观涛、甘阳等并非专门从事翻译工作），是一种独立的出版机制，主要由主编负责选题、译者、译本等，而非由出版社主导。在改革开放之前，由于意识形态问题的影响，翻译往往在一定意义上具有意识形态性，在这样的形势背景下，80年代的翻译活动就显得与以往不一样，正如李泽厚在“美学译文”丛书的总序里所言：“目前应该组织力量尽快地将国外美学著作翻译过来。我认为这对于改善我们目前的美学研究状况是有重要意义的。有价值的翻译工作比缺乏学术价值的文章用处大得多。”[③]虽然这里谈的是“美学”，实则也反映了新时期对于外国文学作品、思想、哲学等引进的急切需求。

从翻译选题来看，80年代以来的翻译选题明显推翻“一边倒”而多偏向欧美著作，这与当时中国社会文化发展中的“缺陷”、译者的知识背景以及欧美文学批评理论方法的发展密切相关。正是这种综合因素的共同作用，促进了80年代中国大陆对西方文学批评方法的引进，进而推动中国比较文学的发展。

---

① 王晓明：《翻译的政治——从一个侧面看80年代的翻译运动》，载《文艺批评》微信公众号，2018年6月22日。

② Chen Fong-ching，Jin Guantao. *From Youthful Manuscripts to River Elegy*：*The Chinese Popular Cultural Movement and Political Transformation 1979–1989*. The Chinese University Press. Hong Kong，1997，pp.181。

③ 这个总序刊登在《美学译文》丛书每一册的卷首。

第二节　80年代西方理论批评方法的引进

经历过“文革”，80年代的新语境需要新方法来指引文艺研究的发展。尤其是80年代中期以后，随着大陆译介活动的壮大，文学研究领域引入了大量的西方文学批评方法，如新批评、精神分析、女性主义、结构主义、新历史主义、后殖民主义等等，形成一股“方法热”。在这次西方文论的大规模“旅行”中，“最受中国学界青睐的是神话原型批评、心理学批评、形式-文体批评、系统论、比较文学、阐释学与接受美学”[①]。这些理论从西方的语境中被引入，在中国大地很快破土生根，不仅为中国文学研究提供了新的思路与方向，也对80年代中国文学研究与学术话语产生重要的影响。

表5-2-1　20世纪80年代西方文学理论学术论文、著作译介一览表

时间	20世纪80年代西方文学理论学术论文、著作译介
1980年	罗兰·巴特:《结构主义——一种活动》，袁可嘉译,《文艺理论研究》第2期; 艾略特:《传统与个人才能》，曹庸译,《外国文艺》第3期; 萨特:《存在主义是一种人道主义》，周煦良译,《外国文艺》第5期; 约翰·巴思:《补充的文学：后现代主义小说》,《外国文学报道》第3期
1981年	高行健:《现代小说技巧初探》，花城出版社; 柳鸣九编选:《萨特研究》，中国社会科学出版社; 杨周翰:《新批评派的启示》,《国外文学》第1期
1982年	徐迟:《现代化与现代派》,《外国文学研究》第1期
1983年	张隆溪在《读书》连载的“现代西方文论略览”，文章包括《艺术旗帜上的颜色——俄国形式主义与捷克结构主义》《语言的牢房——结构主义的语言学和人类学》《诗的解剖——结构主义诗论》《故事下面的故事——论结构主义叙事学》等

① 朱寨、张炯主编:《当代文学新潮》，人民文学出版社1997年版，第66页。

续表

时间	20世纪80年代西方文学理论学术论文、著作译介
1984年	谌容:《杨月月与萨特之研究》，中国文联出版社; 季红真:《文学批评中的系统方法与结构原则》,《文艺理论研究》第3期; 罗兰·巴特:《叙事作品结构分析导论》，托多罗夫:《叙事作为话语》，格雷马斯:《叙述信息》,《外国文学报道》第4期; 弗洛伊德:《精神分析引论》，高觉敷译，商务印书馆; 韦勒克、沃伦:《文学理论》，刘象愚、邢培明、陈圣生、李哲明译，生活·读书·新知三联书店; 皮亚杰:《结构主义》，倪连生、王琳译，商务印书馆
1985年	9—12月杰姆逊来北京大学发表关于后现代主义的演讲，后集为《后现代主义与文化理论》出版; 刘再复:《论文学的主体性》,《文学评论》第6期
1986年	弗洛伊德:《爱情心理学》，林克明译，作家出版社; 弗洛伊德:《论创造力和无意识》，孙恺祥译，中国展望版社; 弗洛伊德:《弗洛伊德后期著作选》，林尘、张唤民、陈伟奇译，上海译文出版社; 弗洛伊德:《梦的解析》，赖其万、符传孝译，作家出版社; 萨特:《影像论》，魏金声译，中国人民大学出版社
1987年	弗洛伊德:《精神分析纲要》，刘福堂等译，安徽文艺出版社; 弗洛伊德:《精神分析引论新讲》，苏晓离、刘福堂译，安徽文艺出版社; 弗洛伊德:《弗洛伊德论美文选》，张唤民、陈伟奇译，知识出版社; 萨特:《存在与虚无》，陈宣良等译，生活·读书·新知三联书店; 弗洛伊德:《梦的释义》，张燕云译，辽宁人民出版社; 李劼:《论文学形式的本体意味》,《上海文学》第3期; 弗洛伊德:《文明及其缺憾》，傅雅芳、郝冬瑾译，安徽文艺出版社; 弗洛伊德:《精神分析引论新编》，高觉敷译，商务印书馆
1988年	李洁非、张陵:《“再现真实”：一个结构语言学的反诘》,《上海文学》第2期; 赵毅衡编选:《“新批评”文集》，中国社会科学出版社; 贝蒂·弗里丹:《女性的奥秘》，巫漪云、丁兆敏、林无畏译，江苏人民出版社; 王晓明、陈思和在《上海文论》开辟“重写文学史”专栏; 乐黛云:《历史·文学·文学史——中美第二届比较文学双边讨论会侧记》,《文学评论》第3期; 罗兰·巴特:《符号学原理》，李幼蒸译，生活·读书·新知三联书店; 韦勒克:《批评的诸种概念》，丁泓、余徵译，四川文艺出版社

续表

时间	20世纪80年代西方文学理论学术论文、著作译介
1989年	弗雷德里克·杰姆逊:《处于跨国资本主义时代中的第三世界文学》，张京媛译,《当代文学》第6期; 史亮编选:《新批评》，四川文艺出版社; 刘小枫编选:《接受美学译文集》，生活·读书·新知三联书店; 维克托·什克洛夫斯基等著:《俄国形式主义文论选》，方珊等译，生活·读书·新知三联书店

80年代以来，对于新批评和弗洛伊德著作的译介相对较多（参看表5-2-1），研究学术文章数量也居多，且呈逐年上升趋势，这充分体现了新时期以来文学批评方法的文化转向及“跨学科”特点。同理，女性主义批评理论在80年代中后期也迎来了大的译介潮流，尤其是在80年代末，女性主义批评与文化研究相结合，成为20世纪90年代的重要批评潮流。从中国知网检索来看，以“弗洛伊德精神分析”“新批评”为主题词，1985—2000年间的相关学术文献分别为150余篇和170余篇，而以“女性主义”为主题词检索来看，仅90年代的学术文献就多达800余篇，可见其影响广泛而深远。故而在此，主要以新批评、精神分析、女性主义批评为例来简要论述80年代以来西方文学批评方法的引进及影响。

一、新批评理论

（一）80年代新批评理论在中国大陆的发展概述

“新批评（The New Criticism）是20世纪前半期英美一些学者——从瑞恰兹（I. A. Richards）、艾略特（T. S. Eliot）到布鲁克斯（C. Brooks）、韦勒克（R. Wellek）等——关于文学理解和文学批评的观念、方法的总和，是他们的文论思想的交集。”①新批评自引进中国，“凭借其强大冲击力充当

① 赵毅衡、姜飞:《英美“新批评”在中国“新时期”——历史、研究和影响回顾》，载《学习与探索》2009年第5期。

了几乎所有西方形式主义文学理论涌入当代中国的先驱”①。回顾80年代的文学研究，在语境变化更迭的社会背景下，新批评所引发的“文学本体论”的论争无疑是最受关注的。

新批评早在20世纪20年代末（1929年瑞恰兹《科学与诗》的出版）便被国内学者关注。虽然期间的翻译与研究时断时续，但1981年，杨周翰发表《新批评派的启示》，指出了新批评对于中国文学研究的启示与思考。1984年，由刘象愚等人翻译的韦勒克和沃伦的《文学理论》在大陆出版，是新批评理论在中国译介史上重要的标志性事件。《文学理论》将文学研究分为“内部研究”和“外部研究”，强调文本内部结构及意义的重要地位，这是英美新批评派的文学本体论成为我国文学理论中本体论观点的重要原因之一，因此，国内的文学本体论学者都倾向于向新批评派借鉴理论武器。1985年，刘再复发表《文学研究思维空间的拓展》，借用了《文学理论》的相关论述，认为“我们过去的文学研究，主要侧重于外部的规律，即文学与经济基础以及上层建筑中其他意识形态之间的关系，例如文学与政治的关系，文学与社会生活的关系，作家的世界观与创作方法等，近年来研究的重心已转移到内部规律，即研究文学本身的审美特点，文学内部各要素的相互联系，文学各种门类自身的结构方式和运动规律等等，总之，是回复到自身”②。之后，中国学界学者纷纷著文对“文学本体论”进行了论争。1985年，批评家鲁枢元在《用心理学的眼光看文学》提出文学研究“向内转”的批评方法，为文学研究方法的革新带来新的前景。到了1986年，陈涌发表《文艺学方法论问题》，批驳刘再复的“外部规律”与“内部规律”之分，认为从马克思主义观点来看，文学与经济基础和上层建筑中的其他意识形态之间的关系，在很大程度上决定着文学艺术的性质和内容，属于文学研究的“内部规律”而非“外部规律”。此时的争论的焦点集中在文学研究的“内部”和“外部”，看似与新批评理论相关，实则是一场关于“意识形态”问题的争论。而这里所言的“向内转”问题实质上与新批评“内部研究”几乎没有关联，而是指对人主体性

① 陈厚诚、王宁主编：《西方当代文学批评在中国》，百花文艺出版社2000年版，第43页。

② 刘再复：《文学研究思维空间的拓展》，载《读书》1985年第2、3期。

的一种关注。1988年，李石在《文学的主体性与英美新批评——兼评刘再复同志的一些论点》中对刘再复的“文本的主体性”给予了回应。在论争前后过程中，张隆溪、刘象愚、胡经之、张首映等学者都对新批评理论有所论述，但1986年赵毅衡发表的《新批评——一种独特的形式主义文论》则对新批评理论相关理论进行了梳理。赵毅衡的这本著作“在其他中国学者对新批评的译介、研究论著中，就全面、翔实、深刻而论，至今尚无出其右者”[①]。同年，中国社会科学出版社出版其同名著作（2009年，百花文艺出版社又出版了修订本，书名为《重访新批评》）。总体来看，赵毅衡的《新批评——一种独特的形式主义文论》及其编选的《“新批评”文集》，对于中国学者的文论思考具有深刻的影响，也奠定了中国学者对于新批评的基本认识。

（二）80年代新批评理论的影响及价值

新中国成立以来，社会历史批评是中国文论的主要思想，而新时期随着大量西方文论的引进，文学批评也逐渐由社会历史批评转为对文学审美价值的追求。因此，80年代的新批评理论的价值主要是通过对“反映论”的批判来体现的，而非是自身理论体系的自我证明。当时的很多文章通过将“反映论”与“本体论”相对比来证明本体论对审美价值的追求。因此，本体论被认为是新批评理论的核心思想而得到了广大学者的赞誉，被称为“本世纪以来影响最大、历史最久、阵容最强和成就最高的一个批评流派”[②]。同时，中国学者还在此基础上对西方文艺理论进行了设想，认为“尽管在它之后，西方还涌现了诸如结构主义批评、原型批评、后结构主义批评等等批评学派，但这些批评学派在形式本体的意义上基本都是沿着‘新批评’奠定的研究方向向前发展”[③]。可见，新批评在80年代学界中的地位颇高，不仅是一种探寻文学审美性的研究方法，还是一种用“借重构

① 陈厚诚、王宁主编：《西方当代文学批评在中国》，百花文艺出版社2000年版，第69页。
② 宋耀良：《本体论批评与主体性理论的互补效应》，载《作家天地》1987年第4期。
③ 陈剑晖：《走向本体的批评》，载《文艺争鸣》1989年第1期。

‘西方’来重构本国‘学术文化’的理想化镜像”[①]。而之后随着新批评中的“本体论”逐渐让位于以弘扬人道主义为本的“主体论”，新批评也在80年代的文论话语中昙花一现。正如程文超的回顾：“一个有意思的现象出现了：人们谈论了几年的英美新批评，俄国形式主义，布拉格、巴黎结构主义，运用新理论、新方法从事着批评，但当人们回过头来‘清理战场’时却惊讶地发现，真正‘象’新批评或结构主义的文章寥寥无几——八十年代中国文学批评在对形式主义的追寻中逃遁了。中国批评家既无法把作家也无法把社会历史从文本里砍去，他们重视‘形式’分析，却不可能把文本作为孤立的‘客体’。”[②]

从影响上来看，虽然80年代的新批评理论引进与实践具有强烈的社会背景因素，其盛行是当时社会文化背景中学者们的一种独特的选择。但从长远来看，新批评对于中国文学研究的影响一直未减，主要体现在：一是新批评与作品之间的关系紧密，其方法操作性较强，是最实用的一种批评方法；二是新批评所倡导的文本细读、张力、悖论、反讽等仍旧是当前文学批评中最基本的形式；三是新批评中诸多观念，如瑞恰兹的意义理论，是符号学的重要组成部分。正是这些平实、易懂的研究理论，使其依旧是当今学界文学研究的重要方法，正如赵毅衡所言：“今日的青年学子重访新批评不会空手而归，因为这是依然是一座宝山。”[③]

二、精神分析批评理论

（一）80年代的“弗洛伊德热”

80年代的翻译大潮中，离不开对弗洛伊德的关注。尤其是80年代中后期，自1949年以来备受批评的弗洛伊德重新回到中国大地，成为中国引进

① 程光炜：《一个被重构的“西方”——从“现代西方学术文库”看八十年代的知识范式》，载《当代文坛》2007年第4期。

② 程文超：《对“需要修补的世界”的独特言说———八十年代文学批评中现代主义话语回顾》，载《文学评论》1993年第5期。

③ 赵毅衡：《新中国六十年新批评研究》，载《浙江大学学报》（人文社会科学版）2012年第1期。

西方批评方法中的重要内容。80年代弗洛伊德著作被大量译介与问世，这其中包括“重印解放前的译本、港台盗版译本和新译本，数量之巨超过了本世纪以来弗洛伊德翻译的总和。这其中包括《精神分析引论》《精神分析引论新编》《弗洛伊德后期著作选》《弗洛伊德论创造力和无意识》《弗洛伊德论美文选》《梦的释义》《精神分析纲要》《精神分析引论新讲》《文明及其缺憾》《性爱与文明》《梦的解析》等等”[①]。当然还有一些研究弗洛伊德的译著，比如C.S.霍尔《弗洛伊德心理学入门》和《弗洛伊德心理学与西方文学》、奥兹本《弗洛伊德和马克思》、艾布拉姆森《弗洛伊德的爱欲论——自由及其限度》、列夫丘克《精神分析学说和艺术创作》[②]等等。这些著作虽然多是从英文转译而来，在译文质量上存在着良莠不齐的现象，但无疑显示了新时期以来中国学术界对于弗洛伊德的追捧与热议。

学界在对弗洛伊德及其学术进行引进和评论时，并不局限于单纯的译介和介绍，而是更加注重对其价值与意义的探讨，出现了一系列的相关著述。比如乐黛云《潜意识及其升华——精神分析学与小说分析》（《比较文学与中国现代文学》，北京大学出版社1987年版）、吴立昌《精神分析与中西文学》（学林出版社1987年版）、李铮和章忠民《弗洛伊德与现代文化》（黄山书社1988年版）等。尽管这些研究在现在看来略显肤浅，但却显示了弗洛伊德精神分析在80年代中国学界的重要性。

毫无疑问，80年代弗洛伊德及其思想能在中国大陆兴盛，首先离不开其关于“性本能”的论述。80年代中期是弗洛伊德学术在中国大陆流行的高峰期，甚至引起了80年代的“性文学大潮”（比如张贤亮的《男人的一半是女人》、莫言的《红高粱》、刘恒的《伏羲伏羲》《白涡》等等）。在中国主流文学体系中，文学一直肩负着“对革命及其政权的合法性，建构国人在新秩序中的主体意识的使命”[③]。因此，对于“性”这样一个敏感又

① 赵稀方：《翻译与新时期话语实践》，中国社会科学出版社2003年版，第66—67页。

② 这些著作的译介信息如下：C. S. 霍尔《弗洛伊德心理学入门》（陈维正译，商务印书馆1985年版）和《弗洛伊德心理学与西方文学》（包华富等编译，湖南文艺出版社1986年版）、奥兹本《弗洛伊德和马克思》（董秋斯译，生活·读书·新知三联书店1986年版）、艾布拉姆森《弗洛伊德的爱欲论——自由及其限度》（陆杰荣等译，辽宁大学出版社1987年版）、列夫丘克《精神分析学说和艺术创作》（吴泽林译，北京师范大学出版社1986年版）。

③ 赵稀方：《翻译与新时期话语实践》，中国社会科学出版社2003年版，第68页。

隐秘的话题自然不会成为文学关注的焦点。但改革开放以来，新时期对于新话语的需求为身体、“性”及其与社会之间关系的合法化表述提供了一个较为开放的语境。“在反思中，文艺界、特别是文艺理论批评界还深感过去长期由社会–历史批评一种模式独占评坛的弊端，认为这种局面再也不应继续下去了。……他们认识到，对于文学除了从社会、历史、政治的角度来观察之外，还可以而且应该从美学、心理学、伦理学、人类学、精神现象学乃至语言学等多种不同的角度来观察，这样才能全方位、多角度地把握文学的复杂而丰富的内涵。因此，突破传统的社会–历史批评框架的限制，寻求新的理论批评话语，就成为批评界的迫切要求。”①尤其是当“文革”结束后，人们越来越渴望面对真实的人心、人性以及人的内心世界。而弗洛伊德的精神分析理论对于人的关注无疑是有其自身优势的，而其“性本能”理论便在此社会背景下被大量引进，成为80年代西方理论译介的重要部分。

（二）80年代精神分析理论运用的成就

从文学批评实践来看，新时期对于弗洛伊德学说的“自我、本我、超我”以及“俄狄浦斯情结”的介绍和运用较多，基本都是对文学史中的经典作品进行评论和分析（如王宁对《金瓶梅》和《雷雨》的分析）。通过精神分析理论的运用重新解读经典作品中的人物形象，为学界文学研究提供了一种新的研究视野。而精神分析理论在中国现当代文学研究中取得了巨大的成果，主要体现在：首先，学术论文大增（参看表5-2-2），研究角度虽然多集中在对作品中人物的“性压抑”和“性心理”的阐释，但却避免将文学现象简单归于性象征，而是通过这种性的隐喻，揭示小说中人物苦闷的内心世界；其次，这些研究成果并非单一的集中在对作品中人物内心世界的探讨方面，而是将精神分析理论置于社会广阔的视野中，把文化学、文学现象、社会学等都融入其中来解读现当代的作家作品。

---

① 陈厚诚、王宁主编：《西方当代文学批评在中国》，百花文艺出版社2000年版，第3—4页。

表5-2-2　80年代中后期关于弗洛伊德精神分析批评的学术论文一览表

年份	80年代中后期关于弗洛伊德精神分析批评的学术论文
1985年	成知辛:《关于现实主义作品中的变态心理描写》,《华东师范大学学报》（哲学社会科学版）第2期; 许文郁:《弗洛伊德的精神分析与袁静雅的心理结构：兼谈爱情观念的转变与发展》,《当代文艺思潮》第5期; 张牛:《弗洛伊德学说对郭沫若早期作品的影响》,《探索》第5期; 管希雄:《弗洛伊德与鲁迅小说中精神病患者形象》,《温州师专学报》（社会科学版）第1期
1986年	贺绍俊、潘凯雄:《面对一个文化现象的思考——论新时期小说中的性意识》,《当代文艺探索》第4期; 陈非:《〈男人的一半是女人〉再评》,《当代作家评论》第6期; 马裕民:《章永璘和他的精神分析学——〈男人的一半是女人〉读后》,《社会科学》第3期
1987年	杨斌华:《生命的苦闷与饥渴——读王安忆的中篇〈小城之恋〉》,《小说评论》第1期; 蓝棣之:《论鲁迅小说创作的无意识趋向》,《鲁迅研究月刊》第8期; 赵宪章:《论弗洛伊德的文艺心理学方法》,《文学评论》第3期; 向翔:《试论弗洛伊德及其学说与文学艺术的紧密联系》,《齐鲁学刊》第6期
1988年	安重强:《弗洛伊德的精神分析与李宽定的〈良家妇女〉》,《贵州大学学报》（社会科学版）第1期; 贺兴安:《弗洛伊德与文学评论》,《文艺争鸣》第3期; 王宁:《弗洛伊德主义与文学初探》,《南京师大学报》（社会科学版）第1期; 王宁:《弗洛伊德主义在中国现代文学中的影响与流变》,《北京大学学报》（哲学社会科学版）第4期; 赵树勤:《精神分析与“五四”小说现代化》,《湖南师范大学社会科学学报》第5期; 毛钢:《浅谈精神分析学与文学》,《兰州大学学报》第4期
1989年	刘长兴:《弗洛伊德无意识论浅析》,《长白学刊》第4期; 周百义:《浅论弗洛伊德精神分析学说对新时期小说创作的影响》,《中州学刊》第1期; 王宁:《朱光潜与弗洛伊德》,《北京大学学报》（哲学社会科学版）第4期

而将弗洛伊德关于“作家创作白日梦”的理论运用到文本分析中，较为经典的当属蓝棣之对老舍《离婚》及现代文学史上其他经典作品的“症候式”分析。“症候”意即“症状”，是精神分析心理学名词。弗洛伊德说：“神经病的症候，正和过失及梦相同，都各有其意义，而且也像过失和梦，都与病人的内心生活有相当的关系。”①“症候”往往不能直接显示出来，而是通过伪装、变体来间接的呈现。蓝棣之认为：“文学是一种社会人文现象，是意识形态，是飘在云端的上层建筑。然而，文学同时又是极其特殊的意识形态，是作家心理和情感的产物。在某种意义上可以说作品与梦境相似。作者在创作时，往往意识与无意识都在起作用，既清醒，又走神，所以作品是可以同时在几个层面上进行分析的。在某个层面上，我们不妨假定作家与作品间的联系类似于病人与梦境之间的联系。作家在作品中掩藏了他的病态，批评家于是成了分析家，以作品为症候，通过分析这种症候，发现作家的无意识趋向和受到的压抑。”②他通过对文本“症候式”的批评来揭示小说中人物的内心世界，探求作者的创作动机，进而分析读者与作者之间没有意识到的关系。他将弗洛伊德精神分析的理论具体运用到文本分析中，使精神分析理论成为一种有“深度”的批评方法。正如周英雄为《现代文学经典：症候式分析》一书撰写的序中所言：“他的用意可能是希望点出前人所未见之盲点，敦促本书的读者对现代文学经典重新诠释，重新体认，并描绘中国现代心灵的图像。”③

可见，精神分析批评在80年代时的理论热潮中属于“隐性的”“深刻的”的批评方式，但对于新时期以来的文艺理论建设、文学作品分析，以及80年代后的作家创作都具有重要的贡献。随着社会的发展，进入90年代，这一理论热潮逐渐退去，这“一方面由于弗洛伊德主义已经成了中国批评理论的常识和知识背景，另一方面，更多的新的理论的出现也使它似乎不再居于理论的前沿，随着理论问题的‘转移’，比照理论的高度的活跃状况而言，弗洛伊德的精神分析学似乎有点沉寂，它往往是作为理论工作

---

① [奥]弗洛伊德著，高觉敷译：《精神分析引论》，商务印书馆1984年版，第202页。

② 蓝棣之：《现代文学经典：症候式分析》，清华大学出版社1998年版，第223—224页。

③ 周英雄：《〈现代文学经典：症候式分析〉序》，见蓝棣之《现代文学经典：症候式分析》，清华大学出版社1998年版，第Ⅴ页。

的一种前提和背景名单，实际上精神分析的理论能量和可能性尚未完全发挥出来。精神分析对于文化研究和‘全球化’问题的意义尚未完全凸现出来。因此，当下对精神分析的理论的反思和再出发就有相当重要的意义，特别是今天中国通过高速的经济增长进入了一个消费社会后，如何理解消费文化的欲望所在，如何理解当下文化中几乎无所不在的有关‘性’的话语，精神分析其实大有用武之地。特别是其理论的魅力开始为中国学者所了解和熟悉之后，如何在大众文化分析中对于‘欲望’问题进行深入的探索，精神分析其实仍然有其不可忽视的理论力量和切入当下中国现实的可能。”①

三、女性主义批评理论

（一）女性主义批评的特点

随着20世纪80年代翻译研究的文化转向，以解构主义、后殖民主义和女性主义为代表的后现代主义思想传入中国学界，其中女性主义批评最为典型。在80年代的“方法热”思潮中，女性主义文学批评是“西方文化动力最独特、思想辐射最强、方法开放且最具国际品格的一种批评”②。这一时期的女性主义批评主要有以下特点：

1. 译介先行，译介内容不分先后

这一时期，中国女性主义批评主要从80年代翻译介绍西方女性主义文学与批评开始的。在80年代，妇女问题的“提出和尖锐表现，最早是在文学而不是在社会领域，无意中使得有关妇女的文学成为社会学讨论的导火索和先驱”③。最早在中国介绍西方女性主义理论的是关注英美文

① 张颐武：《精神分析的当下意义》，载《文艺报》2002 年7月2日。

② 林树明：《多维视野中的女性主义文学批评》（前言），中国社会科学出版社2004年版，第1页。

③ 李小江：《当代妇女文学中职业妇女问题——一个比较研究的视角》，载《文艺评论》1987年第1期。

学的朱虹。她于1981年在《世界文学》第四期上发表了《美国当前的“妇女文学”——〈美国女作家作品选〉序》，介绍了美国带有女性主义色彩的“妇女文学”。1983年，她又在中国社会科学出版社出版了以该文作为序言的《美国女作家短篇小说选》，系统介绍了西方女权主义文学及理论。朱虹主要介绍了西方女性主义第二次浪潮的概况：60年代后期美国女权运动再次勃兴的历史背景、现实表现以及这一运动对美国的历史学、思想史、文学创作和文学批评方面所产生的影响。同时，朱虹还向国内的女性一起介绍了几个时期的经典之作：弗吉尼亚·伍尔夫的《一间自己的房间》（*A Room of One's Own*）、西蒙娜·德·波伏瓦的《第二性》（*Le deuxième sexe*）、贝蒂·弗里丹的《女性之谜》（即《女性的奥秘》，*The Feminine Mystique*）、杰梅茵·格里尔的《女太监》（*The Female Eunuch*）、桑德拉·吉尔伯特和苏珊·古芭合著的《阁楼上的疯女人：女性作家与19世纪文学想象》（*The Madwoman in the Attic*：*The Woman Writer and the Nineteenth-Century Literary Imagination*）、凯特·米勒特的《性政治》（*Sexual Politics*）等一批著作，使中国学者对这些素未谋面的女权主义著作有了一个初步了解。朱虹是中国女性主义的重要推动者，不仅让中国的女性第一次接触了前沿的理论，而且还用新的理论反思西方的创作以及一些作品中的女性形象，以此引导我国的研究者迈上了女性主义批评的道路。

在这之后，第二次浪潮的经典之作波伏瓦《第二性》的中译本直到1986年才问世。书中对劳伦斯等五位男性作家笔下的女性形象的分析，在方法论上促使中国后来女性主义文学批评最初形成了从女性形象批评入手的特点。1992年，作为第一部由国内学者编辑的西方女性主义批评文集，张京媛主编的《当代女性主义文学批评》由北京大学出版社出版，产生广泛影响。文集分“阅读与写作”和“女性主义批评理论”两个主题，介绍了19篇国外女性主义理论著作。文章基本上都是西方80年代第三次浪潮以后发表的最新理论，其中的一些观点被国内的许多女性文学批评文章反复引用，大大推动了国内女性主义研究的步伐。此外，张京媛在该书的序言中提出将“女权”与“女性”相区别，认为“女权主义”和“女性主义”反映了妇女争取解放运动的两个时期的学说。也正是从这开始，“女性主义”这个提法在大陆兴盛起来。张京媛认为，“女权主义”主要强调早期妇女运动中争取男女平权的斗争，而“女性主义”则立足“文化批判”的立场，注重“性别意识”及文化建构，是“后结构主义”的产物。她特别强调“性”也包涵着“权”。因此，中国学界对“Feminism”的理解，从“女权主义”到“女性主义”的概念变化其实正是“女性主义”在中国从政治领域向社会文化领域的延伸。

2. 女性形象批评是主流研究

虽然80年代的西方女性主义正经历着第三次浪潮的席卷，发展和丰富着多样、跨界的女性主义文学研究，但同时期中国的女性主义文学批评基本还是以最初的女性形象批评为主的。

女性形象批评（Women Image Criticism）指的是在男性作家的作品中或在男性评论家评论女性作品时，在所运用的批评范畴中去寻找女性模式（stereotype），“它以从性别入手重新阅读和评论文本为主要方法，以将文学和读者个人生活联系为主要特点。以批判传统文学，尤其是男性作家的作品中对女性的刻画以及男性评论家对女性作品的评论为主要内容，以揭示文学作品中女性居从属地位的历史、社会和文化根源为主要目的”[①]。女性形象批评是西方女性主义文学批评中一种最早的批评形态，它是20世纪60年代女权主义运动的直接产物。西方的“女性形象批评”可以分为两个阶段：第一阶段以西蒙娜·德·波伏瓦的《第二性》与凯特·米勒特《性政治》为代表，这一阶段批评往往以文学作品中的女性形象为例来阐释论者的某种女性主义观念，其批评思路多从观念出发，以文学来印证观念，可称之为“女性形象批评”的观念化批评阶段；第二阶段以苏珊·考普曼·科尼隆主编的《小说中的妇女形象：女性主义的视角》（*Images of Women in Fictions*：*Feminist Perspectives*）和桑德拉·吉尔伯特与苏珊·吉芭合著的《阁楼上的疯女人：女性作家与19世纪文学想象》为代表，注重

① 顾红曦：《凯特·米莉特的〈性政治〉与“女性形象”批评》，载《外国文学研究》1998年第4期。

在分析文学作品中的女性形象的基础上得出女性主义的观点，与第一阶段相比更着重于从文学文本层面出发，因而可称之为“女性形象批评”的文学化批评阶段。

3. 对东方文学中的女性形象缺乏关注

新时期女性主义文学批评最青睐的形象非简·爱莫属。例如《〈简·爱〉与妇女意识》（朱虹，载《河南大学学报》1987年第5期）、《禁闭在“角色”里的“疯女人”》（朱虹，载《外国文学评论》1988年第1期）、《女权主义文评：〈疯女人〉与〈简·爱〉》（韩敏中，载《外国文学研究》1988年第1期）等文章，多从妇女解放思想和妇女独立意识、简·爱和疯女人伯莎形象的角度来分析《简·爱》：“简·爱不承认传统的妇女美德，不肯扮演女人的传统角色。……《简·爱》全书激荡着妇女对男性压迫者的愤怒抗议和要求男女平等的呼声。……《简·爱》表现妇女意识可以从三个方面去看：揭露、控诉男性的压迫；与‘家里的天使’模式针锋相对，塑造作为强者的正面妇女形象；真实地描写妇女的天然感情”[①]等等。然而运用西方女性主义文学批评的利器，开凿蕴含丰富的东方-亚非文学中女性形象的研究少之又少。

（二）对中国女性文学研究的影响

女性主义批评对于中国女性主义文学研究的影响主要有：一是促使女性文学浮出历史地表。80年代随着西方理论的引进，女性文学在文学史中再次浮现，成为80年代文学中最惊艳的存在。这首先见于吴黛英的《新时期“女性文学”漫谈》（1983年），书中提出：“正是美的内容、美的意境、美的语言，构成了美的‘女性文学’。”[②]1985年，她又发表了《从新时期女作家的创作看“女性文学”的若干特征》，从此，女性文学开

① 朱虹：《〈简·爱〉与妇女意识》，载《河南大学学报》1987年第5期。

② 吴黛英：《新时期“女性文学”漫谈》，载《当代文艺思潮》1983年第4期。

始成为学界讨论的新热点。当然这一热点的争议首先来源于何为“女性文学”？学者们企图从性别、内容、体裁，甚至风格方面来界定女性文学。比如，孙绍先认为女性文学就是女性作家创作的文学，王侃则认为女性文学是“由女性作为写作主体的，并以与世抗辩作为写作姿态的一种文学形态……它对主流文化、主流意识形态既介入又疏离，体现着一种批判性的精神立场”[①]，刘思谦则指出“女性文学是诞生于一定历史条件下的以‘五四’新文化运动为开端的具有现代人文精神内涵的以女性为言说主体、经验主体、思维主体、审美主体的文学”[②]，等等。从对女性文学概念的争论中，可以分析出女性文学具有广义和狭义之分。广义的女性文学，即女性作家创作的一切作品；狭义的女性文学则指女性作为书写主体，体现女性主体和女性意识的作品。而正是因为女性文学概念的多重界定，呈现出对女性文学研究的多重视角，进而丰富了女性文学研究的内涵。

其次，在中国文学史中，女性主义文学早已有之，而80年代随着西方理论的译介，女性主义文学重新得到关注与彰显。20世纪80年代大量女作家涌现，“她们以‘我笔写我心’的真诚态度面对写作，在写作中实现了女性对自我的寻找和确认，并引发出一系列社会话题的争论”[③]。这些女性作家主要有宗璞、谌容、王安忆、铁凝、刘索拉、张抗抗、残雪等等。女性作家的涌现带来了女性作品的繁荣。比如《三生石》《人到中年》《小城之恋》《荒山之恋》《锦绣谷之恋》《麦秸垛》《棉花垛》《青草垛》《你别无选择》等。这些经典作品既丰富了中国文坛，也为中国文学研究提供了素材，是中国现当代文学史中的重要作品。总体上看，80年代以来的女性整体创作是丰富多元的，这一方面延续了五四以来女性对自我独立精神的追寻，另一方面则与西方女性主义文学作品和批评论著的引进有关。随着女性文学创作大潮的到来，关于女性文学的研究也随之出现。这一时期，林非在《现代散文六十家札记（一）》（载《文艺论丛》1978年第4期）中首次对女作家创作进行评析。而专门研究女性创作的第一篇文章则是骆宾

---

① 王侃：《“女性文学”的内涵和视野》，载《文学评论》1998年第6期。

② 刘思谦：《女性文学这个概念》，载《南开学报》（哲学社会科学版）2005年第2期。

③ 王吉鹏、马琳、赵欣编著：《百年中国女性文学批评》，吉林人民出版社2001年版，第139页。

基的《生死场，艰难路——萧红简传》（载《十月》1980年第1期）。整个80年代，“对女作家创作进行专文研究的有27篇”[①]，80年代中期以后，随着女性主义文论译介和女性作家及其作品的涌现，中国女性主义批评的实践也随之勃兴，主要以李小江主编的“妇女研究丛书”（1988年）和《上海文论》（1989年）的“女权主义文学批评”专辑为代表，并出现了大量关于女性文学研究的专著及文章。比如，李子云《净化人的心灵——当代女作家论》（1984年）、乐铄《迟到的潮流——新时期妇女创作研究》（1989年）、吕晴飞主编《中国当代青年女作家评传》（1990年）等。吴宗蕙的《小说中的女性形象》（1985年）是较早对小说中的女性形象进行系统研究的专著，主要对新时期小说中的女性形象进行分析研究，而孟悦与戴锦华的《浮出历史地表》（1989年）、李小江的《女人——一个悠远美丽的传说》（1989 年）主要是从女性主义视角来反对男性中心。

总之，80年代以前的中国女性主义批评主要集中在具体的社会语境中，兼有批评与包容两种姿态，态度较温和；80年代之后，西方女性主义理论的大量引入，尤其是伍尔夫在《一间自己的房间》中深刻探讨女性及其创作困境，以及女性走出男权的压制及追求和谐的两性关系等方面对我国80年代中后期的女性主义批评产生了重大的影响。这时的女性主义批评开始以女性主义的理念思想来重新书写自己的自主意识、身份问题，企图颠覆男性话语权来重建女性文学的历史地位。到了80年代末，女性主义批评逐渐演变成一种“性别理论”，之后，女性主义批评与文化研究相结合，成为20世纪90年代的重要批评潮流。回溯80年代的女性主义批评，在“文化热”的背景下，女性主义文学及其研究蓬勃发展，而女性主义批评“在对女性个人化写作的批评过程中不仅实现了与西方女性主义写作理论的对接而且完成了中国当代‘女性写作’理论的建构”[②]。由此可见，80年代的女性主义批评在中国文艺潮流中是独具价值的。

---

① 邓利：《论新时期女性主义文学批评发展衍变的历史轨迹》，四川大学博士论文，2006年，第16页。

② 王艳峰：《从依附到自觉——当代女性主义文学批评研究》，上海交通大学出版社2009年版，第118页。

第　三　章

在美台湾学者与中国比较文学

第一节　80年代以来的在美台湾学者概况

与大陆相比，80年代的台湾是一个面临挑战（1980—1983）、不断革新（1984—1986）以及全面转型（1987—1989）的时期。随着解除戒严令的颁发和台湾政治经济的发展，八九十年代的台湾“以城市文明更高度的发展为标志的，以知识而组织起来的社会进入后工业时代，政治、经济和文化的迅猛变化，导致了台湾社会文化的新阶段新模式的产生”①。尤其是80年代以后，随着大陆对台湾文学的解禁和大量西方理论进入台湾文坛，台湾的文学研究及学术交流也开启了新篇章。就学术界而言，80年代以来的台湾涌现出了一大批具有“高学历”“高学识”“高见解”的“三高”学者。他们大都毕业于外语系，之后赴欧美留学或任教，兼有“跨语言”“跨文化”和“跨国别”的知识背景，是中外文学研究与交流的必要条件。由于其独特的社会环境和学历背景，他们在非大陆文化背景下研究中国文学及文化，多以西方的学术视角来审视中国的传统文学及其创作，不断推陈出新。这些学者主要有（参看表5-3-1）：

① 马相武：《近期台湾文学思潮的变动》，载《学术研究》1996年第4期。

表5-3-1　在美台湾主要比较文学学者情况一览表

姓名	读书、留学经历	任职情况
夏志清（C. T. Hsia）	毕业于上海沪江大学英文系，后留学于耶鲁大学	先后执教于美国密歇根大学、纽约州立大学、匹兹堡大学等
高友工（Yu-Kung Kao）	毕业于台湾大学中文系，后留学哈佛大学	毕业后一直在斯坦福以及普林斯顿等大学任教，1999年6月由普利斯顿大学东亚研究学系荣休
叶维廉（Wai-Lim Yip）	先后毕业于台湾大学外文系、台湾师范大学英语研究所，获爱荷华大学美学硕士及普林斯顿大学比较文学博士	曾担任香港中文大学英文系首席讲座，长期任教于加州大学比较文学系
刘若愚（James J. Y. Liu）	毕业于北京辅仁大学西语系，后获英国布里斯多大学硕士学位	曾在英国伦敦大学，中国香港新亚书院，美国夏威夷大学、匹兹堡大学、芝加哥大学和斯坦福大学任教，1969年至1975年任斯坦福大学亚洲语言学系主任，1977年任该校中国文学和比较文学教授
李欧梵（Leo Ou-fan Lee）	毕业于台湾大学外文系，后赴芝加哥大学、哈佛大学就读，并获硕士学位和博士学位	先后任教于普林斯顿大学、印第安纳大学、芝加哥大学、加州大学洛杉矶分校和哈佛大学。现任哈佛大学荣休教授、香港中文大学讲座教授、中国文化研究所名誉高级研究员，兼任香港中文大学（深圳）人文社科学院荣誉教授
王德威（David Der-wei Wang）	毕业于台湾大学外文系，后获威斯康辛大学比较文学系硕士、博士	先后任哈佛大学东亚语言文化系助理教授、哥伦比亚大学东亚语言文化系副教授
史书美（Shu-mei Shih）	先后获台湾师范大学英文系学士、加州大学圣迭戈分校文学系硕士、加州大学洛杉矶分校比较文学系博士	任加州大学洛杉矶分校比较文学系、亚洲语言文化系及亚美研究系合聘教授，2013年起，同时担任香港大学中文学院陈汉贤伉俪讲座教授

续表

姓名	读书、留学经历	任职情况
石静远（Jing Tsu）	哈佛大学博士	耶鲁大学中国文学与比较文学教授、东亚研究委员会主席
余宝琳（Pauline Yu）	哈佛大学学士，斯坦福大学硕士、博士	曾任加州大学洛杉矶分校东亚语言文化系教授，并兼任文理学院院长。现任美国学术团体联合会主席

可见，这一时期的在美台湾学者大都毕业于台湾高校的英文系，之后赴美留学，在语言、教育、文化背景方面都具有“双重性”，这一方面便于他们能很好地融入西方语境，与西方学界的前沿理论相联系，另一方面他们对于中国传统文学、文化的深厚感知，使其研究领域具有强烈的“中间性”和“跨文化性”，呈现出比较文学研究的重要特点。高友工、叶维廉、刘若愚、余宝琳对中国古典诗歌的研究，将中国传统文学与西方的理论相结合，扩大了中国文学的阐释空间，他们对于文学研究方法的探寻是比较文学研究得以进行的重要理论基础。以夏志清、李欧梵、王德威为代表的中国现代文学研究，对于中国现代文学史的重写给予了重要的启示，他们身上所具有的质疑精神、批判思维为中国现代文学史的建构做出了重大贡献。他们对于中西诗学、中国现代文学研究的影响不仅为中国文学研究提供了思路，还影响了西方学者对中国古典诗歌以及中国文学的看法，是海外汉学研究的重要成就。新生代的学者（史书美、石静远等）则多是移民的身份，具有天然的语言优势，她们在西方文化语境中成长，对传统文学研究多持质疑、批判的态度，并在此基础上提出新的理论见解，是比较文学发展不可或缺的一部分。

总之，这一时期的台湾学者通过自身的学术优势，在港澳台与祖国大陆之间的学术交流之中，不断传播新的理论知识与学术观点，对中国比较文学发展及对外交流具有重要的意义。

第二节　在美台湾学者的文学研究

80年代以来，从与大陆学术界的交往、著作汉译和学术影响看，叶维廉（Wai-Lim Yip）、刘若愚（James J.Y. Liu）的古典文学方法、夏志清（C. T. Hsia）、李欧梵（Leo Ou-fan Lee）和王德威（David Der-wei Wang）的现代文学史重写，史书美（Shu-mei Shih）和石静远（Jing Tsu）等人对海外华语流散写作的关注等，对中国比较文学影响较大。他们凭借其独特的语言、学历及工作背景，在比较文学研究领域成果卓著，是新时期以来的中外文学交流史中的重要组成部分。

一、叶维廉、刘若愚与比较诗学研究

关于比较诗学，20世纪80年代，中国台湾学者叶维廉的《比较诗学》（1983年）是最具代表性的著作，其中关于比较诗学理论的建构，对于重审中国传统诗学研究和中国诠释学的发展具有启发性的意义。而厄尔·迈纳（Earl Miner）将"诗学"定义为"关于文学的概念、原理或系统"，也为中国比较诗学研究提供了新的学理启示。新时期以来，随着各国学术交流的增加，各种西方文化理论浪潮也随之席卷而来。在新的背景下，对"文论"终要走向何处的凝思，致使比较诗学研究也随之成为"一个重要而且大有可为的研究领域"[①]而引起国内外学者关注。简言之，比较诗学主要是对不同民族、文化中的文学理论进行比较，是一种文学研究方法。在80年代以来的在美台湾学者中，叶维廉和刘若愚是极具代表性的学者。刘若愚和莫砺锋于1981年合作的《中国诗歌中的时间、空间和自我》（中国古代文学理论学会专题资料汇编）和叶维廉1982年在大陆《诗探索》第1期刊登的《语言的策略与历史的关系（节选）》是二者最早在大陆刊发的文

① 张隆溪:《钱锺书谈比较文学与"文学比较"》，载《读书》1981年第10期。

章，开启了对中国比较诗学研究的先河。刘、叶二人皆游学西方，却将研究目光转向中国古典文学，注重挖掘中国古典文学的美学特质，通过将自己对于中国文学的阐释和海外学术研究相结合，不断提出自己对于文学研究的重要理论与见解，为中国比较文学研究开辟了新路。

（一）叶维廉和刘若愚的学术成就

对于叶维廉，乐黛云曾这样评价："他非常'新'，始终置身于最新的文艺思潮和理论前沿，他本身就是以现代主义诗歌创作起家，且一直推介前卫艺术并身体力行；他又非常'旧'，毕生徜徉于中国诗学、道家美学、中国古典诗歌的领域而卓有建树。"①作为比较诗学中国学派的代表人之一，叶维廉在中西比较文学方法的研究上著述颇丰，著有《东西比较文学中"模子"的运用》（1974年）、《比较诗学》（1983年）、《中国诗学》（1992年）等等。其中，《比较诗学》是比较诗学研究领域的一部里程碑式的著作。叶维廉对于比较诗学的研究首先立足于中国文化立场。在他的诗学理论中，"道家美学"的包容性、开阔性是西方文化中所缺少的。在肯定中国古典美学特质的基础上，"通过比较诗学的研究发掘及建立中国美学模子"②。为此，他提出了著名的"文化模子"理论，反对套用西方理论来研究中国文学，提倡通过中西文学模子的"互照互省"来寻求东西不同文学背后的共同规律。叶维廉对"模子"的定义与阐述，是其比较诗学研究理论体系中的重要概念，也是他对于中西文学、诗学研究的独特批评理念。其次，叶维廉并没有排斥西方视角，他通过质疑西方理论对中国文学研究的直接干预，不仅为中西文学研究提供了方法，也为中国文学的对外交流提供了一个平台。他在《比较诗学》中对"东西方两种'文化模子'做了深入研究，既认真探讨了中国古代诗歌中建立在'齐物''天人合一'基础上的观物立场和表述策略，也追溯了西方从绝对理念出发的自我为中心

① 潘书松、尹传卿：《叶维廉比较诗学研究初探》，载《文学教育》（上）2013年8期。

②［美］叶维廉：《比较诗学》，东大图书公司1983年版，第2页。

的文化传统”[①]。这种民族文化立场坚定，且有开放、现代的批判眼光，体现了叶维廉作为一名学者“从事学术研究的‘中间’立场，客观上也有从边缘向西方文化中心主义的权力架构提出质疑和挑战的意义”[②]。从这个意义上看，叶维廉的比较诗学理论无疑是具有前瞻性的。

与叶氏对于中国古典诗歌（尤其是中国古典山水诗）的偏爱以及对比较诗学的研究相似，刘若愚的研究领域也在主要集中在中国古典诗歌、诗论和文论，以及中国诗学、比较诗学方面，他的《李商隐的诗》（1969年）、《北宋六大词家》（1974年）开创了融合中西诗学来阐释中国文学及其批评理论的学术道路。他的“比较诗学理论体系”（主要包括著作《中国诗学》《语际批评家：中国诗学阐释》《语言・悖论・诗学》）不仅对西方汉学具有重大的影响，而且对于中国文学理论的“国际化”也具有重要的意义。刘若愚的比较诗学研究，主要成就在于对古典诗学向现代诗学的转换以及比较诗学理论体系的建构。他在《中国诗学》中提出“走向一个综合的理论”，这一思想始终贯穿于他的诗学研究中。同时，作为一个深受西方文化影响的学者，刘若愚在对中国古典诗歌的研究与译介中，并没有照搬西方理论，也没有将西方理论作为标准。他创造性地用西方当代的文学理论来对中国古典诗歌及文论进行研究与阐释，也是为了进一步探寻中西文学背后所共有的普适性规律及评价标准，以期建立一种“中西互通”的诗观理论。他曾说：“在讨论中国批评家的各个流派时，我拒绝了这样的诱惑，即与欧洲批评家作不花力气的认同比较，或用西方固有的名称去给中国批评家贴标签。把我所讨论的中国四种批评流派分别称为‘古典主义者’‘浪漫主义者’‘形式主义者’和‘象征主义者’，这本来是轻而易举的，但是这样做却会造成误解。”[③]刘若愚对于中国文论流派的划分体现了他客观冷静的治学观和坚定的民族文化立场，而他对中西诗学之间“结合点”的探寻，以及对比较诗学理论体系的建构又彰显了他执着坚定的学术视野。

---

① 王光明：《香港的“客居”批评家》，载《天津社会科学》1997年第6期。

② 王光明：《香港的“客居”批评家》，载《天津社会科学》1997年第6期。

③［美］刘若愚著，赵帆声、周领顺、王周若龄译：《中国诗学》，河南人民出版社1990年版，第110页。

（二）叶维廉和刘若愚对大陆学界的影响

80年代以来，随着大陆对西方作品及文论的大量引入，刘若愚和叶维廉的著作被大量译介到大陆，给中国文学研究以新的启示与方法。比如刘若愚的《中国诗学》《中国之侠》《中国文学理论》《中国文学艺术的精华》《语际批评家：中国诗学阐释》①。这些译本在短时间内只出现了一两个汉译本，这一方面证明了90年代翻译项目缺乏沟通，另一方面也证明比较文学新兴的大陆对文学理论和诗学的外来研究视角的渴望。1992年，叶维廉的《中国诗学》由北京三联书店出版后，便成为大中学生学习、理解中国诗歌的阅读书目，且此后被不断地重印与再版。之后，《叶维廉诗选》和《叶维廉文集》②在大陆的引进与出版，对于叶维廉的诗学研究、学术观点在大陆的传播起到了推动作用。1980年，叶维廉出任香港中文大学英文系首席客座教授，建立比较文学研究所，之后他曾多次回到大陆，在中国社会科学院、北京大学、清华大学、中国作家协会等处讲授比较文学和“传释学”③。其著作《道家美学与西方文化》，是他在北京大学做学术讲座时的内容合集，内容涉及道家美学、中国诗与美国现代诗，道家精神、禅宗与美国前卫艺术——契奇（John Cage）和卡普罗（Allan Kaprow），全球化——自然生态与文化生态的思索等，是对全球化背景下经济、文化、科技等发展的全面关照，展现出一种全球化的格局与视野，对于中国文学研究具有深远的影响。

同作为中国古典文学研究的跨语际批评家，刘若愚与叶维廉的比较

---

① 这些著作的译本有：《中国诗学》有赵执声译本（河南人民出版社1990年版）和韩铁桩、蒋小雯译本（长江文艺出版社1991年版）；《中国之侠》有周清霖、唐发铙译本（上海三联书店1991年版）和罗立群译本（译名为《中国游侠与西方骑士》，中国和平出版社1994年版）；《中国文学理论》有赵帆声、王振铎、王庆祥、袁若娟译本（又名《中国的文学理论》，中州古籍出版社1986年版）和田守真、饶暑光译本（四川人民出版社1987年版）；《中国文学艺术的精华》为王镇远译本（黄山书社1989年版）；《语际批评家：中国诗学阐释》为王周若、周领顺译本（河南大学出版社1989年版）。

②《叶维廉诗选》1993年由中国友谊出版公司出版；《叶维廉文集》2003年由安徽教育出版社出版；后文提及的《道家美学与西方文化》2002年由北京大学出版社出版。

③ 叶维廉使用这个说法，“传释学”就是后来的“阐释学”。

诗学研究的最终目的都是寻求文学背后共有的规律，即“异中求同”。同时，也反映了新时期以来，中国文论在世界文学研究中迫切需要通过“发声”（这种“发声”的本质基础是“平等对话”）来实现中西诗学真正交流的心愿。在内容上，他们二者都以中国古典文学为出发点，重点阐释古典诗歌中的语言、韵律、内涵以及理论建构等问题。虽然，他们处在一个无法摆脱的“中西交互”的身份环境中，所研究的“古典文学”似乎离他们较远，但中国传统文化的精髓“作为某种客观历史进程基础的‘普遍规律’在此从未取得支配地位”[①]。正如叶维廉在为“比较文学丛书”所撰总序中所言：“东西比较文学的研究，在适当的发展下，将更能发挥文化交流的真义：开拓更大的视野、互相调整、互相包容。文化交流不是以一个既定的形态去征服另一个文化的形态，而是在互相尊重的态度下，对双方本身的形态作寻根的了解。”在方法上，他们都将西方理论与中国文论相结合，通过西方的理论方法来阐释中国古典诗歌，对于国外读者了解与欣赏中国古典文学做出了重要的贡献。在形式上，他们突破了传统文论研究的形式窠臼，将零碎的理论批评进行整合、分析、总结，形成系统性理论体系，不仅能与西方文论形成“异质”对话，还促进了中国文学理论的体系建构，对于中国比较文学研究贡献极大，引起了大陆学术界对于“诗学”问题的研究热。从中国知网检索来看，21世纪以来（2000—2018），关于刘若愚及其诗学问题研究的期刊论文约60余篇、硕博论文12篇。叶维廉及其诗学探讨的期刊论文约130余篇、硕博论文约24篇。2008年，中国当代文学研究会在北京举办“叶维廉诗歌创作研究会”，并出版《叶维廉诗歌创作研讨会论文集》，收录论文27篇。这些学术成果涉及比较诗学的理论溯源、研究方法、研究内容、中西诗学异同，以及个人文学创作等多方面内容，既显示了大陆学术界对刘、叶二人学术研究的重视，也反映了中国比较文学对于传统诗论研究及海外汉学开拓的关注。

① 曹顺庆：《比较文学论》，四川教育出版社2002年版，第337页。

二、在美台湾学者与中国现代文学研究

夏志清与王德威

对于西方学界来说，古典文学是中国文学的精华之作，而中国现代文学则是“一个已经被西化、被现代化了的中国——换言之，那是被认为丧失了‘纯粹中国性’、被西方霸权‘肢解’了的复杂主体”[①]。但中国比较文学的兴起带有现代文学的天然基因：一方面中国最早一批比较文学学者（如乐黛云等）是由中国现代文学转向而来，另一方面中国现代文学与外国文学有着自然密切的关系。80年代以来，一批海外汉学家以其独特的身份经历，将眼光投到中国现代文学研究中。他们以一种质疑和辩证的态度来重新审视中国现代文学的内涵及其价值，为中国比较文学的研究打开了新的视野，这些学者以夏志清、李欧梵、王德威为代表。

（一）夏、李、王的学术成就

新时期以来，台湾学者对于中国现代文学的研究及影响，当首推夏志清，他的《中国现代小说史》被钱锺书称为“传世之作”[②]。该书一经出版，便将对中国现代文学研究及价值重估推至风口浪尖。在该著作中，夏志清首先以其自身对西方文学的阅读经验来对中国现代小说进行评判，通过对这两种不同文化背景下的文学之间的比较研究，他认为五四时期的小说家“在描绘一个人间现象时，没有提供比较深刻的、具有道德意味的了

① 孙康宜：《“古典”或者“现代”：美国汉学家如何看中国文学》，载《读书》1996年第7期。

② 1979年，钱锺书访美，在与夏志清通信中，称《中国现代小说史》为“文笔之雅，识力之定，迥异点鬼簿、户口册之论，足以开拓心胸，澡雪精神，不特名世，亦必传世”。见夏志清《重会钱锺书纪实》，该文章收入《新文学的传统》（时报文化出版公司1979年版，第355页）。

解"[①]。但他并没有停留在对西方文学观念的简单借鉴层面，而是通过对现代文学的研究来反观西方文学的不足，指出"中国作家在他们作品最好的时候，展现一种强烈的道德警醒，这在西方作家中是少见的"[②]。在他看来"写实性"与"讽刺"是现代小说批评中的重要问题。他称赞中国现代小说的写实精神，也赞扬中国现代小说中所体现的揭露社会黑暗、讽刺社会现实、维护人性尊严的思想内涵，指出中国现代小说"虽满纸激愤哀怨，但富于写实。二十年代末期和三十年代初期的一些作家，以忠于写实为务，运用讽刺的笔调，把中国写成一个初次受人探索的异域"[③]。这不仅阐释了他对中国现代文学"讽刺"意蕴的推崇，更在此基础上开启了对"讽刺"中所包含的"现代性"的探讨。夏志清将这一时期小说主题归结为"感时忧国"（Obsession with China），其"'客观'就是摆脱主流论述的支配，忠于自己对作品的阅读经验和判断"[④]。当然，由于夏志清自身所处的"中西文化"立场，他的"感时忧国"不免会有失公允，在论述的准确性和全面性上也不够全面，但作为探寻中国小说"现代性"的一把钥匙，"感时忧国"无疑拓宽了现代小说的研究领域，成为中国现代小说研究中不可回避的批评概念。

夏志清的"感时忧国"引发美国汉学界多位学者的解释与探讨。李欧梵的《现代性的追求》和王德威的《被压抑的现代性——晚清小说新论》都在"感时忧国"的基础上对中国现代文学的"现代性"进行过阐释。其中，李欧梵是颇具盛名的文化研究学者。他毕业于台湾大学外文系，曾与作家白先勇、陈若曦和王文兴是同学，之后赴美国哈佛大学攻读中国思想史，并获博士学位。李欧梵成果卓著，成就颇丰，是美国学界研究中国文学的重要学者，也是美国汉学界的代表性人物。他的代表作有《中国现代作家的浪漫一代》《铁屋中的呐喊》《西潮的彼岸》《中西文学的徊想》《现

---

① [美] 夏志清著，刘绍铭等译：《中国现代小说史》，香港中文大学出版社2001年版，第xlii页。

② [美] 王德威：《重读夏志清教授〈中国现代小说史〉》，见夏志清《中国现代小说史》，香港中文大学出版社2001年版，第xi页。

③ [美] 夏志清著，刘绍铭等译：《中国现代小说史》，香港中文大学出版社2001年版，第467页。

④ 陈国球：《"文学批评"与"文学科学"——夏志清与普实克的"文学史"辩论》，载《北京大学学报》（哲学社会科学版）2011年第1期。

代性的追求》等，并著有长篇小说《范柳原忏情录》《东方猎手》。从学术研究上看，李欧梵在80年代以研究鲁迅及重估五四时期到30年代的文学而闻名海内外汉学界。他不仅主张对于文学内部研究视角要多元化，而且对于文学与其他领域的相互影响与渗透也大力关注。在《铁屋中的呐喊》中，他通过“文史互参”的研究方法，全面系统地对鲁迅的成长历程及思想变迁进行了考察，并从“现代性”的角度出发，提出鲁迅艺术观中的“颓废”色彩。同时，他将“颓废”与“现代性”相关联，并以此来观照中国现代文学研究，成功地将西方与中国本土“现代性”相融合，形成一套独具特色的审美理论，丰富了中国文学“现代性”的内涵。然而，由于他“太想用这‘颓废’的现代性压抑革命现代性，因而在打开现代知识的一扇‘窗子’的同时，却关闭了全面思想的‘大门’”[①]，这也显示出其理论之缺陷。

与李欧梵相似，毕业于台湾大学外文系、之后赴美留学并任教的王德威，延续了夏志清与李欧梵关于“现代性”的探讨。但与前两者相比，王德威的眼界的确有些超前、激进。在他看来，“现代性”是一种自觉的“求新求变”意识和“贵今薄古”的创作策略。他首先以一句“没有晚清，何来五四”别开生面地对五四文学的“现代性”给予了质疑，指出晚清文学才是代表中国文学兴起的重要阶段，即中国文学的“现代性”并不是传统意义上的始于“五四”，而是发端于“晚清”。他还强调，晚清小说的“现代性”是被压抑的。他在《被压抑的现代性——晚清小说新论》中以这种质疑精神来反思中国新文学史的常规书写，从而构建自己的文学史观。在书中，王德威主要以晚清小说作为研究对象，选取“狭邪”“公案”“谴责”“科幻”四类小说来对 “欲望”“正义”“价值”和“知识”四个主题进行了解读，反映了晚清小说对于传统的继承和反叛，并为晚清小说在中国文学史上的地位正名。但从王德威所选的具体作品来看，如《官场现形记》（1905年）、《孽海花》（1905年）、《老残游记》（1907年）等，

① 鲁太光:《中国现当代文学研究现状与未来走向》，载《文艺理论与批评》2006年第6期。

其中对于晚清时间的定义略显模糊[①]，不免使其论述缺乏一定的精准性。其次，王德威通过多方面参考其他学术观点来丰富自己的理论，彰显了中国文学研究在世界文学体系中的多元发展趋势。比如，他引用古尔德（生物学家）的观点来论述晚清文学在“进化”过程中的偶然性与变数；引用福柯的《知识考古学》来用西方的理论标准衡量晚清小说的主题价值，指出“对欲望尺度以外的欲望，对正义实践的辩证，对价值流动的注目，对真理／知识的疑惑…… 这些时刻才是作家追求、发掘中国文学现代性的重要指标”[②]。而“欲望、正义、价值、知识”正是20世纪中国现代文学中的文化内涵。再次，在具体的学术研究中，他将文学置身于历史背景中，强调“回到历史场”，在历史的叙述中重新审视现代文学的价值意义，进而反思人文学科理论建设的重要性。但王德威同时又强调“想象”对于历史建构的重要作用：“我们不能回到过去，重新扭转历史已然的走向。但作为文学读者，我们却有十足能力，想象历史偶然的脉络中，所可能却并未发展的走向。”[③]而这种“想象历史”的真实性与可能性有待考证，这也使王德威的论述有颇多可待商榷之处。

（二）夏、李、王对大陆学界的影响

19世纪70年代后，比较文学在欧美各国有了很大的发展，而中国的比较文学研究要到20世纪初才开始。在中国，鲁迅、茅盾、郭沫若等都曾广泛地比较研究过各国的文学现象。比如，鲁迅的《摩罗诗力说》、茅盾的《俄国近代文学杂谈》等。20世纪30年代，中国开始介绍外国比较文学的历史和理论（比如陈铨的《中德文学研究》），并出现了一系列的研究论文（比如钱锺书的《谈艺录》、朱光潜的《诗论》等）。可见，中国比较

---

① 王德威在导论《没有晚清，何来五四？》中，作出了他自己对于“晚清”这一时间范围的界定：“我所谓的晚清文学，指的是太平天国前后，以至宣统逊位的六十年；而其流风遗绪，时至‘五四’，仍体现不已。”其后，他又言：“晚清文学的发展，当然以百日维新（1898年）到辛亥革命（1911年）为高潮。”（见王德威著，宋伟杰译：《被压抑的现代性——晚清小说新论》，北京大学出版社2005年版，第1—2页。）

②［美］王德威：《想象中国的方法：历史·小说·叙事》，百花文艺出版社2016年版，第15页。

③［美］王德威：《想象中国的方法：历史·小说·叙事》，百花文艺出版社2016年版，第10页。

文学最初就是从中国现代文学与域外文学研究开始的，强调跨文化研究在比较文学中的重要性。从这个意义上看，80年代以来的在美台湾学者无论在学历背景还是研究领域，都在无形中为中西文学的比较建构起天然的桥梁，尤其是夏志清、李欧梵、王德威等人对于现代文学研究理论及方法具有开拓性的探讨。他们不仅拓宽了中国文学研究领域、学术视野，而且还带动了一批中国现当代文学研究者对文学研究方法、内容的开拓，多层面促进了中国比较文学的兴起与发展，具体体现在：

1. 学术互动加强，文学视野开阔

80年代以后，夏志清最有影响的著作《中国古典小说史论》和《中国现代小说史》[①]在大陆相继出版，以其融贯中西的学识，探讨中国新文学小说创作的发展脉络与古典小说的传统内涵，打开了中西文学互动之窗，影响深远。

李欧梵与王德威则与大陆学界交流甚繁。近年来，李欧梵致力于港澳台与祖国大陆之间文化间的对话与交流，研究领域甚广，他曾多次来大陆参加学术讨论，发表学术演讲。比如，2012年在北京大学的系列演讲《中西文化关系与中国现代文学》；2013年在苏州大学的演讲《人文社会与科学的跨界思考》，2018年视频参与上海师范大学主办的“与20世纪同行：现代文学与当代中国”学术研讨会等等，并出版演讲集《未完成的现代性》（北京大学出版社2005年版）。随着李欧梵与大陆学术界交往的增多，以及其研究视野的开阔性、独特性与多元化，近十年来，李欧梵在大陆陆续出版《我的哈佛岁月》《音乐札记》《人文六讲》《上海摩登——一种新都市文化在中国（1930—1945）》《中国文化传统的六个面向》《不必然的对等——文学改编电影》[②]等著作，清晰地勾勒出他为文治学的学术之

①《中国古典小说史论》（江西人民出版社2001年版）、《中国现代小说史》（复旦大学出版社2005年版）。

② 李欧梵在大陆出版著作情况：《我的哈佛岁月》（人民文学出版社2010年版）、《音乐札记》（人民文学出版社2010年版）、《人文六讲》（中国人民大学出版社2012年版）、《上海摩登——一种新都市文化在中国（1930—1945）》（浙江大学出版社2017年版）、《中国文化传统的六个面向》（中华书局2017年版）、《不必然的对等——文学改编电影》（人民文学出版社2017年版）。

路，多角度地展现了他对中国文化、城市以及电影等方面的研究与看法，奠定了他内地文化研究的先锋地位，也影响了大陆文学界对于现代性、城市文明、都市文化等内容的探讨。李欧梵曾说：“每个研究中国现代文学的人都得背上一个十字架，以竖轴为古今，横轴为中外，在这个复杂的坐标里，可以发现无数可徘徊的空间。”[①]这不仅是其自身对于文学研究的思考，也是对后辈学者的勉励之词，而这里所谈的“古今中外”与“无数可徘徊空间”也为比较文学学者素养及其研究领域提出了要求并给予了启示。

王德威对于中国比较文学的研究不仅体现在他对中国现代文学史的重写方面，还体现在近年来他对“华语语系文学”在中国大陆传播的推动作用（具体在下一节论述）。2006年，王德威应邀到北京大学短期授课，出版《抒情传统与中国现代性：在北大的八堂课》，之后相继出版《写实主义小说的虚构：茅盾，老舍，沈从文》《现当代文学新论：义理·伦理·地理》《想象中国的方法：历史·小说·叙事》[②]等著作，进一步影响了中国大批的文学研究者。他与陈思和主编的学术丛刊《文学》，是复旦大学中文系现当代文学专业主办的学术园地，主要收集关于中国现当代文学家生平、作品的研究，并对当代文学创作和发展趋势，以及中外文学的互相交流进行点评，内容涉及当代中国学术前沿话题、文学批评、书评、文学专题、戏剧、作家对话等方面，具有较高的学术水平。陈平原、王德威、关爱和主编的《开封：都市想象与文化记忆》（北京大学出版社2013年版）对于开封的历史记忆的探索，开启了“城市研究”或者“文学中的城市”热点话题探讨，引起了国内学者的关注。

2. 学术队伍壮大，文化研究兴起

在频繁的学术互动中，大陆学界涌现出了一大批的研究学者，他们通

① 陈建华：《徘徊在现代与后现代之间》，台北书局1987年版，第18页。

② 王德威在大陆出版书籍情况：《抒情传统与中国现代性：在北大的八堂课》（生活·读书·新知三联书店2010年版）、《写实主义小说的虚构：茅盾，老舍，沈从文》（复旦大学出版社2011年版）、《现当代文学新论：义理·伦理·地理》（生活·读书·新知三联书店2014年版）、《想象中国的方法：历史·小说·叙事》（百花文艺出版社2016年版）。

过对这些海外汉学学者的关注与研究，不仅补充了中国文化研究的空白，还在一定意义上壮大了中国文学研究学术队伍。比如苏州大学的季进，不仅出版《李欧梵季进对话录》《另一种声音：海外汉学访谈录》等著作，还与王德威合著《文学旅行与世界想象》（江苏教育出版社2007年版），主编有“西方现代批评经典译丛”“海外中国现代文学研究译丛”。毛尖作为李欧梵的学生，师承李欧梵在电影和文化研究方面的学术脉络，在译介学、文学研究、影视评析、专栏写作方面都取得了较好的成果。李欧梵所言的“说毛尖才华横溢，等于是废话”，也反映了学术交流对文学研究者之间的相互影响。

而李欧梵在文化研究方面的成就，也催生了“文化研究”在中国现当代文学领域的落地。事实上，中国现代文学研究与文化研究是相伴而生的，五四新文化运动的先驱如胡适、鲁迅、郭沫若等作家，他们在创作和文学研究中都或多或少接受过西方文化的启蒙，因此，他们在对中国文学进行评价时，都不可避免地会运用文化视角。1994年，汪晖和李欧梵在《读书》杂志上发表的《什么是“文化研究”？》，首次将“文化研究”引入中国大陆，成为中国现当代文学研究的新势头。主要体现在：首先，从文学研究内容上看，“文化研究”打破了传统文学研究对文本的限定，将影视、艺术、社会现象纳入文学研究领域，丰富文学研究内容。近年来，李欧梵、季进、毛尖等学者有关文化研究的成果，不仅为中国现当代文学研究注入了新鲜血液，也开拓了文学研究的新方向。其次，从文学研究方法来看，“文化研究”的多面性促进了文学研究视角的多元化。尤其是像夏志清、李欧梵、王德威等置身海外的台湾学者，他们在“西风化”的语境中探讨中国现当代文学及文化，而语境的变迁连带的是文学研究的价值立场、问题意识的变化，这恰恰反映了他们在文学研究方

李欧梵与毛尖谈“萧红和萧军”

法方面对中国现当代文学研究视野的开拓。而无论是研究内容还是研究方法，以夏志清、李欧梵、王德威为代表的海外汉学家，他们对于中国现代文学及文化的研究，不仅为中国比较文学发展提供了契机，也在某种意义上是对海外汉学界“西方中心”的意识形态的一种“反抗”。他们用西方的理论视野来审视中国文学，虽然都展现出不同程度的偏颇与不足，但作为研究者而言，他们对于文学研究方法、视野及现代文学的学科建设所产生的影响是值得肯定的。他们对中国现代文学的研究为国内学界带来了新的视角与启发，也促进了中国比较文学研究向世界学术界的迈进。

三、在美台湾学者与“华语语系研究”

“华语语系”（Sinophone）这一概念最早来源于台湾学者陈慧桦（原名陈鹏翔）。他在《世界华文文学：实体还是迷思》（载《文讯》1993年5月革新第52期）第一次将“Sinophone”译为“华语风”。之后，不同的学者撰文来阐发对这一理论及实践的认知，代表学者有王德威、史书美和石静远等。但这一论述能够被广为人知，且成为当下学界颇具争议的一个议题，当归功于史书美。史书美出生于韩国，毕业于台湾师范大学英文专业，后赴美留学，获加州大学圣迭戈分校文学系硕士、加州大学洛杉矶分校比较文学系博士。她的主要研究领域为中国文学、亚美文学和华语语系文学，以跨国女性主义、比较弱势族群、现代主义、后人文主义和后殖民主义为研究重点。代表著作有《现代的诱惑：书写半殖民地中国的现代主义1917—1937》《视觉与认同：跨太平洋华语语系表述·呈现》，另外还编有《弱势跨国主义》《中外文学》《后殖民研究》等等。

从学术研究来看，史书美着重于探讨文化或文学的“差异性”“多元性”“混杂性”，通过对中国现代文学的研究，解构了传统比较文化研究中所预设的“中心与边缘”“东方与西方”的二元对立，从理论上探讨了中国的半殖民主义与正式殖民主义之间在文化、政治及实践中所呈现出的差异及其原因。近年来，学界热议的“华语语系研究”（Sinophone Studies）也因此而起。史书美在著作《视觉与认同：跨太平洋华语语系表述·呈现》和三篇论文《华语语系研究刍议》《反离散：华语语系作为文化生产的场域》和《华语语系的概念》中系统地介绍了“华语语系研究”理论体系、研究范畴及方法，奠定了“华语语系文学”研究的学术根基。这一术语一经史书美界定与提出，便引起学界的关注，成为20世纪末以来比较文学研究中不得不面对的一个话题。在史书美的概念里，“华语语系研究”主要指“中国和中国性（Chineseness）边缘的各种华语（Sinitic-language）文化和群体的研究”。这里的“中国”与“中国性边缘”不仅“包括严格意义上的中国地缘政治之外的华语群体，他们遍及世界各地，是持续几个世纪以来移民和海外拓居这一历史过程的结果；同时，它也包括中国域内的那些非汉族群体，由于汉族文化居于主导地位，面对强势汉语时，它们或吸收融合，或进行抗拒，形成了诸多不同的回应”①。从理论来源及目的来看，史书美的“华语语系”概念主要是根据“英语语系”（Anglophone）和“法语语系”（Francophone）的来源而创造的。她用“华语语系”来对抗“离散”（diaspora）、“离散文学”（ diaspora literature）和“离散中国人”（the Chinese diaspora），认为以往的“离散中国人”主要是中华民族在全球的分散，这一概念“隐含了汉族中心主义”②是不恰当的。而“华语语系”是“去中心的”“反殖民的”“多元的”理论体系，不仅为“不屈服于国家主义和帝国主义压力的批判性立场提供了可能，也为一种多元协商的、多维的批评提供了可能”③。史书美对于“华语语系”的理论价值主要体现在她作为一名学者所具有的创新理念与批判性精神。而就其“华语语系研究”理论本身而言，是有诸多需商榷之处的。

首先，根据“英语语系”或“法语语系”而创造出的“华语语系文学”（Sinophone Literature）是有问题的。在西方话语中，“英语语系”“法语语系”的产生背景都是蕴含强烈的“殖民主义”意识形态的，而在此参照下创造的“华语语系”也难逃西方话语体系之嫌。这种脱离“华语文

①［美］史书美著，赵娟译：《反离散：华语语系作为文化生产的场域》，载《华文文学》2011年第6期。

②［美］史书美著，杨华庆译：《视觉与认同：跨太平洋华语语系表述·呈现》，联经出版事业股份有限公司2013年版，第46—47页。

③［美］史书美著，赵娟译：《反离散：华语语系作为文化生产的场域》，载《华文文学》2011年第6期。

学”自身的政治文化立场而提出的“华语语系研究”，缺乏学术理论提出的客观性，也致使史书美的“华语语系研究”沦为西方学术话语体系的衍生品。

其次，“华语语系研究”背后所蕴含的“后殖民思想”及“中国中心主义”的意识形态话语使其理论陷入一种自相矛盾的境遇而不得解。史书美一方面强调“华语语系”的“反离散”与本土认同，另一方面又指责少数民族在中国的“在地化”。她的“华语语系”混杂了“语言”“族裔”“地域”“空间”等概念，是一个含混不清的理论体系。而她将“中国性”与“汉族中心主义”相等同，不仅使中华文化狭隘化，也使“华语语系”这一理论失去了本质性的根基。在文学研究中，她将中国大陆的汉语写作摒弃在外，指出在以往的文学研究中，“‘中国文学’或‘华文文学’的观念实质上将中国文学置于霸权原型之地位，各种不同的‘中国文学’类型依照它们与中国文学的关系而得到分类和编排。……在这种建构之中，‘世界’是中国（中国本土领域）之外那些特定地域——那些因为坚持以各种华语书面语写作而关联于中国的地域——的集合”①。在此，史书美指出“地域”（place）在“华语语系研究”中的基础作用，认为“华语语系”的定义“必须指涉的是本土地域的空间，而且它包含了极强的时间性，能够顾及其形成与消逝的过程”。②但她忽略了文化传承中的“延续性”，这种根性文化并不会随地域时间的转移而消逝殆尽，这又在一定意义否定了她的“源流之说”③，显现出其理论体系的自相矛盾性。

再次，从文学研究来说，这种对于理论体系建构的“驳杂性”与“含

---

①［美］史书美著，赵娟译：《反离散：华语语系作为文化生产的场域》，载《华文文学》2011年第6期。

②［美］史书美著，赵娟译：《反离散：华语语系作为文化生产的场域》，载《华文文学》2011年第6期。

③ 史书美认为，华语语系研究让我们重新思考“源”（roots）和“流”（routes）的关系，“根源”的观念在此看为是在地的，而非祖传的，“流”则理解为对于家园更为灵活的理解，而非流浪或无家可归。……居住地会改变，有些人不止一次移过民，但是把居住地视为家园或许是归属感的最高形式。“流”，在此意义上可以成为“源”。这不是（适宜于）那些不认同当地民族-国家，脱离当地政治的流动居民的理论，而是指向“流”和“源”原本相反的意义解构之后的新的认同的可能性。（见史书美著，赵娟译：《反离散：华语语系作为文化生产的场域》，载《华文文学》2011年第6期。）

混性”，以及其所蕴含的“泛政治化”和“泛意识形态化”内涵，往往遮掩了对于文学作品审美性、艺术性的追求，将文学研究引向对于枯燥理论的研讨，最终有负文学研究的初衷。

与史书美相比，王德威作为华人学术界的佼佼者，以其自身的学术影响力为“华语语系文学”在中国大陆的推广起到了巨大的推动作用。但是，王德威的“华语语系”与史书美所提及的“华语语系”有所不同，在王德威这里，“华语语系文学”主要是指“中国内地及海外不同华族地区，以汉语写作的文学所形成的繁复脉络”[①]，是一个开放性的概念。在他看来，“如果你坚持‘大中国立场’的话，这个大中国一定是‘有容乃大’，要大到可以包容这些不同区域的华文文学”，因此，他主张“应该更积极地用这个概念介入到中国内地文学的研究，也就是强调大陆文学也是华语语系文学的一种，而不是全部”。[②]可见，王德威的“华语语系”是在语言平台的基础上，以一种开放、包容的姿态来探讨文学，让世界性的“华语文学”得以“众声喧哗”。但语言的多样性与写作语言的标准化之间又存在着悖论，“如果脱离了经过现代改造的汉语语法与美学范式，那么进行讨论的基础就不存在了，因为海外的‘华语’写作也不可能是凭空自生的”[③]。由此来看，他的“华语语系”所追求的多元共生也不过是自得其乐，难圆其说。之后，王德威又提出他的“三民主义”[④]论与“后遗民”[⑤]理论，并将这种理论运用到“华语语系”中，强调“后遗民”并非“遗民”的延

① 李凤亮：《“华语语系文学”的概念及其操作——王德威教授访谈录》，载《花城》2008年第5期。

② 李凤亮：《“华语语系文学”的概念及其操作——王德威教授访谈录》，载《花城》2008年第5期。

③ 刘大先：《华语语系文学：理论生产及其诞妄》，载《世界华文文学论坛》2018年第1期。

④ 王德威根据史书美和石静远关于华语语系的论述，提出海外文学的“三民主义”论，即“移民”“夷民”“遗民”。移民背井离乡，另觅安身立命的天地；夷民受制于异国统治，失去文化政治自主的权力；遗民则逆天命，弃新朝，在非常的情况下坚持故国黍离之思。但三者互为定义的例子，所在多有。（见王德威：《华语语系的人文视野与新加坡经验：十个关键词》，载《华文文学》2014年第3期。）

⑤“后遗民”是王德威针对台湾当代文学政治所发明的词汇。所谓的“后”，不仅可暗示一个世代的完了，也可暗示一个世代的完而不了。而“遗”，可以指的是遗“失”，是“残”遗，也可以指的是遗“留”。如果遗民已经指向一种时空错置的征兆，“后”遗民是此一错置的解散，或甚至再错置。两者都成为对任何新兴的“想象的本邦”最激烈的嘲弄。（见王德威：《华语语系的人文视野与新加坡经验：十个关键词》，载《华文文学》2014年第3期。）

伸，而是具有“创造性转化的意涵”①。王德威通过自创的“后”理论，来对全球性的“华语语系”文学现象以及作家作品进行观照，是否为将来“华语语系文学”的发展指明道路，还有待学界的进一步探讨。

另外，在“华语语系研究”中，耶鲁大学的石静远也是一位重要的学者。石静远出生于台湾，从小移民美国，毕业于哈佛大学，之后担任耶鲁大学中国文学与比较文学教授、东亚研究委员会主席，是一位名副其实的华裔美国学者。石静远的研究领域较广，涉及文学、文化等多方面内容，她对海外华语群体的身份问题也有所关注，著有《中国离散境遇里的声音和书写》《失败、国家主义与文学：中国现代文化认同的建构（1895—1937）》，主编《全球华文文学》等。在“华语语系”方面，石静远认为“华语语系文学基本上定位为以华语来书写的文学，但并不以写作者的种族、肤色来定位”②。在她看来，语言固然是“华语语系文学”的症结所在，但语言同时也是多变的，因而不能纯粹以华语书写的文学当作“华语语系文学”的唯一条件，更不能以由华人创作的作品当作必需条件。她将华语视作一种文化媒介，提出“文学的综理会商”（literary governance）③来应对文学的复杂性，并把“Sinophone”的话题打开来。④石静远对于语言功能性、多元性以及语言体系协商综理的必要性的强调，在“华语语系研究”中是独特而有价值的，她的“文学的综理会商”更是得到王德威的大力肯定，被称为是“她的研究难能可贵之处”⑤。总体来看，“华语语系”作为一个新的研究方法或者领域，是具有其创新性和研究价值的。而其自身理论体系的不完备性及背后所蕴含的意识形态性和泛理论、泛政治化

①［美］王德威：《华语语系的人文视野与新加坡经验：十个关键词》，载《华文文学》2014年第3期。

② 张曦娜：《异军突起的华语语系研究——石静远教授专访》，载《联合早报》2014年11月29日。

③ 2015年1月16日《联合早报》报道了“陈六使中华语言文化教授基金”公开演讲系列：石静远谈“华语语系研究”及其对母语观念的重塑。在此演讲中，石静远指出“文学的综理会商”是指“语言的多种敌对意识和‘说母语的人’之间其实存在着一个若隐若现、或强迫或自愿的转圜关系，一个华语全球性的过程也就恰恰由此浮现”。

④ 张曦娜：《异军突起的华语语系研究——石静远教授专访》，载《联合早报》2014年11月29日。

⑤［美］王德威：《华语语系的人文视野与新加坡经验：十个关键词》，载《华文文学》2014年第3期。

的观念，不免使这一理论体系自身内部散乱杂糅、晦涩而难统一。但正是这些学者在学术视野、研究方向、方法及理论选择等方面，与大陆的文学研究大异其趣，才使得这一理论呈现出独特的学术魅力，并为建构一个多元互动和多维批评的文学环境提供了可能，进而促进比较文学研究的多元性和丰富性。

第三节　在美台湾学者对中国比较文学的贡献

新时期以来，随着中外文学互动的加强，中国比较文学也迎来了新的发展前景。纵观中国比较文学四十年的发展历程，离不开在美台湾学者的参与与启发。他们以其自身独特的视野、方法，为中国比较文学的发展做出了巨大的贡献：

1. 为比较文学研究提供了新视角

这些在美台湾学者由于学术背景和生活环境的“双重性”特点，其研究领域具有强烈的“中间性”和“跨文化性”，呈现出比较文学研究的重要特点。他们在比较诗学研究、中国现代史书写、“华语语系研究”中的开拓，对于中国比较文学的发展具有重要的引领作用。叶维廉与刘若愚的比较诗学研究，将中国古典文学与西方的理论相结合，扩大了比较文学研究的阐释空间，为比较文学研究提供了重要的方法论基础；以夏志清、李欧梵、王德威为代表的中国现代文学研究，不仅将中国现代文学推向西方学界，同时，他们在文化研究方面也为中国比较文学研究提供了新视角；以史书美、石静远为代表的新生代学者则多是移民，她们在西方文化的语境中成长，其批评方法与理论思维也具有强烈的“西方特色”，与老一辈的学者相比，对传统文学研究多持质疑、批判的态度，并在此基础上提出新的理论见解，在中外文学交流中传播着前瞻性的观点与看法，为中国比较文学发展注入新的活力。

2. 拓宽了比较文学研究领域

新时期以来，随着大陆与台湾之间的交流逐渐增多，这些在美台湾学者不仅在大陆出版自己的专著，还多次来大陆开设讲座，进行学术交流，催生了大陆一系列学术丛书的出版及研究论文的出现。就近十年（2008—2018）来看，单就中国知网主题检索显示可见，大陆对夏志清、李欧梵、王德威的研究成果较丰（参看表5-3-2），多集中在“文学史观”“现代文学史建构与书写”“文学批评方法”，以及夏志清对于沈从文、张爱玲的研究和王德威对“华语语系”及“现代文学中的抒情传统”的阐释等方面。这一方面源于三者对中国现代文学史书写的界定及贡献，奠定了现代文学在中国文学史中的地位。夏志清作为中国现代文学研究的前辈，为李欧梵与王德威的研究内容奠定了基础，是促进中国现代文学史叙事研究的重要外部力量。另一方面则与其研究领域的多面性相关。尤其是李欧梵在文化研究领域的开拓与王德威对“华语语系文学”的论述，不仅拓宽了比较文学的研究领域，也更加促进了港澳台与祖国大陆学者间的对话。近年来，王德威与大陆学界的互动较多，他多次来大陆高校开设讲座，出版著作，担任职务。同时，自1996年起，王德威便着力推动中书西译计划，收获良多。这种综合性的学术交流互动也在一定意义上影响了王德威在大陆的声誉和地位，使他成为中国比较文学领域关注的重要学者之一。他在大陆新出版的《史诗时代的抒情声音：二十世纪中期的中国知识分子与艺术家》（生活·读书·新知三联书店2019年版），内容涉及文学、绘画、书法、电影、戏剧等领域，对于大陆学界的文学研究无疑是一种新的启示。

表5-3-2　2008—2018年大陆学界对著名在美台湾学者及“华语语系”研究期刊论文数量一览表

检索词	2008	2009	2010	2011	2012	2013	2014	2015	2016	2017	2018
刘若愚	4	11	9	9	12	2	4	3	3	5	3
叶维廉	47	13	17	19	18	9	9	9	4	6	3

续表

检索词	2008	2009	2010	2011	2012	2013	2014	2015	2016	2017	2018
夏志清	20	25	33	31	27	36	53	56	54	44	31
李欧梵	16	13	14	14	16	14	8	24	6	10	8
王德威	22	15	23	31	31	40	32	26	37	49	48
史书美	1	1	1	0	0	0	3	1	2	5	2
华语语系	1	2	5	1	8	12	10	11	20	24	19

3. 架构了比较文学对外交流的学术之桥

从海外留学与访学趋势来看，台湾赴美国留学者居多，多集中在加利福尼亚州（California）、纽约州（New York）、德克萨斯州（Texas）三个地区。而大陆在中美关系缓和后，开始公派赴美留学生，相比较台湾而言，还未形成一定的留学规模。但是90年代以来，随着中国国际地位的提升和国力经济的发展，大陆赴美留学生、访问学者逐渐增多，这些年轻的留学生、访问学者与先前赴美的台湾学者之间的学术师承关系（比如高友工与孙康宜的师承关系），无形中为中国比较文学海外交流互动架起天然之桥，成为新时期以来中国比较文学海外学术交流的重要力量。

当然，从学术研究整体来看，在美台湾学者的学术研究也有其不足。首先，这些学者长期生活在美国或在美国高校任职，其接触的学术话语及氛围比较“西方”。因此，即使他们以研究中国文学为出发点，也不免会落入西方理论的窠臼，成为西方理论话语的一种表述。比如，刘若愚、叶维廉比较诗学的研究，在以西方理论为对照的基础上来研究中国古典文学，难逃西方标准之嫌；夏志清、李欧梵、王德威的现代文学研究，对于“现代性”的探讨也是以西方理论中的重要思想为准则的；而史书美、石静远更是在西方语境中长大的学者，无论是研究视角还是对受众的设定，都并非以中国大陆为主体，她们所倡导的“华语语系”带有浓厚的西方话语形态，是脱离中国自身文化而提出的文学研究领域。

其次，从大陆对在美台湾学者的关注程度及内容来看，大陆学界对叶维廉、刘若愚的关注主要集中在“叶维廉的道家美学及比较诗学”“刘若愚的跨文化诗学”方面。与夏志清和王德威相比，叶维廉和刘若愚的研究领域较为具体、集中，注重经典文本的阐释与历史之间的相互关照。而20世纪90年代以来，现代文学的研究早已脱离传统的经典文本研究，成为多元化、跨门类的操作，尤其是对全球化背景下日新月异的学术文化而言，叶维廉、刘若愚这些老一辈的学术研究领域显然具有一定的局限性。而对于史书美、石静远“华语语系”的研究，虽整体上呈上升趋势，但就具体个案研究而言，由于“华语语系”所蕴含的后殖民理论的去国族化的危险、理论局限及意识形态等内涵，史书美、石静远等人在大陆学界虽被关注，但却并未成为一种研究主流，大陆学界对他们的研究大都停留在概念梳理及理论批评层面，缺少一定的系统性和深刻性。在国际文化交流众声喧哗、多元多维的时代背景下，加强与海外汉学之间的交流，关注文学研究的前沿理论，促进中国比较文学的海外互动与对话，是必然的大趋势。而对在美台湾学者的学术研究的关注，不仅是中国比较文学发展的重要组成部分，更是中国比较文学研究的重要领域，其意义与价值不可小觑。

第　四　章

叶嘉莹及其门人的汉学贡献[①]

加拿大的汉学家，如果以种族来分，有非华裔和华裔两大类。前者多半为西方人士，汉语是他们的第二语言，一般在取得博士学位后，受聘于大学或者研究机构（不管具有终身职位与否），从事教书、写作、研究工作。他们来自西方文化传统，对于中国文化（文学）有别于中国本土学者的解读角度和方法。“他山之石，可以攻错”，他们往往能够打破惯性解读，提出不同的观点，这是海外汉学之所以值得借鉴的意义所在。

至于受过中华文化熏陶的华裔汉学家，则扮演了另一种角色。从1949年到1970年代末，汉学界主要由来自港台的华裔学者在海外播撒文化的种子。在汉学发展史上，他们既是中华文化在西方的权威传播者、阐释者、坚守者，又是培养汉学家（华裔和非华裔）的导师。中华文化（文学）的精粹之能够在海外汉学界承传发扬，他们功劳不少。例如美国夏志清的中国现代文学研究和古典小说研究、刘若愚的比较诗学研究，以及加拿大叶嘉莹的诗词研究，都影响甚广。1979年大陆改革开放后，学界逐渐接触西方汉学。90年代后期，来自中国的研究生陆续在北美获得博士学位，并受

① 笔者采用《中外文学交流史：中国-加拿大卷》（与马佳合编，山东教育出版社2015年版）第二章第四节“从古典到现当代文学（一）：加西的汉学家”中的部分内容（第71—78页、第86—87页），并在此基础上更新和扩张，文字上也作了适度的调整。感谢山东教育出版社的允许，特此说明。另：本文提到的一些英语论文或书籍，不少沿用韦氏（Wade-Giles）拼音法，为了忠于原著，将予以保留，而不改为现时流行的拼音。

聘于大学，成为新一代的华裔汉学家。他们的师承，直接或间接地，乃是这些港台华裔汉学家。

20世纪70年代末之前，北美的汉学几乎是中国古典文学的天下。早期的西方汉学家，大多以研究中国古典文学为职志。例如理雅各（James Legge）倾力注释儒家典籍，为西方的中国经典研究，建立严谨的文本细读和注释传统。这种研究方法统领了西方的中国古典文学研究，直到20世纪七八十年代。随着西方各种理论的流行，特别是语言学理论、女性主义理论、文化研究理论的广泛应用，古典文学研究亦从侧重文本阐释转到用新理论来分析。从研究领域来说，20世纪90年代之前，古典诗和古典小说的研究较多，现代文学的研究较少。“文革”之后，中国文坛开始解冻，流放归来的作家重新执笔，新崛起的作家引人注目，雨后春笋般出现的文学杂志和文学作品，吸引了一些中国古典文学的研究者。到了80年代，研究现当代文学的学者逐渐出现，中国电影和文化研究也陆续进入视野。汉学家的研究活动不再是铁板一块，虽然大多数学者专注一个研究领域，也有个别学者跨越古典和现当代。又因为讲授汉语是东亚系/亚洲系的分内之事，因此，汉学家除了做研究之外，也参与汉语教学，其中有些也写汉语教学课本。个别汉学家，因为研究的需要或为了兴趣，把中国文学作品翻译成为英文，这种劳动似乎更能直接地把文本带向西方读者，其贡献与学术研究异曲同工，尤其是那些古籍的翻译与注释，难度不亚于学术专著，值得重视。

华裔汉学家，因为长时间生活在西方而受到不同程度的影响，在价值观或学术研究上，他们或兼收并蓄、取长补短，或从思想碰撞中激发火花、推陈出新。如果又能通过教学，把一己的学术见解传授学生，再由学生发扬光大，其影响是无可估量的。叶嘉莹就是在加拿大这个汉学氛围中，通过教学与研究从无到有，不单成就了自己，也成就了自己的学生们的汉学家。在加拿大汉学发展史上，她与她的学生们在研究与教学上，无形中构成了一个无可取代的学术传承谱系，并持续发扬光大。

第一节　叶嘉莹诗词研究的学术成就及贡献

一、从离散到回国

叶嘉莹无疑是中国古典文学的权威解释者，是海外华裔学者的代表性人物。她是加拿大皇家学会院士，也是中加文学交流的桥梁。教学七十载，有教无类，是她的信念。听过她讲课的学生年龄从几岁到老年，有着不同的社会背景，生活在不同的地域，如今分布全世界。跟她修读硕士、博士学位的不列颠哥伦比亚大学的研究生，如今在加拿大各大学任职，以不同的方式继承和发扬她的学术体系。

叶嘉莹1924年生于中国北京，辅仁大学毕业，1949年随夫婿赵钟荪到台湾，曾任教台湾大学15年。1966年她到密歇根大学当客座教授，1967年依约回台湾大学任教，再到哈佛大学当客座。1969年她受聘于温哥华的不列颠哥伦比亚大学亚洲系，直至1989年退休。这二十年间，她除了负责大学高年级的诗词和研究生课程之外，在70年代还用英语讲授中国文学史课程。笔者有幸受教于她门下，作为她的研究生以及中国文学史课程的助教，课内课外，或周末师生聚会，或一同参加学术会议，或观看中国幻灯与电影，或为处在困境中的中国学者与留学生出力相助，交流甚多，即使笔者毕业后，仍保持密切联系，数十年来从未间断。

1974年，叶嘉莹首次回到阔别二十多年的中国，写了《祖国行长歌》，刊登在流行国际华人知识界的香港月刊《七十年代》（后改名《九十年代》）上。刚经历了钓鱼岛运动①冲击的海外华人知识分子，正在寻找精神路向，任何来自祖国的亲历文字，都能够激起内心一番波动。那

① 指的是1970年8月，在美日安保条约框架下，美国不顾中国反对，单方面声称要将中国领土钓鱼岛“归还”日本的无理做法，这一无理行为引起了全体中国人民的极大义愤，形成了一场以海外特别是北美中国留学生为主（当时大陆尚未向外派留学生）的声势浩大的保卫钓鱼岛运动。

个年代，西方汉学界与海外华人，对于中国大陆的情况有不同程度的认知与好奇，但是，能够踏足华夏大地的毕竟是少数，因此，叶嘉莹的中国之旅和文情并茂的长诗，立即引起了学界很大的回响。

叶嘉莹经历了非一般的沧桑。刚到台湾时，丈夫赵钟荪因为白色恐怖而入狱，连累她也被捕，并带同女儿也一起短暂坐牢。出狱后，她寄居亲友家，白天工作，晚上经常因为怕女儿吵闹，带她上街，至晚才敢回住处。70年代中，她承受了更大的不幸——女儿言言与女婿车祸离世。

过了一段时间，叶嘉莹重新振作，积极起来面对人生，重新投入教学与研究，令大家肃然起敬。四人帮倒台之后，她感到中国“文革”后百废待兴，传统文化零落，抱着振兴诗词传统信念的她，更觉义不容辞。1978年，她正式申请回国教书，经过一番等待后，1979年初应邀回国讲学。她以南开大学为基地，每年在不列颠哥伦比亚大学的课程结束后，便自费回国到各个大学讲授诗词。她的讲课风格与众不同：她从不用讲稿，却能旁征博引，以联想式直入诗词内核；她强调诗词的感发力量，剔除狭窄的意识形态干扰。在那个历史时刻，她对古典诗词的阐述方式，对于中国学界师生无疑是一种精神洗礼，是一次文学回归的警醒。现在回看，她的演讲之旅，因为遍及多所院校，听众广泛，影响之深远无可估量。2015—2016年度，叶嘉莹获得“影响世界华人大奖”乃实至名归。

叶嘉莹1989年从不列颠哥伦比亚大学退休，1990年初，她把退休金的一半10万美元捐赠出来，加上慈善家蔡章阁先生的慷慨赞助，在南开大学成立中华古典文化研究所。笔者1987年发起成立的加拿大华裔作家协会，曾数次邀请叶嘉莹为该会作系列讲座，从李商隐的诗到清代的词，消息经华文报纸登载，华人社区为之雀跃，座无虚设。更令人感动的是，除却基本费用后，讲座的收入，一半支持加拿大华裔作家协会的活动，另一半作为南开大学的研究生奖学金之用，她本人分文不取。她九十岁生辰那年，不列颠哥伦比亚大学的亚洲图书馆发起，亚洲系支持，为她在亚洲中心举办了一个盛大的庆祝会，由汉学家王健（Jan Walls）教授与笔者共同主持，出席者二百多人。

2017年10月下旬，迦陵学舍在她任教的南开大学正式启用。2018年，叶嘉莹94岁时，她把财产1857万元，捐赠给南开大学，用于设立“迦陵基金”，支持中华优秀传统文化研究，令人为之动容。2019年5月12日，她再把生平所有，连同版权费、录音带收入等1711万元，全部捐给南开大学，作为教育发展之用。这个慷慨无私的壮举，再次引起广大民众的关注与敬重。

叶嘉莹除了中国古典文学的传统学养丰富之外，还善于应用西方的理论来解说中国诗词。她不但拨开了古典诗词理论中一些模糊不清以及困惑难解的学术问题，还打通了中国古典文论与现当代西方文论，连接了东西方诗学。叶嘉莹在中国台湾、香港和大陆都有著作出版，包括单行本、录音、录像带等，近八十多种。其中，河北教育出版社1997年出版的《迦陵文集》（10种），以及台湾桂冠图书公司在2000年出版其著作4辑18种24册，规模宏大为学术界少见。之后，中国大陆的出版社陆续以不同的组合方式，推出她的著作。

叶嘉莹与西方汉学界合作最长久也最频密的，是被人称为“高塔先生”的哈佛大学教授海涛玮（James Robert Hightower）。也正是他慧眼识人，60年代后期把在台湾大学教书的叶嘉莹请到哈佛大学做访问学者，由是开始了她到西方学府讲学之路。他们之间的友谊深厚，在叶嘉莹任教不列颠哥伦比亚大学期间，她不时获邀到哈佛大学开讲座或者与海涛玮教授谈书论艺。据笔者所知，在70年代到80年代，海涛玮不止一次暑假期间来温哥华小住，以便与叶教授研习诗词，或者合作翻译。他喜欢到郊外散步，曾约叶教授师生一同远足郊游。1998年，叶嘉莹与海涛玮合作的《中国诗研究》（*Studies in Chinese Poetry*）出版，该书收集了叶嘉莹的十三篇论文和海涛玮的三篇论文，乃是汉学界研究中国古典诗词的权威著作。可惜，这样理想的学术合作，因海涛玮教授 2006年在德国逝世而终止。

以叶嘉莹的学问与影响，其学术研究本来可以在西方的学界获得更大的认可与传播。可惜，叶嘉莹的著作翻译成为英文的不多，在国际上的影响也多是通过弟子在学界进行传播，在西方读者当中仍然传播不足，故此，充分翻译她的著作是刻不容缓的工程。

二、重新阐述中华古典传统

叶嘉莹早在50年代在台湾教书时，就开始注意到借用外来的文学理论赏析古典诗词的研究方法。自60年代末开始，她逐渐熟悉西方的文学理论，并能灵活地应用到中国古典诗词的诠释上来。她以中国古典诗词和理论为主，以外来的理论为辅，而不是本末倒置，为应用而应用。她借用西方文论的逻辑性，来明晰中国古典文论的模糊性；她借用西方的哲学（例如现象学和诠释学），来印证中国古典文论中的某些概念（例如“诗无达诂”）。

从中加文学交流史的角度来看，叶嘉莹的贡献是巨大的。篇幅所限，我只从词学研究方面来说明她灵活开放的治学经验和获得的成果。首先，在词的诠释方面，她在随笔中谈道：帕尔默（Richard Palmer）在《诠释学》（*Hermeneutics*）中提出，对于作品原义的追寻，无论怎样努力都是很难进入过去原有的文化时空的，因此，诠释者的一切解说分析，势必回到他的本身，形成了伽达默尔（Hans-Georg Gadamer）在《哲学的诠释学》（*Philosophical Hermeneutics*）中所说的“诠释的循环”；赫芝（E.D.Hirsch）在《诠释的正确性》（*Validity of Interpretation*）中说作者真正的原义，只不过是诠释者产生的“衍义”，他在《诠释的目的》（*The Aims of Interpretation*）进一步说作品只不过提供意义的引线，诠释者才是意义的创造者；伊塞尔（Wolfgang Iser）的读者反应论（reader response）和尧斯（Hans Robert Jauss）的接受美学（aesthetic of reception）侧重读者才是诠释者。综合这些理论，叶嘉莹认为他们的提法跟中国的“诗无达诂”和常州词派“作者之用心未必然，而读者之用心何必不然”有暗合之处。[①]

叶嘉莹从索绪尔（Ferdinand de Saussure）的符号学中也获得启发：符号具（signifier）与符号义（signified）之间的关系，不是单一的对应关系，索绪尔把语言分为语序轴（syntagmatic axis）和联想轴（associative

①［加］叶嘉莹：《三种境界与接受美学》，见叶嘉莹《词学新诠》，桂冠图书股份有限公司2000年版，第79—85页。

axis），因此，除了单一意象在语序中的意义外，还有由联想轴中所可能有关的一系列的语谱（paradigm），由此造成开放性的意义诠释，为读者的反应提供不同的诠释基础。[①]她认为这种方法，跟传统的诗歌诠释方法很相似。

在创作方面，她从现象学学说，找到中西创作论述的契合之点。现象学研究的，不是单纯的主体，也不是单纯的客体，而是在主体向客体投射的意向性活动中，主体与客体之间的相互关系及其所构成的世界。借用这个解释，她认为中国诗论中也一向认为人心之动常带有一种意向性，与《毛诗》大序中“诗言志，情动于中而形于言”同样道理。

叶嘉莹从诗六义中“兴”的解说引申，构建了“兴发感动”这个概念，认为这是说词的重要方式。她认为“感发作用之本质”是打通王国维“境界”和“在神不在貌”的总枢纽。她认为西方存在主义及现象学发展出来的“经验的形态”（指作者某种基本心态在作品中的流露），显示出作者的本质，遂含有一种感发力量，亦就是她说的一种感发的本质。[②]

至于作品和作者的关系方面，叶嘉莹对于艾略特（T. S. Eliot）和卫姆塞特（W. K. Wimsatt Jr.）等提倡评价文学作品不必考虑作者生平之说，以及作者原意谬论（intentional fallacy）坚持要用文本中的形象、结构、和肌理等来作依据的细读说法，并不全盘接受。她认为中国传统的以知人论世来为艺术价值立论，无疑是“重点误置”，但是“西方现代派诗论之竟欲将作者完全抹杀，而单独只对其作品进行讨论的批判方式，实亦不免有偏狭武断之弊”。她特别指出，作者是“作品赖以完成的主要来源和动力”，诗作的意象、结构、肌理，乃完全出自作者的想象与安排，因此不能抹杀。[③]

叶嘉莹借用西方女性主义的观点，对词的意义与价值进行理论体系

---

①［加］叶嘉莹：《从符号与信息之关系谈诗歌的衍义之诠释的依据》，见叶嘉莹《词学新诠》，桂冠图书股份有限公司2000年版，第 37—42页。

②［加］叶嘉莹：《文本之依据与感发之本质》，见叶嘉莹《词学新诠》，桂冠图书股份有限公司2000年版，第 87—92页。

③［加］叶嘉莹：《“兴于微言”与“知人论世”》，见叶嘉莹《词学新诠》，桂冠图书股份有限公司2000年版，第53页。

建设。她没有把《花间集》的女性形象生硬套入西方女性主义，她不受制于权力地位的角度来谈男性与女性的语言之别，而是借用西方女性文论中的观点来谈花间词之语言形成的某些美学特质。自《诗经》到唐代，写女性和爱情甚多，可是，只有词的一些作品才富有言外之想的要眇宜修的特质。为什么呢？她认为词中的女性形象，介乎写实与非写实之间，因而具有象喻的潜能。在语言方面，词的参差错落，被称为"女性化的语言"。但是，何谓"女性化的语言"呢？西方女性主义者认为女性语言比较支离破碎，比较非理性和混乱。叶嘉莹指出：《花间集》中的语言，打破了诗的载道言志和诗的较为整齐的男性语言，故而显得支离破碎，曲折幽隐，引人产生言外之想。但是《花间集》的18个作者都是男性，这就产生了另外一种品质。她从近年西方女性主义文论中获得启发，例如卡洛林·郝贝兰（Carolyn G. Heilbrun）提出"雌雄同体"的理论观念，认为双性人格该是一种完美的理想。叶嘉莹认为这个观念可用来说明《花间集》的特质，即《花间集》是男性作者无意中在歌席流露出来的女性化的情思。另一学者劳伦斯·利普金（Lawrence Lipking）在他出版的《弃妇与诗歌传统》（*Abandoned Women and Poetic Tradition*，1988年）中，认为弃妇常见于文学作品，弃男则是难以接受的事情，但是男人也有被弃和失志之感，于是借用女子口吻来叙写，因此，男性诗人对弃男的形象的需要更甚于女性诗人。叶嘉莹遂认为，花间词人借用非写实的女子口吻来叙写，更含有象喻的潜能。叶嘉莹灵活运用这些西方理论到词学研究之中，不盲从任何一种理论，因为她认为"理论"乃是一种捕鱼的"筌"，而她的目的是在得"鱼"而不在制"筌"。①

① [加] 叶嘉莹：《叶嘉莹作品集·总序》，见叶嘉莹《多面折射的光影——叶嘉莹自选集》，南开大学出版社2004年版，第328页。

第二节　弘扬汉学于加拿大的嘉陵弟子

不列颠哥伦比亚大学亚洲系成为加拿大中国古典文学研究的重镇，跟叶嘉莹有莫大的关系。她的研究生不多，基本上以古典文学为主，也有个别兼及现当代的。他们来自美国、加拿大、马来西亚、中国香港、中国台湾等地。毕业后，他们大多在加拿大获得教职：白润德（Daniel Bryant）在维多利亚大学（University of Victoria），施吉瑞（Jerry D. Schmidt）和陈山木（Robert Chen）在不列颠哥伦比亚大学（University of British Columbia），余绮华（Teresa Yee-wha Yu）在西门菲沙大学（Simon Fraser University），梁丽芳（Laifong Leung）在阿尔伯达大学（University of Alberta），罗泰瑞（Terry Russell）在缅省大学（University of Manitoba），方秀洁（Grace S. Fong）在麦吉尔大学（McGill University）。除了方秀洁在东部魁北克省的蒙特利尔外，其他都是任教或者曾经任教于加拿大西部的大学。

白润德是叶嘉莹早期的学生，美国人，他入读加州大学柏克莱分校，主修音乐，因为不赞成越战，先到麦吉尔大学，然后到不列颠哥伦比亚大学亚洲系就读，完成学士与博士学位。他有很强的自学能力。他个性乐观，讲课生动活泼，深受学生喜爱。他1982年出版了《李煜和冯延巳的词》[①]，翻译了冯延巳54首、李璟2首、李煜39首词。他用蒲立本（Edwin George Pulleyblank）的音韵系统重构发音，以显示当时的读音，很有创意，可惜没有植入词的原文，乃美中不足。他的博士论文题目为《盛唐诗人孟浩然：生平和文本历史的研究》（*High T'ang Poet Meng Hao-jan: Studies in Biography and Textual History*，1977年），是汉学界孟浩然研究的厚实之作。他用多年时间倾力完成长篇巨制《伟大的再创造：何景明

---

① *Lyric Poets of the Southern T'ang: Feng Yen-ssu (903–960) and Li Yu (937–978)*. Vancouver: University of British Columbia Press, 1982.

（1483—1521）及其世界》[①]，由荷兰布里尔出版社（Brill Press）出版，是目前最为完整的何景明研究。他搜罗了关于何景明的生平和创作资料，并亲身到何景明故乡和浪迹之地，根据所得资料，重构何景明的生平。他翻译了何景明一百多首诗，并加上原文和解释，尽显严谨的治学态度。全书分为12章，加上后记、4个附录、引用书目和索引，共694页，洋洋大观。

白润德1977年开始任职维多利亚大学，2008年退休。他的学术兴趣广泛，还翻译了当代女作家张抗抗的长篇小说《隐形伴侣》（1996年）[②]和礼平的中篇小说《晚霞消失的时候》中“秋”的部分[③]。白润德于2014年秋天，因病逝世，加拿大汉学界顿时失去了一位风趣幽默，一生专注研究中国文学的学者，甚为可惜。

施吉瑞来自美国，是叶嘉莹在不列颠哥伦比亚大学的第一个硕士和博士生。他的硕士论文是《韩愈及其古诗》（*Han Yu and His Kushi Poetry*，1969年），博士论文是《杨万里的诗》（*The Poetry of Yang Wan-li*，1975年），1976年成书出版[④]。当时汉学界的中国古典文学研究侧重于唐诗和唐代以前的诗人，因此，施吉瑞的宋诗研究，具有特别意义。施吉瑞没有完全依循西方新批评那种只注重细读文本而不涉及作者生平的研究方法，而是在细读之同时，结合中国诗学中知人论世的观点，把二者做有机的结合。这个中西结合的方法论既理性又切题，因为杨万里的诗跟大多中国传统诗人类似，都是和仕途紧密相连的。

施吉瑞先到安大略省温莎大学（University of Windsor）东亚系任教，该系关闭后，1978年受聘回母校任教至今。施吉瑞是个勤奋的学者，个性随和而为学严谨，对于中国诗歌情有独钟，不断有著作面世，是加拿大中国古典文学研究的汉学家中著作最丰富的一个。他1992年出版的《石湖：范成大（1126—1193）的诗》[⑤]，依然运用中西合璧的方法，将文本细读和

---

① *Great Recreation*：*Ho Ching-ming（1483-1521）and His World*. Leiden，Boston：Brill，2008.

② *Invisible Companion*. Beijing：New World Press，1996.

③ *Contemporary Chinese Literature*：*An Anthology of Post-Mao Fiction and Poetry*. Armonk，N.Y.：M. E. Sharpe，1985. pp. 59-79.

④ *Yang Wan-li*. Boston：G. K. Hall & Co.，1976.

⑤ *Stone Lake*：*the Poetry of Fan Chengda（1126-1193）*. Cambridge，New York：Cambridge University Press，1992.

生平资料相结合。1994年出版的《人境庐：黄遵宪（1848—1905）诗作之研究》[①]，有三个部分共22章，包括诗人生平及对其诗作的评论和翻译。他曾获得黄遵宪居住在温哥华的曾孙提供的资料，于书中详细说明了黄遵宪诗界革命的主张和实践，并对其域外题材诗作分章评析。在该书第三部分，他翻译了诗人从1864年到1905年的重要诗作，并加上注解。施吉瑞在2003年出版的《随园：袁枚（1716—1799）的生平、文学评论与诗》[②]，填补了汉学界清诗研究的荒芜状况。这部757页的巨著，分为五个部分：生平、文学理论与实践、形式与主题、随园游与诗作翻译。每一章都有详细注解，并有大量诗作翻译，且每一首诗都附有注释，如果附上中文原诗则更为完美。他2013年出版的《诗人郑珍（1806—1864）与中国现代性的崛起》（有中文版，王立译，河南大学出版社2017年版）[③]，对宋代郑珍的诗作有深入的研究，除了发掘其诗中透露的现代性因子，还分析其对于晚清文学的影响。施吉瑞目前正在研究吴伟业和查慎行的著作。

陈山木毕业于台湾东吴大学，不列颠哥伦比亚大学比较文学硕士，论文题目为《中西循环神话比较研究》（*A Comparative Study of Chinese and Western Cyclic Myths*，1977年），后出版成书[④]。他观察到西方一直存在循环神话作为潜审美模式，他从中国古神话析出循环神话，并由此说明循环神话也是中国思想和文学中存在的一个原型。

陈山木硕士毕业后回台湾工作，任台湾学者出版社《西方现代小说英文注释文库》总编辑，又从事电影制作和电视台编审和联播工作。80年代他重回不列颠哥伦比亚大学修读博士学位，论文题为《鲍照及其诗歌之研究》（*A Study of Bao Zhao and His Poetry*，1989年）。他在重构鲍照的生平过程中，梳理刘宋官职的名称和职位，并从中否定了一千多年来以讹传讹的鲍照"人微言轻"的说法。他翻译了鲍照的全部诗作132首。陈山木

---

① *Within the Human Realm*：*the Poetry of Huang Zunxian（1848–1905）*. Cambridge（England）：Cambridge University Press，1994.

② *Harmony Garden*：*the Life*，*Literary Criticism*，*and Poetry of Yuan Mei（1716–1799）*. London：Routledge Curzon，2003.

③ *The Poet Zheng Zhen（1806–1864）and the Rise of Chinese Modernity*. Leiden，Boston：Brill，2013.

④ *A Comparative Study of Chinese and Western Cyclic Myth*. New York，Paris，Berlin and Bern：Peter Lang Publishing，1992.

从1993年到2003年，担任不列颠哥伦比亚大学中国语文部负责人，在他的有效管理之下，十年之间修读中文的学生从800多人增至3000多人，使不列颠哥伦比亚大学成为北美修读中文人数最多的大学。他曾经参与中加合作计划《当代中文》（2000—2003），担任《新实用汉语课本》（2000—2005）加方审校与英文编译团队总召。2000年起，他多次参与了以孔子学院作为中国的海外文教中心的建置计划，接受中国国家汉办主任许琳的邀请，参与修订和翻译《孔子学院章程》《孔子学院协议标准文本》《孔子学院中方资金管理办法章程》，并负责《孔子学院大会特刊》的中英双语翻译。陈山木是加拿大中文教学学会（The Canadian TCSL Association）的发起人，担任多届会长，也是加拿大中文教学学报（The Canadian TCSL Journal）的创设人和执行编辑。

余绮华，香港大学毕业，移民到加拿大温哥华后，进入不列颠哥伦比亚大学亚洲系。她的硕士论文是《欧阳修的词》（*The Lyrics of Ouyang Xiu*，1979年），博士论文是《李商隐诗的典故》（*Li Shangyin：the Poetry of Allusion*，1990年）。她曾担任卑诗省西门菲沙大学助理教授，发表多篇论文，后因健康问题而提早退职，甚为可惜。

梁丽芳原籍广东台山。加拿大卡加利大学文学士，因倾慕叶嘉莹的诗词造诣，到不列颠哥伦比亚大学研究院就读，1976年完成硕士论文《柳永及其词之研究》（*Liu Yong and His Lyrics*），并自译成中文，1985年由香港三联书店出版。该书分为两个部分，第一部分为生平重构，第二部分共五章，分别就词牌、题材、意象、节奏与结构，以实证和细读之方法分析柳词的特点，并特地阐述领字的功能。中国大陆学界的柳永研究，深受她所建立的方法论框架的影响。她于2001年参加在福建武夷山举行的第一届柳词研究国际研讨会，发表《柳永词的结尾》。1979年春，受叶嘉莹推荐，义务为人民文学编《台湾小说选》《台湾散文选》和《台湾新诗选》，首次向大陆读者介绍台湾文学。1984年到1986年，参与撰写卑诗省第一个中学汉语教学纲领。在阿尔伯达大学任教期间，参与该省中英双语教学课程大纲（小学四年级到十二年级）的编写和审校。1998年出版《早春二月：电影导读课本》[①]，并在网上出版普通话教学软件《简明互动中文》（*Concise Interactive Chinese*）。

1985年，梁丽芳开始任教阿尔伯达大学，率先开设新时期文学课程。2017年，英国老牌出版社劳特里奇（Routledge）出版了她的《中国当代小说家：生平、作品与评价》[②]，该书评介了80位作家，是目前较为详细的英文著作。她也研究海外华人文学，2002年在伯克利大学国际华人研讨会发表《扩大视野：从海外华文文学到海外华人文学》[③]一文，提出"华人文学"的概念。2015年，参与山东教育出版社17卷本的"中外文学交流史"的国家项目，主编（与马佳）并参与撰写《中外文学交流史：中国—加拿大卷》，首次建构加拿大汉学中的中国文学研究、教学与交流，以及加拿大华文文学发展史。2018年，在不列颠哥伦比亚大学开设北美第一个英语授课的香港文学课程。

任职于魁北克省麦吉尔大学东亚系、研究中国古典文学的学者方秀洁，是叶嘉莹的学生，她生于广东，幼年移民来加拿大，70年代后期，曾获得中加交流学生计划的名额，到中国学习中文。回加拿大后，1980年进入不列颠哥伦比亚大学攻读博士，其博士论文为《吴文英与南宋词的艺术》（*Wu Wenying and the Art of Southern Song Ci Poetry*）后成书出版[④]。方秀洁曾任麦吉尔大学东亚系系主任。她的研究领域，从吴文英的词扩张到发掘明清被隐蔽遗忘的女诗人，并侧重性别的探讨。她曾以民国女诗人吕碧城生平为题发表长文《重塑时空与主体：吕碧城的〈游庐琐记〉》[⑤]和《另类现代性或现代中国的古典女性：吕碧城（1883—1943）的挑战生涯及其词》，该文收入她与人合编的《超越传统和现代：晚清时期的性别、

---

① *Early Spring in February*：*A Study Guide to the Film*. Boston：Cheng & Tsui Co.，1998；W&Y Cultural Products，Vancouver，2007.

② *Contemporary Chinese Fiction Writers*：*Biography*，*Bibliography and Critical Assessment*. Routledge，2017.

③［加］梁丽芳：《扩大视野：从海外华文文学到海外华人文学》，载《华文文学》2003年第5期。

④ *Wu Wenying and the Art of Southern Song Ci Poetry*. Princeton University Press，1987.

⑤［加］方秀洁：《重塑时空与主体：吕碧城的〈游庐琐记〉》，见张宏生、钱南秀主编《中国文学：传统与现代的对话》，上海古籍出版社2007年版，第393—413页。

文类与世界主义》[①]一书中。2005年开始，她主持麦吉尔大学与哈佛燕京图书馆合作出版的明清女性作品电子资料库，对中国古典女性文学、历史与文化的研究，有莫大的贡献。2008年，她出版了单行本《她是作者：中国晚清时期的性别、写作与代理》[②]。2008年与2010年，她与人合编了《话语的不同世界：晚清与民国早期性别与文类的转型》[③]与《闺阁内外：明清两代女性作家》[④]，2018年，她再与人合编论文集《塑造人生：明清时期（1368—1911）传记面面观》[⑤]，可见她在女性文学方面的学术成就。

20世纪初，加拿大传教士的因缘际会，为后来的汉学研究打下了重要基础。20世纪50年代以来，加拿大的汉学获得了稳定发展，专业汉学家取代了传教士汉学家，以他们的正规学术训练和语言能力，成为传授中国文化的主力。老一辈的汉学家皓首穷经，终身奉献给汉学，令人肃然起敬。他们栽培的汉学人才，在各大学担起交流和传承文化的事业。1970年后，中加交流日趋频密，经过了几代汉学家的努力，无论在古典、现当代和华人文学研究方面，加拿大汉学都取得相当的成就。古典文学的研究从一开始就占了优势，到了80年代初，现当代文学的研究才开始发展，到了21世纪初年，无论在数量和质量上，都有了长足发展。

回首历史，在加拿大汉学中的古典诗词的教育与研究中，叶嘉莹扮演了一个非常重要的角色。她1969年移民加拿大，获聘于不列颠哥伦比亚大学亚洲系，第二年，加拿大与中华人民共和国建立邦交，中加文化交流正式启动，这为她的祖国之行的愿望提供了有利的条件；四人帮的倒台，

---

① *Alternative Modernities, or a Classical Woman of Modern China: the Challenging Trajectory of Lü Bicheng's (1883–1943) Life and Song Lyrics*. in *Beyond Tradition and Modernity: Gender, Genre, and Cosmopolitanism in Late Qing China*. Leiden, Boston: Brill, 2004. pp. 12—59.

② *Herself an Author: Gender, Agency, and Writing in Late Imperial China*. Honolulu: University of Hawaii Press, 2008.

③ *Different worlds of Discourse: The Transformation of Gender and Genre in Late Qing and Early Republican China*. Leiden, Boston: Brill, 2008.

④ *The Inner Quarters and Beyond: Women Writers from Ming through Qing*. Leiden, Boston: Brill, 2010.

⑤ *Representing Lives in China: Forms of Biography in the Ming-Qing Period (1368–1911)*. Cornell East Asia Paper, 2018.

中国的改革开放，刚好为她申请回国讲授古典诗词，实践复兴中华古典文学的宏愿，开辟了一条广阔的道路。从1979到1989，她连续十年奔波于加拿大与中国大陆之间，传道授业解惑，乐此不疲。她于1989年退休后，以南开大学为基地，转而夏季飞回温哥华，坚持每天到亚洲图书馆做研究，同时，应邀为爱好古典诗词的大众作系列讲座，所得的收入，除却必需费用后，都用于南开大学的研究生奖学金，令人肃然起敬。她连续两次把一生所有捐出，作育英才，推广中国古典诗词，这种绝对的无私，绝对的贡献，令世人为之感动。叶嘉莹从70年代开始指导研究生，到1989年退休，虽然研究生不是很多，但是，他们毕业后都能够获得教职。如今，他们分布在加拿大不同大学的亚洲系、东亚系或东亚研究中心，通过教学、研究、著述等方式，继续发扬叶嘉莹的学术精神。叶嘉莹与她的研究生弟子们形成的传承谱系，将在历史上留下一个独特时代的烙印。

第五章

哈佛大学与中国比较文学

哈佛大学是历史悠久的世界知名高等学府，也是美国人文学科的重镇，自近代以来就在人才培养、学术研究、中外文学交流等多方面与中国过往频繁，因此此处专辟一章，书写其与中国比较文学的关系。

比较文学在19世纪70年代的美国零星出现，渐次发展出含义更为广泛、视野更加雄阔的美国学派，而这一学科在经历了欧洲的危机之后走入新的阶段。虽然美国比较文学最早可以追溯到康奈尔大学的沙克福德，但哈佛也是美国比较文学的先驱院校之一。1890—1891年间，哈佛大学的阿瑟·马什（Arthur R. Marsh，又译马旭）已在学校中开设了比较文学讲座和四门中世纪文学课程。1894年起，哈佛大学开设了比较文学课程，1906年哈佛文理学院创办比较文学系，1946年经过改组，哈佛比较文学系就具有了现在的规模。这门新兴的学科直至19世纪90年代"在理论上尚未充分发展，并且在实践上也存在着很大局限性"[①]。

哈佛大学在人文学科中强大的国际影响力，让它自从19世纪末以来就对中国的文学交流与研究产生了重要影响。这主要分为两个阶段：一个是近现代，即19世纪末到新中国成立前；另一个主要是新时期恢复教育与文化交流之后，主要通过新时期中国留学生攻读人文学科学位、国内中青年

---

① Ulrich Weisstein，William Riggan. *Comparative Literature and Literary Theory*：*Survey and Introduction*. Indiana University Press，1973. p.209.

教师去哈佛访学、哈佛与中国学者短期互访讲学等三种形式。此外，哈佛燕京学社也在机制合作、人才储备和学术成果出版等方面，为中国比较文学发展做出了贡献。

第一节　哈佛与中国现代比较文学“前传”

一、新批评的前期准备

哈佛虽然在比较文学开设时间上没有抢得美国的头筹，但众所周知，美国学派的兴起除去有对法国文化民族主义的反抗之外，还有新批评兴起的影响。这一学说“四五十年代已成为美国大学里文学教学的主导力量，对美国的现代文学批评产生了巨大的影响，这当然也影响到了比较文学界。事实上，许多比较文学家本人就是新批评派的倡导者、追随者”[①]。例如兰瑟姆、韦勒克、沃伦、韦斯坦因等理论家都出身新批评，又在比较文学上影响深远。作为一种带有唯美主义倾向和形式主义特征的批评方法，新批评虽然可以追溯到康德和柯勒律治，但是论及理论完善和与批评实践的完美应用，则非艾略特（T. S. Eliot）和瑞恰兹（I. A. Richards）莫属。

T. S. 艾略特于1905年入读哈佛，之后他陆续取得的学位包括哈佛比较文学学士和英国文学硕士。他发表于1917年的新批评的开山之作——《传统与个人才能》，早在1934年就被卞之琳翻译出来并发表于《学文》杂志。而新批评的倡导者瑞恰兹在1944—1963年任教于哈佛，学生众多，对美国新批评产生了重要影响。在去美之前，出身于剑桥的瑞恰兹就曾多次来中国。20世纪二三十年代访华的西方学者很多，但多数如罗素、杜威做短期演讲访问，像瑞恰兹和燕卜荪（William Empson）师徒二人这样长期任教于战乱中的中国的，几乎是独一无二的。

瑞恰兹首次来华任教是1930年，之后他先后六次来到中国，累计在

① 杨绮、印敏丽：《比较文学和美国学派》，载《中国比较文学》1985年第1期。

大陆居住近六年之久，甚至于1979年倒在青岛短期讲学台上，终至回英后也没有醒来。某种意义上说，中国对新批评的介绍和接受的时间似乎还早于美国。1929年，瑞恰兹的《科学与诗》刚在英国出版，中国华严书店就很快出版了“伊人”的翻译，足见当年中国与国际学术保持同步的节奏之快；之后的1930年，清华学生曹葆华重译了此书。1937年商务印书馆出版了曹葆华的翻译文集《现代诗论》，其中包括的艾略特与瑞恰兹的五篇长文均与新批评有关。瑞恰兹与燕卜荪师徒二人在清华、燕京、西南联大等校多年的学生后来也成为中国最早一批实践新批评、诗歌批评与比较诗学研究的先驱。据赵毅衡研究发现：“卞之琳、钱锺书、吴世昌、曹葆华、袁可嘉等先生先后进行过新批评经典著作的翻译，朱自清、叶公超、浦江清、朱希祖、李安宅等都对新批评情有独钟。……六七十年代末，这些燕京、清华、西南联大的前辈先后都在中国社会科学院（当时沿用苏联体制，称为中国科学院哲学社会科学学部）任职。”①这些人对后来中外文学交流和比较文学的发展起到了重要作用。1981年，杨周翰先生发表《新批评派的启示》；1984年，刘象愚等人翻译的韦勒克和沃伦所著《文学理论》在生活·读书·新知三联书店出版。这已是后话。

二、近代哈佛文学硕士先驱

中国学者与哈佛深厚的留学渊源，也激励着一代又一代学者选择哈佛作为留学之地。自1879年，戈鲲化被美国哈佛大学聘请赴美担任中文教授开始，哈佛便紧紧地与中国现代转型联系在一起。依据哈佛大学图书馆前任官员、在美作家张凤梳理，中国现代思想文化史上的重要人物——赵元任、胡适、梅光迪、陈寅恪、汤用彤、吴宓、李济、梁实秋、胡先骕、林语堂、任鸿隽、陈衡哲、丁文江、洪深以及当代著名学者周一良、范存忠、余英时、贺麟、许倬云等，都曾受到过哈佛的知识洗礼。其中，中国学生取得了哈佛学位的人很多，特别是历史、语言领域，限于篇幅，本文仅谈及20世纪初在哈佛获得文学硕士学位，又在中外近现代文学学术交流

① 赵毅衡：《新中国六十年新批评研究》，载《浙江大学学报》（人文社会科学版）2012年第1期。

上发挥重要影响的三位——吴宓、梁实秋、林语堂，他们在比较文学史上也是不可不提的学者。

（一）吴宓

吴宓，字雨僧、玉衡，笔名余生，陕西省泾阳县人，中国现代著名西洋文学家、国学大师、诗人。他是清华大学国学院创办人之一，被称为“中国比较文学之父”。这一定位主要来源于三个方面：

第一，吴宓是中国第一个学比较文学的人。吴宓于1917年入弗吉尼亚州立大学专习文学，1918年转入哈佛大学文学院专攻比较文学，师从美国著名的新人文主义批评家与比较文学研究学者白璧德教授，系统学习比较文学理论与方法。由于受中西不同文化的双重影响，他顺利地接受了白璧德的新人文主义思想，认同白璧德的中西经典文化互补并重的思想。吴宓在哈佛对于比较文学理论知识的系统性学习是其之后研究中外比较文学之前提。

第二，吴宓是中国第一个教比较文学的人。吴宓于1921年毕业归国后，便应梅光迪之邀，任国立东南大学（今东南大学前身）西洋文学系教授，讲授“中西诗之比较”和“世界文学”等课程。这是我国比较文学教学之肇始，他也成为我国在高等院校开设比较文学课的第一人，为我国培养出第一代比较文学研究人才。

第三，吴宓是中国第一个注重培养比较文学人才的人。1925年，清华大学成立，吴宓担任国学院主任，并聘请海内外著名学者，为比较文学人才培养建构平台。其中，王国维、梁启超、陈寅恪、赵元任都担任过国学院的导师，可见师资力量之雄厚。而著名的比较文学人才如季羡林、杨周翰、李赋宁、钱锺书等都是吴宓的学生。同时，为进一步培养比较文学人才，吴宓结合哈佛大学比较文学的课程设置，提出清华外文系的课程设置“盖先取西洋文学之全体，学生所必读之文学书籍及所应具之文字学知识，综合于一处，然后划分之，而配布于四年各学程中”[①]。在具体的课

---

① 吴宓：《外国语文系学程一览》，载《清华周刊·文学院外国语文系学程一览》民国25年至26年，第315—322页。

程设置中，包括“西洋文学研究”（从古希腊文学到19世纪文学）、“英文文字学入门”、“戏剧概要与莎士比亚研究”、“文学批评与现代文学”等课程内容，开国内高校系统性介绍西方文学之先河，进而促进中国比较文学人才的培养。

而在具体的文学研究中，吴宓深受白璧德影响，注重不同文学文化间的比较研究。他的《〈红楼梦〉新谈》便是从比较的角度来阐释他对《红楼梦》的见解，视角独到，观点新颖，开中国比较文学个案研究之先。总的来看，吴宓一生著述颇丰，视野开阔，主张通过比较来阐释中西文化间的异同。他在比较文学研究中的丰硕成果，使他成为我国比较文学重要的奠基者。

（二）梁实秋

梁实秋是中国著名的现当代散文家、学者、文学批评家、翻译家，也是国内第一个研究莎士比亚的权威学者，一生著作丰厚，尤其是译作《莎士比亚全集》是国内莎士比亚研究的重要资料。1923年，梁实秋赴美留学，取得哈佛大学文学硕士学位；回国后，先后任教于国立东南大学、国立青岛大学（今中国海洋大学、山东大学共同前身）并任外文系主任。

同样作为哈佛大学比较文学教授白璧德的学生，在比较文学的学科建设上，梁实秋的成就稍逊于吴宓，但他“以古典与浪漫的概念对中西的沟通，对中西文学的比较，对文学与其他学科的跨学科研究以及对英语文学名著的翻译，使他完全有资格被称为比较文学家”[①]。梁实秋的比较文学研究主要着重于探讨文学间的渊源关系，是对比较文学影响研究基本原理的探讨。在具体的文学批评中，他也倾向于分析中国文学作家作品所受的外来影响。例如，他认为老舍的《猫城记》是受斯威夫特《格利弗游记》的影响。但他并没有仅局限于对比较文学影响研究层面的探讨，而是针对不同文学文化间的具体问题而倡导多元化的文学研究视角。同时，他对于中西不同的诗歌、戏剧文体研究以及西方文学的翻译研究也颇有自己的见

① 高旭东：《梁实秋：慎言比较文学的比较文学家》，载《东岳论丛》2005年第1期。

解。他与鲁迅之间关于“直译”与“意译”的争论，是中国现代文学史中关于文学翻译问题的重要论证。他强调翻译要忠于原文，并在此原则下译介了《莎士比亚全集》。这些都为中国比较文学的发展奠定了基础。

（三）林语堂

林语堂是中国现代著名作家、学者、翻译家，早年曾留学美国、德国，1922年获哈佛大学文学硕士，之后获得莱比锡大学语言学博士，回国后在清华大学、北京大学、厦门大学任教。林语堂曾任联合国教科文组织美术与文学主任、国际笔会副会长等职，曾几度获得诺贝尔文学奖提名。

作为一名深受中西双重文化熏陶的学者，林语堂是中国文学史上“对中国人讲外国文化和对外国人讲中国文化”的重要大师。可见他对中西文化传播的重要影响。而具体到比较文学领域，林语堂首先以其深厚的中国文化积淀和对欧美科学研究方法的熟练掌握为比较文学研究者应具备的学术素养提出了基本要求。在中国现代文学史上，林语堂是较早自觉运用“比较思维”来进行文学创作的作家。他的《吾国与吾民》（1935年）“应用了比较文化的方法，旁征博引”，《生活的艺术》（1937年）“包含着比较文化和比较文学精髓”。①

林语堂对中国比较文学的影响在于：一方面他意识到中西作家作品之间的相互影响和联系，尤其是中国作家作品在海外的译介与传播，并对此给予了很高的赞誉。他在《拾遗集》中谈到，“熊式一把《红鬃烈马》译成英文，在伦敦演了三个多月，博得一般人士之称赏。在上海又有德人以德文唱演《牡丹亭》，白克夫人又把《水浒传》译成英文，牛津某批评家称施耐庵与荷马同一流品，德人也译《金瓶梅》，称为杰作”②。而他通过具体的“事实联系”来对西方文学中不同作家作品间关系的探析（比如，萧伯纳与易卜生之间的师承关系、莫泊桑与毛姆作品之间的关系等），是比较文学影响研究的核心观点。另一方面，林语堂通过对中西诗歌、散文、

① 高小刚：《乡愁以外：北美华人写作中的故国想象》，人民文学出版社2006年版，第96页。
② 林语堂：《拾遗集》，东北师范大学出版社1994年版，第112页。

戏剧的对比分析，来探讨中西这三种文学体裁在表现内容、形式技巧、语言风格及在文学史中的定位方面的差异性。这种将毫无关联的两种不同民族、文化间的文学类型从多个角度进行比较的研究，是典型的比较文学平行研究。由此也更加凸显林语堂对中国比较文学研究的影响。

第二节 新时期留学哈佛的文学博士

70年代末，随着改革开放政策的推进和中美关系的改善，美国自然而然成为中国学生留学首选目的地之一。而从专业来看，80年代大陆留美攻读人文社会科学专业的博士中绝大多数出自哈佛大学。这首先与哈佛浓厚的人文学科研究氛围有关。作为世界名校，哈佛无论在自然学科还是在人文社科方面都具有绝对的优势，因此是赴美留学者的首要选择。自从恢复了中美教育交流，人文学科学生到美国读取学位的越来越多。在哈佛获得博士学位的第一批学者，至今仍然活跃在中外文学交流一线，对中国的比较文学与世界文学研究具有重要影响，“在一定意义上成为中国人才与智力资源的海外储备，同时也以其对中国社会发展的关注与参与，成为中美经济、社会与文化交流进程中一个特定的中介人群”①。这些代表性的人物有：张隆溪、刘禾、钱满素、赵一凡等学者。这些文学博士回国后，大都任职于国内高校和文学研究机构，他们将自己在国外所学与各自的实际工作相联系，在中外文学研究与交流中取得了优秀的成绩，为中国的高校教育教学和科研学术事业的发展做出了重要贡献，具体体现在以下三大方面。

一、更新理论，倡导方法

这些留学西方的学者都有自己的研究领域，通过留学，更加容易理解

① 李喜所主编，田涛、刘晓琴著：《中国留学通史 · 新中国卷》，广东教育出版社2010年版，第394页。

国外的文艺理论与文学作品，在回国后，逐渐将这些理论引入国内，既为国内的文学提供了新的研究方法，也对沟通中外文学交流起到了重要的作用。赵一凡与钱满素主要集中在对美国文学文化的研究，他们将文学研究放置在广阔的文化视野中，拓宽了文学研究领域。张隆溪对20世纪西方文论的系统性评述，以及对“道”与“逻各斯”的阐释，在比较诗学和跨学科研究中具有重要的启示。相比较而言，刘禾对翻译理论的关注为比较文学和中国现代文学与思想史研究注入了新鲜的血液，成为80年代哈佛文学博士中的佼佼者。

作为著名的北美华裔批评家，刘禾研究领域甚广，在新翻译理论、女性主义理论、新媒体理论、跨文化交往史、全球史研究等领域中都有所建树，并对中国文学翻译具有重要影响，尤其是她的“新翻译理论”更是其学术论著的核心观点。这一理论的总体论述来源于其1999年出版的《交换的符码：全球化流通中的翻译问题》（*Tokens of Exchange*：*The Problem of Translation in Global Circulations*），并在之后的论著中不断将其进行阐释与完善。总体来看，刘禾的新翻译理论体系主要包括“交换的符码”“语际书写”“跨语际实践”和“衍指符号”四要素。其中“交换的符码”是贯穿刘禾“新翻译理论”的核心概念。关于“交换的符码”，刘禾通过借鉴马克思主义政治经济学理论来阐述：

> 我……采用“符码”一词，旨在捕捉我们“集体性事业”（collective enterprise）的范围。“符码”作为隐喻，不仅包括“言语性—象征性交换”，也包括“物质性流通”。它喻指众客体正像“言语性符号”一样同样构成表征，并且它们的有形的物质存在参与“指意”（signification），而不是置身其外。在全球化的指意层面，我将翻译看作是以促使交换为己任而着力铸造“符码”的强有力的中介，它在众多语言、市场之间将“意义”作为“价值”来予以生产和流通。在这个意义上，“符码”及“交换价值”代表着我谈论的符号、文本、艺术作品、商品、哲学、科学、教学方法、社会实践得以流通的方式。[①]

① Lydia H. Liu. *Tokens of Exchange*：*The Problem of Traslation in Global Circulations*. Durham，N. C.：Duke University Press，1999. p.4.

概括而言，“符码”是一种隐喻，在全球化层面，以翻译做媒介，来实现其自身“交换”与“流通”。显然，这一概念带有强烈的政治经济色彩，“被‘交换的’‘符码’，流通中的‘符码’，体现了一种被本土文化权力‘生产’‘交换’‘分配’‘消费’的‘意义’，它促使价值走向使用价值”[①]。

如果说“交换的符码”是翻译研究的具体翻译理论问题，“语际书写”研究则主要是针对 “翻译的历史条件，以及由不同语言间最初的接触而引发的话语实践。……考察的是新词语、新意思和新话语兴起、代谢，并在本国语言中获得合法性的过程，……在这个意义上，翻译……成了这类冲突的场所，在这里被译语言不得不与译体语言面对面遭逢，为它们之间不可简约之差别决一雌雄，……并协助我们解释包含在译体语言的权力结构之内的传导、控制、操纵及统驭模式”[②]。在此，刘禾用了“合法性”“权力”等关键词，这是其翻译理论中的创新部分。在刘禾看来，翻译作为一种重要的中介，是各民族文化之间的交流的重要媒介，通过翻译可以进一步探寻人类的历史范畴的内容。所以，她的“跨语际实践”主要探讨的是不同语言之间的交流和碰撞，尤其是汉语同欧洲语言和文学方面。在具体的论述中，她将“语言实践与文学实践放在中国现代经验的中心，尤其是放在险象环生的中西方关系的中心地位加以考察。……因为阅读、书写以及其他的文学实践，在中国的民族建设以及关于‘现代人’想象的/幻想的（imaginary / imaginative）建构过程中，被视为一种强有力的中介（agents）”[③]。可见，在全球化的语境中，一国文学只有通过与其他国家文学之间的相互交流与碰撞，才能去构建自身的身份与价值。很明显，这种 “跨语际实践”与后殖民理论所提出的“混杂性”相似，都是全球化背景下翻译中的关键命题。但在具体的翻译中，由于文化之间的差异性，不可避免会出现交流的“不等值”性，翻译要如何在保证传达意义准确的前提下，克服这种不等值性，是翻译中面临的重要问题。因此，翻译的目标

① 费小平：《“交换的符码”：刘禾“新翻译理论”的逻辑起点》，载《解放军外国语学院学报》2012年第1期。

②［美］刘禾：《语际书写——现代思想史写作批判纲要》，上海三联书店1999年版，第35—36页。

③［美］刘禾著，宋伟杰等译：《跨语际实践——文学、民族文化与被译介的现代性（中国，1900—1937）》，生活·读书·新知三联书店2008年版，第3页。

和任务——“衍指符号”，“扮演的是（在语言和语言之间进行）转喻思维的角色，它引诱、迫使或指示现存的符号穿越不同语言的疆界和不同的符号媒介进行移植和散播”[①]。其中，“交互逻辑……似乎是所有衍指符号诞生的基础，……从事翻译的人依赖的正是类似的交互逻辑，来臆测和营造两种语言之间存在公度性的事实”[②]。任何交流最终都需要达到一种共同的认知与理解，这里的 “衍指符号”主要探讨的便是不同语言符号之间如何通过流通来达到意义“等值”的目标。这是刘禾“新翻译理论”研究所要完成的任务和目标。

总体来看，刘禾“新翻译理论”中的“交换的符码”“语际书写”“跨语际实践”和“衍指符号”从翻译的理论、历史、实践以及意义方面对于翻译做出了一系列的研究与设想，无论是对文学的翻译研究的范式还是实践都具有重要的影响。但由于刘禾长期工作和生活在西方语境中，她的理论具有浓厚的西方化的色彩，比较晦涩繁杂，一直被学界所诟病。然而不可否认的是，作为80年代的哈佛博士之一，刘禾在文学翻译理论研究方面所作的努力对于中国比较文学研究的意义是显而易见的。

二、问题意识，本土情怀

这些博士主要从事与文学相关的人文社科研究，在海内外高校，他们绝大多数在各自研究领域出版了中、英文专著，成为外国学术界的一支有生力量，为中国比较文学的研究提供了广阔的视野和学术前沿理论。

赵一凡多年以来一直从事美国文学与文化研究，强调学术思想性，关注理论创新与批评，提倡跨学科交叉研究，讲究文风文体。著有论文集《美国文化批评》《欧美新学赏析》，主持翻译《资本主义文化矛盾》《美国历史文献》《爱默生文集》《美国赖以立国的文本》等。刘禾作为学者、作家、新翻译理论的创始人于一身的人，多年以来，致力于双语写作，中

①［美］刘禾著，杨立华等译：《帝国的话语政治——从近代中西冲突看现代世界秩序的形成》，生活·读书·新知三联书店2009年版，第13页。

②［美］刘禾著，杨立华等译：《帝国的话语政治——从近代中西冲突看现代世界秩序的形成》，生活·读书·新知三联书店2009年版，第47页。

文著作有《语际书写——现代思想史写作批判纲要》《持灯的使者》《跨语际实践——文学、民族文化与被译介的现代性（中国，1900—1937）》《帝国的话语政治——从近代中西冲突看现代世界秩序的形成》《六个字母的解法》《世界秩序与文明等级》等。刘禾还有大量的英文专著和论文：*The Freudian Robot*：*Digital Media and the Future of the Unconscious*、*The Clash of Empires*：*The Invention of China in Mondern World Making*、*Translingual Practice*：*Literature*，*National Culture*，*and Translated Modernity-China*（*1900—1937*）、*Tokens of Exchange*：*The Problem of Translation in Global Circulations*、*Writing and Materiality in China: Essays in Honor of Patrick Hanan*、*The Birth of Chinese Feminism*：*Essential Texts in Transnational Theory*。其中部分的英文著作已被译成包括中文的多种文字，在学界引起较大的反响。钱满素主要从事美国文化研究，著作主要有《爱默生和中国——对个人主义的反思》、《美国文明》、《飞出笼子去唱》、《美国当代小说家论》、《我有一个梦想》、《世界散文随笔精品文库·美国卷》、《纪伯伦全集》（英文卷）、《我，生为女人》（十卷本外国女性文学作品集——《蓝袜子》丛书的美国卷）、《欧·亨利市民小说》、《韦斯特小说集》等等。张隆溪主要研究范围包括英国文学、中国古典文学、中西比较文学、文学理论及跨文化研究。著作有《二十世纪西方文论评述》《道与逻各斯》《强力的对峙：从两分法到差异性的中国比较研究》《走出文化的封闭圈》《中西文化研究十论》《不期的契合：跨文化阅读》《比较文学研究入门》《同工异曲：跨文化阅读的启示》等。这些著作的出现深刻反映了80年代留美学者在文学领域的贡献：他们在理论上浸润"欧风美雨"，熟练运用西方的理论话语，具有自觉的批判意识，但在问题意识上有强烈的本土情怀，要么为中国学界介绍新学，要么在国外学界研究中国问题。他们的研究及著作对于中国比较研究、科研亦或教学都具有重要的意义。

三、双语写作，文化摆渡

80年代的大陆留学博士大都有海外多个国家的访学、教学经验，且身兼数职，通过教学、研究、学术交流等多种途径的积累一方面丰富了人生经历，为其回国后的教学工作积累了学术资料，另一方面也为我国多元文化社会的建设做出了杰出贡献。

刘禾曾任美国加州大学伯克利分校比较文学系和东亚系跨系教授及讲席教授，现任美国哥伦比亚大学比较文学与社会研究所所长，东亚系终身人文讲席教授，是美国理论学刊*Positions*编委、“*Politics*，*History*，*and Culture*”丛书（杜克大学出版社）学术委员会委员、英国理论学刊*Writing Technologies*编委。她的学术研究在国际上享有盛誉，在人文和社会科学领域均具有重要影响。她于2011年创办清华大学–哥伦比亚大学跨语际文化研究中心，并担任首届主任。赵一凡先后兼任美国文学研究会常务理事、中华美国学会常务理事，现任中国社会科学院外国文学研究所研究员。张隆溪作为世界级华裔学术大师之一，曾任教北大和加州大学河滨分校，现任国际比较文学学会（International Comparative Literature Association，简称ICLA）主席，是瑞典皇家人文、历史及考古学院现在唯一健在华裔外籍院士，欧洲科学院院士，香港城市大学“长江学者”讲座教授，美国哈佛大学、耶鲁大学及韦斯理大学杰出学人讲座教授，北京大学燕京学堂特聘教授，被《中华英才》杂志赞为“中西方文化的摆渡者”。他的研究范围包括英国文学、中国古典文学、中西比较文学、文学理论及跨文化研究。近十年来，张隆溪的足迹遍布欧美、亚洲各地区，出版了多部英文著作和中文著作，是一位名副其实的“中外思想摆渡者”。

另外，这些学者除了从事文学学术研究外，还在其他人文社科领域成就卓著，他们回国后不仅承担了一系列的重要科研学术课题，而且还获得多项荣誉大奖。这些荣誉既是对其为我国比较文学发展做出贡献的奖赏，更是彰显了我国在文学研究领域取得的重大成就。比如，刘禾是美国古根海姆（Guggenheim）大奖得主，曾获全美人文研究所（National Humanities Center）年度奖，以及柏林高等研究所（Wissenschaftskolleg zu Berlin）年度奖等。钱满素与赵一凡作为国内高校外国文学研究领域重要学者，在教学和科研中都多有建树，承担了多项国家级、省级项目，成果颇丰。张隆溪作为一名享誉国际的学者，2016年被选举为国际比较文学学会主席，成为该学会第一任华裔主席，这些都为中国比较文学研究奠定了基础。

总之，这几位留学哈佛的文学博士仅仅是新时期以来海外留学的博士们的杰出代表，他们或执教海外，在西方具有重要影响力，或回国后在自己的研究领域做出了重要成绩，成为沟通中西的知名学者或专家。他们在中国比较文学发展史上起着重要的作用，推动了中国比较文学学科的建立以及中外文学的交流。虽然，这些成绩不能绝对的归功于海外留学，但留美经历无疑为他们的学识、视野、研究方法以及科研能力提供了广阔的平台，同时，他们先后辗转任教于国内外著名高校，与中国学界关系密切，但也没脱离与世界其他国家学者之间的联系，这不仅对他们的学术之路起着至关重要的作用，而且也影响了中外文学的研究。

第三节　哈佛访学的乐黛云

一、起点在哈佛

70年代后期的中国学界百废待兴，一些新兴学科的信息还无法通过学位学历化的长期培养慢慢开花结果，常常是那些已有一定科研基础的青年教师，通过国外访学带回新空气，在某个学科领域“开风气之先”。之后的中国学界的学术研究，不仅受益于那些在国外取得学位的留学生，也更多来源于那些访问学者带回的学术新空气。新时期以来，去哈佛大学做访问学者的越来越多，但这些访问学者中，对中国比较文学影响最大的，非乐黛云莫属。

1985年乐黛云与季羡林在中国比较文学学会成立大会上的合影

比较文学这个学科在中国的起步与发展，是几代人努力的结果。但无疑，北京大学在其中起重要作用。1981年1月，中国成立了第一个比较文学学会——北京大学比较文学研究会，由季羡林教授任会长，钱锺书先生任顾问，当时还是年轻讲师的乐黛云做秘书长。学会整理编撰了王国维以来，有关比较文学的资料书目，策划编写了《北京大学比较文学研究丛书》。

1982年的《读书》杂志上有一篇文章《哈佛大学比较文学系一瞥》，作者是当时获得哈佛燕京学社的资助，正在哈佛大学访学的乐黛云。文章中她向国人介绍说："肖菲尔和白璧德是这一领域中最受尊重的两位教授。前者于1910年创办的《哈佛比较文学研究》年刊在促进美国的比较文学发展中起了很大作用；为纪念后者而设立的白璧德比较文学讲座教授职衔从1960年开始，一直延续到如今。"[①]这是新时期国内最早一篇专文简要介绍哈佛比较文学的文章。哈佛访学期间的1982年2月，乐黛云在纽约还参加了国际比较文学第10届年会，提交了《中国文学史教学与比较文学原则》，并获得关注，此文最后被收入《美国比较文学与总体文学年鉴》。哈佛一年的访学结束后，乐黛云紧接着又被加州大学伯克利分校连续两年聘请为客座研究员，西里尔·白之（Cyril Birch）教授是她的学术顾问，她还结识了斯坦福大学的刘若愚教授。在美国的三年，哈佛是她的起点，是其开辟学术研究新路径的肇始之处。

在美国，乐黛云精读了刘若愚英文版的《中国诗学》和《中国文学理论》，参加了白之教授的中国现代文学讨论课。这些在美比较文学学者用西方当代的文学理论来阐释中国文学和文论，或者将中国文论置于世界文论的语境中考察并积极对话的方法，让乐黛云觉得如入新天地。事实上，这两方面正是她后来研究比较文学的两个重要路向。与此同时，学者的素养也让乐黛云在吸纳新理论、新方法的时刻，一直保持清醒的思考和自觉的警惕：

> 将很不相同的、长期独立发展的中国文论强塞在形上理论、决定理论、表现理论、技巧理论、审美理论、实用理论等框架中，总不能不让人感到削足适履，而且削去的正是中国最具特色、最能在世界上

① 乐黛云：《哈佛大学比较文学系一瞥》，载《读书》1982年第6期。

独树一帜的东西。[①]

在《我的比较文学之路》一文中，她谈道：

> 我对哈佛大学比较文学系向往已久，这不仅是因为它的创办者之一白璧德教授（Irving Babbitt）对于东西方文化的汇合曾经是那样一往情深，也不只是因为20年代初期由哈佛归来的“哈佛三杰”陈寅恪、汤用彤、吴宓所倡导的“昌明国粹，融化新知”为东西文化的汇合开辟了一个崭新的学术空间，还因为1981年正在担任哈佛东西比较文学系系主任的纪延教授（Claudio Guillen）多次提道：“我认为只有当世界把中国和欧美这两种伟大的文学结合起来理解和思考的时候，我们才能充分面对文学的重大的理论性问题。”他的这一思想深深地吸引了我。[②]

1983年8月，第一次中美双边比较文学研讨会在北京召开，大会由钱锺书先生致开幕词，刘若愚、厄尔·迈纳、西里尔·白之和王佐良、杨周翰、许国璋、周珏良、杨宪益等世界著名教授都参加了大会。1985年10月，由35所高等学校和科研机构共同发起的中国比较文学学会在深圳大学正式成立，大会选举季羡林教授担任名誉会长，杨周翰教授担任会长。从此，中国比较文学走上了向“显学”发展的坦途。

二、结“果”在中国

乐黛云对于中国比较文学的贡献，用她自己的话来说，“无非是把1949年以来几十年不提的东西重新提起来”，然而就比较文学近四十年的发展历程来看，乐黛云对中国比较文学学科建设与比较文学理论及研究方法的贡献更为突出。

---

① 乐黛云：《跨文化之桥》，北京大学出版社2002年版，第6页

② 乐黛云：《跨文化之桥》，北京大学出版社2002年版，第5页。

（一）比较文学学科建设

中国比较文学早在20世纪初期便被鲁迅、王国维等人关注，但真正以一个学科存在却是在20世纪80年代之后，其中不乏以乐黛云为主要倡导者的中国学者的共同努力。乐黛云对中国比较文学学科的建设首先体现在她将比较文学作为一门独立的学科进行构建，而非仅仅是单纯的文学研究。她认为，比较文学除了影响研究和平行研究之外，还有“跨文化”研究，而中国比较文学在“跨文化”研究中具有重要的作用。在她看来，“探讨和研究文学与其他学科的关系一直是比较文学的一个重要组成部分，特别是在文学与自然科学的互动关系方面，近年来有了较大发展”[①]。因此，她将中国比较文学的内涵定位于“跨文化”研究层面，不仅体现了当前全球化背景下的文学研究，也反映了中国比较文学的内涵特性。

（二）比较文学理论研究

作为一种学科体系，“文学理论理所当然地在比较文学学科中占有着核心的地位”[②]。在乐黛云看来，比较文学在文学研究中应遵守的原则是“和而不同”“多元共生”。她注重文学中的“他者”意识，强调通过不同文学之间的交流互动来反观自身的发展。尤其是随着全球化的推进，人类认识逐渐从传统的“中心”“二元对立”等观念逐渐向“多元共生”理念转变。在此背景下，“多元共生”就显得尤其重要。她将中国传统文化中的“和而不同”与“多元共存”原则相对比，指出：“对于处理这一复杂问题，中国传统文化中的‘和而不同’原则或许是一个可以提供重要价值的文化资源。”[③]同时，她将这一理论上升到世界经济、政治与文化背景之上，在更广阔的政治文化背景中探讨不同文化间的“差别”与

---

① 乐黛云：《比较文学与比较文化十讲》，复旦大学出版社2004年版，第82页。

② 乐黛云：《比较文学与比较文化十讲》，复旦大学出版社2004年版，第13页。

③ 乐黛云：《比较文学与比较文化十讲》，复旦大学出版社2004年版，第35页。

“共生”，体现了她作为一名中国学者所具有的民族立场与学术研究的广阔视野。

（三）比较文学研究方法

中国比较文学的“跨文化”性决定了其研究方法的“跨越性”特征。“跨文化比较”作为一种研究方法，是乐黛云对中国比较文学研究重要的方法论贡献。首先，“跨文化”是全球化时代比较文学研究的一种新角度，是对传统以西方为中心的文学研究的一种挑战，她认为文学亦或文化研究，其前提必然是平等对话或交流。她说：“比较文学要完成它在文化转型时期的历史使命，就必须实现其自身的重大变革。这种变革首先是从过去局限于欧美同质文化的窠臼中解放出来，展开多方面异质文化中文学交往的研究。”[①]可见，她对不同文化间平等交流的肯定与鼓励。其次，“比较”是“文革”之后中国学界对外交流的一种新姿态，也与“‘中心’相对，是一种全新的‘对话’的理念”[②]。通过“比较”将不同文学间的差异性与同质性进行分析，进而探寻文学发展的普世规律是文学研究的重要旨归。

总之，在中国比较文学近四十年的发展历程中，乐黛云无疑是继杨周翰、钱锺书、季羡林等诸位先生之后，对当代中国比较文学做出重大贡献的一位学者。她以全副热情，“从国际交往、国内团体和教学研究体制构建三个方面，马不停蹄、全力以赴地为中国比较文学学科的建设和发展而努力工作，以其超常的精力、不懈的热情、突出的组织能力和学术奉献精神闻名于国际国内比较文学界”[③]，为后辈学人树立了榜样。从哈佛访学开始，她就以开阔的视野，将中国当代比较文学引入国际学术界，扩大了中国比较文学的国际影响，使之成为国际比较文学中的重要组成部分。

---

① 乐黛云：《比较文学与比较文化十讲》，复旦大学出版社2004年版，第199页。

② 曾繁仁：《乐黛云教授在比较文学学科重建中的贡献》，载《北京大学学报》（哲学社会科学版）2010年第5期。

③ 陈跃红：《学术的国家意识与国际意识——乐黛云先生的学术视野》，载《中国比较文学》1999年第2期。

第四节　哈佛燕京学社与中国文学学术交流

哈佛与中国的文学学术交流百年有余，除去人与书，还有机构的制度化保证，其中哈佛燕京学社不能不单独书写。因为有了长期的合作和交流，才能有成规模的影响绵延。

一、哈佛燕京学社成立缘起

哈佛燕京学社（Harvard-Yenching Institute）是由美国铝业公司创始人查尔斯·马丁·霍尔（Charles Martin Hall）的遗产捐赠的。霍尔终身未婚，他在遗嘱中要求财产三分之一成立基金会，资助教会在亚洲兴办高等教育和学术研究。1928年1月4日，哈佛燕京学社成立。学社的创建者们相信“学术研究可以超越民族主义的壁垒，不单纯是超越中西之间的隔阂，也包括中国与日本之间的障碍”①。“哈佛燕京学社是中美大学合作最著名的例子之一，又是人文学科大发展的少数例子之一。”②他的历任社长都是东方问题研究专家。（参看表5-5-1）

表5-5-1　哈佛燕京学社历任社长简况

任职时间/年	英文名	中文名	学历	备注
1934—1956	Serge Elisseeff（1889—1975）	叶理绥（日本名：英利世夫）		法籍俄裔日本问题专家，东京帝国大学日本国文系毕业，法国汉学家伯希和（Paul Pelliot）的高足

① Philip West. *Yenching University and Sino-Western Relations, 1916–1952*. N. Y. : Harvard University Press, 1962. p.198.

②［美］杰西·格·卢茨著，曾矩生译：《中国教会大学史（1850—1950）》，浙江教育出版社1988年版，第293页。

续表

任职时间/年	英文名	中文名	学历	备注
1956—1963	Edwin Reischauer（1910—1990）	赖世和（又译赖肖尔）	研究生	1933—1937年到法、日、中等国学习
1963—1976	John Pelzel（1914—1999）	裴泽	研究生	人类学学者、日本社会结构研究专家
1976—1987	Albert Morton Craig（1927—　）	克雷格	研究生	赖世和弟子，曾经来华
1987—1996	Patrick Hanan（1927—2014）	韩南	伦敦大学博士，哈佛大学文学教授	1991年与三联书店策划并推动出版《三联·哈佛燕京学术丛书》
1996—2008	Tu Weiming（1940—　）	杜维明	哈佛大学博士	毕业于台湾东海大学，受哈佛燕京学社资助前往美国深造，获哈佛大学博士学位
2008—	Elizabeth J. Perry（1948—　）	裴宜理	美国安娜堡密歇根大学政治学博士	美国文理科学院院士、亚洲研究学会主席

哈佛燕京学社自成立之日起，就是一个专项基金制、建制完整的学术机构。它从一开始就是两大合作主体，即燕京等七所教会大学与哈佛大学实行全方位合作的学术机构。与当时的其他中外合作机构相比，哈佛燕京的合作是双向的："20世纪初，盛名之下的哈佛与正在成长之中的燕京大学各有特色，各有优长。哈佛的现代训练方法、先进设备与燕大的研究中国古代文化的地缘优势，有机统一在学社的旗号下互补互惠。从此，两校在尽可能的范围内互通有无，相互支持，共同发展。当时燕京在洪业等人的主持下，大力替哈佛燕京图书馆搜集珍本、善本，……而燕京由于哈佛及校友的资助，图书藏量居全国高校第四，3万多卷杂志中有近200种西文期

刊，……两大主体在师资交往、人才培养、文物搜集和图书征购等方面进行全方位的合作与交流。”[①]这种互惠的学术交流，除去一段特殊的时期暂停以外，在新时期又有开始。作家张凤也曾撰文《哈佛燕京学社75年的汉学贡献》，从人物、图书、文物等多方面对此进行梳理。

二、哈佛燕京学社对中国百年文学学术交流的影响

作为美国的哈佛大学与中国的燕京大学合作创建的学术机构，哈佛燕京学社对于中美文学交流具有不可或缺的意义。80年代以来，随着改革开放的推进及中美关系的恢复，对哈佛燕京学社的历史价值及其对中国学术交流意义的审视，是中外文学交流史中的重要课题之一。总体上看，哈佛燕京学社对中国近百年文学学术交流的影响主要体现在：

哈佛燕京学社

① 彭小舟：《论哈佛燕京学社的组织特征》，载《河北大学学报》（哲学社会科学版）2003年第2期。

第一，对中国现代学术转型的推动作用。1925年9月，哈佛燕京学社在协议中明确规定："学社的首要目的是通过哈佛大学与燕京大学以及中国其他研究机构的合作，保证为学术研究提供便利，资助出版那些经学社董事会赞同的在中国文化领域以及中国学的其他方面的研究成果"；"关于中国文化的研究方向，准备把经费首先资助于那些课题，如中国文学、艺术、历史、语言、哲学和宗教史。共同的任务是在激发美国人的兴趣和利用近代批评手段来鼓励在中国的东方问题研究"。[①]可见，"近代批评手段"是哈佛燕京学社提倡的学术研究的重要方法，也是中国现代学术转型的重要动力。

众所周知，中国思想界在很长时间都受到欧美学潮的影响，这不仅包括欧美学术理论著作的引进，还包括欧美价值观念的渗透。尤其是19世纪末，西学东渐不仅拓宽了国人的认知视野，而且也开启了中国近代文艺发展的新动向。20世纪初，在王国维、胡适等学者的努力下，中国学界对于西方科学方法的讨论与重视进入一个新阶段。而成立于20世纪20年代的哈佛燕京学社在科学研究方法上对中国现代学术具有重要的推动作用。同时，从哈佛燕京学社资助内容来看，其对于"中国文化领域以及中国学的其他方面的研究成果""中国的东方问题研究"及在"中国文学、艺术、历史、语言、哲学和宗教史"等方面的重视，显示了该学社研究视角由"欧美"逐渐转向"中国本身"，也在一定意义上反映了中国现代学术视角及内容的转型。

第二，注重对中国学术人才培养。哈佛燕京学社自成立起，就十分注重人才培养，主要有联合培养博士研究生、区域研究-东亚计划、高级培训项目、访问学者计划等方式。其中，联合培养博士研究生项目是哈佛燕京学社的跨学科研究人才培养的重要途径。作为中美学术交流的重要机构，哈佛燕京学社将研究内容逐渐转向中国领域，为便于学术人才交流，学社每年会组织相关的学术项目，并对参与者给予一定的资助，这自然为中国学术人才的培养提供了天然的平台。尤其是一些作为哈佛燕京学社核心人物的中国学者，他们不仅联通了中美学术交流，还开拓了中国学术视野，

① 张寄谦:《哈佛燕京学社》，载《近代史研究》1999年第5期。

在中国学界的影响颇深。

1928年，哈佛燕京学社成立，中国学者洪业受聘担任哈佛大学客座教授。1930年，洪业回国，主张用哈佛燕京学社所倡导的“利用近代批评手段”的宗旨来改革中国传统学术教育体系，强调应“把研究人员安排到大学的不同系中，使他们的工作更好地与大学其他方面的工作协调起来”①。这不仅将学术人才与教学体系相勾连，也在一定意义上为学术人才提供了一个更加稳定的发展平台，进而促进了中国学术人才的发展。据考证，在哈佛燕京的中国学术人才不胜枚举，主要有：“刘瑞恒、赵元任、胡适、梅光迪、陈寅恪、汤用彤、张歆海（鑫海）、楼光来、顾泰来、俞大维、吴宓、李济、唐钺、胡正祥、陈岱孙、江泽涵、杨嘉墀、张福运、梁实秋、林语堂、张星烺、罗邦辉、秦汾、金岱、杨诠（杏佛）、宋子文、竺可桢、齐思和（致中）、翁独健、郭斌龢、范存忠、黄延毓、郑德坤、林耀华、陈观胜、杨联升、周一良、严仁赓、任华、刘毓棠、冯秉铨、吴于廑、关淑庄、张培刚、高振衡、陈梁生、施于民、李惠林、全汉升、梁方仲、王念祖、王伊同、蒙思明、王钟翰、谢强、邓嗣禹、王岷源、李方桂、任叔永（鸿隽）、陈衡哲、梁思成、梁思永、洪深、钱端升、贺麟、姜立夫、张炳熹、张芝联、洪业、方治同、赵理海、胡刚复、丁文江、卫挺生、郭廷以、袁同礼、陈荣捷、殷海光、余英时、严耕望、董同龢、梅祖麟、徐中约、梅仪慈、王浩、王安、贝聿铭、许倬云、汉宝德、成中英、郝延平等。”②他们大多接受哈佛燕京学社的资助，对于中国与美国的学术研究都做出了重要的贡献。

第三，出版大量学术著作。哈佛燕京学社的核心宗旨是：“开展与提供中国文化以及亚洲大陆其他地区、日本、土耳其及巴尔干国家的研究、教学和出版。”③可见除了注重文化研究外，学社还注重对出版领域的关注。

---

① 香港中文大学宗教研究中心收藏，美国亚洲基督教高等教育联合董事会档案缩微胶卷：335/5124，第652—653页。（转引自刘玲：《哈佛燕京学社的旨趣与中国史学人才之培养》，载《史学理论与史学史学刊》2015年第10期。）

② 张凤：《哈佛燕京学社75年的汉学贡献》，载《文史哲》2004年第3期。

③ 转引自欧阳光华、胡艺玲：《开放与坚守：一流大学跨国学术共同体探析——以哈佛燕京学社为例》，载《黑龙江高教研究》2018年第6期。

为促进中美学术间的发展，哈佛燕京学社注重学术成果的出版，具有较完备的学术成果体系。1936年,《哈佛亚洲研究学报》的创立，标志着学社对于学术成果的重视。之后，学社开始着手对专著、工作论文、访问学者成果以及亚洲出版物进行出版。尤其是80年代以来，《三联·哈佛燕京学术丛书》的陆续出版，促进了中国学术交流的不断发展。

《三联·哈佛燕京学术丛书》主要是指人文与社会科学研究丛书，是由哈佛燕京学社和生活·读书·新知三联书店共同负担出版资金，面向海内外学界，公开诚征中国中青年学人（含海外留学生）的优秀学术专著。丛书邀请国内资深教授和研究员在北京组成丛书学术委员会并依照严格的专业标准按年度评审遴选出每辑书目，以保证学术品质，力求建立有益的学术规范与评奖制度。该丛书的编辑宗旨是："推动中华人文学术与社会科学的发展进步，奖掖继起人材，鼓励刻苦治学，倡导基础扎实而又适合国情的学术创新精神，以弘扬光大我民族知识传统，迎接中华文明新的腾飞。"（见每册书首页）截至2018年12月，已出版17辑共104本，其中涉及文学、思想史的有49本。（参见表5-5-2、表5-5-3）

表5-5-2　三联·哈佛燕京学术丛书（1-17辑）出版数据一览表

第1辑	第2辑	第3辑	第4辑	第5辑	第6辑	第7辑	第8辑	第9辑	第10辑	第11辑	第12辑	第13辑	第14辑	第15辑	第16辑	第17辑	共计
8	8	7	7	6	7	6	6	5	7	5	6	5	5	6	5	5	104

表5-5-3　三联·哈佛燕京学术丛书（1-17辑）文学、思想史书目列表

序号	辑目	著作名称	作者	初版时间
1	第1辑	《中国小说源流论》	石昌渝	1994年2月
2	第1辑	《罗素与中国——西方思想在中国的一次经历》	冯崇义	1994年2月
3	第1辑	《再登巴比伦塔——巴赫金与对话理论》	董小英	1994年10月

续表

序号	辑目	著作名称	作者	初版时间
4	第2辑	《现象学及其效应——胡塞尔与当代德国哲学》	倪梁康	1994年10月
5	第2辑	《海德格尔哲学概论》	陈嘉映	1995年4月
6	第2辑	《境生象外——华夏审美与艺术特征考察》	韩林德	1995年4月
7	第2辑	《走出男权传统的樊篱——文学中男权意识的批判》	刘慧英	1995年4月
8	第3辑	《古代宗教与伦理——儒家思想的根源》	陈来	1996年3月
9	第3辑	《门阀士族与永明文学》	刘跃进	1996年3月
10	第3辑	《语言与哲学——当代英美与德法传统比较研究》	徐友渔、周国平、陈嘉映、尚杰	1996年4月
11	第3辑	《爱默生和中国——对个人主义的反思》	钱满素	1996年4月
12	第3辑	《世袭社会及其解体——中国历史上的春秋时代》	何怀宏	1996年4月
13	第3辑	《海德格尔思想与中国天道——终极视域的开启与交融》	张祥龙	1996年9月
14	第4辑	《人文困惑与反思——西方后现代主义思潮批判》	盛宁	1997年6月
15	第4辑	《社会人类学与中国研究》	王铭铭	1997年6月
16	第4辑	《心学之思——王阳明哲学的阐释》	杨国荣	1997年6月
17	第4辑	《绵延之维——走向艺术史哲学》	丁宁	1997年8月
18	第4辑	《历史哲学的重建——卢卡奇与当代西方社会思潮》	张西平	1997年9月
19	第5辑	《稷下学研究——中国古代的思想自由与百家争鸣》	白奚	1998年9月

续表

序号	辑目	著作名称	作者	初版时间
20	第5辑	《神秘主义诗学》	毛峰	1998年11月
21	第5辑	《京剧·跷和中国的性别关系（1902—1937）》	黄育馥	1998年12月
22	第6辑	《选择·接受与疏离——王国维接受叔本华、朱光潜接受克罗齐美学比较研究》	王攸欣	1999年8月
23	第6辑	《中国文论与西方诗学》	余虹	1999年8月
24	第6辑	《古道西风——考古新发现所见中西文化交流》	林梅村	2000年3月
25	第6辑	《为了忘却的集体记忆——解读50篇文革小说》	许子东	2000年4月
26	第7辑	《正义的两面》	慈继伟	2001年12月
27	第7辑	《无调式的辩证想象——阿多诺〈否定的辩证法〉的文本学解读》	张一兵	2001年12月
28	第7辑	《20世纪上半期中国文学的现代意识》	张新颖	2001年12月
29	第7辑	《中古中国与外来文明》	荣新江	2001年12月
30	第7辑	《法国戏剧百年（1880—1980）》	宫宝荣	2001年12月
31	第8辑	《推敲“自我”：小说在18世纪的英国》	黄梅	2003年5月
32	第8辑	《小说香港》	赵稀方	2003年5月
33	第8辑	《政治儒学——当代儒学的转向、特质与发展》	蒋庆	2003年5月
34	第8辑	《在上帝与恺撒之间——基督教二元政治观与近代自由主义》	丛日云	2003年5月
35	第8辑	《从自由主义到后自由主义》	应奇	2003年5月
36	第9辑	《“诺斯”与拯救——古代诺斯替主义的神话、哲学与精神修炼》	张新樟	2005年1月
37	第9辑	《君子儒与诗教——先秦儒家文学思想考论》	俞志慧	2005年3月
38	第10辑	《“国民作家”的立场——中日现代文学关系研究》	董炳月	2006年5月

续表

序号	辑目	著作名称	作者	初版时间
39	第10辑	《中产阶级的孩子们——60年代与文化领导权》	程巍	2006年6月
40	第10辑	《心智、知识与道德——哈耶克的道德哲学及其基础研究》	马永翔	2006年8月
41	第11辑	《日本后现代与知识左翼》	赵京华	2007年8月
42	第11辑	《语言·身体·他者——当代法国哲学的三大主题》	杨大春	2007年11月
43	第11辑	《批判与实践——论哈贝马斯的批判理论》	童世骏	2007年12月
44	第11辑	《中庸的思想》	陈赟	2007年12月
45	第12辑	《从“人文主义”到“保守主义”——〈学衡〉中的白璧德》	张源	2009年1月
46	第13辑	《中国晚明与欧洲文学——明末耶稣会古典型证道故事考诠》	李奭学	2010年9月
47	第14辑	《列维纳斯与“书”的问题——他人的面容与“歌中之歌”》	刘文瑾	2012年9月
48	第14辑	《清代世家与文学传承》	徐雁平	2012年9月
49	第15辑	《中国“诗史”传统》	张晖	2012年11月

中国比较文学不像欧美比较文学，发端于大学讲坛。1987年6月，我国比较文学学会第一任会长、北京大学英语系教授杨周翰先生在日本京都召开的日本比较文学学会年会上发表题为《中国比较文学的今昔》演讲，这是新兴的中国比较文学在国际比较文学界的一次重要亮相。在演讲中他强调，西方比较文学发源于学院，而中国比较文学则与政治和社会上的改良运动有关，“这种文化熏陶使人们看到本国文学受外来影响，或外国文学中有中国成分，就自然而然要探个究竟”[①]。正是这种“探个究竟”的想法开

① 杨周翰：《镜子和七巧板》，中国社会科学出版社1990年版，第7页。

启了中国比较文学发展的新方向。而在中国比较文学近四十年的发展历程中，哈佛与中国学术之间深厚的渊源关系，不仅促进了中美学术新发展，还催生了中国比较文学的兴起。80年代以来，一大批的留美学人以其自身的读书、研究、教学经验为中国比较文学发展奠定了基础。他们大多留学于哈佛大学，具有良好的学术背景，回国后多任职于高校或科研单位，在一定意义上为中国比较文学研究带来了新的研究方法与视野。其中，以乐黛云为代表的大批中国学者，对中国比较文学的学科建设、理论建构、研究方法进行了系统性的分析，确定了比较文学独特的学科地位。而在哈佛与中国的文学学术交流史中，以哈佛燕京学社为代表的学术机构在中国现代学术转型、人才培养、著作出版方面，不仅为中美学术交流的开展提供了一个相对稳定的平台，而且对中国近百年文学学术交流具有重要的影响。正是这些综合因素为中国比较文学近四十年的发展提供了重要保证，也促进了中外学术交流的顺利进行。

第六编

国际中国文学研究

第　一　章

文化互读探路者的知与行

1994年7月26日，朱维之在天津师范大学主办的环太平洋地区文化与文学交流国际学术研讨会的开幕词中谈到，在这个东方和西方文化的交流会上，于交换礼物之外，也有一个更远大的前景，就是东、西方文化结合而产生的胖娃娃。

> 这个胖娃娃是什么呢？现在还难预料。姑且名之为“世界的现代化”。什么是现代化？它不是西方化，也不是东方化，而是东、西文化相结合而产生的新文化。其中有东方精神文明的特长，也有西方物质文明的特长。能使世界人类活得更幸福的生活方式，拥有无限丰富的生活资料，和繁荣的文化。①

朱维之用“胖娃娃”的比喻道出了文化交流最佳效果之所在。这个“胖娃娃”不仅是一个作家影响下出现了一个相似的作家，或者一部作品影响下产生了一部相近的作品，而且还意味着一种新的思维、新的行为模式、新的人格的诞生。甲与乙的交流，不是为了复制一个新的甲，或者新的乙，无论甲与乙如何强烈地坚持自己的“不动身”，在有效的具有真正

---

① 天津师范大学中文系编：《环太平洋文化与文学交流学术研讨会论文集》，天津古籍出版社1996年版，第2页。

意义的交流之中，都会带来某些改变。如果执意让对方改变而自身不变，那么便不会有什么“胖娃娃”的降生。

学者间流传着朱维之的传说，据说他在白天被大字报点名、在“打倒”声的包围之下，晚上还曾走进学生群里，和他们一起看电影。这样一种行为方式本身，对于一位精神世界扎根于中国文化传统而又精通基督教文化的学者来说，是真实、自然的生活，而不是什么传奇。他的境界已经超越了封建士大夫和儒士贤臣的高度。熊十力所说的“思想独立，学术独立，精神独立”对于他来说，绝不仅是一种口号而已。在厄运袭来之时，他一如既往地等待光明，守护希望，一如既往地沉浸于文学艺术之中。文学学术交流的结晶，不仅体现在学术论文上，而且切实体现在交流者对待文化、对待生活的实际态度之中，体现在交流者的灵魂深处。

月有阴晴圆缺，人有悲欢离合，而中国优秀知识者对中国文化命运的思考，对中外文化走向的探索却是全天候、无倦怠的，而且这种思考、这种探索远远没有抵达终点。

如果没有玄奘，那《大唐西域记》记载的很多传说或许早已随风飘散；如果没有鉴真，那奈良唐招提寺或许不会有今日的光彩；如果没有圆仁，那我们或许不会把大唐的晚霞看得如此真切；如果没有马可·波罗，罗马的人们不会那么早就听到元大都的嘈杂人声。学者是学术交流的主力军。20世纪80年代以来，一批这样的知识分子松开了手脚，以“把失去的时间夺回来”的意愿激励自己，积极推动文化交流、学术交流的事业。尽管他们也知道失去的时间是不可能夺回来的，但他们一刻也不肯松懈，不断增进着对交流对方的理解，提升着自己的交流能力，一步一步留下了深深的足迹。他们以玄奘、鉴真、圆仁和马可·波罗的事迹来激励自己，具有同样精神的人，不是一位数，也不是两位数，而是更多、更多。

第一节　季羡林的“交流动力论”

“文化交流是推动人类社会前进的重要动力之一”，这是20世纪90年代以来季羡林在论文与学术会议的发言中反复提到的观点。在宁夏人民出版社出版的《跨文化丛书——外国作家与中国文化》的题词中，他说：

> 我一向有一个看法：文化交流是推动人类社会前进的重要动力之一。如果没有文化交流，我们简直无法想象，人类今天的社会是一个什么样子。在精神方面的交流中，文学的交流实占有重要地位。跨文化丛书致力于这方面的研究，可谓有真知灼见。[①]

在他的脑海中，存在着一个多文化和谐交响的梦幻，他相信“不管今天人类所处的境遇多么糟糕，也不管人间有多少是非，有朝一日——当然是在遥远渺茫的未来——人类终将共同跻入大同之域”[②]。这也恰是历史上许多致力于不同文化相互理解与沟通的前贤志士共同追求的理想。在20世纪这个地球越来越狭小的时代，自觉地投身于文化交流的事业中、以推动与促进多元文化和谐共生为己任的学者，各国皆有，季羡林正是中国学者的杰出代表。

与近代以来睁开眼睛看世界、冲出围城走世界的前辈一样，70年代的学人太多地品尝过封闭的窒息、苦闷与焦虑，向往过新鲜的空气与辽阔的海天。而他们在跨进学术大门的时候，正值国门初开的年代，便不由自主地将目光贪婪地投向外部的世界。

从80年代起，季羡林便通过自己的学术影响力，利用一切机会，呼吁中国学人开阔眼界，最终提高我们的研究水平。在他为《文史知识》撰写的《百期祝词》的末尾，便建议该刊物适当刊登一些世界其他国家讲中国文史的文章，或者研究动态。他说：“这将有利于开阔我们的眼界（我们现在的眼界是非常不开阔的），增长我们的知识，加强对外部信息的了解，最终提高我们的研究水平。”[③]这些话使一批青年学者看到了眼界不开阔给提高研究水平造成的巨大阻力，鼓励他们推开窗，打开门，迈出国门，一

---

① 王晓平：《梅红樱粉——日本作家与中国文化》，宁夏人民出版社2002年版，扉页。

② 周发祥、李岫主编：《中外文学交流史》，湖南教育出版社1999年版，第2页。

③ 王邦维：《感怀集》，中华书局2015年版，第22页。

步一步走向国际学术舞台。

一、《大唐西域记》之于东亚佛教文学

季羡林认为，为了实现多元文化共存的理想，必须让人们从切身的感受中了解到，人类是互相依存的，是相辅相成的；人类各民族各国家的文化是你中有我、我中有你的，是浑然一体的。而想要达到这个目的，在各条道路中，有一条就是撰写文化交流史。他在《中外文化交流史》序言中指出：

> 从中国来说，就是撰写中外文化交流史。写文化交流史，能够以具体生动的事例，来说明人类的互相依存，说明人类的相辅相成，说明人类文化中你中有我、我中有你的情况。①

《校注大唐西域记》无疑是季羡林对中外文化交流史研究的一大贡献。季先生早先曾引述印度柏乐天教授的话来对玄奘的历史功绩作评价。柏乐天曾说："无论从哪方面看来，玄奘也是古今中外最伟大的翻译家。在中国以外没有过这么伟大的翻译家，在全人类的文化史中，只好说玄奘是第一个伟大的翻译家。中国很荣幸的是这位翻译家的祖国，只有伟大的中国才能产生这么伟大的翻译家。"玄奘作为翻译家是伟大的，但他对中外文化交流事业的贡献，绝不只是完成了堪称宏大的佛典翻译，并把《老子》译成梵文传播于印度，他的影响早已超越了中印两国，成为东亚文化史上具有象征意义的典型。

玄奘的译场是讲学的场所，他在翻译时为弟子阐述义学，培养出一批卓越的青年学者，通过他们影响到日本、朝鲜。远在唐宋时代，他的著述便远播朝鲜半岛与日本列岛，而且他作为伟大的佛教徒、旅行家与学识渊博的佛教哲学家、"乘危远迈，杖策孤征"的传奇性经历本身，他与中

① 周发祥、李岫主编：《中外文学交流史》，湖南教育出版社1994年版，第2页。

亚、南亚各民族接触并把他们的文化风俗介绍到中原的经历本身，早已成为中国文化开放性一面的证明，赢得东亚无数热衷于文化交流事业的僧侣人士的尊敬。《大唐西域记》成书之后的东行之旅，延续着丝绸之路的光辉。

《大唐西域记》在传入我国周边国家之后，对那里的佛教文学产生过积极的影响。日本成书于12世纪中叶的佛教说话集《今昔物语集》便收录了多篇根据《大唐西域记》改编的故事，并把玄奘取经故事加以发展。其中，第六卷“震旦”物语中的《玄奘三藏渡天竺传法归来语》记述，三藏到天竺后得到天竺戒日王赠与的诸种财宝，其中有一传世宝锅，放进之物，取之不尽，吃其中之物则可免除疾病。三藏取经返回途中渡河，至河中船倾欲覆，三藏法师尽管诚心祈祷，亦无灵验：

> 法师曰：“此舟倾覆，盖有安定之方乎？抑此舟有龙王所需之物哉？若此，可显灵。”言时，自河中出一翁，乞其宝锅。法师思之：“与其沉法文多部，弗如将此锅予之。”遂将宝锅投入河中，于是平安渡河而去。①

故事中宝锅出物不息的情节，固然来自佛经中常见的一宝出众物、生生不息的构思，而玄奘法师视法文重于财宝的心理活动描写，实寄寓着日本僧侣对三藏法师的敬慕之情。《大唐西域记》中的故事，传入日本之后，还成为日本僧侣进行再创作的源泉。《今昔物语集》中许多出自《大唐西域记》的故事，实际上注入了日本人的审美意识。还应该指出的是，这些故事的流传，以及玄奘法师在日本自平安时代以来享有的声誉，还成为后来《西游记》在日本广泛流传的因缘之一。

从这个意义上说，季羡林等对《大唐西域记》的校注和研究，意义便不只限于中国文学，日本佛教文学研究者也深感从中多有所获。

负笈西游的不光有中国僧人，还有新罗、日本等东亚国家的僧人。在长期的异国之旅中，不同民族的僧侣不仅有了接触与了解印度及沿途国家

---

① 王晓平：《论〈今昔物语集〉中的中国物语》，载《中国比较文学》1984年第1期。

文化的机缘，而且也获得了相互认识与理解的环境。段成式《酉阳杂俎》卷三载："国初，僧玄奘往五印取经，西域敬之。成式见倭国僧金刚三昧，言尝至中天，寺中多画玄奘麻屩及匙箸，以彩云乘之。盖西域所无者。每至斋日，辄膜拜焉。"同续二有元和十三年金刚三昧游蜀之记事。日本僧人金刚三昧至五印度，亲眼看到当地寺庙中画的玄奘麻屩及匙箸，感受到玄奘在印度的影响和受到的尊敬。玄奘之名远播东亚。在玄奘的弟子当中，便有日本人，其中最著名的是道昭。道昭将法相宗传入日本，日本至今流传着玄奘与道昭师生的故事。

12世纪成书的《今昔物语集》卷十一中记述，玄奘听说道昭是奉天皇之命来学唯识法门的，立即将他传入，亲自迎接，让他在自己身边学习，"如瓶水之泻"。由此遭到原来弟子的不满，有人说："日本人再有才能，终究是小国之人，比不得中国人。"三藏答曰："你快到日本僧人住的房间去看看。"三位弟子往去窥探，道昭正在读经，口吐白光，弟子们见了，无不叹服。[①]在这个传说中，玄奘被描绘成超越民族偏见的高僧，而道昭则成为日本留学僧杰出的代表。

《续日本纪》文武天皇四年还记述，道昭归国前与三藏告别，三藏以所持舍利经论咸授道昭，对他说："人能弘道，今以斯文付属。"又给他一个铛子，说："吾从西域自所将来，煎物养病，无不神验。"于是道昭拜谢，啼泣而别。及至登州，随员多病。道昭拿出铛子，暖水煎粥，遍与病徒，当日即瘥。既解缆顺风而去。比至海中，船漂荡不进者七日七夜，诸子怪曰："风势快好，计日应到本国，船不肯行，计必有意。"仆人曰："龙王欲得铛子。"道昭听说后，说："铛子此是三藏之所施者也，龙王何敢索之。"诸子皆曰："今惜铛子不与，恐合船为鱼食。"[②]因取铛子抛入海中，登时船进还归日本。玄奘所授铛子救了全船人的性命，这个故事以龙王索宝的形式，宣扬了玄奘的法力，而在主题上，也和《今昔物语集》卷六的《玄奘三藏渡天竺传法归来语》相近，只不过是宝锅变成了宝铛，河流变成了海洋，一个横穿大陆的取经故事，变成了一个跨海求法的故事。

---

① 王晓平：《佛典·志怪·物语》，江西人民出版社1992年版，第229页。

②［日］直木孝次郎他訳注：『続日本紀1』，平凡社1987年版，第14—16頁。

玄奘在朝鲜半岛的影响，也通过他的崇信者与弟子的传说传告后人。宋《高僧传》中的《元晓传》，说新罗东海湘州人元晓，“尝与湘法师入唐，慕奘三藏慈恩之门”。元晓虽然没有机会成为玄奘的弟子，但他淹通三学，精义入神，“示迹无恒，化人不定，或掷盘而救众，或噀水而扑焚，或数处现形，或六方告灭，亦杯渡志公之伦欤？其于解性，览无不明矣”[①]。所著《金刚三昧经疏》有广略二本，“俱行本土，略本流入中华，后有翻经三藏，改之为论焉”。新罗时期高僧一然所著《三国遗事》载沙门严庄欲与亡友广德之妻通而遭到拒绝，“愧赧而退，便诣元晓法师处，恳求津要。晓作铮观法诱之。藏于是洁己悔责，一意修观，亦得西升”[②]。在元晓的传说中，宣扬了净土思想，也插入了崇敬玄奘的内容。

有人曾把东亚的20世纪称为留学时代，成千上万的亚洲青年，去国远游，前往异国。实际上，留学不过是文化技术引进时代的产物，是文化落差带来的人员定向移动的必然现象，因而，与其称之为留学时代，不如称之为文化技术引进时代。技术的引进，推动技术的提升，而思想观念的变化，推动社会的进步，都是通过人员的流动来加速实现的。20世纪留学带来的各民族中具有创造活力的分子的流动，规模远远超过任何时代。不过，往日留学僧的精神史，仍不失为一面镜子，我们可以从那些反映学子们精神历程的记述与传说中，体会不同文化的冲撞与交汇在人的心灵深处引起的波动与震颤。

在中国古代文献中，有关玄奘等人的记载，多突出途中艰辛而少涉心灵上的磨难。《独异志》载玄奘行至罽宾国，道险虎豹不可过，玄奘得老僧口授《多心经》而遂得山川平易，道路开辟，虎豹藏形，魔鬼潜迹，遂至佛国。[③]然而，在远游异国、接触异文化的过程中，由于文化背景的差异而造成的心理冲突，其激烈程度有时并不亚于山川险阻。求学之初，相互沟通与理解颇多困难，由于语言及行为习惯的不同而造成的误解又在所难免，这些都是不同民族文化接触不可避免的现象，何况还有异邦人或同行

---

① 高楠順次郎：『大正新脩大藏經』第五十卷史傳部二，1990年版，第730頁。

②［日］三品彰英撰：『三国遺事考証』上，村上四男撰：『三國遺事考証』下，塙書房1995年版。

③ 李昉等编：《太平广记》（二），中华书局1961年版，第606页。

者的误解嫉妒之类而造成的烦恼，远离故国后重归旧环境的心理相容问题等等。在这些伴随留学出现的普遍的文化现象中，东亚各国之间不同的文化特性也表现得格外突出。历史文献中对这些内容的记述，正反映了记述者对彼此文化关系的理解。

或许是日本人对文化落差与差异造成的心理冲击，较之中国人更为敏感的原因，对于留学异邦的学子经历的人为磨难，日本古籍中尚可见到。《江谈抄》中记述遣唐使吉备真备被安置在有鬼魂出没的房中，被迫接受解读《文选》这样艰深的考试，只是由于得到先来的遣唐使鬼魂的帮助，才最后折服了唐人，使他们不敢小看日本人。①这些传说的出现，实际上证明在日本大量吸收中华文化的时候，他们并不是亦步亦趋的追随者。他们在埋头勤学的同时，也担当着挑战者的角色。他们对与中国文化交流的评价，随着时代发生着微妙的变化，在肯定这种交流对日本文化形成与发展所起的巨大作用的同时，从来没有动摇自己的文化主体。

19世纪中叶以前中日之间的交流虽不能说单向运行，但可以说是以中国流向日本为主，在接受方面出现的自卑意识、大国小国判分意识正反映在这些古代传说之中，但是，这种意识基本上是文化意识，为之赋予政治因素加以利用，则是后来的事情。

二、敦煌在中国，敦煌学在世界

季羡林在《敦煌学大词典》序言中曾说："对世界学术界来说，学术乃天下之公器，任何国家和任何人都不能得而私之，敦煌学也不能例外。"②在一次敦煌学国际研讨会上，他在发言中说"敦煌在中国，敦煌学在世界"，受到了在座的国内外学者的同声赞扬。这两句话，有着深刻的内涵。一部敦煌学史证明，昔日起自敦煌的风，吹遍了东亚的大陆与海洋；今日的敦煌，则以宽阔的胸怀迎接着八方来风。

日本奈良时代歌人山上忆良的身世始终是一个谜，但是他作为遣唐

---

①［日］後藤昭雄等校注：『江談抄　中外抄　富家語』，岩波书店1997年版，第496—497頁。

② 季羡林主编：《敦煌学大辞典》，1998年版。

使少录到过中国，却是史书上有记载的。回国后他所作的几百首和歌，都被收在最早的和歌集《万叶集》里。从这些作品看，他读过的六朝和初唐的书实在不少。有趣的是，有不少作品与敦煌发现的王梵志之诗不仅构思相近，而且连用语都相同。比如他的《贫穷问答歌》，描绘穷人破败的住所、褴褛的衣衫、里正的逼债、妻儿的啼号，无不与梵志诗《贫穷田舍汉》相同，连末尾的感叹，也和梵志诗中“如此田舍汉，村村一两枚”语义酷似。

因此，山口博在他的《万叶集的诞生与大陆文化——从丝绸之路到大和》一书中便描绘了这样一幅图画：在长安街上，山上忆良出神地倾听着乞食和尚王梵志演唱的《贫穷田舍汉》，在街人的喝彩声中，他的脑海里却涌现出一首新的和歌的构思，也要写出故乡那些在律令制下饥寒交迫的人们的心声。[①]山上忆良历来有社会派歌人之称，他到底是在哪里听到梵志的歌唱，或是读到梵志的诗集，我们已经无由得知。然而山上忆良和歌与梵志诗的关联，不能不唤起我们对敦煌与日本古代文化因缘的神往。

大量文物和考古结果证明，西域的文化艺术流入日本达到了令人刮目而视的程度。在正仓院的御物之中，有亚西利亚的箜篌、东罗马的雕花玻璃、波斯萨桑王朝的漆胡瓶、印度的五色龙齿等许许多多文物。那里的一幅屏风画——《树下美人图》，其构图表现出波斯、印度以及中亚细亚诸国共同的特点。日本学者认为，在这个意义上，正仓院是丝绸之路的一个终点，也是七八世纪全亚洲的世界性文化的缩影。只要看一看这幅《树下美人图》和法隆寺壁画的飞天，日本七八世纪的佛教艺术如何追随那来自大漠的风潮，便不难推想了。

关于日本学者在敦煌学中的作为，神田喜一郎在1952年的讲演《敦煌学五十年》和以后的两次讲演《敦煌学之近况（一）》与《敦煌学之近况（二）》有较详尽的评述。神田喜一郎所著《敦煌学五十年》已出版了中文版[②]。朱凤玉《日本敦煌文学研究成果与方法之考察》[③]的概括与总结

---

①［日］山口博：『万葉集の誕生と大陸文化——シルクロードから大和へ』，角川書店1996年版，第120—129頁。

②［日］神田喜一郎著，高野雪译：《敦煌学五十年》，北京大学出版社2004年版。

③ 朱凤玉：《百年来敦煌文学研究之考察》，民族出版社2012年版，第128—153页。

也较为全面。需要强调的是，许多成果的取得，都是在中国学者的帮助下取得的。例如藤田丰八《慧超往五天竺国传笺释》，神田喜一郎曾给以极高评价，说："从敦煌学历史来看，实际上这是世界上最早问世的卓越著书，它出于日本人之手，我们可以感到自豪。"[①]藤田丰八一直得到罗振玉的赏识和重用，罗振玉在广东任职时，藤田丰八任教育顾问。罗振玉在苏州创设寻常高等师范学校时，藤田丰八就任总教习，罗振玉就任北京农科大学校长时，藤田丰八任总教习。从藤田丰八所撰《慧超往五天竺国传笺释》题记（前言），亦足以看出罗振玉与该书的密切关系。[②]从藤田丰八叙述的成书过程中不难看出，罗振玉在此之前已对此书做了较为深入的考证，此结论为藤田所接受。在《笺释》一书中，引用"罗君札记"者随处可见。

在中日两国邦交正常化之前，两国间学界的交流也在艰难中前行。1956年日本举办了张大千敦煌壁画摹写展，1958年常书鸿赴日，带去了千佛洞壁画摹写等许多资料并举办了展览。20世纪后半叶，两国敦煌研究界的交流更为活跃，敦煌研究的国际化不再是梦想，21世纪初，敦煌研究国际联络委员会的建立，更为开展国际合作提供了广阔的平台。

在日本，为敦煌学的魅力所吸引而投身研究的，有历史学者、宗教学者，还有研究中国文学的专家，但专攻日本文学的人，则首推川口久雄。在他去世七年之后，2000年，由明治书院推出了六卷本的《敦煌来风》[③]，它使我们能够大体把握日本敦煌文学比较研究的现状。

川口久雄一生也没有离开过金泽，但他的眼光始终注视着国际学术的发展。1961年至1962年间，他承担了"敦煌资料与日本文学"的研究课题，前往英、法等国做访问研究，朝夕翻阅被欧洲人从莫高窟窃取的大量资料。作为日本古代文学的研究者，他自然而然地考虑到它们与日本文学的关系。他以探讨中国西北边境陆续发现的庶民唱导资料的素材与性质为触媒，感觉到在日本文学的地下存在着一股潜流。他后来回忆说，那是一

①［日］神田喜一郎：『敦煌學五十年』，筑摩書房1971年版，第32頁。
②［日］藤田豊八：『慧超往五天竺国傳箋釋』，藤田豊八刊1911年版，第6頁。
③［日］川口久雄：『敦煌よりの風』（六巻），明治書院2000年版。

些爽快的思考的日子。

日本平安时代以后宫为中心的物语文学的繁荣，被称为世界文学的一个谜，川口久雄推断，在物语文学繁荣的前夜，作为其形成的基础，一定有不通过语言文字的“绘解”这样一种交流。“绘解”就是说画儿或讲画儿，平安末期以后有人专门给佛画、地狱绘等宗教绘画做说解，有时一边弹奏琵琶一边讲唱，使由眼睛得到的视觉形象与由耳朵得到的声音语言形象两者结合。绘解的演变，是中日两国共通的现象。川口久雄从欧洲回国以后，相继出版了《西域之虎——平安朝比较文学论集》《花之宴——日中比较文学论集》《绘解的世界——敦煌来影》等著述。1983年，由于其研究业绩，他获得了日本政府授予的勋三等旭日中绶章。川口久雄于1993年去世，新出版的《敦煌来风》，收集了他从50年代以来撰写的敦煌文学比较研究的大部分论文。

《敦煌来风》六卷，分别是《敦煌与日本文学》、《敦煌与日本的说话》、《敦煌的佛教故事》(上)、《敦煌的佛教故事》(下)、《敦煌的风雅与洞窟》、《敦煌往来的人们》。川口久雄酷爱绘画，对于佛画抱有浓厚兴趣，花了很多精力探讨了中日两国绘解与绘解者的系谱，作为绘解素材的净土变和地狱变的演进，还注意到围绕题画诗的两国的艺术交流。他平时喜欢音乐，对音乐的造诣，凝聚在《敦煌的风雅与洞窟》的研究成果当中。因学生时代参加过登山队，管理过谷川岳上的小屋，登山的经验养成了其锲而不舍的研究态度，故他的目光也时常离不开山岳。遗憾的是，到晚年他才有机会来到梦萦魂绕的莫高窟。所幸在他去世前后，一批中青年学者在这一领域顽强跋涉，在佛传文学的交流方面，有了新的发现，并把眼光从平安时代前推到奈良时代。山上忆良和歌与王梵志诗关系的秘密，便是菊池英夫在其论文中揭开的。

古代的文学以文字将古人的喜怒哀乐和所感所盼传达给我们，但是在其定形为文字之前，可能已经走过了很长的里程。描述这难以稽考的里程，要的是庞大的资料与合情合理推断的科学结合。选择这样的跨文化跨学科的课题，需要全面的知识结构，加上资料分散在各地各处，散兵游勇似的突击便难奏大功，今天看来，其依旧是刚刚揭开序幕。川口久雄对平安朝汉诗文的研究堪称独树一帜，但他对具体作品的解释不免粗糙。至于敦煌资料与日本文学的关系，更是大有文章可做。别的不说，光说“愿文”，便该大书特书。

愿文是祈愿禳灾的文章。在平安时代中后期，愿文是一种重要的汉文散文文体。《源氏物语》中几次提到它，《枕草子》当中把它同《史记》《文选》《白氏文集》相提并论，当文章典范提出来，汉文学总集《本朝文粹》中收录了不少当时一流的作者写作的追善愿文，证明当时愿文是第一等的文学，享有很高的地位。然而，这种文体到底来自何处，却存在疑团。

过去，日本文学研究者往往把它当作日本独有的文体，用它来说明平安朝汉文学的独特性。只有研究中国文学的池田温注意到吐鲁番、敦煌功德录和有关文书，简单提到它们是古代日本愿文之源。然而，只要我们读一读我国学者黄征和吴伟编校的《敦煌愿文集》[①]，就会发现，愿文原来在我国曾经相当盛行，日本平安时代的愿文从写法到语言都与之接近。只是由于佛教在平安贵族社会特别崇高的地位，这种文体才备受青睐，遂成为皇族与贵族生活中不可缺少的内容。在接受这种文体之后，日本作者又大大增强了它的抒情性，以至于写经或办理丧事，甚至僧人启程赴宋游学，都要请有名的文章家作一篇愿文。那些言辞华美而恳切的愿文，既是对佛许愿，更是借以表达对人的祝愿、同情与慰藉。

愿文在我国似乎早已退出文学家的视野，而在日本不仅平安及镰仓文集中有收录，而且在反映现代佛教文学的《讽诵、叹德、表白、引导大宝典》中也有收录。《江都督纳言愿文集》《讽诵愿文集》等都是两国佛教文学比较研究的好材料。

王晓平的系列论文指出了愿文对《万叶集》歌人作品的影响，王小林《山上忆良的著述与敦煌愿文》讨论山上忆良作品如何具体接受愿文的影响，以及这些作品在《万叶集》中的独特意义，并从语句用典与作品意义等方面，加以考察。[②]王晓平将传存在日本的敦煌文学分为五级：以抄本或刻本形式保存的本子；日本文学文献中引用或引述的敦煌文学材料；根据敦煌文学改写（日语称为“翻案”）或创作的作品；由敦煌文学文体发展

① 黄征、吴伟主编：《敦煌愿文集》，岳麓书社1995年版。

② 王小林：《汉和之间——王小林自选集》，上海人民出版社2014年版，第118—147页。

起来的日本文学；敦煌文学的精神影响。其作《远传的衣钵——日本传衍的敦煌佛教文学》（宁夏人民出版社2005年版）、《唐土的种粒——日本传衍的敦煌故事》（宁夏人民出版社2005年版）、《密封的文缘——日本传衍的敦煌诗文》对日本文学与敦煌文学的历史关系做了全方位描述。

敦煌歌辞不仅与日本的和赞一脉相承，而且与朝鲜的佛教歌辞同源。敦煌文献不仅连着印度，连着西亚，连着长安，连着中原，还连着朝鲜半岛，连着隔海的日本。

据说川口久雄研究室里书架上放着的王重民等人的《敦煌变文集》，被他写划得几乎找不到空白的地方，由于加贴了很多张条，书都变得鼓鼓的。他还开玩笑说，万一出了什么事情，紧急关头，就只抱着这本书逃跑。他将这本书置于座右，他的学生也以精读此书作为研究生活的起点。①

三、海纳百川与以奉献为乐

季羡林特别赞扬80年代以来海峡两岸一批中青年学者在敦煌学领域的功绩，说他们“脱颖而出，焚膏继晷，兀兀穷年，探幽烛微，健笔如椽，在文学、语言、历史、地理、考古、艺术、宗教、天文历法，以及敦煌学史和敦煌学理论等方面，都有水平相当高的著作”②。经过20年来的努力，中国敦煌学与世界敦煌学相辅相成，蔚为壮观。2000年，北京、敦煌、香港、东京等地，都举行了纪念敦煌学百年的学术讨论会，2001年至2002年，京都、杭州、台湾陆续举办了专题或综合的敦煌学研讨会，2002年北京还举办了全面讨论敦煌学史的学术会议。“敦煌学在世界”已变为活生生的现实。

季羡林以学术乃天下之公器的大度，举起“敦煌在中国，敦煌学在世界”的旗帜，正表现了中华民族利他无私的胸襟。这种气度，超越了狭隘的国粹主义，展现了中华民族全力为世界文化贡献力量的热望。而“敦煌

① ［日］川口久雄：『敦煌よりの風——敦煌と日本文学』，明治書院2000年版，第7頁。

② 季羡林：《敦煌学研究丛书序》，见陆庆夫、王冀青主编《中外敦煌学家评传》，甘肃教育出版社2002年版，第2页。

在中国、敦煌学在日本”引起的情感冲撞，也使我们深感不同文化的相互理解与沟通，绝不是想象中那么简单，这是一项艰巨性不亚于三峡工程、不亚于登月旅行的事业。小至只言片语、眉目手势，大至理论学说、文化方略，都隐藏着文化差异引起的麻烦。何况现代社会国际关系纷纭复杂、瞬息万变，往往投射于各民族的文化关系，摩擦生热而后火上浇油。文化交流与政治、经济等关系相比，常常显得脆弱无力。

对于21世纪的中国来说，和平的国际环境，特别是与周边国家睦邻友好，是繁荣发展的必要条件，多边文化实现和谐共生，符合中国人民的根本利益，因而，中外文化交流的事业是崇高的事业，其价值将随着时代的推移为越来越多的人所认识，这是无可怀疑的。

季羡林一向主张文化生产多元论，认为：“说文化只是一个地区或一个民族的产品，即使不是法西斯极端民族主义的思想，至少也含有民族歧视的因素，是与历史事实相违的。”[①]他把撰写文化交流史作为一条达到多元文化和谐共存这一目的的途径。事实证明，这一主张是完全正确的。1995年，由中日两国学者共同撰写、日本大修馆与浙江文艺出版社同时出版的《中日文化交流史大系》的成功，便证实了这一点。该丛书分历史、法制、思想、宗教、民俗、文学、艺术、科技、典籍、人物各类，堪称全方位、多角度。该书不仅赢得了中日两国读书界的欢迎，而且还荣获了亚洲太平洋出版协会96学术类图书金奖。然而，这仍然只是继续研究的基础。

一百多年以来，我国的日本学研究取得的成果是值得自豪的。特别是改革开放以来，这种研究涉及政治、经济、文化等各个领域，文化与文化交流的研究成果斐然。数年前两国学者共同合作平等对话，还是一个梦想，如今这种合作日益深入，日益频繁，共同著述也已屡见不鲜。

然而，还应该指出的是，对日本固有文化研究的不足，恰是阻碍我们深化中日文化交流史研究的瓶颈。对于东邻日本，黄遵宪为了改变对其认识的贫乏，摒弃了以往中国文人撰史的那种以“天朝上国”自居的妄自尊大的态度，写出了《日本国志》一书，对日本的地理、历史、政治、经

① 季羡林：《〈中外文化交流史〉丛书序》，载《中国文化研究》1997年第2期。

济、文化等各方面进行了详细的介绍叙述。同时，出于当时的政治改革的需要，他又采取了“详今略古、详今略远，凡牵涉西法，尤加详备”[①]的原则，这既是适应迫切要求改革的国人的需要，也是对日本固有文化无暇顾忌的表现。很长一段时间，这是许多日本研究著述的共同特点。另一方面，中国人研究日本文化，日本文化中与中国文化有关的部分首先引起研究者的兴趣，是难以避免的现象，同时，研究日本的固有文化与独特文化，需要更多的日本语言、历史、文化知识的积累，非五年、十年不能奏大效。

对日本固有文化研究的匮乏，加深了对日本文化的误解，以至于以为日本文化原来只是中国文化的翻版、后来又是西方文化翻版的误识，至今影响着很多人。近代日本军国主义对中国的侵略，给中国人民带来了深重灾难，而战后日本右翼一再否认侵略历史的做法，又不断伤害中国人民的民族感情，这一切不能不波及一般中国人对日本文化的认识。当改革开放的大潮席卷中华大地的时候，更多的人感兴趣的是日本经济高速发展的经验。

凡此种种，便形成了今天看似矛盾的局面：一方面日本的漫画、流行歌曲、推理小说，甚至“和食”，改变了很多年轻人的口味；另一方面对于这些来自日本的文化的渊源特性、内涵，又缺乏及时的阐释与分析，使许多日本文化的消费者，美者不能真明始末，丑者不能深知其害。由于经济因素的影响，许多给予近代日本深远影响的文化典籍还没有译介过来，也是限制中国人日本文化观深化的一个原因。

至于对韩国、朝鲜、越南等周边文化的研究，对于我国与这些国家文化交流的研究，我们可做的事情则更多。今天的东亚文化，也是几千年来文化交流的结果。人们出于研究的需要，将文化划分为若干文化圈，而这种划分是牺牲圈内各种文化差异而存在的。我们应当把这种划分的负面影响减少到最低限度。

两千年来，中国文化对日本文化的影响是深刻的，但这种影响又是非

---

① 黄遵宪著，吴振清、徐勇、王家祥点校整理：《日本国志》上卷，天津人民出版社2005年版，第7页。

均衡、非连续、非整体性的。如何评价这种文化交流的成果，受到对各自原有文化及各自接受外来文化范型认识的制约。20世纪以来，关于日本文明是否是中国的卫星文明、中日文化是同母文化还是异母文化等问题的议论，既直接影响过历史上两国文化关系的认识，又实为现实中日政治关系在学术上的反映。要实现中日两国世世代代的友好，超越社会制度意识形态的差异、超越大国小国意识、超越同母文化或异母文化意识，真正实现平等、对等的交流，有赖于中日两国各自文化特性的深入阐发。

在这里，只言片语的结论或对立性的概念，诸如甲为A、乙为反A的思维模式，不足以推动研究向纵深发展，而需要以切实具体的个案研究为基础的整体研究。这一主张也适合于中朝、中越文化关系的研究。对中国学者来说，像季先生等学者注《大唐西域记》那样，对日本、朝鲜、韩国、越南的基本历史文献，做从校注开始的典籍整理，当为一项重要的基础工程，可以列入计划的，包括日本的《古事记》《日本书纪》，朝鲜、韩国的《三国史记》《三国遗事》以及越南的《大越史记》等。

季羡林对于国际学术交流的热心倡导，在他80年代以来发表的文章中常可看到。他曾引用中国古语“以文会友”和“嘤其鸣矣，求其友声”，来表达加强敦煌学国际学术合作的愿望，诚恳希望“在中国敦煌学者同心协力、加强团结的基础上，进一步加强同国外同行间的协作，互通有无，互通信息，互相补充，互相砥砺”[①]。这种合作当然不应只限于敦煌学，在整个佛教文化、中国学、日本学、朝鲜学、越南学研究领域，都具有特别重要的意义。日本、韩国的学者对这种合作也表现出十分浓厚的兴趣。2000年，在韩国东国大学召开的中日韩佛教文学研讨会上，敦煌与东亚佛教文学的关系不约而同地成为大家共同感兴趣的论题，同时，学者们又都自然地将话题扩展到观音信仰、净土信仰在各国文学中的变形与再生的问题。

从季羡林提出的“敦煌在中国，敦煌学在世界”的关键词当中，我们感受到一个问题的两个方面：一方面对来自各国各地区的研究成果，有海纳百川的胸襟，另一方面对中国的学术资源，又采取了以奉献于世界为

① 季羡林：《〈敦煌学大辞典〉序》，见季羡林主编《敦煌学大辞典》，上海辞书出版社1998年版，第1页。

乐的态度（被窃取的敦煌资料，应归返我国，这是另一回事）。而这恰是当今世界范围内文化交流中一车之两轮，一鸟之双翼。文化交流的本质，是信息、意念在时间空间上的移动，其最大意义则在于不同文化要素结合而后孕育新的文化要素。文化交流，可以使接受新的文化因素的一方通过文化因素的交换而丰富自身文化，并且增进相互理解，减少国际摩擦与纷争，同时，文化交流成为纷争起因的事例，也并不罕见。中国学者海纳百川而又以奉献为乐的精神，摒弃了“华夷之辨”“惟我独尊”等有害于新时代国际文化交流的观念，体现了中华民族富有包容性的优良文化传统，与所谓“大美国主义”“大日本主义”以及形形色色的“大某某主义”的态度泾渭分明。

中华民族在自身发展过程中，形成了多种文化共生和谐发展的理想。孔子曾提出“以德服远”作为处理与周边地区和国家关系的准则，尽管这在春秋时代是不可能实现的空想，甚至有居高临下之嫌，在今天也不是原装照搬的原则，但它的核心是“德”，是拒斥对抗，寻求和平。从这种意义，它和源远流长的“大同”理想仍然影响着热心从事文化交流的中国学者。海纳百川、以奉献为乐，同虚怀若谷地吸取外来文化与积极主动地介绍本国文化结合起来，使我们能从新的高度来认识文化交流。两者相结合的成果，对人类文化的贡献无可估量。

季羡林认为，中国学者必须回答的一个问题，就是为什么中华文化能够延续不断地一直存在于今天。他给予的答复是：“倘若拿河流来作比，中华文化这一条长河，有水满的时候，也有水少的时候，但却从未枯竭，原因就是有新水注入。注入的次数大大小小是颇多的。最大的有两次，一次是从印度来的水，一次是从西方来的水。而这两次的大注入依靠的都是翻译。中华文化之所以能长葆青春，万应灵药就是翻译。翻译之为用大矣哉！”[①]

1989年，季羡林在《从宏观上看中国文化》一文中谈到，评价中国文化，探讨向西方文化学习这样一个大问题，“必须把眼光放远，必须把全人类的历史发展放在眼中，更必须特别重视人类文化交流的历史”[②]。1992

---

① 林煌天主编：《中国翻译词典》，湖北教育出版社1997年版，第2页。

② 季羡林：《从宏观上看中国文化》，载《高校社会科学》1989年第2期。

年，他在《“天人合一”新解》一文中又主张：“在西方文化已经达到的基础上，更上一层楼，把人类文化提高到一个前所未有的高度。”[①]季羡林是一位国际型学者。20世纪是国际型学术生根发芽的时代，21世纪则是鲜花盛开的时代。东亚多元文化的和谐交响是世纪初的梦想，这种交响的指挥者，不是某一民族或某一文化，而是东亚人民共同的文化意愿。让我们一步一步走向这一梦想。

第二节 加藤周一的“杂种文化论”

2008年12月5日，89岁高龄的加藤周一在东京世田谷区医院，离开了他牵挂的世界。这一位曾经预言“21世纪是各种文化交流和对话的世纪”的世界旅人，平静地结束了他的生命之旅。

学者们说，加藤周一始终是那些有心做学问的青年人心目中一颗闪亮的星。这颗知识巨星、思想之星、论说之星，默默地陨落在2008年的岁暮，而把日本与世界，特别是与亚洲不同文化对话和交流的无尽旅程，留给了后来的学子。

在20世纪日本学者中，特别是比较文学、比较文化研究者当中，很难举出没有读过加藤周一著述的人。他们有的是日本比较文学学会会长，有的还担任过国际比较文学学会会长，也有日本文化功劳者称号的获得者，更多的是初登学术殿堂的学子。数年以前，加藤周一关于“21世纪是各种文化交流和对话的世纪”的名言，便已在这些人中间不胫而走。尽管这些学者对加藤周一的言论，抱着各种各样的想法，但皆对这位“知识巨人”心怀敬意，叹服于他视野广博，理想高远，文风明快，善于举重若轻。语言学家说，他对日本文化和文学之美，概括得精准而恳切，而对于其缺欠也能直言不讳；美术家说，他对东洋美术的研究有独到见解，发人所未发。许多人由此感叹说，他懂得的东西真是太多了。

① 季羡林：《“天人合一”新解》，载《传统文化与现代化》1993年第1期。

加藤周一曾说："人会深爱不懂的东西，却不会深懂不爱的东西。"他因为深爱这个世界，所以便要懂得它，于是便开始了他不倦的学问之旅。本来他是一位医学博士，专业是血液学。在他的"旅程表"上，填写的却是日本学教授的头衔：曾任耶鲁大学讲师，柏林自由大学、慕尼黑大学客座教授，大英哥伦比亚大学教师，上智大学教授。他一生结过三次婚，其中有一位是澳大利亚女性，最后的夫人是日本评论家矢岛翠。

一、是"纯种文化"，还是"杂种文化"？

加藤周一是作家，发表过《一个晴朗的日子》等小说，但人们首先把他当作一位"论客"——评论家。在学科越分越细的学界，他的知识却不为学科所拘，因而被大江健三郎称为"日本少数的大知识分子"。

加藤周一属羊，他说自己温和的个性也多与羊相通。所以，1968年他写的自传就叫作《羊之歌》[①]。在这本书的跋中，加藤周一这样描述自己："不胖不瘦，不高不矮，不富不穷。语言和知识两相杂糅，半是日本味，半是西洋味，宗教是不信任何神灵，天下政事是自己不怀青云之志，道德价值则采取相对主义。几乎没有人种偏见。艺术是大大喜欢欣赏，却没有达到亲笔绘画、亲手演奏的地步。"[②]

1967年他又出版了《续羊之歌》，讲述他在五六十年代的经历。这头温和的羊、不知疲倦的羊，在世界行走，和不同肤色、不同脸孔的人们交谈，时而蹲下身来，向路边的修鞋匠请教，时而面对围拢来的学生，将世界见闻娓娓道来。他从不说废话，拉闲白儿，而进入他的话题的内容，又是如此广泛。听众能够清晰地领会他的话，却很难领会他的整个世界。他能够用日语、英语、法语、德语、意大利语授课，也能面向来自各个阶层的老少听众，讲政治、社会中的热点问题。

不错，他的性格是温和的，见到他的人，自然就想到他不愧是一个医生。他说话不急不躁，大眼凝神注视着对方，有时目光如炬，却很快又

---

①［日］加藤周一著，翁家慧译：《羊之歌》，北京出版社2019年版。

②［日］加藤周一：『羊の歌』，岩波新書1988年版，第223頁。

泛出慈爱的光。其文章往往直奔焦点，而不回避躲闪，从不出慷慨激昂之辞；敏感话题、犀利论点，能被他用平和口吻述说，这应该说是一种艺术。他的文章读来也是温和的，波涛不惊，既不卖弄高深，也不作尖新之语，却并不平淡，不呆板。他有时将自己的心情，寄寓于轶事、闲谈或梦境，笔法有点像《庄子》。但给人印象最深的，是那些对时事、政治或文学艺术的透彻评论。

几十年来，非欧美国家的现代化问题，是他思考最多的课题。他的《日本文学史序说》被译成多种文字。在此之前的许多日本文学史，只不过是被欧美文学观念之刀切割和肢解的文学史。他的贡献，并非只是写出了一部“广义文学史”，而是因其涉及如何界定古代日本文学的根本问题。

从他的《日本文化的杂种性》发表以来，学者们便对他提出的“杂种性”的概念议论纷纷。该问题的提出，是基于他对所谓日本纯化运动两种类型的洞察：一是以抛弃日本种的枝节，使日本西化的愿望；一是以去除西方种的枝节，保存纯粹日本式事物的愿望。这两种倾向反复交替。为此，他试图告诫人们用抛弃纯化日本文化的愿望的办法，去切断这种恶性循环。他断言：“日本文化是杂种的，并不是说今天的日本文化在枝节上有西方的影响，而是说今天的日本文化的根本是旧传统的文化和外来的文化两者哺育着的。”他让人们对“杂种”“纯种”不抱褒贬之见。今天人们理解他的这些话，往往忽略他所处的具体文化语境，而过于强调“杂种”现象的普遍性。这固然可以看作“杂种文化论”的深远影响，却不符合加藤周一揭示日本现代文化特性的初衷。所以在听到这样的议论之后，加藤周一总是要补充说：“‘杂种’是根本意义上的杂种，决不是枝节的。从枝节来看，英、法文化也不是没有受到外国文化的影响，印度、中国更是这样。”①

这是一头温和的羊，却不是怯弱的羊。与其说加藤周一是“知识巨人”，不如把他称为“胆识巨人”。每一次较长时间的海外之旅，都多少改变了他对世界的观念。早年旅欧之前，他将西方文化等同于民主主义，提倡全面学习西方文化，而当他真正看过西方之后，就在肯定西方

① [日]加藤周一著，叶渭渠等译：《日本文化论》，光明日报出版社2000年版，第260页。

科学技术和民主主义普遍意义的同时，积极挖掘日本传统文化对现代化的真实意义。

20世纪70年代初，当他从中国回国之后，也对日本四十年的外交政策，严肃地加以反省。他的独具慧眼之处，也恰在于将这种反省和对日本文化的透视联系起来。在日中邦交前夕撰写的《外交不在四十年》一文中，他说："今天日本的外交，由于全部交给外交家，所以就成了过于重大的问题。外交自主性，就是世界观的自主性；世界观的自主性，归根结底是日本国民的文化自主性。所谓文化，既非《源氏物语》，也非茶道，也非三味线，而是日本社会独特的构造，其中所保障的思想自由、国民福祉与民主主义的权利，是我们自身对这些全部的自豪和自信。人没有自信，就做不到对他人的宽大，是对抗呢，还是追随呢？不幸的是，这些正是最近日本历史的本身。"①当时，美日对华政策面临重大调整，而一般民众和知识分子对中国充满误解，心存疑惧。加藤周一这些话，从理论上对民间外交做了肯定，他关于外交与文化关系的论说，令人耳目一新。对日本文化的自信和自知，可以说贯穿在他一生的研究中，不论是对其剖析也好，批评也好，都是这种自信和自知的体现。因为在他看来，对传统文化只能说好，对其中那些与现代化背离的东西也不能说半点儿不好，实质上也是短了自信，少了自知。

加藤周一对日本传统文化有很多精辟的论述，但是他的视野和追求，要比一般日本主义者高远许多。在《日本文化的杂种性》当中，他对日本主义者的剖析可谓一针见血。他说："日本主义者肯定成为精神主义者，他们认为不论日常生活和经济基础如何，精神可以独自形成文化。然而，应该充分注意到，这种思考所需的材料，即立论不可缺少的概念，许多是来自西方、与和风（即日本风格）相距甚远。"②他对翻译的作用给予极高的评价，警告说："如果剔除翻译的概念，精神活动肯定不久就会瘫痪。想把翻译的概念从日本传统文化的影响区别开清理出来，在今天的日本是不可

---

①［日］加藤周一：『中国往還』，中央公論社1972年版，第110—111頁。

②［日］加藤周一著，叶渭渠等译：《日本文化论》，光明日报出版社2000年版，第261页。

能的。”[①]他一直在思考，在现实生活中，某些非欧美国家现代化文化建设中出现的国粹主义和西化主义轮番交替的恶性循环，可以通过哪些途径，去找到它的病根。

在中文中，“杂种”常常作为贬义词甚至是詈词来使用，而在日语中，这是一个中性词。生物学中的杂种，则指的是杂交产生的后代。加藤周一是在吸收多种文化的意义上使用这个词语的，“杂种性”恰是日本文化与生俱来的长处，而非先天不足的短处。所以他在与中国学者叶渭渠、唐月梅的对谈时说：“第三世界要走向世界，如果说要学习的话，我认为首先应该学习过去中国文化走向世界的经验。在吸收外来文化方面，似乎可以学习日本杂种文化的经验。”[②]

加藤周一的《论天皇制》《日本文学史序说》等代表作，是一版再版的名著。多达24卷的《加藤周一著作集》，没有收尽他的全部著述。时至晚年，他笔力犹健。2006年出版了《日本文学史序说补讲》和与王敏、王晓平、加藤千洋的对谈集《怎样开拓日中关系》，2007年岩波书店出版了他写的《日本文化中的时间与空间》，朝日新闻社出版了他的《夕阳妄语》，2008年鸭川出版社出版了他的《加藤周一对谈集》，搜集了他晚年关于宪法、古典、语言方面的言论。这些还不包括他在这一时期讲演的小册子和报刊文章。

1979年起，加藤周一开始在《朝日新闻》上连载他的随笔《山中人间话》，1984年改题《夕阳妄语》。这些随笔，拥有广大的读者群。有些读者说，他们是因为想看《夕阳妄语》而订阅这份报纸的。在2006年7月发表的最后一篇文章中，他写到邻居是一个“颠倒老头”，凡事颠倒来看而又絮絮叨叨。在这个老头的眼中，国民在下、受雇的官员和政治家高高在上的国家，是把民主主义颠倒过来了，唯有再一次颠倒过来才是。在这位“颠倒老头”身上，我们看到的正是加藤周一本人的忧虑。有人说，《夕阳妄语》中的“夕阳”隐喻着风烛残年，这种说法其实并不全面。虽然加藤周一在中国的时间，要比在欧美和日本的时间短些，他有过法国文学的

① [日]加藤周一著，叶渭渠等译：《日本文化论》，光明日报出版社2000年版，第261页。
② [日]加藤周一著，叶渭渠等译：《日本文化论》，光明日报出版社2000年版，第447页。

专著——《现代法国文学论》，却没有中国文学的专著，但其对中国文学的关注却是始终一贯的。他不会不知道“夕阳无限好，只是近黄昏”的诗句，在这诗句之中，很可能就有他使用该题的心情。其中不仅是对风烛残年的现实生存状态的定位，还有走出“山中”，直面美好余生的理想生存状态的定位。

羊的一个特性是从众，在这一点上，加藤周一可以说最不像羊。从20世纪80年代以来，他就在各种场合发出警告，希望人们警惕否认日本侵略历史的行为。在《审查教科书的病理》一文中，他揭露通过修改教科书而篡改历史的危害，尖锐地指出：“文部省向教科书出版公司施加的强大压力，从形式来看，是教育事业中央集权化的表现，而从内容来看，则是为日本军国主义的复权所作的努力”，“把‘侵略’改换为‘进入’，并不是表述的客观化，而是妄图掩盖历史事实”。[①]熟悉中日关系史的人们，不会忘记加藤周一说这些话时的国际关系背景。

在写作《羊之歌》的时候，加藤周一表白说，要拿自己作例子来谈一谈“一个近乎现代日本人平均的人，是在怎样的条件下成人的”，然而正如该书扉页上所说的，从这位出生于羊年的人，在战争和法西斯的狂潮汹涌的风土中，保持着独立精神，不为时世埋没而生存下来的故事当中，可以看到“决非平均的一个强劲个性的成长”。

加藤周一这番告白的本意，是想用一个人的历史，讲述一个时代，一种精神。不过，加上后来出版的《续羊之歌》，也只写到20世纪60年代，而那以后，他的世界之旅虽然缩小了地域，却没有结束旅程。“精骛八极，心游万仞”的思考，频繁的讲演和写作活动，使他在知识分子中的影响长久不衰。他继林达夫之后，担任过平凡社世界大百科事典的主编，还是立命馆大学国际和平美术馆首任馆长。这些学术职务，是由于他本人对国际文化的造诣和日本美术的精通而被赋予的职责，同时也是他从事的和平运动的一部分。

---

①［日］加藤周一著，叶渭渠等译：《日本文化论》，光明日报出版社2000年版，第333页、第399页。

二、是文化对决，还是文化互补？

羊一般温和的口吻，也不能掩盖他对日本未来深深的忧虑。多年以前，这位“国际派”学者就深深感受到日本在亚洲的孤立，感受到日本国内青年人日益脱离政治的危险，看到这两种倾向势必互相纠缠不清，形成恶性循环。2006年，他还在批评安倍政权修改教育基本法。他担心日本现有的民主主义基本框架遭到毁坏，战后的和平宪法岌岌可危，预言“从美国先导型的日本右倾转向日本先导型的军国化，只是时间问题”。可以说，他是带着对日本未来的忧思，停步在他跑了半个多世纪的跑道上的。

在他心目中，反对战争和争取民主自由常常是一回事。在他与中村真一郎、福永武彦合撰的成名作《1946：文学的考察》中，就对战时日本社会文化的深层进行了批判。在其中的《文学的交流》一篇里，第一句就是“现代日本文学极其贫困”，末尾又反复强调在日本简直没有进行文学的交流，这不仅是说日本文学没有被介绍到海外，还意味着外国文学没有以正确的形态输入进来。因而，他主张必须改变独善的偏狭态度。这既不是标新立异，也绝不是崇拜外国文学，而是把文学交流视为参与文学工作、关心文学的人理所当然的任务。①

他在《羊之歌》里，对于军国主义政府为了所谓“国民精神总动员”而制造的日本是“世界第一”的神话，表示早有反感。在战争接连惨败的时候，军国主义政府还在鼓噪日军无敌的战报，而南京大屠杀、强制收容所、杀害无辜的妇女儿童等日军暴行，乃是战后才得以知晓的。对那种氛围下强制性的社会文化，加藤周一心怀厌恶。也就是从那时起，他把追求思考的空间当成自己的使命。不论是“新闻管制法”这样的有形的压制，还是运用媒体、职场、社会舆论而施加的无形压力，他都不断予以揭露。

1971年夏天，加藤周一写出了《美中接近——三个感想》。第二年，就有了美中首脑会谈，并发表了公报。同年9月，中岛健藏率领日中文化交流协会访华团到中国，加藤周一随团前来，参观访问了广州、北京、西

① ［日］加藤周一、中村真一郎、福永武彦：『現代日本文學大系』，筑摩書房1971年版，第8—10頁。

安等地。和每次出国归日一样，他将自己看到、想到的写给自己的读者，告诉他们一个被日本政府、媒体、舆论屏蔽的更广大的外部世界，发表了《中国，或者人民兵营》《中国，两张脸孔》等文章。其中他指出，承认“代表中国的唯一合法政府”，绝不是日本政府给予中国方面的恩惠，不过是迄今日本政府政策破绽的结果，是不能不顺应的天下大势。只要日本政府还准备施恩，即使建立了外交关系，也不会出现真正的友好。他还说，日中友好关系，从长期来看，是必须建立的。为此，仅仅恢复邦交是不够的，终结侵略战争，是保障将来友好关系的方法。赔偿是理应进行的，战争中掠夺的美术品应该归还；为对付中国而设立的安保条约，应该废止；为对付中国而制定的军备计划，也应改正为好。具体来说，中止可能海外派兵作战的装备计划，实现冲绳的非军事化，撤销军事基地，都是必要的。这些文章，都收在次年出版的《中国往还》一书中。在中日实现邦交正常化之前，加藤周一发表这样的言论，表现了一个思想家不同凡响的胆识，今天，我们读来，也不能不为他的真诚感动。他在不同场合反复提醒人们，中日关系不仅是两国的事情。诚然，不能说他对中国文化的理解都是对的，但可贵的是他随时准备修正自己的理解。

加藤周一在《中国往还》描述当时看到的中国，不仅小汽车很少，而且货车也没有大批生产，这意味着很少有技术人员投入到产品设计本身，没有余力用于生产管理、工厂组织，而且农村下放政策、大学学制缩短到两年或三年，这对于培养大量高级技术人员不利。他认为：“就极端场合而言，数学家最富有创造力的时期，是十七八岁到二十岁以前大致十年间，在这十年间中有两年下放农村，对数学家能力发展来说，几乎是致命的损害吧。”[①]今天我们读到这些话，还不能不想起那一特殊时代的许多事情。

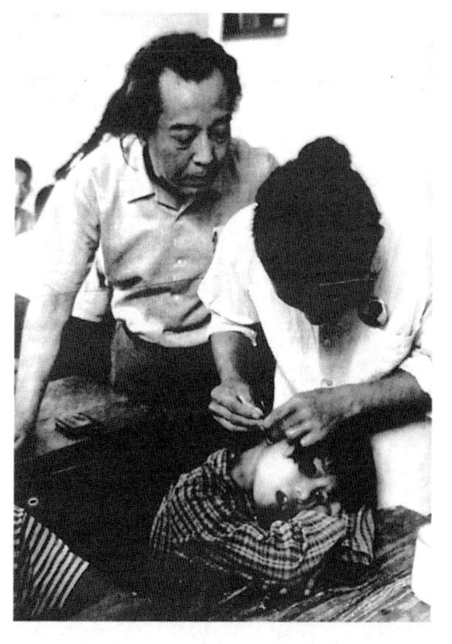

加藤周一在中国参观针刺麻醉

① [日] 加藤周一：『中国往還』，中央公論社1972年版，第48頁。

加藤周一用他的整体眼光看到的中日关系，不仅是两国之间的事。他说，和欧洲相比，今天的中日关系很糟糕，正像法德关系对于欧盟建立乃是决定性大事一样，对于东亚来说也是一样。两国不仅在外交方面，而且在都使用汉字这样的文化方面也处于一种特殊关系当中。

他从世界整体来描述中日自古以来的交往，也从整体来看两国的历史问题，指出对待日本对中国的十四年战争，日本人有两种不同的看法：一是“东京裁判史观”，认为那是一场侵略战争，再一个则是“靖国史观”，说那是一场“解放战争”。“解放战争”的看法只在日本有。许多日本人把靖国神社问题说成是单纯文化问题，而加藤周一却说，靖国神社从文化上看具有宗教意义，然而内阁总理大臣去参拜，就是政治性问题了。在中年人身在职场言论不能自主的时代，他呼吁老年人和青年人携起手，建立老青同盟，发出自己的声音，为了一个和平的日本。

面对来自各阶层对中日关系想法复杂的市民，加藤周一曾这样讲起两国间将近两千年的交流史。他说，汉字、法律、宗教等等，古代中国对日本具有压倒性的影响。然而，与古代罗马不同，这种关系并不伴随军事上的统治。在长达两千年的两国关系中，汉民族的军队一回也没有踏上过日本的土地，这一事实和罗马帝国截然不同，而日本方面却有过各种侵犯的行动。他说，我们日本人使用的语言里面，有半数单词来自中国话，这恰好和拉丁语和英语的关系相似。这在世界史上是特殊的。“日中两国之间，不伴随军事力量而在文化上却影响力量巨大，这种传统，虽然说是单方面的，但仍以尊重为好。”在“中国威胁论”随处可闻的时候，在不少人以惶惑的眼神面对崛起中国的时候，加藤周一这一番历史回顾，就不仅是传播知识了。

《论座》2006年第一期，曾经发表过该杂志对他的采访，他谈到，战后活跃的知识分子、评论家越来越少了，年轻人也不说话了。为什么论坛、言论状况衰退了呢?

他先从外部条件说起，指出在学界、论坛之外，日本政治战后一贯整体的一点一点向右靠，这种动向，时而快些，时而慢些，却是不曾逆转。特别是小泉内阁以来，右转就更快了。政治这样右转了，与之相矛盾的“言论自由”就以各种形式受到压制。再一个外部条件是市场经济的持续扩大，这也是从战后就连续不断的动向。言论界里也渗透着市场的逻辑，言论也被商品化了。因为理想的、抽象的言论不要了，而要的只是卖得出去的言说。

他又细说内部条件。在学会、学问体系内部，专业越分越细。要在学界内部对此加以抵制，相当困难。加藤周一说自己父亲是个医生，那时专业内科是内科，外科是外科。但是到了他的儿子、自己这一代，分出了循环科、血液科等等，一个人掌握整个内科就办不到了。因为专业领域的知识积累，越来越快，研究越分越细。自身专业领域的信息量剧增，专业一变窄，在与其他专业的专家展开对话之前，如果先想把兴趣扩大到专业之外，也就不能在专业内部的竞争中取胜了。专家不能就一切专业以外的事情发表意见的话，那么就只能绕开实际的大问题了。于是，门外汉聚在一起，只能说些凑凑合合的话，而那些什么专业领域也不懂的政治家却决定了全部政策。世界各地读到这些论述的人，或许明明知道他是在说日本，也会有人感到和自己所见甚至身边的情况有惊人的相似，这或许就是概括的力量。

一位世界著名的记者说过，自己的新闻都是在已经见报的新闻里，也就是说他很善于从新闻中间发现新闻。这使人想起了加藤周一在《续羊之歌》中的一句话："我不是从血液学专家变成了文学专家。不是改了专业领域，而是废弃了专业化，而且私下立志要做非专业化的专家。"[①]他说他写了竹内好、安保条约、源氏物语绘卷、日本近代思想史、欧洲现代思潮，还在教室里讲《正法眼藏》《狂言集》，这些话题，"不是外部要求于我的，而是我自己选择了这样的机会。对我来说，没有互不关联的事情。不是一开始就明明白白的、而是我自己逐渐看出来的一种关联"。

和一般研究中国文化的日本学者写的小题细作、不避繁琐的论文不同，加藤周一常常是从整体看中国，而且他历来强调的也正是理解对方的整体。他在1972年写的《中国的飞檐》中说："我曾经到美国旅行，后来又到中国去玩。耳闻目睹，历历在目，深切痛感到，北京一眼看去像京都，而实际上却近乎曼哈顿。创建长安（今西安市）的精神，尽管外观上不

---

① [日]加藤周一：『続　羊の歌』，岩波書店1988年版，第184頁。

同，恐怕离创建洛杉矶的精神不远。其中都有着人们在与自然作战、与命运作战的同时，力图贯彻自己而创造出来的历史产物，有着它所有的光荣和悲惨。”[①]他说这一番话，当然不仅仅是评价中国文化，其立脚点仍然是日本文化。他说，恰恰是为了让日本文化放射光辉，那么“不是收集关于对方的知识，而是努力理解对方的整体，并不是做过了吧”。在日本学界，也有人试图冲破专业的壁垒，但他们常常逃不脱同行“越界插嘴”的嘲讽，见木不见林的研究著述可以找到不少，而既见木又见林的著述却较难找，可以说缺少的正是整体的眼光。

加藤周一在中国影响最大的著述，是《日本文学史序说》。和20世纪很多日本史对汉文学的漠视甚至敌视的态度大不相同的是，此书赋予了日本汉学和汉文学应有的地位。在《日本文学史序说补讲》中，他说：

> 谈到中国的文学定义，中国文学史上传奇小说、虚构的小说不占很高地位。虽然有“四大奇书”之说，却并非正统文学。戏剧是元曲，它也不是中心。在中国谈到文学，终究是诗歌与散文。散文不是内容问题，而是把技巧非常高的散文看作文学。因而，中国与英国文学概念完全不同。这是因为历史不同。但是，在日本，英国的定义在国学里很重大，还保留着敌视汉文的时代习惯。这样的倾向越来越强烈。原因是近代日本文学定义变得狭窄了，在战争中固定下来了。[②]

虽然一些日本学者在他们撰写的《日本汉文学史》中不断呼吁重新评价汉文学，希望把汉文学纳入日本文学研究之中，但所谓的“国学者”始终认为，只有用日语创作的和歌、物语等，表达的才是日本人的思想感情。实际上，他们是用西方的文学标准，把适合西方文学概念的那些作品，视为文学。明治之后，日本国文学研究的权威学者西乡信纲在他的《日本文学史》中用了很长一段话贬低汉文学，说它们使汉诗作者产生了“殖民地的危险”，汉诗“其中大部分只不过是中国诗人的思想感情的翻

① [日] 加藤周一：『中国往還』，中央公論社1972年版，第67—68頁。

② [日] 加藤周一：『日本文学史序説補講』，かもがわ出版2006年版，第252頁。

版，感觉不出扎根于日本人的思想感情的真实性和直接性”，有理由把它们当作“接近化石遗物的文学”云云。[①]加藤周一推翻了西乡信纲矮化日本汉文学的依据，指出日本文学定义过狭的原因，在于照搬西方模式。这其中也涉及对中国文学、日本文学特性的漠视。在有些场合，加藤周一对中国文化、中国文学的描述是粗线条的、不甚严密的，甚至会被指为偏颇，但不会是毫无启示的。

由王晓平主编的《日本中国学文萃》收入了彭佳红编译的加藤周一的《21世纪与中国文化》，其中收入的有关中国文化的内容，有很多精辟的见解，例如儒教文化并非直接支撑着劳动者的积极性，然而却为培养协调的人际关系，保障劳动者自觉、热情的劳动起着积极作用。又如他主张通过一般教育让大家通晓古典，这对于连接儒者与民众来说是一件重要的事情。[②]他对于汉语在日本文化中的历史性意义的论述，对汉字文化圈未来的论述，都有颇多耐人寻味之处。

2004年，在他已经85岁高龄而腿脚不便的时候，他却拄着拐杖，开始了夸父逐日似的奔走。他和大江健三郎等老年学者共同发起组成了“九条会”，把日本宪法第九条视为20世纪人类的重要文献，反对修改这一禁止日本自卫队行使武力的和平条款。他不停往来于东京和京都之间，也到各地讲演。听众多是老人和学生。在有些人看来，这些老人简直是在为不可为之事，而加藤周一仍不断发出老人和学生携起手来结成联盟的呼吁，丝毫不停止他的奔走。2005年3月，以加藤周一为首的“九条会”成员应邀在清华大学与王中忱、汪晖、格非等，围绕中日关系等问题进行民间对谈。在谈话中，他强调知识分子必须思考为人类该做些什么。他的坚毅感动了在场的听众，也促使年轻的学子更多深入思考知识分子社会担当的切身问题。

1994年9月，在接受叶渭渠、唐月梅采访，谈到中国文明和世界文明的未来时，加藤周一说过这样一段话：

> 比如21世纪，中国潜在的东西可能会发挥更大的作用，中国文明

① ［日］西乡信纲著，佩珊译：《日本文学史》，人民文学出版社1978年版。

② ［日］加藤周一著，彭佳红译：《21世纪与中国文化》，中华书局2007年版，第286—299页。

终将会出现更大的辉煌，不过，到那时候的中国文明，恐怕不是以赶日本超美国为目标的消费型物质文明，而是一种崭新的文明，即要超越中国一国、具有普遍性、世界性的文明。而这种文明光靠中国一个国家的力量是不能完成的，必须依靠世界各国包括日本和美国的共同努力，才能共同创造出来的。①

对于具有国际视野的人来说，这似乎是显而易见的道理，但是眼界只在狭隘民族主义圈子里的人，或许会把它们看成呓语而已。在外界充斥表面上优越而实质上自卑的文化氛围的时候，在实际上而非仅在语言上重视交流与合作的时候，它们就显得格外重要了。应该说，那崭新的文明，即超越中国的、具有普遍性、世界性的文明的出现，必须依靠的力量还应该包括至今仍被西方视为后进的国家的努力。交流与合作绝不是一时的权宜之计，而是人类走向进步的永恒需要。因而，学者对交流与合作的呼吁与实践，也不是一次性的短期行为，而应该是一代又一代人的事业。

加藤周一的一生，像一个异邦人一样往来于世界。在他还要继续旅程的时候，衰竭的脏器迫使他永远停跑。在加藤周一生前的友人中，萨特是特别值得一提的一位。1966年萨特访问日本，举行了多场讲演会和座谈会，并接受记者采访。同年10月12日，举行了以“现代状况与知识分子”为题的座谈会，参加者有后来“九条会”的发起人大江健三郎、鹤见俊辅等人，主持者正是加藤周一。在会上，他们就核武器、越南战争等政治话题展开讨论，其中萨特特别提到自己在广岛的见闻。而早在1945年，年轻的加藤周一还是东京大学医学部学生的时候，就曾经是“原子弹影响共同调查团”的成员，他把那时看到的触目惊心的惨状写进了《续羊之歌》之中，而他反对战争、保卫和平的意志，显然离不开青年时代的这些经历。

① [日]加藤周一著，叶渭渠等译：《日本文化论》，光明日报出版社2000年版，第448页。

第三节　陈舜臣的“中华思想论”

陈舜臣从20世纪60年代登上文坛，笔不离华人，心不离神州，他著述之丰、读者群之大，令人惊叹。小说、随笔、游记、编译，说是著述等身，可谓名副其实。神户美术馆有陈舜臣展室，名为“陈舜臣的世界——给21世纪的口信”，展品多次在各地巡回展出。关西人以司马辽太郎与陈舜臣同出于关西而自豪。

然而，同样令人奇怪的是，一直到20世纪末，走进任何一家书店，哪怕是文学专门书店，也没有见到过一部研究陈舜臣的专著。陈舜臣是先于东野圭吾获得日本江户川乱步奖、直木奖和推理作家协会奖三大项大奖的“三冠王”，是被司马辽太郎誉为奇迹的作家。他用自己的作品和日本社会中那些希望了解中国、中国文化与中日关系的人对话，又使无数人因他的作品而加深了对中国的兴趣，甚至也使有些青年人由于感受到中国文化的魅力而加入到写中国的作家队伍中来；而日本文学研究者却缺乏对他的深度关切。不论是出于何种原因，这都不能不说是20世纪日本文学研究的缺憾。

他的小说与随笔，虽在中国大陆也有几种译本，对他的历史小说，王向远在《中国题材日本文学史》中还有专章重点描述，但对他的系统研究却姗姗来迟。2008年，由曹志伟撰写的《陈舜臣的文学世界》终于问世了。曹志伟的这部著述，对陈舜臣的创作生涯作了全面回顾，将其作品置于日本战后激荡多变的文化潮流与错综复杂的中日关系背景中加以评价，充分肯定了陈舜臣对20世纪中日文化交流的杰出贡献。读过这本书，许多读者希望走进这位半个世纪在日本写华人、写中国的学者兼作家，也通过他，认识日本的一个时代，一种文化。

陈舜臣《龙凤之国》

一、“中华”？“他华”？

陈舜臣父母均为中国台湾人，生在神户，是吮吸中日两国文化乳汁成长起来的作家。要解读研究这样一位作家，当然是以具有两种文化背景的学者为好。曹志伟早年毕业于天津外国语学院，后在名古屋大学获得硕士学位，又在那里生活与工作多年，而后在天津师范大学比较文学与世界文学专业获得文学博士学位。他在确定研究陈舜臣之后，搜集了陈舜臣的大部分作品。

陈舜臣究竟写了多少作品？就连高产作家本人都记不清了，因而当曹志伟问作家是否发表过约160部作品时，陈舜臣倍感惊讶。曹志伟花了大量时间去阅读陈舜臣的日文原著，在先行研究资料极为匮乏的情况下，深读精思，以自己在日生活的体验，品味陈舜臣作品的文化意义。他的研究不是从抽象的概念术语出发，而是从文学现象中存在的问题出发，一头扎进去，一步步深入，试图理解陈舜臣文学的真实价值。尽管这仅是开端，但迈出的这一步是扎实的。

陈舜臣对日本的“中华思想说”持有独到的见解。

所谓“中华思想”，是日本学界流传颇广的一个有关中国的关键词。一提到中国人的心理结构，许多学者首先想到的就是这个“中华思想”。那么，何谓“中华思想”？据日本小学馆出版的《日本国语大辞典》的解释，“中华思想”是指“以实现了儒教王道为政治理想的汉民族而引以自豪、认为中国是世界中心、其文化和思想最有价值而自负的想法”。不论这种概括是否得当，根据这个定义，起码应该说，它是一个历史的概念。但是，在现代日本学界，却有人将它的意思大为扩大，似乎中国人无不认为只有自己的文化才是

陈舜臣在他的粉丝面前

最高的文化，故而妄自尊大，鄙视其他任何不同的文化。许多提到中国的书，在解释中国文化现象的时候，都把这个西方人创造的“中华思想说”搬出来，它似乎成了一剂解析中国人举动的万应灵药。

一篇介绍《论语》在日本近代的文章中说：“中国基于本国文化为最高的中华思想，传统上不承认别的文化的价值。”又如一位评论家在评论陈舜臣的作品塑造了中国文学前所未有的形象之后说，这是因为在中国有欧美人和日本人都理解不了的“中华思想”。这样的例子不胜枚举。似乎臭名昭著的“中华思想”在中国是无所不在的了。甚至对中国文明抱有正面评价、肯定中国文明世界性的桑原武夫，在1968年与吉川幸次郎对谈时也这样说：

> 中国人有现实主义，但realism里也有不足之处。现实中富有生活的智慧，有思考自己生活点点滴滴的能力，然而中华思想这种东西，对外国人，对自己以外的东西、事物，没有知性的好奇心。我感觉对文化之光照耀不到的地方很少有好奇心。①

“中华思想”颇为有些比较文学研究者所乐道。东京大学名誉教授、著名的比较文学专家平川祐弘，把认为凡是本国文化具有最高价值的思想都称为“中华思想”，而把日本这样积极吸取先进文化的思想则称为“他华思想”，他还引用西方学者的话，把研究中国文

陈舜臣（右）与《陈舜臣的文学世界》的作者曹志伟

①［日］吉川幸次郎：『中国文学雜談』，朝日新聞社1977年版，第118頁。

学影响日本的文章，都称为“学者的游戏”[①]。

这样的议论可能说出了一部分事实，却掩盖了更为重要的事实。不仅很多研究中国文化造诣很深的学者对此常常随声附和，而且90年代以来主张中国“崩溃论”或“威胁论”（两者时而交替）的人，动辄高谈“中国野心”的人，也对“中华思想说”津津乐道。

“中华思想说”由来已久，而在日本经济高速发展时期最常为人提及。那时学术界忙于解释明治维新成功、日本战后迅速复兴的文化原因，常有人举落后的中国为例以做对照与反证。从那以后无数次地被引用与重复，“中华思想”就逐渐成为一些人认识中国人的先入之见。带着这种先入之见，就很难与中国学者真诚平等相待，因为很容易将语言、表情、动作的习惯不同，也视为中国人傲慢的证据。带着这种先入之见，好像中国人还都以世界中心自居，骨子里视周边为“夷狄”，对别国文化之长视而不见。这种先入之见，不仅成为阻碍平等交流的屏障，而且使正确观察、理解中国人变得困难起来。社会越发展，这种“中华思想”便越显得渺小，因为在现代人看来，在文化上任何动辄自诩为“世界某某中心”的说法，不仅是荒谬的，而且是可笑的。把“中华思想”的帽子扣在中国人头上，足以让他们矮一截儿。

其实，那些讥笑中国人都有妄自尊大的“中华思想”的人，才是可笑的。问题是谁来对这种曲解中国文化的观点说一声“不”。陈舜臣就是一位，而且是最坚定自觉的一位。

陈舜臣在小说中，描绘了许多超越地域、民族偏见而怀抱人类和睦相处的理想、在多民族冲突与融合中特立独行的人物，他反对偏执的民族主义的态度是十分鲜明的。也正因为如此，他对于这种散布偏见与误解的“中华思想说”，才能旗帜鲜明地加以否定。从70年代起，他不止一次谈到“中华思想说”的不当。在他与作家田中芳树的对谈中，他说：

---

① ［日］平川祐弘：《鲁迅的〈藤野先生〉与夏目漱石的〈克莱喀先生〉》，见杨正光主编《中日文化与交流》第二辑，中国展望出版社1985年版，第93页。

> 人们经常提到唯我独尊的中华思想，我认为这是不正确的。它的真正含意是消除排他性的成分，包容全部才是中华思想的由衷，也就是说，中华是中间的华，所以将其视为包含一切的观点是可行的。中华思想大体上是本国的骄傲，这种想法谁都会有的，但它同排外是不能同日而语的。①

陈舜臣针对将所谓“中华思想”说成中国特产的怪物论调，举例说，幕府末年一位日本人到中国与中国人笔谈，当中国人问他日本“敬何神”的时候，这位日本人马上说日本“万世一统”，故而“冠于万国之上”。陈舜臣进而指出，与日本奉行的“血统主义”相对照，中华民族自古以来便有兼收并蓄、包容多元文化的传统。如果中国也延续世袭的“血统主义”，那么早就颓亡了。

不过，陈舜臣本人也在使用“中华思想”这个词，在《家徽起源》一文中，他说：“在同一块土地上，统一各民族作为相同文明的继承者，经过几千年的繁衍生息，在世界上只有中国。与其说是对故乡的眷念所使然，不如说是这种眷念不是原因而是结果更为准确。对自己的文明具有绝对信心才会出现这种奇迹，即便遭受多次侵略也不会丧失这种信心。在周边没有像罗马和希腊那样充满朝气的文明国家，也是形成强烈中华思想的原因之一。”②

陈舜臣《中国随想》

陈舜臣的这些见解，与日本流行的“中华思想说”的喧哗相比，虽然声音显得微弱，却是道出了本质。今天，谁要是抱定“老子天下第一”的文化观，显然是应当警惕的，然而戴着认定中华民族唯我

① ［日］陳舜臣、田中芳樹：『対談　中国名将の條件』，德間書店1996年版，第45頁。
② ［日］陈舜臣著，曹志伟、华原月薇译：《龙凤之国》，陕西人民出版社2010年版，第4页。

独尊的“中华思想”的有色眼镜，则一定看不清古代中国与周边各民族交流的真实历史，再把这副有色眼镜戴得牢牢的，就更可能对中国的未来作出误判。陈舜臣在谈到这个问题的时候，语调平缓而委婉，有十足的日本腔，但那一针见血、直击要害的观点，又是有中国风格的。

正如有评论家所指出的，陈舜臣从小在双重语言环境中生活，自幼从家人那里受到中国传统文化的熏陶，而在神户这个多种文化汇聚的地方长大，加上对中国文化、印度文化的钻研，这些都使他擅长用多元文化共存的眼光来看待世界。在他看来，每个民族都有理由为自己的民族文化而自豪，却不可以贬低其他文化来标榜自身文化的优越性；将中国人的心理结构说成是唯我独尊的这种“中华思想说”，恰是以中国文化的落后性、封闭性与保守性，来反衬另一种文化。

“中华思想”一词，出现在中国读者眼前，已是1985年。发表在《中日文化与交流》第二辑的刘振瀛翻译的平山祐弘所撰《鲁迅的〈藤野先生〉与夏目漱石的〈克莱喀先生〉》一文中说：

> 虽说是比较文学，但像法国那样具有很强烈的“中华思想”的国度，总要强调本国文学给其他国家的影响，致力于这类研究的倾向是很明显的；相反，像日本这样具有强烈的“他华思想”的国度，总要强调受外国文化的影响，致力于这类研究的倾向，也是非常明显的。①

值得注意的是，《中日文化与交流》的编者在平山祐弘的这篇文章所加的编者暗中表现出的包容态度，他认为平山祐弘的书写正值我国特定历史时期——“文化大革命”，因此文中时而出现的隐约的、含蓄的，对我国当时情况的担心与看法，是不难理解的。同时表明，对我们来说，一位国际友人的这种担心与看法，一位真诚希望中日友好的善意的学者的意见，也是应该虚心倾听的。

① 杨正光主编：《中日文化与交流》第二辑，中国展望出版社1985年版，第93页。

二、历史？小说？

2007年，中国古代学研究者稻畑耕一郎在新著《超越境域——我的陈舜臣论札记》中，谈到陈舜臣为什么要创作那么独特的历史小说时，回顾传统中国知识分子，大体认为历史和小说是相反的。而陈舜臣——他无疑是具有中国知识分子风骨与气骨的作家——却感到历史写成小说的形式更好些。这是因为这样能让更多人知道中国历史，这无论是对于祖国中国，还是侨居的日本，都极有意义。不仅如此，对他来说，小说在虚实皮膜之间，更好描绘世态风俗，刻画人情机微，用他的话来说，就是"传达时代的风貌"。除此之外，还有一个重要的原因是必须指出的，即与史书历来是帝王将相的舞台而颇少民众的身影不同，陈舜臣重建了舞台的人物结构：

> 还有，历史中发挥了重要作用、却未能青史留名的人民中，也由于作者将他们点缀其间，而得以打捞出水面。
>
> 这就是陈舜臣小说的方法、视点，同时也是他的生命。由此，他所向往的写出希冀生存时代的使命，也才有可能实现。①

1994年，中公文库出版了陈舜臣所著《中华杰出人物传》，他将范蠡、张良、曹操、张说、冯道、王安石、耶律楚材、刘基作为中华民族的杰出人物加以描述。井波律子在其撰写的书评中指出，虽然这些人物并非同一类型，但他们共同的特点是有理想的现实主义者。陈舜臣对很容易被视为"变节者"的冯道与耶律楚材也给予很高评价，正是因为他们是直视现实、紧贴现实的现实主义者。他常常将考虑社会整体，富有追求人生幸福的理想，超越民族的界域，为蒙古族、契丹族、汉族融合社会的到来竭尽心力的耶律楚材视为自己最喜爱的杰出人物。他认为超越时代、打破狭

---

①［日］稻畑耕一郎：『境域を越えて 私の陳舜臣論ノート』，創元社2007年版，第13—14頁。

陈舜臣《聊斋志异考》

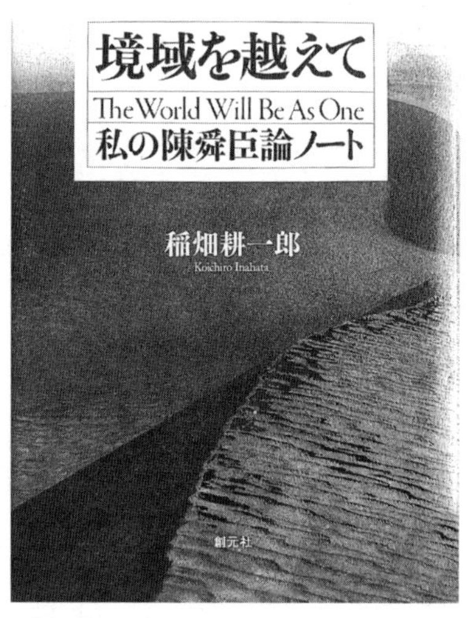

稻畑耕一郎《超越境域——我的陈舜臣札记》

隘的民族主义，是杰出人物核心的理想。其书“显示出寓居日本的中国人作家陈舜臣本人化为血肉的世界主义与更优质的儒教人道主义的完美结晶”①。

三、文学？学术？

在回答曹志伟有关自己与司马辽太郎最大不同是什么的问题时，陈舜臣说：“我与司马氏的历史观有些不同。司马氏认为日本历史明治时期好，而大正开始走下坡路；而我认为日本从明治时期就开始出现问题。司马氏表现的是英雄主义，而我喜欢表现的是普通人，或者说是普通人的生活。所以我的作品，像《成吉思汗一族》的小说名加上了‘一族’一词，与英雄人物相比，我更喜欢描写普通人的生活。”②

---

①［日］井波律子：『中国文学 読書の快楽』，角川書店1997年版，第182頁。

② 曹志伟：《独步日本文坛的华裔作家：陈舜臣的文学世界》，天津人民出版社2008年版，第221页。

陈舜臣在神户市举办的《陈舜臣展》

陈舜臣的“平民史观”，体现在他的文风上，就是“平民学术”。他的那些随笔，正是这种“平民学术”的载体。

陈舜臣在中日历史和社会心理转型的时刻，用文人特有的语调，向普通人讲述精辟的真理。他在题为《日本的和中国的》文章中谈起中国的文化至上主义时指出，在日本，有很多人对中国文人几乎无一例外的带有政治属性这一点难以接受，其实，这是因为中国文人至今也没有将“文章乃经国大业，不朽之盛事也”视为空洞的修饰语，因作家的活动与政治体制相连，只就这一点而言，作家风险极大，要有献出生命的精神准备。文章的结尾耐人寻味：“东方邻国的文人因为怜悯他们而发表了《声明》。很遗憾，文人的声明与其说偏离靶位，倒不如说射出的箭好像笔直地飞向天空的云层。”①

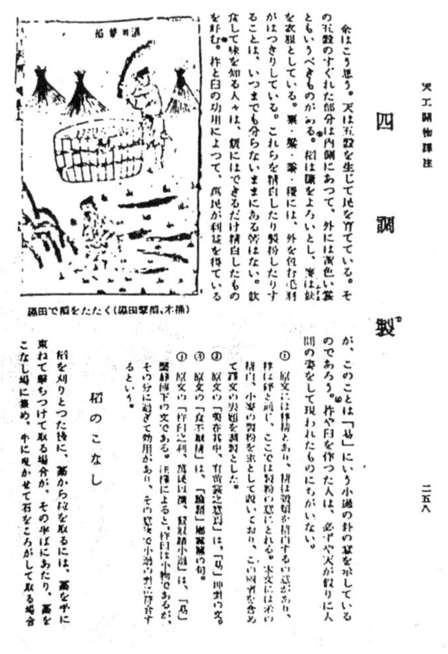

天工開物譯注

四　調製

二五八

余はこう思う。天は五穀を生じて民を育てている。その五穀のすぐれた部分は内側にあって、外には渋色い裳ともいうべきものがある。稲は穎をよろいとし、麦は麸を衣服としている。粟・粱・黍・稷には、外を包む毛羽がはっきりしている。これらを精白したり製粉したりすることは、いつまでも分らないままにある筈はない。飲食して味を知る人々は、頗にはできるだけ精白したものを好む。杵と臼の功用によって、庶民が利益を得ているが、このことは「易」にいう小過の卦の象を示しているのであろう。杵や臼を作った人は、必ずや天が假りに人間の姿をして現われたものにちがいない。

湿田で稲をたたく（湿田撃稲、才補）

稲のこなし

稲を刈りとつた時に、藁から粒を取るには、藁を手に束ねて撃ちつけて取る場合が、その半ばにあたり、藁をこなし場に廣め、牛に曳かせて石をころがして取る場合

1953年日刊本《天工开物研究》

今天的中国学人，与其急于按照昨日或今日的“标准答案”去评判竹内好与陈舜臣言说的对错，倒不如思考一下两者在相近立场时采用的不同言说方式，甚至可以设想一下，如果我们当年面对《声明》的读者，那么应发出何种声音，才能不致于鸡同鸭讲；如果面对竹内好和陈舜臣这样学术对话的对象，我们采用的最好言说

① ［日］陈舜臣著，曹志伟、华原月薇译：《龙凤之国》，陕西人民出版社2010年版，第157—160页。

方式是什么。尾崎秀树说，不需要什么预备知识，就可以读懂陈舜臣的书，很有必要研究一下他是怎样做到的。

《日本人与中国人》是陈舜臣写作的第一本长篇随笔，从细微之处着笔，穿插着有趣的细节，谈古说今，分析两国不同的文化传统，揭露日本人错误的中国观、中国人观，主张放弃天真的“同文同种说”，切实了解两国的文化差异。他从日本记者报道大字报上“火烧某某”的误解说起，又谈到汉语中“骂杀”“惊杀”“醉杀”“忙杀”“默杀”“恼杀”“抹杀”等“杀”字用法的含义，再说到日语中为什么没有这样的说法，最后归结到两国语言文化的差别，强调“日中两国交流之所以必要，这是因为希望由此而加深相互理解，逐步消除误解”[①]。尾崎秀树认为,《日本人与中国人》本身，是极其充满中国风的想法的书，与以“理念”切割事情、急于下结论的日本人的做法不同，援引合适的历史事象论述，通过其过程，反复说服——这正是中国风的做法，在这种意义上,《日本人与中国人》是只有陈舜臣才写得出来的著作。[②]

陈舜臣把1984年至1986年为讲谈社刊行的《可视版·世界历史》每卷撰写的历史随笔，定名为《东眺西望》。这些随笔，一节甚至一篇，译成中文也就几百字或者千数字，谈的都是历史的点点滴滴，没有什么议论或者说议论就在故事当中，这十分适合于那个经济高速增长时期人们的生活节奏和阅读习惯。全书的宗旨就印在封面上:“有困难，感到危机，人就回顾历史。在地球的规模上，考虑不分古今东西的人们的脚步，把世界放在心里加以考察。”书名是十分的中国化，使用的这个成语，出自《晋书·习凿齿传》:“西望陇中，想卧龙之吟；东眺白沙，思凤雏之声。”陈舜臣在《后记》中写到提到抗战时立即想起诗句——“山河羡杀习襄阳”，诗句指习凿齿有幸在活着的时候看到被敌人占领的襄阳终于被收复，而被日军占领的地区的人们曾用这句诗表达对胜利的希望。[③]由此陈舜臣说自己对这个诗句怎么也不能忘怀。从作者看似波澜不惊的历史叙述中，也不难体察

①［日］陳舜臣:『日本人と中国人』，集英社1984年版，第106—119頁。

②［日］陳舜臣:『日本人と中国人』，集英社1984年版，第224頁。

③［日］陳舜臣:『東眺西望』，たちばな出版2006年版，第281—284頁。

其内心滚烫的热度。他在对不分古今东西的世界东眺西望的同时，其实一刻也不曾忘记生养他的那一块土地。

陈舜臣是作家，也在做学者的事情。80年代他主编了《中国边境历史之旅》，收入《女大使西藏之行》《东藏纪行》《新疆风物志》《中亚骑马行》《从天山到青海》《横跨亚洲》《大谷探险队西域旅行日记》共八卷。

90年代末，随着中国经济的发展，“中国威胁论”与“中国崩溃论”的冷风开始在社会上轮番吹过，面对这样的变化，陈舜臣讲起了他1972年途经香港而到北京访问的感受。他当时在深圳住了一天，那里有溪水鱼跃式的田园风光，三十年后，那里高楼已鳞次栉比。陈舜臣用这件事情，说明中国以日新月异的速度发生着变化，他说：“新芽会令我们感到困惑，如今我们要用平静的目光，将中国这种变化视为世界历史的发展趋势”，“我认为日中间的问题，应从狭义的观点摆脱出来，这一点今后将变得越来越重要”。①

日本的报刊读者素不喜空洞华美的辞藻，而钟爱小事小情，不喜欢长篇大论，而愿意做几分钟的“小阅读”。陈舜臣深谙报刊随笔的写作之道，长于在“小豆腐块”里讲述日本的中国文化，往往能从人们熟悉的事物中发现平时不曾察觉的文化点滴。在《朝日新闻》晚报发表的一篇《不一样的日中〈新青年〉》里，他讲到日本一般读者不太熟悉的中国五四时期的《新青年》，讲到鲁迅与《新青年》，又讲到年代相近的日本出刊的《新青年》，两者都是以本国新的年轻人为对象，中国新青年极其政治化，是民主和科学的信奉者，而日本的新青年，却是大正民主的天赐之子，是世界主义的向往者。由此谈到日本的新青年主旨在提高青年教养，想定的读者是目光向着海外的青年人，其为了赢得更多读者而重视娱乐性，刊登了不少日本和海外的侦探小说。战后，由于“侦”字未被收进“当用汉字表”，“侦探小说”也就改称“推理小说”了，后来“侦”字又被收入“当用汉字表”了，“侦探小说”一词却早已不能“收复失地”了。②陈舜臣的随笔让读者感受到身边的中国文化，在感受有趣的“豆知

---

①［日］陈舜臣著，曹志伟、华原月薇译：《龙凤之国》，陕西人民出版社2010年版，第170页。

②［日］陈舜臣：『六甲随筆』，朝日新聞社2006年版，第110—111頁。

识”（小知识）的同时，不知不觉拉近了他们与远方的中国的距离。

21世纪以来，陈舜臣的著作不断被介绍到大陆，《茶事遍路》《中国五千年》《日本人与中国人》《西域余闻》《儒教三千年》都有了汉译本。陈舜臣倍感欣慰。刘玮翻译了陈舜臣《中国人与日本人》《日本的和中国的》两书，题作“中国人与日本人”，由广西师范大学出版社出版。陈舜臣谈到，自1972年以来，他几乎每年都要去中国旅行，那份热爱中国的情感也随之与日俱增，而且极大地影响了之后自己的作品。他说：“我用中国式的思维创作每一个作品，并向日本读者传达着中国文化，日本和中国的关系，正如‘一衣带水’这句成语描述的那样，两国的交流从历史上看也是相当紧密的。”①

陈舜臣《录外录》的书名，是仿鲁迅《集外集》《集外集拾遗》而起的，书中谈到的都是与不同文化相互碰撞融合的人物与故事。其中《雁门人》一篇，开头就引用了一位外国的日本文学研究者的观点——“从来的日本文学史有一个大大的缺陷”，这位研究者说，明治以前日本文学的主流，正是汉文系统，却硬是被抽掉了。陈舜臣接着说：

> 的确，明治以前的汉文系的诗文，在日本是极为兴盛的。就是明治以后，站在金州城外的乃木将军，也出口成诗，吟出“山川草木转荒凉”的诗句，众所周知，夏目漱石做了很多汉诗，这些作品，就在日本文学里。
>
> 同样，朝鲜也可以说是这样，论越南文学史也一样。胡志明《狱中日记》写的是汉诗。汉文在东亚，起着和西欧的拉丁文一样的作用。②

他这里是在谈汉诗在日本文学史、东亚文学史中地位的问题，但也是在谈不同文化融通的问题。在这本随笔集中，他谈到萨都剌、马可·波罗、耶律楚材、林则徐等人的故事，谈到不同民族的风俗、宗教和观念，

---

① ［日］陈舜臣著，刘玮译：《日本人与中国人》，广西师范大学出版社2008年版，第1页。

② ［日］陳舜臣：『録外録』，朝日新聞社1990年版，第20頁。

都有一个主题，那就是他在书末总结的，说这样虽然不求有特别的结论，但宽容礼赞确是鲜明的："我们的地球上，居住着许多民族，接触的机会正在急速增加。若不宽容他者，地球上的人类将活不下去。宽容源于理解，而理解不会从天而降。"[①]宽容礼赞，不是标签，不是口号，陈舜臣希望用他的笔，为两大文化的相互理解，走向宽容，不断发出呼吁。

从日本人的身边小事说起，从文化史上的细节说起，是陈舜臣最常使用的方法。他谈到非汉民族作者的汉诗，是从元朝诗人萨都剌《雁门集》中的好诗说起的，而这位诗人对于古代日本人来说并不陌生。几乎是在萨都剌生活时代同时的日本南北朝时代，以他的字萨天锡相称的《雁门集》就传到了日本，广为人知，江户时代也曾有刊行，明治时代岛田翰甚至曾据古本再刊。汉诗文在东亚，绝不只是汉民族文学，而是融进了很多民族的创造力，便不言而喻了。

第四节　中西进的"非纯粹性论"

中西进是中日文学关系研究的探路者。他的学问和中国文化有不解之缘。"中西万叶学"正是在战后反省思潮当中，在批判日本侵华战争期间的国粹主义学术的过程中建立起来的。正如他在《万叶集的比较文学研究》一书中所指出的那样，在战争之前和战争中，《万叶集》研究曾被一些人用以鼓吹日本文化纯粹论，当作日本民族是优等民族的证据，并召唤日本男儿为之战死。中西进指出，和歌史上的"万叶风"，常被用来鼎新革故，被看作诗歌理应回归的源泉，"如果把带着乡愁的万叶回归看作学问来观察的话，它便成为将日本的特性、纯粹性附会在《万叶集》身上一种廉价感伤的源泉了，而且这种奇妙的替换，竟然是十数年前极为普遍的情况。战后万叶学的目的，便是要除掉日本的特性与纯粹性这样一个幻影"。

他的一系列著作，将《万叶集》放在古代中国、日本和朝鲜半岛生机

---

①［日］陳舜臣：『録外録』，朝日新聞社1990年版，第20頁。

勃勃的文化交流大潮中，确定它的位置，阐述它的魅力，把人们带回到那个奋力吸取大陆文化的时代。《中西进解读日本文化》和八卷本的《中西进万叶论集》，展示了中西进在近代实证学和文献学传统的基础上，从日本文学史乃至世界文学史的高度来探讨《万叶集》和上代文学的丰富成果，“中西万叶学”的博大精深，不仅属于日本学术界，也给我们中国古代文学研究者以多方面的启示。中西进的许多创见，都是他对中日两国古代诗歌含英咀华、苦学深思的结果。他除了深入钻研历代万叶研究文献以外，还时刻注意汲取日本汉学研究的新成果，虚心向中国的古典文学研究者学习。一个想搞比较文学的人，如果满足于“两头玩虚”，那成为墙头芦苇和山间竹笋，是再自然不过的事情。“中西万叶学”是以他对日本上代文学的造诣为深厚基础的，是精而后博，博而求精，所以他的著述能够避免“两头蹈空”陷入国粹主义或虚无主义陷阱的危险。

《万叶集的比较文学研究》和《万叶史研究》解开了万叶歌人和汉唐诗人的文缘之谜，《源氏物语与白乐天》则解开了紫氏部与白居易文缘之谜。[①]中西进探讨的是《源氏物语》为什么要那么多地引用《白氏文集》。《源氏物语》成书之日，正是《白氏文集》风行于平安朝贵族社会之时。一部源氏故事，对白诗的引用俯拾皆是。尽管考辨出处的论著有过不少，但这些引用跟作品是什么关系却几乎没有人认真探讨过。

中西进指出，白居易的讽喻诗，表现了他的讽喻精神，而《源氏物语》正是注目于这种讽喻精神才引用它们的。《源氏物语》通过引用《上阳白发人》等诗篇将愍怨旷、止淫奔、鉴嬖惑、戒艳色、怜幽闭等主张暗寓文中。作品对《长恨歌》和《李夫人》的引用同样有着讽喻的作用，从一开始，就多处镶嵌《长恨歌》的诗句，中间也不断反复使用《长恨歌》的旋律，后半部分连续出现《李夫人》的形象，最后则反复奏出《李夫人》的悲歌。这种巧妙安排的结构绝不能忽略。《源氏物语》的作者，表面上确实在不经意地讲着恋爱的事情，而实际上却是要述说爱情的绝望。《源氏物语》历来被视为一大恋爱小说，但实际上里面正有批判这种恋爱的目的，这是一件被严重忽略的事情。作者紫氏部对恋爱什么的没有丝毫赞美，甚

---

①［日］中西进著，马兴国、孙浩译：《源氏物语与白乐天》，中央编译出版社2001年版。

至说它是陷入于苦海。中西进一再强调的是，决不能把《源氏物语》当成一部“至福的爱的小说”，今天来看，把它当成优雅而无限风流的恋爱画卷正是一种错觉，事情决非如此简单。这真是振聋发聩之语。

中西进对“触物兴感”源流的见解，无疑包含着重要的发现。“触物兴感”本是江户时代所谓“国学”（即日本学）学者本居宣长为标举日本美的独特性而提出的美学概念。本居宣长称《源氏物语》就是触物兴感的文学。中西进指出，这实是以孔子思想为依据提出来的。孔子说《诗经》：“一言以蔽之，思无邪。”“思无邪”正是根本的文学精神。本居宣长认为日本文学也是如此。《源氏物语》就是他个案研究的对象。本居宣长的“国学”，因站在谋求日本自我同一性的宿命性的立场，就不能不把《源氏物语》当作排斥中国精神的源泉。从“国学”来看，到中国的《诗经》找依据可以说是个讽刺，但这正是他找到了古代普遍性的结果。

在1990年出版的《万叶与人海彼岸》中，中西进就专门探讨过引用作为隐喻的意义。①应该说，这种视点，可能跟他对《文心雕龙》的钻研有很大关系。中国的作家与诗人历来把用典当作重要的艺术手段，十分重视它在“据事以类义，援古以证今”方面的作用。《源氏物语》对白居易的态度是多样的，这种多样性正是深刻体味的结果，而中西进从分析紫氏部试图在每一处引用中寄托了什么寓意入手，与原作进行深入对照。他在《源氏物语》当中发现了一个与白乐天诗文交响的世界，一个宏阔的大宇宙。当我们的《源氏物语》研究还困在所谓“历史画卷说”与“恋爱画卷说”的围城中走不出来的时候，不妨把那些不着边际的高论先放在一边，先好好读一读中西进先生的这本书。

1988年，中西进在北京外国语大学日本学研究中心任教，这以后的日子里，他开始对中国的青年学者有了了解，便积极主动地与他们加深交往。在1993年出版的《乌托邦幻想》的序言中，他说：“最近，中国年轻学者开始研究中日比较文学，其势如大河奔流，令我感动。《万叶集》也不例外，中国人利用优势进行比较的倾向很强烈，几年后会产生划时代的成果吧。我为这种倾向而欣喜。作为一位《万叶集》研究者，我多年关注大陆

---

①［日］中西進：『万葉と海彼』，角川書店1990年版，第9—31頁。

的东西与《万叶集》的关系，也想到有意外薄弱的部分，那就是中国神仙思想与《万叶集》的关系。”[①]井波律子认为，中西进的《乌托邦幻想——万叶人与神的思想》彻底检证了《万叶集》与中国神仙思想的关系，指出从《庄子》《列子》《山海经》《抱朴子》这些道家和道教哲学，到《文选》以及《游仙窟》这样的小说，被万叶人自在地运用，这是没有广泛而深入阅读中国文献就无法做到的事情。值得注意的是，万叶人接受的不是哲学，而是寓言、文学作品中呈现的神仙思想，是选择性的接受。[②]

一、东亚文化与文学对话平台的创建

中西进又是一个学术活动家，对中日两国学者建立文缘，他是积极的倡导者和组织者。继在北京外国语大学任教之后，他先后到北京大学、辽宁大学、杭州大学、天津师范大学、复旦大学、上海外国语大学、南开大学讲学，多次组织中日两国学术研讨会并探讨新的交流途径。

1988年中西进（右一）在深圳大学

①［日］中西進：『ユートピア幻想——万葉びとと神仙思想』，大修館書店1993年版，第1—2頁。
②［日］井波律子：『中国文学 読書の快楽』，角川書店1997年版，第269頁。

日本在经济高速发展之后，试图在世界上树立文化大国的形象，为应对国际上对日本文化的关心，迎接日本研究的新转机，于1987年在京都创立了直属于文部省的国际日本文化研究中心（简称“日文研”），邀请各国学者共同对日本文化进行国际性的跨学科研究。这一研究机构，从国际性视点设置研究课题，有国内外众多研究者参加，以共同研究的方式进行国际性跨学科的综合研究；采用由研究域、研究轴构成的流动性的研究体制，并发挥向日本国内外研究者提供研究信息的信息中心作用，对于世界各地的日本研究者根据实际情况给予细致的研究协助。作为创始人之一，中西进在担任国际日本文化研究中心文学部主干教授（相当于文学部部长）的时候，他邀请最多的外国教授是来自中国的学者。我国学者汪向荣、卞立强、马兴国、王晓平、王勇、王家骅、严绍璗、刘建辉等，均是在他的邀请下到该中心工作的，同时，他也与这些学者建立了良好的学术对话关系。1995年中西进在国际日本文化研究中心退官时，马兴国等中国学者编辑出版了《比较文化：中国与日本——中西进教授退官纪念文集》，由吉林大学出版社出版。在此之前，学友为专家编辑纪念文集，在中国还相当罕见。这种学术成果结集形式，在日本比较常见，而中国学者为一个外国学者出版纪念文集，这还属第一批。在此以后，为恩师或学友出版各种纪念文集，不再成为新鲜事。

在担任日本比较文学学会会长期间，1996年，他与北京大学严绍璗教授、韩国中央大学校李永久教授等共同倡导创建了东亚比较文化国际会议。这个会议由三国学者轮流担任会议主席，轮流在三国的大学中举办，三国语言均为会议使用语言，会议议题围绕东亚文化的共同话题。至2018年止，已召开了13次大会（参看表6-1-1）。

表6-1-1　1996—2018年历届东亚比较文化国际会议一览表

	时间	地点
筹备会议	1996年10月5—6日	日本帝冢山学院大学（大阪）
第一届	1997年6月21日	韩国国民大学校（首尔）
第二届	1997年12月7日	日本熊本国际交流会馆（熊本）

续表

	时间	地点
第三届	1998年10月11日	中国北京大学（北京）
第四届	1999年10月15—17日	韩国东国大学校（首尔）
第五届	2000年10月14—15日	日本国学院大学（东京）
第六届	2001年9月8—10日	中国南开大学（天津）
第七届	2004年10月9—10日	日本九州产业大学（福冈）
第八届	2006年	中国复旦大学（上海）
第九届	2008年10月25日	韩国高丽大学校（首尔）
第十届	2010年10月24日	日本奈良县万叶文化馆（奈良）
第十一届	2014年10月25—26日	中国浙江工商大学（杭州）
第十二届	2016年8月5—8日	韩国中央大学校（首尔）
第十三届	2018年9月29—30日	日本二松学舍大学（东京）

中国学者严绍璗、王晓平、胡令远、王宝平、刘雨珍先后担任会议长，北京大学、南开大学、浙江工商大学等学校先后举办国际研讨会，并在会后出版了论文集。如2001年9月在南开大学举办了“变动期的东亚社会与文化”研讨会，2002年天津人民出版社出版了杨栋梁、严绍璗主编的《变动期的东亚社会与文化》。

此后，中西进又发起并组织了中日韩三国学者对韩国《乡歌》的共同研究。

中西进研究着日本最古老的文学，也在随时准备将它们拉到当代日本人的生活中间。作为随笔作家，他出版的随笔新意叠出，内容大都离不开与中国、中国文学的关系。《神话力——创造日本神话的人》是想证明，8世纪的日本，源于中国律令制度这种理知的秩序业已建立起来，深受其影响，但在《古事记》《日本书纪》中，尚未失却生命的神话的本质，依然潜在其中。[①]

他的精力是惊人的，那大量的学术随笔，是他和广大文学爱好者交谈的窗口，使他和许多热爱古代文化的人结了缘。1999年，一位中国学者受《跨文化对话》编辑部之托，约请中西进先生写一篇展望新世纪跨文化对话的文章，他爽快地答应了，说好年底一定交稿，好刊登在来年第一期上。这时他正担任大阪女子大学校长，只能忙里偷闲来完成这样插进来的活儿。9月，唯一留在中西进先生身边的小女儿，因为意外事故不幸去世。这对一位年届七十的老人，是何等沉重的打击！先生向朋友传话，不让给任何人添麻烦，也就不能前去探望。12月，在共同研究会上，他却仍然精神矍铄，似乎那给家庭带来天崩地裂般打击的事情已经很遥远。当学生们为没能有任何表示而致歉时，他只说事情过去了，咱们接着来讨论下一阶段研读《乡歌》的计划吧。年底，他准时寄出了清清楚楚誊写的长达万字的《老子与耗散结构》。呼唤着东西文化相互理解的文章按时刊出了，读者可能不会想到它是作者在一种什么样的心境下写出来的！

二、走出日本“国文学”城堡的群体

2001年10月，在东京学士馆举行了一场别开生面的聚会。到会的数百名学者，来自日本列岛各地。与会者报到时受到的接待便不同寻常：每个人抽签得到一张纸条，上面各写着一个中国西南少数民族的名字，怒族、傈僳族、壮族、布依族等等，会场每张桌子上也都高竖一个这样的名字，人们就按照这张纸条去按“族”入座。这让人未进会场，就感受到了一种置身于多种文化交汇的氛围。

聚会是一百六十二名研究日本文学、比较文学与比较文化的学者发起的，起因只是为了一本书，这在日本的文学研究界实在是没有先例。这本书是国学院大学教授辰巳正明所著《诗的起源》[②]。此书丢开专从日本最

---

①［日］中西進：『神話力——日本神话を創造するもの』，桜楓社1992年版，第191頁。

②［日］辰巳正明：『詩の起原』，笠間書院2000年版。

古老的和歌集——《万叶集》去追寻日本诗歌源头的老路，却从日本奄美地区现存歌唱系统的“流歌”，以及中国西南某些少数民族的“歌路”出发，由诗歌的起源进一步提出东亚比较文化论的问题。到会者们正是抱着对这个问题的浓厚兴趣聚集到一起来的。

郭沫若曾说：“我们要跳出了‘国学’的范围，然后才能认清所谓国学的真相。”[①]这句话用在日本“国学”也是恰当的。在日本，一提起“国学”，很容易想起江户时代的本居宣长等人。在那个时代，所谓“国学”即日本学，是与“汉学”即中国学相对立的概念，是以阐述日本文化的独特性为根本主导思想的学问。而“国文学”也就是将自古以来早已经成为日本文学不可分割的一部分的用汉字写作的汉文学排斥在外的。在第二次世界大战期间，所谓“国学”“国文学”更与甚嚣尘上的日本文化独优论拴在了一起。这种影响至今相当深刻。

在很多研究日本文学的学者眼中，《源氏物语》这样的作品才真正代表日本的文学传统，历代文学家撰写的汉诗汉文，都不过是舶来品和仿制品，或者认定那是用汉文这种外文写作的，便必定不能真正表达日本人的思想感情。所以连文部省直属的国文学研究机关——国文学资料馆竟然也没有一位专攻汉文学的专家。虽然日本的中国学界和日本文学学界都有一些研究日本汉文学的人，还结成了和汉比较文学会以通声气、壮声威，在国文学界的城堡内独树一帜；但他们寂寞地守护边缘的姿态，常不由得让人想起“一片孤城万仞山”这句古诗。然而，在以国学命名的大学里，出现了以研究平安时代汉文学著名的波户冈旭教授，又来了一位要从中国西南少数民族民谣去发现诗歌起源奥妙的辰巳正明教授，虽不能算学海风变峰回路转，却也该说是苗头可喜。

辰巳正明，毕业于二松学舍大学，曾任大东文化大学教授、国学院大学教授、国学院大学名誉教授。1994年2月至7月为北京日本学研究中心客座教授，2000年至2015年先后赴贵州省黎平侗族地区以及云南、甘肃等地区进行少数民族对歌的学术考察。2018年荣获日本第6届“日本学奖”。

辰巳正明是中西进的学生。为了拂去侵略战争期间强加在《万叶集》

① 郭沫若：《中国古代社会研究》，人民出版社1977年版，第9页。

研究中的民族文学纯粹性、优越性的乡愁，中西进在中日比较文学方面筚路蓝缕，令人信服地证实了《万叶集》中六朝诗赋的鲜明影响。但他富于独创性的研究，当时并不为所有的学生理解。辰巳正明曾回忆说，有时偌大的课堂，只有他一个人在倾听中西进先生侃侃而谈他的万叶古歌。现在，师生则像是在同一条跑道飞跑，接二连三地各自推出新著。辰巳正明相继出版了《万叶集与中国文学》、《万叶集与中国文学》（第二）、《万叶集与比较诗学》等专著，其中《万叶集与中国文学》已出版中文译本①。

20世纪末以来，辰巳正明忙于收集与研究中国西南少数民族歌谣，虽然学术界已有中国出版的《中国歌谣集成》等书，日本也出版了工藤隆与冈部隆志的《中国少数民族歌垣调查全记录 1998》（大修馆2000年版），但他还是愿意亲耳听到更多的中国民谣。他曾前往湖南张家界土家族民宅听山歌，经历过一次路逢阵雨险些欲归无车的插曲。土家大嫂用她那飞动梁尘的山歌来给远方来客打招呼，连唱数曲之后，又用她的歌声送他们出门上路。辰巳正明后又在中国社会科学院邓敏文和贵州民族大学吴定国的帮助下，在贵州南部调查了侗族大歌。②

日语中的“歌垣”，相当于中国的“对歌”。歌垣远在《万叶集》时代便存在于东国地方，而今天只能在南方的奄美岛找到它的遗迹。辰巳正明发现，在日本奄美地方的民谣中，集体的歌唱系统（对歌、对唱、交唱）叫作歌流，一个歌流必有一个主题或曲调，在这个歌流基础上歌唱才得以展开，这正相当于中国西南少数民族的“歌路”，其间都存在一个从始至终的歌唱路径。由此他推测，经过漫长历史的种种变化，在日本宫廷及贵族沙龙的歌唱游戏之中也承袭了源于歌流的歌唱体系，《万叶集》就保留着宫廷及贵族的诸多歌流。在《诗歌的起源》一书中，他试图还原这些歌流，说明搞清楚歌流的存在，对认识诗歌的起源是十分重要的。

此书一出，点头者摇头者各出其论。称道者谓其开出新路，持疑者则斥其思考尚欠严密。研究诗歌起源颇有权威的古桥信孝教授在《文学》发

---

①［日］辰巳正明著，石观海译：《万叶集与中国文学》，武汉出版社1997年版。

②［日］辰巳正明：「貴州省南部侗族の大歌とその儀礼的性格」，『國學院雜誌』108卷第6号。

表文章称："诗的起源是不能以文献加以证明的，唯此，谈论诗的起源就少不得要追究其有没有严密的逻辑，而且要看是在怎样程度上将历史和思想当作普遍化。在这个意义上，辰巳这本书，说中国、日本这两个相异的空间都有'歌垣'（对歌）这样相像的风俗，就说有从中国传到日本的历史，这完全只不过是出于通俗的逻辑。"同时，他还指出，说读魏晋南北朝小说，和文物语就产生了男女爱情故事，也还没有提出具体的证据来。古桥信孝的非议遭到了辰巳正明的反驳，因为辰巳正明是把两者的影响研究排除在外的，他要做的只是从两种并不一定有直接影响关系的文学现象里确认是否存在共同的规律。

在学士馆的聚会上，包括古桥信孝在内的学者、作家、出版家，就《诗歌的起源》一书提出的问题各抒己见，气氛轻松而又一丝不苟。登台发言者的兴趣很快集中到该书方法论上来，或主张对中国所有民族展开集体调查，经过几代人的努力而最终可能得到确证，或强调应转而对黄河流域的民间文化加紧考察。辰巳正明认为日本奄美岛的民谣一直存在一个严密的歌唱系统，而这样的系统使得包含南岛、冲绳以及中国少数民族歌唱文化的东亚文化圈成为可能。由此他强调，文学的发生论或者诗歌起源论也不能陷入本国主义或者一国史观。怎样来估计其间的距离，或者怎样来设定它们的框架，立场不会相同，而重要的则是相互尊重。问题还不止于发生论。用汉字撰写的日本文献从东亚的角度去探讨也还有很多课题。为此，不仅是中国，与日本同样曾经属于汉字文化圈的韩国的汉字文献，也要放在一起来探讨。

谈论东亚诗歌的起源，离开了《诗经》的话题便分量嫌轻。辰巳正明认为，《国风》歌谣是在古代民间歌谣的基础上形成的，从其中包含着诸多恋爱歌谣（情歌）来看，估计大部分《国风》歌谣曾在以黄河流域为中心的区域所举行的歌会中歌唱过。恋爱歌谣并非日常性的歌谣，而是在节日活动中歌唱的歌谣。如果是这样的话，那么我们就可以把《国风》歌谣作为节日歌谣来重新加以定位。这个节日活动便是主要发生在春秋时期的男女自由恋爱歌会。作为民间歌谣的《国风》也应当有一个歌唱体系。虽然要想在被政教思想选择过的《国风》中还原歌路的全貌可谓困难至极，然而仍然可以从中理出歌路的痕迹。

说来在日本将东亚纳入视野跨学科构建文化论的尝试中，已有所谓“照叶树林文化”及“环日本海文化”之说，前者未必能将东亚整个区域的汉字及儒道佛等文化都包括进来，后者则虽欲将它们都囊括在内，但日本海之称，又缺乏国际性。东亚文化之旗，因为曾被日本军国主义者挥舞，动辄让人想起臭名昭著的“大东亚共荣圈”。中韩日学者在研讨诸如诗歌起源问题时不同立场、不同方法、不同思维方式并峙，除了在材料考辨上较易找到共同点外，不时会各说各话，或者自数家珍，或者语不投机。走出“国文学”城堡以后又怎么办，其实并不那么轻松。在对于对方文化仰视的“憧憬期”与漠视的“隔离期”之后，狭隘的民族文化观在各方都还会有“市场潜力”：它既会在弱势文化对强势文化重压的反拨中找到掩护，也会在发达国家窥测到“发达”的时机，只不过出场的面目有异。这其实更证实了大家都坐到一起来当面对话的迫切性。

比较文学研究在日本虽有了百年历史，但多数学者目光历来集中在日本文学与西方文学的关系之上，且由于日本重实证的学术传统的影响，占主导地位的是注重考据的影响研究。从这一点来讲，辰巳正明的平行研究属于双重边缘。然而这又何以引来这么多学者驻足议论？不管其名称如何，中日韩历史上的交流留下了丰富的文化资源，并在世界文化史上占有独特的一席，而迄今为止各自为营研究方式的弊病日渐明显，这是众家聚首的根本原因。

历史学者从古代诸国间书籍往还的历史出发，近来提出“书路”之说，书路连着丝路，南亚的佛教、西亚的艺术就这样“连”到了日本列岛。有了这两路，东方的亚洲文化才融进世界文化的大潮。然而书路有迹，丝路可征，那么古代有没有口耳相传、乐调相亲的航山梯海的民族文化交流？结论或许是肯定的。只不过是有声而无迹、“歌路”不可追罢了。不走出“国文学”的城堡，或许便看不见那书路、丝路、歌路各路奔腾的风光。

将《万叶集》放在东亚文化交流中来观察，那么《万叶集》的历史，也就与东亚文学史的构建紧密相连。辰巳正明将自己的新著《万叶集的历史》中的论述，视为使《万叶集》参与东亚文学史的尝试。在该书的跋中，他鲜明地提出，考虑到日本列岛的历史是与东亚地域漫长交流的历史，日本研究就必然要思考东亚文化。虽然有日本海相隔，但其与中国、朝鲜半岛的关系史，不仅是文物的交流，其间必有歌与诗的存在：

> 和歌既是民族的声音，也常跨越国境而在列岛促进崭新的创造。《万叶集》的历史，正是经常对面东亚的成长的历史。列岛形成的汉诗文，与《万叶集》在同一时代发展，就告诉了我们这一点，这就是《万叶集》应该作为东亚文学史来描述具有的必然性。①

在“国文学”的城堡中，如何看待日本汉文学是一个老话题。面对一般“国文学”研究者中存在的轻视汉文学的空气，汉文学研究者不能不经常为汉文学争地位、做辩护。辰巳正明在《怀风藻全注释》中，将日本汉文学放在汉字文化圈来评价，显示出更宽的视野。他不仅将日本汉文学视为日本文学史，而且也视为日本文化的重要对象，明确日本汉文学研究属于日本研究的问题，进而从纯国文是在与汉文学的交流中提高其完成度来考虑，重新认识日本汉文学的重要性：

> 如果认为日本汉文学在某种意义上的文学史价值同时也显示出与日本文化相关的性质的话，可以说仅仅从文学史的侧面的评价就不可能准确测定。它和日本人为何要咏汉诗这一叩问是一个问题，它还和韩国人、越南人为何要用汉诗这一叩问也是一个问题。可以认为，由此也必须理解东亚汉字文化圈共有的文化状况。②

学者在闪开狭隘的民族文化观陷阱之时，也不得不小心掉进抹杀差异的泥沼。在看似不相干的两种文化现象中理出同中之异或异中之同，确凿的资料和严密的推理缺一不可，不然就会光冒泡沫而不结果实，而无论从哪一方面来说，辰巳正明的研究都是一个良好的开端。在他对《诗经》的理解中，可以明显看出葛兰言《古代中国的节庆和歌谣》的影响。他的

---

①［日］辰巳正明：『万葉集の歴史』，笠間書院2011年版，第613—614頁。

②［日］辰巳正明：『懐風藻全注釈』，笠間書院2012年版，第521頁。

《想与万叶集相会》还吸收了包括古桥信孝在内的诸多学者的成果，其研究给人的印象是脚步越走越坚实。2019年，辰巳正明获得了学术大奖“日本奖”，这是学界对他长期进行学术研究和学术交流活动的褒奖。

三、《万叶集》研究与“中国话语”

中西进等“国际派”学者在研究中审慎地辩明《万叶集》中的“中国思维”的影响，这实际上也是借鉴了中国古典文学与文化研究的某些成果，是将“中国思维”合理地延伸到这部古代经典的解读中。不仅如此，他们还积极展开与各国学者的合作研究，在万叶古代文化研究所中组织了有研究中国、印度等国古代文学的学者参加的“万叶集与欧亚大陆”的共同研究，力图在彼此碰撞中找出东方古典诗歌形成过程中的共性，深化东方诗歌形成学的研究。

这种研究的意义，就不仅局限于《万叶集》研究本身，而是对东方诗歌学建设的尝试。中国的学者积极参与到这种合作研究中，王晓平、刘雨珍、勾艳军、孟彤、沈琳、张士杰、张逸农等学者的论文，既涉及敦煌歌辞、汉魏乐府等与《万叶集》的比较研究，也论及上田秋成《万叶集》研究与中国文化等万叶研究史方面以及翻译学的课题。这种参与使得中国学者更加熟悉了日本学术特有的重资料、尚考证的传统，也使日本学者了解了来自中国的独特视角与视点，是学术交流中追求“双赢”的探索。

即使是对于中国的日本文学研究者和翻译工作者来说，国学修养也是至关重要的，何况是与中国汉唐文学关系极其密切的《万叶集》，这种重要性就更为突出。当然，若缺乏日本古典语言文化修养，其研究则更可能浮于表层或隔靴搔痒，因为仅从中国古典文学的眼光来看，很容易将《万叶集》中的汉文视同于中国作家的三四流作品，而轻看了它们在日本文化和文学发展奠基时代的历史作用，漠视了其中异于中华文化的日本因素。今天中国的古典文学研究者和日本文学研究者当中，都有热心于日本汉文学研究的学者，两方面的研究可以互相补充与启发，但双方都不能忽略对这两方面修养的“充电”。

如何表现与当今中国审美意识差异颇大的万叶歌人的情感，并使其为中国读者所鉴赏，中国的翻译家进行了艰苦的摸索。钱韬孙注目于《万叶集》同《诗经》一样的民族诗歌源头，用以四言诗为主体的文言去译，译诗虽有苦苦推敲的痕迹，但过于古奥，反而失去原有口语的韵味；杨烈注目于《万叶集》中六朝诗歌的影响，用汉魏以来盛行的五言诗去译，虽句式整齐划一，但却又有悖于古万叶并非全部皆为定型诗的基本形式；李芒注目于《万叶集》的多样化，兼用杂言，而又基本整齐，惜未完成全译；赵乐甡则两者兼顾，既注重句式的大体整齐，而又富有变化。这些博采日本各家注释之长的译本，是20世纪《万叶集》外译本中引人注目的佳作。21世纪之初，更有新锐学者，正奋笔疾书，对《万叶集》全译发起新的挑战。

80年代以来，对《万叶集》及和歌翻译的讨论和研究在时断时续中向前推进。讨论吸引了较多关心中日诗歌比较研究的学者，其缺憾是这些学者多侧重于翻译的形式与技术问题，而尚未深入到中日翻译研究的理论层面。其中不乏用现代诗翻译的主张，却尚未见到完整的成果。王晓平曾再次提出将《万叶集》译为现代白话诗的问题，期待见到用优美的现代汉语译出的中国版本。让有较高中外古典文学修养的读者有古雅的译本读，而一般读者也有鉴赏的机会，应该是能办到的。而这样一部古典名著，若缺少在深入研究基础上的注释本，一般读者便难知其妙，也难以理解其与中国文学、中国文化的关系，这是中国的日本文学研究者的憾事。

当我们的《万叶集》研究选题不再仅为日本学者课题的扩展，而是从中国文化、中国文学的理念提出新的问题，当《万叶集》的汉语版能够成为不懂日文的中国读者理解日本文化和中国文化切实之一助，那么，像《万叶集》这样一部与中国文学、中国文化大有因缘的古典名著，就融进了中国文化建设，就会成为中日文化交流大桥中的砖石。而要达到这样的目标，就绝不是“论文拼盘”和“论文译编”就可以奏效的，等待着我们的是21世纪更富于理性的文化交流和更为深刻的学术竞争。

第五节　川本皓嗣的“东亚诗学论”

川本皓嗣曾任国际比较文学学会会长、日本比较文学学会会长、日本学士院会员、东京大学名誉教授、大手前大学校长、中国社会科学院学术顾问。

2001年，在帝冢山学院大学与王晓平的一次谈话中，他谈到，西方强势文化已经彻底影响到了每一个人，在这种情况下，聪明的办法就是承认现实，把它作为自身的一部分，设法与自己的另一个重要部分——传统文化对话、调和、协调。他还特别指出，对邻人毫无兴趣是非常危险的，主张中日两国学者积极学习对方的语言，了解对方的文化。他曾多次来中国讲学，和中国学者进行坦诚、真率的交谈，而不刻意回避相互之间在方法论和认知上的差异，主张从这种差异入手，深入理解对方文化。

一、诗歌——从日本到欧美

川本皓嗣曾留学巴黎大学，做过多伦多大学客座教授、印地安纳大学高等研究所特别研究员，还有用英语写的学术著作。在谈到掌握英语的感受时，他说：“英语是美妙的，很多人以为自己的英语马马虎虎够用就行了。其实，山外有山，不论走到哪一步，那都离放心大胆的境地远着呢。学无止境，没有别的办法，对外语只能谦虚地孜孜不倦地啃下去。”

川本皓嗣的研究肩挑两头，一头是欧美诗歌，著有《解读美国诗歌》，编著有《美国名诗选》《翻译的方法》《文学的方法》。2011年岩波书店出版了他翻译的特里·伊格尔顿所著的《怎样读诗》[①]一书。在各国大学文学部一蹶不振、诗歌沦为远离尘世的高等游戏的时候，川本皓嗣译出这样一部力说精细解读语言表达意义的著述，正是看中了原作倾心关注

①［英］テリー・イーグルトン、川本皓嗣訳：『詩をどう読むか』，岩波書店2011年版。

语言的声音、语调、节律、文采、含义、暧昧性、应有的文脉等细微处以解读英语诗歌之妙的方法与实践。原作者认为这些正是面向社会文化、历史、政治整体的条件。而川本皓嗣为永井荷风的两部作品《美国故事》[①]和《法国故事》[②]所做的解说，则集中凸显了他对日本作家西方文化观的理解。另一头是日本古典诗歌。川本皓嗣所著《日本诗歌的传统——七与五的诗学》曾获得三得利学术奖、小泉八云奖，编著有《歌与诗的系谱》《芭蕉解读新书》等等。而用英文撰写的《日本诗歌的意蕴》则是将两头融合的结晶。另外，他编著的《文学的方法》则被评为“世界文学的地平线，最前沿的理论”。如果硬要举出最能代表他的研究风格的一项的话，似乎可以用他对江户时代俳人松尾芭蕉的解读来说说。

松尾芭蕉的最大贡献，是超越谈林俳风，将诙谐滑稽的游戏性诗体俳句变为一种足以玩味欣赏的艺术形式。由于他在日本文学史上的突出地位，研究他的著述也层出不穷。芭蕉在创作中借鉴了杜甫等中国诗人的艺术手法，所以从比较文学角度加以研究的作品颇多，有仁枝忠的《影响过芭蕉的汉诗文》、广田二郎的《芭蕉与杜甫——影响的展开与体系》、太田青丘的《芭蕉与杜甫》和曹元春的《杜甫与芭蕉》。川本研究与他们不同的是，将视野扩大到西方诗歌世界，从日本诗歌的内部传统上来解读芭蕉。

从宏观上来看世界诗歌，日本仅有三十一字的和歌和十七字的俳句这样的定型短诗，确实很特殊。正是因为这种特殊性，明治初期的欧化主义者主张将它们一网打尽全都废止，同时，也正是因为这种特殊性，又有一些人以为日本的诗歌外国人都读不懂。川本则认为，前一种看法自然大谬不然，后一种看法也结论过早。不管怎么特殊，诗歌既然是语言创作的，诗歌就是诗歌，读和歌俳句的欧美人和读英诗的日本人站的是同样的立场。也正因为日本诗歌有它的特殊性，就必须说明它之所以特殊的原因。川本研究的目标之一，就是将和歌俳句置于诗歌普遍的理论中来探讨。不过，这种探讨并不是用外来的尺度来裁断，而是致力于从内向外用相互能够融通的话语来阐明。例如，他将和歌俳句与世界各国诗歌韵律类型作了

① [日] 永井荷風作，川本皓嗣解說：『あめりか物語』，岩波書店2002年版。

② [日] 永井荷風作，川本皓嗣解說：『ふらんす物語』，岩波書店2002年版。

比较，指出日本诗歌中“音数律”是一个特殊的例外的情况，而单纯的音数律并不起作用，与字音资格相同而支撑韵律的“休止”、以二音为一拍的“拍子”，以及作为其全部目标的“韵律的强弱语调”，都起着辅助的作用。

什么是诗歌？关于诗歌特征的议论可谓多矣。川本用最简单的话来概括，将它归结为表达的意外性和意义的不确定性。芭蕉之所以在这种不确定性中游刃有余，是因为他发现有时俳句这种短诗为了具有稳定的结构要与“本意本情”（真意真情）相联系。短诗只能是诗的精髓。川本高度赞赏芭蕉在追求表达意外性上的大胆尝试，推许他生气勃勃的实验精神。川本举例说明了构成这种意外性的矛盾和夸张手法。“幽静时，蝉声沁浸入岩石”是芭蕉的名句。声音本是无力的东西，浸透到坚固的岩石当中，夸张的对照或者矛盾，首先使人吃惊。不过，虽说这看起来很矛盾，但是日语中有“蝉时雨”的说法，也就是像秋末冬初时下时停的阵雨一样的蝉声，有把蝉声感受比作液体的传统，由此可以联想到浸透到岩石当中，这里又加上了一个更大的矛盾，那就是把喧闹的蝉声若无其事地说成是幽静。解读这一点，关键就在于“本意本情”。这是从中国传来的根深蒂固的传统，不鸣的乐器是最好的，听得出无音之音的人最了不起，这里有老庄和禅的认识在里面。更为接近的是梁代王籍的诗句“鸟鸣山更幽”。“鸟鸣山更幽”的矛盾，正是这种“本意本情”之体现。

川本说：“语言的意外性是支撑诗歌的一个极为重要的方面，这不是单纯的形式和诗体的问题。诗歌就必须是一种永久革命，新的就会变得陈旧，芭蕉极为敏感地懂得这一点。”值得注意的是，川本还特别指出，芭蕉能在意外性上游刃有余，正是因为他深深扎根于“本意本情”之上。不管怎么扩散，怎么追求着意外的新鲜，芭蕉都决心要回到日本人触物生情的审美意识上来，即在深层植根于日本自古以来的传统。而芭蕉的本意本情恰又多有吸取杜甫、李白等中国诗的本意本情，实际上，中国也是极为重视本意本情的文化的。正是这样，川本一头牵住饭尾宗祇（室町末期的连歌师），一头牵住杜甫，而另一头牵住日本的广大读者，甚至后世的读者，从国际的眼光，尝试对芭蕉的“永久革命”——不断对向现代发出信息的芭蕉俳句的活力做新的剖析。

松尾芭蕉有一句有名的话是“不易流行”。所谓不易就是不变，讲的是诗的基本方面的永久性，流行则是不同时期的新风诗体，因为它们都是出自所谓“风雅之诚”的，所以在根本上是一致的。川本曾借用这句话来强调文学研究创新的迫切性，他说：“‘不易流行’是芭蕉的至理名言。人们所做的事情，是永远不变的，同时又是随时在变的。文学在永不满足地唱着‘同一首歌’，另一方面不新则又不是文学。哲学似乎是这样，我越来越感到，文学研究也是这样。”

2004年，川本皓嗣所著《日本诗歌的传统——七与五的诗学》，由王晓平、隽雪艳、赵怡翻译，译林出版社出版。当时有学者发表书评，称此书“以全新眼光审视日本诗歌中的传统意象，以历史和当代的双重角度，重新审视阐释了俳句和和歌这一日本悠久而富有魅力的诗歌表现形式”。

1987年8月11日，在台湾淡江大学召开的国际研讨会上，川本皓嗣讲演《诗语的力量——俳句和意象派诗歌》。2001年4月，他在北京大学召开的“多元之美”比较文学国际会议上做讲演《挂词、对仗与隐喻——双关语的比较诗学》。2006年9月15日在北京大学对外交流中心作特别讲演《比喻、对仗与挂词——双重意象的比较诗学》，同年的8月23日在韩国诗歌学会十周年纪念国际学术大会“韩国诗歌的东亚地平线”上做讲演《音数律的宿命——构筑东亚诗学》，并与中国的诗歌研究者就东亚诗学展开学术对话。在这些讲演中，他致力于用世界文学的原理，来阐发日本独特的和歌、俳句，同时更用心于用世界的语言来对日本诗歌的精髓做全新的说明，而不是用西方传来的理论，对日本传统文学做廉价的包装。

二、认识差异是理解不同文化的起点

面对喧嚣一时的文明冲突、文化冲突论，川本皓嗣多次谈到东亚各国加强交流和对话的紧迫性。在他眼中，不仅传统与现代不是“敌对关系”，而且各国不同文化也应成为盟友。在强势文化进逼越来越生猛的情势下，我们要做的就是进一步认清自身，同时也要抓紧深入了解对方。

2002年在写给《外国作家与中国文化》丛书编委会的贺信中，川本皓嗣首先谈到，国际比较文学界的“欧美中心”的局面正在发生变化：

> 国际比较文学学会虽然是一个遍及世界的组织，但迄今的学问，不管怎么说也总是欧美中心，因而，我们，中国、日本、韩国学者们一直向西方学者呼吁，目光转向亚洲吧，抛开亚洲，就谈不上世界文化。这种努力终于得到了回报。近年，东亚文学、文化的重要性开始被认识到了。乐黛云先生被选为副会长，此后我也被选为会长，可以说是这种认识的表现。
>
> 然而，去年9月11日，美国发生了恐袭事件。与其说是世界忘记了伊斯兰文化，诚如大家所看到的，不如说是没有充分注意她。而且，我们发现，欧美自不待言，亚洲也同罪——犯了“不关心”之罪。这种自觉，是冲击性的。[①]

“同罪”之说，是一种日本式的表述。“九一一”事件是一个引子，他特别注意到丛书的出版社正在伊斯兰文化盛行的地区，由此引出与文化相处相关的主旨。

川本皓嗣最关注的是，在多元文化时代，各种文化再也不能孤身独处，如何相处，就成为前所未有的重大问题。于是他接着说：

> 我们生活在自己的文化之中，最为轻松，也最安心，我们的家族文化、乡村文化、城镇文化、地域文化、国家文化，她们就像是空气一样，像养鱼的水一样，而与他者文化接触、冲突、理解、相互交往，就像人离开空气、鱼离开水一样伴随着苦痛。
>
> 虽说如此，今后的世界，不管是谁，都不可能只在自己的家、乡村、城镇、国家安住独居。与其忍耐了解他者、与他者相交的痛苦，不如学会与其相处的方法，习惯他们，与他们共生。这是今后人们所追求的生活智慧，是人类的任务。[②]

① 信函，王晓平藏。
② 信函，王晓平藏。

他赞赏以钱林森先生与南京比较文学学会为中心，中国比较文学学会编辑出版的《跨文化丛书——外国作家与中国文化》全8卷，是中国比较文学的成果，也是比较文学研究整体的成果。

在给“人文日本新书”的贺词中，川本皓嗣更明确地将认识差异提高到理解不同文化起点的地位。他首先谈到中日两国之间长期存在的文化误读。

> 在日本，以前常听到“同文同种”的说法。日本人相信自己和中国人民没有多少不同的地方。近代以前，那样热心地学习汉学，是因为不是把它当作中国固有的学问，而是认为它是普遍的“人”的学问。但是，其结果，就产生了一个错觉，那就是以为学习同“文”者就具有相同的世界观和价值观，直到近代以后这种错觉仍然存在着。
>
> 另一方面，中国人虽然一点也不认为自己像日本人，但就像美国人多觉得加拿大像是美国的一部分或者一个“准州”似的。[①]

川本皓嗣这些话的核心，显然在于批评中国普遍存在的“觉得日本文化像是中国文化浮浅的模仿或者派生物”的想法：

> 当然，这两方面都是很大的错觉。而且，不用说，对不深知的对手却以为知之，这是极其危险的。没有看透相互的不同，双方都认准同样的“常识”是通用的，于是便容不得细微的龃龉，对不解的对方态度焦躁起来。
>
> 理解不同文化的第一步，就是认识相互的差异。从相互是不同的这一点出发，那么粗看起来的“不当”的“出格”的东西，实际上作为有魅力的、有启发的、至少是可以理解的人的文化的一种形态，正是可以如实接受的。[②]

---

① 王晓平：《远传的衣钵——日本传衍的敦煌佛教文学》，宁夏人民出版社2005年版，第1页。

② 王晓平：《远传的衣钵——日本传衍的敦煌佛教文学》，宁夏人民出版社2005年版，第1页。

在为《外国作家与中国文化》丛书的题词中，他说：

> 像“中体西用”“和魂洋才”那样，将中国、日本直接与西洋对置的想法，在过去一个时代曾经起过相应的作用。但是，用“中西”“和洋”的说法，仅以中国、日本等一国来代表与西洋相对的东洋、亚洲的做法（那就如同将美国与湖南省相对置），早已没有意义。摆脱东洋一体、亚洲一体这种无根据的观念，今天正是把确立将东洋比较文学、亚洲比较文学，进而世界各种文学都纳入视野的一般比较文学奉为目标的时候。[①]

日语的“东洋”是土耳其以东亚洲各国的总称，特指亚洲东部及南部，即日本、中国、印度、缅甸、泰国、印度尼西亚等。

川本皓嗣1995年10月10日于北京大学举办的“文化的对话与文化的误读”国际研讨会上所做的《“古典”在日本的含义》，2002年9月11日于青岛海洋大学举办的日本文学研究会第八届大会上所做的《日本的日本文化研究和外国文化研究》，2006年5月26日于北京外国语大学国际交流学院所做的《日本人是独特的吗？——国民性论的背景》，2006年5月27日于清华大学日语文化国际研讨会上所做的《日语教育与日本文学、文化素养》，2009年9月14日于清华大学东亚文化讲座上所做的特别讲演《恐怖活动、权力与接受统治——比较文学研究者的政治观》，均就当下日本文化发展的趋势与倾向与中国学者交换见解。在这些讲演中，川本皓嗣着重阐明的是日本向周围强调自己的特性、有这种迫切需要本身，正是边缘意识，即相对于西方这个中心而言的后进意识的表现，然而，不仅是关于强调自我个性的认识，还有表现自我的方式、自我评价的尺度以及自我评价的具体项目、内容，均来自强势的西方，且与其毫无二致，则并非是真正强调自我，并且过于强硬地主张自身的独特性和优秀，也会成为对他人的微词。[②]

川本皓嗣在担任大手前大学校长、学术顾问期间，与上垣外宪一合编

---

① 王晓平：《梅红樱粉——日本作家与中国文化》，宁夏人民出版社2002年版，第27页。

②［日］川本皓嗣：《川本皓嗣中国讲演录》，北京大学出版社2010年版，第192—193页。

了《大手前大学比较文化研究丛书》，其中的《一九二〇年代东亚文化交流Ⅰ》《一九二〇年代东亚文化交流Ⅱ》[①]《比较诗学与文化翻译》[②]等，刊载了不少中国学者的研究论文。

三、民族主义与世界文学

川本皓嗣2005年10月28日在北京大学比较文学与比较文化研究所举办的"综合考察东亚三国与欧美文化的相互影响"国际研讨会上做讲演《作为翻译手段的汉文训读》，2001年9月11日在天津师范大学召开的东亚文学文化交流国际研讨会上做讲演《东亚文化交流——回顾过去瞻望未来》，与中国学者探讨多元文化共存与对话的历史现状与前景。

川本皓嗣有感于所谓东亚的汉诗传统，如果排除具有明显共同之处的中朝日等国的汉诗，各国之间通过各自"母语"诗歌进行交流的机会近乎于零，相互之间的影响微乎其微，于是力图将诗歌全貌纳入视野，进而将其置于与欧美诗歌传统的对照中，从音数律的角度，为构筑东亚诗学，做奠基性的工作。在他看来，单纯的音数律，似乎是东亚诗歌的宿命。据亚里士多德所说，西方诗歌有三种体裁——史诗、剧诗和抒情诗，它们都保持有一定的韵律形式，所以才能被称为"诗"，而在东亚，三种体裁中，却没有史诗和剧诗。其原因是长诗过于单调。反过来说，东亚诗歌里抒情诗占绝对地位，也应该处于同样的理由。[③]

在日本的历史上，日本军国主义者曾经打着"民族主义"的大旗，将侵略亚洲各国人民的行径美化为从欧美手中解放亚洲人民的正义事业，将奴役各国人民装点成"大东亚共荣圈"的美梦。经历了日本战败历史的日本人，有些还没有忘记就是在日本侵略军节节败退之时，日本国内排山倒海般的舆论还在高唱"皇军奏凯"的神话。铃木虎雄有诗："有人嫌败不言

---

①［日］川本皓嗣、上垣外憲一編：『一九二〇年代東アジアの文化交流Ⅱ』，思文閣出版2011年版。

②［日］川本皓嗣、上垣外憲一編：『比較詩学と文化翻訳』，思文閣出版2012年版。

③［日］川本皓嗣：「音数律の宿命——東アジア詩学の構築に向けて」，载『大手前大学論集』第九号，2009年3月，第1—16頁。

败，言我不胜彼不败。五年连呼胜胜胜，原子弹下吃全败。”[①]此诗写的正是对这种在极端民族主义造成举国疯狂、全民失明情势下被骗的感受。[②]

川本皓嗣在多次讲演中，谈到“民族主义”与“国学”的问题，如2001年在与中国学者的对谈中，他指出：“民族主义这个东西，历史上看，有时是必要的。……在彼此不能协作，在挨挤受压的时候，为了抵抗，为了团结，它就有用了；或者为了向外发展统治别人的时候，为了正当化寻找理由，就辩解说自己国家怎么了不起，你们要听我的话。不管哪样都是找理儿。特别是侵略外国、对外扩张的时候，民族主义完全是非正义的谎言。”[③]他主张看透民族主义背后的利害，不要为谋取一己私利的虚假招牌所迷惑。

2002年，在中国日本文学研究会第八届大会上，川本皓嗣做了以《事大主义的两副面孔——日本的日本文学研究和外国文学研究》为题的讲演，他指出，14世纪以来，口语与口语文学的彰显，是与政治上、文化上的民族主义相辅相成的，直到今天，它仍然是给全世界以巨大影响的法国革命与浪漫主义的遗产。他认为，认识他人，也是认识自身：

> 我们寄希望于东亚今后的本国文学和外国文学研究，首先是丢掉前近代式的事大主义，不是仅向西洋寻求范式、主体性的关注与判断的研究。与此同时，还要抛弃对本国文学的过分的特权意识，谦虚地接纳从外部投来的视线。[④]

同时，他还特别强调，需要“互相学习邻国的语言、并非神圣语言的各国口语，欣赏用口语撰写的文学，将东亚独自的比较文学引上轨道”[⑤]。

---

①［日］吉川幸次郎：『人間詩話』，岩波書店1957年版，第163—164頁。

②［日］吉川幸次郎：『人間詩話』，岩波書店1957年版，第163—164頁。

③ 王晓平：《梅红樱粉——日本作家与中国文化》，宁夏人民出版社2002年版，第19页。

④［日］川本皓嗣著，王晓平、隽雪艳、赵怡译：《日本诗歌的传统——七与五的诗学》，译林出版社2004年版，第445页。

⑤［日］川本皓嗣著，王晓平、隽雪艳、赵怡译：《日本诗歌的传统——七与五的诗学》，译林出版社2004年版，第445页。

第六节　马骏的“和习论”

北京大学出版社出版的马骏所著《日本上代文学“和习”问题研究》（以下简称《问题研究》），是继张哲俊《杨柳的形象：物质的交流与中日古代文学》之后，又一部收入国家哲学社会科学成果文库的日本文学研究著作。该书以洋洋70万字的篇幅，对日本上代文学的“和习”问题做了深入的探讨。两部专著的问世，不仅展示了我国新一代日本文学研究者勤勉自信的精神风貌，而且体现了他们旺盛的创造力。览胜以识途，显微而知著，在日本文学研究方法论上，两书也都做了有益的探索。

《问题研究》不仅是日本上代文学研究的重要收获，也打开了日本汉文学研究的新思路。《问题研究》的研究方法以严谨的考证为基础，而又不止于考证，在比较与阐释方面也有可贵的收获，有别于时下流行的“微观”“宏观”分离的思路。

一、何谓“和习”？

“和习”的概念，由江户时代的荻生徂徕提出，而马骏重新做了定义。他说：“所谓‘和习’，指日本人撰写的汉诗文中所包含的日语式表达，即日语固有的表达习惯。迄今为止，学术界始终以中国文学作为衡量日本汉诗文价值的唯一标准，致使‘和习’表达难以获得积极正面的评价。”这一论断是建立在切实将日本汉诗文视为两种文化结晶的认知基础上的。包括日本汉诗文在内的域外汉文学，之所以不同于中国的古典诗文，正在于其中融入了他文化的基因。

诚如神田喜一郎所说，日本汉文学具有中国文化性和日本文化性。古代日本人接受了中国文学，并将其作为自身文学肌体的一部分，那时中国古典诗文的位置，并不全同于今天所说的外国文学的位置，这是所谓“日本文学性”的基本内容；另一方面，对于当时的作者来说，中国古典诗文中的世界，又毕竟与本土文化存在距离，是一个想象中的他文化世界，但日本汉诗文作者又是力图（至少在主观上）按照中国古典诗文的规范来从事写作，其采用的批评标准，自然会来自中国文学理论，这又体现了它的“中国文学性”。今天认识日本汉诗文以及其他国家与地区的汉文学，都不应忘记这种“双重性”，偏执任何一方，其实都与历史不符。

从《怀风藻》以来，日本汉文学家都在从不同的方向追求“日本情思”与“中国文体”的统一。江户时代荻生徂徕等人从汉诗文的“中国文学性”出发，强调清除“和习”的必要性，这有利于在保持中国诗文原貌的基础上提高汉诗的表现力，应该说是有其合理性的，不做这样的要求，也就可能写出一些中国人读不懂、日本人不明白的东西来；但这种强调也会对诗文的语汇和表达方式“设限”，即对一些中国诗文不能表现的本土事物进入汉诗文的领域加设了“路障”。

马骏的研究强调的是尚未得到充分研究的另一面，即从汉文学的“日本文学性”出发，探讨那些不尽符合中国诗文表达习惯的带有“和习”的语汇和句法是怎样产生的，在表达“日本情思”方面具有怎样的作用。要厘清其中的线索，就必须将中国诗文的表达方式烂熟于心，同时对日本思维的特点有准确的把握，这就意味着要在大量中日文献考证的基础上做出对两种文化的分析。

马骏谈到自己的研究心得时说：“若仅仅按照日语式思维方式（即日语训读法）来认定‘和习’表达的传统是远远不够的，有时甚至适得其反。”这说明作者对日本汉文学的“双重性”已深有感触。作者具有长期在日本留学的经历，回国后仍对中日两国的古典文学研究和比较文学研究最新成果保持着敏感，因而在汉文学研究中实践了“两种文学性”的思路，这对于今后的汉文学研究可以说是颇具启示意义的。

马骏指出：“在东亚汉字文化圈的视域中，‘和习’问题实质上是中日古代文学交流与融合过程中发生的一种自然现象，它反映了日本上代文学在与中国文学交流过程中的主体意识与创新精神，意味着作家根据本国传统文化的审美趣向、风俗习惯乃至生活环境等创造出新的文学表达内容与形式。‘和习’问题在东亚古代文学交流史上具有广泛的共同性特征与普遍性意义，作为方法论的‘和习’问题研究应该拥有更为开放的视野与兼容的空间，使得遵循国与国文学交流过程中从接受、融合直到本土化这一具有普遍意义的规律去构建东亚汉字文化圈的文学交流史逐渐成为现实。”从这些看法，可以看出作者融合中日两种学风的期许。

二、“和习”面面观

《问题研究》将前人对“和习”的研究分为三期，即荻生徂徕的“和习”意识、山本北山的荻生徂徕批判和国文学文学背景下的“和习”问题研究，而将自身的研究定位于东亚汉字文化圈视域中的研究。由此对“和习”做了完全正面的评价：“当我们将‘和习’问题研究置于东亚汉字文化圈的视域中时，就有可能发现这样一个事实：实质上，在与中国文学的交流过程中，‘和习’问题所折射出的是日本上代文人的主体意识与创新精神，‘和习’表达既是日本文学容摄中国文学的必然结果，更是日本文学努力根据本国传统文化、审美趣向、民俗习惯、生活环境等创造民族文学特质这样一种人文精神的彰显”，“‘和习’表达无疑最能代表中日古代文学交流过程中日本文学的原创性与独特性”。为了保证研究的学术性与严谨性，马骏坚持实证性的研究方法，并将这种方法具体归纳为指正成说误读、深化影响研究、聚焦变异变体、透析民俗文化、动态把握嬗变这样五个方面。从这种设计本身可以看出，作者对日本学者既往研究有过系统梳理，而又汲取了我国比较文学研究者提出的“变异”之说，从更加广泛的视野来看待所谓“和习”问题所反映的东亚汉字文化圈特有的文学现象，预见到各国研究者通力合作勾勒“韩习文学史”“喃习文学史”的可能性。

许多熟悉日本学界情况的人都会感到，日本学者长于以小见大，抓小题目，做深文章，其精彩处在于见微知著，深挖细掘，好比用显微镜观察细胞，但末流的弊害则会流于堆砌材料，烦琐细碎，见小不见大。当今中国学界的许多学者在宏观把握上视野开阔，长于发现各种看似不相关事物的内部联系，好比是用望远镜观风景，但这种“远望”如果缺乏细节的精密也可能流于笼统空泛，见大不见小。何种方法最好，往往要因研究对象而定。看山景，显微镜不够用；观细胞，望远镜难奏效；然而，涉及两种文化的重要课题却不能不两者并用。显微，意味着体察文心，洞察玄机，理解作家遣词造句、布局谋篇的匠心；望远，意味着具有文学史、学术史的眼光，能在国际文化交流和学术流变长河的大背景下准确定位。

日本学者有关"和习"的议论并不多，几乎没有系统的阐述，马骏拈出这样一个题目深入挖掘，看起来很有日本文学研究界小处入手、考据见长学风的影响，但他又能从东亚汉文学研究的普遍性方面发现这一课题的意义，这是对中国学者研究思路和方法兼收并蓄的结果。在今天的中国学界，从事中国文学研究和外国文学研究的学者都对日本汉文学表现出某种兴趣，但囿于学科之分以及本人语言功力与知识范围的限制，能够从两种文化交汇的角度来着手研究的学者还不甚多，惟其如此，马骏的努力才显得尤为可贵。

马骏没有满足于对汉诗文"和习"的一般化认识，而是通过上代文学主要作品中的出典、语汇、表达方式的具体分析，通过对所谓"纯正汉文"和"和习文体"的对比，通过对苎环型故事素材流变等个案整理，将视野从日本汉文学扩展到朝鲜半岛、越南等国汉文学对同一素材的处理等，在宏观与微观两方面对"和习"文体展开全面梳理，这就使他的研究不仅在加强汉文学研究的总体思维上有一定价值，而且对日本上代文学的的作品研究也不无新发现。尽管小岛宪之《上代日本文学与中国文学》等专著在日本上代文学的出典论研究上句句必考，无一句不求其来处，似乎已经穷尽其功，但马骏仍然在词语来源的考辨上提出不少新见。

日本汉文学既然具有"双重性"，那么它的研究就具有了跨文化的性质，也就成为了"互读"（双向理解）的典型对象。日本上代文学的主要支柱就是汉文学，即使像《万叶集》这样的和歌集，也具有明显的汉文学特质，因为它所采用的记录工具就是汉字。桥本进吉曾经谈到，《万叶集》时代日本人不了解汉字以外的文字，即使《万叶集》的歌写的是纯粹的日语，也是由汉字书写的，因此不能忽略《万叶集》的汉文性。

然而，流传到日本并影响日本作家的汉文典籍，并非是现存中国汉唐典籍的全部，厘清两种文学的因缘，需要多角度、多层面的探讨。马骏的著述在充分吸收中日两国前贤研究成果的基础上又进一步扩大了视野，从文体、词汇、句法、修辞（特别是对仗）、语言习惯、故事类型、情节要素、思维方式等各方面的比较中发现“和习”产生的内在原因，丰富了日本上代文学“互读”的可能性。马骏进行的原始文献的查阅对照分析，工作量庞大，操作细致，给人以汉文学出典研究“柳暗花明又一村”之感。

当然，其中提出的问题还可以更多从奈良时代文化传播的多种因素延伸思路。奈良时代的汉籍和写本多以写本流传，而该书提到的某些现象，很可能与写本整理中出现的误读有关，如马骏在谈到《日本书纪》中的灾异记述形式的变异表达时，指出“频繁使用‘之’，是《日本书纪》编撰者记述灾异时的一大行文特征”，并以卷二二《推古纪》三四年中的“天下大饥之”为例证。根据现有印刷文本做出这样的解释当然是合理的。

不过，考虑到包括《日本书纪》在内的奈良文学长时期以写本流传，且今日之刻本原本源于写本的历史，这里的“之”字本为“也”字草体，形近而讹的可能性也是存在的。不论是在古代日本的写本中，还是在中国敦煌写本中，“之”“也”相混的现象均很常见。在探讨奈良时代文学的文字语汇问题时，适当考虑写本因素的影响，可以将这些典籍表述问题看得更加全面。另外，奈良时代毕竟是日本汉文学的幼年期，作家掌握的语汇和技巧尚多稚拙痕迹，不一定皆可入“原创”之列，而所谓“自创”也会有高下、优劣之分，至于作家的“主题意识和创新精神”在不同时期、不同作品中并非一成不变，细加分辨，可以深化对两种文学交融过程的认识。

三、“和习”研究的扩展

在学术研究中，每一项突破或开拓都不会堵塞学路，相反，它很可能为新的思考打开大门。《问题研究》提出了日本汉文学与汉译佛经联系的重要线索。马骏在研究“和习”问题的过程中，发现了新的问题。他因此指出：“日本上代文学中语言类的‘和习’现象，在汉文佛经中几乎都有所体现，其中不少甚至与汉文佛经直接相关。对此现象，学术界迄今非但无人论及，反而将其视为‘和习’表达，大有成为通行说法的趋势。”

这恐怕是他在开始设计课题时还没有充分认识的，而从自身研究中才更加觉察到这一课题的艰巨性：“在对‘和习’表达做出判断时须采取十分审慎的态度，有必要广泛收集传世文献和汉文佛经的例证。”他的“和习”问题研究，旨在解释传统的中国文学以上古经文和传世文献为载体进入日本文学并在实现本土化的过程中所表现出的特质，而在研究过程中他又为自己树立了新的目标：“与中国上古经文和传世文籍相比，汉文佛经文体的影响，远远超过我们的想象，甚至有过之而不及。因此，对本研究来说，依据汉文佛经资料，全面地考察并阐述佛经翻译文学与上代文学在主题、题材、文体和表达诸方面的影响关系以及由此产生的变异性问题，无疑又将是一个极富挑战性的问题。”这也正是他新课题的来源。

有关这一课题，难度似乎更大，首先清理和读透前人分散各处的论述就是必须解决的问题。神田喜一郎曾撰文论辩《万叶集》中的“为当”一词，见于敦煌出土的《神会禅师语录》等，然作为学术课题全面挖掘却有待于今天的中日学人。我们期待马骏有更多新的发现和更明晰的理论阐发。

马骏在“和习”问题研究中取得了可喜的突破，鉴于进入上代日本作家阅读视野的中国典籍繁多而庞杂，许多今天难以确考，学者需要庞大的阅读量才能查其语源、明其义项。《问题研究》在个别问题的结论上仍有推敲的余地，有些表述还可以更为准确到位，这些都可在再版时精雕细刻。从方法论上考虑，在运用望远镜和显微镜技巧两方面，如何汲取中日两国学风之长，作者也都还有提升的空间。

从语汇、句法的考证上说，日本学者长于此道，往往在注释方面肯下工夫，竭泽而渔，穷搜尽索，引证繁复，不厌其烦，古典名著的校注除了注释详密之外，一般还有“补说”，对疑难问题详加追究。不过，注释与出典考证阐释不够到位的现象也相当普遍。

中国诗文具有字不离词、词不离句、句不离章、章不离篇的特点，看重诗文整体的联系，而日本诗文更看重细部的精彩。对于汉诗文研究来说，不仅应该指出词语的一般含义，而且还应搞清在具体“语境”乃至“字境”中的特殊韵味。马骏在指正成说误读与引证不确的同时多陈新见。如《日本书纪》卷二三《雄略纪》二三年七月条“天皇寝疾不预”一句，“新编全集本”例引《隋书·高祖纪》“上不预”，马骏认为“未确”，遂引《三国志·魏书》卷三《明帝纪》“十二月乙丑，帝寝疾不豫”，并说明“寝疾，病倒卧床。‘不预，亦说‘不豫’”。考“寝疾”为“卧病”之意，这里如能补充说明“不豫，天子有病的讳称。《逸周书·五权》：‘维王不豫，于五日召周公旦。’朱右曾校释：‘天子有病称不豫’”，或许就更为精当了。

《怀风藻》中藤原房前《侍宴》诗：“错谬殷汤网，缤纷周池蘋。”马骏引用小岛宪之之说，认为“错谬”一词除用事外，还应包含“错杂斑斓”的意思，亦即天子恩德施及鸟兽，使之翩翩起舞。并说：“我们认为，‘错谬殷汤网’是溢美之词，并与对句中的‘缤纷’一词，形成互文并举的复沓句式，是以商汤的解网之仁、文王的采蘋之德比拟天皇的仁德。”小岛宪之之说，不免究之过深。

藤原房前已经懂得了诗歌以虚写实、虚实结合的诗歌之道，从诗题《侍宴》来看，这两句实写眼前之景，暗颂天皇之德。前一句的中心词是“网”，实景是捕鸟兽的网，后一句的中心词是“蘋”，即池塘的水草，所以“错缪”“缤纷”首先是对“网”与“蘋”的形容而又与所用典故的借古喻今的寓意相通。错谬，“谬”通“纠”，意为交错纠缠。《淮南子·原道训》：“错谬相纷，而不可靡散。”高诱注：“错谬相纷言彼此相纠也。”一说，杂乱貌。《文选》所载汉张衡《南都赋》：“坂坻巀而成甗，谿壑错谬而盘纡。”李善注：“错谬，杂乱貌也。”六臣注：“错谬，杂乱也。”《南都赋》以“错谬”形容山峦溪谷，藤原房前转而用彼此相纠之意形容捕鸟兽的网，是有创造性的。

马骏、黄美华《汉文佛经问题影响下的日本赏古文学》

又如《常陆国风土记》：“摘石造池，为其筑堤，徒积日月，筑之坏之，不得作成。”（香岛郡条）马骏认为：“该例‘摘/ヒロフ’用于摘下或采下，对象多为花草果物。原文意思是说天鹅衔石建造石塘。无论是从天鹅假造池塘的实际情况，还是从词语搭配关系，都说明此处‘摘’的用法有别于汉语。”细绎文意，前人将“摘”训读作“ヒロフ”似未读通原文。这里的“摘”不是今天常用的“摘取”之意，而是“选取”之意。“摘”，选取，抽取。汉蔡邕《琅琊王傅蔡君碑》：“履孝弟之性，怀文艺之才，包洞典籍，刊摘沈秘。”南朝刘勰《文心雕龙・才略》：“仲宣溢才，捷而能密，文多兼善，辞少瑕累，摘其诗赋，则七子之冠冕乎！”“摘”作“选取”“抽取”讲的用法至今还保留在口语中。天鹅“衔石”造堤之说，是由大雁衔草或衔龟的故事类推出来的，似并没有确凿的语言依据，不如“选石造池”之说更近文义。

博大和精深，犹如鱼和熊掌，不易兼得。善于兼用望远镜和显微镜虽是解决重大学术问题时所必须的功夫，但实际操作起来决非易事。从大处讲，作为研究“和习”问题的第一部专著，如果能够对日本学者提出的“和习”例证做出正面回应和典型分析，可能会更增加阐发的广度。

小岛宪之提到《怀风藻》中的“和习”表述有“往尘”“没贤”“垂毛”“则圣”“品生”等，其中有些词语在他校注的《怀风藻：文华秀丽集本朝文粹》中存疑。其中“没贤”一词，出自藤原史《春日侍宴》：“隐逸去幽薮，没贤陪紫宸。”小岛宪之注释后一句是“不贤的我们也来奉陪天子的御殿，忝列御宴的意思。”“补注”中还说：“‘没贤’之‘没’（mei），或为俗语。不明。不贤者，卑贱者。”这种解释的弊病在于将“没贤”与上句孤立起来。从全句看，“隐逸”与“没贤”对举，两句当为互文，均非自谦之言。“没”，有被埋没之意。“没贤”就是被埋没的贤人，这两句都是说原来的隐逸之士与被埋没的贤人都来到天皇身边，以此来赞颂天皇的招贤纳士，野无遗贤。如果天皇身边都是些不贤之辈，岂不是贬低了天皇的仁德？从构词方式来看，“没贤”是套用“没人”的结构生造出来的。“没”，读作“mo”，泯灭，埋没。《后汉书・应劭传》：“旧章堙没，书记罕存。”“没”的本意是沉没、淹死，“没人”就是“潜水的人”。《庄子・达生》：“若乃夫没人，则未尝见舟而便操之也。”郭象注：“没人，谓能骛没于水底。”

奈良时代的汉诗人在没有掌握足够丰富的汉语诗语的情况下要表达复杂的意思，常常采用的就是“套用法”，即变换一个词素，套用某一汉语词汇而生造新词，这是一种带有时代特征的“和习”。“垂毛”套自“垂髫”，“往尘”套自“黄尘”，“则圣”套自“则天”（“则天”，谓以天为法，治理天下。语出《论语·泰伯》：“巍巍乎！唯天为大，唯尧则之。”汉桓谭《新论》：“尧能则天者，贵其能臣舜禹二圣。”），“品生”套自“苍生”“众生”。这些都可以做进一步分析讨论。

四、“和习”之外

马骏是北海道大学的博士，和一些从日本归来的研究日本文学的学人一样，他也经历过一段“水土不服”期，即日本学习的那些东西，如何为中国学术发展所用。经过艰苦的努力，他找到了属于自己的方法。

方法总是为目标所决定的。日本中国学家、著名的汉字研究家白川静曾经说，自己研究中国，目的是为了日本文化。同理，我们研究日本文学，归根结底是为了中国文化。然而，在今天，仅有这样的认识还是不够的。世界文化越来越呈现出你中有我、我中有你的多彩景观，我们的研究还要为不同文化的相互沟通和理解发挥作用。马骏的《问题研究》无疑是指向这样的双重目标的。汲古润今，和艺汉魂，平等对话，共求新知，在中日这两个文化古老的国度，不难找到很多可以互读共享的文化遗产，也不难找到通过知同明异的切磋增进文化理解的学术课题。中国的日本文学研究要走出学者单打独斗、自说自话的初级阶段，当优秀的研究成果和积极中肯的学术评论都成批涌现的时候，那离闯出自己道路的日子就不远了。

留日海归学者，也会面临另外一个与古代“和习”类似的问题，那就是在学术文章中，身不由己地插入一些未被本土化的日语式表述，甚至在标点使用、文字规范方面，也受到日语的干扰，结果造成文字夹生、规范不足，甚至文章体例“中不中，日不日”。这种情况严重的话，就会让“和习”破坏汉语之美。诚然，对于日语中一些富有表现力的语汇、表述方式等，在需要的时候，我们不妨吸取过来，丰富现代汉语，但是，如果违反了国家规定的语言使用或书写以及标点符号使用规范，那就会让“和习”坏了汉语。强调在汉语表达中警惕“和习”入侵与对日语中的“和习”充分研究与理解，不应该混为一谈，也不应该视为相互矛盾的事情。

简而言之,“和习”自在“和文”中,不可汉语染“和习”。

日语著述中,一般是以日本颁布的日语当用汉字规定为规范的,有些字的写法不同于中国文字工作委员会规定的写法;日本采用竖排印刷,使用的标点符号与中国当今的用法也不尽相同,这些很容易渗透到用两种语言写作的作者的文章中。这种情况很值得我们重视。

具体说来,在中文期刊发表的日本文学、文化研究论文,或者出版的相关学术著述,应该遵循中国国家的规范,这也正像用日语写作时,要遵循日语规范一样。除了语言研究的文章,或者为了说明原文的情况(即使这样,也应该有规有矩,慎重处理)之外,不宜“和汉混淆”。一般采用括号内注明原文的方法,来处理原文引用问题;至于书名、篇名等,中日文标注方式不同,建议采用“中文采用中式标注,日文采用日式标注”的方式,这类似于“分级管理”,尽量避免和汉混杂——由于日本常用中国古代的标注,这样看起来有时就是“古今混杂”。

20世纪90年代,美国当代著名政治学家亨廷顿提出了著名的“文明冲突论”,认为未来人类的冲突根源不再是意识形态,而是文化方面的差异。不同阶层、不同文明、不同种族、不同背景的人们能否找到不同文化的最大公约数,彼此理解,就成为重建世界秩序避不开、脱不掉的课题。文学学术交流也是这一课题中的一道题目。

20世纪后期“交流动力论”等观点的出现,有一个共同的背景,那就是文化问题被提到了一个新的高度。在唯政治论主宰舆论的时代,一直到随后到来的唯经济论主宰舆论的时代,文化被置于等而下之的地位。众头一致地仰视政治利益接近或经济发达的民族的文化,同时也众头一致地俯视与之相反的民族的文化,成为一种惯性。既然文化的自在不被承认,文化研究没有自己自主的地位,那么文化研究,以及与之相伴的文化、文学交流研究也就毫无意义可言。

20世纪后期的“交流动力论”的出现,更有一个学界内在的因素,那就是70年代以后涌现出一批在文化反思中渴求变革的学人。如果没有这种变革需求,学术交流便会动力不足,甚至淡漠交流,直取抗拒,文化推动人类社会前进也就无从谈起。另一方面,国际学术界也有一股力量回应了中国学界的呼声，积极走进中国，走向中国文化，两者共同构筑了对话交谈的平台，这不仅造就了中国学术文化蓬勃向上的局面，也成就了他们彼此的学术新知。

文学学术交流的“场”，不是民粹主义发飙的领地，也不是虚无主义驰骋的疆场。我们不可能与一个毫无交流诚意的对方，实现任何实质性的交流。因而，交流之前，就需要熟悉对方，理解对方，研究对方。正因为文化交流不可能是一方的一厢情愿，所以我们就需要研究交流对象与我们交流的理念、心态与姿态。从这种意义出发，在提升自身交流实际能力的同时，加强对不同民族的不同对方的理论与实践的研究，就不失为摆脱自说自话的紧要功课之一。

第 二 章

国际中国文学研究的点与线

传统学术博大精深，但也还有很大的生长空间，如少数民族文化和域外文化的研究。关于本土文化的研究，就是中华学术的“内篇”，对域外文化的研究就是它的“外篇”，不管是内篇还是外篇都反映中华学术的水准。内外篇研究跟两件事有关，一是与其他的文化互通互鉴，一是中国文化走向世界，这两者都离不开对内外文化传统的知解。

对中外文化的真知灼见是我们展开学术对话的第一利器。创造性地运用传统朴学的方法，可以帮助我们从语言、文字等基本方面处理好中外文学文献，更重要的是，树立一种重视实证、不尚空谈的学风，使我们的比较文学研究从天上“空降”到中国文学这块沃土上，更加扎实，更具有与各国学术平等对话的实力。

五四以来，中国学者注重与国际学术界的对话，力图把握国际学术潮流，以开创中国文学研究的新局面。世界学术的“他山之石”，因中国学者内心的变革欲求和中国文化基因的淬火与锤炼，而变为中国文学研究的“攻玉”利器。从单纯的资料译编引用，到请进来、走出去的多种形式并举，中国学者使用各种语言，在世界各地与各领域学者展开深层次的学术对话，使中国的话语越来越受到国际文学界的欢迎与理解。

第一节　汉学（中国学）的孵化与破壳

1983年3月1日，李一氓在高等院校古籍整理研究规划会议上的讲话中谈到，由于能够承担文史哲古籍整理的专家人数比较少，不能满足各方面的要求，因此，国务院批准教育部，选择若干大学成立有关古籍整理的专业或研究单位。随即他话锋一转，提出了一个崭新的问题，那就是汉学研究。他说："有关中国古典的文史哲以及其他方面的学问，日本叫汉学，而英文叫中国学、东方学，一般叫汉学。中国文化带有世界性，因此文化比较发达的国家，对于中国文化领域的各个学术部门，都有人进行研究，而且也有些研究成果。从中国本身来讲，比如我们搞元史的、搞中西交通史的同志，如果不懂外文，就一步也不能走。因此我建议，培养古籍整理研究人才，除了要学校勘、训诂之外，要注重一下外文。"

在李一氓讲这一番话的时候，我国的中国文学研究者精通外语的人还不多，出国留学与进修的学者以理工科专业为多，然而，开放之风迅速吹遍全国。一批一批学者走出国门，以改变文学研究中的"失语症"为使命，在异国他乡的图书馆奋发苦读，废寝忘食，先后归国后成为比较文学研究、汉学研究的积极探索者。春去秋来，国际学术舞台上，中国话语不再缺席。

一、汉学—支那学—中国学

80年代，季羡林在为《文史知识》撰写的《百期祝词》中，谈到刊名"文史"一词时，说："我们讲的'文史'，我看主要是指中国文史。就算是中国文史吧，它现在已经不限于中国一国，而是成了一门世界性的学问。"虽当时的中国学界，并未普遍认识到中国文史已是一门"世界性的学问"，但在门窗紧闭的时代，仍然有少数学人不甘做闭眼人，想把外边的不同空气放些进来。

《汉学研究》

1932年朱滋萃翻译了石田干之助的《欧人之汉学研究》，莫东寅《汉学发达史》[①]开启了中国学术界对西方汉学系统研究之门。台湾出版了《汉学论集》[②]《汉学反哺集》[③]《汉学反哺续集》[④]《汉学研究》[⑤]《汉学论文集》[⑥]等。陈铨著有《中德文学研究》[⑦]，范存忠1931年以《中国文化在启蒙时期的英国》获哈佛大学哲学博士学位，并著有《约翰逊博士与中国文化》。钱锺书《十七、十八世纪英国文学里的中国》[⑧]、朱谦之《中国思想对于欧洲文化之影响》[⑨]等，都是较早对域外汉学进行研究的著述。

然而，这些皆是对西方汉学的认知。说来我国学者对域外汉学的了解，还是自对日本汉学的探究始。清乾隆年间出生的翁广平撰《吾妻镜补》，其卷十八至二十四为《艺文志》，载录物茂卿《七经孟子考文叙》、林信敬《校正〈群书治要〉序》等有关经书之著，林述斋所撰《佚存丛书》序跋，以及上自平安时代晁衡下至江户时代西川国华等人的汉诗，不仅是清末俞樾《东瀛诗选》之先驱，亦是对日本汉学资料最早的搜集整理。尽管主要集中在日藏中国散佚书籍方面，不免碎片化，却是中国学者第一次把域外汉学研究纳入研究视野。时至清末，黄遵宪走出国门，有机会接触明治时代的汉学者，遂在《日本国志》中对日本汉学进行整体

---

① 莫东寅：《汉学发达史》，文化出版社1949年版。

② 周法高：《汉学论集》，正中书局1965年版。

③ 费海玑：《汉学反哺集》，商务印书馆（台北）1966年版。

④ 费海玑：《汉学反哺续集》，商务印书馆（台北）1977年版。

⑤《汉学研究》第二卷，汉学研究中心1984年版。

⑥《汉学论文集》第一、二、三，台湾政治大学中文系1982、1983、1984年版。

⑦ 武汉大学《文哲集刊》于1934—1935年分4期连载，题名为《中国纯文学对德国文学的影响》，由学生书局1971年出版，1936年由上海商务印书馆出版时改题为《中德文学研究》，由辽宁教育出版社1997年出版。

⑧ *China in the English Litelish Literature of the Seventeenth and Eighteenth Centuries.*

⑨ 朱谦之：《中国思想对于欧洲文化之影响》，商务印书馆1940年版。1977年、1999年河北人民出版社再版，2002年编入《朱谦之文集》。

描述，不仅梳理了他所了解的汉学发展轨迹，而且就其得失发表了自己的看法，在卷三十二将“汉学”与“西学”相对论述，为闭关自守的大清学界打开了一扇前所未闻未见的大门。

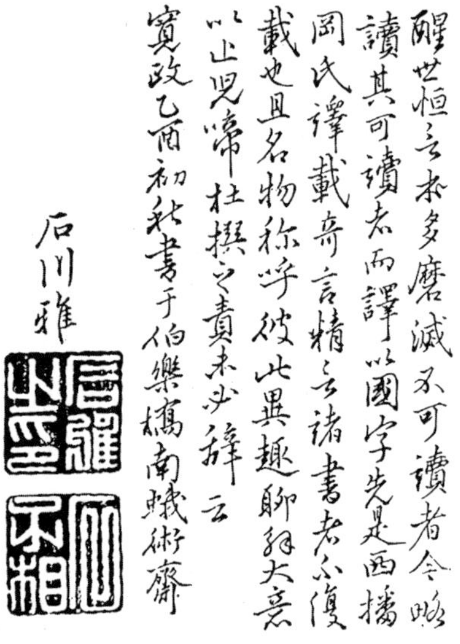

中日甲午战争之后，清廷震撼。学界始有人对明治维新之后的日本刮目相看。诚如一位名叫林鹍翔的文士为《中日文通》所作的序言所说：“夫吾国文明中暗，今又复萌。补之助之，则之效之，斟酌而损益之，惟日本宜。特未通其文与言，而欲取法于是，断港航行，未见其可。故有志之士，咸从事于东文东语，以为之础。”[①]学习“东文”，留学东瀛，遂成风气。这使学人加深对日本汉学理解，有了最低量的条件。也正是在这时，如何面对这一外面的学问的课题，也就提到了中国学者面前。

1789年日本刊本《通俗醒世恒言》

1906年章太炎旅日主持《民报》，在其与日本“汉字统一会”、法国巴黎《新世纪》杂志就汉字问题笔战而发表的《论汉字统一会》一文中，谈到了对日本汉学的看法：

> 自德川幕府以来，儒者著书，多有说六艺诸子者，物茂卿、太宰纯、安井衡辈，训诂考证，时有善言。然其学特旁皇阎百诗、陈长发间，于臧玉林、惠定宇诸公，犹不能涉其庭庑，又况戴、钱、王、段之学乎？岂日本诸通儒，其材力必不汉人若？正由素未识字，故擿埴冥行如此也。[②]

他又说：余每怪新学小生，事事崇信日本，专举政事，或差可耳。一

① 张鸿藻：《中日文通》，清国留学生会馆1905年版。

② 章太炎：《章太炎全集·太炎文录初编》，上海人民出版社1985年版，第321页。

言学术，则日本所采摭者，皆自西方，而中国犹有所自得。老、庄、朱、陆，日本固不可得斯人，黜我崇彼，所谓‘轻其家丘’者矣。[①]

那珂通世所撰《中国通史》于1888—1890年由东京大日本图书刊行，全书五册。这本书原本是为了从来作为中学教科书的《十八史略》一类书而编写的，被视为世界上最早的近代的中国通史，“在客观描述历史事实这一点上，受到欧美研究方法的影响，在用汉文撰写这一点上又沿袭了汉学传统”[②]。

鉴于中国还没有现代人撰写的通史，罗振玉于1899年春，首先影印了此书，由王国维撰写序言，王国维谈起旧籍浩如烟海，仅记载帝王将相事迹，于政治、学术、风俗之由来，不得而知，而是书“究吾国政治、风俗、学术之流迁，简而赅，质而雅”，并认为“持今世之识，以读古书者欤，以校诸吾土之作者，吾未见其比也”。就其时而言，此说并非过誉。樊炳清随罗振玉任湖北农务学堂从事翻译工作，1899年翻译出版桑原骘藏的《东洋史要》一书，王国维作序，谓此书“简而赅，博而要，以视集合无系统之事实者，尚高下得失，识者自能辨之”。

罗振玉读到林泰辅《论清国河南省汤阴县发见之龟甲牛骨》一文后，致信林泰辅，表示“深佩赡核”之意，自己受其启发而撰著的《殷商贞卜文字考》，对林文有所补正。[③]此信刊载于1910年6月《汉学》第二编第二期，题作《北京大学校长罗振玉关于殷代遗物新发掘的通信》。《学林》第一期随即刊出章太炎《与罗振玉书》，信中尖锐指出：“大抵东人治汉学者，觊以尉荐外交”，又举名痛骂当时从“汉学”过渡到“支那学”各路人物。指责罗振玉对林泰辅业绩的肯定

《国际汉学》

① 章太炎：《章太炎全集·太炎文录初编》，上海人民出版社1985年版，第320—321页。

②［日］J. A. フォーグル著，井上裕正訳：《内藤湖南》，平凡社1987年版，第27頁。

③ 严绍璗：《日本中国学史稿》，学苑出版社2009年版，第176—178页。

是“妄自鄙薄，以下海外腐生，令四方承学者不识短长，以为道艺废灭，学在四夷，差之跬武，而行迷以卒世，则旧法自此斁。《传》曰：‘恶紫之夺朱也，恶郑声之乱雅乐也。’今国人虽尊远西之学，废旧籍，慕殊语，部屈相外，未足以为大虞。且其思理诚审，亦信有足自辅者”。从这些话中明显看出其痛击罗振玉的真实用意。信末说：

> 今以故国之典，甚精之术，不会校练，而取东鄙拟似之言，斯学术之大蜮，国闻之大稗。领学校者，胡可以忽之不忌哉！若乃心知其违，而幸造次偾起之华，延缘远人，以为声誉，吾诚不敢以疑明哲也。①

罗、章二人各有自己的人生选择和学术选择，他们的人生与学术贡献，都给后人留下无限宝贵的启示。百年之后，抛开两份信背后的恩怨和语言文字学的背景等诸多因素，仍有很多值得后人思索的地方。章太炎的骂倒一切，并非出于他对汉学的一无所知，他对各家各派是做过一番考察的。在那之后，人们也听到过类似的对日本汉学的“骂倒”之声，却有出于纯属观念而少读过汉学之书者。我们则不必将对本国之典的“校练”和对他国的所谓“拟似之言”绝对对立起来。不论是“骂倒”，还是“唱绝”，显然都不是有益于学术交流的好办法。

章太炎对日本有关中国历史文化的学术，还是沿用日本的说法，以汉学相称。数年之后，胡适就开始采用“中国学”的说法了。1920年，小岛祐马、本田成之、青木正儿聚集在一起，创办了《支那学》。本田成之在《支那学发刊的回忆》里说：

> （三人）碰到一起，说的尽是些骂倒天下的话。天下支那学除吾等之外，还在何处？……这些伙伴，或是中学教师，或是私立学校的教授，尽是些甚不高级的困穷呻吟者。必须找到宣泄豪气的机关，发

① 章太炎：《章太炎全集》，上海人民出版社1985年版，第172—173页。

出这种咆哮的就是《支那学》。[①]

事情就这样由几个人干起来了。《支那学》一印出，青木正儿就将它送给了胡适。1920年9月25日，胡适在给青木正儿的信函中，就已经使用了“中国学”这个词，下面是这封信的全文：

青木先生：

承先生寄赠《支那学》第一卷第一号，多谢多谢。京都的学者向来很多研究中国学的，现在我看了这个杂志，格外佩服。先生的大文里很有过奖我的地方，我很感谢，但又很惭愧。现在我正在病中，不能写长信，只能写这几个字来谢谢先生，并希望先生把以后续出的《支那学》随时赐寄给我。

此祝　胡适敬上

《支那学》万岁！九九二五〇[②]

正是《支那学》第一卷第一号，刊载了青木正儿所撰《以胡适为中心的汹涌澎湃的文学革命》。尽管胡适欢呼“《支那学》万岁”，表达对杂志的崇高赞赏，但文中却特意说“京都的学者向来很多研究中国学的”，表明自己是很在意中国以及有关中国学问的名称的。事实上，青木正儿对此一直保留着自己的看法，而且甚为在意，直到1952年12月17日，还在《朝日新闻》上发表《关于“支那”这一名称》，力说日本的“支那”之称绝无恶意，中国人听成“侮辱语”乃是说者与听者心思相反，两方都要虚心平气。[③]

近代以来如何称呼中国，绝不仅是一个学术问题。青木正儿在文章中提到，从明治时代起，学界便有“支那学”之说。而在第二次世界大战以

① 『支那学』還暦記念号，1942年。

② 名古屋大学附屬図書舘、附屬図書舘開發室：『游心の祝福——中国文学者青木正児の世界』，2007年版，第21頁。

③［日］青木正児：『中華名物考』，平凡社1988年版，第150—155頁。

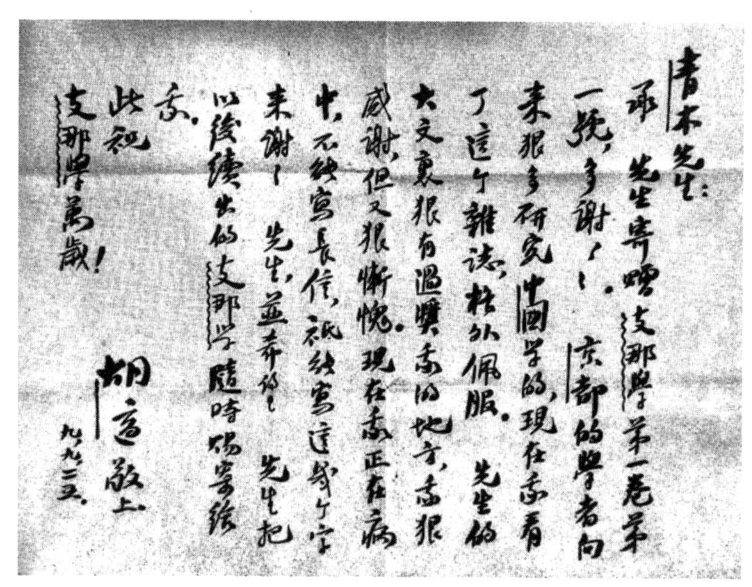
青木先生：

承　先生寄贈支那學第一卷第一號，多謝々々。京都的學者向來很多研究中國學的，現在我看了這个雜誌，格外佩服。先生的大文裏很有過獎我的地方，我很感謝，但又很慚愧。現在我正在病中，不能寫長信，祇能寫這幾个字來謝々　先生，並希望　先生把以後續出的支那學隨時賜寄給我。

此祝

支那學萬歲！

胡適敬上

九，九，二五.

胡适致青木正儿信函

前，有关中国的学问，最通行的说法是中国学。50年代之初，中国学之说已相当通行，青木正儿仍在强调“支那”一词的正当性，适可看出这位学者少为人知的一面。

1924年京都第三高等学校成立支那研究会，狩野直喜发表了题为《研究支那的目的》的讲演，他首先谈到，研究会之所以不沿用“汉学”的名称，而用“支那学”，不是因为要求新鲜，而是在于两个名称在内容上有广狭之分，支那学与欧洲所说的“Sinology”相对照，“即研究支那的学问，兴起于支那的文化——人文科学方面、自然科学方面。人文科学方面，包括支那哲学、宗教、历史、文学、语言、美术、法制等；自然科学方面，天文、历算、医药、动植物这些方面林林种种，不是一个人就能治了的，但是其对照——古代支那，与今日支那，因人而所治不同，却都不出支那的范围”。“在我国从前所治汉学，则是专门研究经、史、文，与今天所说的支那学不同。在今天，我帝国大学里面，有支那哲学、支那文学、支那史、东洋史等学科，支那学里所治不限于此。”

狩野直喜指出，当时的“支那学”，已经区别于传统的汉学，不再限于经、史、文这些汉学内容了：

> 但这里要注意的是，支那学范围很广，跟以前人们所说的限于经、史、文的汉学内容上虽然有广狭之分，但支那学的基础是古典。除此之外的话，就研究不了前面所说的支那学科的任何东西。为什么呢？支那有四千余年的文化，其起源非常古老。而作为支那文化的特色，古代比其他国家先进得多。支那人有尚古的传统，没有让它更为进步。在思想方面，例如儒教，其学问学风在汉唐宋明业已变化发展。

狩野直喜还特别指出，儒教的基础在六经。不知六经，就什么也不懂。在文学方面，汉六朝唐宋明清虽在各时代有其特色，但是不读《诗经》《楚辞》，就不懂后世文学。历史亦然。有句话说，六经皆史。再说自然科学方面。“例如要想研究支那天文学，怎么也得读《诗》《尚书》《左传》《国语》等。要治地理，支那最古的地理书是《尚书·禹贡》，所以就必须从它来研究。”动植物的话，孔子说过，鸟兽草木之名古代很早就有记载的是《诗》，就不能不从它读起。也就是经书不用说，先秦以前的古典，就是支那学的基础。由此，他郑重提醒在场学人：“支那学问，归根结底起源就在古典。”

在这次演讲中，狩野直喜还强调：“支那古代的学问没有像今天那样分科，因而，今天我们在支那学里面，就支那哲学、文学、历史、艺术乃至天文、地理加以研究的时候，并非研究它一样就能懂得。要懂支那文学，就必须懂思想，要理解艺术，就要懂文学，这些学问不是一个一个独立的打上支那制的印记，而是相互交接。”①因而今天我们抓住这些问题来研究，第一就必须从古典之内拿出自己所要的东西，以现今的科学方法去研究它。古典的学问尤为必要，这是治此学的人不可不知的。

狩野直喜所强调的以上两点，正是抓住了中国学术谱系的根本特点。尽管近代以来受到西方学术的深刻影响，日本的中国研究发生了很大变化，但始终有学者在强调和坚持这两大特点，提醒学人不要忽视经学的价值，不要将文史哲任意割裂。这也正是20世纪日本的中国文化研究与西方汉学，乃至与大陆的本土历史文化研究在大的走向上显著区别的一点。

---

①［日］狩野直喜：『支那學文藪』，みすず書房1973年版，第433—434頁。

日本有很长研究中国历史文化的历史，如何面对这样一份文化遗产，自然也是日本学者的课题。同时，如何走出一条不同于中国学者的路，也是他们思考的问题。

吉川幸次郎概括青木正儿的学风，是尊重实证与独创。正因为尊重独创，也就重视新领域的开拓，而最能发挥这一学风，并且成功的，是戏曲史领域。青木正儿1937年6月在《东京帝大新闻》上发表的《支那研究中邦人的立场》一文中说：

> 对于支那文学的理解和鉴赏，和他们相比，我等没有什么话可说。虽说也有“旁观者清”之论，但那些所谓的“旁观者清”之论，乃是不以实力为基础的空想。因而，如欲与之拮抗，必须突其虚处。在此领域，我国历来中国学者研究进步的径路，就是用新的体系和方法，开拓未展开的分野。

他进而自信地说：“研究方法的好坏在于其人的头脑，研究领域的开拓则在于其人的眼光，故不论本国人还是外国人，一言以蔽之，那就是要凭个人的才能。故在支那文学与鉴赏上感到不如人家的邦人，还是不能不以这两条路为主向前迈进。”尊重实证与独创的精神，是青木正儿取得成就的关键。退开一步说，日本汉学中那些最有价值的部分，也正是这种学风的产物。不论是甲骨文研究，还是小说戏曲研究、敦煌文献研究，都曾有一批日本学人走在前列，他们的实证研究不仅给当时的中国学界带来启示，也给欧美的中国学提供了成功的先例。

在中国学界流行着日本中国学界存在京都学派、东京学派的说法，诚然，京都和东京在日本地位不同，两地学者治学内容和方法也有区别，然而，两地学界的交融越来越深。两地之外，不仅有很多杰出的学者，而且有一些出色的团队。很多日本学者尤其不赞成仅以京大、东大来指称整个日本学术，希望中国学者能够看到一个多面的、多姿多彩的中国学界。

对于20世纪日本中国文化研究的方向与得失，左派学者也在不断予以评判。如安藤彦太郎于1970年撰写的《日本人的中国观》谈到日本旧汉学与东洋学两者的弊病。首先，谈到汉学“超越时间，将对古典的尊崇与日本的天皇制结合起来，时常起着促进反动思想的作用。这是因为美化中国的封建制，而轻侮不符合那种理想的现实中国的东西很多”。接着谈到东洋学，“从所谓近代主义的立场，要彻底批判中国的‘未开’性”。两者的共同性，是对现实中国的背离和曲解：

> 中国的历史，对它们来说，是学问实证的素材，却不是由此而引导出某种意义的对象，认为“科学”地批判一下就够了。而且，它们还常常超越时间，来竭力证明现实中国的“未开”性。不，可以说正因为只不过是学问的素材罢了，所以才会是这样的。①

他进一步指出，以日本的汉学、东洋学研究，是无法正确理解近代中国的：“汉学也好，东洋学也好，都不是要真正理解充满苦难的近代中国活生生的历史。”因为他们的中国观是畸形的、扭曲的、割裂的：

1951年日译本茅盾《子夜》第一部

> 因为中国是“堕落”了或者是“落伍”的国家，所以对近代以后的中国，引不起学者的关注。从而，直到战后最近，中国近代史、现代史的研究一直是极不充分。有关中国的教科书、参考书之类，很多只有与活生生的中国切割的古老中国相关的记述，这也给日本人的中国观以影响。②

---

①［日］安藤彦太郎：『日本人の中国観』，勁草書房1971年版，第93頁。
②［日］安藤彦太郎：『日本人の中国観』，勁草書房1971年版，第94頁。

关于旧汉学、东洋学的文学研究，他也提出了严肃的批评意见：

> 关于文学可以说也是一样。文学很早以来就附着于汉学周边。汉学色彩很浓的传统诗文，德川时代传来的俗文学，都是这样。拒绝汉学，正面立足现代文学，文学者开始研究它们，是由竹内好等1934年组成中国文学研究会才开始的。①

安藤彦太郎1964—1966年在中国进行研究工作，参与《毛泽东选集》1—3卷的日译工作。他对日本旧汉学、东洋学的批评，虽带有时代印记，却是一针见血的。尽管旧汉学、东洋学中也有值得认真研究与汲取的部分，但其严重的缺陷也是不可忽视的。

日本的中国文化研究，是在不同思潮、不同学风、不同方法的汇通与竞争中向前推进的。20世纪以来，不论古代文学研究，还是现代文学研究，都有令中国学者叹服的成果。因而，中国学者对于日本学者的实证与独创性的研究，很早便极为关注。中国的日本汉学研究，在域外汉学研究中也具有起步早、成果丰、交流快的特点。

梁容若曾翻译青木正儿《中国文化东渐研究》，补入笺注80余条，并著译有《汉学东渐丛考》，且著有《中国文化史论》《欧美日本汉学史》。1987年《东海学报》第8卷第1期，刊登了梁容若撰写的《现代日本汉学研究概观》，文章开宗明义，说："日本所谓汉学，普通泛指我国的学术。"并明确指出：

> 汉学决不仅是单纯的考古学、人类学、民俗学，也不仅是典章制度的记述、史迹史物的踏查发掘。思想上的内圣外王，文学上的淑世淑人，旋乾转坤的正义感，人类责任感、文化责任感才是真精神的所在。日本有新汉学新国学的产生，以配合经济工商业的复兴，才能挽救精神上的真空状态，解除思想上的民族彷徨。②

---

①［日］安藤彦太郎：『日本人の中国観』，勁草書房1971年版，第93—94頁。

②［日］安藤彦太郎：『日本人の中国観』，勁草書房1971年版，第34頁。

同时，他提出："如果我们承认日本汉文学，是我国汉文学的延长，日本文化史是中国文化史上的外围发展，所谓'日本国学'就成为'中国学'的一部分。"[①]他还主张两国学术界"交换资料，沟通声气，研讨方法"，并且也说明了自己的文章题目为什么不使用"中国学"，而用"汉学"一词："从较长远较习惯的用语看，如'汉人''汉字''汉药'之例，用汉学统指日本对我国学术文化的研究，并无不可。我所以不用'中国学'的名称，因为本篇重心是在学术方面。"[②]

这篇文章虽然不长，但对于日本战后汉学大势、日本保有的中国文献、研究风气与方法、重要成就与代表书刊的分析，言简意赅，信息量大，平实入理。1972年出版的《现代日本汉学研究概观》以此为首篇，书中收有的《中国历代佚亡典籍的总合观察》《千七百年来日本的论语研究》等虽皆属概述，却都颇有分量。

中华人民共和国成立后，梁容若原在海峡一侧，大陆史学界知者甚鲜。在他退隐后，曾蛰居美国，继续从事中日关系史研究。1981年归国定居，执教于北京师范大学。1985年出版著作《中日文化交流史论》，所收论文多篇涉及日本汉学。他还提出"中日两国合作复制翻印珍贵之罕见文物典籍"[③]的建议，然至今尚未见实现，需要两国有识之士继续奔走呼吁。

1980年11月20日，钱锺书在日本早稻田大学教授恳谈会发表了一篇题为《诗可以怨》的讲演。他一开头就说："日本对中国文化各个方面的卓越研究，是世界公认的；通晓日语的中国学者也满心钦佩和虚心采用你们的成果，深知道要讲一些值得向各位请教的新鲜东西，实在不是轻易的事。我是日语的文盲，面对着贵国'汉学'或'中国学'研究的丰富宝库，就像一个既不懂号码锁、又没有开撬工具的穷光棍，瞧着大保险箱，只好眼睁睁地发愣。但是，盲目无知往往是勇气的源泉。"[④]该讲稿曾发表在《文学评论》1981年第1期，也曾刊登在《1981中国文学研究年鉴》。这里，钱锺书将"汉学"或"中国学"称为"丰富宝库"，则表明他很看重日本"汉

---

① ［日］安藤彦太郎：『日本人の中国觀』，勁草書房1971年版，第35頁。

② 梁容若：《现代日本汉学研究概观》，艺文印书馆1972年版，第2页。

③ 梁容若：《中日文化交流史论》，商务印书馆1985年版，第3页。

④ 钱锺书：《钱锺书散文》，浙江文艺出版社1997年版。

学”和“中国学”中那些可贵的学术积累，而并非采用一棍子打死的态度。

从1946年之后，“中国学”逐渐得到日本学界的公认，取代“汉学”“支那学”等而成为研究中国学问的总称，其内涵既包括中国历史文化，也包括现实中国。同时，沿袭已久的“东洋学”的最重要内容，也是有关中国的学问。纵观日本学术史，从藤田丰八，经狩野直喜、青木正儿，再到竹内好和晚年的吉川幸次郎，他们对中国的称谓有三变，从清国，到支那，再到中国；对有关学问的称谓也有三变，从汉学，到支那学，再到中国学。这三变反映了中国文化在日本学人心目中的百年之变，也反映了有关中国的学问在方法与内涵诸层面的百年之变。科学的态度是呈现这段历史，并加以辨析与区分，而不是根据今人的口味去掩饰或模糊化。1991年严绍璗《日本中国学史》（第一卷）出版，将书名定为“日本中国学”，而非“日本汉学”，是很有道理的，其意义将随学术发展日渐显现。该书既是外国人为日本的中国学术写的第一部学术史，也是我国学者写的第一部国别汉学史。

同时，近代以来日本往往成为中国学术走向世界的首站，不仅每年日本研究中国历史文化的著作数目都在域外名列前茅，而且世界上《延安文艺座谈会》最早的译本是日译本，日本翻译的近现代中国文学作品与文学研究著作，从全球来看，也是数目最多的，莫言等作家外译最多的也是日本。出门先遇近邻，而中日除了历史缘分、地理缘分之外，在近邻中其高等教育最为发达、学术体系最为完备且自主自律程度最高，不能不说也是一个要因。

20世纪日本研究中国学的学者的开拓与进取精神，给中国学者印象深刻。孙歌认为：“日本汉学在我们把现代学术历史化和相对化的过程中将提供有效的参照系，它有助于我们对于现代学术史进行新的反思——在这一意义上，日本汉学不应该被简单视为已然没落的旧式学问，而应该成为启发我们创造性思考的资源。”她进一步指出：“在今天的日本学术规范中，日本汉学在表面上虽然不占有明确的位置，但它潜移默化的影响却是不可低估的。作为一种文化传统，它规定着日本人相对闭锁的民族心态，也反映着日本近代以后文化相对主义思维方式的走向。”她看到，“对于日本汉学的清理工作远远没有达到可能的深度。这是由于人们过于执着于它的意识形态保守性和知识性外表”，主张把它作为一种直接和间接的思想资源。①

汉学研究是一个互读系统。正像异乡人来我乡看风景，我们也在看外乡人；同样，我们去异乡看风景，异乡人也在看我们。我们对日本汉学的认知，既反映了我们对日本学术的认知，也反映了我们对自身学术的认知。那种将日本汉学和汉学者简单化、脸谱化和平面化的描述，正说明了我们需要深入了解它，而不是回避它。

二、向世界敞开胸襟的“汉学人”

中华文明作为延绵至今的最古老文明，成为永不枯竭的世界学术资源，是不以人意志为转移的现实。她的昨天、今天和明天，对于世界各个角落对人类文明的走向感到兴趣的一部分学者，意味着探索不尽的寻谜之源，古老而新鲜的课题之泉。

英法各国在20世纪便活跃着一批研究汉学的学者。第二次世界大战之后，美国的研究机构和大学也加强了对中国问题、中国文化的研究。1962年，宫崎市定前往美国考察，发现从质与量两方面推进美国的中国研究的，是华裔学者。他撰写的《美国的中国研究一瞥》发表在当年的《史林》杂志，文章中说：“华裔学者的活跃，不仅是在美国，在欧洲也是同样，但欧洲仍然没有摆脱旧的殖民地气质，华裔学者表面上尚未得到重用，而在美国所有的大学，华裔学者除了与美国人同样担任教授之外，还作为图书馆员，或研究员，或作为学生，正在协助研究。”②他还在介绍美国中国学研究的经费、研究机构、研究得失之后，对日本学界应该向美国的中国研究学习发表了见解。遗憾的是，对欧美和日本研究中国的情况，那时的大陆学者即便有极少数人有所耳闻，也不可能把它们告诉广大学者。

尽管筚路维艰，但中国学者融汇世界学术潮流的步伐从未停止。中国作家协会于1953年创办《译文》杂志，1959年更名为《世界文学》，1965

---

① 孙歌：《日本汉学的演变轨迹》，载《中外文化与文论》2001年第0期。

②［日］宫崎市定：『中国に学ぶ』，朝日新聞社1971年版，第212—213頁。

年转属于中国社会科学院（当时为中国社会科学院哲学社会科学院），译载世界各国的名著并予以评论。20世纪五六十年代，中国社会科学院文学研究所就组织出版了三套丛书，即1957年出版的《文艺理论译丛》，1961年出版的《古典文艺理论译丛》和《现代文艺理论译丛》。“格局宏大，计划周详，比较系统地介绍了古典和现代的外国文艺理论，特别是美学方面的研究成果，其中包括各时代、各流派的重要理论家和作家、有关基本原理以至创作技巧的专著（摘要）和论文”[①]，它们是中国学界了解世界文学潮流和学术潮流的窗口。

和整个世界相比，这个窗口实在是太小了，然而他们毕竟聚集了当时知识界面向世界的欲求和力量，使五四精神在文学研究中延续和壮大，留下了那一代学人不愿孤立于世界潮流而不断探索未来、探索学术的艰难足迹，也为改革开放以来的文化转型准备了人才。

1974年阎纯德被派往巴黎东方语言文化学院中文系执教，这所欧洲最大的外语学院从1795年创建以来就是法国汉学家的摇篮和大本营。法国汉学史上那些巨擘，如儒莲等，都曾在该校任教。1975年欧洲青年汉学家学术会议在巴黎召开，当他接到邀请后向大使馆请示时，得到的答复是：“汉学是对中国的污蔑和充满敌意的学问，这种会议不能参加。”[②]尽管周围有种种怀疑和非议，甚至承受风险，但中国学人并没有退缩，他们以自己坚持不懈的努力，带着理想主义的激情和希望，把面向世界学术的窗口开的大一点，更大一点，一点一点地积蓄着与国际学界对话的实力。

中国社会科学院情报研究所孙越主持的中国学研究室，不定期出版刊物《外国研究中国》，是大陆最早的中国学专业刊物。1977年北京大学古典文献研究室编辑了《国外中国古文化研究情况》。70年代末，中国社会科学院历史研究所的《中国史研究动态》和由国务院古籍出版规划领导小组主编、中华书局出刊的《古籍整理出版情况简报》，陆续刊登了有关日、法、美、荷兰等国学者对中国史的研究综述与报道。80年代以来，中

① 中国社会科学院文学研究所编：《走向世界的中国文学研究》，社会科学文献出版社2010年版，第1—2页。

②《中国文化的世界性意义高层论坛——全国高校国际汉学研究会议》，北京外国语大学2016年版，第2页。

国社会科学院文学研究所适时成立了新学科研究室，创办《中外文学研究参考》（后改为《文学研究参考》）专刊，专门翻译国外学术动态，90年代又成立了比较文学研究室，组织编写了《中国文学走向世界》丛书。学人认识世界的窗口敞开得更大了。

80年代兴起的比较文学研究，将国外中国文学研究纳入其中，在乐黛云主编的《比较文学丛书》中收入了《白之比较文学论文集》和《普实克中国现代文学论文集》，前者译介了美国学者白之研究中国古代戏剧、小说及其翻译的论文，后者是普实克有关中国现代文学的论述。

1985年北京大学开始招收国际中国学（汉学）硕士，1987年北京大学“国际中国学研究室”与深圳大学文化研究所在深圳联合举行了“国际中国学讲习班”。这是我国学术史上第一次举行的以中国学为主题的全国性研修会。

那时，认为中国学者不太关注外国学者的成果的外国学者，是相当多的，他们希望有更多中国学者能够了解那些影响国际汉学界的著述、学人和不同于中国学者的学术方法，也希望自己和同仁的著述在中国赢得读者。1986年，丸山升在《寄语〈日本学者中国文学研究译丛〉》中指出：

> 我们这些日本人的中国文学研究，尽管在对中国的理解上无法与中国人相比，但如果能对中国读者有些作用的话，那就在于我们是通过具有不同的历史和文化的日本人的眼光，用不同于中国人的眼光来看待中国文学。至少在现代文学研究方面，我想求得中国读者理解的是，在中国人所想象不到的解释和一时难以接受的观点中，复杂地反映着生活在现代日本现实中的日本知识分子的思想和感情。希望中国读者理解这一点也是同希望加深对日本的理解是相通的。[①]

《国际汉学研究通讯》

① 刘柏青、张连第、王鸿珠主编：《日本学者中国文学研究译丛》第二辑，吉林教育出版社1987年版，第2页。

20世纪80年代以来，中国学界对汉学与域外汉籍研究的重视，引起国外学者的关注，域外中国学者乐见这一事业的健康发展，愿意为它能守正出新贡献智慧。日本学者静永健指出：“‘域外汉籍研究’并不是一门炫人耳目的奇学幻术，相反，它正是我们了解中国乃至整个东亚地区的一种‘王道’的研究方法论。所谓的‘中国学’，本来就不应该是一门仅仅关注中国国内的学问。超越‘国境线’，从更多的角度、用更多的思维方式来思考中国以及整个东亚区域，这才是研究‘中国学’的真谛。”①国外学人对中国汉学兴起的积极回应，无疑使这一新学术生长多了些好风时雨。

1987年冬傅璇琮曾到美国密斯根大学，在那里撰写并亲笔抄写了《盛唐诗风与殷璠诗论》，回国后积极推动中国古典文学研究的国际化。在不同场合，他多次呼吁加强中外诗歌研究交流。在安徽师大中国诗学研究中心举行的中国诗学研讨会上，他指出：“中外交流有两个方向，一是中国汉语诗的传播，主要是古代日本、朝鲜、越南，他们的汉诗数量很多。据日本学界的统计，从奈良时期至明治时期，编印的日本汉诗总集共有七百六十九种，二千三百三十九册二十多万首。要知道我们的《全唐诗》也不过五六万首，应当说，汉诗在外国的传播之广是很值得我们研究的。二是外国对中国古诗的研究以及一些理论方面的见解也值得探讨，国外对中国古典诗歌是怎么研究的，这对我们今后研究日本、韩国等怎样用旧体的形式创作是有帮助的。”②

中国文学的国外传播研究，80年代主要以随笔、论文的形式呈现。90年代专著渐多，有了施建业著《中国文学在世界的传播与影响》③、宋柏年主编《中国古典文学在国外》④、闵宽东著《中国古典小说在韩国之传播》⑤等专著问世。21世纪初则有何寅与许光华主编《国外汉学史》⑥、马祖毅与任荣珍著《汉籍外译史》⑦、刘正著《海外汉学研究——汉学在20世

---

① ［日］静永健、陈翀：《汉籍东渐及日藏古文献论考稿》，中华书局2011年版，第4页。
② 俞樾编，曹升之、归青点校：《东瀛诗选》（下），中华书局2016年版，第1498页。
③ 施建业：《中国文学在世界的传播与影响》，黄河出版社1993年版。
④ 宋柏年主编：《中国古典文学在国外》，北京语言学院出版社1994年版。
⑤ ［韩］闵宽东：《中国古典小说在韩国之传播》，学林出版社1998年版。
⑥ 何寅、许光华：《国外汉学史》，上海外语教育出版社2002年版。
⑦ 马祖毅、任荣珍：《汉籍外译史》，湖北教育出版社2003年版。

纪东西方各国研究和发展的历史》[①]及《图说汉学史》[②]、葛兆光著《域外中国学十论》[③]、北京大学中国传统文化研究中心编《文化的馈赠——汉学研究国际会议论文集》（语言文学卷）、张西平著《欧洲早期汉学史——中西文化交流与西方汉学的兴起》等专著与论文集，梳理各国对中国典籍的翻译、研究及其传播的历史。

1992年三卷本《中国现代文学文库·老舍》英文版由译林出版社出版，虽然《中国现代文学文库》英文版整个项目随后搁浅，但这却是中国出版界为中国文学走出去所做的积极尝试。与此同时，学界也有一些学者在思考，如何让国外中国文化、文学研究走进中国。

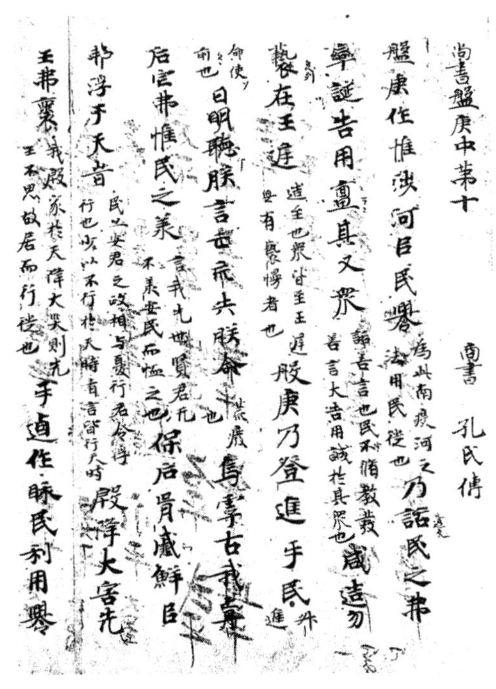
尚書盤庚中第十　商書　孔氏傳

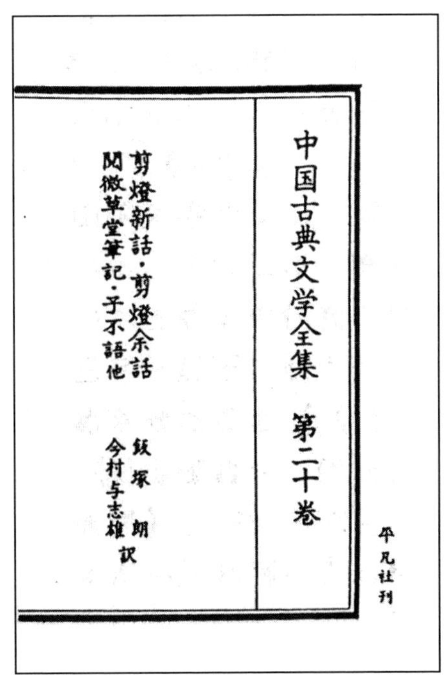
中国古典文学全集　第二十卷
剪燈新話·剪燈余話
閱微草堂筆記·子不語他
飯塚朗　今村与志雄　訳
平凡社刊

岩崎文库藏《尚书》古写本

1958年刊《日本古典文学全集》

① 刘正：《海外汉学研究——汉学在20世纪东西方各国研究和发展的历史》，武汉大学出版社2002年版。

② 刘正：《图说汉学史》，广西师范大学出版社2005年版。

③ 葛兆光：《域外中国学十论》，复旦大学出版社2002年版。

1993年，阎纯德决心办一个“大气、高雅的杂志”，也就是《中国文化研究》，从创刊号起，就以“汉学研究”“汉学家论坛”“汉学家研究”“中外文学比较研究”“中国文化与世界”“中国文学在国外”等栏目不仅启动了北京语言文学大学的汉学研究，也成为启动全国汉学研究的有力发动机。8月5日出版的《中国文化研究》“特大创刊号”发刊词满怀信心地宣告，以传播中国文化、沟通中国文化为己任。这一期除了张岱年、任继愈、季羡林、柳斌、萧乾等名家的题词以外，还有张岱年、季羡林、任继愈等二十多位著名学者赐稿。除了主编的运筹之功之外，也足以说明打开大门研究中国文化，正是五四以来中国学术前沿的呼声。

1995年，任继愈在《国际汉学》上发表的《汉学的生命力》中指出：“学术乃天下之公器。对中国文化的研究，已不完全是中国人自己的事情，正如研究莎士比亚，不能只看作英国人的事，研究歌德不能只看作德国人的事，研究敦煌学不能只看作中国人的事一样。人类共同的精神财富，每一个分享者都有责任来研究，一切研究者都有发言权。”对于那些习惯于用凝固的观点来看待中国文化的说法，加以澄清，他指出：“汉学是活着的学问，不是凝固的历史的陈迹。汉学的生命力来自中华民族的生命力。”同时还指出：“‘汉学’范围应不限于中土固有的文化，也要包括已经中国化的外来文化。”①

这里强调“学术乃天下之公器”，包含治学为公、学人秉公、学为公用等多层含意，与将一方、一代、一家之学问与他方、他代、他家之学问截然孤立，对立的思维相反，主张中国学问融入世界学术潮流与风浪谋求发展。这样，在经济全球化时代，汉学就成为一条在学术文化领域尚待凿通的漫漫隧道，一座中国学人回应世界关切、释放沟通善意、交换学术智慧的巍巍讲堂。

1996年9月，阎纯德主编的《汉学研究》第一集问世。在该书序言中，阎纯德说：

---

① 胡道静主编：《国学大师论国学》，东方出版中心1998年版，第175—181页。原载《国际汉学》，商务印书馆1995年版。

> 中国文化是以汉民族文化为中心由各民族文化共同融合凝聚的一条东方活水。同其他民族文化一样，中国文化有保守的一面（这一面，也许多一些），也有开放的一面。“保守性”使我们的文化能够厮守自己的传统，永远沿着自己民族的精神河道奔涌；“开放性”又使我们的文化能够吸纳百川，形成巨流，拥抱世界。①

经过20世纪后半期文化波澜的激荡，中国的知识者在历史的进程中反思，对于中国文化的看似相反的“保守性”和“开放性”有了深切的感受。“保守性”和“开放性”，犹如一纸之两面。前者源于我们民族坚强的文化自信，后者则源于我们民族深刻的文化反思。自信中有反思，反思中有自信。自信是反思的基础，反思是自信的表现。知识者通过汉学拥抱世界，正是那一时代走出保守、奔向开放的必然之举。

阎纯德把汉学定义为“从中国流出的文化，汲取了异国文化的智慧，形成既有中国文化的因子，又有外国文化思维的一种文化”，这是十分准确的。他说：

> 汉学是以中国文化为原料，经过另一种文化精神的智慧加工而成的一种文化。所以，可以说汉学既是外国化的中国文化，又是中国化了的外国文化；汉学，是中外文化交融的精髓。汉学可以与中国文化相近，也可以与中国文化相距很远，总之，它是一门相当独立的学问，是一个亟待投入人力进行研究与开拓的学科。②

显然，阎纯德当时已有明确的学科意识。作为这一学科的重要开拓者，他显示出披荆斩棘、一往无前的决心。

1996年底，北京外国语大学海外汉学研究中心成立，该中心与国家对外汉语教学领导小组办公室学术交流部联合创办的《国际汉学》辑刊，成为我国海外汉学的重要学术阵地。该中心还与大象出版社合作，出版了大

① 阎纯德主编：《汉学研究》第一集，中国和平出版社1996年版，第1页。

② 阎纯德主编：《汉学研究》第一集，中国和平出版社1996年版，第2页。

型学术研究丛书《国际汉学研究丛书》，以“着眼于基础，着眼于建设”为宗旨，分别从海外汉学的历史和现状两方面对海外汉学做全面介绍与研究。[①]

80年代以后，海外汉学的翻译逐渐多起来，尽管开拓者们在具体运营时颇感荆棘在路，不过客观地说，并没有听到太多公开反对的声音，这归功于当时开放的学术环境。

事实上，许多开拓者之所以投身于汉学研究，并不是因为它在该国“高大上”，有时倒可以说是相反。也就是说，他们不是因为它被推上学术巅峰而关注它，而是由于它虽然格外重要却处于低谷而需要关注。法国号称汉学重镇，但在六千五百万人口中，关注中国文学、知道中国文学的不过几千人，这其中现当代文学情况好些，古典文学则处于比较边缘的地位。[②]而在日本，尽管每年出版的有关中国的书籍在各国中堪称前茅，但有关中国古典文学的书远远多于有关现代中国文学的书。诚如张西平所说，对海外汉学（中国学）的研究是一个跨学科、跨文化、跨国别、跨语言的研究，它需要研究者有较好的国学专业学科的训练，要有较好的外文研究能力，要有比较文化的视野。[③]正因为其难，这一学术领域反而吸引了一批不喜“嚼别人吃过的馍”而以啃“硬骨头”为乐的学人。

这一学术领域的迷人之处，还在于其中有很多“想不到”。1970年以前，还流行一种通行的“友情学术观”，即“外国朋友”爱中国才来中国，爱中国才研究中国，把学术追求与政治需要画等号。事实上，这种逻辑在汉学中并不能畅通无阻。即便是对中国文学很有造诣的狩野直喜，在论述日本研究汉学的重要性时，提到西方汉学，也说汉学研究“实际上对国家是非常必要的事，因为那位研究中国地理，特别精通中国北方地理的德国人，山东一带就成了德国势力范围”[④]。域外汉学者不论因何种机缘走上汉学研究的道路，他们的学术都是“他者”的学术，是我们不宜回避的

---

① 任继愈主编：《国际汉学》第三辑，大象出版社1999年版，第601页。

② 张西平主编：《国际汉学》，外语教学与研究2016年版，第11页。

③ 张西平：《东西流水终相逢》，生活·读书·新知三联书店2010年版，第375页。

④［日］狩野直喜：『支那學文藪』，みすず書房1973年版，第312頁。

他者。沟口雄三说:“外国人研究中国并非仅仅出于热爱中国、偏袒中国,有时他们会成为一个极冷静的操纵者,甚至是一个批判者。”[①]我国学者看到域外汉学对中国、对中国文化的描述往往与教科书上的条条相背,于是生出探索究竟的意愿。

对于汉学的概念与研究范围之争,任继愈认为:“正像当年中国学者对‘西学’一样,随着研究的开展,对中国观念文化的了解越来越具体,‘汉学’研究范围必将会自然解决。文学、哲学、宗教、历史学诸多领域都可以作为研究者的切入点。钻研既久,自然会得到明确的共识。”他期待汉学建设,“超出学术界研究的小范围,每个文化发达的民族都将从中受益,从而开创世界文化的新局面。这种光明前景应当说并不遥远。因为文化史是一个民族的生活之树,它扎根于各民族的社会土壤中。各民族都受它赖以生存的现实的政治、经济、宗教、哲学、观念文化的制约。”[②]在僵化的批评标准横扫一切、学术研究范围越来越狭小、研究方法越来越单一、学者思维越来越模式化的情势下,这些见解振聋发聩,给苦闷的知识者带来新的期待。

这一崭新的学问,究竟该叫作“汉学”好,还是“中国学”,或者“国际汉学”“海外中国学”好?学者各有所见。美国普林斯顿大学教授余英时说:“名词之争的本身并不重要,重要的是我们今天必须面对一个不容忽视的事实:从日本、欧洲到北美,每一天都有关于中国古今各方面的研究成果问世。如果我们继续把这些成果都称之为‘汉学’,那么‘汉学’与中国本土的‘国学’已经连成一体,再也分不开了。学术和知识不分国界,这一原则今天也同样适用于一切有关中国的研究领域。”[③]

某一学科的壮大与成熟,总要经历长期的探索与积累。汉学亦不会例外。随着研究的深化,以下观点得到了越来越多的学者的赞同:汉学既研究中国文化的过去,也研究中国文化的当下,也研究中国文化的未来。国

---

① 阎纯德主编:《汉学研究》第一集,中国和平出版社1996年版,第2页。

② 任继愈:《21世纪汉学展望》,见任继愈主编《国际汉学》第十一辑,大象出版社2004年版,第3页。

③ 余英时:《余英时先生序》,见刘正《图说汉学史》,广西师范大学出版社2005年版,第3页。

学与汉学的生长虽然同根同苗，但是它们是有区别的。国学是从内部研究中国文化，汉学是从外部研究中国文化。因为研究者的文化背景不同，文化积淀不同，文化视野不同，甚至人生观、世界观不同，最后就可能得出差异性的结论。①

90年代，继北京大学之后，清华大学建立了国际汉学研究所。1991年四川外国语大学率先创办了国外中国学研究所，华东师范大学的海外中国学研究中心、北京语言大学的汉学研究所、北京外国语大学的海外汉学研究中心等也先后成立。任继愈任主编与张西平任常务主编的《国际汉学》、阎纯德主编《汉学研究》、刘梦溪主编《世界汉学》《国外中国研究》、法国的龙巴尔与李学勤主编《法国汉学》《世界汉学》《清华汉学研究》《海外中国学评论》等一批"以书代刊"的系列研究书刊，以及中华书局《世界汉学论丛》、青海人民出版社《国外中国学研究译丛》、吉林教育出版社《日本学者中国文学研究译丛》、中国社会科学出版社《中国近代史研究译丛》、江苏人民出版社《海外中国研究丛书》、上海古籍出版社《海外汉学丛书》、辽宁教育出版社《当代汉学家论著译丛》、商务印书馆《海外汉学书系》、乐黛云主编与钱林森副主编《中国文学在国外丛书》、傅璇琮与周发祥主编《中国古典文学走向世界丛书》、许惟贤与王相宝主编《当代海外汉学研究》②、北京联合大学海外中国学研究中心《海外中国学》、夏康达与王晓平主编《二十世纪国外中国文学研究》③等，将国外研究中国文化的世界推到学术的聚光灯下。

至21世纪初，有关汉学的定期出版的期刊已有：

1. 张西平主编《国际汉学》
2. 阎纯德主编《汉学研究》
3. 朱政惠主编，王东、姜进副主编《海外中国学评论》
4. 耿幼壮、杨慧林主编《世界汉学》
5. 张伯伟主编《域外汉籍研究集刊》

---

①《中国文化的世界性意义高层论坛——全国高校国际汉学研究会议》，北京外国语大学2016年，第4页。

② 许惟贤、王相宝主编：《当代海外汉学研究》，江苏人民出版社1997年版。

③ 夏康达、王晓平主编：《二十世纪国外中国文学研究》，天津人民出版社2000年版。

6. 王晓平主编《国际中国文学研究丛刊》

7. 北京大学国际汉学家研修基地主编《国际汉学研究通讯》

8. 山东大学国际汉学研究中心《汉籍与汉学》

《国际中国文学研究丛刊》

有关汉学的丛书有：

1. 中华书局《法国汉学》

2. 中华书局《世界汉学论丛》

3. 中华书局《日本中国学文萃》

4. 学苑出版社《列国汉学史书系》

5. 大象出版社《海外汉学研究丛书》

6. 上海古籍出版社《海外汉学丛书》

7. 江苏教育出版社《中国古典文学走向世界丛书》

以上各种丛书收书各有侧重，自成特色，而文学无疑是大多数丛书的重点，所占比重颇高。安于已知不是学者的品格，坐地背书也不是学问的乐趣。对于“放眼世界”的80年代的中国文学研究者来说，外国学者如何研究中国文学，是一个巨大的知识空洞，也是自身向世界言说中国文学的课前预习，是走出理论“失语”的准备运动，因而，那些最初由外语较好些的同仁译介过来的信息进入研究者的视野，也就顺理成章了。

中华书局成立了汉学编辑室，由著名学者柴剑虹任主任，编辑出版的《世界汉学论丛》收入了俄罗斯李福清《古典小说与传说（李福清汉学论集）》，美国学者柯文《在中国发现历史》，德国学者卜松山《与中国作跨文化对话》，日本学者羽田亨《西域文明史概论》（外一种）、西岛定生《中国古代帝国的形成与结构——二十等爵制研究》、松浦友久《李白的客寓意识及其诗思——李白评传》、中野美代子《〈西游记〉的秘密》（外二种）、沟口雄三《中国前近代思想的演变》、高田时雄《敦煌·民族·语言》、池田知久《池田知久简帛研究论集》等。

上海古籍出版社《海外汉学丛书》，王元化主编，包括各国著名汉学家对中国哲学、历史、文学、宗教、民俗、经济、科技等诸多方面的研究著述。该丛书提倡实事求是的治学方法和富于创见的研究精神。收入该丛书的文学研究著述有美国学者高友工与梅祖麟的《唐诗的魅力》、倪豪士编选的《美国学者论唐代文学》，日本学者内田道夫的《中国小说世界》、田仲一成的《中国的宗教与戏剧》、佐藤一郎的《中国文章论》，俄罗斯学者李福清的《三国演义与民间文学传统》等。

江苏教育出版社《中国古典文学走向世界丛书》由傅璇琮、周发祥主编，收有周发祥《西方文论与中国文学》（1997年），王晓平、周发祥、李逸津主编《国外中国古典文论研究》（1998年），孙歌、陈燕谷、李逸津著《国外中国古典戏曲研究》（2000年），尚有《国外中国古典小说研究》《国外中国古典散文研究》《国外中国古典诗歌研究》待出版。

大学外语院系，文学院系的外语、比较文学与比较文化研究者，分别从翻译研究、比较文学与比较文化研究的角度，切入国际中国文学研究，在语言理解与理论建设方面各擅其场。他们与擅长于学术史与大学术背景分析的史学史、学术史研究者，以及长于重大问题判断的中外关系史、中外交通史与全球史学者的研究相互引照、叠加、交错、形成了跨文化、跨学科的特色。他们的成果为中国现代文学、古代文学与语言文字学学者所利用，并逐渐吸引这些学科的学者也走进了汉学研究的队伍。

不论是各国汉学发展水平，还是我国学者的学术积累和研究整体力量，都存在极大的差异，因而在汉学研究领域，各国汉学的研究当下任务极不相同。美、日、俄、英、法、德等国汉学在资料占有、研究范围和深度上都较为领先，而朝、越、印、意、西及中东欧等与我国历史文化关系较为密切的国家的汉学也不断有新生力量加入，走过了介绍性和资料性文字阶段，深入研究的著述渐多。还有一些国家的汉学本身规模较小，起步较晚，需要我们更多关注。其中的文学研究，与这种整体状况大体一致。尽管各语种、各民族、各国的情况千差万别，不可一律而论，但汉学研究者最终都不是简单的学术“介绍人”，而应是与各国汉学进行深度切磋的“对话者”。

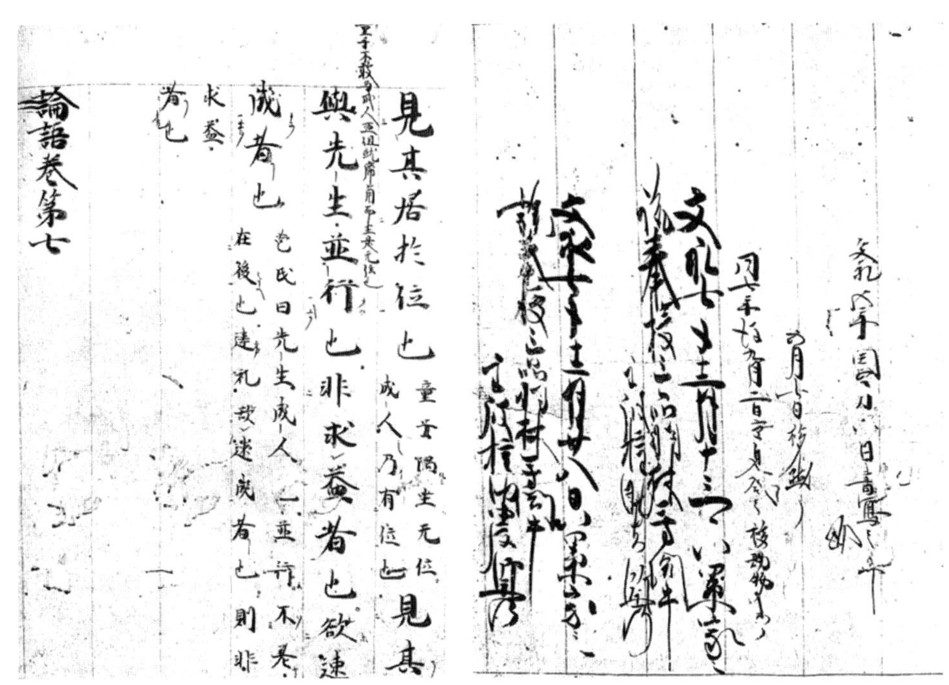

日本三宝院藏文永本《论语》　　日本三宝院藏文永本《论语》第三号之二

“异读”与文化差异

从汉学进入学门之后，关于外国人对于中国文化的研究多有误读的议论便不绝于耳。有学者认为，事实上“误读”可以鞭策学术进步，就是说，人们可以走不同的道路去接近真理。“条条道路通罗马”，就是这个道理！“误读”可以让人从不同的方向去思考问题。总的说来，国学的世界有多大，汉学的边疆就有多辽阔。①

什么是误读，什么不是误读，有时并不是只有一个标准答案的。你身高一米七，这个说你是一米九，那个说你是一米二，这很明白，都是误读；但是，比你高的说你个子矮，比你矮的又说你个子高，只有和你一样

①《中国文化的世界性意义高层论坛——全国高校国际汉学研究会议》，北京外国语大学2016年，第4—5页。

高的人说你不高不矮正正好，哪个误读多一些呢？我长的就是这副模样，有说帅的，也有说丑的。何况文学艺术的问题，不知要比目测身高、论定颜值要复杂多少倍。对于这些相异的说法，汉学研究者的任务不只是仅仅判断其误与正，更是要以宽容的心态，学会与他们平等对话，共同去寻找一个合适的表述。我们不妨把那些来自外部的不同于本土的解读，都看成“异读”，这些“异读”，不少都有认识论的价值。

越来越多的学人认识到，文化是一个国家精神的核心，汉学是中国文化的延伸。从根本上说，汉学是文化交流的结果。汉学的历史很长，我们研究汉学的历史很短，我们该做的事很多。[①]

在汉学越炒越热的情势下，“走出汉学”的声音也传了出来。葛兆光曾说：“我们中国的学者却常常不自觉地放大中国学在西洋和东洋学术中的意味，使得这些在东洋或西洋只是边缘的学术思路和方法，在我们这里不仅‘代表’了‘世界汉学’，甚至仿佛‘代表’了‘世界学术’的方向。所以，现在有人提出要‘走出汉学界’，这种口号虽然不免矫枉过正，但确实也让我们深思。”[②]正像对待其他既有思想成果一样，迷信、盲从与奴隶主义都是极不可取的。对待域外中国学，发现、质疑与批评的眼光及探究与追问的恣态乃是十分必要的，而这一切，我们所做的还是刚刚开始。

汉语、汉字及其与文学的关系，是汉学家逃避不了的问题。欧美学者对于汉字的理解，为我们提供了一个汉字以外的视角。首先，他们往往从与自己民族文字的相异性来认识汉字的根本特点。法国耶稣会天主教神父雷焕章（Jean Lefeuvre）是从事甲骨文研究的少数西方学者之一，在2007年出版的《雷焕章：耶稣会士及汉学家》[③]中，他说自己自从30年前开始研究甲骨文以来，便深深地爱上了汉字。由于他熟悉古汉字的形式，所以能更好地感受汉字的灵魂。绝大多数中国人对大部分通行的汉字都有这种体验。他对汉字的文化功勋有独到的理解：

---

①《中国文化的世界性意义高层论坛——全国高校国际汉学研究会议》，北京外国语大学2016年，第7页。

② 葛兆光：《域外中国学十论》，复旦大学出版社2002年版，第191页。

③ Thierry Meynard. *Jean Lefeuvre*，*Jésuite et Sinologue*. Paris：Les Éditions du Cerf，2007.

> 事实上，汉字不仅记录了思想，反过来也为思想提供了信息。中国人使用了三千年的表意文字……中国人的思维方式与汉字之间保持着十分密切的关系。对于中国人来说，任何思想概念都是与汉字息息相关的。[①]

他认为，只要默想某个字的写法，便可以展开一个完整的符号世界，而拼音文字是不可能表达同一过程的。他举例说，道家的核心概念写作“道”，每一个中国人都可以在这个字中读到表示某原则概念的“道路”（a path）和“首要”（a head）。

汉字的难写与难学，常是很多外国人敬而不能近之的原因。汉字简化的步子是否已经走到头？欧美某些学者以自己掌握汉字的亲身体会，对汉字的未来提出了希望。雷立柏在《现代汉语的竞争能力》一文中指出：“从历史上看，20世纪50年代以来使用的简化字是一个巨大的进步，并且促进了文字的普及化，但我想不应该停留在这个水平上，而应该再向前走一步，因为那些‘简化的’汉字仍然太难学，在国际领域中缺乏竞争力。只有当汉字变得更好学一些，汉语的文学在国际上才会有更好的地位。”[②]

简化汉字常常引起人们对未来丢失传统文化的忧虑。对于传统文化，是否应该保持距离？什么样的距离最为符合文化发展的需要？这些问题实际是不能逃避的。在国内学者对此还心怀疑虑或含糊其词的时候，有些外国学者先提出了自己的意见。雷立柏说：“古代的文献和古代的文字体系不会消失。在未来的日子里大概也不会出现第二个秦始皇，即一个愿意破坏老传统以完成文字体系之绝对统一的人物。因此，古代的经典一直会存在，所以在任何时候都可以在某种‘文艺复兴运动’中恢复人们对于这些经典的认识或爱好，但问题在于另一方面：和某种文化传统保持亲密关系是否恰当？是否值得要求很多（或所有的）孩子记住某种语言中的某些文献？在走向现代文明的道路上，反思古代文献的价值或害处必然会造成人

---

① 赵仪文：《从甲骨文到光碟——雷焕章（1922—2010）：耶稣会士，辞典编撰者，汉学家》，见《世界汉学》第8卷，中国人民大学出版社2011年版，第88页。

②［奥］雷立柏：《现代汉语的竞争能力》，见耿幼壮、杨慧林主编《世界汉学》第9卷，中国人民大学出版社2012年版，第184页。

们和古典文献之间的距离。”并强调“对于某些传统的‘正当距离’是一个值得谈论的问题。”[①]

21世纪以来，以北京大学国学研究院为依托，汉学家研修基地建立并于2010年开始出版《国际汉学研究通讯》。国家社会科学基金批准了一系列与汉学研究相关的重大项目和一般项目，大型国际汉学合作项目——“五经”翻译启动；设立“中华学术外译”项目，国家设立中国图书对外推广计划，这些都使汉学这一学科获得了前所未有的发展契机。

阎纯德主编的《汉学研究》创刊之初，学界对于域外的中国学术话语还有隔膜。记得90年代初，一位中国学人曾在给日本汉学家的一些信函中，向他们提出过“你对中国学界有什么希望”的问题，那时就有学者提到，中国学者对外国的中国研究成果不太关注，希望更多听到他们评论各国学者中国文学研究的声音。那时，虽然真正细心读过一些外国论著原作的中国学者人数并不算多，但多数读过的人，都有一种深入了解的欲望，有一种变知之甚少到知之甚多的紧迫感。

“海外中国学”著作何以会形成这样独特的魅力？葛兆光在为《哈佛中国史》中文版撰写的序言中做了总结：“西方学者善于解释新史料，有机地运用于自己的叙述；它们不同于中国久已习惯的历史观念、叙述方式和评价立场，让那些看惯了中国历史教科书的读者感到了惊奇和兴味。”他同时提醒，西方“中国学”著作有各种各样的缺陷，比如忽视主流历史文献的引证，论述不完整、不深入等。这些缺陷在学术界和大众的一味吹捧中被忽略。正如他在《缺席的中国》一文所说，中国人对于西洋的理论家，往往会网开一面，碰上洋人洋著作就采取双重标准，仿佛洋人拥有“治外法

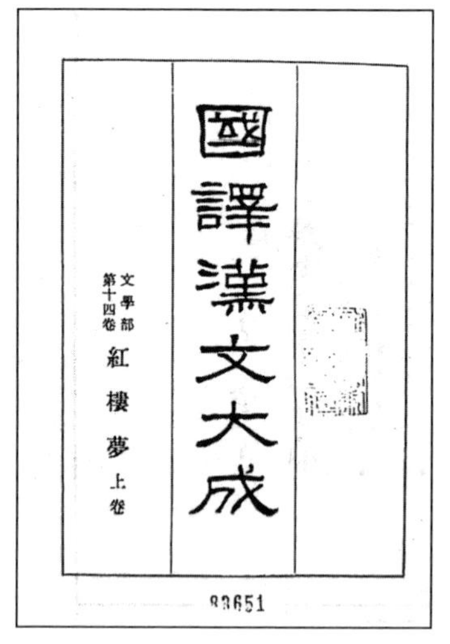

1920年日译本《红楼梦》初版

① [奥]雷立柏：《现代汉语的竞争力》，见耿幼壮、杨慧林主编《世界汉学》第9卷，中国人民大学出版社2012年版，第185页。

权”。[①]这种心态折射出中国人对于西方研究的过度推崇，也反映了中国百年来历史学研究上的创伤。

钱锺书在为《现代英国名家文选》撰写的序言中谈到编辑的价值。“他说，英法作家们都有个一贯的主张：一个理念之父或观念的发现者，与其说是其创造者，毋宁说是其推广者。因为身为作品推广者的编辑，能够让更多的人分享文学之脍炙，并使艺术之乐趣得以广泛蔓延。”[②]从这样的角度出发，我们对于那些为编辑出版《汉学研究》《国际汉学》等刊物投入极大精力，甚至无偿付出二十余年心血的学者们，便不能不深怀敬意。

今天，重新翻阅一下《汉学研究》早期发表的文章，我们往往感到概述多而深论少，但同时，也会感受到作者们急切地想走出封闭，想将外面的声音传进来的热情和勇气。我们要展开有效的国际学术对话，更多地切实了解对方依然是成功的重要条件。

《汉学研究》没有某些知名刊物的大派头，欢迎小学者的文章。二十多年间，阎纯德苦苦经营一本赔钱的学术丛刊，没有大眼光、大气度、大胸怀是难以办到的。有阎纯德这样的学界“自愿者”在前，后学没有不努力的理由。《汉学研究》从当年的冷清，到日后的热闹，正是阎纯德和他的支持者们培育了《汉学研究》这样一树可以自豪地享受“丛中笑”快乐的繁花。

《汉学研究》诞生伊始，就把凿通中外学术交流的隧道当作自己的事业，奋力开拓，在沟通“国学”与域外学术的领域中找到了自身的位置，始终保持着鲜明的边缘性、兼容性与探索性，多语种、多学科、多层次的论文，看起来似乎不都那么规范，但也正是这些特点，适应了这一阶段学术队伍的现实。

各国汉学基点不同，我国研究者的学术储备有异，研究方法各有特点，论文自然不能用一把尺子通量，但彼此提升空间巨大却是一个共同点。为了使我们对外国文化（欧美等发达国家的文化自不待言，乃至其他发展中国家之文化）的认知，对这些国家的汉学的认知，都不再流于浅表，不再汗漫不清，不再笼统一概，而能切实踏入深水区，与各国同行展

① 葛兆光：《缺席的中国》，载《开放时代》2000年第1期。

② 转引自杭起义：《钱锺书两篇值得“发掘”的“佚文”》，载《中华读书报》2019年2月27日。

开深层次的学术对话，我们真的也没有理由不将汉学进行到底。

古人云："人心不同，各如其面。"不论大国小国，文化不分大小，各种文化有各种文化的面孔。刊物也是一样，在信守学术规范的同时，也要允许不同面孔的和谐共存。对于海外汉学，同对于其他一切学术一样，人云亦云、食而不化总是不可取的。和国外学者展开平等对话，不仅要靠底气足、声音大，还要靠对得上、说得清、拿得准，这都是要靠我们的硬功夫的。我们应该有这样的自信，真知灼见最服人。

汉学研究还需要做许多基础工作，包括基本资料的积累、整理和传播等，系统整理国外保存的中国散佚文献、中外学术交流的珍贵史料、海外汉学经典名著的汉译资料等，至于这些资料的系统化、数字化工作更是任重而道远。撰写国别汉学史、多国专学学术史、学派学人研究史、汉学教育史等，继续打造《汉学研究》等刊物的升级版，通过及时提供新材料、传递新成果与扶持新人才，为"国学"与海外学术研究两方面的互通互鉴架起桥梁。

三、中国学的多张面孔

至21世纪初，中国学作为学科的任务逐渐清晰。李学勤在《作为专门学科的国际汉学研究》中，提出汉学学科的六个方面的问题，其中包括汉学如何起源，迄今走过了怎样的发展道路？汉学对中国历史、文化、艺术、语言等等方面，已经做出了哪些研究？汉学家及其著作是在怎样的社会与文化背景中产生的？国际汉学对中国学术的演变发展，起过什么样的影响？汉学对西方学术的演变发展，又有着怎样的作用？国际汉学的现状，以及在新世纪中汉学发展的趋势。[①]这种概括全面而准确。

在海外中国学领域，有一种十分普遍的现象，那就是在读者中影响最为广泛的著述，有时并非是严整的学术著述，而更多是为一般读者着想的、似乎带有普及性质的著述。同样，那些流传较广的译本，也不一定是符合专家心目中"信、达、雅"标准的，而是看来"叛逆"的确有点过分

① 李学勤:《作为专门学科的国际汉学研究》，载《国际汉学》2003年第1期。

的译本。就翻译标准、学术形态的讨论，也许是一个永远没有标准答案并不会完结的题目，然而，在中国学研究中，我们也不能只盯住那些大部头的学术专著，还要关注一下那些具有“公众面孔”的小书、薄书、蒙书。

王伯祥在论及中国旧学的范围时说：“凡文字、训诂、历象、声韵、历代章制因革、地理沿变，以至学术流别、艺林掌故、图籍聚散、金石存佚、目录版本之属，均需浅涉藩篱，粗举要略，始能择一专精，左右逢源，即所谓积厚流光，触类旁通也。”[①]我国旧学如此广博，域外对我国传统学术文化的研究，也有涉及较为冷僻领域的。至21世纪初，我国的域外汉学研究注意较多的是史学、文学和语言文字学等，对于此外的一些成果研读不多，眼界还不够宽。有关我国文化思想对于现代世界文化影响的研究也欠系统。

弗兰克·劳埃德·赖特（Frank Lloyd Wright）开创的有机建筑流派，着眼于内部空间效果来进行设计，“有生于无”，思想的核心是“道法自然”，就是要求依照大自然所启示的道理行事，而不是模仿自然。自然界是有机的，因而取名为“有机建筑”。这正与《老子》所言“有之以为利，无之以为用”在精神上相通。

日本诗人加岛祥造先后出版了《タオ——老子》（筑摩书房）、《伊那谷的老子》《与タオ同在》（朝日新闻社）、《活在当下》（岩波书店）、《与老子一起过》（光文社）、《タオ与谷的思索》（海龙社）、《随笔タオ》（讲谈社）、《肚——老子与我》（日本教文社）等与《老子》相关的诗歌随笔。他对《老子》中的“上善若水，水善利万物而不争，处众人之所恶，故几于道”做了这样的译写：

水，给一切以生命
万物无不受它滋养
它有这么了不起的力量
却不争不抢

---

① 1975年8月27日王伯祥日记，转引自《中华读书报》2015年2月11日。王伯祥、王湜华：《皮榇偶识·旧学辨笺述》，华艺出版社2014年版。

连人嫌弃的低处
也有它在流淌，而且
继承道的人也就像是水
低处，心也向往
追求精神的时候
深处，最为欢畅[①]

另一位日本诗人新井满则将这一思想做了如下表述：

像水一样活着
这样活法最高
水，给万物以恩惠
却既不狂不傲
不在意别人鄙夷不到
流向低处，更低处
谦虚而低调
像水一样活着吧
这样的人
活而有道[②]

中国学还有一个不可忽视的方面，是20世纪末各国兴起的网络文学，这是中国文化、中国文学传播的新天地。下面是日本一位网民在对《老子》上面一段话译解前增补的诗句：

这是人说“太难啦”而敬而远之的《老子》，
再一次让我们关注起它的魅力

① 王晓平：《日本中国学述闻》，中华书局2008年版，第227页。
②［日］新井満：『自由訳 老子』，朝日新聞社2007年版，第31—33頁。

“这是个好机会，就读读试试！”
抱这想法的人，先来这个网站
对老子教诲内容，轻松热身健体
看能不能把对付不了的印象拂去
对《老子》一书
还有它的作者，感受一下近距离

给碰壁人生的人
给活得苦而无奈的人
给日子里找不见希望的人

我们把老子的口信
送到很多人的手里。

总是一拧龙头就有水出来
对于习惯了这么方便的我们日本人
水什么时候都有，是理所当然的
聚精会神注视它运动的机会
不是很少吗

但是，让婴儿看看水
定会显出非常强烈的兴趣
它像是实的，却抓不到手里
看着那样的水流，歪着小脑瓜，伸出手
要去抓它，为感触而惊喜

老子在水中发现了理想的活法
水是柔软的
却又能穿透硬东西
它给万物以恩惠而不争

往低处流去
（水自高流往低处哟）

这位网民在他所译出的《老子》各章之前的一节诗，道出了译者的心机。作者首先是将《老子》拉进自己的生活，而后又希望用最平实的语言与现代人的生存困境相对接。他们的接受方式，早已不为翻译理论和阐述方式所囿。

这样的中国学相关者，不仅在日本有，在俄罗斯和其他国家也有。21世纪以来，互联网联通世界各地。从理论上说，我国学者可以随时与地球上任何角落、使用各种语言的人进行文字、语音和影像沟通。一些学者利用网络，非常积极地与各国学人和中国学相关者展开生动的交流活动，这是中外文学交流的新篇章，也是文学学术交流的新园地。或许不久的将来，就会诞生一批网络中国学学者。

21世纪以来，国际中国学得到学界更为广泛的关注，研究中国问题的学者在搜集评述资料的过程中，同时搜集与评述国外相关研究信息也渐成常规。中国图书推广计划、中华学术外译项目等工作的推进，也要求更多、更快、更准确地了解国外中国学研究、出版、传播等现状。学术的“拿进来”与“走出去”同处相互关联的跨文化系统，不可能完全隔离开来去认知与实践。中国学研究者不可能在沉迷于单一文化的心态中工作，必须对多元文化有相当的理解，才可能较为准确地认识国际中国学的价值，辨析各方研究差异的思想史根源。可以说，文化互读是中国学研究者的基本功。

第二节 国际中国古代文学研究中的考证与比较

外国人撰写的最早的中国文学史之一的藤田丰八的《中国文学史》序论，便注入了一位岛国学者在与本国文化的比较中对中国及中国文化的独特观察与理解。他指出："夫外界之壮大，念国民思想亦壮大，天地之象、动植之物，兼具雄大宏壮。其文学表现，自与掌大之岛国文学相异。中国文学里行为夸大之思想及文学，想来缘于此种地理影响，乃为中国文学之一特质。"[①]同时指出，中国故土之广，中央权力每每微弱，不免凶徒啸聚，残害良民，且塞外戎狄暴虐之铁蹄践踏之时，野无青草。"此种地理环境之根基、惨怛光景、鼻酸之事迹，以血痕充满中国历史，令其文学慷慨激烈，乃自然而然之事也。"[②]

藤田丰八等人根据西方文学观念对中国文学进行重新整理分析，是日本学界深受西方影响而重建文学体系的努力的一部分。在那之前，日本学界便逐渐向西方靠拢，建立起与西方学术的紧密联系。一百多年以前，日本学术的窗口，也曾作为中国学者领会与学习西方文学研究理念与方法的一种参照，发挥过独特的作用。而日本学人在走向西方的同时，也有不少人得益于他们自身的汉学基础和与中国杰出学者的接触。中日文学学术交流的海面，有时静如止水，有时波澜不惊，但总有暗流涌动，或早或晚，终会浮出水面。熟读日本学者的著述，不难感受到其背后的中国文化因素。

①［日］藤田豊八:『支那文学史』，東京専門学校，刊年不明，第9頁。

②［日］藤田豊八:『支那文学史』，東京専門学校，刊年不明，第9—10頁。

一、文学观与文学史

铃木修次的《中国文学与日本文学》[①]分文学观的差异、“风雅”与“讽刺”、日本文学的脱政治性、日本的抒情与中国的抒情、“风骨”与“物哀”、日本人的艺术意识、幻晕嗜好、“风流”考、“无常”考、经世与游戏十部分。

该书试图从中国文学立场来审视日本文学，1978年单行本问世，作为“东书选书”之一种，1987年再版。作者在后记中谈到，在中国，比较文学逐渐兴起，日本属于汉字文化圈，日本文学与中国文学的比较研究现在各大学在蓬勃展开，其书的部分被复印使用，这样的消息从那些从中国来到日本的人们中听说，自己认为十分难得。铃木修次特别提到，1982年6月此书在长春市的吉林大学日本研究所翻译出版了。这说明，其书在中国翻译出版的消息，很快传到了作者的耳边。由吉林大学日本研究所翻译的本书，1989年由海峡出版社出版，而在此之前，1987年《现代日本经济》第5期已发表了岳新撰写的《中日比较文学的可喜收获——读铃木修次〈中国文学与日本文学〉》。

关于中国文学的政治性问题，日本文学理论家多有涉及。桑原武夫在《隐藏于文学的政治》一文中指出：“日本人从古代移入种种中国文学的东西的时候，虽然在美的方面学得很难充分，但是对于中国文学自古以来一个很大特色的文学里的政治性却不太明白，或者说也不想明白。中国文学的制作者几乎都是政治参与者，因而在任何表述中都隐藏着政治。日本没有想到要学会这种意义上的政治性。这是笔会会员陈舜臣的看法，我再次感到此言不虚。”[②]

兴膳宏说：“抛开政治性就谈不了中国文学。这绝不是说到社会主义中国成立的文学，政治性就变强了。虽然政治的性质不同（例如，上述对

① ［日］鈴木修次：『中国文学と日本文学』，東京書籍株式会社1987年版。

② ［日］桑原武夫：『日本文化の活性化』，岩波書店1988年版，第54頁。

上头的向量至少作为原则，在现代社会主义文学中就不会有了）。中国现代文学里对政治性的尊重，在某些方面就是继承了漫长的古典文学的传统。”①

加藤周一在《日本文学史序说》中谈到，日本《万叶集》许多歌人在现实社会中有卷入政治权利斗争的经验，但在作为文学行为的和歌当中，却一点也不想触及这些经验。接着他说：“一方面，有政治世界与权利斗争；另一方面，又有和歌世界与托于花鸟风月的恋爱，这是两件别样的事情，决不相交。”（第一章《万叶集时代》）兴膳宏还说：“在这里我不想说正像万叶歌人所代表的那样、直接反映政治世界很少的日本文学的场合，与敏锐反映政治世界的中国文学的场合，哪一个好，哪一个坏。我想，好好理解一下双方文学，进而立足于这种理解，对于将来作为邻人的友好做法，会成为有效手段。”②将这些论述放在一起来读，或许我们对于日本文学与政治关系的理解会更为切近实际一些。

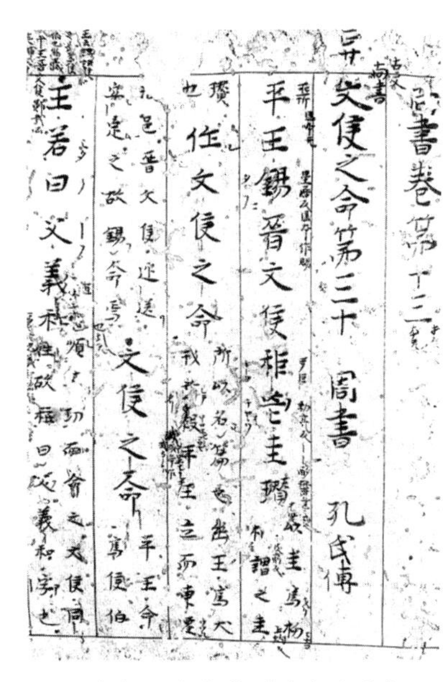

日本久原文库藏《古文尚书》

中国文学的政治性一时间成为两国学者共同的话题，然而在不同的文化语境中谈论这一论点，其内涵、目的和效果却各不相同。日本学者除了以此提醒国内学界从政治性的特性来理解中国文学以外，往往借以批评日本作家逃避政治的唯美主义倾向，因为日本文坛的主流派多认为文学家不应该过于热衷政治。而在80年代的中国，在一个时期，“脱政治性”常被一些论说所引用。这种情况出现的背景，凡是饱览了五六十年代以来文坛风云的人自然心中有数，无需赘言。思想解放之潮汹涌，种种困惑与焦虑浮出水面，有关文学与政治的谈论渐趋入其境。研究日本文学的人，借此说

①［日］兴膳宏：『中国文学を学ぶ人のために』，世界思想社1994年版，第26頁。
②［日］兴膳宏：『中国文学を学ぶ人のために』，世界思想社1994年版，第26頁。

以隐隐表露对用本土思维套入日本文学的习惯性学术操作的反感，强调日本文学与中国文学的根本差异；研究中国文学的人，借此说以些许表达挣脱政治对于文学过紧羁縻的意愿，强调政治与文学关系的多样性。

日本文学与中国文学与政治的关系自然大有不同，然而日本文学与政治的关系，是多方面的，远非一个“脱”字可蔽之，至于具体作家、作品，更不可轻贴“脱”字标签。日本确有很多远离政治中心的文学和作家，但且不说侵华战争期间那些众口一腔为战争助威的作品，更不用说那些战后只将它们轻轻抹去便唱起民主高腔的作家，说他们“脱政治”便大为可疑，就是古代那些为皇权而创作的作品，也不是一个“脱”字了得的。至于从总体来看中国文学史，其与政治的关系也是复杂多样的。正统诗文一个样，通俗文学一个样，民间口头文学又一个样，载入典籍的一个样，那些未登大雅之堂者又一个样。说中国文学的作者是未入仕途的或以入仕途为理想的，也囊括不了一切人。未来更不会如此。

“脱政治性”作为一个标签，常被顺手张贴，其实是引用者将自身对文学的感受和认知以一种幻象的形式投射到当时光环闪亮的日本文学之上而已。

1982年至1984年间，伊藤正文发表了《日中比较文学研究》，就中日文学理论的重要概念展开比较研究，文章分三回刊登在神户大学《文化学报》，包括上，即其一游乐文学、二风雅（其一）、三风雅（其二）①；下，即四幽玄（其一）、五幽玄（其二）②；续完，即六雅俗（其一）、雅俗（其二）。③著者详尽梳理了以上各概念在中日理论文本中的发生与演变，指出中日文学有很多可以对比的事项，而其中“风雅”观的不同是最为重要且最基本的。

九州大学名誉教授合山究著有《云烟之国——见于风土的中国文化

①『文化学報』第一号，神户大学，1982年3月，第45—85頁。

②『文化学報』第二号，神户大学，1983年3月，第99—134頁。

③『文化学报』第三号，神户大学，1984年3月，第67—92頁。

论》①《红楼梦新论》②《红楼梦——性别认同障碍者的乌托邦小说》③《明清时代的女性与文学》④等，力图通过明清小说解读中国文化，或者说解读明清小说中的中国文化。他的小说文化研究具有鲜明的特色。

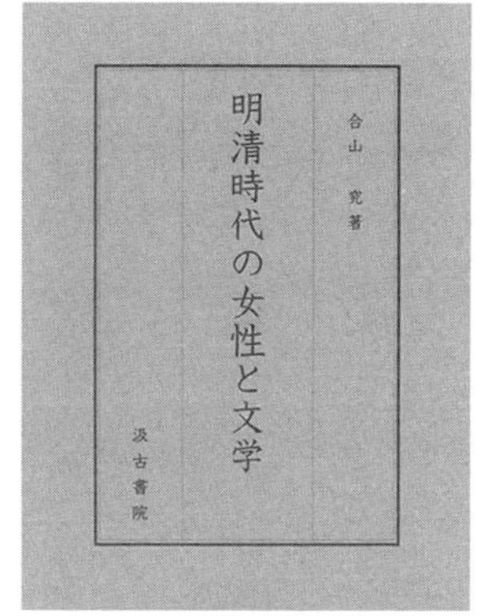

合山究《明清时代的女性与文学》

《云烟之国——见于风土的中国文化论》的写作，源于作者对中国自然的感受：

> 彰显中国风土的特殊性的，依我看，与其说是大地的广阔，不如说是它自然空间为尘埃云烟笼罩在朦胧之中。在面对中国自然的时候，你是不是感到有他国不太有的停滞一切思考的茫漠的虚无感、无力感呢？我想，解明中国文化特质的钥匙，不正在这里吗？

该书分序章《云烟与中国文化》以及云烟美与朦胧美、云烟与中国人、云烟与有关云烟的文字、由气象学看中国自然空间（大气）样相、由天地创造神话看中国风土的特色、中国思想的成因——由朦胧的空间产生的思想、儒道佛三教的自然空间栖息、中国文学与云烟、山水画里云烟的意义、中国建筑中“翘屋顶”的由来、中国人气质与中国风土等部分。

日本学者20世纪撰写的中国文学史名著有：

中根淑《中国文学史要》，金港堂1900年版。

久保得二《中国文学史》，人文社1903年版。

高濑武次郎《中国文学史》，哲学馆1901年版。

儿岛献吉郎《中国大文学史》，富山房1909年版。

儿岛献吉郎《中国文学史纲》，富山房1912年版；富山房1925年版；富山房1932年版。

---

①［日］合山究：『雲烟の国——風土から見た中国文化論』，東方書店1993年版。

②［日］合山究：『紅樓夢新論』，汲古書院1997年版。

③［日］合山究：『紅樓夢——性同一性障碍者のユートピア小説』，汲古書院2010年版。

④［日］合山究：『明清時代の女性と文学』，汲古書院2006年版。

盐谷温《中国文学概论讲话》，大日本雄辩会1919年版。

盐谷温《中国文学概论讲话》，讲谈社学术文库1983年版。

松崎末义《文检参考问题解说中国文学史·哲学史》，启文社书店1933年版。

橘文七《文检参考中国文学史要》，启文社书店1926年版；天泉社1940年版。

仓石武四郎《中国文学史》，中央公论社1956年版。

铃木修次、高木正一、前野直彬编《中国文化丛书》第5卷，大修馆书店1968年版。

青木正儿《中国文学概说》《青木正儿全集》第1卷，春秋社1969年版。

吉川幸次郎述，黑川洋一编《中国文学史》，弘文堂书房1935年；岩波书店1974年版。

前野直彬《中国文学史》，东京大学出版会1975年版。

庄司格一编著《概说中国文学》，高文堂出版社1983年版。

相关著作尚有青木正儿《中国文学思想史》（岩波书店1943年版）、高顺芳次郎《中国文学十五讲》（新潮社1943年版）。

这一时期，译成日语的中国学者撰写的文学史著作，有胡云翼著、井东宪译《中国文学史》（高山书院1941年版）。

二、中国古代小说研究

身处开放包容学术环境中的学者，听见的不会是众口一腔的合唱，而是来自四面八方的不同声音。即使面对同一部小说，相异的爱恶、相佐的见解、矛盾的言说，纷至沓来而又色彩斑斓。百花开在天涯，百家来自全球，奇说异想的背后都显露出不同文化、不同思想的烙印，或许都有一些“为什么”等待有心的学者去追问、去求解。

日本中国小说史研究的名著，有大阪市立大学中国文学研究室编《中国八大小说》（平凡社1965年版）、小川环树《中国小说史研究》（岩波书店1968年版）、内田道夫《中国小说世界》（评论社1968年版）、前野直彬《中国小说史》（东京大学出版社1967年版）、波多野太郎《中国文学史研究——小说戏曲论考》（樱枫社1976年版）、内田道夫《中国小说研究》（评论社1977年版）、泽田瑞穗《宋明清小说丛考》（研文出版1982年版）、大冢秀高《中国小说史的视点》（放送大学教育振兴会1987年版）、内山知也《隋唐小说研究》（木耳社1977年版）、近藤春雄《唐代小说研究》（笠间书院1978年版）、高桥稔《中国说话文学的诞生》（东方书店1988年版）、太田辰夫《西游记研究》（研文出版1984年版）、井上泰山《花关索传研究》（汲古书院1989年版）、高岛俊男《水浒传的世界》（大修馆1987年版）、小野四平《中国近世短篇白话小说研究》（评论社1978年版）等。

日本学者关注欧美汉学研究。50年代以来，日本中国学学界犹如一个三叉河口，一条是来自中国的河流，一条是来自中国以外的河流。在与中国学界交流不畅的时代，来自中国以外的河流时或大于来自中国的一条。于是日本学者翻译并介绍英美及东欧学者的学术名著，采用他们的概念，借鉴他们的方法，乃至仿照他们自造术语。杜克义（Ferenc Tokei）1959年发表的《描绘家父长的家族——〈红楼梦〉》、1960年发表的《关于西厢记的题材》及1962年的《中国古典短篇小说》，均为匈牙利出版社的中国小说译本的解说。它们的日译，作为附录收入在1972年羽仁协子所译《中国悲歌的诞生——屈原及其时代》。他的汉学与历史哲学研究因其马克思主义性质而备受日本学界的关注。杜克义对中国文化传播贡献卓著，其贡献在90年代也受到中国学界的赞许。[①]2010年匈牙利罗兰大学孔子学院举办了纪念杜克义诞生80周年与逝世十周年专题活动。

薛爱华（Edward Hetzel Schafer）著《神女：唐代文学中的龙女与雨女》[②]试图搞清唐代文学里神话与宗教、象征性、空想世界的纠葛。认为唐代最精美的诗歌、最动听的口传故事，也将神话与历史、传说与事实、托于神的愿望与合理的确信混同起来，作者试图搞清其中对古代世界与灵界的一般看法。唐代作家喜欢将女神视为有灵的神，在他们用精致的语言描写女神们本性活动时，有时采用语言的端正姿态，较之作用于其诗固有魅

---

① 兴万生、李孝风：《匈牙利汉学家、翻译家——杜克义院士》，载《世界文学》1994年第4期。

②［美］エドワードー・H. シェーファ著，西脇常記訳：『神女　唐代文学における龍女と雨女』，東海大学出版会1978年版。

力的诗歌结构，更在乎既定伦理，在乎成为形而上学要素的永恒真理。在文学的万花筒中，浮现出永远不变的形象。女神化而为人，在唐代故事中十分醒目。不管哪种体裁，都可以看到中世纪的爱好与装饰的古代英雄色彩。[①]该书1978年译成日语，由东海大学出版会出版。

在《红楼梦——性别认同障碍者的乌托邦小说》一书中，合山究提出《红楼梦》仙女崇拜说，以天界仙女下凡为薄命佳人，世上的薄命佳人死后升天化为仙女这一作品结构为中心予以考察。在撰写此书的时候，他感到书中还有很多问题未能解决，而后接触到有关性别认同障碍（GID）的相关知识，又进一步对《源氏物语》加以研读，发现尽管《源氏物语》与《红楼梦》相似处颇多，但光源氏与贾宝玉两人却性格迥异，对他来说，光源氏还好懂些，而贾宝玉真身如何却不好阐明。在继续钻研后，他确信贾宝玉正是一位性别认同障碍者。对此，合山究主要从以下三方面加以考证：

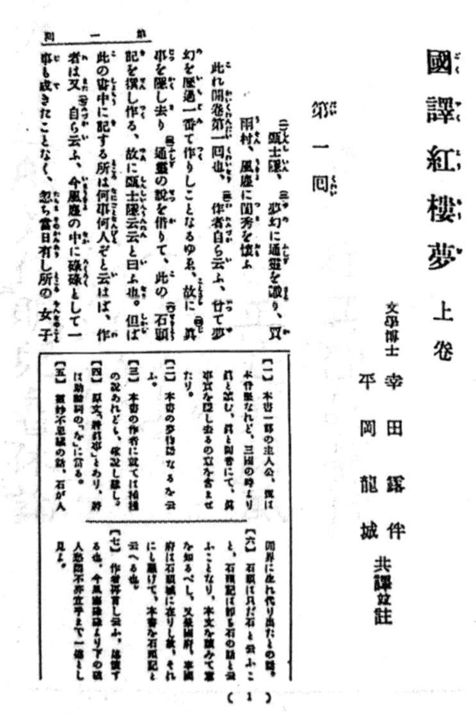
國譯紅樓夢 上卷

文學博士 幸田露伴
平岡龍城 共譯並註

第一回

（一）甄士隱、（二）夢幻に通靈を識り、賈雨村、風塵に閨秀を懐ふ

此れ開卷第一回也、（三）作者自ら云ふ、曾て夢幻を歴過一番て作りしことなるゆゑ、故に（四）眞事を隱し去り（五）通靈の說を作りて、此の（六）石頭記を撰し作る、故に甄士隱云云と曰ふ也。但ば此の書中に記する所は何事何人ぞと云はば、作者は又（七）自ら云ふ、今風塵の中に碌碌として一事も成きたことなく、忽ち當日有し所の女子

（一）[illegible]
（二）本書の夢幻話なるを云ふ。
（三）[illegible]
（四）[illegible]
（五）[illegible]
（六）[illegible]
（七）[illegible]

（1）

1955年日译本《红楼梦》再版

首先，贾宝玉性格、行动的特征，是否符合现代性别认同障碍，不仅是感想，还要根据现代精神医学的成果加以分析，并询问当事者来确认，尽可能实证贾宝玉就是性别认同障碍者。

其次，如果认为贾宝玉就是性别认同障碍者的话，那就要阐明《红楼梦》文学世界是怎样构筑的，最终说明《红楼梦》是怎样的小说。

再次，《红楼梦》里有很多未

① ［美］エドワードー・H.シェーファ著，西脇常記訳：『神女　唐代文学における龍女と雨女』，東海大学出版会1978年版，第194—195頁。

解之谜和悬案，若贾宝玉就是性别认同障碍者，就可以解决很多问题，发现《红楼梦》研究的新天地。

笔者认为，他的这种探索大体完成，根据贾宝玉即性别认同障碍者这一结论，回答了下面这些问题：

贾宝玉为何喜欢女性化妆品、物件，模仿女性的行为？

贾宝玉为何像林黛玉一样爱流泪，并常常哭泣？

贾宝玉为何食红，有爱好红色之癖？

贾宝玉在大观园，多年为几十个美女包围，为何无性欲？

贾宝玉为何好与女孩玩耍，害怕女儿离去？

贾宝玉为何蔑视、讨厌男子，自卑自厌？

贾宝玉既为男儿，为何入天上的女子簿册，并列入女子情榜？

贾宝玉很聪明，又有文才，为何讨厌上学，讨厌科举，讨厌男人的作用，不愿进入男性社会，而在闺中度日？

贾宝玉为何无“名”无“字”，只有乳名？

警幻仙姑为何让贾宝玉降生之时，作为没有性行为的“意淫”者而降生？

作者为何设定太虚幻境与大观园这两个理想乡，为何让它们只是女子的世界呢？为何其中只有贾宝玉一个男性？

既然当时是严酷的男女分离的社会，作者为何如此细腻地描写女子心理？

作者为何长时间写这样一部小说，其创作动机和目的何在？

在《红楼梦》研究中，研究者对这些问题有各种答案，但将贾宝玉视为性别认同障碍者，并对其系统阐述的，恐怕就是合山究了。

80年代末，作家和久峻三推理小说《杨贵妃幻想杀人旅行》出版，他还著有中篇小说《杨贵妃的亡灵》。井上靖的小说《杨贵妃》，还被拍成电影，广受关注。在日本，有“西有克莉奥佩特拉，东有杨贵妃”的说法，甚至还有世界三大美人之说，即埃及艳后克莉奥佩特拉、中国的杨贵妃，再加上日本的小野小町。她们都一再作为文学作品中的女主人公成为文学人物。莎士比亚有《安东尼与克莉奥佩特拉》。在中日两国，有关杨贵妃的文学作品也相当有名。

入谷仙介在1991年发表的《中国文学与日本文学——围绕杨贵妃》一文中，举《长恨歌》、元曲《梧桐雨》和传奇《长生殿》，作为中国文学中的杨贵妃形象，举谣曲《杨贵妃》、川柳，作为日本的杨贵妃形象。他在文末说：

> 她的成功与悲剧中，产生了爱的传说。人们不能接受她的成功不能证实存在纯粹的爱，于是她成了美和爱的女神。她在蓬莱山永远活在爱与美里的姿容，成为封建东洋世界里可能的、一位女性的理想形象，作为文学的女主人公，永远活着。可以说，她是中国古典世界里最幸福的女性了。①

入谷仙介的另一篇《孙悟空与希腊诸神》将《西游记》中的孙悟空与希腊神话中的赫米斯、普罗米修斯、赫拉克勒斯相互比较，发现他们之间有很强的相似度，认为在《西游记》成书过程中，作者接触到包括一部分赫米斯、普罗米修斯故事的赫拉克勒斯故事，受到它们的强烈影响，并进一步推想，这些希腊故事是在元朝时传入中国的，那时会有很多西方文献、故事携入中国，但在明朝时文献被抹杀，故事或被忘却，或被中国化而被吸收到中国社会中。《西游记》吸收了民间故事，这部小说中有希腊神话的影响也并非空穴来风。

在对《西游记》相关问题进行深入探讨的著述中，不能不提到矶部彰的两部大作，一是《西游记形成史研究》②，一是《西游记接受史研究》③。后者包括小说体裁与读者层、读书人与下层民众的《西游记》接受、东亚册封国的《西游记》接受、日本的《西游记》接受、《西游记》的趣向与旨意、《四游全传》版本考，全书影印了相当多的罕见版本资料，提出了饶有趣味的新见解。作者在《西游记形成史研究》中，涉及初唐到清代的唐三藏西天取经传说，该书出版时，尚有些问题未能完全

---

①［日］入谷仙介：『東西文学の世界』，朝日出版社1991年版，第92頁。

②［日］磯部彰：『西游記形成史の研究』，創文社1993年版。

③［日］磯部彰：『西游記受容史の研究』，多賀出版株式会社1995年版。

解决，其中包括杨致和编《西游记》在内的《四游全传》《四游合传》形成过程问题，《西游记接受史研究》在后面做了补充。书中所收越南字喃版《西游传》、江户末期的《西游记图说》和明治前期的《西游记骨目》《五天竺》等一些资料皆属珍本，大部分尚未有研究成果发表，著者在书中的探讨就尤为可贵。

中野美代子以国际化视野进行中国小说研究的成就，在《二十世纪国外中国文学研究》[①]中有过评述。她所著《没有恶魔的文学——中国小说与绘画》（朝日新闻社1976年版）、《中国人的思考样式——从小说世界说起》（讲谈社1974年版）等视点独特，新见叠出。

中野美代子所著《孙悟空的诞生——猴子的民间故事和西游记》（玉川大学出版部1980年版）、《西游记的秘密》（福武书店1984年版）在日本学界均被认为是久不多见的正宗论考。作者在宏大的构思之下，涉猎了包括欧洲境内的各种传说、画像、古今东西的文献资料，"俯瞰亚洲全域"，被评为具有"播弄时空的立体的鸟瞰图或智慧的空想旅行记的趣味"。

中野美代子著述的中文译本已有《西游记的秘密》（外二种）[②]、《龙居景观——中国人的空间艺术》[③]。作为《西游记》全译本的译者，中野美代子还非常重视图像等实物，热衷于空间意识的追究，她把自己的著述归于散文一类，往往将看似毫无联系的事物牵拉在一起。1996年，又有新作《奇景图像学》。

泷泽精一郎著《中国古典文学之享受——传统与新意》由文学里的禅思想、见于文学的习俗和忧国文学的系谱——以吉田松阴为主的忧国文学三部分构成。[④]

田中尚子《三国志享受史论考》由两部构成，第一部《日本〈三国志〉的享受》，分三章，分别论述军记的《三国志》享受、注释世界里的

---

① 夏康达、王晓平主编：《二十世纪国外中国文学研究》，天津人民出版社2000年版，第73—82页。

②［日］中野美代子著，王秀文等译：《西游记的秘密》（外二种），中华书局2002年版。

③［日］中野美代子著，吴念圣译：《龙居景观——中国人的空间艺术》，宁夏人民出版社2007年版。

④［日］瀧澤精一郎：『中国古典文學の享受——傳統と新意』，吉本書店1981年版。

《三国志》、近世期里的《三国志》——史书的兴味、转向物语的兴味；第二部《军记与〈三国志演义〉之比较》，分别探讨《太平记》以前的军记与《三国志演义》《太平记》与《三国志演义》。

增田涉青年时代在上海直接接受过鲁迅的教诲，以此体验，完成了《鲁迅的印象》一书。他一边研究鲁迅，一边翻译鲁迅的著述，特别是完成了《中国小说史略》的翻译，另外，他还是中国近代小说和《聊斋志异》等经典的译者。他将自己对中国小说史的研究，特别是清末民初小说研究的成果，写成《中国文学史研究——“文学革命”与前夜的人们》，该书由岩波书店出版。

鸦片战争后，在文化反省的浪潮中，中国知识者通过大量出版西方学术文化的汉译，以在思想上谋求变革的方向，而这样的启蒙书籍，成为从古典中国通往现代中国变革的桥梁。由外国传教士在清末中国出版的汉文西学书籍很快大量传入日本，并在幕府末年到明治初年被加上训点翻刻出版。对于日本来说，这些书籍成为开发西方新知识的源头，同样对于幕府到明治年间的文化启蒙发挥了巨大作用。有关这些中国书在日本的传播与翻刻，中山久四郎的《近世中国给予维新前后的日本的诸种影响》[①]曾做过探讨。

增田涉读过之后，对于中日关系，特别是文化关系，极为关注，感到这些西学汉译之书具有极为重要的史料价值，便不断搜集，经过二三十年的时间，撰就《日中文化关系史的一面》《日本开国与鸦片战争》《〈满清纪事〉及其笔者》《山本宪（梅崖）》，并将它们一起编成《西学东渐与中国事情——杂书札记》[②]一书。该书将西学汉译书籍分类梳理，考证其在日本的成书、流传和文化影响，其中包括大量在西学书影响下产生的日本小说、戏曲等。增田涉这部书中提到的西学东渐资料，包括日本保存的鸦片战争资料、太平天国资料等，对于今后展开全球史研究，特别是近代东西文化交流，都很有价值。

增田涉擅长书法篆刻，亦好玩石，晚年则唯爱古书，潜心搜集西学东

① [日]中山久四郎：『近世支那より維新前後の日本に及ぼしたる諸種の影響』，见史学会编『明治维新史料』，富山房1929年版。

② [日]增田涉：『西学東漸と中国事情——雑書札記』，岩波書店1979年版。

渐的资料与中日文化交流的“杂书”。松枝茂夫在1977年《文学》上发表的《增田涉回忆点滴》一文中说：“中国文学伟大的学者先生很多，但像增田先生这样的人，再不会有了吧，我想，增田先生的著书中，除了《鲁迅的印象》之外，就是《杂书杂谈》最为珍贵。它是除了增田先生写不出来的书。”文中所说的《杂书杂谈》正是指上述这本书。

增田涉晚年致力于中日友好运动。1966年，曾作为日本学术代表团的成员访华，1973年9月至10月，参加中国国庆招待会，并出席中日邦交正常化一周年及鲁迅先生逝世三十七年纪念活动。1974年10月，在仙台举办的纪念鲁迅先生留学仙台七十周年的“鲁迅节”活动上讲演。1975年，上海文物出版社刊行《鲁迅致增田涉书信选》。1976年参加仙台举行的中华人民共和国鲁迅展开幕式，并应邀在北海道大学文学部讲演。1977年在东京新宿千日谷会堂的竹内好葬礼上，致完悼词后昏倒，同日午后2时39分病逝于庆应医院。

鲁迅的朋友内山完造1948年用17个月的时间，进行了以“中国漫谈旅行”为题的讲演活动，讲演超过800次。1950年，他参与发起日中友好协会，被推举为理事长。以郭沫若为团长的中国科学院访日学术考察团等中国代表团抵日，内山完造均亲自接待并全程陪同。他也参加了一系列宣传鲁迅、研究鲁迅的活动，如在日本成立“鲁迅先生书简收集委员会”，到中国参加鲁迅逝世20周年活动等。1956年11月19日，到上海鲁迅纪念馆参观并题词：“以伟大的鲁迅先生为友人的我是世界上最光荣的人”。

80年代以来，一些日本学者研究中国古代小说的著作陆续被译成中文。不过，由这些译作来评判日本的中国小说研究有时难免露出偏差。如中野美代子等人的有些书，并非纯为专业学者所写，大抵可划入“新书”一类，这类书讲究新（观念新）、快（出版周期短）、宽（读者面宽）、活（可读性强），因而发行量较大。这些书如果送到考据学者手里，或许会因严谨度欠佳遭到质疑。相反，有些资料翔实精于考证的论著，或因读者面窄，或因翻译难度与工作量过大，或因其他原因，翻译出版多遇困难。了解了这些情况，我们才可能获得更全面的认知。至于翻译不尽专业、缺乏深度解说的译本并非鲜见的问题，也是学界与出版界需要通力合作才能解决的难题。

三、楚辞研究

《楚辞》远在日本奈良时代便已东渐。藤野岩友著有《巫系文学论》（大学书房1969年版），其中《楚辞对近江奈良朝文学的影响》一文[①]，梳理了《日本书纪》《怀风藻》《万叶集》等日本上代文学中的《楚辞》影响。江户时代契冲的《万叶代匠记》已提到柿本人麻吕所作和歌“往来行天月，为君作车盖”，构思出自《惜誓》：“建日月以为盖兮”，王逸注：“立日月之光以为车盖”。藤文指出，《惜誓》不见于《文选》，很可能这首和歌是直接从《楚辞》中引用的。藤野岩友在《〈令反惑情歌〉与〈反招隐诗〉》[②]提出，《万叶集》歌人山上忆良所作和歌《令反惑情歌》是受到《反招隐诗》的影响而创作的。

近代以前，日本的研究著述有秦鼎《楚辞灯校读》、龟井昭阳《楚辞玦》等。近代以来，楚辞研究著作有冈松瓮谷《楚辞考》等。文士学者对楚辞关注更多。石川人田保桥四郎作《读楚辞》五首，其中有三首咏《离骚》：

千古微词是典型，楚臣嗟叹鬼神听。
美人香草托忠悃，一卷《离骚》继圣经。

幽兰为佩菊为餐，修洁莹然何可刊。
其奈君王终不寤，留夷萧艾漫同看。

雷师风伯拂汗衫，县圃昆仑路险巉。
四极无人日将暮，怅然回驾逐彭成。[③]

---

①［日］藤野岩友：『中国の文学と礼俗』，角川書店1976年版，第185—212頁。
②［日］藤野岩友：『中国の文学と礼俗』，角川書店1976年版，第185—212頁。
③［日］国分高胤、岩溪晋：『大正五百家绝句』卷三，守罔功印1926年版，第23頁。

1933年出版儿岛献吉郎《中国文学考》，其第二篇为《楚辞考》[①]，共分九节，分别是楚辞的价值、屈原的性格、离骚一（特质与价值）、离骚二（段落与脉络）、离骚三（造句与押韵法）、九歌、九章。

内藤湖南撰《文学博士西村君墓表》中说西村硕园“爱屈宋骚赋，自命读书之室曰‘百骚书屋’，蒐罗古今人笺注楚辞之书无遗，著《屈原赋说》。”[②]西村硕园《屈原赋说》载《艺文》第十一卷六到九期，后收入《硕园先生遗集》。《遗集》第三册收入所作《庚申岁晚纪事》：

读骚成癖萃群言，闻与诸生费讨论。
《赋说》廿篇稿未就，迅风迫日欲黄昏。

所著《屈原赋说》，为大学生讲演，未了。

西村硕园《屈原赋说》论及屈原赋的篇章，在列举诸说之后，说：

> 愚亦尝以谓《天问》一篇，楚国旧文，杂载传说，其体未箴，后人误为屈子作，司马迁信之，刘向录之，犹《弟子职》误入《管子》也。《九章》惟《哀郢》《怀沙》《橘颂》为屈子作，余篇皆屈门吊师之文，为哀辞、祭文之类。刘向一并裒集，以名“九章”，后世遂信以为屈赋也。

西村硕园此著受到王闿运《楚辞释》、陈大文《楚辞串解》影响，书中说：

> 近人王闿运言：《国殇》旧祀所无，兵兴以来新增之，故不再数。陈大文亦云：《礼魂》一篇，宜以为《国殇》末段之断简，分之为二，则《国殇》无祭而无尾，《礼魂》无着落而无首，盖《礼魂》者，即礼

① ［日］児島献吉郎：『支那文学考』，関書院1933年版，第77頁。
② ［日］内藤湖南：『内藤湖南全集』第十二卷，筑摩書房1997年版，第242頁。

> 《国殇》之魂，是为得之。
>
> 盖屈子初作《山鬼》以上九首，故名“九歌”，后作《国殇》，以祭阵殁者，《礼魂》犹《招魂》，招阵殁者之魂也。可知《国殇》《礼魂》二首，本一篇之文，后人取以附属《九歌》之末耳。

《屈原赋说》分十二篇，分别为名目、篇数、篇第、篇义、原赋、体制、乱辞、句法、韵例、辞采、风骚、道术，认为屈原思想属儒家，特别与孟子相近。

铃木虎雄撰《论骚赋的生成》，文章末尾以系统性的图示来说明文辞诸体变迁、发展的关系：

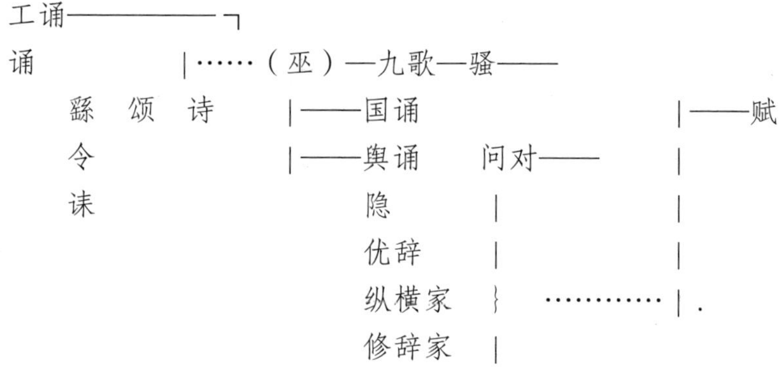

并同样用图来说明骚赋予前代的渊源及给后代的影响，确立其在文学史上的位置：

周诗—

|——楚辞——汉赋 | ——齐梁四六体

辞（骈体文） |

铃木虎雄又撰《离骚》一文，分楚骚的影响、屈原及其时代和离骚解说三部分。认为《诗经》《楚辞》和《文选》是中国文学三大首脑，没有对此三者的咀嚼、赏玩力，终究不能了解中国文学的真味。该文指出：“同样是投水，投身湘水同跳入华严瀑布、那智瀑布性质全然不同，他为世间青年堕落、理想卑下而慷慨陈词，但不仅是青年，连以志士自命担当一国政治的人们也都不顾忠贞之志、廉耻之行了。如果有屈原那样的清廉之士的话，就不会如此了。”日本男女有投华严瀑布与那智瀑布殉情者，铃木虎雄认为那与屈原投身汨罗截然不同。他引用孟子“先立乎其大者，则其小者不能夺也”，说明应该着眼于大处，青年为一女子而视千金之身同土芥，政治家为金钱利欲而屡改节操，都是没有“立乎大者”，这是因为他们都不具有屈原那样的情操罢了。①

铃木虎雄曾撰《见于先秦文学之招魂》②，他是第一位尝试将《离骚》《九歌》译为“新体诗”——受西方诗歌影响而诞生的自由诗学者③。他认为在《诗经》《楚辞》《文选》当中，《楚辞》最难，而在《楚辞》当中，《离骚》最难。需要充分贴近《离骚》的解释，追随骚人的想象力，逐一解读，而其句法、字法则可以大体类推。他希望自己的翻译能够“发挥原作风格神韵百分之一”。

他的学生青木正儿继续了《楚辞》翻译的尝试④。王国维曾说，《楚辞》是“后世戏剧之萌芽”，青木阐述了《九歌》的文学形态（文体）。

根据洪涛研究，几位西方汉学家都引述过青木的学说。英国学者亚瑟·威利（Arthur Waley）和戴维·霍克思（David Hawkes）和美国学者夏克胡（Gopal Sukhu）都参考过青木《楚辞》研究的成果，他们三人都明确提到青木《九歌》研究的要点，以及其对《湘君》《湘夫人》的解说，即认为两者是重复的篇章，叙述者是男巫（自述追寻女神），两者用于春秋二祭，这三点在英译中和相关的解说中体现了出来。

1955年，英国学者韦利的《楚辞·九歌》出版，这本译著的副题是《古代中国巫术研究》。在序言中他简要综述了中国古代文献中有关巫术的记载之后，就其在《九歌》中的表现论述说：

> 首先，巫师（如果神祇是女性，巫师便为男性；如果神祇是男

---

①［日］鈴木虎雄：『支那文学研究』，弘文堂書房1967年版，第408—409頁。

②［日］鈴木虎雄：『支那文学研究』，弘文堂書房1967年版，第446—455頁。

③［日］鈴木虎雄：『支那文学研究』，弘文堂書房1967年版，第409—445頁。

④［日］青木正儿：『新譯楚辭』，春秋社1957年版。

> 性，巫师便为女性）见到神祇从天而降，便驱驾着奇异或神异动物去迎接它。在歌的下部分，巫师与神祇的会面（一种占卜型蜜月）结束。神祇最终是轻浮无常，巫师因失恋而四处游荡，徒劳地等待情人返回，在这两部分之间，有时会有巫师迷狂般的正舞。①

匈牙利学者杜克义和诗人吴洛士合译的《屈原诗选》于1954年出版，选集收有《九歌》《招魂》《天问》《离骚》《卜居》《渔父》等译文。杜克义于1959年撰写《屈原及其时代：论中国悲歌的产生》，由匈牙利科学院出版。该书先是出版了法译本，后又出版了日译本《中国悲歌的诞生——屈原及其时代》。杜克义在1985年我国出版的《楚辞资料海外编》以及王丽娜的译介文章中，译作弗伦兹·托凯，也有单译作托凯的。

作者认为，在当今完全抹杀亚洲文化贡献与抬高亚洲文化为一切文化母体的这两种极端之间，需要有一个中间项，需要批判东方古代诸社会的家长式的贵族性及其在文化层面上的表现，一方面真正发现亚洲所具有的本原价值，这正是今天东方学所应起到的最重要的作用之一。但是，这一中间项当然不是在这错误的两个极端中间简单找一个折中就完事大吉了。为了让它能站在真正学问的立场，就必须坚决地将其置于历史哲学的原则之上。另一方面，在东方历史哲学的阐释上，超越马克思的亚细亚生产方式的学说尚未问世，这一理论的要点是在亚细亚专制主义的基础上，在与原始社会的所有关系及其制度之上，产生了古典古代或者封建的私有体制。关于为什么东方社会会产生这种趋向，虽然多有议论，但这未必能引导我们把问题阐释清楚。古希腊社会的成功恰在于与原始社会所有诸关系的绝缘，如果认为亚细亚社会与这些关系相异，本质上却至今没有改变，那么，古希腊是怎样迈出这样巨大步伐的，恰恰尚未搞清，因此，探讨亚细亚社会形成原因的缺失，也就不是那么重要的问题了。后一问题的解决，只有在前一问题彻底解决之后才会获得答案。②

---

① 吴伏生：《汉诗英译研究：理雅各、翟理斯、韦利、庞德》，学苑出版社2012年版，第311—312页。

②［匈牙利］テーケイ・フエレンツ著，羽仁协子訳：『中国の悲歌の誕生——屈原とその時代』，東京風濤社1972年版。

1852年出版的《楚辞》德译本，即费兹曼（Pfizmaien）《〈离骚〉和〈九歌〉——公元前三世纪的两篇中国诗》，是西方最早的《楚辞》译本，从那以后,《楚辞》便陆续被翻译成英、德、法等各种语言。

德国汉学家鲍润生（Franz Xaver Biallas）从1928年发表《惜诵》以后，1936年又译出《九章》,《远游》《招魂》《卜居》《渔夫》等也都有了译文，译者将这些都看成是屈原的作品。

1955年牛津大学出版社出版了英国学者戴维·霍克斯（David Hawkes）的《楚辞·南方之歌——中国古代诗选》，该书后又在美国出版。书中包括了屈原、宋玉、东方朔、王褒、刘向等人的作品。霍克思认为:“我们所拥有的中国古典诗歌方面的知识，几乎全部建筑在《诗经》与《楚辞》的研究上。”“如果我们透过表面形式去力求把握和理解中国诗歌的精髓——中国诗人观察世界的方法，他们丰富的想象力和各色各样的主观推测——我们必须投身于中国古诗的研究。只有这样，才能找到所有诗歌渊源的线索：作为社会的一员，他们的表达方式，以及作为独立的个人表达自我感情的方式。”①他还探讨了楚辞与巫术的关系问题，他认为,《湘君》是写给巫者在水上祭神用的，因为诗人对投祭物入水、作法遨游等的描写与巫术的祭礼仪式十分相像。而且这种遨游并不具有现实可能性，只是指点所游之地的名称。在早期巫术作品中，已有列举宇宙方位的情形。霍克思还将从西方心理学研究衍生出来的方法用于楚辞研究，根据“原型分析”，提出“依次列举”法即是一种叙述原型。

由于霍克斯著译是当时西方学者进行的最新也是最全面的楚辞研究，很快引起了日本研究者的关注。竹治贞夫撰写了《霍克斯的英译楚辞》，认为其立足于绵密的文本批判充分品味原文的含义，取逐语译与自由译之中间，读者易于理解。其文本批判的结果，以长达28页的《考异》收于卷末。译者多得益于闻一多《楚辞校补》，参考了多位学者著述的同时也不乏创见。竹治贞夫指出，这些译文对于尚无定解的《楚辞》解读来说，是译者通过西人知性做出的翻译，实为有益的参考。竹治贞夫对于霍克斯对《离骚》诗歌魅力的中心在于灵界旅行，其来源于楚国巫风的说法，也有

① 宋柏年主编:《中国古典文学在国外》，北京语言学院出版社1994年版，第37—38页。

所补正，并指出，应该看到《离骚》全篇构思，在于将沉于悲运的政治家的忧愁慷慨之情，寄托在浪漫的叙事之中，往来于灵界的旅行，不过是作者苦恼的象征。[①]

石川三佐男所著《楚辞新研究》将考古资料与《九歌》诸篇进行比较研究，从思想文化史上考察战国秦汉时期的文献资料与郭店楚墓出土的竹简资料、汉镜铭文等，并加以对照分析，认为《楚辞》是对人死后灵魂升天、形魄归地，或者说形魄和灵魂都升天这一汉代盛行的魂魄二元论，加以表现，并对作为死后世界的昆仑山、天界进行讴歌的作品。作者的结论是:《楚辞》是祈祷使者魂魄升天并讴歌神的文学，是规模壮大的将昆仑山、天界与宇宙结合起来表现的送葬文学。[②]90年代以来，石川三佐男与中国楚辞研究者多有交流，多次出席中国屈原学会年会，并被选为理事会成员。

1985年中国屈原学会创立。次年，尹锡康、周发祥主编《楚辞资料海外编》由湖北人民出版社出版，此书为马茂元主编《楚辞研究集成》五编本之第五编，选译了日、英、法、德、匈以及中国香港地区楚辞研究专家的论著21篇。在中国屈原学会出版的《中国楚辞学》中也刊载了有关海外楚辞传播与研究的多篇论文。[③]2004年学苑出版社出版的徐志啸所著《日本楚辞研究论纲》，对日本汉学界研究楚辞的历史作了纵向与横向相结合的鸟瞰与描述。

中国学者对楚辞等在国外传播与研究的历史与现状的认识，是从一个一个的“点”开始的，即看到了某一家的某一成果，进而顺藤摸瓜式地扩展搜寻，发现过程具有偶然性。以某学者的论断来判定某一国或某一学派看法（如误认为否定屈原为《离骚》作者的看法影响颇大），不解为何中国文学中的某一因素在另一文化传统中被超级放大（如在神道观念深厚的日本，学者热衷于解读楚辞中的神灵），不明各国翻译研究的相互影响渠道（作为对他文化的认知，在如何理解汉文化这一点上外国学者间颇有共

① [日] 竹治贞夫:『楚辭研究』，風間書房1978年版，第373—393頁。

② [日] 石川三佐男:『楚辭新研究』，汲古書院2003年版，第2頁。

③ 中国屈原学会编:《中国楚辞学》第四辑，学苑出版社2004年版，第171—261页。

鸣，并有自己的沟通方式），以上现象的产生在资讯不足的时期是难以避免的。国外的研究是纷杂而又多元的，是分散而又存在无形钩连的，因此需要我们掌握足够量的资讯，多加辨析，方能与不同层次、不同倾向的域外同行展开有效的学术对话。即便同一学者，在不同历史界面，学术兴趣或有漂移，观念或有转捩，著述或有文野、精粗、深浅、优劣之分，对此可观全人，察其通，理其变，而不必猝然轻下断语，方能使对话有益而持续。

第三节　国际诗经学研究

闻一多说："《诗经》是中国有文化以来的第一本教科书，而且最初是唯一的教科书。古时教育以诗教为最重要，简直可说一切教育都包含在《诗经》里面。所以研究《诗经》可知几千年来老者如何教少者，统治者如何教臣民。"[①]《诗经》是最早在周边各国传播的中国文学经典之一，也是最早传入西方的中国文学经典之一。今天诗经学研究者分布在世界各地，肤色不同、语言不同，他们拥有一种共同的话语，那就是"诗经话语"。

一、诗经学国际意识的成熟

正如信息的全面开放，才能提高全民族独立思考的能力一样，学术信息的全面通畅，才能提高学术研究的水准。对外部研究的过高评价乃至盲目崇拜，亦或对其的不屑一顾乃至肆意贬低，两种相反的极端言论之所以得以畅通，为人信从，一个很重要的原因，就是对外部研究状况不甚了了，以皮毛之知为全知全明。

① 闻一多讲授，刘晶雯整理：《闻一多诗经讲义》，天津古籍出版社2005年版，第1页。

有关《诗经》在域外的传播和研究，已有很多论文和专著予以描述，这里只摘取几个点略加分析。域外学者对《诗经》的评价，早已突破经学的框架，他们更多强调其在展现古代社会生活上的价值。法国汉学家毕欧（Edouard Biot）在1838年发表的一篇论述《诗经》的论文中，提出探讨某一民族在某一特定历史时期的风俗习惯、社会生活以及文明发展程度时，研究神话传说、传奇故事、诗歌、民谣比起正史更有收获的观点，认为《诗经》“是东亚留给我们的最出色的风俗画之一，同时也是一部真实性最无可争议的作品。……这部诗集以其古朴的风格，毫不修饰、毫不夸张地向我们展示了上古中国的世俗风情”。

德理文（Marquis d'Hervey de Saint Denys）对这一观点表示赞同，说：“毕欧先生和我一样，也深信每一历史年代汇集的诗歌是反映一个民族风俗人情的最忠实的镜子。”①他认为《诗经》以及《尚书》的《尧典》《舜典》总共约400首诗反映了该时期中国人最主要的性格特征：爱好和平、劳动和家庭，敬重王权，尊重年长者，在生活的大小场合都很庄重严肃，性格温顺而又坚忍不拔，长于保持和抵御。②

1933年儿岛献吉郎撰《中国文学考》，其第一篇为《毛诗考》③，共分八章，分别论述《毛诗》与鲁齐韩诗歌、大序小序、《诗》之六义、《诗》之删定、《诗》之功用、三百篇之构成、三百篇之押韵法。

1914年，日本出版了《周代古音考》④与《周代古音考韵征》⑤等，沿袭传统的考据学方法者居多。而在欧洲，民俗学方法方兴未艾。法国汉学家葛兰言（Marcel Granet）的专著《中国古代的节庆和歌谣》于1919年在巴黎出版，1929年再版，除了些许之外，内容并无变动。1932年伦敦、纽约出版了由英国女汉学家叶女士（E. D. Edwards）转译的英文版。1938年，内田智雄将其译成日语，其时正担任京都大学文学部长的小岛祐马撰

---

① *Poésies de L'époque des Thang*. 1862. p.13.

② 蒋向艳：《法国汉学家德理文的中国古典诗观》，见张西平主编《国际汉学》第十七辑，大象出版社2009年版，第143—153页。

③［日］儿岛献吉郎：『支那文学考』，関書院1933年版，第1—77頁。

④［日］國語調查委員會編纂：『周代古音考』，國定教科書共同販賣所1914年版。

⑤［日］國語調查委員會編纂：『周代古音考韵徵』，國定教科書共同販賣所1914年版。

写了序言。全文介绍了本书作者葛兰言，社会学师从迪尔凯姆，中国学师从沙畹，以其赅博的社会学知识和富有洞察的文本阐释，对有关中国古代社会的研究，开拓了前人未曾抵达的境地。而本书实为葛兰言最早撰写的著述，而且是申请学位的论文，可以说是他最值得纪念的书籍。对此书，小岛祐马的评价是：

> 葛兰言在本书中提出，《诗经》，特别是国风的大部分，是古代农民田园季节性节庆里少男少女唱和的情歌或民谣，自古以来，诗序、传笺，其他上百家注释家都作了阐释，都在证明中国古代存在正统的道德，加以鼓吹，而这纯属子虚乌有。葛兰言就诗句本身，得出归纳性的结论，更以云南贵州、东京地方诸未开化部族的民族学事实，来证明其结论的正确性，我认为可以说这样的意图由本书大体上是达成了。①

小岛祐马肯定葛兰言一反历代经学家以《诗经》证实中国古代存在正统道德的方法，而以民族学的方法重新阐释《诗经》的探索，而后对葛兰言将不同时代的中国文献等量齐观的处理方法，提出异议：

> 然而，我们对于葛兰言在到达结论的过程中处理资料的方法，特别是将不同时代的中国文献当作等量齐观的资料价值的态度却不敢苟同，而且对他天马行空式的推断也不是没有不能首肯之处。但是，我们也不能因为方法论的瑕瑜而全盘否定其结论的正当性。②

小岛祐马的这篇序言，言短意长，一方面肯定了葛兰言突破历来诗经解释常套的功绩，一方面也指出其在方法论上的瑕疵。这种态度，正与他本人对于儒家经典的看法有关。在《中国学问的固定性与汉代以后的社

---

①［法］マーヤルグラネー原著，内田智雄譯：『支那古代の祭禮と歌謡』，弘文堂書房1942年版，第1頁。

②［法］マーヤルグラネー原著，内田智雄譯：『支那古代の祭禮と歌謡』，弘文堂書房1942年版，第2頁。

会》一文中，小岛祐马曾经指出："实际上，儒家经典汉武帝时代如此，以后时代依然是政治上的根本法典……在这种情势下，学问的范围只限定在解释学一条路上，就像是近代的法律学在一定时期全然堕于解释学上是一样的。"[①]承认这种固定性，并不意味着死守到底，而是多少想在这种固定性之外寻求新的出路。小岛祐马逝世后，内田智雄曾为小岛祐马编纂《小岛祐马 政论杂笔》（みすず書房1970年版）。

松本雅明撰有《关于葛兰言的方法》一文，并在其所著《关于诗经诸篇成篇的研究》一书中多次谈到葛兰言这本书。他说：

> 在近代，葛兰言以最卓越的构想来进行《诗经》研究。他在1919年发表的《中国古代的节庆和歌谣》，试图在前人未曾留意的古代社会，特别是村落节庆中发现了《国风》。在这一点上，我得益于葛兰言极多。然而，他对各首诗篇的理解，依靠对未开化社会的资料加以类推，混杂使用年代不同的文献，还有问题。我开始采用与他全然不同的方法论，并在后面对他的立场做了详细批判。[②]

葛兰言此书，1989年上海文艺出版社出版了张铭远译本，书名为《中国古代的祭礼与歌谣》，葛兰言译作"格拉耐"。2005年，广西师范大学出版社出版了赵丙祥、张宏明的译本，书名作《古代中国的节庆与歌谣》。前一译本，从书名和作者名的译法看，受到日译本的影响颇为明显。葛兰言此书在日本很快翻译出版，而在中国受到学者的关注却晚了几十年，有多种因素形成了这种"时间差"。其中有一点，似乎与文学研究无关，实际上却不无关系。那就是民俗学与文化人类学发展的进程不同。日本自明治末年以后，便出现了南方熊楠、折口信夫等著名的民俗学家，他们的著作对很多古代文化研究者来说并不陌生，文学研究者也逐渐熟悉了从民俗学解读解读古典文学作品的方法，所以对葛兰言的阐释大体采取理解的态度。而在中国，20世纪80年代以后，国外民俗学与文化人类学的

---

①［日］小島祐馬：『古代中国社会研究』，岩波書店1988年版，第161頁。

②［日］松本雅明：『松本雅明著作集』第五卷，弘生書店1986年版。

各种流派，特别是法国学者的研究成果逐渐译成中文，中国学者的相关研究也逐渐深入。不少学者即便对葛兰言的研究整体不能首肯，也愿意更多了解这来自外部的声音，因而葛兰言的书便有了中国读者。

1934年，哈佛燕京学社出版了《毛诗注疏引书引得》，主其事者为燕京大学教授洪业（William Hung）。该书为燕京学社所出《引得》丛刊之一种，学社于1928年春在哈佛大学成立，但《引得》编纂却是设在北平燕京大学图书馆，并由燕京大学负责编辑、发行。韦利在《诗经》（*The Book of Songs*）的序言中说，如果不是《毛诗引得》的出现，几乎不可能有严肃而独立的研究。也因为此书，我们对《诗经》的了解超过了公元前2世纪以来所有的论诗的书卷所言。[①]

闻一多1945年在西南联大讲授《诗经》时说："'兴'的问题，闹了几千年而没有人能解释。感谢抗战，使我们到大西南，接触了较落后的少数民族，他们保存了较古的民歌形式，我们可用以与《诗经》比较。"[②]他用最精炼的语言来概括"兴"的本质："'兴'就是隐语。""隐语之作用不但是消极地解决由禁忌而来的困难，更有积极地增加兴趣的作用。"[③]

1943年5月，《汉学会杂志》发表了赤冢忠撰写的《从正雅到变雅——以自我意识为中心》，论述了《诗经》时代的人们从将天视为至高无上的存在，转而对之怨嗟怀疑，赤冢忠将这作为从正雅向变雅转换过程来把握，从思想史的角度，将《诗经》与《书经》相对照。

白川静《诗经研究通论篇》在结论部分着重谈到，虽然是未必具有民俗背景的诗，但在古代歌谣，特别是民谣里，有着独特的表达，且当时的用语，也与后世用法有不同的意义，这种表达、用语的问题，亦不能等闲视之。例如饮食、饥渴，在民谣中与男女之情相关，是用作隐语的语汇，若不能理解它们，便不可能解开诗义。翱翔、游遨，大致是用作武事游猎的用语。无视当时的用法，就难解这些诗。[④]

---

① 童元芳：《今夜清光——〈译心与译艺：文学翻译的究竟〉自序》，《中华读书报》2015年11月18日第18版。

② 闻一多讲授，刘晶雯整理：《闻一多诗经讲义》，天津古籍出版社2005年版，第4页。

③ 闻一多讲授，刘晶雯整理：《闻一多诗经讲义》，天津古籍出版社2005年版，第5页。

④［日］白川静：『白川静著作集10 詩經Ⅱ』，平凡社2000年版，第651—652頁。

二、兴研究

美国新诗运动的领袖埃兹拉·庞德（Ezra Pound）的《诗经：孔夫子的经典》（哈佛大学出版社，1954年初版，1970年第3版），京都大学《中国文学报》第三册发表的巴顿·瓦德孙撰写的书评，指出庞德并非如实译出古代中国诗歌的意义与思想，而是要将诗的生气与美改造为现代英文诗，或许将其视为创造性文学的看法是妥帖的，因为他的出发点终究是《诗经》文本，即便正像学者所说存在误解与错误，也不能说这一译本与中国文学毫不相干，学者可以指出庞德的误译，却写不出庞德那样的好文字。要而言之，学者是为其他学者而著书，而像庞德那样的一流诗人翻译《诗经》引起广泛的兴趣，宣传中国文学的精彩，对于治东洋学的西洋人，不能不说实在难得。①

陈世骧（Shih-Hsiang Chen）《诗经：其在中国文学及诗学中特质的意义》②一文，收于《中国文学诸体裁研究》③，认为“诗”的内容及形式是极为多样的，成为后代中国文学的一种体裁。他从“诗”与“兴”字的本义入手，试图揭示它们最初的含义。陈世骧接受了杨树达、闻一多之说，认为“诗”在古代具有“行”与“止”两种相反的意思，继而“诗”一词产生了以足踏地跳舞节拍的意思。其对“兴”的解释，则吸收了商承祚、郭沫若的说法，按照语源和字形，认为“兴”是人们围着某种东西手拉手跳舞，发音是跳舞时愉快与亢奋状态下发出的叫声。《诗》里的“兴”，实际上就是以跳舞与叫声的想法与形式为基础产生的。京都大学前山慎太郎在《中国文学报》第二十六册发表的书评，认为这些说法还缺乏说服力，作者有意采用西方体系的文学批评方法，在摄取《诗经》本身及古代语言

① ［日］吉川幸次郎、小川環樹編集：『中国文学報』第三册，京都大学文学科中国文学研究室1955年10月，第129—134頁。

② *The Shih-ching：Its Generic Significance in Chinese Literary History and Poetics.*

③ Cyril Birch. *Studies in Chinese Literary Genres*. Berkley：University of California Press，1974.

及民俗知识方面，在运用古代感觉的视点方面还存在缺陷。[①]

1958年松本雅明《诗经诸篇成立年代研究》出版，认为国风比雅颂更为古老，而60年代多伦多大学多布逊的专著《诗经的语言》（多伦多大学出版社1968年版）和论文《诗经年代的确定和语言学证据》（载《通报》1964年），则得出了相反的结论，认为其发展的路径当以颂、大雅、小雅、国风为序。京都大学高田时雄发表了《诗经新古层辨别的一个标准》[②]，认为松本雅明之说必须纠正，而多布逊之说，正确地传承了《毛诗序》，汉代更近于三代。

1963年4月出版的《中国文学报》，刊登了巴黎大学德里的论文《诗经与欧罗巴民谣》[③]。对理雅各的英译《诗经》，平川祐弘曾撰《关于理雅各英译诗经中的一首诗》，讨论《唐风·无衣》一诗的英译，收入《古典的受容与新生》一书。

1976年角川书店出版的藤野岩友著《中国文学与礼俗》收入了他所写的《见于家持歌里的诗经影响》。1981年加纳喜光发表的《诗经里类型表现的机能》，在谈到现行研究时，首先提到的就是闻一多在1937年发表的《诗经新义》中对二南中类似诗句的比较，探求其共同的意思和主题，进而提到闻一多未定稿《风诗类抄》中“横贯读法”的尝试，而后才提及理雅各、葛兰言、帕里的相关言说。[④]

1986年，水上静夫《诗经与现代中国教育现状》（二）分析了中国高中语文课本对《硕鼠》《伐檀》包括注释与《思考与练习》在内的文本。在他看来，闻一多早就指出,《诗经》中的“鱼”“食”均是想起性欲的兴词，而水上静夫自己也通过考证，得出结论，认为“桑”“桃”“梅”是婚姻、妊娠、生子的兴词，雩祭的咒物“樗”“栎”，是婚姻的兴词，兴词均在暗示诗的主题，“而探索其背景的直感，正是达到该诗原义的捷径”：

---

①［日］吉川幸次郎、小川環樹編集:『中国文学報』第二十六册，京都大学文学科中国文学研究室1976年4月，第108—111頁。

②［日］吉川幸次郎、小川環樹編集:『中国文学報』第二十五册，1975年4月，第1—9頁。

③［日］吉川幸次郎、小川環樹編集:『中国文学報』第十八册，京都大学文学科中国文学研究室1963年4月，第1—23頁。

④［日］加纳喜光:『詩經における類型表現の機能』，载『日本中国学会報』第三十三集，第139頁。

> 我们翻开古代文学、历史的时候，这样的直感正是今后学问必要的态度，闻一多之后，这在中国却不被承认了。这种直感，再加上与正在编年的西周金文文体相对比，把握每个字的准确原义，知晓字义在后来的演变、不同时代的用义和作用，不仅是今后《诗经》研究，而且也是古典研究的方法，也就是科学研究的觉醒。[①]

在分析了日本学者与中国课本中对两首诗的剖析以及对相关诗篇阐释的不同之后，水上静夫进而指出两国学者认知的决定性差异在于两国人们精神生活的不同，日本人在其思想生活中对哲学、文学是不予区别的；与此相反，中国人具有将实际生活中对物的想法、生活的结果极为合理的（逻辑的）体系化的哲学，而且也具有由清晰表达思想的文字以具有时代差的表达形式来述说各时代思想的文学。

> 不应忘记的是，《诗经》里面包含着中国人的哲学、宗教、艺术、思想、仪礼等上百样东西。它是中国思想的宝库，是源泉，应该强烈意识到这一点来从事研究。在中国古典学走上轨道之前，在我们日本拾遗补阙，是作为文化接受国的友好国的工作。[②]

1991年光明日报出版社出版的《古诗百科大辞典》设立了“海外研究”专项，由北京图书馆王丽娜主编，收入了海外诗经研究的词条近四十条，涉及欧美、日本、俄罗斯、越南等地区的诗经研究，是国内第一次较为全面编译国外诗经研究动态的尝试，是对海外诗经研究做学术史研究的先声。

1993年《中国文学年鉴》刊载了周发祥《〈诗经〉在西方的传播与研究》、王晓平《〈诗经〉在日本的传播与研究》，此后，王晓平先后连续发表了有关日本诗经序研究的论文数篇[③]，夏传才相继发表了《现代诗经学

① 日本詩經学会編：『詩經研究』第十一号，第4頁。

② 日本詩經学会編：『詩經研究』第十一号，第5頁。

③ 王晓平：《伊藤仁斋父子的人情〈诗经〉说》，载《天津师大学报》（社会科学版）1994年第1期；王晓平：《〈诗经〉文化人类学阐释的得与失》，载《天津师大学报》（社会科学版）1994年第6期。

的发展与展望》与《国外诗经研究方法论的得失》①，关注国外诗经研究的中国学者逐渐多了起来。赵沛霖在其有关20世纪诗经研究史的著作中，将最后的第十一章，定名为《开放意识与诗经研究的海内外学术交流》，对于八九十年代海内外交流从学术史的高度予以认真总结。他说：

> 这段诗经学的海内外交流史是由很多海外学者与中国大陆学者共同创造的，并成为中国20世纪《诗经》学术发展史的一个重要组成部分，这不仅是因为中国是这场交流的中心，为它提供了交流的平台，更为主要的是因为它发生在中国社会历史的特定阶段和背景上，完全是受着中国社会历史和学术思想发展的制约。②

三、诗经学会与诗经研究国际化的进程

1993年8月在石家庄召开的诗经国际学术研讨会会上，夏传才在题为《继往开来，加强合作——把诗经学提高到新水平》的开幕词中，突出强调了加强海峡两岸和国际合作的必要性，他说："过去几十年，由于历史形成的原因，彼此缺乏联系，很少学术交流，以致海峡两岸和各国的研究成果，不能及时进入学术交流体系。这对现代诗经学这一复杂的系统工程，显然是很不适应的。中国大陆学者发起这次国际学术研讨会的目的，就是邀请海峡两岸、港澳和世界各国学者，交流信息，切磋学术，加强联系，建立友谊，争取进行文化合作。共同努力把现代诗经学提高到新水平。"③参加此次会议的美国、日本、韩国和中国香港、台湾地区的学者达48人之多。在会上宣布成立中国诗经学会，并在其通过的学会章程中，将"推动和促进诗经研究国内、国外学术交流"写进了"本学会任务"的条款之中。

---

① 夏传才：《现代诗经学的发展与展望》，载《文学遗产》1997年第3期；夏传才：《国外诗经研究新方法论的得失》，载《文学遗产》2000年第6期。

② 赵沛霖：《现代学术文化思潮与诗经研究——二十世纪诗经研究史》，学苑出版社2006年版，第390页。

③ 中国诗经学会编：《诗经国际学术研讨会论文集1993》，河北大学出版社1994年版，第8页。

早在70年代，日本就成立了诗经学会。日本诗经学会每年编辑印行会刊《诗经研究》，至1992年底，会刊已经印行到17号。参加石家庄会议的有日本诗经学会会员、宫城女子大学教授田中和夫、秋田大学教授石川三佐男及其学生、正在山东大学留学的京都大学博士生大野圭介、复旦大学留学生三浦理一郎、东洋大学研究生荒见泰史。博士生参加学会并在会上获得发言的机会，在日本学会上堪称常态，这样做使正在成长的博士生有机会得到更多学者的指教，同时也为日后寻找职位创造条件。出席过这次会议的博士生大野圭介等，在后来的《诗经》研究中逐渐活跃起来。田中和夫归国后在《诗经研究》第18号发表的会议报道中，这样描述自己在中国的学术会议上第一次当主持人的经历：

> 到了开会地点才知道，被安排做主持人，很是慌张。外国来的与会者也被安排了。参加过这种会议的出席者都知道，发言的人很少按着预先发下去的原稿照本宣科，很多发言者抛开原稿，相当自由地发言、谈论。……发言的老大腕，有人兴高采烈地谈东论西，也有自说自话、滔滔不绝讲个没完的，也有到指定的时间也不打住的。在这种情况下，中午或下午的时间不得不多少做些调整。

和日本学会预先充分准备的情况不同，这次会议在会前才得知会议的具体安排，发言也有过于随意的，这对于习惯了日本学会严格按照计划行事、紧紧控制发言时间的田中和夫来说，可算是新鲜的经历。对于当时的中国学者来说，学会就是节日。那特有的气氛也反映在这位外国学者的笔下：

> 日本中国学会发言的时候，都是顺着口头发言的提纲，郑重地一点一点地推出结论。这次会上发言的形态与此不同，基本的形态是只讲讲预先发下去的论文（印刷好的几乎完成的论文）的要点。其中有马克思主义文学观浓厚的，但整体上教条的东西几乎没有见到。使人感到学术研究是在自由的氛围中展开的。

田中和夫是在与日本中国学会的对比中观察诗经研讨会的。与日本学会相比，中国的参加者人数往往较多，留给每个人的时间一般较少，多数学会往往不能给足提问和发言者答辩的时间，尤其不能就其中的问题深入论辩，使发言者的收获仅在于“告知”，参与者也不能释疑解惑。田中在报道中还说：

> 对与会者来说，会议的安排无微不至，但发言者的选定，是不是还有些问题呢？即便预先提出要发言，其中到底多少人能参加也不能确定，是否允许发言，直到开会还没有最后定下来。这是应当改善的地方。①

首届研讨会后，1994年出版了论文集，论文集由赵沛霖主编，编委中吸收了日本的田中和夫、韩国的宋昌基、中国台湾的林庆彰和赵制阳，扉页还刊登了俄罗斯费德林“以诗会友”的题词，显示了主编开放的姿态和国际化意识。论文集中发表了赵沛霖《近四十年中国大陆诗经研究概况》、林庆彰《中国台湾近四十年诗经研究概况》、宋昌基《当代韩国诗经研究概况》、田中和夫《现代日本诗经研究概况》、李明滨《〈诗经〉的俄译和费德林的论著》、王丽娜《〈诗经〉在国外》、王晓平《伊藤仁斋父子的人情〈诗经〉说》。以后各届会议编选的论文集继续了这样的做法，收入了相当数目的海外学者撰写的论文。这是诗经学会重视海外研究的重要标志，显示了主编面向世界的学术胸怀，同时，对于外国学者的论文，也绝非有文必录，注重论文的创新度与规范性。

1999年11月17日至20日在汉城的国民大学学术会场，由韩国诗经学会与国民大学语文学研究室共同举办的诗经国际学术研讨会，宣布韩国诗经学会成立，并通过章程，会员四十余名，推选宋昌基为会长。议题为《诗经再评价》。研讨会自由讨论时间，夏传才、董治安、朱守亮各陈己见，热烈论议。

会后刊印了《诗经研究》创刊号，刊登了如下论文：

---

① 日本詩經學會編：『詩經研究』第十八号，第36頁。

宋昌基:《论语诗论新释》
李相宝:《韩国诗经接受史》
安秉均:《雎鸠的象征与诗经关雎诗性质考》
李康范:《郑玄〈毛诗郑笺〉释例及在诗经学上的贡献》
金旻钟:《诗经历代兴说考》
李宇正:《〈七月〉考析》
金基喆:《诗经反映的古代中国人的民声》
金钟善:《〈中庸〉引〈诗〉的内涵》
刘毓庆:《晚明〈诗〉学奇著〈诗经治乱始末注疏合抄〉研究》
金泰范:《诗经所表现的天帝、天命观》
卢顺点:《探讨李元燮韩译〈诗经〉》
吴万钟:《论〈毛传〉〈郑笺〉兴义的思维模式》

村山吉广在《汉城秋色——韩国诗经国际学术大会参加记》谈到这次会议时说:"参加者八十多人,不能算很多,发言者、主持人、翻译者都以极诚实的态度,没有节日气氛,而有的是学问的沉静气氛,非常有好感。特别是韩国外国语大学的柳晟俊教授,坐在会场前排,一边做着笔记,一边侧耳倾听,令人感动。会场上还有很多青年学生,默默的、用心学习的神态,也使会场洋溢着清爽之感。"①

田中和夫在《第六回诗经国际学术研讨会参加报告记》中特别提到,在承德举行的会议,会议基本采用大会发言的形式,在各位发言之后,由两位主持人予以点评,"发表限制在十五分钟,严守时间"。这篇《报告记》还说:

> 村山吉广教授作为大会主席团一员,也作为会议主持人,参与会议组织,学会进行中,岩手大学的薮敏裕教授也赶来了,学会组织者,很希望更多的日本研究者前来参会。
>
> 特别值得一提的是,韩国研究者们也在治诗经学。团长宋昌基教授是主席团的一员,用流畅的汉语主持会议,表示希望下一届国际诗

① 日本詩經學會編:『詩經研究』第二十五号,2000年12月,第40—48頁。

经研讨会一定在韩国举行，虽然未能如愿，可谓干劲十足。[①]

2006年，第七届研讨会在西华师范大学举办。由大野圭介、田中和夫撰写的《第七回诗经国际学术研讨会参加报告记》特别提到，与第一次会议参加者约一百五十人左右相比，此次会议已经翻倍，而年轻研究者的自信和成长更给人印象深刻。中国台湾研究者多集中于经学研究。《报告记》谈到，有诗人在座谈会上感叹低俗的歌很流行，热烈主张通过《诗经》振兴典雅的恋歌，还有主持人要求年轻的博士生"发言不要只是读原稿"。文中说：

> 不用领导讲话，而是在座谈时进行内容充实的议论，成为最近中国学会的主流，对我们外国人来说，从前那样捧着稿子念就不行了，提高语言能力和交往能力，就成了一个课题。

《报告记》最后说：

> 曾经有过担心，这次在交通不便的地方城市办会，会不会运作方面出问题，结果完全是杞人忧天。研讨会与参观活动都很顺利，这得益于办会的人无比的努力。[②]

赵沛霖《现代学术文化思潮与诗经研究——二十世纪诗经研究史》中的《海外诗经研究对我们的启示》，主要是依据第一至第五届诗经国际学术研讨会上发表的海外论文撰写的，他将这种启示归纳为七点：建立诗经研究的世界观念，对诗经学传统的态度，重视并发掘《诗经》在当代精神道德建设中的价值，学术研究的规范性和前沿性，学术观点的统一性和系统性，研究方法与研究模式，敢于向有重要影响的权威观点挑战的精神。该书还附录有《海外学者诗经研究评说》。对于日本学者在运用文化人类

---

① 日本詩經學會编：『詩經研究』第二十九号，2004年12月，第25—26頁。

② 日本詩經學會编：『詩經研究』第三十一号，2006年12月，第48—51頁。

学方面存在的问题，作者也有中肯的批评。[①]

四、诗词之夜

给学人印象深刻的国际学术研讨会，常见两种会风的交替，即由揪住焦点、追究到底的讲评转换为轻缓欢快、宽松自在的临别派对，由前者的冷面冷语到后者的热面热聊，甚或有翩翩起舞、各种语言放歌的收场。《诗经》研讨会的诗词晚会，也是一种极有创意的文化活动，将学人从对远古诗篇的解读拉回到现实的诗情，受到与会各国学人的欢迎。

1995年8月在北戴河举行的第二届诗经国际学术研讨会上，举行了诗词吟唱晚会，各国研究者竞相赋诗。中国古代诗人文士多兼有创作者、研究者双重身份，研究诗词者赋诗挥毫，以诗画会友，自是题中之义。在文学交流活动中，有益于提升研究热情，增展交流人脉，发展对话对象，更是一种美的共享。

夏传才诗兴尤浓，先后作《沁园春　祝贺第二届诗经研讨会于北戴河召开》《西江月　答台湾文幸福教授》《西江月　迎新加坡周颖南学兄》《呈韩国宋昌基、安秉均、金州汉、金时晃诸教授》《呈陈新雄吟翁》《呈林庆彰教授》《咏史五章》等。兹录其作《望海潮——二届诗经国际会议呈栗原圭介、村山吉广、田中和夫、石川三佐男》：

洪涛汹涌，雄关熔日，年年大浪淘沙。荒草旧宫，秦皇岂在？声声姜女悲笳，征卒唱出车，有魏王横槊，亦赋蒹葭。澄海城头，几番鏖战泣昏鸦。

而今景物如葩，喜诗经盛会，四海来华。齐诵二南，点评板荡，孔门诗教堪夸。关岭酒旗斜，愿举杯邀月，共醉天涯。风雅相亲，同歌棠棣盛开花。[②]

---

① 赵沛霖：《现代学术文化思潮与诗经研究——二十世纪诗经研究史》，学苑出版社2006年版，第389页。

② 中国诗经学会编：《第二届诗经国际学术研讨会论文集》，语文出版社1996年版，第813页。

著名汉学家、大东文化大学名誉教授栗原圭介赋诗《寄故里想出馆》：

东都郊外产芳茶，老弱欢娱乐治家。
孝悌到今能自守，仁慈依旧又何如。
蒸蒸里仁布宽政，款款村人偕止邪。
新馆藏书资讲究，城西从此永享嘉。①

韩国国民大学教授、中文研究所所长宋昌基作《登山海关》：

千年战火化轻烟，携手欢歌上雄关。
山海同吟白鸥舞，和平友好代代传。②

1997年8月在桂林举办的第三届研讨会，延续了诗词吟诵晚会的做法。钟家佐赋《与参加诗经研讨会之国际友人同游漓江》：

曾作漓江于漫游，难能四海共扁舟。
诗经一脉传千古，浩荡江河万古流。

韩国宋昌基《咏桂林山水二首》之《榕湖象山》：

榕湖榕木号侵寻，感叹时人得意歆。
绿水青山欣有余，佳篇锦字喜存心。
珍奇刻石神工在，印证修身克己深。
世界大同成一统，天人相遇感难禁。③

---

① 中国诗经学会编:《第二届诗经国际学术研讨会论文集》，语文出版社1996年版，第817页。

② 中国诗经学会编:《第二届诗经国际学术研讨会论文集》，语文出版社1996年版，第818页。

③ 中国诗经学会编:《第三届诗经国际学术研讨会论文集》，香港天马图书有限公司1998年版，第1060页。

在诗词吟诵会上，不仅有汉语诗歌。2001年夏天在张家界举行的诗经国际研讨会上，日本国学院大学的辰巳正明教授不仅录下了来自黄河之源的中国学者演唱的原汁原味的《花儿与少年》，而且欣然接受了到黄河边采风的建议。在学会举办的诗词吟诵会上，他将自己进一步研读《诗经》的心愿凝聚在一首和歌中。该和歌译成汉语是：

张家界相逢
风尘仆仆云千里
《诗经》之魂仲夏梦

不同文化之间长期形成的偏见、陋见、歧见，颇具连续性与顽固性。在文学学术交流活动中，虽然偶遇巧合、一拍即合的事不乏其例，但急火快攻、立竿见影的“速效”却十分罕见。根据诗歌研究者的特点，以诗书画为媒介，创造面对面切磋的场合，不啻为聪明的策划。

五、国际视野的诗经文献研究

60年代初，我国学者于省吾等便积极利用出土文献展开诗经研究。于省吾在1962年《历史研究》第六期发表《从古文字学方面来评判清代文字、声韵、训诂之学的得失》，在《泽螺居楚辞新证序言》一文中又说：“清代学者对于先秦典籍中文字、声韵、训诂的研究，基本上以《尔雅》《说文》《广雅》为主。由于近几十年来，有关商周时代的文字资料和物质资料的大量出土，我们就应该以清代和清代以前的考证成果为基础，进一步结合考古资料，以研究先秦典籍中的义训症结问题。换句话说，就是用同一时代或时代相近的地下所发现的文字和文物与典籍相证发。”①

1958年，日本东洋文库出版的松本雅明《关于诗经诸篇成篇的研究》，指出在古代诗篇的研究方法论方面，欧洲取得显著进展的本文文献批判是极为重要的。松本雅明特别注意到主流的分析研究，从草莎纸、羊

① 于省吾：《泽螺居诗经新证》，中华书局1982年版，第234页。

皮纸的断简中发现了与现存本文不同的文本，而且引用现存的希腊、罗马的古典诗篇，对它们进行比较研究，进而着眼于内部的各种矛盾，试图合理地解决。与此同时，他认为《诗经》诸篇几乎没有异文，而且除了《诗经》以外的古诗极少，也找不到长篇叙事诗。这说明通过异文来研究《诗经》是不可能的，因而便只有在诗篇内部，即在诗篇相互之间去寻找资料，这是与本文批判不同的方法论。

20世纪50年代，赤冢忠开始把目光投入中国文学，其研究以《诗经》《楚辞》为中心，对与古代习俗和祭祀相关的歌谣，从根源性上加以再认识。1952年3月在《日本中国学报》第3期上刊登了《古代歌舞诗的系谱》，文章开头就说：

> 古代文学作品，必须在其时代观念、感情上去理解，这是不须赘言的，其语言表象、语感，从变化了的后代直接去把握它是困难的，重新构成支撑它们的形态、背影，归纳它们，便是不可懈怠的工作。
>
> 从祭祀的立场来看文学，《诗经》与《楚辞》之间就看到了超过一般考虑的强烈继承关系，《诗经》的诸作品，也被神话与神所围绕。[①]

他从日本古代的风俗中，去寻绎《诗经》反映的中国古代风俗的片影：

> 薪不仅是向恋人，也是向神敬献的东西。平安朝的平野祭、梅宫祭，山人在神前竖立起薪，飞鸟、藤原朝宫廷，正月初三、十五日也有百寮向天皇敬献御薪的仪式（初见天武纪三年，养老令，杂令）。后世各地也有这样的民俗。南九州有正月向父母赠薪的习俗，向神许愿、献薪的风气在日本各地都有，这被称为“年木”。[②]

他时而利用中国古代文物来对《诗经》加以解读，如他说：“觥做成怪

---

①［日］赤冢忠：『古代における歌舞の詩の系譜　詩經研究』，赤冢忠著作集第五卷，研文社1986年版。

②［日］赤冢忠：『詩經研究』，赤冢忠著作集第五卷，研文社1986年版。

兽形，而且由有灵异动物的复合纹饰而做成。古文献中称为兕觥，虽称为兕觥，却不限于犀，是指有灵异的动物。觥以复合的灵兽形做成，就是认为它们表示众神的精灵。《诗经·七月》中‘跻彼公堂，称彼兕觥，万寿无疆’，就是在丰年祭用幸福的众神的精灵做成的酒器盛酒，喝着这里的酒，祝福自己获得万年无限的长寿。”[①]

家井真发表的《诗经里鱼的兴词及其发展》[②]。石川三佐男《关于诗经里捕兔兴词与婚宴座兴演舞——以兔为对象的咒仪行为及其发展》[③]，认为《瓠叶》篇里咒仪里用于牺牲的兔的意义，是丰穰神的使者。

白川静的金文研究，从1962年起，《金文通释》一直作为《白鹤美术馆志》刊行，到1981年是第五十三辑了，1963年与1964年由二玄社《书迹名品丛刊》刊行《甲骨文集》《金文集》五册。1969年，五典书院刊行《说文新义》十六册。白川静的诗经研究，将甲骨文、金文、文字学、古典学、古代文学的知识全部调动起来。在《诗经研究通论篇》的序言中，他指出，殷周社会的史料，最重要的就是卜辞、金文、《诗》、《书》，特别是卜辞、金文，在同时资料这一点上，还有《诗》，在其性质上，在形成于以社会生活为基础的共同发生这一点上，最值得依据。然而，遗憾的是，这些史料的研究，现在还都没有达到充分整理、利用的阶段，卜辞、金文的解读考释刚有头绪，还没有达到它作为再构成其时代的地步。[④]

在面向一般读者撰写的《诗经》一书，白川静在序章中再次强调了运用金文等资料的重要性。他认为，《诗》是社会、历史的结晶，将其置于现实条件中审视这样的视点是很重要的，这自不待言。诗篇的时代从来未被搞清楚的很多，所以也就多做些与当时现实游离的解释。尤其是对二南、《豳风》，通过其历史地理的阐明，而理解各诗篇的特质，又因为二雅是贵族社会的诗，去把握诗篇成篇的社会背景，就特别重要。因而，他主张：

---

①［日］赤冢忠：『周金文考釋22』，载『書学』第三十三卷第六號。

②［日］家井真：「詩經に於ける魚の興詞とその展開」，载『日本中国学会報』第二十七集。

③［日］石川三佐男：「詩經における捕兔の興詞と婚宴の座興演舞について——兔を對象とする呪儀的行爲とその展開」，载『日本中国学会報』第三十五集，1983年，第15—31頁。

④［日］白川静：『白川静著作集10 詩經Ⅱ』，平凡社2000年版，第292—293頁。

> 对这些事情，根据作为同时资料的青铜器铭文、其编年的知识来推定诗篇的时期，就能正确把握其时被咏唱的事实。打破诗经学的停滞，需要新的视点和新的材料。这本小书，要想详细阐明这些问题是困难的，但我想多少做些尝试。正像古文献研究，多由考古学的知识和见识引出崭新的解释一样，在诗篇的场合，用这些资料来开拓的可能性也是存在的。①

在《三颂研究》部分，有关辟雍祭祀与殷士裸将的考证，较多利用了金文资料。他认为，从金文看，西周丰镐之地没有特殊宫庙存在的形迹，辟雍之名初见于麦尊、遹簋中，有关于以渔代射禽的记述。辟雍中有学宫，在那里举行乡射。静簋里记述了乡射之事，据此乡射当在大池举行。通过《仪礼》的记载与金文的资料，白川静认为，以辟雍为中心的古代仪礼，殷人侍奉者甚多，可以推测，其仪礼的形成，从接近西周前期之末，经昭穆期到西周后期已完备，周郁郁乎礼乐文化，就是以这样的进程蔚然而成体系，确认了这样的事实，就很容易理解《雅》《颂》诗篇成篇的情形了。②

1960年，白川静撰写的汉文稿《诗经蠡说》，分说《周南》《召南》、说邶鄘卫、说《豳风》、说《周颂》三篇、说《商颂》几部分，其中大量利用了金文资料，在文章中，他既对朱熹、姚际恒等人的看法加以剖析，也引用罗振玉、王国维、董作宾、郭沫若、徐仲舒、钱穆、刘节等中国学者的看法加以论辩。

六、华夏第一歌的跨文化翻唱

《关雎》是《诗经》的第一篇，历代学人不乏说明其特殊地位的言说，其中很多说法，正反映了那时的学人对于何为天下之重中之重大事的选

①［日］白川静：『白川静著作集9　詩經Ⅰ』，平凡社2000年版，第13頁。
②［日］白川静：『白川静著作集10　詩經Ⅱ』，平凡社2000年版，第354—360頁。

项。我们不妨跨越时空，就以这首诗来管窥各种各样对《关雎》的解读。

《论语·八佾》载孔子说："《关雎》，乐而不淫，哀而不伤。"刘台拱《论语骈枝》说："诗有《关雎》，乐亦有《关雎》，此章据乐言之。古之乐章皆三篇为一……乐而不淫者，《关雎》《葛覃》也；哀而不伤者，《卷耳》也。"《毛传》曰："《关雎》，后妃之德也……是以《关雎》乐得淑女以配君子，忧在进贤，不淫其色，哀窈窕，思贤才，而无伤善之心焉，是《关雎》之义也。"宋代朱熹大体沿袭这种写法，认为从诗里可以读到"后妃性情之正"。他还引用康衡的话，说"妃匹之际，生民之始，万福之原"云云。

鲁迅1934年在《门外文谈》中说："就是周朝的什么'关关雎鸠，在河之洲，窈窕淑女，君子好逑'罢，它是《诗经》里的头一篇，所以吓得我们只好磕头佩服。假如先前未曾有过这样的一篇诗，现在的新诗人用这意思做一首白话诗，到无论什么副刊上去投稿试试罢，我看十分之九是要被编辑者塞进字纸篓去的。'漂亮的好小姐呀，是少爷的好一对儿！'什么话呢？"

1950年，余冠英为供编译《中国诗选》的苏联学者参考而选注的《国风》三十篇，其中就包括这一首《关雎》：

水鸟儿闹闹嚷嚷，在河心小小洲上。
好姑娘苗苗条条，哥儿想和她成双。

水荇菜长短不齐，采荇菜左右东西。
好姑娘苗苗条条，追求她直到梦里。

追求她成了空想，睁眼想闭眼也想。
夜长长相思不断，尽翻身直到天亮。

长和短水边荇菜，采荇人左采右采。
好姑娘苗苗条条，弹琴瑟迎她过来。

水荇菜长长短短，采荇人左拣右拣。

好姑娘苗苗条条，娶她来钟鼓喧喧。①

青木正儿很早就对这首诗的构成提出质疑，他在《中国文学艺术考》一文中分析，《关雎》可能是两篇诗缀合而成。因为其中第二章“参差荇菜，左右流之。窈窕淑女，寤寐求之”，其形式，在第四章、第五章也被反复，均是二、四句押韵，而且都是末字押韵。而第一章“关关雎鸠，在河之洲。窈窕淑女，君子好逑”和第三章则是第一、二、四句末字押韵。也就是说第二章与此押韵形式不同。因而，青木正儿假定，第一章与第三章是一篇，而第二章、第四章、第五章则是另外一篇。②

孙作云《诗经的错简》在注释中较为详细地引用了青木正儿的说法，认为“说法虽趣，但无确证，姑列于此。以备参考”。而对《卷耳》《行露》《皇皇者华》《都人士》《卷阿》五篇提出错简问题，加以讨论。③

盐谷温在《诗经讲话》中说：“抛开学究式的考证来讽咏这首诗，不过是一首率直地歌唱男女相爱之情的歌。男女相互爱，出于人情之自然。无视人情，人是什么生活呢？我并非提倡恋爱至上主义，但正当恋爱，实在就是百姓之情、诗人之情的自然发露。”④他还补充说：“《关雎》一篇可以同素盏鸣尊的‘出云八重垣’相媲美，《万叶集》里分出‘相闻’一类，《古今和歌集》里分出‘恋’一门。《诗经》三百篇里恋爱诗多，不足为奇。孔子说：‘诗三百，一言以蔽之，曰思无邪’，所谓‘思无邪’，并非该牵强地做道德化的解释，换句话说，‘思无邪’就等于说‘天真’，是无欺无诈的告白，是心头真实的想法。即便是圣人也不能忽视人情，到底是夫子之道，很有人情味。后世学者把它曲解了，要把它塞进狭隘的道德规则之中，实在可以说是不懂诗歌。”⑤

白川静部分吸取了青木正儿的看法，而更多从民俗学的角度提出推测。在方法论方面，他认为，诗篇的复合，可以这样从章法、句法、押韵

① 余冠英：《诗经选译》，作家出版社1956年版，第1页。

②［日］青木正児：『支那文学藝術考』，弘文堂書房1942年版，第89—116頁。

③ 孙作云：《诗经与周代社会研究》，中华书局1966年版，第403—419页。

④［日］塩谷温：『詩經講話』，弘道館1935年版，第35頁。

⑤［日］塩谷温：『詩經講話』，弘道館1935年版，第35頁。

来分析；发达的诗形，也可以有意识地采用这样的变化，而最终还是有必要从诗篇的内容上来加以分析。这首诗，就今天的诗句来读，是君子好逑求淑女的诗，当属恋爱诗的范畴，但现在一从用字的痕迹来探究的话，就有难以认同其一开始就是单纯的恋爱诗了，而且由此也让人怀疑，不仅这是一首合二而一的诗，而且原诗经过相当的变形变质了。按照这样的思路，他得出的结论是：《关雎》本来是祭祀歌谣，而后才被改编为典雅的恋爱诗的。诗篇是由主想的叠咏三章和另外附加的，或者分别的二章组合而成的。五章四句，其中三章是复唱的形式。《毛传》三章，一章四句，二章八句。其中以“参差荇菜”为首句的三章，是这首诗的主想，而这一部分，可以看到原本是祭祀歌的痕迹。

下面是见于日本网络的《关雎》译文：

ミサゴがツガイで鳴いている
河の中州にたたずんで
あの娘あでやか、花嫁候補
長短乱れて茂ったアサザ
右に左に揺れている
あの娘あでやか、お嫁に欲しい

鱼鹰在河中小洲上鸣唱，
那个女孩，就是候补新娘。
长短不齐的荇菜左摇一下右摆一下，
那个女孩，正想出嫁。

20世纪70年代以前，国内学术界对海外中国学几乎是“零关注”，后来翻译介绍日趋活跃，而通行的旗号就是“拿来主义”和“借石攻玉”，“借鉴”成为开路的理由。这对于开阔视野、提升见识，无疑起到了很好的作用。不过，各国的中国学实际本属于各国学术肌体的一部分，那种看见盆好就“拿”盆，觉得锅好就“借”锅的“借鉴”，往往使人不得要领。拿来的盆未必能盛自家的菜，借来的锅也不一定能炒好自家的肉。人云亦云、食而不化的照搬，甚至为那盆、那锅做虚假广告，就会为急于关窗闭门者留下口实。进一步熟悉产生那种盆、那口锅的饮食体系，切实将某一国的中国学作为研究对象，熟悉专学的学术史，进而展开理性的学术批评与对话，就成为我们眼下的工作。

吉川幸次郎曾说："《诗经》不仅是中国最早的诗集，而且作为包括日本、朝鲜、越南等国的远东最古老的诗集流传至今。它可以说是在其发端显示了中国后来的诗歌，甚至远东以后诗歌一个源远流长的方向。《诗经》中内容多为瞬间性的抒情诗，这是以后中国诗歌以抒情诗为主流持续发展的发端。"①我国学者对日本诗经学的研究相对深入，对于韩国诗经学的研究也正走向深水，而对于越南诗经学的研究则有更多可做的事情。据越南学者说："对于诗歌俱乐部的老年人来说，《诗经》是一部很熟悉的诗歌集。有的老年人虽然未曾阅读过汉字的《诗经》，但由于他们文化基础知识的广博和对《诗经》的爱好，所以仍能背诵出《关雎》等名篇。""有几出越南古代民间歌剧，凡人物是书生的话，出场时一定手持书本，口诵《关雎》。"②整理好古代《诗经》在越南的接受和传播的相关资料，可谓当下最紧要的工作。

七、诗经学史研究与诗经文献研究

在日本流传至今最古的文章，即《宋书·蛮夷传》所载倭王武（即雄略天皇）致刘宋顺帝的表中，已经出现引用《诗经》的诗句。可以说《诗经》是最早传入日本的典籍之一，它在东瀛传播与接收研究的历史超过了一千五百年。

那么，这一千五百多年中，日本学人是用什么本子来研读《诗经》的？他们从《诗经》中读出了什么？读完以后，他们又做了什么？他们做的这些事情，对日本文学、日本文化起过什么作用吗？

---

①［日］吉川幸次郎：『吉川幸次郎全集』第三卷，筑摩書房1973年版，第18頁。

②［越］陈黎创：《〈诗经〉在越南》，见中国诗经学会编《第二届诗经国际学术研讨会论文集》，语文出版社1996年版，第51—52页。

一千五百多年的漫长时间中，日本诵读过《诗经》的学人可谓不计其数，然而，那些在诗经学史上留下姓名的人，据不完全统计也就不过百人。日本上代（古代）、中古、中世时代的诗经学，是靠世袭的儒者父传子（或养子）、子传孙这样的“单传”延续下来的，到了江户时代，寺子屋、学塾等民间儒学也发挥过传播诗经学的作用，直到近现代《诗经》才进入面向公众的现代学塾的殿堂。在这漫长的发展过程中，日本学人积累了丰富的研究成果。这些成果产生于与中国不同的文化背景中，也就形成了诸多特色。

日本学者中，有的不仅在《诗经》中找到了阅读的乐趣，而且还重新发现了自己生存的意义。在“脱亚入欧”狂潮汹涌的时代，竹添光鸿闭门完成了旧经学的集大成之著——《毛诗会笺》；在日本侵华战争期间，目加田诚感到“自己什么也做不成”，把研究《诗经》作为“最愿意做的事情”，写出了研究《诗经》的专著；在举国为好车好房不分早晚地赚钱的20世纪五六十年代，境武男在远离东京的秋田县办起了《诗经学》杂志，独自撰稿、亲自编辑，坚持了七年之久。与此同时，白川静则在京都立命馆大学刻版油印了自己的《诗经》专著，在因受到学潮冲击而大学停课的条件下，他研究室的灯光仍然亮到深夜。

在研究日本诗经学史的时候，不能不把目光集中在这些因《诗经》而生活焕发活力的人们身上。

他们读了什么?

今天研究诗经学史，保存在日本的诗经文献是首先必须搞清楚的题目。直到日本室町时期，日本汉籍古写本的主流都是唐代乃至秉承其遗风的系统。就《诗经》来说，就是唐代的《毛诗郑笺》和《毛诗正义》。保存至今的唐人书写的旧抄本为数很少，犹如凤毛麟角。奈良、平安、镰仓、室町时期转写的一些写本则依稀可窥唐写本之片影残形，有些本子在一定程度上能够借以弥补当今我国散佚不存的本子的缺憾，或者在某一方面可以提供推想唐本原貌的信息。

在我国《毛诗正义》被用于科举后，其余六朝至唐代的《毛诗》研究的写本便因无人问津而堙没。除了唐石经以外，只有敦煌和日本所藏《诗经》躲过了历史尘世的风火，向我们传达着那荒远时代学人吟味古雅诗篇的叹息和思绪。

他们是怎么读的？

尚无自己文字的日本人，面对中国浩瀚的典籍，犹如站在平地仰望高山，但是，他们怀抱着一步登峰的勇气，试图最快接近顶峰。阅读经籍最快捷的办法是直接阅读，即不改变原文的现状，绕开全文翻译的曲径。日本人阅读经籍，不仅要解决扩充语汇的问题，而且必须突破文法语序的屏障和困扰。他们用自己的智慧，找到了一套化解矛盾的办法，就是保留汉语言词汇而套用本国语言的独特手法，这便是所谓“训读”，而在书本上用各种符号将训读方法标注出来，这就称为“训点”。

今存日藏《诗经》古写本以及传到日本的宋元印本，大都附有训点。其中最珍贵的是奈良平安时代以来博士家代代相传的所谓“家点”。训点从日语来说是当时口头语、书面语的应用文，不仅是当时讲学活动的结晶，而且也是考察古代语言文化最基本的材料之一。这些训点，包括受到中国影响而在文字四角标注四声的做法，与敦煌写本如出一辙，其研究价值正有待开掘。

清代和民国时期的中国学者，虽然热心从日本寻找中国散佚典籍，但对于那些附在《毛诗正义》周围的假名和各种符号，一律采取无视的态度，理由是那些是日本人的事，与中国人无关。历来翻刻或影印的日本典籍多将标注芟削，所以我们看到的这些本子，实际上已非原貌，而其学术价值也就打了折扣。一方面，这一做法依然是从纯国学的立场来看待域外汉籍，虽然从保存资料的角度把视野外扩展到了域外，但从观念上还没有达到一国之精神遗产可以为他国所再创造再发现的高度；另一方面也是因为对于那些校注、标抹、句读等，还没有来得及认真研究。其实那些训点本身是一门从属于日本古代语言文字学的学问，不是一下子就能摸透的。今天，我们完全可以从跨文化的立场，来对日藏《诗经》写本来展开研究。这是因为日本人对《诗经》写本的解读，本身便是一种国际文化现象。

他们读出了什么？

创立古学派的伊藤仁斋与创立古文辞派的荻生徂徕都是《诗经》热忱的研究者，同时又是积极提倡切实把《诗经》当作诗歌来读的学者。他们对于诗歌本质及功效的认识，虽不能说已经彻底冲决了道学家诗论的藩篱，但与朱子学派已大相径庭。他们不再大谈“诗言志”之类的老话，而是摘出《庄子》里面“诗以道人情”一语来概括三百篇的主旨。伊藤仁斋多次提到《诗经》，为他提倡唐诗、标举意兴、扬俗抑雅的主张做证据。这与后来读本作家曲亭马琴不赞成用雅文作小说，而强调不用俗语便不能曲尽人情，在精神上完全一致。

白川静对诗经研究中的历史学方法与民俗学方法做了深入研讨，把它们看作必要的辅助科学，认为这种研究至今都没有达到期待的状态。西周、春秋期的社会史的研究自不必说，就是所传历史事实本身也仍然有许多没有充分整理，而有关中国古代生活习俗的民俗学研究几乎处于不足为据的状态。这方面的研究或许要在诗的构思、表达的民俗学研究的基础上，以诗篇作为中心的资料来考虑完成其体系，而这种研究的最终目的就是要把诗篇作为文学来理解。

在《诗经》精神的感召下，日本学人把《诗经》的诗句编成诗谜，改写成和歌、俳句，甚至剧本，这些都是值得关注的“读了《诗经》以后做了什么”的要点。

他们为什么这样读?

日本学人面对从中国传入的《诗经》文本，一方面竭力按照中国学者的阐释去接近诗人的本意，一方面又在以自己的方式去阅读文本，从自己的角度质询文本，并以自己的方式通过诗篇提出问题来发现与自己有关的东西。从这个角度讲，一部日本诗经学史，其中很大一部分，就是日本人用自己的文化来解读《诗经》的历史。

外来文化和土著文化的共存和互动，贯穿了依照文献撰写的日本文化史。鲁迅曾说《诗经》是经，也是伟大的文学作品。《诗经》作为中国文化经典的一部分，对于古代日本学人来说，既是文化道德的教材，又是学诗习文的范本。

在诗歌领域，从奈良到平安时代以来，就形成了汉诗、和歌各擅其场的格局。汉诗庄而和歌艳，世俗恋情更多以和歌来表现，因而后世强调日本文化特殊性的学者，多把对恋情的肯定看作和歌的亮点。以此为要点，他们或者以《国风》的情诗为据，突出恋歌的普世意义，或者以朱熹等人的“淫诗”说为反衬，来张扬日本文化的特质和优越性。

1995年王晓平与石川三佐男在二松学舍大学《诗经》研究课后

中世纪的市井俗谣也可以从三百篇中有里巷讴谣的说法中找到现实意义，编出《闲吟集》这样的集子，以充当“拟似《诗经》”。江户时代汉学向民间扩散，而中期以降町人对金钱和一时享乐的渴望，构成市井文学的主潮，尽管幕府将朱子学尊为官方学术，也无法阻止文艺上对浮世荣华的讴歌和世道虚无的慨叹。在这种情况下，朱熹关于“淫诗”的说教和劝善惩恶的戒律被放在了一边。伊藤仁斋等人倡导的“诗主人情说”，太宰春台等人对劝善惩恶诗说的抨击，都不能不从町人世界观、价值观的蔓延来解释。连嫖客与妓女打情骂俏的色情诗吟，都可以借用传统模式，编成《唐训诂江户风》这样的戏作，那些关于后妃和贞操的说解，就不仅被看成是一种过度阐释，而且完全成了无益的废话。这种荒唐现象的出现不妨看作日本町人文化对经学的嘲讽。

近代日本学术中的国粹主义，继承了本居宣长以来的暗中从儒学中吸取而公开对儒教大加排斥的传统，在方法上全面向西方学术靠拢。葛兰言的《诗经》研究著述被译成日语以后，与折口信夫等人的日本民俗学结合起来，形成了文化人类学《诗经》阐释的一派。他们把《诗经》看成宗教诗，看作用于祭礼、祭祀仪式的诗篇，从人与神的关系来解读“兴”的形成和本质。

在百余年中日文化关系之中，有相当长的时间，两国学界处于不能正常交流的局面，当两国学者努力携起手来的时候，也还需要加深了解。对于中国学者来说，认识日本学人在不同语境中研读《诗经》是十分必要的。只有充分理解日本诗经学发展的语境，才会摆脱单纯“借鉴”的思路，对异国学术成果给予恰当、合理的评价。

到21世纪之初，翻译成中文的日本《诗经》研究著述，已有田中和夫著、李寅生译《汉唐诗经学研究》（香港天马图书有限公司1999年版），家井真著、陆越译《〈诗经〉原意研究》（江苏人民出版社2011年版），种村和史著、李栋译《宋代〈诗经〉学的继承与演变》（上海古籍出版社2017年版）等；我国学者有关日本诗经学的著作，有王晓平著《日本诗经学史》（学苑出版社2009年版）、《日本诗经学文献考释》（中华书局2012年版）、《日本诗经要籍辑考》（学苑出版社2019年版）、《日本诗经学要文校录》（河北教育出版社2020年版）、《日藏诗经古写本刻本汇编》（中华书局2016年版），各地学者还发表了一批高质量的相关论文。影印的日本诗经学重要文献有《南宋刊单疏本〈毛诗正义〉》（人民文学出版社2012年版）、《毛诗会笺》（竹添光鸿笺注，王晓平解说，凤凰出版社2012年版）等。

两国诗经研究的互补、互明、互哺、互鉴，还有相当大的空间。除了在研究课题上各有优势外，两国学风的不同点，经过整合，也可以发挥各自所长。日本诗经学界对外是开放的，而内部各小学术圈却不无封闭性。诚如田中和夫所指出的那样，研究者引用前人的著作、论文时，一般仅限于引用与自己毕业的大学，或自己所属研究机关的有关论文，不太注意其他的著作、论文。公平地引用有关论文，还没有形成一个普遍的习惯。①然而中国学者在对日本诗经学界加以考察的时候，却可以突破学校、学派和学术方法的藩篱，更为全面、公正、平等地看待各方向的成果；反之亦然。

林语堂《生活的艺术》说：“情是生命的灵魂，星辰的光辉，音乐和诗歌的韵律，花草的欢欣，飞禽的羽毛，女人的艳色，学问的生命。”《诗

---

① ［日］田中和夫：《现代日本诗经研究概况》，见中国诗经学会编《诗经国际学术研讨会论文集1993》，河北大学出版社1994年版，第58页。

经》是一部表现古代中国人生命灵魂的书，有关这部“情之书”的中外故事还会延续。

第四节　《文馆词林》的回归与研究

我国佚书《文馆词林》回归中土的历程，徐俊曾用“路漫漫其修远”来形容。对于《文馆词林》传回中土后我国学者所做的工作，也已有多篇论文论及[①]。林家骊、林涵所撰《影弘仁本〈文馆词林〉之重现及其价值》[②]对于影印弘仁本《文馆词林》与中国文学研究的重要意义已有阐述。对《文馆词林》进行传统文献学研究，依然大有可为，需要将这一中土久佚文献的整理与汉文写本学的垦拓联系起来，从跨文化汉字、汉语、汉文学研究的角度，进一步发掘这一写本群的价值。

《文馆词林》是在何年代、以何种方式和形态传入日本？其传入日本后给予日本文化何种影响？中日学者对这一中国散佚典籍的研究各自做出了何种贡献？今后围绕弘仁本的学术研究有何愿景？这一系列的问题都需要放在东亚文化环流的大背景中去追索，也离不开对学术交流规律的把握。

一、搜集：遗憾的归程

学术交流最容易在双方列为未知课题的领域找到接点。宋代后从中土销声匿迹的《文馆词林》得以重现中土，最先的契机是1800年日本学者林

---

① 王晓平：《日藏弘仁本〈文馆词林〉避讳词考》，载《国际汉学研究通讯》第15期，北京大学出版社2017版；王晓平：《日藏弘仁本〈文馆词林〉讹字类释》，载《西华师范大学学报》（哲学社会科学版）2017年第6期；王晓平：《汉文古写本与中华文明的早期域外传播——以〈文馆词林〉为中心》，载《国际汉学研究通讯》第16期，北京大学出版社2018年版；王晓平：《日藏弘仁本〈文馆词林〉写本学研究序说》，载《域外汉籍研究集刊》2017年第2期；王晓平：《〈文馆词林〉中的隐身虎——写本例话之七》，载《古典文学知识》2017年第4期。

② 林家骊、林涵：《影弘仁本〈文馆词林〉之重现及其价值》，载《中国社会科学报》2017年12月4日。

述斋《佚存丛书》收入的《文馆词林》四卷。其实那时候日本学者也很少有人知道该书在日本流传的多少详情。该书传入中国后很快吸引了中国有识之士的目光，让他们感到意外惊喜。孙星衍《续古文苑》、阮元《四库未收书提要》皆予以援引。五十三年后，伍崇曜编《粤雅堂丛书》将其四卷收入，这成为中国学人看到的最早本子。1936年商务印书馆出版王云五等编的《丛书集成》，影印的正是《粤雅堂丛书》《古逸丛书》本，存18卷。林述斋等以日本保存中国典籍而自豪，希望能将这些文献反传中国，而中国学者也期待它们尽快回归。递者有意，接者有心，《文馆词林》结束了千年的域外生存，中国学者不再只对其"隔空"相望，开启了重读这部初唐重量级集部大书的历史。

中国学者对日藏《文馆词林》传本产生巨大兴趣，还不能不提到森立之、涩江全善等的《经籍访古志》。最早在日着手搜集该书写本的杨守敬与森立之不仅有过交往，而且曾向其购书，而后来继续此项工作的董康，也是根据《经籍访古志》提供的线索前往高野山的。杨守敬《日本访书志》中载其为六卷本《文馆词林》抄本成都杨氏重刊本所作的序。在序中他描述了在寻访《文馆词林》的过程中对弘仁本的发现，说："弘仁为彼国嵯峨天皇年号，其十四年当中国唐穆宗长庆三年，足知其根源之古。又有'永元年甲申四月十五日写'则又其传抄之年月也，当我朝康熙四十三年。其书屡经传抄，讹误颇多，乃携之归。凡见于史传、《太平御览》、《艺文类聚》、《初学记》等书引者，悉为比勘，其无可参证者阙焉。"[①]黎庶昌编《古逸丛书》于1884年问世，存十四卷。

杨守敬宗族杨葆初于1893年，为《文馆词林》是正文字，在成都精写二刻之。"合之《佚存》《古逸》所载，共得二十有三卷。"1916年《适园丛书》收入乌程张钧衡辑刊《文馆词林》，书中载《文馆词林跋》，为1914年撰写。文中说："自来总集之矩无过《文苑英华》，而《英华》则唐人居多。前之文于《文选》、史书之外，间有搜获，皆出短书。若此鸿篇钜制，虽不及原书十分之一，然已非张天如、严铁桥所及见，谓艺林之瑰宝欤？"字里行间流露出对《文馆词林》回归的由衷喜悦。

① 杨守敬撰，张雷校点：《日本访书志》，辽宁教育出版社2003年版，第203页。

董康于1923年赴高野山，在高野山灵宝院看到正智、宝寿两院所藏弘仁抄本《文馆词林》。第二年题名为《残本〈文馆词林〉》十八卷共十二册出版。其颠末见其所书《跋高野山藏原本〈文馆词林〉》。访书的收获与他对古写本原貌苦苦追求有关。他认为《适园丛书》本乃缪荃孙、董理校雠，仍改从刻本付梓，“不惟失大觉本之真面目（大觉本亦在二百余年前），且辜予丹黄之苦心矣”[①]。旧时点校书籍用朱笔书写，遇误字，涂以雌黄，故称点校文字的丹砂和雌黄为丹黄。抱有如同玄奘西去取得真经同样的心境，一意求本真，搜求《文馆词林》现存古写本务求竭泽而渔，而后精心点校，是董康未完成的梦想。

董康侨寓京都，曾借大学藏大觉寺传录本与《佚存》、《古逸》、成都诸刻互勘，纠正讹舛，不可枚举。森立之《经籍访古志》谈到《文馆词林》曾说：“今零卷散在诸处，高野山所藏尤多（现存二十余卷，一云十六卷），憾未得尽窥之。”[②]董康想到森立之这一段话，便偕京都擅名写真制版之小林忠次，亲诣是山。他眼中的弘仁本，“笔意遒丽，有褚河南、薛少保二家风范。计时在垂拱以前，正有唐书法鼎盛之秋。间有数卷，后有跋云校书殿写弘仁十四年，岁次癸卯二月为冷然院书，并钤冷然院朱印。冷然院乃储御书之所，弘仁为嵯峨天皇年号，十四年当唐穆宗长庆三年。虽属补写，亦在千年以上，绝非后来辗转传录可比”。他不仅惊叹于弘仁本的珍稀可喜，也为内藤湖南印制其书的精神所感动，欣喜之情溢于言表：

> 按藤原佐世《见在书目》，已将此书著录，卷帙与二志同。源顺《倭名类聚抄序》作一百册，此必为入唐求法缁流携回全帙无疑。阮文达视同赐新罗国王采摘之本，殊未尽然。原本久经编列国宝，世人罕睹。余嗜古癖深，介内藤湖南博士得文部省之许可，用泾县净皮佳楮，挽小林氏印制百本，古色盎然，与原本无纤毫异。以一寒素，抱蜉蝣撼大树之欲望，今竟获观厥成，其乐为何如也。[③]

---

① 『摹刻文館詞林』，嘉永初大覺寺刊，卷一五六、卷六六二。
② ［日］廣谷雄太郎：『解題叢書』，博文館1925年版，第116頁。
③ 董康：《书舶庸谭》，辽宁教育出版社1998年版，卷三三月一日条。

值得注意的是，董康对《文馆词林》是否全部传入日本的看法。阮元《四库未收书提要》根据宋王应麟《玉海》所引《唐会要》注“垂拱二年二月十四日新罗王金政明遣使请礼并杂文章，令所司写《吉凶要礼》，并于《文馆词林》内采其词涉规戒者，勒成五十卷赐之”的记述，推断“是当时颁赐属国之本，原非足册”，以为传入日本的也非《文馆词林》全书。明治学者木村正辞《文馆词林盛事》则根据源顺《倭名类聚序抄》载之云百帙，藤原佐世《日本国见在书目》亦云一千卷，断言“本邦所传，原是全部”①。董康不仅接受了木村正辞的看法，认为《文馆词林》是以完本传入日本的，而且引用的证据也出于《文馆词林盛事》。

董康在《书舶庸谭》中还记述了他到灵宝馆访主任井村米太郎，获睹本馆及金刚寺正智院、宝性院《文馆词林》各一部，并取唐写本互勘。（4月20日条）至正智院访《文馆词林》，院被焚，尚未修复。住持春秋已高，出《文馆词林》数种，间有刻本。（4月23日条）内藤湖南对董康的访书与刊书同样印象深刻，其《论书十二首》其三：“文馆词林是佚篇，河南遗法墨痕妍。署名书手吕神福，跋尾分明仪凤年。”注：“高野山所藏《文馆词林》有仪凤二年五月书手吕神福跋，书学褚遂良。此书西土久佚。近时吾友董绶金玻璃景印行世。”②中国学者在搜集与传播《文馆词林》方面进行的工作，很快得到日本学者的关注。服部宇之吉撰《佚存书目》对《文馆词林》残本，除著录了日藏旧抄本、《佚存丛书》本外，也著录了《古逸丛书》本与董康氏影印本。③

关于《古逸丛书》收录的《文馆词林》写本（或称抄本）来源，马月华在《〈古逸丛书〉研究》略有涉及，并认为“在《古逸丛书》刊行之后，受其影响，日本、中国都有不少学者继续搜求《文馆词林》残卷，更多的残卷陆续通过刊刻、影印的方式流传于世”④。诚如此言，不过作者又认为“对于《文馆词林》的研究者来说，其实已不必再执着于寻找《古逸

① ［日］長沢規矩也：『影弘仁本文舘詞林』，同朋舍1969年版，第472頁。

② ［日］内藤湖南：『内藤湖南全集』第十二卷，筑摩書房1997年版，第309頁。

③ ［日］服部宇之吉：『佚存書目』，春山治部左衛門印刷1933年版，第61—62頁。

④ 马月华：《〈古逸丛书〉研究》，北京大学出版社2015年版，第123页。

丛书》各卷的底本，因为已有更好的《文馆词林》版本可以代替《古逸丛书》本”。从版本学的角度来说，这样说似乎无可厚非；然而从写本学研究的角度来说，这种“寻找”绝非是无意义的。

在版本的角度看，可以说是“一版一世界”“一版一生命”，而从古写本的角度看，却是“一件一世界”“一件一生命”。因为写本中的很多文化信息，就在一点一画之中，而且很多写本都具有“重叠性”，即抄写者往往不仅是底本的复制者，而且是新文本的生产者。在印刷术普及之前，读书要靠辗转传抄，在今天我们看到的每一个抄本的背后，或有无数个抄本。因而，比较各种写本的不同，研究写本与版本的关系，便是写本学重要的内容之一。写本学的目标并不仅仅在于追求一个完美的“正本”，而且也在于追索从多个写本到定本的充满故事的过程。

《古逸丛书》在收入《文馆词林》时，在保存原貌的同时，对原文的疏误之字曾做了一些改动。将其与弘仁本相对勘，仍有值得珍视之处。如隋李德林《秦州都督陆杳碑铭》一首："萦带同于金汤"，《古逸丛书》本作“萦带固于金汤”；“冬尽诚节”，《古逸丛书》本作“各尽诚节”。收有《文馆词林》数卷的《古逸丛书》，有东京初印美浓纸本和1884年黎庶昌日本东京使署影刊本，2002年江苏古籍出版社影印了后者 。今天学者想要一睹古写本风采还颇不易，至今似乎还没有弘仁本在中国影印出版的信息。长泽规矩也1969年影印本印数不多，只有少数学者能置于座右，随时把玩。相信总有一天，我们不仅能够随时在互联网上看到弘仁本的原貌，而且也能在书店中与精致的中版纸质影印本相遇。

搜集与保存古写本是写本研究之第一要务。由于古写本会随岁月而残损，其保存分散、出处不明、深藏不露者多，研究者想要寻访到手，不免要有“上穷碧落，下入黄泉”的决心，不得本真不死心。学人无不希望散佚典籍能尽数“回家”，写本的搜集却不能不说是“遗憾的事业”。现知《文馆词林》各时期的写本，也不足唐代完本的十分之一。即使江户时代的抄本和明治时代的各种翻刻本，对于今天的研究者来说也是弥足珍贵的。追寻《文馆词林》在日传播与影响的相关资料至今仍相当贫乏，加紧搜集它们是写本研究者值得不断努力的工作。期待日本学者与旅日中国学者发挥“地利”优势能有更多新的发现，加强两国学者在写本保护方面经验的交流，使现存写本不再流失，古代的汉文写本文化在两国新学术的发展中再放异彩。

二、释录：涉险的初航

1969年在长泽规矩也主持下，古典研究会发行了《影弘仁本文馆词林》。本书的重要贡献，除影印弘仁本之外，还收录了木村正辞所撰《文馆词林盛事》《文馆词林参考资料图录》以及阿部隆一所撰《文馆词林考》等高水准文献。2001年中华书局出版了罗国威整理的《日藏弘仁本文馆词林校证》（以下简称《校证》），以后罗国威又发表了《日藏弘仁本〈文馆词林〉校记》（以下简称《校记》）[①]，其所撰《日本新出古抄〈文选集注·南都赋〉》《敦煌石室〈文选·七命〉残卷考》等，也属于写本的文献学研究范畴。罗国威的考证，得益于《影弘仁本文馆词林》[②]书后所附尾崎康所撰《文馆词林目录注》者尤多。

徐俊所撰《〈文馆词林〉的回归及其文献价值——〈日藏弘仁本文馆词林校证〉评介》[③]，通过与此前中土所刊各本的比较论述了罗国威《校证》所作的工作及其价值。由于徐俊本人多年从事敦煌写卷，特别是敦煌诗歌写本的整理与研究，有着前沿的方法论思考和丰富的整理经验，故对《校证》的成就和不足有切中肯綮的评论。

徐俊指出，首先，《校证》以日本《影弘仁本文馆词林》为底本，搜罗完备，所存三十卷中有五卷为此前中土各刊本所未载。其次，较之以往各本更加接近原本面貌，减少了辗转传抄摹刻所造成的文字讹误。徐俊还指出，《校证》的另一项重要工作，是对每一篇诗文的存佚情况的考证，于各篇校记中或详列传世文献（如史传、总集）见载卷次、篇目，或说明对严辑《全文》《全唐文》的辑补校勘之功。《校证》完整保留了弘仁本各卷卷首书名卷次、编者职衔、类别、目录，以及各篇原有的题署方式、各卷尾

① 罗国威：《六朝文学与六朝文献》，巴蜀书社2010年版，第217—314页。

②［日］長沢規矩也：『影弘仁本文馆词林』，同朋舍1969年版，第583—600頁。

③ 原载《古籍整理出版情况简报》2002年第6期，又收入徐俊《鸣沙习学集》（上册），中华书局2016年版，第622—631頁。

题、抄写题记等，以存古式。作为仅存于世的唐人原编大型诗文总集，其原始面貌同样有助于我们对唐人诗文分类依据和总集编纂方式的理解。

写本整理首先遇到的难题是文字处理。罗国威的校证，在相当程度上注意到弘仁本作为写本的特点，其凡例中规定，“原抄本中之俗字、异体字一仍其旧”，同时，也充分考虑到现代中国读者的阅读需要，规定“行草字、手写形变字一律改为规范化汉字”。武则天朝所新造的十八个异体字在抄本中都曾先后出现，其字首次出现时改字出校，再次出现时迳改不出校。在整理中，《校证》改正了很多讹误字。但是，此书尚有不尽精审之处，“其脱、衍、异文校勘不精，以及断句失误这两点尤为突出”①。而那些被视为“校勘不精”的地方，多数是由于整理者对写本俗写的生疏，如将“谇”的俗字“誶”释录作“讯”字等。

在写本正文之外，常常可以看到许多符号、批注、附加乃至粘贴的文字，这些从版本的角度看，或者只是“附件”，而对于写本研究来说，却是其肌体不可缺少的部分。尤其是日本汉文写本中的训点，包括各种训点符号和假名，都直接反映了其时学人研读、翻译、理解和传授正文的实际情况，也是考察抄写年代、抄写人、解读者训解方法的重要资料。即便对于今天的古籍整理来说，也是不可忽略的信息。弘仁本第三四八有不少附加文字，往往在书写模糊、俗字、讹字右旁，添写一个清楚的正字。卷六六八有日语训点，除了标明原文的日语读法之外，还做了一些校勘。如《汉哀帝改元大赦诏》一首中末尾“以建平二年为太初元将元年”一句，在“元将”的“将”字左边，批注有“壽ナルヘシ”，意为“当作‘寿’字”。如果整理者注意到这个批注，就会明白，“将”字为“寿”字之讹。汉哀帝改元是在公元前2年，是将建平五年改为元寿元年。诚然，这些批注也未必皆正确无误，需要整理者认真鉴别。读懂写本的全部信息，不放过点点画画，正是写本研究者的基本态度。

学者对每一新领域的挑战，都不啻于一次涉险的初航，对弘仁本的整理也不例外。宋前写本有很多不同于宋以后版本的特点，需要以写本思

---

① 刘运好：《简述〈文馆词林〉的文献价值及其校勘》，见李国章、赵昌平主编《中华文史论丛》第78辑，上海古籍出版2004年版，第216页。

维来面对。徐俊指出敦煌诗歌是写本时代的产物，不能用宋以后的分类方式去整理，而应当按照写本的性质和特征，依写卷的原式，一卷一卷地整理，把与诗歌写在同一卷子上的其他内容，不论正背，统统记录下来，这才是唐人诗卷的原貌。他将保持敦煌写本的原有形态，最大限度地显示写本所含有的研究信息作为整理工作的基本要求。[①]这样的思维和方法，对于整理域外保存的中国文献写本同样适用。整理者常常会在“保存原貌”与“现代规范”之间摇摆，最好的方式是每种文献都有“底本式”和“正本式”两类文本，以避免每走一步都不得不面临选择的困惑。《校证》执笔之时，敦煌写本研究还没有今天这样深入，其整理经验也还没有得到学界普遍重视，面对用字不定、文多疏误的古写本，出现前后处理不尽一致等瑕疵，亦属难免。

写本释录近乎文字与符号的跨时空翻译，日语称之为“翻字”意或在此。日本学者中田祝夫对《东大寺讽诵文稿》写本的释录[②]，东野治之对《游仙窟》古写本的释录[③]等，采用半面影印、半面释录的排版方式，影印与释录，如同一物之两面，姑且称之为“翻拍式”整理，犹如翻译的双语版。这样的方式，让古写本的古今两副面孔“同框”，写本影印与释录一一对应，并列在同一平面呈现，既可以让一般读者识得“庐山真面目”，连书法、体式、批点一并鉴赏，一览古写本之美与现代解读之实，而专家则可以从两者的对照中，验证释录是否到位，是否毫无遗漏地传递了原件的有效信息。释录正确与否，行家一目了然，谬误也无可逃逸。弘仁本《文馆词林》以及相类似的宫内厅书陵部藏《群书治要》、唐抄本《文选集注》等，其学术价值极高，都有必要采用这样的整理方式，以纸质版和电子版同时发行，这将是给中华典籍完璧事业的献礼，也将是展现汉字文明历史贡献的盛举。尽管由于卷帙浩繁，难度极高，但只要还有“抱蜉蝣撼大树之欲望”之“寒素”在的话，这样的事情也不是做不成的。

---

① 徐俊：《鸣沙习学集》（下），中华书局2016年版，第359页。

②［日］中田祝夫：『東大寺諷誦文稿』，勉誠社1976年版。

③［日］东野治之編：『金剛寺本游仙窟』，塙書房2000年版。

三、阐发：跨界的携手

全球化时代给中国文学文献研究带来了新特点。那就是多样化、国际化、数据化，写本研究也成为其中一个崭新课题。西方写本学研究，运用严格的技术分析方法，将写本作为某个特定历史时期及其背景的见证物来研究，内容旨在研究中世纪的拉丁文写本，继而又扩及到希腊、犹太、阿拉伯和波斯文原典。我们这里所说的写本，则特指汉文写本。在汉文写本研究领域，我们有太多事情要做，因为它对东方文明的历史贡献，较之拉丁文写本等毫不逊色，还具有许多与之不同的特点。

汉文写本不是一个民族概念，因为汉民族以外也存在着很多汉文写本。汉文写本也不是一个国别概念，因为在中国以外也存在着很多汉文和变体汉文的写本，甚至是与汉文思维相关的其他文字的写本。这些都是我们东亚文化共有的遗产。

有学者说，在中国文化研究中，特别有必要加强对“一圈”文化的研究，这一圈就是汉文化圈。汉文化圈的文化愿景，要我们共同创造。而汉文写本，正是东亚文化融合和共同创造的一个象征。毛笔书写，它为学术传承做出了重大贡献，不分古今，不分中外。它将成为我们中华学术源远流长以至永远的一个非常重要的研究领域。而历来的研究，却对这方面缺乏深入的理论探讨。汉文写本研究的领域既然不为传统的文学文献学所囿，也非传统的本土文学、外国文学的学科各自包揽，需要的是打破各国为政的汉字、汉语、汉文学研究格局，在其边界、接合部与共有阅读经验的海洋中寻找汉字、汉文化、汉文学交流合作的可能性。

敦煌文献的研究，为我们打开了这扇大门。这扇大门为我们提供了无限前景。写本研究大致可由四根支柱来支撑：

第一根就是写本材料学，它是研究书写材料、纸张、装帧、封皮等物质材料对写本进行物质描绘的学科。所以有理由把写本材料学作为写本学的一个非常重要方面。

第二根支柱就是写本文献学。它包括对写本残卷的拼接、识读、真伪的辨认、写手的确定、以及写本和刻本关系等各种文献学方面的研究，研究写本与书法艺术的关系等。继罗国威[①]之后，21世纪以来，对《文馆词林》的文献学研究渐多，如刘运好[②]、季忠平[③]、熊清元[④]等均多建树。研究内容也越来越多样化，广泛涉及其残篇考证、日藏弘仁本与唐修《文馆词林》的关系、其文体分类与影响、初唐总集编纂的大国气象与文化输出、北京大学图书馆所藏本的版本、刊本源流、校点问题等各方面，国家社科基金将“日本影弘仁本《文馆词林》考论”列为重点项目，出现了一批以《文馆词林》文献研究为题的硕士论文。这些成果都与写本相关，而在紧密结合写本特点加以深入挖掘方面，则还有很大空间。

第三个支柱是写本文字学。写本的一点一画实际上都给我们传达了从古到今非常复杂丰富的文化信息，它是汉字在周围各国发生新创造、诞生出新个体、催生出新文化的重要方面。我们的汉字研究理念，不必自我封闭于本土的汉字研究，也要拓展到周边各国的汉字和与汉字文化相关的文化现象。各国汉文写本文字学研究已经取得了丰富的成果。弘仁本中保存的则天造字，很早便受到木村正斋等学者的注意。各卷中大量的俗字，多数可以在敦煌俗字中找到，也有一些受到日语与日本独特书写习惯影响而产生的“日制俗字”。写本中保存的中国散佚篇目的词汇研究，对于《汉语大词典》修订具有直接参考价值。如“曽楼”“琁濑”“槃检”“振给”“禽录”“石榷”“楯欑”等，《汉语大词典》皆失收，还有相当数目的词汇，《汉语大词典》举例过晚，可藉之补充。从中日汉语交流史来看，追溯日本奈良与平安初期文献语源的工作，也有必要将《文馆词林》纳入视野。

另外，还有写本学术史研究。探讨写本学的发展轨迹，开展各国汉文写本以及汉文写本和世界各类文字写本的比较研究，梳理写本研究史，总结研究家的学术建树。江户时代以来吉田篁墩、藤良幹等对《文馆词林》的整理各有贡献，桥本经亮所撰《文馆词林之事》、小林辰所撰《文馆词

① 罗国威：《〈文馆词林〉刊布源流述略》，载《古籍整理研究学刊》1994年第3期。

② 刘运好：《简述〈文馆词林〉的文献价值及其校勘》，见李国章、赵昌平主编《中华文史论丛》第78辑，上海古籍出版社2004年版。

③ 季忠平：《〈日藏弘仁本文馆词林校证〉拾遗》，载《古籍研究》2005年第2期。季忠平：《中古汉语语典词研究》，学林出版社2013年版。

④ 熊清元：《〈文馆词林〉卷三四七佚名阙题残篇考》，载《古籍研究》2005年第2期。

林考证》以及明治后期学者木村正辞《文馆词林盛事》，就《文馆词林》的传播和文献价值加以梳理和考证，20世纪中叶阿部隆一所撰《文馆词林考》的描述更为周详与系统，是研究《文馆词林》不可不读的重要文献。

《文馆词林》的编撰，是初唐时期王朝整合文化的重大举措之一环，是当时一项重大文化工程。就现存篇目来看，书中所保存的资料，包括政治史、法制史、文化史、教育史、经济史等多方面的资料，而这些资料均以一种“大文学”的方式呈现在今人眼前。这些文献既反映了从汉代到初唐各时期的多元文化样态，也折射出初唐时期统一文化的大趋势，如果进一步追溯其在邻国的传播与影响，对于理解日本奈良、平安时代文化亦有裨益。当下很有必要将中日相关研究资料，从平安时代的《倭名类聚抄》直到阿部隆一《文馆词林考》，从杨守敬至今日中国学者的研究，汇编一部《文馆词林资料长编》，这将是宋前文化与中日文化交流学者之幸事。

一百多年以来，中日学者在《文馆词林》回归中国的事业中各有作为，从林述斋《古佚丛书》到今日中国几代文献研究者的钻研与探索，成为中日20世纪学术交流的代表性事件。有赖于敦煌写本研究的丰厚积累，中国学者在写本校勘、汉文俗字、书法艺术等方面的成果，很多适用于包括日本汉文古写本在内的各国汉字写本。借助于百年敦煌写本整理的各家经验，我国学者有望率先高质量完成《文馆词林》的深度整理工作。如果更多吸取各国写本研究的新资料、新发现和新方法，将会使我们的研究真正在广阔的学术平台上展开。

尽管从20世纪中叶便有学者倡导中国学者对域外汉文学展开整体研究，也有一些学者对此进行了不倦的探索，但研究队伍始终颇小。造成这种现象的外部原因可以列举很多，但具有国际境界而又精通多门外语的古籍研究人才不足，是其中一个重要因素。今后的汉字、汉语、汉文学跨文化研究能否迎来新局面，很大程度上决定于这类人才的培养。整理《文馆词林》这样涉及跨文化传播的典籍，当然需要必要的跨文化知识储备。今天中国文化研究的国际化程度越来越深，视野越来越宽，对话越来越多，这个问题很有必要重新提起，因为这不仅是《文馆词林》写本研究的需要，而且也是汉字、汉语、汉文化研究的需要。

第五节　文学学术交流中翻译之位相

近代以来的文学交流史最显著的特质之一，就是除了国与国之间的“对流”之外，也有多国之间的“环流”汹涌奔腾。人们不仅关注和对方国的文学关系，而且开始关注他国与他国之间的文学关系。中国近代之初，西方文学思潮假日本而东来，不仅一些西方的文学作品通过日本介绍到中国来，而且有些西方文论关键词也是采用了日本人的译案。

一、何谓“烟士披里纯”？

《中华读书报》2009年6月3日家园版上发表了伍立杨的文章《艺文翻译的趣味及选择》，其中谈到“inspiration”今译灵感，原意是指风吹帆船之帆，促船前行，有一种默示的意思在里头，出乎自然，得来全不费力。作者认为灵感当然是最佳的翻译，还有译作“神泉”的。民国初年译成“烟士披里纯”，很有小众化、象牙塔的意思，很像一幅烟雾围绕的绅士在寻求神示的画面。

1946年刊增田涉译本《阿Q正传》

“inspiration”，日语音译为“インスピレーション”（yinsupiresun）。日本《外来语辞典》注解为：“天来的思想，如同天启一般猛然冒出来的妙想。”1886年冷冷亭主人《小说总论》把“inspiration”翻译成“感动”，1890年外山正一《日本绘画的将来》开始用“インスピレーション”来音译，有“得インスピレーション而始画”的句子。1983年坪内逍遥《以读法为乐趣之趣意》将其译为“神来”而在其字旁标注假名“インスピレーション”。1894年内田鲁庵《成为文学者的办法》说：“抒情诗人重视インスピレーション就像柔术看重运气。”北村透谷也对这个概念很有兴趣，他说：“何谓瞬间之冥契？インスピレーション是也。……何谓インスピレーション？インスピレーション乃宇宙之精神，即源于神者，不过一种对人之精神即内部生命者之感应而已。”（《北村透谷集》）1917年佐佐政一《修辞法讲话》始将“inspiration”译为灵感，并在括号中加注假名“インスピレーション”。他说：“人之最高威力，乃精神一到之力。世人称之为得到灵感（インスピレーション）。”可见，在日本先是有音译“インスピレーション”，而后产生了“灵感”这样的译语。在第二次世界大战期间，日本排斥欧美文化，西方外来语多用汉字译法，所以多只用“灵感”而不用“インスピレーション”。第二次世界大战以后，欧美之风越刮越猛，用汉字表示西方概念越来越少。更多的日本人喜欢用假名拼写的“インスピレーション”，觉得这更像外来语，而很少使用汉字词汇“灵感”。这和现代日本人对东西和汉文化关系的认识和感觉相关。他们总觉得来自西方的概念，还是用假名来表音更舒服。

原来日本古代本有“灵感”一词，意思是神佛给予的灵妙感觉、不可思议的感应，用例见于《东寺百合文书》《源平盛衰记》等。追根溯源，日本这个词还来自中国，见于唐诗文。唐王勃《广州宝庄严寺舍利塔碑》：“以法师智遗人我，识洞幽明，思假妙因，冀通灵感。”张说《奉和圣制喜雪应制》诗：“诏书期日下，灵感应时通。”这些诗歌中的“灵感”一词，都是神灵感应、神异感应的意思。日本学者原来是启用了一个古代汉语词汇来翻译“inspiration”，转义为在文艺、科技活动中，由于勤奋学习、努力实践、不断积聚经验和学识而突然产生的创作冲动或创作能力。

据考证，第一个将“inspiration”译成“烟士披里纯”的是梁启超，他不是根据英文翻译的，而是根据日语的音译“インスピレーション”。梁启超写过一篇文章《烟士披里纯》，这篇文章实际上是根据德富苏峰最初发表在1888年5月22日《国民之友》报上的文章改写的。那篇文章的题目就是《インスピレーション》。德富苏峰这篇文章后来收进他的《静思余录》一书，梁启超很可能是从这本书里看到的。德富苏峰在此文中阐明了爱默生关于灵感的思想，梁启超在译写时删去了原文大量关于艺术的议论，突出强调了“至诚所感，金石为开”的道理，末尾还加了一大段励志之词:“使人之处世也，常如在火宅，如在敌围。则‘烟士披里纯’日与相随。虽百千阻力，何所可畏？虽擎天事业，何所不成？”

日语中将“inspiration”写成“インスピレーション”，还有一种回避功能，在没有找到可以认为最大限度接近原语的译案之前，这种方式回避了翻译的困难。有时音译的这种回避方式还具有避开或缓冲与本土传统观念冲突的作用。我国晋代翻译的《华严经》把“ā lingana ”（拥抱）译成“阿梨宜”，把“paricumbana”（接吻）译成“阿众鞞”，都可以在看不惯这类字眼的儒者面前显得不那么刺眼。后来到了唐代，儒佛两家的关系由对立转变为共存，这时“拥抱”“亲吻”这样的词语也就毫无顾忌地出现在《华严经》的新译本中了。不过，片假名音译同时还具有区别的功效，它造成的特有的语感和不同于生活用语的书写形式，明确表明这是一种新的、外来的、应该强调的概念，而且熟悉原语的人容易立即联想到它的来源。现代日本学者翻译西方文论的关键词，有时还采用片假名音译这样的方法（如将“modernity”译成“モダニズム”，汉译“现代性”；又如将“gender studies”译成“ジェンダー研究、ジェンダー・スタディス”，汉译“女性研究”），或者片假名译语与汉字译语并用，相互补充（如“diffevence”一词，既用“ディフェランス”，也用“差延，差异迟延”，汉译“延异”；又如“trope”一词，既用“トローブ”，也用“転義”，汉译“转义”）。所以，现代日本学人好用片假名译外来语，就不应仅仅解释为仰视西方文化的心理在起作用，也是因其对这种区别作用的重视。

汉字没有英语那样的大小写，也没有用另外的书写形式来表记外来语的方式，但是中国人对语言文字之美的特殊情感，常常使翻译者创造出富有韵味的新词来对应。“烟士披里纯”便是一例。翻译家们可能早就意识到，将西方文学术语翻译成汉语的时候，如果采用汉语中人所共知的词语，有时会让人忽略掉原本具有的特殊含义，而用日常使用的语义轻易地代换，则会造成理解上的偏差。如日语将“ambiguity”译成“曖昧”，汉语译成“含混”，日语把“gaze”译成“まなさし、凝視”，汉语译成

“凝视”，不是都很容易让人在似懂非懂之时以为已经懂得了吗?

中日对西方现代文论关键词翻译还有些相异的原因，是因为文学传统中的相异因素。例如“narratology”，日语译成“物語論、物語学、ナラトロジ”，而汉语译成“叙述学”。这是因为日语中“物語”，动词有讲述之义，名词还有作为一种文学体裁的称谓。在中国，只有后一种用法为多数读者所熟悉，很容易让他们理解为仅是一种体裁的研究，所以便不能借用到汉语的翻译中来。中国学人为了克服翻译中的困难，有时采用创造新词的方式来翻译西方文论关键词。如将“simulacrum”译成“类像、拟像、仿像”，而日语除了用片假名“ジミュラークル”以外，还用旧词“模造品、幻像、模擬品”。相反的情况也会有。“intertextuality”日语译成“文本間性、間テクスト性、インターテクスチュアリティ”，而汉语译成“互文性”，有些学日语的学者使用前者，不懂日语的人就不知说的是“互文性”，而中国的古典文学研究者就很容易将此同诗歌中的“互文”修辞法混同一律。

“烟士披里纯”和“灵感”，都是多国文学环流中的一朵浪花。王国维曾说:“言语者，思想之代表也，故新思想之输入，即新语言输入之意味也。”梁启超在谈到我国对佛教语的吸收时也说:“夫语也者，所以表现观念也；增加三万五千语，即增加三万五千个观念也。”近代我国的文学观念转变离不开五四以来对各国文学概念术语的吸纳。早期许多西方文学理论术语的翻译多袭用日人的译语，而日人造语的方式也不知不觉影响了后世的中国学人。明治时代和大正时代的日本翻译者多运用汉字来翻译西方术语，而不是像现在这样喜欢用片假名表示原文的音读，因此，如果考察一下近代开始使用且现代仍在沿用的很多文学批评术语的来源，就会发现很大一部分是与日语相通的。

二、何谓“修辞与华文”?

明治十六年，即公元1883年，中江兆民翻译的《维氏美学》第一次用“美学”来翻译“esthétique”，明治初期时期至十九年，即公元1884—1886年，日本开始将“文学”用作“literature”的译语广泛使用。那时的日本学者善于将中国古典的固有词汇赋予新的含义来翻译西方术语，这也是中国翻译者乐于借用的一个原因。明治十七年菊池大麓翻译出版了《修辞与华文》一书，“修辞”一词本来出自《易·乾》“修辞立其诚，所以居业也”。这句话的意思是说撰文要表现作者的真实意图，不可作虚饰浮文。“修辞”有作文、文辞、修饰文辞等义。菊池大麓用作英语“rhetoric”的译语，和法语的“rhétorique”、德语的“rhetorik”同义，今天我国仍然在这样使用，而喜欢外来语语感的日本现代学人则更爱用片假名表音的“レトリック”（toreritsuku），而不大说“修辞学”（syuusshigaku）。菊池大麓开始用“华文”翻译“belles lettres”“polite literature”，但不久就有意识地用“文学“来翻译“literature”一词了。今天的研究者恐怕很少想到这些术语的创造者了。

20世纪七八十年代以来，许多来自西方的文学概念和术语涌来。生僻的词语、新鲜的术语，既使人感到陌生，也让人困惑不已。有些学者、批评家、文艺家在文章中顺手拈来，也常是生搬硬套，食而不化。有感于此，作家鲍昌与姜东赋、夏康达共同策划编著了《文学艺术新术语词典》[①]。外国文艺术语在译介时，译名颇为混乱，编著者尽量按照较通行的译法予以统一。如有一词数名时，则将异名专条列出。在词典编纂过程中，引用参考了上千种中外文工具书，包括了各种有关工具书、专著、论文等。

中国学者在翻译的时候虽然也有参考日本学者的情况，但更多考虑的是中国人的接受心理，于是同样的西语在中日两国就出现了有同有异的多种情况，那些相同的恐怕也不都是中国学者简单“拿来”的，而有的是偶同，或者确实没有更好的译法。下面不妨列出一些我们耳熟能详的词语在日本和中国的不同说法。

① 鲍昌主编：《文学艺术新术语词典》，百花人民出版社1987年版。

西语	日语	汉语
Women's Studies	女性学	女性学
Defamiliarization	非日常化、異化	陌生化
Feminism	フュミニズム	女权主义
Text	テクスト	文本
Structuralism	構造主義	结构主义
Semiotics/Semiology	記号学	符号学
Reception Aesthetics	受容美学	接受美学
Narcissism	自己愛	自恋
Identity	アイデンテイテイ、自己同一性	身份认同
Archetypal Criticism	元型批评、原型批评	原型批评
Generative Poetics	生成詩学、発生学	发生学
Gesture	身振り言語、ジェスチャー	肢体语言
Hermeneutics	解釈学	阐释学
Ecriture/Writing	書くこと	书写
Anxiety of Influence	影響の不安	影响的焦虑

仅靠这些用例当然还不能说明太多问题，但通过这些同与异，也可以看出中日两国学界和一百多年以前相比在翻译西方文学研究术语的时候，彼此都有了更多样化的选择，其中反映的文化心理变迁值得回味，彼此也可以从对方的选择中学到有益的东西。像“postcolonialism”一词，在日本有“ポスト植民地”“ポストコロ二アリズム”“脱植民主義”这样三种通行译法，中国较常使用的则只有“后殖民主义”一种。

翻译者的境界

文化交流自开卷始。当开始阅读一部外国文学作品的时候，我们就成为文学交流活动的积极参与者，运用自己有关另一种文化的全部知识和理解去想象和领略作品中与我们生活不尽相同的世界。这样说来，在此之前，我们关于这种文化的体验和认知就已经在某种程度上决定了我们参与作品接受的态度和姿态，其中特别重要的，不仅是关于这种不同文化的知识，而且也包括对这种文化的亲历体验。尽管梁启超在赴日以前已经有了对明治维新的初步认识，但如果没有他在日本的所见所闻，恐怕也不会激发起翻译日本政治小说和报刊文章的热情。

文化亲历和翻译活动是文学交流研究者的两门必修课。明治时代的社会主义者田冈岭云在他的自传《数奇传》中提到自己在上海教授日语的经历，说那一年自己思想发生了变化。自己从来曾经被一种褊狭的国粹主义所感染，本来是一个在明治二十年代欧化主义反动思想盛行一时的风气中成长起来的人，专业又是汉学，还是个很容易就陷入顽固浅陋旧习的人，凡事只看到本国的长处，抱有本国是世界上独一无二的国家的偏见。他到了上海，看到上海就像是一个世界的缩影，是世界之民局蹐的“一个小共和国”，是一个“人类的共进会”“风俗博览会”。他回顾自己在上海的经历时说：“我从上海不仅看到了中国，朦胧中也看到了世界。我开始走出溪谷，接触到豁然开朗的宏大景观，实实在在的东西告诉我，自己从来的想法竟然不过是井底之蛙的陋见。我懂得了世界之大、世界之广。”他还说，是上海的经历让他懂得了人“除了身为国民之外，还必须成为世界人类、为天下之人道而竭尽全力的人”。如果不是迫于压力的违心之论，或者为了其他某种目的而作秀，一般来说，富有异国文化体验的人不太容易对单边主义表示苟同，他们投入文学交流活动的热情或许会更高些，这是因为异国文化“实实在在的东西”让他们更直接地体会到不同文化的冲突和融合，更快地走出文化自恋的误区，更清楚地看清自己身上的本国文化烙印。今天，不论时间长短，许多文学研究者都拥有了多国文化的亲历，那么我们就有理由希望“为天下之道而竭尽全力的人”会越来越多。

我们有了对另外一种文化的体验，又有了阅读的感受，应该说是文化交流的参与者了，不过阅读的交流效果还是隐形的，而且阅读的理解程度也难以猝然判断。人们只能从阅读者撰写的札记、书评、编译文字、随笔中爬梳其中的心得。然而，如果要着手翻译，那就大不相同了。翻译是一种文化转换过程，译文不仅会将我们对原文的理解程度显现出来，也会将我们对自身文化的理解和运用能力展现出来。翻译不仅是两种语言文化沟通的桥梁，而且是一种新的概念、新的文体、新的表述方式诞生的过程。当我们阅读译作的时候，就已经在享受文学交流的第一次实际成果了。

70年代以来，各种西方学术思潮、观念、方法在“拿来主义”的大旗下，纷纷涌入文学研究领域。文化人类学、神话学、民族学、心理学、知识考古学、系统论、信息论、控制论、新批评、叙述学、耗散结构论、现代主义、后现代主义、解释学、符号学、女性主义、比较文学等，都被用来解释中国文学，各种“以外释中”的文章见诸报刊，打破了“阶级观点”对文学的狭隘理解，带来了观念和方法的多样化。与此同时，食而不化、人云亦云的现象也屡见不鲜。

杨义曾经谈到，理论之道有两条，一条简捷，一条艰难。有些人拥挤在简捷的路上，把西方在特殊情境中式样翻新的思潮用语饥不择食地搬来，未经选择消化、质疑，更舍不得潜心去融会贯通，便急急忙忙地以为这就是“观念更新”，中国的文学现象在他们的手下，就像借得纯阳祖师吕洞宾的“金指头”一般似乎点石成金了。[①]懒惰的吸收态度，比起名词的套用和滥用更难纠正。

研究外国文化、文学论著的文体，最难回避翻译，尤其是学术翻译的影响。撰写这类著述的准备阶段，或许都有必要做一些外国文献的翻译。80年代以来的这类论著，外来术语与语法出现频度甚高。这些外来概念与语汇，丰富与更新着学术表达，时而也难掩其夹生的痕迹。或许是因将“急用先学”“学以致用”的套路，平移到对外国理论与方法的掌握上

---

① 杨义：《中国叙事学在牛津的思考》，见中国社会科学院文学研究所编《走向世界的中国文学研究》，社会科学文献出版社2013年版，第319页。

来，学用者往往来不及深究这些术语产生的语境与特有含意，便将其视同万应灵药，不仅用以套用到对外国作品的分析上，而且也套用到对中国文学的剖析上。更有甚者，“洋腔”过重，百数十字不加句号读来让人喘不过气的长句子比比皆是。这类文章不仅让人读不出汉语的美感，而且颇有艰涩、浅陋之嫌。从这一点来说，学术翻译者不仅肩负着创造新语的义务，而且承担着发展汉语论说文体的责任。

三、从“意会”到“言传”

20世纪国际文学交流出现了前所未有的景象。某一国家的作家获得诺贝尔文学奖或其他国际文学大奖，或者在欧美取得了轰动一时的销售成果，或名列某国家某地区的畅销书排行榜首位，都可能引发一股地域性乃至世界性的翻译浪潮。西方新的翻译理论一出现，便会让各国的操觚高手忙碌好一阵，研究者也不再仅仅关注自己的翻译行为，对别国的翻译动态也格外关心起来。日本翻译中国文学，不论古代还是现代，都一贯不甘于人后，对于西方翻译中国文学的情况也十分在意。

1995年日本新评论社出版了辻由美写的《世界的翻译者们——谈谈与异文化接触的最前线》一书，这本书的内容不是主要讲日本人怎样翻译外国文学作品，而是作者采访了各国翻译家写成的，其中就有几位外国翻译家谈自己是怎么翻译中国文学的。

一位法国翻译家在接受采访时说：“我从事翻译，首先是为了深入理解原著，读汉语原文，常常理解很暧昧，明白大致意思就完了，但是一旦要翻译锤炼了，就必须选择译语，那时才能验证是不是真正理解了。”[①]这实在是经验之谈。原来我们阅读外语原文，那时还是“意会”阶段，要把它译成本民族语言，才进入“言传”阶段。那些平时似乎只可“意会”不可“言传”的东西，我们也必须把它“言传”出来。任何知识上和理解上的欠缺都可能在翻译过程中暴露出来。我们能对某种翻译策略或翻译理论谈

① ［日］辻由美：『世界の翻訳家たち——異文化接触の最前線を語る』，新評論社1995年版，第12頁。

得头头是道，但在实际操作中却会发现，那些美好的设想常常难以贯穿到底，不能不背弃初衷或做些变通。作者的预想读者是有共同体验的同胞，而译者的预想读者则主要是不具有文化亲历的异文化携带者。译者“意会”是很不够的，他要带领那些初行者去闯荡未知的情感世界，要为他们着想，设想他们在探险过程中碰到的拦路虎，不要误入思维的歧途。所以，译者是一边和作者对话，一边和读者对话，翻译的过程就是双边乃至多边文化对话的过程，这不就是更大范围的文化交流的第一次预演吗？这位翻译家还说：“翻译就是‘搞明白’的工作。只看原文，那停留在大体明白意思就行了；一旦来翻译，就会知道那是很难的事情。没有对作品的透彻理解和批判，就不能翻译。”①

正因为译者通过翻译在双边或多边对话，所以他的翻译过程就是对双边或多边文化做自我发现、选择、协调、操控、融汇的过程。这位翻译家说他不把《三国演义》仅仅看作一部小说，而是认为其中有极为深刻的政治考察，讲的是政治和战略。在他看来，中国话一词一句都有几个意思，它们既不是政治的固有词汇，也不是哲学的固有词汇，语言常常是具体的，很难用一个对应的词语固定地去翻译它们。到底是在具体的层面，还是在政治的、进而哲学的层面上去翻译它，是颇费心思的。还有那层出不穷的典故和引用、双关语和重叠语的含义，也是翻译中重大的难题。我们对自己翻译外国作品的甘苦可谓感同身受，听一听外国人翻译我们作品的心得，就会发现他们同样在经历着在自己的语言中挣扎的文化沟通和对接过程不停地和自己较劲的过程。

四、“相马”的翻译家

这位翻译家还讲了《列子》当中的一个故事，来说明自己的翻译思想。秦穆公让伯乐去相马，伯乐三月而返，报告秦穆公说：“已经找到了。”穆公问他：“是什么马呢？”伯乐说：“是黄色的公马。”于是派人去

---

①［日］辻由美：『世界の翻訳家たち——異文化接触の最前線を語る』，新評論社1995年版，第12頁。

找，却是一匹黑色的母马。穆公不高兴了。召来伯乐跟他说："砸锅了，竟然是这样一个找马的！公母都分不清楚，又哪能懂马呢？"伯乐叹了一口气，说："竟然是这样，怪不得你朝廷有那么多人不如我懂呢。"伯乐谈到自己的相马之道，说："得其精而忘其粗，在其内而忘其外；见其所见，不见其所不见；视其所视，而遗其所不视。"伯乐还相信，神明所得，必有贵于相马者。这看起来是说相马的道理，其实也适合很多事情，其中也包括翻译的道理。翻译家说："不是要对原文一字一句亦步亦趋，而是必须捕捉超越语句之所有者，这样才能给读者牵来一匹'好马'，而不是仅仅牵来一匹毛色性别不差的'赝马'"。[①]

翻译既然是这样"相马"的过程，那么我们常见的那种将译本和原作等同而得出的有关外国文学的结论，就有了进一步思考的必要。五四以前，苏曼殊在《与高天梅论文学书》中说："衲谓凡治一国文学，须精通其文字。昔瞿德逢人必劝之治英文，此语专为拜伦之诗而发。夫以瞿德之才，岂未能译拜伦之诗？以非其本真耳。太白复生，不易吾言。"苏氏之言，至今听来让人感到亲切。不论是翻译者还是文学交流史研究者，都不能不把"本真"二字放在心头，然而什么是"本真"，却因寻马者的眼光而异。这正是文学交流史研究困难之所在，也是其魅力之所在。

在文学环流的翻译浪潮中，某一部享有盛名的外国作品也常常成为媒体炒作的卖点，成为赶译快出的"文化快餐"制作者的目标，剽窃加拼凑而包装出来的"假经典"的源泉。文学交流史关注的是不同文学相遇时的交叉、交锋、交融等多方面的现象，翻译就成为其中首先值得着重探讨的领域。小则一个术语的翻译，大到世界性翻译浪潮的动向，都有许多有趣的问题等待我们去思考。

伦敦大学教授司马麟（Don Starr）指出：从理雅各时代开始，翻译的焦点已经逐渐从源文本转向了目标文本和读者的接受之上。正如杜百胜在他的解释中提出的那样，我们的评判取决于读者的需求。尤金·奈达（Eugene Nida）曾经引用意大利文艺复兴早期对翻译的评价标准："信

---

①［日］辻由美：『世界の翻訳家たち——異文化接触の最前線を語る』，新評論社1995年版，第16頁。

实多平庸，优雅常失信。（Homely when they are faithful and unfaithful when they are lovely）”理雅各1861年的译本，尽管翻译并不完美，但既高度信实，又远非平庸，依然是一件上品，至少对汉学家来说如此。[①]

20世纪80年代以来，我国学界翻译的研究论著和专著不断涌现，全国的翻译协会成立后，各省市的翻译协会犹如雨后春笋。韩素音曾提供基金，在中国为翻译工作者设立了“彩虹奖”，为培养青年翻译人才设立了“青年翻译奖”。她为林煌天主编的《中国翻译词典》撰写的序言，主张中国的翻译工作者应该作为高级知识分子得到承认，受到鼓励和帮助，因为他们的工作对中国得到未来至关重要。[②]该词典重视中国文化经典外译的研究，不仅收入了大量有关国外翻译中国典籍的词条，而且附录中包括了中国文学作品书名汉英对照目录（部分）。

马祖毅、任荣珍所著《汉籍外译史》，是我国第一部梳理汉籍外译的专著，广泛涉及中国哲学、社会科学、自然科学在国外的翻译以及中国国内外译汉籍的概况。书中最后引用李欧梵的观点，认为高水平的翻译是介绍中国文学作品的重要途径，而外国学者的中文水平和中国学者的英文水平都不理想，故中外学者合作翻译是取长补短的好办法。[③]

设于北京的外文出版社取得了一些引人瞩目的成绩，但在90年代，便有人提出质疑，20世纪中国当代文学各语种译本的出版是成功的吗？这种出版在“文革”期间曾一度中断，80年代以来重新起航，但毕竟规模有限，同时，它与其他商业性和学术性出版机构也开始了竞争。在“冷战”时期，中国文化与文学传播的空间受到来自四面八方的挤压，中国政府为了打破僵局而采取主要由在中国的学者外译而对外传播的方式，由于当时情势所限，不能随时得到及时反馈，各种“左”的思潮还在不断干扰这一工作的健康发展，然而对于当时译者的艰苦努力和进取精神，也应该给予充分评价。

澳大利亚悉尼大学杜博妮（Bonnie S. McDougall）教授谈到文学翻译

---

① [英] 司马麟：《理雅各及其翻译艺术：以〈孟子〉译本为例》，见耿幼壮、杨慧林主编《汉学世界》第8卷，中国人民大学出版社2011年版，第131页。

② 林煌天主编：《中国翻译词典》，湖北教育出版社1997年版，第6页。

③ 马祖毅、任荣珍：《汉籍外译史》，湖北教育出版社2003年版，第716页。

与中国当代文学的国际遭遇时，认为英语读者对英译中国小说普遍缺乏兴趣，但并不能说中国文学遭受了不公正的待遇。虽然中国当代文学的英译本未必受到英语读者欢迎，但翻译成其他语种（如德语、法语和日语）时情况却未必如此。她概括说，当代英语为母语的读者抵制从任何文化翻译而来的文学，只是偶尔对个别的文学运动或作品迸发热情。以上三点事实共同打破了当代中国作家在全球文学文化中遭受歧视的神话。然而她又同时指出：无论从中国作家、国内外的汉语教师还是全球非汉语读者的角度来看，当代中国作家尽管没有遇到不公正的待遇，当前的处境也远非乐观。[①]

翻译研究的学术领域，如翻译史、翻译理论、译者和译本的个案研究，都能进一步推动文学翻译。如何将中国当代文学翻译成外国读者欢迎的译本，这是单靠任何既有外国翻译理论都不能完全解决的问题。具有丰富翻译实践经验的译者，还需要在理论上取得突破，而这不仅需要从翻译本身中寻找思想资源，也需要充分搜集和研究来自传播者、接受者的信息。商业性出版机构如何成功地征募、出版和销售吸引大量读者的作品，如何认知与利用有利于成功的多重因素，学者实行翻译和政府赞助的翻译如何改善市场前景，这些都需要直面问题，展开深入研究。

第六节　中国文学研究国际互动与合作

法国作家罗曼·罗兰说："我们现在谁也离不开谁，是其他民族的思想培育了我们的才智……不论我们知道不知道，不论我们愿意不愿意，我们都是世界公民……印度、中国和日本的文化成了我们的思想源泉，而我们的思想又哺育着现代的印度、中国和日本。"[②]

---

① [澳] 杜博妮：《中国当代文学、全球文化与文学翻译》，见耿幼壮、杨慧林主编《世界汉学》第13卷，中国人民大学出版社2014年版，第149页。

② 张隆溪选编：《比较文学译文集》，北京大学出版社1982年版。

钱锺书在80年代初就指出："文艺理论比较研究即所谓比较诗学（comparative poetics）是一个重要而且大有可为的研究领域。如何把中国传统文论中的术语和西方的术语加以比较和互相阐发，是比较诗学的重要任务之一。……比较文学的最终目的在于帮助我们认识总体文学（littérature générale）乃至人类文化的基本规律。"[①]中国文学理论不仅需要与西方文学理论打通，而且需要与非西方的各民族文学理论打通，90年代初出版的《东方文论选》[②]就体现了中国学者的这种追求和努力。

一、通联与自新

在20世纪，日本中国学在国际中国学舞台上扮演的角色，是谁也不能忽视的。甚至有学者说："日本的中国学处于世界中国学的领袖地位，无论是在理论思想框架的建立、新方法的发明还是在新材料的发现与整理、旧材料的重新审视与阅读方面都对世界的中国学研究产生了深刻的影响，至今英语世界的中国学者仍在很大程度上需要借鉴日本的中国学成果，很多大学并在制度上要求中国学专业必须具备日文学术材料的阅读能力。"[③]虽然"领袖地位"的说法未必准确，但确有很多西方学者心目中在向日本那些最顶级的中国学者"看齐"。

日本学者对于中国古代文学的研究积累了丰富的成果。这些著述的汉译，从80年代逐步增多。1983年王元化选编的《日本研究〈文心雕龙〉论文集》是较早的一批。以下仅是其中的几种：

郑州大学古籍所编:《中外学者文选学论集》，中华书局1998年版。

曹旭选评:《中日韩〈诗品〉论文选评》，上海古籍出版社2003年版。

蒋寅编译:《日本学者中国诗学论集》，凤凰出版社2008年版。

早稻田大学中国诗文研究会创办的《中国诗文论丛》，发表了大量相关论文。目加田诚、松浦友久、村山吉广、稻畑耕一郎、河野贵美子等学者先

① 张隆溪:《钱锺书谈比较文学与"文化比较"》，载《读书》1981年第10期。

② 曹顺庆主编:《东方文论选》，四川人民出版社1996年版。

③ 陈怀宇:《没有过去的历史：学术史上的日本东洋学——读〈日本的东方：将过去转化为历史〉》，见张西平主编《国际汉学》第十七辑，大象出版社2009年版，第280—286页。

后活跃在各时代的诗歌研究舞台。他们的著述不少被译成汉语在中国出版，其中松浦友久的多数著述，皆有中文译本。兹列如下：

『李白——詩と心象』，社会思想社1970年版。

张守惠译：《李白——诗歌及其诗歌及其内在心象》，陕西人民出版社1983年版。

『中国诗歌原論——比較詩学の主题に即して』，大修館书店1986年版。

孙昌武、郑天刚译：《中国诗歌原理》，辽宁教育出版社1990年版。

『詩歌の諸相——唐詩ノート』，研文出版1981年版；增订版研文出版1995年。

陈植锷、王晓平译：《唐诗语汇意象论》，中华书局1992年版。

『李白研究——抒情の構造』，三省堂1976年版。

刘维治译：《李白诗歌抒情艺术研究》，上海古籍出版社1996年版。

『リズムの美學——日中詩歌論』，明治書院1991年版。

石观海、赵德玉、赖幸译：《节奏的美学——日中诗歌论》，辽宁大学出版社1996年版。

『李白伝記論——客寓の詩想』，研文出版1994年版。

刘维治、尚永亮、刘崇德译：《李白的客寓意识及其诗思——李白评传》，中华书局2001年版。

『诗歌三国志』，新潮选书1998年版。

加藤阿幸、金中译:《诗歌三国志》，西安交通大学出版社2005年版。

『万葉集という名の相関語——日本詩歌ノート』，大修館书店1995年版。

加藤阿幸、陆庆和译：《日中诗歌比较丛稿——从〈万叶集〉的书名谈起》，民族出版社2002年版。

松浦友久另外还有《中国诗选（三）唐诗》（社会思想社）、《唐诗之旅——黄河篇》（社会思想社）、《中国名诗集——美之岁月》（朝日新闻社）、《校注・唐诗解释辞典》（编著，大修馆书店）、《汉诗事典》（大修馆书店）等。他的著述之所以能有这样多的中译本，首先是因为他研究的特色鲜明。由于他本来学的是日本古典文学，在研究中国诗歌的时候，往往提出一些别人意识不到或者认为根本不是问题的问题，敏锐地发现一些两国表达方式不同之后折射的文化差异，对一些悬案提出自己的看法。为了表达自己的发现，还有意自造语汇，这些都使人眼睛一亮。看重与中国学者面对面的交流，抓紧一切时机提升自己的口语能力，也是他能够交到很多中国学者朋友的重要原因。①

在各类文学体裁中，诗歌或许最容易折射社会经济文化生活的变迁。60年代日本经济高速发展之后，旅游潮骤涨，80年代以后“到中国去”的观光热持续升温，“三国之旅”“唐诗之旅”“敦煌之旅”等电视风光片令人倾倒。松浦友久堪称诗歌地理学的“诗迹”研究形成的众多因素之中，不能排除这种旅游文化的启示。多年后中国“唐诗之路”研究兴起，两者之间有时差、温差、体量差、内核差可陈，而其与各自旅游文化的相关性，却

① 王晓平：《追寻中日比较诗学的悬案——忆松浦友久》，见王晓平著《日本中国学述闻》，中华书局2008年版，第143—149页。

不乏相似之处。

在70年代以前，我国学者与国外学者学术交流的渠道四面不通，对于中国以外各国之间的交流现状的把握更是信息不畅。其实，在发达国家之间，那些具有现代学术观念的学者便早已逃出本国学界的狭隘视野，各有一些学者专门将汉学的东渐西传于相互之间的浸润互通作为重要课题加以研究。欧美汉学者的交流通道始终并未闭塞。

1924年，日本第三高等学校成立中国研究会，狩野直喜在会上发表了题为《关于研究中国的目的》的讲演。其中强调，西方各国研究中国，各有其目的。法国在百年以前，法兰西学院设立了中国学讲座，第一代有雷慕沙教授（Jean Pierre Abel Rémusat）、儒莲（Stanislas Julien）、德理文侯爵（Marquis d'Hervey de Saint-Denys）、沙畹（Édouard Chavannes）、马伯乐（Henri Maspéro）五位教授，而且原来是一个讲座，变成了两个讲座，河内有远东学院。中国学发达的原因是传教士的活跃。中国学由传教士，进而进入世俗。法国与中国的关系是纯粹学术的态度，是作为世界文明之一种的态度。日本过去的文明，无一不受中国文明思想方面、法律制度、音乐美术的影响，例如浮世绘。在讲演中，他还继续谈到德国与俄国的汉学研究。[①]

早在1925年，石田干之助便著有《欧美中国学界现状一斑》一书[②]，他后来所著《欧洲人的中国学研究》[③]，追溯欧洲各国有关中国的从古代中世的知识发展的轨迹，评述至19世纪中国学形成的脉络，被视为石田名著得到好评，增订再版（日本图书1946年版）、三版（日本图书1948年版），以应学者之需。后又增添了20世纪研究的发展、研究者评传等，成为《欧美中国研究》[④]，给后进很大启发。

---

①［日］狩野直喜：『支那學文藪』，みすず書房1973年版，第434頁。

②［日］石田幹之助：『歐米支那学界現狀一斑』，東亞研究講座第6輯、東亞研究会1925年版。

③［日］石田幹之助：『欧人の支那研究』，現代史学大系第8卷，共立社1932年；增補版日本図書1946年版、1948年版。

④［日］石田幹之助：『西洋人の眼に映じたる日本』，岩波講座日本歷史第七回国史研究会編，岩波書店1934年版。

《欧美中国学界现状一斑》《西人眼中的日本》[①]《欧洲人的中国研究》《欧美、俄罗斯、日本的中国研究》[②]以及后藤末雄著《中国思想的法国西渐》[③]《中国文化与中国学的起源》[④]《东西方的文化流通》[⑤]等著作的出版，说明了日本学界对中国学术文化西渐问题的密切关注。此外尚有：

『東西の文化流通』，第一書房1938年版。

『生活と心境』，第一書房1938年版。

『支那四千年史』，第一書房1940年版。

『乾隆帝伝』，生活社1942年版。

『芸術の支那　科学の支那』，第一書房1942年版。

『日本・支那・西洋』，生活社1943年版。

『支那四千年史』，第一書房1940年版。

以及山田岳阳楼著『支那学の世界に与へつある影響』（1925年）与青木富太郎著『東洋学の成立とその発展』（1940年）。

那么，哪些欧美学者的汉学著述被译成了日语，这些译本在日本学界又激起了哪些反响？这个问题还没有见到系统全面的研究成果，这里仅就并不完整的资料，做一梳理。

美国传教士明恩溥（Arthur Henderson Smith）1872年到中国，在山东传教，1920年返美，在中国生活长达近50年。1894年所著《中国人的素质》（*Chinese Characteristics*），于1890年出版，四年后出版了增订版。两年后即有了涩江保的日译本[⑥]。更大影响的译本出现在40年后的1940年，由

---

①［日］石田幹之助：『歐人の支那研究』，現代史学大系第8巻，共立社1932年；増補版日本図書1946年版、1948年版。

②［日］石田幹之助：『歐米・ロシア・日本における中國研究』，科学書院1997年，「中国研究」2冊を合本復刻。

③［日］後藤末雄：『支那思想のフランス西漸』，第一書房1933年版。『中国思想のフランス西漸』，平凡社東洋文庫2巻，1974年版，矢沢利彦校定，のちワイド版。

④［日］後藤末雄：『支那文化と支那學の起源』，第一書房1938年版。

⑤［日］後藤末雄：『東西の文化流通』，第一書房1938年版。

⑥［美］アーサー・エチ・スミス著，渋江保訳：『支那人気質』，博文館1896年版。

京都大学教师白神彻翻译[①]。

神谷正男在竹内好等编的《中国文学报》的《翻译时评》专栏中发表文章，介绍此书说："正如其前言所说，该书在欧美各国数十年被广泛阅读，在论及中国人性格、中国民族性的时候，史密斯的名字在欧美各种文献中绝不罕见，在我国也早有定评，被很多研究中国的书籍所引用、提及。"该书有汉、日、法、德等多种版本。明恩溥列举了孝顺仁爱、重责守法、处处节俭、勤劳刻苦、礼貌待人、忍耐包容、善于吸收、知足长乐、生命力强这些中国人的优点，也指出了中国人的缺点：墨守成规、死爱面子、相互猜疑、思维混乱、好兜圈子、麻木不仁、有私无公、因循守旧、缺少信用、安于寄生、重裙带关系、蔑视外国人、缺乏利他主义、多神论、泛神论和无神论。他的这些观点影响了很多日本学者的中国人观，在很长时期构成了对中国人的刻板印象。

高罗佩《中国古代的性生活》被译成日语[②]，井波律子认为："高罗佩所描绘的中国人对性的基本概念，对于中国独特的文化、文学、历史富于启发。例如，中国旧小说里很少描写一对一男女的紧张关系，与让一切存在调和、持续的宇宙生成原理相均衡，谁都不予排除，直至同等救赎的共存结局。当然有作为制度的一夫一妻制，存在于在不作这种恋爱悲剧的基础里。只令感觉奇怪的这种制度本身，是由以持续与共生为宗旨的性哲学乃至生存哲学而被正当化的。高罗佩说，在很多女性共生的家庭里疲惫的男人们，喜欢与高级娼妓进行知性的交谈，保持与通常见解对立的关系。强韧的汉民族，就这样大气地与宇宙共生，悠然地以'一味愕然的恢复力'跨越惊人的激动期，活下去，进而增加人口，守住民族的、政治的独特性。本书鲜明地阐明了汉民族情人性的基本构造的一个组成。"[③]

《中国古代的性生活》曾名《中国古代房内考》，译者在后记中写道：

> 高罗佩的大才到底不是凡夫俗子所能掩蔽的，即便从他检索对

① ［美］アーサー・エチ・スミス著，白神徹訳：『支那的性格』，中央公論社1940年版。

② ［荷兰］R. H. ファン・フーリック著，松平いを子訳：『古代中国の性生活——先史から明代まで』，せりか書房。

③ ［日］井波律子：『中国のアウトサイダー』，筑摩書房1993年版，第196—197頁。

> 象的中国文献来看，从正史到稗史、随笔、俗文学，还有封闭的日本学者称为俗书而不用的文献，都大胆拿来，涉猎范围之广，读书量之多，深不可测。而且对日本资料的选择也很准确。可以看出是从积极的交友中得来的正确信息，看上去是不经意的说法，让人感到其深处有着无以伦比的深广学识，有着不为专业所束缚的灵活思考，随处有打动胸臆的地方。[①]

高罗佩还于1949年写出《中国钓钟杀人事件》，1950年写出《中国迷宫杀人事件》，后者以《迷路杀人》之名由鱼返善雄译成日语，由讲谈社于当年出版。

美国学者柯文（Paul A. Cohen）所著《在中国发现历史：有关近代中国的美国著述》[②]，佐藤慎一翻译的日译本1988年由平凡社出版[③]，书名改作《知的帝国主义——东方主义与中国形象》。

阿瑟·韦利《白居易的生涯及其时代》，由花房英树译成日语出版，高桥和巳撰写了《韦利的白乐天》一文，指出虽然从专业的角度讲，该书存在理应指出的缺陷，但同时谈到中国研究时，却说："在中国，白居易被作为优秀的人民诗人受到赞扬，被很多研究者多次作为研究对象，苏仲翔、王拾遗、褚斌杰、万曼、范宁、王进珊等的传记虽然里面有两三件事迹的年代考订、社会背景的说明方面，包括了有些新解释，但是在整体上超过韦利这本书的著述还没有出现。"[④]

斯坦福大学教授刘若愚（Jamaes J. Y. Liu）《中国诗学》（*The Art of Chinese Poetry*），由佐藤保译出，1972年由大修馆书店出版。

刘若愚在1971年9月为该书日译本所撰写的序言中说：

---

①［荷兰］R. H. ファン・フーリック著，松平いを子訳：『古代中国の性生活——先史から明代まで』，せりか書房1992年版，第505頁。

② *Discovering History in China*：*American Historical Writing on the Recent Chinese Past*. New York：Columbia University Press，1984。

③［美］P. A. コーエン著，佐藤慎一訳：『知の帝国主義——オリエンタリズムと中国像』，平凡社1988年版。

④［日］高橋和巳：『高橋和巳作品集8　エッセイ集（文学篇）』，河出書房新社1971年版，第435頁。

> 本书本来是为向西方读者介绍中国诗歌的本质与中国传统诗观而撰写的，日本读者，特别是对中国文学有相当教养的日本读者看来，或许有不适当的地方吧。但是，本书采用了现代文学批评方法和观念，或许也有“发前人所未发”的所谓“一得之愚”。如果能对日本读者加深对中国古典诗歌的理解和鉴赏的话，那就不辜负佐藤君译成日语的苦心了，同时，那当然也是著者之大幸。①

佐藤保为译本撰写了长篇后记与解说，其中指出，不论是西方人还是日本人，对于中国诗歌并无大异，甚至正因为是日本人反而会有荒唐的误解，这主要是因为训读这种独特方法将汉字直接置换成日语的音训而引起的，自觉的分析探讨就可以弥补这种弊病。②

译者在肯定本书分析阐释的中国诗歌种种特性，以及令人信服的揭示之外，也感到书中有十分重要的缺失。在读作者对李商隐诗歌的分析时也同样感到，作者饶有兴味地剖析了李商隐晦涩的表达方式，阐明了彼此的关联，却没有回答他为何写得如此晦涩的问题。作者对于李商隐诗风与诗人社会存在方式、政治思想，或者诗歌的社会性的关联，探讨很不充分。译者说：

> 著者或许说，这些与诗歌的目的、诗歌的本质没有关系，但是我想在中国的场合，诗与诗人的存在，是不是政治性的呢？它是不是强烈规制诗歌本质的呢？即使不直说它是“政治性”的，而著者所说的“诗歌是否（whether）具体表现了独特的首尾一贯的世界”，“是怎样（what）种类的世界”“为何（why）具体表现那样的世界”，这些问题毕竟是不能无视的。我充分认识著者并非唯美主义者、艺术至上主义者，同时，也对其结果是否过多以普遍的形式来谈论表现美的世界与人的情感有所疑问。③

---

①［美］劉若愚著，佐藤保訳：『新しい漢詩鑑賞法』，大修館書店1972年版，第1頁。

②［美］劉若愚著，佐藤保訳：『新しい漢詩鑑賞法』，大修館書店1972年版，第269頁。

③［美］劉若愚著，佐藤保訳：『新しい漢詩鑑賞法』，大修館書店1972年版。

法国大学里专攻中国文学的学生，特别是想成为研究者的学生，以前一直必须长时间学习日语，然后90年代以来，这种现象悄然发生了变化，学习日语的学生逐渐少了起来。兴膳宏注意到这一现象，并撰文做了分析，将原因归结为学习日语的负担重、日本书籍昂贵等，除此之外，特别强调的是日本学者要在研究的独创性上反省。他说："日本的中国学者对非中文圈的中国文学研究成果大多生疏，我只是希望这不是我们优越意识的反正面。"①

沙畹1889年成为柏林的法国公使馆馆员，倾注于中国古典研究，著《史记》法译全五册（第一卷绪论有日译，新潮选书1974年版），虽然他的翻译工作止步于《世家》，但《史记》的内容由此而清晰地传入西方世界，成为基础，产生了将司马迁与《史记》一并研究的研究者。战后，美国的巴顿·华兹生（Burton Watson）出版了《司马迁：伟大的中国史学家》（日译本，筑摩书房1925年版）。苏联的尤·埃尔·克罗尔《历史学家司马迁》（莫斯科刊1970年版）问世，前者从文学史方面探究史记记述的次第，后者根据马克思列宁主义历史观，追究秦汉剧烈变动的历史。两者立场不同，但都是冷战期间在《史记》中谋求对中国的理解。司马迁与《史记》的研究由此推向世界。借用沙畹《序论》末尾的话说："四千年中国的历史只要还在继续，司马迁的荣光就是不灭的。"

武田泰淳所著1943年由日本评论社刊出的《司马迁》，战后增补润色，题作《司马迁——史记的世界》，收入讲谈社文库。小竹文夫、小竹武夫的《现代语译史记》，1957年弘文堂刊，1995年收入筑摩学艺文库。1965年武田泰淳为讲谈社新版撰写的序文，一开头就从美国学者巴顿·华兹生的《司马迁》译本谈起：

> 美国人华兹生《司马迁》的译本，由筑摩书房出版了。
>
> 要读《史记》这部大书的原文，即便是看惯了汉字的日本人，也是困难的。汉字与罗马字不同，不是标音文字，所以很为"美国人读得不错呀"而感动。《史记》曾有沙畹的法语译本，虽然是一部分，而

① [日] 興膳宏：『古典中国からの眺め』，研文出版2003年版，第87—88頁。

> 华兹生作为百人研究者是二号投手，华兹生从1951年秋到1955年夏，一直在京都大学研究生院读书，因此他的日语也很纯熟，其研究心高涨使人不能不惊异。
>
> 的确，学问的世界，没有国境！①

他认为，为什么在和、汉、洋书海之中，《史记》能受到人们的珍爱，正是因为其内容本身有着“以好懂的历史理论和伦理判断解决不了的、极其丰富的‘真实’”。他还进一步阐释说：“昔日的这种‘真实’，只要是人类还继续生存下去，就一定有确凿的定理也好，我们却常只不过是不可能看准‘全体’、理解‘全体’的‘人类’部分中的一员，于是也就完全不能读懂古典隐蔽的、太过复杂的教训，不能把它们整个变成自己的东西。”他说：

> 历史不容反复。这即便是清楚的，但孕育出“历史”本身的人类所背负的、作为宇宙生物一种特殊的“性格”与“命运”，不仅依然附着在我们身上，而且越来越膨胀起来，被不断明确化（或者暧昧化）。
>
> 地球，越来越小了。直到这个浮游的旋转球体已跑出外边，从外侧来观察我们的“大地母亲”成为唯一的挽救为止，是越来越狭小了。尽管是越来越狭小了，但未必由此会不断确立起一个关于人的统一见解。栖息于球体表面的人数，不停地增长着，相互的接触也更加密切，但人却不能真正相信人间的真爱。②

作为一位感情丰富的作家，武田泰淳最关注的是人的生存困境。他从早年撰写的《司马迁》一书起，便在《史记》中寻找何谓人、人当如何生存的问题。他认为人们永远可以从《史记》中去寻找回答这些问题的力量。他说：

> 壮丽的梦想与凄惨的执着相互纠结，令人精神痉挛。“人啊，你到

---

①［日］武田泰淳：『司馬遷——史記の世界』，講談社1997年版，第4頁。

②［日］武田泰淳：『司馬遷——史記の世界』，講談社1997年版，第6頁。

底是什么呀？”的叩问，重新、更深更重更广地令我们难以喘息，同时相反（不可思议地）也令我们愉快！也许比诞生更早，那个叫作司马迁的男子，男子汉式地面对这一难题，他奋不顾身的姿态和巨大的身影，就像瘆人的日蚀，覆盖在现代的我们的日常之上。其姿态与身影的继承、担当者，是历史家呢，还是物理学者呢，还是文学者呢，还是我们完全不该知道的新行动者呢？我们现在还没有回答的力量。[①]

小仓芳彦《入门史记时代》在谈到《史记》研究时，认为华兹生的著述从文学史料的角度对《史记》做了富有特色的解读，苏联1970年莫斯科刊行的克罗尔所著《历史学家司马迁》用马列主义史观剖析秦汉巨变期的历史，两者立场不同，均是冷战时期通过解读《史记》进而理解中国的专著。司马迁与《史记》研究在世界的发展，借用一位学者的话来说，只要四千年的历史还在由此延续，那么司马迁的荣光便永不磨灭。[②]克罗尔采用的是什克洛夫斯基和托马舍夫斯基等创造的俄国形式主义的方法，他的《历史学家司马迁》没有日译本。

冲破国界的不仅是中国研究本身，也包括对中国学家的研究。内藤湖南虽然是以中国历史研究为主，但中国文学的研究也曾经有过不可忽视的影响。20世纪末以来，关于内藤湖南的研究越来越引人瞩目。日本先后出版了青江舜二郎的《龙的星座——内藤湖南的亚细亚生涯》[③]、三田村泰助的《内藤湖南》[④]、千叶三郎的《内藤湖南及其时代》[⑤]、加贺荣治的《内藤湖南传纪》[⑥]等书籍。美国学者傅佛果（Joshua A. Fogel）以《内藤湖南：政治与中国学》获得哥伦比亚大学博士学位，他的这部书由井上裕正

①［日］武田泰淳：『司馬遷——史記の世界』，講談社1997年版，第6頁。

②［日］小倉芳彦：『入門 史記の時代』，ちくま学芸文庫1996年版，第327頁。

③［日］青江舜二郎：『竜の星座 内藤湖南のアジア的生涯』，朝日新聞社、のち中公文庫。

④［日］三田村泰助：『内藤湖南』，中公新書1972年版。

⑤［日］千葉三郎：『内藤湖南とその時代』，国書刊行会1986年版。

⑥［日］加賀栄治：『内藤湖南ノート』，東方書店1987年版。

译成日语，由平凡社出版[①]。而由日本内藤湖南研究会编撰的《内藤湖南的世界》，则于2005年在西安出版[②]。

傅佛果在他的书中以公众知识分子的视角来考察内藤湖南，所谓公众知识分子，即“不卷入其时的政治漩涡，而就公众事务不断表明意见者”，内藤湖南辞世之前，一直是日本中国问题——日本应该如何与当今中国相处的切实问题——的最大权威，晚年湖南虽隐栖京都乡下，但去拜访他的人络绎不绝。也就是说，湖南一生一直是就中国问题给日本人指针的人，公众知识分子正是湖南的侧面。因而，著者搜罗了尚未收入《内藤湖南全集》而发表于报刊上的论说，详细介绍了湖南所撰《清朝衰亡论》《清朝史通论》《中国论》《新中国论》等。

由于内藤湖南提出的中国历史分期法，在世界范围内的中国历史学界极为知名；其“唐宋变革论”（或称“宋代近世说”）在日本乃至世界汉学界几乎被视为定论，在中国学界也广受重视。傅佛果在书中对内藤湖南的中国历史分期法全貌做了详细介绍，同时对产生这一学说的时代背景和个人因素做了深入探讨。内藤湖南的一生，前半生是作为记者，后半生是作为大学教授和汉学家。而在傅佛果笔下，打通传主前后两个阶段的则是其作为政论家的身份——传主终生都在摸索中国的前途问题以及日本在其中应发挥什么作用的问题。由此，傅佛果呈现了一个复杂的内藤湖南的形象：他热爱和推崇中国文化，但其言论却多有为日本侵略中国张目之处——站在中日之外的第三者的立场上，傅佛果对传主的评价或许更显客观。

2016年，由陶德民、何英莺翻译的《内藤湖南：政治与汉学（1866—1934）》由江苏人民出版社出版。

宫崎市定《美国的中国研究一瞥》中谈到美国学者的中国史学研究时说：

---

①［美］J. A. フオーゲル著，井上裕正訳：『内藤湖南　ポリティックスとシノロジー』，平凡社1989年版。

②［日］内藤湖南研究会编著，马彪、胡宝华、张学锋、李济沧译：《内藤湖南的世界》，三秦出版社2005年版。

> 美国的中国研究，其擅长的地域研究方法，产生出超越地域研究的结果。中古，日本、朝鲜对普通欧美人来说是个特殊社会，就将其特殊性如实对待，地域研究本来是应该挖掘到横亘于其根柢的人类社会的普遍性，但是实际操作起来却很难，于是也就只对其特殊性引起兴趣。不仅是美国，欧洲的东洋研究的出发点也都具有这种倾向。[①]

那么，日本学界应该向美国的中国研究学习些什么？宫崎市定如是说：

> 其作为地域研究的社会学的、统计学或者民族学的方法姑且不论，首先应当学习的是其整体视野的广阔。在美国学者所写的概论书里，有些十分精彩。《伟大传统的世界远东》就是可以拿到日本来当教材的。欧洲学者立足于广阔视野、具有独特见识对任何事情都能做出准确评价的人很多，这一点，遗憾的是，坏意思上的“他力本愿”、顺应大势主义的很多的日本人反而不及。[②]

他认为，日本学界应该放弃日本是中国研究的唯一先进国的这种自信，虚心坦怀地做一次反省。

与日本的相关性成为这一类欧美译著的卖点。译成日语的欧美学人著述很多，例如埃兹拉·庞德《作为诗的媒体的汉字考》[③]、葛兰言《中国的节庆和歌谣》[④]、韦利《李白》[⑤]、薛爱华《神女：唐代文学里的龙女与雨女》[⑥]、何秉棣《科举与近世中国社会》[⑦]、余英时《中国近世的宗教伦理

---

①［日］宫崎市定：『中国に学ぶ』，朝日新聞社1971年版，第220頁。

②［日］宫崎市定：『中国に学ぶ』，朝日新聞社1971年版，第221頁。

③［日］高田美一訳：『（アーネスト・フェロサ＝エズラパウンド芸術詩論）詩媒体漢字考』，東京美術1982年版。

④［法］マルセル・グラネ著，内田智雄訳：『支那古代の祭礼と歌謡』，平凡社1989年版。

⑤［英］A.ウェイリ著，小川環樹、栗山稔訳：『李白』，岩波新書1973年版。

⑥［美］エドワード・H.シェーファー著，西胁常記訳：『神女　唐代文学における龍女と雨女』，東海大学出版会1978年版。

⑦ 何秉棣著，寺田隆信、千種真一訳：『科挙と近世中国社会』，平凡社1993年版。

与商人精神》①、张光直《中国青铜时代》②，以及韦利著、加岛祥造译的《袁枚　十八世紀中国の詩人》等。

汉学学者有机会到国外游学，一般想来首先自然要到中国，而事实上并非全然如此。因为从外国学者来看，从不同的文化语境来研究中国文化的成果都各有其价值。对不同的问题的探究各有深有浅，对某一课题的开掘有先后之分本属自然，不应以国划界，而应考量解决问题的方法与程度是否属于前沿。

1980年，兴膳宏拿到文部省经费首次前往巴黎，当被问到一个中国学者为什么不到中国而到法国的问题时，他的回答是：生活在历史上长期受着中国文化影响的国家，日本人研究中国，有时很难摆脱中国影响，但如果换一换而从与中国、日本全然无关的法国或欧洲的角度，回过头来看中国和日本，也许能够轻松地将中国当作一个真正的“他者”③。

他特别看重以弗朗索瓦·于连（Francçis　Jullien）为代表的法国汉学者的新潮流，称赞于连的《无味礼赞——论中国思想与美学》④虽以论述中国哲学、美学为务，可“最终关怀，却是落实在于他更为切近的欧洲精神世界的问题上”⑤。他特意将译作的副题改为“中国与欧洲的哲学对话”⑥。

但兴膳宏也并非满意于连的阐述，他还说过：“现实的中国、中国人，或许把‘无味’‘中庸’，视为最无缘的存在。我也不想否定他们。理想，正因为其为理想，可以说在现实世界里就很少会具现，但是如果认为非‘无味’的中国人，在意识底流一直持有‘无味’思想，那不也是意味深长

① 余英時著，森紀子訳：『中国近世の宗教倫理と商人精神』，平凡社1991年版。

② 張光直著，小南一郎、間瀬収芳訳：『中国青銅時代』，平凡社1989年版。

③［日］興膳宏：「ランス、シノロシー体験記」，載『異域の眼』，第155頁、第243頁。

④ Francois Jullien. *Eloge de la fadeur：a parlir de la pensée et de l'esthétique chinoises*. Paris：Philippe Picquier，1991.

⑤［日］興膳宏、小関武史訳：『無味礼賛——中国とヨーロッパの哲学の対話』，平凡社1997年版，第258頁。

⑥［日］興膳宏：『古典中国からの眺め』，研文出版2003年版，第87—88頁。

的吗？”[①]数年后，于连的这部著述也引起了中国学者的注意。[②]

另一个重要的原因，是兴膳宏发现，有一些中国国内学者研究缺位的课题，在法国学者那里却能找到，这些成果，正可弥补中国国内学者研究的短板。在悼念法国学者吴德明（Yves Hrvoued）的文章中，他特别提到吴德明1964年出版的《汉代宫廷诗人：司马相如》[③]，还特意引用了该书序言中的一段话："司马相如，是不管在不在中国，大多数研究中国的学者几乎都不去读。虽说没有好好去研究和理解，却像是懂得而谈论的作家之一，为他撰写的论文很少，以他为题目总体上多少有价值的业绩，至今尚未刊行。"

这一现状，在该书刊行后的90年代也没有改变。80至90年代，中国出现了司马相如作品的校注，却仍然没有真正的作家论、作品论问世，而吴德明的长达480页的专著却依次论述了司马相如的生平、对西南地区的开发、中国文学中司马相如的地位、基于人生与著作的司马相如的性格与思想、赋的主题与结构、国有名词与具象语汇、叙述语汇、节律与韵律、司马相如与后世等问题。另外，吴德明还著有《史记第百十七章——司马相如传》[④]，对《史记·司马相如传》原文详加译注。兴膳宏还注意到吴德明晚年所著《古代中国的爱与政治：李商隐诗百首》[⑤]。有关李商隐的研究，1962年珀尔·得密埃布耳的《中国诗选》[⑥]，仅收李商隐诗歌三首，而为其译注的正是吴德明，这或是吴德明李商隐研究的胚胎。司马相如和李商隐的作品皆以难读著称，而吴德明的研究和翻译无疑是独树一帜的。

二、中国文学的世界性

1968年法国文学研究者桑原武夫在与吉川幸次郎对谈时说："尽管中

---

① ［日］興膳宏、小関武史訳：『無味礼賛——中国とヨーロッパの哲学の対話』，平凡社1997年版。

② 李璞：《味—淡—味——试论法国汉学家弗朗索瓦·于连〈淡之赞〉中的中国诗歌思想》，见张西平编《国际汉学》第二十辑，大象出版社2010年版，第261—266页。

③ *Un poète de cour sous les*：*Sseu-ma Siang-jou*. Presses universitaires de France，1964.

④ *Le chapitre* 117 *du Che-ki*. Biographie de Sseu-ma Siangjou，1972.

⑤ *Amour et politique dans la Chine ancienne*：*Cent poems de Li Shangyin*. Paris，1995. p.324.

⑥ *Anthologie de la poésie chinoise classique*. Gallimard，1962.

国文化在当时日本知识分子中间评价很低，但中国文化里面不是具有与世界性、普遍性相关联的东西吗？它虽是汉民族创造的，却广被亚洲诸国接收，有这样的普遍性。因而当欧洲人板着脸说世界文化只是欧洲文化的时候，我从一开始就不服。”[①]他还说：“我喜欢中国古典的地方，是独特的逻辑。它们与亚里斯多德以来的西方逻辑不同，却是讲得有条有理。日本也有称为逻辑、感伤的好东西，但那是直观的，而不是推理，而在中国，却是有与西方逻辑学相近得多的东西。”[②]

国际学术合作应该是在真诚讨论的基础上达成的。以理雅各和王韬的合作为例，《诗经》是王韬最擅长的，理雅各在《诗经》译本的注释里提到王韬20多次，并且解释了他为什么同意或者不同意的理由，两人的分歧点在于理雅各觉得王韬对《诗经》的理解过于传统，他更偏爱朱熹。

自古以来，中国文人就有以文会友的传统。研究中国文化的各国学者的交往，受到中国文化熏染是十分自然的。国籍不同、民族不同、文化背景不同，在面对共同研究对象进行的学术交流中建立起学术友情，也具有鲜明的中国特色。

美国芝加哥大学东亚语言文化学系教授钱存训（1910—2015）所著*Written on Bamboo and Silk*：*the Beginnings of Chinese Books and Inscriptions*于1962年由芝加哥大学出版社出版，1975年香港中文大学周宁森博士译成中文本《中国古代书史》，1980年，又由宇都木章、泽谷昭次、竹之内信子、广濑洋子译成日文本《中国古代書籍史——竹帛に書す》，由法政大学出版局出版。泽谷昭次还曾将陈国庆《古籍版本浅说》，译为《漢籍版本入門》，1984年由研文出版刊行，成为日本书志学研究者重要的参考书。

日本学者宫崎市定曾在法国留学，与法国、美国、德国调查中国历史研究现状，与各国汉学家交游。在他撰写的《美国的中国研究一瞥》中特别留意到在美华裔学者存在的意义，并不仅限于推进研究。由于他们在参照中国人过去、现在成果基础上用英文发表自己的研究，对于让外国人接近中国学界发挥了重要作用。他说：“自古以来中国人对于本国文化都

①［日］吉川幸次郎：『中国文学雜談』，朝日新聞社1977年版，第99頁。

②［日］吉川幸次郎：『中国文学雜談』，朝日新聞社1977年版，第103頁。

抱有极大的自信，住在美国也好，住在欧洲也好，研究中国文化承认不变的价值，在美国大学以中国研究为题目获得学位，毫不感到矛盾。这样在美国接受教育、精通英语的中国学者，用英文撰写论文，在注释中介绍中文资料和研究，对于东西文化交流做出了极大贡献。中国学者发表的研究成果，在美国的中国学界，不论是量还是质都是非常重要的部分，蔚为壮观。”[①]90年代以后，张隆溪、蔡宗齐、吴伏生等来自中国大陆而在美国接受学术训练的学者，陆续登上美国的大学讲坛，从事比较文学与中国文学研究，积极推动中美文学学术交流，成为一股新的学术力量。

在宫崎市定古稀之时，美籍华人学者杨联升作《宫崎教授古稀荣庆》以贺寿：

还历古稀皆拒贺，醇儒重实不求名。
云山无尽学无尽，遥祝先生过百龄。[②]

宫崎市定亦作《酬杨教授见祝古稀》以答谢：

挂绶已经几草黄，懒身慵学愧加龄。
犹存慷慨四方志，岂不求名只畏名。[③]

普林斯顿大学教授、宋史学家刘子健则作《宫崎先生古稀吉庆》：

净土洞天长享龄，扶桑乙部早知名。
从心所欲几人及，跨海远飞举世倾。[④]

宫崎市定生前与中国大陆学者的直接交流并不多，但他去世多年以后，其著作却在大陆陆续翻译出版，与文学相关的有《宫崎市定解读〈史

①［日］宫崎市定：『中国に学ぶ』，朝日新聞社1971年版，第213頁。
②［日］宫崎市定：『中国に学ぶ』，朝日新聞社1971年版，第308—309頁。
③［日］宫崎市定：『中国に学ぶ』，朝日新聞社1971年版，第309—310頁。
④［日］宫崎市定：『中国に学ぶ』，朝日新聞社1971年版，第311頁。

记〉》《宫崎市定解读〈水浒〉》等。

90年代末期以后，中国大学的普及与专业化程度大为提高，各级机构对哲学社会科学研究的经费资助递增，学术规范问题渐受关注，与此同时，过度的定量管理带来学术环境一系列变化。国外学人是怎样看待这个问题的呢？曾在北京大学任教的桥本秀美在《中国“学”的传统》一文中说：

> 在中国，制度、风潮对个人思想的影响是有限的。与在日本，制度、风潮对个人思想完全有很大不同。因而，现在中国进行的研究业绩评价方法，如果在日本进行的话，日本研究就会完全崩溃吧。在中国，政策是政策，个人是个人，个人一边与政策适当相处，一边还可能走自己的路。相反，即便政策多少有些极端，因为对个人的支配是舒缓的，这类政策还可以实施下去。而且这种政策与个人的舒缓关系，允许极端政策与政策不合的个人并存，但是同时并存的两者相互影响，结果社会风潮也形成变化的形态。①

桥本的看法可以从多方面解读。在各大学的文学院，不为名号、等级与冷冰冰的晋升条例所囿而孤诣独往的学术研究者或社会文化活动者亦是不少。身在其中的中国学人，需要靠自己切实不断的努力优化学术环境，使中外学术交流的渠道更为通达。科研管理部门是否也应当研究怎样使大学科研经费的“大锅饭”热起来，香起来，以使青年学者有更多、更好、更自由的机会出国访学，提升我国学者在国际学术会议上发声应答的整体实力。

1989年张岱年在《中华国学》创刊号上发表的《说“国学”》，认为国学除了义理之学（哲学）、考据之学（史学）、词章之学（文学）、经世之学（政治学、经济学）之外，还有天算之学（天文学数学）、兵学（军事学）、法学、农学、地学、水利学、医学等等，而且当代中国的学术思想也属于国学的范围。②国外汉学者对后者也有不少研究成果，鉴于国内研究者

① ［日］橋本秀美：『中国「学」の伝統』，爱知大学現代中国学会『中国21』，2005年2月，第56頁。

② 胡道静主编：《国学大师论国学》，东方出版中心1998年版，第161—164页。

多集中在文学、史学等领域，除此之外的研究就少了许多。即便从文学研究的角度讲，这些领域的研究也有值得深入探讨的地方。松本雅明在探究《诗经》成篇先后的问题时，用了较大篇幅探讨见于《十月之交》中的日蚀出现的年份问题，涉及古代天文学的重要问题①；在探究《鄘风·定之方中》的成篇时间时，参考了饭岛博士的历法说和桥本、平山等天文学家以及西方学者的推算②。今后，除了有必要在文、史、哲、政、经诸领域多下深耕细作的功夫外，其余领域也当有更多的学者加入到研究队伍中来，使国际中国文化的对话更为全面和广泛。

法国学者帕斯卡尔·卡萨诺瓦（Pascale Casanova）受福柯权力理论、布厄迪"文学场"和沃勒斯坦世界体系理论的影响和启发，提出了"世界文学空间体系"这一概念。她指出，翻译、文学评论、语言、出版以及政治等因素，都会对世界文学空间体系的权力结构产生重要影响。这一切因素，都离不开人——交流者的因素。因而在我们探讨20世纪世界文学学术交流史的时候，有必要把目光始终放在参与其中的人以及他们采用的行为方式上。

在鲁迅提出的"拿来主义"之后，袁行霈把"文化的馈赠"，视为追求文明的和谐与共同繁荣目标应当采取的态度和行为方式。③文化之间的关系，又并非只有这两件事。"拿来"和"馈赠"也并不是机械的物理过程，真正思想文化的交流与融合过程，较之物质交换要复杂艰巨漫长得多。文化和文学交流不会自然成为文化与文学发展的推进力，只有它们与我们内心变革的需要合拍的时候，才会产生共振而形成动力。世界需要中国文学，中国文学也需要世界。中国文学研究的国际化，不仅仅是将我们的文学推向世界，同时也意味着我们在这一进程中不断获取。汉学（中国学）的研究，就会变成把根扎在中国文化的大地上而又接受了多边文化浇灌盛开的花朵。

---

① ［日］松本雅明：『詩経諸篇の成立に関する研究』，弘生書林1987年版，第550—591頁。

② ［日］松本雅明：『詩経諸篇の成立に関する研究』，弘生書林1987年版，第492—510頁。

③ 袁行霈：《文化的馈赠》，载《北京大学学报》（哲学社会科学版）2004年第6期。

第　三　章

亚汉文学的分与聚

有学者将各国现存中国汉文典籍称为“汉籍”，而将汉民族以外各民族用汉字撰写的书籍称为“准汉籍”。从总体看来，这两类典籍都是汉文。“汉籍”多保存中国国内已散逸的宝贵文献，“准汉籍”则是中国文化影响东亚文化发展的直接见证，也是研究古代中国与周边各国关系的第一手材料。

汉字手书是汉文化圈一个重要文化现象。写本（也叫抄本，旧亦多称钞本）是中国典籍传播与影响周边文化的早期载体。保存在域外的汉文写本折射出中国文化独特的发展模式和传播方式，是研究我国历史文化、语言文字、书法艺术等多方面学问的重要资料。把它们一个不差地请回故里，是二百多年以来几代中国学人的一个心愿。汉字的艺术性、创造性和柔韧性是周边各国丰厚的写本文化之基础。汉文写本的文献价值是不可替代的，同时，古写本中还不乏艺术瑰宝。今天，古写本面临岁月侵蚀、残损磨灭、失真失传的危机，一旦失去，无可补救。汉文古写本的整理和研究不仅对于纠正周边文化研究中轻视汉文化的偏差具有重要意义，而且对于汉字文化研究也将给以有力的推进。

亚汉文学，亦称东亚汉文学，特指古代朝鲜半岛、印度支那半岛、日本列岛以及19世纪末被日本强占的琉球群岛等地区的各非汉民族作者用汉文创作的各类体裁的文学作品，简称“亚汉文学”。

亚汉文学是中国周边各民族吸收汉文化以建构本民族语言文学的引擎，伴随着这些民族走过了漫长的文化旅程，并最终成为其民族文化不可切割的一部分。亚汉文学是上述地区文学发展的核心资源和文化遗产之一，对民族语言文字、文学和文化的发展发挥过巨大的影响，各地区作者在“本民族情思”与“中国文体”和谐统一的艺术追求中显示出多彩的创造力，丰富了汉文化的内涵。

亚汉文学在世界文学发展中占有一席之地，是亚洲独具特色的文学，有别于欧洲非拉丁语国家作者创作的拉丁语文学，其作者与今日所说的用外语写作的作家也不尽相同。然而，近代以来亚汉文学研究在各地区不仅受到西方中心文化观的挤压，更遭到民族主义思潮的多重排斥，既淡出作为外国文学的中国文学的研究视域，又在本土文学研究领域频遭冷遇。

亚汉文学承载了中国与周边各民族复杂的文化关系，包含着中国文学史、中国文学域外传播史、中外文学交流史等不可或缺的内容。亚汉文学研究与汉字文化研究相互关联，不宜割裂。将汉字研究从域内汉字研究扩展到域外，同时扩大中国古典文学的国际视野，并让文学观念尽可能切实契合古代亚洲历史语境，才有可能还原东亚文化的本来面目，重建汉字文化圈历史记忆。我国学者加强亚汉文学的整理研究，不仅具有现实的学术意义，而且具有良好的学术前景。

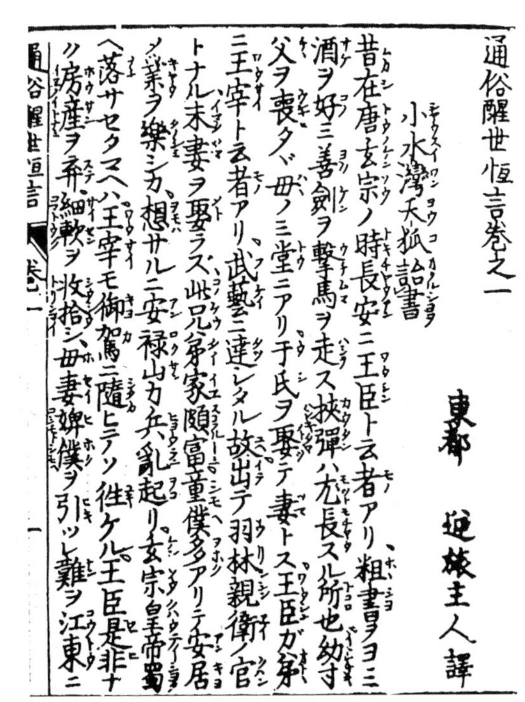

通俗醒世恒言巻之一
東都　逆旅主人　譯
小水灣天狐詒書
昔在唐玄宗ノ時長安ニ王臣ト云者アリ、粗書ヲヨミ
酒ヲ好ミ善ク劍ヲ撃馬ヲ走ス挾彈ハ尤長スル所也幼ニシテ
父ヲ喪ヒ毋ノミ堂ニアリ于氏ヲ娶テ妻トス王臣ガ弟
ニ王宰ト云者アリ、武藝ニ達シタル故出テ羽林親衛ノ官
トナル未妻ヲ娶ラズ此兄弟家頗富童僕多アリテ安居
ノ楽ヲ樂シカ、想サルニ安禄山カ兵乱起リ玄宗皇帝蜀
ヘ落サセタマヘハ王宰モ御駕ニ隨ヒテソ往ケル王臣是非ナ
ク房産ヲ弃細軟ヲ收拾シ母妻婢僕ヲ引ツレ難ヲ江東ニ
通俗醒世恒言　巻之一　一

1789年日本刊本《通俗醒世恒言》卷一之卷头

1981年，《暨南学报》第1期发表了黄轶球撰写的《漫谈日本汉文学名著——〈拙堂文话〉》，文中引用了芳贺矢一《日本汉文学史》的一段话，回答日本汉诗汉文究竟应该认为是中国文学，还是应该认为是日本文学的问题：

一国的文学用其国语写成，这是普通的见解。但是在外国也并非无此事例，像

> 弥尔敦曾以拉丁文作诗，还有腓列大王也以法文作文学。这弥尔敦的诗等，不能立即说是拉丁文学，仍旧应该认为是英文学的。因之日本人所作的汉诗文，也应该列入国文学中。……将它从日本文学除外之后，对日本便不能作完全的研究了。[①]

虽然这是20世纪见于我国的较早用“汉诗汉文”来指称日本用汉文创作的诗文，而不是指称“汉代的诗歌散文”或称汉民族的诗歌散文的例子，但我国前近代对周边文学的了解，则往往是从对那里的汉诗汉文开始的。我国学界对这一类文学的态度，往往是我国学者对周边文化态度的缩影。

第一节　亚汉文学与汉文化兴衰隆替的启示

何为汉文学？简单来说，就是用汉字书写的文学。盘点一下汉文学的家族，今天可以算成四大家：中国一家，日本一家，韩国、朝鲜一家，越南一家。从历史上说，还有古琉球国一家，现在是算在了日本一家里了。人们习惯把中国以外的汉文学叫作“域外汉文学”。域外汉文学虽是中国文学的亲戚，却是生在各方，平时不相往来，姓着各自的姓，过着各家日子。说来今天大家的日子过得都有些郁闷。古老的汉文学实际上已经成为一个被遮蔽或淡忘的历史符号。

一、汉文学在各国文学史上的地位

亚汉文学在各家文学史上的作用，是无可比拟与无以替代的。数百年甚至千年以上的历史文化，是赖汉字记录下来的，那些汉字的写本和印本中，有各民族的沉浮盛衰，也有各民族的喜怒哀乐。对于中国学者来说，

---

① 黄轶球：《漫谈日本汉文学名著——〈拙堂文话〉》，载《暨南学报》（哲学社会科学版）1985年第1期。

你要了解邻国的神话传说吗？你要读懂相邻民族的文化发展轨迹吗？你要摸清那里各个时代的学术思潮和主流意识形态吗？那你就不要绕开那里的汉文典籍，不要绕开汉文学。

《域外汉籍研究丛刊》

汉文学是亚洲学人同读共赏的文学遗产。它的影响不仅在于它拥有汗牛充栋的作品，并通过这些作品将各个历史时期各民族的悲欢离合传于后世，而且以大体相近的文体、文学观念和文学语言形成了一个覆盖广大东亚和南亚地区的、具有地域性的国际性质的文学体系。

一般认为，汉字是表意文字，而日本学者松浦友久却认为，汉字是兼有“表意”和“表音”的“表语”（logogram）文字，因而能够超越时间（历史）、空间（地域）而造成的发音差异和变化，宜于将其意义正确传达下去。汉诗生命力强盛的原因，首先就应该从“语言—文字—诗型”来加以考虑。他还认为，日本人喜欢训读汉诗，还在于它作为“文语自由诗”（非定型诗）恰好与和歌、俳谐等日本“定型诗”相辅相成，构成世界文学史上并不多见的“定型诗”与“非定型诗”并行不悖的格局。①

正因为汉字、汉语的特点，使得今天的我们经过汉字学习，不仅可以读懂秦汉以前的典籍，而且也可以在一定程度上读懂千年以前的域外汉文学文献。同样，具有较高汉文水准的越南学者，在阅读韩国、日本等国家的汉文学时，也不会遇到太大的困难，这给我们相互理解对方或多方古代文化带来极大便利。

当然，阅读的难易并不仅在于文字，还有文字背后言传不尽的文化内容。在相当长的历史时期内，汉文学反映了各国意识形态的主流，是社

---

①［日］植木久行、宇野直人、松原朗著，松浦友久编：『漢詩の事典』，大修館書店1999年版，第4—7頁。

会公认的文化价值观的体现，是各个时期文化担当者所必须掌握并首先使用的文学样式，是社会通行观念和作者个性的通用载体。在古代汉文学各家，有不以汉文学为主要写作体裁的作家，但却没有毫无汉文学修养而雄踞文坛的作家。

从各国对中国文学的选择来看，有相当多的内容是具有共性的，如儒家的“大同”理想和安邦治国的使命感、道家随顺自然的生命观和宇宙想象、佛家的无常观和慈悲观等等，都成为汉文学相通的内容；而重诗文的文体价值观、重风格韵味的审美意识以及多用典、喜美化、讲声律的语言技巧等等，都是可以相互欣赏，很容易沟通和理解的。日本学者河上肇曾经指出，汉字的魅力，是日本人至今还在作汉诗的原因之一。这就是说，社会生活中有汉字文化，那么，汉文学就会找到它的知音，鉴赏汉文学的历史便不会中止。

然而，各家汉文学的魅力，不仅在于它们的“同”，更在于它们的“异”。就文体而言，既有基本相同的汉文体，又有面目不同的各自的“变体汉文”和汉文与各民族文字的混合体；文学样式既有共同的古体诗、近体诗、笔记、传奇、志怪、历史演义，甚至笑话，又有中国文体适应本民族文化需要后培育出的体裁。今天域外有些“国文学史”，把汉文学排斥在外，或者轻描淡写，一把拿来西方文学史的套路就对各家“腰斩”一番，实际上很难说是一种完整、科学的文学史观。

汉文学是东亚文化交流的宝贵结晶。日本学者村井章介著《东亚往还——汉诗与外交》一书，着重指出，从遣唐使、菅原道真时代起，东亚外交上的共通语言就是汉诗文，在以中国人为中心的人员往来中，公私场合都有很多汉诗文的唱和。异国间人们内心交流得以成为可能的背景，就是诗歌所具有的超越民族、思想差异的世界性。[①]我们还不应忘记，从9世纪到17世纪，这种以汉诗文为中心的交流，使典籍、书法、绘画、体育、文物等多方面物质的交流活动，有了思想和精神的意义。

汉文学在东亚文化交流中的核心地位，还表现在各民族文学家对本民族语言翻译成汉语的渴望和激情上。为了在更大范围内传播本土文化，

① [日] 村井章介：『東アジア往還——漢詩と外交』，朝日新聞社1995年版。

各国文学家不仅积极寻找将本国文学传向中国的机会，而且努力通过汉译将本国固有文化介绍给中国。韩国《均如传·第八译歌现德分者》说汉诗与韩国乡土歌谣乡歌“同归义海，各得其所”，各有其美，而两者却不能相互欣赏：“梁宋珠玑，数托东流之水；秦韩锦绣，希随西传之星。”因而下决心，要把乡歌中的佛教歌谣译为汉诗，让中国人也能读到。均如热切希望中国诗人能够通过自己的汉译乡歌，理解本国独特的文化，让本土文化走出国门。他很早就在做我们现代人想做的工作了。

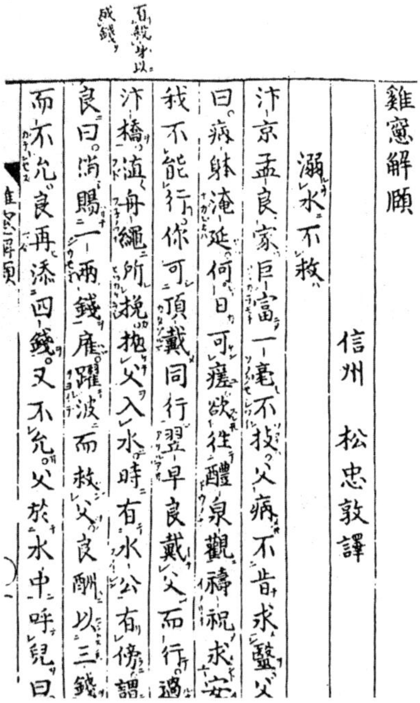
雞窻解頤

信州　松忠敦譯

溺水不救

汴京孟良家巨富一毛不拔父病不肯求醫父曰病躰淹延何日可瘥欲往醴泉觀禱祝求安我不能行你可頂戴同行翌早良戴父而行過汴橋適舟纜所挽拖父入水時有水公有傍謂良曰尚賜一兩錢雇躍波而救父良酬以三錢而不允良再添四錢又不允父於水中呼兒曰

1752年《鸡窗解颐》训译本卷首

日本江户时代也出现了将《源氏物语》《太平记》《南总里见八犬传》等改写成汉文小说的尝试。这也是有感于中国小说在日本流布甚广而日本小说却在中国少为人知的现实，积极谋求文学交流的平衡和对等的一种努力。菊池三溪《译准绮语》自序中感慨：“我邦草纸、物语，《源语》《势语》《竹取》诸书”传入中国者寥如晨星，因而“抄近古院本小说稗史野乘犹翘翘者，译以汉文，欲令西人食指染鼎吃一脔焉耳”。遗憾的是，当时这些日本小说汉译很可能都没能传入中国，即使有人读到，也没有引起注意。今天，我们有必要重新评价菊池三溪等汉译者的工作。

尽管如此，对于周边国家文学家寻求对等交流的努力，中国一些开明的学者也曾给予积极的回应。清代嘉庆年间学者翁广平编撰的《吾妻镜补》，在《艺文志》中著录的主要就是日本的汉文典籍。清末学者俞樾编选的《东瀛诗选》广收日本汉诗，予以简评，又编《东瀛诗纪》介绍日本汉诗人。后来黄遵宪和沈文荧还为石川鸿斋批撰的《本朝轨范》做了联合点评。这些例子，都说明我国学者确有以开放、谦逊、宽容的态度接受域外汉文学的传统。这是汉文学能够在文化交流中曾经发挥作用的一个重要条件。

汉文学在各国吸收西方文化过程中也曾经充当了舟楫和桥梁。朝鲜李朝文人柳梦寅《於于野谈》对欧洲基督教和利玛窦的事迹与著作给以介绍评述，注意到欧洲人“重朋友之交”，以及欧洲的“士”对自然科学的重视，“多精天文星象”，说利玛窦“周游八万里，留南粤十余年，能致千金尽弃而入中国，尽观圣贤诸子书”。尤为重要的是，柳梦寅看到了一个新的世界：“观舆图洋海诸国，中国在东隅一偏，小如掌，我国大如柳叶，西域为天下之中。”①日本明治维新前后，许多日本人远游印度和欧美，他们多用汉诗和汉文游记来描述他们的异国体验。读他们的作品，就能切实感受到，汉文学修养实际上是他们接受各种不同文化的重要基础之一。

1953年，日本国民审议会，对汉字的去留展开谈论，会上有人提出这样的看法，说英文只有26个字母，而汉字却有四万几千个字，由于记忆汉字，日本推延了科学发展，战败与此有很大关系。听到这种议论，京都大学教授铃木虎雄奋笔疾书，写下了《癸巳岁晚书怀》一诗：

无能短见愍操觚，标榜文明紫乱朱；
限字暴于始皇暴，制言愚驾厉王愚。
不知书契垂千载，何止寒暄便匹夫；
根本不同休妄断，蟹行记号但音符。②

铃木虎雄的这首诗，至今还有启发意义。那就是对汉字不仅应看到在日常生活中的使用，而且还要在正确评价其在文化传承中的作用的基础上，处理好它的现代化问题。与60年前相比，今天已经看不到试图以拼音文字取代汉字的决策机构在活动了，但是，英语的地位在世界范围内更为强势，汉字文化面临的挑战依然严峻，而铃木虎雄深感义愤的“汉字导致文明落后论”，也很难说寿终正寝了。

周边汉文学颓败的事实随时提醒我们，要将过去的汉文学变成创造新文学、新学术的资源，还需“中国加油”。对古代亚汉文学加以研究的根

---

①［韩］東国大学校國文学研究所编：《韩國文献説話全集》，太学社1981年版。

②［日］猪口篤志：『日本漢詩　3』，明治書院1987年版，第734頁。

本目的，还是理解历史传统，寻求创造新汉文化的元素。

某些新的学术课题的发展，其前景往往是难以料定的。不过，如果设想一下，亚汉文学的研究对于我们的文学研究，到底会带来哪些新鲜的内容，也不是没有意义的。比较文学研究有时要依赖文献学的新发现，所以下面这些方面，实际上是与这两者相关的。

首先，在邻家汉文学中，保存着中国散佚的文学文献。近年来对各家汉文学中保存的敦煌文学文献及其相关文献的研究，证实了这一点。当然，其中也包括文字学、历史学等的材料。来华的使节、留学生、僧侣用汉文撰写的游记、笔记，以别样的眼光，记录了中国历史的细节。其中朝鲜使节撰写的大量《燕行录》已在韩国整理出版，是研究亚洲文化史的宝贵资料。同时，在这些记述的基础上，学士们还创作了很多以赴华使节经历为题材的汉文小说。

其次，在邻国汉文学中，保存了中国文化与文学域外传播和接受史的丰富材料。在朝鲜汉文小说中，不少作品以中国为舞台，而在日本汉文小说中则不乏根据中国故事“翻案”（即改写为发生在日本的故事），乃至假托中国人写作的作品，这些都直接或间接部分反映了汉文化在周边地区的传播和影响，而其中的千变万化，则折射出彼此的文化差异。

再次，在汉文学中，保存了各国民族语言文学的中国元素的来源资料，欲对各国文学原始察终，辨同析异，则舍此不免见木不见林。日本明治时代依田学海著《谈丛》，卷一载大槻修所撰“引”曰：“不熟汉文，则国文终不能妙也。顾世之学者，往往陷溺所习，不省其他，如文辞，亦概置之度外，是以笔失精神，文竟归死物。”[①]这一看法，很有见地，至于汉文与现代日文的关系，还颇有探讨的余地。各国情况又相距甚远，研究内容和方法都有待于探求。

最后，汉文学本身，就是各国的“国文学”。朝鲜时代徐居正撰《进〈东文选〉笺》回顾朝鲜半岛的文化史曰：“粤我海隅之地，古称文献之邦。箕子演禹畴，东民始受其赐。罗人入唐，学北方莫之或先，文风大振

① 王三庆、庄雅州、陈庆浩、内山知也主编：《日本汉文小说丛刊》第一辑第三册，学生书局2003年版，第35页。

于高丽，德教极盛于昭代，间有名世之士，亦皆应期而生。上姚姒，下鲁邹，鼓吹六籍，追班马屈宋，驰骋诸家。苟求之数千百年，能言者非一二计。扣之大，扣之小，虽或异音；工于文，工于诗，各尽所长。是之谓物之善鸣也。”[①]

同样，日本汉文学虽然充满了源于中国文化的用典、戏仿（parody）、拼贴、改写、引用以及其他涉及文化各方面内涵的“前知识”，构成互文性参照，然而也正如王三庆《〈日本汉文小说丛刊〉序》中所说：“如果追根究底，这些汉文学作品纵使以中国文学为肌肤，脉络中流动的却是日本人的意识形态和血液，在文化和文学的传承转化当中，曾经以思想前卫、引领一代风骚的姿态，走向未来。”[②]因而，深化汉文学研究，也就可能催生出对该地区文学、文化研究的新成果。

由于很多汉文学作品没有得到印本流传的机会，仅以手稿传留下来，所以至今整理出版的作品仅占很小的比例。中国、日本、越南、韩国陆续对写本汉籍影印出版，如日本出版的《古典研究会丛书》，韩国出版的《笔写本古典小说全集》等，这些影印本与敦煌写本等中国写本一起，构成“汉字写本学”（或称“东亚写本学”）的基本资料。“写本学的宗旨是对体现手稿在其特定时空条件下的内在和外在的全部特征进行最理想最详尽的描述”，在将中国写本与海外写本充分把握的基础上，运用严格的技术分析方法，将写本作为汉字文化圈各个特定历史时期及其背景的见证物来研究，建立“汉字写本学”以追寻汉文文化的哲理蕴含，我们有很多事情还可以做得更好。

我们与周边各家的关系，是一盘永远下不完的棋，那么我们的互读，也就是一篇永远没有收尾的文章。在堪称交流与对话时代的21世纪，国际视野与本土情怀观照之下的汉文学研究，已经上路。今后一定会有更多的学者，关注我们的周边文学，和我们一起来探讨汉文学与其他各种文学走向繁荣的课题。

---

①『東文選』第一，日本學習院東洋文化研究所刊1970年版，第1頁。

② 王三庆、庄雅州、陈庆浩、内山知也主编：《日本汉文小说丛刊》第一辑第一册，学生书局2003年版，第7页。

二、亚汉文学是汉字文化圈共享的文学遗产

中国周边的朝鲜半岛、日本、越南，以及古代的渤海国、琉球国等国家和地区，都有很长用汉字汉语写作的历史。《全宋文》里收有倭王武的表文，《全梁文》则收进了狼牙修（今马来西亚）国王婆伽达多等的多篇汉文表文。可惜，这些作品至今大多沉睡在各国各地的图书馆里。一般读者只会从它们身边匆匆走过，以为它们只不过是瓦砾尘埃。

说来当初各国汉文学都有一段漫长的发展史，借用汉字，记录本国原有的歌谣神话，也开始学习运用汉语撰写诗词歌赋、散文小说。文人们以文为政——奏章表状，对问设论，用汉文写；以文为礼——墓志序跋，祭文愿文，用汉文写；以文为戏——志怪传奇，骂世驱鬼，还是用汉字写。有的时期，它们的水准和地位还要高于用本民族语言撰写的作品。日本11世纪末到12世纪初成书的《大镜》就记载了这样一件事情。贵族们在河里泛舟时玩文雅的游戏而准备了三种船：作文（即作汉诗）船、管弦歌船、和歌船。一个名叫藤原公任的贵族坐在和歌船上，作了一首漂亮的和歌，博得大家的喝彩。可是，他心里还不服气，说："如果我坐在作文船上作上一首跟这一样好的汉诗，我就能得到更大的名誉了啊！"藤原公任正与《源氏物语》的作者紫氏部同时，而他的大名今天就少有人知道了。就是在这些国家诞生了自己的文字以后，议论的文章大部分仍然用汉字写，而把叙事抒情的任务交给假名、字喃和吏读。这样说来，不读汉文学，也就说不清各种文体特点形成的原因。

汉文记录了这些国家的历史，而用汉文撰写的史书，又都仿司马迁《史记》的纪传体，有以人物为中心的传记，并保留了大量当时的文学作品。所以，研究东亚

本间洋一《日本汉诗》

各国历史文学的人，是不能抛开越南的《大南史记》、日本的《古事记》与《日本书纪》、朝鲜半岛的《三国遗事》与《三国史记》[①]等基本汉文典籍的，而治中外文学交流史和比较文学的人，不读《东文选》《续东文选》《本朝文粹》《续本朝文粹》《皇越文选》《皇越诗选》，也恐怕很难掘到深处。汉诗汉文还是当时各国交流与沟通的桥梁，日本学者村井章介专门写过一本《东亚往还——汉诗与外交》[②]讲汉诗在东亚外交活动中的故事。

以本民族语言撰写或记录的文学，往往会被翻译成汉文，为的是让这种文学突破语言的壁垒，也获得异民族的读者。高丽初期僧人均如曾用本民族语言作诗（乡歌）十一首，这是现存有数的古代乡歌中相当可贵的部分，而当时就是一位名叫崔行归的文士，将它们译成了汉诗，因为他感到这些诗歌的序按照惯例是汉文写的，而乡歌是用汉字表音记录的，结果“唐人见处，于序外以难详；乡士闻时，就歌中而易诵，皆沾半利，各漏全功”。也就是说，光有乡歌，没有汉诗，或者光有汉诗，没有乡歌，那就做不到唐人（中国人）和乡士（新罗人）的共享，都是“半利”。这其实正反映了当时对汉文学与本民族文学关系的认识。

亚汉文学自19世纪以后逐步走向衰落，作家学者纷纷弃之不顾。越南、朝鲜、韩国废除了汉字，日本明治维新以后也不止一次出现过要求废止汉字的议论。在这种情况下，汉文学被成堆成捆卖了废纸就不新鲜了。当汉字被作为一种落伍的外来文化的象征的时候，汉文学在学界不可能争得更好的境遇。

有人说，外国作家用汉语写作，能写出什么好来，他能写过中国人吗？且慢，用非母语写作的人，当然会遇到表达上的困难，除少数特别杰出的作家以外，大多可能留下母语思维的痕迹，这是不用争辩的。但是，这些作品在那特定时代是不可代替的，而经过世世代代的努力，他们除了学习中国的写法以外，还在探索如何用汉诗汉文去更好地表现本民族特有的风俗情感，这就是中国作家没有做过的事情了。那些作品，往往是体现

① [韩] 金富轼撰，末松保和校訂：《三国史記》，韩国近澤书店1944年版。
② [日] 村井章介：『東アジア往還——漢诗と外交』，朝日新聞社1995年版。

了两种文化、两种思维方式的融合，需要的也正是用两种文化冲撞交融的视点去解读。而这不正是我们比较文化、比较文学研究要做的事情吗？

走向21世纪的新文化，不仅要知道“国情”也必须知道“球情”——我们这个小小地球的情况，其中十分重要的就是“邻情”——我们周边国家与民族的情况。即使为了这个目的，我们也不能忽视亚汉文学的历史与文学价值。

三、现代汉诗传统的延续与寂寞

日本现代汉诗文，缩居在世间被遗忘的角落，气息奄奄。撰写20世纪日本文学史的学者，或许很少会有人去翻检它们，它们也就极有可能成为20世纪文学史上的一宗失物。

20世纪以前的日本，汉诗，包括汉文为中心的汉文学，曾经与假名文学（日文文学）相映生辉。以书面文学而言，它不仅比假名文学历史更长，而且比假名文学身价更高，在某些领域比如史传、论说方面，甚至是舍汉文则寡上品。日本战败之后，汉文教育日渐衰微，文化“脱亚入美”大提速，汉诗等遂由阳春白雪更变为贵人弃履。诞生于19世纪末的阿藤伯海被学界称为“最后的汉诗人”，1965年4月4号4时4分，71岁的阿藤停止了呼吸。在日语中，“4”字与”死”字同音，视为不祥。也就从那以后，再没有举世瞩目的汉诗人露面。

日本汉诗是日本人按照中国古典诗歌的样式创作的诗歌，纯用汉字，亦有古体、近体之分，但是它绝不能算是中国诗，因为它的读法不是汉语而是日语，与我国的旧体诗“同文而异读”。汉字一字一音，而日语汉字音数不定，它要根据日语语法颠倒来读，于是，像律诗、绝句这些定型诗，变成日语汉诗之后就成了自由诗的样式。日本人所作的汉诗，全然没有汉语的声律感觉，但在对仗、用典等技法上，又必须遵循中国旧体诗规律，因而，只有兼备中日两方诗歌修养的人，才能作出精彩的汉诗来。日本的和歌、俳句等，音拍数都是固定的，汉诗作为非定型诗，正好可以和它们互补互用。这是日本汉诗能延续千年以上的主要原因之一。

汉诗的衰败并非始于20世纪之初，实际上从明治时代就已经萌芽。虽然那时从表面上，报刊上还有汉诗专栏，各地都有活跃的诗社，连鼓吹民权运动的小说《佳人之奇遇》都引用了四十多首汉诗，然而，日本主义的文学研究著述，按照新传入的西方文学理论“套装”的文学史观念，早已逐渐将汉诗打入冷宫，不把它当作正统日本文学来看待。尽管江户汉诗取得了独特的艺术成就，但人们一提到江户文学，便把近松门左卫门、井原西鹤等奉为正统，因为他们作品更容易套进西方传来的文学体裁的套子，而汉诗这种看似使用外语的样式则装不进去，这样一来，江户知识分子倾注大半心血创作的汉诗，就被放逐到文学史的边缘。明治时代汉诗文的繁荣，也就不过是衰亡前的回光返照。

行于道中見狗枷犢鼻乃命左右取之還以箱
鞜送之譏曰承徙古物奉李斯狗枷相如犢鼻
官引法書
昔有一人宿于店中夜半出店盗主人席而去
主人捕捉因行館館員遽盗席者以死罪同館
皆曰恐死此法官員曰法書上正是合處死故
曰朝聞道夕死可矣
開口新話譯畢
寛政九丁巳年初春　浪華　藤澤文苑堂梓
二十一

1797年刊《开口新话》训译本卷末

今天的日本诗歌世界，既有受欧美影响产生的现代自由诗，又有传统和歌、俳谐、连句的延续和普及，这种局面被日本诗人称为“一国两诗”，即古典诗歌和现代自由诗并行并茂。一亿八千万人口的日本，常作俳句的人据说就超过一千万人。以正冈子规为首的明治时代的日本人，将和歌、俳句这些传统形式改造成为深入现代生活的样式，不能不说是一种文化更新的成功。其标志就是至今还有成千上万的人还在自吟自唱，以身为日本歌人、俳人而自豪。只有汉诗从古典诗群中落伍了。

正如日本学者古田岛洋介所说：“从宏观观点来看，汉文学的衰落正是日本文学此一百年的特征之一，此前的汉文学未曾有如此不振的时期。不仅汉文学本身没落得连一点过去的影子也没有了，汉文训读也成了与现代日本人殆无缘分的存在。其结果，就是人们再也看不懂过去所作的汉文作品了，也不再懂得那些来自中国的诸如‘管鲍之交’之类的成语了。与此同时，人们对古人古语的误解也就层出不穷了。”这种现象折射出20世纪中日文化关系沧海桑田的变迁。

汉文学的衰退，不仅使日本文学的语言“换血”，而且使理解汉文化趣味的人越来越少。维特根斯坦曾不无深意地说:“理解一种语言，就是理解一种生活形式。”曾有学者借用此话来表达布迪厄（Pierre Bourdieu）对趣味的看法:“理解一种趣味，就是理解一种生活形式。”我们这里也可以将这句话再次引申为:“放弃一种趣味，就是放弃一种生活方式。”日本人在精心制作对句、学用典故、熔铸词彩的同时，也在熟悉一个民族的历史文化，体验一种趣味的魅力。当这一切都远离他们生活的时候，中国文学趣味也就如孤帆远去，难以追及了。

不过，热爱汉文学的人们，不愿看到它沦为“弃儿”而不顾，他们总想至少把汉诗这宗失物拾回些来。石川忠久就是一位积极普及汉诗知识的学者，他说:“如果汉诗文真是什么亚流、仿制品，那么丢掉它也就算了。然而，日本的汉文，特别是汉诗，是具有世界上不可比拟的特质的、出色的东西，这无论如何要给予正确评价，要继承它的传统。关于‘汉文训读法’也是一样，也是日本值得自豪的文化遗产，决不能等闲视之。”

日本汉诗真的“寿终正寝”了吗？那倒也不尽然。20世纪还在读汉诗、写汉诗或研究汉诗的人，大致有三类。一类是研究中国文学的学者，他们的汉诗往往收入自己的著述中。像铃木虎雄、内藤湖南、狩野直喜、吉川幸次郎等，都有汉诗作品。另一类是民间那些由于家庭或师长影响曾有机会自幼接触到汉诗的人们，这些人只能自费出版诗集。如60年代日本环境污染严重，和歌山一位叫高桥蓝川的人就作过一首《时事有感》:“漫空多毒气，暗淡此乾坤。蔬菜绿全褪，河川水尽浑。庙堂竟无策，吾辈一销魂。公害谁能灭，秋风落日昏。”[①]第三类是希望从汉诗中寻求创新灵感的作家诗人。2000年5月，十位作家，其中包括歌人、诗人和小说家，为了打破各种文学体裁的藩篱，结成了一个小小的沙龙——“乱诗会”，取“乱”字兼有乱、治两面之义，把追求“诗歌的多面体”作为自己的目标。如小说家小林恭二作的一首《恋暗》:“柳絮缤纷君斜塔，秋千风摇我龙犬。桑中之约心狂跳，愿射踆乌栖恋暗。”抒情者陷入了单相思，他在心中对那暗自思慕的人说:“你是那柳絮缤纷中的斜塔，我是那秋千风摇中的一条狗，和你有桑中之约我心狂跳，愿像后羿那样射落太阳让我在爱恋的

①［日］高橋藍川:『藍川三体詩』，黑潮吟詩1979年版，第120頁。

黑暗中独自逗留。”“恋暗”是小说家自造的一个词，但诗中用到出自《诗经》的典故和中国踆乌神话。这些作家诗人写作的汉诗相当前卫，英语字母、数学公式皆入诗不拒，俳谐趣味、川柳风调均混杂无碍，务求新奇，不避另类，是以打破传统来延续传统的挑战者。

20世纪日本汉诗是中日文化人交往的一面镜子。苏州人王鹤笙善诗画，尝挟艺游历日本，居岐阜。爱知人藤井動（字紫水）有诗《赠王鹤笙》：“云路秋高静碧霄，天风入发夜凉饶。月明鹤背吹笙去，谁是三生王子乔。”①辜鸿铭赴日讲学三年，北海道人朝枝裕作《赠中国辜鸿铭先生》：“满目中原草接天，沧浪水浊已千年。钦君高节踏东海，复见秦时鲁仲连。”②

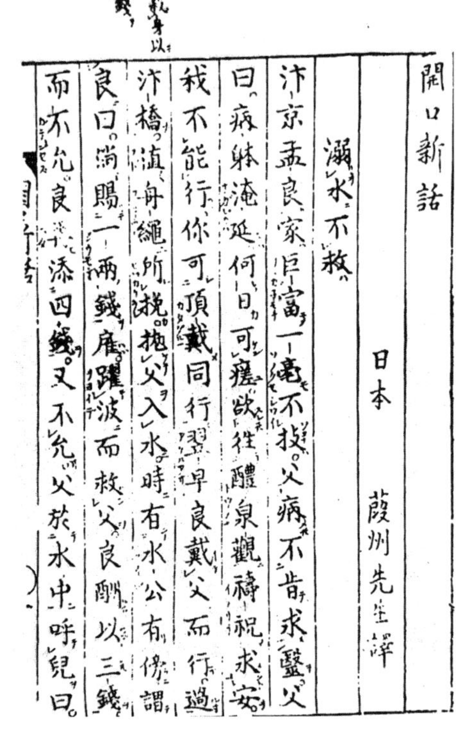
開口新話
日本 薩州先生譯
溺水不救
汴京孟良家巨富一毛不拔父病不肯求醫父
曰病躰淹延何日可瘥欲往醴泉觀禱祝求安
我不能行你可頂戴同行翌早良戴父而行過
汴橋値舟繩所挽挽父入水時有水公有傍謂
良曰倘賜一兩錢雇躍波而救父良酬以三錢
而不允良添四錢又不允父於水中呼兒曰

1797年改题重刻本《开口新话》训译本卷首

很显然，如果没有人对20世纪的汉诗做一番搜集整理，那后世的人们很可能将不知道，20世纪日本还活跃过不少“诗吟会”“朗咏会”这样的吟诵汉诗的团体，还保留着平安时代在唐诗吟诵方法基础上形成的独特的朗咏方法，还有人自称迷于“诗魔”而苦吟不休，更有人一生致力著述和与传媒结合以普及汉诗。

铃木虎雄对汉诗在日本的被冷落，想得更高远。在《陆放翁诗解》的序言中，他说：“在有连汉字本身也要放逐的议论的时代，一国之人作他国之诗，就是废话了。但是，如果要在世界寻求知识来创造本国优秀的文学的话，就有必要

① ［日］國分高胤、岩溪晋編：『大正五百家絶句』卷三，守罔功印1927年版，第2頁。

② ［日］國分高胤、岩溪晋編：『大正五百家絶句』卷一，守罔功印1927年版，第21頁。

理解好他国文学。为了理解好他国文学，即便把自身置于他国人的地位，自己尝试制作它，也是必要的。不仅汉诗，日本人有西洋诸国近代语言诗文、古典语言诗文的作者，也是好的。我想，这样的尚未出现，正是因为对它们的理解还没有那么深。”①

正如日本汉文学形成不能隔离中国诗歌来谈论一样，它的失落也会对今后的中日文化交流造成负面影响。事实上，中国本土的传统诗文的存亡兴衰，就是一个值得反思的问题。所谓“旧体诗”能否再生复兴，变成“活文学”，在普通中国人的日常生活中，能否也来一个“一国两诗”，就不只是日本文学史家应该讨论的事情了，而日本文学家用古老和歌、俳句表现现代生活的热忱，恰能引为我们反思的材料。

第二节　汉文学国别研究

80年代以来，韩国、日本先后组织成立汉文学研究的学术团体。1982年底，韩国“伏贤汉文学研究会”成立，《伏贤汉文学》创刊。1994年该研究会正式更名为“东方汉文学会”，会刊也更名为《东方汉文学》，积极与中国、日本的文学研究者展开学术交流。

1983年10月，日本学者建立了研究日中文学关系的学术团体——和汉比较文学会。这个团体是一个“希望对日本古典与汉语文化圈的文学及文化的比较研究的进展有所贡献而设立的新学会”。日本古代、中世的古典研究，常常在汉籍（中国典籍及日本用汉字书写的典籍）中找出类似的事例、典据。列举出来，采用注释的形式，同时进行“和汉”即日本与中国的比较。这一团体的学者期望继承自古以来的传统，进而搞好与汉文有关的日本文学的跨学科的综合研究，“以确立成为日本文学研究核心的新古典学”。该学会成立后，立即实施了多达数卷的丛书出版计划，涉及各时代日本文学与汉文学的关系。

---

①［日］吉川幸次郎：『音容日に遠し』，筑摩書房1980年版，第125頁。

自1986年起，汲古书院刊行和汉比较文学会主编的《和汉比较文学丛书》：

《和汉比较文学研究之构想》

《上代文学与汉文学》

《中古文学与汉文学Ⅰ》

《中古文学与汉文学Ⅱ》

《中世文学与汉文学Ⅰ》

《中世文学与汉文学Ⅱ》

《近世文学与汉文学》

《和汉比较文学研究之诸问题》

以上是第一期的八卷，探讨了各个时代与汉文学相关的问题。1993年开始陆续刊行的丛书第二期共十卷，更具体地论述到各类经典名作以及各类文体与汉文学的关系。这十卷分别是《万叶集与汉文学》《记纪与汉文学》《古今集与汉文学》《源氏物语与汉文学》《新古今集与汉文学》《说话文学与汉文学》《军记与汉文学》《俳谐与汉文学》《江户小说与汉文学》《和汉比较文学的周边》。2003年，又刊出了《菅原道真论集》与《新世纪的日中文学关系——其回顾与展望》。仅从这些书目中便不难想象，和汉比较文学会在研究与出版等各方面，都发挥了极其重要的指导、组织与协调作用，有一批坚定而勤奋的学者，在努力支撑着这个人数并不多的汉文学研究团体。

一、汉文学文献的注释与整理

岩波书店出版的《日本古典文学大系》丛书和《新日本古典文学大系》一般被认为是日本古典文学整理最高水准的代表，皆由对某部作品研究享有盛名的研究者担任校注。这两套书均收有一些汉文学的校注书，如前者收入了小岛宪之校注的《怀风藻 文华秀丽集 本朝文粹》[①]，渡边照宏、宫坂宥胜校注的《三教指归 性灵集》，川口久雄校注的《菅家文草 菅

① ［日］小島憲之校注：《懷風藻 文华秀麗集 本朝文粹》，岩波書店1964年版，第58—183頁。

家后集》，山岸德平校注的《五山文学集　江户汉诗集》，仓野宪司、武田祐吉校注的《古事记　祝词》，中村幸彦校注的《近世文学论集》也有一部分属于汉文学作品；后者则增加了大曾根章介、金原理、后藤昭雄校注的《本朝文粹》，入矢义高校注的《五山文学集》，日野龙夫、揖斐高、水田纪久校注的《萱园录稿 梅墩诗抄 如亭山人遗稿》，日野龙夫校注的《江户繁昌记　柳桥新志》，《新日本古典文学大系・明治编》还收入了入谷仙介等校注的《汉诗文集》、池泽一郎等校注的《汉文小说集》等。然而，与汉诗文总量和其中的高水平汉文学相比，这样的体量是远远不够的。以上列举的注本，都是研究中国文学在日本传播和接受的重要资料，这里且跳出这两大大系，再浏览一些以外的校注本，其中就包括一些升级版。

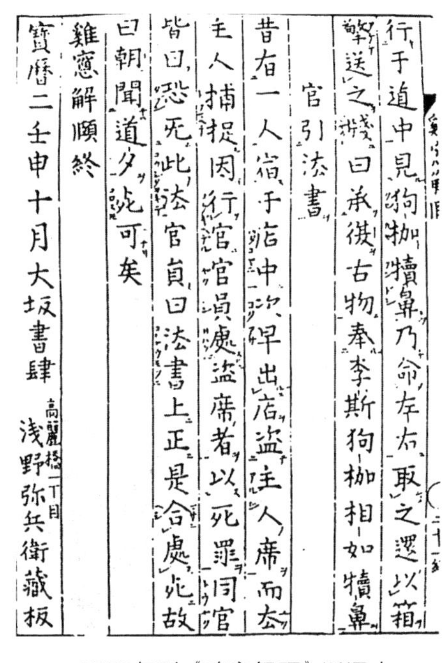
行于道中見狗枷犢鼻乃命左右取之遝以箱
繫送之箋曰承傚古物奉李斯狗枷相如犢鼻
官引法書
昔有一人宿于店中次早出店盜主人席而去
主人捕捉因行館官員處盜席者以死罪同館
皆曰恐死此法官員曰法書上正是合處死故
曰朝聞道夕死可矣
雞窻解頤終
寳曆二壬申十月大坂書肆　高麗橋一丁目　浅野弥兵衛藏板

1752年刊《鸡窗解颐》训译本

小岛宪之校注的《怀风藻 文华秀丽集　本朝文粹》，虽殚思竭虑，仍有颇多问题未能解决。辰巳正明《怀风藻全注释》将《怀风藻》研究大为提升，这是对这一日本最古老汉诗集的第一部全注释。注释者辨明，《怀风藻》的诗语，有很多出自《文选》及其李善注、汉魏六朝的别集、乐府诗等，在“出典论”研究方面有极多新发现。例如第30首五言诗《春日侍宴应诏》：

淑气光天下，熏风扇海滨。
春日欢春鸟，兰生折兰人。
盐梅道尚新，文酒事犹新。
隐逸去幽薮，没贤陪紫宸。

最后两句，小岛宪之补注："隐逸去幽薮，隐逸到幽薮那里去，而我们却……。'没贤'之'没'（mei），或为俗语。不明。不贤者，卑下者。"《怀风藻全注释》译作："在此太平盛世，逃入山林的隐逸者走出山林，仕奉朝廷，隐居的贤人也供奉于朝廷。"注释："没贤，在野的贤者。《全汉文·严安〈上书言世务〉》：'天子五伯既没贤'。"①

大曾根章介继承山岸德平的研究，致力于日本汉文学研究的学科建设，曾任和汉比较文学会代表理事。所著《王朝汉文学论考——〈本朝文粹〉研究》②分成书论、作品论、文章论、影响论，对《本朝文粹》加以系统解析。

金原理著有《平安朝汉诗文研究》（九州大学出版会1981年版）、《诗歌的表现——平安朝韵文考》等。后者既有对菅原道真《秋湖赋》等作品的细读，也有探讨中日文学关系的《岛田忠臣与〈庄子〉》《〈兔裘赋〉与〈史记〉》《〈元久诗歌合〉与〈西湖图〉》等，还涉及和歌与汉诗的汇通与借鉴。《注释的含义——围绕"语言游戏"诗》追溯物名诗、药名诗的中国源头，主张通过虚心体味原作，倾听作者的心声而探明其背后的世界。③

本间洋一是日本汉文学、和汉比较文学研究的名家。著有《中国古小说选》《凌云集索引》《日本汉诗·古代篇》《王朝汉文学表现论考》（以上和泉书院），《〈本朝无题诗〉全注释》《类题古诗·本文与索引》《史馆茗话》（以上新典社），《文凤抄·歌论歌学集成别卷》（三弥井书店）。其所著《〈本朝无题诗〉全注释》（以下简称《全注释》），计三册，长达1700多页，对775首诗歌进行了精心整理与研究。

《本朝无题诗》（以下简称《无题诗》）是日本平安时代后期重要的汉诗集，反映了《白氏文集》对当时汉诗与文化的多方面影响。现存多种写本，富有研究价值。《全注释》是极具开创性、基础性的研究著述，其校勘、注解、翻译，于研究贡献巨大。著者在前言中说："'无题诗'的世界，

---

①［日］辰巳正明：『懷風藻全注釈』，笠間書院2012年版，第172頁。

②［日］大曾根章介：『王朝漢文学論攷　「本朝文粋」の研究』，岩波書店1994年。

③［日］金原理：『詩歌の表現 平安朝韻文攷』，九州大学出版会2000年版，第55—76頁。

虽然不能断然拒绝将其作为中国汉诗的末端、亚流而予以评价，但是在国文学中，存在倾斜的侧面也是确实的，还是要有谦虚地改变自身理应确立的评价基准的姿态为好吧。要问为什么，因为可以认为在国文学中，日本人的汉诗发挥的作用绝非微不足道。”①

《无题诗》反映了当时汉诗人对《后汉书》等史书，特别是其中关于少数民族生活语言的兴趣。如下面几首诗中都出现了出自《后汉书》的语汇。

伦狼　卷八藤原明衡《秋日长乐寺即事》：“伦狼岚起无云色，虚牝泉飞有雨声。适结一缘来此地，时时礼佛契生生。”卷八藤原敦基《冬日游长乐寺》：“上方高处入山岚，四望迢迢一石龛。寺插伦狼萝洞里，路经灵验柏城南。”伦狼，出自《后汉书·西南夷列传》所引朱辅上疏中所提到的《远夷怀德歌》：“大汉安乐，是汉夜拒。携负归仁，踪优路仁。触冒险陕，雷折险龙。高山歧峻，伦狼藏幢。缘崖磻石，扶路侧禄。”

推潭　卷二藤原敦基《赋残菊》：“艳态空衰通老妓，容辉犹驻似仙郎。推潭尝味欢无极，滋液吞流忧已忘。”“推潭”，乃“推潭仆远”之省。汉代西南少数民族语。甘美酒食。《东观汉记·莋都夷传》：“《远夷乐德歌》诗曰：‘邪縋鞴，推潭仆远。’”《后汉书·西南夷列传·莋都夷》译作：“多赐缯布，甘美酒食。”

龙洞　卷十菅原时登《游山寺》：“烟霞路僻梵宫境，风月心慵龙洞春。既过登临仁智乐，山门深处自忘贫。”“龙洞”一语，亦出《后汉书·西南夷列传》中朱辅上疏中所引三首诗之一首《远夷乐德歌》中的“蛮夷贫薄，偻让龙洞。无所报嗣，莫支度由”。

以上“伦狼”“推潭”“龙洞”皆出自《后汉书·西南夷列传》中朱辅上疏。不止一位诗人使用了来自此篇的典故，可见他们对这一篇原非汉文的作品的特殊兴趣。

《无题诗》写本尚存疑点，亟待求解。运用我国学者在敦煌写卷研究积累的成果，或可破解某些疑难。

江户时代文士注重以汉文进行本民族文化传播与教育，仿照唐李翰《蒙求》编写的书，便有《倭蒙求》《桑华蒙求》《本朝蒙求》《扶桑蒙

① ［日］本間洋一：『本朝無題詩全注釋一』，新典社1993年版，第4頁。

求》等多种。《本朝蒙求》是菅仲彻编写的日本“蒙求型”故事书。编撰这一类书的目的在于用日本古今之事，作为“讲文习艺，诱导后生，教授幼冲”[①]的教材。该书将日本历史人物故事用四言对句相连，有1679年撰写的序言，1686年刊记。本间洋一《本朝蒙求基础的研究》包括关于《本朝蒙求》、《本朝蒙求》本文翻字篇（即释录）和《本朝蒙求》概要、典据、参考觉书以及附录（包括主要参考文献、《本朝蒙求》标题索引、《本朝蒙求》人名索引）。以日本历史故事为题材的汉文作品，如林罗山《日本政记》《日本乐府》等，数目众多，而这一类作品引起当今研究者的关注，表明汉文学研究已经从集中关注汉诗文名家扩展到更多样、更广泛、更丰富的作家作品。

二、汉文学经典作家研究

和岛芳男的《日本宋学史的研究》（吉川弘文馆1962年版）、入矢义高的《日本文人诗选》（中央公论社1982年版）、金原理的《平安朝汉诗文的研究》（九州大学出版会1981年版）、后藤昭雄的《平安朝汉文学论考》（樱枫社1981年版）等著作，都系统地对日本汉文学的发展及对日本文学的影响追根溯源，原始察终。

后藤昭雄（1943—）《平安朝汉文文献研究》对于中国文学研究来说，值得注意的资料如平安初期《延历僧录》中的《淡海居士传》中记载东大寺唐学生僧圆觉，将淡海居士所著《大乘起信论》注解携回唐，唐越州龙兴寺僧祐觉见此书，手不释卷，有赞诗曰：

真人传起论，俗士著词林。
篇言复析玉，一句重千金，
翰墨舒霞锦，文花得意深。
幸因星使便，聊申眷仰心。

---

①［日］本間洋一：『本朝蒙求の基礎的研究』，和泉書院2006年版，第48頁。

这是平安朝文献中载录的唐朝僧人祐觉的一首五言诗。关于此诗，后藤昭雄在1994年出席天津师范大学举办的“环太平洋地区文化与文学交流国际学术研讨会”时所作的发言《八世纪日中文化交流的一个事例》中也曾重点论及。[①]

此外，书中附录的《金刚寺藏新乐府注》，对于新发现的天理山金刚寺所藏《新乐府注》做了释录和解读。著者推断，镰仓室町期间，有多种《新乐府注》流传。在金刚寺所藏这一写本，当为室町末期书写。写本记述有新乐府的传说云：“乐府者，《白乐天异传》云：香山寺建构五间经藏，三阶棚安内外典，在小乘经上，从轴放光，后夜自梦天人来云：‘乐天所造，皆叶佛意。’”[②]

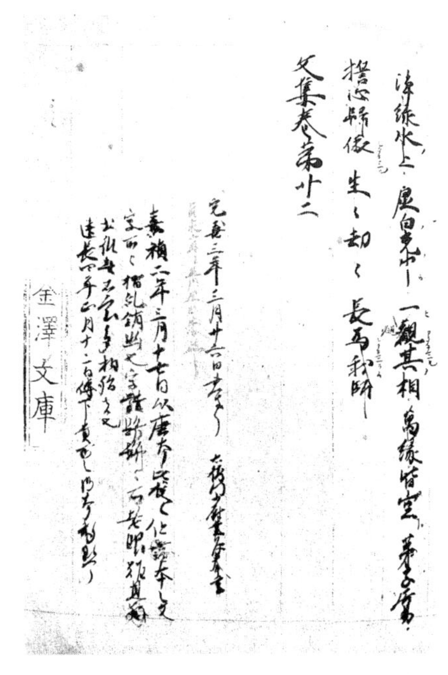
文集卷第廿二
寛喜三年三月十六日書了
金澤文庫

日本久原文库藏宽喜本《白氏文集》卷二十二卷尾

说有神仙托梦，告诉人们，白居易所作的诗歌，都与佛意相符。从这个传说中，可以窥见其时接受白居易的一个重要特点，就是把白居易的诗歌当作佛意的体现。这正是《新乐府注》对新乐府的核心认知。

后藤昭雄《平安朝汉文学论考》被评为研究平安朝文学史的必读书。此书分嵯峨朝诗坛、菅原道真及其时代、一条朝前后、诗人传研究四部分，对汉文、汉诗加以考察，挖掘其参与制作这些诗文的诗人、文人，对平安朝汉诗文世界重加构建。作者从平安朝史中探寻当时诗人、文人的生活情态，由此去解读他们的作品，又通过他们的作品，窥察他们的文化心理。在“关于学生的字”一节，作者附录了《本朝续文粹》卷十一中的五首学生赞，如其中的《学生藤原有章赞》：

---

① 天津师范大学中文系编：《环太平洋地区文化与文学交流学术研讨会论文集》，天津古籍出版社1996年版，第143—160页。

②［日］後藤昭雄：『平安朝漢文文献の研究』，吉川弘文館1994年版，第268頁。

可谓姓藤之生，逸群之骏者也。字曰滕群，众之所望。[①]

藤原有章，字滕群，寓意其才能超群；又如源元忠，字源桂，谓其“诚是天津之源已纷，汉阅知桂可许者也”，意其折桂，即及第。这些都反映了当时学生的文人意识。

波户冈旭著有《上代汉诗文与中国文学》（笠间书院1989年版）、《标注日本汉诗文选》（笠间书院1980年版）。他所著《宫廷诗人菅原道真——〈菅家文草〉〈菅家后集〉的世界》，由序论、本论、补编Ⅰ、补编Ⅱ四部分构成。序论二章，分别为《汉字文化圈中的菅原道真》《菅原道真的诗观》；本论三篇，分别为《菅原道真与宫廷诗》《菅原道真与雪月花》与《菅原道真的不遇及其诗境》，另有两篇补编分别题为《菅原道真之周边》与《白居易的诗赋》。该书剥离说话、民间传承等人所共知的虚像，通过解析《菅家文草》《菅家后集》及宇多、醍醐朝宫廷行事的实态与宴诗的意义，究明菅原道真这位宫廷诗人的诗境诗观。

藤原克己在《菅原道真与平安朝汉文学》一文序言中多次大段引述德国著名社会学家、哲学家马克斯·韦伯《儒教与道教》有关中国社会经济原则以及儒家“君子理想”的论述。他认为，9世纪古代日本正在谋求建立中国那样的文化国家，在日本固有历史社会诸条件下，实现日本也是最中国化的政治文化样式的时代，同时也是将其作为极限开始迈向与中国迥然不同的国家体制即封建制的分歧点。从而，以让人想到中国翰林学士那样的形式，参与政治。向天子献诗的诗臣菅原道真的光荣和没落，正集中说明了9世纪日本历史的动向。因而，藤原克己在纵观9世纪以后日本和中国国家体制发展的基础上，试图在这种宏观背景中为菅原道真的轨迹定位。[②]以此揭示出平安朝汉文学接受儒教以及隐逸思想的性质，通过各篇汉诗的解读，揭开菅原道真为首的王朝文人们的内心。

本间洋一《王朝汉文学表现论考》由序论——《王朝诗与白诗》、第一部《围绕汉诗表现》、第二部《汉诗集考》、第三部《类书考》、第四

---

①［日］後藤昭雄：『平安朝漢文学論考 補訂版』，勉誠出版2005年版，第442頁。

②［日］藤原克己：『菅原道真と平安朝漢文学』，東京大学出版会2001年版，第421頁。

部《汉诗文与和歌》构成。表达一词，日语原文作“表现”，意指表达方式，其中主要的是考证语汇和典故的出处与在作品中的含义，基本属于所谓“出典论”研究。在探讨平安时代汉诗典故来源的过程中，在小岛宪之实证研究已经注意到的《艺文类聚》《初学记》《白氏六帖》等中国类书之外，特别涉及日本编纂的类书有《事类赋》《文凤抄》《掷金抄》等。①

新间一美所著《平安朝文学与汉诗文》由“白居易文学之接受”“和歌与汉诗文”“源氏物语的表达与汉诗文”构成，作者尚有《源氏物语与白居易文学》一书于同年同出版社出版。作者对于平安时代物语与中国文学的关系，提出了一些新见，如《大和物语》中的刈芦故事本于破镜故事，破镜故事还是《唐物语》第十则和《汉故事和歌集》中“德言分镜”的出处。破镜故事见于《本事诗》，《两京新记》亦载有分镜故事，作者考证，《大和物语》中的刈芦故事主要源于《两京新记》。②

三、汉文学史撰述

早在半个世纪以前，日本文学博士芳贺矢一著《日本汉文学史》，在总说中便高度评价了汉文学对日本民族文学发展的作用，提出“在我国（按：指日本）研究汉学，比起研究希腊、罗马，是更为必要的事”的看法。这里所说的汉学，当然也包括汉文学。继芳贺矢一之后，尚有如下日版汉文学史著述：

冈田正之《日本汉文学史》，共立社书店1929年版；增订版吉川弘1954年版。

菅原军次郎《日本汉诗史》，大东出版社1944年版。

柿村重松《上代日本汉文学史》，日本书院1947年版。

户田浩晓的《日本汉文学通史》，武藏野书院1957年版。

神田喜一郎《日本汉文学》（《日本文学史》16），岩波书店1959年版。

①［日］本間洋一：『王朝漢文学表現論考』，和泉書院2002年版。

②［日］新間一美：『平安朝文学と漢詩文』，和泉書院2004年版，第228頁。

山岸德平《日本汉文学研究》（《山岸德平著作集》1），有精堂1972年版。

猪口笃志的《日本汉文学史》，角川书店1983年版。

芳贺矢一在东京大学开设“日本汉文学”课程，其遗稿曾刊行。冈田正之接续这项工作，其遗稿经长泽规矩也修订补充，于1954年题为《日本汉文学史》问世，分“朝绅文学时代”“缁流文学时代”两部分，描述江户时代以前的汉文学史。冈田在序说中，从品性修养、趣味领会对于形成人格的必要性的高度，指出对于形成日本人祖先品味的汉文学及其呕心沥血创作之作品，决不能弃之不顾：

> 明其变迁之迹，而将其醇健之思想与高雅之思想相传递于后来之国民，殊乃现代国民之一大义务也。世人动辄将我邦诞生之汉文学置于我国文学史之外，此抹杀我祖先之苦心者也，缩小我国文学之范围者也。我国民精髓之所发，非独和歌与和文也。①

1957年户田浩晓《日本汉文学通史》刊行，作者特别强调了两点：其一，日本汉文学保留的文学形式毕竟不过是中国文学及其模仿，没有产生新的独创的形式，但在内容上却有从模仿到自主的转换；其二，是在纯粹的汉文之外，还创始了混杂日本语法的变体汉文——亦有学者称为准汉文。那些既非和文亦非汉文的混血儿文章，特别见于日记、记录、论文等，也应当纳入日本汉文学的范畴。②

1959年，神田喜一郎在题为《日本汉文学》一文中，确立“日本汉文学”的定义，是日本人采用中国文字，遵从中国语法创作的文学，它经过千数百年的漫长时代，成为日本文学一环源远流长，不绝如缕，生生发展。他还特别谈到，在西方，也有法国人用英语写的小说，英国人用法语写的诗，但那些并不能公认就是“法国英文学”“英国法文学”，因为那些

---

①［日］岡田正之：『日本漢文學史 增訂版』，吉川弘文館1997年版。

②［日］户田浩曉：『日本漢文学通史』，武藏野書院1980年版。

作品仅仅是个人兴趣创作的，止步于零零碎碎的作品，并没有发展成国民文学中的一股支流。从这种意义上说，日本文学在世界文学史上，确是没有先例的独特存在。[①]

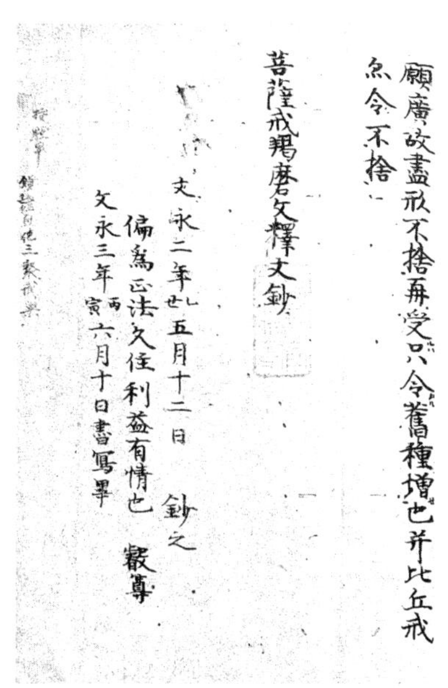

顧廣改盡形不捨再受只令舊種增也并比丘戒
無令不捨

菩薩戒羯磨文釋文鈔

文永二年丑五月十二日　鈔之
偏為正法久住利益有情也　叡尊
文永三年丙寅六月十日書寫畢

久原文库藏《文选》纸背经文

日本战后的高中课本几乎没有汉诗、汉文，和战前相比大相径庭。1984年，角川书店出版的猪口笃志所著《日本汉文学史》以大学生为对象编述，同时照顾到一般读者的阅读兴趣。在前言中，特别提到当时的日本，轻视传统而倾向于实利主义，今天的日本人尤其需要古典的教养[②]。以前的汉文学史，很少提到明治大正时期，而作者认为，明治时代是汉诗文最为发达的时代。该书从上古讲到现代，收录了众多的作品资料，对于文献难以到手的读者颇为方便。

1968年，台北正中书局出版了绪方惟精著、丁策译的《日本汉文学史》，这是汉文学国别史研究专著的最早汉语译著。原来是日语的、意为外国人用汉语创作的文学的“汉文学”，正式进入汉语。1992年吉林大学出版社出版了肖瑞峰所撰《日本汉诗发展史》（第一卷），堪称首功，惜未写完，止步于奈良平安时代汉诗。2011年上海外语教育出版社出版的陈福康所著《日本汉文学史》则是中国学者全面研究日本汉文学发展史的著作，作者以“不虚美，不隐恶”的精神对日本汉文学进行了全面梳理。

四、亚汉文学的整体研究

我国古籍中，也曾经收录过一些周边民族的诗人创作的诗歌。明人李言恭、郝杰编撰的《日本考》卷五《文辞》收入《东大寺大朝法斋大师裔

---

①［日］神田喜一郎：『墨林閑話』，岩波書店1977年版，第128—129頁。

②［日］猪口篤志：『日本漢文学史』上，角川書店1984年版，第1頁。

然启》和《戒严王思形成表》，《诗赋》收入了《咏西湖》等十四首诗[①]。清乾隆道光年间人翁广平所著《吾妻镜补·艺文志》卷二十一、二十二、二十三卷历举上至奈良、平安时代下至江户时代的明日之诗，以示日本艺文之概观，为清末俞樾所编《东瀛诗选》之先驱。[②]相比之下，中国学人对韩鲜半岛和越南的汉文学关注更少些。就是到了20世纪，这种局面也没有太大改变。1936年商务印书馆出版的《丛书集成初编》收入了朝鲜李齐贤所撰《益斋集》，算是特例。

近代以来，有日本学人一有时机便会通过诗词唱酬、请赐序跋等方式，向中国诗人、学者自荐或推荐他人的汉诗文，中国那些睁眼看世界的先贤也总是给予积极而适度的回应。黄遵宪等晚清赴日官员，曾给不少日本文士的诗集、文集点评或撰写序跋[③]。不过，由于辞章为末艺的观念制约，黄遵宪《日本国志·学术志》重点完全在于经学，至于今日所谓文学，仅有“为诗词之学者有新井君美、梁田邦美”云云数行字，尽管如此，他也认为“日本学者，正赖习辞章、讲心性之故，耳濡目染，得知大义。尊王攘夷之论起，天下之士，一倡百和，卒以成明治中兴之功”，并非一律否定日本辞章之用。

和黄遵宪有些不同的是，俞樾由于曾醉心辞章，在日本学人前来请他编选日本汉诗选集的时候，不仅用心编出了一部规模可观的《东瀛诗选》，而且将其副产品《日本诗纪》收入《春在堂全集》之中，成为继陈曼寿《日本同人诗选》之后，第二部中国人编辑的日本汉诗集，而其体量又远非《日本同人诗选》所能比拟。俞樾与多位日本诗人有交往，这也是他编选这样一部汉诗集的重要条件。《明治二百五十家绝句》收有山田寒山《苏州访曲园先生赋呈》：“古心古貌个人风，道德声名四海通。七十八年金石寿，须眉白雪照苍穹。”描绘了俞樾的音容神态，亦是当时献给俞樾的

---

① 李言恭、郝杰编撰，汪向荣、严大中校注：《日本考》，中华书局1983年版，第229—236页。

②［日］藤冢邻著，蔡惕若译：《清儒翁海村之研究日本文化》，国立华北编译馆馆刊（二之三）1943年版。

③ 蔡毅：《黄遵宪与日本汉诗》，见蔡毅著《日本汉诗论稿》，中华书局2007年版，第93—116页。郭真义、郑海麟编著：《黄遵宪题批日人汉籍》，中华书局2009年版。王宝平编著：《日本典籍清人序跋集》，上海辞书出版社2010年版。

诗作。

晚清使馆随员姚文栋还曾想将日本汉文汇总成集，世事多变，终未成书，只为文学交流史留下一笔遗憾的记载。

20世纪以来，来到中国的日本文士增多，前往日本考察或旅行的中国人也有渐多之势，两方之间，时有诗文相交。来日的汉诗人多向当朝官僚、名流或信赖的文人，以求教的名义，请求点评或赐文。

1912年山根虎臣《立庵诗抄》，附录诸家应酬作。宋伯鲁、张元济、文廷式、文廷华、张常惺、查燕绪、李盛铎等皆曾与之唱和。西川周岸登[①]为之序，称道其诗“慷慨激昂，离奇倜傥，声振金石，韵流管弦，有如干将莫邪，发锋露锷，光芒万丈，不可逼视；又如秋月射潮，海门夜吼，淜湃滭潪，蛟龙潜泳”云云。谓其“关怀大局，不息大声急呼醒黄人之噩梦，虑欧人东侵，发为诗歌长言永叹”。“读立庵之诗，际此沧海横流，竞争剧烈，国耻未雪，大厦将倾，当有悄然而悲愤而起者矣。”

《立庵诗抄》中有戊戌年作《挽六士诗》，其挽谭嗣同诗曰：

就义从容白刃前，肯将赋命向青天。
论追酌古文无匹，学溯求仁书必传。
为君子儒兼古侠，宗慈悲佛异狂禅。
自从柴市文山死，碧血痕新六百年。

这一首后有宋存礼、章炳麟评点。宋存礼言“悲壮苍凉，此种题目正宜少陵、遗山之笔为孩之”云云。章炳麟评点云：

奇肆崛崃，无大白不能读，无铁板不能歌。六志士成仁之日，余曾目击悲痛之极，只在青莲庵伏裴村先生棺一哭。每欲诔行写哀，至今不能成一字。读立庵诗怦怦然动三步腹痛之感矣。当时又掇昌黎

① 周岸登，1892年经乡试中举人，自是蜚声士林。周岸登性倜傥，器识宏阔，多才多艺，从政之日，惟知勤政恤民；其讲学之日，惟殚精英才乐育。其著述等身，然不幸屡遭损失。

“臣罪当诛，天王圣明”八字为挽者，余直唾之，不识其何心也。①

五、汉文学研究的启动

据王宝平《近代以来中国人编日本汉诗（词）集述略》，并略加补充，从80年代以来，中国出版的日本汉诗集有：

黄新铭编：《日本历代名家七绝百首注》，书目文献出版社1984年版。

张步云编：《唐代中日往来诗辑注》，陕西人民出版社1984年版。

刘砚、马沁选编：《日本汉诗新编》，安徽人民出版社1985年版。

程千帆、孙望选评：《日本汉诗选评》，江苏古籍出版社1988年版。

孙东临、李中华编著：《中日交往汉诗选注》，春风文艺出版社1988年版。

王元明、增田朋洲主编：《中日友好千家诗》，学林出版社1993年版。

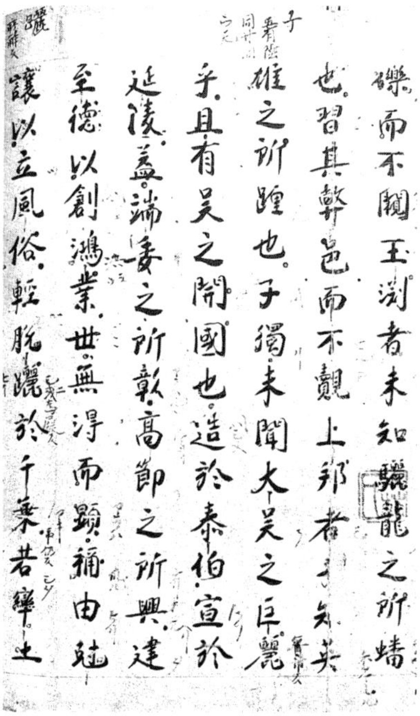
礫而不闚玉淵者未知驪龍之所蟠
也習其弊邑而不覩上邦者未知英
雄之所躔也子獨未聞大吳之巨麗
乎且有吳之開國也造於泰伯宣於
延陵蓋端委之所彰高節之所興建
至德以創鴻業世無得而顯稱由克
讓以立風俗輕脫躧於千乘若率土

久原文库藏《文选》

马歌东编：《日本汉诗三百首》，世界图书出版西安公司1994年版。

黄铁城、张明诚、赵鹤龄编注：《中日诗谊》，陕西人民出版社1995年版。

王福祥、汪玉林、吴汉樱编：《日本汉诗撷英》，外语教学与研究出版社1995年版。

王福祥编：《日本汉诗与中国历史人物典故》，外语教学与研究出版社1997年版。

夏承焘选校，张珍怀、胡树森注释：《域外词选》，书目文献出版社

---

①［日］山根虎臣：『立庵詩抄』，大阪国文社印刷1912年版。

1981年版。

殷旭民点校:《一休和尚诗集》，华东师范大学出版社2008年版。

印晓峰点校:《内藤湖南汉诗文集》，广西师范大学出版社2009年版。

殷旭民点校:《夏目漱石汉诗文集》，华东师范大学出版社2009年版。

李寅生编:《日本汉诗精品赏析》，中华书局2009年版。

张珍怀笺注:《日本三家词笺注》，黄山书社2009年版。

彭黎明、罗姗选注:《日本词选》，岳麓书社1985年版。

此外，有关汉诗词研究的译著有神田喜一郎著，程郁缀、高野雪译的《日本填词史话》（北京大学出版社2000年版）等。有关汉文小说的选集亦有不少。陈庆浩、王三庆编出了《越南汉文小说丛刊》[①]第一辑；陈庆浩、郑阿财又主编了《越南汉文小说丛刊》第二辑。林明德主编了《韩国汉文小说全集》（九卷）[②]。日本汉文小说也得到了整理。

至于各国的汉文学热心研究者，也都在渐渐增加，相关著述也相继问世。韩国编辑出版了《东方汉文学》，日本和汉比较文学学会致力于汉文学与假名文学的比较文学研究已经多年，他们编辑的《和汉比较文学丛书》相当有分量。王晓平《亚洲汉文学》[③]一书也是亚汉文学总体研究的早期成果。

90年代以来出版的汉文学研究著述有:

肖瑞峰:《日本汉诗发展史》（第一卷），吉林大学出版社1992年版。

刘丹:《日本僧侣汉诗与杜甫》，辽宁大学出版社1994年版。

严明:《花鸟风月的绝唱：日本汉诗中的四季歌咏》，宁夏人民出版社2006年版。

蔡毅:《日本汉诗论稿》，中华书局2007年版。

吴雨平:《橘与枳：日本汉诗的文体学研究》，中国社会科学出版社2008年版。

王小林:《汉和之间——王小林自选集》，上海人民出版社2014年版。

---

① 陈庆浩、王三庆主编：《越南汉文小说丛刊》，学生书局1987年版。

② 林明德主编：《韩国汉文小说全集》，韩国国学资料院1999年版。

③ 王晓平：《亚洲汉文学》，天津人民出版社2001年版。

刘怀荣、孙丽选编：《日本汉诗研究论文选》，中国社会科学出版社2017年版。

张伯伟：《东亚汉文学研究的方法与实践》，中华书局2017年版。

1995年外语教学与研究出版社出版了王福祥、汪玉林、吴汉樱主编的《日本汉诗撷英》。黑田瑞夫在其序中指出："日本的汉诗诗人，随着时代的潮流，宛如回声一般，接受并继承了中国古代唐、宋、元、明、清诗人的思潮和作风，从这个意义上可以说日本的汉诗也反映了中国文学的历史发展，是中国文学的一个支流。"①本书按皇室诗人、僧侣诗人、士庶诗人、时代先后选录汉诗人代表性作品。前有日本汉诗概述、日本汉诗的诗体、日本汉诗的诗韵、日本汉诗的平仄格律的介绍。1997年同出版社又出版了王福祥编著《日本汉诗与中国历史人物典故》，编选日本汉诗476首，涉及中国人物178人。其中有历史人物，也有神话传说中的人物。

马歌东于1987年至1991年在日本福井大学教授汉语与中国文学，了解到"日本不但现在有一支研究中国古代诗歌的学术队伍，而且曾经有过一个庞大的不能消失的汉诗创作群体和一段辉煌的汉诗兴衰史，这是一片被冷落已久的荒原"，由此确立了"日本汉诗溯源比较"的课题。在所著《日本汉诗溯源比较研究》中，除所发表的论文外，他还选编了五百首日本汉诗附录于后。其中《〈全唐诗逸〉辨误》，以《日本诗话丛书》本与知不足斋本为参照，对《全唐诗》本进行辨误校正，颇多发明。②《全唐诗逸》所收载残句，有出自空海《文镜秘府论》、大江维时《千载佳句》和唐张鷟《游仙窟》者，而作者辨误时仅利用了以上诸书的刻本，而未来得及一一考证古写本，所以此项工作尚需继续，以求完善。

2000年，曹旭在京都大学期间，对俞樾所编《东瀛诗选》产生兴趣，感到无论是研究日本汉诗还是中日文化史，它都是有标志意义的一部书。归国后与归青合作，校勘整理，标点，解决了很多问题。作者在后记中感叹："现在，学术的公平秤已失去准星，指导性和指令性的刊物成了学术的代名词。这类重要、烦难、复杂的文献整理已填不进表格，被挤到边缘，

① 王福祥、汪玉林、吴汉樱主编：《日本汉诗撷英》，外语教学与研究出版社1995年版，第4页。

② 马歌东：《日本汉诗溯源比较研究》，中国社会科学出版社2004年版，第235—244页。

无可奈何。但《东瀛诗选》仍然是一座纪念碑。”曹旭在序言中对俞樾的贡献做了全面阐述，他指出，《东瀛诗选》是日本文学史上第一部由中国学者编选的规模最大的日本汉诗总集，是中日诗学交流的桥梁，俞樾开启中日汉诗比较评论的先河，《东瀛诗选》保存了日本汉诗的文献资料。

1981年4月台湾黎明文化事业股份有限公司刊行了朱云影所著《中国文化对日韩越的影响》，由二十篇专题论文汇集而成，所用资料，主要是日韩越各国的汉文文献。作者认为，过去各国的文学，无论形式也好内容也好，都可说是中国文学的模拟，各国诗文派别的消长，也和中国有密切的关系。[①]本书分为学术、思想、政治、产业、风俗、宗教六篇。在学术一编，第三章《中国文学对日韩越的影响》分别引日韩越三国各时代代表性作品略加陈述，结语部分感叹：“日韩越各国过去的那些汉文作品，和中国文人的作品相比，何尝有什么逊色，可是中国文人却采不屑一顾的态度，试看各种中国文学史，有哪一种花过几行篇幅提到，甚至有些学者根本不知日韩越各国过去有许多汉文著作。这种文化上的闭辟主义，实有打破的必要！”[②]

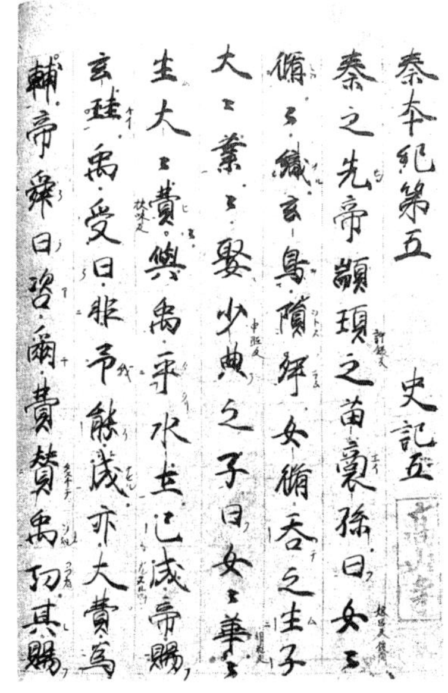
秦本紀第五　史記五
秦之先帝顓頊之苗裔孫曰女脩
女脩織玄鳥隕卵女脩吞之生子
大業大業娶少典之子曰女華女華
生大費大費與禹平水土已成帝錫
玄圭禹受曰非予能成亦大費爲
輔帝舜曰咨爾費贊禹功其賜

岩崎文库藏《史记·秦本纪第五》

东亚诗话的比较研究，也随之启幕。韩国学者许世旭著《韩中诗话渊源考》1979年在台北刊行[③]，80年代初即传入大陆。台北学海出版社1984年2月刊行的赵钟业所撰《中韩日诗话比较研究》，着重探讨唐宋诗话对韩、日的影响，全书分导论、资料篇、研究篇、总结篇。我国学者积极参与，1996年，由东方各国和地区的学者结成国际东方诗话学会，并在此后先后于1999年在韩国忠南大学、2001年在中国香港浸会大学、2003

① 朱云影：《中国文化对日韩越的影响》，广西师范大学出版社2007年版，第3页。

② 朱云影：《中国文化对日韩越的影响》，广西师范大学出版社2007年版，第77页。

③ 许世旭：《韩中诗话渊源考》，黎明文化事业股份有限公司1979年版。

年在中国上海大学、2005年在中国台湾中山大学、2007年在韩国外国语大学、2009年在中国延边大学、2011年在中国香港大学举办了七届国际学术研讨会。[①]参加者不仅有中、日、韩等国的学者，也有新加坡等国家与地区的学者。

朝鲜时代汉诗规模最大的诗歌总集——南龙翼所编《箕雅》，收入了朝鲜古代所有重要汉诗诗人的诗歌，比较全面地反映了朝鲜汉诗发生、发展和兴盛的过程。赵季所著《箕雅校注》，是该书刊行以来的第一部校订笺注辑评本，对书中所收四百九十位诗人的二千二百五十三首汉诗，不仅注出典故及所模仿诗人的原作，而且注出相关诗人事迹，诗歌本事，还引述历来朝鲜诗话对其诗的评论，为今后的研究者提供了全面的研究资料。[②]

刘顺利著有《半岛唐风：朝韩作家与中国文化》（宁夏人民出版社2004年版）、《王朝间的对话：朝鲜领选使天津来往日记导读》（以下简称《导读》，宁夏人民出版社2006年版）、《朝鲜半岛汉学史》（学苑出版社2009年版）、《朝鲜文人李海应〈蓟山纪程〉细读》（学苑出版社2010年版）、《中国与韩朝五千年交流年历——以黄帝历、檀君历为参照》（以下简称《年历》，学苑出版社2011年版）。其中，《导读》是国内的第一部《燕行录》导读，也是首次把一部完整的《燕行录》展示给读者。对金允植《阴晴史》的导读，刘顺利将文本视为一个书写之后又被书写、充满了“文本间性”的文本，做了大量的翻译、校勘、整理工作，对书中涉及的书、人、事皆详加注释解说，是全面研究与文本细读的结晶。《年历》用黄帝历与檀君历相对照，逐年梳理中国与朝韩之间的交流与交往线索。我国传世文献对朝韩文化记述简略，年历不仅为对韩朝历史文化生疏的学者提供了较为翔实的交流轨迹，而且可以修正我国正史中涉及朝韩部分的某些讹误。

各国汉诗文中并非只有与世无争的风花雪月，也有烽火硝烟与刀枪剑

① 香港大学中文学院主编：《东方诗话学　第七届国际学术研讨会论文集》，文听阁图书有限公司2012年版，第1页。

② 赵季校注：《箕雅校注》（上册），中华书局2008年版，第9页。

戟。夏晓虹在她的《日本汉诗中的甲午战争》指出："所有关于甲午战争的日本汉诗，当推高桥贞（白山）所作《征清诗史》记述最全，也最能使人洞见日本政府的野心。"[①]1897年出版的此书，卷首有征清大总督彰仁亲王的题字"一德唯忠"，还有汉诗人小野湖山的题词"天兵奏凯"，鼓吹侵华日军的功勋，赞扬作者宣扬日本军队威忠心可嘉。高桥贞的《征清诗史》将皇家威德、日本统纪、日本文教、日本士风、日本士气、日本武功置于最显眼的位置。其《日本士风》曰："邦人一致奉皇家，义胆忠肝吐国华。请见神州刚毅士，天真烂漫似樱花。"颂扬侵华日军的士兵是"天真烂漫的"的"神州刚毅士"。曾经留日的作家杜宣在《读松井石根屠城诗后》中说："以杀人为乐，以杀人为荣，滥杀无辜之后，还以诗自娱，在20世纪中竟出现这种野蛮行动，真是人类的耻辱。"[②]《日本汉文学史》的著者陈福康指出，在研究日本汉文学时，分析和解剖一些历史上鼓吹军国主义的作品，是很有必要的。[③]

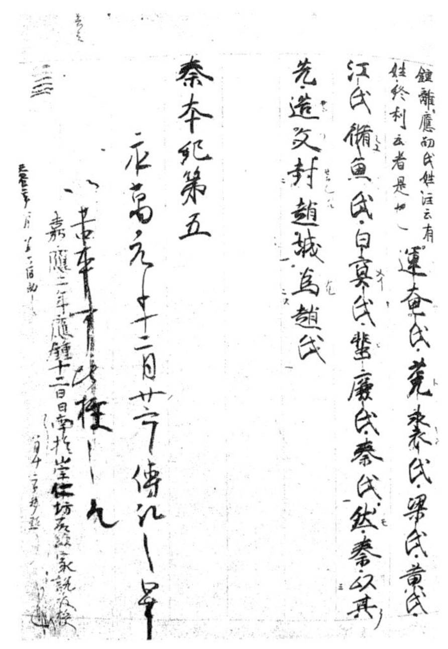
岩崎文库藏高山寺本《史记·秦本纪第五》卷尾

六、汉文小说整理与研究的多方合作

1972年起，中国台湾学者林明德在汉城大学攻读韩国文学，广涉汉文学典籍、论文及书刊，先后在珍藏李朝王室图书之汉城大奎章等图书馆等处收集资料，于1980年编就《韩国汉文小说全集》全九册，该书于1999年

① 夏晓虹：《日本汉诗中的甲午战争》，载《读书》1999年第11期。

② 杜宣：《读松井石根屠城诗后》，载《新民晚报》1995年9月1日。

③ 陈福康：《关于日本汉诗的历史》，见王晓平主编《国际中国文学研究丛刊》第四集，上海古籍出版社2016年版，第290页。

由韩国国学资料馆刊行。

法国国际科学中心华裔学者陈庆浩首倡域外汉文学与域外汉文小说整理，在台湾找到王三庆等合作者，首先共同完成了《越南汉文小说丛刊》第一辑的整理。在该书总序中，陈庆浩将汉文化整体研究视为可以开拓传统汉学研究的领域。“传统汉学只是研究中国汉文化，忽视域外汉文化的研究，将他们看成是朝鲜学、越南学、日本学的研究范围，这就限制了汉学家对整个汉文化的了解。另一方面，从事朝鲜、越南、日本研究的学者，一般只限于现代的研究，受到汉文学素养的限制，不易上溯到该国古典文化。纵使研究者能够掌握汉文，如非从事整体研究，视野仍受局限。”面对这种学科分隔造成的研究碎片化现状，陈庆浩主张打破藩篱，进行汉文学的整体研究：

> 而汉文化的整体研究将使得被传统汉学、朝鲜学、越南学、日本学研究所弃置的域外汉文化资料，纳入汉学研究的范畴中，形成一个超越国界文化区的综合研究。采用新的资料，采用比较的研究方法，就很自然的能获得新的研究成果。[①]

由王国良主持的《韩国汉文小说丛刊》在韩国学界的参与下也在积极推进，王三庆、庄雅州、陈庆浩、内山知也主编的《日本汉文小说丛刊》历经十四年的整理研究，先于2003年问世。在序言中，王三庆指出身为中国学的研究者，除了要省视汉文化及汉文学的自身通变外，“对于已经消失的少数民族所关涉到的材料，以及目前国内现存的各少数民族的有关文化和文学，口头或书面的文献材料，都应该给予适当的关注，使汉民族和周边文化融合交流的历史真相能够发明。”主张改变各少数民族文化文学研究相对薄弱的局面，扩大中国学的视野，同时也要从周边看中国，将周边邻国的历史文化纳入研究范围：

① 陈庆浩：《〈越南汉文小说丛刊〉总序》，见陈庆浩、王三庆主编《越南汉文小说丛刊》第一册，学生书局1987年版，第2—3页。

> 中国和各邻国间在历史上文化、文学等种种情况，也需要深入的了解，作为过去历史的种种检讨和未来敦亲睦邻的前瞻。也因如此，抢救境内少数民族的文化、文学和整理邻境各国间相关的材料，应该是中国文学者、汉学者及各国文学研究者所不可忽略的一个课题。①

1999年域外汉文小说国际学术研讨会在台湾举行，并出版了论文集②。陈庆浩在会上的发言中，评价日本汉文小说家的汉文教养很高，他们用娴熟的汉语写作，并运用术语、典故，写出传统的典雅优美的汉文。特别是冈白驹、依田学海、石川鸿斋的作品为一般中国人所不及。此后，韩国、中国台北均举办了域外汉文小说研讨会。中韩学者对汉文小说的研究，在日本中国学界激起涟漪。2000年，在内山知也的主持下，东京成立了日本汉文小说研究会，聚集了一批年轻学者，每月举行例会。经过四年的努力，于2005年出版了《日本汉文小说的世界——介绍与研究》，以“介绍日本汉文小说的趣味性，兼具学术性”为主旨。在东京以外，也有一直坚持研究汉文小说的学者。富山大学的矶部祐子陆续在《富山大学人文学部纪要》上发表了她研究《前戏录》《善谑随译》《善谑随译》等汉文

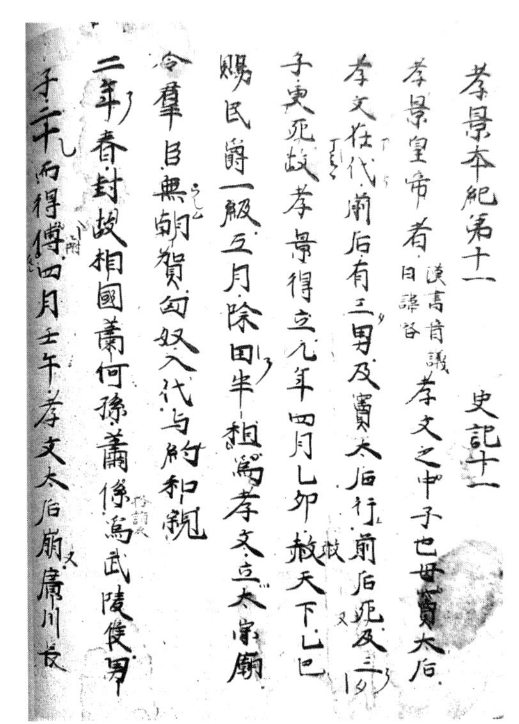
孝景本紀第十一　史記十一
孝景皇帝者孝文之中子也母竇太后
孝文在代前后有三男及竇太后行前后死及三
子更死故孝景得立元年四月乙卯赦天下乙巳
賜民爵一級五月除田半租為孝文立太宗廟
令羣臣無朝賀匈奴入代与約和親
二年春封故相國蕭何孫蕭係為武陵侯男
子二十而得傅四月壬午孝文太后崩廣川長

久原文库藏延久本《史记·孝景本纪第十一》

① 王三庆、庄雅州、陈庆浩、内山知也主编：《日本汉文小说丛刊》第一辑第三册，学生书局2003年版，第16页。

② 中正大学中文系语言与文学研究中心编：《外遇中国——中国域外汉文小说国际学术研讨会论文集》，学生书局2001年版。

笑话的研究成果。

2001年王晓平在由天津人民出版社出版的著作《亚洲汉文学》的代序《亚洲汉文学的文化蕴含》一文中，论述了亚汉文学的历史与现实、域外汉文学的模拟性与创造性、亚洲汉文学区域的国际性与民族性问题。2009年出版的该书修订本，以《汉文学是亚洲文化互读的文本》为序，阐述了汉文学是亚洲学人同读共赏的文学遗产、汉文学是东亚文化交流的宝贵结晶、汉文学是亚洲学人共同的学术资源。

王昆吾著《从敦煌学到域外汉文学》选录论文十三篇，按内容编为敦煌学、音乐史、中国文学、越南与东干文学四组。第四组包括《越南本〈孔子项橐问答书〉谫论》《〈越南汉文小说丛刊〉和与之相关的文献学问题》《越南古代诗学述略》《东干文学和越南古代文学的启示——关于新资料对文学研究的未来影响》。作者认为，为了避免对中心范式的迷恋和迷信所导致的视野萎缩，需要加强对新资料，特别是弱势文化资料的重视，提倡通过历史研究、个案研究来解决一般理论问题。①

金程宇著《东亚汉文学论考》②包括域外珍本新探、和刻本古逸书研究、域外汉文学研究、综述与书评四部分。域外汉文学研究以韩国汉文学为主。张伯伟在《东亚汉文学研究的方法与实践》的序言中强调："从学术史的角度看，域外汉籍不仅推开了中国学术的新视野，而且代表了中国学术的'新材料'，从一个方面使中国学术在观念上和资源上都面临古典学的重建问题。重建的目的，无非是为了更好地认识中国文化，更好地解释中国和世界的关系，最终更好地推动中国对人类的贡献。"③

七、汉籍研究

1986年，台湾联合报国学文献馆发起并组织了"中国域外汉籍国际学术会议"，并出版了论文集，至1995年该会议共举办了10届。在首届会议

① 王昆吾：《从敦煌学到域外汉文学》，商务印书馆2003年版，第372页。

② 金程宇：《东亚汉文学论考》，凤凰出版社2013年版。

③ 张伯伟：《东亚汉文学研究的方法与实践》，中华书局2017年版，第2页。

论文集的《编者弁言》中大致归纳了会议论文的若干主题。它们集中在三个方面：一是域外汉籍的流传、出版与版本；二是域外汉籍的现存情形与研究概况；三是域外汉籍的史料价值以及中国与东亚各国的关系。编者特别指出："这些学术论著多是以往汉学家不曾注意，或是根本生疏的。"

将和刻本全面整理，是神田喜一郎等学者多年的梦想。他们希望这一工程能成为中日文化交流的新贡献。神田喜一郎在1957年发表的《中国书籍二三事》中谈道："将成百上千的和刻本一一清理的话，还会发现先人尚未瞩目的各种书籍，好好清理，是我们日本人今后的责任，而现在和刻汉籍，特别遗憾的是，实际上是处于束之高阁的状态。哪位是真正搜集和刻汉籍的笃志家？有没有公私图书馆里都没有收藏的本子？为此所需经费不会那么多吧？除了镰仓、室町等古代刊刻的所谓五山版这些高价的稀觏书之外，概算以下恐怕有几百万日元不会不够。过久这样放置下去，终究会有遗悔千载之虞。我们提案国内在什么地方把它们搜集整理出来。这里特别想说的是，再将它们做成一个藏品，赠送给中国。不仅中国人会很欢迎，而且对于日中文化交流，也是我们要做的最重要的事情了。切望有力的人能够出现。"①

长泽规矩也晚年跑遍日本内阁文库、大东急文库等新老文库以及包括街区图书馆在内的各大小藏书单位，进行和刻本的调查整理工作，调查的范围包括各地方出版物，乃至被称为"田舍版"（乡下版）的为小人数的受业塾生印制的版本。鉴于对中日版本析同辨异、定其是非，首先需要一部完备的目录，因此长泽规矩也编制并于1976年刊行了《和刻本汉籍分类目录》。由于印本在处理文字上的限制，长泽规矩也决定采用手书影印的方式，并对该书加以修订，增加索引，刊行了手书影印本《和刻本汉籍分类目录补正》，为和刻本的全面研究迈出了重要一步。这一目录的缺陷在于未收医书与佛书，这有待于进一步补充。

2002年，台湾大学成立了"东亚文明研究中心"。2005年成立的人文社会高等研究院的主要研究计划中，包括东亚经典与文化等课题。台湾"中央研究院中国文哲研究所"出版了《越南汉喃文献目录提要》及

① [日] 神田喜一郎：『敦煌學五十年』，筑摩書房1971年版，第205—206頁。

补遗，开展了有关日韩经学和汉诗研究。台北大学古典文献研究所开设了“东亚汉文文献研究”的研究生课程。

南京大学2000年成立了“域外汉籍研究所”，制定了对域外汉籍的目录文献、文学文献、史学文献等方面的整理计划。上海师范大学于2005年成立了“域外汉文古文献研究中心”，并拟以敦煌学、佛教和小说的研究为重心。2007年天津师范大学“国际中国文学研究中心”成立，也将域外汉籍研究作为一个重要的方向。

张伯伟在《东亚汉籍研究论集》一书的序言中认为，汉籍研究“是一个东亚视野”，他指出：“当我们把历史上的汉字文献赋予一个整体的意义时，我们的眼光自然就超越了国别的限制，同时也超越于文化一体的视野。”并断言：“我们有理由相信，域外汉籍研究是本世纪一个崭新的学术领域，其价值和意义完全可以和上世纪的新学问——敦煌学作类比，甚至有以过之。”[①]2005年，中华书局开始出版由张伯伟主编的《域外汉籍研究集刊》。在发刊词中，他阐述域外汉籍研究的意义，认为它将扩大中国文化研究者的视野，赋予历史上的汉文典籍以整体的认识，进而改善与之相关的汉语言文学研究、中国传统思想研究、东亚史研究、中外交通史研究等学科。[②]

《域外汉籍研究集刊》的宗旨是：推崇严谨朴实，力黜虚诞浮华；向往学思并进，鄙弃事理相绝；主张多方取径，避免固执偏狭。它重视以文献学为基础的研究，于多种风格兼收并蓄，而不拘泥用何种方法、得出何种结论。

2011年，王三庆出版有《日本汉文笑话丛编》[③]。

2012年，人民文学出版社出版的由蔡美花、赵季主编的《韩国诗话全编校注》共十二册，以影印版《韩国诗话丛编》为基础，查阅、分析并研究韩国古文献全集，补充了四十余种散佚诗话，系统整理韩国诗话著作，并作校注。该丛编收录自高丽时期李仁老《破闲集》至现代李家源《玉溜

① 张伯伟：《东亚汉籍研究论集》，台湾大学出版中心2007年版，第2页。

② 张伯伟主编：《域外汉籍研究集刊》第一辑，中华书局2005年版，第1页。

③ 王三庆主编：《日本汉文笑话丛编》，乐学书局2011年版。

山庄诗话》，共计诗话作品一百三十六部，总计近八百万字。是国内外第一部全景式展现韩国诗话样貌的文献资料集。

2015年周斌主编的《日本汉诗文总集》（第一辑）由四川大学出版社出版。刘怀荣、孙丽选编的《日本汉诗研究论文选》从基本文献资料整理与翻译、研究范围拓展、基本概念认识和确定、比较研究的视角变换、文化特质确立等五个方面，指出研究中存在的问题。[①]祁晓明则指出了中日诗学研究中外文读解与翻译水平存在缺陷的问题。[②]

从20世纪80年代起，中国学者便聚在一起来切域外汉文文献这块蛋糕。中国古代文学研究者捷足先登，试图对汉文学加以梳理、鉴赏与评论，而后外国文学与比较文学研究者加入进来，探讨其与中国文学的关联及其独有的文化个性，再后来文献研究者张起域外汉籍研究的大旗，迈出全面、系统整理域外汉籍文献的坚实一步。汉籍的文化种子在中华，开花结果在周边，这使域外汉籍既有中华文化的基因，又有他国文化的基因，因而域外汉籍研究既是跨文化研究的实验田，也是新朴学的生长点。与旧朴学不同的是，它把域外学术的成果也收入药笼。学者手中已有四大利器，可以赋予域外汉籍全新的意义，这四大利器是：乾嘉学派对中国古代文学、音韵、语言研究的方法，以敦煌写本为中心的写本释录与整理的经验，与汉籍相关的国家的文字语言学与书志学知识，西方现代语言学、文学的理论与文书学理论。运用这四大利器对域外汉籍进行全方位解读，汉籍研究的新生面会离我们越来越近。姑且将这样的方法称之为“跨文化新朴学”。不论其名称如何，或者没有名称，我们都下定不分晴雨、辛勤耕耘的决心，直到结出丰硕果实来，才会放下犁锄，静候收获。

---

① 刘怀荣、孙丽选编：《日本汉诗研究论文选》，中国社会科学出版社2017年版，第39—41页。

② 祁晓明：《近年来中日比较诗学研究中存在的问题》，载《山东社会科学》2014年第10期。

第三节 日本诗话：转世与复活

20世纪末，随着日本最后的汉诗人离世，汉诗愈来愈退出一般民众的视线，研读与汉诗传播密切相关的诗话，也变成了屈指可数的少数学者孤寂枯燥的奢侈之举。时至今日，日本汉诗与诗话研究，在日本即使不能说正在急速滑向绝学，也可以说不过是边边角角传来的私语独白，是三三五五学者的苦苦支撑。很少有人会想到，历史上有多少文学家曾那样醉心于汉诗创作，更有那么多学人，撰写了上百部诗话。

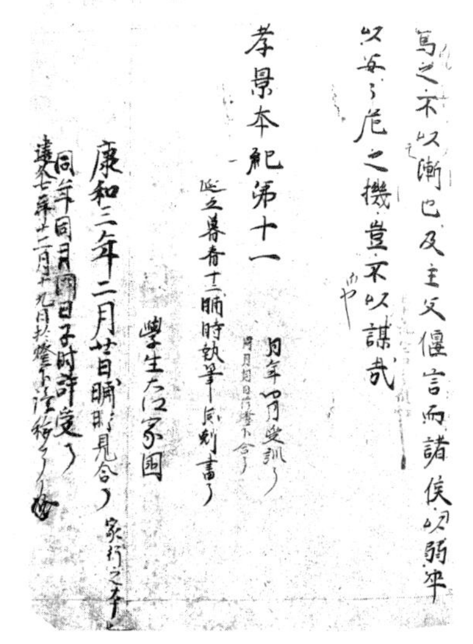

久原文库藏延久本《史记·孝景本纪第十一》卷尾

在日本的本土诗话研究如日落西山的21世纪初，华人世界的日本汉诗与诗话研究却曙光初现。赵季、叶言材、刘畅编撰的《日本汉诗话集成》（以下简称《集成》）便是新闪于星空的一颗晨星。

该集成收录了迄今为止作为完整、全面的汉文诗话资料，所收远超日本学者池田四郎次郎所编《日本诗话丛书》（以下简称《丛书》）所收汉文诗话，是日本汉文诗话研究最为完备的资料，为中国诗话研究的扩展与东亚汉诗研究的深化创造了契机。因而在论述中，本文将注重引述《集成》新收而《丛书》未收的诗话作品。

一、诗话研究与文化移植

由于日本汉诗与汉文诗话使用的是汉语，今天中国学者也能大体读懂这些作品，这就给我们研究带来了很大便利。然而，这也很容易冲淡我们面对它们所必须具有的跨文化意识。日本汉诗之源在中国古典诗歌，但两者并不能画以等号。日本汉诗诞生本身是一种文化移植的产物，而诗话之生，则是中国诗话传播与日本汉诗发展需要的碰撞结果。日本诗话是日本化的诗话，也就是说，它并不是中国诗话的原版复制，而更像是中国诗话的脱胎转世。只有将日本汉文诗话放在日本文学整体中来观察，才可能充分认识日本汉文诗话的文化价值。

日本已故著名汉学家松浦友久在谈到日本汉诗与中国诗歌的关系时，格外看重日本人除了研究中国文学之外，还用汉语与文学样式来亲自“实作”的意义。他着重指出，这里所说的“实作”，不是指单单小试一下，作为友好手段写一点，而是就运用其语言与样式去表达自身文学性的感动这种极根本性的意义而言的。他认为，即便承认日本汉诗文是与中国语言、风土隔绝的环境中成长的难易动摇的前提，日本人通过这种“实作”来表达自我，也不能不说是源于对于中国这一对象的无上的共鸣与执着：

> 上代的所谓汉诗文，正是这种特殊条件下的文学，进一步说，它不是某个人、某个群体个别的例外尝试，而是由各时代卓越的头脑进行的有组织的长期努力，仅此一点，便具有更为深刻的意义。①

松浦友久在这里指出，日本汉诗诞生的前提，是源于日本诗人对于中国诗歌“无上的共鸣与执着”，同时，只有尽可能全面移植中国文化，才可能出现这样一种并非个人或某一群体的一时性的作为单纯友好手段的载体，即历经千年以上历代卓越头脑创造的诗体。

单纯的汉语学习，并非一定走向汉诗文创作，只有对中国传统文化有了比较充分理解才可能掌握其技巧与技能，进一步说，这些作品也只有在与中国有较多相似点的文化价值体系、文化氛围中才可能获得广泛的传播与认可，因而，对中国文化的全面移植是汉诗文在日本生根的前提。而奈良、平安时代正好具备这样的条件，在以后的江户时代这种条件再次复

① [日] 松浦友久：『日本上代漢詩文論考』，研文出版2004年版，第5頁。

苏，于是才可能有了汉诗文在日本长达一千多年的历史。明治维新之后的这种条件一天天瓦解，汉诗文也就逐渐走向了衰落。在汉诗成为日本全民族公认的文学样式的过程中，包括诗话在内的诗歌批评著述也获得了流布的机会，日本诗话的出现也就成为必然。

以异国语言、异国文学样式从事创作，虽然以文化移植为前提，但这种移植毕竟不可能是全面的、对等的、均衡的、永恒的，由于移植的碎片化、断续性与不可避免的走形失真，中国诗歌并没有全部为日本诗界所接纳。

《虎关诗话》首次以诗话名，被尊为日本诗话之首，而在其之前问世的空海《文镜秘府论》、《江谈抄》第四卷和第五卷、《作文大体》、《童蒙颂韵》等，或摘录中国诗论，或摘句举篇以品诗，或研讨诗韵。因它们成书于欧阳修《六一诗话》之前，却也大体具有诗话之职，或可称之为“前诗话”。这些言诗之书，或收录了我国散佚的诗学资料，或引用中国诗论以论汉诗。

江户时代之前，诗话之著寥寥可数，而进入江户时代，诗话便接踵而出，占迄今所存诗话之绝大部分，这正与江户时代汉诗走向鼎盛有关。明治时期汉诗由盛而衰，而诗话之著锐减，至于近代，特别是汉文诗话几乎绝迹，那些名之以“诗话”的著述与传统诗话在内容和形式上均颇不相同。

日本诗话首先就是日本汉诗兴衰的晴雨表。细川十洲《梧园诗话》对历朝诗风的概括既简且明：“本邦古诗，如《怀风藻》所载，气象敦厚敦朴，有西土汉魏六朝之风。及《白诗传》于我，则上下靡然以此为宗，不独菅家也。北条氏时，禅僧与西土人相往来，而五山之僧好诵《联珠诗格》《律髓》《三体诗》，是以诗有宋元之风。迨德川氏之世，名儒辈出，模仿唐诗，不无可观。而萱园诸子又尚李王之风，陈陈相因，人渐厌之，宋诗之风渐盛，新奇可喜，其弊近俗。近日又好清诗，变为绮靡，要非大雅，洵可叹也。”诗风之转换期，多以诗话标榜其说，斥非纠谬，排击异说，辩驳互攻。各家好恶在诗话中多有体现，而其中诗人的从众心理反映强烈。江户末期至明治期间，西方诗歌诗论渐有耳闻，从比较之视角来论诗、论文化之言说渐增。日柳燕石《柳东轩诗话》说“西土以诗赋取人，故学诗用全力于词章，与本邦人出于游戏之余者不同也。然本邦前辈文字巧妙不让于西人，往往在焉”，又说“汉土之学问，其弊则浮华；西洋之理精，其弊则拘泥。要之，不及本邦之简易矣”。这些议论虽意在强调日本汉诗的独有价值，但也抓住了部分特点。

日本诗话是诗界万象之储存器。江户时代的诗话，或如江村北海之《日本诗史》纵论诗史，或以江户为中心总观全国诗坛，或如广濑青村《摄西六家诗评》聚焦某一地区的名家、收佳句、记趣闻、载轶事，全面反映了汉诗在一个时代空前绝后的盛况。

日本诗话是中国诗话的折射镜。日本诗话之撰，以中国诗话之东渐为前提，多以接续、传承中国某一诗话而将其本土化为已任。《六一诗话》《沧浪诗话》《随园诗话》等影响尤为显著。石川清之曾将《沧浪诗话》《谈艺录》《艺圃撷余》合刻，在跋中称“有于徂徕先生处请教于诗者，必称之以为侯的”。宋代遗民蔡正孙所撰《联珠诗格》经山本北山等人之鼓吹，大行于世，遂有释教有之《续联珠诗格》与东条琴台、东条士阶之《新联珠诗格》等日本续书问世。明治时代籾山衣洲撰《明治诗话》例言明确说明该书“粗仿《全唐诗话》”。

日本诗话是日本探诗者的指南车。不少诗话是为初学诗者撰写的，或是传授诗艺的记录。它们或许在理论创新方面无善可陈，但在实用性方面却有撰写者的良苦用心。对于不会操汉语的日本诗人来说，掌握诗韵、诗病之说的困难远远大于中国诗人，因而对这方面的知识便格外在意，也正因为如此，在保留相关资料方面往往可以为中国诗话拾遗补缺。日本天仁二年（1109年）三善为康应藤员外次将所嘱而作《童蒙颂韵》，凡二千九百五十五言，每字标明训读与音读，以便作训读诗用。平声每韵四字为句，以便暗诵，以令易记忆。句中文字取义相近者，又有成义理者，体仿《千字文》。有些诗话看来不过是兔园册子，对于了解日本的汉诗教育却不无裨益。

日本诗话是诗性思维在日的培养基。作诗评诗，绝不是单纯的技法问题，培养作为认识世界手法的诗歌思维是一个长期积累的过程。今天的中国人作古典诗，绕不过对名篇名句多多记诵，养成一种诗性的眼光来品味生活，才谈得上用此种形式去表达生活。对于外国人来说，如果是止于阅读，那么其诗性思维可能还比较表层，而不断亲自“实作”，则需要对中国语言、文化的精微部分有更近距离的接触。市河宽斋在《诗烬》中批评日本诗人生造出“含杯”一语，认为“杯可衔而不可含”“杯岂人腹中所能容耶”，认为这样的诗语是“倭人之陋”，就是一例。

从语言来说，日本诗话可以分为汉文诗话与日文诗话两种，两相比较，前者受中国诗学的影响更为显著，后者更多涉及汉诗与和歌等中日诗学比较方面的内容。前者对于后者的影响超过后者对前者的影响。前者的预想读者是有汉诗修养的学人，后者的预想读者则包括了爱诗却未必精于诗的众人。汉诗诗话以集成的方式贡献于中国学界，是极为重要的开端。如能将日文诗话再译出刊行，我们便可以见到日本诗话的完璧了。

二、日本诗话研究三十年拐点

日本诗话之结集成书，以池田四郎次郎为首功。池田四郎次郎（名胤，号芦洲）少壮得日人所著诗话数种，嗜读之，深喜其所论切实，有益于诗者。有网罗搜集以成丛书之志，于是每阅坊肆，觏辄购之，或就藏书之家借抄之，得数十种，编为《日本诗话丛书》十二卷。汉诗大家国分青厓为其书题诗十首，其第十首，咏友野霞舟（仿《列朝诗集》《明诗综》编《熙朝诗荟》，并著《锦天山房诗话》）：

> 锦天诗话品名流，博览群书手自收。钦匮阐来成不朽，骚坛长重友霞舟。①

题诗以诗话为中心，回顾了日本汉诗发展的闪光点。特别提到俞樾编选《东瀛诗选》的功绩，也由此证明日本汉诗的地位。从《丛书》问世以后，日本诗歌研究者无不以此为据来讨论诗话，一来就是近一个世纪。

然而，《丛书》也有收录不备的问题。池田深知：“然好书之漏于兹者，尚不为鲜。自今更搜罗，作续编、续续编，庶几于诗学有一助焉。”

---

①［日］池田四郎次郎编：『日本詩話叢書』第一卷，文会堂書店1920年版，第1—4頁。

不过他和以后的日本学者终究没有把续编、续续编拿出来。明治维新以后，朝鲜半岛为日本占领，《日本诗话丛书》编撰之时，韩国沦为日本殖民地，池田四郎次郎将徐居正的《东人诗话》也收入其中。该丛书在后来重印时，也一直没有对此作出任何说明。[①]从诗话研究来说，看来池田四郎次郎对韩国诗话了解甚少，故只收入了这一部，而2012年人民文学出版社出版的蔡美花、赵季主编的《韩国诗话全编校注》多达12册，共计诗话作品一百三十六种，总计近八百万字。这可以说侧面纠正了《丛书》的错误。至于《丛书》中存在的校勘欠精等问题，在这部集成中也多得纠正，就更不胜枚举了。

于搜集资料诸多不便的我国学者来说，对日本诗话的研究，迄今更只能仰仗《丛书》收录的文本。1994年张寅彭编校《日本汉文诗话》出版，船津富彦在撰写的序言中谈到，从虎关师炼到德川时代的诗话，“仅直接以‘诗话’题名的作品就有六十余种。此外，不名‘诗话’的诗话之作尚有一个不小的数目。这一势头虽在明治、大正、昭和的时代更迭过程中趋向于削弱，但仍被承继下来，著述者、刊行者绵绵不断。”[②]我国学者克服各种困难，希望再向前走一步。张伯伟在其诗话论中曾经谈到，自己寓目的日本诗话中包括有熊坂邦子彦的《白云馆近体诗式》《白云馆近体诗眼》等22种为《丛书》所未收。[③]

1995年，王晓平在《诗话理论意义的国际性》一文中谈道：“我们对异域诗话的研究，首先要注意吸取各该国学者多年潜心研究的成果，虚心领会其中各国诗人诗论家的审美趣味，将这种研究作为现代文学交流的环节来看待；同时，我们对这些异域诗话的理解也会有益于研究的深入。”[④]

作为《中国诗话珍本丛书》的姊妹篇，2006年北京图书馆出版社出版了蔡镇楚教授主编的《域外诗话珍本丛书》二十册，影印了日本诗话48

① ［日］池田四郎次郎编：『日本詩話叢書』第五卷，龍吟社1997年版，第453—560頁。

② ［日］船津富彦著，张寅彭译：《关于日本的汉文诗话》，见蒋寅、张伯伟主编《中国诗学》第三辑，南京大学出版社1995年版，第14页。

③ 张伯伟：《中国古代文学批评方法研究》，中华书局2002年版，第519—522页。

④ 王晓平：《诗话理论意义的国际性》，见蒋寅、张伯伟主编《中国诗学》第三辑，南京大学出版社1995年版，第13页。

种，其中主要是汉文诗话，也有一些日文诗话。2014年，马歌东编选、校点的《日本诗话二十种》（上、下卷）由暨南大学出版社出版。这两种书，主要依据不出《日本诗话丛书》的材料。

孙立著《日本诗话中的中国古代诗学研究》[①]收入《中国古代文体学研究丛书》，分别从日本文学与中国文学的关系，日本诗话论中国历代作家作品、中国文学批评、中国诗体，以及日本的唐宋诗之争，日本诗话的个案分析诸方面整理与研究日本诗话中的有关诗学问题。此外，还有谭雯著《日本诗话的中国情结》[②]，祁晓明著《江户时期的日本诗话》[③]。

在日本，随着汉诗创作衰歇和汉文化边缘化，诗话研究十分落寞。20世纪除了松下忠《江户时代的诗风诗论——兼论明清三大诗论及其影响》（1972年作者因此书获学士院恩赐赏）和船津富彦的一些有关中国文学论的著述中有所涉及外，专门研究极为罕见。至于《丛书》尚未收录的那些诗话，更基本属于少有人问津的死材料。《集成》的出版，使得这些材料复活起来，为丰富汉文化整体研究做出贡献。

诚如日本二松学舍大学教授石川忠久所说："日本的文化基础是汉文。"[④]《集成》收录的汉文诗话再一次证实了汉文化在日本文化形成过程中的基础作用。利用《集成》展开多学科研究，才能使这些死而复生的材料焕发活力。《集成》问世，是我国对日本诗话研究处于拐点的标志，我们的日本诗话研究由此可以进入一个全面掌握资料、独立提出问题的新阶段。

首先是日本诗话的文献学研究，我们可以在校勘、考据方面有所推进。日本诗话中保存着一些我国散佚的诗歌资料与诗话文献，如空海《文镜秘府论》保存了我国久佚的中唐以前的论述声韵及诗文作法和理论的大量文献。市河宽斋所撰《全唐诗逸》也很早就引起我国诗歌研究者的关注。对于一些历史上影响较大的日本诗话，有必要进行深度整理。例如《江谈抄》卷四46则："以佛神通争酌尽，历僧祇劫欲朝宗。此句'酌'字

---

① 孙立：《日本诗话中的中国古代诗学研究》，北京大学出版社2012年版。

② 谭雯：《日本诗话的中国情结》，中国社会科学出版社2007年版。

③ 祁晓明：《江户时期的日本诗话》，中国社会科学出版社2009年版。

④ 张仕英、何明星：《日本的文化基础是汉文——访日本二松学舍大学教授石川忠久》，载《光明日报》2013年12月24日。

‘夕’作甚大书之，朝宗为对之也。寂心上人见之感叹，颇有妒气。”文中“甚”，类聚本作“基”。《江谈抄》岩波书店校注本据醍醐寺藏《水言抄》作“甚”，训读作“甚”，是。文中提到的“寂心上人”是平安时期诗人庆滋保胤的法名。《朗咏注》中的一段话，有助于对此条的理解：“‘酌’，为‘朝’对，用此字。讲时，保胤入道在座，见此后被陈曰：‘依如是，不去文场也。见此句作，骨心有攀援，且为菩提之妨。’云云。”保胤入道，即庆滋保胤。

上述文字，涉及日本俗字与诗歌对句的几方面知识。日本俗字“勺”旁可作“夕”，“酌”为“酌”的俗字。“酌”之作“酌”，正如“杓”之作“杪”。“酌尽”，即“酌尽”。上引一条，说将“酌”字中的“夕”旁故意写得特别大，是因为“夕”与下句中的“朝”相对，以此来满足诗歌对对句的要求，在书写中对“夕”字的特殊处理，正起特别提示的作用。这种不用全字，而以字的部分来构成对句的方式，纯属游戏，是不符合对句规范的，因而受到庆滋保胤的批评。

其次，日本诗话的周边研究也有可做的事情。在诗话之外，试策评语、诗集序跋、随笔、书信等汉文文献中，也都反映着日本人的汉诗批评观念，可与诗话相互映照。如《朝野群载》所载《辨申文章博士大江朝臣匡衡、愁申学生同时栋省试所献诗，病累瑕瑾状》其一《病累》，运用《诗髓脑》《文笔式》（于我国均散佚）等对诗中之病累予以分析，其一则指出诗句之瑕疵，其二则指出诗句的用典、对句、练字等的瑕疵。①另外，日本汉诗人还写过一些论诗诗②。如赖山阳《山阳遗稿》卷二《论诗绝句》：

评姿群睹宋元肤，论味争收中晚腴。
断粉零香合时嗜，问君何苦学韩苏。③

---

①［日］近藤瓶城编：『改定史籍集覧』第十八册，『新加通記類』，臨川書店1984年版，第277頁。

② 王晓平：《江户折衷诗派的论诗诗》，见蒋寅、张伯伟主编《中国诗学》第四辑，南京大学出版社1995年版。

③［日］赖成一、伊藤吉三訳注：『頼山陽詩抄』，岩波書店1997年版。

散见于各种诗集中的汉诗点评也颇为可观。如明治时代檀栾诗社所编诗集中便收录了森槐南、永阪石棣这样的评语：

> 槐南曰：来青散人如飞瀑万仞，不择地流；如百草作花，艳夺桃李；如海山出云，时有可采；如神女散发，时时寻珠。①
>
> 永阪石棣曰："大鼓洪钟，沈雄畅远"，王梦楼之所以评蒋心余、朱子颖者，槐南遂自居而不疑。众谤丛诟，盖有由矣。然天地间瑰奇绝特之资，其所自期者，必深鸿飞之志，原在冥冥者之慕何患焉。②

在汉文笔记小说中，也有一些值得重视的论诗故事③。

再次，中日诗话互动研究有待深入。从奈良时代至明治时代，汉诗先后作为君臣之间、臣僚之间、僧侣之间、儒官以及诗社同好之间的一种高级文化游戏盛行于世，和歌则主要作为男女之间、歌友之间的日常文化游戏。两者在审美情趣、审美习惯上颇有共同点，这些在诗话中也有所反映。雨森芳洲在《橘窗茶话》中说："或曰：学诗者须要多看诗话，熟味而深思之可也。此则古今人所说，不必覼缕。但我人则又欲多闻簪缨家之论歌也。余以为此乃明理之言，大有益于造语者，然非粗心人所能知也。盖诗者情也。说情至于妙极，人丸、赤人、少陵、谪仙，同一途也。彼以汉言，此以倭语。邈如风马牛不相及，故不知者以为二端，惑之甚

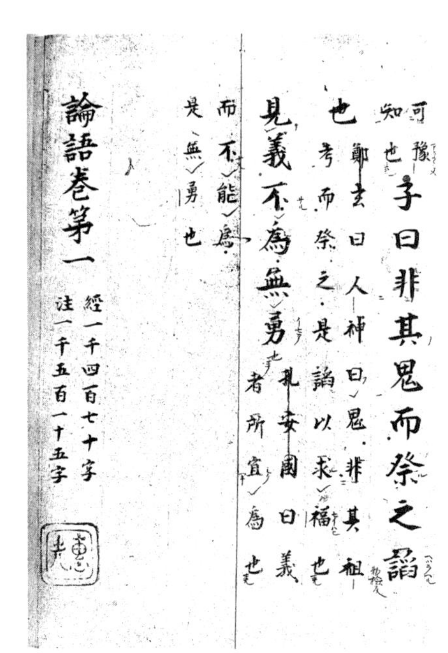

可豫知也

子曰非其鬼而祭之諂也 鄭玄曰人神曰鬼非其祖考而祭之是諂以求福也

見義不爲無勇也 孔安國曰義者所宜爲也而不能爲是無勇也

論語卷第一 經一千四百七十字 注一千五百一十五字

雪村文库藏正和本《论语》第一卷卷尾

① 『檀欒乙巳集』，待我歸軒1906年版。

② 『檀欒集』第二十集，待我歸軒。

③「詩人と亡靈の交歡」，『創造のアジア』1号，勉誠社1998年版。

也。”[①]或许正是为这种文化游戏的属性所决定，从被模仿的广度、频度与深度来说，元白体诗最为适合其需要。总体上说，日本汉诗中没有第二位中国诗人能够比得上白居易的影响。如果不是从统计学上说，而是从阅读感受来说，超过半数的日本汉诗更接近于白诗那种明白晓畅、贴近日常生活感受、对自然风物多采用白描手法的白诗风格，而激越的怒吼、愤怒的控诉、奇幻瑰丽的想象、生僻的用典和深刻的哲理等最多只能偶然见到。诗话多为谈艺录，其中最多的内容，是讲述如何作诗的技术性指导，而较少对诗歌思想性的批评与论断；较多对佳句妙语的赞许，而少有对全诗整体与结构的分析；对历代中国诗人的接受与评价也多集中在数目有限的一些诗人身上，众多的中国诗人在日本诗话中很难获得被评骘的机会。王晓平在所撰《袁宏道的性灵说和山本北山的清新诗论》[②]《中日诗歌意象的融通喻合——〈夜航余话〉的中日诗歌比较谈》[③]《雅俗之争与气运之辨——江户时代文学理论援汉释和二例》[④]《日本五山文学与宋明文学的关联和呼应》[⑤]中曾做过比较。根据《集成》提供的新材料，加强这方面的研究还大有可为。

不论是发现新材料，还是为旧材料找出新用途，都算得上学界之幸。日本汉文诗话在日本虽然不能算新东西，但对于中国学界却是新鲜的，是指向汉字文化研究新天地的。赵季等学者穷搜博采，网罗群籍，拾遗补缺，汇为全书，精心校勘，为新的研究提供了可能性，值得庆贺。如能使这些于中国诗学研究有用的资料真正在中国诗歌研究中发挥作用，则是对编撰者最大的褒奖。

---

① [日] 日本随筆大成編輯部：『日本随筆大成』第二期，吉川弘文館1994年版，第421頁。

② 王晓平：《袁宏道的性灵说和山本北山的清新诗论》，见古代文学理论研究编委会编《古代文学理论研究》第十四辑，上海古籍出版社1989年版。

③ 王晓平：《中日诗歌意象的融通喻合——〈夜航余话〉的中日诗歌比较谈》，载《辽宁大学学报》（哲学社会科学版）1994年第2期，第27—31页。

④ 王晓平：《日本五山文学与宋明文学的关联和呼应》，见任继愈主编《日本文化研究》，中国社会科学出版社1998年版。

⑤ 王晓平：《雅俗之争与气运之辨——江户时代文学理论援汉释和二例》，见李卓、高宁主编《国际汉学》第三辑，大象出版社1999年版。

第　四　章

中国学与日本学的隔与通

只要日本还是我们的邻人，还在亚洲，那么日本文化的认知对于我们来说，就具有永恒的重要性。

日本文化，不是一片单树种的森林，不是一湾波涛不惊的海域，而是一片杂树林，一种树有一种树的模样和习性，一片多海域的海，每一片海域有每一片的风浪。看到了一棵树的时候，不要急着说我看清了整个森林，看到了一片海，不要急着说我看清了整个海。这种树与那种树在相互呼应与抵消，这片海与那片海在彼此通连与撞击。风不止，浪不停，认知它们的事儿就不能说完活儿。

以前我们比较熟悉的是一种中学和西学相对的模式，到了21世纪，随着世界多元文化的发展，我们对于美国学、法国学、英国学、德国学等的关注，可能要比对于所谓整体的西方学术的关注更多。同时，日本学、韩国学、越南学、印度学等，或许会获得长足发展，非洲学、美洲学亦或细分与深化。中国学术的双边、多边对话场合越来越多，所谓“中国话语”，也可以说是我们与各种面孔的对话者面对面的一种本领的准备，也就是那些能从根儿上说清楚中国文学是怎么回事的话语。

汉文对于世界文学的影响，或许只有拉丁文在欧洲文学当中的影响可以与之比较。实际上，汉文影响持续的时间要比拉丁文长，更重要的是，汉文影响不是通过武力征伐和势力扩张来实现的。历史上周边各国汉文学，具有多种功能——以文为政、以文为教、以文为礼、以文为戏、以文为艺，比如诗歌就渗透到社会与生活的各个领域等。汉文学传统在周边各国长期延续，这种现象不是套用现有西方话语能够说清楚的，“中国话语”不是自说自话，而是中国文学（智慧）与对话者的分享，当然也有对话者文学（智慧）的中国表述。

所谓“跨文化的新朴学”，简单说来就是尊重原典，赋予义疏、义理、小学等传统学术方法以新的生命，并寻求将其运用到对周边以及各国文化研究中的途径。当然，这只是比较文学诸种方法之一，而且更应该在意的是能有“桃子”可摘，而不是贴上方法的标签。

第一节　日本保存的中国散佚典籍研究

李慈铭《越缦堂日记》之《荀学斋日记》载光绪六年十二月二十四日条录杨守敬书语：

> 得杨惺吾（字守敬）十一月十九日本书，言其国中古籍甚多。……其余秘笈尚多。隋唐以下金石文字，亦美不胜收。彼国自撰之书，与中土互证者尤伙。

李录书后亦云：“闻之神往，亦有怀铅浮海之志。”

江户时代的和刻本至今尚未有准确的数目。在杨守敬《日本访书记》中，已经颇为留意，著录了多种，一般广为人知的如江户末期木活字版被看成中国百科全书的《太平御览》，底本是宋版本，优于中国国内的各种本子，有些赴日中国学者总会千万百计去搜求，一睹为快。

我国日本访书之作有黄遵宪《日本国志》、杨守敬《日本访书志》、盛宣怀《愚斋东游日记》[①]等，晚清访书者尚有缪荃孙、罗振玉、贺纶夔、

① 盛宣怀：《盛愚斋存稿初刊东游日记》，武进盛氏思补楼1939年版。

黄嗣艾等[①]。民国有董康《书舶庸谭》[②]、孙楷第《日本东京所见小说书目》[③]等访书之著。这些访书考书之著，所考以版本最众。孙楷第在其著《日本东京所见小说书目》一书的序言中说："今兹书中所记，于板本内容为详。兴之所至，亦颇蒐采旧闻，畅论得失。其意使鉴古者得据其书，谈艺者有取其言。"[④]

泷川龟太郎与市村瓒次郎合著《中国史》六卷之第一卷，1892年由吉川书店刊行。1903年，中国的教育世界社以《日本市村瓒次郎泷川龟太郎同纂 桥本海关译 中国史八卷 大事表一卷》为题刊行。1929年，泷川龟太郎与盐谷温一行到中国旅行，在上海的书店里偶然发现这本书，遂购入，卷末默书题词："大正四年八月下浣，购于上海，始知是书传海外也。君山居士。"1955年，苏联在莫斯科举行司马迁诞生二千一百年纪念大会，中国作为纪念活动的一环，出版了泷川龟太郎的《史记会注考证》十卷，是据1934年东京刊本摄影版翻刻的，这是我国第一次全文原版翻刻的日本学术著作。

一、日本保存的中国散佚典籍

日本汉文古写本包括日本江户时期以前产生的中国典籍写本和日本人汉文著述写本两大类。江户时期后期，受到清代朴学的影响，山井鼎、林述斋、松崎慊堂、狩谷掖斋等学者注重发现日本自古相传的中国经史子集各类文献的古写本，并以此与通行本进行校勘。

这些成果传入中国后，受到阮元等学者的重视。清末以来，黎庶昌、杨守敬、罗振玉、王国维等人，或出资影印，或撰写序跋，介绍这些写本所保存的中国散佚文献的价值。杨守敬实际主持刊刻的《古逸丛书》二十六种，收集了保存在日本的珍稀汉籍，其中很多是流传和保存于日本

① 吕顺长：《清代赴日考察官绅日本访书活动初探》，载《浙江大学学报》（人文社会科学版）2003年第5期。后收入王勇等：《中日书籍之路研究》，北京图书馆出版社2003年版。

② 董康：《书舶庸谭》，辽宁教育出版社1998年版。

③ 孙楷第：《日本东京所见小说书目》，人民文学出版社1981年版。

④ 孙楷第：《日本东京所见小说书目》，人民文学出版社1981年版，第3页。

而国内久已失传之书，是我国近代学术史上意义重大的古籍丛书。[①]

杨守敬特别注意到，日本古抄本以经部为最，经部之中，又以《易》《论语》为多。大抵根原于李唐，或传抄于北宋，皆是我国所未闻。他指出，日本古抄本多用虚字，实沿于隋唐之遗，以此纠正阮元的误解。罗振玉、王国维为日本古抄本撰写的序跋，多与敦煌写卷比较，打开了晚清民国学者的眼界。百年以来，让这些流布在东瀛的中国文献回归故里，一直是中国学者的心愿。

20世纪50年代以前，内藤湖南、神田喜一郎的等有关日藏中国典籍写本的序跋提要发表在《支那学》等刊物上，古文书研究者山田孝雄在其所著《典籍杂考》[②]中，考察了石山寺本《史记》零卷、《汉书》二卷、德富本《文镜秘府论》等，而在《典籍说稿》[③]中，也对《千载佳句》、三千院本《古文孝经》、“国宝”《春秋经传集解》、“国宝”《雕玉集》等做了初步考察。京都大学东方文化研究所从1932年起，由新美宽支持，在小岛祐马指导下从事“据本邦残存典籍辑佚资料集成”的研究，新美宽去世后，由森鹿三继续整理，于1968年由京都大学人文科学研究所作为非卖品刊印了《据本邦残存典籍辑佚资料集成》，分经、史、子三部整理了日本书籍中搜集的中国亡佚书籍的遗文。底本引文，原则上采录从原本直接引用者或与之相近者，而不收间接引用者。虽此书印数不多，当时关注相关写本的学者寥寥可数，却迈出了整理日藏中国散佚典籍极为重要的一大步。

从日本战后至今，一批日本保存的中国散佚典籍先后影印出版，它们大都附有著名书志学家撰写的详密解说，为今后的研究提供了良好的基础。举其要者，如竹内理三校订、解说的《翰苑》（吉川弘文馆1977年版），古典研究会1969年刊行的《影弘仁本文馆词林》，中村璋八、筑岛裕、石冢晴通解说的《五行大义》（汲古书院1987年版），户川芳郎、石冢晴通解说的《论语集解》（汲古书院1989年版），尾崎康、小林芳规解说的《群书治要》（汲古书院1989年版）等。这些影印书可贵的还有书后所附

① 马月华：《〈古逸丛书〉研究》，北京大学出版社2015年版，第1页。

②［日］山田孝雄：『典籍雜攷』，寳文館1956年版。

③［日］山田孝雄：『典籍説稿』，西東書房1972年版。

丰富的资料，为后来的学者提供了极大的方便。

鲁迅曾经评价日本保存而我国久佚的《游仙窟》的文献价值：“不特当时之习俗如酬对舞咏，时语如嗛賠嫈嫇，可资博识；即其始以骈俪之语作传奇，前于陈球之《燕山外史》者千载，亦为治文学史者所不能废矣。”[①]东野治之编《金刚寺本游仙窟》（塙书房2000年版），采用了影印和释录同在一面的“翻拍式”页面布局，使读者能在阅读释文时同时欣赏原件，现代版与原文全面对照，释录正确与否，行家一目了然。

我国台北也影印了几种日藏古逸写本，如艺文印书馆在《岁时习俗资料汇编》中收入了据日本尊经阁文库藏前田家藏旧卷子本《玉镯宝典》。

50年代之后，日本研究中国的思想方法发生了重大变化，整理和研究中国典籍的学术语言也更多考虑广大读者的需求，对中国典籍的校订注释形成了新模式。在原有训读方法的基础上，增加现代日语翻译以扩大读者面，由此产生出一批新的古写本校注研究著述。如汤浅幸孙校释《翰苑校释》、中村璋八的《五行大义校注》、说话研究会的《冥报记研究》、平冈武夫与今井清校注的《白氏文集》、石川三佐男校注的《玉烛宝典》、日中文化交流史研究会的《杜家立成杂书要略——注释与研究》、东京女子大学古代史研究会编《圣武天皇宸翰杂集释灵实集研究》等，这些校注本都力图广搜博采，书后附有各种精细的索引。以古写本来考订异文，纠正讹误，并进而展开深入比较研究的著述也时有所见，如太田次男所著《以旧钞本为中心的白氏文集本文研究》，通过对多种日藏《白氏文集》写本的考订，理清了各种古本的传承演化的脉络。受其激励，日人撰述对汉文写本的整理也逐年增多，如川口久雄的《本朝神仙传校注》、山崎诚的《江都督纳言愿文集校注》、后藤昭雄等校注的《本朝文粹》《江谈抄》等，它们都与中国文学研究有密切关系。遗憾的是，学科分割与封闭造成的文化交流中的“梗阻”现象，使其中有益资料很少能为中国学者所直接利用。

20世纪80年代以来，我国不仅影印出版了《唐钞文选集注汇存》《日藏古抄李峤咏物诗注》等日藏古写本，而且异军突起，日益成为日藏中国典

① 鲁迅：《鲁迅全集》第七卷，人民文学出版社2005年版，第331页。

籍古本研究的最重要力量。罗国威的《日藏弘仁本文馆词林校证》、孙昌武与董志翘的《观世音应验记三种》研究、宋红校订的《千载佳句》、黄华珍著《日本奈良兴福寺藏两种古钞本研究》、徐时仪和旅日学者梁晓虹等人的佛经音义研究，在校勘、训诂等多方面，较之日本学者的成果有突出的改进。

21世纪初涌现出的一批高质量的论文，更显示出中国具有国际视野的研究者（包括旅日华裔学者、中国台湾学者）在写本研究方面不同凡响的实力。以下这些论文在考订写本书写年代、各种写本的源流与相互关系、写本文字的特点、为前人阐述纠谬等方面，都是可圈可点的。如卢盛江《〈文镜秘府论〉的几个传本》、梁晓虹《四部日本古写本佛经音义述评》、童岭《唐钞本〈翰苑〉残卷考正》、傅刚《日本猿投神社藏〈文选〉古写本研究》、陈翀《现存〈文选集注〉残卷非“唐抄本”考——兼论其部分卷帙的书写时期及在日本近世的传播》与《日藏旧抄本〈长恨歌序〉真伪考——兼论〈长恨歌〉主题及其文本传变》等，它们尊重而不迷信前人的成果，对古写本重新发掘审定，辨同析异，缜密分析，文字严谨，打破了某些古写本研究的多年沉寂，与敦煌写卷研究相互呼应，提示了汉字写本研究的新方向。

与此同时，日本汉文的研究也在中国学者的关注与参与下发生了根本的变化。奈良、平安时代以来，汉文不仅是日本最重要的文学语言，而且是公认的学术语言。不仅江户时代以前的众多历史文献赖汉文写本而保存至今，即便到了明治时代，汉文写本依然在文化传播中发挥过独特的作用。

日本保存的中国典籍的写本和日本人撰著的汉文写本，本来存在着明显的源流关系。如黎庶昌、罗振玉先后在日本发现的原本卷子《玉篇》的残卷，其书释义完备，例证丰富，词义不明时还有顾野王的按语。而日本人编写的字书《篆隶万象名义》《新撰字镜》《类聚名义抄》等也都以此原本《玉篇》为典据。由于迄今为此的研究者分属不同学科，原本《玉篇》在日本汉字研究史上的地位还不能得到恰当的评价。青年学者张磊在所著《〈新撰字镜〉研究》考察了平安时代释昌住编撰的《新撰字镜》的多种写本，对生僻字研究多有启发，其对《新撰字镜》与敦煌通俗字书的比较研究也多有创见。

汉字古写本的研究涉及多个学科，中国学者的既有成果显示了极大的学术潜力。启功《论书绝句》中有论及中日书法交流的，特别提及王羲之、王献之、张旭书法对于日本的影响："羲献深醇旭素狂，流传遗法入扶桑。不徒古墨珍三笔，小野藤原并擅长。"论及日本古写本中保存的中国典籍的书法精品时，他说："东瀛楷法尽精微，世说词林本行经。小卷藤家临乐毅，两行题尾属太平。"考证出日本所传古写本《杜家立成杂书要略》系杜正藏所撰："敏捷才华号立成，杜家兄弟远闻名。正藏文轨传东国，多仗中台笔墨精。"启功独具慧眼，虽没有展开深入论述，但对日本汉文古抄本的看法已堪称精准。

2013年出版的《琉球王国汉文文献集成》全32册，为研究我国与日本的关系提供了全方位、多视角、互补互证的宝贵资料，对于日本汉文古写本的整理与研究也提供了新的思路。该集成既包括琉球版汉籍，也包括琉球人著述，既重视刊本的整理，也充分肯定写本文献的价值，同时，该集成还为中日两国学者共同合作展开汉文研究提供了经验。

日本发现了《周本纪》的一个新抄本，证明了一些问题，我国《史记》修订团队立即据此作了改动，在查遗补缺的过程中做到了精益求精，2014年由中华书局出版的《史记》修订平装本也就更为完善了，这也证明日本汉文古写本研究可以直接服务于我国的传统文化研究工作。

目前，我国学者对日本汉文古写本的研究还存在零散随机、基础薄弱、缺乏足够的学科自觉等现象。日本古写本解读需要中日两国古代文献学丰富的知识储备，如金泽文库藏散佚唐诗《香严颂》七十六首首篇中的"巉前自有虎来爮"，中日学者皆误读"爮"作"跑"，而原写本训读作"ツマカク"，意为用爪子刮、挖，今或写作"刨"，乃俗语之俗字，而非"跑"。此字中日诸字书皆不载，唯见于《字汇》与《康熙字典》。我国从事日藏中国典籍写本研究的学者多为古典文献研究出身，在利用日本古代训读资料方面存在困难，而日本文学研究者普遍疏于"小学"，日本汉文研究还处于起步阶段，这就需要两方面形成合力，协同攻关，破解中日一千多年文化交流史上的这一标志性的难题。

二、日本汉文古写本整理与研究的深化

日本古写本研究，日本一度领先，这是一个事实。中日两国学者对日本古写本研究，为何会出现这样的“温度差”？一种解释是为“历史背景说”，在中国，包括雕板印刷、活字印刷与套版印刷的印刷术早已发达，宋代以后书籍基本上都以版本形式流传，较日本比，抄本相对少一些，因此版本多而抄写少。而木板印刷的发达与普及，统一了书籍传存形式。兴膳宏因此说：“即使现代中国学者，提到古书，也多想到木板本，不像日本学者那样重视抄本，这是有很长的历史背景的。”①太田次男说：“惟有刻本才可以信赖，这种认识在中国人心中是根深蒂固的。”②

另一种说法，则是“崇中抑外说”。太田次男说：“若谈旧钞本，中国有这样一种现象，即如果是敦煌本的话，中国人比较重视，如果是在中国以外的地区流传的唐钞本甚至又是唐钞本之再抄的话，无论其内容多好中国人也不会给予过高的评价。”③

两位日本学者说的现象，不是说全不存在，作为“温度差”的理由，也不妨举出这样两条。然而，这并不是事情的本质。学界对于抄本的认识，是在变化中的，随着古写本的不断出现，学者对写本研究必要性的认识也越来越清晰。如果认为中国学者一定会贬低域外所传写本的价值，那就低估了中国学者的境界了。日本和其他地域所传写本，很多还不为中国学者所亲见，无法接近便无法展开研究，“外国和尚先念经”也就不奇怪了。所以，第一件要做的事情，就是设法让更多的学者熟悉这些文学研究的新材料，先要看得到，再逐步做到看得懂，用得上。

跨文化的汉文古写本研究，就这样成为一个新课题。首先，日本汉文

---

①［日］兴膳宏著，戴燕译：《异域之眼——兴膳宏中国古典论集》，复旦大学出版社2006年版，第238页。

②［日］太田次男著，隽雪艳译：《日本汉籍旧钞本的版本价值——从〈白氏文集〉说起》，载《传统文化与现代化》1993年第2期，第80页。

③［日］太田次男著，隽雪艳译：《日本汉籍旧钞本的版本价值——从〈白氏文集〉说起》，载《传统文化与现代化》1993年第2期，第84页。

古写本研究对于中国学术是一个崭新的领域，也是一个边缘学科的课题，其研究的深入与汉字学、文学、史学、文化学等人文学科的交叉有关，其中进一步向国际化推进，则有赖于数据库的建立。其次，目前我国的汉字研究，将目光多仅集中在本土汉字，而对于日本、韩国、越南等的汉字类型，与外来文化结合的域外新汉字（日本的所谓“国字”、韩国的所谓“固有汉字”等）以及源于汉字思维的“仿汉字”（日本的假名文字、越南的“字喃”等）缺乏深入探讨，尤其是后者与汉字文化的关系研究和比较研究更为欠缺。其结果就是对于汉字文化的国际贡献的阐述显得空洞无力，更明显的不足则是由于研究不够深入，对周边各国历史文献的解读出现困难。

与此相关，对于域外汉文化的知识也多停留在对模仿性、创造性优劣加以判断评析的层面，对于汉文化与各民族文化发展之间的关系的阐述显得空泛，对于周边国家出于民族主义而对汉文化的排斥缺乏清醒认识以及主动应对的策略。这些不仅是由于对汉文化的灵活性与创造力认识不足，同时也是因为对于域外汉文文献尚缺乏深入了解。在我国与周边国家外交、文化、经济等诸方面交流、交锋、交往日趋密切的今天，汉文文献中的许多历史资源还未充分发挥作用。而进行对汉文古写本的基础研究，将有助于激活这些文献。

又次，由于日本文化存旧与求新并存的传统，日本汉文古写本保存数量较多。相比之下，印刷文化发展较早的韩国，汉文古写本保存另有特点，但也有相当数量的文献是以写本流传的，特别是未获刊印机会的汉诗、汉文、汉小说等，数量相当可观，这些文献也因该国汉文的衰微而倍遭冷落。日本汉文古写本的整理与研究无疑是一个信号，为同类汉文文献的整理与利用提供可资借鉴的经验。

三、日本汉文古写本整理与研究的国际合作

近代以来，中日两国均接受了西方的学术观念和以专业分科的学术研究系统。一般说来，在当下的研究中，研究日藏中国典籍古写本的多为中国文学专业的学者，研究日本人撰写的汉文古写本的则是日本文学专业

的学者，这两个专业的学者接受不同的学术训练，按照各自的理解对其进行整理和研究。与之相对照，我国敦煌写本文献研究领域的巨大成就，使这种分割研究的弊病显得非常突出。敦煌与日本所保存的同类中国典籍写本，前者是源，后者是流，可以相互对照比勘。同时，日本人撰述的汉文古写本，不仅具有与敦煌写本同样的书写体制、书写习惯，而且基本照搬了敦煌写本中常见的俗字。将这两大类写本放在一起，借用敦煌写本研究积累的学术经验与成果，许多日藏古写本研究中的谬误很容易得到纠正，很多疑难问题也就迎刃而解了。

我国学者展开的日本汉文古写本整理与研究，正是要借用敦煌写卷研究的“钥匙”，破解日本汉文古写本研究的难题，呈现中国典籍东渐的历史原貌，重新审视中国文化对世界文化的贡献，为汉字写本学的建立积累基础材料。

日本汉文古写本数量众多，仅被列入日本“国宝”与“重要文化财产”的写本就多达数百通，前者多保存中国国内已散逸的宝贵文献，后者则是中国文化影响东亚文化发展的直接见证，也是研究古代中国与周边各国关系的第一手材料。从世界范围看，不论就量还是质来说，日本所保存的汉字写本资料都仅次于我国的敦煌文献。

为了实现建设优秀传统文化传承体系、弘扬中华优秀传统文化的目标，我们不仅需要利用保存在国内的文化资源，也需要利用流散到国外的文化资源。在现今国际学术界，域外汉籍写本研究已不仅是一个单纯的文献问题，它关系到中华文化历史贡献的国际评价。要言之，其价值和意义有以下七点：

第一，汉字手书是汉字文化圈重要的文化现象。中国古代文化的传播大致可分为写本传播和印本传播两大阶段。古传写本，或称抄本，是古籍中的“元老”和珍品。保存在域外的汉字写本折射出中国文化独特的发展模式与传播方式。我国散佚文献写本是研究我国历史、文学与语言文字的重要资料，让这些资料回归故里是中国学者自清代以来数百年的心愿。汉字不仅是传播中华文化最重要的物化载体与视觉符号，而且以其巨大的灵活性与创造性，推动了汉字文化圈中各国的文字创造和文化创造，这些在古写本中可以找到最有力的证据。

第二，写本的文献价值是不可替代的。我国唐代以来汉字写本现存于域外的，以日本所藏为最。当时日本遣唐使从中国带回的书籍都是写本，由于其特殊的历史条件，有些幸存至今，其中包括中国早已失传的《群书治要》《文馆词林》《雕玉集》《赵志集》等文学典籍；还有很多写本保存了唐代典籍的原貌，如《史记》《白氏文集》写本与今本多有不同；今人尊崇的《文选》宋刊本讹误颇多，其学术价值远不如日本所藏古写本。从清末以来，杨守敬、罗振玉、张元济等人相继根据所获部分日藏写本翻刻，但限于当时的技术条件以及当事人古日语知识欠缺，不仅删去了原本的假名标记，而且误改错释严重，多失写本原貌。日藏写本中还保留了大量中日文化与文学特别是佛教文学交流的“原生态”材料，由于敦煌文献的发现，这些材料的价值方为世人所知。国内虽有日藏写本零星影印刊行，但总括性的整理研究尚未铺开。

第三，古写本蕴藏着丰富的艺术瑰宝。汉字写本兼有传递信息和审美两大功能，很多写本不仅是珍贵的文献，同时也是不可再得的书法极品。日藏从中国传入的唐抄本与日本人的重抄本，以及日本人编撰的字书等，保留了包括六朝初唐俗字、则天造字在内的珍稀文字材料，是研究汉字演进和日本汉字的形成、汉字书法艺术的原始资料。利用现代科技手段将这些资料保存下来，与敦煌写本进行对比研究，将为东亚文化交流史与汉文化学术研究带来新的机遇和窗口。

第四，古写本面临失传的危机。以日本为例，日本接受了中国的写本文化，根据草书创制了平假名，根据楷书创制了片假名，遂以之承载本国历史文化。江户时代以前的文史作品多以汉字写本形态流传，现代日本奉为经典的文史资料，很多是江户至明治时代根据写本整理而成，但由于学者汉文水准偏低，释读错误大量存在。近代以来，汉字文化饱受挤压而被边缘化，遂使日本汉籍写本研究停滞不前，如《本朝续文粹》《朝野群载》《本朝文集》等珍贵汉文总集写本至今尚未有全文点校注释，其文献价值未能充分展现。明末学者陈继儒在《太平清话》中说：“抄本书如古帖，不必全帙，皆是断珪残璧。”何况《群书治要》《五行大义》等堪称完本，更是弥足珍贵。另一方面，汉文写本属纸质文化遗产，腐蚀、霉变、纤维断裂、纸张酸化等问题，使现存写本日渐漫灭，数量锐减。我国学者对日、韩、越所藏古写本大多只是徒闻其名，而不见其真面目，因此无从利用。有鉴于此，它们亟需审定整理，以摆脱磨损蚀坏、无由再见的厄运。

第五，抢救古汉字写本是当代中国学人的使命。20世纪末日本民族主义思潮强劲，贬低中国文化的影响，轻视汉文化，致使日本文史研究几失半壁江山，汉籍写本研究不为重视，加之整理工作的难度，使传抄本与重写本仅有部分整理出版。其中后一类虽出自日人之手，但其创造力的源头是在中国，是中国文化原创性的延伸。中国学者有责任以完美的图像、精准的解读和科学的阐释，将汉字文化的魅力展现给世界，并将这一笔文化遗产留给后人。

第六，中国学者是汉文古写本研究的中坚与核心。中国传入的写本和各国文史写本，不仅使用文字大体相同，而且体例、书写规则等都相同，不仅与敦煌写本同源，而且很多属同一时期文献。写本整理需要精通中外古代语言文字和文献，敦煌写卷研究所建立起来的丰厚的写本学基础，为这一研究提供了最好的参照，可以利用现代科技手段对日藏中日汉籍珍稀写本进行全面整理。

日本有很多古人的汉文著述一直没有机会刻版刊行，只以写本流传或秘藏，随着这些写本的损毁，将失去很多历史文化资料。写本一失，永无补救的可能，其唯一性与学术价值为学界所公认。对于日本、韩国、越南等所藏域外汉籍写本的整理与研究，不仅具有抢救我国文献的重要意义，而且对于古籍校勘、拓展域外汉字与汉字文化研究也多有裨益。由于在这一领域可以充分发挥我国学者的学术优势，因此对于周边文化与文学研究，也具推动作用。虽然汉字文化圈中的各国都有自己的汉文学研究，但首先提出要将汉文化与汉文学进行整体综合研究的是中国学者（包括我国港台地区与域外华人学者），在当下东亚学术环境中，只有中国学者具有打破国别局限对汉字文化进行全面把握的思路、热情与胸襟，也只有中国学者具有这样做的整体实力。

第七，为推进汉字写本学理论和汉字学理论提供材料支撑。由于写本对各国文化发生与形成的重大影响，西方写本学大兴，而域外汉籍写本这一文献宝库的研究却亟待开发，其成果正备受国际学界瞩目。日本京都大学等学术机构已设立“敦煌写本与日本古写本工作坊”等研究机构，加拿大哥伦比亚大学陈金华教授在各国积极推动东亚佛教写本合作研究，也正是看出了这一研究的文化意义。我国学者应集结各方优势，早出高质系列成果，在汉字写本研究中不落人后，展现中国学术实力，切实参与国际学术对话与竞争，了却中国学者百年心愿，贡献于后代学术。

20世纪我国学术体系是在西方影响下建立的，分门别户的研究、科学分析的方法，决定了文化、文学研究的基本面貌。然而，正像人们为了遮风避雨、家人安居，在大地上各自修建住宅，但毕竟经常要面对同一场风、同一阵雨，国内外中国学常要面临共同的课题。国际中国学好比在国学与“外学”（姑且以此称谓中国人研究外国的学术）等各种门类之间建立一条长廊，让各家各户可以自由来往。30余年前，国学、亚汉文学和国际中国学等曾经一起进入我们的视野，我们自然将它们视为一家，而当时所能读到的相关的研究论文，不过是屈指可数，让人倍感寂寥，今日众学齐兴的盛况，正是当时的梦想照进了现实。

汉字是中华民族历史的载体和介质。因其平面均衡结构而被称为“电视文字”的方块汉字，既凝缩了汉民族的思维特点和审美意识，也影响了汉民族的思维和审美。现今汉字已成为中国文化最具代表性的文化名片，它印在服饰上，穿在了各种肤色的人们身上，甚至作为刺青刻在了各色皮肤上。然而认为汉字局限了中国人思维与想象的思潮却盛行一时，国内外对汉字文化的研究也仍显滞后。日本汉文古写本的整理和研究不仅对于纠正日本文化研究的偏差具有重要意义，而且对于汉字文化研究也将给以有力的推进。

第二节　中日文学经典的越境之旅

日本人古无文字，他们的阅读史是从学习汉字开始的，此后不久就创造了一种叫作“训读”的办法，也就是看着中国字，读着日本音；读着中国文，念着日本语法，这样在心里颠三倒四地读懂了汉文意思。这实际上是一种在形式上对原文“零变动”的翻译。中国的文学经典，也就是经过了这样的翻译过程，越境进入了日本文化。论起中国文学经典的域外传播史和翻译史，就不能不谈到日本人的这种“训读”，因为从中国文学经典走向世界的历史步伐来看，日本人的“训读”翻译可谓历史悠久，气象万千。

一、“训读”与“汉俳”的交响

中国的文学经典越境之后，变化的当然不仅是读音和念法，经过形形色色的翻译和重写，原文的模样有时就变得让我们认不出来了，各种各样的“变体”不但改变了经典的面孔（语言形态），而且其精神姿质也应需而变。翻译和改写为这些经典注入了另一种生命，连文字也不动的“训读”，可以看作原作的“分身”；将它们按照自己的理解大段插进日本诗歌、日本故事中的，可以看成是原作的“影子”；还有给它们改名换姓，换一换背景就讲成日本故事的“翻案”，可算是原作的“化身”；至于那些冠以中国文学经典之名而作品中的人物只不过是穿着汉服唐装的日本人的所谓《三国志》《新三国志》《水浒传》之类的，有些算得上是中国的“远亲”，有些甚至就只能算是“李鬼”了。正是通过这些“分身”“影子”“化身”和“远亲”，中国文学经典曾经影响过很多日本人的精神生活。从《论语》到《西游记》，中国文学经典不断被翻过来翻过去，不断重写，它们的“变体”在很大程度上为日本人心目中的中国想象和中国人形象打下了底色。

反过来看，日本的文学经典最晚从我国明代便有了翻译的历史，虽然数目不多，但中国特色已颇为浓厚。今天，《万叶集》《今昔物语集》《源氏物语》等日本文学经典都有了好几种译本。这么短的时间就出现这样多的重译本，在世界上恐怕也不多见。中国人还品味日本人的俳句与和歌，用汉文创造了“汉俳”与“汉歌”。不过，不论是汉俳也好，汉歌也好，也都具有鲜明的中国文学特色，也可以说的日本文学经典越境后的“变体”。中国的日本文学经典也已形成了尊重原著、尊重中日文化交流的历史、尊重既往研究成果、尊重中国文化传统的鲜明特色。

如果我们将这样两种“变体”放在一起来看，将会看到一种什么样的风景？也就是说看一看中国的文学经典在日本是怎样被翻译、被传播的，再看一看中国人是怎样通过翻译来接受日本的文学经典的。这样两头看，对中日两国文学和文化会不会有一些新的发现呢？历来这两边是各有人看的。中国文学经典的对外传播问题与外国文学作品的汉译问题，看似属于两个学科的问题，实际上却不能割裂开来。我们让它俩“分手”太久了，两件事可能各有人做，但我们的研究却需要让它俩“拉起手”来，因为这样才能将两件事做得更精彩。

栾殿武《夏目漱石与鲁迅的传统与现代》

“训读”是一种看不出翻译痕迹的翻译，这恰是一个象征。中日文化，看似相近的部分，却是那样的不同。共有的汉字，常常让我们看花了眼。两国的翻译是在共有汉字基础上的一种翻译，这看起来与一般所说的翻译有所不同。因为对汉字的理解不同出现的误译误解，常常使读者挠头，学者叹息。文学经典的翻译和传播与民族关系、社会文化思潮、翻译环境与翻译思想、传播的技术手段等多方面因素有关系，这些都值得充分研究，而译作和翻译者却是其中最值得研究的内容。

二、中国文学在日本的变体

有识者思考外国文学经典的时候，总是会把它们和本土文学的命运联系在一起。明治年间的一夜西风，吹旺了日本称霸亚洲的军国梦，也吹倒了千年以来苦心建造的汉学体系。经书打捆卖了废纸，废除汉字的呼声不绝于耳，学人言必称《圣经》、浮士德、但丁、莎士比亚，而中国文学经典第一次被扔进字纸篓里。在那时，有一位青年学者田冈岭云撰文说：“以

《圣经》为世界唯一之经典，此非西欧基督教国民之迷执欤？既言莎士比亚、但丁，言歌德，而东洋诗人果无一人可与比肩欤？《诗》三百篇之简远，《楚辞》之悲惋，若长卿词赋之瑰丽，若李白之飘逸，杜甫之沉痛，若《西厢》之灵笔，《琵琶》之数奇，一笔抹杀，谓之到底不足追逐此等西洋之四人乎？国异则好尚自异，彼此则趣味不同则有之，而以趣味之异以此得谓不能胜于彼，可乎？"[①]田冈岭云之所以这样说，是因为当时那些藐视中国文学经典的人，在西方文学面前也把本国经典看矮半截，更忘记了中国文学经典的因子也有些早已融入到日本文学之中了。

近代以来的很多日本学者在摸索日本文学复兴之路的时候，从中国文学经典找到了日本文学缺失的东西。明治后期戏剧改革倡导者池田大伍曾试图从元曲的"一人主唱"启示中找回东方歌剧的魅力。已故文字学家白川静对汉字与《诗经》的热忱，实际上就是对日本文化源泉的热忱。他曾说，日本的侵华战争是世界战争史上没有先例的愚蠢战争。他说，所谓大东亚战争是对中国历史文化毫无理解的军部，毫无理念地进行的。要教战争史的话，首先就要教日本军部的独裁史。他不满于日本战后教育把汉文作为旧弊加以轻视，认为这样做失去了教人做人的重要教材，那种认为汉字妨碍教育、削弱人的思考力与创造力的看法是极其错误的。他为日本汉字文化与古典教育的现状深感忧虑，因为他认为，废弃古典，源泉就会枯竭，没有源，就没有流。

在中国文学经典声誉确立之后，林林总总的人们便拉它为大旗来说自己想说的话。增野德民把主张"尊王攘夷"与攻占大陆的吉田松阴比作屈原，明治维新中那些失意落败的官僚竟然都以屈原自诩，而最早的中国文学史家则用一个"情"字来檃栝屈原之所作。学者青木正儿说过，想着别人醉心于西方近代文艺为之哭泣、为之欢笑之时，自己却翻阅着《离骚》，闻着两千年以前的霉味，"很是有趣"，在内心呐喊着："虫蛀也好，发霉也好，《离骚》还是《离骚》，真正的文艺、伟大的思想，本没有什么

① [日] 田岡嶺雲：「文学上に於ける西歐崇拝の殘夢」，『明治文學全集』83，筑摩書房1965年版，第264頁。

新旧之分。”[①]这些对“现代文明病”皱眉头的文人，端起陶渊明的酒杯，浇自家块垒；幻想着王维的画境，享内心一刻之安宁。在这些译者、研究者、作家、诗人、读者的心目中，有的是不同于中国文士心目中的别种形象的屈原。而陶渊明、王维、杜甫、李白、白居易、苏轼、文天祥、高启等这些中国人熟悉的名字，也在日本文学史上获得了别样的解读。

觊觎中国大陆的人，也有人打起过中国文学经典的旗号。《水浒传》的译者之一的伊藤银月曾将《水浒传》说成是“膨胀性”的日本为吞并世界的第三步、第四步而了解中国的必读书。在日本侵华战争期间，军国主义者也曾提倡朗咏汉诗来鼓舞士气。对中国文学的解读和重写，常常打着日本文化深深的印记。为什么吉川幸次郎说日本对《论语》的接受总带有指向严格主义的所谓“日本式歪曲”？为什么在中国散佚的书——《游仙窟》在奈良时代却至少享有“准经典”的地位？中国文学经典在日本的传播有哪些特点？想来在思考这些问题时，也会对中国文学经典在其他国家的翻译、传播研究有所启发。

著名评论家加藤周一曾经说，对于日本人来说，《论语》早已不是共通的古典了。近代日本文化有点怪、有点蹊跷的事情，就是奉为古典的《论语》的缺失。实际上，一个伟大的民族，没有共通的经典，那么她的信仰、凝聚力、文明高度就会暴露出诸多问题，同时，一个伟大的民族，更需要属于她的思想文化巨人，需要文化巨匠和思想的代言人。文化巨匠和共通的经典，实际上是紧密相连的。将过去的一切清洗掉，或归为一律，哪会有什么知识巨人？而将异彩纷呈的思想僵化成条条框框，那过往的古典也就逃脱不了被遗忘的命运。

如果说一国的文学经典在另外一国不断被翻译、被重写和被传播，就是它完成了一次越境之旅的话，那么那些译本、重写本和传衍本，再回到它的源泉国，获得评价与研究，就可以说又是一种文化越境之旅。在这样的往复过程中，就会诞生出很多与经典相关的新面孔。

---

①［日］青木正兒：『青木正兒全集』第七卷，春秋社1973年版，第570頁。

第三节　中国的日本文学研究与中日比较文学研究

在中国对日本的研究中，日本文化和文学的研究是最有成绩的部门之一。改革开放之初，通过中国的日本文化研究者富于创造性的翻译和介绍，包括电影在内的日本文艺，成为中国人打开窗户、观察世界首先看到的景观，开风气之先，为思想解放运动推波助澜；在改革深入的年代，日本成为中国留学生首选的地域之一，大批学习日本语言、文学、艺术的中国学者获得了亲睹日本全貌、亲自品尝原汁原味的日本文化的机会，并把真实的日本传达给大众。文学艺术的研究为中日两国人民的相互了解和理解，架设了一座经得起风吹浪打的桥梁。

据不完全统计，从1901年至1948年近五十年间，我国大约翻译出版了日本文艺理论、小说、剧本等三百余种，而从1949年至1965年，出版单行本超过100种。从1979年至1986年的六年间，新出版的日本文学翻译作品已超过五百余种。不仅范围大为扩展，而且研究深度与广度大为改观。[①]1979年9月，成立了日本文学研究会，1990年5月，中国和歌俳句研究会成立，1990年还成立了全国性的日本学学会。

改革开放以来，中国的日本文学研究蓬勃发展，不仅是近现代文学的名家名作，许多古典文学名著也都被翻译出版，并且涌现出了不少精品，在读者中产生了广泛影响。特别值得一提的是，有一批日本文学研究著述，也被翻译过来，特别是与中国文学相关的学术专著有了汉语译本。这对于吸引更多读者关注日本文学研究发挥了积极的推动作用，拉近了学科外读者对陌生的日本文学的心理距离，也使日本学者注重资料、讲究实证的研究方法为更多中国学者所熟悉。同时，一些日本文学研究者加入学术翻译的队伍，保证了翻译的质量，如申非翻译的《源氏物语与白氏文

---

① 李芒：《新中国的日本文学研究和翻译出版概况》，见李芒著《采玉集》，译林出版社2000年版，第261—271页。

集》[①]。学术翻译是学术性很强的工作，需要译者具有良好的学术素养和规范意识，水平低下的译本不啻于为原著毁容截肢，高质量的译本才能传达原著的精髓。即便是日本文学研究者，即便全身心投入，也会出现纰漏，何况粗制滥造者乎？

以下是自80年代至21世纪最初几年出版的日本文学学术著述的部分译本：

木宫泰彦著，胡锡年译：《中日文化交流史》，商务印书馆1980年版。

实藤惠秀著，谭汝谦、林启彦译：《中国人留学日本史》，生活·读书·新知三联书店1983年版。

藤家礼之助著，张俊彦、卞立强译：《日中交流二千年》，北京大学出版社1982年版。

北冈正子著，何乃英译：《摩罗诗力说材源考》，北京师范大学出版社1983年版。

大冢幸男著，陈秋峰、杨国华译：《比较文学原理》，陕西人民出版社1985年版。

平野显照著，张桐生译：《唐代文学与佛教》，陕西人民出版社1985年版；华宇出版社1986年版。

丸山清子著，申非译：《源氏物语与白氏文集》，国际文化出版公司1985年版。

刘柏青、张连第、王鸿珠主编：《日本学者中国文学研究译丛》（第一辑），吉林教育出版社1986年版。

中村元著，吴震译：《比较思想论》，浙江人民出版社1987年版。

伊藤虎丸、刘柏青、金训敏编：《日本学者研究中国现代文学论文选粹》，吉林大学出版社1987年版。

森安太郎著，王孝廉译：《黄帝的传说——中国古代神话研究》，时报文化出版企业有限公司1988年版。

中野美代子著，若竹译：《从小说看中国人的思考样式》，北京十月文艺出版社1989年版。

---

① ［日］丸山清子著，申非译：《源氏物语与白氏文集》，国际文化出版公司1985年版。

铃木修次著，吉林大学日本研究所文学研究室译：《中国文学与日本文学》，海峡文艺出版社1989年版。

厨川白村著，吴忠林译：《苦闷的象征》，金枫出版公司1990年版。

家永三郎著，靳丛林、陈泓、张福贵译：《外来文化摄取史论》，吉林教育出版社1990年版。

今道有信著，李心峰、牛枝惠、蒋寅、张中良译：《东西方哲学美学比较》，中国人民大学出版社1991年版。

今道有信著，蒋寅等译，林焕平校：《东方的美学》，生活·读书·新知三联书店1991年版。

大隈重信著，卞立强、依田熹家译：《东西方文明之调和》，中国国际广播出版社1992年版。

山本正男著，牛枝惠译：《东西方艺术精神的传统和交流》，中国人民大学出版社1992年版。

松浦友久著，陈植锷、王晓平译：《唐诗语汇意象论》，中华书局1992年版。

伊藤虎丸著、孙猛等译：《鲁迅、创造社与日本文学：中日近现代比较文学初探》，北京大学出版社1995年版。

中西进著，王晓平译：《水边的婚恋——万叶集与中国文学》，四川人民出版社1995年版。

关森胜夫、陆坚著：《日本俳句与中国诗歌——关于松尾芭蕉文学比较研究》，杭州大学出版社1996年版。

藤井省三著，陈福康编译：《鲁迅比较研究》，上海外语教育出版社1997年版。

千叶宣一著，叶渭渠编选：《日本现代主义的比较文学研究》，中国社会科学出版社1997年版。

伊藤虎丸监修，小谷一郎、刘平编：《田汉在日本》，人民文学出版社1997年版。

吴俊编译：《东洋文论——日本现代中国文学论》，浙江人民出版社1998年版。

中西进著，马兴国、孙浩译：《源氏物语与白乐天》，中央编译出版社

2001年版。

竹内实著，程麻译：《中国现代文学评说》，中国文联出版社2002年版。

川本皓嗣著，王晓平、隽雪艳、赵怡译：《日本诗歌的传统——七与五的诗学》，译林出版社2004年版。

大村泉编著，解泽春译：《鲁迅与仙台》，中国大百科全书出版社2005年版。

增野弘幸等著，李寅生译：《日本学者论中国古典文学：村山吉广教授古稀纪念集》，巴蜀书社2005年版。

藤野岩友著，韩基国编译：《巫系文学论》，重庆出版社2005年版。

同时，中国学者对日本文学的研究也从作品赏析、评论、翻译日本学者的著作开始逐渐有了自己的一套研究方法和理论，获得了长足的进步。从对日本学术的虚心学习，咀嚼模仿，再到与中国学术传统的融合，与中国学界建立有机的密切联系，并创造出适宜于当今文化环境的表述方式，中国学者发挥了自己的智慧，扩大了日本文学在一个拥有13亿人口的大国的传播，同时也使日本文学中的优秀元素，成为创造中国现代文化有益的营养。

经过近20年的蕴蓄与积累，中国日本文学研究持续发展。各大高校的教授、各科研机关的学者们在日本文学这一研究领域推出的成果，无论在数量还是质量方面，都远超于历史上任何一个二十年。

和中国对其他外国文学相比，日本文学研究的特点也表现得越来越突出。借地域相邻和文化因缘密切之便，中国翻译界对日本文学的反应尤为迅速；赖双方交流的意愿之强烈和渠道的多样，与其他地区相比，中国的日本文学研究者有更多的直接交流的机会。仅据不完全统计，80年代以来，在国际日本文化中心从事过研究活动的中国学者，多达60余位，其中文化、文学研究者占有相当大的比重，特别是在初期阶段，这一现象更为醒目。此外，由于历史的文化联系，两国经济联系的日益紧密，政治上两国存在的相关利益和问题，两国旅游热升温，中国读者对于日本文化的兴趣日渐浓厚。除了欧美文学仍占据中国人阅读外国文学的首位之外，日本

照片中有参加过日本左翼文化运动的林林（前排左八）、黄瀛（前排左十）、雷石榆（前排左五）和新四军日语翻译金中（前排左四）等

文学也逐渐为更多人所青睐，其翻译和出版的数量逐年攀升，也为日本文学研究奠定了广泛的群众基础。

一、日本文学史的中国视角

日本文学史一直是中国学者的研究重点，频繁的国际交流活动使中国的研究者能更多更快地阅读原版书籍并与国外研究者进行深层次的交流。80年代以来，国内出版了一批日本文学通史、断代史和针对主要文学形式发展的研究成果，其中主要以社科院日本研究所的叶渭渠、唐月梅的研究成果最为丰硕。叶渭渠的《日本文学思潮史》，叶渭渠、唐月梅合著的《日本文学史》《日本文学简史：日本文学史要说》《20世纪日本文学史》等皆是这一时期的成绩。

其中四卷本的《日本文学史》（昆仑出版社2004年版）洋洋210万字，是继20世纪30年代谢六逸撰《日本文学史》以来中国日本文学史研究的又一成果，被学术界誉为“日本文学史研究的新里程碑”（林林），它的问世标志“日本文学通史写作的大成和终结”，“不仅为中国的日本文学通史写作树立了一块界标，更为后来的研究者铺下了坚固的基石”（王中忱）。这部著作采用“立体交叉研究体系”，也就是全方位、多层次的研究机制，以多学科角度全面而系统地论述了日本文学的整个历史进程，从宏观上把握日本文学与日本哲学、美学的关系，以及日本独自的民族审美体系的形成过程，微观上具体分析了有代表性的作家、文艺理论家的创作活动和理论构建，同时详尽地论述了和汉、和洋文学的交流，提出“冲突、并存、融合”的日本文学发展模式。

叶渭渠著《日本文学思潮史》（北京大学出版社2009年版），是“立体交叉研究体系”的成果之一，它将日本文学放在整个日本社会文化发展变化进程中，以文学史为纲，网罗作家、作品、理论、批评，进行全面、系统、动态的比较、分析，用大量的实证研究从整体上把握日本本土文学思想与外来文学思想的碰撞、交汇、融合过程。它的主要特色在于从思潮的角度来研究日本文学史，突破了惯用的文学史架构模式，是一大创新。

罗兴典撰写的《日本诗史》（上海外语教育出版社2002年版）以历史唯物主义为指导，叙述了日本明治维新以后诞生的日本新诗（现代自由诗）的发展历程，被认为是关于日本新诗的“袖珍百科事典”，同时也是“一部从一个侧面反映日本文化的思想史”。2003年罗兴典又出版了《日本诗歌与翻译艺术》（作家出版社2003年版），分“日本诗歌篇”“翻译艺术篇”“题外篇”三大部分，前两篇系统论述了日本诗歌与翻译艺术，“题外篇”收入了作者的部分诗歌、散文习作。郑民钦的日本诗歌研究也有不小的成果，他的《日本民族诗歌史》（北京燕山出版社2004年版）研究了日本民族诗歌发展历史，其中以较大的篇幅阐述了近代短歌、俳句向现代发展的过程。其另一本著述《日本俳句史》则研究的是俳句的起源、摇篮期、黄金时代、俳句的中兴、昭和俳坛的革命、俳句与中国。

此外还有高文汉编著的《日本古典文学史》（上海外语教育出版社2007年版）、谭晶华编《日本近代文学史》（上海外语教育出版社2003年版）、曹志明编著的《日本战后文学史》（黑龙江人民出版社2002年版）等都是这方面的优秀成果。

二、现当代文学研究的深掘

长期以来，日本文学研究队伍存在课题集中于近代，近代又集中于少数几位作家的现象，以至于有学者发出“怎么还是那些”的质疑。课题狭隘，反映出的问题是多方面的，既有受到政治环境影响的因素，也有文学观念的片面造成的局限，还有学者学识范围的束缚等。90年代以来出现的一系列新著，标志着中国学者全面开拓的努力取得了初步实效。

20世纪，研究日本文学流派和重点作家成为首选的研究课题。

夏目漱石的作品基本上都有了中译本，在各类日本文学史里也都作为日本近代文学巨匠而被重点介绍，但是专门的研究专著不多。1998年出版的何少贤《日本现代文学巨匠夏目漱石》一书，没有流于一般的人物传记的写作方式，也没有过多地论述夏目漱石的小说创作，而是从评论家的角度深入地研究了夏目漱石的文艺理论与文艺思想，这在日本研究界也是极少见的。2007年李光贞的《夏目漱石小说研究》主要从夏目漱石现实主义文学观的形成入手对小说的思想内涵、人物形象、叙事特色等方面加以分析和研究。车莉编著的《〈我是猫〉诠释与解读》则详细介绍了夏目漱石这位在日本被称为“国民作家”的人生经历和其作品《我是猫》的创作方法及其艺术的独特性。这一时期的关于夏目漱石的论文集中在作品分析、“则天去私”思想、与汉文学的关系、与鲁迅的比较等方面，有一定成果。但总体而言研究论文数量偏少，选题与内容重复性较大，与其在文学史上的地位不太相称。

对诺贝尔文学奖获得者川端康成与大江健三郎的研究继续升温。作为20年来被译介最多的日本作家，川端康成依然是十年来日本文学研究的一个热点，每年都有一部以上关于川端康成或其作品的著作出版。1999年是川端康成诞辰100周年，不仅在长春举办了第五次川端康成研讨会暨川端康成百年诞辰纪念会，同年还出版了中、日、美三国学者联合编选的川端康成研究文集《不灭之美——川端康成研究》，文集辑录了近年来三国学者创作的33篇论文，比较全面、系统地论述了川端康成的作品与生平。2007年北京师范大学出版社出版了《感悟东方之美——走进川端康成的〈雪国〉》。十年来也不断有相关论文见诸各类期刊杂志，讨论的焦点主要是川端康成的审美意识、虚无思想、死亡意识、女性观念和他对待战争以及传统与现代的态度等等。

张石所著《川端康成与东方古典》，是作者十几年研究的总结和提炼，在研究方法上，力求做到解释学与实证的统一，而在内容和表述上，力求符合中国读者的阅读习惯。周阅一直关注川端康成研究，先后出版了《川端康成是怎样读书写作的》和《人与自然的交融——〈雪国〉》两部著作以及若干论文。在此积累的基础上撰写的《川端康成文学的文化学研究——以东方文化为中心》，立足于对川端文学文本的细读，特别注重对文本与作家经历中所表达的内在哲学意识、精神感悟及其以“艺术美”为中心的在文本内含的诸层面上的“文化对话”的考察，从中揭示出已经内化为川端康成创作意识的涉及中华文化的各个层面。本书堪称对近代日本文学研究、比较文学研究以及近代以来中日文化关系图谱做重新描绘的基础性著作之一。

大江健三郎获得诺贝尔文学奖后第二年，即1995年，全国就发表了13篇专门研究大江健三郎的论文，2001年河北教育出版社出版了共三卷四册《大江健三郎自选集》，2005年南海出版公司出版了《我在暧昧的日本——大江健三郎随笔集》。张文颖的《来自边缘的声音——莫言与大江健三郎的文学》，将不同国籍、不同时代但却同是扎根于边缘、致力于边缘文学创作的日本著名作家大江健三郎与中国著名作家莫言放在一起进行比较研究，视角敏锐独特，颇有新意。论述过程围绕着主要的边缘意象进行缜密地分析和探究，试图解开两位作家的文学密码，具有较高的学术价值。此外出版的专著还有王新新的《大江健三郎的文学世界：1957～1967》、王琢的《想象力论——大江健三郎的小说方法》。有关大江健三郎的论文多围绕其作品的传统与现代、西方文学影响、中国要素、救赎意识、政治与性、解构等展开。

村上春树是日本最受欢迎的纯文学作家之一，被称为“80年代的夏目漱石”。中文译者林少华认为他的作品“善于把西方冷静的理性分析、荒谬的梦幻意识同日本文学传统中的精髓熔为一炉，多以刻画大都市中小人物尴尬处境和青年知识分子失重的精神世界见长”。村上春树的作品还是以翻译为主，研究类著作有林少华《村上春树和他的作品》，雷世文《相约挪威的森林——村上春树的世界》，也有为数不少的论文发表，但从理论角度加以深刻分析的较少。有几篇角度比较新颖，如孙树林的《井·水·道——论村上春树文学中的老子哲学》（载《日本研究》2001年第4期）、赵仁伟与陶欢的《“现实是凑合性而不是绝对性的”——论村上春树小说中的非现实性因素与现实性主题》（载《外国文学研究》2002年第1期）、魏大海的《村上春树小说的异质特色——解读〈海边的卡夫卡〉》（载《外国文学评论》2005年第3期）等。

此外还有芥川龙之介、白桦派文学、唯美派文学、战争文学包括反战和侵略文学等也是相对集中的研究论题。王向远撰写的《“笔部队”和侵华战争——对日本侵华文学的研究与批判》[①]采取史论结合的方式，对日本对华进行文化侵略和渗透的主力——“笔部队”，也就是用笔杆子炮制日本侵华文学的那些侵华战争的煽动者、鼓吹者进行了深刻的批判。他认为：“我们要认识日本军国主义的产生、发展和膨胀的过程，要从日本人的意识深处追究侵华战争的深层根源，要对日本侵华战争的历史有全面的了解，就必须研究日本的侵华文学。因此，对侵华文学的研究，其意义和价值已远远超出了纯文学的范围。”王向远尚著有《中日现代文学比较论》[②]《二十世纪中国的日本翻译文学史》[③]《日本文学汉译史》[④]等，这些著述，显示了作者敏锐的问题意识和统摄庞杂材料的能力。

以下这些著述，采用比较文学的研究方法，把目标确定在日本现代文学研究新课题的解决上：

曾小逸主编：《走向世界文学：中国现代作家与外国文学》，湖南人民出版社1985年版。

彭定安主编：《鲁迅：在中日文化交流的坐标上》，春风文艺出版社1994年版。

---

① 王向远：《“笔部队”和侵华战争：对日本侵华文学的研究与批判》，北京师范大学出版社1999年版。

② 王向远：《中日现代文学比较论》，湖南教育出版社1998年版。

③ 王向远：《二十世纪中国的日本翻译文学史》，北京师范大学出版社2001年版。

④ 王向远：《日本文学汉译史》，宁夏人民出版社2007年版。

何德功：《中日启蒙文学论》，东方出版社1995年版。

刘立善：《日本白桦派与中国作家》，辽宁大学出版社1995年版。

张福贵、靳丛林：《中日近现代文学关系比较研究》，吉林大学出版社1999年版。

黄爱华：《中国早期话剧与日本——中国戏剧现代化初期借鉴西方戏剧的曲折历程》，岳麓书社2001年版。

林祁：《风骨与物哀——二十世纪中日女性叙述比较》，陕西人民教育出版社2002年版。

《迎接新世纪中日短诗集》

肖霞：《浪漫主义：日本之桥与"五四"文学》，山东大学出版社2003年版。

佟君、陈多友主编：《中日比较文学比较文化研究》，中山大学出版社2004年版。

靳明全：《中国现代文学兴起发展中的日本影响因素》，中国社会科学出版社2004年版。

同时，大量日本近现代文学作品被翻译成中文出版。如高慧勤、魏大海主编的《芥川龙之介全集》全五卷（山东文艺出版社2005年版），是聚合了国内著名的翻译家同心协力完成的上乘译作。

三、日本古典文学研究的成熟

从事日本古典文学研究，除了需要对日本现代文化的理解之外，还需要有深厚的古代语言功底和中日两国古典文化的修养。因而，一个古典文学研究者的成熟需要更长的时间。在社会偏重经济利益的时代，甘于寂寞，不为名利诱惑所动，乐于厚积薄发，才会在这一领域做出实绩。可喜的是，北京大学、北京师范大学、吉林大学、天津师范大学等在培养古典文学博士的工作中已经取得初步成绩，在各大学日语学科的文学硕士中，也有一批对古典文学研究表示兴趣的学生，这是我们的希望所在。

80年代人民文学出版社出版了一系列日本古典名作，如丰子恺译《源氏物语》，周作人、王以铸译《日本古代随笔选》（收周作人译《枕草子》、王以铸译《徒然草》），申非、周启明译《平家物语》，申非译《日本谣曲狂言选》等。另外还有复旦大学出版社的《古今和歌集》《万叶集》等。90年代有一些新的译作出现，1998年人民文学出版社出版了李芒选译的《万叶集选》，2002年赵乐甡的《万叶集》全译本由译林出版社出版，另外还有李均洋的《方丈记　徒然草》，郑民钦的《奥州小道》《源氏物语》，姚继中的《源氏物语》等，代表了一批新译者翻译理论与实践探索的新成就。

翻译家郑民钦、刘德润等关注日本古代诗歌翻译，不断推出新作。云南人民出版社出版的《日本物语文学系列》，收进了《竹取物语》《源氏物语》《平家物语》等新译。《今昔物语集》原北京编译社所译的本子，出了两种版本，一是2006年署“周作人校”的新星出版社的本子，一是2008年“张龙妹校注”的人民文学出版社本。周作人的日本古典文学翻译，引起读者的关注，止庵主编的《苦雨斋译丛》收入了其译作《古事记》《枕草子》等。金伟、吴彦合译的《万叶集》和《今昔物语集》分别由人民文学出版社和万卷出版公司出版。陈岩、刘利国主编的《日本历代女诗人评介》对各时期不同风格和流派的诗人做了全面的译介。

1992年读本小说《南总里见八犬传》的翻译出版是李树果献给我国日本文学翻译研究界的一个重大成果，2003年他又选编了《日本读本小说名著选》，收录了《古今奇谈英草纸》《古今奇谈繁野话》《今古怪谈雨月物语》《忠臣水浒传》《樱姬全传曙草纸》《三七全传南柯梦》等七篇日本读本小说，为研究江户时代市井小说提供了重要资料。而1998年出版的《日本读本小说与明清小说——中日文化交流史的透视》则是他中日传统小说比较研究方面的重要成果。这部书吸收和借鉴了日本学者的研究成果并加以概括和简化，将读本小说与中国文学的关系概括为三部书——《剪灯新话》、“三言”和《水浒传》，认为《剪灯新话》的影响使日本产生了翻改小说，为读本的创作提供了一种别具特色的方法；通过翻改“三言”产生了日本前期读本；通过翻改《水浒传》产生了日本后期读本。李树果的这部书就是以上述三部中国小说为中心，探讨它们对日本读本小说的影响，并涉及其他中国小说对日本读本小说的影响，同时每章后附有重要的日本读本小说的部分译文，增强了本书的文献资料价值。

《源氏物语》是日本古代文学的经典之作，被公认为是世界最早的长篇小说。中国的《源氏物语》研究除了从比较文学、美学、心理学、民俗学等多角度来进行探讨外，多注目于《源氏物语》与中国文化的关联。2001年召开了《源氏物语》国际研讨会，论文收在张龙妹主编的《世界语境中的〈源氏物语〉》一书中。张龙妹有多篇论文发表在国内或日本的学术期刊、研究文集里，如《〈源氏物語〉的政治性》（载《国文学·解释与教材研究》2001年12月）、《〈源氏物語〉与〈白氏文集〉》（收入《中日文史交流论集》，上海辞书出版社2005年版）、《〈源氏物语〉（桐壶）卷与〈长恨歌传〉的影响关系》（载《日语学习与研究》2007年第4期）等等。姚继中的《〈源氏物语〉与中国传统文化》偏重于文献学研究，对《源氏物语》与中国传统文化的关系进行挖掘与探讨。《源氏物语》与《红楼梦》的比较研究是我国比较文学研究的热点问题之一，有不少相关论文发表。

李芒的《投石集》（海峡文艺出版社1987年版）与《采玉集》（译林出版社2000年版）主要收入作者80年代以来撰写的文章。李芒不断提醒青年学者，注意日本文学的特点，不要以中国文学观念生硬地套用在日本文学作品上。他倡导和支持80年代初对和歌翻译的讨论，关心青年学者的成长，并积极组织且参与了与日本和歌、俳句界的交流活动。

90年代以来对日本古典戏剧的研究专著增多，朱香钗著《中国京剧与日本歌舞伎表演艺术比较》前半部介绍日本传统歌舞伎舞台表演与中国京剧舞台表演的异同，后半部着重介绍、研究了当代日本大型歌舞伎《新三国志》的舞台表演。张哲俊的《中日古典悲剧的形式——三个母题与嬗变的研究》[①]分为中国古典悲剧的形式和中日古典悲剧比较研究上下两编，论述了中国古代戏剧中的悲剧母题与日本古代戏曲“能”（谣曲）之间关

① 张哲俊：《中日古典悲剧的形式——三个母题与嬗变的研究》，上海古籍出版社2002年版。

系。张哲俊尚著有《中国古代文学中的日本形象研究》[①]《中国题材的日本谣曲》[②]《东亚比较文学导论》[③]等著述。

其他还有李颖的《日本歌舞伎艺术》、翁敏华的《中日韩戏剧文化因缘研究》、郑传寅的《古代戏曲与东方文化》、王冬兰的《镇魂诗剧：世界文化遗产——日本古典戏剧“能”概貌》等。

古典文学研究类论文主要集中在《源氏物语》、《万叶集》、古典审美意识、汉文学等方面，其中中日文学、文化的比较、影响研究较多，其中以《万叶集》研究成果最为丰富。王晓平的《敦煌书仪与〈万叶集〉书状的比较研究》（载《敦煌研究》2004年第6期）、胡令远与王丽莲的《简论中日诗歌特质的差异性——以〈诗经〉与〈万叶集〉为中心》（载《日本学论坛》2006年第1期）、吕莉的《“白雪”入歌源流考》（载《外国文学评论》2006年第4期）等等。1999年以来，马骏在《日语学习与研究》上连续发表《万叶集》研究系列文章，如《〈万叶集〉和歌表现的出典研究》《〈万叶集〉汉语词汇表达的出典研究》《〈万葉集〉卷十六の研究》等等。这些研究都是建立在各自多年的研究积累之上的，侧重于对文本的解读，代表了我国《万叶集》研究的较高水平。

2005年北京日本学研究中心文学研究室编辑出版的《日本古典文学大辞典》，为我国的日本古典文学研究者提供了一部较为全面的工具书。其编撰方针是“立足本国学界，强调个案研究”，为此不仅在作品的分析上点出我国文学与日本古典文学的影响关系，还在整体的条目选择到具体的撰述中尽量体现中日比较研究的特色，附录里包括“中日对照文学史年表”，能使读者对中日古典文学有综合而直观的认识。

四、中日文学关系和中日文学交流史的研究亮点

中日文化结束了以单向流动为主的文化交流史，开始了更加频繁、更

① 张哲俊：《中国古代文学中的日本形象研究》，北京大学出版社2004年版。
② 张哲俊：《中国题材的日本谣曲》，宁夏人民出版社2005年版。
③ 张哲俊：《东亚比较文学导论》，北京大学出版社2004年版。

加深刻的相互作用的进程。在许多文化领域里，是你中有我，我中有你，小同而大异。像中日之间拥有这样悠久而成果丰饶的文化交流史的国家，在世界上也是不多见的，因而对历史和现实的文学交流加以研究，是中国文学研究者首先要完成的任务之一。

中日文学关系史和交流史拥有丰富的史料，尚未系统清理。80年代末出版的严绍璗的《中日古代文学关系史稿》和王晓平的《近代中日文学交流史稿》曾被称为此一领域的“双璧”。1999年出版的高文汉的专著《中日古代文学比较研究》涉及中日整个古代文学史上各个时代，以日本汉文学的发展及重要作家作品为主，运用实证和理论分析相结合的方法，评述了日本的汉诗、汉文及其与中国文学的关联，同时也涉及日本物语文学《竹取物语》《源氏物语》对中国文学的吸收与借鉴，可以说是理论体系较为完整的史纲式研究。

此外，80年代以来出版的有关中日文学关系史和交流史的还有以下诸多作品：

刘献彪、林治广编：《鲁迅与中日文化交流》，湖南人民出版社1981年版。

刘柏青：《鲁迅与日本文学》，吉林大学出版社1985年版。

赵乐甡主编：《中日比较文学研究》，吉林大学出版社1990年版。

严绍璗、王晓平：《中国文学在日本》，花城出版社1990年版。

陆坚、王勇主编：《中国典籍在日本的流传与影响》，杭州大学出版社1990年版。

程麻：《沟通与更新——鲁迅与日本文学关系发微》，中国社会科学出版社1990年版。

赵乐甡、孟庆枢、于长敏主编：《中日比较文学论集》，时代文艺出版社1992年版。

山田敬三、吕元明主编：《中日战争与文学——中日现代文学的比较研究》，东北师范大学出版社1992年版。

孟庆枢主编：《日本近代文艺思潮与中国现代文学》，时代文艺出版社1992年版。

吕元明：《日本文学论释——兼及中日比较文学》，东北师范大学出版社1992年版。

于雷:《日本文学翻译例话》，辽宁大学出版社1993年版。

吕元明:《被遗忘的在华日本反战文学》，吉林教育出版社1993年版。

马兴国:《中国古典小说与日本文学》，辽宁教育出版社1993年版。

于长敏、宿久高主编:《中日比较文学论集》，吉林大学出版社1993年版。

严绍璗:《中国文化在日本》，新华出版社1993年版。

严绍璗、中西进主编:《中日文化交流史大系·文学卷》，浙江人民出版社1996年版。

李树果:《日本读本小说与明清小说——中日文化交流史的透视》，天津人民出版社1998年版。

关森胜夫、陆坚:《日本俳句与中国诗歌——关于松尾芭蕉文学比较研究》，杭州大学出版社1996年版。

于长敏:《中日民间故事比较研究》，吉林大学出版社1996年版。

高文汉:《中日古代文学比较研究》，山东教育出版社1999年版。

王友贵:《翻译家周作人》，四川人民出版社2001年版。

饶芃子、王琢编:《中日比较文学研究资料汇编》，中国美术学院出版社2002年版。

方长安:《选择·接受·转化——晚清至20世纪30年代初中国文学流变与日本文学关系》，武汉大学出版社2003年版。

严绍璗:《比较文学视野中的日本文化——严绍璗海外讲演录》，北京大学出版社2004年版。

蔡春华:《中日文学中的蛇形象》，上海三联书店2004年版。

尹允镇、徐东日、禹尚烈、权宇:《日本古代诗歌文学与中国文学的关联》，黑龙江朝鲜民族出版社2005年版。

倪永明:《中日〈三国志〉今译与中古汉语词汇研究》，凤凰出版社2007年版。

宋再新的《千年唐诗缘——唐诗在日本》及邱岭、吴芳龄的《〈三国演义〉在日本》等著述，论述的虽然是老题目，但在吸收日本学者成果的同时，在不少问题上提出了新说。王若茜、齐秀丽著《“浮世草子”的婚恋世界》虽然结构不甚严谨，但著者努力将浮世草子与“三言二拍”等中国白话小说展开比较研究，不失为有益的尝试。

近代以来，对于中日文学关系的研究也向前迈进了一大步。日本近现代作家夏目漱石、芥川龙之介、日本左翼文学及当代作家川端康成等，都对中国文学产生了很大的影响。要全面地把握近代中日文学关系就不能不对近代以来的中日文学关系进行研究。王中忱的《越界与想象：20世纪中国、日本文学比较研究论集》选择了20世纪之内中国和日本文学的一些具体问题和文体进行讨论，但没有把讨论范围仅仅限定在两国文学的关系上，有的篇章还涉及中国、日本文学和西方文学的关系，以及和媒体的关系等。

肖霞的《浪漫主义：日本之桥与“五四”文学》以影响研究和平行研究结合的方法，将鲁迅、创造社成员的早期浪漫主义与日本近代浪漫主义这一文学思潮联系在一起加以探讨。方长安的《选择·接受·转化——晚清至20世纪30年代初中国文学流变与日本文学关系》一书对近代和现代受日本文学影响的文学现象进行研究，内容包括晚清文学变革与日本启蒙文学、晚清文学向五四文学转变与日本文学、20世纪30年代现代派小说与日本新感觉派等，并对其中出现的一些问题进行了反思。此类研究专著还包括胡令远的《人的觉醒与文学的自觉——兼论中日之异同》、王晓平的《梅红樱粉——日本作家与中国文化》、林祁的《风骨与物哀——二十世纪中日女性叙述比较》、张福贵与靳丛林合著的《中日近现代文学关系比较研究》、董炳月的《“国民作家”的立场：中日现代文学关系研究》、靳明全的《中国现代文学兴起发展中的日本影响因素》等等。

高宁著《越界与误读——中日文化间性研究》，主要从文化间性的角度探讨文化越界后的变异和误读，包括其正反两方面的内容，以事说理，事理互见，书中各篇不乏创见，延续了著者富有批判意识的一贯作风，又表现出不断超越自我的决心。

从比较文学的角度跨民族、跨文化、跨学科研究日本文学，考察日本文学与中国文学、中国文化的关系正逐渐成为我国学者进行研究的一大突破口。这种摆脱旧式纯文学研究思路的束缚，研究文学与哲学、文学与宗教、文学与文化等跨学科的课题，将文学作品与孕育它的那个时代的人文文化结合起来研究的做法，使研究者开阔了思路，而陆续面世的研究成果也说明了我国的研究人员正以我为主，努力用一种独特的视角来审视日本文学作品、剖析日本文学的文学思潮和流派。这些成果又给中国文学特别是古代文学的研究带来丰富的史料，促进了中国文学研究的发展，突显出学术界进行国际交流的重要性。

五、汉文学研究的垦拓

自古以来，日本汉文学和假名文学互为表里、相互促进、交相呼应，构成了日本文学独有的格局。汉文学对于日本文学和文化的发展所起到的作用，曾是重大而无可替代的。然而近代以来，汉文学却滑到边缘，甚至有从文化记忆中消失的危险。研究汉文学，并对其给以恰当的评价，是日本文学研究者理应承担的任务。中国学者对日本汉文学的研究，能够从汉文学在世界文学中地位的高度予以重视，并与日本和汉比较文学学会等学术团体展开活跃的学术交流。

如何看待汉文学在日本社会生活中的历史作用，是一个关系到文学观念的问题。陈福康等学者强调，汉文学曾经是日本主流意识形态的一部分，主张对汉文学重新认识。

卢盛江对空海的研究，不仅站在中国研究者的前列，而且弥补了日本在这方面的不足。他两访日本，入深山，访古寺，又辗转访询于海峡两岸，查清现有传本，清理前人成果，校核文字，比勘辨订，注释语辞，补旧说之疏误，出独立之见解，所著《文镜秘府论汇校汇考》，长达1200余万字，又撰有《空海与文镜秘府论》一书，摘其精要，述其新见，是空海研究中不可多得的可喜收获。

蔡毅《日本汉诗论稿》收入作者关于汉诗以及日本汉学论述十八篇，或探讨平安时代至明治时代若干汉诗人及其作品之得失，或评述考订日本汉籍编纂和流传，或追寻中日间翻译活动之经过和意义，无不扎实可信，不作空论。金程宇《域外汉籍丛考》亦有多篇涉及日本汉文学研究。张伯伟主编的《域外汉籍研究丛书》，收有的日本汉文学文献研究著述，多值得一读。

另外，高文汉《日本近代汉文学》、严明《花鸟风月的绝唱——日本汉诗的四季歌咏》等专著，都在各自的课题上多有突破。

六、日本中国学研究

从古至今，日本学界产生了众多研究中国的名著和专家。日本人研究、学习中国的先进文化历经了上千年的岁月，但随着明治维新后日本在经济上取得巨大发展，与西方的学术交流日益紧密，其研究邻邦中国的目的、方法、态度都发生了彻底的转变。

比较中国自身的学术研究成果，日本学者有时对于同一问题有完全不同的价值观。其原因是当这门学问漂洋过海植根于异质文化土壤，就从属于日本文化体系，反映或作用于当时日本的包括民族主义思潮在内的各种社会思潮，其研究目的是为了发展日本文化。第二次世界大战以后，日本学界将这类研究中国的学问称为“中国学”。在世界文化频繁交流合作、共同发展的今天，各属于不同文化体系的国外中国学与中国的国学共同构成世界学术中国观，它们之间既有交集又各自在一定领域发挥不同的文化主导作用。无论从历史时长还是交流的广度和深度来看，日本的中国学在国外中国学中占有特殊的位置。

日本保存有许多中国古代流散的抄本或刻本文献，是日本中国学研究极其宝贵的第一手资料。自清末以来，中国学者到日本访书者，多学识渊博的国学大家。严绍璗20余年往返日本30余次，整理文献108万余种，于2007年出版了350万字的《日藏汉籍善本书录》。这是他继《汉籍在日本流布的研究》《日本藏宋人文集善本钩沉》《日本藏汉籍珍本追踪纪实——严绍璗海外访书志》之后的又一力作。以这些著述为基本标志，严绍璗长期从事对国内外汉籍善本原典的追寻、整理和编纂，在此基础上形成了他在理论上的一系列原创性见解和在方法论上的原典性实证的特征，从而奠定了他作为人文学者的最基本的学术基础。

在日本，对于本土古代学术文化的研究，也不能从中国文化中完全剥离。日本学者对中国的研究，在研究方法上重实据，长于细读深究。对中国《文选》《白氏文集》等在中国宗教文化、敦煌文学、中外关系史等领域，可以说在某种程度上为中国研究学者提供了可供借鉴的资料。

由中华书局出版、王晓平主编的《日本中国学文萃》丛书，从2005年问世，共出版20余种。这套丛书以“大家小书”为特点，收入了一些篇幅不长、适于阅读的名篇名著、新人新作，使得更多的读者能了解日本中国学的多种面孔，开阔视野。其中有被誉为“日本万叶研究第一人”的中西进所著《〈万叶集〉与中国文化》、近代著名汉学家青木正儿所著《中华名物考》（外一种）、著名评论家加藤周一所著《21世纪与中国文化》、日本近代中国史研究的开创者之一桑原骘藏所著《东洋史说苑》等等，或侧重保留中国文献资料的价值，或侧重对中国本土研究的补阙，或侧重对中日关系研究的历史作用，或侧重其在日本学界的影响。各有所专，不拘一格，兼顾学术性和可读性。在坚持学术规范的同时，也不排斥学术研究的多样化与个性化。以学问回归大众为宗旨，尽量选取较为平易晓畅的著作，以满足各个层次读者的阅读需要，为国内日本中国学研究领域输入了新鲜血液。本丛书出版以后，多种报刊与学术著述发表书评，主要有《中华读书报》《中国图书商报》《新京报》《书品》《域外汉籍丛考》等，在光明网、新华网等展开热烈讨论。著名古典文学研究家宋红评论此丛书“一经推出，立即产生了巨大的影响，并被仍活跃于一线的日本中国学研究者视为‘龙门’丛书，皆以自己的著作能进入这套丛书为荣耀”。

对日本中国学者展开专门研究的著作，如张哲俊《吉川幸次郎研究》、钱婉约《内藤湖南研究》等，均以材料翔实、视角独特、立论公允见长。钱婉约所著《从汉学到中国学：近代日本的中国研究》，以及她所编译的《我的留学记》《日本学人中国访书记》等，奠定了她在日本近代中国学研究的地位。

七、大型学术丛书成果显著

近代以来，日本学者集合研究团队编撰的大型学术丛书，曾对推动学术研究起到不可磨灭的作用，较之分散的单本著述，可以聚合学界有影响的高水平的学者，按照学术发展的需要，推出最新的研究成果。同时，这种运作方式，还具有便于集中宣传、扩大社会影响的特点。90年代以来，有关日本文化、文学研究的大型学术丛书在中国出现，这是日本文学研究者群体的壮大和整体研究水平大幅提升的标志，也是研究者对社会新需求的积极回应。

王晓平主编、宁夏人民出版社出版的《人文日本新书》，聚焦日本文化与中日关系，由数名国内知名学者专家精心编写而成，体现当今学术前沿。他们精读原典、言而有据，对于相关问题深入研究，又浅显着笔，将深奥的理论、独到的见解以平易生动的语言向普通大众推广，图文并茂地为读者提供了一个全面了解日本文化的平台。全书数十卷共四部分，分别以梅、樱、竹、松命名，涵盖中日文化文学关系、文学、宗教、风俗、历史、艺术各个方面，题材广泛，含义深刻。

这套丛书充分关注人文日本，介绍日本文化，体现中日交往史。内容方面既有和歌、《万叶集》、谣曲，也有关于著名作家大江健三郎、村上春树、吉本芭娜娜的评述；既有日本的敦煌文书、唐诗，也有在唐留学过的高僧空海和最澄；既有东洋学与儒学，也有相扑和漫画。在两国经济、文化交往日益密切的今天，增进国人了解邻邦文化，开阔视野，提升跨文化平等对话的能力，促进中日两国人民之间的沟通和理解，具有深远的意义。

上海三联书店出版的《日本古典名著图读书系》采取了图文并茂的"物语绘卷"的形式，为读者进献了一份丰盛的美之宴。"物语绘卷"早在11世纪之前就已经诞生，由"绘画"和"词书"组成。日本的"绘卷"是饶有趣味的绘画艺术，文字、图画并重，好似绚丽的彩虹，是将从中国传入的"唐绘"日本化，而后成为"大和绘"的主体组成部分。丰富多彩的绘画，可以立体而形象地再现作家试图在文本中表现的美的元素。该丛书则借助美轮美奂的绘卷，来解读《枕草子》《源氏物语》《竹取物语》《伊势物语》《平家物语》这五部日本古典名著所具有的日本美和日本文学之美的特质。该丛书通过这五部具有代表性的名著图典一幅接连一幅地展现出日本古典美的世界、日本古代人感情的世界、日本古代历史的世界。这套丛书的问世，反映了中国日本文学研究者在将新研究成果转化为大众文化过程中积极的探索精神。

90年代中期和末期由中国浙江人民出版社和日本大修馆书店合作出版

的《中日文化交流史大系》，由周一良、中西进担任主编，是以中日文出版发行的大型中日交流史相关丛书。全书共十卷，内容涵盖非常广泛，在编写上也很有特点。每卷都由中日两国学者合写，各自从不同侧面阐述各卷主题。各个作者提出的问题或各自独立或互有联系，其间各具风格、百花齐放。这样的编写方式更加突出中日交流的两国合作互利的精神，也更便于突出本书宗旨——阐明文化交流是双向的、相互影响的。参编人员方面，既有学界资深专家学者，也有史坛新秀，体现出丛书旨在用浅近笔调表达深奥学问，集学术性与可读性于一体的理念。该丛书荣获亚洲太平洋出版协会，96学术类图书金奖。

《日本文化大讲堂》主编王勇先生认为：日本文化的特点不在于模仿与独创，而在于取舍与组装。说日本“擅长模仿”“拙于独创”都是不甚准确的。譬如日本儒学并非中国儒学的翻版，明治体制是从西方各国博采众长而组装成的，所以日本的近代化也并不等同于西方。并且中国与西方对于日本文化的观察侧重不同。中国多强调日本文化对中国文化的沿袭与模仿，重视相同点。而西方往往认为日本文化神秘异类，重“异”而轻“同”。其实日本民族在漫长的历史发展过程中已经有了自己的民族性，具备自己独特的美的意识，他们的文化也必定带有该国水土之气息、民族之烙印。

这套丛书分为日本文化大讲堂之武道、音乐、棋道、花道四册，系统介绍了日本颇具代表性的魅力文化，无论是初次接触这些文化元素的读者还是行家里手，在阅读这套丛书之后，都能够得到一些启示。该丛书专题明确，好似带领读者走进了日本文化的课堂，现场聆听专家的讲授一般，且丛书形式图文并茂，语言通俗易懂，便于阅读理解。

中日学者共同主编学术著述，逐渐成为并不稀见的事情。21世纪初，中日两国学者合编的《中日文化交流丛书》，更加贴近一般读者。两国学者合编而在日本出版的如王勇、久保木秀夫主编《从书籍之路的视点看奈良・平安期日中文化交流》[①]，河野贵美子、王勇主编《东亚的汉籍遗

---

① 王勇、久保木秀夫編：『ブックロードの視点から奈良・平安期の日中文化交流』，農文協2001年版。

产——以奈良为中心》[①]，河野贵美子、张哲俊编《东亚世界与中国文化—见于文学与思想的传播与再创造》[②]，高松寿夫、隽雪艳编《日本古代文学与白居易——王朝文学生成与東亚文化交流》[③]，吉原浩人、王勇主编《渡海的天台文化》[④]；两国学者主编在中国出版的如隽雪艳、高松寿夫主编《白居易与日本文学》[⑤]。

八、日本文学研究的成长空间

虽然日本有不少学者热心于日中文学交流，然而从整体来说，日本学界对于中国的研究现状相当隔膜，对于中国学者的成果评价偏低，在加强两国的成果和人员交流方面，还需要投入更多的力量。例如，促进汉语撰写的日本文学研究论文在日本的介绍和出版，编辑出版双语的文学研究刊物，及时提供日本有关研究热点的文献和信息等，都是可以考虑的。毕竟文学交流的事业，是双赢的事业，只有双方努力，不断协调，同步并进，才可能取得更大的成功。

和日本的中国文学相比，中国的日本文学事业还相当年轻，所要走的路也更长。凭借中国丰富的文化资源、独特的学术传统和庞大的研究队伍，中国的研究将会给日本研究注入更多的新风。其发展空间之大，在世界上绝无仅有。

首先，中国还没有诸如《日本古典文学大系》《日本近现代文学大系》这样影响深远的大型日本文学丛书，没有系统向中国读者介绍日本文学的精品。对于日本文学的介绍和研究偏于少数作家作品，范围还相当狭窄，选题过于集中，不足以展示日本文学的全貌。

---

① 河野貴美子、王勇編：『東アジアの漢籍遺産——奈良を中心として』，勉誠出版2012年版。

② 河野貴美子、张哲俊編：『東アジア世界と中国文化——文学・思想にみる伝播と再創』，勉誠出版2011年版。

③ 高松寿夫、隽雪艶編：『日本古代文学と白居易——王朝文学の生成と東アジア文化交流』，勉誠出版2010年版。

④ 吉原浩人、王勇編：『海を渡る天台文化』，勉誠出版2009年版。

⑤ 隽雪艳、高松寿夫编：《白居易与日本古代文学》，北京大学出版社2012年版。

20世纪末，中国的学术管理体制渐趋完善，学者的学术规范意识日益浓厚，而环境惯性与思维惯性依然强大。“广种薄收”式的运营方式，使与时政焦点、舆情热点、流行烫点贴近的研究，即便是“急就章”也较易上路，而需长期沉潜修炼、深度解析的课题却较难聚焦，此种现象于养成“深知一学之深意者”实大不利，其间经纬非“浮躁”二字可以言尽。欲以学术为志业者，深戒之可也。

其次，在研究方法上，过于偏重于日本式考据方面的模仿和硬性套用西方理论而造成事理脱节的现象同时存在，低水平重复的现象时有发生。不少研究还停留在对20世纪80年代以来日本研究的复制和搬用上，与中国学术的迅猛发展不相适应。特别是翻译研究的匮乏，不利于翻译水平的普遍提升。

再次，不论是在本土接受日本文化教育，还是从日本留学归来的学子，都有一个与本土文化融合的问题。对于中国学者来说，要发出自己的声音，不仅需要在学习日语、日本文化方面付出更多的心血，还需要在钻研中国文化（包括传统文化和现代文化）及其理论方面更上层楼。包括探索更容易为学术界接受和读者喜闻乐见的表述形式等多方面的课题，如果在日本文学研究界展开讨论，将有利于研究的深化。

为了发现和培养日本文学研究的新生力量，加强硕士和博士的文化文学教育迫在眉睫。本科阶段由于偏重语言而不能接受系统的文学教育，直接影响研究生阶段的教育质量，也就对未来的研究队伍产生负面影响。随着各大学研究条件的改善，这些问题都有可能获得较好的解决。

在不断纠正和克服违背学术规范的现象的同时，也要创造积极鼓励和欢迎研究者拓展研究领域的空气。中国的日本文学研究有广阔的前景，面对世界最大的后备读者群，中国的日本文学翻译也还有数不清的工作值得去做好。

第四节　日本的“文艺中国”与中国题材日本文学史

在日本，有一个由作家、艺术家创造的中国，那是一个艺术世界，源于真实中国，但又和真实的中国相去较远，可以叫作“文艺中国”。

这个“文艺中国”，上至周秦，下至近年，人物众多，地域广阔，日本人通过本民族作家创造及画家描画的姜太公、项羽、诸葛亮等的形象去想象古代中国，也通过他们创造的鲁迅、毛泽东等的形象去想象现代中国。这个世界，讲述着永不枯竭的中国故事，给日本人一个近在咫尺的大陆梦幻。

虽然没有人用过“文艺中国”这个术语，但它的魅力早已有人为之心动。川西政明所著《我的梦幻之国》（《わが幻の国》，讲谈社）出版于1996年，以中国地域为线，评论了永井荷风直至村上春树等作者写的中国题材的作品，该书曾获平林泰子文学奖。有评论说，这本书是“构思十年，毫无遗漏写尽日中文学交流的划时期的评论”。作者对中国兴趣浓厚，书中涉及的日本现代作家有几十人，对过去日本人的中国观也有所反省；但是转述多而评论少，分析有时不免浅尝辄止，更重要的是，中国文化的修养和体验均不足，论说有些地方仍不脱“梦幻”之言（如将所谓“中华思想”的陈词滥调视为解释中国问题的灵药）。

2007年，一部中国学者撰写的这一类论题的书终于问世了。这一新著不仅涉及的作家、作品远远超过了川西政明的著述，而且从日本古代论述到20世纪末，是一部纵贯古今的专题文学史，从而填补了日本文学史研究、中日比较文学的一个空白。这就是王向远教授的《中国题材日本文学史》[①]。

这本书，是21世纪初中日比较文学的最新收获之一，也是有志于日本中国学研究的学者值得细读的好书。它以中国题材这一独特视角，以丰富的史

① 王向远：《中国题材日本文学史》，上海古籍出版社2007年版。

料、中肯的分析，全面而系统地描述了中国题材日本文学史的发展脉络，展现了日本人的中国形象、中国话语、中国观的镜像。这些镜像同时也折射出了日本“中国学”某些方面。而我们研究日本的“中国学”，同时也是在充实中国的“日本学”，这两门学问起码在现阶段不易截然分开。

一、一面汉学的镜子

王向远的这本书首先告诉我们，自古以来日本作家为什么以及是怎样讲他们的中国故事的。这些中国故事的内容和叙述方式本身，就说明了中国文化和中国典籍在日本的流播状况，说明了日本人接受中国的好恶感情和兴趣指向的流变，蕴含着丰富的日本汉学信息。

用书面文学来讲中国故事，几乎跟日本人讲日本自己的故事一样悠久，而且越讲越多彩。因为他们在讲自己故事的时候，时常把中国故事赋予引喻、古训、镜鉴的意义讲出来。这在“军记物语”中最为多见。例如，《平家物语》中就插入了韩湘等近三十个中国故事；《太平记》中插入了吴越之战等近二十个故事，如果加上从汉译佛典中抽出的一角仙人之类的汉化故事，那数目还要多一些；《源平盛衰记》里的中国故事数目也相当可观。在“说话集”当中，除《今昔物语集》《宇津保物语》《江谈抄》等书外，《古事谈》《续古事谈》等书中，中国题材的故事有的还单独成卷，列为一卷。可见当时的日本人，是以欣赏与本国故事不尽相同的态度，对这些故事另眼相看的。

《平家物语》在第二卷写康赖被流放到孤岛上，还乡心切，便想了一个办法，做了一千根板塔，署上和歌，放入海中，板塔竟然随顺他的心愿，漂流到京城，辗转到达他父亲入道相国手中，引起他的怜悯之心。在叙述了这个故事之后，作者插入了苏武的故事，而后议论说：“汉朝的苏武附书于雁翅以寄故乡，本朝的康赖则托海浪传达和歌于故里。在彼为一纸感怀，在此则两首和歌；在彼为古之盛事，再此则末世衰微；胡国与鬼界岛相隔，时代亦殊，然而风情却颇相似，这是很可珍重的。”[①]这说明那时的

① 周启明、申非译：《平家物语》，人民文学出版社1984年版，第99页。

人们认为，尽管中日之间殊多差异，然而人同心、事同理，日本人是可以亲近中国的仁人志士的。

狩野直喜在其《见于〈太平记〉里的中国故事》把《太平记》中穿插的中国故事分成了以下三种情况：首先是我们可以明确故事出处的，其次是找不到故事出处的，最后还有虽然可以找到出处，却多少有些不同的。① 这三种情况，在比较文学研究中都有意义，特别是第二种包括有些出自中国已经散佚的典籍，对于文献学研究来说，可以把这些故事作为发现佚文的线索，而第二、第三两种，都可以从两国故事的异同中分析审美情趣的差异。

例如，在《太平记》中的“吴越之战”的故事中，作者增添了这样的情节：越王被吴王所俘获，范蠡欲见不能，便扮成卖鱼人，将纸条塞入鱼肠之中，那纸条上写着“文王囚羑里，重耳走翟，皆以为霸王，莫死许敌”，以此来激励越王。“莫死许敌”是日本式汉文，意思是活下去，不要轻饶敌人。这个情节在迄今见到的中国典籍中都没有，可以看成几个中国情节的重新组合。又如其中写吴王得了淋病，很可能是日本趣味的流露。

这些中国故事都可以在古典的中国史籍或小说中找到影子，而日本作家做了些加工，让它变得更符合日本人的口味。有一种现象值得注意，那就是有些用日本人趣味改造过的情节或细节，后来却常常因为流传广而让人信以为真，甚至比原作流传更广。徐福终于抵达日本的传说，杨贵妃未死而远渡扶桑的故事，都出自日本人的想象，至今散在日本的几处徐福墓和杨贵妃墓，见证着这些传说深入人心的程度。

狩野直喜特别注意到这些故事与日本汉学的关系。他说，这些附带记述的故事，虽然让人觉得并不是非有不可，但也未必能认为就是作者为炫耀自己学识而写上去的。当时中国经籍一般是受到尊崇的，有的是在故事前头说汉土也有相类似的事情啦，有的是在故事当中说是有这样的事，不过汉土也有相似的事啦，有的是在故事最后说中国经籍里面也有这样的事儿啦，这样的说法，应该是让读者高兴的。“这其中就展现了当时作者理解的汉学的状况。”

---

①［日］狩野直喜：『支那學文藪』，みすず書房1973年版，第408—421頁。

事实正是这样，平安时代以来，这些中国故事的主要来源是中国的经史、诗文和志怪小说，从大的思想倾向上讲，反映的是汉唐时代的学问。这些是后来日本接受中国文化的基础，影响最为久远。镰仓、室町时代以后，宋明文史进入了日本人的故事，宋学的影响也日渐显著，直到江户时代将朱子学奉为官方哲学，劝善惩恶文学观也渗透到中国故事中。江户时代的《新语园》《百物语》以及读本小说，多是历代志怪和明清小说故事的改写，其中不少就打着劝善的旗号；而《蒙求》中出现的秦汉六朝的历史人物故事，则有着经久不衰的重写史，一面被做教化用，一面又被掺进许多供喜欢享乐的江户人消遣的佐料。那时候，要说中国故事，就得通点中国学问，所以说中国故事的至少要是半个儒者。

明治以来，汉学修养（不问深浅）不再是一切写作者的必备之物，而对中国题材情有独钟的作家，只要他是一个负责任的写作者，就必须在对某一个中国问题具备一定知识之后，才敢动笔言说中国。不论本人能否阅读中文文献（这样的人是较少一部分），能够给他们提供这样的知识的，就是被翻译成日语的中国典籍，以及日本中国学者撰写的研究著述，特别是那些为公众撰写而收入到“东洋文库”等文库和各类“新书”中的中国文史类书。

推开来说，这些作家和诗人对中国历史文化的兴趣，离不开日本中国学的熏陶和哺育。他们对中国历史文物的某个方面能够具有特别浓厚的情趣，都跟他们读过的有关中国的书有密切关系。宫城谷昌光说：“回首以往，扪心自问：如果没有接触甲骨文和金文，我能写中国历史小说吗？回答是：不能。”这些日本作家学者化的程度比较高，其中国题材文学作品与中国学关系深，也就不足为奇了。

这个问题也可以反过来看，也就是说，理解了近代日本中国学的学风演变和学术背景，理解了作家的中国学著述的阅读史以及与中国学学者的私交，对其作品的诞生原委会感到更加亲切自然，有些阅读中的疑团也会迎刃而解。

二、两根交叉的葛藤

“文艺中国”与日本中国学是两条交叉的葛藤。

它们的交叉首先表现在作家身上。他们中的佼佼者，既是日本文学史上的代表作家，同时也是中国文学研究家。这里包括以下几种情况：

第一种是两栖作家。那就是有些作家本身既创作了以中国为题材的小说、诗歌、戏剧，又是研究中国文学的专家。幸田露伴、田冈岭云、武田泰淳、高桥和巳、中野美代子、秋吉久纪夫等就属于这一类。他们中的有些人由于出色的作品或业绩，本人也成为日本中国学的研究对象。

第二种是“纪行”作家和随笔作家。这些作家和中国学研究家撰写的中国游记、探访记富有文采，不但具有学术价值，而且具有一定的文学性。

日本“纪行文学”的传统可以追溯到平安时代初期纪贯之《土佐日记》，以后僧侣文士，游走行吟，或日记见闻，或吟和歌、俳句以写旅情。日本的旅游者不少喜欢把行走时的新鲜感悟随手写在纸片上，带回去编写成书。明治维新以后，日本学者结束了隔海遥想中国的时代，亲自踏上了中国土地，验证从古老文献中获得的古国印象。汉学者竹添光鸿写的《栈云峡雨日记》《栈云峡雨诗草》等开其端绪，以后此类作品便层出不穷。

“纪行文学”的传统延续到现代，便是年年有人写中国，年年中国不同风。日本人好旅游，到中国最近便，于是从边寨异俗到乡村厕所，从“文革”到天安门诗抄，都有日本人写，而且还都有专书。而追究这些人的学问背景，很多人都有阅读中国学“小本本”的深刻记忆。金子兜太、藤木俱子、是三位当代俳人，他们在中国旅游时写了大量俳句。查一下他们的阅读史，就有吉川幸次郎关于中国文化的杂著，以及近代以来蓬勃兴盛的日本敦煌学新书。可以说，日本的敦煌学者、日本的新闻界，把成千上万的日本游客引到了莫高窟，也为书架上增添了数以百计的敦煌诗篇。

随笔是江户时代文士得意的文体。今天也有些中国学学者长于以学术随笔来表述自己的研究成果。幸田露伴对中国戏曲小说研究的开拓，大量反映在他的随笔中；奥野信太郎的《北京随笔》等随笔，比他的任何研究论文都有名；评论家花田清辉的《随笔三国志》里面，像“右倾机会主义”“左倾冒险主义”“乐天派”这样的现代语汇俯拾皆是；井波律子每年几乎都有几本专题随笔问世。这些关于中国历史文化的学术随笔，既是他们学术成果的一部分，也有相当的可读性，纳入“中国题材日本文学史”也理所当然。

第三种是“现场派”学者。本人是专注于学术研究的学者，其著述有很高学术价值，且在当时也不失为文艺，又因恰恰曾亲历课题现场，文笔又精到，从一个外国学者的视角描述中国的某个侧面，故而至今为人称道，拥有不少读者。例如，青木正儿那些谈茶论酒之作，固然可以作为消闲好书，就是《中华名物考》《江南春》这样带有杂考性质的书，也堪称美文，足可赏玩。

近代日本中国学的文献史考，在吸取中国乾嘉学派严谨的考据功夫之外，也融合了欧美的合理主义和自由主义。他们排斥空论，重视实证，注重实地考察。这种学风延续下来，学者养成了手勤腿勤的习惯，不论研究历史还是文学，总喜欢到文献中提到的地方去走一走，并留下详细记录。明治时代美术家冈仓天心考察中国美术，边走边画边记，漫游大江南北、长城内外，游记虽然简略，但他的东洋文化论却影响深远。河口慧海的《西藏旅行记》、桑原骘藏的《考史游记》、常盘大定的《中国佛教史迹踏查记》等，既是各领域的学术名著，又在不同程度上具有某种可读性。常盘大定在陕西交城黄山寻访到中国净土教开山祖师昙鸾大师遗址——玄中寺，并向中外宣传。这不仅是佛教研究史上值得一书的业绩，也是视野宏阔的中日文化交流史上的美谈。

鸟居龙藏对英国自然人类学（形质人类学）和法国文化人类学（民族学）兼收并蓄，在野外调查方面，融合以人类自然史研究为中心的人类学和重点置于文化史研究的民族学方法，从史前时代到现代自然民族，普遍探讨人类历史。他穿越云贵高原，深入瑶家苗寨，留下了珍贵记录，今编为《行走在中国少数民族地区》一书。日本那些从中国少数民族文化中为日本文化寻源的学者，几乎没有不受到这本书影响的。

这些学者当年的研究，多服务于日本的大陆政策，其作品中亚细亚主义影响和分裂的中国观也十分明显。今天，河口慧海和鸟居龙藏走过的少数民族地区，已经发生了翻天覆地的变化，常盘大定描绘的荒芜寺庙或列为国家重点保护文物，或开发为旅游景点，而桑原骘藏笔下写到的泰山上成群的乞丐、黄河边横行的盗贼，也早已销声匿迹。然而他们的著述作为学术研究的对象仍有价值。研究近代中国民族史、地理学、民俗学的学者，可以从中发现某些活生生的材料；书中那些往日风情的描述，宛在目前，随着岁月的流逝，反而越发珍贵，对于研究中国题材的日本文学史这一课题，或许也会有所启示。

以上三种情况，作者既可入“儒林传”，又可入“文苑传”。更多的情况是本人不是中国研究家，由于受到中国研究家著述的影响，而走上创作中国题材作品的道路。有些中国历史题材的名作的背后，就是一部中国学名著的故事。

井上靖早就注意到安藤更生有关鉴真的研究的一系列著作，包括《鉴真大和尚传研究》《鉴真》《鉴真和尚》等。所以当安藤劝说他作为小说家也来写一部《鉴真传》的时候，便跃跃欲试起来。井上靖同样是在读了那珂通世《成吉思汗实录》以后，才产生出将蒙古族发展强盛的过程写成小说的。他对那珂通世的研究业绩深为感佩。当年那珂通世通过内藤湖南从文廷式那里得到蒙古文《元朝秘史》抄本影印件后，遍查中西文献，详加注释，历经三年，完成了日译兼注释，即1907年刊行的《成吉思汗实录》。这本书不仅是日本的史学名著，而且在世界元史研究中也占有一席之地。内藤湖南将那氏与《元史译文证补》著者洪钧、《新元史》著者柯劭忞并称为“东洋蒙古史研究三大家”。可以说，如果没有那珂通世的《成吉思汗实录》，也就没有井上靖的《苍狼》。

陈舜臣作为华裔作家列入中国学学者是当之无愧的。不仅他的很多作品显示了独特的“史识”，有对中国历史文化的独到理解，而且其中国游记对各地名胜典故如数家珍。他撰写的一系列中日比较文学、比较文化的随笔集，在平和的述说中显露出敏锐犀利的目光，读来亲切而深刻。因此。数十年来，他拥有极为广大的读者群。在他身上，可以说，两根葛藤不只是交叉，而是同为一体，只不过中国学一面是隐，“文艺中国”一面是显而已。

三、一条共有的根系

田冈岭云在他的自传《数奇传》中说："游中国，见其山之容，河之姿，其野色、其树影、其村落、其人家、其塔、其桥、其舟、其帆等，尝读诗句，如悬挂的画卷，展现在眼前，多么让人怀念。那心情，就像是在他乡邂逅我出生前离家的叔叔一样。"①这些话虽然写在20世纪初，但很好地表达了一个熟悉古代中国文化的日本作家和学者来到大陆的乡愁。

不论是日本"文艺中国"，还是日本中国学，都是一千多年的中日文化交流史的延展和承续。尽管明治以来总有些人想将不平等的文化关系延续至永远，20世纪末不时有不和谐的杂音骤起，右翼文人将中国"妖魔化"也花样翻新，然而，归根结底，两国人民需要相互认识，相互理解，这是历史的需要，因而善良的人们构建"友邻型"文化关系的努力，也始终不曾间断。对日本"文艺中国"的研究和中国学的研究，正是在这样共同的背景下获得发展机遇的。

这两项研究，一偏重于文艺学，一偏重于学术史，研究对象虽不尽相同，但两个对象实是一条根上的果实。研究它们，都需要对日本近代以来的文化史、思想史有足够的理解，而这两项研究，无疑都会丰富我国的日本学研究成果。

对于我们来说，首先要看清楚的是，日本作家写中国，学者论中国有着共同的目标指向，那就是日本如何认识中国，如何与大陆中国相处。

平成天皇在谈到自己在皇太子时代爱读的书籍时，曾特别举出史学家鸟山喜一写的《中国小史　黄河之水》。这本书本是鸟山为少年撰写的普及读物，自1926年初版以来，再版数十次，作者不断修改，以应认识中国之需。在新中国成立以后，作者将重新认识中国与日本民族的自我反省结合起来，指出日本战败是民族反省的好时候，明确地说："日本人看中国、想中国的路数必须根本改变。中国是邻国，而且是以往就有很深交往的民族。时代改变，关系不能不变化，这个时候正是我们必须通过历史好好考

①［日］西田勝編：『田岡嶺雲全集』第五卷，法政大学出版局1969年版，第676頁。

虑我们邻人的时候。历史不是仅仅告诉我们过去的事情，而且通过过去展示着现在的关系。历史应该这样来解读。”①我们在那一时期的许多中国题材的作品中都可以读出这样的认识来。武田泰淳的《风媒花》、海音寺潮五郎的《蒙古来了》、司马辽太郎的《项羽与刘邦》等作品，都渗透着这种意识。同样，90年代以后日本社会的右转，首先在文坛上有冷风吹来，而后在学界也泛起涟漪。东海西岸大国的巨变，像起伏的大潮，牵引着日本作家、学者的眼神，给他们送去新的困惑、迷惘和灵感。

作家写中国，学者论中国，还有共同的焦点，那就是日本文化的源流和中日文化关系。

日本文化的根在哪里？日本文明是不是中国文明的卫星文明？中日文化是“同母文化”，还是“异母文化”？对过去中日文化交流应该怎样评价？这些问题看起来是学者的事，但实际上却牵动着日本公众的神经，成为社会上民族主义思潮涨落的晴雨表。可以说，作家若没有对这一问题的浓厚兴趣，就不会拿起笔来创作中国历史题材的作品。

这种探索日本文化源头的愿望，让中国文化为日本文化所用的意识，在那些游记作品中表现更为直接。桑原骘藏对中国历史文化的批判态度是很有名的，但他的批判和肯定往往不能和对日本国内事务的态度分开。在西安文庙，他联想到文天祥在乡贤祠立下的誓言：“设不俎豆其间，非夫也”，便写道：“因思我国亦当移以此风，市、町、村建立乡贤祠，凡出身其地之人，举殉于军国、献身国家、有德行者、有学识者而祀之，于国民精神修养之效果，盖非鲜也。”②主张在日本也效仿中国的乡贤祠，利用本乡本土贤人事迹感化激励民众精神。

更近的例子是宫城谷昌光。他曾说：“我写中国古代为舞台的小说，非要向现代的日本读者炫耀自己得到的知识，而是有一个强烈的念头，想弄明白日本究竟是什么，所以才写。”正像我国作家和学者讲的《论语》，说的《三国》，不能离开当前的文化需要和氛围孤立解读一样，日本的中国题材文学如果离开了今天日本人的喜怒哀乐，便难以读通。

---

①［日］鳥居龍藏：『中國小史　黃河の水』（改訂版），角川書店1976年版，第198頁。

②［日］桑原騭藏：『支那遊記』，弘文堂書房1942年版，第29頁。

再次，我们还要看清楚的是，日本作家写中国，学者论中国，有一个共同的落脚点，那就是日本新文化的创造。

日本战后文学的最大变化，是作家对日本社会和其中生存的日本人的精神世界的深切关照，那些纯属个人的“私小说”之类的“私文学”则难以广受青睐。中国题材的文学，不论是古代还是现代，都要既有异国情调，而又要有如道自家之事的亲近感，才能赢得读者。陈舜臣正是因为感到当代日本文化中缺少侠义精神，所以才把“发掘被埋没的侠义之心”，当作自己“毕生的工作”，正是因为深感日本社会对中国近代史的隔膜和误解，才立下了“一边思考中国的近代史，一边将中国近代史写成小说”的雄心；宫城谷昌光的作品中总有具备仁德的理想人物，也是因为他以为“仁德”多少可以抚慰日本青年无梦的心。

日本作家的中国题材文学，在日本文学史上是光彩绚丽的一页。因表现异国风情、他者人情的需要，常常会带来本土艺术形式的创新，这是一个普遍现象。而中日共享的汉字文化遗产，为这种创造供给了多彩的资源。像以精美的山水画为背景印制的唐诗书法、歌舞伎和文乐演出的新编《三国志》、动漫《孟子》和女性饰演唐僧的电视连续剧《西游记》等，为现代日本人某一群体喜闻乐见，正是因为它们为现代日本大众文化增添了新色彩、新感觉和新形式。日本中国学既以中国为研究对象，也以日本人的中国观为研究对象，于是，这些新色彩、新感觉、新形式，也就自然成为日本中国学的题中之义。

王向远的《中国题材日本文学史》中的“中国题材”，把想象性的虚构文学、纯文学，以及有文学价值的非纯文学——写实性、纪实性的游记，乃至一部分报道、评论杂文等，一并收入囊中，同时又在中国题材日本文学史的研究中体现出中日双边文学交流史研究的价值，注目于中国文化在日本的传播与接受，以此为基础展开比较文学与比较文化研究。而日本中国学研究最有力的两大支柱，一个是考据，另一个正是比较研究。这样的视野和方法，首先对于我们的日本文学研究，提供了巨大的可能性；同时研究日本学术史的人，也可以从本书对作家冷峻而暗含激情的独到阐释中，更具体全面地眺望日本中国学的背景、舞台和纵深影响。

第五节　日中比较文学中的中国文学传播接受研究

所谓日中比较文学，是指日本学者以日本文学为出发点、以日中两国文学为对象的比较文学研究。这自然属于日本学术的范畴。它与中国学者以中国文学为出发点的、研究对象相同的中日比较文学相比，由于立场、出发点、视角、方法的差异，因而产生不同的结论，也并不足为怪。然而，通过两者的沟通和交流，却可以使双方的研究从中获益。

日中文学的比较研究发展为比较文学界成绩卓著的部门。日本文学史上的许多作品，是日中两国文学因子的结晶，反映了两国文学的特性和面貌，因而比较研究的成果不仅有益于日本文学研究的深入，有些也使我们的中国文学研究获得了新视野。

一、探索日本文学中的中国文学影响

1948年日本比较文学学会成立，《比较文学研究》《日本比较文学会报》《比较文学》等杂志虽以日本与西方文学的比较研究为主，但也发表了不少有关日中比较文学方面的论文。日本文学与中国文学研究者辛勤垦拓、精心撰写的一批论著，更把研究逐年推向新境。随着比较文学理论在日本学术界立稳脚跟，研究中国文学与日本文学的人都从中有所汲取。

总的来说，日本的比较文学研究中法国学派的影响更大，但美国学派的平行研究也越来越为学者所重视。《中国文学的比较研究》（汲古书院1986年版）的编者古田敬一充分注意到比较文学在80年代中国的发展和中国学者的看法，主张折中法国学派和美国学派，树立扬弃两者的第三种方法论，他说："与思想研究的情形一样，在东方，中国的文学理论必须担负它的职责。之所以这样说，是因为中国的思考法，从来是以综合性为其特征的。"

幸田露伴、青木正儿、盐谷温、吉川幸次郎等都曾撰文探讨古代日中文学因缘。水野平次的《白乐天与日本文学》（大学堂书店1982年版）、金子彦二郎的《平安时代文学与白氏文集——句题和歌、千载佳句研究篇》（培风馆1943年版；增补版1961年版）和《平安时代文学与白氏文集——道真文学研究篇》（讲谈社1948年版，第一册；艺林社1978年版，第二册）、石崎又造《近世日本的中国俗语文学史》（清水弘文堂1967年版）、远藤实夫的《长恨歌研究》等都有较大影响。

第二次世界大战之后，这一类著述层出不穷。小岛宪之的《上代日本文学与中国文学》、神田喜一郎的《日本的中国文学》、中西进的《万叶集的比较文学研究》、增田欣的《太平记的比较文学研究》、久松潜一的《歌论与日本诗论》、神田秀夫的《日本文学与中国文学》（古代）、麻生矶次《江户文学与中国文学——近世文学的中国原据与读本的研究》（1946年版；1955年改名《江户文学与中国文学》，由三省堂出版）、诹访春雄与日野龙夫等编的《江户文学与中国》、广田二郎的《芭蕉与杜甫——影响的展开与体系》、大林太良的《日本神话的比较研究》、伊藤清司的《日本神话与中国神话》等等。这些都是探讨中国文学在国外命运的学者不可不读之书。

1987年，长春成立了中日比较文学研究会，与日本学者积极开展学术交流，全国各地的日本研究机构、学术团体及学者对此表示甚感兴趣。这一切都在为中日两国学者共同深入研究创造条件。然而，要想真正实现卓有成效的长期交流合作，还有待于两国学者的努力。

二、日本文学中保留的中国文学及与中国文学相关文献的研究

《经国集》卷十收有淡海三船《赠南山智上人》诗一首：

独居穷巷侧，知己在幽山。
得意千年桂，同香四海兰。
野人披薜衲，朝隐忘衣冠。

副思何处所，远在白云端。[①]

小岛宪之认为，此诗是淡海三船在到唐之后赠送给天台山智者大师的诗，并推断说，可能是日本宝龟八年（777年）随遣唐使入唐的僧永忠把此诗传到中国。藏中进也认为，这首诗是赠送给智者大师智颉的。赞同此说的还有历史学者佐伯有清。后藤昭雄《关于淡海三船〈赠南山智上人〉诗》却对此说提出质疑，理由是作者三船，智颉两人不仅有日本—中国这样空间的悬隔，而且时间相差一百多年，作者如何将诗“赠”与对方？后藤昭雄在逐句解析了诗意之后，还指出，在作者同时代的《怀风藻》中已有“凤盖停南岳”（纪男人《扈从吉野宫》）这样将日本的吉野山称为“南岳”的用例，三船诗中的“南山”当指日本的吉野山而非唐代的天台山。这首诗应该从传入中国的日本诗作中删除。[②]

《唐物语》据推定是12世纪成书、取材于中国古典而为上流妇女编写的中国故事教养书，该书将《白氏文集》《史记》《蒙求》《汉书》等里面的杨贵妃、王昭君、西王母等故事翻译、改写，计收入27个故事，并以典雅的假名文字配以和歌。与此相类、相关的作品，还有《蒙求和歌》《百咏和歌》《汉故事和歌集》等。池田利夫著《日中比较文学的基础研究——翻译故事及其典据》（补订版）[③]对学界尚少关注的这一作品群首次进行系统整理。从研究的整体来说，所谓“出典论”研究占据重要地位。

仁平道明所著《和汉比较文学论考》[④]收入论文十六篇，附录两篇，有中文译文，一篇是陈明姿译的《伊势物语与中国文学》，一篇是林永福译的《光源氏物语之成立》。两位译者分别为台湾大学与台湾辅仁大学教授。书中探讨奈良平安时代的和歌与物语文学与中国文学的关系，如《伊势物语》第一段与唐代传奇、《伊势物语》第二十三段与李白《长干行》、《源氏物语》与《后汉书·清河孝王庆传》、《篁物语》结婚谈与《孔子家

① 周斌、李修余主编：《日本汉诗文总集》第一辑，四川大学出版社2015年版，第79页。

②『続日本紀研究』第321號，1999年，第38—46頁。

③［日］池田利夫：『日中比較文学の基礎研究——翻訳説話とその典拠』（補訂版），笠間書院1988年版。

④［日］仁平道明：『和漢比較文学論考』，武藏野書院1991年版。

语》、《大镜・道长传》与《晋书・谢玄传》、《江谈抄》的“虚言”——源于中国文学的说话的形成，皆以小见大，以和见汉。

在以往的日本思想研究中，以津田左右吉为首的论说，都认为儒教并没有真正影响日本思想，试图将儒教从日本的社会生活中剥离出去。田中德定的《孝思想的接受与古代中世文学》通过以安居院为中心的中世唱导资料里的表白、愿文的探讨，考察了中世日本人的信仰与思想。他认为，在追善亡亲供养法会里的表白和愿文的内容、表达当中，穿插了很多儒教经典的章句和出自《孝子传》的典故，由此确认，在追善亡亲法会的思想基础中，存在儒教的孝道思想。而祖先祭祀这一儒教所具有的宗教性，为古代日本的祖先祭祀观所接受，浸透于日本人的信仰生活之中。奈良时代以后，祖先祭祀仪式由佛教徒来执掌，儒教的孝思想，被顺畅地纳入佛教仪式之中，作为追善供养法会的基础而接受下来。在这样的背景下，8世纪日本知识阶层中间，受到古代中国六朝思想的影响，儒佛一体的思想广泛流传。①本书在论述中，多次引述加地伸行《沉默的宗教——儒教》《何谓儒教》中有关儒教与祖先祭祀的论述。

三、中日文学关系史研究

由后藤昭雄、东野治之、三木雅博、山崎诚、黑田彰五人组成的“幼学会”，自1997年4月开始轮读阳明文库本和船桥本两种《孝子传》。黑田彰多次到陕西历史博物馆等处考察中国有关孝子的雕刻和出土文物。2001年出版的《孝子传的研究》，包括《孝子传》的研究、《孝子传图》的研究、《孝子传》与《二十四孝》三部分，他在《序　〈孝子传〉研究的方法——从比较文学到学际学》中指出：

> 《孝子传》首先是文本，始于不能不有赖于据搜集到的佚文加以复原的《古孝子传》的文献学，就是研究的基础。关于它的形成和内

①［日］田中德定：『孝思想の受容と古代中世文学』，新典社2008年版，第24—26頁。

> 容，以中国历史为中心的东洋史学的知识是基础的基础。可以管窥它们的，就是如中国、美国保存的很多东汉以来的图像资料。《孝子传图》《二十四孝图》，有的是图像上加了榜题，就形成了补充文本《孝子传》的重要资料群。而且要搞清楚它们，就需要考古学、美术史的助益。同时，《孝子传》因为是源于孝道思想的文学，当然就与中国哲学有很深的关系，进而孝道思想被吸收到律令里浸透于社会，所以对于包括家族法在内的法制史的理解也就不可或缺了。或者，要探讨散见于文本的孝子们异样行为的话，心理学（精神分析）也可以发挥很大作用，工作始于比较的文学史研究，而为了深化这种研究，必要的方法，就是跨学科的研究。①

2005年黑田彰出版了《孝子传注解》，2007年他又出版了《孝子传图的研究》。幼学会编译的海外幼学研究丛刊，刊行了由黑田彰子、坪井直子、中村直美翻译的白谦慎的《黄易及其友人的知识遗产——对〈重塑中国往昔〉有关问题的反思》、黑田彰翻译的南恺时（Keith N. Knapp）所作《无私的孝子——中国中世的孝子与社会秩序》。

第六节　中日新型学术文化的构建

我们在文化交流的路上行走，会看到无限美丽的风景。鲁迅先生有句名言："希望是本无所谓有，无所谓无的。这正如地上的路；其实地上本没有路，走的人多了，也便成了路。"中日邦交正常化几年之后，就赶上了中国的改革开放，这两个历史节点就高度重合了，中日学术交流也从小路走成了大路，又从大路走成了高速公路。在我们盘点社会经济发展成果时，也不该忘记那些在精神家园里"修桥""铺路""造高铁"的文化交流工作者。

---

①［日］黑田彰：『孝子伝の研究』，思文閣2001年版，第2頁。

一、拒绝狭隘的文化心理

狭隘的文化心理，是指对他人文化过度嫌恶、漠视、抵触、抗拒和排斥的心理。在对待本土文化上，表现为对非本地域、民族、文化体系的斥拒，而对本土文化持虚无主义态度，实质上也是一种狭隘，因为它亦是“见人不见己”的偏狭心理。不论是过去的欧洲中心主义，还是当今的美国中心主义，还是别的什么中心主义，都是一种狭隘文化心理的产物。在某些国家或地区一个时期时隐时现的“以洋为尊”“唯洋是瞻”的思潮，虽然各有其形成背景、历史作用和民族特色，但说到底，不过是这种“西式狭隘”的部分复制而已。

中国文化包容的品格，中国学人的胸怀和气度，是在数千年民族文化交流与融合历史中造就的。在多民族融合与共存的漫长历史中，中华文化融合了各种民族共同生活的智慧。中华文化对周边国家的辐射力和影响力，并不是通过武力征伐实现的。各国在吸收汉字的同时，也迈出了汉文化再创造的脚步，并使汉文化成为自身文化肌体中不可分割的一部分。柔韧丰灵的中国文化传播到域外之后，就地生根、借枝著花，显示出极大的适应、再生、再创造能力。现在，这些来自域外的文化遗产，又正在成为中国学术反观本体、重建文化记忆的宝贵资源。凝聚各国各民族创造力的汉文化，只有在知同、明异、互读、共赏的过程中，才能更多地为新文化的创造提供历史借鉴。

丝绸之路不仅是物的交流之路，也是人的交往之路，更是文化的互动之路。中国历史上，涌现出许多有志于文化交流的仁人志士。如六度远涉沧波，备尝艰辛，双目失明，终于到达日本完成传戒弘法使命的鉴真；孤身前行，过大漠雪山、城堡森林、九死一生，终抵心中圣地的玄奘。作为丝绸之路上的文化巨人，他们均以纯挚严正的言行泽被中外，垂范后人。以追求本真、本源为特征的玄奘精神和以追求信仰、文化共享为特征的鉴真精神，是中国文化拿来和奉献并行不悖的象征。

一手拿来，一手奉献，是源远流长的中国文化复兴的法宝。“大道之行也，天下为公”，各国文化、学术需要在交往中求通，在交锋中求进，在交融中互补，在交流中出彩。在文化互读中磨砺与世界对话的智慧，需要官方、民间、媒体和学界共同努力。如果把关于本土文化的研究称为“内学”，视为中国学术的“内篇”的话，那么关于域外文化的研究的“外学”，就可以视作中国学术的“外篇”。不管内篇还是外篇，都代表中华文化的水准，其成果也都是对世界学术文化的贡献。

国际日本文化研究中心

历史上的丝绸之路传播了中国制造，也使中国人文精神获得了流布的机缘；今天中国人在与世界做生意，也在和世界通文化。通过向世界学习和与世界的对话，中国文化将获得前所未有的视野与创新资源。与历代学人相比，今天的中国学人不仅可以利用传统学术的积淀，也有可能将更多外来的文化资源收入囊中，并将学术成果贡献给更广大的公众。兼备国际境界与中国风骨的中国学术，较之自说自话的研究更具有未来性，也更可能真正为世界所共享。就像网络是今日学术必须直面的问题一样，国际性亦是今日学术必须面对的问题。西方学术具有强势的影响力，但在各种文化得到健康发展的环境下，国际性就不再等同于西方化了。在越来越多的国家与我们命运相关的时候，超越“先进”与“落后”、西方与东方这种二元对立思维，对各大文化圈的国别文化分别展开深度研究，就成为学界责无旁贷的使命，而公众也早已不再满足对各种文化的碎片化、标签化、浅表化的认知，希望尽快分享说得透、听得懂、用得上的最新研究成果。

马克思在《政治经济学批判（1857—1858年手稿）》中曾深刻论述了人的依赖关系的局限性，以商品货币关系为纽带联系的全球化趋势，即人的普遍联系，需要的多样性，即“普遍的社会物质交换、全面的关系、多方面的需要以及全面的能力的体系”，并论述了在此基础上的独立性的问题。狭隘文化心理与国际性、全球性的现实与经济趋势不相适应，两不相容。这种心理，在不同场合表现各异：或对别种文化漠视与抵触，或对其做初浅模仿、盲目照搬，或对其采取居高临下的态度，或对其做过低评价，或不敢正视不同文化间的冲突，或面临交流窘境时冲动与浮躁、急躁与焦躁，或对异说歧见做出过激反应，等等。这种心理，不仅在国门初开时不“缺货”，而且在交流遇到挫折、其效未显，对对方文化知解度不见提升，而文化交锋却日渐加剧的时候，极其容易滋长，就是在文化复兴、蓬勃向上的时候，也会找人附身。所谓狭隘文化心理，在特定历史时期，或许还会有正面作用，但在今天，如果超过了一个“度”，就不仅不适应各民族文化互通互鉴的需要，也会拉中国文化走向世界的后腿。

借用《文心雕龙》的话说，世界各民族多彩的文化正“殊声而合响，异翮而同飞”。文化交流是永恒的事业。不同文化之间，最需要的是平等的对话和足够的耐心。在双方均持狭隘文化心理的人们之间，沟通是难有成效的；“以狭隘对狭隘”，只能掘深鸿沟。文化交流虽然对加深理解、化解矛盾、缓解冲突、推进双方创新有推动作用，却非短时奏效之功，对陌生文化的深度认知，更需铢积寸累，薪火相传。

同时，狭隘文化心理往往和本土文化与其他民族文化的沟通本领欠缺有关。对本民族文化与他民族文化保持旺盛的好奇心和求知欲，是克服狭隘文化心理的最好办法。学会怎样与世界通文化，学会用中国话语向世界发声，也要学会用国际话语讲中国故事，这意味着须在做强本土文化与读懂他乡文化两方面着力。

拒绝狭隘文化心理，就是要清醒且理性地看待现阶段文化实力对比，有效处理文化间的矛盾。在民间交往中，讲究对话艺术，切忌以己度人，强加于人；在汉语教育、讲说中国故事的时候，学会用对方听得进去的表述展开互动；在展开学术交流时，力争做到听得进、讲得准、入得心。展开共同研究，较之“培训老外”或会取得更佳效果。在高等教育中，探索培养精通“内篇”“外篇”兼通人才的途径，外语教育不仅关注“瘦身”，更要倾力文化“健身”，造就更多熟悉多元文化、各门专业的翻译工作者。“知同、明异、互读、共赏”，将会使中外民间交往更加活跃，学术交流更快走出各说各话的阶段，在更大范围内找到中国文化的知音。

今天，我们站在历史的弯道上，有许多共同问题需要一起来思考与面对。珍视东亚共同的学术资源和学术遗产，开展更为广泛的学术交流和协作，共同构建新型的东亚人文学术，不仅有利于各自的学术发展，而且对于东亚和平与未来都显示出越来越不可忽视的重要性。我们的大学正担负着培养懂得对方文化而具有深度交流能力的各类人才的艰巨任务。

二、中日人文教育的共同课题

如何在吸收外来优秀文化与继承本土文化传统之间寻求平衡，如何更好地理解不同文化而又让外部更好地理解本国文化，是这四十年间中日两国学者不变的“兴奋点”和学术课题，20世纪70年代以来的教育国际化和学术研究的国际化正是这种恒常现象的现实反映。

同时，东亚的学术传统也在这一时期发生了积极的转化。自古以来，东亚学术的文学、史学、哲学，较之西方学术，具有更为明显的相互融通、相互介入与交叉、相互引领、相互助推的倾向，而且它们均与东亚特有的人文传统紧密相关。在学科越分越细、专业化越来越强的情况下，寻求学科之间的沟通的所谓“跨学科（学际）”研究的努力一直没有退场。在大学教育方面，理工科大学开设人文课程，设立人文院系，也是20世纪以来极为普遍的现象。

21世纪以来，中国学界和教育界对日本研究提出了新的要求，中国文史研究者提出了“周边看中国”的课题，而日本是中国周边最重要的“文化邻国”之一；外国文化研究者则提出了“深度解读日本文化”的课题。今天的中国青年对日本文化十分关注。每年都有一批解读日本文化的新书出版，作者和译者是中国各地以及在旅日的老专家和学界新锐，他们几乎都有在日本学习和研究的经历。中国学人正在努力用我们的眼睛把日本文化看清楚，用我们的话把日本的事情说清楚。不是玩弄辞藻，而是进行实实在在的考察和探讨，特别是对尚未搞清楚的问题，下大力气搞清楚，同时还要将书写得让人爱读。我们希望通过这样的工作，让更多的人认识日本文化的多样性，对中日文化交流关心起来。

同样，日本民众、青年和学人也希望理解真实的巨变的中国以及多样的中国文化。由于历史传统和教育传统的原因，与其他国家相比，中日在科学与人文教育并重方面，共同性的问题可能更多些，很容易找到相同或形近的话题。尽管两国有许多人一直在做坚持不懈的努力，遗憾的是，迄今两国之间平等对话与交流的平台和时机还不够多。

三、丝路、书路、心路

东亚各国在长期的文化发展中，积累了丰富的人文教育资源和共同性很强的学术遗产。这些可以共享的文化宝藏，有些还只是被少数研究者偶然翻动。从世界文化发展的观点来看，可以说很少有两种文化经历了如此悠久、如此规模巨大又如此复杂多变的交流进程。丝绸之路（シルクロード）、书籍之路（ブックロード）和心灵之路（ハートロード）是中日文化关系中的三个关键词。

有日本学者认为，正仓院是丝绸之路东线的终点。今天，日本或许已不再是终点，但始终是丝绸之路东线的“文化大站”或“文化重镇”。中国文化和日本文化都是开放性很强的文化。回顾丝绸之路的历史，两国文化的共同性十分醒目。在对外文化方面，都具有很强的包容性和柔软变通的消化吸收转化能力。正是由于这种开放性、包容性，两国积极吸取了欧美文化；同样，也相互吸取了对方的长处。

中国学者王勇把从遣唐使以来开始的中日两国书籍的交流，称为“书籍之路”。古代通过书籍之路传到日本的中国书籍汗牛充栋，而19世纪以来到今天，传到中国的日本书籍也是数不胜数。中日两国之间书籍交流的高峰，一个是8世纪，一个是20世纪。

从8世纪到19世纪的书籍之路，主流一直是自西向东的传播。通过这条书籍之路，中国文化的种子在日本生根开花，同时也极大地扩展了自身的生存空间。日本学人开始携回来的书籍，不是印本，而是一笔一画抄写成的写本。那时的“书籍之路”，其实就是“写本之路”。而这些写本，保存了很多中国本土散佚的文史资料。中国学者正在从事“日本汉文古写本整理与研究”这一重大课题的研究，京都大学文学部也在进行同一课题的研究。两方各有优势，今后展开有效的合作，是足可期待的。

文化交流最大意义不在保存，而在于创造新的文化。这条书籍之路，就总体来说，就其最鲜明的特征来说，也可以说是汉字之路。它的悠久历史说明了什么？告诉我们什么？它不是告诉我们中日两国都具有重视汉字传播的精神文化的传统吗？假如古代日本没有这样的传统，中国文化也不会给日本文化带来那么大的影响；同样，假如中国文化没有这样的传统，那么近现代的日本文化也不会给中国人带来那么多新东西。我们难道不应该给这条汉字之路很高的评价吗？

文化交流归根结底是要扩大人与人心灵的交流，心灵之路的交流，如同荒原植树、沙漠育苗，开花结果需要时间和耐心，然而在尊重彼此的价值观、民族性、生活习惯的前提下，以共同繁荣为目标不断努力，就有可能缩短心灵的距离。心灵之路的铺设需要全社会的力量，而教育担负着特别重大的责任。

四、培养肩负文化交流使命的各类人才

互联网时代大大改善了原本因地理距离与技术局限造成的信息分割和学科壁垒，却不可能消除交流的全部障碍。人员流动的便利大大有利于隔阂的破解和误解的消除，但仍然不能使平等的对话自然而然变得一切通畅。人与人、面对面的直率交换看法，依然是不可或缺的交流方式。这要求交流者的能力更为全面，更为多样，更为强大，更富有应对现代科技手段的创造性。大学不仅应该把培养跨国文化交流者提上日程，而且需要加强相互的合作，不断交换适应日新月异的需要的经验。

谈到教育对文化交流人才的培养，我们自然会想起两位“好校长”。一位是孔子。中国儒家是很看重“文德”的。孔子说过：“故远人不服，则修文德以来之。”所谓“修文德”，可以理解为文化自我完善、自我更新，即通过文化自我完善，来增强对“他者”的吸引力、感召力和影响力，而不是一味诉诸武力。孔子注重教育学生怎样做人。他说：“知者乐水，仁者乐山；知者动，仁者静；知者乐，仁者寿。”“智水仁山”四个字反复出现在日本奈良时代的《怀风藻》《万叶集》这两本书里，可见它早已

打动了那时的日本学人。孔子培养的人，就是有“文德”的人，也就是具有人文精神的人。

另一位是空海。空海创办了一所名为“综艺种智院”的学校。他为这所学校撰写的办学宣言《综艺种智院式并序》和教师招聘简章《招师章》，就收在弟子真济为他编撰的文集《性灵集》当中。他描述自己在唐时看到大陆城乡教育繁荣的景象，是“坊坊置闾塾，普教童蒙；县县开乡学，广导青衿”，感慨日本的贫贱子弟却没有受教育的机会，便决心筹办一所“普济童蒙”的学校。空海把办学视为“益国之胜计，利人之宝洲”。空海明确要求学生在学校里学习“立身之要，治国之道”，因为他认为“九流六艺，济代之舟梁；十藏五明，利人之惟宝”，内典外典，都不可偏废。空海要求教师，“莫看贵贱，随宜指授”，要“心住慈悲，思存忠孝。不论贵贱，不看贫富”，对学生要“不辞劳倦”。在其教育章程中，有与孔子有教无类、因材施教、诲人不倦等教育思想十分相近的表述。[①]他要把从中国带回来的诸种技艺、智慧种子播种在童蒙的心田里，让它们在日本也生根开花，“综艺种智”的校名，或许寄托的就是这种热望。他希望培养的人才，也是有人文精神的人，站在文化交流最前沿的人。

继承孔子、空海的人文传统，海纳百川，兼收并蓄，不论社会如何变化，我们的教育就会永远高举人文精神的旗帜。

心灵之路需要官方、民间、媒体、教育等多方面的共同努力来铺设，而各层次的交流人才都需要通过教育来培养。我们的教育理念，正如2008年召开的“东亚诗学与文化互读国际学术研讨会”的会议主旨所指明的那样，是“知同、明异、互读、共赏”，即扩大共同点、尊重差异性、相互消化文化经典、共同欣赏彼此的优秀文化遗产，目的则是创造新的文化。

文化交流是伟大的事业。她的重要性在21世纪会更加凸显出来。在全球化和互联网时代，中日学术文化交流也成为世界学术文化交流中越来越富有活力的一域。东亚多一些玄奘、空海和鉴真，世界就多一分和平，多一分光明。文化交流又是险难的事业，要求参与者最好具有国际境界、探索精神、自我牺牲的品格和全面的沟通能力。诚然，文化交流也是快乐的

---

① [日]渡邊照宏、宮坂宥勝：『三教指歸　性靈集』，岩波書店1976年版，第425—427頁。

事业。她让原本在充满不了解、曲解、误解、先入为主、刻板印象的境况中的人们相互把手牵起来，这种成就感与创建一个知名品牌、成就一个国际企业相比，毫不逊色。

中日文化在交往中求通，在交流中出彩，在交融中互补。这种交流尽管今后还会遇到种种挫折，但鲁迅先生关于“路”的那一段话，会永远给我们这些人文精神的践行者以信心与力量。

以上对我国的日本研究、日本文化与日本文学研究的描述，着重在探索的历程和成绩方面。这是因为从我国二千多年的学术史来看，我国的历史研究以及日本文化、日本文学研究，属于大大的“晚生”，是“迟开的花朵”，就是与日本对中国研究的历史比较，也是名副其实的后来者。因此，关注探索的过程，较之给一个抽象的结论更为重要。

诚然，从今天看来，其中的问题与不足已是显而易见的，更不用设想后来的人们会用怎样严峻的目光来审视那些探路的脚步。资中筠曾谈道：“国人对日本在文化上无法摆脱以文化源头自居的心态。对西方文化，作为完全的他者，还可以认真研究，或承认其优越处，乃至‘拿来’。而对日本，则总是于心不甘，看不到它早已‘变异’成为另一品种，而念念不忘日本文化源于中国。”[①]她指出的问题，包括情绪化、把日本作为“二传手”、泛政治化和高度实用主义等。除此之外，中国学者从小接受的思想和学术训练，偏重寻求标准答案，观念先行，预设结论，怯于直面问题，也是造成研究同质化严重、多样化不足的普遍原因。因而，在提升研究者本身能力的同时，优化学术环境，找出研究方法中阻碍问题深入的症结，是更为重要的课题。

① 资中筠：《日本“知华”与中国“知日”的差距》，载《随笔》2007年第5期。

第　五　章

中日文学学术交流的潮与汐

学术绽放交流，交流成就学术。

学术连中外，交流通东西。

1936年7月21日，鲁迅在得知他的小说集《呐喊》即将翻译成捷克文在捷克出版的消息之后，很高兴地撰写了《〈呐喊〉捷克译本序言》一文，他指出："自然，人类最好是彼此不隔膜，相关心。然而最平正的道路，却只有用文艺来沟通，可惜走这条道路的人又少得很。"

如果将"和而不同"看成一种处理不同文化关系的态度，那就是动静皆宜；如果将"和而不同"视为一种不同文化间的风景的话，那么这种风景需要通过交流来描绘。交流交流，不流不交。流就是推动，就是精进。中日两国之间的文学学术交流，从20世纪前的"虽一衣带水，如五里雾中"，走到今天的规模和水准，有赖于无数文学家、学者不懈的努力。尽管这种交流如同潮汐一样受到多种因素的制约，但这种努力却是一直在向前推进。

第一节　笔谈·师承·唱酬·书信·序跋

一、笔谈

日本现代以前的学人对中国书籍采用的是“训读模式”，也就是用日语的发音，去读对原文做了训读处理的文本，即变为日语语音和语法的文本。经过训读训练的学人，虽然没有汉语听说能力，却具有一定的读写能力。这样一来，碰到说汉语的人，也就只能用笔谈来代替听力，进行文字间的交流。

晚清赴日的外交官中的学者黄遵宪等，在与日本友人进行笔谈时，一有机会，便向对方介绍中国文学经典，其中也含有一些学术内容。最著名的是1878年9月6日黄遵宪等与大河内辉声有关《红楼梦》的一段笔谈。当汉学者、汉文小说作者石川鸿斋写到中国民间小说传到日本的很少，只有《水浒传》《三国志》《金瓶梅》《西游记》《肉蒲团》数种而已，黄遵宪马上用笔告诉他：“《红楼梦》乃开天辟地、从古到今第一部好小说，当与日月争光，万古不磨者。恨贵邦人不通中语，不能尽得其妙也。”这时候旅日华人王桼园来了。四个人的笔谈，开始了如下的对话：

泰园：《红楼梦》写尽闺阁儿女性情，而才人之能事尽矣。读之可以悟道，可以参禅。至世情之变幻，人事之盛衰，皆形容至于其极。欲谈经济者，于（此）可领略于其中。

公度：论其文章，直与《左》《国》《史》《汉》并妙。

桂阁：敝邦呼《源氏物语》者，其作意能相似。他说荣国府、宁国府闺闱，我写九重禁庭之情，其作者系才女子紫式部者，于此一事而使曹氏惊悸。

鸿斋：此文古语，虽人国解之者亦少。

公度：《源氏物语》，亦恨不通日本语，未能读之。今坊间流行小说，女儿手执一本者，仆谓亦必有妙处。[①]

这一段笔谈，记录了黄遵宪（公度）、石川鸿斋、王黍园和大河内辉声（即桂阁）四人以笔代语有关中日小说的知识交换。大河内辉声强调《源氏物语》作者的女性身份，乃清国所未曾有，而黄遵宪则表示不通日语的遗憾，从其“女儿手执一本”的流布判断，相信其“必有妙处”。这是两国最早的《红楼》《源语》比较论。从上述引文不难看出，中间似有跳跃，从黄遵宪到大河内辉声的对话之间或许有失落或省略的笔谈内容，鸿斋的“话”里，也有不甚通畅之处，“虽人国解之者亦少”，或当作“虽国人解之者亦少”，意为日本人也很少有人看得懂了。

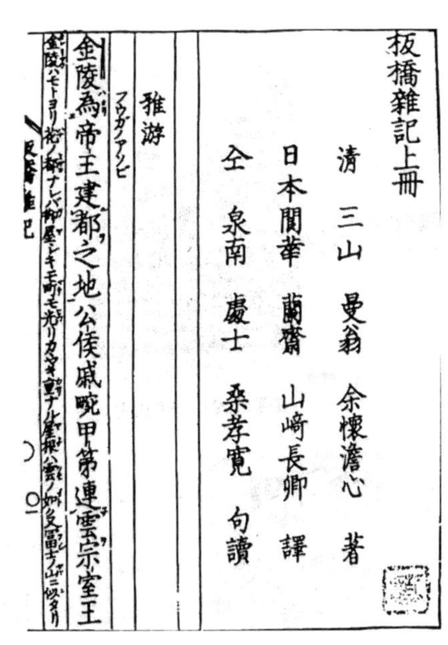
板橋雜記上冊
清　三山　曼翁　余懷澹心　著
日本閒華　蘭齋　山崎長卿　譯
仝　泉南　處士　桑孝寬　句讀
雅游
金陵爲帝王建都之地公侯戚畹甲第連雲宗室王

1772年日本刊本《板桥杂记》上册卷头

笔谈这种特殊的方式，不仅在黄遵宪与他周围的日本汉学者、汉诗人之间进行，在杨守敬与他访书时接触的森立之等人购书交易之间进行，也在竹添光鸿与其前去拜访的俞樾之间进行，还在20世纪初来华的岛田翰与老学者俞樾之间进行。

竹添光鸿的弟子岛田翰精于版本考证、校勘之学，承继江户时代考据学者对日本所藏中国典籍，尤其是日传古写本的校勘传统，检校点勘常人不得见的“中秘之书”，撰《古文旧书考》《群书点勘》，受学界好评。1905年至1906年间曾到中国访书，数次登陆心源皕宋楼，以求打通两国所传古籍，其访书成果多见于所撰《访余录》。在《访余录》中，还有一篇《春

① 刘雨珍编校：《清代首届驻日公使馆员笔谈资料汇编》（上册），天津人民出版社2010年版，第212—213页。

在堂笔谈》，记述了他拜访俞樾的情景。

1905年，27岁的岛田翰先通过朋友将自己的著述《古文旧书考》（今名《汉籍善本考》）送赠给俞樾，俞樾手书“真读书人”四字转赠给他。受到这样的鼓舞，他便往杭州俞樾家登门拜访。岛田翰在《访余录》中描述他见到俞樾的第一印象：“一童扶翁出接。时翁年八十五，童颜鹤发，以见知甚为可亲也。”

1943年日译本《日本杂事诗》

在见到俞樾之后，岛田翰便挥笔代语，表达了对俞樾的崇敬，称道他是“其识如朱子，其学则今之二王也”，即既有朱熹的器识，又有高邮王氏的学术。接着谈到自己的学术选择，认为理学者，其弊流荡往归，而考据者流，其弊弄言而好琐，“且考据自阎、钱诸老，理学从程朱诸先生以下，条分缕析，无复余蕴矣。自此以下，屋上架屋，床上安床而已”，而只有校勘一道，留下很大的发展空间。他从当下校勘学在中国的现状与缺陷，很快引到日本在这方面的优势，进而说明自己撰述《古文旧书考》《群书点勘》的初衷：

> 惟敝邦则不然，其能存隋唐遗卷于兵火风霜之余，留断简残篇于名山僧寮者，亦复不鲜。则讲校勘于敝邦，盖为近其道矣。
>
> 弟自幼究心于校勘，家多藏坟索，师门亦举其书以读。弟已长，又得遍读内府之书而校雠之。尝恨内府之藏旧抄旧刻，盈箱满簏，瑯环洞天，且不足为其俦，而编目不精，校雠无由，固不自揣量，勒成《古文旧书考》《群书点勘》二书。①

岛田翰这样倾吐了接到俞樾所赠“真读书人”四字的激动心情：“呜

①［日］島田翰：『訪餘録』，田中慶太郎1921年刊，第17頁。

呼！畴昔之所神往，昕夕之所梦寐，一旦而得其所，欲夫何素望，敢以及此念者！”既而提出自己希望俞樾“赐以抨弹，广我见闻，匡我不逮，以贻后人，以幸后世”的愿望。

于是俞樾亦执笔，回应岛田翰对自己的赞誉，回顾自己的治学道路，谦逊地做了自我评价，曰：

> 据此挥洒，成此洋洋古文，先生之才，真韩潮苏海矣。惟推许过甚，殊不敢当。
>
> 仆器识浅薄，学术粗疏，何足当先生所称耶？窃念自幼溺于词章；中年以后，始有志治经。经学无穷，欲考究其义理，参稽其利废，必从调故入手。是以致力于高邮王氏之书。所著两《平议》，皆治习其家数也。①

接着便精要地举例说明清代经学取得的成就，指出日本向来多沿袭宋元旧说，而对清代之说缺乏研究，从此角度肯定岛田翰的见识：

> 圣人之道，具载于经。自汉以来，诸儒迭有发明，而如《周易》有先天说，《尚书》有古文之伪。先儒循习，偶未及察，至朝诸儒乃始逐一发明，经学遂无遗憾矣。
>
> 贵国与敝土同文，然向来亦多沿宋元旧说，而先生所见，乃卓卓如此。真海外一知学友。惜鄙人衰老，不足副来意耳。②

如果说上面这些话里，还有客套成分的话，俞樾下面的这些笔谈内容，直接回答了岛田翰的学术关切：

> 校勘之学，敝土之人不如贵国，以敝地书少，而贵国所存古书多也。然贵国古书，亦多自唐时从敝地传写以去。当时写者，亦或草

---

①［日］島田翰：『訪餘録』，田中慶太郎1921年刊，第17—18頁。

②［日］島田翰：『訪餘録』，田中慶太郎1921年刊，第18頁。

草，是以文字异同及虚字之多少，往往参差。亦在读者精审之，以去其非而存其是耳。①

这段话虽不长，却是俞樾校勘古书极有见地的经验之谈。他既不否定日藏古本有一定校勘价值，又中肯地指出，由于当年抄写者的潦草，再加上辗转传抄造成的讹误，需要进行精审的校考。这一意见，对于当时的岛田翰不啻一缕清风，而且对于百年以后的日本写本研究，依然具有现实指导意义。他所说的“敝地书少，而贵国遂存古书多也”，并非说日本所藏古书多于中国，而主要是指日本保存了一些中国散佚的写本。

接着俞樾谈到对《古文旧书考》的具体意见：

先生所著《古文旧书考》，极精审。如其辩证《淮南》许、高二注，参考《尚书》古字、今字二书，此殆千古确论。是以向书“真读书人”四字奉赠，非虚语也。②

这里被俞樾称为“千古确论”的，是《古文旧书考》卷第四《元明清韩刊本考》中对《淮南鸿烈解二十八卷》的考证。

《古文旧书考》中的《宋椠本考》中有《雕版渊源考》一篇，开头便称：“陆深《河汾燕间录》云：‘隋开皇十三年十二月八日，敕废像遗经，悉令雕版。’是语见于隋费长房代历《三宝记》曰：‘废像遗经，悉令雕撰。’市村器堂氏依此文乃云：‘雕属废像，撰属遗经，即非刻书之谓。’予则以为，陆氏在明，犹逮见旧本，而记云雕版，恐宋藏中，必有作雕版者矣。又案此语不载于《隋书》及诸杂史等，信斯语也，则隋时已有雕版也。”③这一段话中，第一句陆深《河汾燕间录》云云，实出明胡元瑞《经籍会通》卷四。而注文中所说的“市村器堂氏”，就是明治时代的史学家市村瓒次郎，他写过一篇《写本时代与板本时代里中国书籍的存亡聚散》，里

①［日］島田翰：『訪餘録』，田中慶太郎1921年刊，第18頁。

②［日］島田翰：『訪餘録』，田中慶太郎1921年刊，第18页。

③［日］岛田翰：《汉籍善本考》，北京图书馆出版社2003年版，第249页。

面就直接否认了陆深、胡元瑞、王世祯、赵翼等将出版的起源归于隋朝的看法，言其为“谬说”。[1]对于岛田翰的看法，俞樾坦率地表明了自己的看法，他并不赞成隋开皇敕的这些话可以作为隋时已有雕版的证据：

> 谓雕版唐时已有，此说是也。至引隋开皇敕，谓隋时已有雕版，则恐不然。“悉令雕版”，“雕版”二字，乃是撰定之误。雕像、撰经，乃是两事，若云“废像遗经”，“悉令雕版废像”，岂可雕版乎？又引《颜氏家训》谓北齐已有雕版，更恐不然。如颜氏果以书本对刻本言，则当时刻本当已遍天下矣，何至唐时犹不多见也？书本乃写本耳。古书本无不同，而传写各异，故云江南书本对河北本言，非对刻本言，《书证篇》或云江南本、河北本，或云江南书（不言本）、河北本（不言书），随便言之，皆以江南与河北对。[2]

岛田翰详细记载了俞樾对版本学中的一个重要问题——所谓“大题在下”中的“大题”究竟何指——的见解：

1943年刊实藤惠秀译黄遵宪《日本杂事诗》

> “大题在下”，窃谓“大题”即《唐六典》所谓签也。经库红牙签、史库青牙签，皆所以标识其书名也。西汉以前经师多专门之学，如毛公止传《诗》，则其篇首但曰：“周南其一”足矣，不必标“诗”字也。伏生止传《书》，则其篇首，但云“尧典第一”足矣。不必标“书”字也。至于后儒经师辈出，日益宏通，往往一人而群经，

① ［日］市村瓚次郎：「寫本時代と板本時代とに於ける支那書籍の存亡聚散」，见所著『支那史研究』，春秋社1943年版，第501頁。

② ［日］島田翰：『訪餘録』，田中慶太郎1921年刊，第18頁。

> 兼治其诗，犹参用竹策缣帛，非如今装订书本之简便。插架既富，检阅为难，于是始有以标识之。其标识皆题本名于篇首之下，诗人一望而得，唐时用签亦如此。今人藏书者，亦如此。后人传写，遂留此标识于卷篇名目之下。此所以小题在上，而大题转在下也，鄙见如是，未识尊意以为然否？①

岛田翰在《春秋经传集解三十卷卷子本》论日藏旧卷子本《春秋经传集解》，其中谈道："僖二十八年传'曹人凶惧'，石经以下皆同，而是本作'凶凶惧'，注云'凶凶恐惧声'，而与《荀子》'听漠漠以为哅哅'、《韩子》'是何匈匈也'句例正同，然则魏晋传本之必作'凶凶惧'亦以明矣。是书之存，始可以得读杜注矣。"②对此，俞樾则认为杜注以重言解一言，而传文因以误加一"凶"字所致，不可因卷子本而妄改经文：

> 旧抄本《春秋经传集解》，自是古本之可信者。僖三十三传一曰字，足证开成石经之误夺。至二十八年，"曹人凶凶惧"，窃恐不然。左氏原文自作"曹人凶惧"。观下文"因其凶也"，而不叠"凶"字，知上文亦不叠"凶"字也。杜氏因"惧"字不待解说，而"凶"字样不可无解，故以"凶凶恐惧声"解之，以重言释一言。古传"洸，溃溃"是也。乃传写者因注有"凶凶"字，而传文亦加一"凶"字，作"曹人凶凶惧"，斯大不可矣。

俞樾不把这看作绝无仅有的误断，推开来说，王念孙以日本回传之《群书治要》而改中国旧刻本者，亦有不甚确处，提醒岛田翰去看《诸子平议》中所作的纠正：

> 窃谓贵国古本，皆由敝国传写而去，传刻者因多误，而传写者亦未必无误。学者当善读之。高邮王怀祖《读书杂志》喜用《群书

① [日]岛田翰：『訪餘録』，田中慶太郎刊192年刊，第18—19頁。

② [日]岛田翰：《汉籍善本考》，北京图书馆出版社2003年版，第118页。

治要》改中国旧刻本者，往往不甚确。拙著《诸子平议》中曾辨正数条，先生好学深思，想不以鄙言为非也。

现代学者可能很难想象，两个语言不通的学者能就这样专业的问题，进行如此深入的颇费时光的笔谈。老少两位不同背景的学者，各自有备而来，平心静气，笔问笔答。岛田翰将当时的笔谈用纸保存下来，主要还是为了日后咀嚼探究，亦表明了其对俞樾见识的叹服。这是甲午战争之后两国学术交流珍贵的一幕。

笔谈就是当面写信，即时问答，常常在相互启发下激发起偶得的情思。学者之间的笔谈记录，可以为文学学术交流提供鲜为人知的资料。重视这一类资料的整理和研究，有利于挖掘学界水面下的前沿信息。这一项工作，还只有很少的学者在做。由于它们涉及两种文化，多数资料还保存在两个不同民族的学者手里，整理过程自然成为国际合作的内容。

日本明治时期围绕大河内辉声展开的中日文人交流的笔谈资料研究，除了部分已有实藤惠秀与郑子瑜的《黄遵宪与日本友人笔谈遗稿》、刘雨珍《清代首届驻日公使馆员笔谈资料汇编》等的编校本外，由王宝平主编的全八卷的《日本藏晚清中日朝笔谈资料·大河内文书》由浙江古籍出版社出版，由此，大河内文书在中国出版的梦想得以画上完美的句号。这项事业经过了中日几代学者跨国跨代接力，终于由王宝平等人共同完成了最后一棒。该套书彩印精美清晰，装帧考究得体，精彩呈现了近一百五十年前汉文笔谈的风采，也为笔谈写本研究提供了极佳资料。诚如主编序言所说，大河内文书以其持续时间之长、数量之庞大、内容之丰富、参加人数之众，名列笔谈资料之首。本书虽名曰“笔谈”，其中收录的还有数量可观的唱和、序跋、书信等，是明治时代汉文写本的缩影。至于其他涉及学术交流的笔谈资料，还需要广泛搜集，期待不断有新的发现。

类似前面所举岛田翰与俞樾的笔谈，由于资料分散，很难搜集，尚少见其系统整理与研究，需要有心者不遗余力以求之。掘文墓，揭文幕，进而求文心，有赖于两国学者齐心协力。

二、师承

夏目漱石的《布莱尔老师》、鲁迅的《藤野先生》都写到一位学子与一位外国人教师的相遇。近代意义的学校、学校里的外国人教师，都是在19世纪最后几年才出现的。那是一个上学的人少、外国人教师更少的时代。

求学时代的王国维遇见过两位日本老师，一位是藤田丰八，一位是田冈佐代治。谈到在东文学社学习的时候，王国维说："是时社中教师为日本文学士藤田丰八、田冈佐代治二君。二君故治哲学，余一日见田冈君之文集中引用汗德、叔本华之哲学者，心甚喜之，顾文字之暌隔，自以为终身无读二氏之书之日矣。"从这段话可以看出，王国维读过田冈佐代治的文集，并从中对"汗德"（今译作康德）、叔本华的著作产生兴趣。当时只能看到康德、叔本华著作的英文本。读不懂外文，与原作终究会隔一层。这也许就是他以后用功跟田冈学好英文的动力之一。

在王国维的文章中，提到田冈佐代治的，似仅此一处，而对于藤田丰八就多一些了。正是在东文学社，汪康年因为小事与藤田丰八不和，王国维在给汪康年的信中，就说了藤田丰八一些好话。[①]信中说："藤师学术湛深，其孜孜诲人不倦之风尤不易及。开岁以后未交一文之脩，而每日上讲堂至五点钟（原注：彼中学堂教习至多不过三点钟）。其为中国不为一己之心，固学生所共知，而亦公之所谅也。"[②]藤田丰八每天上课五个小时，同时还在《农学报》上发表大量译文，王国维不仅佩服他的学问，也敬重他的勤奋与诲人不倦，不计较得失，把他看成一位"为中国不为一己"的品德高尚的人。

王国维不止一次谈到藤田的勤奋敬业。藤田本为文学士，在东文学社还要教数学。王国维说："时担任数学者藤田君，以文学士而授数学，亦未

① 张连科：《王国维与罗振玉》，天津人民出版社2001年版。

② 王国维著，吴泽主编，刘寅生、袁英光编：《王国维全集·书信》，中华书局1984年版，第21页。

尝不自笑也。顾君勤于教授，其时所用藤泽博士之算术、代数两教科书，问题殆以万计，同学三四人者，无问题不解，君亦无不校阅也。”一位爱学生、爱教育的好老师形象，从这些叙述中呼之欲出。

在学问上，藤田丰八对王国维的影响，主要表现在其文学观上。藤田丰八参与编撰的多卷本《中国文学大纲》在1904年出版，他在其中担任了《司马相如卷》与《司马迁卷》的写作，而每卷都刊有全书的序言。序言是日语写的，严绍璗《日本中国学史》①有译文，且对其具有的近代学术思想有中肯的分析，认为“著者们在使自己的研究意识摆脱了‘经学奴仆’意识之后，在开始致力于最终阐明中国文学历史发展的同时，已经获得了开展国际性文学比较研究的萌芽”。如果王国维读到过这篇序言的话，他的眼界从传统的治学路数中，渐渐扩展到从世界文学看中国文学的境界，是很自然的事情。

在王国维这位学生兼同事的眼中，藤田是好老师，而在身为老师的藤田眼中，王国维则是一位前途无量的弟子。1901年，藤田丰八对来访的狩野直喜谈到王国维时说：“我现在所教的学生中，有某生，头脑极其明晰，日语说得好，英语也很棒，而且对西方哲学很感兴趣，他的前途很可瞻望。”这里的“某生”就是王国维。这件事被狩野直喜写在他为悼念王国维而撰写的《忆王国维》一文中，狩野直喜当时印象深刻，因为他想到：“在中国今天或许也是这样吧，我留学当时中国的国情是这样吧，中国青年有志于学者，大抵多兴趣在于政治学、经济学，有志于所谓新学的青年，尝试西方哲学研究者，可谓凤毛麟角。藤田博士极口称赞某生，说了不少赞赏的话，而那时我始终没有和他见过面，这个‘某生’就是后来的王静安君。”②

另外一位老师田冈佐代治，也是《中国文学史纲》的作者，在该书中担任《屈原》等卷的写作。王国维虽然未多提及过，但据岸阳子的研究，田冈佐代治1905年9月至1907年在江苏师范学堂教日语，王国维自1904年秋为该校教师，讲授社会、心理、逻辑、哲学。两个人师兄弟一年，后来又

① 严绍璗：《日本中国学史》第一卷，江西人民出版社1991年版，第351—352页。

②［日］狩野直喜：『支那學文藪』，みすず書房1973年版，第367頁。

同事半年，这一年半时间，王国维很可能读到过田冈佐代治所著《岭云摇曳》等著述，特别是田冈氏所撰写的论述日本传统诗俳谐的一系列文章。

王国维在谈到自己的学术道路选择时说："要之，余之性质，欲为哲学家则感情苦多而知力苦寡，欲为诗人则又苦感情寡而理性多。诗歌乎？哲学乎？他日以何者终吾身所不敢知，抑在二者之间乎？"这使人想到田冈佐代治在《云之断》序言中写的下面这段话："于哲学者，吾过于热乎情；于诗人，吾过于冷乎理，不得为诗人，亦不得为哲学者。"岸阳子还特别对比了两人接受叔本华思想的异同点，认为两个人在叔本华思想的影响下，形成了各自的文学观，二人共通之处，在于彻底的反功利主义立场，在于不承认文学是某某的手段、重视文学自律性的态度。①

岸阳子从用语、思路等方面具体对比了《人间词话》与田冈佐代治的文章，推断王国维可能从中受到的启发。例如，《人间词话》第二章谈到造境、写景、理想、写实等关系。试读《岭云摇曳》中"写实与理想"一节：

> 写实所以写形也，理想所以传神也。不写实则豚狗以猛虎难，写实虽虎步传神则其虎唯死虎耳。不惟画也，吾人于小说亦见其然焉。写实固可也，然写实而谓之小说能事毕矣，则不可也。作家以写实为材，然不可不筑理想之楼阁也；取写实事，然不可不熔化之于理想之火焰也。理想模型也，熔化实际而重加铸造；理想建筑者也，以实际为材而建造楼阁。②

再读《岭云摇曳》中"理想与自然"一节：

> 理想谓直觉之见地也，欲具体表彰之者，诗人也。理想之高下，源于天分之高下。等对同一自然者也，而其着眼，所以不免见地相异者，实天分之差使然也。理想既以直觉之见地，故有高者不自识，有卑者亦不自识，无意识而为之也。虽曰不自识，而非无理想。大诗人

---

①［日］安藤彦太郎编：『近代日本と中国』，汲古書院1989年版，第87—125页。

②『日本現代文学全集　田岡嶺雲集』，講談社1960年版，第247頁。

果没理想乎？唯理想不以理现，虽欲表彰理想，为之者彼亦不自识，不自识而寓理想于自然焉。①

对于岸阳子所探讨的王国维所受田冈岭云的影响，论者或许对此会见仁见智。但其提出的角度，还是值得重视的。

外国人在中国大学任教，中国人到外国大学任教，都是20世纪以来的现象。这对于大学教育有何影响，对于任教的外籍教师有何影响，对于学生有何影响，都是教育学上的新课题。

80年代以后，国内陆续到日本大学及各国担任客座教授的学者很多。袁行霈先后在日本爱知大学，美国哈佛、耶鲁、哥伦比亚、华盛顿、夏威夷等大学讲学。张少康1990年任日本九州大学文学部教授。温儒敏1994—1995年任韩国高丽大学客座教授。蒋绍愚曾多次应邀出国讲学或做研究工作：1981—1982年在荷兰莱顿大学汉学研究院做研究工作，1989—1990年在美国斯坦福大学任教，1991年在美国俄亥俄州立大学做研究，1993年到捷克查理大学讲学，1999年在挪威科学院做研究。著名语言学家李行健曾任日本一桥大学客座教授；中国社会科学院文学研究所蒋寅曾任日本京都大学、韩国庆北大学中国台湾逢甲大学客座教授……类似的例子不胜枚举。

随着教育国际化程度的加深，来我国大学任教的外籍教师也会越来越多。就文科而言，最早到来的是外语教师，随后是艺术类、体育类专业教师，再其后，文化与文学专业、比较文学、比较文化的外籍教师也在增多。其中既有华裔学者，也有外裔学者。或作为短期交换，或作为外聘专家，或同中国学者一样应聘任职。这种趋向，从重点大学，慢慢波及到一般大学，从国际大都市，到边远地区。为了更加有利于推进大学教育真正的国际化，应该建立起必要的学术审查制度，杜绝那种为装点门面、不顾实际效果的引进外教方式，创造更加有利于多国学者平等竞争、和谐合作的学术环境。在这方面，中国的高等教育还有很长的路要走。

①『日本現代文学全集　田岡嶺雲集』，講談社1960年版，第252頁。

三、唱酬

东西方文学交流有很多共同的形式，如面谈、辩论、书信、文章辩驳等，而诗歌唱酬却是汉文化圈一种特殊形式。中国诗歌与受其影响的域外汉诗，如论诗诗、咏史诗、论学诗等都包含文学评价与赏析的内容，学者之间的唱酬往往在咏唱友情的同时，也述写彼此的学术活动、学术背景与学术期许。这些诗歌，也在增进双方的学术理解。中国学者在平时交往时，一般比较含蓄，而在诗歌唱酬时，则借助诗歌更为艺术地将情感表达出来。

中国古典诗歌的共同教养，是不同国籍学人赠答唱酬的基础。《诗经·大雅·崧高》“吉甫作诵，其诗孔硕，其风肆好，以赠申伯”，已开以诗相赠之先河。东汉蔡邕《答卜元嗣诗》中“斌斌硕人，贻我以文。辱此休辞，非余所希。敢不酬答，赋诵以归”的诗句，表明诗歌可以有赠有答。不仅在古代亲友之间以诗赠答送往迎来、倾吐情愫、言事建言，而且不同民族语言不通而具有作诗本领的学人，还可以以诗为言，在异国他乡互通信息，交友通好。8世纪至10世纪的日本朝廷，总会派出最优秀的汉诗人来接待来自渤海国的使节，在与来使的诗歌唱酬中展现国家文化形象。这样的诗歌交流传统延续至近现代，诗歌成为学人之间的社交手段，学人运用唱酬的叙事、言理和社交功能，交流治学心得，交换学术体验，加强学友情谊。

1911年《艺文》第二年第二号发表的狩野直喜《元曲的由来与白仁甫的〈梧桐雨〉》中说：“中国之经学文章，由于如前所述之理由，元代之时不太兴盛，当然这是概括的议论，许衡、吴澄、虞集、姚燧等依然无疑是一代巨匠，但就其文学来看，与关、王、马、郑等作者相比，哪个更伟大，王君国维认为后者为优，这我是很赞成的。”[①]从这一段话中，不难看出狩野直喜与来到京都的王国维，曾就元曲研究以及各位名家的评价交换过意见。

---

①［日］高島大圓編：『藝文』第二年第二號，雞聲堂書店1911年2月。

王国维曾在回顾寓居京都的岁月时说："自辛亥十月寓居京都，至是已五度年。实计在京都四岁余，此四年中，生活在一生中是为简单，惟学问变化滋甚。"从潜心学问的角度讲，可以说王国维找到了一个读书的好地方。铃木虎雄有《辛亥岁末清国罗君振玉携家浮海来往于洛东田中村王君国维从焉一日往访赋赠见志》诗描绘王国维的读书生活："辟雍门北洛东头，落木寒山无限幽。万卷图书堪绩史，数家鸡犬可藏舟。问奇偶访罗含宅，作赋莫追王粲楼。不用凄凉嗟客土，扶桑岁月足优游。"王国维作《定居京都奉答铃木豹轩枉赠之作并柬君山湖南君抝诸君子》（四首）：

海外雄都领百城，周家洛邑宋西京。
龙门伊阙争奇秀，昭德春明有典刑。
闾里尚存唐旧俗，桥门仍习汉遗经。
故人不乏晁衡在，四海相看竟弟兄。

莽莽神州入战图，中原文献问何如?
苦思十载窥三馆，且喜扁舟尚五车。
烈火幸逃将尽劫，神山况有未焚书。
他年第一难忘事，秘阁西头是敝庐。

平生邱壑意相关，此日尘劳暂得闲。
近市一廛仍远俗，登楼四面许看山。
书声只在淙潺里，病骨全苏紫翠间。
赁庑佣书吾辈事，北窗聊为一开颜。

三山西去阵云稠，虎踞龙争讫未休。
邂逅喜来君子国，登临还望帝王州。
市朝言论鸡三足，今古兴亡貉一丘。
犹有故园松菊在，可能无赋仲宣楼。①

①［日］高島大圓編：『藝文』第三年第三號，雞聲堂書店1912年3月。

王国维的诗，跳出了仅写双方友情的思路，既回应了铃木虎雄的慰藉与关切，也从中日文化交流与学术交流的角度，表明自己对眼下读书生活意义的认知。第一首由日本保存的大唐古风，联想到晁衡入唐的旧事，赞颂与京都友人的友情。第二首写在日本看到很多中国散佚的典籍得到很好保存，自己将珍视这里难得的读书生活。第三、第四首写自己的心境与节操，表明自己虽然身处异国，仍然心系祖国。

1913年，京都二十八位名流结成兰亭会，成员中有汉学者、书法家如西村天囚、内藤湖南、桑原骘藏、铃木虎雄、神田香岩等，也有富商、记者、图书馆长等，于4月13日在南禅寺天授庵举行祭奠，铃木虎雄主拜致辞，文士赋诗唱和。王国维于是赋长篇七古《癸丑三月三日京都兰亭会诗》。诗中称道日本在保存与发扬王羲之书法中的贡献："此邦士夫多好事，古今名拓争罗致。我来所见皆瑰奇，二十八行三百字。"诗中着笔最多的，也是最核心的部分，是对书法的审美与演进的论述，堪称一篇书法史论：

昔人论书以势名，古文篆隶各异型。
千年四体相嬗代，唯尽其势体乃成。
汉魏之间变古隶，体虽解散势犹未。
戈戟尚存八分法，茂密依稀两京制。
墓田数帖意独殊，流传乃出山阴摹。
永和变法创新意，世间始有真行书。
由体生势势生笔，书成乃觉体势一。
相斯小篆中郎隶，后得右军称三绝。
小楷法度尽黄庭，行书斯帖具典刑。
草书尺牍尚百数，何曾一一学伯英。
后来鲁公知此意，平生盘礴多奇气。
大书往往爱摩崖，小字麻姑但游戏。
真行钜细无间然，先后变法王与颜。
坐令千载嗟神妙，当日祇自全其天。

长诗最后曰：

我论书法重感喟，今年此地开高会。
文物千秋有废兴，江河万古仍滂沛。
君不见兰亭曲水埋荒烟，当年人物不复还。
野人牵牛亭下过，但道今是牛儿年。①

在王国维去世后，京都旧友曾在五条坂袋中庵祭奠。铃木虎雄作《哭王静庵》诗，对王国维的离世深表哀痛。诗前有小序："静庵于六月一日，即阴历五月三日自沉于颐和园昆明池，谥忠悫。静庵尝来寓京都。六月十九讣到，二十五日同志设祭于五条坂袋中庵。"诗曰：

南北纷纷飞劫尘，今来消息更伤神。
幼安逃海元由义，正则沉湘竟得仁。
苍莽山城鹃哭急，凄凉渚殿笛声新。
颐和园里谁题石，近日词林第一人。

诗后自注："池谷观海曰：'人之云亡，邦国殄瘁，昆明与湘流共呜咽。'此篇尤得其肯綮者也。又曰正则五月五日，今忠悫三日，仅二日差耳，奇哉！"②

二三十年代日本学界有艺术至上、唯美主义的倾向。京都学派的学者很多喜欢作诗作文。在得知王国维去世的消息之后，内藤湖南曾作《哭王静安》：

连宵噩梦绕幽都，把臂当年识凤雏。
早岁共论《天问》语，南斋俄征草衣儒。

① [日] 神田喜一郎：「大正癸丑の蘭亭會」，见其著『敦煌學五十年』，筑摩書房1971年版，第257—269頁。

② [日] 鈴木虎雄：『豹轩诗抄』第五册卷十，弘文堂1938年版，第19—20頁。

著书海上深宁叟，讲学舟中陆秀夫。
缅想《招魂》赋成处，青枫冥雨晦平湖。

频年烽火犯薇垣，野老江头泪暗吞，
南渡流风评乐府，湘中遗响赋名园。
于今寒士能甘死，自古微官每感恩。
一事知君尤惬意，昆明湖上瘗芳魂。[①]

与王国维、铃木虎雄、内藤湖南等以汉诗为载体进行的学术交流相似，神田喜一郎与董康之间的诗歌唱酬也具有学术内涵，突出表现在双方对访书事业的热爱上。

神田喜一郎的祖父神田香岩汉学造诣颇深，且精于诗书，广交学友，特别是在搜集汉籍上，享有盛誉，常周围同好聚集，共同鉴赏与研究汉籍。东京设立帝室博物馆，香岩被任命为学艺委员。1918年，即香岩逝世的第二年，其遗爱唐抄本四种影印由自家出版，即《容安轩旧书四种》[②]，董康旅日时，曾到香岩家拜访，香岩大喜，特将秘藏汉籍拿出共赏，席上赋诗：

意外高轩过小斋，奚童急遽启荆柴。
零残蠹简谁相顾，幸遇大宾清赏偕。

董康和诗一首：

屐綦今喜接高斋，秋老丹枫门掩柴。
半卷蟫余雠异字，风流合与晋人偕。

拜访后翌日，董康在南禅寺瓢亭宴请香岩及山田永年等人，席上香岩又赋诗：

①［日］内藤湖南：『内藤湖南全集』第十二卷，筑摩書房1997年版，第294頁。
②［日］神田信暢：『容安軒旧書四種』，神田喜左衛門1919年版。

薜榭莎亭架小园，一帘松际酒家门。
白云暮锁南禅寺，红叶秋涵北海樽。
礼不骄人官亦好，律先绳己望逾尊。
同文自古邻交善，共把陈编仔细论。①

二十年后，1927年董康再次赴日，特地重访南禅寺，在《书舶庸谭》4月26日一则中记述："十一时，偕小林至瓢亭午餐。亭在南禅寺境内，室仅三叠。殊饶幽趣，廿年前曾觞神田香岩翁于此，今度重来，恍如栖燕之认旧巢也。"文后附《水调歌头·书瓢亭壁》：

宇宙一何窄，濯足此间游。东山长日坐对，黛写镜重秋。可有唐时人物，与我互赓酬，不尽苍茫感，都付洛川流。　　春去也，江南忆，总休休。料想个侬，此际妆竟怯登楼。箧贮名山著述，笔挟玉台诗思。落拓孰为俦？且买瓢亭醉，一浣古今愁。

村井章介《东亚往还——汉诗与外交》一书认为，从遣唐使、菅原道真时代起，东亚外交上的共通语言就是汉诗文。在以中国为中心的人们的往来之中，公众、私下众多汉诗唱和，异国间的人们内部交流成为可能的背景，就是诗歌所具有的超越民族、思想的差异的世界性。②中国古典诗歌，这种在域外被称为汉诗的文学样式，是前近代汉文化圈文士的共有教养，在相当长的历史时期，能否做出好诗篇，不仅是文士个人教养的标尺，而且在不同民族文士交往中，还被视为一国文化高度的象征。

所谓"诗言志"，"志"中也就包括了彼此的文化追求。明治以来的一些汉学家，也把汉诗制作当作自己汉文化修炼的一部分。像王国维与狩野直喜、铃木虎雄等人的唱酬，读解对方的诗作，有时甚至比听懂对方的谈话更容易一些，相互间交换有关学问的想法，甚至比语言交谈更为深入细腻。对于熟悉诗歌语言和典故的人来说，那些在一般人看来难解的诗句，

---

①［日］神田喜一郎：『敦煌學五十年』，筑摩書房1971年版，第183—188頁。
②［日］村井章介：『東アジア往還——漢詩と外交』，朝日新聞社1995年版。

也变得不那么难解了。这当然得益于长期的阅读训练，甚至在一定时期，相比之下，他们对对方语言的听说能力反而不一定那么强。因而，在研究学术交流的时候，我们也不能将彼此的诗歌唱酬置之度外。

以诗论诗，以诗论书，以诗论学，以诗论史，在中国文学史上不乏佳作。这些诗在逻辑严密，理性阐发方面或远输于论著，但在形象呈现、情意沟通方面却又自如流畅。在文学学术交流中，在理念与方法的碰撞之外，增添了情感的因素，丰富了沟通的手段，也自有其位置所在。

四、书信

学者之间通过书牍，互通资料，交换感念。书牍是学者的纸上沙龙。

关于王国维通过诗歌唱酬与铃木虎雄的进行学术交流的材料，还有铃木虎雄《业间录》中的《追忆王君静庵》所载王国维与铃木虎雄的两封信函。1912年3月，王国维作《颐和园词》，从4月15日致铃木虎雄的信中，可以看出他对自己这首诗的满意度甚高：

豹轩先生执事：

久未奉教，殊深渴想。前从《日本及日本人》中见大著《哀情赋》，仆本拟作《东征赋》，因之搁笔。前作《颐和园词》一首，虽不敢上希白傅，庶几追步梅村。盖白傅能不使事，梅村则专以使事为工。然梅村自有雄气骏骨，遇白描处尤有深味，非如陈云伯辈，但以秀缛见长，有肉无骨也。拙诗附呈，祈教正。

《简牍检署考》承展大笔为译和文，甚感厚意。唯近复有补正之处，别纸录呈，仍乞附译为祷。专肃，敬询

春祺不一

王国维顿首　四月十五日①

①［日］鈴木虎雄：『業間録』，弘文堂書店1928年版，第347—348頁。

王国维致铃木虎雄的另一封信，除了对获赠《槐南集》表示感激，赞叹森槐南的诗作之外，再一次对吴梅村诗作出评价：

昨承枉驾，在图书馆未返，致失迎迓，甚憾之。承惠《槐南集》，并辱手书，均拜收。

《颐和园词》，称奖过实，甚愧。此词于觉罗氏一姓末路之事，略其至于全国民之运命，与其所以致病之由，及其所得之果，尚有更可悲于此者。然手腕尚未成熟，姑俟异日。

尊论梅村诗，深得中其病。至于龙跳虎卧，而具见起伏，鲸铿春丽，而不假典故，要唯第一流之作者能之。梅村诗品，自当在上中、上下之间，然有清刚之气，故不致如陈云伯辈之有肉无骨也。拙词，尊意拟转载贵邦杂志，毫无不可。

《槐南集》卷帙甚富。敝国近代诗人无此巨帙，容缓缓细读。专此奉谢。敬问

撰祉不一

王国维新顿首[①]

铃木虎雄一生倾力中国诗歌研究，五十岁时完成《白居易诗解》，五十四岁《杜少陵诗集》成书，在战争期间，完成《禹域战乱诗解》，71岁刊行《陶渊明诗解》，73岁刊行《陆放翁诗解》，以后又刊行了《玉台新咏集》《李长吉歌诗》。他主张为了日本文学的发展而学汉诗、写汉诗。显然，他把与王国维的诗歌唱酬看成提高自身学术能力的一环，因而珍惜与王国维之间的诗词往来。同时，他也希望王国维能够了解日本汉诗的成就，愿意从那里得到中肯的意见。

王国维在信中，谈到对吴梅村词的看法，并提到“白傅”，此指白居易，这是借用平安时代以来日本人对白居易的称谓。他说，“前作《颐和园词》一首，虽不敢上希白傅，庶几追步梅村”，并进一步说明了自己这样认为的理由：“盖白傅能不使事，梅村则专以使事为工。然梅村自有雄气骏

① [日] 鈴木虎雄：『業間録』，弘文堂書店1928年版，第349—350頁。

骨，遇白描处尤有深味，非如陈云伯辈，但以秀缛见长，有肉无骨也。”这些话，除了表明了王国维对白居易、吴梅村诗歌的看法之外，也是他在充分了解白居易在日本被视为“诗神”的历史，以及铃木虎雄本人对白诗的研究的背景下所要强调的观点。

1920年，刊有青木正儿撰写专有关五四文学革命的论文的《支那学》第一号问世之后，青木正儿便寄赠胡适、鲁迅等人，很快收到他们的回信。胡适的回信已见前文，鲁迅的回信则是日语写成的，谨译录于下：

> 拜启
>
> 大函收悉，《支那学》亦收到，甚为感谢。
>
> 我先前于胡适君处，读到您所撰写的有关中国文学革命之论文，衷心感谢您以同情与希望所作公平之评论。
>
> 我所作小说，极为幼稚，只是感到本国犹如冬日，既无歌，亦无花，为打破寂寞而写之也。窃以为与日本读书界无生命无价值者矣。今后写或将写，前途暗淡，似此种环境，陷与讽刺与诅咒，或未可知。
>
> 于中国文学与艺术，事不堪寂寥之感。创作之新芽鲜少出现，能否生长，毫不可解。《新青年》多言社会问题，文学方面东西不多。
>
> 研究中国白话，我以为今日实有困难，虽然有人倡导，却无一定规则，各人随意以文句、语言书写。钱玄同倡导早日编纂字书，尚未见着手。若能编成，便甚为方便也。
>
> 以此等日文奉上，希见谅。
>
> 青木正儿先生　周树人
>
> 十一月十四人
>
> （大正九年）①

①［日］名古屋大学附属図書館研究開發室：『「遊心」の祝福』，名古屋大学附属図書館研究開發室2007年，第17頁。

在中日学人之间，存在大量切磋学问的信函。鲁迅致增田涉书信[①]、董康与内藤湖南往来书信[②]、《周作人、松枝茂夫往来书简》[③]这三套书牍，从文学学术交流来看，都有很重要的文献价值。

1931年2月山上正义将自己翻译的《阿Q正传》译稿寄给鲁迅校阅，四天后鲁迅用日文复函，并写了八十五条注释供译者参考。1975年，增田涉通过日中文化交流协会将这份珍贵手稿复制本送交我国，1975年12月由文物出版社将其影印出版，并附李芒的中文译文。

1932年后，增田涉曾就《中国小说史略》翻译中的古制、习俗等问题，通过书信大小无遗地请教于鲁迅。1956年，许广平访问日本时，曾向增田涉征集鲁迅书信原稿，增田涉答应日后送赠。1963年，在中岛健藏协助下，增田涉将这批书信的全部照片、一部分彩色照片底版以及其他资料带到中国，赠送给我国有关部门。70年代初，林林将这些书信全部译出。鲁迅与增田涉往来书信，香港朝阳出版社1973年11月出版了一个最早、最完整的《鲁迅书简——致日本友人增田涉》，随后1975年1月上海文物出版社影印出版了《鲁迅致增田涉书信选》，收录增田涉保存的鲁迅书信58封（另有散失不存10封，限于当时政治原因,《鲁迅致增田涉书信选》不录的书信有5封）。鲁迅的这些日文书信由林林翻译而未署名，收入1981年版《鲁迅全集》时亦未署名。鲁迅对增田涉提出的各种疑问，包括一人一事的来历，一字一句的含义，都详加注释，即便在病重时刻，仍然一丝不苟。日本汲古书院于1986年出版了伊藤漱平和中岛利郎合编的《鲁迅・增田涉师弟答问集》，1989年华东师范大学出版了该书的中文版。虽然对这些书信的研究还有待来日，但庆幸的是有心的中国研究者要想找到的基本资料大部分已经出版问世。

与此相似的还有周作人与松枝茂夫的往来书信。松枝茂夫的来信，

---

①《鲁迅致增田涉书信选》，文物出版社1975年版。

② 钱婉约：《董康与内藤湖南的书缘情谊》，载《中华读书报》2012年4月18日。

③［日］小川利康：「周作人・松枝茂夫往來書簡：戦前篇（1）」，『文化論集』（30），早稻田大学2007年3月；「周作人・松枝茂夫往來書簡：戦前篇（2）」，『文化論集』（31），早稻田大学2007年9月；「周作人・松枝茂夫往來書簡：戦前篇（3）」，『文化論集』（32），早稻田大学2008年3月；「周作人・松枝茂夫往來書簡：戦後篇（4）」，『文化論集』（33），早稻田大学2008年9月。

1937年日译本《中国小说史略》

保存在周作人后人手中，而周作人的回信却是保存在日本松枝茂夫家人手里。将两边的资源统合起来，才有可能让它们并行于世。完成这项使命的是早稻田大学的小川利康。他在北京大学访学期间，结识了我国周作人研究者止庵、陈漱渝等，并得到周作人后人的支持，使周、松枝两人的书信得以先在早稻田大学创办的《文化论集》上发表。这些书信被分为战前篇与战后篇两部分。其中包括松枝茂夫后人提供的周作人书信116通，周作人后人提供的松枝茂夫的日文书信36封。小川利康将全部书信以原语尽可能忠实地呈现，释录后做了最低限度的注释，以尽可能提供给研究者一个未经翻译的文本。由小川利康、止庵主编的《周作人致松枝茂夫手札》2013年由广西师范大学出版社出版，为研究周作人的文学活动，提供了新材料。

书信战前篇始于1936年3月9日松枝茂夫给周作人的信，终于1944年11月。周作人的42通，当有与松枝茂夫同样数目的书信，现存却只有32通。

松枝茂夫在给周作人去信以前，已翻译发表过一些周作人的文章，故其去信，也在于向原作者讨教翻译中的问题。鉴于其信件尚未见译文，故摘译如下：

> 我知道，素不相识的小生贸然去信是件很失礼的事，不过小生很早以前就想去信，今天终于才下定决心，已很感遗憾了。
>
> 这是五年前的事情了。小生从学校毕业之后，马上想到北京游学。那时我拿着服部宇之吉、竹田复两位先生给先生写的介绍信，却因为我认死理的怕见人的性格，一年半的逗留，却没有去拜见内心私淑的先生。前年夏天，先生来东京的时候，也只是远远地仰望先生的风采，才治愈几分渴望而已，却未能得到先生的亲切教诲，感到很寂寞（作为中国文学研究会的一个成员，我也参加了山水楼

的宴会）。

去年夏天，终于有空儿尝试将《知堂文集》大部分译了出来。把先生的文章译成外语很难，特别是浅学不文的小生，到底是做不到的，这自己很明白。然而，先生的大作应该介绍过来，却一直没有见到译作，有时想要放弃，却心怀“我要干干”的野心。《知堂文集》的翻译，小生不懂的语句太多，那时就想奉函讨教，由于死心眼，也就把原稿先放下了。

此次《文艺恳谈会》向我索要些中国随笔，我很快拿出旧稿，选了五篇，题为《雨天的书》抄好寄出去了（题目实际一点儿也不俗，但我喜欢《雨天的书》这个篇名）。选出五篇的标准，无非是对小生来说，意思不明白的地方比较少些。虽说是少，也是比较而言，不太懂的意识上模模糊糊的地方实际上也不少。用另一封信呈上。如能宽恕小生点金成铁，无学无文，对误译及其他予以指教，则小生之喜悦将无以复加。另外还有一个不情之请，整理上述稿件，如能得到先生允许，希望能由合适的书家出版。只是由于小生浅学，担心对不住先生，但先生的翻译是必须有的，而至今却还没有，我想这是很奇怪的事情。我认定，力所能及，不管有多费事，也心甘情愿。知道会给先生添麻烦，但小生的些微心意，万望先生谅解。

与《文艺恳谈会》同封，寄去《中国语学报》。这是文求堂主人的约稿，情理上不便拒绝，刊载了这样的拙文，不成熟的蹩脚文字，那时怎么也不敢拿给先生看，现在不顾羞怯奉上，敬请先生指教。（下略）

周作人的回信是：

接读郑重的手书，并杂志二册，且感且愧，《中国语学报》前承文求堂见赐，贵文已得，知有拙文集之翻译，甚以为荣。但恐浅薄之作，不值得出版耳。

拙文中尚有南方方言，虑须多费注解，如乌篷船中之猫儿戏系女优演剧之俗名，虽然平时女优并无“猫”之称，鄙意或因歌唱时之高音似猫叫乎?

拙文又有排印错误或涩曲费解处，如承下问，即当奉答。

请希珍重，专此顺颂。

近安

周作人启

三月十五日

战后篇始于十年后的1964年。其时周作人在从事古典文学的翻译工作，翻译所需原著难以到手，便通过柳存仁、实藤惠秀等辗转联系上松枝茂夫，委托他代为购买。从此，松枝茂夫便开始承担起这一特殊任务。因而这一时期的信件，多围绕这一件事情沟通。或许由于多种原因，这些信件失去了原有的随性话语，彼此都显得谨慎有度，拘束有余，读起来也味淡干涩。不过，偶尔也有情感的交流，心照不宣的问答。在1964年12月15日周作人给松枝茂夫的信中，特意附有一首《八十自笑诗》：

可笑老翁垂八十，行为端的似童痴。
剧怜独脚思山父，幻作青毡羡野狸。
对话有时装鬼脸，谐谈犹喜撒胡荽。
低头只顾贪游戏，忘却斜阳上土堆。

甲辰冬日写《八十自笑诗》奉呈松枝茂夫教正　知堂

对这首诗的含义，周作人在同一通信中，自己作了注释："又一纸系写近作打油诗（八十自笑），谨以呈教，照例是'不真面目'，故第六句云然，第三、四句则因对于日本民俗甚感兴趣，多读关于山父及狸的故事，第五句的对话则指近年翻译之路（ル）吉（キ）阿（ア）诺（ノ）斯（ス）著作耳。"①

这里用了一个日语词"不真面目（ふまじめ）"，意思是不当真、笑

①［日］小川利康：「周作人・松枝茂夫往來書簡：戦後篇（4）」，『文化論集』（33），早稲田大学2008年9月，第106頁。

谈、不是正儿八经的。在与外国人交谈的时候，有时突然会感到某个外语词汇更能表达其时的心境，便会脱口而出。这里的“不真面目”恰好是两人对面交谈的双语杂糅。

1983年松枝茂夫为之撰文《知堂老人〈八十自笑诗〉》，对这首诗做了解读。[①]我们也不妨做一下最为简要的说明。

第一、二句言虽已年近八旬，却是一个老小孩。

“山父及狸的故事”。山父，日语汉字亦写作“案山子”，指稻草人。日本小学生唱的歌里有“山田里一只脚的稻草人，好天气还打着伞”。周作人《看云集》里有随笔《案山子》，他所翻译的与谢芜村的俳句里，也提到“案山子”：“田水落了，细腰高撑的案山子呵”，“偷来的案山子的笠上雨来得急了”。

“撒胡荽”。胡荽，即香菜。北宋文莹《湘山野录》曰：“俗传撒此物，须主人口诵猥语播之则茂。”明慎懋官《华夷花木鸟兽珍玩考》：“园荽即胡荽，世传布种口诵亵词则滋茂，故士大夫以秽言为撒园荽。”此指猥语、秽语之意。第三、四句以山父、野狸指代日本民俗故事，说它们已经融入到自己的生活之中。

“对话则指近年翻译之路吉阿诺斯著作耳”。对话、谐谈，盖均指路《吉阿诺斯对话集》。周作人喜欢希腊的讽刺文学，曾译出《娼女问答》三篇（1921年）和《冥土旅行》（1923年），另有十八篇译稿未发表。第五、六句言沉迷于希腊讽刺文学的翻译，乐在其中。

“斜阳”“土堆”，出自唐传奇李公佐的《南柯太守传》，淳于棼南柯一梦，醒来后见“斜日未隐于西垣”，“寻槐下穴”，即其梦中所经入处，“根上有积土壤，以为城堡台殿之状。”第七、八句言只顾埋头游戏文章，忘记了已至暮年。

文后附清观居士的和诗一首：

周翁八十遣愁诗，幽默犹含衰老悲。
毕竟人生啼与笑，不妨谐语祝园荽。

---

①［日］松枝茂夫：『中国文学のたのしみ』，岩波書店1998年版，第172—177頁。

傅芸子与青木正儿的往来书信，没有上面提到的那三套书牍数量多，但也吐露了学术交流的有益信息。在青木正儿还在仙台的时候，住在京都的傅芸子就和他有书信往来，下面是其中三通：

迷阳先生道席

久疏笺候，殊深渴念，维文祉清，嘉为颂近。闻文驾有来洛讲演消息。数年神交，今将快晤，又得畅领大教，何幸如之！未悉何日莅临西京，以便欢迎。百代公司去岁曾收高腔一斤，拟觅赠先生一枚。今年两次返国，迄不可得，殆未发售之故，颇为可惜。不能供先生一清赏也。

肃此敬颂

教安

傅芸子拜启

十月十

迷阳先生道席

前承惠临，并蒙赐书纸张等物，至拜嘉贶，而《四鸣蝉》镌刻之精，尤极爱玩不置也。又承绍介吉泽博士题字，已如约造访，惠书二纸。弟因候长泽君来洛，同谒先生。本周如无消息，下周弟将独往。因弟行期日近（二月八九日），极思多聆大教一二次也。专此布臆，并致谢忱，敬候兴居，不备。

傅芸子拜启

七日

迷阳先生道席

曩者宠邀，饱饫郇厨，殷殷款待，殊感盛情。芸兹将于五日自神乘船返国。琐务蝟集，不能走辞为歉，倘有下命，请惠函北京敝寓可也。专此奉佈。

敬颂

文祺

傅芸子拜启

二日

青木正儿肖像

简牍、青简、尺牍、尺书、手札、鱼雁、双鲤……中国从古至今书信的称谓多达数十个，丰富、形象、有历史感，甚至富有诗意。古代读书人，从学会写字，就开始学习写信。教写信，有书仪这样的教科书和书写标准。等级森严、尊人抑己、用语谦卑、体式严整、修辞考究，是古代书信区别于今日书信的重要特点。这种文人书信的传统，在日本文化中也留下深深的印记。平安时代以后，便有与书仪相类的"消息""往来"作为书信教育的教本。伴随着对个人情感交流价值的认知，江户时代书信更为普及。在20世纪前半叶，学者、文人中还存在与古代书信传统一脉相承的教养，他们之间的书信，除了具有史料价值以外，还可作为汉文化圈传统书信的现代版来读。

近代以前，中日两国学者养成自身的为文之道，有共同的学养基础。《宋书·范晔传》载录范晔晚年与诸甥侄书，说："常谓情志所讬，故当以意为主，以文传意。以意为主，则其旨必见；以文传意，则其词不流。然后抽其芬芳，振其金石耳。"信函就是为特定读者撰写的文章，或具有特殊的亲近性、针对性乃至私密性，写信时的心境也会自然流露在文字中。研究中外学者的通信，除了可以挖掘其中学术交流的具体内容之外，还可以更深入分析两者为文传意的互动过程，其间的克服或者回避差异的方式，更潜藏着饶有兴味的奥秘。当下不同民族的学者利用现代通信手段联系，形式、内容和表述方式都在变化，就有了更为丰富的研究课题。

幸田露伴在《司马温公的草稿》一文中指出："草稿、书简之类无物隐匿。唯由此，想象执笔者的性格、习性、思想涌出顺序及其状态、智愚回旋的情形、做出判断决定的光景，尽管也许并非如此，而修辞方面所保存的意见等，或对或错，将它们当作上述诸端对笔者加以推测，应该说是一种很好的材料。这不仅并无不可，而且可以说是一种有力而饶有兴味的推测研究方法。”[①]幸田露伴主张通过对草稿、书简的解读来推测作者在写作过程中的复杂心智变化，并将此作为解读作品的重要途径。其中书简给读者的信息尤为丰富，因为在这种解读中，书简的发出者与接受者之间的特殊关系、对话形态和言说时机，往往如同小说人物的对话一样耐人寻味。

书信是由个人感怀而书写与传递的。诚如桑原武夫在《书信的盛衰》一文所指出的那样，现代随着管理社会不可避免的推进，超越本人的情思、个人的东西就逐步衰弱。[②]电话等信息传播手段、活字印刷、打字都成为手书更为方便的代用品，由此书信退出人际交往的步伐越来越快。“个人主义狭小了，伴随个人自觉的近代文学诞生了，我感到其隆盛期与书信的隆盛是相互重叠的。”[③]至今很多近现代作家、学者、艺术家之间的通信惜已多有散佚，其中保留至今的中外学者之间的通信，数量有限，弥足珍贵，加强对它们的搜集、保存和研究已迫在眉睫。

五、序跋

学者出书，常会请人作序。那些比作者资格老、年纪大、名气大的，多作为撰序者，而是否请人作序，请谁来作序，却因人而异。顾炎武《日知录》卷十九《书不当两序》说：“凡书有所发明，序可也。无所发明，但纪成书之岁月可也。人之患在好为人序。”可见，作序与不作序，学者都是有讲究的。

一本好书，有一篇可敬可亲的师友作的好序，则是一种荣幸。序跋之于撰述，犹导航仪之于名城，导游图之于胜景。如果是内容涉及两种文化的撰述，如果有两位专家从不同文化、不同角度写的序跋，那么就会使读者更为清晰地看到游走的魅力。请外国人来序，又增加一种意味。是纯为借“外国光”，还是确有画龙点睛之功，就不可一概而论了。学术交流史

① [日]幸田成行：『露伴随筆』第一册，岩波書店1983年版，第216頁。

② [日]桑原武夫：『日本文化の活性化』，岩波書店1988年版，第40頁。

③ [日]桑原武夫：『日本文化の活性化』，岩波書店1988年版，第40頁。

研究序跋，则侧重分析在其中吐露的学术理念和信息的交换。

岛田翰的《古文旧书考》前有俞樾亲笔书写的序，这使全书满纸生辉：

> 右岛田先生所著《古文旧书考》四卷。先生乃篁村先生之子，而其母又宕阴盐谷先生之孙，名家女也。
>
> 先生耳目濡染，学有本原，又以其师井井先生之荐，得窥中秘书，故所见旧书极伙。每得一书，纪其每叶几行，每行几字，及其篇幅之广狭，而参考其异同得失，以成此书。旧抄本为一类，宋椠本为一类，其本国刊本为一类，中国自元明以来及高勾骊刊本为类，都凡五十有七种。
>
> 余略一流览，既叹其雠校之精，又叹其所见之富也。如旧抄本《春秋集解》所标识经传字皆在栏上，为经传初合之本，《文选·神女赋》“王”字、“玉”字犹未互误，适与《西溪丛语》之说符合，之本皆吾人所未克寓目者也。先生博考之，而又加以慎思明辨之功，宜其为自来校勘家所莫能及矣。
>
> 余闻见浅陋，精力衰颓。读先生书，惟有望洋向若而叹已矣，焉足赘一词？惟念往者曾文正尝许余为真读书人，余何人斯，敢当斯语，请移此字，为先生赠“真读书人”。
>
> 曲园俞樾并题①

对于不把读书当一回事的人来说，“真读书人”是太轻的字眼，而对于爱书如命的人来说，“真读书人”就是最崇高的奖赏。俞樾称赞岛田翰“学有本原”，并举例褒扬其“校雠之精”“所见之富”。俞樾作为一位享有盛名的大学者，却自谦谓“闻见浅陋”“精力衰颓”，可见其奖掖后进的高姿态。

1917年问世的今关天彭著《中国戏曲集》，除第一节《中国戏曲史论》及附录《中国思想与道教》《补关于中国剧》之外，依次介绍的戏曲作品有《西厢记》、《琵琶记》、“玉茗堂四种、《双珠记》、“笠翁十种曲”，以及《长生殿》《桃花扇》《桂林霜》《一片石》《第二碑》《临川

①［日］岛田翰：《汉籍善本考》，北京图书馆出版社2003年版，第1—5页。

梦》《雪中人》《冬青树》《四弦秋》等。

书名由冯葆真题签，今关天彭自撰小序：“今日之大问题，中国也。而解决之，主要系于日本国民之上。予之寸劳，不外此意也。”陶庵为其题字：“人月双清。”森林太郎题词：“云涛万里向幽燕，京洛尚留书几篇。涉猎夙朝穷学海，风流今见补情天。高文典册元堪重，艳曲曼声还可怜。最忆先生命题日，倩来纤手写金笺。”词人竹溪森川键题《归田乐引》：“今关天彭摘录传奇数十种之纲领为一卷，索题词，倚声应之。”其词曰：

> 钓取当场耍，读从头笔尖挦撦，任手闲来写。丽者，又壮者；乐者，又衰者。杂剧传奇一齐打。　　无端泼濛那，毕竟人间知音寡。一斑窥得，雾豹何言假。曲也，又调也；科也，白也，一向无言却潇洒。①

内藤湖南为之撰序：

> 余尝读今君所著《先儒墓田录》②，知君学之读矣，又读《桥本关雪君画集》之序。窃想其妍秀，足可期待。昨丙辰冬，余旅寓东都，偶然蒙君过访，继而君就任于朝鲜总都府，途次访余居，特嘱余为其所著《中国戏曲集》作序。余曩见君之文，推想其人，以为植白发数茎而后可达焉；及见其人，乃红颜美妙、闲雅秀丽之公子矣。斯人而有斯著，可谓并非偶然。
>
> 震旦之艺术，传入我国久矣，而能解其雅乐音曲者则颇稀，谓之何哉？盖古乐属六艺之一，有《雅》《颂》，有《国风》，而《国风》多山泽风露之气，综四方之土风，可被之管弦矣。降为《离骚》，极尽其所谓水乡趣味之极致，了无余蕴。及汉，虽古声渐没，乐府词章尚有合乎七律者。魏晋以下，律渐衰，诗与乐之背驰渐甚。《颜氏家训》论北音南音，至周沈二氏，四声之说备矣。至梁，昭明太子与象

①［日］今關天彭：『支那戲曲集』，東方時論社1917年版，第2頁。

②［日］今關天彭：『東京市内先儒墓田録』，政教社1913年版。

慈以西域乐器定汉乐，皆不合焉。盖自此古音渐堙没，新声益滋。唐之乐府，尚有古意，而音律渐乖。南唐词之流行，盖可谓据此声之新风，嗣遗意于《国风》《楚骚》者。及宋，词愈多，然戏曲之闻者稀矣。有元以来，有戏曲焉。其事，即《国风》《楚辞》及汉唐乐府男女之情事；其词，即词余之流，以堪登场。而《西厢记》《返魂香》《红楼梦传奇》之名，于我国被香称艳说最广矣。

或有一二翻译介绍，然西欧艺术风行全国，亦无顾之者也。盖只因为中国文学佶屈聱牙，难懂难解焉。今君拮据经营，累年重岁，选择名曲数十种，约略之间问世。于兹则有元以来戏曲之变迁，可了如指掌焉。其取材之趣向，亦足可窥全豹，是余之所以作序绍介于江湖云。①

东方时论社东则正为该书作序，序文在说明研究中国戏曲的必要性时，提出日本如义大夫、浪花节、歌舞伎、演剧，在中国都有，而寻绎其原委，日本的谣曲、义大夫、浪花节、歌舞伎、演剧，都是奉宗“中国之俗艺术”的。同时，他又提出“知戏曲者，始解中国”的看法，认为“中国剧于中国之位置，曲尽其国民一切复杂之特性，近乎了无余蕴，之所以多相信荒唐要眇之秘密结社；之所以颓唐放漫而靡乱之两性聚会；之所以多无职、无籍之流民，以其人种夹杂而来之恐怖；之所以苦于流寇，其受戏曲影响而浸润国民性之作用，悉可得知”②，以为日本帝国主义侵华政策效劳的口吻，来锁定研究中国戏曲的意义。

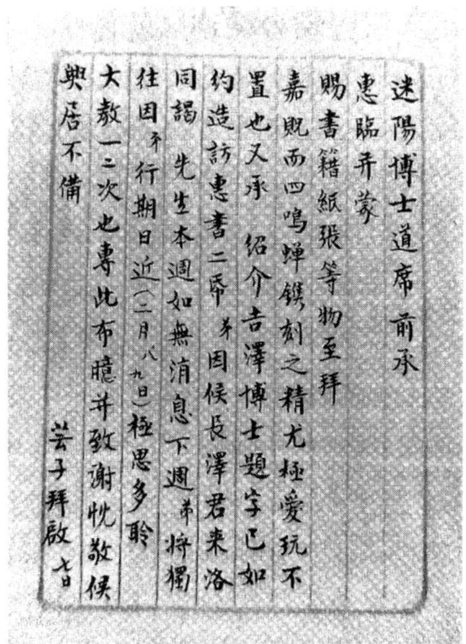

迷陽博士道席 前承
惠臨并蒙
賜書籍紙張等物至拜
嘉貺而四鳴蟬鎸刻之精尤極愛玩不
置也又承 紹介吉澤博士題字已如
約造訪惠書二帋 弟因候長澤君来洛
同謁 先生本週如無消息下週弟將獨
往因弟行期日近（二月八九日）極思多聆
大敎一二次也專此布臆并致謝忱敬候
興居不備
芸子拜啟 七日

傅芸子致青木正儿信函

以上题跋，包含很多文化信息。为

①［日］今關天彭：『支那戲曲集』，東方時論社1917年版，第1—4頁。

②［日］今關天彭：『支那戲曲集』，東方時論社1917年版，第1—5頁。

其题字的冯葆真，还有“陶庵”。后者乃陈宝琛，曾任清朝内阁学士兼礼部侍郎，民国成立后，仍效忠清室，在故宫就任“帝师”。“陶庵”为其号。

董康于1915年底避祸日本，往来于京都、东京之间，1916年4月底归国。他在日访求古书，“凡遇旧椠孤本，记其版式，存其题识，七厄之余，得睹珍笈，以语同癖，谅深忻慨”。胡适为董康所著《书舶庸谭》作序，称其为近几年来搜罗民间文学最有功的人，认为“他在这四卷书里记录了许多流传在日本的旧本小说，使将来研究中国文学史的人因此知道史料的所在”。

董康特别注重日本藏书的历史，如金泽的略传、如狩谷掖斋的详传、如佐伯献书记、如增上寺三藏的历史、如高野山的详记、如秘阁藏书的源流表，都可以使我们明了日本先代贵族学者提倡文艺的历史与精神。南葵、东洋、静嘉堂诸文库，不过是继续这种爱好文艺的遗风而已。

铃木虎雄著《业间录》，载自序：

> 《业间录》，居业之所获也。
>
> 敦本《雕龙》、白氏乐府，为之校勘，存旧卷之异也。隐侯系谱，原声律之所自也。进士征于唐制，比法穷于宋儒，察科举之变也。理学叙诗，彰其有别境也。忆王静庵，学行之士，缱缱乎不能忘也。哀清有赋，将军成咏，因静庵而录及之也。《灵芝赋》以记德应，《香草庐词》以写羁思，体物缘情之遗意也。
>
> 事非类聚，编疏伦纪。著作冒称，实不自安。而考信之方，丽则之规，黾勉致意焉。
>
> 昭和戊辰十月[①]

傅芸子，戏曲理论家傅惜华之兄。曾任《北京画报》《国剧画报》主编，与梅兰芳、余叔岩、齐如山等发起“北平国剧学会”。1932年赴日，任教于京都帝国大学。期间，撰写并出版了《正仓院考古记》《白川集》《中

---

① ［日］鈴木虎雄：『業間録』，弘文堂書院1939年版，第1頁。

国语会话篇》。在《白川集》的自序中，傅芸子写道：

> 民国廿一年，去国东渡，旅居京都十年，此十年中虽然也曾返国，但大半的时光，都消逝在这山紫水明的京都了。我素来知道日本保存中国古代文物最富，深致向往之意，吾国千百年后久已泯灭的文物，在日本却犹灿然具存，还有两国文化交流所形成的一种新成果也不在少数，在在可以供我们的研究，资我们的探讨。
>
> 出国目的固然是为教书，但一半也实由于上面所讲的情形，目的在于求学。东渡以后，立志访求，幸蒙日本当局的特许以及两京友朋的引导，使我有若干机会，得以瞻仰海外遗留的祖国文化之片影，最难得的是拜观奈良正仓院，曾写了一本《考古记》，叙述院藏有唐文物的美备，藉示两国过去文化交流的成绩。
>
> 近几年来，又数观两京各大文库所藏吾国佚存旧籍，以及各寺院所存唐代乐舞，对于两国艺文的关系，又续有探讨，写成几篇文章发表于国内外杂志，也不过是介绍的性质，非敢有以自炫。去岁归国之际，谬蒙两京友朋相谋纪念之品，复承文求堂主人田中子祥氏的盛意，为我刊印此集，集中所收诸篇大部分是在京都北白川寄庐写的，遂以白川名集，聊志十年的鸿雪。我最爱北白川一带景物的静美，背临比睿山、大文字山，清流映带，林木蔚然深秀，而春花秋月，风雨晦明变化，又各有各的胜处，殊使人徘徊不能去，亦复缅怀不能忘也。
>
> 民国三十二年四月傅芸子于北京[①]

翻开《白川集》，首先看到的是青木正儿撰写的日文序。序言用优美的散文笔调，描绘了白川永远清澄的流水、旋转水车的声音、粗糙的山岩，揣摩隐居于此、背对小窗外月雪花的景色而埋头笔耕的傅芸子将自己的文集命名为《白川集》的用意。接叙自己在仙台，就已经结识了傅君，鸿雁传书，互通音讯，移居西京之后，往来频繁，经常拜读傅君的文章。赞扬他一心探访日本胜迹，探究正仓院收藏的中国文物，搜寻内阁文库收

① 傅芸子：『白川集』，文求堂1943年版，第5—6頁。

藏的明代善本，遂有《正仓院考古记》之著，多有辨明迄今尚罕有人知者。甚至推崇傅君的功劳，如比睿山之高耸，似白川水长流，当为今世所尊崇，远传于后世。最后说明，此序是傅芸子临归国前嘱托自己撰写的。[①]

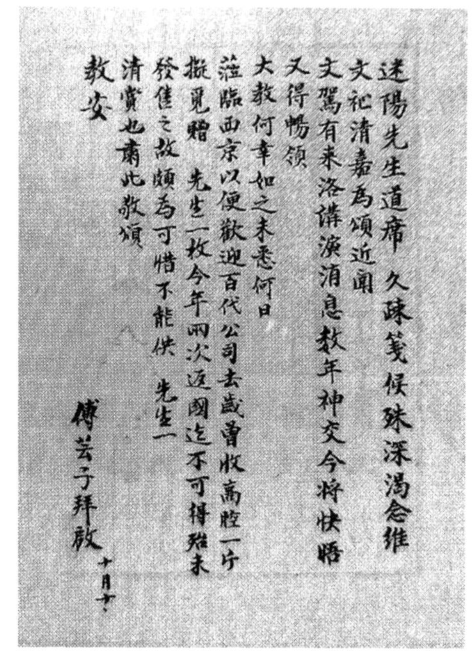

迷陽先生道席 久疎箋候殊深渴念維
文祉清嘉為頌近聞
文駕有來洛講演消息數年神交今將快晤
又得暢領
大教何幸如之未悉何日
蒞臨西京以便歡迎百代公司去歲曾收高腔一片
擬覓贈 先生一枚今年兩次返國迄不可得殊未
發售之故頗為可惜不能供 先生一
清賞也肅此敬頌
教安
傅芸子拜啟 十月十

傅芸子致青木正儿信函

接着看到的是周作人写的序。在叙述了与傅芸子的交往，赞扬了他的学术活动之后，周作人对于中日文化交流谈到自己的想法：

> 其所研究者，为两国之艺文文物，又特注重于相互之关系，如俗语有之，此宁非实剑赠与钟馗耶。今人盛唱文化交流，此诚为当务之急，唯文化交流其实是古已有之，其年月固甚长远，其成绩因之亦更广大，非后人所能企及。近世中国之注意日本事情者，固亦大有人赞叹其固有之美，然太半对于过去两国间之文化交际特致其留连欣慕之意，实例至多，即傅君此集，其用意盖与《正仓院考古记》相同，亦正可为最近的一好例子也。
>
> 窃意异民族间文化相通，自亦各有其饱和之度。今言中日文化交流，似不重在互为炫售，第一当谋情意之交通，如是则言昔年相互之关系，或今日各自之殊异，其用处均极大。学术艺文之书而有外交政治之用，谅当为东亚国士所许可欤？[②]

---

① 傅芸子：『白川集』，文求堂1943年版，第1—2頁。

② 傅芸子：『白川集』，文求堂1943年版，第3—4頁。

1938年松枝茂夫在《边城译者前言》中，谈到自己读《边城》，首先就为它畅达自在的美好笔致所倾倒。接着马上想到："什么时候他写的这么好了？将'笔下生花'文字魔术师这样的评语给他是很有道理的，特别是其中讲述的完美的诗一般的故事，告诉我真正的中华民族是如何纯真可爱的民族，我高兴极了。"又谈到一般日本人对中国人的看法：

> 普通我们观念中的中国人不是为末法的文明毒害的堕落的中国人吗？因为那脸上浮现出柔和微笑的六朝佛一样的中国人，那些刻成石佛的人，是中国人，所以那样未让什么东西毒害的纯洁无瑕的中国人，另外在哪里存在着呢？正是我们的观念性的看法错了，堕落的现代中国人的内心深处，不是也仍然有真正的中国人潜伏着吗？我确信这一点，以探求介绍这种真正的中国人，搞一点中国文学，是我最重要的目的，所以《边城》让我无限欣喜。接着我读了《从文小说习作选》，知道里面汇集了他的精品。读了觉得都很好。虽然不知道这位多产作家著书的确切数字，似乎确有四五十本，而且因为他是性情中人的作家，该被看成败笔的也实际不少（特别是都会故事）。①

汉文化圈中近代著述正文前影印名人、友人或本人的题字、题词、题签，可以视为对写本时代的眷念，是写本时代的遗迹。现代著述中的前言（序言）、后记，都是著述中最重要的部分之一，给读者的见解和感受以巨大影响。译者是外国作品最先的解读者，他们的解读通过译笔传达给本国读者，因而，了解他们对作品的理解、他们的翻译思想和翻译策略，便不能离开他们或他们的师友撰写的序跋。从这种意义出发，清理中国文学各种译本的序跋，也不失为认知中国文学域外传播的一条途径。

中国作家、学者为外译著述撰写的序言，外国作家、学者为汉译著述撰写的序言，都是伴随翻译而进行的一次学术交流活动。序言作者在预想异国读者阅读期待和效果的基础上，为减少误读和增进理解而选择的内容和表述方式，是译著问世时两国文化语境的直接反映。桑原武夫1988年为

---

①［日］松枝茂夫：『中国文学のたのしみ』，岩波書店1998年版，第183—184頁。

中江兆民《三醉人经纶问答》的滕颖中译本撰写的序言，特别强调中江兆民将政治论带进文学领域，表示没有必要去概括三醉人的思想，而希望读者自行研读体会。值得注意的是，在本序言原文收入他的文集时，桑原武夫只谈到“兆民在民权运动的衰势中一定是用自己的创作安慰自己的郁屈之思”①，而中译本的结尾则是：

> 中国的文学，自古以来和政治的关系极为密切。这是它与日本文学的很大不同之处。作为中国文化的强烈爱好者，中江兆民在民权运动衰退的时期，创作了《三醉人经纶问答》一书，这既是借以安慰自己的郁闷心情，同时也就产生了明治时代思想文学的杰作。②

这两者的不同，是译文中多了有关文学与政治关系的几句话。不论是桑原武夫在日本发表时删改了原文，还是译者在译文时有所增笔，都反映了80年代末中日两国学术环境的差异。

第二节　戏缘·译缘·墨缘

20世纪的中国文学研究中，小说戏剧研究属于新潮流。以往的文学交流，除了面对面的唱酬之外，基本是通过无声无形的阅读进行的，小说戏剧研究大大有别于经学研究的一点，就是对体味、聆听、观赏等感知手段更为重视。围绕戏剧小说研究的学术交流，由于其为20世纪学术交流的新领域，共同探索、彼此呼应、相互促进的情况就更为常见。

---

①［日］桑原武夫：『日本文学の活性化』，岩波書店1988年版，第256頁。

②［日］中江兆民著，滕颖译：《三醉人经纶问答》，商务印书馆1990年版，第3页。

一、戏缘

幸田露伴介绍元曲，起于20世纪到来前五年，他发表的《元时代的杂剧》，是最早谈到元杂剧无穷魅力的文章。谈到如何向日本读者介绍元曲的问题，他认为翻译势必失去原有趣味，使人徒然恼于思慕，“与其由予之手对少数篇什作不精确之粗翻译、没兴味之恶翻译、乃至取如同姆母傅粉似的徒劳装饰的拙翻译，不如对尽可能多的篇什稍加详细解题，且略指示其佳处妙处，遥使人领略元剧是如何之物，并一人列举数篇，不论其题目如何出自同一手笔，则为使人了解其作者有如何气习、如何手法。”①

为此，他着重介绍了乔孟符、杨显之、关汉卿、马致远四人的代表作品。他对关汉卿的《望江亭》《窦娥冤》《救风尘》尤为推崇，称关汉卿为“巨匠大家”，认为“《窦娥冤》悲壮，《切脍旦》滑稽，其他大抵属普通之喜剧。《切脍旦》或名《望江亭》，以美人谭记儿为主人公，叙聪明女子戏弄痴汉之奇话，美人不为薄幸而痴汉自作自受之异光景，令读者快笑绝倒”；《救风尘》一篇，滑稽甚是滑稽，然绝无谐谑之词，令人自然微微含笑，思世上真多有如斯者，“且足堪称一佳作，我国元禄以后及天明宝政，近乃至二三十年间，叙花柳之事之小说戏曲非鲜，然皆陈陈相因，无一如此一脱常套，开一生面者”②。并赞许在李笠翁数百年前有关汉卿这样的人才存在，“元之才人岂易侮哉！”慨叹“恨予不幸未得见汉卿之作六十本之一半，唯悲不能窥汉卿乃何样之作者，故而不能加以评论”③，流露出不胜遗憾之情。在露伴此文发表两年之后，森槐南将中国戏曲搬到了东京帝国大学汉学科的讲坛上。

1897年笹川临风出版了《中国小说戏曲小史》，全书由中国小说戏曲的发展开篇，而后分别对元、明、清小说戏曲加以论述，其中值得注意的是对《红楼梦》的评介，他引证西方批评家所谓“男子之交唯为友，妇人

---

①［日］蝸牛會編撰：『露伴全集』第十五卷，岩波書店1978年版，第60頁。

②［日］蝸牛會編撰：『露伴全集』第十五卷，岩波書店1978年版，第116—117頁。

③［日］蝸牛會編撰：『露伴全集』第十五卷，岩波書店1978年版，第118頁。

之交已为敌”和吉田兼好《徒然草》中的名言来阐述《红楼梦》的主题。[①]严绍璗在《日本中国学史》第一卷中认为：“笹川临风的中国俗文学观念，在19世纪的末叶，已经跨越了传统儒学（包括日本汉学）的界限，而把中国小说戏曲的研究，带入了近代学术的行列。其后，日本中国学在中国俗文学方面所取得的一系列业绩，都是以此作为起点的。”[②]

1900年，署“马场让得阅”的《中国小说译解》上下两册由东海义塾刊出，该书没有采用自古以来的训读方式，而是将原作译成日语，堪称近代中国小说翻译的最新探索。尽管其译文中穿插不少汉语词汇，但明显摆脱了训读的羁绊。对于其在中国小说翻译史上的意义，东海义塾编辑主人东达识1898年撰写的题言中已有清醒认知：

> 象胥氏之书，用字甚巧，设事甚奇。苟非讲其学，则不能读其书，我邦古来专修儒道之学，而攻象胥氏之文者，甚稀矣。是以译其书，解其文者寥寥无闻，其学渐废置，不亦艺林之阙典乎？我义塾亦主讲儒道之学，旁及象胥之文。唯其来学者有数，未能广与江湖，玩其味。向讲儒道之学以问于世，今又译象胥之文，以颁同志好学之士，由此以致远，则世将称我塾发轫之功也。

该书为《游仙窟》《水浒传》《西游记》《照世杯》《海外奇谈》五部作品的译解。其中《海外奇谈》一书，写义穗四十七义士故事，虽托名清鸿蒙陈人撰，实乃日本江户儒者创作的汉文小说。这部作品在很长一段时间被当作中国小说，20世纪初刊行的这本《中国小说译解》也难免鱼目混珠。

七年后，宫崎繁吉讲述的《中国小说戏曲文钞译》，为早稻田大学三十九年度中国学科第一学年讲义，摘译《水浒传》《西厢记》《桃花扇》《红楼梦》四部作品。与上书不同，本书仍然借用训读的方式，对原文加上各种训读符号，以供谙熟训读的读者有文可依，而又在解释词语的基础上用日语对原文意思进行一定程度的串讲。作者侧重于对原文特别是俗语

① ［日］笹川臨風：『支那小説戲曲小史』，東華堂1987版，第104—113頁。

② 严绍璗：《日本中国学史》第一卷，江西人民出版社1991年版，第361页。

的研究，每部作品在选译前对作品的内容加以介绍。此书和前面几部书一样，都是学者结合教学对中国小说戏曲研究的成果，不仅反映了研究的进展，也是当时中国文学教育更新的缩影。

同年，同一作者的《续中国小说戏曲文钞译》问世，摘译了《琵琶记》与《粉妆楼》两部作品。《粉妆楼》原作为《粉妆楼全传》，乃竹溪山人所著《说唐后传》的续书，成书于清嘉庆道光时期。这是译者立足于近时作品而选择的一种原本。

儿岛献吉郎沉潜十年，著《中国大文学史·古代编》，于1909年出版。该书将中国文学史分为九期加以论述，这九期分别是胚胎时期（伏羲黄帝时代）、发达时代（唐虞时代）、全盛时代（春秋战国时代）、破坏时代（秦代）、弥缝时代（两汉）、浮华时代（六朝）、中兴时代（唐宋）、模仿时代（元明）、集成时代（清代）。1912年，他出版了以汉文教师为对象而撰写的《中国文学史纲》分上古、中古、近古、近世，认为“欲明中国文学之变迁，必辨历代政事之方针，亦宜察时代之思潮、政事之方针如何影响于文学界，文学之兴废如何反映于政事界，时代之思潮如何反映于文学上，文学之流行如何左右于思想界”。

早期中国戏曲研究者西村时彦所译《琵琶记》，不唯是日本人翻译南戏之始，在世界上也属首创。王国维曾为其译本作序。[①]在西村时彦文集中，还收有其甲寅年，即1914年八月所撰《抄本盛明杂剧跋》：

> 予自获臧氏《元曲选》、毛氏《六十种曲》以来，耽读戏曲几成癖。窃恐玩物丧志，乃自抑制，平日束之架上，每暑暇随意抽读以为消夏之具。所藏词曲之类略备，祇《元人杂剧选》《古名家杂剧》《盛明杂剧》三书，访求日久，而未能获也。按《元人杂剧选》所收总三十种，臧选不载者不过五种，《古名家杂剧》所收总四十种，其入臧选者有二十五种之多，至《盛明杂剧》，则其初集、二集收明人杂剧六十种，皆他书所不载。故予最眷眷于此书。
>
> 我邦内阁藏其第二集，而缺初集。予见其目，未见其书，茫茫诸

① 王晓平：《近代中日文学交流史稿》，湖南文艺出版社1987年版，第396—398页。

夏，托人搜访而杳无消息。明治戊申春，有客自杭赍第二集归。虽亦缺初集，固为人间希觏者。乃借而抄之。

近年海宁王静安寓西京，闻行箧中携有初集。予乃惊喜，又借抄之。于是，十余年来所寐求之者，始得完备焉。王氏曰："此书在存佚之间。"曩见日本内阁书目有第二集，惊为秘笈。已酉冬日得此初集三十卷于厂肆，始知世间尚有完书也。今中外所存，初、二互缺，彼此皆不完，则所谓完书独有此一抄本而已。

他一方面表达自己对中国戏曲的酷爱，一方面又表示无意挑战传统文化观，只是谨慎有限地重申小说研究的意义，可见当时的小说戏曲研究者如何在经学的阴影下拓展着自己的视野：

夫戏曲小道，不足致远，然亦为文艺之附庸，世运消长系焉。而古人刻意镂骨之文，待好事之士而完存于天壤间，如有数存焉者，然则予此举亦未必无小补于艺苑也。书手功竣，命工装缀，遂书数语于卷尾。①

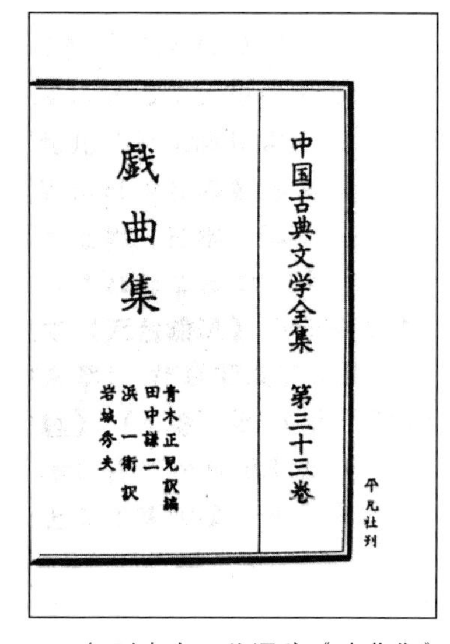

1958年刊青木正儿译稿《戏曲集》

久保得二自述十八九岁时已与中国戏曲结下不解之缘："碧天如梦夜微茫，最可怜宵最断肠。帘外春寒月当空，满身花影读西厢。"（《读曲观剧杂咏》）他用诗歌记录梅兰芳、尚小云艺术活动，如《观梅兰芳演〈天女散花〉剧》：

一自司隶赋戏场，菊部南北较短长。
殊色昔有王紫稼，绝技今见梅兰芳。

①［日］西村時彦：『碩園先生遺集』第一卷，懷德堂記念会1936年版，第35頁。

声价花旦推第一，蛮靴窄袖结束出。
更扮天女矜端妍，认得世上冰玉质。[①]

久保得二是最早将小说戏剧纳入中国文学史课程的学者之一，1904年早稻田大学出版部出版的《中国文学史》，是该大学第三十六年度文学讲义录。全书将元明清定为第四期近世文学，其中金元文学部分，论述《西厢记》与《琵琶记》；明代文学部分，论述《西游记》与《金瓶梅》；清代文学部分论述李笠翁与《桃花扇》《金瓶梅》《红楼梦》《儿女英雄传》及其他传奇与小说。

1914年，被誉为“拓植大学中国学鼻祖”的宫原民平，与金井保三合译《西厢歌剧》，于1914年由文求堂出版。1925年，共立社出版其《中国小说戏曲史概说》，首章题作《平民文学发达之障碍》，末章即第二十五章终于《道光以后的创作》，附录《历朝年代表》和《小说戏曲家略传》。十年后又由文求堂出版了《中国小说戏曲读本》，解读了《钝秀才一朝交泰》《杜十娘怒沉百宝箱》《破幽梦孤雁汉宫秋》。

狩野直喜在《忆王静安君》一文中，称王国维为“博宏之士”，特别赞扬他打破中国文学研究以研究经典为主眼的陋见，将历来被轻视、被视为雕虫小技的戏曲小说作为重点，开始迈出了真正研究的步伐，认为现今的中国学者们讴歌、倡导中国俗文学研究，实际上不可谓没有得益于王国维，王国维在十数年以前，业已在前面为这一方面的研究著先鞭了。[②]狩野直喜给予其最高评价的，则是王国维利用西方科学方法来研究中国的学问：

王君作为学者伟大卓越之处，在于他身为中国老儒始悉数能为其能为之事，而且在于后来会外语一概不说，而为治外国学问，较之从来中国老儒的学问方法，采用了更为确实的研究方法，即擅长于理解

① 张杰：《久保得二及其〈中国戏曲研究〉》，载《戏曲研究》第六辑，文化艺术出版社1982年7月，第245—251页。

②［日］狩野直喜：『支那學文藪』，みすず書房1973年版，第368頁。

西方科学研究法，利用它来研究中国的学问。我想这是他作为学者之所以卓越的地方。

狩野直喜指出，同样是利用西方科学研究法，王国维的过人之处还在于本身学养深厚，而又擅长于阐述：

接受西方学问的影响，逐渐为中国学提出新见解的学者，今天在中国绝不罕见，但遗憾的是，中国这种新进学者，确有成为中国学根柢的经学的学殖薄弱之嫌，而且因为即便从来的中国学者知识渊博，却不通晓今日之学问研究法，即使呕心沥血，仅此也拿不出令今日世界学者接受的巧妙的学术性的叙述法。也就是说，不擅长于阐述。然而，王君没有这两种弊病，反而采用了两者的长处。在这一点上，却是不能不说是独一无二的。①

青木正儿在所著《南北戏曲源流考》②一书中开始便谈到自己的著作与王国维的开拓之功不可分开，他说："王国维氏的名著《宋元戏曲考》（民国四年刻），他追寻元以前的戏曲发达底踪迹，很为确实，我们所佩服得很的，但他述南北曲底系统，还没有一贯的论述，觉有点儿未善。因为北曲的系统，难已说得明白，而南曲却因宋元作品的资料缺乏，想考究那时的消息，很不容易。所以就是王氏的学问和头脑，尚且难于论断，何况我们浅陋呢？可是我们幸在王氏披荆斩棘之后，很想扫除那芜秽的呵！"他回忆起二十年前，在熊本读到评释《西厢记》数折，很觉得中华戏曲有味，后又求学于京都，师从于狩野直喜，颇得窥戏曲之门径。青木正儿此书在国内由江侠庵译出，1926年由商务印书馆出版。

青木正儿在另一部著作《中国近世戏曲史》序言中，也谈到他留学中国时拜访王国维的经历。该书于1930年4月由弘文堂发行，原题为《明清戏曲史》，青木正儿自言："本书之作，出于欲继王忠悫公（国维）先生《宋

① [日]狩野直喜：『支那學文藪』，みすず書房1973年版，第370頁。

② [日]青木正儿著，江侠庵译：《南北戏曲源流考》，商务印书馆1926年版。

元戏曲史》之志。”全书五编十六章，详尽论述曲学书籍举要、索引，叙说详实，考订精确，论述允当，是日本最早的中国戏曲史专著，其学术价值为中日治戏曲者所公认。吴梅言其“遍览说部，独发宏议，诣之所及，亦有为静安与鄙人所未发者”，王古鲁亦称此书与《宋元戏曲史》配合，“初步描出了整个中国戏曲史的轮廓，开辟了这方面进一步研究的途径”。我国有王古鲁的译本行世。

《元人杂剧序说》是青木正儿继《中国近世戏曲史》及共立社发行汉文学讲座中的《中国戏曲史》之后的又一部力作。作者把此书当作王国维、吴梅研究的继续，自称“不避续貂之嫌”，“本书偏重于作品的介绍与批评，这是曲学前辈王国维、吴梅两家的著作中不太谈到的”。该书于1937年弘文堂书店出版后，斋藤护一在1937年10月出版的《汉学会杂志》第513期上发表了题为《青木正儿著〈元人杂剧序说〉》的文章予以评述。此书在中日两国学界有较大影响。

王国维去世后，青木正儿写了《初对面》和《王先生的辨发》，分别发表于1937年5月的《中国文学月报》和1927年8月的《艺文》，后以《追忆王静庵先生》为题，收入《江南春》。在文章中他回忆自己听到王国维说“元曲是活的，明以后的曲是死的”，内心有些反感，想到：“元曲是活文学，这是不可撼动的评价，但明清的曲也不全是死文学。若仅论曲词，明清的曲笼罩着诗余习气，缺乏生气，到底不如元曲的天籁，但就剧整体来看，就未必比元曲逊色了。”[①]这其实从另一方面说明了自己的研究与王国维研究的关系。

1920年，辻武雄著《中国剧》，分剧史、戏剧、优伶、剧场、营业、开锣等全面简介中国戏剧。其中也介绍了中国的话剧运动：

> 中国今日所谓新派剧，系描写今日社会而作者，如日本往年所称之壮士芝居（文明新戏之意）是也。盖中国新派剧之历史，历年未久，其起源多在上海，距今十二三年以前。其发起之者，多系留日之学生。彼等留学日本，常观新剧，又就新剧钜手高田实、河合武雄等

①［日］青木正兒：『江南春』，弘文堂書房1941年版，第271—280頁。

学习艺术，立春阳社，曾在春木座（在东京本乡区）演《不如归》及其他二三新剧。

既而归国，深慨国势之衰颓，痛叹社会之腐败，拟假戏剧，唤醒人心。先在上海设新剧团，研究新剧，现身舞台。其所演者，多系一种社会剧（译外国剧者居多），颇受欢迎，来京曾演唱二三次。是时沪京两地，设有一种学校，养成新式的艺员，尔后新剧一盛一衰。至于今日，上海有种种新剧团，又有新剧专门之剧场。而戏剧内容及其演法，较之最初，稍行进步。就中如刘艺舟、任天知、汪优游、查天影、欧阳予倩、史海啸等为最著名之戏剧家。女子学校出身之女伶，亦往往有之。

惟按最近之趋势，纯粹新剧（研究固未足），渐有令人生厌之倾向。于是有人提倡拟将旧剧、新剧合一炉而治之，以谋调和者。现如北京著名坤伶鲜灵芝、张小仙等所演之新剧，属于此类。

要之，中国今日之新剧，犹属幼稚，其技艺程度，恰与日本已故川上音二郎初演之新剧相似，其研究改良之余地尚不为少也。①

陈宝琛、章太炎、严修、易顺鼎、姚华、梁士诒、曹汝霖、王揖唐、王廷揖、尹昌衡皆为其题词。

梅兰芳1919年与1923年两次访日，极受欢迎。1919年出版的《春柳》第5期刊登李涛痕的文章《梅兰芳到日本后之影响》，分别从同业者所得之影响、日本人所得之影响、日本伶界所得之影响、国际间所得之影响一一道来，如数家珍，最后感叹："甲午后，日本人心中口中，未尝知'中国文明'之四字。每每发为言论，亦多轻侮之词。至于中国之美术，则更无所闻见，除老年人外，多不知中国之历史，学校中所讲授者，甲午之战也，台湾满洲之现状也，中国政治之腐败也，中国人之缠足、赌博、吸鸦片也，至于中国所以立国者，未有以研究之。今番兰芳方前去，以演剧而为指导，现身说法，俾知中国文明于万一，一时朝野上下，趋向行将一变。"

王古鲁早年赴日留学，考入东京高等师范学校研究科学习，1926年学成

---

①［日］辻武雄：『中國劇』，順天時報社1920年版。

归国，历任北京女子师范大学讲师，金陵、北京、中央、辅仁等大学教授，以及广西教育厅编译处处长、河南新中华日报编辑。1938至1941年，王氏再次赴日，任日本东京文理科大学讲师，并进行小说戏曲文献的搜访与调查。归国后又随周作人任北京图书馆秘书主任，主持日常馆务。50年代任北京师范大学教授，直到去世。

王古鲁在担任金陵大学中国文化研究所专任研究员时便以“日本学者研究中国学术概观”“日本史学家关于中国史学之研究”作为研究课题。他不仅大量翻译日人文史著作，介绍日人的学术成果，更与日人信札往还，交流考辨、往来切磋，增进学术研究的深度，亦为中国学者争得一席之位。除此之外，他也勤苦搜访留存于东瀛却在中国亡佚的小说戏曲珍籍，将之影摄回国，并选择部分善本影印出版。他对于小说戏曲的研究也有不少独到的见解。王古鲁著有《语言学概论》《王古鲁日本访书记》，还翻译过日本青木正儿的《中国近世戏曲史》。

在日本，王古鲁拍摄了国内久佚的明冯梦龙《古今小说》的初刻本。王古鲁的日本访书，是继杨守敬、董康、张元济、傅增湘、孙楷第等人之后收获最多的一位，也是贡献最大的一位。王古鲁在1956年9月2日的一篇文章中说:“记得四十年前，一个研究中国古典文学的人，要想读一点所谓通俗短篇小说，除了一部《今古奇观》而外，简直没有其他可读的了。后来陆续地在国内，在日本，发现了《京本通俗小说》、《古今小说》、《喻世明言》（二十四卷）、《警世通言》、《醒世恒言》、《初刻拍案惊奇》、《二刻拍案惊奇》、《清平山堂话本》、《雨窗欹枕集》等等，丰富了研究话本系统小说的演变资料。现在回忆到过去的情形，同时看到了过去想读而读不到的这类珍籍，陆续地被刊布了出来，对于一个曾经从事搜集过这类珍籍的我，是何等兴奋的事！”王古鲁有关访书的记述收入《王古鲁日本访书记》，于1986年由海峡文艺出版社出版。

二、译缘

明治末年，日本对华、对俄两场战争的获利，使知识分子在文化上张扬“国威”的冲动勃然而生。在中国研究方面，两套大丛书的编辑出版，正与这种冲动相关联。

1909年至1916年耗时八年，由服部宇之吉主持的《汉文大系》刊行，将中国古典的原文和权威性注释呈现在读者面前。丛书出版的市场因素，是日本帝国大学法文学部增设中国文学专业，专攻汉文与监修日文汉文的学生人数显著增加，对汉籍的需要增长很快。服部宇之吉把该书的出版看作伴随"东洋学研究更新"的当然现象，他的意图还在于要彰显"我国儒学之美""为本邦学者扬眉吐气"。在大致同一时期，早稻田大学出版部《汉籍国字解全书》全四十五册分四回刊行，将江户时代的国字解作为所谓"先哲遗著"重新训读，瞄准在汉学实力衰退时期不能直接读懂原文而依赖训解的读者群。这两套丛书都曾热卖，商家大赚。这两套书集江户以来汉学之大成，是旧汉学的隆重谢幕，也是中国典籍训读时代的最后里程碑。

与之相反，大体十年后推出的《国译汉文大成》（1922年）和其后的《续国译汉文大成》（1928年），则可以视为中国典籍现代翻译的起点。它们摆脱了加上训点、送假名和头注的传统形式，改以日语翻译或详细说明，并增加了《文选》及《西厢记》《水浒传》《红楼梦》等俗文学代表作，[①]反映了对中国文化、中国文学的新认知。这是翻译策略、翻译理念和翻译方法的巨大变革。译者在摆脱了训读的拐棍之后，似乎还没有学会甩开双臂大步走路，文言腔调、生硬的说明和夹生的汉语就像随时碰脚的路障。

1940年，吉川幸次郎撰《中国语之不幸》，认为在日本最未被正确认识的外国文化是中国文化，陷于最不幸状态的外语是汉语。汉语的不幸，表现有三：首先来源于其与日语"同文"的认知，必须抛弃"同文"万能思想；其二是以为汉语容易，思想根源是认为中国文化不如欧洲文化；其三则是汉文训读法。他认为，为政治也好，为学术也好，都应该拯救汉

①［日］兴膳宏著，戴燕选译：《异域之眼——兴膳宏中国古典论集》，复旦大学出版社2006年版，第374页。

1943年刊日译本张恨水《啼笑因缘》（上）

语的不幸。[①]第二年，他又发表了《同文之功罪》[②]《汉语及其翻译》[③]《汉语翻译》[④]着重来讨论汉语的翻译问题。

吉川幸次郎《翻译的伦理》[⑤]原为《中国文学》所刊，收入秋田屋1946年出版的《关于中国》。这篇文章最有价值的部分，是其尖锐地指出明治以来的中国学，长期懒于修炼，其结果就是呈现出只是论文每年数十、数百地出来，而全然没有误读、误译的论文却屈指可数。他还指出，现代日本人，对他者的语言冷谈，是由于过于要急速地实现自己的人生。他主张，将通过翻译来介绍中国文化视为一种"新的文化运动"，并说："我不希望从事这一工作的人们，沉溺于日本人的弱点，采取显露弱点的态度，而且相信，以这种态度，是无法成就这一困难的工作、不能不顶住社会上的白眼的困难工作的。"[⑥]

日本学界第一次对五四运动前后文学革命问题加以认真面对，是1920年9月至11月《支那学》月刊第一卷第一期至第三期发表的青木正儿的长篇论文《以胡适为中心的汹涌澎湃的文学革命》。这以后，又有藤枝丈夫、大高岩等对于中国新文学运动的持续评论。按照佐治俊彦的说法，这两位学者的共性，是左翼性、在野性和非专门性，具有所谓"中国浪人的气质"。

藤枝丈夫著有《现代中国的根本问题》[⑦]和《新生中国与日本》[⑧]两部著述，曾与郭沫若有过交往，拜访过蒋光慈，撰文评论左翼文学运动。而

① [日] 吉川幸次郎：『吉川幸次郎全集』第17卷，筑摩書房1985年版，第437—436頁。
② [日] 吉川幸次郎：『吉川幸次郎全集』第17卷，筑摩書房1985年版，第460—473頁。
③ [日] 吉川幸次郎：『吉川幸次郎全集』第17卷，筑摩書房1985年版，第508—512頁。
④ [日] 吉川幸次郎：『吉川幸次郎全集』第17卷，筑摩書房1985年版，第513—514頁。
⑤ [日] 吉川幸次郎：『吉川幸次郎全集』第17卷，筑摩書房1985年版，第525—547頁。
⑥ [日] 吉川幸次郎：『吉川幸次郎全集』第17卷，筑摩書房1985年版，第547頁。
⑦ [日] 藤枝丈夫：『現代支那の根本問題』，叢文閣1938年版。
⑧ [日] 藤枝丈夫：『新生支那と日本』，育生社1938年版。

1943年刊日译本张恨水《啼笑因缘》（下）

大高岩则于1931年在《上海周报》上发表了《中国无产阶级小说的现阶段》，而后又先后在东京和我国东北发表了《现代中国的新文学思潮》《支那新文学运动的现状》《鲁迅再吟味》等论文，同时发表了不少译作。大高岩为中国学者所知，还在于他对《红楼梦》的痴迷和推崇。1976年岩波书店出版由“大高岩追悼文集刊行会”主编的《红迷——一个中国文学者的青春》，这时已是他本人去世之后的第五年了。

20年代末年，所谓“第一代教授”的狩野直喜、铃木虎雄、盐谷温相继退出教坛。“第二代教授”青木正儿、仓石武四郎、神田喜一郎等，执教讲坛，他们沿袭了前代重视新领域的开拓和新资料的发掘利用的传统，更加重视语言学的研究与教育，这堪称是重视资料的深化，同时在现代文学研究中蹚出一条新路。1920年创办的《支那学》，创刊号就刊登了青木正儿介绍中国新文学运动的文章，发表了《〈今古奇观〉〈英草纸〉与〈蝴蝶梦〉》这样具有比较研究特色的论文，第五号又发表了《中国学革新第一步》，主张从汉语的语言构造的基本研究来接近中国，武内义雄也在该杂志上发表了《列子冤词》《曾子考》《关于南北学术异同》等实证研究的论文。①

竹内好、武田泰淳等组成的中国文学研究会的成立，标志中国现代文学翻译和传播不再只是传统汉学的附庸，开始逐渐有了自己的专家和队伍。下面是中国文学日译的部分译本：

佐藤春夫、增田涉译：《鲁迅全集》，岩波文库1935年版。

井上红梅、增田涉、松枝茂夫、小田岳夫、鹿地亘等译：《大鲁迅全集》，改造社1936—1937年版。

①［日］町田三郎：「明治漢学覚書」，见『町田三郎教授退官記念中国思想史論叢』，1995年版，第25頁。

林语堂著，鹤田知也译：《北京之日》（下卷）（第二部《庭院的悲剧》，第三部《秋之歌》），1940年版。

周作人著，松枝茂夫译：《周作人随笔集》，改造社1938年版。

周作人等著，松枝茂夫译：《文艺论集》，育成社1940年版。

鲁迅等著，增田涉等译：《现代支那文学全集　随笔集》，育成社1940年版。

郭沫若著，猪俣庄八译：《创造十年》，育成社1940年版。

巴金著，饭村联东译：《现代支那文学全集　新生》，育成社1940年版。

巴金著，服部隆造译：《家》（下卷），1941年版。

萧军著，小田岳夫译：《第三代》，改造社1938年版。

萧军著，小田岳夫、武田泰淳译：《现代中国文学全集　愛すればこそ》，育成社1940年版。

丁玲著，冈崎俊夫译：《母亲》，改造社1940年版。

谢冰莹著，甲坂德之译：《女兵的告白》，大东出版社1941年版。

谢冰莹著，中山樵夫译：《女兵》（《一个女兵的自传》），三省堂1940年版。

冰心等著，奥野信太郎等译：《女流作家集》，东成社1940年版。

老舍著，竹中伸译：《骆驼祥子》，新潮社1943年版。

叶绍钧著，竹内好译：《倪焕之》（《小学教师倪焕之》），东京大阪屋号书店1943年版。

凌叔华著，桃玉翠译：《花之寺》，伊藤书店1940年版。

沈从文著，大岛宽译：《湖南的士兵》，小学馆1942年版。

沈从文著，松枝茂夫译：《边城》，改造社1938年版。

张恨水著，饭冢朗译：《啼笑因缘》，生活社1943年版。

青木富太郎译：《洪秀全的幻想》，生活社1941—1942年版。

刘半农著，竹内好译：《赛金花》，生活社1941—1942年版。

邓惜华著，一条重美译：《邓惜华》，生活社1941—1942年版。

曹禺著，多摩松译：《大陆的雷雨》（《雷雨》），天松堂1939年版。

曹禺著，服部隆造译：《北京人》，青年书房1943年版。

巴金著，服部隆造译：《家》，青年书房1941年版。

侵华战争期间，翻译最多的是周作人（六种）和林语堂（十三种）。中国文学的译本在日本受到冷遇，诚如译者之一的千田九一说：

> 谈到中国现代文学的作品，它们被大多数出版社所拒绝，偶尔有某些有良心的出版社或出版低级品的出版社大胆地出版了，但他们的遭遇，也将是蒙着灰尘，埋在书店的角落里。改造社的《大鲁迅全集》、东成社的《现代中国文学全集》以及各地翻译出版的库存品，被廉价地卖给食品店。这是以前不久的事。①

在中国文学频遭冷遇的气候下，译者对中国作家作品不吝惜笔下的赞词，以期引起社会的关注。面对社会上对中国的蔑视、无视和漠视，他们在译本的序跋中强调作品对于日本社会的意义所在，对作品的评价往往带有为中国作家辩护的色彩。

冈崎俊夫翻译了丁玲的《母亲》，1938年由改造社出版，他介绍说，《母亲》是作者唯一的长篇，写出了被因袭所封闭的大家族制度下的家庭生活，鲜明地展现了在新时代光照下的对照、矛盾的种种相貌，是迄今从未有过的杰出家庭小说。②

中山樵夫在谢冰莹《女兵》译本的前言中说：“我们日本人对这本书，要抛弃拘泥于其中一部分字句的愤慨的狭量性，汲取其底层流淌的东西、汲取其中给人以启示的东西，应当把它看作今后兴亚建设的好资料，特别是对于要想抓住中国军队、中国民众心理的人，没有比这更为切实的记录了。”③

服部隆造评价巴金的《家》描写了“现代新中国的风貌”，写出了“中国的年轻人如何憧憬新文化，诅咒旧社会”，说巴金是“现代文坛上最令人瞩目的新进气锐作家”，并将他的《家》《春》《秋》与赛珍珠的

---

① 转引自实藤惠秀：《日本和中国的文学交流》，《日本文学》1984年第2期。

② 丁玲著，小田岳夫訳：『母親』，改造社1938年版，第361頁。

③ 谢冰莹著，中山樵夫訳：『女兵』，三省堂1940年版，第3頁。

《大地》相提并论。[①]

1939年，多摩松也将曹禺的《雷雨》译成日语，改剧名为《大陆的雷雨》，由东京天松堂出版。服部隆造是曹禺话剧的又一位译者，译出了《北京人》。服部隆造赞许曹禺是“现代中国剧作家中首屈一指的天才作家，其深刻与辉映北欧的斯特林堡比肩，在描写时代与个人苦恼、理想与现实乖离上，达到易卜生悲剧高度的罕见作家”，说他的《北京人》“淋漓尽致地写出了行将没落的北京旧家庭中老中青种种人物在颓势中如何生存、如何挣扎，以及真实爱情与旧来陋习之间的冲突，对封建桎梏的批判，最深刻的家庭悲剧中北京的印象”，是将它们巧妙编织起来的“划时期的作品”。他称许主人公曾文清就是中国的巴扎洛夫，毫无遗憾地展示了过渡期生存的中国壮年层的虚无主义；女主人公张扬牺牲精神，体现了东洋道德之美；其他的人也都表现出与旧时代抗争的努力；“特别是以新时代为理想的作者让原始的‘北京人’出场，暗自辛辣讽刺那些盲目跪拜在西欧文化之下、带来今天的了无生气、软弱颓废的现实”[②]。

1938年改造社出版了《大陆文学丛书》，除了收入萧军所著《第三代》（小田岳夫译）、丁玲的《母亲》（冈崎俊夫译）、沈从文的《边城》（松枝茂夫译）之外，还收入了法国作家马尔罗的《上海风暴》（原名《征服者》）、美国作家伊丽莎白·路易斯的《扬子江上游的小傅子》、瑞典作家斯文·赫定《马仲英逃亡记》。

译者自然有不同的文化观，然而今天我们在读这些译本的时候，大多数可以感受到所谓“大日本主义”的浓重阴影。服部隆造在《北京人》序言中开头第一句就狂热地赞美“皇军无以伦比的胜利，华美装饰了新世界的一页”，歌颂“中国在日本新指导下新生的现实”，将自己的翻译当作所谓“文化共荣”的事业。日本从明治维新之后，知识者中便有很多人将鼓吹“大日本主义”视为己任，以欧美影响下亚洲文化的拯救者自居，并将这视为一种崇高的“爱日本”行为，自我膨胀地高唱日本文化的所谓“责任”，在这种膨胀受挫时便只许“同仇敌忾”，结果越是受挫越膨

① 巴金著，服部隆造訳：『家』，青年書房1941年版，第3—4頁。

② 曹禺著，服部隆造訳：『北京人』，青年書房1943年版。

胀，就像头脑中注射了产生文化霸主幻象的迷魂药一样，直到将民族、将自己带入深渊。

1941年刊竹内好译刘半农《赛金花本事》原本

这些译本也影响了一些青年人。作家中村真一郎在《我的文学轨迹》一文中回忆说："中学生时代教给我文学的，是俄罗斯的近代作家，他们是些革命前夕的小作家，以及美国的现代作家，还有共产革命前的中国近代作家（鲁迅、茅盾、郁达夫等）。"[①]除了翻译之外，还出现了像竹内好《鲁迅》[②]这样后来给予中国研究家启发的研究专著。

世界上第一部鲁迅传记出自小田岳夫之手。小田岳夫1936至1937年参加改造社七卷本《大鲁迅全集》的编译，1941年由他主编的《现代中国文学杰作集》由春阳堂书店出版，他还参与了1940年育成社出版的《现代中国文学全集》的编译。1941年他所撰写的《鲁迅传》由筑摩书房刊出后，1945年11月中国的星州出版发行了任鹤鲤的中译本，1946年开明书店又出版了范泉的译本，后一个译本由于得到许广平的赞许而广为人知。小田岳夫对于中国现代文学的翻译研究贡献良多，其1975年由中央公论社出版的《郁达夫传——拓的诗和爱与日本》[③]在20世纪80年代初即被译成中文绝非偶然。

1943年刊竹内好译刘半农《赛金花本事》

①［日］加藤周一、中村真一郎、福永武彦：『現代日本文學大系』82，筑摩書房1971年版，第391頁。

②［日］竹内好：『鲁迅』，未来社1989年版。

③［日］小田岳夫、稻叶昭二著，李平、阎振宇译：《郁达夫传记两种》，浙江文艺出版社1984年版。

1946年，日本中国学学会创立，1949年日本中国友好协会成立，同年《近代文学》和《中国文学》同人举行了“关于中国文学”的座谈会。战后中日关系掀开了新的篇章，随着新中国的建立，中日文学的学术交流也迈进了一个崭新的时代。战后经过一段时间，使用与日常语言相当接近的日语来翻译、解说唐诗等古典文学作品的著述，终于出现。吉川幸次郎、三好达治的《新唐诗选》（岩波书店），抱着“要使东洋的优秀财富、世界上最杰出的诗歌之一——唐诗，接近我国的年轻一代”的目标，尝试用富有现代感的解说，阐述中国文学的魅力，中国文学的传播也就赶上了中日文化前行的快车。

不幸的年代不可能有平等、均衡与和谐的学术交流。由于日本帝国主义发动的侵略战争，中国对日本文学的翻译、介绍和研究，难以健康发展。不过，半个世纪中中国学者对此也多有建树。鲁迅对日本文学和日本文化有精彩的论述，20世纪初周作人在北京大学所作的《日本近三十年小说之发达》[①]、在清华大学的讲演《日本的小诗》[②]等在新文学青年中反响颇大。1923年，鲁迅和周作人合译的《现代日本小说集》出版，其中鲁迅翻译了夏目漱石、森鸥外、有岛武郎、江口涣、菊池宽、芥川龙之介的作品，鲁迅还翻译过武者小路实笃的《一个青年的梦》和厨川白村的《走出象牙之塔》《苦闷的象征》。

从20世纪初起，国内陆续出版了不少包括所谓日本“中国学”的第一代和第二代教授在内的日本学者研究著述的汉语译本，例如：

本间久雄著，章锡琛译：《新文学概论》，商务印书馆1925年版。

厨川白村著，鲁迅译：《苦闷的象征》，北京新潮社1924年版；北新书局1926年版。

厨川白村著，丰子恺译：《苦闷的象征》，商务印书馆1925年版。

波多野乾一著，鹿原学人编译：《京剧二百年历史》，启智书局1926年版。

松村武雄著，谢六逸译：《文艺与性爱》，开明书店（上海）1926年版。

---

① 止庵编：《周作人讲演集》，河北人民出版社2004年版，第1—15页。
② 止庵编：《周作人讲演集》，河北人民出版社2004年版，第80—88页。

盐谷温著，孙俍工译：《中国文学概论讲话》，开明书店（上海）1929年版。

铃木虎雄著，孙俍工译：《中国古代文艺论史》，北新书局1929年版。

本间久雄著，章锡琛译：《文学概论》，开明书店（上海）1930年版；开明书店（台湾）1957年版。

青木正儿著，汪馥泉译：《中国文学研究译丛》，北新书局1930年版。

铃木虎雄著，汪馥泉译：《中国文学论集》，神州国光社1930年版。

儿岛献吉郎著，胡行之译《中国文学概论》，北新书局1930年版。

儿岛献吉郎著，隋树森译述：《中国文学》，世界书局1932年版。

儿岛献吉郎著，孙俍工译：《中国文学通论》，商务印书馆1935年版。

青木正儿著，江侠庵译：《南北戏曲源流考》，商务印书馆1938年版。

青木正儿著，隋树森译：《元人杂剧序说》，开明书店（上海）1941年版。

1941年刊奥野信太郎译老舍《赵子曰》

青木正儿著，梁盛志译：《中国文学与日本文学》，国立华北编译馆1942年版。

盐谷温著，隋树森译：《元曲概说》，商务印书馆1947年版。

铃木虎雄著，殷石臞译：《赋史大要》，正中书局1942年版。

相比之下，中国的文学研究著述在日本翻译的就很少，只有松枝茂夫译的周作人讲义《中国新文学之源流》（东京文求堂书店1939年版）、田中清一郎译的王力《中国文法学初探》（东京文求堂书店1941年版）等。其中，许多著述在译成日语时，题目有所改变，书名中的“中国”多被改为“支那”，如：

鲁迅《中国小说史略》，增田涉译为『支那小説史』，サイレン社1942年版；岩波书店1942年版。

林语堂《中国人的幽默》，吉村正一郎译为『支那のユーモア』，岩波新书1941年版。

1952年再版日译本老舍《赵子曰》

李维著《中国诗史》，真田但马译为『支那诗史』，大东出版社1943年版。

胡云翼著《中国文学史》，井东宪译为『支那文学史』，高山书院1941年版。

谭正璧著《中国文学史》，立仙宪一郎译为『支那文学史』（收入《支那文化丛书》），东京人文阁1939—1943年版。

玄珠著《中国神话》，伊藤弥一郎译为『支那の神話』，东京地平社1943年版。

梁启超著《中国近世学术史》，岩田贞雄译为『支那近世学术史』，人文阁1942年版。

另外，许多相关文化类著述也被译成日语，如：

陈登原的《中国文化史》与《中国近代文化史》、朱谦之的《中国音乐史》、任时先的《中国教育史》、戈公振的《中国报学史》，以及杨幼炯的《中国政治思想史》。

记忆是有选择性的，历史某一时段常常被某一群体作为集体无意识遗忘的特区。对于有些日本知识者来说，20世纪30至40年代中期约十余年就是这样一个时段。那些鼓吹“大日本主义”的言论，在后来再版时被删去。有些歪曲、粉饰、抹杀历史的人，往往比追求历史真相的人调门更高，更有知名度。然而，历史可能遗忘，却并不会消失。

从学术交流的视角来看，文学作品与论著的翻译，既是一种创作行为，也是一种学术行为。因为这些翻译的本身，就涉及两种语言文化的辨析、转换与创造。学术论著不论古今，都必然涉及对语言、风俗及各种社会文化现象的考证与表达。历史上出现的那些译著，既与那一时代对他者文化的整体认识、社会共识、文化印象等外部因素相关，更与译者本人的学术素养与选择的翻译策略有关。这一方面的研究还所见不多，甚至可能还会有人否认翻译与学术研究的联系，这是十分令人遗憾的。

三、墨缘

1930年，陈寅恪在《敦煌劫余录序》中说："一时代之学术，必有其新材料与新问题。取用此材料以研求问题，则为此时代学术之新潮流。治学之士，得预于此潮流者，谓之预流（借用佛教初果之名）。其未得预者，谓之未入流，此古今学术史之通义，非彼闭门造车之徒所能同喻者也。"①敦煌写卷为学界提供的新材料，以及由此孕育的新的学问——敦煌学无疑是20世纪学术史上灿烂的篇章。

诚如《中国敦煌学史》绪论所指出的那样，"敦煌学是一门国际性的'显学'。它的国际性不仅表现在资料收藏的国际性，研究队伍的国际性，而更重要的是表现在敦煌学研究价值的国际性。"②经过长期积累与摸索，在极其艰苦的条件下，有一批既具有国际视野，又具有本土情怀的学者，始终关注和汲取国外研究的最新成果，广交朋友，特别是在70年代以后，敦煌学不仅硕果辉煌，而且成为最具开放性的学术领域。中国敦煌学的百年，就是我国学者和各国学者以不同形式长期携手合作、不断交流、共同推进的百年，其中围绕敦煌文学研究的国际交流，尤其值得大书特书。

1909年11月1日北京日侨办的《燕尘》上刊发了田中庆太郎署名救堂生的文章，首先介绍了敦煌文书的价值，文中说："看来只有唐写本、唐写经、唐刻及五代刻经文、唐拓本等，纸质不出黄麻、白麻、楮纸三种。《老子化胡经》等较之《太平经》中最佳品毫不逊色。《尚书·顾命》残页文字雄劲清晰，乃唐人所书。西夏兵变时封于石室，直到近年闭于室内，均为五代以上的，宋以后的一件皆无，特别是西夏文字的，半片也没有，就是确实证据。我想，这是学术上的伟大发现。"③文中还描述了罗振玉、江翰等人宴请伯希和的情景。这一年11月12日大阪朝日新闻刊载了内藤湖南撰

① 陈寅恪：《敦煌劫余录序》，见陈垣著《敦煌劫余录》（上），国立中央研究院历史语言研究所1931年版。

② 林家平、宁强、罗华庆：《中国敦煌学史》，北京语言学院出版社1992年版，第7页。

③［日］神田喜一郎：『敦煌學五十年』，筑摩書房1971年版，第13頁。

写的《敦煌石室的发现物》，以“千年前的古书卷十余箱”“皆已有法国人携去”醒目导语，介绍了这一伟大发现。①

1912年9月狩野直喜到达圣彼得堡，参观了圣彼得堡大学的图书馆和东方学系，阅览了所藏东、西文书籍，他还参观了俄国科学院藏克兹洛夫搜集品，并和俄国方面商讨了联合刊布克兹洛夫搜集品的可能性。

1913年1月发行的《艺文》第四年第一号《海外通信》刊载了狩野书简，这是上一年10月狩野在彼得堡写给当时文科大学的同事的，书简详细介绍了俄罗斯汉学的状况，其中特别提到敦煌文献的研究。在谈到克兹洛夫搜集品的文献价值时，他说：

> 克兹洛夫甘肃的发掘，从学术上的价值来说，分量虽少，但可与敦煌相匹敌。西夏语《掌中字汇》、西夏文字经卷、唐椠大方广华严经、北宋椠本《列子》断片、宋椠吕观文进注《庄子》、杂剧零本（此虽仅稍寓目，不能断言，然似有宋椠，较之例之《古今杂剧》，版式旧些，万一为宋椠，则正为海内孤本，于元曲源流放一光明者也，惜其纸多破损）。宋椠《广韵》断片，有至正年号之书翰，令我辈敦煌党流涎者目下在翰林院整理中。承蒙伊万诺夫氏之厚意，从本野大使往观。殊令人惊喜者，乃佛画，其数多精巧也。门外小生，虽无说道之资格，而其为唐代之物无疑，笔法柔美，全无田舍粗末之点。②

1916年3月，狩野直喜又在《艺文》上发表了《中国俗文学史研究之材料》，文中首先谈到中国俗文学，即小说戏曲等，所谓街谈巷议之类，不出大雅君子之口，谓之全无文学价值者。故有关此方面认真之研究几乎阙如，关于此等文学之起源，唯有明清人随笔等零碎想象性之记述，颇感不足道。“而近年不论是中国，还是我国，呈现出就俗文学展开研究之气运，同时，偶然亦出现从来被埋没不为世间所知的抄本或刊本，属于此方面之

①［日］神田喜一郎：『敦煌學五十年』，筑摩書房1971年版，第17—18頁。

②［日］狩野直喜：『支那學文藪』，みすず書房1973年版，第334頁。

书籍，于学者之研究上，给予不少之裨益。”[①]

狩野介绍了斯坦因、伯希和与自己在发掘敦煌俗本方面所做的工作：

> 我所说的抄本，早年英国斯坦因氏、法国伯希和教授等先后由敦煌千佛洞获得自六朝到宋初抄写的经籍、佛典，有关历史、地理、文学的卷子是亿万级，其中有些属于俗文学写本。即发现了雅俗折中体或口语体撰写的散文或韵文小说。我往年在英法两京博物馆及图书馆所进行敦煌遗书的研究，偶然见之，不胜喜悦，乃转写其一部分，藏于箧底而归，唯感遗憾的是，抄写之际，无其他参考书籍，又无时间精读原文，遇见文字不明时，仅照葫芦画瓢而写之，今取出观之，全然不可卒读者，不鲜。[②]

狩野直喜指出，这些抄本的重要价值，在于证明在唐末或五代，业已出现了元朝以后俗文学的根芽。他说：

> 唯我对此抄本尤感兴趣的理由，在于它们是在唐末或五代时书写的，换言之，在唐末或五代，元朝以后俗文学之根芽，业已出现。我辈通常所说唐五代文学，马上联想到优雅典丽之骈文和诗歌。而当时此等文学之外，还有极俚俗而为一般下级民众把玩之所谓平民文学，正可以由这些抄本管窥蠡测。
>
> 要之，我想说的是，中国俗文学，元明清三代戏曲小说有很多，但其实唐末五代萌芽已发，至宋代而大为流行，至元代而更加进步。我相信，以上所举抄本或刻本已为我的臆说提供了证据。[③]

学者一般把此文视为日本第一篇研究敦煌文学的论文。狩野长于中国古代文学文献研究，在欧洲寻录敦煌文学卷子抄本，为之不惜时日。从欧

---

①［日］狩野直喜：『支那學文藪』，みすず書房1973年版，第254頁。

②［日］狩野直喜：『支那學文藪』，みすず書房1973年版，第254—255頁。

③［日］狩野直喜：『支那學文藪』，みすず書房1973年版，第254—266頁。

洲学归来之后，撰写了这篇长文。文章分上、下两部分，分别连载于1916年1月与3月发行的《艺文》杂志第七年第一号和第三号上。该文涉及的敦煌文学作品有英藏《唐太宗入冥记》、英藏《秋胡戏妻故事》、英藏《茶酒论》、法藏《伍子胥变文》、英藏《孝子董永传》、英藏《季布歌》，计6件，文中在介绍这些写本的同时，特引用了其他材料。

1943年刊日译本叶圣陶《小学教师》

1918年沙畹逝世的消息传来，狩野直喜撰写了《闻听沙畹的讣告》一文，回忆起与沙畹的交往。狩野直喜访法期间，在亚细亚协会的例会上得以与之相识，两三天后便去他的住所拜访。沙畹正在考证校正斯坦因从敦煌带回来的木简。沙畹谈到，中国研究必须基于事实作出论断，一扫向壁虚造之风，表示不赞成以往欧洲一部分汉学学者的做法。在狩野直喜的印象中，沙畹一点也没有倨傲尊大的作风，哪儿看都是一位气质很好的春容温雅的好绅士。狩野直喜在法国的时候一直受到沙畹的照料，得以观看巴黎收藏的敦煌遗书，又在其介绍下到英国伦敦博物馆，得以亲眼目睹很多珍贵的文献。①

1920年，王国维《敦煌发见唐朝之通俗诗及通俗小说》发表，其后郑振铎等提出“敦煌俗文学”的概念，流行于20世纪80年代之前的敦煌学界。20世纪50年代中期，王利器提出了“敦煌文学”的概念，20世纪80年代以后在敦煌学界普遍流行起来。在这一期间，有关敦煌文学的研究始终在徐徐推进，中外学者各自做出了自己的贡献，只是相互的交流并非广泛深入，中外学者切实交流的序幕直到80年代才徐徐拉开。

1929年3月在《支那学》报第五卷第一号上，狩野直喜发表的《唐抄本文选残卷跋》介绍了苏联科学院所藏《文选》残卷，在文末说：

① [日] 狩野直喜：『支那學文藪』，みすず書房1973年版，第205—206頁。

> 自二十余年前斯塔因、伯希和二人发敦煌石室之秘，六朝隋唐旧抄始出人间。即《文选》一书，以予所寓目，犹有数种。然概皆李善、五臣二注本。此书亦得于敦煌，而内容则异，殆宋以后学者所未见未闻，可谓惊人秘笈，天壤间孤本而已。①

铃木虎雄《业间录》收入其《敦煌本文心雕龙校勘记》②，该书后来又刊行了单行本。

英国学者亚瑟·韦利的汉学，可谓始于敦煌，终于敦煌。41岁时其《斯坦因发现敦煌绘画解说目录》刊行，后研究变文，70岁时英译的《敦煌歌谣集》（*Ballads and Stories from Tun-Huang*）问世。川口久雄认为，这本书“既与他对中亚的关注相联系，同时也是中国边境地带民间文学爱情的结晶。这与他将《源氏物语》英译的作用一样，都是向世界介绍新的未知文学作品。对于这些人类文化遗产，不因其难而背过脸去，勇于以有定评的美丽英文，将亚细亚内陆民众内心的皱褶，寓于格调高雅的译笔”。“韦利博士与一般西方的东方学者爱带根的草木，追求浮世绘、插花、茶、禅大不相同。他从东方的立场爱东方。连对欧洲探险队将敦煌资料带回伦敦、巴黎也是批判的，这不是西欧中心的想法，而是出于对于被弃而不顾的东西的爱情。有言道大隐隐于朝市，我想他正是一位地地道道的真硕学，是市隐的达人……先生今天也还是像敦煌画中那位历游胡僧一样，迈着坚实有力的步子，从西方往东方走过幽界，与那些美好的朋友们一起——”③

1952年11月神田喜一郎在京都龙谷大学发表了《敦煌学五十年》的讲演，介绍了各国学者在二三十年代的研究情况，并预言：“敦煌学不仅还有很大的研究余地，而且也有辉煌的将来。”④

美国普林斯顿大学大学教授余英时说：“1930年陈寅恪先生撰《陈垣敦煌劫録序》曾提‘预流’与‘未入流’之说。他认定‘敦煌学’是当时‘学

① ［日］狩野直喜：『讀書纂餘』，弘文堂書房1947年版，第288頁。

② ［日］鈴木虎雄：『業間録』，弘文堂書房1928年版，第77—127頁。

③ ［日］川口久雄：『西域の虎——平安朝比較文學論集』，吉川弘文館1980年版，第279頁。

④ ［日］神田喜一郎：『敦煌學五十年』，筑摩書房1971年版，第39頁。

术之新潮流’，中国学人必须急起直追。今天的‘新潮流’则已扩大到中国研究的每一角落，不能再以‘敦煌学’为限。域外的‘汉学’已取代了当年‘敦煌学’的位置。所以中国学者即使研究自己的‘国学’也有‘预流’或‘未入流’的问题。”①

伦敦大英博物馆收藏的斯坦因写本资料，由榎一雄、善本达郎两位教授将胶卷赠送给东洋文库，川口久雄为研究英法所藏敦煌资料与日本文学的关系而前往伦敦，而后又前往列宁格勒苏联科学院东方学研究所，调查其中搜藏的敦煌文献。

在川口久雄看来，与日本文学相关的资料首先就是佛教文献。其中《阿含经》《华严经》《方等经》《般若经》《法华经》《维摩经》《金刚经》《金光明最胜王经》等，以及《佛本行集经》《贤愚经》《杂宝藏经》等，与日本说话文学关系密切；《观无量寿经》《大乘无量寿经》等净土系诸经典，与日本古典文学关系密切；而《佛名经》《父母恩重经》等则与日本古代、中世纪的民众信仰、生活关系深切。《佛顶尊胜陀罗尼经》则与《今昔物语集》《古本说话集》等说话相关；敦煌赞文、宣讲、愿文等，则与日本汉文唱导作品，以及汉赞、和赞类文学关系紧密。

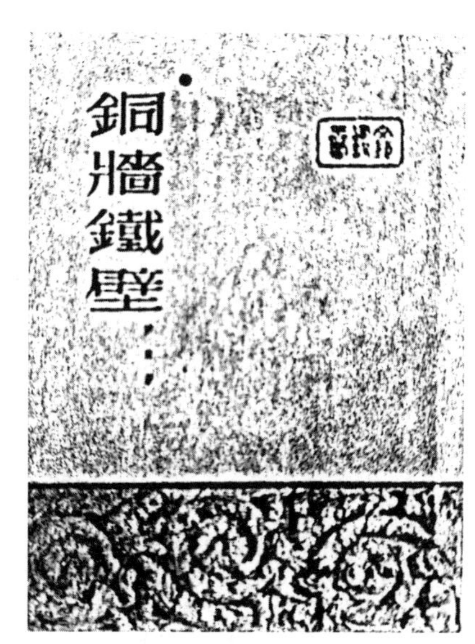

1953年刊日译本柳青《铜墙铁壁》原本

同时，奈良平安朝贵族文人学习《毛诗》《礼记》《左传》《论语》《孝经》《老子》《庄子》《史记》《文选》等写本资料也不可忽视。而古代知识分子的座右之书《千字文》《急就章》《玉篇》《切韵》《一切经音义》等，也是研究日本文学极为重要的资料。川口久雄也没有放过曲子、押座文、话本、白话诗、说话集、通

① 余英时：《图说汉学史序》，见刘正著《图说汉学史》，广西师范大学出版社2005年版，第3页。

俗类书等对于日本文化研究的重要性。①

1960年10月，川口久雄拜访了英国学者亚瑟·韦利。在《贯穿亚瑟·韦利一生的敦煌研究》一文，川口久雄回忆起两人谈话的一个细节：

> 先生从容地翻开胡适《白话文学史》中的一页，问我，你对这首诗怎么看？
>
> 城外土馒头，馅草在城里。
> 一人吃一个，莫嫌没滋味。
>
> 先生好像对敦煌出土的白话诗人王梵志作品有兴趣。寒山诗哪儿有，是一首俗气十足、半俗漂泊的行脚僧口气的诗，因为我虽然是专攻日本文学，志在于研究日本汉文学，为调查与日本文学密切相关的敦煌俗文学资料来到伦敦的，先生好像是早就很期待我的到来似的。我的中国俗语知识很少，于是就回答说，土馒头，在日本俗语中也指土葬的墓土，馅，是馒头的缘语，日语是アンコロ，别看眼前威风，不久就会成了馒头里的馅，是讽刺这样的人吧。总之，谈了很多有意思的话，这个王梵志土馒头的诗，印象很深。或许这个时候，先生正在与王梵志这位无名的市井诗人对话。②

金冈照光1961年以《敦煌出土唐五代变文研究》获文学博士学位。1969至1971年间，他对斯坦因等收藏的敦煌文献已公开的目录及尚未公开的、由东洋文库从大英博物馆摄制的文献，进行编目并作解题，创编《敦煌出土文学文献分类目录》（东洋文库1971年版），著《敦煌文学》（大藏出版社1971年版）、《敦煌之民众——他们的生活与思想》（评论社1972年版），1974年12月至1975年1月，赴苏联及欧洲访问，考察敦煌研究近况。

① ［日］川口久雄：『西域の虎——平安朝比較文學論集』，吉川弘文館1980年版，第361頁。
② ［日］川口久雄：『西域の虎——平安朝比較文學論集』，吉川弘文館1980年版，第274—275頁。

苏联学者Н. И.康拉德1965年于莫斯科出版的《西欧与东方》①，1969年出版了日语译本②。康拉德不仅是日语、日本文学研究者，也研究中国、中亚、西欧的历史、文学、哲学，探讨中国、中亚与伊朗的文艺复兴，将中国文学、日本文学与欧洲文学相比较，探究各国文学之间的交流及其特性，也关注文学媒介者、东方文学理论等方面的问题，提出世界文学史是人类历史课题意义的观点。

川口久雄在介绍了康拉德有关日本物语文学体裁的观点之后，认为那种认为凡是外国人的日语、日本文学研究就觉得索然无味的，是无成果的、自闭的偏狭见解，是理应克服的。尽管他的见解里有应该批判的方面，但大体上，西欧学者的研究，让我们反省容易陷入的井蛙之见，不断教我们懂得具有国际视野的重要性，接触这些外国人的见解时，我们的眼皮轻轻垂下，醒悟本国文学所具有的真正独创的存在价值，而爱日本文学，将其打入自身生涯的康拉德尤其是这样。③

1973年10月9日，川口久雄在汉字汉文教育全国大会做特别演讲，题为“门外汉文学管见”，根据其演讲记录的整理稿发表在《汉文教育丛刊》第六号，改题作《从日本文学看中国文学》。演讲中涉及平安时代汉文学各个方面，其中近半数与敦煌文学相关。特别是后半部分，谈到敦煌变文在讲史和白话小说中展开、变文的绘解与日本的绘解唱导、敦煌变文的文本解读、中日两国异类拟人故事与色情文学、克罗克罗夫教授的《孟子》解释、东洋文艺复兴古文运动与延喜天历的文学革新、不懂东洋则不懂日本等。其中特别谈到，王重民等校订的《敦煌变文集》虽是一本好书，但自己对中国学者的校订态度仍有不满，并举其中的《孝子传》中的第901页，将释文与伯希和2621号写本相对照：

① Николай Иосифовии Конрад. Запад и Восток. Nздательство〈Наука〉. Москва，1966.

②［苏联］N・コンラド著，笠井忠、丸山政男、昇隆一、直野敦共訳：『東洋と西洋』，理論社1969年版。

③［日］川口久雄：『西域の虎——平安朝比較文學論集』，吉川弘文館1980年版，第34頁。

	《敦煌变文集》	伯希和2621号
2行	舜乃与雨（以两）腋	两
3行	牽（承）泥	承涅
	银钞	银钱
5行	可以綦（索求）出我	索我
	恃（持）	将
7行	父至（自）填井	座
8行	弟復史（失）音	失
9行	语妻曰氏（是）我重华也	此
12行	小者女莫（英）	少者女英
13行	舜乃禅帝位而归於禹（舜）	禹

川口久雄一一说明《敦煌愿文集》误释的原因，而后指出，王重民是卓越的学者。不知所著《敦煌变文集》校订怎么会这样难以理解，即便采用王庆菽的释录，也必须对照写卷原本搞清楚。[①]这些见解无疑是有参考价值的，只是在70年代初的那个时间点，中日两国学者根本不可能就写本的释录交换看法。川口久雄可以读到王重民等校订的《敦煌变文集》，而王重民等人却无法知晓这位远在大海对面的研究日本古代文学的学者的见解。

1983年8月15日，“中国敦煌吐鲁番学学会成立大会暨1983年全国首次学术讨论会”在兰州召开，揭开了中国学者群体走向世界论敦煌、世界学者群体走进中国看敦煌的序幕。90年代藤枝晃和石冢晴通提出了敦煌伪写本问题，中国学者荣新江、余欣等皆参与了写本真伪问题的讨论与研究。

石冢晴通等日本学者对于日本保存的古文献，特别是古写本中保存的中国散佚写本及版本的研究成果丰硕，他们强调：“日本文化的特长就是对前代的遗品精心保存。中国学、中国文化方面的研究者应该利用这些资料。”[②]他本人与其师筑岛裕四十年来致力于高山寺经藏和文献的搜集与来

①［日］川口久雄：『花の宴——日本比較文學論集』，吉川弘文館1980年版，第248—284頁。

②《敦煌学·日本学——石冢晴通教授退职纪念论文集》，上海辞书出版社2005年版，第404页。

源考订。中国学者利用敦煌写本研究积累的方法和经验，在考释日藏日本汉文古写本方面，也解决了一批历年层积的难题，为写本的精细化研究走出了新路，从宏观上、从世界范围审视汉文写本的文化贡献，将汉文写本的国别研究推及到汉文化圈写本的整理与研究。

中国敦煌吐鲁番学会副会长兼秘书长柴剑虹多次应邀赴法国、德国、俄罗斯、日本、韩国等国参加学术研讨会、考察并做学术讲演，王邦维自1984年起在国内以及德国、法国、印度、瑞典、爱沙尼亚、日本、荷兰出版或发表过多种著作或学术论文，内容涉及梵语与汉语佛教文献与文学、印度和中国佛教史、中印文化关系史。荣新江曾在荷兰莱顿大学汉学研究院留学（合作培养）并走访英国、法国、德国、丹麦、瑞典等国学术机构，后赴日本京都龙谷大学佛教文化研究所做访问学者，在英国图书馆做访问学者并走访法国和俄国。2003年，经高田时雄、郝春文等倡议，敦煌学国际联络委员会（International Liaison Committee for Dunhuang Studies），英文简称ILCDS成立，以联络国际敦煌学界同人，以致力开展重大项目合作，协调相关事务，以推动学术发展为使命。

此后，中国学者不仅更加积极主动地参与国外的研讨活动，将国外资料和本土资料相互补充对照，而且开拓了敦煌文学的国际传播与影响方向的研究领域。张鸿勋《跨文化视野下的敦煌俗文学》①从敦煌俗文学的角度对中印、中日以及中阿文学关系均有新发现，王晓平《唐土的种粒——日本传衍的敦煌故事》《远传的衣钵——日本传衍的敦煌佛教文学》则着重梳理了日本文学中与敦煌文学相关题材作品的生成与演进。

著作手稿与书信，是写本研究的重要内容。这一类的写本，如果不能得到适宜的保护，一旦损毁，就会成为永远的遗憾。妥善保护这类写本，不仅需要具有相应的专业知识的研究人员，而且需要良好的收藏环境。

1995年，艾芜去世后的第三个年头，艾芜的家属在整理艾芜的手稿和藏书等遗物时，发现由于未能妥善保管，不少图书刊物和纸质印品及手稿、名人往来书信毁损不轻，但在国内没有找到一家收藏艾芜的纸质遗物的相宜公家图书馆。经日本帝冢山学院大学文学部杉本雅子教授帮助，该

① 张鸿勋：《跨文化视野下的敦煌俗文学》，上海古籍出版社2014年版。

大学无偿代为保管艾芜的手稿和藏书。该大学图书馆对艾老的手稿和藏书进行了详细的分类整理，精心保管。2005年，该大学将这批藏品捐赠给中国现代文学馆。时任校长的加纳武说："艾芜先生闻名于世，他的文学成就永载史册。这十年，我们能把他的手稿和藏书保管下来，现在又让它荣归故里，对我们来说是一件非常荣幸的事，也是我们对人类文化事业的一份贡献。"艾芜和帝冢山学院大学共同捐赠的有藏书4000余册，著作手稿和作家书信700余件。

第三节　丛书·团访·对谈①

一、丛书

除了研究当代文学的专家之外，《虾球传》这部作品少有人知，然而它却曾是一部获得日本作家最多赞词的中国小说之一。1950年，岛田政雄、实藤惠秀翻译的黄谷柳《虾球传》出版，荒正人、吉川幸次郎、高桑纯夫、高仓辉、德永直、江口涣、野间宏等人皆撰文评介，大多予以赞誉，甚至有人说这才是真正的文学，是长期以来追求的新文学之一。

50年代以前，日本已有《现代中国文学全集》《中国丛书》《现代中国文学杰作集》，集中展示中国文学的新貌。新中国成立以后，陆续有一些被称为"人民文学"的作品被译成日语，终于在1953年12月河出书房出版了《现代中国文学全集》，这是"人民文学"的一次集体亮相。

吉川幸次郎为宣传小册子写了《为〈现代中国文学全集〉而作》：

---

① 1949年至1979年中日两国的文学交流，在严绍璗、王晓平合著的《中国文学在日本》的第九章《中国"人民文艺"在战后日本的传播》、第十章《当代中日两国文学的交流与理解》中已有较为系统的描述，王晓平著《梅红樱粉——日本作家与中国文化》则对近代以来日本作家作品对中国文学的接受与利用的主要现象做了梳理。虽然时间过去了二三十年，但书中所梳理的内容还是可以作为讨论中日学术交流的基础材料来读，故凡是其中涉及的部分，这里一般不予重复，而一边做些必要的补充，一边把与学术交流直接相关的内容做"互读"的解析。

现在，作为概括介绍当下中国文学的书，这是最初的计划。其中最基本的精神，就是不要一个人好就行，要人人都是幸福的精神，因为，不是以艺术只在与日常隔绝之上形成的态度写作，而是在与日常连续之上形成。这作为文学的崭新方向，当然是世界可以孕育的东西。是这个新兴国土所孕育的东西。译者是些对介绍它们倾注了诚实努力而聚来的人们，作品的选择是妥当的。不仅喜欢文学的人们可以读，政治家也应该来读一读。为了了解新中国，这胜过一万本解说书。①

十五卷《现代中国文学全集》的出版，是中国现代文学的集体登场，标志着中国文学不再只是传统的汉学中的一翼。如果说一本书是一卒、一舰、一机的话，丛书或全集就是一部队、一舰队、一机群了，如果丛书或全集不仅一次推出，而且数年不断叠加，那么甚至可以称为一军团、一航母了。诚然，《现代中国文学全集》并不能算作彻头彻尾的全集，但已是值得纪念的大事了。

1953年刊森茂译柳青《铜墙铁壁》

日本作家开始把目光转向一种从来没有读到过的中国小说。宫本百合子在《近代文学》中大大赞扬了许地山的《春桃》。中野好夫在《中国文学的世界性》（《新中国》1947年5月号）一文中说："最近，我关心起中国现代文学。读了一些旧的，也读了一些新的。不过，最初并不是出于对文学的兴趣，而是对于五四运动的意义引起了相当的关心。……令人惊异的是这些中国文学作品，都是'为人生的文学'，这给了我很深的启示，同时在小说的手法上，也出乎意料地真正接受了西欧近代小说的手法。"

中岛健藏在《中国现代文学在日本》中说："为了日本文学将来的发

---

①［日］吉川幸次郎：『吉川幸次郎全集』第16卷，筑摩書房1985年版，第305頁。

展，日本作家必须从西风的压迫状态下解脱出来。为此，我们认为：必须从新的角度发掘和评价日本文学传统中的优秀成分，同时以新的眼光看待和学习中国文学。”他宣示：“我们正在全新意义上进行中国文学的研究工作。”

中岛健藏着重强调的是，日本学者对中国文学的兴趣，并不单单是从艺术的角度发生的，当然也不是出自个人爱好，而是出于促进和实现日本民主化运动的需要。他认为：“研究从清朝末期到最近解放了的中国的现代史，会给我们日本人极其宝贵的教训，而这种宝贵的教训，由于研究中国现代文学，就更使我们感到亲切，给我们以勇气。”

不论是中国文学研究者吉川幸次郎，还是法国文学研究者中岛健藏，他们呼吁人们关注中国文学，都是作为日本文化反省与民主化运动的参照，从而强调中国文学的政治特性。如果从了解新中国的目标出发，当然以更多翻译介绍新作品为宜，然而日本译者和读者对于郭沫若、茅盾、老舍、赵树理等作家，不只是读他们创作于新中国成立后的作品。他们的名字毋宁说是由于其创作于新中国成立前的作品而在日本人中间受到敬重。一方面，这是因为在此前，这些作家的作品已被译成日语，有自己的读者群。如郭沫若《创造十年》有多种译本，其中以松枝茂夫译本[①]、小野忍等的译本[②]最重要。

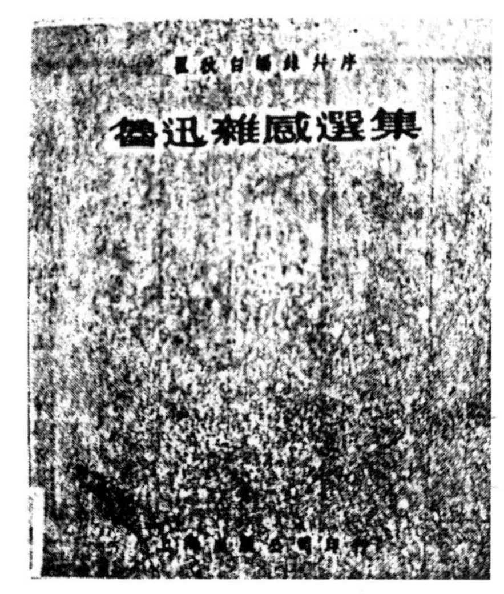

1953年日译本《鲁迅杂感选集》原本

在文化反省和民主化的思潮之中，那些反映中国人民反抗日本帝国主义斗争的作品，也获得了翻译和出版的机运。冈崎俊夫1952年翻译的李广田的《引力》，使日本读者受到强烈的感动。

① 郭沫若著，松枝茂夫訳：『創造十年　続・創造十年』，岩波文庫1960年版。

② 郭沫若著，小野忍、丸山昇訳：『黒猫・創造十年　他一続・郭沫若自伝２』，平凡社東洋文庫1968年版。

高玉宝的小说《高玉宝》激起某些作家对工农作家的关注，感到“除了已有的安于消费生活的作家之外，还要从工人、农民中间产生民主文学的作家”。

然而，日本作家与读者对于“人民文学”的理解和鉴赏，其态度、向度与角度，与中国本土的差异，又是极为显著的。

最早翻译赵树理作品的，是笔名为“萧萧”的东北解放区留用的女技术员伊藤女士，后来鹿地亘、小野忍、冈崎俊夫等都积极翻译赵树理的作品。由此《李家庄的变迁》《李有才板话》《小二黑结婚》等成为较为知名的译作。

作家杉浦明平在《国民文学私论》中说：“不但青年人爱读《李家庄的变迁》，我亲眼看到农村里六十多岁的老太太和小学生每天晚上性急地等着让人一章一章地给他们朗诵。”还有文章谈到某地农村青年读完《登记》反映强烈，甚至有青年感慨地说：“俺们不也有相同的地方吗？也有的父母是这样的。”①

1954年6月29日《日本读书新闻》刊登佐多稻子的文章，认为：“由从来文学鉴赏的立场来看，《李家庄变迁》也好，《结婚登记》也好，可以看成是引导民众走向新生活的所谓图解吧。”小野忍撰文《赵树理小论》，认为“图解”这一词语，抓住了赵树理文学的本质，赵树理与其是在创作不朽的艺术，不如说是为现在写图解。他设问说：“今天的文艺，必须吸收中国民间文艺的精华，摄取外国文艺，但如果要问，哪个为主呢？是搭上中国民族形式之船，去摄取外国遗产呢？还是搭上外国遗产之船，去吸收中国民间精华呢？我的回答是，该搭中国之船。为什么呢？因为民众喜闻乐见，说得惯，听得惯。”他将赵树理的作品，与丁玲、周立波等的作品相比较。最后说：

> 从作品完成度来看，比起《太阳照在桑干河上》，《在霞村的时候》所收的几个短篇更出色，其中《夜》近乎完璧。在我国，有不喜欢《桑干河》而喜欢《霞村》的倾向，一个原因正在于此。问我喜欢

① 陈嘉冠：《赵树理的小说在日本》，载《汾水》1980年第9期。

> 哪个，我也想举出《霞村》。但是，中国民众或许更喜欢《桑干河》而不喜欢《霞村》。从《霞村》到《桑干河》的道路，正是中国文学的方向，这一事实不能否定。克服《桑干河》破绽之日，正是鲁迅预言以完全规模实现之时，而且从《霞村》到《桑干河》途中，正是赵树理树立起了最早的道标。①

小野忍将收入自己一系列中国现代文学论文的书，取名为《道标——中国文学与我》，出处正在于此，含义也正在于此。竹内好则指出："赵的作品，乍一看去，粗糙杂乱；仔细读来，写得实在缜密细致……仅从《李家庄的变迁》的写法，就能看出这一点。这部作品，手法也罢，文体也罢，完全承袭了古代话本（例如《水浒传》）的形式。"

1956年，仓石武四郎主编的《现代中国文学全集》第十五卷《人民文学篇》介绍的作家有张天翼、萧三、李季、田间、艾芜、康濯、马烽、胡可、马凡陀、邵子南、高玉宝等人。从前，访问日本或是在日本待过的中国作家本来是很多的，但因为后来发生不幸的战争，两国文学的交流几乎完全断绝。因此，对于日本读者说来，关于新中国文学现状，很少有了解的机会，并曾有过一度空白的时期。但是，很多日本读者是希望了解中国现代文学的，从这部《人民文学篇》在读者强烈要求下发展成为全集，也可以清楚地看出这一点。②

50年代末期，反映社会主义建设的作品，尽管数目很少，也有一些进入了日本读者的视野。1959年日共机关报《赤旗报》发表了老作家藤森成吉评论《三里湾》的文章，他说："这是一部非常好的作品。它显示出作者天才的农民幽默感和杰出的创作方法，细致地描写了农民的各种生活。"野间宏也撰文评介这部作品，他说："《三里湾》是一部有着社会主义国家特色的、写得生动活泼的作品。它是以农业合作化为题材写成的，但整个作品是追求理想的，因而比那个时期又前进了一步。它是最近中国文学中的优秀作品，因而得到了很多评价，受到读者欢迎。"

---

①［日］小野忍：『道標——中国文學と私』，第176頁。

②［日］中岛健藏著，李芒译：《中国现代文学在日本》，载《世界文学》1959年第9期。

既是作家，又是中国古代文学研究者的高桥和巳对于中国当代文学颇为关注，他撰写的《新中国的长篇小说》基本肯定新中国成立前后的长篇小说，文中也暗含忧虑：

> 由于抗日战争中延安地区教育活动的成果与解放后全国性大发展，新读者人口急剧增加。尊重民间文学，是与之对应的要求，在民众剧、歌谣上，取得了巨大成果，而小说上则只有赵树理作为少有的代表被称扬的程度。不管怎样，这种动向，是因读者层的变质而文学变质，进而还是规定为创作与鉴赏的可逆关系的成立为好。即便一时性地招致创作者的困惑，如果不厌弃耐心的努力，就会成为孕育出飞跃性丰饶的土壤。

对于随之而来的政治运动对于文学创作的影响，高桥和巳则以创作、鉴赏、批评这些文学诸侧面关系的不均衡来概括，试图以一个形象的比喻来说明描述这种关系失衡的窘迫：

> 而接下来的思想界的整风运动——肃清胡风、批判丁玲等批判盛行，和围绕古典遗产继承的文学评价基准论定，为困惑火上加油。那时确立的人民性、现实性这种性急的基准本身，也令好意的观察者不得其解，而身为局外者，不该对此说三道四。不过，这个时候，中国文学中，创作、鉴赏、批评这些文学诸侧面的相互关系里，产生难言幸福的不均衡，却是免不了的。一言以蔽之，批判狂热地一味独行与创作喘不上气地追从。打个比方，出现了赶车的抛开马车不管而去拽住马一样奇怪的现象。

高桥和巳指出，为了避免事态直线冲向一个方向，就必须从读者和作者的紧密关系这一本质的侧面加以订正，即纠正观念性批判先行带来的问题：

> 在变革的过渡期，在文学由于其创造力而照亮人与人关系之诸相之前，观念性的批判先行，文学方法与作家的矛盾冲撞的事态就难以

> 避免。如果认为，光难以避免呢，文学也还是不能不变革的结构之一的话，可以说这也是当然的。但是，这并不意味着所谓不可避免的状态，就是本质的状态。总之，必须从读者和作者的紧密关系这一本质的侧面来加以订正，事实正是这样的。

他把《林海雪原》《苦菜花》《青春之歌》的出现视为这种“订正”的实际效果：

> 这种订正的动向，我想就包括在周而复、艾芜，还有例如曲波的《林海雪原》、冯德英的《苦菜花》、杨沫的《青春之歌》等长篇小说有精力的生产之中。社会主义、现实主义诸问题，实际上也只有把这些具有具体的、沉甸甸的存在性的作品群摆在前面才会有可以期待果实的问题。[①]

50至70年代日本的中国现代文学研究者，大体可以分成战争中度过青年时代和战后度过青年时代这样两代人。前者在研究中，有的注入了文化反省意识，并用这种意识来看待自己的生活和研究；后者对新中国充满向往，对于解放区文学和中国的“人民文学”更多从文学的角度去审视，不断开拓新的研究领域。他们没有到中国留学，甚至游历的机会，在和中国现实生活基本隔离的状况下，努力理解中国、中国文化和中国文学，与中国学者进行面对面的交流对他们来说，还是遥远的期待。

尾坂德司1943年毕业于伪北京大学中文系，与周作人熟识。他曾供职于东亚同文书院，1952至1955年编译《中国新文学选集》（五卷本，青木书店），1956年参加法政大学中国文学读书会，连续举办鲁迅、茅盾、丁玲、老舍、巴金、赵树理的讲座，主编《丁玲作品集》《茅盾作品集》。

1957年法政大学出版局出版了尾坂德司所著《中国新文学运动史——政治与文学的交点・从胡适到鲁迅》，8年后，同一出版局又出版了他的《续中国新文学运动史——抗日战争下的中国文学》，在该书的第一节

① ［日］高橋和巳：『高橋和巳作品集7』，河出書房新社1972年版，第380頁。

《王亚平〈孩子的疑问〉——我与中国文学》一文中，他说：

> 我把中国文学当作心灵的食粮来读。想读的倾向之中，当然有与以前一样的、侵略者胸中时而点灭的嗜虐性这种东西，但其嗜虐性必须变质为点燃被虐待者对虐待者反抗火焰的东西。搞中国新文学，不能不起到煽起反抗精神火焰的烈风似的作用。日本现在被掠夺着，因为我的最大愤怒就在这里，在教给我愤怒的东西中，就有中国文学在。①

他后来的研究活动，有些与他在中国的经历和感受相关。1943年，他在上海内山书店中看到过叶紫的《丰收》、萧军的《八月的乡村》和萧红的《生死场》，这次与萧红作品的邂逅，成为他后来写成《萧红传——一位中国女作家的挫折》的源头。②

作家武田泰淳1937年被征兵，两年间在中国作战。1943年，发表《司马迁》，奠定了文学家的地位，而后发表了《风媒花》《富士》等名著。他在《我的思索・我的风土》中描述了自己随军入侵中国的心情：

> 红纸来了，我成了侵略留学生祖国的辎重兵二等兵，开拔了。我自称爱中国、爱中国人、爱中国文艺，这个“爱”是假的吗？给我发了枪。三八式步枪，可以发射。这让我明白了，我的爱情不是真的。从吴淞登陆，居民的尸体在翻滚。日本的战车上，也有抽搐挣扎的战友。房屋被烧毁，尸体散发着恶臭。这样你还能说是爱着人吗？而且还曾经是和尚。打算把中国人不包括在一切众生里了吗？二等兵坐着卡车乘着小船，进军了。③

武田泰淳的反省意识，除了反映在他的小说之外，也体现在他对中国文学研究方法的认知上。他在《〈经书的形成〉与现实感觉》中表达的正

---

①［日］尾坂徳司：『続中国新文学運動史——抗日戦争下の中国文学』，法政大学出版1965年版，第8頁。

②［日］尾坂徳司：『蕭紅伝——ある中国女流作家の挫折』，燎原書店1983年版，第1—8頁。

③［日］石井恭二編：『武田泰淳 エッセンス』，河出書房1998年版，第224—225頁。

是力图贴近现实的研究主张。

平冈武夫1946年由全国书房出版了《经书的形成——中国精神史序说》，书中认为："无视经书的存在来谈论中国的精神文化是不可能的。"吉川幸次郎在《洛中书简》中强调中国研究需要有对中国的爱情和技术，说："我把学问的对象选为中国，是因为喜欢中国人的生活。"而武田泰淳在《〈经书的形成〉与现实感觉》一文中提醒研究者关注身边的现实：

> 有研究者战死了，有学者因精神分裂而倒下，有教授被带走后自杀了，这些就是黑暗的现实。而更加黑暗的，则是包围我们的雾霾。看不见理智光焰、听不见感情声音的雾霾。中国研究者，不，肩负着日本文化的人们面前弥漫的雾霾，像压在身上的沉重气候，连"研究"这两个字也黯然失色。具备迄今形式、迄今内容的中国研究，即便是有爱情与技术做保证，即便被公认是科学的、进步的，也没有什么魅力，而只能视为无意义的存在。①

1951年刊岛田政雄译周而复《白求恩大夫》

和尾坂德司相似的是，菊地三郎也是一位中国文化体验者。菊地三郎曾于1923至1924年赴中国留学，以后也多次赴中国。1946年参与创建中日文化研究所。在《中国近代文学史——革命与文学运动》一书中，他这样说：

> 我对中国近代文学抱有深深的爱情。若问这种爱情来自何方，这是与我具有在中国近代文学创生期生活于中国的经验密不可分的。那时，一九二〇年代的我，还以青年般的热情，可以以中国新文学的呼

① ［日］武田泰淳：『黄河海に入いて流る』，勁草書房1971年版，第252—259頁。

吸为呼吸而生存。为什么呢？因为将我与中国连接在一起的，是否定日本帝国主义侵略中国的感情。①

他坦言，自己言说中国文学，也是在言说日本文学：

我是日本人，因而，尽管费了所有的纸面谈论中国近代文学，但我最为关心的，却是想要表明日本文学应该是什么样子的，连这本书也是与此并非毫不相干的。与其说我在这本书里描述的全部，都希望能够成为日本文学、日本文学者某种反省的资料，倒不如说，我是在中国文学历史的断面里就明治、大正时期的两三位作家探寻想要捕捉的东西。②

1958年菊地三郎任沫若文库专务理事，该文库后改名为亚洲文化图书馆。在《中国近代文学史——革命与文学运动》的前言中，他希望“日本文学像中国文学那样彻底成为载道言志之书的日子早一天到来”，在东京创立中日文化研究所的时候，愿借此向“隔海培养我们的郭沫若、茅盾两先生表达谢意”。③该书所言“近代文学”，据附录“中国近代文学史年表”，是指1918至1953年的文学。全书分四篇，分别阐述北方文学的诞生（1942—1945）、苦斗的南方文学（1942—1945）、北方文学的战斗（1946—1949）、崩溃的南方文学（1946—1949）。书中的北方文学，大体指解放区文学，而南方文学则指国统区文学。

美军占领下的战后文化反省和民主化运动，有着天然的缺陷与不足。在欧美文化强劲攻势下，中国文化、中国文学的译介受到多重限制。“人民文学”的译者和研究者在面对来自中国的作品时，往往是新鲜感与不安感并存，自身的文学观对作品中描绘的生活顽强地保持着抵抗的姿态。

黄谷柳《虾球传》题为《虾球故事》出版以后，吉川幸次郎一方面称

①［日］菊地三郎：『中国近代文學史——革命と文學運動』，青木書店1953年版，第3頁。
②［日］菊地三郎：『中国近代文學史——革命と文學運動』，青木書店1953年版，第4頁。
③［日］菊地三郎：『中国近代文學史——革命と文學運動』，青木書店1953年版，第6頁。

赞它是有趣的小说，同时又写道："我突然感到不安，这是太由善意支配的世界，就像是尧舜之世一样，善意像水一样，像空气一样弥漫着。夫妻长期分离，异性不在身边的悲伤，感到了吗？没有感到吗？这样说来，发现在这些杂志里的小说，几乎没有描写恋爱的。这与近来中国的版画、木刻，都是展现杰出艺术的，却没有描绘裸体的相似。这与从前尧舜之世，尧的两个女儿都做了舜的妻子，哀悼舜去世的两个人眼泪成为竹子上的斑点成了湘妃竹这个传说里两位女子一点不嫉妒的传说，在某种程度上是相似的。"①

与上面提到的这些在战争中度过青年时代的研究者不同，秋吉久纪夫和吉田富夫是在战后成长起来的研究者，前者研究中国现代诗歌，后者研究中国小说，他们都对中国新文学的传播和研究做出了杰出贡献。秋吉久纪夫还著有《近代中国文学运动研究》（九州大学出版社1979年版），主编有《江西苏区文学运动资料集》（汲古书院1979年版）等。

秋吉久纪夫在《精选中国现代诗集》后记中谈道：

> 我接触现代中国诗，是进入九州大学中国文学科（旧制）那一年，1949年，也就是中华人民共和国成立那一年，面纱那一边的中国新文学，由于日中断交马上自然就看不到了。不过也曾有还能输入进来的时期……因为变化中的中国文学的动向，仍然是未知的，它吸引着我，让我不能转身离去。虽然还未能正确地理解，在恩师目加田诚慈爱的目光中，我钻进了现代中国诗人作品编织的网络之中。它们就是艾青、田间、李季、何其芳、冯至、戴望舒等的作品。不久，我就开始不知天高地厚地翻译起这些作品，最初着手翻译的就是收在这本《精选中国现代诗集》中的艾青的《手推车》。②

他的翻译，得到了四川外语学院武继平、北京语言学院荀春生的帮助。

---

①［日］吉川幸次郎：「天国への階段——黄谷柳：『虾球伝』」，收入『吉川幸次郎全集』第16卷，筑摩書房1985年版，第531—533頁。

②［日］秋吉久纪夫：『精選中国現在詩集』，土曜美術出版1994年版，第165—166頁。

在这部不厚的诗选中，有些诗人的作品是不易凑齐的，如五四时期的诗人徐玉诺等，这些得到同样研究中国现代文学并曾在中国留学的儿子秋吉收的协助。

秋吉久纪夫在《近代中国文学运动研究》序言中说：

> 中国的人们，在与近代思想遭遇的时候，他们自身内部起了自我破坏作用。只是这种自我破坏作用，有两个方向，一个是自我破坏，割裂与之的关系，由割裂而构筑自我内部世界的类型，一个是以自我破坏为契机，朝着与之建立起某种崭新的关系的方向前进的类型。这两个类型于是在后者占优势的情况下，开始走向其形成的方向。
>
> 这种潮流，在文学领域，就必然会发生“文学大众化”的文学运动。为此，在要想把握近代文学实体的场合，将个别作品、个别作家的研究整合在一起，进行总体运动诸样相的研究，就成为不可或缺的了。①

该书分三部分，第一部分初期运动及其理论，分章描述了海丰与陆丰地区的文艺运动、近代中国诗形成的出发点、江西苏区诗歌运动；第二部分华北根据地的运动与进展，分章梳理了陕北苏区的文学运动、华北根据地的诗歌运动、根据地文学诸相、陕甘宁边区的文学状况、《在延安文艺座谈会上的讲话》及其后；第三部分论述20世纪50年代后半至60年代初的诗歌运动，分章描述了河北省的诗歌运动、上海地区的诗歌运动。从这些内容就可以看出，作者在搜集相关资料方面的任务是极为艰巨的。

吉田富夫谈到自己走进中国文学的经历时说：“当时，新中国成立不久，像我这样的日本年轻人，认为新中国正是新大陆、新世界，当然这是我个人的想法，不是所有日本人都这么想。当时年轻的我，对政治是积极的，对毛泽东与新中国有兴趣，并因这样个人的理由开始研究中国文学。莫言经常说自己是农民，我也说自己是农民。我们都是农民出身，我在日本农村长大，小时候帮着干农活儿，父亲打铁。莫言周围也是这样的人

① ［日］秋吉久纪夫：『近代中国文学運動の研究』，九州大学出版社1979年版。

们。小说《丰乳肥臀》写到打铁的画面。这部小说里的母亲，也与我母亲形象重合。这是真话，不是编的。”“正像一般评论所说，莫言通过小说浮雕出人的内心。读者可以通过他的作品，重新发现自我。”

50年代以后，日本的中国现代文学史研究，成果颇丰。如1972年，竹内实《现代中国的文学》（研究社）、小野忍《中国现代文学》（东京大学出版社）、相浦杲《现代中国文学》（日本放送出版协会）刊行问世。新中国成立后进入文学研究队伍的秋吉久纪夫、吉田富夫等人，在中年后赶上了中日邦交正常化，在新机遇和新挑战面前，显示了旺盛的创造欲。篇幅所限，这里不能列出从50至70年代译成日语的全部中国文学作品，姑且择取部分译作，兹列于此，以见一斑：

竹内好译：《鲁迅评论集》，岩波新书1953年版，后收入岩波文库。

竹内好译：《鲁迅作品集》（共2册），筑摩书房1953—1955年版。

丁玲著，冈崎俊夫译：《在霞村的时候》，岩波文库1956年版。

李广田著，冈崎俊夫译：《引力》，岩波新书1952年版。

《现代中国文学全集》（共15卷），河出书房1954—1956年版。

《中国现代文学选集》（共20卷），平凡社1962—1963年版。

《中国革命文学选》（共15卷，其中收入《红岩》），新日本出版社1963年版。

《现代中国文学》（共12卷），河出书房新社1970—1971年版。

草明著，三好一、宇田礼译：《原动力》，达夫书房1951年版。

赵树理著，岛田政雄译：《李家庄的变迁》，达夫书房1952年版。

曹禺著，影山三郎译：《雷雨》，未来社1953年版。

曹禺著，奥野信太郎译：《日出·蜕变》，河出书房1955年版。

坂井照子译：《白毛女》，未来社1952年版。

周扬著，岛田政雄译：《马克思主义文艺论——周扬篇》，三一书房1954年版。

黄谷柳著，岛田政雄译：《黄谷柳篇——虾球物语》，河出书房1954年版。

赵自著，岛田政雄译：《铁窗烈火》，新日本出版社1961年版。

罗广斌、杨益言著，三好一译：《红岩》，新日本出版社1965年版。

方志敏著，秋吉久纪夫译：《狱中日记》，饭冢书店1969年版。

李云德著，岛田政雄译：《沸腾的群山》，东方书店1972年版。

须田祯一译：《郭沫若剧全集》（共4卷），讲谈社1972年版。

茅盾著，加藤平八译：《东方现实主义》，新读书社1959年版。

丛书与全集是学术力量的集中亮相，在学术推广中具有的影响力，往往大于一般单行本。日本出版的中国古代文学丛书，主要有平凡社的《中国古典文学大系》和《中国之名诗》、朝日新闻社的《中国古典选》和《中国文明选》、集英社的《全释汉文大系》《汉诗大系》和《中国的诗人》、明治书院的《新释汉文大系》和《中国名诗鉴赏》、明德出版社的《中国古典新书》、筑摩书房的《世界古典文学全集》和《中国诗文选》、岩波书店的《中国诗人选集》、角川书店的《鉴赏中国古典》、小学馆的《中国古典诗聚花》、学习研究社的《中国的古典》等。《吉川幸次郎全集》《青木正儿全集》《松本雅明著作集》《赤冢忠著作集》《目加田诚著作集》《冈村繁全集》等，这些20世纪日本研究中国文学大家的全集或著作集，是研究日本中国文学研究史和中日文学学术交流史不能跨过的重点书目。

1953年刊日译本曹禺《雷雨》

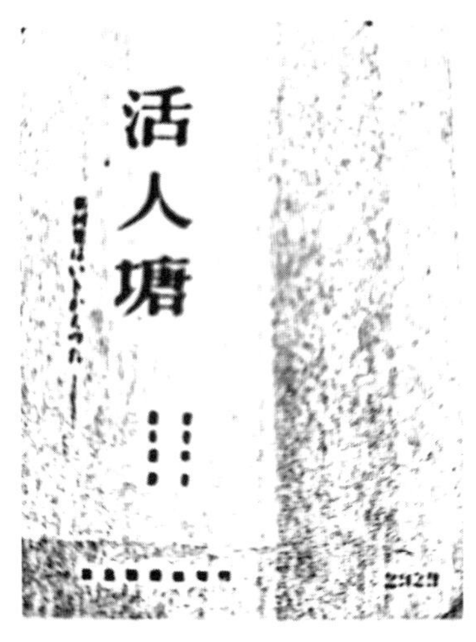

1953年刊日译本陈登科《活人塘》

将古代存留下来的典籍搜集、整理，并把它们传给后人，是文化研究者的使命。在学术转型期，旧的东西被遗弃，新的东西不断涌现，这一工作就更为迫切。《日本艺林丛书》《日本儒林丛书》《续日本儒林丛书》《日本诗话丛书》等，尽管在释读古写本、刻本方面尚有瑕疵，但对于保存汉籍并提醒世人认识它们的意义，功不可没。特别是长泽规矩也在整理和保存和刻本方面，付出了惊人的精力。他所主编以及与他人一起主编的和刻本系列，包括《和刻本汉诗集成》《和刻本汉诗集成·总集篇》《和刻本汉籍随笔集》《和刻本汉籍文集》《和刻本书画集成》《和刻本诸子大成》《和刻本辞书字典集成》《和刻本本类书集成》《和刻本正史》《明清俗语辞书集成》《和刻本明清资料集成》等，堪称他和同好共筑的"典籍长城"，是和刻本整理和研究的重大基础建设工程。和刻本中保存了中日重要的文献和版本资料，值得中日学界再认识。21世纪初，凤凰出版社倾力推出金程宇编《和刻本中国古逸书丛刊》精装16册，是此项研究在中国重新出发的信号。

在这个时期，中国对日本文学的研究，集中在对无产阶级文学和左翼文学的研究上。1959年的《世界文学》刊登了楼适夷翻译的鹿地亘作于1958年11月18日的诗《以更高更高的速度——献给中共第八届全国代表大会第二次会议》。诗中有这样的段落：

在我们的祖国，今天，
正面临残酷的冬季。
啊，一股温暖人心的呼吸，
吹到了我们的身边。
我们也要唱，唱春天的希望，
唱海的潮汐！长速度！

从阴暗的浪里腾起巨龙的脊梁，
掀起了愤怒的波涛！
千万重浪奔腾怒号，

滚开去，冲走它，冬天！
粉碎，这个冻结的日子！
我们要这样的速度！
要更高更高的速度！

化冰的声音正在击鸣……
春天就快要来到。

鹿地亘曾在中国参加反战工作，抗战胜利后返回日本，受到占领军的追查，被幽禁多年，由于日本人民的援救，终于恢复自由。在病中，他完成了抗战回忆录《如风如火》，并在日本出版。他还经常写诗，上面这首诗就是他寄到中国的。

二、团访

新中国成立之后，很长一段时间，中国学界与西方国家鲜有交流。1956年第九届欧洲青年汉学家年会在法国举行，我国派出了翦伯赞、夏鼐、周一良等代表，然而当时壁垒森严，深入交流难以达成。中日之间虽然一衣带水，也只有屈指可数的团体访问，少量的作家、学者和文化人有短暂的面对面的机会。

在“冷战”的大背景下，中日两国的作家、学者、文化人的自由来往，只能纯属“虚构”，甚至书信往来都是梦想。这种局面到了50年代末期，才稍稍有了变化。中国政府邀请日本作家访华，全程招待，日本民间人士邀请中国作家访日，民间接待，都是以代表团的方式实现的。这种“团访”一切都在周密的安排之中，个人深入交流的场合几乎不存在。在那个特定的历史条件下，文学的学术交流也就具有团体主义的特征。

50年代初，日本曾经欢迎郭沫若、许广平、冰心、曹禺等人访问日本。1955年郭沫若率领中国学术代表团访日，在早稻田大学作了《中日文化之交流》的讲演。他说：“日本从西方引进了许多文化，但也输入了一个多余的东西，那就是侵略主义。”实藤惠秀在回顾自己研究《中国人留学日本史》的学术经历时，特别提到这句话，说："这句话给了我很大启发。"[①]

1955年，日本猿之助歌舞伎剧团访华，户板康二曾随猿之助歌舞伎剧团访华，归国后与奥野信太郎举行对谈，盛赞"富有能量的京剧"，回顾中国戏剧对日本的影响，缅怀研究中国剧的先驱辻听花，介绍日本歌舞伎访华与接待京剧团的轶事，畅谈日本戏剧改革问题，旁及中国的建筑、风俗，在杂谈中介绍有关新中国的知识。[②]

梅兰芳访日书籍

第二年，以梅兰芳为团长、欧阳予倩任副团长兼总导演的京剧代表团访问日本，开始了戏剧界的交流。早就和日本有着密切关系的欧阳予倩等人在日本受到欢迎，京剧团演出了《三岔口》《雁荡山》《霸王别姬》等剧目，精彩的表演迷倒观众。1960年日本前进座剧团演出了新剧目《水浒传》，在表演上有些就借鉴了京剧的手法。[③]1964年中国京剧四团访日，正月在东京演出，而后进行各地巡演而后回到东京，演出了《秋江》《闹天宫》等剧目，给人以面目一新的感觉。[④]

在这次访日期间，欧阳予倩在箱根见到了老友谷崎润一郎，两人畅叙

① [日]实藤惠秀著，谭汝谦、林启彦译：《中国人留学日本史》，生活·读书·新知三联书店1983年版，第488页。

② [日]奥野信太郎：『奥野信太郎随想全集』别卷，福武書店1984年版，第153—169頁。

③ [日]奥野信太郎：『奥野信太郎随想全集』别卷，福武書店1984年版，第209—217頁。

④ [日]奥野信太郎：『奥野信太郎随想全集』别卷，福武書店1984年版，第241—249頁。

友情。谷崎润一郎于1925年在上海时，曾在北四川路的内山书店二楼与欧阳予倩、郭沫若、田汉畅谈，并被邀到欧阳予倩家做客，受到盛情款待。欧阳予倩还曾向其挥毫赠诗："竹径虚凉日影移，残红已化护花泥。鹦歌偶学啼鹃语，唤起钗鸾压鬓低。"谷崎润一郎归国即将其装裱起来，不幸的是，此诗作在战争中被烧毁。这次在箱根见面，欧阳予倩再次用更大的纸书写了这首诗。在欧阳予倩去世时，谷崎润一郎撰写了《回忆老友欧阳予倩君》。①

此外，还有许多日本作家也有被邀请前往中国访问。由于两国文学家的直接接触的刺激，中国学人对日本的中国现代文学研究的关心，更加强烈起来。

1956年日本中国文化交流协会创立，53岁的中岛健藏任理事长。中岛健藏是一位法国文学研究家、评论家，是宫泽贤治的发现者之一。从战前至战后，一直进行广发的社会活动，在日本著作权协会、日中文化交流协会发挥了重大作用。他的《回想的文学》曾获野间文艺奖。在1974年发表的《苦恼之始——新加坡之经验》中，他谈到，有人问："你一个研究法国文学的，为什么会那么深地参与中国关系？"中岛健藏的回答是："我确信，日本与中国的关系，会左右日本的将来。"在这篇文章最后，他说：

> 我在战前，没有闭门书斋，而是走上了街头。战前倾力的反法西斯运动失败了。战后，在半是书斋、半是街头的生活中，民主化运动有了新的目标。几十年继续的官僚主义与国家权力的政治体制泥沼，当然不会简单干净起来，连文学、艺术、自然科学也被沾泥带土，喘不过气来。道德的颓废，无处不在。②

中岛健藏最后表示："在责怪他人之前，我们必须自省。这是我们这一代的命运，也不能保证比较年轻的人们绝对不会重复它。这也是苦恼的根源。我们在日中友好运动初期的先驱者中间，发现了可以分担这种苦恼的

---

①［日］千葉俊二編：『谷崎潤一郎上海交遊記』，みすず書房2004年版，第235—236頁。
②［日］三好達治等：『昭和文學全集』，小学館1992年版，第624頁。

人。”[①]1957年，中岛健藏首次访问中国，开启了日本作家的新中国之旅，也为郭沫若、许广平、冰心、曹禺等人访日铺平了道路。

1957年1月，中国作家协会邀请了日本作家中野重治、山本健吉、井上靖、十返肇、堀田善卫、多田裕计、本多秋五访华，一行人从香港经广州、武汉抵达北京，与田汉、梅兰芳、欧阳予倩等面谈，并到上海、南京、重庆等地参观。归国后，中野重治撰写了《中国之旅》，发表在《新日本文学》上。

1957年11月10日，在北京，中国作家协会与日本艺术家协会共同发表声明，中国作家协会在联合声明上签字的有周扬、邵荃麟、刘白羽、臧克家、吴组缃、陈白尘、严文井、萧三。联合声明中确认，两国文学的作者为了促进两国文化的发展，必须进一步加强文学的作者与作品的交流，“取得完全一致的意见，并愿意尽一切努力促其实现”。对于两国文学交流来说，这是一个重要的里程碑。

在中日文学学术交流中，中岛健藏是积极的践行者、组织者与引领者。1958年六兴出版刊行了中岛健藏所著《点描・新中国》。下面是中岛健藏相关活动的一个简表：

1959年，与青野季吉等组成日中文化关系恳谈会，5月赴中国，6月归国。

1960年7月与夫人同赴中国，8月归国。

1961年3月亚非作家会议东京紧急大会召开，作为日本代表参加。10月访问中国。

1962年9月参加中国国庆观礼到中国，10月归国。

1963年12月与夫人到中国。

1964年1月归国。9月偕夫人访华。

1965年11月从神户偕夫人访华，12月归国。

1966年参加亚非作家紧急会议偕夫人访华。

1970年，参加中国国庆观礼，12月在《文艺春秋》上发表《中国之旅・怀中日记》，在《中央公论》上发表《在天安门上》。

---

①［日］三好達治等：『昭和文學全集』，小学館1992年版，第624頁。

1951年刊日译本草明《原动力》原本

1971年中日邦交国民会议发轫，中岛健藏就任议长。10月在《世界》上发表《日中和好的原点》。9月至10月访华。

1972年69岁的中岛健藏在3月发表《中国之酒》，4月在《读卖新闻》上发表《中国音乐现状——清算文革而重建》，在《太阳》上发表《世界之旅——中国》。

与此同时，随着中国现代文学的译介的积累，日本文学研究界对于中国现代作家也逐渐熟悉起来。1956年仓石武四郎主编的《现代中国文学全集》第十五卷《人民文学篇》，介绍了张天翼、萧三、艾芜、康濯、马烽、马凡驼、高玉宝等诸多中国作家。

1959年9月我国出版的《世界文学》刊载了中岛健藏撰写的《中国现代文学在日本》，文中指出：

> 就是在西欧文学影响很大的时期，在日本人之中，也有很多人爱好中国文学，日中两国作家的往来也曾经是频繁的。但是，这已是过去的事情，目前，我们正在完全新的意义上进行中国文学的研究工作。

他认为，“就是为了不陷入对政治绝望的不幸的深渊里去，我们也需要中国现代文学”，“日本现代文学的最大病症，就是有人相信政治运动和创作活动是不能两立的。我们认为：对于这种病症的最有效的良药，就是研究中国的现代文学，从中学习更多的经验”。①

1964年奥野信太郎随日本学术文化代表团访华，归来后与作家草野心平、和木清三郎举行三人谈。其中谈到中国文学，在日本以为从马克思

---

①［日］中岛健藏著，李芒译：《中国现代文学在日本》，《世界文学》1959年第9期。

主义来看，托尔斯泰还行，陀思妥耶夫斯基就不行了，这样的东西不被承认，会被禁止，而到中国之后，发现陀思妥耶夫斯基的全集有卖，翻译也很多，图书馆里也有很多人借出。从马克思主义原则看，左拉会比巴尔扎克更受欢迎，然而正相反，巴尔扎克卖得多得多。从这一点看，读书是自由的。制定了用国家经费翻译世界文学的计划，一看大体是无产阶级文学，日本的有《万叶集》《源氏物语》《枕草子》与狂言，江户时代的井原西鹤、近松门左卫门、十返舍一九、式亭三马，明治时代二叶亭四迷、北村透谷、国木田独步、森鸥外、夏目漱石、田山花袋、岛崎藤村，现代谷崎润一郎、宫本百合子、芥川龙之介，百合子另当别论，说是无产阶级文学。制定这样宏大计划，慢慢做，现在就选定了各种作品。从这一点看，日本所说的中国读书大受限制，是一个巨大谎言。人的爱好，并没有被绝对压迫。①

在中国作家中，老舍由于其作品《四世同堂》中描绘了战争中的日本人受到读者的关注，老舍的访日活动也格外引起日本作家兴趣。

1951年，铃木择郎、鱼返善雄、实藤惠秀、桑岛信一翻译的老舍《四世同堂》第一册问世。在此之前出版的老舍作品有奥野信太郎翻译的《弦月》，同一译者的《赵子曰》和竹中伸的《骆驼祥子》。1951至1955年基本译出了老舍的主要作品。《骆驼祥子》有四种译本。至80年代的不完全统计，专门研究老舍的论文已达三百篇以上，《老舍年谱》至少有七种版本。1981年学研社在世界上第一次发行了《老舍小说全集》共十卷。老舍夫人胡絜青、儿子舒乙应日本全亚洲文化交流中心之邀，前往东京参加相关活动。

1965年，老舍率中国作家代表团访日，团员有张光年、杜宣等。他们拜访了许多日本作家，访问了一批文化艺术团体，出席多次集会。4月4日在乐友会馆，与京都大学中国文学科的学生与毕业生等座谈，老舍回答了学生提出的问题。这些问题包括京剧现代戏、文学中的普遍性与阶级性、现代文学对古典文学的继承、亚非诸国文学现状等。张光年也就中间人物

①［日］奥野信太郎：『奥野信太郎随想集』别卷，福武書店1984年版，第107頁—127頁。

论等问题发言，杜宣就非洲口头文学做了发言。[①]

资深文艺理论家亀井胜一郎说：“今年春天，以老舍先生为团长的中国作家代表团，……加深了同关西文化界友人们的亲切友情。我们的有关日中文化交流的历史和日本传统艺术，给代表团的印象一定深得很哩！”北浦藤郎回忆说：“我和他亲切握手，宛如昨天的事情。他的风貌犹在眼前，个子不很高，体格健壮，性格爽朗豪放——这是北京人的性格，但目光炯炯，这点又不大像北京人。他是当代中国文坛的老将，年龄小于郭沫若（1892年生）和茅盾（1896年生），1898年生，67岁，面色红润，精力充沛，是正当年的作家。”（1966年《中央评论》）第4号）

剧作家饭野秀二在他的著作中，还颇为得意地描写接待老舍的逸事。1965年正当樱花烂漫时节，老舍赴日，这使他激动不已。有一日与日本演剧会座谈，便请老舍一行去观看了歌舞伎表演，参观了后台，与主演山本富士子见面。老舍不用翻译，也能看懂。还跟他说，希望能看到山本富士子演出京剧，就演《白蛇传》。他在老舍耳边，建议：“今天是一年中樱花最盛的日子，咱们两位老人，一边赏花，一边来个‘个人友好’，如何？”老舍告诉他：“说实话，这么好的季节，却还一回也没有去看过，那就拜托啦。”于是便向与会者提议，节省些开会的时间，赏花赋诗。夜晚的欢迎会，众人欣赏了日本的美食与歌舞。中日主宾，拿出本子，即兴作诗。老舍也铺开彩纸，写下诗篇，并向演奏者敬酒，与主人相约在北京会面。[②]饭野秀二以温馨的笔调回顾与老舍短促相处的时光，抒发自己听到老舍离世消息的感触，对老舍充满敬意与怀念。他描述自己每当走在北京的街道上，就会想起老舍笔下的《骆驼祥子》《牛天赐传》，想起老舍的模样。

1969年4月1日，高桥和巳从羽田机场出发，经香港，先后到广州、上海、南京、天津、北京五大都市参观访问，同月26日回国，在华十三天。为此，他写下了《新的长城》一文，详细记述了自己的行程和感受。

---

①［日］吉川幸次郎：「京都における老舍」，『吉川幸次郎全集』第16卷，筑摩書房1985年版，第538—539頁。

②［日］飯野秀二：『日本商業演劇史』，1993年版，第1240—1245頁。

在此之前，高桥和巳已是一位知名作家和中国文学研究家。1958年以自传长篇小说《舍子物语》（足立书房）登上文坛，先后出版了《李商隐》（岩波书店1960年版）、《王士祯》（岩波书店1962年版）、《中国诗史》（筑摩书房1967年版）、《鲁迅》（中央公论社1967年版）等研究中国文学的著述。作为一名学者，他有关中国之行的描述，却几乎没有涉及学术。在那一刻，1969年4月，实可谓正在经历"零学术"时刻，自然也可以说是"零学术交流"时刻。因此，他只是在观看芭蕾舞《白毛女》《红色娘子军》之后，写下了这样一段话：

> 从集团性艺术出发，首先要抹掉其制作者、表现者的名字，作为民众自身进行的为民众自身的艺术创造的过程，被采用到政策上来的吧。……推进集团艺术的逻辑，就好比建造一座大坝，哪块石头、哪些土块是我搬来的，这些都不成问题。在只是操作上，固执于个人功绩，不仅是无效率的，而且是违反共产主义的。同样的逻辑，已经扩衍到艺术领域，或许还在扩大。①

当他在观看演出时，找不到编剧、导演和每一位演员，以及音乐的创作者与演奏者的姓名时，便联想到北大中文系学生集体编写的《中国文学史》，把这都当成"集团化艺术"的体现，并试图给予合理的解释。然而，他终究不能完全接受这种做法，便用一则随之听到的消息来表明了自己的不解：

> 这种理念是很美好的，但我回国几天之后，就得知中央音乐学院院长马思聪逃往国外的消息。或许还会有人，忍受不了由实现自我的艺术急速变身为集团化艺术家，这是可以想象的。不仅在音乐上是这样，在文学上也可以这样说。②

①［日］高橋和巳：『高橋和巳作品集7　エッセイ集（思想篇）』，河出書房1971年版，第111頁。

②［日］高橋和巳：『高橋和巳作品集7　エッセイ集（思想篇）』，河出書房1971年版，第111頁。

高桥和巳和当时那些联名谴责中国正在发生的事情的所谓知名学者不同，他是抱着努力用马克思主义、用他对于中国历史文化的理解、用他对于中国现代历史的了解，积极地观察与分析激烈变动的中国现实的。从他对于北京大学、复旦大学中文系编写《中国文学史》的事情的评价，不难看出，他对于中国文学研究的现状是十分关注的。可惜从他撰写的《新的长城》中，竟然一点找不出他当时见到了哪位学者的信息，也找不出有关中国文学研究书籍的只言片语。或许，这些东西，他压根儿就不得而见。而接待过他的那些中国主人，或许也没有注意到他回国后写过的文章。

日本中国古代自然科学史家山田庆儿在1969年5月下旬来到中国，在上海、北京、西安等地访问，与造反派干部、工人、农民、技术人员、军人等接触，观察巨变中的中国，前后住了一个来月。回国后9月在《世界》发表了《自治体国家的建立》一文，10月在同一刊物上又发表了《红卫兵·权力·信仰》一文。

在上海，他曾听取革委会常委就造反派组织、上海市革委会组成等介绍的情况，也曾访问“消灭了各种差别”的人民公社。从这些情况，山田庆儿感到“中国正在陆续变成一个巨大的自治体”。到今天，这些文章仍值得一读，因为诚如有学者所说：“在与被人意图完全不同的意义上，可以说是了解彻底‘均质化’的当时上海的珍贵记录。”[①]山田庆儿在后来多次访问中国，参加学术活动，是国际日本文化研究中心的创建者之一。

加藤周一也曾多次访问中国。1971年访问中国之后，写下了《中国以及相反世界》一文，强调中国是与日本事事相反的世界。他看到当时中国社会与西欧、日本社会的显著不同，在某种程度上，或许可以由所谓体制（社会主义与资本主义）来说明（例如“广告”），但并非所有的方面都如此（例如脱性的社会），还有中国社会特征的一面。他看到了完成工业化尚需时日而又具有某些与高技术性社会相通倾向的矛盾的中国：

我想与工业化特定阶段有密切关系（例如汽车运输、交通欠发达），但是，特征的其他方面，与工业化阶段至少又没有直接关系

① 劉建輝：『魔都上海——日本知識人の「近代」体験』，筑摩書房2010年版，第288—289頁。

（例如公众道德，还有大众的政治意识），而且这一社会工业化本身，决难一蹴而就。一方面，也有低开发地域的特征（输送手段、耐久消费品的普及度），另一方面，也可以看到与高度技术性社会相通的倾向（核武器、人造卫星、各种抗生物质生产等）。①

和作家高桥和巳、中国科技史研究家山田庆儿不同，评论家加藤周一对当时中国的观察视野要宽阔得多。他根据自己行走世界的经历，对中国社会发生的事情，与欧美以及苏联相比较，发现了一个独有的中国。他观察问题的角度，不仅有生产力水平，也有公众道德与大众政治意识等。尽管他用语审慎而又精炼有余，我们仍可以读出他独有的锐利眼光：

今天的中国社会，与西欧、日本的社会相比，不仅万事皆是“翻个儿”的，而且与其他社会主义国家、与很多工业上的后进国家显著不同。它的独特性质，恐怕来自这个国家成功与失败的独特经验吧。——姑且不论这个社会将来会怎样发展，而今天的情势，正是踏着这样的脚步，由这样的历史而孕育出来的。②

诚然，他对中国的审视，绝不是一位无心的旅游者在观赏外国城郭，他内心里最有分量的思考，是面对这样一个与日本如此不同的中国，日本以及日本人应该如何与之对处，这需要有近期和远期的智慧：

历史已然是独特的。今日中国的价值观、社会结构、人的行动样式，已经与例如所谓“同文同种”的日本人的想象的一切，远远隔离着。中国对于日本人，不能不说是外国，而且是在很多方面比其他外国远得多的外国。问题是，怎样和这样的外国建立友好关系呢？③

---

①［日］加藤周一：『中国往還』，中央公論社1972年版，第13頁。

②［日］加藤周一：『中国往還』，中央公論社1972年版，第14頁。

③［日］加藤周一：『中国往還』，中央公論社1972年版，第14頁。

他提出，日本应该支持恢复中国在联合国的合法席位，处理好历史问题，同时也认为“轻易的与中国同调主义，用双方的眼睛来看，对建立真正的友好关系未必是有效的”①。

1975年5月8日，由井上靖率领的日本作家代表团从东京羽田机场出发前往中国访问，当月27日返回大阪伊丹机场。团员有井上靖的夫人芙美以及户川幸夫、水上勉、庄野润三、小田切进、福田宏年和司马辽太郎。和当时通行的做法一样，代表团是作为“外宾”来接待的，一切费用由中方提供。

司马辽太郎归国后，将随团访问北京、延安、洛阳等地的经历记录下来，先是在《中央公论》上连载，最终编为《从长安到北京》一书。他行走在“批林批孔”运动中的中国大地，以作家对细节和情思的敏感，把所见所闻所感一一写下，成为那一时期文化风貌的难得资料。代表团没有机会近距离与他们知道的学者和作家亲密接触，即便到了北京民族大学，见到作家冰心和人类学家吴文藻，也未能多谈。代表团受到当时的中央政治局委员姚文元的接见，对此，司马辽太郎写道：“像这样的代表团接踵而至，中国的要人忙碌不已，一定是应接不暇。”甚至发起牢骚来：

> 我们是搞文艺的，与日本政治没什么关系，我看接见什么的还是省了的好，但这么想也白搭，因为这是中国的习惯。对于习惯了这种习惯的日本一方，这样的事情也依旧是重要的事情，倒不如说一定没什么内容。即便没什么内容也以非常的精力去做，就是礼的本质。中国虽然成了非儒教国，以这样形式的礼在“对外友好”的领域里一丝不苟地做，无非说明历史真是厚重而伟大。②

司马辽太郎一边思考，一边接受着中方的款待，记录着他“真实”的感受，这对于从事文化交流、学术交流的我们来说，应该说是有参考价值的。因为类似的情景，那时并非绝无仅有，或者虽然情景有异，但背后的

---

①［日］加藤周一：『中国往還』，中央公論社1972年版，第16頁。

②［日］司馬遼太郎：『長安から北京へ』，中公文庫1996年版，第335頁。

文化心理大同小异，如果善于反思，就不难从中找出有益的经验。接受了中方大方、夸张乃至奢华的接待，而后回国撰文批评或发泄不快的，或许不止司马辽太郎，也不止一位日本作家。

司马辽太郎《从长安到北京》

1949年以后，先后有一些日本作家应邀"招待"访问我国，那么这些作家是抱着什么样的心情接受邀请的呢？龟井胜一郎将其归为三点：一来因为对于日本来说，古代中国就是"思想与造型的祖国"，没有古代中国的影响，日本古代精神史和传统就无从说起，因而很想去亲身体验一下；二来因为日本的近代化与中国的近代化不同，想亲耳听听经历了民族独立历史的中国人怎么看日中的不同；三来很想知道对于中国来说，什么样的人是理想的人。正如川西政明所分析的那样，这第一条是日本人看中国时的基本视点，第二、三条表明了对革命与社会主义人性的信赖。[①]诚然，受到招待的作家，在当时来说，是属于"友好人士"，但这三条中给人印象最为深刻的，还是鲜明的文化倾向。由此可以知道，大多数访华作家最希望看到些什么，最想了解些什么。

随团访日的中国作家的活动受到不小限制，但在可能的情况下，他们依然希望尽可能为两国的文学交流做些事情。那时中国研究日本现代文学的人，比较熟悉的是日本无产阶级文学和有数的左翼作家，对战后的日本文学各种流派与思潮所知很少，更不用说整体把握了。

1963年11月，人民文学出版社社长许觉民与冰心、巴金、严文井等人访问日本期间，见到了松本清张。松本签赠许觉民一本《日本的黑雾》。回国后，许觉民嘱咐文洁若将其译成中文，使这一部揭示日本社会现代矛盾的推理小说与中国读者见面，中国读者也就记住了松本清张这位社会派

①［日］川西政明：『わが幻の国』，講談社1996年版，第393頁。

推理小说大师的名字。1986年，文洁若访日专程拜访松本清张，将《日本的黑雾》等三个译本赠送给他，并请他为《日本的黑雾》的续集《深层海流》译本写序。

80年代根据松本清张《砂器》改编的电影在全国大受欢迎，1983年松本清张第一次访华，向病中的巴金敬献花束。据藤井省三研究，如果依据松本清张纪念馆收藏的松本清张藏书推理的话，松本清张爱读鲁迅的书。如松本清张于1955年9月发表的私小说风格的小说《父系之指》，是逆转鲁迅的短篇《故乡》的结构创作而成的。[①]所以，如果要梳理松本清张与中国文学的因缘的话，鲁迅对其的影响以及“团访”中中国作家初识《日本的黑雾》那一幕皆是不能略去的。

70年代末以来，中日作家与学者个人跨海访问不再艰难。山崎丰子来华后，得到胡耀邦的鼓励与支持，采访了众多于日本战败投降后留在中国的日本孤儿和他们的养父母，创作了长篇小说《大地之子》。根据该小说改编、由中日合拍的电视剧获1996年蒙地卡罗电视展电视作品大奖，在日本播放时创下最高收视率。坚冰已破，海天可通，“个访”覆盖了“团访”，而作为特殊年代的“团访”仍给那时的亲历者留下了难忘的印象。

三、对谈

《论语》中有孔子与弟子论学的对话，《孟子》有孟子与国君关于治乱的谈论，它们都可以看成现代学术对谈的源头。如果说诗词唱酬是对学术研究理论化单一形式的补救，那么对谈就是对学科、治学领域过于细分的补救。一方面，学科细分愈演愈烈，加之小圈子思想的作用，一般学者不仅专业以外的话题不敢轻易置喙，就是做了小学科之外的事情，也会有人投来质疑的目光。而那些不满足于这种现状又有些影响的学者，便力图向外发展，寻求自身知识视野之外的强者，主动与他们“喝咖啡”。

从20世纪60年代以来，日本学界就出现了一些以对谈形式出现的著述，它们是出版业发达的结果，也是学者笔力与口才发展的结果。那些睿

① 『松本清張紀念館館報』第39号，2012年3月。

智机敏、出口成章的“论客”，往往成为受欢迎的对谈对象。

1968年，吉川幸次郎监修的《中国古典选》丛书由朝日新闻社出版。他自己则担任了其中《论语》一册的译注。该书出版后，引起文化界广泛关注，对中国文明抱有兴趣的文化人，不论亲疏，都把他当作合适的对话者。这一年从夏到冬，他先后与作家井上靖、中野重治、石田英一郎、石川淳、桑原武夫及日本第一位获得诺贝尔奖的物理学家汤川秀树对谈，而后将这些对谈编为《中国文学杂谈》一书，于1977年出版。在序言中，他说：“我进入这一学问的半世纪前，大正末年、昭和之初，中国文明，或者中国，受尽日本人的侮蔑，不仅出不了这样的书，恐怕也很难找到这样的对谈对方。我曾想，这样的日本侮蔑中国，还有作为对应的中国侮蔑日本，彼此的看待，是某些不幸的最大原因。对谈者们，包括已故石田氏，内心都抱有这样的想法，不要再重复这样的事情。”①

吉川幸次郎对谈包括与井上靖谈“中国与日本文学”、与中野重治谈“中国文学杂谈”、与桑原武夫谈“中国文学的世界性”、与石川淳谈“中国古典小说”、与石田英一郎谈“中国古典与现代”、与汤川秀树谈“中国学问与科学精神”等。对谈不同于一个人写论文，更不同于宣读论文，是在两个人或更多的人的思路交叉中向前推进，没有足够的时间字斟句酌，个别表述不够精确的地方，在整理时或许可以修改。60年代还不大使用录音设备，往往需要根据速记去整理。在对方的启发下，临场发挥超常，有时也会出现灵光忽现、妙手偶得的精彩言论。《诗与永远》是根据吉川幸次郎与青年哲学家梅原猛的对谈速记稿整理的，在序言中，吉川幸次郎说：

> 对我本人来说，或许也多少袒露了我本人未曾自觉到的部分。虽说是“率尔”之言，但却也是学术语言。既是学术语言，就不会波及未曾自觉到的东西。我的兴趣总是跟着没想通的东西走，不断扩大，但只到想通为止，就尽量要想通它，这就是我的学术方法。这次对

① ［日］吉川幸次郎：『中国文学雜談』，朝日新聞社1977年版，第1頁。

话，也是要尽量把问题搞通。①

两人一起谈，称为对谈，三人一起谈、四人一起谈，都可以称之为对谈，有时也将三人一起谈，称为“鼎谈”。不同领域而又相互比较熟悉的学者，在一起谈，往往能谈得比较富有成效。日本比较文学学会会长芳贺彻主持的“翻译与日本文化”研究，除了邀请各专业学者撰写论文之外，还亲自主持了题为“日本这一翻译宇宙——映照文化的翻译、映照翻译的文化”的对谈，邀请了美籍日本文学研究者唐纳德·金、对中国文学造诣深的中西进和《莎士比亚全集》的第三位译者（前两位是坪内逍遥和福田恒存）小田岛雄志。四人在对谈中，表述了这样的观点：日本文化发轫便与翻译相伴——享受和汉语言相遇的游心、万叶之恋“孤独的悲哀”、音声重于意义解释、和汉相交文的形成、戏曲翻译尤难——研究独特技巧与匠心的与他文化接触最前线、“翻案”（将他国故事变为本国故事的改编）手法来自佛教故事、无可奈何的语句、新文化之风自戏剧与电影来、翻译是不是“第三文学”、扩展日本人语言世界与内心世界的创造性作为、翻译者与原作者的复杂关系、正因为翻译是创造性的行为、不喜欢的东西不译为好、翻译的历史是文化与文化之间选择的累积、翻译给日本人带来“友情”等问题②。不难看出，这里包含着文艺理论、翻译史的问题，也包括了译者的经验之谈。

1990年12月起的一年间，日本国际日本文化研究中心的中西进与中国学者王晓平就中日诗歌中的日月、风云、雨雪等意象进行对谈，整理成《智水仁山——中日诗歌自然意象对谈录》，后由于得到傅璇琮先生的支持，得以在中华书局出版。在该书引论中，王晓平谈到对谈时说：“这种方式，或许与传统的古典文学论文那种抓住一个问题深入挖掘、反复论证，或正襟危坐地论辩比起来，既不那么精深，又不那么庄重，但可以直接充分交换看法。是啊，古典文学研究的文章，为什么一定都要那么‘古’味十足呢？偶尔地给思维和语言松一松绑，放轻松些，可不可以呢？对谈的时

①［日］吉川幸次郎、梅原猛：『詩と永遠』，雄渾社1967年版，2頁。

②［日］芳賀徹编：『翻訳と日本文化』，山川出版社2000年版，第152—192頁。

候，我们感到一种交流的愉悦，愿这种愉悦能以文字传达给读者。”①钱林森主编的《外国作家与中国文化》丛书中，也采用了以中外专家对谈作为序言的形式，对谈这种学术形式越来越为中国学界所接受。

1951年刊日译本《虾球传》第一部

20世纪80年代以前，日本大学中很少开设日本思想、日本民族学课程，而对于欧洲、中国研究，也多限于文学部的哲学、文学和历史课程，这使一些学者感到日本学界俯瞰日本文化整体的综合视野欠发达，有必要加强不同专业、不同学术方法的对话。由IBM株式会社主办，江上波夫、梅原猛、上山春平、中根千枝发起，1980年9月27日至9月29日举办了“天城论坛 日本与中国”，其记录整理成《日本与中国》一书。

彼此尊重、平等相待、虚心倾听是学术对话最起码的条件。既虚心倾听，而又不隐瞒观点，才会有所收获。学术对话不是商业谈判，也不是外交交锋，更不是政治辩论，需要的是一起探寻真理的真诚、相近的专业水准和可以对接的对话技巧。在“冷战思维”控制彼此头脑的时候，真正的学术对话是难以做到的，而只有对话的意愿而缺乏相应的学术准备的话，那也就难以避免“鸡对鸭讲”的尴尬。

对于成熟的学者来说，对谈双方一般要对对方的学术成就、研究思路与思想关切具有相当的理解，共同协调好核心话题与大体程序。21世纪以来，除了不定期对谈、会议中对谈、电话对谈等之外，录制跨国学术对谈音频、网上对谈等也成为青年学者喜爱的交流方式。新材料、新问题意识、新话语也就在这种对谈中获得了交换与传播的机缘。

① 中西进、王晓平：《智水仁山——中日诗歌自然意象对谈录》，中华书局1992年版，第14页。

第四节　学人·评论·演讲·游学·晤语·学会

一、学人

学人，包括学术撰述者、教育者以及担负学术推广的学术著述的编辑、出版家与学术活动的策划者，是学术交流的核心力量，是学术土地上的种桃人。桃子长得好不好，跟土壤和气候大有关系，但是如果没有种桃人，土壤和气候的条件便无法发挥到极致。能摘桃子的多，会种桃子的少。学者应该好好研究，哪些成果应该纳入交流，怎样做才能达到交流的效果，就像种桃人一定要研究桃子的品种、种植和管理的方法一样。中日两国之间学术交流的桃子，根本上要靠不同文化的持有者一起来种。遗憾的是，20世纪有不短的一段时间，让很多种桃人想种却无法去种。

1977年七八月间，50年代初曾为东京大学汉文科毕业生的上田武，随团访华。8月8日，是宣告“文化大革命”结束的一天，在桂林，上田武看到，夜晚，大道上红旗招展，“全世界工人阶级大团结万岁”的标语林立，到处是挥舞彩旗和鲜花的人群，烟花腾空而起，爆竹声好像震撼了街道和林荫道，震撼着身体。他预感到，“中国和日本自由交流的日子就要来到了”，于是下了决心，要重新学好汉语，学到能自由交流。①

这一天，上田武的心头燃烧起的希望，也闪烁在中国一些年轻人的心头。

在中国，有些年大学事实上“停摆”，培养学者的工作曾被迫中断，想学习外语也有可能给戴上“崇洋媚外”的帽子。60年代末期，在天津“小洋楼”，两位高中生敲开了一户陌生人家的门，强烈请求屋子的主人收他们做学生，教他们学日语。原来他们从贴在门口的大字报上，知道屋里的主人是一位教日语的“反动学术权威”。他们不愿意天天瞎混，只想

① ［日］青柳まちこ編：『文化交流学を拓く』，世界思想社2003年版，第111—129頁。

趁年轻学些东西，又无处求师，才想出了这样的一个办法。三番五次被拒之后，他们从发音开始，做了教授的“地下学生”。后来，他们成为颇有成就的学者。

还有一位返城知青是在招工之后，跟一位日本“八路”老妇人学习了日语，后来，这位没有上过大学的年轻人，成为一所大学的日语教师。

70年代起，中日两国学习对方语言的热潮渐起，对方国家的文学也有了前所未有的成规模的接受者，从语言学习者中培育出的译者人才辈出，读者的支持也使各类众多的文学译本得以问世。

对于80年代的学人，钱理群曾有很好的概括。他指出，这一代人在80年代的思想解放运动中，通过痛苦的反思获得一次真正的觉醒；同时又在历史提供的特殊机遇中，与直接承续了五四精神的老一辈相遇，不仅接受了严格的学术训练，而且在精神谱系上，与新文化传统相联结，并进而把自我的新觉醒转化为新的学术。[①]这一代的许多学人，都有走出国门从事研究的经历。他们结合自己的研究课题，在异国的图书馆发奋苦读，废寝忘食，用多种语言同外国学人娓娓而谈，深度交流，完成了一批有分量的专著。

日本于高速经济增长之后，在增设大学与充实各学部的过程中，以中日恢复邦交为契机，各大学选修汉语的学生逐年增加，汉语班级扩充，汉语教师或讲授日本文学相关的课程中的汉文学（中国文学）课程，或讲授外语相关的中文、中国文学课程。原有的国立九大学全部有了中文硕士、博士点，其中专攻中国学相关的博士课程，除了旧有的七所大学之外，广岛大学、御茶水大学、一桥大学也有了学位点；公立大学中的大阪市立大学与私立大

1972年刊日译本郭沫若《李白与杜甫》

① 顾晓光：《代序：答顾晓光访谈》，见葛剑雄著《书人集》，上海科学技术文献出版社2014年版，第2页。

学中的早稻田大学、庆应义塾大学之外，大东文化大学、日本大学、二松学舍大学、爱知大学、立命馆大学、关西大学、追手门大学、神奈川大学也有了博士点。[①]这些学校积极与中国大学展开互换教师和留学生等多种交流活动，也源源不断地向文学研究界输送新鲜血液。

与此同时，中国大学中日语普遍作为第二外语，新增日语专业、日语学院的大学不断增加，自学日语者数以万计。1981年1月，《中华人民共和国学位条例》生效，确立了学士、硕士、博士组成的学位体系。至1998年，北京大学、北京外国语大学、东北师范大学有了日语博士学位授予权；北京大学、北京师范大学、天津师范大学等，先后开始招收日本文学及中日比较文学博士。

各大学输送着文学的研究者，也输送着文学的接受者。中日两国文学的翻译、出版出现了史无前例的新气象与新局面。日本的中国文学研究，也逐渐更新了版图，从原来的东京大学、京都大学两分天下，转而为多家崛起，各擅其长。

1970年至80年，近十年间，以小野忍、伊藤虎丸等为首的近20名中国近代文学、日本近代文学研究者组成研究班，对中日文学关系进行综合性、实证性研究。1986年汲古书院出版的《近代文学里的中国与日本——共同研究・日中文学关系史》是日中文学交流史共同研究课题组的研究成果，由伊藤虎丸、祖父江昭二、丸山升三人任主编。该书的前言，格外清晰地表露了一位一直追随中国、追随中国现代文学发展脚步的外国研究者在那一特定时段的复杂心态。中日邦交正常化，既是早已盼望的，而与此同时，又感到中国正在发生的事情又与日本国内革新思想的弱化有所关联。前言描绘当时的事态，“具有讽刺意味的是（这是我们也想得到的），我们期望的中日关系正常化，是以迫使我们对中国革命所抱有的形象进行决定性转换的形式而实现。”作者确信，面对中国的变化，“日本研究者出现不同意见是不难想象的，但共同的认识是，重新构筑中国形象与日本形象再

① 日本中国學會創立五十年記念論文集編集小委員會：『日本中國學會創立五十年記念論文集』，汲古書院1998年版，第3頁。

认识是不可分割的”。[①]

《近代文学里的中国与日本——共同研究·日中文学关系史》收入论文14篇和座谈会纪要1篇，其论文包括：

近代文学里的中国与日本（代序） 伊藤虎丸
黄遵宪与日本 伊藤虎丸
《摩罗诗力说》的构成——鲁迅的救亡之诗 佐藤保
正冈子规与鲁迅、周作人 北冈正子
《满韩旅行》——漱石里的亚洲问题 木山英雄
《旅宿》与《故乡》——围绕失乐园
（附录）《少爷》与《阿Q正传》 伊豆利彦
郁达夫与大正文学——从与日本文学的关系看郁达夫的思想、方法
伊藤虎丸
创造社与日本——青年时代的田汉及其时代
（附录）田汉年谱及资料目录 小谷一郎
日中的架桥——世界语者们的地下作业 高杉一郎
日本的鲁迅 丸山升
《上海论》——以首次发表与出版本的比较为中心 祖父江昭二
鲁迅、莫拉哀思、白鸟、野口——日中文学交流（1935）点描 釜屋修
关于《满洲儿童文学》 新村彻
藤枝丈夫与大高岩 佐治俊彦

座谈会参加者除了以上作者中的祖父江昭二、伊藤虎丸、高杉一郎、丸山升、佐藤保、佐治俊彦之外，尚有小野忍、尾上兼英、泽谷昭次。

如果说《近代文学里的中国与日本——共同研究·日中文学关系史》是对近代日本的中国文学研究亮点的回顾的话，而80年代至21世纪初的研究，时间虽然不长，却有成倍的资料需要清理，亮点更多。这是因为对新时期文学的翻译、介绍和研究，不论速度、规模和类型均非以往任何时代可以比拟。

---

①［日］伊藤虎丸、祖父江昭二、丸山昇編：『近代文学における中国と日本——共同研究·日中文学関係史』，汲古書院1986年版，第1頁。

鲁迅研究，依然是20世纪日本中国文学始终不变的亮点。有关著述有竹内好著《鲁迅》、高田淳著《鲁迅诗话》[①]、林田慎之助著《鲁迅中的古典》[②]、小川环树著《鲁迅的古典研究——特别是其前半生中》[③]等。

从伤痕文学、反思文学到寻根文学，从乡土文学到女性文学，从少数民族文学到先锋文学，中国文学的很多作品都被译成日语，刘心武、陈建功、莫言、贾平凹、谌容、残雪等一大批作家走进了日本评论家的视野，少数民族作家玛拉沁夫、乌热尔图、扎西达娃等，也赢得了日本读者的青睐。与此同时，不仅中国现代文学研究者相浦杲、山田敬三、吉田富夫、藤井省三、竹内实、阿赖耶顺宏、白水纪子、岸阳子、饭冢容等积极参与新时期文学翻译，连古代文学研究者立间祥介、中岛绿、守屋洋等也加入到翻译者的行列。中国现代小说刊行会、咿哑之会成为翻译介绍新时期文学的重镇。学者兼翻译家的显著特点，即他们不仅关注作家和作品，而且关注中国思想界和文学界的阴晴圆缺，随时翻译介绍了一批有影响的思想探索评论著述，如钱理群的《心灵的探寻》、孙隆基的《中国文化的深层结构》等。

1980年2月工藤静子、西胁隆夫编译的《伤痕》由日中出版刊行，收入的作品主要有李陀获1978年全国优秀短篇小说奖的《愿你听到这支歌》、卢新华的《伤痕》、陆文夫的《献身》、李勃的《阿惠》、刘心武的《醒来吧，弟弟》和《班主任》、王亚平的《神圣的使命》。

1981年由田畑佐和子、田畑光永编译的《天云山传奇》由亚纪书房出版，收入了鲁彦周的《天云山传奇》、徐明旭的《调动》、刘宾雁的《人妖之间》。

80年代初，巴金在日本受到较大关注，有不少作品被译成日文发表或出版。其被译成日语的作品如下：

《随想录》　石上韶译：『随想録』，筑摩书房1983年版。

《想念萧珊》　刈间文俊译：『肖珊を』，『凱風』1、2合并号，

---

①［日］高田淳：『鲁迅詩話』，中公新書1971年版。

②［日］林田慎之助：『鲁迅のなかの古典』，創文社1981年版。

③［日］小川環樹：「鲁迅の古典研究——特にその前半生における」，『鲁迅案内』，岩波書店1956年版。

1983年版。

《一篇序文》岛田恭子译：『一编の序文 』，ェスペラントの世界1，1983年版。

《解剖自己》刈间文俊译：『自らを解剖 』，『凯風』5、6合并号，1983年版。

《探索集》石上韶译：『探索集』，筑摩书房1983年版。

《真话集》石上韶译：『真話集』，筑摩书房1984年版。

《病中集》石上韶译：『病中集』，筑摩书房1985年版。

21世纪，莫言获诺贝尔文学奖了却了国人的一桩心愿，表明中国作家的实力得到了国际上的认可。其获奖背后，凝聚着众多汉学家的努力。正如孟繁华所说："莫言获'诺奖'是一个庞大的国际团队一起努力的结果。"这个团队除了我国的评论家之外，还可以举出一批汉学家的名字，他们是杜特莱（法国）、李莎（意大利）、郝穆天（德国）、葛浩文（美国）、马苏菲（荷兰）、朴宰雨（韩国）、马悦然（瑞典）、陈安娜（瑞典）等，其中也有日本的藤井省三、吉田富夫等。下面是莫言作品的日译本：

藤井省三译、长堀祐造译：『中国の村から　莫言短篇集』，JICC出版局1991年版。

井口晃泽：『赤い高粱　続 現代中国文学選集』12，德间书房1990年版。

竹田晃编译：『もう言う木　中国幻想小説傑作集』，白水社1990年版。

藤井省三译：『花束を抱く女』，JICC出版局1990年版。

藤井省三译选：「縄　前歯」『笑いの共和国　中国ユーモア文学傑作』，白水社1992年版。

藤井省三译：『酒国　特捜検事丁鈎児の冒険』，岩波书店1996年版。

今福龙太等编：『世界文学のフロンライアチ』，岩波书店 1996年版。

藤井省三译：『良医　現代中国短篇集』，平凡社1999年版。

吉田富夫译：『豊乳肥臀』（上下），平凡社1999年版。

吉田富夫译：『至福のとき 莫言中短篇』，平凡社2002年版。

邓晓芝著，赤羽阳子、近藤直子译：『精神の歴程　中国文学の深層』，柘植书房新社2003年版。

吉田富夫译：『白檀の刑』（上下），中央公论新社 2003年版。

吉田富夫译：『白い犬とプランコ　莫言自選短篇小説集』，日本放送出版协会2003年版。

井口晃译：『赤い高粱』，岩波书店 2003年版。

吉田富夫译：『四十一砲』（上下），中央公论新社2006年版。

吉田富夫译：『転生夢現』（上下），中央公论新社 2008年版。

中国现代文学翻译会编：『小説　月光新』，中国現代文学，ひつじ書房2009年版。

萩野修二译：『莫言及び他の現代文学の作家　中国現代文学論考』，关西大学出版会2010年版。

立松升一译：『犬について』三篇，トランスビュー2010年版。

菱沼彬晁译：『牛』，岩波书店 2011年版。

吉田富夫译：『蛙鳴』，中央公论新社2011年版。

井波律子论《酒国》时说："谜一般的黑色大厅式的都市酒国，在莫言驱使物语幻想而编织成的这个都市故事里，现代中国被以荒诞的魔术手法极端化。莫言遂被称为中国的加西亚·马尔克斯，以此看来，将肉体性置于根底里的叙述手法，比起马尔克斯还要鲜活得多。"①

在20世纪的最后20年里，日本女性文学在中国赢得了很多读者，而中国女性作家的作品，也有了一定数量的日本读者。例如，译成日语的残雪作品单行本，即有：

『蒼老たる浮雲』，河出书房新社1989年版。

『カッコウが鳴くあの一瞬』，河出书房新社1991年版。

『黄泥街』，河出书房新社1992年版。

『廊下に植えた林檎の木』，河出书房新社1995年版。

『突囲表演』，文艺春秋1997年版。

『魂の城 カフカ解読』，平凡社2005年版。

『かつて描かれたことのない境地』，平凡社2013年版。

① 井波律子：『中国文学　読書の快楽』，角川書店1997年版，第262頁。

『最後の恋人』，平凡社2014年版。

收入各种选集的残雪作品有：

『かつて描かれたことのない境地』（『世界文学のフロンティア3』），岩波書店1997年版

『「季刊」中国現代小説』，苍苍社

『暗夜』（『池澤夏樹=個人編集 世界文学全集』），河出书房新社2008年版。

据日本中国文艺文学研究会调查，日本读者及学者所评最为熟悉的三位中国当代作家中，残雪居其一。近藤直子创办了残雪研究会，这是日本唯一以中国当代作家命名的研究会。《残雪研究》《昴》《文学界》《中国现代文学》等刊物都发表过残雪作品的译作。

中国当代作家李存葆的《高山下的花环》发表不久，全国就有近百家报刊全文转载，50余家剧团改编成各种剧目上演，各种媒体的评论文章近300万字。国内这样强烈的反响，推动了作品的对外传播，其先后被翻译成日、俄、英、法等十几种语言。美国嘉兰德出版公司出版的20本世界文学系列丛书中，《高山下的花环》名列第五，梁三喜、赵蒙生、靳开来这些栩栩如生的形象，成为外国读者心目中的中国军人。

日本《中国现代小说》刊行会所编、苍苍社刊行的《（季刊）中国现代小说》，于1987年4月开始刊行，翻译了很多中国新时期小说作品，下面是第一卷各号收入中国作家的大体情况：

第1号：乌热尔图、冯骥才、何立伟、戴厚英、高晓声、韦君宜、张承志。

第2号：梁晓声、刘索拉、扎西达娃、刘真、祁放。

第3号：史铁生。

第4号：冯骥才、蒋子丹、王安忆、残雪、陆文夫、陈建功、邵振国。（以上1987年）

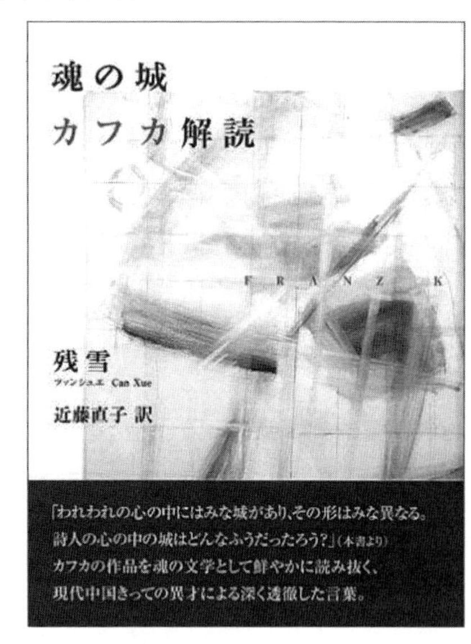

残雪《灵魂的城堡——理解卡夫卡》

第5号：扎西达娃、莫言、残雪、张弦、阿城。

第6号：张宇、李锐、蒋子丹、冯苓植、玛拉沁夫。

第7号：汪曾祺、从维熙、李锐、冯苓植、残雪、邓友梅、张贤亮、杨绛、冯骥才。（以上1988年）

第8号：徐晓鹤、边玲玲、李锐、何立伟、冯苓植。

第9号：扎西达娃、残雪、张平、戴晴、朱晓平。

第10号：鲍昌、洪峰、张平、朱晓平、张弦。

第11号：残雪、张贤亮、史铁生、郑义。（以上1989年）

第12号：张平、徐平、朱晓平、郑义。

第13号：刘心武、汪曾祺、梁晓声、刘真、郑义。

第14号：皮皮、王蒙、扎西达娃、徐星。

第15号：刘恒、残雪、王蒙、余华、阿城、韩春旭。（以上1990年）

第16号：色波、何士光、王蒙、阿城、白桦、池莉。

第17号：苏童、蔡测海、刘恒、余华、池莉。

第18号：何云路、郑义、王安忆、残雪。

第19号：刘绍棠、贾平凹、赵大年、韩少功、残雪。

第20号：李晓、马原、苏童、残雪。

第21号：梁晓声、阿来、韩少功、高旭帆。

第22号：冯骥才、茹志鹃、池莉、刘震云。

第23号：张承志、范小青、王兆军、乌热尔图。（以上1991年）

乡土文学是另一个译介热点。

小林荣在1981到1988年间，由银河书房陆续出版了六册《中国农村百景》选集，集中译介了山西文协的机关刊物《山西文学》中的部分作品。下面是这六册集子收入作家的简要情况：

1981年，『中国農村百景Ⅰ』，收入张石山、贾大山、郑义、杨茂林、田东照、韩文洲、赵新的作品。

1983年，『中国農村百景Ⅱ』，收入崔巍、韩石山、张文德、潘保安、张旺模、马烽、焦祖尧、李海清的作品。

1984年，『中国農村百景Ⅲ』，收入何亚京、王东满、苗挺、徐捷、胡正的作品。

1985年，『中国農村百景Ⅳ』，收入王西兰、王东满、李锐、成一、权文学、张鲁的作品。

1986年，『中国農村百景Ⅴ』，收入马烽、张平、权文学、周宗奇、韩石山、李逸民、义夫、李锐的作品。

1988年，『中国農村百景Ⅵ』，收入张平、李逸民、郑惠泉、田中禾的作品。

80年代后期，中国当代作家选集相继出版。如1987年《现代中国文学选集》第1至5卷及别卷1卷，由松井博光、野间宏监修，德间书店刊行。第一卷王蒙，第二卷古华，第三卷史铁生，第四卷贾平凹，第五卷张辛欣。1989年，还是由松井博光、野间宏监修，德间书店刊行《现代中国文学选集》第6至8卷。第六卷收入井口晃翻译的《红高粱家族》，第七卷王安忆，第八卷阿城。

1992年，杨绛《洗澡》日译本[①]出版。井波律子认为，这部小说的舞台是中华人民共和国成立不久在北京设立的一个小文学研究所。作者杨绛，以充满幽默感而淡淡的笔触，描写了汇聚在这个小世界具有各种经历的研究者的日常生活。"其中描写的恋爱童话，正是投身于新中国的知识分子的梦想与深层根柢的东西。没有高声的呼喊，只是不经意地指出问题所在，作者的这种手法实在是很精彩的，可惜的是，令人感到有些将登场人物从一开始就清楚地既定区分为'好人'与'坏人'，情节展开平板而缺乏动感，过于静止整齐。"[②]

渡边晴夫《超短篇小说序论——中国的微型小说与日本的掌篇. Short-short》[③]对中国的微小说与日本的掌篇小说进行比较研究。

笕文生在肯定日本现代文学研究者在鲁迅研究领域达到很高水准的同时，指出在日本存在中国古典文学者现代弱、现代文学研究者古典弱的现象，而中国现代文学与古典文学是一脉相承的，他以谌容小说为例。《人到中年》发表于1980年《收获》，获第一届优秀中篇小说一等奖，作品被

---

① 杨绛著，中島みどり訳：『風呂』，みすず書房1992年版。

②［日］井波律子：『中国のアウトサイダー』，筑摩書房1993年版，第219頁。

③［日］渡辺晴夫著，李萍、刘静訳：『超短篇小说序论——中国的微型小说与日本的掌篇. Short-short』，DTP出版2009年版。

拍成电影。日本译本有三种：福地桂子译本[①]、田村年起译本[②]、林芳译本[③]。而小说中出现的“人到中年万事休”出自元曲《王粲登楼》。同一作者的《错！错！错》，则得名于陆游的《钗头凤》。日本译本的前言仅言其“以爱的破局为主题”而未一字涉及《钗头凤》。筧文生强调，中国“现代文学”是从否定“古典文学”起步的，但它另一方面又是在古典中扎根而发展起来的。[④]

电影，特别是国际上获奖的电影，成为其原作和相关作品翻译、传播、研究的推手。张艺谋导演的《红高粱》获奖之后，莫言的小说《红高粱》的译本即由德间书店出版，获得读书界广泛关注。陈凯歌导演的《黄土地》《大阅兵》《孩子王》在日本上演后，他所作的《我的红卫兵时代》收入讲谈社的现代新书。张艺谋的《菊豆》、谢晋的《最后的贵族》1990年在日本上演，德间书店及时推出了两部作品的译本。

新时期文学在日本获得广泛传播的同时，在世界的其他地方，也为越来越多的人们所理解。苏童的《我的帝王生涯》、莫言的《红高粱》和《丰乳肥臀》英译本在美国受到追捧，印数均在一万册以上。贾平凹获得了美孚飞马文学奖，张炜获得过美国总统亚太顾问委员会杰出成就奖。2007年11月姜戎凭借《狼图腾》美国圣母大学教授葛浩文（Howard Goldblatt）英译本在香港国际文学节上获得了首届曼氏亚洲文学奖（the Man Asian Literary Prize）[⑤]。

80年代以来，国外对中国文学的研究也逐渐成为中国学者的研究课题。经过多年的酝酿，2008年商务印书馆出版了“海外中国现代文学研究译丛”，收入了王斑《历史的崇高形象：二十世纪中国的美学与政治》、奚密《现代汉诗：一九一七年以来的理论与实践》、张英进《影像中国：当代中国电影的批评重构及跨国想象》、周蕾《妇女与中国现代性：西方与东方之间的阅读政治》、刘剑梅《革命与情爱：二十世纪中国小说史中

①『民主文学』，1981年4月。

② 第三文明社，1984年5月。

③ 中公文库，1984年12月。

④［日］興膳宏编：『中国文学を学ぶ人のために』，世界思想社1991年版，第277—295頁。

⑤ 熊文华：《美国汉学史》（上册），学苑出版社2015年版，第63页。

的女性身体与主题重述》[①]。

值得庆幸的是，中国学界闭关自守的一页终于翻了过去，中国的人文社会科学从孤立于世界学术大家庭之外到全面融入世界学术主潮，那些较为熟悉外语或外国文化而又具有中国人文专业知识的学者，在开放的大旗下所进行的有效工作，为各种新学科、新学术思潮进入中国立下赫赫功绩。

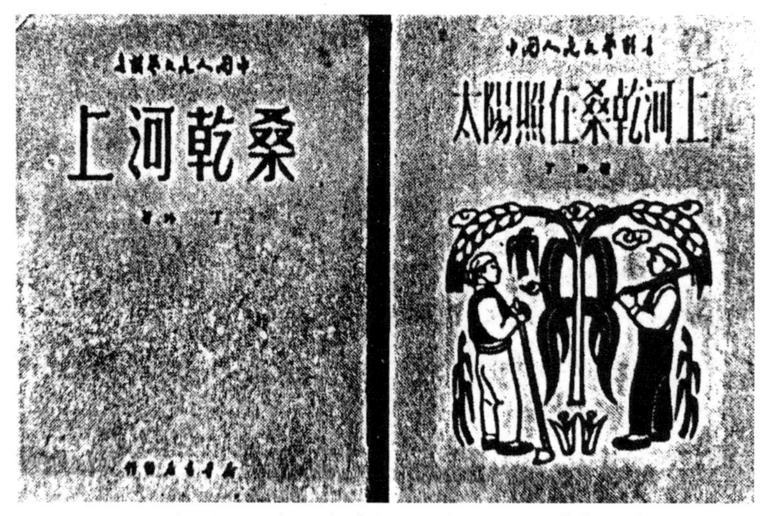

1951年刊日译本丁玲《太阳照在桑干河上》与原本

与日本相关的，除了《世界文学》《国外文学》等杂志不断推出日本文学家的新老名著之外，吉林人民出版社出版了《日本文学》杂志，而吉林大学出版社《日本学者研究中国现代文学论文选粹》的出版更是引发中国学者对相关现象的关心，一批相关论文在各类杂志上陆续发表。日本学者对鲁迅研究的成果格外引人注目。何乃英译北冈正子《摩罗诗力说材源考》早在1983年就由北京师范大学出版了，而十五年后，北冈正子又创作了《探索鲁迅文学之渊源　摩罗诗力说材源考》[②]。

---

① 梁建东：《多元视角下的中国现代文学研究——简评“海外中国现代文学研究译丛”》，见张西平主编《国际汉学》第二十一辑，大象出版社2011年版，第233—245页。

②［日］北岡正子：『魯迅文学の淵源を探る　摩羅詩力説材源考』，汲古書院2015年。

每一位学者手边都会有几部离不开的辞书和工具书。优秀的辞书和工具书是迄今相关知识集大成的凝缩，具有可靠、精炼、信息量超大而具有极高的学术价值的特点，成为一个时期学术水准的缩影。因而，有些学术水平很高的学者会不惜倾其毕生的精力去编撰一部心目中理想的辞书或工具书。我国近代以来出现的《辞海》《辞源》《佛教大辞典》等让全世界研究中国文化的学者受益。八九十年代我国诞生了一批新文学辞书，如王洪主编的包括古诗、唐诗、唐宋词、宋诗、元明清诗、元曲、古代散文、古代小说在内的多册《中国文学百科辞典》，以及《中国翻译辞典》《诗经分类诠释》《唐诗艺术技巧分类辞典》《儒林外史辞典》等。它们与以往的辞典的不同点之一，就是不仅汇集国内研究成果，而且最大限度地吸收世界各地学者的最新研究信息，成为那一时期学者了解国外研究动态和走向的窗口。严绍璗《日本的中国学家》，不仅是中国的第一部有关日本汉学家的工具书，而且在当时日本也没有同类辞书。刘顺利编著的《中国与朝韩五千年交流年历——以黄帝历、檀君历为参照》[①]同样是富有独创性的工具书。

日本有学者将辞书和工具书称为“编舟”，即为学术远航制造渡船。《大汉和辞典》《广辞苑》等辞书都是学者呕心沥血之著，它们给包括我国在内的汉语研究者巨大的冲击和启迪。1995年，霞山会出版了《近代中国人名辞典》，1997年12月同学社又推出了《中国近代文学史年表》，两书的“近代”，略等于我国所说的“现代”。两书的编撰者们不满足于资料的罗列，而期待通过“近代”（现代）而透视“现代”（当代）。对于模糊不清的资料力求找出真相，对于纷纭不定的信息则力图判定真伪。例如属于前者的巴金《火》第一本出版地的确定等，属于后者的胡风《在混乱里面》出版时间的确定等。[②]

文学鉴赏辞典将作品鉴赏以辞条的形式呈现，是鉴赏与辞典的嫁接，往往邀请名家撰稿，借权威性达到文字推广经典的效果，也有一人撰述

---

① 阎纯德、吴志良主编：《中国与朝韩五千年交流年历——以黄帝历、檀君历为参照》，学苑出版社2011年版。

② ［日］小山三郎：「中国近代文学史年表とは何か」，见同学社编集部『TONGXUE トンシュエ』綜輯號2001年版，第386—388頁。

者。前野直彬主编的《唐诗鉴赏辞典》（东京堂1970年版）、《宋诗鉴赏辞典》（东京堂1977年版），猪口笃志著《日本汉诗辞典》（角川书店1980年版），镰田正和、米山寅太郎著《汉诗名句辞典》（大修馆书店1980年版；1999年版），松浦友久主编《汉诗事典》（大修馆书店1999年版），山田胜美著《中国名诗辞典》（角川书店1980年版）等均为各类图书馆中的常备书籍。受到这类辞书的启发，中国辞书也增加了新品种。唐圭璋等主编的《唐宋词鉴赏辞典》（江苏古籍出版社1986年版；上海辞书出版社1988年版）、萧涤非等人撰写的《唐诗鉴赏辞典》（上海辞书出版社1983年版）不仅常销不衰，而且还被列入日本中国文学专业的必读书。

两国学者在辞书、工具书的编撰和利用方面，多有互补、互鉴之功。如元曲词语研究方面，既有王瑛、曾明德所著《诗词曲语辞集释》，继之又有金丸邦三、曾根博隆主编的《元明戏曲语释拾遗》和金丸邦三、铃木诚、阿保圣子编《元明戏曲语释拾遗二集》；既有李修生主编《元曲大辞典》，也有日本学者用电脑制作的《元曲选外编综合语汇索引》。学术是没有国界的，在这方面的学术合作是大有可为的，任重而道远。

二、评论

日本学者用各种形式表达他们对于中国学者著述的评价，汉诗也是其中一种。铃木虎雄曾写过《获杜诗朱郭两注本志喜》："平日攻诗犹治经，杜诗遗集见前型。架中新帙添朱郭，寒夜灯青眼更青。"[①]写自己书架上新添了一本朱、郭研究杜诗的著述的喜悦心情，让寒夜的灯火也更加明亮。

国外的中国文学研究者，不仅关注中国文学的发展，也自然十分关注中国文学研究的动向。他们在可能的情况下，报道中国文学研究的新成果，并及时作出回应，一批中国学者的著述还被翻译成各种文字。同时，研究信息的传递，常常会受到多种因素的制约，不仅研究成果出版、发行、流通以及评论的滞后，都可能使学术评价滞后、偏离和碎片化，而且学风、学术思潮、学界评价体系、专业学术力量等外部因素，也会影响对

① ［日］鈴木虎雄：『豹軒詩抄』第五册，弘文堂1938年版。

中国文学研究成果的评价。

在“冷战”时期，外国作家对中国文学的评价只是偶尔见诸报端。今天，我们重读他们的评价，有利于我们对国内研究的总结与反思。

50年代初，文字改革活动家倪海曙著有《论语选译》[①]《唐诗的翻译》（第一辑、第二辑）[②]，用标音文字对作品进行翻译，以期到达普及化的目标。倪氏在《唐诗的翻译》前言中说，自己的翻译时在研究原诗的基础上，利用自己的想象，加上自己的感情，译成像诗一样的诗。

该书引起日本学者清水茂（1925—2008）的关注，他不仅关注此书的出版，而且注意到《文艺月报》《文艺学习》《上海文汇报》《文学遗产》刊载的评论文章。清水茂认为，《唐诗的翻译》的翻译，作为翻译未必成功。为了古典的通俗化，就要做好质朴的工作，例如唐诗，即便是枯燥无味，也要先忠实地译成散文，再加以改写，这样才能做出精彩而本身也作为可读的文学的翻译来。这种工作，不是不眠之夜打发时间能做到的。接着，他又说：

> 不过，读这本书，更让我感到的是，中国文学里现代与古典之间是一以贯之的。现在，日本的中国文学研究者，往往认为现代文学与古典文学是一刀两断的，对于清晰认识其血缘之浓，这是最恰当的书吧。期待今后陆续出现认真的中国古典文学现代语译本。[③]

1955年，夏承焘的《唐宋词人年谱》[④]出版，除此之外，还有数篇有关作家的考证论文问世。其中有关周密的《乐府补题考》和有关姜夔的《白石怀仁词考》，被清水茂认为是值得注目的见解。

清水茂指出，该书中不仅包含卓越的见解，资料搜集之广泛与精细的探讨，不容猝然置喙，但亦偶有疏失。如《韦端己年谱》中称韦庄的《又玄集》已亡佚，而清水茂认为据日本享和三年（1803年）江户昌平坂学问

---

① 倪海曙：《论语选译》，东方书店1954年版。

② 倪海曙：《唐诗的翻译》，东方书店1954年版。

③［日］清水茂：『中国詩文論藪』，創文社1989年版，第366—370頁。

④ 夏承焘：《唐宋词人年谱》，上海古典文学出版社1955年版。

所刊行的官版《又玄集》，夏氏在其文中摘录的有关《又玄集》的记述，即《后村诗话》所引任华《杂言》及《唐诗纪事》所引徐振的两首诗这一点上，与宋人记述相一致，还与宋吴曾《能改斋漫录》卷五“《又玄集》载杜甫、杜诵诗”的记述相一致，所以不管是不是韦庄原本，确实至少与宋代通行本相同。遗憾的是这个版本的来源尚不清楚。而且《十种唐诗选》中所收《又玄集》三十三首中，与官版《又玄集》所收的诗虽然相一致，却不过四首，所以诚如提要所言，其为赝本，亦是确实的。①清水茂还举例指出书中时有由于著者错误而造成的年谱中自相矛盾的地方，以及失检、谬误、史料解释方面的问题。

1958年人民文学出版社出版的《浦江清文录》收录浦江清论文十一篇，清水茂赞许浦江清博学，以文学为中心，广涉诸多方面。他认为书中阐述文学所在的“义理——思想、伦理”的比较少，但阐述“义理”之前，必不可少的文学分析，也点点滴滴地累积其中。分析之后，再加以综合，阐述“义理”，作为文学评论，是更重要的事情，但往往有省略掉“义理”在前一阶段分析的倾向，这或正是此书给予的反思。②

1960年《文艺报》第十五、十六合刊刊登了北京大学中文系学生费振刚撰写的《在战斗中学习，在群众运动中成长》的文章，这引起了作家高桥和巳的欢呼。在高桥和巳撰写的《关于集体研究》一文中，对于北大、复旦学生编写的文学史大加赞许，称赞其所完成的文学史，不是知识私有，而是万人所有。他主张，知识的作业与制造产品一视同仁的看法是完全正确的。证明事实、挖掘事实，制造观念、展开理论，就和育种种麦子、由矿石炼铜炼铁一样，是生产行为：

> 因而，仅对既存的声誉价值缩小再生产的教条的理论、固定的解释，或者类型化的模拟性创作，是无意义的，不，不仅是无意义，简直就是对于从事物质生产的人们、创造财富的人们的背叛行为。据说现在北京大学正在进行文学史的修订，其中会贯彻政治第一主义与

---

①［日］清水茂：『中国詩文論藪』，創文社1989年版，第372—378頁。
②［日］清水茂：『中国詩文論藪』，創文社1989年版，第379—385頁。

“古为今用”的立场吧。那很好。文学史有各种各样的方法，各种方法互补，根据利用者的要求选择就可以。我考虑的文学史的方法论还另有所在，费振刚等集体研究的尝试及其理论化，作为在人类社会终极里的志向“万人天才论”之一的表现，我给予高度评介。①

高桥和巳虽然指出，费振刚的文章不无混乱的地方，仍然希望有人将其翻译成日语，让更多的人能够读到。

中国社会科学院文学研究所编《唐诗选》②1966年完稿，1975年修订，按照政治标准第一、艺术标准第二的原则，选出诗人130余位，诗630余首。清水茂发表书评，认为本书最出色的地方，在于各作家的小传与作品均有注释。其注不止于对其诗的解释，在理解唐代文学上，也给人很多启示，唐代文学研究者，通读这些注，会大有裨益。

清水茂在肯定本书是富有教益的书的同时，也对其选诗、注释提出一些不同见解。如韩愈、元稹的诗选得过少，注释有多处意义不够明晰。清水茂最后肯定本书对作家作品的选择方法是划时期的，解说、注释对于理解中国文学富有给予启迪的新颖性。作者认为，古典注释，以往皆以“用字”“用典”“本事”为中心，希望中国的注释者，像本书一样，也要有“句意”和“社会背景”的解说，并关注其外语翻译。译成外语时，能让读者就“句意”看懂原文。外国读者不能像中国人那样，仅读原文就够了，加上“句意”说解之后，包括日本在内的外语翻译，就可以以之做参考了。③清水茂在20世纪80年代提出的这个建议，对于今天的我们，仍然十分重要。

70年代讲谈社文库收入了毛泽东《实践论》《矛盾论》译本和《毛主席语录》以及须田祯一翻译的郭沫若所著《李白与杜甫》④。须田本人还是《郭沫若诗集》与《郭沫若史剧全集》（全四卷）的译者。《李白与杜甫》译本封底介绍说，本书是“文化大革命”后问世的郭沫若对盛唐两大

① ［日］高桥和巳：『高桥和巳作品集7』，河出書房新社1972年版，第380—382頁。

② 中国社会科学院研究所编：《唐诗选》，人民文学出版社1978年版。

③ ［日］清水茂：『中国詩文論藪』，創文社1989年版，第350—358頁。

④ 郭沫若著，須田禎一訳：『李白と杜甫』（上下），講談社1976年版。

诗人的评传，“以社会科学方法论与诗人敏锐的直感，解剖诗篇，论破旧来诸说，以刚劲的笔触描绘出人民诗人李白、杜甫形象。它颠覆了从来的尊杜甫为‘诗圣’而贬李白的评价”。

在王梵志诗歌研究方面，张锡厚在先后发表的《唐初白话诗人王梵志考略》《敦煌写本王梵志诗浅论》《关于敦煌写本〈王梵志诗〉整理的若干问题》等论文的基础上，完成了《王梵志诗校辑》[①]一书。奈良女子大学松尾良树从1980年3月开始在入矢义高主持的敦煌文献轮读会上读王梵志诗，四年间读完迄今所知全部敦煌本《王梵志诗集》，出于张锡厚之外的，仅是其作为补遗录下七首的列宁格勒本的51首，正准备将它们一并收入并提供一个校订本。松尾良树就张锡厚所用的28种写本全都根据东洋文库所藏缩微照片对校，并与张锡厚所未见的宁乐美术馆照片对照，对张锡厚的校录加以探讨。松尾良树在指出其分卷存在的问题后，主要就卷一所收作品，讨论其中的误录误释，提出16条不同意见，而后强调，对写本里的排列、写本的空白、写本的书写习惯、俗体字、异体字等，以及因字体的注意、时代而异的写法、别字、异文、佛教语汇、口语语汇、押韵等这些问题注意不够，都会招来各种错误，校订本是研究的起点，如果处理不好这些问题，就无法完全取信。[②]

80年代以后，唐代大历诗人研究逐步展开，傅璇琮《唐代诗人丛考》所收诗人，大历诗人占有八成，刘初棠《卢纶诗集校注》、王定璋《钱起诗集校注》、贾晋华《皎然年谱》等都是相关成果。总体把握大历体的著作，则待蒋寅《大历诗风》[③]问世起。日本国学院大学赤井益久认为，蒋氏该书提出的问题和研究方法，不仅对中唐诗，而且对唐诗研究界大有裨益，无视该书的成果便难以有进展。书评指出，大历时代是从“扩散”转向“收敛”的时代，扩散的盛唐诗得到评价的同时，也必须阐明收敛的大历诗的独特性。本书尝试从总体上把握大历体，其总论由精致的分析和基于理论的分论来支撑，而分论又由丰富的知识与周到的基础研究所证实。

---

① 张锡厚：《王梵志诗校辑》，中华书局1983年版。

② 京都大学文学部中国语学中国文学研究室编集：『中国文学報』第三十六期，1985年10月，第110—121頁。

③ 蒋寅：《大历诗风》，上海古籍出版社1992年版。

面向作品的卓异的鉴赏目力和对理论的铺陈，挽救了很容易就理过其实的弊病，随处可见的启示和洞察力可以看出作者丰富的见识。①

严绍璗在我国是第一个全面系统调查日本藏汉籍善本并集大成的学者，是第一个从事日本中国学研究的学者，是第一个专注中日文学关系史的学者，是第一个培养东亚比较文学博士的学者，也是第一个培养海外中国学博士的学者。松浦友久十分关心严绍璗所著《中日古代文学关系史稿》的日译工作，并为之撰写了序言。在序言中，他总结了该书特点：研究对象选择广泛且适宜；在认真咀嚼日本学者现行诸说的基础上，加入了中国学者独特的见解；论点明确。并指出，从客观角度来看，日中比较文学的研究向来主要是从日本文学的方面进行的，本书则是从中国文学的方面把握日中比较文学，开拓了新视野，丰富了日中文学研究。②

九州中国学会主编的《中国文学论集》第21号发表了竹村则行的书评《郭绍虞、钱仲联、王遽常编〈万首论诗绝句〉》。书评肯定《万首论诗绝句》对清朝论诗绝句的丰富而详细的辑录，这是人民文学出版社1991年出版的此书之最大特色。竹村则行认为，以连作绝句的形式进行总体论评是最适当的方法，论诗歌绝句多具有的“戏”态，也是带来连作诗流行的质的要因之一，作为一种余兴而历来被简单给予冷漠评价的论诗绝句，实际上的确承担着文学批评之一翼。清代成为论诗绝句最盛期，与清代对杜甫诗的尊崇不无关系，而其“戏”态所具备的轻松趣味，也是清朝人多作该类诗的一个原因。这也使人想到可视为其姊妹篇的论艺绝句、论词绝句、论画绝句等清朝诗人的一种趣味主义或玩物丧志的绝句诗流行的事实。竹村则行指出，该书采录范围限定处存在一些问题，无“论诗”这一关键词的诗以何为收入标准，尚不明晰，各论诗绝句也望能明确其出处。最后，竹村则行根据周益忠《论诗绝句》（金枫出版有限公司1987年版）、羊春秋《历代论诗绝句选》（湖南人民出版社1981年版）、吴世常《论诗绝句二十种辑注》（陕西人民出版社1984年版），列出《万首论诗

---

① 京都大学文学部中国语学中国文学研究室编集：『中国文学報』第四十七期，1993年10月，第146—155页。

② 张哲俊主编：《严绍璗学术研究——严绍璗先生七十华诞纪念集》，北京大学出版社2010年版，第69—70页。

绝句》失收的诗32首。①

20世纪以来，一批中国文学研究著述被译成日语。纵观20世纪日本的中国文学出版，较之作品的翻译，中国学者研究著作的翻译显得有些寂寥。相关研究著作的翻译，既需要有翻译能力和精力的译者，还需要专业出版社与一定的读者市场。因此，相近内容或水平的著述，从适应读者需要及兼顾研究水平的角度考量，出版社更愿意出版日本学者撰写的相关著述。

1987年袁行霈的《中国诗歌艺术研究》出版，此后在日本又出版了此书上编的日文译本，韩国出版了全书的韩文译本。

李泽厚的作品，翻译成日语的有《中国文化心理构造》②与《中国马克思主义试论》③，还有一部分哲学著作。

1995年，兴膳宏、中纯子、松家裕子翻译了李泽厚的《华夏美学》④，译著更名为《中国传统美学》，译者在说明更名理由时说："如果直译，可以译作《中国美学》，但考虑到所探讨的内容，横跨很长的历史时期，故决定改为此名。"兴膳宏在译者后记中，详尽地介绍了李泽厚的美学思想：

> 李泽厚当然绝不是出于狭隘的民族主义立场来提出他的传统美学。……他在中国现代化这一观点上，提倡积极摄取包括马克思主义在内的一切外来思想、文化的长处，将其与中国固有传统的东西所具有的长处，结合在一起，由此灵活运用于将来的变革。本书可以说是他的方法论的一种实践。
>
> 这一"西体中用"论，将前面所见的他的儒家思想观一并思考的时候，格外意味深长。虽说是"西体"，而其主体正是中国，只能是中国人，认为是对中国有用的西方文明的产物，不管它是物质性的东

① 『中国文学論集』第21號，1992年版，第61—67頁。

② 李澤厚著，坂元ひろ子，佐藤豊、砂山幸雄訳：『中国の文化心理構造——現代中国を解人鍵』，平凡社1989年版。

③ 李澤厚著，村田雄二郎訳：「中国におけるマルクス主義」，『思想』1989年9月。

④ 李泽厚：《华夏美学》，中外文化出版公司1989年版。

> 西也好，还是精神性的东西也好，都可以作为自己的财产积极吸取进来，让它们发挥作用。这正是一边将所有的思想柔软而贪婪地吸纳，一边不断扩张自己思想的基盘的儒家方式本身吧。在这种意义上，所谓“西体中用”，可以看成是将舞台从中国扩展到世界的崭新的儒家式想法的具体化。这种外来文明的摄取方式，是为中国变革能有效作用的呢，还是不过是单纯细心披挂新的儒家外衣的保守主义呢？正是各家论者见解分歧之处。批判李泽厚的，多是出于后者的立场展开的。①

对于同一部著述，学者往往从不同的方面来解读，学者之间的评价会很不相同，平等对话、冷静倾听各种不同的声音，有利于深入理解对方的观点。不同国家的学者在不同的学术背景下从事同一课题的研究，也可能在方法、视点、立场等方面差异很大，这恰是打破固定思维模式的契机。我们应该不断摸索深化交流的途径和方式。对于学术交流的成效，要有充分的耐心去实践和等待，在这一过程中，学会倾听，学会辩论，学会接近。

1983年至1990年，顾学颉、王学奇合编《元曲释词》四册相继出版，《中国俗文学研究》第三号发表了井上泰山撰写的书评，同一刊物第五号发表了吴振清、杜淑芬的《也评元曲释词——兼与井上泰山先生商榷》。井上泰山随即去信予以回应，也发表在同一刊物上，后来接到对方的反驳，感到里面“充满了与第一封信不差的带感情的字句，早已不是引起学问上的议论的体裁的东西了”。井上泰山后来撰文说：“我通过和两位的论争学会了一件事，那就是超越国度相互理解是不容易的。这是一个事实。为了加深相互间的理解，有必要站在同一块地上毫无顾忌地陈述意见。只有毫无顾忌地陈述，有时会出来逆耳的意见。对于理屈而打算接受的道理，一旦自己实际上成了当事者，也会无理却满不在乎而硬插进道理里来。对我来说，围绕《元曲释词》与两位的论争，真是可作为他山之石的

① 李沢厚著，興膳宏、中純子、松家裕子訳：『中国の伝統美学』，平凡社1995年版。

珍贵体验。”①

由于井山泰山的文章是在事后发表在日本的刊物上的，当时中方的两位作者或许无法知道他的真实想法。如果我们跳出具体的是非，而从交流过程的环节去思考怎样才是学术交流的理想状态，或许也能从中领会阻碍通畅交流的各种因素。在彼此对于对方都缺乏了解的情况下，很希望就学术论学术展开毫无顾忌的意见交换，然而，这往往会碰壁。因为很多学术以外的东西还在那里起作用，有时甚至起很大作用，这就使讨论陷入困境，很难达到开诚布公、无所忌讳的境界。

70年代以来，译成日语的中国学者包括华裔学者著作，如下：

容闳著《容闳自传》　百濑弘译『西学東漸記』，平凡社1977年版。

鲁迅著《中国小说史略》　今村与志雄译『中国小説史略』，学习研究社1986年版；筑摩书房1997年版。中岛长文译『中国小説史略』，平凡社1997年版。丸尾常喜译『中国小説の歴史的變遷』，1990年版。

鲁迅著《汉文学史纲》　今村与志雄译『漢文学史綱要』，学习研究社1987年版。

张望编《鲁迅论美术》　小野田耕三郎译『鲁迅美術論集』（上下），未来社1989年版。

邹雅、李平凡编《解放区木刻》　小野田耕三郎译『中国解放区木刻』，未来社1989年版。

郭沫若著《李白与杜甫》　须田祯一译『李白と杜甫』，讲谈社1976年版。

茅盾著《东方现实主义》　加藤平八译『東洋のリアリズム』，新读书社1959年版。

阿英著《晚清小说史》　会泽卓司、长尾光之、山口建治共译『晚清小説史』，荣光堂1978年版。饭冢朗、中野美代子译『晚清小説史』，东洋文库1979年版。

①［日］井上泰山：「読曲余談」，见同学社編集部編『TONGXUEトンシュエ』綜輯號，同学社2001年版，第172—174頁。

陈国庆著《古籍版本浅说》　泽谷昭次译『漢籍版本入門』，研文出版1984年；2001年版。

1949年刊日译本毛泽东《在延安文艺座谈会上的讲话》

程千帆著《唐代进士行卷与文学》　松冈荣志、町田隆吉译『唐代の科挙と文学』，凯风社1986年。

张少康著《先秦诸子的文艺观》　釜谷武志译『諸子百家の文芸観』，汲古书院1985年版。

李泽厚著《中国文化心理构造——解开现代中国的钥匙》　坂元ひろ子、佐藤丰、砂山幸雄译『中国の文化心理構造——現代中国を解く鍵』，平凡社1989年版。

张光直著《中国青铜时代》　小南一郎、间濑收芳译『中国青銅時代』，平凡社1989年版。

张光直著《美术・神话与祭祀》　伊藤清司等译『古代中国社会　美術・神話・祭祀』，东方书店1994年版。

任继愈著《老子译注》　坂出祥伸、武田秀夫译『老子訳注』，东方书店1994年版。

王晓秋著《从鸦片战争到辛亥革命》　小岛晋治译『アヘン戦争と辛亥革命』，东方书店1991年版。

秦国经著《逊清皇室轶事》　波多野太郎监译『溥儀　1912—1924』，东方书店1991年版。

戴晴著《毛泽东与中国知识分子》　田畑佐和子译『毛沢東と中国知識人』，东方书店1990年版。

蔡恒息《〈易经〉与科学》　中村璋八、武田时昌译『易のニューサイエンス』，东方书店1989年版。

刘文英著《中国古代时空观念的产生和发展》　堀池信夫、菅本大二、井三义次译『中国の時空論　甲骨文字から相対性論まで』，东方书店1992年版。

刘文英著《梦的迷信与梦的探索》 汤浅邦弘译『中国の夢判断』，东方书店1997年版。

叶舒宪著《中国古代神秘数字》　铃木博译『中国神秘数字』，青土社2000年版。

洪丕谟、姜玉珍著《中国古代算命术》　中村璋八、中村敞子译『中国算命術』，东方书店1992年版。

王家达著《敦煌之恋》　德田隆译『敦煌の夢』，竹内书店新社2000年版。

杨义等著《中国现代文学图志》　森川（麦生）登美江、星野幸代译『二十世纪中国文学図誌』，名古屋大学《言语文化論集》连载。

日本学者评价中国文学的标准、角度和方式，虽然因人而异，但都离不开日本文化内部的多种因素。很多学者对中国近现代文学的性质与分期，便不同于中国通行的看法。其中丸山升的观点具有较大的代表性。中国的近代文学，日本一般认为始于鲁迅的《狂人日记》，而中国则把从鸦片战争以后的文学称为近代文学。1983年，丸山升为角川书店《拉鲁斯世界文学事典》撰写的中国文学词条中说："至少只要作为日语的称呼，鲁迅《狂人日记》之前的文学就与'近代文学'之称名不副实。不如将它当成古典文学末期或近代文学前史更为接近实际。"他将中国近代文学与日本近代文学相比较，这样说明日本看法的合理性：

> 中国的近代文学，其本身也为"后进国"的日本的文学相比大体是晚了一代才诞生，这就使中国的近代文学中，在其起步的同时就面临着现代的课题。这里所说的现代课题，就是首先把从封建的各种制度、习惯、思想中解放出来而获得个人的"自由"作为近代课题，就意味着近代留下的，或再生产的社会不平等，或以新的形式产生的自我困境等问题。正像很多"后进国"一样，中国文学里面，这两个问题从一开始就以重合的形式出现，即便在社会主义的现在，近代的课题也以各种形式存在着，最近特别强烈地认识到这一点。因而，就中

国文学而言，近代文学、现代文学的区别，意义并不太大。[①]

丸山升对中国近代文学、现代文学的分期，着眼于近代性、现代性，而不仅仅是政治生态。他的这段文字，也与中国当时的文化反思有关，但也提供了一个不同于通行见解的视点。只要“五四”提出的历史任务还没有彻底完成，那么关于诞生鲁迅《狂人日记》的“五四精神”到底是什么，便会有人继续讨论，而关于中国近代文学、现代文学的分期，也仍会有思考的价值。

三、演讲

这里所说的演讲，在大学里常见的说法是学术报告或讲座。现代化的大学中，演讲是思想活跃、学术发展的重要标尺。如果一所大学，不能随时看到演讲的海报，听不到一流学者精彩的演讲，那是有些奇怪的。

演讲是学者发表新思想、新成果，推广新方法的极好形式，因而在现代化的大学中，总会制造各种各样演讲的机会，如文化节、纪念日、重大学术著述出版、著名教授退休纪念、重要文化事件发生、学术会议期间的学生专场等等。很多学者不仅著述等身，而且有上乘的演讲才能，能够得心应手地将思想成果的精髓用学生喜欢的形式表达出来，传播开去。邀请著名作家、文学评论家、文化人来讲演，也是文学院的一项经常性工作。

从听众来说，演讲可以第一时间了解学者最新鲜、最鲜活的想法，是即时性的，先于阅读的，而且有直接提问、当面质疑的机会；从演讲者来说，直接面向众多接受者讲述，会碰撞出意想不到的火花，常常有助于发现自身不够缜密之处，成为向前再走一步的动力。讲演的表达，不尽同于论文的表达，需要锤炼技巧，磨砺思维，改善口才。学者在演讲之后，往往加以补充，写成更为成熟的学术文章。

---

① 『ラルース世界文学事典』，角川書店1983年。興膳宏编『中国文学を学ぶ人のために』，世界思想社1994年版，第279—280頁。

小野忍是骆宾基《王妈妈》《年假》等作品的译者。前野淑子在与骆宾基通信中，介绍了小野忍对骆宾基作品翻译和研究的情况，得到骆宾基的赞许。1980年8月1日小野忍在“三十年代中国文学研究会”信州海口夏令营所作的演讲中，特别提到骆宾基的评价：

> 骆宾基说：“小野忍教授的《〈北望园之春〉的解说》确实有独到的卓见。1955年就搜集到那么多资料，真不简单！根据冯雪峰、邵荃麟1938年曾在浙东，推断我跟他二人在文学活动上建立起友谊关系，这在一般国外的中国现代文学研究者是很难做到的。”他是这么说的呀！

这次演讲4个月后，小野忍病逝。骆宾基为其写下挽联：“神飞海峡千里，以取火种暖留宇内；魂立岛巅万年，仍现金身辉耀国外。”1982年，小野忍夫人随日本老舍学术代表团来华，拜见了骆宾基，向他赠送了1955年出版的小野忍的论文集《道标——中国文学与我》，书中收有《东北作家骆宾基》一文。在骆宾基生前，曾与中国现代文学研究者池上正治及其夫人池上贞子、前野淑子、西野广祥、深尾正美、宫尾正树、冈本不二明会面或通信，就骆宾基研究与中国现代文学研究交换意见。①

大学、报社、文化机构也会邀请来往的外国学者、作家举办面向社会的公开讲演。中国作家访问日本的时候，也常以这种形式与公众见面。

1980年，巴金在朝日讲堂讲演，谈自己五十年的文学生活，会后一件小事，使他心情不能平静：

> 我想起来了。去年四月四日我在日本东京朝日讲堂里讲了自己五十年的文学生活。讲话结束，我们在门厅中等候车子，遇见一位日本朋友，他对我说：“您批评了自己，我是头一次听见人这样讲，别人都是把责任完全推给‘四人帮’。”他的话是我没有料到的，却使我头上冒汗。我清夜深思，我只是轻轻地碰了一下自己的良心，马上又掉

① 韩文敏：《骆宾基和热爱他的日本朋友们》，见杨正光主编《中日文化与交流1》，中国展望出版社1984年版，第209—221页。

转身子，离解剖自己还差得远。[①]

日本研究中国文学的著名学者的讲演，涉及中国文学的各种话题。青木正儿的学生岩城秀夫的戏曲研究以其对演出的探究而独具特色，他所著《中国戏曲演剧研究》《汤显祖研究》早已为我国戏剧研究者所熟知。1987年，他在退休的时候，做了一次名为《梦戏人生》[②]的演讲，围绕中国人梦观、戏观与人生观，从谢肇淛《五杂俎》话题说到汤显祖《邯郸记》《玉茗堂四梦》，顺便提及莎士比亚《麦克佩斯》、弗洛伊德的《梦的解析》与日本古典文学中的“正梦”“梦殿”之说，娓娓道来，举例丰富，有放有收。

80年代以来，我国的大学与研究机构邀请各国优秀学者、作家讲演，也逐渐不再罕见。大江健三郎在北京的讲演，展现了他与中国文学因缘的一面。

1994年12月7日，在瑞典斯德哥尔摩诺贝尔奖纪念讲演《我在暧昧的日本》中，大江健三郎将自己与韩国金芝河、中国作家郑义和莫言联系起来，宣称对他来说，文学的世界性就是在这样具体的关联中形成的，同时，对郑义、莫言的命运表达了深深的关切。[③]

幼年时代的大江健三郎曾跟随父亲学过唐诗、宋词和明清小说，同时受到喜爱中国现代文学的母亲的影响。大江健三郎曾这样回忆道：“根据家母留下的日记，30年代初期，母亲和父亲一起到过中国，两人先到了上海，买了鲁迅创刊的《译文》，这是一本翻译介绍以及批评外国文学作品的专业杂志，从此以后成为母亲爱读的杂志之一。1936年，母亲从报纸上看到中国作家郁达夫访问东京的消息，就把刚过一岁的我托付给丈夫和婆婆，一个人到东京，住了两个星期，听他的讲演。”

1960年，大江健三郎第一次访问中国时，曾与郭沫若见面，并对这位前辈作家的革命和文学生涯十分崇敬。2000年9月29日，在大江健三郎应

① 巴金：《〈序跋集〉再序》，见巴金著《真话集》，人民文学出版社1983年版。

②［日］岩城秀夫：『中国人の美意識　詩・ことば・演劇』，創文社1992年版，第345—384頁。

③［日］大江健三郎：『あいまいな日本の私』，岩波書店1995年版，第14—15頁。

邀到北京讲演期间，他避开记者，来到北海公园北侧的郭沫若故居，快步走向屹立在草坪上的郭沫若铜像，正装肃立，三度向这位中国先贤合掌致敬。在陈列室的郁达夫像前，他对同行的许金龙说："家母总说我耳朵很像郁达夫，真的吗？"说着扭过身子，让许金龙看他的耳朵。

1998年大江健三郎在接受《中国时报》（台北）东京特派员洪金珠的采访时说："家母在四国一个小村子里长大，没有受过高等教育……家母的朋友里有很懂中国文学的人，家母读过很多中国文学。总听她说很喜欢郁达夫的小说，跟我说：'郁达夫很棒啊！'……他跟家父到过中国，或许多少懂些汉语。"

或者正是这样的缘分，当夜在长安大戏院观看《三打祝家庄》时，舞台侧幕上映出"拼命三郎"字幕的时候，大江健三郎突然想到，母亲小时候把自己叫作"サンラウ"，或许正是源于"三郎"的汉语发言。

1984年，大江健三郎第二次访华。两次访华，分别见到过毛泽东主席、周恩来总理等国家领导人，以及中科院首任院长郭沫若和巴金、茅盾、老舍、赵树理等作家。在中国社会科学院的讲演中，他从对这些会面的记忆谈起，谈到对日本现实的忧虑，也谈到胡适、鲁迅、郭沫若、茅盾等中国文学家"在时代进展中，常在巨大的连续性里不断进行着痛切的努力"，他说：

> 我认为，在中国，必须缔造国民国家，作为国民国家发展与延续，文学要引导它，这是一种使命。"文革"结束后，巴金先生过了八十岁了，重新开始活动，这也是二十年代的上海的经验，历经半个世纪，依然充满生机的原因。相反，年轻一代，莫言的《红高粱》、郑义的《老井》，给我以压倒性的感动的，是作为中国人生存的今天的现实，是从过去的深度相联系而叠加的，是因为他们要建设独特创造力的共和国的意志是明确的。
>
> 在大学生活中，我一边以萨特为中心学习法国文学，一边开始写起小说来。在我这里，鲁迅是一个巨大的存在。我将鲁迅与萨特相对比。对世界文学中的亚洲文学，抱有确信。这也是因为鲁迅是将包括我在内的日本文学者相对化作为批判对象的高大的抓手。我现在一如

既往保持着作为批判规准的鲁迅这种想法。

在北京的讲演中，他说：

> 特别是近四十年间，我经常通过日语、英语、法语的翻译，全神贯注地阅读中国国内从事杰出文学活动的文学者的文本。就是曾经在中国国内做过出色的工作，从某个时期在国外活动的作家、诗人，我也一直在读他们一切时期的作品。作为这样一个读者，这四十年间连续读来，短暂时间轴的评价另当别论，对我来说，可以俯瞰更漫长更广阔的视野的综合性的文学的全貌，这就是我所谓的现代中国文学。①

与此同期，我国学者、作家应邀到各国演讲，也由少到多，几乎遍布世界各地的著名大学。许多中国学者与国外同行保持了经常的学术联系，在应邀到国外大学讲演的时候，展开了广泛的学术交流。

北京大学出版了乐黛云、严绍璗、孟华“海外讲演录”。其中严绍璗从20世纪80年代至2000年，就在日本作过多次演讲，如：

1989年12月　佛教大学　《“哲学之道”随想》

1992年4月　宫城学院女子大学　《日中神话比较研究讲义的要旨》

1992年10月　宫城学院女子大学　《五山文化的范畴与五山汉文学》

1992年10月　宫城学院女子大学　《关于五山僧侣“儒佛”理念与宋学流入》

1993年1月　国立新大学　《关于见于“记纪神话”的东亚人种与文化移动》

1993年3月　宫城女子大学　《关于中国的日本文学研究》

1993年3月　日本国际高等研究所　《关于古代中国知识人的幸福观》

1995年2月　日本国际日本文化研究中心论坛　《记纪神话里的二神创世形态——与东亚文化的关联》

1998年3月　成城大学　《关于东亚创世神话“配偶神”神话成立时期

---

①［日］藤井省三：『中国見聞一五〇年』，日本放送出版協会2003年版，第205—206頁。

的研究》

1999年10月　早稻田大学　《假名西渐与和歌汉译》

2000年10月　国学院大学　《关于东亚神里的中国汉民族“神”概念》

2000年10月　早稻田大学　《关于〈源氏物语〉Cultural-Context与想象力的研究——关于〈源氏物语〉里中国文化要素表达形态》

严绍璗回顾三十年来参与的国际学术对话时，说：“其间有论辩，有阐述，有解疑。”“30年来，透过热热闹闹、匆匆忙忙、来来回回的表层场面，这些学术访问所执着追求的，只是希望在‘东亚文化和文学研究’中能够确立起真正具有学术意义且又能够为人所认可的‘中国话语’。”①

日本国际日本文化研究中心论坛，是一个面向社会的学术讲坛，通常会邀请到此机构的外国学者在研究期间结束前，在这里做一次公开讲演。这样做的目的，是使国际性的、跨学科日本文化研究成果能够在第一时间为社会所有。这个原来的日本文部省直属研究机构，每年向世界各国公开招聘研究人员，来参加该机构组织的共同研究班，就某一个文化问题共同进行讨论，与日本学者深入交流。即使离开了该研究机构，该机构也长期与之保持联系，通过邮寄资料、招聘材料与研究计划等形式，建立和维护了一个世界性的日本文化研究网。从成立以来至今，应聘到该机构的中国学者，是各国中人数最多的。

下面是中国学者在此论坛中所作的有关历史、文化、文学内容的讲演的日期与题目：

① 严绍璗：《比较文学视野中的日本文化——严绍璗海外讲演录》，北京大学出版社2004年版，第1页。

表6-5-1　1989—2000年中国学者在日本国际文化研究中心论坛演讲一览表

时间	讲演人	讲演题目
1989年4月11日	刘敬文 （辽宁大学日本研究所副所长）	《教育投资与日本战后经济高度成长》
1989年6月13日	夏刚 （京都工艺纤维大学副教授）	《采访记·非虚构文学的可能性——猪濑直树著〈日本凡人传〉为线索》
1989年9月12日	汪向荣 （中国中日关系史研究会常务理事）	《弥生时期来到日本的中国人》
1990年6月12日	李国栋 （北京联合大学外语师范学院日语系讲师）	《鲁迅的悲剧与漱石的悲剧——从文化传统的一个考察》
1990年9月11日	马兴国 （辽宁大学日本研究所副所长）	《正月的风俗—中国与日本》
1991年10月8日	王晓平 （天津师范大学副教授）	《中国诗歌中的日本人形象》
1992年9月8日	王勇 （杭州大学日本文化研究中心副教授）	《中国的圣德太子》
1994年6月10日	刘建辉 （南开大学副教授）	《“魔都”体验——文学中的日本人与上海》
1994年11月15日	贾蕙萱 （北京大学副教授）	《中日比较食文化论——健康饮食法研究》
1994年12月20日	彭飞 （日本学术振兴会特别研究员）	《见于日语表达的异文化摩擦的结构》
1995年2月14日	严绍璗 （北京大学教授）	《记纪神话里的二神创世形态——与东亚文化的关联》

续表

时间	讲演人	讲演题目
1995年3月14日	王家骅 （南开大学教授）	《涩泽荣一的“论语算盘说”与日本式资本主义精神》
1995年9月26日	李均洋 （西北大学副教授）	《日中比较文化论——雷神思想源流与发展——日中比较文化考》
1996年10月1日	王秀文 （东北民族学院副教授）	《杓、女、魂——日本与杓子相关的民间信仰》
1996年11月26日	王宝平 （杭州大学副教授）	《明治前期来日的中国外交官与日本》
1996年12月17日	陈生保 （上海外语大学教授）	《汉语中的日语》
1998年1月13日	高文汉 （山东大学教授）	《中世禅林的异端者——一休宗纯及其文学》
1998年7月14日	邱培培 （函授大学副教授）	《为什么庄子的蝴蝶飞翔在俳谐世界——作为诗歌形象的典故》
1999年1月12日	杜勤 （华东师范大学副教授）	《关于“中”的象征——从宇宙论的接近》
2000年12月12日	蔡敦达 （同济大学日本学研究所研究员）	《中国文人看到的明治日本——读旅行记》

教育是面向未来的，学术也是面向未来的。现代大学不仅是教育机构，同时担负着相关的社会文化责任，学术研究不仅是象牙塔里的个人行为，学者也需要面对世界，面向未来。这体现在各个层面。学者既有为所在社区服务的义务，也有针对社会文化现象发声的义务。

在21世纪开头的几年，中日关系形成了“政冷经热”的局面，如何促进中日两国人民的相互了解，破解由于社会文化“右倾化”而造成的民间误解，成为一批知识分子思考的问题。

2006年1月22日，岁寒时节，由朝日新闻社与帝冢山学院大学在大阪国际会议厅共同举办题为“文化能对日中关系有何作为”的学术研讨会，讨论中日关系和文化交流问题。市民自由参加，可以说这是一次直面日本公众的学者对话。会上发表讲演的是著名评论家加藤周一、帝冢山学院大学教授王晓平、法政大学教授王敏、朝日新闻社资深记者加藤千洋，讲演后四人共同回答听众提问。研讨会由帝冢山大学教授中川谦主持。1月29日，《朝日新闻》整版刊登了四人讲演和答问内容。7月7日，在安倍晋三开始其“破冰之旅”之前，鸭川出版社出版了题为《如何开拓中日关系》的单行本，收录了四人日文讲演整理稿。

听众提问与专家讲评是讲演中不宜潦草，更不宜省略的环节。它们往往将讲演推向一个高潮，给听众极其深刻的印象。在讲演之后，针对来自普通市民的问题，各位专家做了简短的回答。问题是严肃的，而专家们的回答却不乏睿智、风趣与沉稳，富有启发性。在走出会场之后，听众还在继续着热烈的争论与交谈。

80年代以前，只有屈指可数的中国学者在国外演讲或任教。随着大学教育国际化的推进，伴随着中外合作办学、友好城市、友好学校协作关系的建立，也随着中国学者学术水准得到更多的认可，中国学者在国外大学演讲与任教，再也不是个别现象了。很多研究中国文学的学者都有在国外大学任教的经历。李壮鹰1987年应邀赴日进行学术演讲，1990年再度应邀去日本与各国学者共同研究禅学。广州市与福冈市成为友好城市后，李文初等中山大学教授曾在九州大学任教。日本大学中有关中国文学的讲座在90年代颇为常见。

在国外任教的中国学者，除了完成教学任务之外，还利用当地的条件，从事跨文化研究工作。南开大学孙昌武教授1984年和1989年先后在神户大学和京都外国语大学任教，而其1994年由中华书局出版的《观世音应验记三种》，便是他在日期间搜集的中国散佚而保存在日本的《观世音应验记》的新研究成果。

1985年严绍璗在京都大学人文科学研究所担任客座教授期间，开始实现自己访日藏汉籍的计划。严绍璗在《汉籍在日本的流布研究》的后记中，记下了曾经给以帮助的京都大学、神户大学、神户外国语大学诸位教授的名字。1989年夏至1990年春，他又在佛教大学担任客座教授，工作之余，继续访书，直至最终完成了《日藏汉籍善本书录》。

在国际学术交流中，演讲是重要的活动。学术讲演与一般的讲演不同之处，在于讲演者须将最前沿的研究成果分享给更多的人，在规定的时间内讲清最核心的内容。讲演者最好采用大多数听众最能接受的语言，如果需要口译，除非是语言精通、专业素养良好而又擅长口译的翻译者，否则往往会使讲演效果大打折扣。中国文学学术翻译人才的培养，尚未引起充分的注意。

对于讲演者来说，也需要熟悉并适应国际学术舞台上讲演的规则，不断提高自己的语言表现力。教育发达的国家，大学三年级后小班教学便增多，研究生和博士课程的小班讨论课很多，每人发言的机会更多，这些都是有利于成为专业学者后的讲演锻炼。如何在短时间抓住听众，而又能使其持续聆听而不走神，归根结底取决于讲演的内容，也取决于讲演者创造与把控氛围的能力，在面对国外听众的时候，如何用对方熟悉的事物拉近与中国文化、文学的距离，是仓促上阵、临时抱佛脚难以解决的问题。

精彩的讲演是讲演者与听众共同完成与享受的。如果听众对于讲演的内容完全没有必要的学术准备知识或者毫无了解的兴趣，那就很难与讲演者实现互动。一般说来，大学中邀请国际知名学者讲演的频率和水准，各校差异很大，很多学校还很难让学生把听讲学者讲演当成一种习惯。面向社会的学术讲演就更少些。到日本国际日本文化研究中心工作的外国学者，都必须做一次面向社会的公开学术讲演。这样的经验值得有条件的大城市借鉴，从而真正让学术讲演成为一个城市、一所大学的文化名片。

与西方相比，一般来说，中国的听众比较含蓄和矜持，对讲演者的反映也比较平和，对于精彩的段落，也较少以笑声或掌声呼应。中外文化学术真正的学术交流，是与国家文化实力的提升，以及大众文化追求的高度相互联系的，而像学术讲演这样重要的环节，也需要从各个角度去做深入的研究与探讨，空谈于事无补。

四、游学

中国古代学人，重视书本之外的学问。“读万卷书，行万里路”，不仅是古人的遗训，更是今日的治学之道。诚如墨西哥大诗人奥克塔维奥·帕斯的诗句：“行走就是阅读一片土地，解读世界的一角。”现代学者更应将在世界的行走视为解读世界不可缺少的功课。

80年代以来，越来越多的学者有了出国访学的机会，这不仅是扩大眼界的需要，也是学问本身的需要。人文社会科学工作者不能睁开眼睛看世界，那么世界就会离他而去。鼓励学者到国际舞台上去“练功”“比试”，更加有利于增长国际对话的实际才干。

从明治维新以来，就有不少日本学者借助政府或企业的经济支持，抱着各种各样的目的，在中国大地行走，其中有一部分就形成了别具一格的“行走学术”。他们的足迹遍布中国城市、乡村和边疆地区。其中有些为帝国主义的大陆政策、侵华政策服务，也有一些留下了当时的现场资料，具有很高学术价值。

第一个进入西藏的日本人是河口慧海，其《西藏旅行记》[①]对藏学做出了杰出贡献。而曾先后五次亲至中国，研究佛教史迹的常盘大定所著的《中国文化史迹》，在我国已由李星明主编并影印出版。曾在中国进行四次艺术调查的冈仓天心的主要著作，也由蔡春华翻译[②]，收入王晓平主编的《日本中国学文萃》丛书。

值得注意的是，有一些属于这类“行走学术”的著述，不仅关注中国文化，也在对照中观照日本当时的文化走向，不仅具有保存历史现场的资料价值，而且具有一定的思想价值与文学价值。桑原骘藏《考史游记》罗列出契丹文、契丹小字、西夏文、女真文、女真小字、八思巴蒙古新字，认为“此等文字皆为反抗汉字而制作，当时政治家赖法律之力，强制推行

① ［日］河口慧海：『チベット旅行記』，旺文社1978年版。河口慧海：『チベット旅行記抄』，中央公論社2004年版。

② ［日］冈仓天心著，蔡春华译：《中国的美术及其他》，中华书局2009年版。

使用，其文字结构，亦不无优于汉字之处，然遂未普及，与国之灭亡，或先其灭亡，或早废弃，时至今日，变而为多不可读不可解之历史文字。曩在吾国，国字改革议论沸腾，改革论者，有人引证契丹、女真文字以主张国字新定之业可轻而易举，然其实此等文字正是证明赖法律之力图新国字普及何等困难之好例，对于轻佻的国字改革论者，当为顶门一针。”①这就是在行走中不忘文化交流的例证。

出自探险家、旅行家之手的，如大谷探险队《丝绸之路探险》②、大谷探险队堀贤雄著《西域旅行日记》③是研究丝绸之路的有益资料。还有一类著述，出于非学者之手，也折射出当时中国社会风俗面貌的某一面。如日本外交官米内山庸夫，1925年至1932年曾在济南、杭州供职，他常在中国各地漫游，并将其所见所闻撰为《中国风土记》，又撰《蒙古风土记》记录在呼伦贝尔大草原的游历所见。这种游历，既非繁杂的调查，也非艰难的研究，只是写目之所见，耳之所闻，也具有一定资料性。

对这类文献的整理，日本1997年出版了小岛晋治监修的《幕末明治中国见闻录集成》20卷丛书。而在研究方面，我国学者的工作可圈可点。中华书局出版了14册的《近代日本人中国游记》丛书，包括：

芥川龙之介著，秦刚译：《中国游记》，2007年版。

吉川幸次郎著，钱婉约译：《我的留学记》，2008年版。

内藤湖南著，吴卫峰译：《燕山楚水》，2007年版。

桑原骘藏著，张明杰译：《考史游记》，2007年版。

日比野辉宽著，高杉晋作等著，陶振孝、阎瑜、陈捷译：《1862年上海日记》，2012年版。

小林爱雄著，李炜译：《中国印象记》；夏目漱石著，王成译：《满韩游记》，2007年版。

小栗栖香顶著，陈继东、陈力卫整理：《北京纪事 北京纪游》，2008年版。

① ［日］桑原騭藏：『考古游记』，弘文堂书店1942年版。

② ［日］大谷探検隊、長沢和俊編：『シルクロード探検』，白水社1981年版。

③ ［日］副島次郎著，雁部真夫校閲：『アジアを跨ぐ』，白水社1987年版。

竹添进一郎著，张明杰整理：《栈云峡雨日记》；股野琢著，张明杰整理：《苇杭游记》，2007年版。

德富苏峰著，刘红译：《中国漫游记　七十八日游记》，2008年版。

宇野哲人著，张学峰译：《中国文明记》，2008年版。

中野孤山著，郭举昆译：《横跨中国大陆——游蜀杂俎》，2007年版。

曾根俊虎著，范建明译：《北中国纪行　清国漫游志》，2007年版。

冈千仞著，张明杰整理：《观光纪游　观光续记　观光游草》，2009年版。

另外，钱婉约对于高仓正三《苏州日记》的挖掘与研究①，王青对于内藤湖南《燕山楚水》、青木正儿《江南春》《竹头木屑》的整理与研究②，钱婉约、宋炎对《日本学人中国访书记》的辑译等，都是从汉学研究的角度，解析作者观察中国的视点。

爱好汉诗的日本人来到中国，遇到名胜，凭吊怀古，不免诗兴大发，动思古之幽情，留下笔墨。其中留下诗篇的学者也颇有人在。川口久雄所编《幕末明治海外体验诗集》③就汇集了其中的一部分。书中载，一位名叫足立忠八郎的日本人用诗记录下他在江南漫游的足迹：

抵赤壁

舟到黄州翠柳湾，长江万里秋老闲。
酒肴空有君无在，月照城西赤壁山。

登岳阳楼

登楼一望碧波连，渺渺大湖迷淡烟。
后乐先忧无限意，南来北往几千船。

---

① 钱婉约：《从汉学到中国学》，中华书局2007年版，第198—202页。

②［日］内藤湖南、青木正儿著，王青译：《两个日本汉学家的中国纪行》，光明日报出版社1999年版。

③［日］川口久雄编：『幕末明治海外体験詩集』，大東文化大学東洋研究所1984年版。

诣诸葛武侯之墓·在定军山下
多艺多才独孔明，木牛流马汉家营。
吊来游子千秋恨，空立祠前怀古情。

从经济高速发展时代起，日本作家到世界各地访问就屡见不鲜，不仅大学为教师出国进修、参加学术会议、进行实地考察提供方便，而且一部分学者也有比较强的“走出去”意识。当然，也还是有以各种理由拒绝走出国门的人，但这毕竟是个别的例子。今天很多研究中国文化的年轻学者，不仅不把往来中国当成一回事，而且有较长时间在中国留学与生活的经历。

日本作家和学者到中国来，拜见自己译作的原作者或自己的研究对象，是最重要的日程。他们在与中国作家、学者的交往中，留下了许多耐人寻味的佳话。作家水上勉与老舍的交往，就是那个年代值得定格的一幕。

1967年3月，即老舍死后9个月，水上勉写了有名的散文——《蟋蟀罐儿》（又译《蟋蟀葫芦》）。1979年8月至1980年2月，水上勉一口气写了三篇纪念老舍的文章《东山的枇杷》[①]《北京的柿子》[②]《蛐蛐罐儿和柿子》[③]。老舍率领作家代表团到日本访问的时候，青年作家水上勉见到老舍，觉得“他一点不像个大作家，倒很像我的叔父——一位乡村校长”。当时两人相约，在他访问北京时，老舍可以带他到古玩店去找：

> 我于是说：“假如有机会到中国访问，我一定要到古玩店去，买一个哪怕算不上涂漆的蛐蛐罐儿。”
>
> 老舍先生微笑着说：“一定要来。你来的话，我就带你一起到古玩店里去转转。”
>
> 他笑眯眯的。我被老舍先生朴素的、乡下人似的亲热、厚道所打动。虽说是第一次见面，就感觉像是老朋友一样亲切。[④]

① ［日］水上勉：『北京の柿』，潮出版社1981年版，第155—180頁。
② ［日］水上勉：『北京の柿』，潮出版社1981年版，第21—38頁。
③ ［日］水上勉：『北京の柿』，潮出版社1981年版，第199—218頁。
④ ［日］水上勉：『北京の柿』，潮出版社1981年版，第207頁。

六年后，水上勉访问了“文革”中的中国，在失去了老舍的北京，他感到异常空虚寂寞。此后第三年，他再度访华，中国是另一种局面了，他感到“中国迎来了文艺复兴，百花齐放了”。他说：

我见到一些幸存者，为之欣幸的同时，又感到一抹难言的寂寞，因为老舍先生不在人世了，纵使百花齐放了，文艺复兴了，但被迫害而死的人们却永远回不来了。走在北京街头，我心情固然比以前舒畅得多了，然而却驱散不了内心深处的寂寞。①

五、晤语

晤语，即见面交谈。出《诗经·陈风·东门之池》：“彼美淑姬，可与晤语。”朋友见面交谈，是为乐事。唐韩愈《答张彻》诗：“勤来得晤语，勿惮宿寒厅。”晤语，亦作晤言、晤谈、晤叙，亦有晤面、晤会、晤见、晤对等说法，皆指见面，面对面接触。

相逢一笑未必消除一切疑虑，两手一握也未必能泯灭驱散歧见，然而可以肯定的是，见与不见，问与不问，答与不答，一定是大不一样的。不同文化的人之间，是否有面对面的近距离接触，交流程度不可同日而语。登门拜访，开门迎客，是打破先入为主的刻板印象的开始。坦诚相对，对视共饮，或许就有可能碰撞出新的火花。研究者与研究对象之间的接触，也可能对作品产生新的理解。

作家的经历和生存环境不仅影响作家的创作思想和作品内涵，而且因其常被作为自己作品主人公故事发生的背景而写入书中，因而，研究者拜访作家，寻访他走过的道路，就不仅是一件要事，而且是一件乐事。研究者身历其境之后，似乎可以寻觅作家想象力的源头和创造力的触媒。因而，不少研究者都尽可能与他的研究对象建立直接的联系，希望利用与作家会面的机会，获得更多的灵感。

① ［日］水上勉：『北京の柿』，潮出版社1981年版，第209—210頁。本文引自孟泽人：《印在日本的深深的足迹——老舍在日本的地位》，载《新闻学史料季刊》1982年第1期。

如果说读书和会面都是双方互读的过程的话，那么会面的互读更为直观，具有短期判断的特点。双方都在一个新的起点上读解对方。据不完全统计，从1928年至1936年，鲁迅会面的日本“名人”多达60人次①，包括长与善郎、木村毅、林芙美子、佐藤春夫等人都在文章中描绘了他们见到的鲁迅的容貌和状态。面见的人，是各式各样的，他们对鲁迅的描绘也带有强烈的主观色彩。

在这些人中，有一些在日后的中日文学学术交流中做出过相当贡献，他们的名字是仓石武四郎、增田涉、金子光晴、目加田诚、小川环树、岩波茂雄等。鲁迅也在解读他们。1932年1月16日鲁迅在致增田涉的信中说：“日本的学者和文学者大抵带着固有观念来到中国，他们害怕遭遇与其固有观念相异的事实，于是采取回避，所以来与不来是一样的。”②其实鲁迅说出了一种出国学者和文学者的常见病——固有观念的束缚不太可能在短期的异国之旅中改变，需要的倒是悉心体察与拒绝武断。

松枝茂夫在《与中国文学的相遇》中记述了他拜访俞平伯的情景：

> 1942年，在北京周作人先生的书斋苦雨斋第一次见到俞先生，那时得到的先生亲笔书写的名片至今珍藏在身边。几天以后，我们到先生住所去拜访，是和当时在北京留学的竹内好两人一起去的。我想好好说一说通过那三本书很久便一直怎样仰慕先生，却始终没有说出口。那时桌子上立着一帧名片大小的小小的照片。我想起来，在一本书上看到过拄着头上有一尺左右的长手杖的白髯老翁的照片。我说：“啊，是曲园先生啊。”俞先生像是机械木偶似的站了起来（竹内好当时的访问记这样写的，的确像他所写的那样），让我们拿起照片来看（曲园是俞平伯曾祖父俞樾的号）。
>
> 当时，北京在日军的占领之下，先生毅然决然谢绝就任一切教职，闭门读书。我们在告辞的时候，给了我们他就《论语》中一章节

①［日］伊藤虎丸、祖父江昭二、丸山昇：『近代文学における中国と日本——共同研究・日中文学関係史』，汲古書院1986年版，第499—527頁。

②《鲁迅致增田涉书信选》，文物出版社1975年版，第6页。

撰写的论文的抽印本。后来读了读，几乎是不得要领。先生的文章，很多都不好懂，但在那时，是不是他特意写得难懂呢。我想，这里可以看出先生抵抗的姿态。①

松枝茂夫从青年时代起就喜欢沈从文的作品，曾经翻译过不少他的小说。1981年春，战后松枝茂夫第一次得到访问北京的机会时，首先想到的就是要去见一见沈从文先生，知道先生正在美国访问，当时很感到失望，第二年的1982年10月，得知先生到了东京，感到喜出望外。在旅馆里面第一次见到沈从文先生的音容笑貌时，尽管彼此语言不通，但气氛十分融洽，他很是高兴。

几天后，松枝茂夫请沈从文先生到自己多年工作的东京都立大学中国文学研究室，请先生给师生做一次讲演。虽然是突然决定举办的，来的人很多，令人感到意外。大家津津有味地听先生讲到，两千年前屈原《九歌》一样的楚民族的歌谣，至今还在湖南省的深山里传唱。讲演后，移席举行了茶话会，会场上挤满了人，或许多达百人，那时恰好在东京举办中国学会的全国大会，全国的中国文学研究者都聚集到了东京。松枝茂夫后来回忆道："这让我知道在全国有那么多的从文文学爱好者，我兴奋不已。先生始终是面带微笑。"②

巴金《真话集》《随想录》的日译者石上韶《访问巴金先生》一文，记叙了他于1983年6月6日在上海访问巴金先生的情景。他曾将翻译《真话集》时遇到的、必须向作者问清楚的问题集中归纳为四点，先寄给了巴金。所以见面后，巴金首先就解释这些问题。对此，他记述道：

问题之一是在《探索集》和《真话集》中都使用过一次加引号的"徘徊"这个词是为什么。在我提出问题时本想写上"这和《共产党宣言》中有名的开头一句有关系吗"的，后来没有这样提。这次，巴金先生的回答，也说这个典故出自《共产党宣言》。我听了，心里

① [日] 松枝茂夫：『中国文学のたのしみ』，岩波書店1998年版，第6頁。
② [日] 松枝茂夫：『中国文学のたのしみ』，岩波書店1998年版，第6頁。

> 想，和我想的一样，好！正中下怀。可是，尽量不在脸色上表现出来。否则，不变成在巴金先生面前说谎了吗？对于一个处在询问地位的我来说，真是件不得已的事。[①]

茅盾研究者松井博光为了研究茅盾生平及著作，多次来华拜访茅盾，是茅盾在世时会见次数最多的一位外国学者。[②]他编译了《茅盾评论集》，著有日本第一部茅盾研究专著《黎明的文学——中国现实主义作家茅盾》。在书中将茅盾置于时代洪流中，与其时的时代特征、文艺社团及流派结合起来，评述茅盾的业绩。该书由国内著名茅盾研究家林焕平译成中文[③]。

秋吉久纪夫著有《近代中国文学运动研究》《陈千武论》《现代中国诗人》丛书全十卷。1993年获日本翻译家协会颁发的翻译特别功劳奖，2001年获日本诗人俱乐部颁发的第一届诗界奖。他编译的中国现代诗人诗集，包括《冯至诗集》《何其芳诗集》《卞之琳诗集》《陈千武诗集》《艾青诗集》《牛汉诗集》，另外还有《亚非诗集》《精选中国现代诗集》《现代中国少数民族诗集》《现代丝绸之路诗集》等（均为土曜美术出版贩卖刊）。他到中国拜访过多位中国诗人，并用随笔记录下每一次拜访的经过。

秋吉久纪夫《丝绸之路——诗与纪行》

秋吉久纪夫青年时代就开始研究

① 杨正光主编：《中日文化与交流2》，中国展望出版社1985年版，第24—26页。

② 李岫：《跨越时代和民族的界限——介绍世界各国对茅盾著作的研究》，载《中国文艺年鉴》1982年第2期。

③［日］松井博光著，林焕平译：《黎明的文学——中国现实主义作家茅盾》，浙江文艺出版社1984年版。

革命根据地的文艺与文学，1983年他将自己的著述《华北根据地的文学运动》赠送给丁玲，并通过丁玲陆续拜见了曾在冀中根据地战斗过的作家张学新、梁斌以及作曲家王莘等。他不仅在天津孙犁的家中，见到了孙犁，并且于1993年到了白洋淀，亲眼看到了《荷花淀》里描写的荷花与芦苇。① 为了更好地理解艾青的诗《大堰河——我的保姆》，他来到了艾青的故乡，大堰河给了他这样的印象：

> 去年十月，我到了现代中国诗人艾青的故乡浙江省金华县畈田蒋村，为的是确认他的长诗《大堰河——我的保姆》写的是什么。然而，在浙江省山里的寒村里，至今仍然保留着日军铁蹄践踏的足迹。我痛感充分把握对方心中所有的“事情”的困难，不能尽可能填补这一份空白，心里想要接续也接续不上来，我现在正拼命地想要理出我内心里那盘绕成一团的乱麻。②

1987年他拜访了诗人兼学者的黄瀛，后来他回忆了两人晤语的情形：

> 黄瀛在院子里迎接我们。他身高一米五八，眉毛浓重，间断向内侧弯成钩形，眼睛细而柔和，视线锐利，背挺得直直的，所以我以为他是七十岁上下，一打听，一九零六年出生，今年八十一岁了。
>
> 虽说是头回见面，或许是因为有李芒教授的信吧，就像是老相识一样谈了起来。我问起他与草野心平初次见面的情形，他娓娓道来。

两人谈到中国的日本文学研究，给秋吉久纪夫印象深刻的是，黄瀛认为中国的日本文学研究基础还很薄弱，还没有出现像唐纳德·金那样的日本文学研究者。黄瀛还谈到了诗歌翻译的看法，向秋吉久纪夫赠送了诗集，介绍了对理解何其芳十分有益的情况。③

---

①［日］秋吉久紀夫：「白洋淀の蓮と葦」，『中国文学評論』第22號（復刊第19號），第2—7頁。

②［日］秋吉久紀夫：『交流と異境』，土曜美術社1994年版，第138頁。

③［日］秋吉久紀夫：『交流と異境』，土曜美術社1994年版，第111—113頁。

日本大学有学术假和研究补助金制度，保障每一位出国参加国际会议和访学教师能够无顾虑地集中“充电”。爱知县立大学副教授坂田新于1981年8月末起，在南京研修，进行学术考察，他给自己确定的任务就是“考察当地古典研究现状”。归国后，他写下了《金陵学记》，刊载在《诗经研究》第八号上。他在文章中说：

> 在南京期间，正值至今仍在延续的古典关系论著出版繁盛之时，这可以说是我的一大幸事。每求一书，便会听到一些有关著者阅历、师承、学问方向的“耳学问”。这些“耳学问”，使我到手的书读起来更好懂，颇多受益，谁都会有这样的经验。说来我在南京以同时代的人的书为对象，一直重复着这样的经验。现在想来，当时只是听了就是，而没有一一详尽地记录下来，很是后悔。

他所说的同时代人的书，就是那些著者依然健在的作者的书籍。他将自己在访学期间查访的有关章太炎及其一门，特别是无锡国专（无锡国学专修学校）的往事娓娓道来。特别叙述他所碰到的南京的老先生们，常常把“太炎先生”挂在嘴边，闲谈中不时提到他老人家的名字。而前多是太炎先生的孙弟子，有几位是太炎先生的亲炙弟子，还有他们的后辈。坂田新描述自己拜访前辈学者的情景。他说，钱仲联很早就文名甚高，同为无锡国专毕业生的王蘧常，字瑗仲，因有“江南二仲”之说。在拜见钱仲联之前，在南京，向几位先生问起钱先生的事情，全都答以“学问渊博”，特别是一直关照坂田的孙望先生，甚至笑着说：“他什么都知道！”

其《金陵学记》在介绍了马茂元的家学渊源之后，说自己还保存着记下马先生住所的纸张——“一四宿舍38号35户”，马先生住在教员宿舍群一栋三楼，马先生六十四岁，肺部不好，不能下楼，却还在专心写作《唐才子传笺证》，只有一个保姆照料生活，一个人过，孩子不在身边，夫人已经去世。马先生在《晚照楼论文集》中提到，《唐才子传笺证》原本完成一半，但在“文革”中数十万字的书稿全被烧掉了。坂田新表达了对先生的这部大作早日问世的期待。

坂田新所说的“耳学问”，就是听来的学问。他对此格外珍视，正是因为“耳学问”使那些揭开古老谜底的书籍和眼前的活生生的学者联系在了一起，于是冰冷的学问有了温度，无情感的考证有了摸透学者心声的情感钥匙。这种“耳学问”比起相关的“书学问”来，还有一点重要的不同，那就是“耳学问”是现在时，而“书学问”则是著者的“过去时”，最新的想法就在“耳学问”当中。

坂田新的南京之行，固然对本人是终生难忘的学术经历，同时也促成了一项学术成果的问世，那就是程千帆、孙望选评的《日本汉诗选评》，这本书于六七年后的1988年才由江苏古籍出版社出版，是我国继俞樾《东瀛诗选》《东瀛诗纪》之后又一部关于日本汉诗研究的重大收获。在吴锦撰写的前言中，有这样叙述：

> 爱知县立大学副教授坂田新先生，曾游学南京一年，相互过从，汉诗成为我们经常谈论的话题。兴之所至，决心编选一部新的日本汉诗集。坂田先生鼎力相助，提供众多材料。京都大学教授清水茂先生，闻讯之后，赠以《五山文学全集》。日本汲古书院，慷慨赞助，赠送十一厚册《日本汉诗》。①

此外，吴复生也提到，编书过程中，村上哲见、松冈荣志、横山宏诸先生，或赠书，或鼓励，都曾给予帮助。

坂田新到南京游学，还有赖于南京与名古屋结为友好城市之缘。从60年代以来，日本大学的国际化呼声便日益高涨，聘请外国教师渐渐不再是什么新鲜事，而在中国，80年代，教育国际化也不再是一个陌生的词语。很多学校和日本大学结为友好院校，一些学者得以作为交换教师，或者被直接邀请到对方院校任教，由此开启了自己新的学术航程；或者在原有研究的强壮枝条上，又绽开出别样色彩的花朵；或者建立起学术友情，为两国弟子的交往搭桥铺路。

① 程千帆、孙望选评，吴锦、严迪昌、屈兴国、顾复生注释：《日本汉诗选评》，江苏古籍出版社1988年版，第8页。

六、学会

在现代学术体系中，学会占有重要位置。它不仅是学术交流最重要的处所，而且是决定学术走向、学术规范和学术评价的重要环节，是展现学术个性、凝聚学术共识、聚合学术力量的舞台，也是在比单一学术机构更为广大范围内实现学术交替、相互影响、薪火相传的阶梯。

70年代以来，我国与中国文学研究相关的学会相继恢复或建立，如雨后春笋，如新林覆山。70年代至80年代，中国文学学科总会基本恢复或创立，地方分会也相继恢复或新建。如1982年创立的中国唐代文学学会、1984年的中国小说学会、1985年的中国比较文学学会等。90年代各专业细分领域的学会也相继成立。如中国报告文学学会于1993年成立，朱子学会于2011年成立，中国文学批评研究会于2014年成立，另外，还有一些学会、研究会如《山海经》研究会等还在筹备中。各专业学会除了担负规划本学科发展、组织学术会议、开展知识普及教育之外，也把推动国内国际学术交流列为重要任务，中国学术与世界学术的联系越来越密切。

全国性的学会之外，不少大的学会还有省市分会，学会内部还有各类研究会。名前冠以“中国”二字的，若以文学品类分，有小说学会、中华诗词学会、中华美学学会、比较文学学会、文艺理论学会、戏曲学会、古代文学理论学会、俗文学学会等；以时代分，有唐代文学学会、现代文学研究会、当代文学研究会等；以作品分，有诗经学会、楚辞学会、三国演义学会、红楼梦学会；以作家分，有屈原学会、李白研究会、苏轼研究学会、老舍研究会、郭沫若研究会等；相关联的跨学科学会还有敦煌吐鲁番学会、文化研究会等。中国外国文学学会，则包括美国文学研究会、日本文学研究会等。为了促进学会的国际交流，不少学会设立了国际交流委员会。

日本最早的与中国文化研究相关的近代意义上的学会，或就是明治时代成立的“斯文会”。这个组织是为改变日本汉学面对西方学术的强势袭来的疲软无力而建立起来的，针对的是“世之汉学者流，依然不通时务，不图实益”的现状，是由于“青衿子弟，往往无存素养，奔竞成风，修礼义者，不指为迂阔，励廉耻者，目为固陋，弃实践之学，经国之文，视为土芥”，也由于汉学人才的匮乏，所谓“故老宿儒，渐次凋落；斯文之道，愈加衰颓”，希望“我邦礼义廉耻之教，与彼欧美开物成务之学，并行不悖，众美骈进，群贤辈出，以益赞裨补明治太平”。

30年代初，左翼作家联盟正式成立，任钧、叶以群、谢冰莹等在东京成立了左联分盟。分盟成立后，便与日本无产阶级作家联盟取得了联系。任钧、叶以群先后访问了日本进步作家秋田雨雀、小林多喜二、德永直、村山知义、中野重治、森山启、佐多稻子等人。村山知义的几个重要剧作都取材于中国，其中取材于鸦片战争的《最初的欧罗巴之旗》，在30年代初由上海潮风书店出版了中译本。

1932年5月11日，日本无产阶级作家同盟召开第五次全国大会，中国左翼作家联盟向大会发去了如下贺电：

> 祝第五回大会
> 敬祝大会成功，并祈努力奋斗！
> 反对帝国主义战争！
> 反对进攻苏联！
> 反对帝国主义干涉中国革命！
> 用革命的行动来回答白色恐怖！
> 打倒社会泛系斯德！
> 泛太平洋的革命的作家联合起来！
> 国际革命作家同盟　中国左翼作家联盟中国支部

此贺电刊登于1932年6月1日日本出版的日文《无产阶级文学》第一卷第七号6月号封二上，汉字竖排，毛笔书写，制成锌版。文中的“社会泛系斯德”是社会法西斯的一种译法。中国左翼作家联盟与日本无产阶级作家同盟同为“国际革命作家同盟”的支部，是在1930年11月6日至15日苏联哈尔科夫召开的第二次国际革命作家同盟大会上被接纳的。对于日本无产阶级作家联盟勇敢斗争的情况，左联的有关刊物如《北斗》《文艺新闻》等及时加以报道，表示声援。[①]

藤枝丈夫说："日本的戏剧运动往往陷于形式主义、机械主义，而据我所知，中国同志却能够从客观现实出发，坚定不移地走现实主义的道路，为革命斗争服务，真是令人钦佩。""在日本搞戏剧运动时，大部分是知识分子，这不能不说是个很大的缺点，因此希望中国同志更多注意从劳动人民当中去发现、培养人才。"

竹内好留学北京的经历，成为日本"中国文学研究会"成立的原动力。1934年1月24日，东京大学中国文学科在校学生和毕业生冈崎俊夫、武田泰淳在竹内好家里聚会，这一年3月1日，中国文学研究会正式成立，第二年2月28日，会刊《中国文学月报》创刊。在创刊号的后记中，竹内好将中国文学研究会定位为"以中国文学与日中两国文学交欢为目的的研究团体"。

《中国文学月报》最初只有竹内好、武田泰淳、冈崎俊夫负责，不久又有了增田涉、松枝茂夫、实藤惠秀等人加入。会报每号大约10页，刊载随笔、译文、信函等。在第一号的《后记》中，竹内好写道："对此会或有误解，会名'中国文学'与'支那文学'同义。除了想避免固有名词在同文的两个国家之间无翻译就不能通用之不便之外，并别他意。"显然，事情也并非这样简单，竹内好没有采用东京学派使用的"汉学"，也没有使用与之相对的京都学派所使用的"支那学"，而改用"中国文学"，意在与之拉开距离。

竹内好、冈崎俊夫、武田泰淳、增田涉、松枝茂夫等是这个新组织的核心，外围会员大约有二百五十到三百人，会员每年缴纳会费一日元，可以得到《中国文学月报》，并可向其投稿。《中国文学月报》是后来刊行的《中国文学》的前身，汲古书院于90年代初刊行了合订本。

1946年日本成立中国研究所，1949年诞生了日本中国友好协会。此前日本存在各种与中国文化、文学和语言相关的汉学会，除了东京中国学会、京都中国学会、东京文理大学汉文学会、广岛中国学会、东北大学中国

① 荣太之：《左联与日本无产阶级作家联盟》，载《人民日报》1982年9月14日；载《中国现代当代文学研究》1982年第12期。

学会、九州中国学会、早稻田大学东洋史会、庆应义塾大学三田史学会等同窗研究组织之外，还有财团法人东方学会、中国语学会等。1949年，日本出于国家科学研究资助费用分配审查制度的建立，要求对中国文学、语言学、中国哲学领域相关的学术团体进行整合，除了上述学会之外，进而扩展到东洋史学、语言学在内的各协会的研究者也组织到了一起。学会会员均以个人入会。在每年大会上，会员在哲学、思想和文学、语言学的分会上发表自己的研究成果，论文可以在学会机关刊物《日本中国学会报》上刊载。至1999年学会成立五十周年之际，《日本中国学会报》刊行五十集，共收入论文716篇。前四次大会分别在东京的日本学士院、京都大学、广岛大学、庆应义塾大学召开，以后会议多在以东京为中心的关东地区及其以外的六地区轮流举办。

80年代以来，日本诗经学会、中国出土资料研究会、中唐文学研究会、宋代文学学会等新学会成长很快，而原有的中国语学会、道教学会、现代中国学会、中国中世文学研究会依然活跃。相关学会还有唐代研究会等。各大学有各种研究会，如东京大学中国哲学研究会等。70年代后学校博士点增加，研究者辈出。国立九所大学全部有了硕士以上的中国研究课程。中国关系的博士课程在先前几所大学的基础上，如筑波大学、广岛大学、御茶水大学、一桥大学等相继设点，公立大学中的东京都立大学、大阪大学，私立大学中的早稻田大学、庆应义塾大学、大东文化大学、日本大学、二松学舍大学、爱知大学、立命馆大学、关西大学、追手门大学、佛教大学、神奈川大学等都有了博士授予权。日本中国学会每年增加的新会员不下五十名，至1999年，会员已达两千人。

在日本大学中，各种有关中国的研究会究竟有多少，似乎无法进行精确的统计。有的研究会成绩卓著，会员却很少，甚至实际上只有一两个人。

大阪经济大学的清末小说研究会，自1985年以来，致力于编撰《清末民初小说目录》，此前这类目录，仅有阿英编《晚清戏曲小说目》（古典文学出版社1957年版）。在中国晚清小说的异国他乡编撰这样的目录，其难度可想而知。1988年，清末小说研究会编的《清末民初小说目录》由中国文艺研究会刊出，并继续补充修订。该研究会一直刊有《清末小说》，载录中日两国相关研究成果，我国很多专家的论文曾在上面发表，不论是这个研究会，还是这份刊物，实际上只有樽本昭雄一人。樽本昭雄所著《林纾冤案事件簿》[①]则是他被介绍到中国的第一部专著。

80年代后，中国以各专业、各时代或著名作家为名的学会接踵成立，它们常常举行包括有海外学者在内的国际性研讨活动。据《光明日报》统计，仅1983年度的学术会议就达35次。从1984年前后，便有了明确冠以“国际”之名的学术讨论会。兴膳宏回忆，他曾经参加过1984年在上海召开的“中日学者《文心雕龙》学术讨论会”，国内外的与会者同在一家饭店住宿、开会，据主办者说，那是全新的尝试，而到后来，这已经变得极为平常，1984年度的学术讨论会多达41次。

伴随比较文学、汉学研究的兴起，相关学会与各高校在90年代举办了多种国际学术研讨会。根据1995至1996年《中国文学年鉴》的记载，这一年举办的较为大型的国际研讨会，就有中西诗学比较方法论讨论会、20世纪中外文艺思潮学术讨论会、“诺思洛普·弗莱与中国”国际研讨会、环太平洋地区文化与文学交流国际研讨会、“90年代比较文学发展趋势与对策”青年学术研讨会、“文化对话与文化误读”国际学术研讨会、“文化研究：中国与西方”国际研讨会等。[②]国际学术会议是中外学术交流的重头戏，是交流各方克服陋见、接触新见的平台。每一次成功的国际学术交流必然是各方相向而行、通力合作的结果，而如何提高国际学术会议的交流水准，是各类学会的组织者必须认真面对的问题。

日本学者不少有详细记录参加学术活动的习惯，相关刊物也经常关注中国举办的国际学术研讨会的具体情况。有关报道常常记叙会议中诸如官员讲话中的政治口号、议程和讨论的细节，与中国类似报道相比，更侧重于个人感受，显得有些碎片化，却很少我们熟悉的套话和公式化的表述。

1994年12月北京举办了闻一多国际学术研讨会，到会域外学者有日本的铃木义昭、奥平卓、中岛绿和韩国高丽大学的许世旭。早稻田大学教授铃木义昭在《参加94闻一多国际学术研讨会》一文中，不无遗憾地说：“名

---

① ［日］樽本照雄著，李艳丽译：《林纾冤案事件簿》，商务印书馆2018年版。

② 中国社会科学院文学研究所《中国文学年鉴》编辑委员会编：《中国文学年鉴 1995—1996》，作家出版社1997年版，第640—651页。

曰‘国际’，却是有点寂寞的国际学会。”他在会上宣读了论文《闻一多在日本——井上思外雄与小畑薰良》。与鲁迅、郭沫若、郁达夫不同，闻一多没有留日经历，看来与日本没有多少因缘，但铃木义昭希望中国同行了解一些闻一多与日本的联系。闻一多曾写过文章评论小畑薰良所著《李白诗集》，闻一多在赴美留学途中，在横滨与井上思外雄相识，并一起讨论过诗歌。铃木义昭虽无意将闻一多与战后病逝于我国东北的英国文学教授井上思外雄相提并论，却想说明两者之间有某种相似点。①铃木义昭所记述的情况，在80到90年代中国举办的国际学术研讨会里具有一定的代表性。

2000年，日本闻一多学会创立。学会每年春秋举办两次活动，并发行小册子。第一次会议在二松学舍大学举行，由二松学舍大学牧角悦子宣讲《闻一多与诗经》、青森大学江川静英宣讲《见于闻一多诗中的花》。这样的研讨会在日本学会中也具有一定的代表性，虽人数不多，但认真讨论几个问题，几乎没有与学术无关的其他活动，全程由学会会员自行组织。论文宣讲之后，讨论和评议是最为重要的环节，往往是会议的眼目。在全国性的学会活动中，很多发言出自青年教师和即将毕业的博士，对于后者来说，那是第一次“学术亮相”，有些还可能带来创造就业人脉的效果。

第五节　留学·外学·世界之学

早期新文学的作者，多有留学日本等国的经历在，且这些经历反映在他们的创作中。如穆木天的《不忍池上》《与旅人——在武藏野的道上》、刘大杰的《东京之夜》《游京都圆山公园》、郭沫若的《笔立山头展望》等。特别是小诗，如郑振铎《柳》、冰心《春水》《繁星》等。

鲁迅在《域外小说集序》中说：“我们在日本留学时候，有一种茫漠的希望：以为文艺是可以转移性情，改造社会的。因为这意见，便自然而然

① 同学社編集部編：『TONGXUEトンシうュエ』綜輯号，同学社2001年版，第248—253頁。

的想到介绍外国新文学这一件事。”[①]郭沫若在1928年1月18日发表的《桌子的跳舞》中说，中国文坛大半是日本留学生建筑成的，“就因为这样，中国的新文艺是深受了日本的洗礼的。而日本文坛的毒害也就尽量流到中国了，譬如极狭隘、极狭隘的个人生活的描写，极渺小、极渺小的抒情文字的游戏，甚至对于狭邪游的风流三昧……一切日本资产阶级文坛的毒害，都尽量的流到中国来了”[②]。

新时期留学（包括访问学者在内）的人数，比以往历史上任何一个时点的外出留学生数目都多。到日本访问和学习的中国文学研究者究竟有多少，很难统计。在此之前，很少有中国人在日本获得文学博士学位，而在从80年代至21世纪初，在日本获得文学博士的中国人已达相当数目，其中以学习日本文学的最多。

一、留学

有关清末以来留日学生的研究，我国有舒新城《近代中国留学史》（中华书局1933年版）、黄福庆《清末留日学生》（中央研究院近代史研究所1975年版）、林子勋《中国留学教育史（一八四七至一九七五年）》（华冈出版有限公司1976年版）、颖之《中国近代留学简史》（上海教育出版社1980年版）等，日本则有实藤惠秀《中国人留学日本史》（黑潮出版1960年初版；1970年增订版）。后者经谭汝谦、林启彦翻译，先后由香港中文大学出版社与生活·读书·新知三联书店出版。该书使用大量第一手资料，包括留日学生的日记、书信、著译书刊、口述史料，以及中日文公私档案文牍等，对于1896年至1937年间留学日本运动的缘起、演变、贡献、影响的研究，做了广泛而深入的拓荒性的工作。[③]

东京大学大学院综合文化研究科培养的日本文学博士严安生《日本

① 鲁迅：《鲁迅全集11》，人民文学出版社1973年版，第188页。

② 郭沫若：《沫若全集》第十卷，人民文学出版社1959年版，第333—334页。

③［日］实藤惠秀著，谭汝谦、林启彦译：《中国人留学日本史》，生活·读书·新知三联书店1983年版，第2页。

留学精神史——近代中国知识人之轨迹》[①]，获第19届大佛次郎奖、第4届亚洲太平洋奖。2018年，这本书的中译本《灵台无计逃神矢——近代中国人留日精神史》问世，严安生在后记中谈到他在东京大学留学时代的经历时说："鸥外、漱石等人留学时代的精神历程和他们受到的西洋的冲击，他们身上发生的对东洋的背反或是回归等诸命题，以及受邀参加的讨论留学和文化摩擦等问题，等等，都让我切实感到极为新鲜和切近。"而这种体会决不只属于严安生个人，而是属于80年代走出国门的许多年龄不同的学者。

严安生《日本留学精神史——近代中国知识人之轨迹》

80年代以来，我国公派和自费留学人员遍布主要发达国家。1987年国家教育委员会发表《公派出国留学人员身份的管理细则》，很多学子学成归国，融入国家的发展战略。据《学子风华：优秀留学回国人员业绩录2》，1991至1997年，教育部和人事部表彰了600余名优秀归国人员，1993年、1996年、1999年在人民大会堂举办了留学归国人员春节联欢会。根据不完全统计，从美国归国者最多，日、英等国紧随其后。这些归国人员，以理工科最多，也有包括文学研究在内的人文科学专业的学子。如在英国爱丁堡大学取得博士学位的申丹，其著作《文学文体学与小说翻译》是第一部将英语文体学研究与小说翻译研究相结合的专著，其《叙述学与小说文体学研究》则是第一部将叙述学研究与文体学研究相结合的专著。[②]

据王晓秋2006年在纪念中国人留学日本110周年大会上的讲话，从1896年至2006年，留日史可以分为五个时期，即从1896到1911年，这是留日潮

① 嚴安生：『日本留学精神史—近代中国知識人の軌跡』，岩波書店1991年版。

② 中华人民共和国教育部：《学子风华：优秀留学回国人员业绩录2》，中央编译出版社1999年版，第242页。

的兴起和第一次高潮时期；从1912到1930年，是留日潮的发展和风波迭起的时期；从1931到1945年，是中日战争和留日潮的曲折时期；从1946到1976年，是留日潮的低潮和萧条时期；1977年之后，是中国人留学日本的恢复和新高潮时期。①对于我国留日学生的研究，特别是对于第四、五两个时期的研究，还没有出现像实藤惠秀那样翔实而周密的实证研究。

1977年，第一批学习理工、农业的几名中国学生受派遣到东京大学进修，揭开了新时期留日新潮的序幕。1979年，中日两国政府据派遣留学生问题达成协议，正式决定互派留学生。当年公派赴日学生为140人，至1982年已达960人。自费生增加更快，1981年仅121人，至1982年已达1098人，1987年中国自费留日学生已达7000多人，1988年猛增至2万人。90年代以后，赴日留学方式更加多元化、多渠道，留日学生在日本各类大学学习各种专业，足迹遍布日本各地。

中国政府采取支持留学、鼓励回国、来去自由的政策，日本政府也实行积极接收留学生的政策。日本大学也大都根据具体情况，采取了一些有利于留学生教育的措施。

在日本攻读文学博士学位的中国学生，以国内日语专业的毕业生与日语教师为最多，也有原来学习中国文学或其他专业的学生。日本的博士培养制度与中国略有不同，博士课程修了也可以作为一种学历。有些学生便采用修完博士课程之后，工作一段时间，再提交学位论文的方式来取得学位。中国留日学生，不论是攻读日本文学专业，还是中国文学专业，或者比较文学专业，在选择学位论文题目时，往往利用国内学习的基础和资料之便，选择与比较研究相关的题目。而且有相当数目的学位论文在得到资助的情况下得以出版，成为中日比较文化、比较文学研究的一道独有的风景。

70年代以来，中国的日本文学研究从两大题目——无产阶级文学与左翼文学——向外扩展，学者关注的目光，转向明治以来的夏目漱石、森鸥外、宫泽贤治等少数作家，同时也把与日本文学渊源较深的鲁迅、周作人

① 中国中日关系史学会编：《中日关系史研究》总第83期，北京市新闻出版局2006年版，第99—104页。

等纳入视野。与此相近的是，赴日攻读博士学位的学子，也往往选择这些作家来做学位论文。

东京大学陈生保《森鸥外的汉诗》①，将鸥外汉诗放在19世纪末与20世纪文学巨变时期这一特定背景下考察，纠正了对鸥外汉诗的偏见，第一次对其艺术成就做了全面评价，并对鸥外汉诗全部作品加以详注、训读，译成现代日语，对历来鸥外汉诗引用中的误读误解进行了集中清理，并在此基础上，展开了开创性的比较研究。②

1989年在东京大学大学院综合文化研究科取得博士学位的刘岸伟1991年在河出新社出版的《东洋人的悲哀——周作人与日本》，获得三得利学艺奖。他还著有《李卓吾——明末文人》（中央公论社1994年版）、《小泉八云与近代中国》（岩波书店2004年版）。

御茶水女子大学人文科学博士王敏著有《谢谢！宫泽贤治》（河出书房新社，1996年）、《花朵讲说的中国心》（中央公论社1998年版）、《宫泽贤治的中国心》（岩波书店2001年版），曾获中国优秀翻译奖、日本山崎奖、岩手日报文学奖贤治奖。

栾殿武于1995年始于千叶大学留学，2000年向千叶大学大学院社会文化科学研究科提交博士论文《漱石与鲁迅的传统与现代——由比较文学视角的逼近》。后在博士论文基础上完成《漱石与鲁迅的传统与近代》③一书。此书分漱石与鲁迅的传统——以初期汉诗比较为中心、漱石与鲁迅的近代——以鲁迅对漱石文学的接受及漱石与鲁迅作品的比较为中心两部分，从传统与近代两大视点，立足于具体作品，抽出其中包含的文学因素，尝试对两大巨匠进行比较文学操作。在传统范畴，以汉诗为轴心，论述漱石与鲁迅文学感情的相似性，而在近代范畴，则论述鲁迅接受漱石与两者作品的同异。

1990年在神户大学获得博士学位的刘建辉，著有《归朝者·荷风》（明治书院1993年版）、《魔都上海——日本知识人的“近代”体验》（岩

① 陈生保：『森鷗外之漢詩』（上下），明治書院1993年版。

② 王晓平：《“双足”之学如常青之树——评陈生保〈森鸥外的汉诗〉兼论鸥外汉诗》，见王晓平《日本中国学述闻》，中华书局2008年版，第352—366页。

③［日］欒殿武：『漱石と鲁迅における伝統と現代』，勉誠出版2004年版。

波书店2000年版；讲谈社2000年版；筑摩书房2010年版），后者以高杉晋作、谷崎润一郎、村松梢风等知识人的"上海体验"，来捕捉从幕府末年到昭和年间的近代日本。

艾特（蒙古族）于1998年在东京大学比较文学与比较文化研究所获得博士学位，专业是"超域文化科"，其论文原题为《三岛由纪夫初期作品的构造与根茎隐喻——从〈酸模〉到〈假面的告白〉》，后改名为《三岛文学的原型——始原、根茎隐喻、构造》，2002年由日本图书中心出版。

吴红华《周作人与江户庶民文艺》

张竞以《近代中国和恋爱的发现》在东京大学综合文化研究科比较文学比较文化获得博士学位，著有《恋爱的中国文明史》（筑摩书房1993年版）《近代中国与"恋爱"的发现》（岩波书店，获三得利学艺奖）、《何谓美女——日中美人的文化史》（晶文社2001年版）、《飞天的象征》（农文协2002年版）、《文化相对主义/反文化相对主义》（岩波书店2004年版）等。其中《恋爱的中国文明史》获日本读卖文学奖。井波律子评论其博士论文专著说："《近代中国和恋爱的发现》，继续前著《恋爱的中国文明史》，这一回是一部聚焦于受到西方冲击的近代以来，精心提炼中国近现代文学中描写的恋爱众生相的作品。虽关心的方向、切入的方法各不相同，但都是在从来的中国文学研究中被等闲视之的领域以鲜活的感性深度挖掘的热情之作。"[①]同时也提出了自己的希望，她认为本书以恋爱为关键词，鲜明而大胆地追寻着19世纪末到20世纪20年代中国迈向近代化错综的脚步。这种尝试堪称壮大。但是，在西方的冲击下，中国近代作家也创作出那么大量的恋爱小说，像中国古典小说最高杰作《红楼梦》那样酣畅淋漓完成度极高的作品，为什么

① [日] 井波律子：『中国文学　読書の快楽』，角川書店1997年版，第236頁。

连一部也没有诞生呢？中国近代失去了什么？获得了什么？我期待作者以其敏锐的分析力，彻底检证中国文学传统的真相，继续做深化的叩问。”①

1999年在九州大学获得博士学位的吴红华的博士论文是《周作人与江户庶民文艺》（创土社2005年版）。筑波大学博士单援朝所著《漂洋过海的日本文学——伪满殖民地文学文化研究》，于2016年由社会科学文献出版社出版。

仅从以上著述来看，论文选题过于狭隘和集中的问题是很明显的。

70年代以前，我国的日本古代文学研究相当贫弱，只有李芒、杨烈、赵乐甡等屈指可数的学者在那里苦苦坚持。80年代以后，为数不多的中青年学者刘德润等在一少师友、二少资料、三少发表阵地的情况下，从自学开始，迈进日本古典文学研究的大门。而在日本攻读学位的学子，选择古代文学专业的人数虽少，但也不乏可圈可点的业绩。

1994年在庆应义塾大学获得博士学位的胡志昂所著《旅人、房前的倭琴赠答歌文与咏琴诗赋》获第11届上代文学奖，此外，他还著有《奈良万叶与中国文学》（笠间书院1998年版），编有《日藏古抄李峤咏物诗注》（上海古籍出版社1998年版）。

1998年获得博士学位的王迪，论文《日本老庄思想的受容》2001年由株式会社国书刊行会出版。作者对日本接受老庄思想进行书志学考察，发现了与通常说法相左的一些新的事实，提出了新的看法，即在室町时代，不仅是《庄子鬳斋口义》，《老子鬳斋口义》也在被利用，这些作品在中国作为老庄思想研究书的口义本不甚受重视，而在日本却十分流行，南北朝时期已刊行了《庄子鬳斋口义》，而且最晚也在1392年以前就已传到日本。一般认为，当时口义本在日本盛行的原因之一，就是口义本通俗好懂，而作者认为，日本禅僧接受它的一个最大理由，就是其中出现了很多禅家用语。口义本对于日本从中世到近世初期的老庄研究，发挥了很大作用。②

在此稍前，1997年塘鹅社出版大野出《日本近世与老庄思想》第一章

---

①［日］井波律子：『中国文学　読書の快楽』，角川書店1997年版，第236頁。

② 王迪：『日本における老莊思想の受容』，株式会社国書刊行会2001年版，第312—313頁。

便聚焦于林罗山与《老子鬳斋口义》[①]。大野出的关注点与王迪不同，他认为《老子鬳斋口义》引用了很多儒家经典的语句和思想，由此可见《老子》与儒家思想大幅度接近，正是这种儒老合一的性质，使标榜独特性的林罗山产生了共鸣。而林罗山本人的诗文，频繁引用古籍中的语汇，这也与《老子鬳斋口义》中林希逸阐释姿态有相通之处。王迪和大野出正是从不同的侧面说明了口义本在日本中世与近世盛行的不同情况。

日本大学大学院博士崔香兰的《马琴读本与中国古代小说》，2005年由溪水社出版。有关江户时代读本与中国文学关系的研究，早有石崎又造《日本近世中国俗语文学史》、麻生矶次《江户文学与中国文学》、德田武《日本近世小说与中国小说》，有关读本研究的著述，也有横山邦治《读本研究：江户和上方》、高木元《江户读本研究》等，另外《读本研究》《读本研究新集》，也有较大篇幅探讨读本中接受的中国小说影响。这些书着力挖掘读本后面的中国文学原本，揭示作品在原作与读本之间的改动与再创作元素，看起来似乎无所不及，然而，研究者既不可能完全掌握读本作者见到的全部传入日本的中国小说，也不可能将所有经过作者改动的地方一一复原，何况还有著者应对中国小说阅读中的误解误读而发出“隔靴搔痒”的议论。有鉴于此，南开大学教授李树国著有《日本读本小说与明清小说——中日文化交流史的透视》（天津人民出版社1998年版），力图从读本发展的不同阶段，揭示其利用、借鉴、参照中国明清小说的不同方式。崔香兰的新著则聚焦于江户时代最伟大的作者曲亭马琴的全部作品，一一检证，又有了很多新的发现，为读本的比较研究提供了很多新的线索。

日本出版的研读语言文化与文学的中国留学博士的论著，选题多与中国文化与文学的比较研究相关，如2003年在大阪大学获得言语文化学博士学位的桂小兰的博士论文《古代中国的犬文化——以食用与祭祀为中心》（大阪大学出版会2005年版）、2006年在御茶水女子大学获得博士学位的张娜丽的《西域出土文书基础研究——中国古代小学书、童蒙书诸相》（汲古书院2006年版）、2013年在京都府立大学获得博士学位的周瑛的

---

①［日］大野出：『日本の近世と老莊思想』，ぺりかん社1997年版，第13—152頁。

《江户时期的公案小说与〈棠阴比事〉》（汲古书院2015年版）、2009年在国学院大学获得博士学位的曹咏梅的《歌垣与东亚的古代歌谣》（笠间书院2011年版）等。

蒋寅曾经谈到学术界的“海外兵团”，不无忧虑地写道：

> 关键是整个留学生都采取这种避难就易的策略，那就令人忧虑了，留学纯然成了到国外谋饭碗的手段，而中国学又成了别无选择的选择，这样走上学术道路的学者，怎么能指望他们对学术抱有崇高的信念呢？①

尽管留学生在国外获得博士学位，无不付出了艰苦努力，但对于青年学者来说，都只是迈向学术殿堂的一步，而后能否明志致远，前面还有更多路口、风口和关口在等待着他们。其实，不论是留在国外，还是回到国内，也不论选择过什么研究方向，都可以“抱有崇高的信念”，问题仅在于怎么做以及做得怎么样而已。

日本在经济高速发展之后，试图在世界上树立文化大国的形象，于1987年在京都创立了直属于文部省的国际日本文化研究中心，邀请各国学者共同对日本文化进行国际性的跨学科研究。这一研究机构，从国际性视点设置研究课题，有国内外众多研究者参加，以共同研究的方式进行国际性跨学科的综合研究；采用由研究域、研究轴构成的流动性的研究体制，并发挥向日本国内外研究者提供研究信息的信息中心作用，对于世界各地的日本研究者根据实际情况给予细致的研究协助。自成立起，至2000年，应邀到这一研究机构从事研究活动的我国学者，有汪向荣、卞立强、马兴国、王晓平、王勇、刘建辉、严绍璗、高文汉、杜勤、蔡敦达等，在此担任客座副教授或教授。这种新的研究方式，不仅为日本文化研究提出了一种新思路，对于中国文化与文学研究的国际化，也不无可借鉴之处。②

① 蒋寅：《平常心看日本》，中央编译出版社2009年版，第107页。

② 王晓平：《国际性和科际整合的交融——国际日本文化研究中心回顾》，载《东方丛刊》1992年第3辑，广西师范大学出版社1992年版，第262—271页。

早在20世纪60年代，日本的有识之士就呼吁大学加快吸收外籍教师的步伐，在日本，不论是国立、公立大学，还是私立大学，看到外籍教师的身影并不是新鲜事。获得文学博士的中国学人，一部分留在日本大学任教，大部分则归国进入各地高等院校。那些在日本任教的中国学者，多积极参与国内的学术活动，在两国的学术合作中充任骨干与桥梁。如东京大学人文社会系研究科博士陈捷，曾任职于日本国文学研究资料馆文学资源研究系，现任教于东京大学，著有《明治前期日中学术交流研究》（汲古书院2003年版），译著有《以正史为中心的宋元版研究》（北京大学出版社1993年版），参与了复旦大学出版社编审的《琉球王国汉文文献集成》（全32册）的编著工作。

在国内获得博士学位现为日本南山大学教授的梁晓虹主要从事东亚文化交流和汉语史教学与研究，多部佛教音义研究著述在国内出版，如与徐时仪、陈五云合著的《佛教音义研究通论》（凤凰出版社2009年版），以及与苗昱共同整理的《〈新译大方广佛华严经音义私记〉整理与研究》（凤凰出版社2014年版）等。在研究中发挥搜集日藏资料之便、先见早行之利和精读细解之功，同时利用中国国内学术资源，使研究成果得以尽快面世。

二、外学

留学生活为每一位学子增添了无数难以忘怀的人生故事，从闭嘴就觉察到开口所犯的语法错误到与异国朋友谈笑风生，从熬夜写不出几行论文到国际大讲台上侃侃而谈的强大气场，从两种思维不停地混杂交错到走进属于自己的创新领域，很多学子重新认识了自己，也重新认识了自己的根。

孙歌在《走出国门的学术意义》一文中谈到从1988年开始的在日本留学与往来于中日两国的学术经历时说，这“使我渐渐离开了狭义的中国文学研究，或者说，扩大了严格意义上的文学研究，开始了跨学科与跨文化的尝试。日本之于我，始终是一个思考的媒介，随着对日本思想了解的深入，我摸索着形成了自己的工作方式。回头看看这个经过，我才开始意识到，走出国门的学术意义，或许正在于以某种方式促进自我学术方式的变革。国门之外，世界不是摆在那里的‘他山之石’，只有当主体的变革需要真实存在的时候，它才可以呈现出来，并可以被你用来‘攻玉’”[①]。

孙歌说：“在走出国门的这二十几年里，我自己亲身感受到了外部世界对中国目光的变化，中国渐渐地不再是被歧视的，它开始强大了，但是，这个世界的强权政治逻辑和歧视思维习惯并没有随着中国的兴起而被改变，中国要想对世界做出贡献，就不能与这个冷战思维结构共谋。作为以知识为业的人，我相信走出国门的最大意义，就在清醒地认识到这一点，并且以此自律，力争让自己的学术研究具有更多一点‘人类性’。”[②]

许多在日本大学取得博士学位的学者，著述颇丰，为中国学术界带来了新的视角、新的方向、新的内容。如1996年获日本国立综合研究大学院大学博士学位的王勇，主编有《东亚坐标中的跨国人物研究》（中国书籍出版社2013年版）、《东亚坐标中的书籍之路研究》（中国书籍出版社2013年版）、《东亚坐标中的遣隋：唐使研究》（中国书籍出版社2013年版）；东京大学获得博士学位的张龙妹著有《世界语境中的源氏物语》（人民文学出版社2004年版）和《源氏物语的救济》（风间书店2000年版），后者获第8届关根奖，第3届“孙平化日本学学术奖励基金”专著类一等奖；日本关西大学文学博士王宝平著有《吾妻镜补——中国第一部日本通史》（朋友书店1997年版）；东京都立大学法学部政治学博士孙歌，90年代曾与沟口雄三一起推动中日知识分子的深度对话，在日本出版有《言说亚细亚的困境——谋求知性的共同空间》[③]，等等。

20世纪以来，西方学术涌入华夏，改写了中国的学术版图，学人或以融通中西为峰峦，攀援不息。70年代末以来，西方文化、文学研究与中西比较文化、比较文学研究方兴未艾，形成了色彩斑斓的学术景观，其缺憾之一，便是传统上不属于西方的文化、文学未能占据应有的位置。至20世

① 中国社会科学院文学研究所编：《走向世界的中国文学研究》，社会科学文献出版社2010年版，第439页。

② 中国社会科学院文学研究所编：《走向世界的中国文学研究》，社会科学文献出版社2010年版，第447页。

③ 孫歌：『アジアを語ることのジレンマ—知の共同空間を求めて』，岩波書店2004年版。

纪末，世界文化格局渐变，西方不再是旧日的西方，东方也不再是旧日的东方，各种文化溢浪扬浮，飞沫起涛。中国学界需要更多精通各国文化、文学的专家，对外部文化、文学的研究，也非以“西学”二字可以囊括。深度解读各国文化、文学，即传统的本土学问之外的年轻的“外学”，正需积细壤而成嵩衡，蓄纤流而成江海。在这一事业中，海外学成归来的学子能否成为“中学”与“外学”之间的纽带，不仅取决于其在国外的学业，更取决于其对中国学术需要的把握与对自身学养的淬砺。

三、世界之学

从1392年（琉球国察度四十三年，明洪武二十五年）古代琉球国开始向中国派遣留学生，至1579年（琉球国尚元七年，明万历七年），共派留学生23批80余人。清朝建立以后，从1688年（琉球国尚贞二十年，清康熙二十七年），至1873年（琉球国尚泰二十六年，清同治十二年）共派留学生9批49人。[①]

俞樾《春在堂诗编》载，日本人井上陈政，字子德，航海远来，愿留而受业门下，辞之不可，遂居之于俞楼，赋诗赠之：

不信天眼若比邻，乘桴远至太无因。
怜君雅意殊非浅，愧我虚名本不真。
喜有湖楼堪下榻，敢云学海略知津。
自惭未及萧夫子，竟受东倭请业人。

（唐刘太真〈送萧颖士〉序云：东倭之人，踰海来宾，举其国俗，愿师于夫子，夫子辞以疾而不之从也）[②]

① 鲁宝元：《琉球国第四批派遣留学生北京学习生活调查》，见任继愈主编《国际汉学》第十一辑，大象出版社2004年版，第242—252页。

② 俞樾：《春在堂诗编》十《壬甲编》。

俞樾不仅为井上《西行日记》作序[①]，而且在其父行年60、母55岁时寄楹联以贺寿[②]。

在俞樾《井上陈子德西行日记序》中说，自己曾对井上谈起收留他的条件，就是要认可他的学术选择："余以山林之人，当桑榆之景。苟窃宋元之绪论，虚谈心性，是欺世也，余弗为也。苟袭战国策士之余习，高语富强，是干世也，余又弗为也。故尝与门下诸子约，惟经史疑义相与商榷，或吟风弄月，抒写性灵，如是而已。"[③]

恒慕义（Arthur William Hummel）、卜德（Derk Bodde）、顾立雅（Herrlee Glessner Creel）等人是美国第一批专业汉学家，他们都曾在20世纪20年代至30年代在北京留学，他们留学的年代，正是中国学术繁荣的时代，一大批优秀的中国学者汇聚在北京，其中不少人都曾给予这批美国留学生以指点和帮助，也在一定程度上促进了美国汉学的产生。[④]

狩野直喜在中国留学三年，又到中国北方、南方与东北游历，回国后，他在1907年发表于第三高等学校《岳水会》杂志上题为《清国谭》的文章中，谈到中国的种种变化，用在中国的见闻与西方对汉学重视的实效说明汉学的重要性：

> 西方各国的领事、公使在公务余暇孜孜不倦地钻研中国事物。这些人当中已经出了有名的中国学者，在英、法、美各国大学中都有教授中国学的，担任教授的人很多主要是在领事馆、公使馆奉职的人，日本至少连这样的人也没有。日本从前的汉学者，特别是德川时代的汉学者，参与政治、法律，而现今的汉学者，在社会上被看如废物，当然这种看法是不对的。当今之事，汉学者应该做的有很多。当然迄今也有人在做。
>
> 汉学者首当其冲必须像西方人一样研究这个老大国。不用说，这种研究会对世界学术做出非常大的贡献。……日本与中国处于一衣

---

① 俞樾：《春在堂杂文》四编八。

② 俞樾：《春在堂丛书》楹联录存。

③ 俞樾：《春在堂杂文》四编八。

④ 顾钧：《顾颉刚与美国汉学家的交往》，载《国际汉学》2015年第3期。

带水的位置，因为自古以来就有亲密关系，所以研究中国最适合的，就是日本国民。然而，可悲的是，今天研究中国的人很少。希望诸君之中，有一些人在研究自己专业的余暇，对有关中国的研究也能感兴趣。①

作家中村真一郎谈到自己从小受到中国作家鲁迅、茅盾、郁达夫的影响，他说："接近中国现代文学，我作为当时的中学生是一个例外，而我的家里就有中国留学生出出进进，可以看到新出版的书，我在战后发表的自己的作品里，梦想着使用横排的、西方式的・呀，呀：呀？呀！呀之类的，那也是因为中学时代看到了当时中国作家们的丛书里的用法，作为新鲜的记忆留在脑海里。——但是，在他们的作品中，读到对日本人漫画式的描写，对我孩子式的爱国心，并不愉快。某位作家描写自己在亡命千叶县的时候，日本人用怪怪的英语'Guddo-morninggu'前来搭讪，小说以这样的嘲弄开的头儿。"②

第二次世界大战之后，在中日两国断交的时代，撑起中国研究的日本学者，很多是有过到中国留学或访学经历的，至少与在日的中国留学生有过较为平等的交往，并通过他们认识中国人，由此获得了在课本、报刊、通行书籍中没有知识，也对中国人有了属于自己的感受。

日本著名中国学家仓石武四郎于1928年3月来到北京留学。在临行前，铃木虎雄有《送仓石（武四郎）学士留学中国（二月）》诗曰：

红颜子方壮，霜鬓我初衰。
为学非容易，临行惜别离。
春风黄鹄举，碧海巨鼍移。
禹域青天外，从今望返期。③

① [日]狩野直喜：『支那學文藪』，みすず書房1973年版，第311—312頁。

② [日]加藤周一、中村真一郎、福永武彦：『現代日本文學大系』82，筑摩書房1971年版，第391頁。

③ [日]鈴木虎雄：『豹軒詩抄』第五册卷十一，弘文堂1938年版，第1頁。

仓石武四郎于1930年8月回到日本。在他留学后期，留下了一份日记手稿，即《述学斋日记》一卷。该日记经荣新江、朱玉麒辑注，以《仓石武四郎中国留学记》[①]为名，由中华书局于2002年出版。日记详细记录了本人听课、游历、访学、访书、购书、校书、译书等学术活动。诚如荣新江所指出的那样，作者的文字，也为那个时代留下了丰富的史料。辑注者的注释内容涉及交往人名、著录书名、游历地名、机构名及相关事件、典故词语等。

实藤惠秀在为《中国人留学日本史》撰写的《后记——我和中国》中就真诚而坦率地谈到与那些他身边的中国留学生交往的感受，以及这种感受与他研究中国人留学日本史的密切关系。最后他把自己最终选择的研究立场总结为："我认为应该总结过去失败的教训，用历史的眼光考虑问题，从而建立起新的日中关系，即走'不卑不亢，互相帮助，平等互利的日中友好的道路'（与实藤远合著《亚洲的心》的总结）。"[②]战后，他与安藤彦太郎等合作编辑出版了《新中国》杂志，并开始了《虾球传》《四世同堂》的翻译。

推动日本汉语教育的现代化，仓石武四郎功不可没。在"中国语"正统派里固守旧式教法的教师甚多，对中国公布的注音字母的推行大为落后，而仓石武四郎对旧式汉文教育抱否定态度，主张将汉语与古典结合起来，在现代汉语知识的基础上，用现代音去音读古典。日本历来对汉文采用训读，虽然江户时代荻生徂徕就大倡"直读论"，却始终难以推行。废除训读，就意味着将汉语作为外语，也就意味着否定传统的汉文、汉学。仓石武四郎的意图正在于构建现代汉语基础上的中国学。[③]

仓石武四郎有这样的胆识，固然有日本战后教育变革的环境因素，但这与他本人和中国人交谈的经历，以及对现代中国的认知有直接的关系。重视口语，重视汉语的实用价值，激活古典，赋予古典以现代的生命，而不是让古典永远远离现代人，这种意识促使他着手把中国古典译

① ［日］仓石武四郎著，荣新江、朱玉麒辑注：《仓石武四郎中国留学记》，中华书局2012年版。

② ［日］实藤惠秀著，谭汝谦、林启彦译：《中国人留学日本史》，生活·读书·新知三联书店1983年版，第489页。

③ ［日］安藤彦太郎：『日本人の中国観』，勁草書房1971年版，第209—210頁。

成现代日语的尝试。鉴于《论语》在日本社会的广泛影响，他首先选择了《论语》作为第一步。在《口语译论语》的序言中，他强调："要品味中国学术的特色，就必须原原本本读中国的书籍。"①而日本采用的快捷省事的训读方法，反而使懂得中国事情的人稀少，而且日本汉字的限制越来越多，训读教育对读中国书也就不那么方便了，因而就必须对汉语进行专门学习。

在中日关系陷入不幸的时期，仓石武四郎为了使友好的纽带不至断绝，创办了"仓石汉语讲习会"（即后来的日中学院），抱着多一个人学中文也好的心情，牺牲研究与公务时间，亲自授课，学院中有各种职业、各年龄段的人，其中就有后来成为京都大学人文科学研究所所长的竹内实、茨城基督教大学的上田武教授等。②仓石在《述学斋日记》中详细记载了他在北京学汉语的经历，可以由此追溯其汉语教育思想的源头。

对于当时来华求学的日本青年人来说，留学不是镀金，不是改写人生，而是与一种同与本国文化密切相关的他国文化的近距离接触，在这种接触中，学会与另一种文化的人相处。狩野直喜等人，还希望自己的弟子，也能完成这种体验过程。在他的鼓励下，吉川幸次郎也来到了中国。

吉川幸次郎从京都大学毕业后，便前往中国留学。临行获铃木虎雄赠诗《送吉川宛亭（幸次郎）学士游学中国（君随君山博士同住第三句故及）》：

客子乘春观国游，临行不说别离忧。
升台久伍邹衍笔，绝海还同李郭舟。
琼岛烟霞花石散，瓮山池苑鸟鱼愁。
种瓜如遇青门隐，旧事殷勤宜就谋。③

吉川幸次郎在北京师从于杨钟义。杨钟义博学多识，特别是精通清朝

①［日］倉石武四郎訳：『口語訳論語』，筑摩書房1968年版，第5頁。
②［日］青柳まちこ編：『文化交流学を拓く』，世界思想社2003年版，第111—129頁。
③［日］鈴木虎雄：『豹軒詩抄』第五册卷十一，弘文堂1938年版，第4頁。

一代掌故，著有《雪桥诗话》，有诗集《圣遗先生诗》五卷，其中载有一首送别诗《赠吉川善之归日本》：

研左陈书久放纷，日西方晏喜逢君。
程仇一见情先洽，鲁汲穷探意独勤。
挂帙未酬车上语，褰裳长望海东云。
创通大义平生愿，忠汉犹期话旧闻。①

从诗中可以看出，杨钟义是把这位异国学生当作学友来送别的。程元和仇璋是王通的学生，王通曾经称赞他们的才能。这是以两人类比，足见其情谊。

吉川幸次郎曾回忆他在中国留学期间认识和交往过的中国学者，包括《孽海花》的作者之一、写过《论写情小说与新社会之关系》等文章的金松岑以及商务印书馆的张元济等。他在《马幼渔》一文中，特意记述了自己留学结束，临回国前到马幼渔家，马幼渔跟他说的一段话。马幼渔毕业于日本早稻田大学、东京帝国大学，曾师从章太炎学习文字音韵学。吉川幸次郎在中国曾经跟他学习。马幼渔对他说："你听了我讲革命之书《公羊传》。但革命不会一蹴而就，重要的是要有耐心。我们年轻的时候，为打倒清朝斗争的时候，没有想到活着的时候能成功。辛亥革命那么快就发生了，清朝那么快就倒台了，梦里也没有想到。你就要回国了，不要急。"

吉川幸次郎听见这些话，既困惑，又感动。因为对他来说，听《公羊传》的课，只是把它当作学知识，并没有想到日本要发生革命。同时，他由此感受到，对于中国学者来说，"古典往往不是死物，而是活物，是生活于世间的血肉"②。这一点让他一直不能忘怀。正是这样的经历，使他对中国学术的根本有了实感。马幼渔，这位章太炎的弟子，用自己的革命思想和学术追求，感染了一位来自东瀛的求学者。

① ［日］神田喜一郎：『敦煌學五十年』，筑摩書房1971年版。
② ［日］吉川幸次郎：『音容日に遠し』，筑摩書房1980年版，第24—26頁。

80年代以来，日本大学中中文专业的学生多利用两个假期到中国进行短期留学，或者毕业后到中国留学一至两年。日本爱知大学与南开大学合作，还在南开大学建起“爱知楼”，使日本学生到中国留学成为长期的共同事业。

留学生常常成为两种文化相互管窥的窗口。留日中国学人的著作，在日本就被看作从外部看日本的材料。辛亥革命的元老景梅九关于留日生活的回忆，被大高岩和波多野太郎译成日语，题作《留日回顾——一位无政府主义者的半生》，收入平凡社的东洋文库。郭沫若的留日经历使他的作品一直受到关注。他的自传也由小野忍和丸山升译出，收入东洋文库。南开大学教授胡宝华所著《百年面影——中国知识人生存的20世纪》[①]，则注入了一家三代留日学生的感受。

六七十年代曾在我国各大学中文系或北京语言学院留学或进修的外国师生，多成为各国大学汉学研究的领军人物。曾在北京大学中文系进修中国古代文学理论的兴膳宏，先后担任京都大学文学部部长、京都国立博物馆馆长等职，是日本学士院会员并荣获文化功劳者称号。1974年来华的维也纳大学汉学系的李夏德，归国后从事中国文化教育，2006年推动维也纳大学与北京外国语大学合作成立了维也纳大学孔子学院。在华期间于校门外求疑问难，砥砺言文的日日夜夜，都是他们日后心中的情念之光与追忆之泉。

1984年我国恢复外国来华留学研究生招生，截至2016年，来华留学生规模达到6.39万人，这足以显示中国研究生国际教育规模的扩大。早期的留学生普遍已经成长为各个领域的中坚力量。90年代末在北京大学比较文学与比较文化研究所修完博士课程的冉羽香，专注于近代中日文化交流研究，任教于日本中央学院大学。2000年入读北京师范大学比较文学与世界文学专业博士学位的泰国留学生谢玉冰成为泰国研究《西游记》与东南亚神猴崇拜的专家，已在泰国与我国出版《神猴：印度“哈奴曼”和中国孙悟空故事在泰国的传播》等专著，担任北京外国语大学泰语系教授、特聘

① 胡宝華：『百年の面影——中国知識人の生きた二十世紀』，角川書店2001年版。

外国专家。

同时，中国教育事业和学术事业的发展，也应该吸收更多的外来人才。将来大学中的外籍教师也会越来越多，这是教育国际化的大势所趋。如果不是评估、门面和业绩的驱动，而是切实从培养面向未来、面向世界的人才出发，那么，外国优秀人才加盟中国教育，将会提高我国教育的国际竞争力，增加大学的国际化程度，也有益于中国学术与世界的融合，有裨于各国文化的互信、互明与互鉴。具体到文学研究来说，也会提升文学研究的国际交流水准。

第 六 章

俄罗斯的中国学研究机构与中国书籍收藏

第一节 俄罗斯科学院东方学研究所中国学研究的建立与发展

俄罗斯科学院东方学研究所的历史，最早可追溯到1818年10月在圣彼得堡成立的俄罗斯帝国科学院亚洲博物馆。它最初设在圣彼得堡瓦西里岛涅瓦河畔的“昆斯特卡米拉”（Кунсткамера）——珍奇馆[①]内，第一任馆长是科学院院士X. Д. 弗连[②]。此外，科学院东方学研究所还有另外一个源头，那就是在俄罗斯中国学发展史上起过重要作用的拉扎列夫东方语言学院，这个学院最初是由一位亚美尼亚贵族富豪、拉扎良家族成员叶基姆·拉扎列夫（Еким Лазарев）于1815年在莫斯科创办的亚美尼亚学校，1827年改为学院，教授阿拉伯、波斯、土耳其、格鲁吉亚及中亚少数民族

① 昆斯特卡米拉（Кунсткамера），来自德文，中文一般译作珍奇馆，是由彼得大帝创立的第一个俄罗斯博物馆，现为俄罗斯科学院人类学和人种学博物馆，位于圣彼得堡瓦西里岛涅瓦河岸边。它拥有独特的珍奇事物收藏品，展示了不同国家的历史和生活。昆斯特卡米拉建筑于18世纪初，其饰有浑天仪球形的塔楼是俄罗斯科学院的象征。

② 赫里斯季安·达尼洛维奇·弗连（Христиан Данилович Френ），德国人，杰出的德国和俄罗斯东方学家、阿拉伯学家和钱币学家。1807年至1815年，任喀山大学教授，自1817年9月24日起任圣彼得堡科学院院士，是俄罗斯帝国国务委员会成员。他自1818年创立并直到1842年一直领导亚洲科学院博物馆。

语言。1921年改组为莫斯科东方学院（МИВ），并增加了汉语教学课程，许多后来成为著名中国学家的苏联学者都出身于这所学院。

亚洲博物馆馆长在1916年至1930年间由东方学家、俄罗斯印度学创始人之一、俄罗斯科学院院士С. Ф. 奥登堡[①]担任。现代苏联中国学奠基人В. М. 阿列克谢耶夫[②]院士自1920年进入亚洲博物馆工作，从1933年起直至他1951年逝世，一直任亚洲博物馆中国部主任。1930年，苏联科学院将亚洲博物馆、佛教文化研究所和突厥学研究室合并为统一的东方学研究所，В. М. 阿列克谢耶夫被任命为研究所的中国部主任。1950年研究所迁往莫斯科，留在列宁格勒的部分到2007年组建为新的独立机构，即俄罗斯科学院东方手稿研究所（Институт восточных рукописей РАН），由历史学博士И. Ф. 波波娃[③]任主任。

二战结束后，苏联与西方国家短暂的合作关系随即瓦解，进入“冷战”时代。在这样的国际政治背景下，苏联把中国共产党领导下刚刚成立的新中国看作其在东方可靠的盟友。1949年12月，中国领袖毛泽东平生第一次出国访问苏联。翌年2月14日，中苏两国签订了新的《中苏友好同盟互助条约》，斯大林和毛泽东都出席了签字仪式。这一新的盟友关系的缔结，促进了苏联中国学的发展。苏联方面首先把翻译出版毛泽东著作列入东方学研究所的工作计划。负责这项工作的是苏联著名哲学家和社会活动

---

① 谢尔盖·费多罗维奇·奥登堡（Сергей Фёдорович Ольденбур）出生于后贝加尔边疆区涅尔琴斯克区边基诺村，是俄罗斯及苏联东方学家、俄罗斯印度学的奠基人之一、俄罗斯科学院院士（1903年）和苏联及全乌克兰科学院院士（1925年），1904年至1929年间任科学院常务秘书。同时，他也是俄罗斯圣经协会成员、立宪民主党党首之一、俄罗斯帝国议会上议院成员（1912—1917），临时政府教育部部长（1917年）。

② 瓦西里·米哈伊洛维奇·阿列克谢耶夫（Василь Михайлович Алексеев），现代俄苏新汉学的奠基人。1881年出生于瓦尔戴城。1902年毕业于彼得堡大学东方语言系，留校进修并从事教学。1916年以研究司空图《诗品》的论著获硕士学位。1923年被选为苏联科学院通信院士。1929年未经答辩获语文学博士学位，并被选为院士。自1910年起，先后在圣彼得堡大学（即后来的列宁格勒大学）、列宁格勒东方学院、列宁格勒文史哲学院、莫斯科东方学院任教。1933—1951年任亚洲博物馆中国部（后为苏联科学院东方学研究所）主任。1951年逝世。生前发表著作约260种。

③ 伊琳娜·费多罗夫娜·波波娃（Ирина Фёдоровна Попова），1961年出生于圣彼得堡，俄罗斯历史学家 、中国学家、历史学博士、教授、圣彼得堡俄罗斯科学院东方手稿研究所所长。从事中世纪中国历史、政治思想与行政管理体制和军事政策研究，以及敦煌写本和东方学研究史的研究。

家、科学院院士П. Ф. 尤金[①]。他曾在1953年12月至1959年10月任苏联驻中华人民共和国特命全权大使。之所以派尤金去北京，根据赫鲁晓夫的回忆，是因为斯大林在世时，“毛泽东给斯大林写了一封信，请求他推荐一名苏联的马克思主义哲学家来中国编辑毛的著作。毛需要一个受过教育的人在出版前把他的著作编辑得像点儿样，并在马克思主义哲学方面找出错误。尤金被选中，并被派往中国”[②]。参加俄译《毛泽东选集》翻译团队的都是当时中苏两国资深的翻译家，苏联方面有Р. В. 维亚特金[③]、Н. Т. 费多连柯（费德林）[④]，中国方面则有时任中共中央马列著作编译局局长的师哲[⑤]等人。

进入蜜月期的中苏关系迫切需要大批中国学人才，但是，由于苏联30年代的“肃反”扩大化，苏联中国学家的队伍受到极大摧残。仅В. М. 阿列克谢耶夫院士的弟子和同事中，就有Ю. К. 舒茨基[⑥]、Н. А. 涅夫斯基（聂

---

① 巴维尔·费奥多罗维奇·尤金（Павел Фёдорович Юдин），苏联哲学家、外交家和社会活动家。1918年加入布尔什维克党，1952年至1961年为苏共中央委员，1950年至1958年为第3、4届苏联最高苏维埃代表（1950—1958）。1936年获哲学博士学位，1939年起为苏联科学院通讯院士，1953年为院士。

②［苏联］赫鲁晓夫著，赵绍棣等译：《赫鲁晓夫回忆录》（下），中国广播电视出版社1988年版，第460页。

③ 鲁德里弗·弗谢沃洛多维奇·维亚特金（Рудольф Всеволодович Вяткин），出生于瑞士，苏联和俄罗斯东方学家、翻译家、中国学家。自1956年到1958年在中国学研究所任研究员、副所长，后在中国学研究所与东方学研究所合并后担任东方学研究所中国部主任、高级研究员。

④ 尼古拉·特洛菲莫维奇·费多连柯（Николай Трофимович Федоренко，汉名费德林，1912—2000），出生于皮亚吉戈尔斯克。1937年毕业于莫斯科东方学院。1943年获语文学博士学位。1939至1968年在苏联外交部工作，曾任苏联驻华使馆参赞（1950—1952）、驻日本大使（1958—1962）、苏联常驻联合国及安理会代表（1963—1968）。1957年起兼任苏联科学院东方学研究所研究员，1958年升任高级研究员并被选为苏联科学院通讯院士。

⑤ 师哲，陕西省韩城县（今韩城市）西庄镇井溢村人。俄语翻译家，曾先后随毛泽东、周恩来、朱德等人访问苏联及东欧，参加中苏两国领导人的对话。共和国建立后，师哲先后主持中共中央马列著作编译局、俄语专修学校和外文出版社的工作，任首任局长、校长、社长，同时还兼任毛泽东、周恩来、刘少奇、朱德等中央领导的俄文翻译。1950年初，中央决定成立《毛泽东选集》编委会，师哲与苏方专家费德林、尤金一道负责中译俄工作。

⑥ 尤里安·康斯坦丁诺维奇·舒茨基（Юлиан Константинович Щуцкий），1897年生于叶卡捷琳堡，苏联俄罗斯东方语文学家、翻译家、教授，1935年未经答辩获得语言学副博士学位，1937年获语文学博士学位。1937年8月因“间谍罪”被捕并被判处死刑，1938年2月被枪杀。

历山）[①]、Б. А. 瓦西里耶夫（王希礼）[②]等人被枪杀，Н. И. 康拉德[③]、М. И. 卡扎宁[④]等人被长期监禁。培养新一代东方学干部的需要促使当时苏联一批人文院校纷纷开办东方学部或教研室。如莫斯科大学历史系就在40年代后半期创办了研究远东国家（中国、朝鲜、日本）的教研室，首任教研室主任是杰出的中国古代与中世纪史研究专家Л. В. 西蒙诺夫斯卡娅[⑤]。进入该专业学习的学生从一年级起就研究包括中国在内的远东国家的历史、经济、地理和语言。为了刺激学生报考，当时规定进入这个专业的学生入学总分可降低一分甚至两分，但破格录取这样的学生有一个条件，那就是他们的东方学专业课程必须达标。

① 尼古拉·亚历山大洛维奇·涅夫斯基（Николай Александрович Невский，日本名小樽高商，汉名聂历山），苏联语言学家、多种东方语言的专家，日本学家、虾夷（日本土著民族，亦译作阿依努人。住在北海道、库页岛和千岛群岛等地）学家，中国学家、已经消亡的西夏语研究的奠基人之一，语文学博士。1937年10月被内务人民委员会逮捕，11月24日与他的日本妻子万谷矶子-涅夫斯卡娅一起被枪杀。

② 鲍里斯·亚历山大洛维奇·瓦西里耶夫（Борис Александрович Васильев，汉名王希礼），苏联学者、中国语文学家、教授。1899年出生于圣彼得堡一个职员家庭。1922年毕业于圣彼得堡大学社会科学系中国部。1924年来中国实习，任苏联驻华总领事馆和苏联驻华武官秘书，曾翻译鲁迅小说《阿Q正传》。1937年11月被内务人民委员会逮捕并枪杀。

③ 尼古拉·约瑟夫维奇·康拉德（Николай Иосифович Конрад），苏联东方学家、科学院院士（1958年）、文学纪念丛书编辑委员会主席（1962—1970）。1912年毕业于彼得堡大学东方语言系日汉语专业。自1922年起为列宁格勒实用东方语言学院教师，1926年晋升为教授。1931年起任苏联科学院东方学研究所的研究员，主持明治时期日本历史文献研究工作。1934年当选为苏联科学院社会科学部通讯会员。1938年7月以"日本间谍"罪名被捕，经苏联科学院院长等人士强力救护，被送到类似于监狱的所谓"特殊设计局"工作，直到1941年才被释放。

④ 马尔克·伊萨柯维奇·卡扎宁（Марк Исаакович Казанин），中国学家、历史家和经济学家、作家。1899年出生于赫尔松省，1906年全家搬到中国的满洲里，1917年以金牌毕业于哈尔滨男子八年制商学院，同年进入符拉迪沃斯托克东方学院。曾于1920年任远东共和国外交使团秘书，1926年任苏联中国军事顾问总部秘书。1927年回到莫斯科，在中国研究院担任高级研究员，随后进入科学院。1937年9月被捕，被判处5年劳役，1942年刑满后仍被留在工厂。1951年再次被捕并被判处15年监禁，直到1956年才获完全平反。

⑤ 拉丽莎·瓦西里耶夫娜·西蒙诺夫斯卡娅（Лариса Васильевна Симоновская），1902年出生于伊尔库茨克，历史学博士、教授。1928年毕业于哈里科夫大学，自1936年起在高等学校任教，1956年起任教研室主任，1967年莫斯科大学东方语言学院教授。著有专著《17世纪中国农民的反封建斗争》（1966年）。

在这个教研室任教并担任副主任的是Г. Б. 爱伦堡[①]，他是以小说《解冻》而闻名世界的作家伊里亚·爱伦堡的堂兄弟。Г. Б. 爱伦堡专攻中国近现代历史，他是一个性格温和的人，待人接物非常友好。远东教研室的教师们后来都成为苏联中国学的大师级人物，如研究中华苏维埃共和国史的В. Н. 尼基法洛夫[②]，研究中国共产党武装力量和1925至1927年的中国革命史的М. Ф. 尤里耶夫[③]。

当时在这个专业教授汉语的是Л. Д. 波兹德涅耶娃[④]、А. П. 罗加乔夫[⑤]等语言学专家。波兹德涅耶娃是著名东方学家Д. М. 波兹德涅耶夫的女儿，她本人是公认的古汉语（文言）领域的专家，多年担任莫斯科大学语文系汉语教研室主任。她于1953年答辩通过博士论文《鲁迅的创作道路》，也写过论《红楼梦》的论文[⑥]。

1956年，在莫斯科大学历史系东方学教研室的基础上成立了东方语言学院，这个学院到1972年改组为莫斯科大学亚非国家学院（ИСАА）。

---

① 格奥尔基·鲍里索维奇·爱伦堡（Георгий Борисович Эренбург），著名中国历史学家，出版和发表过多部（篇）关于新中国历史的教科书和文章，其中包括他在莫斯科大学讲授的《毛泽东传略》。

② 弗拉基米尔·尼古拉耶维奇·尼基法洛夫（Владимир Николаевич Никифоров，1920—1990），苏联中国学家，曾任苏联科学院东方学研究所中国部主任。

③ 米哈伊尔·菲利波维奇·尤里耶夫（Михаил Филиппович Юрьев）苏联东方学家、中国学家、历史学博士、教授。1948—1950年在莫斯科大学历史系在职研究生班学习。1950年获历史学副博士学位。自1950年起在莫斯科大学历史系任教。1956年起在莫斯科大学东方语言学院（以后是亚非学院）任教。1956—1961年任历史语文系主任，1963—1974年任副校长，1972—1990年任东方语言学院中国历史教研室主任，同时自1967年起任苏联科学院远东研究所研究员。

④ 柳鲍芙·德米特里耶夫娜·波兹德涅耶娃（Любовь Дмитриевна Позднеева），出生于圣彼得堡，1932年毕业于列宁格勒大学。1946年以论文《元稹的〈莺莺传〉》获语文学副博士学位。1932—1939年在中国列宁学校及国立远东大学任教。1944年以后在莫斯科大学历史系任教，为该校附属东方语言学院语文系中国文学教研室主任（1949—1959）。1958年以论文《鲁迅的创作道路》获博士学位。

⑤ 阿列克谢·彼得罗维奇·罗加乔夫（Алексей Петрович Рогачев）1928年毕业于莫斯科大学。1924—1928年在中国进修。1951年以论文《借固定词组表现的汉语成语（根据孙中山和毛泽东著作的资料）》获语文学副博士学位，后获博士学位。1962年晋升为教授。1928—1934年、1936—1939年任苏联驻华机构工作人员。曾在莫斯科东方学院（1940—1948）、苏联外交部高等外交学校（1944年起）、莫斯科大学东方语言学院历史系（1939—1941、1945—1946、1950—1956）任教。1956年起为东方语言教研室主任。曾获苏联奖章多枚。

⑥ 波兹德涅耶娃在1954年为王力《汉语文法》俄译本写了一篇题为《论小说〈红楼梦〉》的代序，该文中译文发表于我国《人民文学》杂志1955年第6期，由邢公畹译，标题改作《论〈红楼梦〉》。

苏联中国学家们在20世纪50年代推出了一批中国历史方面的著作。这些著作基本围绕中国人民民族解放斗争的各个阶段和中国革命的发展历程。其中有的是概述中国历史的独立论文，有的是一般性的东方国家历史书中有关中国的章节。此外在那个年代还开始出版多卷本的世界历史百科全书，其中有关中国的论述占据很大的比重。

在这些苏联中国学“论文集阶段”的第一批著作中有В. Н. 尼基法洛夫、Г. Б. 爱伦堡和М. Ф. 尤里耶夫合著的《中国人民革命：中国人民斗争与胜利的历史概论》[①]，以及Г. Б. 爱伦堡的《最近中国人民民族解放斗争论文集》[②]。此后又出版了Л. В. 西蒙诺夫斯卡娅、Г. Б. 爱伦堡和М. Ф. 尤里耶夫合著的《中国历史论文集》[③]。但这些著作并没有涵盖中国发展中的多方面问题。它们基本上关注的是政治历史，主要是那个年代流行的话题——“群众斗争”。

这些著作共同的缺点是研究的基础材料比较薄弱，尤其缺少直接从中国获得的第一手资料，并且与中国同行缺乏联系。再有就是受斯大林时代官方意识形态的影响，所有社会科学著作的选题都要受苏共中央的监督和审查，于是出现了动辄以所谓“马克思列宁主义经典理论”去生硬阐释和评价历史事件的教条主义倾向，甚至许多著作都冠以“中国共产党为……而斗争”的标题，显得死板僵化、千篇一律。当然，这些著作也有其存在的价值，那就是它们毕竟多多少少地向当时的苏联公众介绍了一些中国的新鲜信息。

苏联科学院中国学研究史上的一个重要事件是1956年在东方学研究所之外另行组建的独立的中国学研究所。这个新研究所的组成人员不仅有原东方所中国部的大部分成员，还吸纳了苏联外交部和外贸部中一些会中文

---

① [苏联] В. Н. 尼基法洛夫、Г. Б. 爱伦堡、М. Ф. 尤里耶夫：《中国人民革命：中国人民斗争与胜利的历史概论》，莫斯科国家政治出版社1950年版。

② [苏联] Г. Б. 爱伦堡：《最近中国人民民族解放斗争论文集》，莫斯科教育出版社1951年版。

③ [苏联] Л. В. 西蒙诺夫斯卡娅、Г. Б. 爱伦堡、М. Ф. 尤里耶夫：《中国历史论文集》，莫斯科教育出版社1951年版。

的干部。其中有Р. В. 维亚特金、Л. И. 杜芒[①]、В. Ф. 索罗金[②]等人。新研究所的第一任所长是历史学副博士А. С. 别列维尔泰洛[③]。中国学研究所创办了期刊《苏联中国学》，并翻译出版了一批中国历史学家的著作，如范文澜的《中国近代史》（莫斯科外国文学出版社1955年版）、郭沫若的《奴隶制时代》（莫斯科外国文学出版社1956年版）、尚钺主编的《中国历史纲要》（莫斯科苏联科学院东方文学出版社1959年版），以及彭明的《中苏人民友谊简史》（莫斯科社会经济文献出版社1959年版）等。这些中国学者著作俄译本的出版，成为当时苏联中国学家重要的参考书，对20世纪五六十年代苏联中国学的发展，产生了重大影响。

20世纪50年代苏联科学院中国学家们的一项重要成果是翻译出版了一批中国古代文学的经典作品，其中有1954年出版的В. А. 帕纳秀克[④]译《三国演义》、1955年出版的А. П. 罗加乔夫译《水浒传》、1958年出版的В. А. 帕纳秀克译《红楼梦》、1959年出版的А. П. 罗加乔夫译《西游记》。也就是说，中国古代小说四大经典名著的俄译本，在这一时期都出齐了。本来《红楼梦》的俄译工作在十月革命前就有符拉迪沃斯托克东方学院教授А. В. 鲁达科夫[⑤]在做，但他的译稿在20世纪三四十年代即已失传，所以《红楼梦》俄文全译本的功劳就归于了帕纳秀克。由于是第一个西方的全

---

① 拉扎尔·伊萨耶维奇·杜芒（Лазарь Исаевич Думан），东方学家、历史学和经济学家、历史学博士（1965年）。1930年毕业于列宁格勒大学语言与物质文化系。1941—1952年在军队工作。1956—1961年任中国学研究所副所长。

② 弗拉迪斯拉夫·费多罗维奇·索罗金（Владислав Фёдорович Сорокин），文艺学家、中国学家、翻译家，俄罗斯科学院远东研究所主任研究员。毕业于莫斯科东方学院，语文学博士（1979年）、教授。学术领域为研究和翻译中国古典和现代文学。

③ 阿列克谢·斯捷潘诺维奇·别列维尔泰洛（Алексей Степанович Перевертайло），1935年毕业于莫斯科东方学院，1946—1951年任苏联信息局远东部副部长，1950—1956年任苏联科学院东方学研究所研究员。

④ 弗拉基米尔·安德烈耶维奇·帕纳秀克（Владимир Андреевич Панасюк），苏联文学评论家、东方学家和中文翻译家。1951年毕业于军事外国语学院，1954年以论文《现代汉语模态动词的使用及其分类》获得语文学副博士学位，并在军事外国语学院任教。1955年起为苏联作家协会会员。自1964年到1985年在苏联科学院东方学研究所任研究员。

⑤ 阿波利纳里·瓦西里耶维奇·鲁达科夫（Аполлинарий Васильевич Рудаков），苏联杰出的满汉学家。符拉迪沃斯托克东方学院的创始人之一，自1906年到1917年是该院常任理事。 讲述东方历史、地理和人种学，以及汉语语文学和满语等。他的学生中有Б. И. 潘克拉托夫、И. Г. 巴兰诺夫、А. П. 西奥宁等，他们后来皆成为杰出的中国学家。

译本，出版后受到全世界的重视和关注。

中国古典小说精品俄译本在苏联的出版，一方面可以看作是苏联中国学家对中国民族学、民俗学研究的重要成果，另一方面也是中国语言学、文艺学研究的重要成果。中国古典文学在修辞语汇、情节结构、性格刻画、写作手法等方面都有自己独特的民族传统，极大丰富了世界文艺美学的宝库，令苏联读者耳目一新，有效地推动了两国人民的相互理解，也提升了中国文学在俄语世界读者心目中的地位。

中国学研究所存在期间重要的出版物有A. C. 别列维尔泰洛主编的集体著作《最新中国历史论文集》（Очерки истории Китая в новейшее время，莫斯科东方文学出版社1959年版）和C. Л. 齐赫文斯基[①]在1953年答辩通过的博士论文《19世纪末中国的维新运动与康有为》（Движение за реформы в Китае в конце XIX в. и Кан Ю-вэй，莫斯科东方文学出版社1959年版），该书于1962年被译成中文在中国出版[②]。齐赫文斯基于1957年到中国学研究所工作，在1959年至1961年任该所所长。他是当时苏联中国学家中唯一拥有博士头衔的学者，同时又是一位外交家，曾于1939至1940年间任苏联驻乌鲁木齐副领事、1946至1949年任驻北平总领事、1949到1950年任苏联驻华使馆参赞；曾以苏联驻北平总领事和驻华使馆临时代办的身份，参与了苏联承认新中国政权的全部过程，并参加了1949年10月1日北京的中华人民共和国开国大典，有长期在华工作的经验。任命这样一位既是学者又是政治家的人出任中国学研究所所长，表现出苏联方面对中苏关系和中国学研究的重视。

1956年苏共二十大之后，中苏两党领导层在思想政治路线上的分歧

---

① 谢尔盖·列奥尼多维奇·齐赫文斯基（Сергей Леонидович Тихвинский），出生于列宁格勒，1935年开始先后在列宁格勒大学语文系和文史哲学院语言系学习。1941年毕业于莫斯科东方学院。1945年获历史学副博士学位，1953年以学位论文《19世纪末中国的维新运动》获历史学博士学位。1958年获高级研究员职称，1959年获教授职称。1968年11月26日当选为苏联科学院通讯院士，1981年当选为院士，1981至1989年任苏联科学院主席团委员。20世纪60年代曾担任苏联科学院中国学研究所所长。他撰写过十多部专著、五百多篇论文。其中《19世纪末中国维新运动与康有为》（1959年）和《孙中山的外交政策观点与实践》（1964年）被认为是对研究辛亥革命史具有重要学术价值的成果。

②［苏联］齐赫文斯基著，张时裕等译：《中国变法维新运动和康有为》，生活·读书·新知三联书店1962年版。

日渐加大。到20世纪60年代，中苏两党公开论战，当时的苏联驻北京使馆实际上已降格为代办级，其主持日常事务的公使衔参赞Н. Г. 苏达利柯夫[①]的经常性工作，就是与中方互致“抗议照会”。在这样中苏关系急剧降温的背景下，独立的苏联科学院中国学研究所被关闭，它仅仅出版了两期的《苏联中国学》杂志也宣告终止。1960年5月13日根据苏联科学院主席团的命令，该所并入亚洲国家研究所，成为其中的中国部。最初两年齐赫文斯基仍兼任这个部的主任，并任亚洲国家研究所副所长。

作为亚洲国家研究所一个分部的中国部从一开始就有自己的自主权，这种自主权不只表现在其研究课题可以自主选择，还表现在它的办公地点也与位于亚美尼亚巷的亚洲国家研究所不在一起，而在巴斯曼区霍霍洛夫斯基胡同（Хохловский переулок）的一栋建筑里。鉴于20世纪60年代中苏关系的种种复杂情况，一方面是苏联国内进入“解冻”时期，指导思想和政治路线有许多变化；另一方面是中苏论战，中苏两党和两国关系出现许多亟待解决的新问题。以С. Л. 齐赫文斯基为首的一批苏联中国学家极力主张在科学院系统内建立一个不公开的专门研究中国共产党和中国国家现实问题的机构。这一建议得到苏共中央委员会，特别是苏共中央国际部常务顾问Л. П. 杰柳辛[②]的大力支持。其结果是1965年在苏联科学院世界社会主义体系经济研究所内创建了一个内部的历史部。该部门位于ВДНХ（国民经济成就展览馆）区苏共中央马克思列宁主义研究院大楼内，负责处理现代中国问题，并为苏共中央、苏联外交部和克格勃等单位编译参考文献。这个部把自己的工作方向定位在现实课题，许多著名的苏联中国学家，如В. И. 格鲁宁、А. М. 格里高利耶夫、Б. Н. 扎涅金、Ю. В. 诺夫格拉特斯基、В. Ф. 索罗金、Г. Д. 苏哈尔楚克等，都参与到这个部的工作中来。到1966年9月，根据苏联科学院主席团的决议，苏共中央决定成立苏联科学院

① 尼古拉·格奥尔基耶维奇·苏达利柯夫（Николай Георгиевич Судариков），苏联外交家、特命全权大使。1956至1960年任苏联驻华使馆参赞，1960至1962年为公使衔参赞。

② 列夫·彼得罗维奇·杰柳辛（Лев Петрович Делюсин），苏联和俄罗斯中国学家、历史学博士、教授、国际经济和政治研究所首席研究员、俄罗斯联邦国家杜马国际事务委员会专家。

远东研究所。它的第一任所长是M. И. 斯拉德柯夫斯基[①]，1985年以后是M. Л. 季塔连科[②]。

这样，在苏联科学院框架内就有了两个包含中国学的研究机构，即东方学所和远东研究所。它们之间做了这样的分工：东方学所负责研究1949年以前的中国历史、经济、文化等各方面问题，远东研究所负责研究中华人民共和国成立后的现代中国问题。这种分工一直延续到现在。

东方学所中国部从一开始，就是在从1962年到1984年整整20多年与中国几乎完全停止学术接触和书籍交流的条件下活动的。这期间由于与西方国家的"冷战"关系，苏联中国学家与西方同行也很少实质性的学术联系，只有偶尔的零星接触。

在C. Л. 齐赫文斯基调离后，东方学所中国部的继任领导是P. B. 维亚特金。维亚特金出生在瑞士巴塞尔一个西伯利亚哥萨克后裔政治移民家庭里。他归国后在苏军远东特种部队服过相当长一段时间的兵役，1939年在远东国立大学东方系中文部毕业。以后的17年时间里，他先后担任苏联太平洋舰队军事翻译课程教师和军事外国语学院汉语教研室主任。1956年以陆军中校军衔从军队复原，进入苏联科学院工作，起初担任东方学研究所的助理研究员，后来任中国学研究所副主任，同时主持中国历史文化文献出版部的工作。P. B. 维亚特金是一位近乎苛刻的管理者，他的行事风格以发自内心的对自己和下属都严格要求而著称。他的学术兴趣范围很广，诸如中国史学史（包括中国古代史学家司马迁、刘知几、王充的著作）、中国现代史学、美国的中国文化文献和现代中国学、近代中英关系，以及20世纪二三十年代苏联顾问在中国的活动等等。

P. B. 维亚特金倾其毕生精力完成的一项最重大的工作就是完整翻译了司马迁的《史记》，在他之前有许多欧美汉学家也试图全译这部作品，但

---

① 米哈伊尔·约西法维奇·斯拉德柯夫斯基（Михаил Иосифович Сладковский），苏联东方经济学家和中国学家、苏联科学院通讯院士（1972年）。自1966年起为苏联科学院远东研究所所长。

② 米哈伊尔·列昂契耶维奇·季塔连科（Михаил Леонтьевич Титаренк），苏联和俄罗斯东方学家，中国哲学与精神文化、东北亚国际和文明间关系、欧亚新问题及俄罗斯与远东邻国关系的著名研究专家，哲学博士，俄罗斯科学院院士。自1985至2015年间任苏联-俄罗斯科学院远东研究所所长，在他的领导下，该所成为远东发展，主要是中国和俄罗斯与东北亚国家关系的理论与实践多方面问题的多学科研究中心。

没有人坚持到最后。维亚特金把自己生命中的40年光阴献于这项事业，为此他甚至没有撰写博士论文，认为这会有损他完成自己的目标。由于1968年苏军入侵捷克斯洛伐克事件发生时，维亚特金同情和支持自己的捷克同行，受到研究所内苏共保守派人士的攻讦，而被迫辞去了中国部主任职务。

非常遗憾的是，尽管维亚特金拼命工作，期间四次心脏病发作，至少三次中风，但直到他逝世，《史记》的俄译本还有13章没有完成，并且已经完成的章节由于出版社对市场行情的考虑和官僚主义的冷漠，出版也遇到很多困难。最后，在P. B. 维亚特金的儿子A. P. 维亚特金[①]和另一位莫斯科大学的中国学家A. M. 卡拉别契扬茨[②]的合作下，带有注释的《史记》全译本在2010年终于问世，这距离它的第一卷出版已经过去了40年。鉴于P. B. 维亚特金在中国学研究尤其是《史记》翻译上的巨大贡献，俄罗斯科学院主席团在他去世前不久破例授予他荣誉博士称号。

20世纪50年代后半期到60年代，在苏联“解冻”时期相对宽松的政治环境下，苏联中国学家（当然只限于研究机构的领导者）开始有机会到西方以及中国参加各种学术会议。像P. B. 维亚特金在担任东方学所中国部领导的时候，就参加过国际中国学家大会第10届（1957年，马尔堡）、第11届（1958年，帕都亚）、第17届（1965年，利兹）会议，以及在莫斯科召开的第25届国际东方学家大会。此外他还与美国著名学者D. I. 费尔宾克斯、O. 拉蒂摩尔、G. 克里尔、D. 伯德，德国学者G. 弗兰克，中国历史学家侯外庐、顾颉刚等保持着经常的联系。

东方学研究所中国部在60年代的重要工作是撰写和编辑《中国近代史》[③]，创立这项基础性工作的始作俑者是C. Л. 齐赫文斯基。他作为责任编辑吸收了一批作者（大约有15人）加入到他的团队。这部按时间顺序编排的专著涵盖了从清朝到民国初年（1644—1949）的中国近代重大事件。

---

① 阿纳托利·鲁德里弗维奇·维亚特金（Анатолий Рудольфович Вяткин），苏联和俄罗斯历史学家、生态学家、人口学家、历史学副博士（1977年）、俄罗斯科学院东方学研究所高级研究员。2015年8月死于车祸。

② 阿尔杰米·米哈伊洛维奇·卡拉别契扬茨（Артемий Михайлович Карапетьянц），1943年出生于莫斯科，苏联和俄罗斯中国语文学家、版本学家、中国哲学史家、教授。自1992至2003年为莫斯科大学亚非学院中国语文教研室主任。

③［苏联］С. Л. 齐赫文斯基主编：《中国近代史》，莫斯科科学出版社1972年版。

对手稿的讨论在激烈的争论中进行，很多意见和解释由主编最后定夺。作者们写作时还采纳了一些中国历史资料和东西方中国学家的著作，这部专著扩展了俄语读者对中国历史许多事实及其阐释的认识，当然，这是建立在当时苏联本国学术发展的水平基础上的。

在写作С. Л. 齐赫文斯基倡议的《中国近代史》的同时，中国部还开始组织编写一系列专门研究中国近代史各种不同专题的学术论文集。如在1961年纪念辛亥革命50周年之际，编辑了《中国辛亥革命》[①]论文集，而另一部论文集《满洲在中国的统治》[②]，则更为详尽地研究了17世纪满洲征服中国的各种问题、作为中国清朝政府统治特征的八旗军队，以及中国国内反满斗争的不同派别等等。

由于历史上中国民主革命的先行者孙中山提出过“联俄、联共、扶助农工”的三大政策，苏联对孙中山的态度一直很好，且60年代中苏两党交恶，苏联中国学研究有意把自己的研究兴趣转向中共以外的问题，于是孙中山研究便成为那个时期的一个研究重点。为了纪念孙中山诞辰100周年，东方学所中国部在1964年出版了由С. Л.齐赫文斯基主编的《孙中山选集》（莫斯科科学出版社1964年版），参加本书翻译和编辑工作的有И. М. 奥沙宁[③]、Б. С. 伊萨延科[④]、Н. Н. 科罗特柯夫[⑤]等著名中国学家，还有本部门许多工作人员参与了书中术语的注释和规范工作。更完整地体现孙中山“三民主义”思想的选集第二版是在1985年着手进行的。不过这些著作中对孙中山思想的评价，都是在当时苏联正统派马克思列宁主义理论原则和标准术语的框架下进行的，如评价孙中山思想是“民粹派社会主义”等，反映了那个年代史料学的基础主要还是苏共党的意识形态。

在20世纪60年代的苏联中国学——文学研究中，还出现过套用西方文

---

① ［苏联］С. Л. 齐赫文斯基主编：《中国辛亥革命》，莫斯科科学出版社1962年版。

② ［苏联］С. Л. 齐赫文斯基主编：《满洲在中国的统治》，莫斯科科学出版社1966年版。

③ 伊里亚·米哈伊洛维奇·奥沙宁（Илья Михайлович Ошанин），苏联中国学家、教授、四卷本俄汉词典编辑、苏联国家奖金获得者（1986年）。

④ 鲍里斯·斯捷潘诺维奇·伊萨延科（Борис Степановиц Исаенко），苏联东方学家（中国学家）、汉语教师、翻译家、语言学副博士（1958年）、教授（1964年）。

⑤ 尼古拉·尼古拉耶维奇·科罗特柯夫（Николай Николаевич Коротков），苏联和俄罗斯语言学家、中国学家。

学理论的一般法则和范式去解读特殊模式的中国文学与文化的倾向。如H. N. 康拉德院士在他1966年出版的专著《西方和东方》中，就提出了东西方文学之间存在着类型学平行、其中包括“文艺复兴”的思想。[①]在苏联这一时期中国学家们发表的论文中，也充斥着套搬马列主义一般理论公式来阐释中国历史事件，以及用西方和苏联的社会学术语来表述中国事物的情况，诸如“中国资产阶级”“中国地主”“小资产阶级知识分子”等等。不过，那些年里苏联中国学研究即便说不上有什么大的突破，但也把俄罗斯中国学向前发展了一大步，也就是说，在60到70年代，苏联中国学已经从概括介绍的认知阶段，发展到了专题研究阶段。

20世纪50年代后半期以来，中苏两党之间的分歧日渐加深，而这时的中国也表现出独立自主的大国姿态。两国关系的不和谐，反向刺激了苏联官方对中国学研究的重视。向来受官方指挥的苏联科学院东方文学出版社，以及自1957年起即担任社长的O. K. 德列耶尔[②]此时发挥了重要作用。在中国古代意识形态研究，特别是在儒家与法家政治流派的关系与发展、秦代君主专制的确立与政策方面做出过重大贡献的Л. С. 贝列罗莫夫（嵇辽拉）[③]，在1968年翻译和注释了公元前4世纪法家学派的重要文献《商君书》（莫斯科科学出版社，1993年出版增补第2版，2007年出版第3版）。1971年以后，贝列罗莫夫被调到远东研究所，仍继续研究中国古代政治史上的儒法斗争问题。

中国北部边疆的少数民族问题，也是当时苏联中国学研究的一个热点，东方学所的中国学家们在此期间也推出了一批蒙古学研究成果。首先

① [俄] К. И. 戈雷金娜、В. Ф. 索罗金：《中国文学研究在俄罗斯》，俄罗斯科学院东方文学出版公司2004年版，第12页。

② 奥列格·康斯坦丁诺维奇·德列耶尔（Олег Константинович Дрейер），出生于敖德萨，卒于莫斯科。出版社职员、东方学家、历史学副博士（1971年）、教授（1991年）。参加过卫国战争，以多次立功获少校军衔，1946年进入出版社工作。

③ 列昂纳德·谢尔盖耶维奇·贝列罗莫夫（Леонард Сергеевич Переломов，汉名嵇辽拉），1928年出生于符拉迪沃斯托克一个中国革命者家庭。苏联和俄罗斯中国学家、历史学博士、教授、中国儒学研究专家。俄罗斯联邦功勋科学工作者、俄罗斯科学院С. Ф. 奥登堡院士奖金获得者。

是布里亚特蒙古族学者Н. Ц. 蒙库耶夫[①]在1965年发表了他对蒙古可汗耶律楚材墓碑铭文的翻译和研究——《关于中国第一个蒙古可汗的历史资料：耶律楚材墓碑上的铭文》（莫斯科科学出版社1965年版）。1975年他在论文集《东方书面语言文献》中发表了他对有关古代蒙古族的重要历史文献《蒙鞑备录》[②]的翻译和评论《赵珙：蒙鞑备录》（莫斯科科学出版社1975年版）。1985年他与同事合作，翻译了吴晗的《朱元璋传》，其中不乏对这位在中国“文革”中遭遇悲剧的学者的同情。

20世纪东方学研究所中国部学者们的出版物中，还有一批对中国著名政治和社会活动家文选和演讲的翻译著作。从事李大钊著作编译工作的是Ю. М. 加鲁相茨[③]，他核对了李大钊著作的本文与第一批刊印本，并为译著写了长篇序言，其中批判性地分析了这位中国革命者的著作。

在东方学所中国部20世纪60年代的科研人员中，以其学术著作而知名的还有В. П. 伊柳舍奇金[④]、Н. М. 卡留什娜娅[⑤]等人。伊柳舍奇金毕业

① 尼古拉·契连多尔日耶维奇·蒙库耶夫（Николай Цырендоржиевнч Мункуев）俄罗斯著名蒙古学家和中国学家、历史学博士。1941年加入红军，参加过解放东欧的战役。战后入军事外语学院学习，1953—1957年间曾任苏联外贸部和铁道部院校汉语教师。1957年后到苏联科学院中国学研究所工作，1962年在亚洲国家研究所通过副博士论文《13世纪蒙古历史的一些重要的中国资料来源：翻译和研究》答辩，1968年升任正研究员。

②《蒙鞑备录》南宋赵珙撰写，旧说孟珙，经王国维考证其误，生卒年不详，宋宁宗时镇守两淮，为都统司计议官。宁宗嘉定十四年（1221年）奉淮东制置使贾涉之命，前往河北蒙古军前议事，记其所见所闻撰成《蒙鞑备录》。《蒙鞑备录》记载了蒙古立国纪年、军事制度、太子诸王、诸将功臣等十几个方面的内容，介绍了蒙古族上层的生活方式、礼制习俗，为现存最早的记载蒙古开国事迹的著作，具有较高的史料价值。此书有《古今说海》《历代小史》《丛书集成初编》等版本。

③ 尤里·米萨阔维奇·加鲁相茨（Юрий Мисакович Гарушянц），苏联和俄罗斯著名中国学家、俄罗斯科学院东方学研究所中国部研究员、俄罗斯20世纪中国历史与政治文化研究著名专家。自1957年起在先后在哲学研究所、中国学研究所和东方学研究所等研究机构工作，1962—1966年在莫斯科州立克鲁普斯卡娅师范学院任教师。曾参与集体编著六卷本著作《国际工人运动：历史与理论问题》，1962—1969年主持《亚非民族》杂志历史部工作，1971—1973年任《工人阶级与现代世界》杂志副主编。

④ 瓦西里·巴甫洛维奇·伊柳舍奇金（Василий Павлович Илюшечкин），苏联和俄罗斯历史学家、历史学和哲学博士、中国历史和社会经济结构理论的专家。

⑤ 尼娜·米哈伊洛夫娜·卡留什娜娅（Нина Михайлсвна Калюжная），出生于阿斯特拉罕，后随父亲来到列宁格勒和莫斯科。参加过卫国战争，战后进入莫斯科大学东方学院中国部学习，1949—1951年在苏联驻中国大使馆实习，1953—1955年正式在北京使馆工作。1957年进入苏联科学院中国学研究所任研究员，1961年入苏联科学院亚洲国家研究所，即现在的俄罗斯科学院东方学研究所，直至2005年退休。1964年通过副博士论文，1984年通过博士论文。著有4部个人学术专著，80多篇论文。致力于研究义和团运动20多年，至今仍是俄罗斯这一领域研究的权威学者。

于列宁格勒州立大学历史系，参加过卫国战争，是历史学和哲学博士。他的研究兴趣很广泛，但重点在19世纪50年代到60年代的太平天国运动。早在1960年，他就与O. Г. 索洛维约夫合作，编辑了一部太平天国运动资料集[①]，到1967年，他把自己的研究成果写成专著《太平天国农民战争》（莫斯科科学出版社1967年版）。他的这部著作直到今天仍是俄罗斯太平天国研究中的权威著作。

政治经济的理论问题，特别是社会结构理论，在B. П. 伊柳舍奇金的学术著作中占据重要的地位，但他的观点往往与当时苏联社会普遍接受的所谓“马克思主义”立场不一致。他在20世纪七八十年代发表的许多文章中表述了自己的观点，比如对于古代、中世纪和新时代的前资产阶级社会中租赁剥削的特点，他认为，包括土地租税在内的租赁剥削方式的统治是包括中国在内的所有前资产阶级社会的共同模式。伊柳舍奇金的观点引起了东方学研究所学者们不同的反应，引发了关于包括中国在内的东方史的各种问题，如关于奴隶制和封建制社会形态、“亚细亚生产方式”、以及孙中山学说的阶级基础的有趣而又生动的讨论。

H. M. 卡留什娜娅用了几乎20年的精力，倾心研究中国近代史上的一个重大事件——义和团运动。她采用了典范的分阶段研究方案：起源研究，历史情节汇编，最后是文本写作和阐述自己的结论。1968年，她作为编者、译者、序言和注释作者，第一次用俄文发表了关于义和团起义的完整的文献和资料集《关于1898—1901年义和团起义的文献》（莫斯科科学出版社1968年版）。五年后的1973年，她出版了该问题的史料汇编《1898—1901义和团起义汇编》（莫斯科科学出版社1973年版）。最后，1978年，在她通过了历史学博士学位论文答辩之后，她出版了关于义和团起义的专著《义和团起义（1898—1901）》（莫斯科科学出版社1978年版）。其中论述了起义者的意识形态、他们的社会构成以及传统反叛者与清政权的关系问题。

H. M. 卡留什娜娅研究的另一个重点是中国启蒙主义者的著作中传统与革命民主主义观点的关系问题。她第一个完成了对著名中国资产阶级民主

① 《关于太平天国叛乱的文件（1850—1864）》，莫斯科科学出版社1960年版。

运动思想家之一，社会活动家、思想家、政论家、教育家章炳麟著作的俄译工作。她广泛使用了有关这位19至20世纪中国杰出思想家个人经历和学术遗产的原始材料，并为这项研究付出了多年时间。在H. M. 卡留什娜娅早年没得以发表的著作《辛亥革命和章炳麟的革命世界观》里，作者展示了这位思想家和理想主义者走过的道路——从捍卫进化论到得出革命不可避免的结论。H. M. 卡留什娜娅并不否认章炳麟观点的前后不一致，她认为其中存着一种综合意识形态的特征，即中国传统观念与西方革命思想的结合。①

Л. П. 杰柳辛领导下的东方学所中国部在苏联中国学发展史上起到重要作用。杰柳辛是莫斯科东方学院毕业生，参加过卫国战争。当过《真理报》记者和《世界社会主义问题》杂志编辑，以后又担任苏共中央社会主义国家共产党与工人党联络部的负责官员，在工作中得以与苏联高层官员接触。利用这些有利条件，Л. П. 杰柳辛开始积极推行他的中国学研究方针，他主张细致分析苏中冲突的起源，支持在科学院系统内设立不公开的中国研究部，并最终成立了远东研究所。

Л. П. 杰柳辛在中国部工作了20多年，为这个部门的工作提供了新的活力和动力。他改变了Р. В. 维亚特金担任领导时要求严守纪律的传统，允许员工在适合自己的环境中工作，包括在图书馆和自己家里办公。他很好地了解每一位员工的价值，无论从学术的角度还是从做人的角度。反过来，这个团队也对他给予了应有的尊重。

Л. П. 杰柳辛不要求科研人员把研究方向都定位在现代问题。他一方面鼓励研究中国传统文化，翻译和出版中国文化文献；另一方面创造条件介绍西方汉学家的观点，从而为对中国历史、意识形态和传统文化作出新解释开辟道路。在前一个方面做了大量工作的是В. С. 塔司京②，他精通中

① Н. М. 卡留什娜娅公开发表的关于章炳麟研究的论文有：《章炳麟的“职业道德”理论》，载《中国社会与国家》论文集第3卷；《章炳麟的演讲——中国的荣耀复兴计划》，载《中国社会与国家》论文集第3卷。

② 伏谢瓦洛得·谢尔盖耶维奇·塔司京（Всеволод Сергеевич Таскин），后贝加尔哥萨克人，苏联中国学家、翻译家和学术编辑。其父曾经是俄罗斯国家杜马代表，十月革命后追随白党首领谢苗诺夫到后贝加尔，任军政府成员。1929年举家迁居中国哈尔滨。В. С. 塔司京于1933年在哈尔滨师范学院附属中学毕业，然后在法学院东方经济系学习中文，1937年毕业。1952年其父去世后，他带妻儿家小被遣返回苏联。1957年开始任中国学研究所初级研究员，1970年晋升为高级研究员。

文，翻译和出版了一系列中国史学家（司马迁、班固、范晔等）关于中国游牧民族的记载史料，如匈奴、乌桓、鲜卑、羯等等。此外他还翻译了中国古代重要历史文献《国语》，并为其编写注释和名词索引，介绍了中国古代国家生活各个方面的大量信息。在后一方面做了大量有意义工作的是Л. С. 瓦西里耶夫[①]，他起初从事农业关系和中国古代社会的社会结构问题研究，在1961年发表了他的博士论文[②]，后来又入沉迷于文化学和传统题材研究。虽然Л. С. 瓦西里耶夫常因中文知识不足和过度引用英文材料而受到指责，据他的一些同事说，他经常把中国原始材料理论化，构建出有趣的、但往往与事实相悖的纲要。但无论如何，他是促进对诸如中国文明与国家、宗教传统、中国人的心理和行为的基础，特别是道德和仪式的起源等问题进行研究的第一批苏联汉学家之一。1970年，他发表了一部以其新颖性和独创性引起学术界关注的大作——《中国的迷信、宗教和传统》（莫斯科科学出版社1970年版）。他在书中论述了基督教与儒家思想的比较、前资本主义结构的类型学（权力财产现象），以及亚洲前资产阶级社会中社会运动的意识形态等问题。

中国社会思想的发展问题是女中国学家Л. Н. 波洛赫[③]多年来致力研究的重点。她自1957年大学毕业后即到科学院中国学研究所工作，1961年进入东方学研究所中国部，在这里一直工作到2009年退休。她在研究中国哲学和社会政治思想方面做出了重大贡献。她的第一部专著《兴中会》（莫斯科科学出版社1971年版），创造了俄罗斯中国学中的一个新词。她联系孙中山的早期政治生涯，在某种意义上违背了单方面解释西方思想对中国

---

① 列昂尼德·谢尔盖耶维奇·瓦西里耶夫（Леонид Сергеевич Васильев），苏联和俄罗斯历史学家、社会科学家、宗教学和社会学家、东方家（中国学）家、历史学博士。国立研究大学高等经济学院历史研究实验室主任、教授。俄罗斯科学院东方学研究所东方历史理论问题部负责人，首席研究员。撰写了大量关于中国历史文化、东方研究和一般历史问题的著作。

②［苏联］Л. С. 瓦西里耶夫：《中国古代的农业政策与农村社区》，莫斯科苏联科学院亚洲国家研究所1961年版。

③ 莉莉娅·尼古拉耶夫娜·波洛赫（Лилия Николаевна Борох），出生于阿尔汉格尔斯克一个军人家庭。著名俄罗斯中国学家，重点研究19世纪末到20世纪初中国的革命运动和社会思想。1957年毕业于莫斯科大学东方语言学院，随即进入中国学研究所工作，以后于1961年进入苏联科学院东方学研究所中国部，一直工作到2009年。

革命者影响的学院派传统，揭示了形成孙中山思想基础的包括中国传统思想在内的复杂的意识形态综合体系。这最终把她带到研究“在西方寻求真理”的过程，亦即中国革命和民主运动的代表对西方知识成就的接受。

Л. Н. 波洛赫近距离地研究中国精神文化发展和转型的根本问题——在西方思想影响下对传统儒学的重新审视，其结果是写出一系列文章和专著《中国的社会思想与社会主义（20世纪初）》（莫斯科科学出版社1984年版），并在这部专著的基础上于1985年答辩通过了她的博士论文。在这本新书中，Л. Н. 波洛赫考察了中国乌托邦传统对中国社会认知西方学说过程的影响。通过研究孙中山、梁启超和康有为等人的理论，Л. Н. 波洛赫指出，中国社会活动家们对社会主义的兴趣是由他们与社会主义理想相对抗的民族主义推动的。她还组织和编辑出版了一系列有关中国社会政治与哲学思想的热点问题，与当时苏联半官方刊物相左并引起巨大学术反响的出版物。这些出版物有：《中国：寻求社会发展道路》（莫斯科科学出版社1979年版）、《中国儒学：理论与实践的问题》（莫斯科科学出版社1982年版）、《中华人民共和国的社会科学》（莫斯科科学出版社1986年版）、《中国的社会乌托邦》（莫斯科科学出版社1987年版）、《中国的社会政治思想（19世纪末至20世纪初）》（莫斯科科学出版社1988年版）、《传统中国的个性》（莫斯科科学出版社1992年版）、《从魔力到道德训令：中国文化中的“德”范畴》（莫斯科东方文学出版社1998年版）等。

新的思想观点在中国部里得到发展，甚至在某种程度上与官方意识形态正统观念对立，如是由Л. П. 杰柳辛主编的论文集《中国：传统与现代性》（莫斯科科学出版社1976年版）。在文集的一系列文章中，特别是对关于20世纪初中国改革派和革命者的泛亚主义和中国中心主义、关于传统的和毛泽东式的人格模式的关系、传统对毛泽东思想的影响，以及对旧的和新的中国政治与意识形态等等，都有自己公允的态度。正如作者们所指出的，研究旧中国传统和政治思想与社会行为的形式，方能理解艰难过渡到新的社会组织形式的现代中国生活的某些特定方面。一个有趣的事件是，在这本文集中以笔名索罗明（Соломин）发表了一篇当时不出名的俄罗斯哲学家、文化学家和散文家，“持不同政见者运动”成员Г. С. 波梅兰茨[①]的文章。他曾签名支持1968年8月25日在莫斯科红场上集会反对苏军入侵捷克斯洛伐克的示威者。在这样的条件下发表他的文章，是中国部领导大胆而冒险的一步。

那些年里中国部最重要的活动是由И. М. 奥沙宁[②]主编的多卷本《大汉俄词典》，他的词典编辑班子里聚集了一批像В. С. 库杰斯[③]、Б. Г. 穆德洛夫[④]这样的汉语专家。И. М. 奥沙宁本人在他的团队中享有崇高的威望，很多人都知道他早在1927—1928年间就作为苏联军事顾问团翻译在中国工作，甚至亲自参加过战斗。在1983至1984年，一本包含25万字和短语的大型汉俄词典终于出版，并在苏联中国学家的学术活动中发挥了重要作用。1986年，这部词典的主编И. М.奥沙宁被授予苏联国家奖金。

1960—1970年间，中国部研究人员中出现了一批参加过中国革命和中国人民民族解放战争的归国人员。他们中许多人在斯大林肃反扩大化期间被错误地逮捕、判刑，直到1953—1956年才得到平反。如在所里从事技术工作的女职员З. С. 杜巴索娃[⑤]，由于她与30年代被镇压的一位苏联元帅的第

① 格里高利·萨达莫诺维奇·波梅兰茨（Григорий Соломонович Померанц）俄罗斯哲学家、文化学家、作家、随笔作家。卫国战争参加者、人文科学研究院院士。他于 1945年12月因“反苏言论”被开除党籍，从军队复员后回到莫斯科，在出版联合体工作。1949年因涉嫌反苏活动被捕，判处5年徒刑，1953年释放，在克拉斯诺达尔地区的担任农村教师。1956年恢复名誉后被安排到俄罗斯科学院社会科学信息研究所亚非国家部做图书编目工作。

② 伊里亚·米哈伊洛维奇·奥沙宁（Илья Михайлович Ошанин），苏联中国学家、教授、四卷本《大汉俄词典》编辑，曾获得1986年苏联国家奖金。 自1956年起为苏联科学院东方学研究所东方词典部负责人。

③ 弗拉基米尔·谢尔盖耶维奇·库杰斯（Владимир Сергеевич Кузес），1941年高中毕业后进入军事外语学院学习，卫国战争期间在后贝加尔军区情报部门任翻译，参加过解放中国东北的战斗。1946年回到军事外语学院学习。1952年进入苏联科学院东方学研究所，长期从事汉俄词典编辑工作。

④ 鲍里斯·格里高利耶维奇·穆德洛夫（Борис Григорьевич Мудров），中国学家，1945年毕业于莫斯科军事外国语学院，1951年获语文学副博士学位，1960年起为研究员。1957—1967年任苏联科学院东方学研究所研究员。1986年因编辑词典获苏联国家奖金。

⑤ 卓娅·谢尔盖耶夫娜·杜巴索娃（Зоя Сергеевна Дубасова），中国经济学和政治学家。出生于乌法市，从1907年起住在远东地区。1921年毕业于符拉迪沃斯托克文科中学，1927年毕业于远东大学东方系中国部，以后到中国任苏联外交使团和贸易代表团翻译。1941年被捕，判刑5年，直至1946年被关押在科米自治共和国集中营。1948年12月再次被捕，被无罪名放逐。1956年平反后回到苏联科学院中国研究所和东方学研究所任研究员。

二任妻子有个人交往，便被苏联内务部判刑，在一个劳改营里度过了许多年，直到1956年才被平反回到莫斯科。

20世纪20年代在中国工作过，后来回到苏联的第一批退伍军人中最富于传奇色彩的人物是M. И. 卡扎宁[①]。他的父母是哈尔滨中东铁路局职员，他1917年毕业于哈尔滨商业学校，然后进符拉迪沃斯托克东方语言学院学习。1920年5月，他接到远东共和国部长会议从上乌金斯克（现名乌兰乌德）发来的电报，请他担任驻北京外交使团秘书，参加与中国建立外交关系的会谈。1926年至1927年，M. И. 卡扎宁再次来到中国，这次是到广州，任广东革命政府苏联军事顾问团总部秘书。1927年回到祖国后，他从事科研和教学工作，但在肃反时期于1937年被捕，判刑5年，1942年刑满后被留在工厂管制。1951年又再次被捕，判处15年劳教，直到1956年被彻底平反，回到科学院中国学研究所工作。

在被迫停止工作到恢复正常生活之后，M. И. 卡扎宁专注于研究早期俄中关系史上的复杂问题，著有《关于俄罗斯驻华使馆的回忆录（1692—1695）》（莫斯科科学出版社1967年版）。在研究这一主题过程中，M. И. 卡扎宁使用了两个有趣的史料——耶稣会传教士热尔比恩和别列伊拉的日记，他俩在1689年的涅尔琴斯克[②]谈判期间担任清朝大使馆的外交顾问。

M. И. 卡扎宁不仅显示出自己是一位认真的学者，而且还是一位出色的回忆录作家。他关于参与1920—1921年外交使团和在B. K. 布留赫尔（加

① 马尔克·伊萨柯维奇·卡扎宁（Марк Исаакович Казанин），中国学家、历史学家、经济学家和作家。出生于赫尔松省，1906年随父母迁居到中国。1917年以金牌成绩毕业于哈尔滨男子八年制商业学校，随后进入符拉迪沃斯托克东方学院。1919年在西伯利亚美国铁路使团担任翻译。1920年被任命为远东共和国驻北京外交使团秘书。1921年秋，他被召回莫斯科，在东方研究所担任教师，并当选为国家学术委员会成员。1925年在东方学院毕业。1926年任苏联中国军事顾问总部秘书，被派往中国。1927年回到莫斯科后，在中国研究所任高级研究员，并进入科学院，同时在莫斯科国立大学东方研究所和红色教授学院任教。1934年任苏联科学院世界经济与世界政治研究所高级研究员，莫斯科国立大学地理学院副教授和东方研究所副教授。他在1937年被捕之前已是中国经济地理学专家，苏联这一学科的创始人之一。被释放后，他从事俄中关系史研究，翻译出版了一批中国历史资料。

② 涅尔琴斯克，俄罗斯赤塔州城镇，位于涅尔恰河畔，于1654年建为要塞。中国传统名称为“尼布楚”，曾为中国蒙古族茂名安部游牧地。

伦）[①]元帅总部里工作的回忆录，引起人们极大兴趣，由中国部编写并提交讨论，并被批准出版。这里最严重的问题是作者如何通过当时出版的内外审查，因为这时毕竟是苏共刚刚开始"赫鲁晓夫解冻"的时候。

对于中国部集体来说，有一位著名的、在斯大林镇压年代经受过苦难的苏联中国学家—— Л. E. 斯卡奇科夫[②]加盟是重要的和富有成效的。斯卡奇科夫从列宁格勒实用东方语言学院毕业后即到中国工作，在1925—1927年中国大革命期间担任苏联军事顾问团的翻译。回国后，他出版了苏联第一部《中国书目：译成俄文的中国书籍及期刊文章的系统指南（1730—1930）》[③]。这本手册引起了西方中国学家们的极大兴趣，于是在1948年被全译成英文在美国出版。П. E. 斯卡奇科夫也在肃反期间被非法逮捕和流放了15年，后来靠自己的创造性劳动脱颖而出。

平反以后的П. E. 斯卡奇科夫在编写和出版新的中国书目指南方面做了一项真正巨大的工作，即对1932年出版的材料做了补充。在自己生命的最后几年，П. E. 斯卡奇科夫编写了一部关于俄罗斯中国学史的手稿，在这本书中描述了超过250年的俄罗斯研究中国的历史。他在书中介绍了许多俄罗斯中国学家的传记，叙述了俄罗斯学习汉语的历史。但遗憾的是，他最后没有编成自己的书稿就离世了。该书由苏联科学院东方学研究所和远东研究所推荐，最终在作者逝世13年之后得以正式出版。[④]

中国部在20世纪六七十年代的一项重要工作是出版在1925—1927年间帮助中国革命的前苏联军事顾问的回忆录。众所周知，他们中的许多人在

---

① 瓦西里·康斯坦丁诺维奇·布留赫尔（Василий Константинович Блюхер），是1935年苏联第一批五大元帅之一。曾以加伦为化名担任中国国民革命军军事总顾问，参加中国大革命和北伐，并指导中共发动南昌起义。他是苏联远东方面军司令，也是苏联远东方面长期防御日本侵略的最高将领。于1938年11月9日被秘密处决，罪名是打入苏联内部的日本间谍。1956年被平反。

② 彼得·叶梅利亚诺维奇·斯卡奇科夫（Петр Емельянович Скачков），苏联中国学家、书目学家、史料编纂家和文献出版家。自1930年起为苏联科学院东方学研究所高级研究员。著有具有重大意义的《中国书目：译成俄文的中国书籍及期刊文章的系统指南（1730—1930）》（1932年出版，1960年再版），该书涵盖了自1730年以来译成俄文的中国书籍和杂志文章。

③ Л. Е. Скаиков. Библиография Китая：систематический указатель книг и журнальныхстатей о Китае на русском языке（1730—1930）. М.；Л. 1932.

④《俄国汉学史略》，莫斯科科学出版社1977年版。该书中译本由北京社科文献出版社2011年出版，柳若梅译。

斯大林肃反扩大化期间被杀害。找到幸存者，协助他们写下回忆，不是一件简单之事。Л. П. 杰柳辛积极发起了对这些苏中关系重要史料的出版工作。这类文件中的第一份材料是В. М. 普里马科夫撰写的《志愿者笔记》（莫斯科科学出版社1967年版）。普里马科夫是苏联国内战争时期的英雄、红军著名指挥官。他于1925年至1926年被派往中国，担任冯玉祥指挥的国民军顾问。1930年回到苏联后，他以"亨利·阿连"（Генри Аллен）的笔名发表了他的笔记。但不幸的是，作者没有看到自己日记的新版。他的命运很悲惨，1937年，他被冠以"人民敌人"的罪名而被枪杀。在其他出版物中，还有В. В. 维什尼亚科娃–阿基莫娃的回忆录《在起义中国的两年（1925—1927）：回忆录》（莫斯科科学出版社1980年版）和С. А. 达林的《中国回忆录（1921—1927）》（莫斯科科学出版社1975年版）。С. А. 达林实际上是以共产国际代表的身份在中国工作。更全面的苏联顾问团在1925—1927年间帮助中国革命的情况，反映在А. И. 切列潘诺夫和А. В. 布拉格达托夫的回忆中[①]。他们当年都曾在与军阀的斗争中帮助孙中山、蒋介石领导的中国南方革命政府。无论从军事价值还是从个人品质来看，他们都是杰出的人。

当然，通过与那些具有中国政治和军事历史特定知识的人沟通，最重要的是，了解了这段历史中中国真实的人物，丰富了中国部工作人员的知识。他们所呈现的记忆不仅得到见证者的支持，而且得到了文件的支持，对于具体评估那个年代苏联在中国的政策也很有价值。顾问们实际上在中国执行着情报职能，向苏联外国情报机构，特别是苏军总情报局（ГРУ）[②]提供相关信息。

1938年至1941年中国抗日战争期间，苏联向中国派遣的军事顾问、飞行员和其他专家撰写回忆录的工作也在大规模地进行。如А. Я. 卡里亚金的

① А. И. 切列潘诺夫：《中国苏联军事顾问回忆录：第一次国内革命战争（1924—1927）历史之页》，莫斯科科学出版社1964年版；《中国苏联军事顾问回忆录：北伐》，莫斯科科学出版社1968年版。А. В. 布拉格达托夫：《关于1925—1927年中国革命的回忆录》，莫斯科科学出版社1970年版。

② 苏军总情报局（Главное разведывательное управление，简称格鲁乌）是苏联国防部的外国情报机构、苏联武装部队军事情报的中央控制机构。其负责人隶属于苏联武装部队总参谋长和苏联国防部长。

《沿着陌生的道路》（莫斯科科学出版社1969年版）和А. И. 切列帕诺夫的《中国苏联军事顾问回忆录》（莫斯科科学出版社1976年版）、《在中国的天空：1937—1940年苏联志愿飞行员回忆录》（莫斯科科学出版社1980年版）等。在中国部组织编写出版的回忆录中最有代表性的是苏联元帅、两次苏联英雄В. И. 崔可夫[①]撰写的《对中国的军事任务（军事顾问回忆录）》（莫斯科科学出版社1981年版）。他曾在1941年被派往中国，担任中国军队总司令蒋介石的首席军事顾问。

虽说中国部此时的"回忆录系列"工作并非从零开始，但在20世纪六七十年代出现编写回忆录的高潮，实际上还有当时中苏两国关系恶化的原因。在这样的政治背景下，苏联官方鼓励出版回忆当年苏联对中国革命"无私援助"的回忆录，其争取国际舆论同情，尤其是争取中国人心的意图，还是很明显的。

在东方学研究所中国部工作的还有几位中国籍员工，其中经历最丰富多彩、学问也最好的是郭绍唐[②]，其俄国名为А. Г. 克雷莫夫。他童年和青年时期生活在浙江，积极参加革命活动，后来加入中共，被派往莫斯科东方共产主义劳动大学和红色教授学院学习，曾在共产国际机关工作。苏联肃反扩大化时期被逮捕入狱，判处15年徒刑。1955年平反后成为东方学研究所成员。他的主要研究方向是1900—1927年间中国的意识形态斗争。

中国部领导，主要是Л. П. 杰柳辛组织的一项重要活动是召开每年一次的"中国：社会与国家"学术讨论会。中苏关系恶化期间现实政治的需要，促使当时的苏联中国学更积极地研究中国问题。正如苏联科学院院士Л. Н. 费多谢耶夫在1971年11月召开的全苏中国学家学术讨论会（ВНКК）开幕词中所说："……在研究我们对中国的具体政策上，特别是在恢复同中

① 瓦西里·伊万诺维奇·崔可夫（Василий Иванович Чуйков），苏联元帅（1955年）、两次苏联英雄（1944年、1945年）、驻德苏军总司令（1949—1953）、基辅军区指挥官（1953—1960）、苏联陆军总司令、国防部副部长（1960—1964）。

② 郭绍唐，俄国曾误作郭肇堂，俄文名阿法纳西·加夫里洛维奇·克雷莫夫（Афанасий Гаврилович Крымов），原是中共早期党员，1925年赴苏学习，后在共产国际机关工作。苏联肃反扩大化期间，他蒙冤入狱，被流放到西伯利亚，18年后才得以平反回到莫斯科，在苏联科学院东方学研究所担任研究员。

国人民的友好关系的事业中，给予我们党和国家机构以实际的帮助。”[①]在这次会议上，时任科学院远东研究所所长的M. И. 斯拉德科夫斯基在题为《苏联汉学的现状与任务》的长篇报告中，也说苏联汉学的方针是“向斗争中的中国人民伸出智力帮助之手”[②]。这就道出了20世纪70年代苏联最初举办专门研究中国问题的学术讨论会的基本宗旨。

这里简要介绍自1970至1974年前五届学术讨论会论文集的内容：

第一届“中国：社会与国家”学术讨论会召开于1970年，会后出版了论文集《中国社会与国家，报告与提纲》（Общество и государство в Китае, Доклады и тезисы），共2册，第一册139页，第二册276页。所收论文涉及历史、地理、政治、经济、哲学、文学、艺术等各个方面，现实针对性似乎并不明显。但如果细审其内容，许多文章表面上谈古，实际是在论今，在为当时苏联领导层制定对华政策、寻找反制中国的措施提供理论支持。例如在1970年第二册文集中发表的30篇文章中，直接指向当时中国现实问题或挖掘其历史根源的有：

A. H. 热洛霍夫采夫（Желоховцев）的《现代中国意识形态的宗教观点》（Религиозный аспект современной китайской идеологии）、B. П. 依柳申奇金（Илюшечкин）的《从中国历史角度看社会进步第二基本阶段的问题》（Вопрос о второй основной стадии общественной эволюции в свете истории Китая）、A. C. 马尔德诺夫（Мартынов）的《论传统中国对国家和国家机关的“人格主义”[③]观点》（О《персонализме》традиционных китайских воззрений на государство и государственный аппарат）；Л. С. 别列洛莫夫（Переломов）的《法家思想的社会条件》（Социальная

① 《苏联中国学问题》，莫斯科1973年版，第6页。

② 《苏联中国学问题》，莫斯科1973年版，第8页。

③ 人格主义（personalism）是现代西方宗教哲学流派之一，形成于19世纪末，主要创始人是美国哲学家B. P. 鲍恩，代表人物有R. T. 弗卢埃林、E. S. 布赖特曼和W. E. 霍金等。人格主义的不同代表人物各有其理论特色，但共同之处是：认为人的自我、人格是首要的存在，整个世界都因与人相关而获得意义；人格是具有自我创造和自我控制力量的自由意志；人的认识由人格内在决定，认识实在只能凭借直觉，不能凭借概念和推理；上帝是每一有限人格的理想和归宿；人格是一种道德实体，其内部存在着善与恶、美与丑等不同价值的冲突，这种冲突是一切社会冲突的根源，解决社会问题的关键在于信仰上帝，以调解人格的内部冲突。

обусловленность легизма）、А. Ю. 丘凌（Тюрин）的《论中国农村居民的社会组织问题》（Вопросу о социальной организации сельского населения в Китае）等。

1971年第二届讨论会论文集除继续探讨中国现实政治问题的历史渊源，如Л. С. 瓦西里耶夫（Васильев）的《传统中国的政治权力与社会冲突》（Политическая власть и социальный контроль в традиционном Китае）、К. В. 瓦西里耶夫（Васильев）的《西周宗教政治学说的一些特点》（Некоторые черты западиочжоуской религиозно-политической доктрины）等之外，还出现了一些论述中国古代儒家与法家思想的论文，如В. А. 鲁宾（Рубин）的《早期儒家和法家对隐居的看法》（Отшельничество в оценке ранних конфуцианцев и легистов）、С. Р. 古切拉（Кучера）的《〈管子〉中的国家政权稳定物价概念》（Концепция стабилизации государственной власти в《Гуань-цзы》）、В. Ф. 费奥克吉斯托夫（Феоктистов）的《论荀子社会政治观的特点》（Об особенностях социально-политических взглядов Сюнь-цзы）、Л.С. 别列洛莫夫（Переломов）的《法家的"法律面前平等"观念和汉代官制》（Легистская концепция《равенства перед законом》и ханьская бюрократия）、Л. А. 波洛夫柯娃的（Боровкова）《论儒家的历史作用》（Об исторической роли конфуцианства）、З. Г. 拉皮娜（Лапина）的《在李觏的观念中中国社会的道德因素"礼"与"法"的作用》（Роль морального《фактора》и《закона》в китайском обществе в воззрениях Ли Гоу）等。

在1973年第四届学术讨论会论文集里，目标直接指向中国现实问题的论文明显增多，诸如Л. С. 瓦西里耶夫（Васильев）的《中国的改革：目的与客观后果》（Реформы в Китае：цели и объективные результаты）、А. В. 霍洛德柯芙斯卡娅（Холодковская）的《论1961—1965调整时期中国工人阶级中的个别倾向》（Об отдельных тенденциях в рабочем классе Китая в период урегулирования 1961—1965 гг.）、В. П. 库尔巴托夫（Курбатов）的《中华人民共和国粮食资源的增长前景》（Перспективы увеличения продовольственных ресурсов КНР）等。

此期同时出现了针对当时中国思想文化领域热点问题的明显带有反诘性和论辩性的文章，如Л. С. 别列洛莫夫（Переломов）的《法家是反传统的吗？》（Являются ли легисты антитрадиционалистами？）、华人学者杨兴顺（Ян Хин-шун）的《古代中国哲学与现代性》（Древнекитайская философия и современность）、Г. Я. 斯莫林（Смолин）的《中世纪中国进行过农民战争吗？》（Шли ли в средневековом Китае крестьянские войны？）、Н. В. 弗朗楚克（Франчук）的《俞平伯研究方法的一些特点》（Некоторые черты исследовательского метода Юй Пин-бо）等。

此外还有介绍当时中国文学现状的文章，如И. С.李（Ли.）的《日常生活文学和现代中国新主人公概论》（Житейная литература и современный китайский очерк о новых героях）、Д. Н. 沃斯科列辛斯基（Воскресенский）的《论现代海外华人"大众文学"的民族特点》（О национальной специфике современной"массовой культуры"зарубежных китайцев）等。

1974年第五届学术讨论会出现了一批研究敦煌文献的论文，如老汉学家Л. Н. 孟列夫（Меньшиков）的《苏联科学院东方学研究所列宁格勒分所敦煌学部工作的基本成果》（Основные результаты работы в области дуньхуановедения в ЛО ИВ АН СССР）、Л. И. 楚古耶夫斯基（Чугуевский）的《来自敦煌、张掖和吐鲁番的唐代人口普查记录》（Танские подворные списки из Дуньхуана，Чжанъе и Турфана）、М. И. 杰门多娃（Демндова）的《作为公元6世纪80年代到8世纪70年代中国地理书籍文献的敦煌手稿》（Дуньхуанские рукописи как источник по географии китайской книги 80-е гг. VI-70-е гг. VIII в.）。

此外，这届讨论会还有一篇从实用工艺品角度研究《红楼梦》的论文，即Т. Б. 阿拉波娃（Арапова）的《作为研究16世纪中国瓷器日用品文献的曹雪芹〈红楼梦〉》（Роман Цао Сюэ-циня《Сон в красном тереме》как источник для изучения бытования фарфора в Китае XVI в.），反映了当时苏联红学的新动向。

年度学术会议"中国：社会与国家"的举办，推动了苏联国内中国学研究更广泛的发展。这个会议比较宽松，有一定的民主精神，尤其在刚开始的早期，允许学者们研究自己熟悉的课题，允许人们在一些敏感问题上自由发言，也邀请外国（东欧社会主义国家）一些知名的中国学家来参加会议，这在当时是非常少见的，那时的莫斯科也没有这样的学术平台。不过，这也有风险，一旦有人向当局举报某些学术报告有背离“党的路线”或“马克思列宁主义”的嫌疑，通常就会受到相应组织的“训斥”。Л. П. 杰柳辛就不止一次被要求回答“最高层”的质询。

虽然工作任务繁重，但此时研究所主管部门没有提供职位空缺，致使该所员工出现了很大的年龄断代。遗憾的是，这些年里于莫斯科大学亚非学院毕业的学生不能补充到研究所队伍中去，尽管他们的许多研究生，甚至本科生都曾积极参加“中国：社会与国家”学术讨论会，有些人还发表过文章。直到八九十年代，才有莫斯科大学亚非学院毕业生А. Д. 吉加列夫和В. М. 克留科夫被分配到东方学研究所中国部工作，

20世纪60至70年代补充到中国部研究人员中的有С. Р. 古切拉①、Ю. М. 加鲁相茨和В. А. 鲁宾②等人。古切拉是波兰人，毕业于华沙大学。他精通中文，1960年在北京大学作为唯一一位用中文答辩的外国学生通过了研究

① 斯坦尼斯拉夫·罗别尔特·古切拉（Станислав Роберт Кучера），出生于波兰利沃夫，1947年中学毕业后进入华沙大学东方学院，1952年毕业。通过论文《道家哲学的基础》获东方哲学硕士学位。1951至1953年初任华沙大学助教。1953年2月被派往中国北京大学读研究生。1960年作为唯一一位用汉语答辩的外国留学生通过论文《建立在〈周礼〉材料基础上的中国古代社会的阶级结构》的答辩。1958年3月至1959年10月在北京外国语大学波兰语言文化教研室担任教师，后来任教研室主任。1960年12月回到华沙，在波兰人民共和国高等教育部当了一段时间的研究员，1961年4月起在波兰国际关系学院兼职。1966年8月，他接到苏联科学院院士Н.И. 康拉德的邀请，于1967年4月移居莫斯科，任苏联科学院亚洲国家研究所（即后来的东方学研究所）研究员。1981年答辩通过博士论文《1965—1974年间的中国考古学：旧石器时代——殷代（发现与研究）》。自1988年至2002年任莫斯科大学历史系古代世界教研室教授，并在俄罗斯国立人文大学任教。

② 维塔利·阿龙诺维奇·鲁宾（Виталий Аронович Рубин），出生于莫斯科，1940年进入莫斯科大学历史系学习。卫国战争开始后自愿加入民兵，但在叶利尼亚的第一次战斗中即被包围和被俘，三天后逃脱并返回莫斯科。1942年，他进入托木斯克炮兵学校，但在当局知道他有被俘经历后被开除，并被送到特种集中营煤矿劳动。从1944年到1948年在结核病院和疗养院养病。1948年回到莫斯科大学继续学习。1951年毕业于莫斯科大学历史系，主修中国古代史。1951—1952年在罗斯托夫州新切尔卡斯克农业研究所为中国学生教授俄语，1953—1968年在莫斯科苏联科学院社会科学基础图书馆编写中文图书摘要。1960年他以论文《作为春秋时期社会史资料来源的〈左传〉》取得历史系副博士学位，自1969年到1972年任苏联科学院东方学研究所高级研究员。1972年2月，他和家人一起申请前往以色列，被停止工作，直到1976年才获准离开苏联。从1976年到1981年在以色列耶路撒冷希伯来大学任教授，讲授中国古代中国政治思想和哲学史。1981年死于车祸。他生前是“持不同政见者运动”成员。

生毕业论文《建立在〈周礼〉材料基础上的中国古代社会的阶级结构》。他在1967年移居苏联后，进入亚洲国家研究所中国部工作，其主要研究领域在中国古代。他积极参加了早期历届“中国：社会与国家”学术讨论会，发表了一批论文，其中有《〈管子〉中的国家政权稳定物价概念》《中国古代的象征性惩罚》《元代儒家哲学》等等。古切拉近乎是一位百科全书式的中国古文知识通。他翻译了《庄子》和《管子》中的若干章节，并对1972年出版的杨兴顺主编的《中国古代哲学》论文集选集进行了评论。他在1977年出版了《1965—1974年间的中国考古学：旧石器时代——殷代（发现与研究）》（莫斯科科学出版社），书中分析了中国考古学家的最新发现和研究，成为俄罗斯在该领域最完整的信息来源。C. P. 古切拉还多次代表俄罗斯中国学界出席各种国际会议和专题讨论会，并在华沙、巴黎、北京、新加坡等地讲学。

Ю. M. 加鲁相茨是莫斯科东方学院的毕业生，他精通中文，并且很好地了解近现代中国历史方面的史料和著作。他研究的主要专题是1919年“五四运动”、中国共产党及其领袖（李大钊、陈独秀）的产生、国民党政策和共产国际对中国政治的影响等。他拥有丰富的相关基本资料和素材，可以就任何话题发言、争论和写作。从1953年到1978年，他先后换了八个学术单位，包括几个学术期刊的编辑部，科学院的一些研究所——哲学、中国学、国际工人运动、世界经济与国际关系，最后才到了东方学研究所。在许多同事看来，他是一个“审查者”，可以从准确性、中国文献的使用等方面评估他们提供的材料。他对中国历史提出了许多含义多元的结论，为重新评估苏联中国学中以往公认的许多关于中国历史和政治人物的见解做出了贡献。他甚至准备与列宁对辛亥革命的评价进行争论，认为马克思主义损害了中国的发展，摧毁了它的文化，以及认为阶级立场不适合中国等。他发表的学术成果不是很多，但他所表达的思想直到今天仍值得认真关注和反思。

B. A. 鲁宾也试图抵制受官方操纵的中国学，他参加过卫国战争，从莫斯科国立大学历史系毕业后，在社会科学基础图书馆（现在是社会科学学术信息研究所——ИНИОН）担任中国文献资料专家大约15年。他写了关于中国古代的思想文化，关于中国古代哲学中人的问题的论文，积极参加

《中国：社会与国家》学术讨论会，发起了与Л．С．瓦西里耶夫的争论，从而极大地激发了中国部的学术生活。

В. А. 鲁宾积极反对苏联官方的意识形态和政策。1968年他想在部里举行的一个支持苏军入侵捷克斯洛伐克的集会（当时这种会议到处都必须举行）上公开表示自己的抗议。当然，Л．П．杰柳辛成功地劝阻他取消了这个行动。随后鲁宾又宣布自己要去以色列，因而被划入“拒绝者”行列，于1972年被开除出研究所。接下来他用绝食表示抗议，最终在1976年去了以色列。1976—1981年他在耶路撒冷希伯来大学任教授，但不幸于1981年死于车祸。

东方学研究所研究人员中的异己分子还有Е. В. 扎瓦茨卡娅（原姓维诺格拉多娃）[①]。她毕业于莫斯科大学历史系，后来在东方文化博物馆和哲学研究所担任研究助理，最后在1957年进入中国学研究所。她感兴趣的研究题目是中国画的发展问题，但不是纯粹的艺术史，而是在哲学和美学方面的发展。1962年，她答辩通过了《论中国国画的传统与创新》的副博士论文。她还发表过几篇论文，有论敦煌石窟壁画的，也有论中国工艺品的。但她最下功夫的是对中国画论《芥子园画谱》[②]的翻译。1968年8月，她在一封抗议苏军进入捷克斯洛伐克并迫害那些在红场上公开反对这一行动的人的信上签了名，她被划入了“抗议者”名单，于是，有关当局要求研究所领导把她解雇。

中国部主任Л. П. 杰柳辛没有采取行动，不过他承受了很大的压力，做了许多工作。这还应感谢当时的东方学研究所所长Б. Г. 加甫洛夫[③]，他以个人名义发布命令，不允许任何“签名者” 从研究所被解雇。这才使Е. В. 扎

① 叶甫盖尼娅·弗拉基米洛夫娜·扎瓦茨卡娅（Евгения Владимировна Завадская）苏联和俄罗斯东方学家、中国学家、艺术史家、翻译家，艺术学副博士、哲学博士。1953年毕业于莫斯科大学历史系，自1957年起任苏联科学院东方学研究所研究员。

②《芥子园画谱》，又称《芥子园画传》，中国画技法图谱，诞生于清代。清代著名文学家李渔，曾在南京营造别墅“芥子园”，并支持其婿沈心友及王氏三兄弟（王概、王蓍、王臬）编绘画谱，故成书出版之时，即以此园名之。此画谱堪称中国绘画的教科书。

③ 波勃德让·加夫里洛维奇·加甫洛夫（Бободжан Гафурович Гафуров），塔吉克人，苏联国务活动家和党领导人、历史学家，历史学博士、苏联科学院院士（1968年），曾任塔吉克斯坦共产党中央委员会第一书记（1946—1956）、苏联科学院东方学研究所所长。

瓦茨卡娅有机会出版她已完成的《芥子园画谱》翻译。不过，她被禁止前往中国，并在很长一段时间里不能答辩她的博士论文。她的科研工作极有成效并且多种多样。她发表了一系列文章，特别是关于作为哲学和美学范畴的“阴”、关于道家的漂泊诗学、关于花鸟画中作为万物尺度的人，以及分析17世纪至18世纪初的大画家和艺术理论家石涛的论文等等。她还有一部大作，是论述杰出的中国画家、国画大师齐白石创作的专著。E. B. 扎瓦茨卡娅还是第一批提出东方文化对现代西方世界影响问题的学者之一。

对中国传统戏剧的研究是中国部中国文化研究的新方向，这个专题主要由C. A. 谢洛娃[①]来进行。当然，不能说她是苏联研究这一主题的唯一专家，此前B. M. 阿列克谢耶夫院士曾从事过这方面的研究，不过他研究的是中国戏剧观众。在战前时期，列宁格勒文艺学家Б. A. 瓦西里耶夫也写过关于中国戏剧的文章。东方学院工作人员И. B. 盖达[②]更是专门致力于研究中国戏剧。C. A. 谢洛娃在1966年答辩通过了她的副博士学位论文，该文成为她1970年出版的专著《京剧》（莫斯科科学出版社1970年版）的基础。作者调查了京剧剧种的起源、剧目性质、主要剧作家和作品以及中国传统戏剧在国家社会生活中的作用等等。她试图追踪俄罗斯戏剧创新者，特别是B. Э. 梅耶荷德[③]关于中国剧场艺术共性方面的理论，深入研究了中国表演艺术在民族文化和传统哲学发展的总体流程中的演变。

尽管产生了新的研究课题，但中国部仍继续自己传统的研究活动，尤其是继续编辑出版历史文献资料集。如1969年出版的由Л. П. 杰柳辛主编的纪念1919年“五四”运动的文献集。与此类似的还有纪念试图建立苏维埃

---

① 斯维特兰娜·安德烈耶夫娜·谢洛娃（Светлана Андреевна Серова，汉名谢雪兰）1933年1月出生于莫斯科。她的父亲二战时在苏军总政治部工作，参加过解放中国的战斗，并且跟中国人学习过汉语。受父亲影响，她1951年中学毕业后即入东方学院学习汉语，1957年毕业。后又进入国际关系学院学习，获历史学博士学位，现任俄罗斯科学院东方学研究所主任研究员。著有《中国社会与传统中国戏剧（16—17世纪）》（莫斯科科学出版社1990年版）、《俄罗斯白银时代戏剧与东方艺术传统》（莫斯科俄罗斯科学院东方学研究所1999年版）等。

② 伊琳娜·弗拉基米洛夫娜·盖达（Ирина Владимировна Гайда），1964年在苏联科学院世界社会主义体系经济研究所、艺术史研究所通过副博士学位论文《中国传统戏剧的形成》。

③ 伏谢瓦洛德·埃米里耶维奇·梅耶荷德（Всеволод Эмильевич Мейерхольд），出生于奔撒城一日耳曼后裔家庭，俄国导演、演员、戏剧理论家。1913年出版论著《论戏剧》，提出了与写实主义戏剧分庭抗礼的假定性戏剧理论。1940年2月2日殉难，苏共二十大后平反。

政权的1927年广州起义40周年文集。比这些更早一点的还有首次用俄文翻译出版的纪念1911—1913年辛亥革命的文献集。辛亥革命主题反映在一系列关于辛亥革命性质（无论是资产阶级的、资产阶级民主主义的，还是民族主义）的讨论中。中国部科学活动的新方向是研究20世纪中国社会主义立场的社会政治思想、西方学说和马克思主义对中国的渗透。这样一来，就产生了试图探索对于中国社会最重要的传统思想的质变问题。这一题材的主要观点在Л. П. 杰柳辛、Л. Н. 波洛赫和А. Г. 克雷莫夫的著作中得以揭示。而对中国革命进程的分析反映在Л. П. 杰柳辛与А. С. 柯斯佳耶娃[①]合著的研究和评价中国1925—1927年革命的专著中[②]。

1978年中国部的工作方针出现了细微的变化，这与Е. М. 普里马科夫[③]担任东方学研究所所长有关。原东方所所长Б. Г. 加甫洛夫在1977年逝世后，时任世界经济与国际关系研究所副所长的Е. М. 普里马科夫被调到东方学研究所任所长。他在这个职位上一直干到1985年，然后才回到世界经济研究所任所长。

Л. П. 杰柳辛与Е. М. 普里马科夫之间的关系比较复杂。事情在于杰柳辛对中国问题总有自己的看法。比如他认为，在评价毛泽东之前，首先要研究他的思想，理解他的学说的实质。当杰柳辛在研究所党内会议上发表这个意见之后，他遭到普里马科夫的严厉训斥，因为他的这个立场与当时苏共中央一批官员们的观点不一致。

作为研究所新所长的Е. М. 普里马科夫活动的新方面是组织所谓闭门分析会。他们实际上采取了研究所内研究国际事务的主要专家联席会议的形式，按照预定的主题，以这样或那样的方式讨论与苏联政策和保护国家安

---

① 亚历山德拉·谢尔盖耶夫娜·柯斯佳耶娃（Александра Сергеевна Костяева），俄罗斯科学院东方学研究所研究员，著有《20世纪前四分之一时期的中国帮会》（东方文学出版社1995年版）。

②［俄］Л. П. 杰柳辛、А. С. 柯斯佳耶娃：《1925—1927年的中国革命：研究与评价》，莫斯科科学出版社1985年版。

③ 叶甫根尼·马克西莫维奇·普里马科夫（Евгений Максимович Примаков）苏联和俄罗斯政治家和国家领导人、俄罗斯联邦总理（1998—1999）、俄罗斯联邦外交部长（1996—1998）、苏联中央情报局局长（1991年）、俄罗斯外国情报局局长（1991—1996）、苏联最高苏维埃联盟理事会主席（1989—1990）。曾于1977年至1985年任苏联科学院东方学研究所所长，1979年以后兼任苏联外交部外交学院教授。1985至1989年任苏联科学院世界经济与国际关系研究所所长。

全有关的重大国际问题。Л. П. 杰柳辛从中国部里推荐了З. Д. 卡特阔娃和Ю. В .楚达杰耶夫参加这个分析会。这是一个很有趣并且很认真的工作。

这个闭门分析会不同寻常的是，在当时苏联还存在着严格的审查制度和必须遵循宣传标准的情况下，参与讨论相关外交政策问题的分析人员可以大胆并坦率地发表自己的意见，甚至就国家新外交方针政策是否适当提出自己的建议。通常情况分析由Е. М. 普里马科夫或他的副手Г. Ф. 金[①]来做。然后将这些分析材料报送给有关当局（苏联外交部、苏共中央国际部、中央情报局等部门）。当然，参与这种讨论在一定程度上对于扩展科研人员的视野和摆脱宣传桎梏是很有益处的。有时学者在会上所提出的问题会成为以后研究的养料。

1987年，苏联科学院通讯院士М. С. 卡皮查（汉名贾丕才）[②]被任命为东方学研究所所长。作为苏联外交部官员（他有苏联特命全权大使的头衔），他属于上级指派下来的官场精英，在中国学圈子里他自称是研究苏中关系的专家，实际上，他仅是根据那些年苏联的片面之词来研究中苏关系和中国的情况的。

М. С. 卡皮查主政东方学研究所后的首批行政举措之一是把已达到“高龄”的Л. П. 杰柳辛从中国部主任职位上拿下。Л. П. 杰柳辛认为这对自己是一个公正的步骤，但他拒绝在М. С. 卡皮查的领导下继续在研究所工作，于是在1990年转调到俄罗斯科学院国际经济和政治研究所。

---

① 格奥尔基·费德罗维奇·金（Георгий Фёдорович Ким），朝鲜族人，出生于滨海边疆区波克洛夫卡。苏联东方学家、高丽历史和亚非国家民族解放运动研究专家。自1976年12月起为苏联科学院历史部（东方学）通讯院士。

② 米哈伊尔·斯捷帕诺维奇·卡皮查（Михаил Степанович Капица，汉名贾丕才）1921年生于乌克兰赫梅利尼茨基州一个农民家庭。1941年毕业于莫斯科国立外语师范学院，1948年毕业于苏联外交部高等外交学院。1943年至1987年间，在苏联外交部人民委员会见习、工作，历任苏联外交部参赞、全权大使等要职，并代表苏联担任多项重要国际会议的谈判代表。其中在1943—1946年和1951—1952年任苏联驻华大使馆一等秘书，1954—1960年任苏联外交部远东司副司长，1966—1970年任外交部东南亚司司长。1969年参加中苏两国总理会谈，1970年起任第一远东司司长，兼《远东问题》杂志编委和《莫斯科大学学报》（东方类）编委，还在莫斯科大学远东和东南亚国家史教研室兼职。1979年10月起任中苏国家关系谈判的苏联代表团副团长。1982—1987年任苏联外交部副部长。80年代多次访华，致力于中苏关系正常化。1987年离职后，至1992年任亚非各国团结苏联委员会主席。

随后中国部的一位主任研究员A. A. 博克沙宁[①]被任命为部主任。他在1985年答辩通过博士学位论文《14世纪末至15世纪初中国分封制度的演进》（Эволюция удельной системы в Китае в конце XIV–начале XV веков）。他研究的主要方向是明代，发表了120多篇学术论著。用其继任者A. И. 科博杰夫[②]的话来说："其中的基本部分已经进入了我国中国学的黄金库藏。"[③]

A. A. 博克沙宁在组织自1970年以来一年一度召开的、对于中国学家必不可少的"中国：社会与国家"学术讨论会方面发挥了重要作用。据熟悉他的同事们说，博克沙宁自1990年担任中国部负责人起便一直继续这项活动，直到 2011年。可以说在苏联解体后经济困难的年代，他设法保持了中国部的科研潜力和自由探索的气氛。

A. A. 博克沙宁去世后，1953年出生的A. И. 科博杰夫被任命为东方学研究所中国部主任。他于1978年应Л. П. 杰柳辛之邀到东方学研究所工作，此时他还没有完成研究生学业。1989年，他在哲学研究所答辩通过了博士学位论文，题目是《中国古典哲学的方法论：命理学和本体论》（Методология китайской классической философии：нумерология и протологика），10年后被授予教授职称。他的学术成果清单包括1300多篇（部）中国哲学、科学和文化史方面的著作。

A. И. 科博杰夫是六卷本百科全书《中国精神文化大典》的近140位作者之一。《中日精神文化大典》的前身被认为是1994年在M. Л. 季塔连科倡导下编写的新百科词典《中国哲学》，A. И. 科博杰夫为筹备出版这本书做出了巨大贡献。因这项俄罗斯国内和国际中国学发展的基础性工作的成

---

① 阿历克赛·阿纳托利耶维奇·博克沙宁（Алексей Анатольевич Бокщанин），苏联俄罗斯历史学家、中国学家、中世纪中国历史领域的专家，历史学博士。1990—2011年任俄罗斯科学院东方学研究所中国部主任。

② 阿尔觉姆·伊戈列维奇·科博杰夫（Артём Игоревич Кобзев），出生于莫斯科一个诗人家庭。1975年毕业于莫斯科大学哲学系。自1978年起任当时的苏联科学院东方学研究所研究员。1998年起任莫斯科物理科学与技术学院人文科学系主任、历史学教研室主任（1998—1999）和文化学教研室主任（1999年）。2004年起任俄罗斯科学院东方学研究所中国意识形态与文化部主任，2011年起任东方学研究所中国部主任。

③［俄］A. И. 科博杰夫：《阿历克赛·博克沙宁》，载《东方学》2014年第5期。

就，他获得了2010年俄罗斯联邦国家科学技术奖。中国同行对这位俄罗斯学术界代表的专业精神也表示了敬意，于2004年将他选入位于北京的国际易学协会理事会。

总之，俄罗斯东方学在自己发展的年代里走过了一条相当艰难的道路。在苏联时期，苏联科学院东方学研究所中国部在其高峰期由50多位专家组成，而到1990至2000年，他们的人数已经减少了三分之二以上。但今天俄罗斯科学院东方学研究所中国部的工作人员得以补充和加强，一批中青年研究人员加入其中，他们共同延续了传统汉学和现代中国学的优良传统。2018年，俄罗斯科学院东方学研究所举办了第48届“中国：社会与国家”学术研讨会，这个一年一度召开的权威学者与专家的学术平台，在俄罗斯中国学家中始终受到欢迎并取得成功。

当前东方学研究所中国部仍在继续基础科学研究的主要方向——“从古代到20世纪中叶东方民族的历史发展模式”的研究，其重点是从古代到今天的中国历史和文化。该研究所首先实施的重大长期项目有：对中国历史、哲学和文学经典的科学翻译和注释，对与古典中国学发展相联系的传统中国哲学和科学的理论基础、自然科学知识，以及中国传统绘画、戏剧艺术和音乐文化的具体特点的研究。此外，还开始设置一些稀少学科，如对“唐古特①学”的研究。我们有理由相信，作为一个文化大国的俄罗斯的中国学研究，在新的时代必将延续其光荣传统，并且取得新的辉煌。

① 唐古特，一译唐古忒，是清初文献中对青藏地区及当地藏族的称谓。元朝时蒙古人称党项人及其所建立的西夏政权为唐兀或唐兀惕，后渐用以泛称青藏地区及当地藏族诸部。

第二节　俄罗斯圣彼得堡大学图书馆中国古籍收藏的历史与现状

横亘欧亚大陆且受蒙古统治200多年的俄罗斯素来与东方有着血缘与心理的潜在联系。[①]18世纪初彼得大帝推行改革，更加重视对东方，尤其是自己最大邻国中国的文化学术著作的搜集与研究。1700年，彼得大帝给派往中国的东正教修士下谕旨，要求“他们能学会汉语、蒙语和中国文书，并了解中国人的迷信崇拜”[②]。1724年，彼得大帝下令创办俄罗斯帝国科学院，并命令派遣到各国的外交和贸易代表团必须在当地购买介绍该国概况的书籍。[③]中国书籍则主要由历届俄国东正教驻北京使团成员负责搜罗购买。

俄罗斯与其他欧洲国家不同的一个有利条件，是它从1685年直到1956年一直在北京派驻有俄罗斯东正教使团，这就使俄罗斯图书馆可以通过驻北京宗教使团成员的购买或搜罗，获得大量中国书籍。加之沙皇俄国与中国清政府之间长期保持着官方交往，两国官方的互相赠书，也使俄罗斯大学和科学院图书馆的中国书籍库藏不断增加，达到相当可观的规模。仅俄罗斯汉学的重要基地——圣彼得堡大学图书馆，就藏有汉、满、藏、蒙文书籍近4万册。[④]其中19世纪俄罗斯汉学泰斗瓦西里·巴甫洛维奇·瓦西里耶夫（Василий Павлович Васильев，汉名王西里）院士捐赠给东方系图书馆的个人私藏中国书籍就有600余册。目前这批标有“ВУ”（王西里

---

① 美国历史学家斯塔夫里阿诺斯在《全球通史》第28章《俄国》中指出：“像17世纪末莫斯科上层阶级中就有大约17%的成员具有非俄罗斯或东方的血统。”（斯塔夫里阿诺斯著，《全球通史：从史前史到21世纪》，北京大学出版社2005年版，第542页）。

②［俄］В. Г. 达奇生：《俄罗斯帝国汉语研究史》，克拉斯诺雅尔斯克国立大学出版社2000年版，第15页。

③ 叶可嘉、马懿德：《圣彼得堡大学东方系图书馆收藏王西里院士中国书籍目录》，圣彼得堡孔子学院2012年版，第X页。

④ 叶可嘉、马懿德：《圣彼得堡大学东方系图书馆收藏王西里院士中国书籍目录》，圣彼得堡孔子学院2012年版，第X页。

教学书籍——Васильевский учебный）索引号的存世书籍还有206种。

遗憾的是，这些俄罗斯图书馆中收藏的数量庞大的中国书籍令人有如进入茫茫林海的感觉，正如在1857年《俄罗斯公报》上发表的В. П. 瓦西里耶夫《关于圣彼得堡大学东方书籍的笔记》一文所说："材料很多，大约只有猎人才能找到和认识它们。"[①]这种情况直到今天仍没有根本性的改变。2012年，圣彼得堡国立大学东方系两位年轻的汉学工作者——叶可嘉（Е. А. Завидовская）和马懿德（Д. И. Маяцкий）发表了《圣彼得堡大学东方系图书馆收藏王西里院士中国书籍目录》，整理出东方系图书馆里现存的王西里教学用书目录共十大类，即儒家经典及注释37种，佛经及佛教书籍27种，道教、中医书籍8种，伊斯兰教、基督教相关书籍16种，文学作品及注释47种，历史、地理著作及编年表等47种，类书、目录8种，辞典、字汇、韵学书等7种，奏折、诏书、例则等7种，报纸2种，总计206种。相对于东方系馆藏全部两千多种（2045种）中文古籍而言，实在只能算是九牛一毛。

据В. П. 瓦西里耶夫《关于圣彼得堡大学东方书籍的笔记》一文记载，圣彼得堡大学最早的中文书籍来自于1855年被合并到圣彼得堡大学东方系的喀山大学语文系东方学专业的库藏。而喀山大学的中文图书库藏中，最早的是1833年开办蒙古语教研室时的О. М. 科瓦列夫斯基（Осип Михайлович Ковалевский）[②]从中国带回来的8种蒙、藏、满、汉文书籍，其中包括《资治通鉴纲目》、清圣祖玄烨（康熙皇帝）所作《御制避暑山庄诗》[③]以及一些医书。

1837年，喀山大学开办了汉语教研室，当时的教师是从驻北京宗教使团归来的修士大司祭丹尼尔（西维洛夫）神父[④]。他把自己在中国买到的

①［苏联］В. П. 瓦西里耶夫：《关于圣彼得堡大学东方书籍的笔记》，载《俄罗斯公报》1857年第7期。

② 奥西普·米哈伊洛维奇·科瓦列夫斯基（Осип Михайлович Ковалевский），波兰籍俄罗斯蒙古学家与佛学家。俄罗斯蒙古学奠基人之一。

③ 清圣祖玄烨（康熙皇帝）御纂，揆叙等注：《御制避暑山庄诗》二卷，康熙五十一年内府刻朱墨套印本。

④ 修士大司祭丹尼尔，俗名德米特里·彼得洛维奇·西维洛夫（Дмитрий Петрович Сивилов），俄罗斯东正教神职人员、使团成员、汉学家，喀山大学汉语教研室第一任主任（1837—1844）。

全部书籍以4000纸卢布的价格出让给喀山大学，从此俄罗斯大学正式开启了收藏中国书籍的历史。丹尼尔神父的藏书大部分由中国古籍和哲学书组成，其中还包括不少俄罗斯宗教使团和西方其他国家天主教传道士在中国印制或从本国带来的宣传基督教内容的书。

丹尼尔神父从1837到1844年任喀山大学汉语教授。他本人翻译了汉文古典书籍和基督教书籍，以及供教师用的词典，但它们没有出版（仅保存在档案里）。丹尼尔在北京生活期间的同伴索斯尼茨基（Сосницкий）去世后，其家属也向大学图书馆捐赠了逝者不多的一些中文藏书。

1840年，刚在喀山大学获得蒙古语文学硕士学位不久的В. П. 瓦西里耶夫被派往中国。В. П. 瓦西里耶夫出生于下诺夫哥罗德一个神父家庭，1834年考入喀山大学医学系，由于付不起医学系高昂的学费和生活费，便请求转到公费的语文系。他在喀山大学历史语文系里最初的研究方向是蒙古语，由于学业优秀，在学期间曾获得过银质奖章和国民教育部颁发的大额奖学金。1837年6月，В. П. 瓦西里耶夫大学毕业，次年开始师从О. М. 柯瓦列夫斯基攻读硕士学位，1839年完成用蒙文写作的硕士学位论文《论佛教哲学的基础》（Об основаниях буддийской философии）。同年11月27日，经导师推荐，В. П. 瓦西里耶夫被编入俄国第12届东正教赴北京使团。

1840年10月，瓦西里耶夫随俄国宗教使团抵达北京，从此开始了他长达近10年的中国生活。对于瓦西里耶夫的这次中国之行，喀山大学和俄国科学院都对他寄予厚望，派给他一大堆任务，包括学习藏语、汉语、梵语，研究西藏、蒙古地理，了解亚洲各民族在不同历史时期的物质和精神文化发展状况，搜集各类中国文献，甚至包括许多与专业无关的内容，如为喀山大学博物馆收集种子、各种动植物及矿物标本，搜集中国官方和非官方的各种情报，了解中国工农业发展状况，搜集中国农具样本和各种艺术品等等。俄国科学院还任命他为通信员，委托他搜集藏语、蒙语书籍，并要求他与科学院保持经常的通信联系。瓦西里耶夫本人曾这样自我评价他当时所承担的庞杂使命："我不能完全献身于哲学，因为我还得当一名历史学家；我并非历史学家，因为我应做个地理学家；我并非地理学家，因为我还应懂文学；我并非文学家，因为我不能不接触宗教；我并非神学家，因为我还得鉴赏古董。”[①]但也正是由于瓦西里耶夫所承担的繁杂的出使任务，加上他自身卓越的才华和付出的辛勤劳动，使他后来成为俄罗斯汉学史上一位渊博的学者，在众多领域都取得杰出成就。

作为对瓦西里耶夫完成任务的补贴，喀山大学特地给他增加了每年700银卢布的零花钱。但大学要求他把这些钱的一半用于教学活动，另一半才能用来买书。故瓦西里耶夫调侃地称之为“关心人的大学”。因为实际上，他“买到的书几乎需要5000银卢布”[②]。于是他只能精打细算，既要买到最重要的书籍，又要尽可能价钱便宜。到1851年，经过瓦西里耶夫近十年的努力，他为喀山大学图书馆搜罗到的中文图书，不仅在数量上超过了当时欧洲各大学所有的竞争者，而且在内容的丰富性上也远远胜过他们。瓦西里耶夫不无自豪地写道：“有谁知道，那些分门类搞到的并以其众多而使我们的图书馆胜出的书，竟是一个人做出来的事情。”[③]瓦西里耶夫买书并不限于自己的专业兴趣，而是抱着全面搜集中国资料、全面发展俄罗斯汉学的宏大目的。他写道：“我买书的目的，实际上是为了使我们的图书馆能够充分地增加它在所有种类文献方面的材料。”比如当时欧洲图书馆一般不注意收藏中国文学作品，特别是诗歌和不太著名的散文集，只有不多的一些长篇小说和剧本。对中国古典经书和诸子著作，也常常把道家排斥在外。而瓦西里耶夫则不是这样，他对各类书籍都尽力搜集。因为他认为这些书“无论这样那样或早或晚，都扩展了我们关于（中国）国家和对于充分认识东方天才发展所必须的观念”[④]。不过，瓦西里耶夫买书也有他自己的取舍原则，那就是“舍弃不必要的高雅、珍贵版本，或者豪华的硬皮书”。因为按他的观点，“所有不必要的书都是贵在精美、豪华的外表。”[⑤]

---

① 蔡鸿生：《俄罗斯馆纪事》，广东人民出版社1994年版，第82页。

②［俄］B. Л. 乌斯宾斯基主编：《圣彼得堡国立大学高尔基科学图书馆里的东方语言手抄本和刻本》，圣彼得堡国立大学语言系2014年版，第78页。

③［俄］B. Л. 乌斯宾斯基主编：《圣彼得堡国立大学高尔基科学图书馆里的东方语言手抄本和刻本》，圣彼得堡国立大学语言系2014年版，第78页。

④［俄］B. Л. 乌斯宾斯基主编：《圣彼得堡国立大学高尔基科学图书馆里的东方语言手抄本和刻本》，圣彼得堡国立大学语言系2014年版，第78页。

⑤［俄］B. Л. 乌斯宾斯基主编：《圣彼得堡国立大学高尔基科学图书馆里的东方语言手抄本和刻本》，圣彼得堡国立大学语言系2014年版，第78页。

作为一个以研究佛教哲学起家的学者，瓦西里耶夫还十分得意地谈到经他促成的从中国获得的700卷佛教书籍[①]："现在这富丽堂皇的700卷就展示在我们令人惊叹的图书馆里！"[②]大约正是由于有这批宝贵资料的支持，瓦西里耶夫才能于1857年在圣彼得堡出版专著《佛教，它的教义、历史和文献》（Буддизм，его догматы，история и литература.）。这部著作是在藏汉语原始文献基础上对佛教经典所作出的全面记述。但遗憾的是，那一大批佛教经书现在却下落不明，不知所终了。

B. П. 瓦西里耶夫还讲述了他在中国如何精打细算同中国书商周旋，最终用较低价格买到所需好书的往事。他不无得意地写道，汉文和满文的长篇小说《金瓶梅》在巴黎书商那里"售价是600法郎"，"而当时我们买这本书却付了不到7个银卢布。"[③]还比如，过去俄罗斯驻北京东正教使团成员羞于谈买卖，对雇来的抄写员和中国书商"表现出俄罗斯式的慷慨"，"他们付给抄写员工钱是按每个汉字一个大子儿[④]"。而瓦西里耶夫到来后，"把这个工钱降低到每千字一百钱"。此外，宗教使团成员"买书总是到同一个指定的店铺，而我们认识所有的店铺"。[⑤]当然，他这种比前人精明的做法最初也碰了不少钉子，但当他熟悉了北京所有的旧书店和书商，并且每次交易都"付款守信并且是用质量很好的银币"的时候，中国书商便争先恐后地找上门来，他为买书而付的钱，也就不比中国人贵了。

瓦西里耶夫在北京买书并不是一件容易的事情，因为他所搜求的有价值的中国古籍，许多版本都是1920年以前，甚至是18世纪的刻本，许多书

---

① 这批书疑指1844年经瓦西里耶夫促成，清政府向俄国赠送的北京雍和宫藏《甘珠尔》和《丹珠尔》经书。（肖玉秋：《清道光年间中俄政府互赠图书考略》，载《南开学报》（哲学社会科学版）2006年第4期。

② 据有关资料，清政府向俄国赠送的佛教经书共800卷，但一部分留在了东正教驻北京使团的图书馆，参照瓦西里耶夫本文所言，可能实际运到俄国的是700卷。

③［俄］B. Л. 乌斯宾斯基主编：《圣彼得堡国立大学高尔基科学图书馆里的东方语言手抄本和刻本》，圣彼得堡国立大学语言系2014年版，第79页。

④ 原文"ЧОХ"，蒙古人对中国硬币"钱"的称呼，相当于当时俄国半个戈比（见《俄语外来词词典》）。这里按旧时北京百姓习惯称铜板为"大子儿"译出。

⑤［俄］B. Л. 乌斯宾斯基主编：《圣彼得堡国立大学高尔基科学图书馆里的东方语言手抄本和刻本》，圣彼得堡国立大学语言系2014年版，第79页。

的刻板“已经毁掉或是损坏了”，不可能重新印制。他写道：“因此需要等待时机，当某些变穷了的学者在书店出售这个或那个文集的时候，那时另一些买主就正好能把它们搞到手中。”[①]但也有些书在他居住在北京的“十年时间里竟一次也没有出现过”，这就需要他经常到北京著名的古旧书店云集的琉璃厂去逛街。他写道：“那是我们经常的，准确地说，是我们喜爱的功课。”[②]

1844年，丹尼尔神父离开了喀山大学汉语教研室，接替他的是曾于1819—1931年间在俄罗斯驻北京宗教使团里担任过医生助理的O. П. 沃伊采霍夫斯基（Войцеховский）。沃伊采霍夫斯基把他从中国带回来的52种满汉语图书出售给喀山大学。这套书中最著名的是中国医书和各种词典，其中包括汉语-拉丁语词典。

为喀山大学图书馆中文藏书做出过贡献的还有当时一位狂热的藏书家П. Л. 施林格·冯·康斯坦丁（Канштад）男爵[③]。据法国东方学家M. И. 波洛谢[④]在1841年写的《关于皇家科学院亚洲博物馆中国文献研究的报告》一文所说，施林格曾拥有中文藏书252种323卷共计1831册，后来他根据俄罗斯帝国教育部长K. A. 利温[⑤]公爵的指令，把它们转交给了彼得堡大学。但由于当时大学里没有足够的房间放置这些书，就暂存在科学院亚洲博物馆的大厅里。以后由于彼得堡大学建东方学系的计划被搁置，这批书索性被划拨给了科学院。这就使科学院亚洲博物馆的中文藏书，“意想不到地增加

① ［俄］B. Л. 乌斯宾斯基主编：《圣彼得堡国立大学高尔基科学图书馆里的东方语言手抄本和刻本》，圣彼得堡国立大学语言系2014年版，第79页。

② ［俄］B. Л. 乌斯宾斯基主编：《圣彼得堡国立大学高尔基科学图书馆里的东方语言手抄本和刻本》，圣彼得堡国立大学语言系2014年版，第79页。

③ 巴维尔·利沃维奇·施林格（Павел Львович Шиллинг），出身于波罗的海日耳曼贵族，男爵，俄国外交官、东方史学家和电工发明家。

④ 马里·伊万诺维奇·波洛谢（法文名Marie-Félicité Brosset），格鲁吉亚人，有广泛专长的法国和俄罗斯汉学家，尤以卡尔特维尔（格鲁吉亚人自称）学和格鲁吉亚考古学奠基人著称。1802年出生于巴黎，接受过神学教育，但在20岁左右改学汉学，很快又转入高加索学。1859—1867年领导俄罗斯考古学会东方部，主持埃尔米塔日博物馆古钱币部长达29年。出版过270多部用法文、拉丁文、俄文和格鲁吉亚文写的著作。

⑤ 卡尔·安德烈耶维奇·利温（Карл Андрддвич Ливен），步兵上将、俄罗斯帝国国民教育部长、俄罗斯帝国国务委员会成员。

了一倍”[①]。再以后，科学院留下了对他们有用的地理学和统计学方面的书籍之后，把其余的书拨给了喀山大学。在这些卷帙浩繁的书籍中有优秀的汉文和满文词典、装帧精美的24卷（184册）古典书籍、6种语言的地理名称词典、两本著名长篇小说《金瓶梅》的满文译文，以及许多历史和地理书籍。其中包括非常罕见和珍贵的《大清一统志》和《大清会典》。[②]

在喀山大学图书馆以及后来它并入的圣彼得堡大学图书馆收藏的中文古籍中，数量最为庞大和完整的是“构成了全部中国教育广阔的基础”并“进入了中国人的根和血液”（瓦西里耶夫语）的中国儒家经典。其中有带有各种注释和校勘记的《四书》《五经》和官方出版的《十三经》、清政府在1721年到1748年间组织编纂的《钦定七经》[③]，以及由清代著名学者、刊刻家、思想家阮元主持编纂、1829年辑刻完成的《皇清经解》[④]（50卷，共350册）等。此外还有清初康熙皇帝亲自遴选学者，前后历时15年为朝廷重臣讲解儒家经典的《经筵日讲》[⑤]和带有满文译文的各种儒家经书等。对于后世儒家学者的著作，圣彼得堡大学图书馆里也有相当完整的收藏，如朱熹文集、《百子类函》[⑥]和译成满文的《御纂性理精义》[⑦]等。

①［俄］М. И. 波洛谢：《关于皇家科学院亚洲博物馆中国文献研究的报告》，载《圣彼得堡皇家科学院学术简报》1841年第15期。

②［俄］В. Л. 乌斯宾斯基主编：《圣彼得堡国立大学高尔基科学图书馆里的东方语言手抄本和刻本》，圣彼得堡国立大学语言系2014年版，第79页。

③ 清康熙六十年（1721年）开始编纂，至乾隆十三年（1748年）编成，内收《御纂周易折中》二十二卷首一卷、《御纂钦定诗经传说汇纂》二十一卷首二卷诗序二卷、《钦定书经传说汇纂》二十一卷首二卷、《钦定礼记义疏》八十二卷首一卷、《钦定仪礼义疏》四十八卷首一卷、《钦定周官义疏》四十八卷首一卷、《钦定春秋传说汇纂》三十八卷首二卷。

④《皇清经解》，又名《清经解》《学海堂经解》，是清代阮元任两广总督时创设学海堂，罗致学者从事编书刊印。道光五年（1825年）八月始刻《清经解》，至道光九年（1829年）九月全书辑刻完毕，共收七十三家、一百八十三种著作，凡一千四百卷。此书是汇集儒家经学经解之大成，是对乾嘉学术的一次全面总结。

⑤ 清康熙皇帝亲政后，为整治朝纲，甄别治国方略，要求内阁重臣研习汉儒经典，并亲自圈定进讲官员名单。自康熙十年（1671年）四月初十日首次开讲，直至康熙二十五年（1686年）闰四月初六日停止，历经十五年时间，是中国历史上为时最长的日讲。

⑥《百子类函》，明叶向高选订，万历壬子（1612年）刊本，简称类函，现存十四卷。

⑦《御纂性理精义》，清康熙五十四年（1715年）李光地等奉旨取明胡广等编纂之《性理大全书》，删繁就简，存其纲要，诠解详注，并以御纂的名义颁行全国。该书集前人研读之精华，共分为《太极图说》《西铭》《皇极经世》《家礼》等，为后人研读儒家性理之学提供了便利。

儒家之外，在俄罗斯倍受汉学家重视的中国古代思想家是老子和他创立的道家学派。虽然他们没有搞到全部《道藏》，但买到了辑录主要道家文集的《道藏辑要》[1]，只不过是缺少了7卷的残本。但这一遗憾又有另一部道教文集《云笈七签》[2]（4卷）来填补，所以道家文献在圣彼得堡大学图书馆也算收藏得比较齐全了。

由于瓦西里耶夫本人首先是一位佛教学家，他认为佛教是影响“中国人的哲学和宗教发展”的一个“广泛而又有多种意义”的因素，“它无疑不只是对思想，还有人民的日常生活都有巨大的影响，它的语言甚至部分地成为新儒家的自身特点”[3]，因此圣彼得堡大学图书馆的中文佛教文献收藏也很可观。当时其拥有的总名为《三藏》[4]的佛教书籍中文译本有1600多篇，此外还有《续藏》，其中包括一些没有进入官方版本的佛教原始文集。仅就叶可嘉、马懿德整理出来的《圣彼得堡大学东方系图书馆收藏王西里院士中国书籍目录》来看，瓦西里耶夫收藏的佛教经典，许多是印刷精良的御制版本[5]和年代更为古老的15到17世纪的明代刻本[6]。其中《佛母大孔雀明王经》是最早在中国本土翻译和传播的密教经典；《弥沙塞部五分

---

①《道藏辑要》是继明《正统道藏》和《万历续道藏》之后收书最多的道教丛书。纂辑者曾有二说，现经考证认为是蒋元廷于清嘉庆年间编纂。后书板被焚，书亦留存甚少。光绪十八年（1892年），四川成都二仙庵住持阎永和首倡重刊，至光绪三十二年（1906年）刊成《重刊道藏辑要》，板存成都二仙庵。

②《云笈七签》是一部道教类书，宋真宗景德进士张君房总编。大中祥符五年（1012年），张任著作佐郎，奉命主持校正秘阁道书及苏州、越州、台州旧存道藏。天禧三年（1019年）编成《大宋天宫宝藏》4565卷（已亡佚），又撮其精要万余条辑成本书122卷。

③［俄］B. Л. 乌斯宾斯基主编：《圣彼得堡国立大学高尔基科学图书馆里的东方语言手抄本和刻本》，圣彼得堡国立大学语言系2014年版，第83页。

④ 佛教经典的总称。分经、律、论三部分。经，总说根本教义；律，记述戒规威仪；论，阐明经义。

⑤ 如《御录宗镜大纲》（ВУ51）、《御录经海一滴》（ВУ52）、《御制无量寿佛尊经》（ВУ55）等。

⑥ 如刊于明成祖朱棣永乐十五年（1417年）的藏经经典《诸佛世尊如来菩萨尊者神僧名经》（ВУ177）、《妙法莲华经》全部万历四十八年（1620年）刻本（ВУ44）、《大佛顶如来密因修证了义诸菩萨万行首楞严经》崇祯庚辰（1640年）刻本（ВУ45）、《佛母大孔雀明王经》万历己丑（1589年）刻本（ВУ178）、《慈悲兰盆目连忏法道场》万历四十二年（1614年）刻本（ВУ179）、《佛说阿弥陀经》万历乙酉（1585年）刻本（ВУ183）、《弥沙塞部五分律》崇祯乙亥（1635年）刻本（ВУ234）等。

律》[①]是佛教律藏经典，因其规定“出家律藏，在家人不得翻阅”，故在中国流传并不很广；《密咒圆因往生集》（ВУ54）系汉藏文合璧刻本。从中可见王西里对中国佛教典籍搜罗的细密与广泛，以及他精通汉、蒙、藏文的语言功底。

除了哲学和宗教书籍，欧洲汉学家最感兴趣的还有中国历史和地理方面的著作，这也是受俄罗斯官方支持的汉学研究的一个重要方向。圣彼得堡大学图书馆在这一方面引为自豪的是它的中国历史藏书比俄罗斯科学院还要丰富，不仅有全套的官方正史二十四史、著名的中国史学百科全书“三通”[②]（222卷），还有北宋司马光编辑的《资治通鉴》[③]和南宋朱熹配合它编写的《通鉴纲目》[④]，以及清朝政府组织编辑的《通鉴辑览》[⑤]。这样的历史简编还有清代学者马骕的《绎史》[⑥]，瓦西里耶夫写道：“汉代以前的古代中国历史在被称作《绎史》的书中得到很好的研究”。[⑦]《通鉴纲目》这类著作，用“春秋笔法”，借讲述历史事件“辨名分，正纲常”，实际上起到了巩固封建统治的思想教育作用。所以瓦西里耶夫说：“这部书对于中国人最主要的意义就在于用著名的、由细微的等级做出的说法

① 《弥沙塞部五分律》为弥沙塞部（化地部）所传之戒律。由东晋高僧法显从师子国（锡兰，今译斯里兰卡）携回本书之梵文本，刘宋时由佛陀什、竺道生等共同译出。经近代佛教学者考证，其与巴利律藏最为近似。

②“三通”指唐杜佑《通典》、宋郑樵《通志》和元马端临《文献通考》。

③《资治通鉴》，简称“通鉴”，是北宋司马光主编的一部编年体史书，共294卷，三百万字，耗时19年。记载历史由周威烈王二十三年（公元前403年）起，至五代后周世宗显德六年（959年），计跨16个朝代1362年，逐年记载详细历史。

④《通鉴纲目》，由南宋朱熹与其门人赵师渊等撰著。五十九卷，序例一卷。据司马光《资治通鉴》《通鉴举要历》和胡安国《资治通鉴举要补遗》等书，本儒家纲常名教，简化内容，编为纲目。后由清康熙帝加上“御批”，使之进一步成为封建专制统治的思想工具。

⑤《通鉴辑览》，清乾隆三十三年（1768年）敕撰，共一百一十六卷，附唐桂二王本末三卷。编年记事，上起太昊伏羲氏，下讫明代，清高宗亲作御批，又称《御批历代通鉴辑览》。此书在史书中虽无特殊价值，但剪裁和内容组织上都很精当，篇幅适中，是清代通行的历史读本，民国初年也颇为流行。

⑥ 马骕（1621—1673），字骢卿，又字宛斯，山东邹平人。所撰《绎史》共160卷，分为太古、三代、春秋、战国和外录五部分，在内容上既详载各代治乱兴替及其规律，又详载诸子百家之学说和典章制度方面的内容，反映了当时社会生活的各个侧面。其体例在以往史书中前所未有，“卓然特创，自为一家之体”。

⑦［俄］В. Л. 乌斯宾斯基主编：《圣彼得堡国立大学高尔基科学图书馆里的东方语言手抄本和刻本》，圣彼得堡国立大学语言系2014年版，第85页。

评价了人物和事件”，它实际上相当于“在埃及人那里关于死后审判的传说”。[①]这就指出了“史官文化”传统下的中国人“以史为鉴”，以历史著作为道德宗教教科书的特点。

瓦西里耶夫认为，中国历史著作最符合欧洲学者观念和要求的是由宋代袁枢[②]开创的“纪事本末”体裁，他称之为“实用的历史”。这些“纪事本末”，诸如《通鉴纪事本末》《元史纪事本末》《明史纪事本末》等等，圣彼得堡大学均有收藏，此外还有历史词典《新事谱》（16卷）和宋代编纂的历史百科全书《册府元龟》[③]（40卷）等。

在大型丛书和百科全书方面，圣彼得堡收藏有著名的《四库全书存目丛书》[④]《太平御览》[⑤]《玉海》[⑥]《渊鉴类函》[⑦]，以及日本出版的《三才

---

①［俄］В. Л. 乌斯宾斯基主编：《圣彼得堡国立大学高尔基科学图书馆里的东方语言手抄本和刻本》，圣彼得堡国立大学语言系2014年版，第85页。

② 袁枢，南宋史学家。字机仲，建州建安（今福建建瓯）人。喜读《资治通鉴》，苦其浩博，乃著《通鉴纪事本末》42卷，因其文总括为239事，独立成篇，起讫了然，创造了“纪事本末”这一新的写史体例，兼有纪传、编年二者优点，使“数千年事迹经纬明析”，对后世影响极大，明清两代多有仿作。

③《册府元龟》是宋真宗于景德二年（1005年）创议编纂的一部千卷大类书，与《太平御览》《文苑英华》《全唐文》三种千卷大书被古书业并称为“四大千”，它的编纂主持人除王钦若领衔外，还有学者杨亿、钱惟演等人参与。这是一部以历代君臣事迹为主的大型类书，初名《历代君臣事迹》，书成之后，真宗改题为《册府元龟》。册府是指大量收藏的图籍，元龟是指重要的借鉴。全书分帝王、将帅、学校、刑法等31部，每部下又分门，共1104门。这部书材料丰富，引文整篇整段，自上古至五代，按人事人物，分门编纂，以年代为序，凡君臣善迹、奸佞劣行、礼乐沿革、官师议论、学士名行，无不具备，概括了全部十七史。

④《四库全书存目丛书》是清代乾隆年间编纂《四库全书》时，将大量不符合清王朝统治需要和价值标准的历代典籍摒弃在外，仅列为存目者即达6793种、93551卷。历经300年来的天灾人祸，存目之书亡失严重，现存4000余种、6万余卷，分藏在全国200多个图书馆，三成以上已成孤本。

⑤《太平御览》初名《太平类编》《太平编类》，后改名为《太平御览》。为北宋学者李昉、李穆、徐铉等奉敕编纂。始于太平兴国二年（977年）三月，成书于太平兴国八年（983年）十月，是保存了五代以前文献最多的一部类书。全书以天、地、人、事、物为序，分成55部，可谓包罗古今万象。书中共引用古书一千多种，保存了大量宋以前的文献资料，但其中十之七八已经亡佚，更使本书显得弥足珍贵。

⑥《玉海》是南宋王应麟私撰的一部规模宏大的类书，共200卷。分天文、地理、官制、食货等21门。该书对宋代史事记述大多采用“实录”和“国史日历”的方式，有较高的史料价值。

⑦《渊鉴类函》为清代官修的大型类书，由张英、王士祯、王掞等撰，共计450卷，分45个部类，以《唐类函》为底本广采诸多类书集成此书。

图会》[①]等。地理全书有宋代编纂的《太平寰宇记》[②]（6卷），以及后来的是元明清各朝以本朝冠名的“一统志”，如《大元大一统志》《大明一统志》《大清一统志》等。此外还有配合这些地理全书使用的《大清一统表》和李兆洛编辑的地理词典《历代地理志韵编今释》[③]。

除朝廷官修的地理大书之外，圣彼得堡大学图书馆还收藏有不少中国地方州县出版的地方志和专门性的分类地理著作。其中瓦西里耶夫特意说明的有《水道提纲》[④]和“更为专业的中国水系的专门记录”《行水金鉴》[⑤]。瓦西里耶夫称《水道提纲》为“最新的中国水系的卓越记录。这里记载的不只是中国，还有满洲、蒙古和西藏河流的所有极小的弯道”[⑥]。

由于本国利益的需要，受官方指派任务的俄罗斯汉学家历来十分重视对与俄罗斯接壤的中国边疆地区的地理志和民族志的搜集。圣彼得堡大学图书馆从中国搞到的就有“因雅金夫神父翻译而出名”的《西藏记》[⑦]、清政府官方出版的《西域图志》[⑧]、曾在新疆做官的地理学家徐松[⑨]的文集《新疆识略》和《西域水道记》等。这里尤其值得一提的是明末清初由顾

① 指1712年出版的插图百科辞典《和汉三才图会》，编纂者日本医生寺岛良安。

②《太平寰宇记》是宋太宗赵炅时编纂的地理总志，由乐史撰，共二百卷，是现存较早且较完整的地理总志。

③《历代地理志韵编今释》是一部分韵编排的历代地名字典。作者李兆洛，字申耆，晚号养一老人，清阳湖（今江苏常州）人。嘉庆十年（1805年）进士，选庶吉士，后官至凤台知县。

④《水道提纲》，清齐召南著，共二十八卷，为专叙水道源流分合的地理著作。成书于乾隆二十六年（1761年）。本书采用经纬度定位，虽有错误，但仍为中国地理著作中的一个创举。

⑤《行水金鉴》是中国水利史资料书，由清代傅泽洪主编、郑元庆编辑而成，于雍正三年（1725年）成书。

⑥［俄］В. Л. 乌斯宾斯基主编：《圣彼得堡国立大学高尔基科学图书馆里的东方语言手抄本和刻本》，圣彼得堡国立大学语言系2014年版，第86页。

⑦《西藏记》是雅金夫神父（И. Я. 比丘林）所翻译的18世纪末中文文集《卫藏图识》的译本。

⑧ 清代官修地方志之一。全称《钦定皇舆西域图志》，共五十二卷。乾隆二十年（1755年），清廷平定准噶尔，天山南北尽入版图。次年二月，清高宗弘历下令编纂《西域图志》，以大学士刘统勋主办其事，派何国宗等率西洋人分别由西、北两路深入吐鲁番、焉耆、开都河等地及天山以北进行测绘。二十六年后结束资料收集工作，交军机处方略馆进行编纂，于乾隆二十七年（1762年）十一月完稿。乾隆四十二年（1777年），高宗下令增纂《西域图志》，历时四年，于四十七年五月告成。高宗亲自审定，即今本《钦定皇舆西域图志》。

⑨ 徐松，字星伯，原籍浙江上虞（今浙江绍兴）人，后迁顺天大兴（今北京大兴），清代著名地理学家。嘉庆十五年（1810年）被降职新疆，得机会考察新疆各地，撰写了《西域水道记》（5卷）、《汉书西域传补注》（2卷）、《新疆识略》（12卷）等。

炎武编纂的《天下郡国利病书》[①]，瓦西里耶夫称之为“其中中国的所有地区都在战略关系中被研究”[②]。在当时圣彼得堡大学图书馆收藏的总共300多卷中国地理文集中，由他们自己搜罗到的就有274卷。其中清代内地十八省[③]的省志，只缺河南和山西两省。但他们收藏有当时最新的《承德府志》[④]，又可以弥补这一缺憾。

圣彼得堡大学图书馆收藏的中国自然科学方面的书籍不多，因为中国本来就缺少这类专门著作，只是在百科全书类书籍中包含一些自然科学知识。算得上自然科学著作的有《本草纲目》和两部农书——《农政全书》[⑤]和《授时通考》[⑥]。此外比较多的是医书，它们主要来自于上文提到的О. И. 沃伊采霍夫斯基。

文学方面的书籍，瓦西里耶夫在搜集时有一个原则，就是不要零散的单本，而尽量购买综合性的全集或总集。这样他就搞到了梁昭明太子主编、唐李善注的《文选》（2卷）和清圣祖玄烨选、徐乾学等编注的《古文

---

①《天下郡国利病书》，明末清初顾炎武撰，共一百二十卷，是一部记载中国明代各地区社会政治经济状况的历史地理著作。顾炎武自崇祯十二年（1639年）后，即开始搜集史籍、实录、方志以及奏疏、文集中有关国计民生的资料，并对其中所载山川要塞、风土民情做实地考察，以正得失。约于康熙初年编定成书，后又不断增改，终未定稿。该书先叙舆地山川总论，次叙南北直隶、十三布政使司。除记载舆地沿革外，所载赋役、屯垦、水利、漕运等资料相当丰富，是研究明代社会政治经济的重要史籍。

②［俄］В. Л. 乌斯宾斯基主编：《圣彼得堡国立大学高尔基科学图书馆里的东方语言手抄本和刻本》，圣彼得堡国立大学语言系2014年版，第87页。

③ 内地十八省，指清朝将原来的明朝统治区十五个承宣布政使司中的湖广分为湖南、湖北，南直隶（先改名为江南）分为安徽、江苏，又从陕西中分出甘肃，由此所设置的18个省份。

④《承德府志》由道光年间当时的承德府知府海忠主持编纂，此书从道光六年（1826年）开始编写，到光绪十三年（1887年）经当时的知府廷杰和教授李世寅修订才正式出了书，前后有60多年时间。全书共86卷，分为：诏谕（清帝有关承德的谕旨）、天章（清帝在承德作的诗文）、巡典（清帝巡视驻跸承德的记载）、山庄、行宫、围场、图说（承德地图、示意图）、晷度（天文历法）、建置、疆域、关隘、冢墓、田赋、蠲恤（捐抚恤）、兵防、蕃卫（蒙古诸部概况、边疆少数民族上层人物来承德朝觐的情况）、风土、物产、职官、名宦（历代著名官吏）、选举（科举考试的情况）、人物、列女（贞节烈女）、纪事（历代大事记）、外纪（历史上各民族的情况）、艺文（历代诗文）、杂志（历代典籍中有关承德的记载）等等。

⑤《农政全书》，明徐光启著，经其门人陈子龙等修订完成，成书于明朝万历年间，基本上囊括了中国古代汉族农业生产和人民生活的各个方面，而其中又贯穿着一个基本思想，即徐光启的治国治民的“农政”思想。

⑥《授时通考》，是中国清代官修的综合性农书。清乾隆二年（1737年），鄂尔泰、张廷玉奉旨率词臣40余人，收集、辑录前人有关农事的文献记载，历时5年，于乾隆七年（1742年）编成。

渊鉴》（4卷）。此外还有汉、唐、清等朝出版的散文选集。诗歌方面有明代张溥编的《汉魏六朝一百三家集》（10卷）、南宋计有功编辑的《唐诗纪事》（4卷），以及后人仿其体制编辑的《宋诗纪事》（清厉鄂撰，4卷）、《元诗纪事》（近代陈衍撰，8卷）和《明诗纪事》（清末陈田编，6卷）等。此外还有清廷在1706年组织编写的《历代赋汇》[①]（8卷）。

对于在中国封建时代不被重视的小说、戏曲类书籍，瓦西里耶夫在他的购书活动中也同样予以注意，并尽力搜罗。据他本人在其《关于圣彼得堡大学东方书籍的笔记》中所说，圣彼得堡大学图书馆当年收藏的中国小说戏曲类作品共125部，还有包括60部戏剧的剧本选集12卷。这些库藏无疑成为他后来撰写世界上第一部中国文学史——《中国文学史纲要》的材料基础。瓦西里耶夫在他的笔记里还特意指出了中国小说与戏剧的特点。他写道："我们的长篇小说、戏剧和短篇小说总是以爱情为基础，在中国人那里在很多情况下，它全然是不明显的。"[②]他指出，中国长篇小说和戏剧主要有"四种主要的样式"：一是传奇的，这一样式的代表是《水浒传》[③]，往这里可以带入数量巨大的一系列传说，其中甚至包括全在小型片段中的地方迷信。二是历史的，它完全可以被看作是中国的长诗（поэма），当我们眼前有这样的故事，如《三国演义》的时候，在这场英雄之间的斗争和浴血奋战中，我们还遇到了另一种斗争，智慧之间的斗争——一系列中国统帅们所运用的狡诈计谋，中国人对它的赞赏比表现物质勇敢要更多。除此之外，《三国志》还用卓越的音节写作，它的节奏和声音如同诗歌。在这一类书中，几乎所有在其他文集中的中国历史都是这样叙述的，它们都仿照这个样子写，并且几乎所有都被改写到戏剧中去。三是像《西厢记》这样的，没有哪一种戏剧被提到如此高的地位。它更像歌剧，因为在这里经常遇到咏叹调，它们赢得观众热烈的掌声……最后，第四，也是最后一种形式，就是真正的长篇小说，其中展现了中国人的日常生活，在那里充斥着滥用职权和恶习，并且那里经常描写发生在身边，以及在更具诱惑力

---

① 清陈元龙奉敕编纂，是迄今为止辑录先秦至明代赋作最为完备的赋体作品总集。

②［俄］В. Л. 乌斯宾斯基主编：《圣彼得堡国立大学高尔基科学图书馆里的东方语言手抄本和刻本》，圣彼得堡国立大学语言系2014年版，第88页。

③ 俄文名《Речные заводи》（河湾）。

的色调中的淫荡行为。”[①]瓦西里耶夫指出：“长篇小说的代表通常被认为是《金瓶梅》，但早就被认为高于它的无疑是《红楼梦》，后者表现为在散文形式的迷人故事中讲述有趣的情节——准确地说，我们很难在欧洲找到这种类型的作品。据说这部书是在一个贵族家庭里写的，当时它只是手稿，而它的印刷本售价很贵。”[②]在这里我们看到了他后来在《中国文学史纲要》一书中对《红楼梦》评论的雏形，同时也可以看到当年《红楼梦》在中国图书市场上受欢迎的程度。

根据圣彼得堡大学东方系叶可嘉、马懿德两位青年学者编撰的《圣彼得堡大学东方系图书馆收藏王西里院士中国书籍目录》（以下简称《目录》），现已整理编目的瓦西里耶夫收藏的中国小说戏曲类书籍有《三国志通俗演义》（BУ17）、《张竹坡评点金瓶梅》（BУ18）、《红楼梦》（BУ19、20、21）及被书商改名的《增评补像全图金玉缘》（BУ137）、《增评补图石头记》（BУ239、BУ240）、《聊斋志异》（BУ22）、《好逑传》（BУ24）、《绣像第五才子书（水浒传）》（BУ136）、《绣像全图小五义》（BУ138）、《五美缘》（BУ139）、《绣像第七才子书（琵琶记）》（BУ140）、《绘图粉妆楼全传》（BУ142）、《绘图第一奇书雪月梅》（BУ143）、《绣像封神演义》（BУ145）、《绘像增注第六才子书（西厢记）释解》（BУ146）、《绣像施公案全传》（BУ147）、《列仙传》（BУ148）、《蜃楼志》（BУ149）、《绣像绿野仙踪全传》（BУ150）等中国通俗文学的代表性作品。这充分证明王西里当年写作《中国文学史纲要》时能列举大量中国通俗小说、戏曲名目，绝非虚语妄谈，而是真正掌握了来自中国的第一手资料。

在瓦西里耶夫文学类收藏中有一部反映了清朝统治时期沟通满汉民族文化的《满汉合璧：聊斋志异选译》（BУ120），该书译者布吉尔根·扎克丹系清乾隆至咸丰年间人（生卒年待考），字秀峰，号五费居士，满洲正红旗。他一生官场失意，有感于蒲松龄笔下所寄托的“孤愤”，因而酷

---

①［俄］B. Л. 乌斯宾斯基主编：《圣彼得堡国立大学高尔基科学图书馆里的东方语言手抄本和刻本》，圣彼得堡国立大学语言系2014年版，第88—89页。

②［俄］B. Л. 乌斯宾斯基主编：《圣彼得堡国立大学高尔基科学图书馆里的东方语言手抄本和刻本》，圣彼得堡国立大学语言系2014年版，第89页。

爱《聊斋》，后为用满文翻译《聊斋》几乎用尽了一生心血。其《聊斋》满汉合璧选译本刊刻于清道光二十八年（1848年），共二十四卷，分订二十四册，选译《聊斋》作品126篇。这一《聊斋》版本现已成为中国学者研究《聊斋志异》在各民族中传播的重要材料。[①]

值得注意的是，在王西里的文学类藏书中，还有一些在中国清代被禁毁的作品，如《五美缘》[②]、《蜃楼志》[③]、《痴婆子传》[④]（ВУ163）、《载花船续编》[⑤]（ВУ164）等 。今天看来十分庆幸和可贵的是，正是由于海外汉学家这种无所顾忌的收藏，使得许多珍贵的中国古籍得以在境外得到保存。像《载花船续编》，目前存世的在中国国内只有北京大学图书馆收藏的原北京大学教授马廉[⑥]私藏的8回本，此外还有日本东京大学东洋文化研究所仓石文库的仓石藏本和英国藏抄本，再有就是圣彼得堡大学东方系的这部俄藏抄本了。

王西里收藏中国小说中比较珍贵的版本还有清无名氏所著《金石缘》（ВУ29），此书在叶可喜、马懿德《目录》中题名为《金石姻缘》，但据书页照所拍第五回“救小主穷途乞食，作大媒富室求亲”，应为《金石缘》，又名《巧合金石缘演义》。全书二十四回，叙述金玉、爱珠、石有

① 王平：《聊斋志异在清代的传播》，载《蒲松龄研究》2003年第4期。

②《五美缘》，又名《绣像大明传》，清代著名言情小说，全书十二卷八十回，有清代道光年间楼外楼刊本。写书生冯旭与五位美人的姻缘故事，故事情节生动，人物形象众多，且塑造得富于个性，尤以五位美女的描写最为出色。书中对女性极尽赞美之词，但同时也有一些渲染男女情爱的描写，故在清代被定为“淫书”。

③《蜃楼志》，又称《蜃楼志全传》，清代长篇白话小说，旧题“清庚岭劳人说，禺山老人编”。小说以广东为背景，写广州十三行洋商苏万魁之子苏吉士的读书、经商及爱情生涯，同时也展示了当时社会生活的诸多方面。其“辞气浮露，笔不藏锋”，开后来中国谴责小说之先河。问世后，曾多次遭禁毁。

④《痴婆子传》，又名《痴妇说情传》，作者疑为明代一女性。小说以浅近文言之倒叙笔法，讲述少女上官阿娜一生淫荡，最后皈依佛门洗净淫心的故事。文笔细腻，刻画入微，可惜淫亵文字极易蛊惑人心，故屡遭禁毁。有写春园丛书本、石印本及各种抄本流传，又有日本京都圣华房刊本等。

⑤《载花船续编》，短篇小说集，共四卷十六回。叙明初席元浩与幕僚振儒之妻靓娘通奸，席元浩为夺靓娘而诬陷振儒为逆党，振儒之婢女梅萼抱打不平，刺死席元浩、靓娘和席之婢女春燕，然后上京告状，自刎于堂上，使振儒之冤大白的故事。作者姓名、身世不详，题“西泠狂者笔”，疑为杭州人。书中多有露骨色情描写，在清道光与同治年间都被列为禁书。

⑥ 马廉，字隅卿，浙江鄞县（今鄞州）人。近现代著名的藏书家、小说戏曲家。曾任北平孔德学校总务长，北平师范大学、北京大学教授。

光、石无暇等人悲欢离合的故事。该书已知有嘉庆五年（1800年）鼎翰楼刊本、嘉庆十九年（1814年）崇雅堂刊本、嘉庆二十年（1815年）石渠山房刊本、嘉庆二十一年（1816年）同盛堂刊本、咸丰元年（1851年）文粹堂刊本等。现存世有文光堂刊本，藏于中国社会科学院文学研究所。《目录》中所载圣彼得堡大学东方系藏本，可为此书存世版本做一补充，值得中国古代小说版本学研究者做一步研究。

作为中国古典小说代表作和中国文学海外传播经典作品的《红楼梦》，在瓦西里耶夫的收藏中有7种（ВУ21号下为两种）之多。当年在圣彼得堡艾尔米塔日博物馆发现的《红楼梦》“列藏本”（因当时圣彼得堡名为“列宁格勒”而得名），曾是世界“红学”研究中轰动一时的大事，现已为红学界确认为《红楼梦》的一个独立版本。从《目录》所列刻本看，均为年地不详且保存不全的残本，只有光绪二十六年（1900年）后刊印的石印或铅印本《增评补图石头记》（ВУ239、ВУ240），方能窥其全豹。这一方面说明《红楼梦》一书在清朝曾屡遭官方禁止，世面上难以公开流传[①]，外籍人士很难搜购到完整的全本；另一方面也说明《红楼梦》在当时的知名度很高，于是有不同的俄国人带回不同版本的残书。这些散佚在俄罗斯的《红楼梦》残卷，为中华文化在海外的传播提供了无声的物证。

俄罗斯东正教使团成员和В. П. 瓦西里耶夫这样的汉学家在中国搜罗采购书籍的活动到19世纪后半叶至20世纪初仍在进行，这时的购书人经常是在中国任职且身居高位的瓦西里耶夫的学生们，他们把自己在中国获得的各种内容的书籍，作为礼物寄给母校。这些向母校赠书的毕业生中，比较知名的有后来成为外交官的П. К. 鲁达诺夫斯基，他在1913年4月把一套规模不大的书转交给学校图书馆，其中包括两个版本的《红楼梦》；长期在库伦（今名乌兰巴托）、伊宁和乌鲁木齐外交部门工作的В. М. 乌斯宾斯基，他在1917年末把一批中文和蒙文书籍赠给学校图书馆；还有后来成为苏联汉学奠基人的В. М. 阿列克谢耶夫院士，其赠书中有一篇19世纪俄罗斯

① 清人在爱新觉罗・永贵《延芬室稿》中《因墨香得观〈红楼梦〉小说吊雪芹》一文批语道：“此三章诗极妙。第《红楼梦》非传世小说，余闻之久矣，而终不欲一见，恐其中有碍语也。”

诗人M. Ю. 莱蒙托夫诗歌《三棵棕榈树》的中文译本（XУ1.2163）[①]，而这一中文译本是研究俄罗斯文学在中国早期传播的宝贵资料。

圣彼得堡大学图书馆最珍贵的中国古籍馆藏是1912年从俄罗斯宗教使团那里得到的11册（25卷）《永乐大典》手抄本（XУ1.2550）。该书原本在17世纪就已散佚，以后中国境外出现的《永乐大典》的片段，大多为八国联军在1900—1901年间镇压义和团时攫取的“战利品”。圣彼得堡大学收藏的这部《永乐大典》，虽仍是残本，但其规模绝对超过中国境外其他图书馆的所有藏品。1958年，当时苏联政府决定，将全部在圣彼得堡大学（当时叫列宁格勒大学）和苏联其他图书馆收藏的《永乐大典》书册都归还给了中国。关于圣彼得堡大学收藏《永乐大典》的情况，在B. H. 卡京所作《列宁格勒大学图书馆的〈永乐大典〉》[②]一文中有详细介绍。

相对于目前圣彼得堡大学图书馆收藏的总共两千多种、三万多册中国古籍而言，目前整理编目出来的二百多部中国古籍只能说是极小的一部分。因此，抓紧进行整理编目工作，使之为俄罗斯和包括中国学者在内的世界各国学者服务，是目前圣彼得堡大学图书馆一项繁重而又意义重大的任务。

① 据书中附录的图片，此系东省铁路俄文学堂乙班学生王安澜译的莱蒙托夫诗《三棵棕榈树》，中文译名为《枞树三株》，阿理克（B. M. 阿列克谢耶夫的中文名）校。译文用文言模仿楚辞风格，如开头两句，现代中译文为：“阿拉伯大陆的沙漠里，三棵棕榈树昂然挺立”（骆继光、温小红译），而B. M. 阿列克谢耶夫转赠的译本译作中则译为：“阿地沙漠之旷野兮，棕榈矫然而为三”。

②［俄］B. H. 卡京：《列宁格勒大学图书馆的〈永乐大典〉》，见И. Ф. 波波娃主编《列宁格勒围城年代（1941—1944）东方学家的著作》，东方文学出版社2011年版，第151—191页。

附　表

附表一

20世纪中外文学学术交流资讯例表

目　录

1. 与外国文学相关的中国刊物及其相关信息

序号	刊物	主办单位	创刊时间	截止时间	特色
01	《译文》	世纪出版集团	1934	2008	月刊，由鲁迅和茅盾发起，旧刊为29期，汇聚了当时最有名的作家译者，1937年6月停刊。该报刊内容涵盖广泛，包括各国文化现象，如音乐、旅游、影视、美术等。2001年，全名是《外国文艺·译文》杂志复刊，新刊2008年6月停刊，亦名品层出
02	《外语学刊》	黑龙江大学	1951	—	《外语学刊》（双月刊）创刊于1951年，是黑龙江大学主办的外国语言学研究期刊。办刊宗旨：以外国语言学为主线开展与其相关各学科的讨论，为促进我国外语教学与语言研究服务。刊登内容涵盖普通语言学、俄语语言学、英语语言学、日语语言学、比较语言学、符号学、词典学、翻译学、文学、文化、教学法和书评。自2001年起，新辟“教育部人文社会科学百所重点研究基地黑龙江大学俄语语言文学研究中心学术专栏”，集中发表我国学者研究俄罗斯当代语言学的学术成果
03	《中国文艺家》	中国文联出版社	1954	—	《中国文艺家》（月刊）主要刊发研究古今中外各种文学艺术门类的理论文章，包括文学艺术的一般理论研究，文学、戏剧、曲艺、影视、音乐、舞蹈、美术、书法、建筑、雕塑、摄影等部门艺术理论和创作实践研究，外国文艺理论、文艺思潮、文艺流派的研究等。主要栏目有文学作品、书画鉴赏、影视评论、曲艺杂谈、语言文学、民族文化、创意设计、文艺教学、文化产业

续表

序号	刊物	主办单位	创刊时间	截止时间	特色
04	《外国文学动态》	中国社会科学院外国文学研究所、译林出版社	1955	2015	《外国文学动态》（双月刊）创刊于1955年，是由中国社会科学院主管，外国文学研究所、译林出版社主办的文学刊物；《外国文学动态》集信息性、资料性、学术性为一体，介绍外国文学现状及新流派，报道有关动态。主要栏目有本刊特稿、情况综述、文化沙龙、作家介绍、作家研究、理论探索、作家访谈、作家逸事
05	《外国文学动态研究》	外国文学研究所、译林出版社	1955	—	《外国文学动态研究》（双月刊）以介绍当代外国作家、作品为主，兼顾趋势性的分析和动态信息。常设栏目主要有当代作家作品评论、年度报告、新作书评以及作家深度访淡等
06	《世界文学》	中国社会科学院外国文学研究所	1959	—	双月刊，该刊旨在加强国际间文化往来，推动中外文化交流，提高广大文学爱好者的文化艺术修养。主要介绍世界各国优秀文学作品，以中短篇小说为主，兼顾诗歌、散文、戏剧等
07	《外国问题研究》	东北师范大学	1964	—	《外国问题研究》办刊方针：尊重学术传统，凸显学科特色，汇集中外学术名家，在充分关注新时期中国国家战略的基础上，以全球视野和开放的眼光，研究域外重大理论问题和实证问题。 主要栏目有东亚问题、丝路古今、古典语言、欧美文明、跨域思考、前沿追踪
08	《日本问题研究》	河北大学	1964	—	《日本问题研究》创刊于1964年，1987年开始在国内外公开发行，是专门研究日本相关问题的专业性学术期刊，2014年开始由季刊改为双月刊

续表

序号	刊物	主办单位	创刊时间	截止时间	特色
09	《中外文学》		1972		中文季刊
10	《外国文学研究》	华中师范大学	1978	—	《外国文学研究》（双月刊）宗旨是反映外国文学理论、思潮和创作的新动向，刊载我国外国文学和比较文学研究的新成果，开拓外国文学和比较文学的新领域、新课题，扩展我国文艺界的视野并提供借鉴
11	《外国文艺》	上海译文出版社	1978	2017	《外国文艺》（双月刊）是以介绍当代外国文学为主旨的纯文学刊物。它有重点、有系统地译介当代外国文学艺术（以文学为主，兼及美术）作品和理论，介绍有代表性的流派，反映新的外国文学思潮和动态;获国际重大奖项的文学作品亦在其介绍之列。《外国文艺》自创刊以来，先后介绍了劳伦斯、萨特、纳博科夫、博尔赫斯、马尔克斯、略萨、艾略特、伍尔夫、川端康成、大江健三郎、帕维奇等数百位重要作家，活跃了我国文坛，推动了我国的文学创作，被公认为是我国一流的外国文学刊物。主要栏目有小说、文论、诗歌、戏剧、美术家与作品
12	《国外社会科学》	中国社会科学院信息情报研究院	1978	—	《国外社会科学》曾为月刊，1995年改为双月刊。主要介绍国内外社会科学最新的学术理论、研究方法和发展趋势，尤其是新思潮、新流派、新理论、新论著和新成果，为社会各界提供当前世界各国的政治、经济、文化、社会、军事、哲学、法律、历史、教育、文艺、民族、宗教和马克思主义研究、国外中国研究等领域的信息

续表

序号	刊物	主办单位	创刊时间	截止时间	特色
13	《戏剧艺术》	上海戏剧学院	1978	—	《戏剧艺术》（双月刊）是由上海戏剧学院主办的专业理论刊物。主要刊登戏剧理论和戏曲研究成果，介绍外国戏剧理论与作品，发表舞美、戏剧导演与表演艺术、戏曲教学、影视艺术等方面的学术论文
14	《外国语》	上海外国语大学	1978	—	《外国语》（双月刊）是以英语为主的多语种外语类学术期刊。主要刊载语言学及具体语言研究、翻译研究、外国文学理论研究，语言、翻译、外国文学类书籍评介，国内外语言文学、外语教学学术会议简讯等方面的稿件
15	《译林》	译林出版社	1979	—	《译林》（双月刊）为大型翻译文学刊物。译介世界各国有影响、有代表性的优秀文学作品，同时刊登文学流派、文学思潮方面的论述及文学动态方面的信息。《译林》（文摘版）与《译林》（学术版）版本目前已停刊。主要栏目有长篇小说、中篇小说、短篇小说、诗歌散文、作家轶事、外国作家介绍、外国文学之窗、东瀛书影
16	《拉丁美洲研究》	中国社会科学院拉丁美洲研究所	1979	—	曾用名《拉丁美洲丛刊》，双月刊，是由中国社会科学院拉丁美洲研究所主办的综合性学术研究刊物，也是目前我国唯一面向国内外公开发行的研究拉美地区重大现实问题和基本情况的刊物，主要刊载有关拉美地区经济、政治、国际关系、文教、科技、民族、宗教、社会思潮等方面的学术论文

续表

序号	刊物	主办单位	创刊时间	截止时间	特色
17	《俄罗斯文艺》	北京师范大学	1980	—	曾用名《苏联文学》，季刊。《俄罗斯文艺》介绍俄罗斯及独联体各国的文学和社会文化，特别是俄罗斯文学中的优秀作品，报道文坛动态，探讨当今俄罗斯文学领域中的热点问题。该杂志是国内了解俄罗斯社会文化的窗口，是中俄文化交流的桥梁，也是探索、思考俄罗斯社会文化问题的园地。主要栏目有作品译介、中俄文学比较研究、当代俄罗斯文学、文化研究、文论研究、世界文学、书评、消息
18	《外国文学》	北京外国语大学	1980	—	《外国文学》（双月刊）是由北京外国语大学主办的外国文学研究学术期刊。主要刊登世界各民族语言文学，重点介绍国外作家作品研究和批评理论的趋势和动向。主要任务是为国内学者提供研究借鉴，展示国内外国文学研究的最新成果，与国内外同行进行有效的学术交流。主要栏目有小说、理论、评论、书评、文苑
19	《当代外国文学》	南京大学外国文学研究所主办，译林出版社和上海外语教育出版社共同协办	1980	—	《当代外国文学》（季刊）是国内少数专门介绍和研究当代外国文学的学术期刊之一。《当代外国文学》目前不定期开设重要作家研究和文坛热点追踪等专栏。同时，根据学术界的热点问题，刊登当代外国文学作品译介、作家访谈、作家作品研究、中国作家与外国文学、文坛动态、学术信息等

续表

序号	刊物	主办单位	创刊时间	截止时间	特色
20	《世界文化》	天津外国语学院	1980	—	《世界文化》（月刊）创于1980年，是由天津外国语学院主办的国内外公开发行的综合类文化期刊。以“关注世界文化现象、采撷人类文明成果、介绍异国风土人情、传递现代生活信息”为主旨，为“增进国民文化素质、提高国民文化品位、开阔国民文化视野、拓展国民文化情趣”提供高品质的服务，其主要读者为中等以上文化层次的知识群体
21	《中国翻译》	中国外文局对外传播研究中心、中国翻译工作者协会	1980	—	《中国翻译》（双月刊）是中国外文出版发行事业局主管，中国外文局对外传播研究中心、中国翻译工作者协会主办的学术期刊，同时也是中国翻译协会的会刊；《中国翻译》反映国内、国际翻译学术界前沿发展水平与走向，开展译学理论研究，交流翻译经验，评介翻译作品，传播译事知识，促进外语教学，介绍新、老翻译工作者，报道国内外译界思潮和动态，繁荣翻译事业
22	《外国语文》	四川外国语大学	1980	—	《外国语文》（双月刊）前身为《四川外语学院学报》，2008年经国家新闻出版总署批准更名为《外国语文》。主要反映国内外学者在外国语言、外国文学、翻译等研究领域的热点，促进学术交流，推动外语教学、科研工作的发展。主要栏目有外国文学与文本研究、比较文学研究、外国语言研究、翻译研究、外汉对比研究、外语教育与教学论坛

续表

序号	刊物	主办单位	创刊时间	截止时间	特色
23	《春风译丛》	春风文艺出版社	1980	1982	
24	《外国小说报》	辽宁人民出版社	1981		《外国小说报》属于月刊性质，每期虽然不到百页，内容却相当丰富，可读性较强。这份新杂志是我国专门介绍外国小说，并以当代文学为主，以中长篇为主，兼顾古典作品和短篇的期刊
25	《国外文学》	北京大学	1981	—	《国外文学》（季刊）是由北大主办的一份面向国内外公开发行的评介外国文学的学术性刊物。其受众主要是国内外文学研究、教学工作者及广大外国文学爱好者，刊发文学理论探讨、文本分析与阐释、作品翻译与译介等内容。主要栏目有文学理论探讨、综论与述评、文本分析与阐释、比较文学研究、书评、作品翻译与评介
26	《日本文学》	吉林出版社	1982		
27	《法国研究》	武汉大学	1983	—	《法国研究》（季刊）是中国唯一专门研究法国问题的学术期刊。杂志依托全国重点综合性大学的优势，邀请文理学科权威学者担任评审专家。研究范围涵盖文学、语言、翻译、教学、经济、政治、社会、文化、哲学等各方面，主要介绍法国文化，同时也发表最新法语出版物的节选译作。由武汉大学主办，武汉大学法国问题研究中心出版。主要栏目有文学、语言、政治、历史、经济、法律、教育、文化等

续表

序号	刊物	主办单位	创刊时间	截止时间	特色
28	《外国文学欣赏》	长沙铁道学院	1984	1989	
29	《外语研究》	中国人民解放军国际关系学院	1984	—	《外语研究》（双月刊）创刊于1984年，原名《南外学报》，由中国人民解放军国际关系学院主办。主要栏目有现代语言学研究、外语教学研究、翻译学研究 、外国文学研究、书评、词典学研究
30	《外国语言文学》	福建师范大学	1984	—	《外国语言文学》（季刊）的宗旨是面向全国，走向国际。多年来刊发了大量全国各地作者在英语、法语、日语等语种的语言研究和教学研究方面的高水平论文，近年来也发表了部分欧美和我国香港地区著名的语言学家和外语教育家的学术研究论文，同时开始向国外学术界介绍我国学者的语言学和外国语言文学研究成果
31	《中国比较文学》	中国比较文学学会、上海外国语大学	1984	—	《中国比较文学》（季刊）是目前中国大陆唯一的面向国内外比较文学界、及时反映本学科前沿信息的国际性专业学术期刊。该期刊关注国内外文学理论、思潮、流派、作家及作品的研究，致力于探讨具有中国特色的比较文学研究，关注中外文学关系研究、翻译研究、跨学科研究及比较文学教学研究，及时反映中外比较学界研究和出版的最新动态和信息

续表

序号	刊物	主办单位	创刊时间	截止时间	特色
32	《日本研究》	辽宁大学日本研究所	1985	—	《日本研究》（季刊）1985年创刊，是面向国内外公开发行的综合性学术刊物。主要刊登日本研究方面的学术论文，广涉日本经济、政治、外交、历史、文学、哲学、教育、法律、民俗、文化等各个领域，并聘请中日两国一批著名学者、资深专家为特约作者
33	《外国文学评论》	中国社会科学院外国文学研究所	1987	—	《外国文学评论》（季刊）面向国内外从事外国文学研究的学者、高等院校教师、外国文学专业的研究生以及对外国文学有浓厚兴趣的文学界与文艺界专业人士，重点刊登关于外国古典和现当代重要作家作品的研究论文，关于当代文学思潮、理论流派及重要思想理论家的研究论文，关于中外文学关系、中外作家作品的比较方面的研究论文等，最及时地提供关于外国文学研究的第一手重要信息。主要栏目有二十世纪文学、理论研究、书评
34	《青年外国文学》	漓江出版社	1988		
35	《复旦外国语言文学论丛》	复旦大学外国语言文学学院	1988	—	《复旦外国语言文学论丛》（半年刊）由复旦大学外国语言文学学院主办。该期刊坚持促进国际科学文化交流，探索防灾科技教育、教学及管理诸方面的规律，活跃教学与科研的学术风气，为教学与科研服务。主要栏目有语言学、文学、翻译

续表

序号	刊物	主办单位	创刊时间	截止时间	特色
36	《东方丛刊》	是由广西师范大学出版社、广西师范大学中文系（国家文科基地）主办，中华美学学会、中国比较文学学会、中国中外文艺理论学会、全国高校东方文学研究会协办	1992	—	《东方丛刊》（季刊）于1992年2月创办，已出版33辑，以其正确的办学方向和高层次的学术质量在学术界具有广泛的影响。《东方丛刊》面向国内外的文化研究及东方学专业研究人员，面向高校东方文学、东方文化、东方美学、东方诗学专业的任课教师、研究生以及广大的东方文学和东方文化、美学理论的爱好者，以弘扬东方文化的优良传统，推动深入研究和阐发东方文化、东方美学、中国诗学理论的现代价值和意义为宗旨，坚持学术质量第一的方针，扶植具有原创性和民族特色的学术研究，为中国东方学和中国文化研究提供高层次的专业学术论坛
37	《中外文化与文论》	中国中外文艺理论学会、四川大学中文系	1996	—	《中外文化与文论》（季刊）设置的栏目有中国20世纪文论的知识考古、中西文学意义论比较研究、表现主义诗学研究、少数族裔文学批评研究、生态批评与跨文化研究、比较文化视域中的诗学与美学等
38	《南京师范大学文学院学报》	南京师范大学文学院	1999	—	《南京师范大学文学院学报》（季刊）创刊于1999年，是我国目前唯一的被批准在海内外公开发行的高校二级学院中国语言文学专业学报。该刊立足于我国人文学科理论前沿，努力展现中国语言文学学科最新研究成果。创刊以来大力推出科学性、独创性、实践性相统一且具有新见解、新发现、新视角、新方法、新文风的学术论文；从现实的文艺实践和学术活动中发现新课题，组织热点专题研究，从学术理论层面上作出探索与应答

2. 译成英文的鲁迅著作

时间	著作	全集名	译名	译者	出版机构
1926	《阿Q正传》		*The True Story of Ah Q*	梁杜乾 George Kin Leung	商务印书馆
1930	《阿Q正传》《孔乙己》《故乡》	《阿Q的悲剧及其他当代中国短篇小说》*The Tragedy of Ah Qui and Other Modern Chinese Stories*	*The Tragedy of Ah Qui*, *Con Y Ki*, *The Native Country*	米尔斯（E. H. F. Mills）	G. 老特利奇公司（伦敦）
1931	《野草》			冯余生	毁于大火，未能出版
1932	《药》			乔治・A. 肯尼迪	刊载于《中国论坛》
1932–1934	《孔乙己》《风波》《伤逝》《狂人日记》《药》	《草鞋脚：现代中国短篇小说选》（*Straw Sandals: Chinese Short Stories, 1918–1933*）	*K'ung I-chi*，*A Gust of Wind*, *Remorse*	金守拙（George A. Kennedy）	伊罗生（Harold R. Isaacs）编选，美国麻省理工学院出版社
1935	《药》			埃德加・斯诺（Edgar Snow）、姚莘农合译	刊登在纽约《亚洲》杂志
1935	《风波》			伊罗生（Harold Robert Isaacs）	纽约出版的《小说杂志》

续表

时间	著作	全集名	译名	译者	出版机构
1935	《故乡》《风波》		*My Native Town*, *Storm in the Village*	林疑今	刊载于《民众论坛》（*The People's Tribune*）
1935–1936	《阿Q正传》	《阿Q及其他——鲁迅小说选》（*Ah Q and Others: Selected Stories of Lusin*）	*Our Story of Ah Q*	王际真	连载于纽约的《今日中国》（*ChinaToday*）第2卷第2–4期，后收入王际真英译《阿Q及其他：鲁迅小说选》
1936	《孔乙己》《一件小事》《离婚》	《活的中国——现代中国短篇小说选》（*Living China: Modern Chinese Short Stories*）	*K'ung I-chi*, *A Little Incident*, *Divorce*	埃德加·斯诺、姚莘农合译	乔治·哈拉普书局出版（伦敦）
1936	《祝福》		*The New Year Blessing*	林疑今	刊载于《民众论坛》（*The People's Tribune*）
1936	《端午节》《在酒楼上》《离婚》		*The "Dragon Boat" Settlement*, *Old Friends at the Wine-shop*, *A Rustic Divorce*	未署名	刊载于《民众论坛》（*The People's Tribune*）
1936	《孔乙己》		*The Tragedy of K'ung I-Chi*	未署名	刊载于《民众论坛》（*The People's Tribune*）
1938	《怀旧》		*Looking Back to the Past*	冯余声	刊载于《天下月刊》（*T'ien Hsia Monthly*）

续表

时间	著作	全集名	译名	译者	出版机构
1938–1939	《风波》《祝福》《离婚》		*Cloud over Luchen*, *Sister Sianglin*（后译为*The Widow*），*The Divorce*	王际真	刊载于美国《远东杂志》，后收入王际真英译《阿Q及其他：鲁迅小说选》
1940	《高老夫子》		*Professor Kao*	未署名	刊载于上海《中国杂志》（*China Journal*）
1940	《明天》		*Dawn*	王际真	刊载于美国《远东杂志》（*Far Eastern Magazine*）
1940	《幸福的家庭》		*A Happy Family*	王际真	刊载于上海《中国杂志》（*China Journal*）
1940	《孤独者》《伤逝》		*A Hermit at Large*, *Remorse*	王际真	刊载于上海《天下月刊》（*T'ien Hsia Monthly*），修订版后收入王际真英译《阿Q及其他：鲁迅小说选》
1941	《头发的故事》《故乡》《在酒楼上》《肥皂》	《阿Q及其他：鲁迅小说选》（*Ah Q and Others*: *Selected Stories of Lusin*）	*The Story of Hair*, *My Native Heath*, *Reunion in a Restaurant*, *The Cake of Soap*	王际真	收入《阿Q及其他——鲁迅小说选》（*Ah Q and Others*: *Selected Stories of Lusin*），该书是英语世界最早的鲁迅小说专集，收入鲁迅的十一篇小说，由在美国哥伦比亚大学出版社出版

续表

时间	著作	全集名	译名	译者	出版机构
1944	《端午节》《示众》	《当代中国小说选》(*Contemporary Chinese Stories*)	*What's the Difference*, *Peking Street Scene*	王际真	哥伦比亚大学出版
1946	《风波》	《当代中国短篇小说选》(*Contemporary Chinese Short Stories*)	*The Waves of the Wind*	袁家骅和罗伯特·白英(Robert Payne)	同时在伦敦跨大西洋艺术出版公司和纽约的卡林顿书局出版
1947	《鸭的喜剧》		*The Comedy of the Ducks*	诺克(C. H. Kwock)	刊载于美国《东方文学》(*Journal of Oriental Literature*)第1期
1949	《明天》		*At Dawn*	约瑟夫·卡尔莫(Joseph Kalmer)	在伦敦《生活与文学》(*Life and Letters*)上发表
1953	《阿Q正传》		*The True Story of Ah Q*	杨宪益、戴乃迭	外文出版社在1953年第一版出版后,1955年出了第二版,1960年第三版,1964年第四版,1972年第五版,1977年第五版第二次印刷,1991年再次印刷;1975年,北京现代管理学院出版了“*The True Story of Ah Q*”的汉英对照本; 1976年香港C&W出版

续表

时间	著作	全集名	译名	译者	出版机构
1953	《阿Q正传》		*The True Story of Ah Q*	杨宪益、戴乃迭	公司出版了插图版的“*The True Story of Ah Q*”；2000年，北京新世界出版社出版了汉英对照插图版的“*The True Story of Ah Q*”；2000年外文出版社也出版了“*The True Story of Ah Q*”的英汉对照版（《经典回声》丛书）；2001年外文出版社出版了汉英对照经典读本——现代名家系列《阿Q正传》《祝福》合印本；2002年香港中文大学出版了中英对照版的《阿Q正传》；《阿Q正传》的英译本还在国外出版，1990年美国波斯顿的Cheng & Tsui公司出版了杨、戴夫妇翻译的“*The True Story of Ah Q*”第五版；2004年美国

续表

时间	著作	全集名	译名	译者	出版机构
1953	《阿Q正传》		*The True Story of Ah Q*	杨宪益、戴乃迭	的Kessinger Publishing出版公司出版了《阿Q正传》英译本；2006年亚马逊图书出版公司电子图书出版社出版了大字号的电子版“*The True Story of Ah Q*”，同年他们出版了“*The True Story of Ah Q*”的kindle edition；2007年，该公司还出版了“*The True Story of Ah Q*”的超大字号的电子版以方便老年读者阅读
1954		《鲁迅短篇小说选》（十三篇）	*Selected Stories of Lu Hsun*	杨宪益、戴乃迭	外文出版社
1956		《鲁迅选集》卷一	*Selected Stories of Lu Hsun Vol.1*	杨宪益、戴乃迭	由外文出版社出版，四卷本英文版。这是第一次系统地将鲁迅的作品译成英文。第一卷收入了18篇小说和一些回忆散文和散文诗，后三卷则全部是匕首投枪式的杂文

续表

时间	著作	全集名	译名	译者	出版机构
1957		《鲁迅选集》卷二	*Selected Stories of Lu Hsun Vol.2*	杨宪益、戴乃迭	外文出版社
1959		《鲁迅选集》卷三	*Selected Stories of Lu Hsun Vol.3*	杨宪益、戴乃迭	外文出版社
1959	《中国小说史略》		*A Brief History of Chinese Fiction*	杨宪益、戴乃迭	外文出版社
1960		《鲁迅小说选》（十八篇）	*Selected Stories of Lu Hsun*	杨宪益、戴乃迭	外文出版社于1960年出版第一版，1963年第二版，1969年第二版第二次印刷，1972年又出版了第三版，1989年第三版再版；1999年中国出版社和外语教学与研究出版社联合出版了英汉对照版《鲁迅小说选》；2000年外文出版社也推出了《鲁迅小说选》英汉对照版
1961		《鲁迅选集》卷四	*Selected Stories of Lu Hsun Vol.4*	杨宪益、戴乃迭	外文出版社
1961	《故事新编》		*Old Tales Retold*	杨宪益、戴乃迭	外文出版社1961年出版了第一版，1972年出第二版，1981年出第三版出版；2000年外文出版社又出版了《故事新编》英汉对照版

续表

时间	著作	全集名	译名	译者	出版机构
1967		《鲁迅小说集》	*A Lu Hsun Reader*	威廉·莱尔（*William A. Lyell*）	由耶鲁大学远东出版社出版，包括《呐喊自序》《狂人日记》《随感录三十五》《肥皂》《随感录四十》《阿Q正传》《孔乙己》
1973		《无声的中国——鲁迅作品选》	*Silent China: Selected Writings of Lu Xun*	戴乃迭（实际和杨宪益一起）	由牛津大学出版社出版，包括小说《狂人日记》《阿Q正传》《白光》《在酒楼上》《出关》，散文《狗·猫·鼠》《阿长与山海经》《五猖会》《父亲的病》，诗和散文诗《哀范君三章》《复仇（其二）》《希望》《狗的驳诘》《失掉的好地狱》《立论》《这样的战士》《聪明人和傻子和奴才》《淡淡的血痕中》《惯于长夜》《悼杨铨》《无题·万家墨面没蒿莱》《亥年残秋偶作》，散文《我的节烈观》《娜

续表

时间	著作	全集名	译名	译者	出版机构
					拉走后怎样》《论“费厄泼赖”应该缓行》《无声的中国》《再谈香港》《中国无产阶级革命文学和前驱的血》《帮闲法发隐》《论秦理斋夫人事》《倒提》《中国人失掉自信力了吗》《几乎无事的悲剧》《答托洛斯基派的信》《死》
1974	《野草》		*Wild Grass*	杨宪益、戴乃迭	外文出版社
1976	《朝花夕拾》		*Dawn Blossoms Plucked at Dusk*	杨宪益、戴乃迭	外文出版社
1976	《鲁迅：为革命而写作》		*Lu Hsun: Writing for the Revolution*		由旧金山红太阳出版社出版，全书分8个部分收录了鲁迅的文章和“文革”当中一些关于鲁迅的评论文章：《三闲集序言》《二心集序言》《且介亭杂文序言》《对于左翼作家联盟的意见》《文学与出汗》《文学与革命》《中国无产阶级革命文学和前驱的血》《论第

续表

时间	著作	全集名	译名	译者	出版机构
					三种人》《看书琐记（二）》《记念刘和珍君》《为了忘却的纪念》《全国木刻联合展览会专辑序》《白莽作孩儿塔序》《未有天才之前》《流产与断种》《一八艺社习作展览会小引》《娜拉走后怎样》《关于妇女解放》《礼》《不知肉味和不知水味》《在现代中国的孔夫子》《庆祝沪宁克复的那一边》《论“费厄泼赖”应该缓行》
1979		《鲁迅诗歌》（*Poems of Lu Hsun*）		黄新渠	
1979		《鲁迅小说集词汇》（*Lu Xun Xiao Shuo Ji Vocabulary*: *Selected Short of Lu Xun*）		刘殿爵（编）	香港中文大学出版社
1981	《呐喊》		*Call to Arms*	杨宪益、戴乃迭	外文出版社出版，至此，杨、戴夫妇翻译了鲁迅小说三个集子的33篇小说

续表

时间	著作	全集名	译名	译者	出版机构
1981	《彷徨》		*Wandering*	杨宪益、戴乃迭	由外文出版社出版，2000年《呐喊》和《彷徨》被外文出版社列入了他们的《经典回声》系列丛书；2002年香港中文大学出版了《祝福及其他》的英汉对照版
1981		《鲁迅小说全编：呐喊，彷徨》（*The Complete Stories of Lu Xun：Call to Arms，Wandering*）		杨宪益、戴乃迭	由印第安纳大学出版社出版，分《呐喊》（*Call to Arms*）和《彷徨》（*Wandering*）两部分，收入了鲁迅的25篇小说
1982		《鲁迅诗选》（*Lu Xun：Selected Poems*）		詹纳（W. J. F. Jenner）	外文出版社
1988		《鲁迅诗歌全集》（*Lu Hsun：Complete Poems*）		陈颖	由亚利桑那州立大学亚洲研究中心出版，收录了鲁迅的全部诗作，包括旧体诗49首、白话诗14首、其他诗作5首
1990		《狂人日记及其他小说》	*Diary of a Madman and Other Stories*	威廉·莱尔（William A. Lyell）	夏威夷大学出版社

续表

时间	著作	全集名	译名	译者	出版机构
1996		《全英译鲁迅旧体诗》	*The Lyrical Lu Xun: A Study of His Classical-style Verse*	寇志明	夏威夷大学出版社
2000		《两地书：鲁迅与许广平往来书信集》	*Letters Between Two: Correspondence Between Lu Xun and Xu Guangping*	杜博妮（Bonnie S. McDougall）	外文出版社
2002		《祝福及其他》	*The New-Year Sacrifice and Other stories*	杨宪益、戴乃迭	香港中文大学出版社
2003	《野草》		*Wild Grass*	杨宪益、戴乃迭	香港中文大学出版社
2003	《阿Q正传》		*The True Story of Ah Q*	杨宪益、戴乃迭	香港中文大学出版社
2009		《阿Q正传及其他中国故事：鲁迅小说全编》	*The Real Story of Ah Q and Other Tales of China: The Complete Fiction of Lu Xun*	蓝诗玲（Julia Lovell）	由企鹅出版社出版，与以往杨宪益、戴乃迭、威廉·莱尔等人的译本相比，这个新译本的语言风格是更加“简明”和“润畅”；蓝诗玲是英国汉学家，是外国学者中翻译鲁迅小说最全的一位学者，她翻译了鲁迅三部小说集的所有小说
2009	《鲁迅呐喊》		*Capturing Chinese: Short Stories from Lu Xun's Nahan*	杨宪益、戴乃迭	

续表

时间	著作	全集名	译名	译者	出版机构
2010	《鲁迅阿Q正传》		*Capturing Chinese：Lu Xun's The Real Story of Ah Q*	杨宪益、戴乃迭	
2011	《鲁迅祝福》		*Capturing Chinese：Lu Xun's The New Year's Sacrifice*	杨宪益、戴乃迭	
2014	《狂人日记》		*A Madman's Diary*	保罗·梅甘（Paul Meighan）	中英对照

3. 80年代以来我国大学的国际文学学术研究活动

时间	机构	活动名称	资料来源
1981	北京大学	北京大学比较文学研究中心成立	《北京大学中文系百年图史：1910—2010》
1982.8.17	北京大学	第十五届国际汉藏语言学会议	《北京大学中文系百年图史：1910—2010》
1985	北京大学	后现代主义与晚期资本主义的文化逻辑	《北京大学中文系百年图史：1910—2010》
1987.8.22	北京大学	北大比较文学研究所主编《中国比较文学年鉴》出版座谈会	《北京大学中文系百年图史：1910—2010》
1988.5.4	北京大学	比较文学与超学科	《北京大学中文系百年图史：1910—2010》
1989.9	北京大学	日本东京女子大学教授伊藤虎丸来中文系做学术讲演	《北京大学中文系百年图史：1910—2010》

续表

时间	机构	活动名称	资料来源
1990	南京大学	第一届唐代文学国际学术讨论会	《南京大学年鉴》
1991.2	北京大学	《比较：必要、可能 和限度》笔谈	《北京大学中文系百年图史：1910—2010》
1991	南京大学	茅盾研究国际学术讨论会	《南京大学年鉴》
1993.6.21	北京大学	比较文学研究所与欧洲跨文化研究院主办国际研讨会，题为“独角兽与龙：在寻找中西文化普遍性中的误读”	《北京大学中文系百年图史：1910—2010》
1995	南京大学	魏晋南北朝文学国际学术讨论会	《南京大学年鉴》
1996	南京大学	“文化：中西对话中的差异与共存”国际学术讨论会	《南京大学年鉴》
1999.5.1	北京大学	“五四运动与20世纪的中国”国际学术研讨会	《北京大学中文系百年图史：1910—2010》
1999.5.20	北京大学	哈佛大学李欧梵教授来访并做学术演讲	《北京大学中文系百年图史：1910—2010》
2000	南京大学	“明清文学与性别”国际学术研讨会	《南京大学年鉴》
2004.9.7	北京大学	日本“中国三十年代文学研究会”访华团访问北大，并举办研讨会	《北京大学中文系百年图史：1910—2010》
2004.8.23	北京大学	北京论坛	《北京大学中文系百年图史：1910—2010》
2005.8.19	北京大学	中国新诗——百年国际研讨会	《北京大学中文系百年图史：1910—2010》
2005.11.25	北京大学	“左翼文学的时代”国际研讨会	《北京大学中文系百年图史：1910—2010》
2006.6	北京外国语大学	“中国海外汉学研究中心”成立大会	《中华读书报》
2009.4.23	北京大学	“五四与中国现当代文学”国际学术研讨会	《北京大学中文系百年图史：1910—2010》

续表

时间	机构	活动名称	资料来源
2009.12.16	北京大学	中国当代文学与青年作家问题	《北京大学中文系百年图史：1910—2010》
2009.10	天津师范大学	东亚诗学与文化互读国际学术研讨会	《中国比较文学》
2009.12	北京大学	顾彬讲座：中国当代文学与青年作家问题	北京大学官网
2010	北京大学	中国典籍与文化国际学术研讨会	《文献》
2010	北京大学	“比较文学：在中国的实践与理论创新”国际论坛	北京大学官网
2011.9.17	北京语言大学	东亚视野下的中国学研究	中国作家网
2012.3	北京大学	“地域话语与叙述美学：东亚视野下的现代文学”学术研讨会	国学资讯网
2012.11	浙江大学	“海外汉学与中西文化交流”国际学术研讨会	《哲学动态》
2012.12	北京外国语大学	“中国古代文化经典在海外的传播及影响研究——以20世纪为中心”国际学术研讨会	北京外国语大学官网
2013.6	上海大学	“汉语文献与中国基督教研究”国际学术研讨会	上海大学官网
2013.9	厦门大学	东亚汉学研究学会第四届国际学术会议暨首届新汉学国际学术研讨会	厦门大学官网
2014.11.1	南京大学	第三届21世纪世界华文文学会议	《南京大学年鉴》
2015.3	天津师范大学	首届汉文写本研究学术论坛	天津师范大学官网
2015.5	北京大学	批评与真实——罗兰·巴特百年诞辰纪念讲座	北京大学官网

续表

时间	机构	活动名称	资料来源
2015.6	北京大学	以未来的名义招聘新的人类学家	北京大学官网
2016.6	北京大学	宇文所安讲座：黄庭坚不忌讳谈钱，否则将成唐宋第九家	北京大学官网
2016.11	中国人民大学	第五届世界汉学大会	人大新闻网
2016.6	北京外国语大学	中国文化的世界性意义高层论坛——全国高校国际汉学（中国学）学术研讨会	北京外国语大学官网
2016.11	山东大学	全球汉籍合璧与汉学合作研究研讨会	山东大学官网
2017.5	南开大学	全国高校国际汉学与中华文化外译学术研讨会	南开大学官网
2017.5.27	北京大学	黑田彰讲座：关于吴氏藏东魏武定元年石床的翟门生	北京大学讲座公众号
2018.6	山东大学	第十四届中国跨文化交际学会国际研讨会	山东大学官网
2018.6	长沙岳麓区	新世纪外国语言与文化国际学术研讨会	《外国文学研究》
2018.6	中国人民大学	2018美国亚裔文学高端论坛	《外国文学研究》
2018.6	上海外国语大学	全国高校国际汉学与中国文化外译学术研讨会	上海外国语大学大学官网
2018.9	天津师范大学	“全球化时代的中国文学文献研究——第四届汉文写本研究学术”论坛	天津师范大学官网
2018.10	北京语言大学	“汉学研究大系”专家咨询会	光明网
2018.10	四川师范大学	第八届汉学与东亚文化国际学术研讨会	四川师范大学官网

续表

时间	机构	活动名称	资料来源
	北京大学	欧美文学系列讲座	北京大学官网
	北京大学	国际汉学系列讲座	北京大学官网
	北京大学	中文系海外名家学术讲座	北京大学官网

4. 到美国留学、访问过的中国文学家、文学研究家

姓名	留学、访问时间	留学、访问地点	学术活动
颜惠庆	1895—1900	美国弗吉尼亚大学	1895年10月，18岁的颜惠庆毕业于上海同文馆，后留学美国弗吉尼亚大学； 1900年6月，他以全优成绩从弗吉尼亚大学文学部毕业，获文学学士学位，是该校历史上第一位获学士学位的外国留学生
梁启超	1903.2—10	美国	1903年2月至10月，应美洲保皇会之邀去美国； 1904在《新大陆游记》中称赞美国是“世界共和政体祖国”
伍廷芳	1896—1902, 1907	美国	1901美国国庆日，清末著名外交家伍廷芳在美国议会大厅发表演讲； 1907再度出使驻美国公使； （1914年在美国弗雷德里克出版社出版了英文随笔集*America Through the Spectacles of an Oriental Diplomat*)
胡适	1910—1917	美国康奈尔大学、哥伦比亚大学	1910年入康奈尔大学选读农科； 1915年入哥伦比亚大学哲学系，师从约翰·杜威； 1917年以《中国古代哲学方法之进化史》通过博士论文答辩，其《尝试集》《胡适留美日记》记录、呈现了旅美期间胡适“私人生活、内心生活、思想演变的赤裸裸的历史”

续表

姓名	留学、访问时间	留学、访问地点	学术活动
胡适	1926	美国	与其师郭秉文等人在美国发起成立华美协进社
	1936	美国	参加第六次太平洋国际学会
	1944	美国哈佛大学	在哈佛大学讲学
赵元任（语言学家）	1910.8	美国康奈尔大学	1910年在北京以第二名被清廷游美学务处录取，8月赴美，入康奈尔大学学习数学，并选修物理、音乐
	1915—1918	美国哈佛大学	1915年入哈佛大学主修哲学并继续选修音乐； 1918年获哈佛大学哲学博士学位
	1921	美国哈佛大学	在哈佛大学任哲学和中文讲师并研究语言学
	1938—1941	美国夏威夷大学、耶鲁大学	1938至1939年在夏威夷大学任教，在那里开设过中国音乐课程； 1938至1941年，任教于耶鲁大学，之后五年，又回哈佛任教，并参加哈佛、燕京字典的编辑工作
	1945	美国语言学学会	1945年赵元任当选为美国语言学学会主席，后被选为美国语言学会（LSA）会长
	1960	美国东方学会	当选为美国东方学会（AOS）会长
	1962	美国加州大学伯克利分校	从加州大学伯克利分校退休，仍担任加州大学离职教授
梅光迪	1911—1915	美国威斯康辛大学、西北大学、哈佛大学	1911年考取第三届庚子赔款留美生考试，同年赴美入威斯康辛大学，1913年夏，转入芝加哥的西北大学； 1915年夏，转往哈佛大学深造，专攻文学

续表

姓名	留学、访问时间	留学、访问地点	学术活动
梅光迪	1924—1927	美国哈佛大学	1924年到哈佛大学任教，1927年归国
吴宓（比较文学之父）	1917	美国弗吉尼亚大学	1917年，吴宓终圆留学梦，就读美国弗吉尼亚大学
	1918—1920	美国哈佛大学	1918年转入哈佛大学比较文学系，1920年获学士学位，1921年获硕士学位
			曾发表《红楼梦新谈》（《红楼梦研究参考资料》第三辑，人民文学出版社，1976年），后用中、英文发表论文《石头记评赞》《红楼梦之文学评价》《红楼梦与世界文学》《红楼梦之人物典型》
陈寅恪	1918	美国哈佛大学	得到江西官费的资助，再度出国游学，在美国哈佛大学随篮曼教授学梵文和巴利文
汤用彤	1918	明尼苏达州汉姆林大学	与吴宓一起，用庚子赔款留学美国。先在明尼苏达州汉姆林大学哲学系，主要选修哲学、普通心理学、发生心理学
	1919	美国哈佛大学	入哈佛大学研究院，与陈寅恪同时学习梵文、巴利文及佛学，仍进修西方哲学。哈佛期间，他与吴宓、陈寅恪被誉为“哈佛三杰”
徐志摩	1918	美国克拉克大学、美国哥伦比亚大学	赴美国克拉克大学学习银行学，十个月即告毕业，获学士学位，得一等荣誉奖。同年，转入纽约的哥伦比亚大学的研究院，进经济系
林太乙	1939	美国	姊妹三人合著“*Our Family*”，在美国出版；有多种中文版本，书名《吾家》
	1941	美国	与姊妹合著“*Dawn Over Chungking*”，在美国出版

续表

姓名	留学、访问时间	留学、访问地点	学术活动
林太乙	1943	美国纽约陶尔顿中学	以中国人民抗日救国为题材，创作出版了第一部英文小说《战潮》。该书问世后颇得好评，评论家称之为“小妞儿版的《战争与和平》”
	1944	美国耶鲁大学	以优异成绩从陶尔顿中学毕业，获得耶鲁大学的中文教职
	1952	美国纽约	1952年，林语堂在纽约创办《天风》月刊，担任社长，由林太乙及夫婿黎明主编。内容类似《西风》，邀请旅美、英、港之华人作家撰稿
艾山（林振述）	1955	美国哥伦比亚大学	获哥伦比亚大学博士学位，历任美国各大学文学和哲学教授。首译《老子道德经暨王弼注》被许多大学用作教材和参考书
唐德刚	1948	美国哥伦比亚大学	赴美留学，主修欧洲史和美国史，随后获得哥伦比亚大学哲学博士学位，并留校执教，先后开设《汉学概论》《中国史》《亚洲史》《西洋文化史》等课程
	1962	美国东亚研究所	在东亚研究所做研究员并兼任哥伦比亚大学中文图书馆馆长达7年
	1972	美国纽约市立大学	受聘为纽约市立大学亚洲学系教授，后兼任系主任12年之久。唐德刚著作等身，名字已收入多种中美名人录，他还曾是旅美加安徽同乡会会长。他是当今在海外最有成就的著名历史学家之一
瞿世英	1926	美国哈佛大学	1926年获美国哈佛大学哲学博士学位

续表

姓名	留学、访问时间	留学、访问地点	学术活动
冰心	1923—1926	美国威尔斯利学院	1923年燕京大学毕业后，到美国波士顿的威尔斯利学院攻读英国文学，专事文学研究。出国留学前后，曾把旅途和异邦的见闻写成散文寄回国内发表，结集为《寄小读者》，是中国早期的儿童文学作品。同年，以优异的成绩取得美国威尔斯利女子大学的奖学金。1926年，获得文学硕士学位回国
	1929	美国	1929年与吴文藻结婚，婚后随丈夫到欧美游学，先后在日本、美国、法国、英国、意大利、德国、苏联等地进行了广泛的访问
林徽因	1924—1927	美国宾夕法尼亚大学美术学院	1924年林徽因和梁启超的长子梁思成，同时赴美攻读建筑学； 1927年从美术学院毕业
	1927	美国耶鲁大学	入耶鲁大学戏剧学院学习舞台美术设计半年
梁思成	1924	美国费城宾州大学	和林徽因一起赴美国费城宾州大学建筑系学习，1927年获得学士和硕士学位
	1927	美国哈佛大学	在哈佛大学学习建筑史，研究中国古代建筑（肄业）
闻一多	1922—1925	美国芝加哥美术学院、珂泉科罗拉多大学和纽约艺术学院	1922年赴美国留学，先后在芝加哥美术学院、珂泉科罗拉多大学和纽约艺术学院进行学习，在专攻美术且成绩突出时，他表现出对文学的极大兴趣，特别是对诗歌的酷爱。年底出版与梁实秋合著的《冬夜草儿评论》，代表了闻一多早期对新诗的看法； 1923年9月出版第一部诗集《红烛》，把反帝爱国的主题和唯美主义的形式典范地结合在一起
梁实秋	1923	美国科罗拉多州科罗拉多学院	赴美国科罗拉多州科罗拉多学院留学

续表

姓名	留学、访问时间	留学、访问地点	学术活动
余上沅	1923—1925	美国卡内基大学艺术学院、纽约哥伦比亚大学、阿美利加戏剧艺术学院	1923年留美入卡内基大学艺术学院学习戏剧，继转纽约哥伦比亚大学专攻西洋戏剧文学及剧场艺术，在阿美利加戏剧艺术学院格迪斯技术所兼修舞台技术，同时继续为《晨报》副刊撰稿，介绍美国戏剧动态和有关戏剧理论
朱湘	1927—1929	美国劳伦斯大学、芝加哥大学	1927年朱湘在美留学，因教授读一篇把中国人比作猴子的文章而愤然离开劳伦斯大学。后转入芝加哥大学。然而时间又不长，1929年春，朱湘因教授怀疑他借书未还，以及一位外国同学不愿与其同桌而再次愤然离去； 朱湘出国前后的创作较多接受外国诗歌的影响，对西方多种诗体进行了尝试。在后期，他多用西洋的诗体和格律来倾吐人生的感叹，其中《石门集》（1934）所收的70余首十四行体诗，被称为是他诗集中“最有价值的一部分”（柳无忌《朱湘的十四行诗》）
方令儒	1923	美国华盛顿州立大学、威斯康星大学	1923年赴美留学，先后在华盛顿州立大学、威斯康星大学学习
孙大雨	1926—1928	美国新罕布什尔州的达德穆斯学院	1926年赴美国留学，就读于新罕布什尔州的达德穆斯学院，1928年以高级荣誉毕业
	1928—1930	美国耶鲁大学	在耶鲁大学研究生院专攻英国文学
邓以蛰	1917	美国哥伦比亚大学	1917年赴美，入纽约哥伦比亚大学学习哲学，特别重视学习美学，是我国留学生到欧美系统学习的先行者之一

续表

姓名	留学、访问时间	留学、访问地点	学术活动
洪深	1916	美国俄亥俄州立大学	1916年夏清华毕业后赴美国留学，入俄亥俄州立大学化工系学习陶瓷工程，同时继续编戏、演戏
	1919	美国哈佛大学	1919年考入哈佛大学戏剧训练班，成为中国第一个专习戏剧的留学生。在美国哈佛大学习文学与戏剧期间，还在波士顿声音表现学校学习，又在考柏莱剧院附设戏剧学校学习表演、导演、舞台技术、剧场管理等课程，获硕士学位
	1920	美国纽约	1920年学习结业后到纽约参加职业剧团演出，翌年与张彭春合写英文剧《木兰从军》
林语堂	1919	美国哈佛大学	赴哈佛大学文学系留学一年，因助学金被停而暂时离开
	1922	美国哈佛大学	通过转学分的方式获得了哈佛大学的硕士学位
	30年代	美国	30年代再度旅美，在美国出版《吾国与吾民》(*My Country and My people*)、《生活的艺术》(*The Importance of Living*)、《孔子的智慧》(*The Wisdom of Confucius*)等
黎锦扬	1944	美国耶鲁大学	1944年赴美国留学，毕业于耶鲁大学，定居美国。旅美四十多年，创作《花鼓歌》《天之一角》等十余部英文小说，及《旗袍姑娘》等中文著作
董鼎山	1947	美国密苏里大学、哥伦比亚大学、纽约市立大学图书馆	1947年赴美国留学，先后获密苏里大学新闻学硕士学位和哥伦比亚大学图书馆硕士学位，在纽约《联合日报》主持过国际新闻版，受聘于纽约市立大学图书馆，任资料部主任，成为英美文学兼亚洲部分的资料专家和资深教授。他主要以英文写作，为《纽约时报》《洛杉矶时报》《美联社特写》《星期六评论》《图书馆月刊》以及《美中评论》《新亚洲评论》等报刊写作书评、时论文章

续表

姓名	留学、访问时间	留学、访问地点	学术活动
董鼎山	1987年后的二十年间	美国	20年间先后结集出版了《天下真小》《西窗漫记》《书、人、事》《留美三十年》《西边拾叶》《美国作家与作品》《西窗拾叶》《第三种读书》《纽约文化扫描》《董鼎山文集》《自己的视角》《纽约客闲话》《美国梦的另一面》等书
黄运基	1948	美国	1948年随父亲移民美国
	1995—1998	美国	1995年2月创办《美华文化人报》美华文学双月刊，1998年6月改为《美华文学》杂志。著作有长篇小说《异乡三部曲》《奔流》《狂潮》《巨浪》，中短篇小说集《旧金山激情岁月》，散文集《唐人街》《黄运基选集》等等
艾青	1979	美国	1979年平反后，任中国作家协会副主席、国际笔会中心副会长等职，出访了英、美等欧美国家以及亚洲的不少国家。创作有诗集《彩色的诗》《域外集》，出版了《艾青叙事诗选》、《艾青抒情诗选》，以及多种版本的《艾青诗选》和《艾青全集》
曹禺	1946	美国	受美国国务院邀请与老舍一同赴美讲学
穆旦	1949—1952	美国芝加哥大学	1949年赴美国留学，入芝加哥大学英国文学系学习，攻读英美文学、俄罗斯文学； 1952年获文学硕士学位
郑敏	1952	美国布朗大学	1952年在美国布朗大学研究院获英国文学硕士学位
李泽厚	1992	美国科罗拉多学院、密歇根大学、威斯康星大学等	美国科罗拉多学院荣誉人文学博士，美国密歇根大学、威斯康星大学等多所大学客座教授，主要从事中国近代思想史和哲学、美学研究

续表

姓名	留学、访问时间	留学、访问地点	学术活动
刘心武	1987	美国哥伦比亚大学等13所大学	1987年9月23日应美国纽约《华侨时报》的邀请，赴美国访问并在哥伦比亚大学等13所大学讲学，为期六周。通过演讲、座谈、介绍近十年来中国当代文学的发展
冯友兰	1919—1924	美国哥伦比亚大学	1919年，赴美留学。1920年1月，入美国哥伦比亚大学研究院学习，师从新实在论者孟大格和实用主义大师杜威。1923年，创作《柏格森的哲学方法》和《心力》两篇文章，向国内思想界介绍柏格森的哲学思想。同时，他用柏格森的哲学观点写成了《中国为什么没有科学》一文。在美考察期间，冯友兰还有幸拜会了莅美访问、讲学的印度学者泰戈尔，共同探讨了东西文化的若干问题，并将谈话记录整理成《与印度泰戈尔谈话》一文，发表在国内《新潮》三卷二期上。1923年夏，冯友兰以《人生理想之比较研究》（又名《天人损益论》）顺利通过美国哥伦比亚大学博士毕业答辩，获哲学博士学位
	1946	美国	1946年赴美任客座教授
刘索拉	1987	美国黑人布鲁斯音乐的部落	1987年刘索拉选择出国，并在海外继续进行作曲和写作。她曾深入到美国黑人布鲁斯音乐的部落中，尝试把中国的音乐元素糅合进爵士乐中
	1987	美国	1987年，她应美国新闻总署邀请赴美访问，回国后根据同名获奖小说创作了中国第一部摇滚歌剧《蓝天绿海》
	1988—2002	美国	参加美国的音乐节演出，如纽约中央公园夏季音乐节、纽约先锋作曲家音乐节、美国现代女作曲家音乐节等

续表

姓名	留学、访问时间	留学、访问地点	学术活动
张辛欣	1988	美国康乃尔大学、佐治亚大学	1988年10月赴美国康乃尔大学当访问学者，其中有一时期在佐治亚大学学习和写作
王安忆	1983	美国爱荷华大学	参加美国爱荷华大学“国际写作计划”文学活动
	1986	美国	应邀访问美国
王小波	1984	美国匹兹堡大学	赴美匹兹堡大学东亚研究中心求学，在东亚研究中心做研究生
	1986	美国匹兹堡大学	获硕士学位。开始写作以唐传奇为蓝本的仿古小说，继续修改《黄金时代》。其间得到他深为敬佩的老师许倬云的指点。在美留学期间，与妻子李银河驱车万里，游历了美国各地
余光中	1958—1959	美国爱荷华大学	1958年，获亚洲协会奖金赴美进修，在爱荷华大学修文学创作、美国文学及现代艺术； 1959年，获爱荷华大学艺术硕士学位
	1964	美国	应美国国务院之邀，赴美讲学一年，先后授课于伊利诺、密西根、宾夕法尼亚、纽约四州
	1969	美国	应美国教育部之聘，赴科罗拉多州任教育厅外国课程顾问及寺钟学院客座教授二年
白先勇	1963—1965	美国爱荷华大学	赴美国爱荷华大学的爱阿华作家工作室（Iowa Writer's Workshop）学习文学理论和创作研究； 1964年发表第一篇小说《芝加哥之死》
	1965—1994	美国加州大学圣塔芭芭拉分校	1965年，取得爱荷华大学硕士学位后，到加州大学圣塔芭芭拉分校教授中国语文及文学，并从此在那里定居，直至1994年退休

续表

姓名	留学、访问时间	留学、访问地点	学术活动
於梨华	1953—1956	美国加州大学	1953年毕业后进入美国加州大学新闻系，1956年获硕士学位。同年夏，得米高梅公司在该校设立的文艺奖“Samuel Goldwgn Creative Writing Award”第一名，得奖的短篇小说《扬子江头几多愁》（*Sorrow at the End of the Yangtze River*）翌年发表于校内杂志*Uclan*上
	1965	美国纽约州立大学奥尔巴巴分校	1965年起在纽约州立大学奥尔巴巴分校讲授中国文学课程，1977年任该校中文研究部主任。余暇从事写作，第一个长篇小说《梦回青河》
	1968	美国州立大学奥本尼分校	搬至纽约上州州政府所在地奥本尼，在州立大学奥本尼分校执教，兼任教中国现代文学
陈若曦	1960	美国何立克学院、马里兰州约翰·霍普金斯大学	毕业后留学美国，先是经美国新闻处处长麦加锡推荐，进入何立克学院进修，后转入马里兰州约翰·霍普金斯大学写作系研读
	1979年	美国加州大学伯克利分校	应美国加州大学伯克利分校中国中心之聘，移居美国
	1983	美国加州大学伯克利分校	出任加州大学伯克利分校东方语言学系客座讲师
郭松棻	1966—1969	美国柏克莱加州大学	1966年赴美进柏克莱加州大学修读比较文学；1969年获比较文学硕士

续表

姓名	留学、访问时间	留学、访问地点	学术活动
苏炜	1989	美国芝加哥大学、普林斯顿大学、耶鲁大学	定居美国，先后访学于芝加哥大学、普林斯顿大学，现为耶鲁大学东亚语言文学系高级讲师、东亚系中文部负责人。著有长篇小说《渡口，又一个早晨》（载《花城》1982年版）、《迷谷》（作家出版社2006年版）、短篇小说集《远行人》（北京出版社1987年版）、学术随笔集《西洋镜语》（浙江文艺出版社1988年版）、散文集《独自面对》（上海三联出版社2003年版）、《站在耶鲁讲台上》（台北九歌出版社2006年版）、《走进耶鲁》（凤凰出版社2009年版），以及论文多种
查建英	1978—1987	美国南卡罗来纳大学、哥伦比亚大学	就读于美国南卡罗来纳大学、哥伦比亚大学，为《纽约客》《纽约时报》等撰稿
聂华苓	1964年	美国爱荷华大学	旅居美国，应聘至美国作家工作室工作，在爱荷华大学教书，同时从事写作和绘画，因创办国际作家写作室，被称为“世界绘画组织的建筑师”“世界文学组织第一”
	1981—1982	美国	担任美国纽斯塔（Neustadt International Literary Prize）国际文学奖评判委员，1982年获美国五十州州长所颁文学、艺术杰出贡献奖
	1987—1988	美国	担任美国飞马国际文学奖（Pegasus International Literary Prize）顾问
郑愁予	1968	美国爱荷华大学	应邀参加爱荷华大学的“国际写作计划”
	1970	美国爱荷华大学	入爱荷华大学英文系创作班进修，获艺术硕士学位

续表

姓名	留学、访问时间	留学、访问地点	学术活动
郑愁予	1985	美国耶鲁大学	获耶鲁大学无限期续聘，其妻余梅芳亦在耶鲁大学图书馆东亚收藏部工作，曾应聘为“中国时报文学奖”决审委员
叶维廉	1963	美国爱荷华大学、普林斯顿大学、加州大学圣地亚哥分校	1963年赴美，1964年获爱荷华大学美学硕士，1967年取得普林斯顿大学比较文学博士学位，此后一直在加州大学圣地亚哥分校任教至退休。叶维廉在学术上，最突出最具国际影响力的贡献是提出东西比较文学方法
赵一凡	1981—1986	美国哈佛大学	1981年公派到哈佛大学留学； 1989年获哈佛大学美国文明史博士学位
刘意青	1973—1999	美国纽约州立奥本尼分校、芝加哥大学等	1973年在英国留学，1982年获纽约州立大学奥本尼分校美国文学硕士学位，1991年获美国芝加哥大学英国文学博士，1996年出访加拿大，1999年以富布来特讲习教授身份在美国芝加哥地区讲学
赵毅衡	1983—1988	美国加州大学伯克利分校	1983至1988年就读于美国加州大学伯克利分校，并担任该大学的助教、助研，于1988年获博士学位； 1988年起，任职于英国伦敦大学东方学院（终身聘资深讲席）
张隆溪	1983—1989	美国哈佛大学	1983年在硕毕业并在北大任教两年后，选择赴美留学； 1989年获哈佛大学比较文学博士学位，同年受聘于加州大学河滨校区，任比较文学教授

5. 到英国留学、访问过的中国文学家、文学研究家

姓名	留学、访问时间	留学、访问机构	学术活动
辜鸿铭	1867—1880	英国爱丁堡大学	1867年，辜鸿铭随布朗夫妇到了英国； 1870年，被送往德国学习科学，后又回到英国，并以优异的成绩被著名的爱丁堡大学录取，并得到校长、著名作家、历史学家、哲学家卡莱尔的赏识； 1877年，辜鸿铭获得文学硕士学位后，又赴德国莱比锡大学等著名学府研究文学、哲学。此时，辜鸿铭获文、哲、理、神等十三个博士学位，会操九种语言。他精通英、法、德、拉丁、希腊、马来亚等9种语言，获得了13个博士学位
严复	1877—1879	英国格林威治的皇家海军学院	1877年3月赴英国学习海军； 1879 年6月毕业于伦敦格林威治的皇家海军学院（Royal Naval College），回国后，被聘为福州船政学堂后学堂教习
章士钊	1907—1911	英国阿伯丁大学	1907年，赴英留学； 1908年，入英国阿伯丁大学学法律、政治，兼攻逻辑学。留英期间，他常为国内报刊撰稿，介绍西欧各派政治学说，于立宪政治尤多发挥，对当时中国政坛很有影响
杨昌济	1909—1912	英国阿伯丁大学、爱丁堡大学	1909年春，在杨毓麟、章士钊等好友的极力推荐下，清政府派往欧洲的留学生总督蒯光典，调杨昌济去英国继续深造，进入苏格兰的阿伯丁大学哲学系，学习哲学、伦理学和心理学； 1910年，在爱丁堡大学文科学习，同时注意研究英国教育状况、英国国民生活习俗； 1912年夏，杨昌济在阿伯丁大学获得文学士学位

续表

姓名	留学、访问时间	留学、访问机构	学术活动
陈西滢	1912—1922	英国爱丁堡大学、伦敦大学	1912年在其表舅吴稚晖的资助下留学英国，在爱丁堡大学和伦敦大学政治经济学专业 学习；1922获博士学位，回国后任北京大学外文系教授
丁西林	1914—1920	英国伯明翰大学	1914年入英国伯明翰大学攻读物理学和数学，留学期间读了大量英文小说和戏剧；1919年获理科硕士学位，回国后从事业余戏剧创作
罗隆基	1921	英国伦敦政治学院	1921年，罗隆基考上公费留美学习，先后入威斯康辛大学和哥伦比亚大学攻读政治学。出于对英国著名政家拉斯基的敬慕，又从美赴英求学（伦敦政治经济学院），成为拉斯 基教授的得意门生，并获得政治学博士学位
朱光潜	1925—1933	英国爱丁堡大学	1925年留学英国爱丁堡大学，致力于文学、心理学与哲学的学习与研究。在英国，朱光潜一边读书，一边写作挣稿费。他参与创办了《一般》杂志，在创刊号、1卷2期等发表《旅英杂谈》；1926年11月到1928年3月，他在《一般》杂志上，发表了总题为《给一个中学生的信》的有关青年修养的12篇文章。这些文章后来辑成《给青年的十二封信》一书，由开明书店于1929年3月出版
郑振铎	1927	英国	1927年5月，乘船到欧洲避难和游学。在法、英等国家图书馆里，遍读有关中国古代小说、戏曲、变文等书籍，并研究了希腊罗马文学，译著了《民俗学概论》《民俗学浅说》《近百年古城古墓发 掘史》等专著，还创作了短篇小说集《家庭的故事》中的大部分作品

续表

姓名	留学、访问时间	留学、访问机构	学术活动
杨宪益	1934	英国牛津大学墨顿学院	1934年在天津英国教会学校新学书院毕业后到英国牛津大学墨顿学院研究古希腊罗马文学、中古法国文学及英国文学
初大告	1934—1938	英国剑桥大学	1934年秋，赴英国剑桥大学学习英国文学、语音学。著《新定章句老子道德经》、《中华隽词》、《中国故事集》等英译本，并在英国出版
向达	1935—1938	英国牛津大学鲍德里图书馆、不列颠博物馆东方部	1935年秋赴欧洲，先在素以收藏东方善本著称于世的牛津大学鲍德里图书馆工作，抄录了中西交通史上的重要资料； 1936 年秋转赴伦敦，在不列颠博物馆东方部检阅敦煌写卷、汉籍及俗文学等写卷，抄录了与来华耶稣会士和太平天国有关的重要文献
钱锺书	1935—1937	英国牛津大学	1935年赴英国牛津大学艾克赛特学院英文系留学，与杨绛同船赴英； 1937年，他以《十七、十八世纪英国文学中的中国》（*China in the English Literature of the Seventeenth and Eighteenth Centuries*）一文获牛津大学艾克赛特学院学士学位
储安平	1935—1938	英国伦敦大学	1935年考入伦敦大学政治系，师从著名自由主义思想家拉斯基教授。在英国期间，担任《中央日报》驻欧洲记者
萧乾	1939—1942	英国伦敦大学	1939年受英国伦敦大学东方学院邀请赴该校任教，同时兼《大公报》驻英记者； 1940年4月，萧乾在国际笔会上发表“战时中国文艺”的演讲，后扩充为《苦难时代的蚀刻——中国当代文艺的一瞥》

续表

姓名	留学、访问时间	留学、访问机构	学术活动
萧乾	1942	英国剑桥大学	1942年入英国剑桥大学英国文学系做研究生，研究英国心理派小说。萧乾在英国期间，还出版了5部介绍中国新文艺运动的英文著作，分别是：《中国而非华夏》(1941)、《苦难时代的蚀刻》(1943)、《蚕》(1943)、《龙须与蓝图》(1944)、《千弦琴》(1946)
范存忠	1944—1945	英国牛津大学	1944年赴牛津大学讲学，专攻英国古典文学。在英期间做了大量关于中国文化对英国影响的演讲与文章，包括《十七、十八世纪英国流行的中国戏》《十七、十八世纪英国流行的中国思想》《约翰逊博士与中国文化》、《威廉·琼斯的中国研究》《〈好逑传〉的英译本评论》《中国的故事与英国反对沃尔波的报章文学》等，对中英跨文化交流中的中国影响做了具体的阐述
吴世昌	1947	英国牛津大学	1947年应聘赴英国牛津大学讲学，并任牛津、剑桥大学两大学博士学位考试委员； 1961年英文著作《红楼梦探源》在牛津大学出版社出版。该著作为吴世昌在牛津大学讲学期间用英文写作的专著，前三卷于1956年完稿，后二卷写于1957—1958年，次年对前三卷作了一些修改
袁昌英	1916—1921	英国布莱克希思高中、爱丁堡大学	1916年留学英国，初进伦敦布莱克希思高中（Blackheath High School），次年升入苏格兰爱丁堡大学； 1921年毕业，获文学硕士学位

续表

姓名	留学、访问时间	留学、访问机构	学术活动
徐志摩	1921	英国剑桥大学	1921年赴英国留学，以特别生入剑桥大学皇家学院，研究政治经济学。在剑桥两年深受西方教育的熏陶及欧美浪漫主义和唯美派 诗人的影响，开始创作新诗
许地山	1924—1926	英国牛津大学	1924年到英国，以“研究生”资格进入英国牛津大学曼斯菲尔学院研究宗教史、印度哲学、梵文、人类学及民俗学； 1926年获牛津大学研究院文学学士学位， 毕业论文为《泛神论思想在印度和中国的发展》
老舍	1924—1929	英国伦敦大学	1924年赴英国，任伦敦大学东方学院讲师； 自1925年起，陆续写了3部长篇小说连续 在《小说月报》上发表《老张的哲学》《赵子曰》《二马》，成为我国现代长篇小说奠基人之一
冰心	1929	英国	1929年后随丈夫吴文藻到欧美游学，先后在日本、美国、法国、英国、意大利、德国、苏联等地进行了广泛的访问。 在英国，冰心就与意识流小说创作的先锋作家伍尔就文学和中国的 问题进行了长谈
朱自清	1931	英国皇家学院、伦敦大学	1931年留学英国，在英国皇家学院、伦敦大学进修语言学和英国文学，后漫游欧洲数国，著有《欧游杂记》《伦敦杂记》
王统照	1934	英国剑桥大学	1934年赴欧洲游历和考察，到英国剑桥大学研究文学，著有《欧游散记》

续表

姓名	留学、访问时间	留学、访问机构	学术活动
叶君健	1944—1949	英国剑桥大学	1944年应聘赴英国任中国抗战情况宣讲员，宣传中国人民抗日事迹； 1945年，在英国剑桥大学研究欧洲文学，1949年回国。研修期间，用英语创作了短篇小说集《无知的和被遗忘的》《蓝蓝的低山区》，长篇小说《山村》《他们飞向前方》，其中1947年在伦敦出版的《山村》最为著名
梁凤仪	1972—1974	英国伦敦大学	1972年赴英国伦敦侨居至1974年，以半工半读的身份在伦敦大学当图书馆助理及修读图书馆学
艾青	1979	英国	1979年平反后，任中国作家协会副主席、国际笔会中心副会长等职，出访了英、美等欧美国家及亚洲的不少国家。创作有诗集《彩色的诗》《域外集》，出版了《艾青叙事诗选》、《艾青抒情诗选》，以及多种版本的《艾青诗选》和《艾青全集》
北岛	1987	英国	1987年春，北岛去了英国，在大学当访问学者
顾城	1987	英国	1987年开始游历欧洲做文化交流，进行文化交流、讲学活动，后定居新西兰
刘索拉	1988	英国	1988年后旅居英国，现定居北京和纽约
金庸	2004	英国剑桥大学	晚年赴剑桥大学留学。2005年，剑桥大学授予金庸荣誉文学博士名衔，2010年9月，英国剑桥大学授予金庸荣誉院士和哲学博士学位

6. 中国作家海外演讲

演讲时间	姓名	演讲地点	演讲题目	演讲性质
1985年	张抗抗	西柏林妇女文学讨论会	我们需要两个世界	学术讨论
1986年	李子云	德国“现代中国文学讨论会”	近七年来中国女作家创作的特点	学术讨论
1987年	陈丹晨		中国新文学建设和世界文学	
	李子云		女作家在当代中国文学史中所起的先锋作用	
	张贤亮	美国爱荷华大学国际写作中心纪念活动	我和我的作家生活	受邀演讲
1988年	残雪		我们怎样争当百年内可能出现的大文学家	
1991年	陈建功	日本国际日本文化研究中心	四合院的悲戚与文学的可能性	学术讨论
	李子云	美国哈佛大学费正清东亚研究中心“用性别观念分析中国——妇女、文化、国家”学术研讨会	从女作家作品看中国妇女意识的觉醒	学术讨论
1993年	王蒙		鸽子的善良与纯洁	
	吴亮		回顾先锋文学——兼论80年代的写作环境和“文革”记忆	
	程德培		十年与五年——商品消费大潮冲击下的新时期文学分期	
	李子云		女性话语的消失与复归	

续表

演讲时间	姓名	演讲地点	演讲题目	演讲性质
1995年	于坚	荷兰莱顿大学亚洲国际中心“中国现当代诗歌国际研讨会”	从隐喻后退——一种作为方法的诗歌	学术讨论
	王蒙		探寻中国文化更新与转换的契合点	
	张贤亮	鹿特丹国际小说节	女人内裤的哲学	受邀演讲
	张贤亮		访英问答	
1996年	余华	斯德哥尔摩瑞典乌拉夫·帕尔梅国际中心主办的“沟通：面对世界的中国文学”研讨会	作家与现实	受邀演讲
	史铁生		文学的位置或语言的胜利	
	格非		作家的局限或自由	
	朱文	斯德哥尔摩瑞典乌拉夫·帕尔梅国际中心主办的“沟通：面对世界的中国文学”研讨会	关于沟通的三个片段	
	林白		记忆与个人化写作	
	徐小斌	美国科罗拉多大学、杨百瀚大学等举办题为“中国女性写作的呼喊与细语”文学讲座	中国女性文学的呼喊与细雨	学术访问
			逃离意识与我的创作	学术访问
	吴珹		儿童心灵唱出的歌——漫谈儿歌创作	
	冯骥才	日本京都中日韩三国“关于构筑21世纪亚洲研讨会”	发扬东方文化的独特性	学术讨论
1997年	张抗抗	马来西亚“花踪”国际文艺营	汉语魔方	受邀演讲

续表

演讲时间	姓名	演讲地点	演讲题目	演讲性质
1998年	范小青		文化的传统与现实	
	余华		“我不喜欢中国的知识分子”	
			永远活着	
			我能否相信自己	
	舒婷	新加坡南洋大学“南华园”文艺营	电脑时代，能不食周粟吗?	受邀演讲
	陈漱渝	韩国汉城新罗饭店王朝厅	鲁迅与21世纪的对话	受邀演讲
	张炜	日本神奈川大学“亚洲的社会和文学”研讨会	当代文学的精神走向	学术讨论
	莫言		我与新历史主义文学思潮	
	王蒙		中国社会转型期的文化走向选择	
	冯骥才	挪威奥斯陆“中挪文学研讨会”	写作的自由	学术讨论
1999年	王蒙	西班牙巴塞罗那联合国教科文组织、巴赛罗那文化论坛组织委员会筹办的“传播中的他者”研讨会	小说与电影中的中国与中国人	学术讨论
	莫言	日本驹泽大学	神秘的日本与我的文学历程	学术讨论
	李锐	吉隆坡汝莱学院第五届“花踪”国际文艺营	比“世纪”更久远的文学	受邀演讲
	张抗抗		当代文学中的性爱与女性书写	

续表

演讲时间	作家	演讲地点	演讲题目	演讲性质
2000年	王蒙		谁来拯救文学与文学能拯救谁	
	王蒙		从修齐治平到大公无私	
	李锐		网络时代的“方言”	
	李锐		文学的权力和等级	
	苏童		童年生活的利用	
	阿成		我的阅读观和小说观	
	莫言		福克纳大叔，你好吗?	
			我在美国出版的三本书	
	张抗抗		强心录——中国当代文学中所描述的美国华族	
	张炜	法国里昂第三大学	纸与笔的温情	
			想象的贫乏与个性的泯灭——对世纪末文学潮流的忧思	
			我跋涉的莽野——我的文学与故地的关系	
			焦虑的马拉松——对当代文学的一种描述	
			自由：选择的权力，优雅的姿态	
			午夜来獾——关于自然生态文学	
2001年	莫言		小说的气味	
	莫言		用耳朵阅读	
	王安忆		充满梦幻的时代	
			在吉隆坡谈小说	

续表

演讲时间	作家	演讲地点	演讲题目	演讲性质
2001年	韩少功		进步的回退	
	蒋韵		想象的边界	
	李锐		被克隆的眼睛	
	格非		经验、想象力和真实——全球化背景中的文学写作	
	刘向东	鲁波兰文学家协会主办，第三十届“华沙诗歌之秋”诗人大会	全球化进程中的诗歌角色及其受邀演讲在拯救民族特质中的机会	
2002年	陈建功		60年代的青年运动	
	铁凝		从梦想出发	
2004年	阿来	中韩作家对话会	汉语：多元文化共建的公共语言学术讨论	
2006年	莫言	第十届亚洲文化大奖福冈市民论坛	我的文学历程	
2007年	余华	韩国延世大学	飞翔和变形：文学作品中的想象	
	李洱	亚非作家会议	中国当代小说中的知识分子	
2008年	铁凝	韩国首届东亚文学论坛	文学是灯	学术讨论
2009年	莫言	法兰克福书展开幕式	在法兰克福书展开幕式 上的演讲	
		法兰克福“感知中国”论坛	关于文学	
	阎连科	剑桥大学东方系	民族苦难与文学的空白	受邀演讲
		法国第四届小说国际论坛	乌龟与兔子，压抑与超越	学术讨论

续表

演讲时间	作家	演讲地点	演讲题目	演讲性质
2009年	阎连科	韩国亚洲文学研讨会	文学与亚洲“新生存困境”	学术讨论
	铁凝	巴黎首届中法文学论坛	桥的翅膀	学术讨论
		法兰克福书展	经典与创新	受邀演讲
	苏童	中日韩三国作家论坛	我们在哪里遭遇现实	学术讨论
	漠月	中美文学论坛	全球化语境下的民族文学	学术讨论
	唐晓玲		麦熟茧老枇杷黄	
	郁葱		全球化时代中国诗歌的处境和困境	
	吴义勤		文学在社会进步中的作用	
	邓贤		网络文学对传统写作的挑战	
	孙惠芬		在街与道的远方	
2010年	阎连科	西班牙图书节	做好人，写坏的小说	受邀演讲
		挪威文学周	让灵魂的光芒穿越布满雾霭的头脑与天空	受邀演讲
	莫言	日本北九州市第二届“东亚文学论坛”	悠着点，慢着点——“贫富与欲望”漫谈	受邀演讲
	苏童	法兰克福书展	创作，我们为什么要拜访童年？	受邀演讲
	格非	美国哈佛大学	物象中的时间	受邀演讲
		罗马	文学与方言	
		韩国首尔西江大学	中国小说的两个传统	受邀演讲
	李洱	西班牙“中国一西班牙文学论坛”	现实主义与中国文学	

续表

演讲时间	作家	演讲地点	演讲题目	演讲性质
2010年	红柯	在希腊书展会上的演讲	生态视野下的小说创作	
2011年	阿来	中意文学论坛	文学和社会进步与发展	学术讨论
		马德里塞万提斯学院	中国的少数民族文学，以及我自己	受邀演讲
	毕飞宇	苏黎世大学	“毕飞宇”和文学	
	东西	法兰克福大学	关于写作的多种解释	
	艾伟		生于60年代——中国60年代作家的精神历程	
	余华		我为何写作	
			生与死，死而复生——关于文学作品中的想象	
	西川	在柏林世界文化宫“文化记忆”研讨会上的演讲	文化记忆和虚假的文化记忆	
	欧阳江河	在纽约“美华协进社”的演讲	诗歌写作，如何接近心灵和现实	
	王家新	在博洛尼亚大学的演讲	中国新诗的“现代性”	
	唐晓渡	在伦敦大学亚非学院的演讲	从大海意象看杨炼漂泊中的写作	
	杨炼	在约旦国际诗歌节	杨炼对话阿多尼斯	
	陈思和	在特里尔大学的演讲	世纪之交的中国文学	

续表

演讲时间	作家	演讲地点	演讲题目	演讲性质
	陈晓明	在哈佛大学“新世纪中国文学国际研讨会”上的演讲	汉语文学的“逃离”与自觉	
	孟繁华	在韩国光云大学的演讲	90年代以来中国的大众文化	
	李敬泽	在韩国东亚文学论坛的讲演	文学语言，及其未来	
	吴义勤	在美国斯坦福大学首届“中美文学论坛”上的讲演	社会进步与作家的责任感	
	吴晓东	在“东亚场域中的文化与乌托邦问题”国际研讨会上的演讲	《受活》与中国文学中的乌托邦主题	
	张清华	在韩国首尔市立大学的演讲	当代中国文学中的城市经验	
	张清华	在日内瓦大学的演讲	中国作家的身份困境与中国文学的价值迷局	

主要参考：

李延青选编：《文学立场：当代作家海外、港台演讲录》，河北教育出版社2003年版。

张清华编：《中国当代作家海外演讲》，北京大学出版社2012年版。

7. 到中国留学、访问过的美国汉学家

汉学家	留学、访问时间	留学、访问地点	学术活动
恒慕义（Arthur William Hummel）	1915—1927	山西、北京	先后在山西铭义中学、燕京大学历史系任教，后到北京进修，在华文学校担任中国史讲师3年，教授“中国文化史纲”“中国社会习俗”等课程； 译介《古史辨》《秦汉统一》，30年代在美国学术团体理事会发起组织下，任《清代名人传略》（*Eminent Chinese of the Ch'ing Period 1644—1912*）主编
德效骞（Homer Hasenpflug Dubs）	1918	湖南、北京等	年幼时随父母赴中国传教，童年时期在湖南度过； 1918年作为圣道会（Evangel Mission）教士再次来到中国； 主要研究荀子，翻译了班固的《汉书》《前汉史》（*The History of the Former Han Dynasty*），其中《前汉史》前两卷获儒莲奖
宾板桥（Woodbridge Bingham）	1924—1937	湖南、北京	1924—1925年在长沙雅礼学校教书，1926—1927年、1934—1937年在华文学校学习中文，从事汉学研究； 1934年完成博士论文，并且与中国学者邓嗣禹合作编纂《中国参考书目解题》
孙念礼（Nancy Lee Swann）	1925—1928	北京	进修； 1928年，将博士论文《班昭传》（*PanChao, Foremost Woman Scholar of China*，提交给哥伦比亚大学，获得博士学位，成为美国第一位科班出身的女汉学家。同时，她又将“班昭之徒”邓绥的传记译为英文，开创了《后汉书》的英译史，之后又发表《女富商巴清》，填补了西方汉史和中国妇女史研究的空白

续表

汉学家	留学、访问时间	留学、访问地点	学术活动
魏鲁男（James Roland Ware）	1929—1932	哈佛燕京学社	哈佛燕京学社第一位研究生主要研究道教； 1933年至1934年，他在《美国东方学会杂志》（*Journal of American Oriental Society-JAOS*）第53、54期连续发表了《〈魏书〉和〈隋书〉谈道教》一文。1963年出版《庄子语录》（*The Sayings of Chuang Tzu*）。1966年发表了《公元320年中国的炼丹术、医学和宗教：葛洪的内篇》（*Alchemy, Medicine and Religion in the China of A. D. 320: The Nei P'ien of Ko Hung*），这本书是西文中《抱朴子内篇》英文本最早最完备的译本，1981年在纽约再版
西克门（Laurence Sickman）	1930—1935	哈佛燕京学社	进修
傅路德（Luther Carrington Goodrich）	1930—1932	北京	1930—1932年住在华文学校，搜集有关明代进士的资料； 1938年，他将顾颉刚《明代文字狱祸考略》翻译成英文； 1934年以《乾隆朝文字狱考》获得博士学位； 1937年，作为访问学者兼讲师，在学校学习半年，5月在学校发表演讲
施维许（Earl Swisher）	1931—1934	哈佛燕京学社	

续表

汉学家	留学、访问时间	留学、访问地点	学术活动
顾立雅（Herrlee Glessner Creel）	1932—1936	燕京大学	毕业于芝加哥大学，1930年在劳费尔的推荐下，顾立雅获得了美国学术团体理事会的奖学金，开始在哈佛大学跟随中国学者梅光迪进修中文。著有文章《释天》，专著《中国之诞生》《孔子与中国之道》。顾立雅的博士论文为《中国人的世界观》，此后又推出代表作《中国思想：从孔子到毛泽东》，对中国哲学颇有建树
费正清（John King Fairbank）	1932—1936	北京	哈佛大学终身教授，著名历史学家。一生中曾5次以不同的身份来到中国，1932年初，费正清来华，一面进修汉语，一面从师清华大学蒋廷黻，1936年1月，他回到英国牛津，获得了博士学位，学位论文题为《中国海关的起源》；其来华的第一站就是昆明，任务是了解西南联大（主要是清华）的情况，也见见一些老朋友，特别是金岳霖、陈岱孙等这些曾经留学美国的教授。20世纪40年代，他曾受聘于美国政府，两次被派往中国，与周恩来、乔冠华等人多次接触，并与他们结下了深厚友谊。1972年中美关系正常化后，他曾率领美国第一批历史学家代表团访问中国，受到周恩来的热情接待；1979年邓小平访美，费正清应邀出席美国政府举行的国宴，与卡特总统和邓小平同桌而坐。他与中国领导人周恩来、邓小平等人的交往也成为后人津津乐道的一段佳话。著有学术著作《1842—1854 年中国沿海贸易与外交》和目录提要《近代中国：1898—1937 中国著术指南》，并参编《剑桥中国史》

续表

汉学家	留学、访问时间	留学、访问地点	学术活动
毕乃德（Knight Biggerstaff）	1932	北京	进修； 博士论文为《1860—1880清政府对派遣外交使节态度的转变》，日后他又撰写《同文馆考》《中国最早的现代化》等，深入钻研中国外交史、教育史和近代史
欧文·拉铁摩尔（Owen Lattimore）	1932	哈佛燕京学社、延安、新疆、内蒙古和东北等	20世纪40年代提出中国历史发展的“长城中心说”，将中国历史发展的动力延伸到长城两侧，破除了单线意义的以中原为中心的“边疆观”。2017年，国内出版《拉铁摩尔与边疆中国》一书，该书汇集了近年来国内外关于拉铁摩尔的代表性研究
卡尔·奥古斯特·魏特夫（Karl August Wittfogel	1932	北京	进修； 1949年曾与我国著名学者冯家升合撰《中国社会史：辽（907—1125）》；1951年发表《中国社会与征服王朝》；还著有《市民社会史》《觉醒中的中国：中国历史及当前问题概述》《中国工农业生产率的经济意义》等书
费慰梅（Wilma Canon Fairbank）	1932—1936、1942	北京、重庆、南京	美国汉学大师费正清的夫人，1932年独自一人去北平与未婚夫费正清结婚，1942年1月起任美国国务院文化关系司对华关系处文官，著有传记《梁思成和林徽因——一对探索中国建筑的伴侣》（*Liang and Lin: Partners in Exploring China's Architectural Past*）

续表

汉学家	留学、访问时间	留学、访问地点	学术活动
韦慕庭（Clarence Martin Wilbur）	1933	北京华语学校	1933年就读于哥伦比亚大学，曾至北京华语学校学习华语；1941年获得哥伦比亚大学博士学位，专攻中国共产主义运动；1956年12月，韦慕庭教授突发奇想，制定中国口述史研究的具体计划。著有《孙中山：壮志未酬的爱国者》（*Sun Yat-Sen*：*Frustrated Patriot*）等
饶大卫（David N. Rowe）	1935—1937	哈佛燕京学社	耶鲁大学
戴德华（George E. Taylor）	1937—1939	哈佛燕京学社	就读于华盛顿大学，著作《为华北而斗争》（*The Struggle for North China*）于1940年在纽约出版
贾德纳（Charles Sidney Gardner）	1938—1939	哈佛燕京学社	
柯立夫（Francis W. Cleaves）	1938—1942	哈佛燕京学社	美国蒙古学的开山鼻祖，以译注蒙古碑拓著称，并因此荣获法国儒莲奖，曾翻译了《蒙古秘史》
伊丽莎白·赫芙（Elizabeth Huff）	1940—1946	北京 1941—1945被关押在山东潍县集中营	汉学研究
海陶玮（James R. Hightower）	1940—1943	哈佛燕京学社	

续表

汉学家	留学、访问时间	留学、访问地点	学术活动
柯睿哲（Edward A. Kracke）		哈佛燕京学社	芝加哥大学
牟复礼（Frederick W. Mote）	1944—1948、1954	成都、北京、天津、金陵大学等	二战期间曾在成都、北平、天津等地任军官，二战结束后，考入金陵大学，并学习中国历史。其重要研究方向是，中国历史与文明，代表作有《中国思想之渊源》
芮玛丽（Mary Clabaugh Wright）	20世纪40年代	哈佛燕京学社	毕业于瓦萨学院，1951年获拉德克利夫学院博士学位，芮玛丽是费正清教授最有才华的学生之一。此后，即在大学历史系任教。先后任耶鲁大学历史系副教授和教授兼大学图书馆远东文献部顾问
芮沃寿（Arthur Frederick Wright）	20世纪50年代	哈佛燕京学社	曾在1941—1942年和1945—1948年以哈佛燕京学社研究生资格两度来北京进修。著有《中国佛教研究》《儒教和中国文化》《中国历史上的佛教》《布鲁诺的生活概述及其他》等
韩南（Patrick Hanan）	1957、1980、1990年代	北京	进修； 曾多次来华访学
胡志德（Theodore Huters）	1956 1967 1982 1999	香港、台湾、北京、上海	9岁时随父母迁居香港4年，学习过几年中文，曾拜访过钱锺书，是民初小说研究、华东师范大学客座教授，主要研究方向为，钱锺书研究

续表

汉学家	留学、访问时间	留学、访问地点	学术活动
林培瑞（Perry Link）	1966、1979、1988、1989	香港、北京、天津	曾学习过中文，在美中学术交流委员会任职，研究中国现代文学、社会史、大众文化、20世纪初中国的通俗小说等
侯思孟（Donald Holzman，美籍德裔）	1968—1969	台湾	师从台湾大学著名学者屈万里、台静农教授，主要研究汉末以及魏晋南北朝的诗和乐府，著有《嵇康的生平与思想》
夏含夷（Edward L. Shaughnessy）	1974—	台湾留学三年	师从爱新觉罗·毓鋆，学习三玄，主要研究方向有中国上古文化史、古文字学、经学、《周易》等
周锡瑞（Joseph W. Esherick）	1979.9—1980.8、1994—1995	山东大学、北京、安庆	在山东大学期间，根据山东大学提供的材料，从农民的角度了解义和团运动，并到鲁西乡村地区实地调查，完成著作《义和团运动的起源》；搜集有关妻子叶娃的叶氏家族相关资料，2014年出版了《叶：百年动荡中的一个中国家庭》。其他代表作有《中国的改良与革命：辛亥革命在两湖》，还主编了《中国城市的重塑》
梅维恒（Victor H. Mair）	20世纪80年代	香港大学、北京大学、四川大学等	梅维恒教授的研究领域包括中国语言文学、中古史、敦煌学。他的《唐代变文：佛教对中国白话小说及戏曲产生的贡献之研究》《绘画与表演：中国的看图讲故事和它的印度起源》《敦煌通俗叙事文学作品》等诸多著作都在中西学界引起了强烈反响

续表

汉学家	留学、访问时间	留学、访问地点	学术活动
狄培理（William Theodore de Bary）	1982	香港中文大学	1982年，狄培理教授在香港中文大学新亚书院主讲了“钱宾四先生学术文化讲座”；著有《中国的自由传统》《亚洲价值与人权》等
倪豪士（William H. Nienhauser）	1983、1985	台湾大学	主要研究中国文学。主要论著有《皮日休》《传记与小说：唐代文学比较论集》《柳宗元》《印第安纳中国古典文学指南》。编著有《唐代文学研究西文论著目录》《美国学者论唐代文学》以及《中国小说的起源》《南柯太守传的语言、用典和言外意义》《碑志文列传和传记：以欧阳詹为例》《美国杜甫研究评述》《我心中的长安：解读卢照邻〈长安古意〉》《重审〈李娃传〉》等近百篇以唐代文学为主的学术论文与书评
史景迁（Jonathan D. Spence）	1989	北京大学	中国史研究专家，以研究明清史见长。曾在北京大学讲学一个月。代表作有《王氏之死：大历史背后的小人物命运》《中国皇帝：康熙自画像》《胡若望的困惑之旅：18世纪中国天主教徒法国蒙难记》《中国纵横：一个汉学家的学术探索之旅》《皇帝与秀才：皇权游戏中的文人悲剧》《追寻现代中国：1600—1912年的中国历史》《曹寅与康熙：一个皇室宠臣的生涯揭密》等

续表

汉学家	留学、访问时间	留学、访问地点	学术活动
司徒琳（Lynn A.Struve）	1965—1966、1991—1992、1995、1998、2000	中国大陆、台湾	研习； 访问学者； 著有《南明史——1644—1662》（*The Southern Ming, 1644–1662*）、《历史编纂和资料索引》（*A Historiography and Sourse Guide*）以及译著《来自明清巨变的声音——虎口下的中国》（*Voices from the Ming-Qing Cataclysm: China In Tigers'Jaws*）等
彭慕兰（Kenneth Pomeranz）	1990年代	山东、北京	研习、留学
罗友枝（Evelyn Rawski，美籍日裔）	1979.6—7	北京	随美国明清史专家代表团访华，参观了中国六所著名大学的历史系、图书馆，以及中国第一、第二历史档案馆
孔飞力（Philip Alden Kuhn）	1979—1984	北京	1979年随美国明清史专家代表团访华，参观了中国六所著名大学的历史系、图书馆，以及中国第一、第二历史档案馆； 1984年在北京的第一历史档案馆从事研究工作时，接触到1768年乾隆年间发生的“叫魂”案清宫档案； 1984年8月13日—14日，由中国人民大学韦庆远教授和辽宁省档案局领导陪同，参观抚顺市档案馆业务建设

续表

汉学家	留学、访问时间	留学、访问地点	学术活动
孔飞力（Philip Alden Kuhn）	1990、1994	台湾	1990年在台湾“中央研究院近代史研究所”举办的“近代中国与世界”国际学术会议上，作题为《西方对近代中国政治参与及政治体制的影响》的学术演讲； 1991年又在庆祝建所四十周年及纪念创所人郭廷以院士举办的“纪念郭廷以先生史学讲座”上发表《魏源（1794—1857）政治思想中的参与与权威》演讲
曾小萍（Madeleine Zelin）	20世纪80年代	四川	主要研究方向为自贡盐业研究。著有《近代中国早期的契约和产权》《自贡商人近代中国早期的企业家》等

8. 到中国留学、访问过的英国汉学家

汉学家	留学、访问时间	留学、访问地点	学术活动
庄士敦（Reginald Fleming Johnston）	1988—1930	香港、威海、北京	自1919年起被聘为溥仪的英文老师。著有《儒家与近代中国》《佛教中国》《紫禁城的黄昏》等书
麦嘉温（John Macgowan）	1860	上海、厦门	先后在上海、厦门传教。著有《中华帝国史》《中国人生活的明与暗》《华南生活杂闻》等书

续表

汉学家	留学、访问时间	留学、访问地点	学术活动
慕阿德（Arthur Christopher Moule）	1898—1919	山东等	1910年在山东等地传教。编著翻译有《四亿人——关于中国和中国人的篇章》（*Four Hundred Millions : Chapters on China and the Chinese*）、《鸦片问题—大不列颠的鸦片政策及其对印度和中国的影响》（*The Opium Question, A Review of the Opium Policy of Great Britain ,and its Results to India and China*）等
苏柯仁（Arthur de Carle Sowerby）	1905、1923	天津、山西、山西、东北、上海等	1905年在天津英国教会书院任教；长期在山西、陕西、东北各省以及内蒙古等地为不列颠博物馆采集植物标本；1923年与美国人福开森在上海联合创办《中国科学美术杂志》
李约瑟（Joseph Terence Montgomery Needham）	1942—1946	北京	1942年受命于英国文化委员会，协同该学会代表团访华，组建了中英 科学合作馆，被聘为中央科学院动植物研究所通信研究员；不久又以英国驻华使馆参赞身份再次来华；70年代后任中英友好协会和英中了解协会会长，先后八次来华访问
葛瑞汉（Angus Charles Graham）	1954—1955、1987	香港、台湾	1954—1955年访问香港中文大学； 1987年访问台湾“清华大学”
杜德桥（Glen Dudbridge）	1963—1964	香港	就读于香港新亚学院

续表

汉学家	留学、访问时间	留学、访问地点	学术活动
大卫·霍克斯（David Hawkes）	1948—1951	北京大学	在北京大学中文系进修
修中诚（Ernest Richard Hughes）	1911—1933、1943	福建、上海、北京	1911年以伦敦会传教士身份到福建汀州传教；1929—1932年任职于上海中华基督教青年会；1943年再次来华，担任英国驻华使馆所属科学联络局成员
杜希德（Denis Twitchett）	1966	台湾	接受“傅斯年讲座”的邀请访华
苏慧廉（William Edward Soothill）	1881—1911、1926	浙江、山西、北京等	1881年到浙江温州传教；1906年任山西大学堂校长，在任期间将《论语》翻译成英文； 1926年作为惠林顿爵士代表团团员访华
秦乃瑞（John Derry Chinnery）	1954、1957—1958、1927、1999	北京大学、浙江绍兴、北京	1954年应中国政府邀请带领“文化访问团”进行官方文化访问； 1957年到北京大学旁听； 1958年专赴绍兴探访鲁迅的生活背景； 1972年任团长协同“苏格兰中国协会”全体成员访华； 1999年受邀参加中华人民共和国成立五十周年国庆典礼，之后应邀成为中国国际友人研究会荣誉理事

9. 美国与中国文学、汉学研究相关的出版社和期刊

出版社/期刊名	中文译名
Columbia University Press（1893—）	哥伦比亚大学出版社
AcadeAnc Press Inc（1942—）	学术出版社
Comparative Literature（1949—）	《比较文学》
Chinese Literature（1951—）	《中国文学》
Ch'ing-shih wen-ti（1965—1985） 后更名为*Late Imperial China*（1985—）	《清史问题》 《帝制晚期中国》
Chinoperl Papers（*Chinese Oral and Performing Literature*）（1969—）	《中文集萃》
Studies in the Novel（1969—）	《小说研究》
Journal of Chinese Philosophy（1972—）	《中国哲学杂志》[①]
Chinese Literature：*Essays*，*Articles*，*Reviews*（1977—）	《中国文学：论文、文章、评论》[②]

①《中国哲学研究》是由Chung-Ying Cheng于1972年创立的，夏威夷大学哲学系主要负责该期刊的出版。《中国哲学研究》主要刊发有关中国哲学以及中西哲学比较的高水平论文，目的在于通过研究中国哲学，促进当代哲学发展的思考。主要文章涵盖易经、儒家学说、道家学说、律法、新儒家思想、中国佛教思想、中国现当代哲学（包括中国马克思主义、逻辑哲学、玄学、认识论、美学、道德哲学、政治哲学等）。目前，该杂志由Dr. Linyu Gu担任主编，并拥有一支包含60余人的国际性编辑团队。

②《中国文学：论文、文章、评论》的创刊基于1977年来自亚利桑那大学、印第安纳大学以及威斯康星大学八位教授（Eugene Eoyang，Joseph S. M. Lau，Leo Ou-fan Lee，Wu-chi Liu，Irving Yucheng Lo，Ronald C. Miao，William H. Nienhauser，Jr.，and William Schultz）的一场学术讨论。之后，该期刊获得了包括美国学术团体理事会（ACLS）、亚洲研究协会（AAS）在内的多个机构的经费资助。多年来，该期刊收录了涉及中国传统文学和现当代文学各个方面的论文（含在年会、论坛等发表的文章）和书评，每年12月以年刊形式定期出版。现主编包括Haun Saussy、Michelle Yeh 和 Rania Huntington等。

续表

出版社/期刊名	中文译名
World Literature Today（1927—）	《当代世界文学》
Journal of Chinese Religions（1982—） 前身*Society for the Study of Chinese Religions Bulletin* （1975—1982）	《中国宗教杂志》①
Modern Chinese Literature and Culture（1984—）	《中国现代文学与文化》
American Journal of Chinese Studies（1984—）	《美国汉学研究杂志》
China Review International（1994—）	《中国研究书评》②
以下创刊年份不详	
China Notes	《中国札记》
Early Medieval China	《中国中古研究杂志》③

①《中国宗教杂志》前身为中国宗教研究会会刊（*Society for the Study of Chinese Religions Bulletin*，1975—1982）。现主要刊发有关中国宗教问题研究的论文、书评、专访等。《中国宗教杂志》隶属于Taylor & Francis出版集团，为双月刊，其出版得到了来自中国宗教研究会（SSCR）以及加州大学洛杉矶分校的支持。

②《中国研究书评》是由罗杰·T·埃姆斯（Roger T. Ames）于1994年创办，并由夏威夷大学出版社出版的。埃姆斯教授曾任夏威夷大学中文研究中心的主任，期刊编辑部就设在该中心。2008年，编辑部迁至夏威夷大学孔子学院。该期刊收录了有关中国研究的最新文章，包括中国大陆、台湾、香港以及日本、欧洲、美国最新出版的有关中国问题专著的英文书评。

③《中国中古研究杂志》是一本致力于汉朝末年到唐朝初年中国问题研究的期刊。时间的划分略显单一，因此杂志收录的文章涉及的历史时期也偶尔会向前向后略有延伸，不过主体覆盖的时间为公元220年到公元589年之间。目前杂志的主要编辑包括田纳西大学的 J. Michael Farmer、Citadel大学的Keith Knapp。

10. 英国与中国文学、汉学研究相关的出版社和期刊

出版社/期刊	中文译名
Oxford University Press	牛津大学出版社
Cambridge University Press	剑桥大学出版社
The Chinese Repository （1832—1851）	《中国丛报》
Journal of the Royal Asiatic Society of Great Britain and Ireland （1834—1863） *Journal of the Royal Asiatic Society of Great Britain and Ireland*（New Serles） （1864—1990）	《大不列颠和爱尔兰皇家亚洲学会会刊》
Journal of the North China Branch of the Royal Asiatic Society （1865—1948）	《皇家亚洲学会华北分会会刊》
Notes and Queries on China and Japan （1867—1869）	《中日释疑》
Formerly known as：Far Eastern Quarterly （1941—1956）	《亚洲研究杂志》①
The China Quarterly （1960—）	《中国季刊》

①《亚洲研究杂志》是一本由剑桥大学出版社代表亚洲研究协会（Association for Asian Studies）出版的同行评议的学术季刊，涉及亚洲历史、艺术、社会科学和哲学等。该期刊前身为1941年创刊的《远东季刊》（*Far Eastern Quarterly*），后于1956年9月更改为现名。目前主要刊发学术论文及书评。

续表

出版社/期刊	中文译名
Oriental Art	《东方艺术》①
The Works of the Learned	《学术著作》
The Chinese Review, or Notes and Queries on the Far East（1892—1910）	《中国评论》
Bulletin of the School of Oriental and African Studies（1971—）	《亚非学院院刊》
New Chinese Review	《新中国评论》
Journal of the Britain Association for Chinese Studies（1976—2011）	《英国汉学协会期刊》
Early Chinese	《早期中国研究》
Yearbook of Comparative Criticism	《比较评论年鉴》

①《东方艺术》是由牛津大学William Cohn博士于第二次世界大战前创办的季刊，是英国第一本收录有关亚洲艺术史的研究成果的期刊。1948年后，《东方艺术》继续刊发来自中亚、中国、印度、日本、韩国、中东、东南亚学者的最新研究论文。目前还包括亚洲宗教的神圣艺术方面的文章。

11. 美国政府与教育机构中的中国文化、中国研究机构

类型	中文名	英文名
大学的研究机构	康奈尔大学的“东亚研究项目”（1950）	East Asia Program，Cornell University
	哈佛大学东亚研究中心（1955）	Center for East Asian Research，Harvard University
	哈佛大学费正清东亚研究中心（1977）	Fairbank Center for East Asian Research，Harvard University
	哈佛大学费正清中国研究中心（2007）	Fairbank Center for Chinese Studies，Harvard University
	哈佛大学燕京学社（1928）	Harvard-Yenching Institute
	哈佛大学亚洲研究中心（1997—1998）	Harvard University Asia Center
	密歇根大学中国研究中心（1961）	Center for Chinese Studies，University of Michigan
	加州大学伯克利分校中国研究中心（1957）	Center for Chinese Studies，University of California，Berkeley
	华盛顿大学远东和俄国研究所	Far Eastern and Russian Institute
	夏威夷大学中国研究中心	Center for Chinese Studies，University of Hawaii
	斯坦福大学东亚研究中心（1968）	Center for East Asian Studies，Stanford University
	堪萨斯大学东亚研究中心（1959）	Center for East Asian Studies，University of Kansas
	南加利福尼亚大学东亚研究中心（1975）	East Asian Studies，University of Southern California
	俄亥俄州立大学东亚研究中心（1969）	East Asian Studies Center，Ohio State University

续表

类型	中文名	英文名
大学的研究机构	匹兹堡大学东亚研究中心（1969）	Asian Studies Center，University of Pittsburgh
	耶鲁大学东亚研究委员会（1961）	Council on East Asian Studies， Yale University
	印第安纳大学东亚研究中心	East Asian Studies Center，Indiana University
	普林斯顿大学东言语言文学系（1927）	Department of Oriental Languages and Literature，Princeton University
	普林斯顿大学东亚研究系(1969)	East Asian Studies Department，Princeton University
	加州大学圣地亚哥分校中国研究中心	The Center of Chinese Studies，University of California，San Diego
	哥伦比亚大学中国社会政策中心	China Center for Social Policy，Columbia University
	哥伦比亚大学中国法律研究中心（1983）	Center for Chinese Legal Studies，Columbia University
	哥伦比亚大学中国教育研究探究中心	Center on Chinese Education，Columbia University
	雅礼协会（1901）	Yale-China
	哥伦比亚大学东亚研究所（1949）	East Asian Institute，Columbia University
	斯坦福大学胡佛战争、革命与和平研究所（1919）	Hoover Institution on War，Revolution and Peace，Stanford University
	密西根大学中国研究中心（1961）	Center for Chinese Studies，University of Michigan

续表

类型	中文名	英文名
研究协会与智库	兰德公司亚太政策中心（1946）	Center for Asia Pacific Policy
	美国东方学会（1842）	American Oriental Society
	美国学术团体理事会，促进中国研究委员会	Committee on the Promotion of Chinese Studies of the American Council of Learned Societies
	亚洲学会（1941）	Association for Asian Studies
	太平洋学会（1925）	Institute of Pacific Relations
	远东协会	Far Eastern Association
	亚洲研究协会（1941）	Association for Asian Studies
	当代中国研究联合委员会	Joint Committee on Contemporary China
	中国文化研究委员会	Committee on Chinese Culture
	中文资料和研究辅助服务中心	Chinese Materials and Research Aids Service Center
	中文研究资料中心（1975）	Center for Chinese Research Materials
	东亚研究所（1978）	Institute of East Asian Studies
	约翰·F. 肯尼迪政府学院（1936）	John F.Kennedy School of Government
	美中关系全国委员会（1966）	National Committee on United States–China Relations

续表

类型	中文名	英文名
研究协会与智库	布鲁金斯学会（1916）	Brookings Institution
	传统基金会（1973）	The Heritage Foundation
	美国企业公共政策研究所（1943）	American Enterprise Institute for Public Policy Research
	对外关系委员会（1921）	Council on Foreign Relations
	国际战略研究中心（1962）	Center for Strategic and International Studies
	美国和平研究所（1984）	United States Institute of Peace
	美国现代语言学会（1883）	Modern Language Association
	美国历史学会（1884）	American Historical Association
教学机构	北美大学联合汉语培训班（1963）	The Inter-University Program for Chinese Language Studies
学术期刊	《哈佛大学亚洲研究学报》（1936）	*Harvard Journal of Asiatic Studies*
	《亚洲研究学报》（1941）	*The Journal of Asian Studies*
	《清史问题》（1965）	*Late Imperial China*
	《中国柏拉图论文》（1986）	*Sino-Platonic Papers*

12. 美国大学中与汉语、中国文学相关的院系

学 院

中文名	英文名
文理学院	Liberal Arts College
人文与社会科学学院、人文学学院	College of Humanities and Social Sciences
图书情报研究学院	School of Library and Information Studies
教育学院	Institute of Education
文学院	College of Arts

系 别

中文名	英文名
文学	Literature
语言学	Linguistics，Department of Linguistics
东亚语言与文化（中国文学）	Chinese Literature
东亚语言与文化（东亚语言文学）	History and East Asian Languages
东亚研究	East Asian Studies
比较文学	Comparative Literature
民间传说与神话	Folklore and Mythology
汉语	Chinese
古典文学	Classics
汉语语言学	Chinese Linguistics
批判性写作	Creative Writing
语言习得	Language Acquisition

续表

中文名	英文名
语音学与音系学	Phonetics and Phonology
罗曼语	Romance Languages
语言文学	Language and Literature
文学艺术	Literary Arts
写作	Writing
亚洲研究	Asian Studies
中国和亚太研究	China and Asia-Pacific Studies
哲学与文学	Philosophy and Literature
戏剧文学	Drama Literature
人文	Humanities
人文艺术	Humanities and Arts
中国研究（汉学）	Sinology
应用第二语言习得	Application of Second Language Acquisition
外国语言文学系	Department of Foreign Languages and Literature
东方语言学系	Department of Oriental Languages
基础写作	Fundamental Course of Composition
语言与戏剧	Language and Drama

美国大学中与汉语、中国文学相关的院系特类

学 院

<table>
<tr><th>中文名</th><th>英文名</th><th>所属大学</th></tr>
<tr><td>罗杰·瑞威学院</td><td>Revelle College</td><td rowspan="4">加州大学圣迭戈分校
（University of California， San Diego）</td></tr>
<tr><td>约翰·缪尔学院</td><td>John Muir College</td></tr>
<tr><td>第六学院</td><td>Sixth College</td></tr>
<tr><td>厄尔·沃伦学院</td><td>Earl Warren College</td></tr>
<tr><td>伍德罗·威尔逊公共与国际事务学院</td><td>Woodrow Wilson School of Public and International Affairs</td><td>普林斯顿大学
（Princeton University）</td></tr>
<tr><td>文学与科学研究生院</td><td>Graduate School of Arts and Sciences</td><td>哥伦比亚大学
（Columbia University）</td></tr>
<tr><td>耶鲁学院</td><td>Yale College</td><td rowspan="2">耶鲁大学
（Yale University）</td></tr>
<tr><td>戏剧学院</td><td>School of Drama</td></tr>
<tr><td>哥伦比亚文理学院</td><td>Columbia College of Arts and Sciences</td><td>乔治·华盛顿大学
（George Washington University）</td></tr>
<tr><td>艺术与人文学学院</td><td>College of Arts and Humanities</td><td>马里兰大学帕克分校
（University of Maryland， College Park）
纽约州立大学布法罗分校
（The State University of New York， Buffalo）</td></tr>
<tr><td>文理学院</td><td>College of Arts and Sciences</td><td>纽约大学
（New York University）</td></tr>
<tr><td>哈尔普文理学院</td><td>Harpur College of Arts and Sciences</td><td>纽约州立大学宾汉姆顿分校
（Binghamton University，The State University of New York）</td></tr>
</table>

续表

中文名	英文名	所属大学
三一文理学院	Trinity College of Arts and Sciences	杜克大学（Duke University）
麦克米根文理学院	McMicken College of Arts and Sciences	辛辛那提大学（University of Cincinnati）

系　别

中文名	英文名	所属大学
民间传说与神话	Folklore and Mythology	哈佛大学等
批判性写作	Creative Writing	斯坦福大学等
语言习得	Language Acquisition	斯坦福大学等
语音学与音系学	Phonetics and Phonology	斯坦福大学等
罗曼语	Romance Languages	斯坦福大学、达特茅斯学院等
戏剧文学	Drama Literature	南加州大学等
应用第二语言习得	Applied of Second Language Acquisition	卡内基梅隆大学等
语言文学（古典学创意写作、比较文学）	Language and Literature	普林斯顿大学等
基础写作	Fundamental Course of Composition	圣路易斯华盛顿大学等

资料来源

搜索引擎	百度、谷歌等
学校官网	哈佛大学官网等
留学网站	中国留学网和留学机构等
百科全书	维基百科、百度百科等
电子书籍	超星、读秀等，电子书籍《美国大学150所》等
其余来源	论坛和一些资料库

13. 美国大学开设的比较文学系

设立时间	中文名	英文名	所在院系
1899年	哥伦比亚大学	Columbia University	文理学院
1902年前	康奈尔大学	Cornell University	文理学院
1906年	哈佛大学	Harvard University	艺术与科学学院
1912年	加州大学	University of California	文理学院
	加州大学戴维斯分校	UC Davis	文理学院
	加州大学伯克利分校	UC Berkeley	文理学院
	加州大学圣巴巴拉分校	UC Santa Barbara	文理学院
	加州大学圣迭尔分校	UC San Diego	文理学院
	加州大学洛杉矶分校	UC Los Angeles	文理学院
	加州大学河滨分校	UC Riverside	人文、艺术与社会科学学院
1919—1926年	德克萨斯州大学	University of Texas	文理学院
	德克萨斯州大学奥斯汀分校	UT Austin	文理学院

续表

设立时间	中文名	英文名	所在院系
1925年	北卡罗来纳大学	University of North Carolina	文理学院
1946—1948年	耶鲁大学	Yale University	文理学院
1949年	印第安纳大学	Indiana University	文理学院
1962年	爱荷华大学	The University of Iowa	文理学院
	辛辛那提大学	University of Cincinnati	麦克米根文理学院
	密歇根大学	University of Michigan	文理学院
	威斯康辛大学密尔沃基分校	UW-Milwaukee	文理学院
	威斯康辛大学麦迪逊分校	University of Wisconsin-Madison	文理学院
	纽约州立大学宾汉姆顿分校	Binghamton University-The State University of New York	哈尔普文理学院
	纽约州立大学布法罗分校	University at Buffalo-The State University of New York	艺术与文学院
	纽约州立大学石溪分校	Stony Brook University-The State University of New York	文理学院
	斯坦福大学	Stanford University	文理学院
	普林斯顿大学	Princeton University	新泽西学院
	宾夕法尼亚州立大学	The Pennsylvania State University	文理学院
	杜克大学	Duke University	文理学院
	布朗大学	Brown University	文理学院
	宾夕法尼亚大学	University of Pennsylvania	文理学院

续表

设立时间	中文名	英文名	所在院系
	范德堡大学	Vanderbilt University	文理学院
	约翰斯·霍普金斯大学	Johns Hopkins University	文理学院
	纽约大学	New York University	文理研究生院
	普渡大学	Purdue University	文理学院
	路易斯安那州立大学	Louisiana State University	文理学院
	芝加哥大学	The University of Chicago	文理学院
	马萨诸塞大学阿默斯特分校	UMass Amherst	文理学院
	华盛顿大学圣路易斯分校	Washington University in St. Louis	文理学院
	西北大学	Northwestern University	文理学院
	纽约城市大学	The City University of New York	文理学院
	俄亥俄州立大学	Ohio State University	文理学院
	南加州大学	University of Southern California	文理学院
	特拉华大学	University of Delaware	文理学院
	厄巴纳伊利诺斯大学	University of Illinois at Urbana–Champaign	文理学院
	马里兰大学帕克分校	University of Maryland-College Park	艺术与人文学院
	明尼苏达大学	University of Minnesota	人文学学院
	新墨西哥大学	The University of New Mexico	文理学院

续表

设立时间	中文名	英文名	所在院系
	纽约市立大学皇后学院	Queens College-The City University of New York	文理学院
	福特哈姆大学	Fordham University	林肯中心学院
	俄勒冈大学	University of Oregon	文理学院
	锡拉丘兹大学（雪城大学）	Syracuse University	文理学院
	伊利诺大学香槟分校	University of Illinois at Urbana–Champaign	文理学院
	罗格斯大学	Rutgers University	文理学院
	汉密尔顿学院	Hamilton College	艺术与人文学院
	巴特勒大学	Butler University	文理学院

14. 英国政府与教育机构中的中国文化、中国研究机构（大学制度内教学与研究机构）

中文名		英文名	成立时间
伦敦大学（University of London）	伦敦大学亚非学院	School of Oriental and African Studies	1916年创立 1983年改名为“东方和非洲研究学院（The School of Oriental and African Stuedies）”
	伦敦大学现代中国研究所	The Contemporary China Institute	1968年创立
	伦敦大学汉学研究中心	Centre of Chinese Studies	1992年成立

续表

中文名		英文名	成立时间
牛津大学（University of Oxford）	汉学院	Chinese Honour School	1939年创立
	牛津大学东方学院	University of Oxford Oriental Institute	1961年成立
	汉学研究所	Institute for Chinese Studies	1994年由东方研究所的中国部分与圣安东尼学院的现代中国研究所合并而成
	牛津大学中国研究中心	University of Oxford China Centre	2008年成立
剑桥大学（University of Cambridge）	剑桥大学东方研究院	Faculty of Oriental Studies	1888年成立
	剑桥大学亚洲与中东学院	Faculty of Asian and Middle Eastern Studies	
	李约瑟研究院	Needham Research Institute	1983年6月成立（实际上独立于剑桥大学，但二者有紧密关系）
杜伦大学		Durham University	1832年建校 1999年建立当代中国研究所
利兹大学		University of Leeds	1831年建校 1963年建立中国学中心
爱丁堡大学		University of Edinburgh	1583年建校 1965年始设中文系
威斯敏斯特大学		University of Westminster	1970年建校 1974设立汉语专业

续表

中文名		英文名	成立时间
谢菲尔德大学（University of Sheffield）	汉学研究中心	The Centre for Chinese Studies	1996年创立
纽斯卡尔大学		The University of Nescastle	1834年建校
诺丁汉大学（University of Nottingham）	当代汉学研究院	Institute of Contemporary Chinese Stuedies	1881年建校
	中国政策研究所	China Policy Institute	1881年建校
格拉斯哥大学		University of Glasgow	1451年建校
威尔士大学（University of Wales）	汉学研究中心	The Centre for Chinese Studies	1997年成立
伦敦政治经济学院		London School of Economics and Political Science	1895年建校
兰卡斯特大学（University of Lancaster）	中国管理中心	The Lancaster China Management Centre	2001年成立

15. 美国、日本与中国相关的研究机构与学会

美国与中国相关的研究机构

团体名字（中文）	团体名字（英文）	创立时间	研究领域或性质	代表人物	代表人物作品	网址
美国大学教授联合会	American Association of University Professors	1915	全球知名专家			https://www.aaup.org/
哈佛燕京学社	Harvard-Yenching Institute	1928	致力于亚洲地区的高等教育和以文化为主的人文学和社会科学的发展			https://harvard-yenching.org/
东亚学会中心（CEAS）	The Center of East Asian Studies	1936	东亚学术研究			http://ceas.uchicago.edu/
美国图书协会	Association of College & Research Libraries	1940	学术图书馆和图书馆工作者的高等教育协会	David Free		http://www.ala.org/acrl/
美国亚洲学会	Association for Asian Studies	1941	学术性、非政治性、非营利性的专业协会	Richard Richie		http://www.asian-studies.org/
美国学术协会理事会中国文明研究理事会	Council of American Academic Associations	1944	非营利组织，通过支持全国的学术管理者来推进文科教育			https://acad.org/

续表

团体名字（中文）	团体名字（英文）	创立时间	研究领域或性质	代表人物	代表人物作品	网址
哈佛大学费正清东亚研究会	Fairbank China Research Center	1955	人文科学	John King Fairbank	《剑桥晚清史》	https://web.archive.org/web/20110501032604/http://fairbank.fas.harvard.edu/home/
美国亚洲协会	Asia Society	1956	亚太地区有影响力的非营利、非政府、无党派的民间机构，宗旨是促进美国与亚洲之间的民间交流，增进亚太地区民众、领袖和机构之间的相互了解			https://asiasociety.org/
加州大学伯克利分校东亚研究会	East Asia Research Institute	1957	人文科学和社会科学，以及专业学校	Tackett	《中国精英政治的兴起：中国10世纪精英文化的转型》	http://ieas.berkeley.edu/
美国比较文学协会	American Comparative Literature Association	1960	涉及多种文学和文化，进行跨文化、跨文学研究		*Speaking Out of Place*	https://www.acla.org/
耶鲁大学东亚研究委员会	Yale University East Asian Studies	1961	重点研究中、日、韩			

续表

团体名字（中文）	团体名字（英文）	创立时间	研究领域或性质	代表人物	代表人物作品	网址
国际中国语言学会	International Association of Chinese Linguistics	1992	关于中国汉语研究的团体			http://www.iacling.org/
东亚艺术中心（CAEA）	The Center for the Art of East Asia	2003	东亚的艺术研究			https://voices.uchicago.edu/caeatest/
顾立雅中国古文字学中心	The Creel Center for Chinese Paleography	2006	中国古代文字的研究			http://cccp.uchicago.edu/pages_zh/cccp_contact_zh.shtml/
美国中国学会	China Society of American	2013	以商业为重点的非营利组织	陈伟业	Carmel Telamon	http://americachinasociety.org/chinese/
普林斯顿大学当代中国研究中心	Paul and Marcia Wythes Center on Contemporary China		关于当代中国发展及中国传统文化的研究			https://www.princeton.edu/research/humanities/

日本与中国相关的学会

学会名称	英文名	创立时间	研究领域或性质	会刊	网址
中国文化学会		1932	前身是“东京文理科大学汉文学会”，从事中国文化及汉文学研究，以及对相关领域教育工作的支持	《中国文化》（每年发行一次）	https://zhongguowenhuaxuehui.org/
日本中国语学会	The Chinese Linguistic Society of Japan	1946	主要从事汉语及相关领域研究，以促进语言方面的科学发展，为汉语教育做出贡献	《中国语学》（1950年创刊，每年发行一次）	https://ss1.xrea.com/www.chilin.jp/
东方学会		1947（2013改组）	主要目的是促进东方学研究和东方各国文化的发展，推动与世界的联系与合作，开展广泛的国际文化交流	《东方学》（1951年创刊，每年发行两次）	http://www.tohogakkai.com/
日本中国学会	Nippon Chugoku Gakkai	1949	主要从事中国哲学、文学、汉语方面的研究	《日本中国学会报》（1950年创刊，每年发行一次）	http://nippon-chugoku-gakkai.org/
日本现代中国学会	The Japan Association for Modern China Studies	1951	日本研究汉学的知名机构之一，1951年10月成立，80年代后发展成为一个综合性学会	《现代中国》（1951年创刊）	http://www.genchugakkai.com/

续表

学会名称	英文名	创立时间	研究领域或性质	会刊	网址
九州中国学会	The Sinological Society of Kyushu	1953	有关中国的语言、文学、哲学、地域等方面的研究	《九州中国学会报》（1955年创刊，每年发行一次）	http://www.flc.kyushu-u.ac.jp/~kcg/
中国文史哲研究会	Society for the Study of Chinese Literature, History, Philosophy	1959	联合文史哲三个领域，就中国为主的东方各国进行综合性研究	《集刊东洋学》（1959年创刊，每年发行两次）	
宋代史研究会		1976	从事中国宋代相关史学、思想、文学、艺术等领域的研究	《宋代史研究会研究报告》（1983年创刊，不定期）	http:// home.hiroshima-u.ac.jp/songdai/songdaishi-yanjiuhui.htm/
日本中国社会文化学会	Association for Studies of Chinese Society and Culture	1985	前身是“东大中国哲学文学会”，致力于中国社会、文化方面的研究和交流	《中国：社会与文化》（1986年创刊，每年发行一次）	http://www.l.u-tokyo.ac.jp/ASCSC/
中国出土资料学会		1995	鉴于迅速增加的中国春秋战国、秦汉时代的出土资料的重要性，该会旨在对资料进行综合性全面性分析研究，促进研究者之间的交流	《中国出土资料研究》（1997年创刊，每年发行一次）	http://www.shutsudo.jp/

续表

学会名称	英文名	创立时间	研究领域或性质	会刊	网址
日本中国考古学会	Japan Society for Chinese Archaeology	1990	扶持中国考古学研究者、推进研究工作的同时，促进以中国为主的各国中国考古学研究学者之间的交流	《中国考古学》（2000年创刊，每年发行一次）	http://jsca.sakura.ne.jp/
中唐文学会		1990	从事中国中唐时期的相关研究	《中唐文学会报》	http://ztw.seesaa.net/
六朝学术学会		1997	从事中国六朝时期的相关学术研究	《六朝学术学会报》（1999年创刊，每年发行一次）	http://liuchao.gakkaisv.org/
全国汉文教育学会		1998	从事汉字、汉文教育的相关研究	《新汉字汉文教育》（1985年创刊，每年发行两次）	http://www.zenkankyo.gr.jp/index.html/
中国语教育学会	The Japan Association of Chinese Language Education	2002	推进日本汉语教育工作者相互合作、研究、实践	《中国语教育》（2003年创刊，每年发行一次）	http://www.jacle.org/
三国志学会		2006	从事《三国志》相关学术研究交流活动	《三国志研究》（2006年创刊，每年发行一次）	http://sangokushi.gakkaisv.org/

续表

学会名称	英文名	创立时间	研究领域或性质	会刊	网址
日本儒教学会		2015	以儒学为中心，从学科视角，从事儒学相关的学术研究和国际交流	《日本儒教学会报》（2017年创刊，每年发行两次）	http://nichijyu.gakkaisv.org/
日本杜甫学会		2017	从事与杜甫及其相关的研究	《杜甫研究年报》（2018年创刊，每年发行一次）	http://japandufu.toho.u-tokai.ac.jp/index.html/

16. 欧美的作家博物馆与名著博物馆、艺术馆

名称	地点	备注
罗尔德·达尔博物馆和故事中心	英国白金汉郡	2005年成立，为纪念著名的儿童文学家罗尔德·达尔而创建。罗尔德·达尔是挪威籍的英国杰出儿童文学作家、剧作家和短篇小说作家，作品流传于大人和小孩中，极受欢迎
赛珍珠博物馆	美国希尔斯伯勒	为纪念伟大的美国作家赛珍珠而创建，致力于向公众普及她的事迹和作品
海明威故居博物馆	美国基韦斯特	海明威故居博物馆最奇特的看点，就是海明威养的六趾猫
玛格丽特·米切尔博物馆	美国亚特兰大	从1925年到1932年，米切尔一直住在这里
埃德加·爱伦·坡博物馆	美国里士满	这个博物馆不仅讲述了爱伦·坡19世纪的生活和工作，更收藏了大量这位知名诗人的手稿、书信、纪念物及个人物品，是世界上收藏爱伦·坡手稿、书信、纪念物及个人物品的最大博物馆之一

续表

名称	地点	备注
美国作家博物馆	美国 芝加哥	北美地区首个以多媒体方式呈现的文学博物馆
美国女性作家博物馆	美国 华盛顿	关于美国女性作家的博物馆
爱丁堡作家博物馆	英国 苏格兰	包括罗伯特·彭斯、罗伯特·路易斯·斯蒂文森、瓦尔特·司各特等作家
莎士比亚故居博物馆	英国斯特拉特福镇	位于斯特拉福地区的与莎士比亚家庭有关的房屋大多保存至今，并保留着它们的原样。莎士比亚故居里的家具和其他物件构成了莎士比亚出生地管委会下属博物馆的收藏品的一部分
阿加莎·克里斯蒂故居	英国 德文郡	这里收藏着阿加莎生前的手稿、笔记本、信件、日记等
都柏林作家博物馆	爱尔兰 都柏林	纪念馆里到处是爱尔兰作家的画像，包括当时画家的佳作
弗洛伊德博物馆	奥地利维也纳阿尔瑟格伦德区	弗洛伊德博物馆开放于1971年，2003年归属新成立的弗洛伊德基金会。每年5月6日，弗洛伊德诞辰时，这里便会举行演讲会
卡夫卡博物馆	捷克布拉格	2005年开放的博物馆坐落在小城的赫尔哥托瓦（Hergertova）砖瓦厂，这里是卡夫卡家乡的中心，卡夫卡和布拉格是展览的主要题材

欧美著名图书馆

名称	地点	馆藏
美国国会图书馆	美国华盛顿	存书2600万册
哈佛大学图书馆	美国马萨诸塞	存书1100万册
加拿大国会图书馆	加拿大渥太华	目前馆藏已经超过700万件
俄罗斯国立图书馆	俄罗斯莫斯科	存书1760万册
俄罗斯国家图书馆	俄罗斯圣彼得堡	存书1362万册
大英图书馆	英国伦敦	存书1300万册
法国国家图书馆	法国巴黎	存书1100万册
莱比锡图书馆	德国莱比锡	存书900万册
法兰克福图书馆	德国法兰克福	存书700万册
哥德堡文学艺术馆	瑞典	馆藏大多为15世纪到20世纪北欧艺术家的名画，也不乏毕加索、莫奈、梵高等顶级名家的作品，画作按年代和流派分布在不同的展馆
捷克国家博物馆	捷克布拉格	捷克国家博物馆是前捷克斯洛伐克首都布拉格的一座公共博物馆，建立于法国大革命之后的1818年4月15日，建成于1890年，是一座新文艺复兴式建筑，位于瓦茨拉夫广场一端。目前，捷克国家博物馆收藏了自然史、历史、艺术、音乐和图书馆领域的近1400万件藏品，分布于几十栋建筑物内

17. 著名汉学家汉语名列表

国家	中文名	英文名	生卒年
英国	柯乐洪（又名高奋云、葛洪）	Archibald Ross Colquhoun	1848—1914
英国	杜德桥	Glen Dudbridge	1938—2017
英国	傅兰雅	John Fryer	1839—1928
英国	李修善	David Hill	1840—1895
英国	谢立山	Alexander Hosie	1853—1925
英国	谢福芸	Dorothea Soothill Hosie	1885—1959
英国	周骊	H.Bencraft Joly	1857—1898
英国	林迈可	Michael Francis Morris Lindsay	1909—1994
英国	鲁惟一	Michael Loewe	1922—
英国	梅益盛	Isaac Mason	1870—1939
英国	庄延龄	Edward Harper Parker	1849—1926
英国	鲍康宁	Federick William Baller	1852—1922
英国	毕善功	Louis Rhys Oxley Bevan	1874—1946
英国	马礼逊	Robert Morrison	1782—1834
英国	庄士敦	Reginald Fleming Johnston	1874—1938
英国	李约瑟	Joseph Needham	1900—1995
英国	米怜	William Milne	1785—1822

续表

国家	中文名	英文名	生卒年
英国	理雅格	James Legge	1815—1897
英国	苏慧廉	William Edward Soothill	1861—1935
英国	麦都思	Walter Henry Medhurst	1796—1857
英国	伟烈亚力	Alexander Wylie	1815—1887
英国	威妥玛	Thomas Francis Wade	1818—1895
英国	翟理斯	Herbert Allen Giles	1845—1935
英国	慕阿德	Arthur Christopher Moule	1873—1957
英国	禧在明	Walter Caine Hillier	1849—1927
英国	亚瑟·韦利	Arthur Waley	1889—1966
英国	戴维·霍克斯	David Hawks	1923—2009
英国	林辅华	Charles Wilfrid Allan	1870—?
英国	易恩培	Lawrence Impey	1892—?
美国	卫三畏	Samuel Wells Williams	1812—1884
美国	裨治文	Elijah Coleman Bridgman	1801—1861
美国	柔克义	William Woodville Rockhill	1854—1914
美国	明恩溥	Arthur H. Smith	1845—1932
美国	赖德烈	Kenneth Scott Latourette	1884—1968
美国	劳费尔	Bernthold Laufer	1874—1934
美国	费正清	John King Fairbank	1907—1991
美国	列文森	Joseph R. Levenson	1920—1969

续表

国家	中文名	英文名	生卒年
美国	彭慕兰	Kenneth Pomeranz	1958—
美国	史景迁	Jonathan D. Spence	1936—
美国	曾小萍	Madeleine Zelin	
美国	白素珊	Susan Whiting	
美国	魏爱莲	Ellen Widmer	
美国	司徒琳	Lynn A. Struve	
美国	罗友枝	Evelyn S. Rawski	
法国	铎尔孟 （字浩然）	André d'Hormon	1881—1965
法国	白晋 （又作白进,字明远）	Joachim Bouvet	1656—1730
法国	傅圣泽	Jean François Fouquet	1665—1741
法国	宋君荣	Antoine Gaubil	1689—1759
法国	韩国英	Pierre-Martial Cibot	1727—1780
法国	顾赛芬	Séraphin Couvreur	1835—1919
法国	戴密微	Paul Demieville	1894—1979
法国	沙畹	Édouard Chavannes	1865—1918
法国	傅尔蒙	Étienne Fourmont	1683—1745
法国	雷慕沙	Jean Pierre Abel Rémusat	1788—1832
法国	戴遂良	Léon Wieger	1856—1933
法国	考狄	Henri Cordier	1849—1925
法国	伯希和	Paul Pelliot	1878—1945

续表

国家	中文名	英文名	生卒年
法国	马伯乐	Henri Maspero	1882—1945
法国	葛兰言	Marcel Granet	1884—1940
法国	钱德明	Joseph-Marie Amiot	1718—1793
法国	马克	Marc Kalinowsk	1946—
法国	程艾兰	Anne Cheng	1955—
法国	谢和耐	Jacques Gernet	1921—
德国	夏德	Friedrich Hirth	1845—1927
德国	汤若望	Johann Adam Schall von Bell	1592—1666
德国	莱布尼茨	Gottfnied Wiheim Leibnitz	1646—1716
德国	基歇尔	Athanasius Kircher	1601—1680
德国	门采尔	Christian Mentzel	1622—1701
德国	魏继晋	Florian Joseph Bahr	1706—1771
德国	帕拉特	Johann Heinrich Plath	1802—1874
德国	绍特	Wilhelm Schott	1794—1865
德国	贾柏莲	Hans Georg Conon von der Gabelentz	1840—1893
德国	花之安	Ernst Faber	1839—1899
德国	穆麟德	Paul Georg von Möllendorff	1847—1901
德国	福兰格	Otto Franke	1863—1946
德国	孔好古	August Conrady	1864—1925
德国	佛尔克	Alfred Forke	1867—1944

续表

国家	中文名	英文名	生卒年
德国	卫礼贤	Richard Wilhelm	1873—1930
德国	侯思孟（美国出生的德国后裔）	Holzman Donald	1926—
意大利	利玛窦	Matteo Ricci	1552—1610
意大利	罗明坚	Michele Ruggieri	1543—1607
意大利	卫匡国	Martino Martini	1614—1661
意大利	殷铎泽	Prosper Intorcetta	1626—1696
意大利	马国贤	Matteo Ripa	1682—1746
意大利	德礼贤	Pasquale M. D'Elia	1890—1963
意大利	白佐良	Giuliano Bertuccioli	1923—2001
意大利	史华罗	Paolo Santangelo	1943—
意大利	马西尼	Federico Masini	1960—
瑞典	韩山文（又译韩山明）	Theodore Hamberg	1819—1854
瑞典	龙思泰	Anders Ljungstedt	1759—1835
瑞典	斯文·赫定	Sven Anders Hedin	1865—1952
瑞典	约翰·古纳·安特生	Johan Gunnar Andersson	1874—1960
瑞典	喜仁龙	Osvald Sirén	1879—1966
瑞典	高本汉	Bernhard Karlgren	1889—1978
瑞典	马悦然	Nils Göran David Malmqvist	1924—
瑞典	罗多弼	Torbjörn Lodén	1947—

续表

国家	中文名	英文名	生卒年
瑞典	林西莉	Cecilia Lindqvist	1932—
荷兰	高罗佩 （字芝台）	Robert Hans van Gulik	1910—1967
荷兰	施莱格	Gustaaf Schlegel	1840—1884
荷兰	戴闻达	Jau Julius Lodewijik Duyvendark	1889—1954
荷兰	许理和	Erik Zücher	1928—2008
荷兰	伊维德	Wilt Lukas Idema	1944—
荷兰	贺麦晓	Michel Hockx	1964—
荷兰	汉乐逸	Lloyd Haft	1946—
荷兰	施舟人	Kristofer Marinus Schipper	1934—
荷兰	包乐史	Leonard Blussé	1946—
葡萄牙	曾德昭 （字继元，又名谢务禄、鲁德照）	Alvare de Semedo	1585—1658
葡萄牙	安文思	Gabriel de Magalhães	1610—1677
葡萄牙	洛瑞罗	Rui Manuel Loureiro	1960—
西班牙	庞迪我	Diego de Pantoja	1571—1618
西班牙	黎玉范	Juan Bautista de Morales	1597—1664
西班牙	利安当	Antonio de Santa Maria Caballero	1602—1669
西班牙	闵明我	Domingo Fernandez de Navarrete	1610—1689
波兰	卢安德	Andrzej Rudomina	1596—1633

续表

国家	中文名	英文名	生卒年
波兰	穆尼阁	Jan Mikolaj Smogulecki	1610—1656
波兰	卜弥格	Michael Boym	1612—1659
波兰	维托尔德·雅布翁斯基	Witold Jabłoński	1957—
捷克	普实克	Jaroslav Prušek	1906—1980
捷克	玛丽娜·查尔诺古尔斯卡	Marina Čarnogurská	1940—
罗马尼亚	江冬妮	Toni Radian	1930—1990
澳大利亚	费子智	Charles Patrick Fitzgerald	1902—1992
澳大利亚	乔治·厄内斯特·莫理循	George Ernest Morrison	1862—1920
澳大利亚	威廉·亨利·端纳	William Henry Donald	1875—1946
澳大利亚	安戈	Jonathan Unger	1946—
俄罗斯	瓦西里耶夫	Василий Павлович Васил ъев	1818—1900
俄罗斯	卡法罗夫	Петр Иванович Кафаров	1817—1878
比利时	南怀仁	Ferdinand Verbiest	1623—1688
加拿大	蒲立本	Edwin G. Pulleyblank	1922—2013
加拿大	苏立文	Michael Sullivan	1916—2013

18. 俄罗斯汉学家汉语名列表

汉语名	俄语名与生卒年	代表性著作与译著
比丘林	Нитита Яковлевич Бичурин （1777—1853 ）	《中国的民情与风尚》《三字经》
巴拉第	Петр Иванович Кафаров （1817—1878 ）	《佛陀传》《俄华大辞典》
王西里	Василий Павлович Васильев （1818—1900 ）	《中国文学史纲要》《诗经》选译
柏百福	Павел Степанович Попов （1842—1913 ）	《俄华辞典》《俄汉合璧韵编》
阿理克（又译阿翰林）	Василий Михайлович Алексеев （1881—1951）	《诗品》翻译与研究 《聊斋》 唐诗选《常道集》
聂历山	Николай Александрович Невский （1892—1937）	《西夏语词典》《西夏学史纲》
楚紫气	Юрий Канстатинович Щуцкий （1897—1951）	《易经》《唐诗选》
王希礼	Борис Александрович Васильев （1899—1937）	《明代话本》《李娃传》 首译《阿Q正传》
罗高寿	Алексей Петрович Рогачев （1900—1981）	《水浒传》《西游记》
什图金	Алексей Адександрович Штукин （1904—1963）	《阿Q正传》 《诗经》全译
费德林	Николай Трофимович Федоренко （1912—2002 ）	主编《中国诗选》四卷本
夏青云	Валерий Францевич Перелешин （1913—1992 ）	《道德经》《离骚》《团扇歌》

续表

汉语名	俄语名与生卒年	代表性著作与译著
齐赫文	Сергей Леонидович Тихвинский （1918—2018）	《狂人日记》《在酒楼上》
齐一得	Изольда Эмильевна Циперович （1918—2000）	《今古奇观》选译
车连义	Леонид Евгениевич Черкасский （1925—2003）	《曹植诗选》《蜀道难》 《艾青诗选》《艾青传》
孟列夫	Лев Николаевич Меньшиков （1926—2005）	《红楼梦》 诗词《西厢记》 唐诗选《清流集》
华克生	Дмитрий Николаевич Воскресенский （1926—2017）	《儒林外史》《正红旗下》
李福清	Борис Львовия Рифтин （1932—2012）	《从神话到章回小说》《紫玉》
张明海	Тамара Хинчевна Томихай （1939—）	《庾信的诗歌创作》《庾信》
司格林	Николай Алексеевич Спешнев （1939—2011）	《中国俗文学》《俗世奇人》
嵇辽拉	Леонид Сергеевич Переломов （1928—1981）	《孔子的〈论语〉》《商君书》
龙果夫	Александр Александрович Драгунов （1900—1955）	《汉语词类》 《现代汉语口语语法体系》
一过布道	Игорь Борисович Бурдонов （1940—）	《易经》研究
谢公	Сергей Аркадиевич Торопцев （1940—）	《李白诗500首》《李白传》

续表

汉语名	俄语名与生卒年	代表性著作与译著
马良文	Владимир Вячеславович Малявин（1950— ）	《孔子》《庄子》《阮籍》
陶奇夫	Евгений Алексеевич Торчинов（1956—2003）	《抱朴子》《道德经》
索嘉威	Александр Георгиевич Сторожук（1970— ）	《元稹传》
罗流沙	Родианов Алексей Алексеевич（1975— ）	《老舍创作里中国人的性格》

（谷羽）

附表二

百年中外文学学术交流史年表（1900—2000）

时间	重要事件	著述与译作	人物
1900		日本正冈子规著《水浒传与八犬传》出版； 日本中根淑著《中国文学史要》，由金港堂出版	
1901		英国翟理斯发表《中国文学史》	
1902	8月15日，张百熙主持拟定《钦定京师大学堂章程》，为文学设科		4月，鲁迅抵达日本东京，在弘文学院学习
1903	张百熙、荣庆、张之洞拟定《奏定学堂章程》，中国文学门始获独立； 日本久保得二著发表《汉诗评释》	日本久保得二著《中国文学史》，由人文社出版	

续表

时间	重要事件	著述与译作	人物
1904	4月，日本依田学海在《心之花》杂志发表《〈源氏物语〉与〈红楼梦〉》	俄国П. С. 波波夫译并注《中国哲学家孟子》	4月，鲁迅从仙台医专退学，转入文学活动
1905			
1906			
1907	2月与3月，鲁迅以“令飞”为笔名，在《河南》杂志第二期、第三期发表《摩罗诗力说》，该文后收入1926年出版的杂文集《坟》		
1908		日本久保得二著《李杜诗评》出版	
1909		3月，鲁迅与周作人合译《域外小说集》第一集出版； 7月，鲁迅与周作人合译的《域外小说集》第二集出版； 日本儿岛献吉郎《中国大文学史·古代篇》，由富山房出版； 越南潘继秉译《三国志演义》，由河内出版社出版	8月，鲁迅结束日本留学生活
1910		日本藤井理伯编《中国小说词汇》，由东京松山堂出版； 列夫·托尔斯泰选编《中国圣人老子格言》	
1911		俄国B. M. 阿列克谢耶夫翻译《春夜宴桃李园序》	
1912			
1913		俄国列夫·托尔斯泰选编《老子——道德经或道德之书》	

续表

时间	重要事件	著述与译作	人物
1914			1月，郭沫若到达日本东京
1915			
1916		苏联B. M. 阿列克谢耶夫著《中国论诗人的长诗——司空图（837—908）》，由彼得格勒出版	
1917	苏联B. M. 阿列克谢耶夫著《关于中国文学的定义和中国文学史学当前的任务》，发表于《国民教育杂志》第5期		
1918	4月19日，周作人作《日本近三十年小说之发达》讲演，讲稿发表于同年5月《新青年》第4卷第5号； 6月，罗家伦、胡适合译易卜生《娜拉》，并发表于《新青年》4卷6号； 6月，胡适《易卜生主义》、张厚载《新文学及中国旧戏》发表于《新青年》4卷6号	苏联B. M. 阿列克谢耶夫著《和合二仙与刘海戏金蟾（中国神话研究）》出版	
1919		日本盐谷温著《中国文学概论》，由大日本雄辩会出版； 法国葛兰言著《中国古代的节日和歌谣》； 英国亚瑟·韦利著《中国古诗选译续集》，由伦敦爱伦与昂温出版有限公司出版社出版	
1920	1月，沈雁冰《小说新潮栏宣言》发表于《小说月报》第11卷第1号，鼓吹介绍外国文艺思潮； 10月，英国哲学家罗素来华讲学		

续表

时间	重要事件	著述与译作	人物
1921	1月4日，文学研究会在北京召开成立会，发起人有郑振铎、叶绍钧、沈雁冰、王统照、许地山、耿济之、周作人、郭绍虞等12人； 6月，创造社在日本成立，由郭沫若、成仿吾、郁达夫、田汉、郑伯奇、张资平等组成		1月，沈雁冰发起组织“文学研究会”，接编并改革《小说月报》
1922	1月，蔡元培创立北大研究所国学门，建立中国现代第一个学术研究的专门机构； 1月，《学衡》杂志在南京创办，编撰者有东南大学教授吴宓、梅光迪、胡先骕等人； 1月起，谢六逸《西洋小说发达史》连载于《小说月报》第13卷第1号至第11号； 7月，沈雁冰《自然主义与中国现代小说》发表于《小说月报》第13卷第7号	周作人、鲁迅、周建人合译《现代小说译丛》，由商务印书馆出版； 日本大西斋、共田浩编译《文学革命与白话新诗》，由东亚公司出版； 苏联帕维尔·瓦西里耶维奇·施古尔金著《历史中的传说》出版	亚科夫·伊万诺维奇·阿拉钦来到中国哈尔滨，成为侨民； 亚历山德拉·尼古拉耶夫娜·谢列勃连尼科娃来到天津，担任俄语和文学教师工作
1923	B. M. 阿列克谢耶夫发表翻译、介绍李白诗歌的译作《古代》； Ю. К. 舒茨基译作《7—9世纪中国诗选》出版	12月，鲁迅著《中国小说史略》（上），由北京新潮社出版。周作人、鲁迅、周建人合译的《现代小说译丛》，由商务印书馆出版； 英国翟理斯著《古文选珍》，由上海别发书局出版； 苏联B. M. 阿列克谢耶夫著《中国戏剧》出版； 苏联B. M. 阿列克谢耶夫主编《中国古代抒情诗选》出版	

续表

时间	重要事件	著述与译作	人物
1924	上海戏剧协社演出洪深根据王尔德《温德米尔夫人的扇子》改编的《少奶奶的扇子》； 马来西亚出现《五女兴唐》译本	6月，鲁迅著《中国小说史略》（下），由北京新潮社出版。 法国古代史家马伯乐发表《书经中的神话传说》； 苏联B.M.阿列克谢耶夫著《中国考古学的命运》	夏，老舍赴英国，任伦敦大学东方学院汉语教师
1925	5月，沈雁冰《论无产阶级艺术》连载于《文学周报》第172、173、175、176期。本文依据亚·波格丹诺夫《无产阶级艺术的批评》写出； 苏联奥列宁翻译《中国诗人的〈诗经〉选·压迫》，刊载于《银幕》1925年的45期	8月，任国桢编译、鲁迅作前记的《苏俄文艺论战》，由北新书局出版； 苏联B. M. 阿列克谢耶夫的《中国古书的样式》出版； 苏联B.M.阿列克谢耶夫发表翻译、介绍李白诗歌的译作《四行诗（笔者按：即绝句）选》	芥川龙之介来到中国访问，后编成《中国游记》
1926	3月，梁实秋《现代中国文学之浪漫趋势》发表于25日《晨报》； 日本铃木虎雄发表《敦煌本〈文心雕龙〉校勘记》； 刘复《译〈茶花女〉剧本序》发表于《语丝》第88期	法国马古礼（G. Margoulies）著《〈文选〉辞赋译注》，由保尔·古特纳出版社出版； 苏联亚科夫·阿拉钦（Яков Аракин）编著的《华俄诗选》出版	
1927	冬，冯乃超、李初梨等由日本归国，展开后期创造社活动，并提倡革命文学运动； 日本山口慎一、大山岩在《满蒙》发表《中国文学的现状与未来》《中国新小说二三》等文章； 茅盾《牯岭到东京》发表于《小说月报》第19卷第10号	梁实秋著《浪漫的与古典的》，由上海新月书店出版； 黄石著《神话研究》，由上海开明书店出版； 赵景深著《童话论集》，由上海开明书店出版； 郑振铎编著《文学大纲》，由商务印书馆出版； 苏联华克生译注《儒林外史》	1月15日，巴金离上海赴法国

续表

时间	重要事件	著述与译作	人物
1928	日本铃木虎雄发表《黄叔琳本〈文心雕龙〉校勘记》； 新加坡的《南洋时报》刊载署名为“灵谷”的《郁达夫的小说》； 6月，鲁迅译《苏俄的文艺政策》发表于《奔流》创刊号	梁实秋著《文学的纪律》，由新月书店出版； 《文艺理论小丛书》开始出版，包括苏联弗里契及日本左翼作家论著，共6册，由鲁迅、陈望道等翻译	7月，沈雁冰离开上海去日本
1929	苏联A. A. 什图金将鲁迅的《阿Q正传》译为俄文	茅盾著《神话杂论》，于9月由上海世界书局出版； 赵景深著《童话学ABC》，由上海书局出版； 日本早稻田大学编《物语中国史大系》出版； 5月，《科学的艺术论丛书》开始陆续出版，其中包括普列汉诺夫、卢那察尔斯基等人的论著，共8种，由冯雪峰、柔石等翻译； 久保得二著《戏剧研究》，由弘道馆出版	日本大高岩来到北平。春，艾青赴巴黎勤工俭学； 久保得二赴台任台北帝国大学（现台湾大学前身）文政部东洋文学讲座教授
1930	3月，鲁迅的《“硬译”与“文学的阶级性”》，发表在《萌芽》月刊第1卷第3期，收入《二心集》； 日本濑沼三郎与柳田泉分别发表了《中国的现代文艺》《现代中国文学鸟瞰图》，使日本人第一次对中国现代文学有了较完整的印象； 大高岩在《满蒙》杂志发表《小说〈红楼梦〉与清朝文化》和《〈红楼梦〉的新研究》，开始“红学”研究	越南吴文篆将徐枕亚的《玉梨魂》翻译为拉丁化越语	
1931			

续表

时间	重要事件	著述与译作	人物
1932	瞿秋白《普罗大众文艺的问题》发表于"苏联"机关刊物《文学》半月刊创刊号	日本柏树舍同人主编《诗经一句索引》，由大东文化协会出版； 日本石田干之助主编《欧人之中国研究》，由共立社出版	
1933		1月，吴曙天主编与译作《翻译论》，由上海光华书局出版； 1月，周冰若、宗白华主编《歌德之认识》，由南京钟山书局出版； 美国赛珍珠翻译《水浒传》，名为《四海之内皆兄弟》	英国作家萧伯纳抵上海，会见宋庆龄、鲁迅、林语堂等
1934	10月，伍蠡甫主编的《世界文学》创刊； 日本大高岩发表《贾宝玉研究》； 苏联B. M. 阿列克谢耶夫《〈聊斋〉小说中儒生的个性与士大夫意识的悲剧》在《苏联科学院报》第6期发表。此系《聊斋志异》首次俄译		
1935	苏联Ю. К. 舒茨基翻译了《孔雀东南飞》，译作题为《古诗为焦仲卿妻作》； 苏联A. A. 彼得罗夫发表了一篇标志着现代苏联"新道家"诞生的重要论文：《俄国资产阶级汉学中的中国哲学——文献学评论概要》	郑振铎主编《世界文库》，由上海生活书店出版； 7月，傅东华主编《文学百题》，由上海生活书店出版； 梁宗岱著《诗与真》，由商务印书馆出版； 日本饭岛忠夫、福田福一郎主编《杜诗索引》，由松云堂书店出版； 苏联康拉德主编《东方：中国与日本文学》，由莫斯科–列宁格勒出版	

续表

时间	重要事件	著述与译作	人物
1936		梁宗岱著《诗与真二集》，由商务印书馆出版； 朱光潜著《文艺心理学》，由上海开明书店出版； 陈铨著《中德文学研究》，由商务印书馆出版； 美国埃德加·斯诺编辑的《活的中国——现代中国短篇小说选》在伦敦出版。入选作者有鲁迅、柔石、茅盾、丁玲、巴金、沈从文等	
1937	6月，上海《大晚报》学生部举行《罗密欧与朱丽叶》座谈会	方重著《英国诗文研究集》，由商务印书馆出版	
1938	日本大高岩发表《〈红楼梦〉里的金陵十二钗》《〈红楼梦〉的构思》	法国葛兰言著《中国的古代祭礼与歌谣》，由日本的内田智雄翻译，由弘文堂出版； 苏联谢列勃连尼科娃与谢列勃连尼科夫合著《中国诗歌之花》，由理想出版社出版	郁达夫客居新加坡
1939		英国克莱门特·艾杰顿英译《金瓶梅》全本出版，书名《金莲》	
1940		日本石崎又造著《近世日本的中国俗文学史》，由弘文堂书房出版； 日本松枝茂夫译出《红楼梦》第一册； 越南吴必素译《唐诗》，由西贡开智出版社出版	

续表

时间	重要事件	著述与译作	人物
1941		朱维之著《基督教与文学》，由青年协会书局出版	郁达夫任新加坡《华侨周报》主编
1942		日本石田干之助编《欧美的中国研究》，由日本图书株式会社出版； 苏联L.Z.艾德林著《白居易的四行诗》出版	
1943	日本竹中伸翻译《骆驼祥子》，称老舍为“现代中国文学的最高峰”； 曹禺翻译莎士比亚《柔密欧与幽丽叶》	10月，朱光潜著《我与文学及其他》，由开明书店出版； 李广田著《诗的艺术》，由开明书店出版； 朱光潜著《诗论》，由重庆国民图书出版社出版； 陈铨著《文学批评的新动向》，由重庆正中书局出版； 日本金子彦二郎《平安时代文学与白氏文集》出版	
1944	越南汉学家邓台梅发表论述评价鲁迅其人其作品的《鲁迅》； 苏联B. M. 阿列克谢耶夫翻译了陆机《文赋》的全文，并把陆机与贺拉斯和布瓦洛相对比，写成两篇论文《罗马人贺拉斯和中国人陆机论诗艺》《法国人布瓦洛和他的同时代人中国人论诗歌艺术》	葛一虹著《交流》，由重庆商务印书馆出版； 王际真著《中国传统的小说短篇》出版	

续表

时间	重要事件	著述与译作	人物
1945		苏联B. M. 阿列克谢耶夫发表《中国山水画家——诗人论自己的灵感和自己的山水画》	
1946	日本加田诚开始在《文学研究》发表《文心雕龙》的译注； 苏联奥莉加·拉扎列芙娜·费什曼发表论文《欧洲对李白的学术研究》	日本麻生矶次著《江户文学与中国文学——近世文学的中国的原据与读本研究》，由三省堂出版	12月，沈雁冰应苏联对外文化协会邀请访苏； 老舍接受美国国务院邀请，与曹禺赴美讲学一年，期满继续留美
1947	苏联B. M. 阿列克谢耶夫发表《书法家和诗人谈书法艺术的奥秘》	杨宪益著《零墨新笺》，由中华书局出版； 朱自清著《新诗杂话》，由作家书屋出版	
1948	4月，苏联B. M. 阿列克谢耶夫在列宁格勒大学发表题为《用俄文翻译中国古代经书〈诗经〉的前提条件》； 9月3日，新加坡《星洲日报·星云》刊载了署名“柳风”的研究文章《论郁达夫的诗》	6月，钱锺书著《谈艺录》，由上海开明书店出版； 日本岛田政雄著《站在暴风雨中的中国文化》，由国际出版社出版； 日本金子彦二郎著《平安时代与白氏文集——道真的文学研究篇》第一册，由艺林社出版	
1949		日本岛田政雄著《中国文学革命三十年史略》，由大路社出版； 法国马古礼著《中国文学史》出版，该书分“散文卷”与“诗歌卷”； 苏联L. Z. 艾德林译著《白居易绝句集》，由苏联国家文学出版社出版	

续表

时间	重要事件	著述与译作	人物
1950		苏联华裔学者杨兴顺翻译出版了《中国古代哲学家老子及其学说》； 屠岸译《莎士比亚十四行诗集》刊行； 英国汉学家亚瑟·韦利的《李白的诗歌与生平》在伦敦出版	
1951	1月，英文版《中国文学》创刊； 4月，黄药眠、田间等组成赴朝慰问团，并同朝鲜作家座谈； 9月19日，苏联作家爱伦堡和智利诗人聂鲁达访华； 苏联政府将斯大林文艺奖颁给丁玲、周立波等5位中国作家	老舍的《四世同堂》由伊达·布鲁伊特译成英文出版； 苏联青年近卫军出版社出版《东方红诗集》，介绍毛泽东作品	5月12日，俄罗斯和苏联现代中国学的奠基人B.M.阿列克谢耶夫院士在列宁格勒逝世
1952	5月9日，法国作家克洛德·罗阿为《文艺报》题词； 7月19日，中国诗坛召集座谈会，纪念苏联诗人马雅可夫斯基六十诞辰		
1953	美国诗人加里·史奈德在日本看到一幅《寒山归隐图》，受到强烈震撼	《牛虻》中译本成为发行量最高的英国文学作品	
1953	法国《欧罗巴》文学月刊推出了中国新文学专号“向沐浴在曙光之中的中国表示敬意！”	苏联青年近卫军出版社出版《新中国诗人》，介绍郭沫若、艾青、田间等人的诗作； 日本尾坂德司著《丁玲入门》，系统介绍和评述了丁玲的主要作品，这是国外第一部试图从整体上研究丁玲创作的专门性著作	

续表

时间	重要事件	著述与译作	人物
1954	6月初，张光年、阳翰笙、方纪、柯仲平等组团访苏； 9月，“国际比较文学协会”在英国成立； 英国亚瑟·韦利译27首寒山诗。 苏联国家文学出版社开始选编四卷本《鲁迅全集》，两年后完成并面世； 苏联女作家迦林娜·尼古拉耶娃发表《拖拉机站站长和总农艺师》，小说很快由在中国发行量很大的《中国青年》杂志翻译连载并向广大青年读者推荐，这部小说对中国50年代“干预生活”作品的出现，起了推动作用	苏联帕纳秀克译的《三国演义》（两卷本）在苏联出版； 莎士比亚诞辰390周年纪念，朱生豪译12卷本《莎士比亚戏剧集》出版	
1955	3月，日本作家德永直和岩上顺一应邀来华访问，并报告日本文学现状； 3月，苏联作家考涅楚克和华西列夫斯卡娅应邀访华；	董作宾著《中韩文学论集》出版； 苏联罗加乔夫的译著《水浒传》（两卷本）在苏联出版； 英国亚瑟·韦利的研究性译著《九歌：中国古代巫术研究》出版； 日本岩上顺一著《莫斯科北京文学之旅》出版	12月8日，郭沫若在早稻田大学讲演《中日文化之交流》

续表

时间	重要事件	著述与译作	人物
1955	10月，苏联作协第一书记、诗人苏尔科夫率团访华并做报告； 作家奥维奇金由中国当时的青年作家刘宾雁陪同并担任翻译； 刘白羽在一次讲话中首次介绍了奥维奇金这个特写作家的特色。作协主办的外国文学杂志《译文》译载了奥氏的《区里的日常生活》等作品； 萨特为《文艺报》第21号撰写了特约稿《法国的作品与争取和平的斗争》		
1956	1月，中印友协访印文化代表团访问印度，严文井等随团出访； 1月28日，中外戏剧界和其他各界人士一千多人，在北京纪念萧伯纳诞辰100周年； 8月，金斯堡在《常青文评》（*Evergreen Review*）上发表了他翻译的24首寒山诗	仓石武四郎编《现代中国人集》介绍了部分中国现代作家； 苏联艺术出版社收集《屈原》《雷雨》《在战斗里成长》等剧本，出版《现代中国剧本选集》； 苏联诗人阿赫玛托娃翻译屈原《离骚》并出版； 《中国古典诗歌集（唐代）》由苏联翻译家合译并出版，选诗人58位，选诗181首，由费德林编选并写长序； 梁容若著《中国文化东渐研究》出版； 亚瑟·韦利的《十八世纪的中国诗人袁枚》在伦敦出版	

续表

时间	重要事件	著述与译作	人物
1957	5月4日，四百多位中外诗人在北京举行国际诗歌晚会，纪念英国诗人威廉·布莱克； 《文艺报》举办“感谢苏联文学对我的帮助”征文活动，庆祝苏联十月社会主义革命十周年； 日本藏原惟人为《文艺报》写了题为《学习〈在延安文艺座谈会上的讲话〉》的特约稿	2月，朱维之翻译《复乐园》并出版； 季羡林著《中印文化关系史论丛》出版； 彭国栋著《中韩诗史》出版； 许世旭著《中韩诗画渊源考》出版； 苏联什图金著《诗经》俄译本出版，首次将三百篇全部译成俄文，填补了学术界空白； 《中国诗歌集》（唐诗卷）选诗人61位，选诗202首，由郭沫若和费德林编选并在莫斯科出版； 史学双周刊社编《中国和亚非各国友好关系史论丛》出版； 策·达木丁苏伦和曾德主持编写《蒙古文学概要》第一卷出版； 朱生豪、虞尔昌合译的《莎士比亚戏剧全集》在台北出版； 苏联L.Z.艾德林的专著《陶渊明和他的诗》出版，这是俄国全面论述陶诗的唯一著作	
1958	加里·史奈德译24首寒山诗，发表在当年的《常青文评》杂志秋季号； 日本镰仓石开氏，私资出版了其家藏珍本的寒山诗作；	张秀民著《中国印刷术的发明及其影响》出版； 美国作家杰克·克洛维出版长篇小说《法丐》，扉页上写着“献给寒山子”；	

续表

时间	重要事件	著述与译作	人物
1958	亚非作家会议召开，通过了《亚非作家会议告世界作家书》	苏联B.M.阿列克谢耶夫的学生L.Z.艾德林编辑整理了自己老师的中国古典散文译作，由科学院出版社出版《中国古典散文》一书，该书次年又出了第二版； 苏联谢列布里科夫的《杜甫评传》出版，谢氏指出，杜甫“继承屈原、陶渊明，包括初唐诗人的传统”并加以发扬，“在中国诗歌史上打开了新的光辉灿烂的一页”； 苏联帕纳秀克译《红楼梦》（两卷本）在苏联出版。 英国汉学家白之编译《明代话本小说选》在伦敦刊行	
1959	4月，曹禺的《雷雨》在罗马尼亚演出成功，亚·格普拉里乌在《论坛报》撰文指出，《雷雨》是“具有高度艺术质量”的杰作； 5月27日，北京首都文化界纪念罗伯特·彭斯诞辰200周年； 5月，苏联第三次作家代表大会召开，茅盾率团参加	英国汉学家戴维·霍克斯著《楚辞：南方之歌——中国古代诗歌选》刊行； 苏联罗加乔夫与科洛科洛夫合译《西游记》（四卷本）在苏联出版； 苏联波兹涅耶娃著《鲁迅·生平与创作》在莫斯科出版	
1960	6月4日，野间宏、大江健三郎等为代表的日本文学家代表团应邀访华； 12月23日，中国文学艺术界等联合纪念笛福诞辰300周年	英国汉学家卞利维著《苏曼殊（1884—1918）：一位中日才子》，向西方读者介绍苏曼殊	

续表

时间	重要事件	著述与译作	人物
1961	制定“三套丛书”的编选计划	美国汉学家夏志清专著《中国现代小说史》出版	
1962	2月，狄更斯诞辰150周年纪念； 6月22日，首都北京文艺界人士等纪念詹姆斯·乔伊斯诞辰100周年； 以白之为首的一批英美汉学家在伦敦纪念《在延安文艺座谈会上的讲话》发表20周年	钱锺书发表《读〈拉奥孔〉》《论通感》； 德国利奇温著《18世纪中国与欧洲文化的接触》翻译出版； 法国汉学家戴密微主持编译的《中国古诗选》在巴黎出版	
1963	9月号的《文艺报》上发表署名黎之的文章《垮掉的一代，何止美国有！》，批评了当时苏联号称“二十大和二十二大的产儿”的一批青年诗人，如卡扎柯娃、叶甫赛耶娃、叶甫图申科、沃兹涅先斯基、阿赫玛杜琳娜等人的作品。嗣后，当时任人民文学出版社社长的张光年在《文艺报》11月号上发表长篇文章《现代修正主义艺术的标本——评格·丘赫莱依的影片及其言论》	日本井上靖小说《太平之甍》中译本出版，得到很高评价。此书取材鉴真大师东渡日本讲学的史实； 德国施丢克尔著、乔松译《十九世纪的德国与中国》出版	
1964	9月，中国科学院成立外国文学研究所，冯至任所长； 苏联《亚非民族》杂志第五期发表了Л. Н. 缅希科夫和李福清合写的一篇文章，题为《新发现的〈石头记〉手抄本》。文中简要介绍了在列宁格勒新发现的《红楼梦》手抄本的一些情况； 莎士比亚诞辰400周年纪念		

续表

时间	重要事件	著述与译作	人物
1965		梁实秋译《莎士比亚戏剧20种》在台北出版； 英国汉学家格雷厄姆著《晚唐诗》在伦敦出版	
1966		胡菊人发表《诗僧寒山的复活》； 梁实秋主编《莎士比亚诞辰四百周年纪念集》在台北刊行	8月24日，作家老舍去世； 9月3日，翻译家傅雷逝世； 英国著名汉学家亚瑟·韦利去世
1967	聂华苓、保罗·安格尔夫妇发起组织“国际写作计划”	美国汉学家薛爱华著《古代中国》《朱雀：唐代南方的意象》，从文化角度探讨中国文学； 裴普贤著《中印文学研究》出版； 苏联诗人吉托维奇译出《杜甫抒情诗集》； 梁实秋完成《莎士比亚全集》的翻译； 柳存仁著《伦敦所见中国通俗小说书目》出版	5月6日，周作人逝世
1968		郑清茂著《中国文学在日本》出版； 丁策著《日本汉文学史》出版； 钟玲著《中西比较文学论集》出版	
1969		美国诗人加里·史奈德将所译寒山诗作与自己创作的诗歌合并出版，取名《敲打集》，他认为二者有相同之处，创作写出了自己如何从西方宗教传统中反省而在东方禅宗中找到解脱	

续表

时间	重要事件	著述与译作	人物
1970		英国牛津大学出版社出版了戴乃迭与英国翻译家詹纳尔合译的《当代中国小说选》； 捷克汉学家普实克著《中国历史与文学》出版； 钟玲发表《寒山在东方和西方的地位》； 陈受颐著《中欧文化交流史事论丛》出版； 俄罗斯学者克罗尔著《历史学家司马迁》出版	
1971	7月，台湾淡江大学召开第一届国际比较文学会议，有学者提出比较文学中国学派的构想	法籍汉学家戴密微与中国学者饶宗颐合著《敦煌曲》，是“中国通俗文学和词之研究的一座里程碑”	
1972	艾伦·金斯伯格皈依佛门，信奉禅宗，模仿诗僧寒山的返璞归真		
1973	6月，中国台湾地区比较文学学会正式成立	日本学者狩野直喜著《中国学文薮》刊印	
1975		黄福庆著《清末留日学生》出版	
1976		古添洪、陈慧桦合著《比较文学的垦拓在台湾》出版； 《毛泽东诗词》英译本由北京外文出版社正式出版； 林子勋著《中国留学教育史》出版； 俄国切尔卡斯基著《马雅可夫斯基在中国》出版	

续表

时间	重要事件	著述与译作	人物
1977	美国诗人学会在纽约主持召开了以“中国诗歌和美国想象”为主题的研讨会	美国学者马格斯著、李约翰译《十八世纪俄国文学中的中国》出版； 苏联M. E. 施耐德著《俄罗斯古典文学在中国》在莫斯科出版	2月26日，翻译家、诗人查良铮逝世
1978	12月，中国外国文学学会正式成立，冯至任首任会长	杨宪益、戴乃迭的译作，三卷本《红楼梦》全译本出版	1月17日，吴宓逝世； 6月12日，郭沫若去世； 10月，瑞典汉学家高本汉在斯德哥尔摩辞世
1979	中国俄罗斯文学研究会成立	钱锺书著《管锥编》出版； 王元化著《〈文心雕龙〉创作论》出版； 钱锺书著《旧文四篇》（包括《中国诗与中国画》《读〈拉奥孔〉》《通感》《林纾的翻译》四篇论文）出版； 杨绛著《春泥集》出版； 越南释德念著《中国文学与越南李朝文学之研究》出版； 吕浦等编译《“黄祸论”历史资料选辑》出版； 苏联汉学家李谢维奇著《古代和中世纪之交的中国文学思想》出版	

续表

时间	重要事件	著述与译作	人物
1980	5月，日本俳人协会访华团前来访问； 6月，欧美百余名汉学家云集巴黎，举行“中国抗战文学国际研讨会”； 沈从文赴美访问、讲学； 曹禺访美，美国剧院和大学上演《北京人》和《日出》，予以热烈欢迎； 上海译文出版社和外国文学出版社联手推出《20世纪外国文学丛书》	刘安武编选《印度现代文学研究》出版； 谭汝谦主编《中国译日本书综合目录》出版； 英国学者希·萨·柏拉威尔著、梅绍武等译《马克思和世界文学》出版； 埃及学者邵武基·戴伊夫著、李振中译《阿拉伯埃及近代文学史》出版； 国家出版事业管理局版本图书馆编《1949—1979翻译出版外国古典文学著作目录》出版； 丹麦勃兰兑斯著、张道真等译《十九世纪文学主流》六卷本陆续翻译出版	
1981	1月，商务印书馆编印《汉译世界学术名著丛书》第一辑（50种）； 尼赫鲁大学组织鲁迅诞辰100周年纪念活动； 3月，北京大学成立“北京大学比较文学研究所”，乐黛云任所长； 8月，欧洲华人学会在法国里昂成立； 12月，东京民艺剧团演出《日出》，曹禺看到录像后给予很高评价	黄宝生等译《印度现代文学》出版； 朱云影著《中国文化对日韩越的影响》出版； 张华著《鲁迅与外国作家》出版； 刘献彪、林治广编《鲁迅与中日文化交流》出版； 韩长经著《鲁迅与俄罗斯古典文学》出版； 戈宝权著《鲁迅在世界文学史上的地位》出版； 范存忠著《英国文学论集》出版；	3月27日，茅盾去世

续表

时间	重要事件	著述与译作	人物
1981		茅盾著《神话研究》出版； 周兆祥著《汉译哈姆莱特研究》出版； 乐黛云编《国外鲁迅研究论集》出版	
1982	6月,中国翻译工作者协会成立； 6月，德国海德堡举行“歌德与中国”国际学术研讨会； 6月23日，“中国翻译工作者协会”（后更名为“中国翻译协会”）成立； 《获诺贝尔文学奖作家丛书》开始酝酿策划； 金斯堡在美国接待中国作家代表团； 意大利但丁学会为巴金颁发了“国际荣誉奖”	季羡林著《中印文化关系史论文集》出版； 赵瑞蕻著《鲁迅〈摩罗诗力说〉注释·今译·解说》出版； 郑树森著《文学理论与比较文学》出版； 中国社会科学院文学研究所科研处、《文学研究动态》编辑部编选《比较文学论文选集》，由内部出版	
1983	第一届“中美比较文学双边讨论会”在北京举行； 湖南人民出版社、湖南文艺出版社共同推出《诗苑译林》； 11月，戈宝权、高莽应苏联作协邀请赴莫斯科参加第六届苏联文学翻译家国际会议； 法国总统密特朗来华访问，授予巴金法兰西共和国荣誉奖章，称巴金是“当代世界伟大的作家之一”	王富仁著《鲁迅前期小说与俄罗斯文学》出版； 杨周翰著《攻玉集》出版； 朱光潜著《诗论》出版； 叶维廉著《比较诗学》出版； 王建元著《雄浑观念：东西美学立场的比较》出版； 法国马·法·基亚著、颜保译《比较文学》出版； 日本实藤惠秀著《中国人留学日本史》，由谭汝谦、林启彦翻译并出版； 张硕人著《中国古典文学〈红楼梦〉研究点滴》在泰国出版； 利玛窦、金尼阁著《利玛窦中国札记》,由何高济等翻译并出版	

续表

时间	重要事件	著述与译作	人物
1984	2月，《雷雨》在马来西亚演出，受到当地侨胞热烈欢迎，该剧导演称赞："《雷雨》的艺术成就已超过易卜生。" 3月，杨宪益和夫人戴乃迭、赵瑞蕻应邀前往新德里参加印度首届国际翻译文学讨论会； 金斯堡来中国进行为期三个月的访问，作"中国组诗"； 史奈德随美国作家代表团访华，游寒山寺并当场赋诗； 国内比较文学刊物《比较文学》创刊并首次公开发行，季羡林任主编； 10月，中华全国美学学会和湖北美学学会等单位在武汉发起举办了"中西美学艺术比较研讨会"	梁宗岱著《诗与真·诗与真二集》出版； 许友年著《论马来民歌》出版； 赵钟业著《中日韩诗话比较研究》出版； 钱锺书著《七缀集》出版； 卢康华、孙景尧著《比较文学导论》出版； 朱维之、方平等著《比较文学论文集》出版； 张隆溪、温儒敏编选《比较文学论文集》出版； 李岫编著《茅盾研究在国外》出版； 郭嵩焘著《伦敦与巴黎日记》重印出版； 朱杰勤著《中外关系史论文集》出版	
1985	10月，深圳大学和北京大学比较文学研究所在深圳联合举办第一次全国比较文学讲习班； 10月，中国比较文学学会成立大会暨首届学术讨论会在深圳召开； 《日本文学流派代表作丛书》以李芒为主编，李德纯、高慧勤为副主编，由十家出版社联合编辑出版	程麻著《鲁迅留学日本史》出版； 刘柏青著《鲁迅与日本文学》出版； 俞元桂、黎舟、李万钧合著《鲁迅与中外文学遗产论稿》出版； 日本丸山清子著、申非译《源氏物语与白氏文集》出版； 郑树森著《中美文学因缘》出版；	

续表

时间	重要事件	著述与译作	人物
1985		曾逸著《走向世界文学——中国现代作家与外国文学》出版； 钱锺书著《谈艺录》出版； 金克木著《比较文化论集》出版； 沈福伟著《中西文化交流史》出版； 朱谦之著《中国哲学对欧洲的影响》出版； 曹顺庆编《中西比较美学文学论文集》出版； 王佐良著《论契合——比较文学研究集》出版； 干永昌、廖鸿钧、倪蕊琴编选《比较文学研究译文集》出版； 刘介民编《比较文学译文选》出版； 日本大冢幸男著《比较文学原理》，由陈秋峰、杨国华译出并出版； 法国汉学家莱维著《金瓶梅》全译本出版； 孙瑞珍、王中忱编《丁玲研究在国外》出版； 曾纪泽著《出使英法俄国日记》重印出版	
1986	4月，中国译协召开了第一次全国代表会议； 6—7月，由德国汉学家在莱圣斯堡发起并主办大型国际华文学术交流会，主题为“当代中国文学”；	李春林著《鲁迅与陀思妥耶夫斯基》出版； 鲁阳著《现代派文学在中国》出版； 谢选骏著《神话与民族精神——几个文化圈的比较》出版；	3月4日，丁玲去世

续表

时间	重要事件	著述与译作	人物
1986	8月，北京大学举办了“东方文学比较研究讨论会”； 10月，俄罗斯汉学家李福清在上海召开的“中国当代文学国际研讨会”上，认为当代中国文学与民族传统有密切联系； 美国文学艺术院授予丁玲荣誉院士称号，称赞她是“20世纪伟大的诗人和小说家之一”； 冯至被奥地利科学院聘为通讯院士	冯至著《论歌德》出版； 韦旭升著《朝鲜文学史》出版； 张立慧、李今编《巴金研究在国外》出版； 魏凤江著《我的老师泰戈尔》出版； 马鞍山市李白研究会编著《中日李白研究论文集》出版； 《苏联列宁格勒藏抄本〈石头记〉》六册由中华书局出版	
1987	2月，作家陈残云率团访问泰国，与泰国作家进行座谈； 3月，台湾地区的中国文艺协会东南亚访问团抵泰，《世界日报》举行文友座谈会； 3月，厦门大学举行“东南亚华文文学学术讨论会”； 5月，中国作家鲍昌、刘湛秋等应邀赴加拿大做为期两周的访问； 6月，冯至应德国国际文化交流中心邀请，赴德领奖； 6月，作家徐怀中、苏叔阳等应奥中友谊协会之邀访问奥地利； 8月，国际翻译工作者联合会接纳中国译协为团体会员	郁龙余著《中印文学关系源流》出版； 严绍璗著《中日古代文学关系史稿》出版； 王晓平著《近代中日文学交流史稿》出版； 方平著《三个从家庭出走的妇女——比较文学论文集》出版； 中国莎士比亚研究会编《莎士比亚在中国》出版； 陈元恺著《二十世纪中国文学与世界》出版； 丰华瞻著《中西诗歌比较》出版； 茅于美著《中西诗歌比较研究》出版； 温儒敏、李细尧编《寻求跨中西文化的共同文学规律》出版；	11月3日，梁实秋逝世

续表

时间	重要事件	著述与译作	人物
1987		李喜所著《近代中国的留学生》出版； 高慧琴、栾文华主编《东方现代文学史》出版； 叶维廉著《寻求跨中西文化的共同文学规律》出版； 杨周翰、乐黛云主编《中国比较文学年鉴（1986）》出版； 陈平原著《在东西文化碰撞中》出版； 李芒主编《投石集·日本文学古今谈》出版； 刘安武著《印度印地语文学史》出版； 刘安武著《东方文化史话》出版； 俄文版新编《唐诗集》问世，共收入54位诗人的610首诗	
1988	乐黛云等14名中国学者组团赴慕尼黑参加国际比较文学学会第十二届年会； 9月，张抗抗访问温哥华，在文学报告会上演讲； 叶君健因安徒生童话翻译的贡献荣获“丹麦国旗勋章”； 12月11日，英华写作家协会在伦敦成立，叶君健到会祝贺；	孙乃修著《屠格涅夫与中国》出版； 尹康庄著《象征主义与中国现代文学》出版； 刘海平、朱栋霖合著《中美文化在戏剧中交流——奥尼尔与中国》出版； 王丽娜著《中国古典小说戏曲名著在国外》出版； 夏写时、陆润棠编《比较戏剧论文集》出版； 曹顺庆著《中西比较诗学》出版；	5月10日，沈从文去世

续表

时间	重要事件	著述与译作	人物
1988	苏联艺术文学出版社出版了由B.M.阿列克谢耶夫的女儿、俄罗斯科学院东方文献研究所圣彼得堡分所研究员M. B. 班柯夫斯卡娅（M. B. Баньковская）编选的《聊斋志异选》（Рассказы Ляо Чжая о необычайном）	刘小枫著《拯救与逍遥——中西诗人对世界的不同态度》出版； 乐黛云著《比较文学原理》出版； 乐黛云主编《中西比较文学教程》出版； 孙景尧著《简明比较文学》出版； 陈惇、刘象愚合著《比较文学概论》出版； 温儒敏编《中西比较文学论集》出版； 美国约斯特著、廖鸿钧译《比较文学导论》出版； 乐黛云主持的《比较文学丛书》陆续编辑出版	
1989	5月，季羡林著文提出中西文化之“三十年河东，三十年河西”说	巴金等著《当代文学翻译百家谈》出版； 叶渭渠著《东方美的现代探索者——川端康成评传》出版； 中国古典文学研究会主编《域外汉文小说论究》出版； 曹树钧、孙福良合著《莎士比亚在中国舞台上》出版； 颜保著《中国传统小说在亚洲》出版； 由日本铃木修次著、赵乐甡主持集体翻译的《中国文学与日本文学》出版； 黄龙著《〈红楼梦〉涉外新考》出版；	7月31日，周扬去世

续表

时间	重要事件	著述与译作	人物
1989		张石著《庄子与现代主义》出版； 李万钧著《欧美文学史与中国文学》出版； 陈守成等合编《中国民族文学与外国文学比较》出版； 白海珍、汪帆合著《文化精神与小说观念——中西小说观念的比较》出版； 王锦厚著《五四新文学与外国文学》出版； 李晓著《比较研究：古剧结构原理》出版； 饶芃子著《中西戏剧比较教程》出版； 夏端春编《德国思想家论中国》出版； 陈玉刚主编《中国翻译文学史稿》出版； 钱念孙著《文学横向发展论》出版； 钱中文著《文学原理——发展论》出版； 韦旭升著《抗倭演义（壬辰录）及其研究》出版； 英国巴勒特著《独一无二的疲弱：英国汉学简史》出版； 法国学者Kreissler Francoise著《德国在中国的文化活动》出版； 美国柯文著、林同奇译《在中国发现历史——中国中心观在美国的兴起》出版	

续表

时间	重要事件	著述与译作	人物
1990	5月，我国儿童文学界在湖南成功举办“首届世界华文儿童文学笔会”； 7月，中国译协在北京召开第一届亚洲翻译家讨论会	由北京大学和南京大学联合主编的《中国文学在国外丛书》有4种出版； 黎巴嫩汉纳·法胡里著、郅傅浩译《阿拉伯文学史》出版； 韦旭升著《中国文学在朝鲜》出版； 严绍璗、王晓平合著《中国文学在日本》出版； 王晓平著《佛典·志怪·物语》出版； 季羡林著《佛教与中印文化交流》出版； 赵乐甡主编《中日文学比较研究》出版； 程麻著《沟通与更新——鲁迅与日本文学》出版； 李明滨著《中国文学在俄苏》出版； 钱林森著《中国文学在法国》出版； 杨仁敬著《海明威在中国》出版； 邱平壤著《海明威研究在中国》出版； 汤锐著《儿童文学比较初探》出版； 焦尚志著《金钱与衣裳——曹禺与外国戏剧》出版； 邱紫华著《悲剧精神与民族精神》出版；	

续表

时间	重要事件	著述与译作	人物
1990		白云涛著《酒神的欢歌与日神的沉咏——中西文学传统比照》出版； 杨周翰著《镜子与七巧板》出版； 周英雄著《比较文学与小说诠释》出版； 钱林森主编《牧女与蚕娘》出版； 美国汉学家史景迁著《文化类同与文化利用》出版； 滕云主编《当代中外文化交流史料》第一辑出版	
1991	3月，在赵淑侠女士力促下，欧洲华文作家协会成立	倪瑞琴著《论中苏文学的发展进程》出版； 王智量著《俄国文学与中国》出版； 范存忠著《中国文化在启蒙时代的英国》出版； 俄国学者李福清著《中国古典文学研究在苏联（小说·戏曲）》出版； 杨武能著《歌德与中国》出版； 姜铮著《人的解放与艺术的解放——郭沫若与歌德》出版； 刘龙著《赛珍珠研究》出版； 忻剑飞著《世界的中国观》出版； 叶舒宪著《英雄与太阳——中国上古史诗的原型重构》出版；	

续表

时间	重要事件	著述与译作	人物
1991		季羡林著《比较文学与民间文学》出版； 黄药眠、童庆炳主编《中西比较诗学体系》出版； 卢善庆著《近代中西美学比较》出版； 夏晓虹著《觉世与传世——梁启超的文学道路》出版； 由叶渭渠、唐月梅和日本学者加藤周一合作主编的《日本文化与现代化丛书》全10卷陆续出版； 刘善章、周铨主编《中德关系史文丛》第二辑出版； 黄俊英著《二次大战的中外文化交流史》出版； 李奭学著《中西文学因缘》出版； 柳卸林主编《世界名人论中国文化》出版； 德国学者利奇温著、朱杰勤译《十八世纪中国与欧洲文化的接触》出版	
1992	张鸿年荣获伊朗德黑兰大学波斯语国际研究中心文学奖	严绍璗著《日本中国学史》出版； 孟庆枢著《日本近代文学思潮与中国现代文学》出版； 叶君健编译《新注全本安徒生童话》（共四卷）出版； 戈宝权著《中外文学因缘——戈宝权比较文学论文集》出版；	

续表

时间	重要事件	著述与译作	人物
1992		张弘著《中国文学在英国》出版； 唐正序、陈厚诚主编《20世纪中国文学与西方现代主义文学》出版； 狄兆俊著《中英比较诗学》出版； 蓝凡著《中西戏剧比较论稿》出版； 《道与逻各斯——东西方文学阐释学》在美国刊行，1998年由张隆溪译出并出版； 周来祥、陈炎合著《中西比较美学大纲》出版； 法国汉学家艾田蒲（即艾田伯）著《中国之欧洲》由许钧、钱林森译出并出版； 蒋风主编《世界儿童文学事典》出版； 《“郭沫若与中国现代文化的发展”国际学术研讨会论文集》出版； 季羡林主编《东方文学辞典》出版； 许苏民著《比较文化研究史》出版	
1993		张鸿年著《波斯文学史》出版； 吕元明著《被遗忘的在华日本反战文学》出版； 靳明全著《中国现代作家与日本》出版；	2月22日，冯至去世

续表

时间	重要事件	著述与译作	人物
1993		陈辽、张子清与美国迈克尔·特鲁等合著《地球两面的文学——中美当代文学及其比较》出版； 钱理群著《丰富的痛苦——堂吉诃德与哈姆莱特的东移》出版； 孟华著《伏尔泰与孔子》出版； 李明滨著《中国文化在俄罗斯》出版； 姚秉彦、李谋、蔡祝生合著《缅甸文学史》出版； 范伯群、朱栋霖合著《1898—1949中外文学比较史》出版； 胡文彬著《〈红楼梦〉在国外》出版； 周宁著《比较戏剧学——中西戏剧话语模式研究》出版； 田本相著《中国现代比较戏剧史》出版； 乐黛云、叶朗、倪培耕主编《世界诗学大辞典》出版； 罗钢著《历史汇流中的抉择——中国现代文艺思想家与西方文学理论》出版； 黄金生出版中国第一部系统介绍和研究梵语诗学的专著《印度古典诗学》； 高中甫著《歌德接受史：1773—1945》出版； 张汉良编《东西文学理论》出版；	

续表

时间	重要事件	著述与译作	人物
1993		贾植芳、俞元桂主编《中国现代文学总书目·翻译文学卷》出版； 孙越生、陈书梅主编《美国中国学手册》出版	
1994	11月，首届希伯来文学翻译家国际会议在耶路撒冷召开，中国代表郅溥浩、高秋福应邀出席	彭定安著《鲁迅：在中日文化交流的坐标上》出版； 孟宪强著《中国莎学简史》出版； 金丝燕著《文学接受与文化过滤——中国对法国象征主义诗歌的接受》出版； 肖明翰著《大家族的没落——福克纳和巴金家庭小说的比较研究》出版； 宋柏年主编《中国古典文学在国外》出版； 王向远著《东方文学史通论》出版； 饶芃子著《中西小说比较研究》出版； 郭英德著《优孟衣冠与酒神祭祀——中西戏剧文化比较研究》出版； 彭修银著《中西戏剧美学思想比较研究》出版； 牛国玲著《中外戏剧美学比较简论》出版； 谢天振著《比较文学与翻译文学》出版； 张法著《中西美学与文化精神》出版；	

续表

时间	重要事件	著述与译作	人物
1994		唐月梅著《怪异鬼才三岛由纪夫传》出版； 张国刚著《德国的汉学研究》出版； 熊月之著《西学东渐与晚清社会》出版； 俄国费德林等著、宋绍香译《前苏联学者论中国现代文学》出版	
1995	4月，国家新闻出版署正式批复《大中华文库》出版工程立项，将系统、全面地向世界推出外文版中国文化典籍作为国家重大出版工程； 5月，“易卜生学术研讨会”在北京举行，论文集《易卜生研究论文集》于1997年出版； 中日比较文学国际研讨会在天津师范大学召开	秦弓著《觉醒与挣扎——20世纪初中日“人”的文学比较》出版； 王晓平与日本学者中西进合著《智山仁水——中日诗歌自然意象对谈录》出版； 何德功著《中日启蒙文学论》出版； 刘立善著《日本白桦派与中国作家》出版； 汪介之著《选择与失落——中俄文学关系的文化透视》出版； 钱林森著《法国作家与中国》出版； 李万钧著《中西文学类型比较史》出版； 顾国柱著《新文学作家与外国文化》出版； 9月，叶渭渠和唐月梅翻译的加藤周一《日本文学史序说》出版；	

续表

时间	重要事件	著述与译作	人物
1995		刘守华著《比较故事学》出版； 鲁德俊、许霆合著《十四行体在中国》出版； 黄永林著《中西通俗小说比较研究》出版； 李万钧著《中西文学类型比较史》出版； 旧金山华人文艺界与沈阳出版社合作出版了一套《美国华侨文艺丛书》； 季羡林主编《东方文学史》出版； 玄奘撰，辩机编次、芮传明译注《大唐西域记全译》出版； 黄逸著《1871—1918年德国对中国教育发展之影响——德意志帝国时期中德关系的文化视角研究》出版； 康有为著《康有为遗稿：列国游记》出版； 英国赫德逊著《欧洲与中国》由王遵仲等翻译出版	
1996		严绍璗与日本学者中西进主编《中日文化交流史大系·文学卷》出版； 丁敏著《佛教譬喻文学研究》出版； 高旭东著《鲁迅与英国文学》出版；	

续表

时间	重要事件	著述与译作	人物
1996		闵抗生著《鲁迅的创作与尼采的箴言》出版； 卫茂平著《中国对德国文学影响史述》出版； 钟玲著《美国诗与中国梦——美国现代诗里的中国文化模式》出版； 钱满素著《爱默生与中国——对个人主义的反思》出版； 叶渭渠著《冷艳文士川端康成传》出版； 韩国学者金台俊著、张琏瑰译《朝鲜汉文学史》出版； 潘亚暾著《海外华文文学现状》出版； 曾艳兵著《东方后现代》出版； 孟昭毅著《东方文化文学因缘》出版； 朱徽著《中英比较诗艺》出版； 孙致礼著《1949—1966：中国英美文学翻译概论》出版； 曹顺庆著《东方文论选》出版； 邓晓芒著《人之镜——中西文学形象的人格结构》出版	12月13日，曹禺去世
1997	10月，中国译协和北京外国语大学联合举办“国际翻译学术研讨会”，国际翻译联盟主席弗洛朗斯·埃尔比洛出席	季羡林著《文化交流的轨迹——中华蔗糖史》出版； 郅溥浩著《神话与现实——〈一千零一夜〉论》出版； 张直心著《比较视野中的鲁迅文艺思想》出版；	5月4日，李霁野逝世

续表

时间	重要事件	著述与译作	人物
1997		美国詹姆斯·罗宾森著、郑柏铭译《尤金·奥尼尔和东方思想》出版； 解志熙著《美的偏至——中国现代唯美-颓废主义文学思潮研究》出版； 张全之著《突围与变革——二十世纪初期文化交流与中国文学变迁》出版； 黄鸣奋著《英语世界中国古典文学之传播》出版； 周发祥主编的《中国古典文学走向世界丛书》陆续推出； 周发祥著《西方文论与中国文学》出版； 叶舒宪著《高唐神女与维纳斯》出版； 陈柏松著《中西诗品》出版； 应锦襄、林铁民、朱水涌合著《世界文学格局中的中国小说》出版； 孟昭毅著《东方戏剧美学》出版； 姚文放著《中国戏剧美学的文化阐释》出版； 马祖毅、任荣珍著《汉籍外译史》出版； 吴持哲著《欧洲文学中的蒙古题材》出版	

续表

时间	重要事件	著述与译作	人物
1998	5月，全国普希金学术讨论会在北京大学成功举办； 7月，秦牧率团访问泰国，与华文文学界进行交流和讨论	梁丽玲著《〈杂宝积经〉及其故事研究》出版； 李树果著《日本读本小说与明清小说——中日文化交流史的透视》出版； 王向远著《中日现代文学比较论》出版； 陈建华著《20世纪中俄文学关系》出版； 毛信德著《郁达夫与劳伦斯比较研究》出版； 王晓平、周发祥、李逸津合著《国外中国古典文论研究》出版； 何香久著《〈金瓶梅〉传播史话——一部奇书在全世界的奇遇》出版； 刘介民著《从民间文学到比较文学》出版； 薛克翘著《中国与南亚文化交流志》出版； 辜正坤著《中西诗鉴赏与翻译》出版； 郭延礼著《中国近代翻译文学概论》出版； 马祖毅著《中国翻译简史》出版； 曹顺庆著《中外比较文论史》出版； 黄维梁、曹顺庆编《中国比较文学学科理论的垦拓》出版；	12月19日，钱锺书逝世

续表

时间	重要事件	著述与译作	人物
1998		杨乃乔著《悖立与整合——东方儒道诗学与西方诗学的本体论、语言论比较》出版； 孟德卫著《莱布尼茨与儒学》出版； 黄时鉴著《东西交流史论稿》及其主编的《东西交流论谭》出版； 葡萄牙曾德昭著《大中国志》，由何高济译出并出版； 赵毅衡著《西出阳关》出版； 楼宇烈、张西平主编《中外哲学交流史》出版； 彭斐章主编《中外图书交流史》出版； 朱学勤、王丽娜合著《中国与欧洲文化交流志》出版； 李明滨著《中国与俄苏文化交流志》出版； 法国戴密微著、耿昇译《法国当代中国学》出版	
1999	3月，美国南加州各界华人纪念老舍百年诞辰系列活动在洛杉矶开幕； 4月，国内外国文学研究界、翻译界等云集北京大学，举办“普希金在中国”研讨会； 5月30日，普希金诞辰200周年纪念会在人民大会堂举办；	张福贵、靳丛林合著《中日近现代文学关系比较研究》出版； 王向远著《“笔部队”和侵华战争——对日本侵华文学的研究与批判》出版； 饶芃子主编《中国文学在东南亚》出版； 傅光宇著《云南民族文学与东南亚》出版；	2月11日，萧乾去世； 11月18日，翻译家戴乃迭逝世

续表

时间	重要事件	著述与译作	人物
1999	6月5日，北京大学召开纪念海明威诞辰100周年座谈会； 6月，“易卜生与现代性：易卜生与中国”国际研讨会在北京举行，论文集《易卜生与现代性：西方与中国》于2001年出版； 9月，歌德诞辰250周年纪念研讨会在上海举行	汪剑钊著《中俄文字之交》出版； 孔远志著《中国印度尼西亚文化交流》出版； 刘岩著《中国文化对美国文学的影响》出版； 郭英剑著《赛珍珠评论集》出版； 周发祥、李岫合著《中外文学交流史》出版； 饶芃子、余虹等著《中西比较文艺学》出版； 许明龙著《欧洲18世纪“中国热”》出版； 邓晓芒、易中天合著《黄与蓝的交响——中西美学比较论》出版； 殷国明著《20世纪中西文学理论交流史论》出版； 王攸欣著《选择·接受与疏离——王国维接受叔本华、朱光潜接受克罗齐美学比较研究》出版； 桑兵著《国学与汉学——近代中外学界交往录》出版； 王宁等著《中国文化对欧洲的影响》出版； 中国社会科学院文学研究所编《走向21世纪的世界华文文学》出版； 解志熙著《生的执著——存在主义与中国现代文学》出版；	

续表

时间	重要事件	著述与译作	人物
1999		陈伟、王捷编著《东方美学对西方的影响》出版； 美国马森著、杨德山译《西方的中华帝国观》出版	
2000	3月，由中国人编导诠释、乌克兰演员担纲的二十集电视连续剧《钢铁是怎样炼成的》在中央电视台播出； 6月，张鸿年荣获伊朗总统哈塔米颁发的“突出贡献学者奖”； 圣彼得堡东方学研究中心出版《蒲松龄：来自失意文人书斋的奇异故事》（Пу Сун-лин: Странные истории из Кабинета Неудачника），收录聊斋小说160篇，是迄今俄国翻译出版的最全面、最权威和最可靠的聊斋小说译本	吴泽霖著《托尔斯泰与中国古典文化思想》出版； 张铁夫著《普希金与中国》出版； 梁立基、李谋主编《世界四大文化与东南亚文学》出版； 杜青钢著《米修与中国文化》出版； 闵抗生著《尼采及其在中国的旅行》出版； 殷克琪著、洪天富译《尼采与中国现代文学》出版； 澳大利亚学者欧阳昱著《表现他者——澳大利亚小说中的中国人（1888—1988）》出版； 陈国恩著《浪漫主义与20世纪中国文学》出版； 吴晓东著《象征主义与中国现代文学》出版； 徐行言、程金城合著《表现主义与20世纪中国文学》出版； 陈顺馨著《社会主义现实主义理论在中国的接受与转化》出版； 肖同庆著《世纪末思潮与中国现代文学》出版；	3月6日，徐梵澄逝世； 5月15日，戈宝权逝世； 8月5日，金克木逝世

续表

时间	重要事件	著述与译作	人物
2000		曹顺庆等著《中外文学跨文化比较》出版； 徐志啸著《近代中外文学关系（19世纪中叶—20世纪初叶）》出版； 郭延礼著《近代西学与中国文学》出版； 袁荻涌著《鲁迅与世界文学》出版； 周宁著《永远的乌托邦——西方的中国形象》出版； 王晓路著《中西诗学对话——英语世界的中国古代文论研究》出版； 吴孟雪著《明清时期欧洲人眼中的中国》出版； 孙歌、陈燕谷、李逸津合著《国外中国古典戏曲研究》出版； 夏康达、王晓平主持编著《二十世纪国外中国文学研究》出版； 吴孟雪、曾丽雅合著《明代欧洲汉学史》出版； 卢昂著《东西方戏剧的比较与融合——从舞台假定性的创造看民族戏剧的构建》出版； 潘知常著《中西比较美学论稿》出版； 王列生著《世界文学背景下的民族文学道路》出版； 陈厚诚、王宁主编《西方当代文学批评在中国》出版；	

续表

时间	重要事件	著述与译作	人物
2000		法国安田朴（即艾田伯，又译艾田蒲）著、耿昇译《中国文化西传欧洲史》出版； 德国卜松山著，刘慧儒、张国刚等译《与中国作跨文化对话》出版	

（郭艳艳、崔国辉）

参 考 文 献

（只收录中外文报刊、资料、文集和研究著作，报刊论文从略）

一、中文文献

（一）报刊类

《万国公报》《清议报》《民报》《新民丛报》《国闻报》《国粹学报》《新小说》《小说月报》《东方杂志》《新青年》《新潮》《学衡》《甲寅》《北京大学日刊》《京报副刊》《晨报副刊》《大公报·文艺副刊》《文字同盟》

（二）资料类

［苏联］卢那察尔斯基. 卢那察尔斯基论文学［M］. 蒋路，译. 北京：人民文学出版社，1978.

［苏联］佛理采. 艺术社会学［M］. 胡秋原，译. 上海：神州国光社，1931.

［苏联］高尔基. 苏联游记［M］. 秦水，林耘，译. 北京：人民文学出版

社，1960.

［苏联］普列汉诺夫. 普列汉诺夫美学论文集［M］. 程代熙，译. 北京：人民文学出版社，1983.

［苏联］托洛茨基. 文学与革命［M］. 刘文飞，王景生，季耶，译. 北京：外国文学出版社，1992.

［苏联］米·赫拉普钦科. 作家的创作个性和文学发展［M］. 上海人民出版社编译室，译. 上海：上海人民出版社，1977.

［法］罗曼·罗兰. 莫斯科日记［M］. 夏伯铭，译. 上海：上海人民出版社，1995.

［法］皮埃尔·德·布瓦岱弗尔. 1900年以来的法国小说［M］. 陆亚东，译. 北京：商务印书馆，1998.

［美］勒内·韦勒克，奥斯汀·沃伦. 文学理论（修订版）［M］. 刘象愚，译. 南京：江苏教育出版社，2005.

［美］罗杰·巴格诺尔. 阅读纸草，书写历史［M］. 宋立宏，郑阳，译. 上海：上海三联书店，2007.

［美］余英时，重寻胡适历程——胡适生平与思想再认识. 桂林：广西师范大学出版社，2004.

［日］仓石武四郎. 日本中国学之发展［M］. 杜轶文，译. 北京：北京大学出版社，2013.

［日］川本皓嗣. 日本诗歌的传统——七与五的诗学［M］. 王晓平，隽雪艳，赵怡，译. 南京：译林出版社，2004.

［日］岛田翰. 汉籍善本考［M］. 北京：北京图书馆出版社，2003.

［日］后藤昭雄. 日本古代汉文学与中国文学［M］. 高兵兵，译. 北京：中华书局，2006.

［日］加藤周一. 中国与21世纪［M］. 彭佳红，译. 北京：中华书局，2007.

［日］加藤周一. 日本文化论［M］. 叶渭渠，唐月梅，译. 北京：光明日报出版社，2002.

［日］今田述，林岫. 迎接新世纪中日短诗集［M］. 千叶：葛饰吟社，2001.

［日］木宫泰彦. 日中文化交流史［M］. 胡锡年，译. 北京：商务印书馆，1980.

［日］青木正儿. 中华名物考［M］. 范建明，译. 北京：中华书局，2005.

［日］青木正儿. 中国文学概说［M］. 郭虚中，译. 上海：商务印书馆，1936.

［日］青木正儿. 中国近世戏曲史［M］. 王古鲁，译. 上海：商务印书馆，1936.

［日］实藤惠秀. 中国人留学日本史［M］. 谭汝谦，林启彦，译. 北京：生活·读书·新知三联书店，1983.

［日］松浦友久. 唐诗语汇意象论［M］. 陈植锷，王晓平，译. 北京：中华书局，1992.

［日］松浦友久. 诗歌三国志［M］. 加藤阿幸，金中，译. 西安：西安交通大学出版社，2005.

［日］盐谷温. 中国文学概论［M］. 陈彬龢，译. 北京：朴社，1929.

［日］盐谷温. 中国小说史略［M］. 郭希汾，译. 上海：中国书局，1921.

［日］盐谷温. 中国小说概论［M］. 易君左，译. 上海：商务印书馆，1927.

［日］盐谷温. 中国文学概论讲话［M］. 孙俍工，译. 上海：开明书店，1929.

［日］中西进. 源氏物语与白乐天［M］. 马兴国，孙浩，译. 北京：中央编译出版社，2001.

［日］中西进. 水边的婚恋——万叶集与中国文学［M］. 王晓平，译. 成都：四川人民出版社，1995.

［日］中野美代子.《西游记》的秘密（外二种）［M］. 王秀文，译. 北京：中华书局，2002.

［日］樽本照雄. 新编增补清末民初小说目录［M］. 济南：齐鲁书社，2002.

［日］佐竹靖彦. 梁山泊——《水浒传》一〇八名豪杰［M］. 韩玉萍，王铿，译. 北京：中华书局，2005.

［唐］许敬宗. 日藏弘仁本文馆词林校证［M］. 罗国威，整理. 北京：中华书局，2001.

阿英. 小说闲谈［M］. 上海：上海古籍出版社，1981.

艾青. 艾青全集·第一卷·诗歌［M］. 石家庄：花山文艺出版社，1991.

鲍晶. 刘半农研究资料［M］. 天津：天津人民出版社，1985.

北京大学，清华大学，南开大学，等. 国立西南联合大学史料［M］. 昆明：云南教育出版社，1998.

北京大学，北京师范大学，北京师范学院中文系中国现代文学教研室. 文学运动史料选［M］. 上海：上海教育出版社，1979.

北京大学俄语系俄罗斯苏联文学研究室. 关于《解冻》及其思潮［M］. 北京：北京大学出版社，1982.

北京大学国际汉学家研修基地. 国际汉学研究通讯［M］. 北京：北京大学出版社，2010—2019.

北京大学中文系文艺理论教研室. 文艺理论学习资料［M］. 北京：北京大学出版社1980.

北京日本学研究中心文学研究室. 日本文学翻译论文集［M］. 北京：人民文学出版社，2004.

卞东波. 域外汉籍与宋代文学研究［M］. 北京：中华书局，2017.

步近智，张安奇. 中国外国文学动态思想史稿［M］. 北京：中国社会科学出版社，2007.

步近智，张安奇. 中国学术思想史稿［M］. 北京：中国社会科学出版社，2007.

蔡毅. 日本汉诗论稿［M］. 北京：中华书局，2007.

曹葆华等. 苏联文学艺术问题［M］. 北京：人民文学出版社，1953.

曹伯言，季维龙. 胡适年谱［M］. 合肥：安徽教育出版社，1986.

曹伯言. 胡适日记全编［M］. 合肥：安徽教育出版社，2001.

查明建，谢天振. 中国20世纪外国文学翻译史［M］. 武汉：湖北教育出版社，2007.

柴剑虹. 敦煌学与敦煌文化［M］. 上海：上海古籍出版社，2007.

陈福康. 中国译学理论史稿［M］. 上海：上海外语教育出版社，1996.

陈国球. 文学如何成为知识？——文学批评、文学研究与文学教育［M］. 北京：生活·读书·新知三联书店，2013.

陈国球. 文学史书写形态与文化政治［M］. 北京：北京大学出版社，2004.

陈鸿祥. 王国维传［M］. 北京：人民出版社，2004.

陈平原，夏晓虹. 北大旧事［M］. 北京：生活·读书·新知三联书店，1998.

陈平原. 陈平原小说史论集［M］. 石家庄：河北人民出版社，1998.

陈平原. 老北大的故事［M］. 南京：江苏文艺出版社，1998.

陈平原. 文学史的形成与建构［M］. 广州：广东教育出版社，1999.

陈平原. 现代学术史上的俗文学［M］. 武汉：湖北教育出版社，2004.

陈平原. 现代中国学术之建立——以章太炎、胡适之为中心［M］. 北京：北京大学出版社，1998.

陈平原. 中国大学十讲［M］. 上海：复旦大学出版社，2002.

陈平原. 作为学科的文学史［M］. 北京：北京大学出版社，2011.

陈顺馨. 社会主义现实主义理论在中国的接受与转化［M］. 合肥：安徽教育出版社，2000.

陈万雄. 五四新文化的源流［M］. 北京：生活·读书·新知三联书店，1997.

陈晓明. 现代性与中国当代文学转型［M］. 昆明：云南人民出版社，2003.

陈以爱. 中国现代学术研究机构的兴起——以北大研究所国学门为中心的探讨［M］. 南昌：江西教育出版社，2002.

陈玉刚. 中国翻译文学史稿［M］. 北京：中国对外翻译出版公司. 1989.

陈玉堂. 中国文学史书目提要［M］. 合肥：黄山书社，1986.

程千帆，孙望. 日本汉诗选评［M］. 南京：江苏古籍出版社，1988.

戴阿宝. 问题与立场——20世纪中国美学论争辩［M］. 北京：首都师范大学出版社，2006.

戴燕. 文学史的权力［M］. 北京：北京大学出版社，2002.

单演义. 鲁迅在西安［M］. 西安：陕西人民出版社，1981.

杜春和，韩荣芳，耿来金. 胡适论学往来书信选［M］. 石家庄：河北人民出版社，1998.

敦煌研究院. 1994年敦煌学国际研讨会文集·石窟考古卷［C］. 兰州：甘肃民族出版社，2000.

敦煌研究院. 1994年敦煌学国际研讨会文集·石窟艺术卷［C］. 兰州：甘肃民族出版社，2000.

敦煌研究院. 1994年敦煌学国际研讨会文集·宗教文史卷（上）［C］. 兰州：甘肃民族出版社，2000.

敦煌研究院. 敦煌研究文集·敦煌研究院藏敦煌文献研究篇［M］. 兰州：甘肃民族出版社，2000.

冯至. 山水斜阳［M］. 哈尔滨：黑龙江人民出版社，1999.

伏俊琏. 敦煌文学文献丛稿（增订本）［M］. 北京：中华书局，2011.

复旦大学中文系文学教研组.《中国文学发展史》批判［M］. 北京：中华书局，1958.

傅雷. 傅雷谈翻译［M］. 北京：当代世界出版社，2006.

傅斯年. 傅斯年全集［M］. 长沙：湖南教育出版社，2003.

甘肃省社会科学院文学研究所. 敦煌学论集［M］. 兰州：甘肃人民出版社，1985.

高方. 中法文学交流的梳理、审视与思考——兼评二十世纪法国文学在中国的译介与接受［J］. 外语教学，2008（03）.

高国藩. 敦煌俗文化学［M］. 上海：三联书店，1999.

高时良. 中国近代教育史资料汇编［M］. 上海：上海教育出版社，2006.

戈宝权. 中国抗日战争时期大后方文学书系·外国人士作品卷［M］. 重庆：重庆出版社，1989.

戈宝权. 中外文学姻缘［M］. 北京：北京出版社，1992.

葛雷. 克洛岱与法国文坛的中国热［J］. 法国研究. 1986（02）.

耿云志. 胡适遗稿及秘藏书信［M］. 合肥：黄山书社，1994.

辜鸿铭. 中国人的精神［M］. 上海：三联书店，2010.

顾颉刚. 当代中国史学［M］. 上海：胜利出版公司，1942.

顾颉刚. 顾颉刚日记［M］. 台北：联经出版事业股份有限公司，2007.

顾颉刚. 古史辨［M］. 上海：上海古籍出版社，1982.

关于国际共产主义运动总路线的论战［M］. 北京：人民出版社，1965.

桂裕芳. 浅谈弗朗索阿·莫里亚克［J］. 法国研究，1983（01）.

郭延礼. 中国近代翻译文学概论［M］. 武汉：湖北教育出版社，2001.

郭真义，郑海麟. 黄遵宪题批日人汉籍［M］. 北京：中华书局，2009.

国家出版事业管理局版本图书馆. 1949—1979翻译出版外国古典文学著作目录［M］. 北京：中华书局，1980.

国家图书馆，国家古籍保护中心. 书志（第一辑）［M］. 北京：中华书局，2017.

国家图书馆善本部敦煌吐鲁番学资料研究中心. 敦煌与丝路文化学术讲座（第一辑）［M］. 北京：北京图书馆出版社，2003.

郝春文. 敦煌文献论集［M］. 沈阳：辽宁人民出版社，2001.

郝春文. 英藏敦煌社会历史文献释录（第一卷）［M］. 北京：社会科学文献出版社，2001.

贺昌盛. 晚清民初“文学”学科的学术谱系［M］. 北京：中国社会科学出版社，2012.

胡经之. 中国现代美学丛编［M］. 北京：北京大学出版社，1987.

胡适. 胡适遗稿及秘藏书信［M］. 合肥：黄山书社，1994.

胡适. 胡适古典文学研究论集［M］. 上海：上海古籍出版社，1988.

胡适. 胡适红楼梦研究论述全编［M］. 上海：上海古籍出版社，1988.

胡适. 胡适文集［M］. 北京：北京大学出版社，2013.

胡适. 胡适文集［M］. 北京：人民文学出版社，1998.

胡颂平. 胡适之先生年谱长编初稿（校订版）［M］. 台北：联经出版事业公司，1990.

黄见德，毛羽，谭仲鹢. 现代西方人本主义哲学研究［M］. 武汉：华中理工大学出版社，1994.

黄文吉. 中国文学史书目提要（1949—1994）［M］. 台北：万卷楼图书有限公司，1996.

黄征. 敦煌俗字典［M］. 上海：上海教育出版社，2005.

黄征，吴伟. 敦煌愿文集［M］. 长沙：岳麓书社，1995.

贾植芳，陈思和. 中外文学关系史资料汇编［M］. 桂林：广西师范大学出版社，2004.

江枫. 江枫翻译评论自选集［M］. 武汉：武汉大学出版社，2009.

江西省文联文艺理论研究室. 外国现代文艺批评方法论［M］. 南昌：江西人民出版社，1985.

姜东赋，刘顺利. 王国维文选［M］. 天津：百花文艺出版社，2006.

蒋勤国. 冯至评传［M］. 北京：人民出版社，2000.

金程宇. 域外汉籍丛考［M］. 北京：中华书局，2007.

金少华. 敦煌吐鲁番本文选辑校［M］. 杭州：浙江大学出版社，2017.

金少华. 古抄本文选集注文研究［M］. 杭州：浙江大学出版社，2015.

金兆梓. 尚书诠译［M］. 北京：中华书局，2010.

静永健，陈翀. 汉籍东渐及日藏古文献论考稿［M］. 北京：中华书局，2011.

李军. 加缪在中国的译介与研究［J］. 山东社会科学，2008（02）.

李珺平. 中国古代抒情理论的文化阐释［M］. 北京：北京大学出版社，2005.

李庆. 日本汉学史［M］. 上海：上海外语教育出版社，2002.

李瑞良. 中国古代图书流通史［M］. 上海：上海人民出版社，2000.

李树果. 日本读本小说名著选［M］. 天津：天津人民出版社，2005.

李树果. 日本读本小说与明清小说——中日文化交流史的透视［M］. 天津：天津人民出版社，1998.

梁启超. 清代学术概论［M］. 上海：上海古籍出版社，1998.

梁启超. 饮冰室合集［M］. 北京：中华书局，1989.

梁柱. 蔡元培与北京大学［M］. 北京：北京大学出版社，1996.

刘白羽. 世界反法西斯文学书系·中国卷［M］. 重庆：重庆出版社，1994.

刘传鸿. 酉阳杂俎校证：兼字词考释［M］. 北京：北京大学出版社，2014.

刘大杰. 中国文学发展史［M］. 天津：百花文艺出版社，2007.

刘德润. 小仓百人一首——日本古典和歌赏析［M］. 北京：外语教学与研究出版社，2007.

刘进宝，高田时雄. 转型期的敦煌学［M］. 上海：上海古籍出版社，2007.

刘龙心. 学术与制度——学科体制与现代中国史学的建立［M］. 北京：新星出版社，2007.

刘玉才. 从抄本到刻本：中日论语文献研究［M］. 北京：北京大学出版社，2013.

卢盛江. 空海与文镜秘府论［M］. 银川：宁夏人民出版社，2005.

卢盛江. 文镜秘府论研究［M］. 北京：人民文学出版社，2013.

鲁迅. 鲁迅全集［M］. 北京：人民文学出版社，2005.

鲁迅. 鲁迅文集［M］. 长春：吉林文史出版社，2006.

鲁迅博物馆藏. 周作人日记（影印本）［M］. 郑州：大象出版社，1996.

鲁迅博物馆鲁迅研究室. 鲁迅回忆录（散篇）［M］. 北京：北京出版社，1999.

鲁迅博物馆鲁迅研究室. 鲁迅诞辰百年纪念文集［M］. 长沙：湖南人民出版社，1981.

罗志田. 20世纪的中国：学术与社会・史学卷［M］. 济南：山东人民出版社，2001.

罗志田. 国家与学术：清季民初关于“国学”的思想论争［M］. 北京：生活・读书・新知三联书店，2003.

罗志田. 裂变中的传承：20世纪前期中国的文化与史学［M］. 北京：中华书局，2003.

罗志田. 权势转移：近代中国的思想、社会与学术［M］. 武汉：湖北人民出版社，1999.

吕同六. 寂寞是一座桥［M］. 武汉：湖北教育出版社，2001.

马驰. 艰难的革命——马克思主义美学在中国［M］. 北京：首都师范大学出版社，2006.

马克思. 哥达纲领批判［M］. 北京：人民出版社，1965.

马祖毅，任荣珍. 汉籍外译史［M］. 武汉：湖北教育出版社，2003.

毛泽东. 毛泽东论文艺［M］. 北京：人民文学出版社，1992.

茅盾. 我走过的道路［M］. 北京：人民文学出版社，1984.

美学的多样性：第十八届世界美学大会论文摘要集［C］. 北京：北京大学会议论文集. 2010.

潘懋元，刘海峰. 中国近代教育史资料汇编［M］. 上海：上海教育出版社，2006.

彭恩华. 日本俳句史［M］. 上海：学林出版社，1983.

彭锋. 引进与变异——西方美学在中国［M］. 北京：首都师范大学出版社，2006.

彭小舟. 近代留美学生与中美教育交流研究［M］. 北京：人民出版社，2010.

钱中文. 文学原理——发展论［M］. 北京：社会科学文献出版社，2007.

钱锺书. 管锥编［M］. 北京：中华书局，1986.

钱锺书. 谈艺录（补订本）［M］. 北京：中华书局，1984.

清华大学校史研究室. 清华大学史料选编［M］. 北京：清华大学出版社，1991—1994.

邱岭，吴芳龄. 三国演义在日本［M］. 银川：宁夏人民出版社，2006.

瞿秋白. 俄国文学史及其他［M］. 上海：复旦大学出版社，2004.

荣新江. 敦煌学十八讲［M］. 北京：北京大学出版社，2001.

桑兵. 国学与汉学——近代中外学界交往录［M］. 北京：中国人民大学出版社，2010.

桑兵. 晚清民国的国学研究［M］. 上海：上海古籍出版社，2001.

舒新城. 中国近代教育史资料［M］. 北京：人民教育出版社，1981.

宋应离，袁喜生，刘小敏. 20世纪中国著名编辑出版家研究资料汇辑2［M］. 开封：河南大学出版社，2005.

宋原放. 中国出版史料［M］. 济南：山东教育出版社，2001.

苏修文艺批判集［M］. 上海：上海人民出版社，1975.

孙昌武. 道教与唐代文学［M］. 北京：人民文学出版社，2001.

孙昌武. 唐代文学与佛教［M］. 西安：陕西人民出版社，1985.

孙昌武. 文坛佛影（续集）［M］. 北京：宗教文化出版社，2008.

孙昌武. 中国文学中的维摩与观音［M］. 北京：高等教育出版社，1996.

孙玉明. 日本红学史稿［M］. 北京：北京图书馆出版社，2006.

孙玉蓉. 俞平伯年谱［M］. 天津：天津人民出版社，2001.

谭好哲. 美育的意义——中国现代美育思想发展史论［M］. 北京：首都师范大学出版社，2006.

汤一介. 20世纪西方哲学东渐史［M］. 北京：首都师范大学出版社，2007.

唐德刚. 胡适口述自传［M］. 北京：华文出版社，1992.

唐铎. 阿兰·罗伯-格里耶在中国的翻译、研究、接受及其影响因素［D］. 上海：华东师范大学，2015.

唐弢等. 鲁迅著作版本丛谈［M］. 北京：书目文献出版社，1983.

王春元. 文学原理——作品论［M］. 北京：社会科学文献出版社，1989.

王德胜. 创世之音——中国美学（1900—1949）［M］. 北京：首都师范大学出版社，2006.

王汎森. 中国近代思想与学术的系谱［M］. 石家庄：河北教育出版社，2001.

王汎森. 中国近代思想与学术的系谱［M］. 长春：吉林出版集团有限责任公司，2011.

王福祥. 日本汉诗与中国历史人物典故［M］. 北京：外语教学与研究出版社，1997.

王福祥，汪玉林，吴汉樱. 日本汉诗撷英［M］. 北京：外语教学与研究出版社，1995.

王国维. 王国维遗书［M］. 上海：上海书店，1983.

王国维. 观堂集林［M］. 北京：中华书局，1959.

王国维. 王国维戏曲论文集［M］. 北京：中国戏剧出版社，1957.

王继如. 敦煌问学丛稿［M］. 兰州：甘肃文化出版社，1999.

王冀青. 斯坦因与日本敦煌学［M］. 兰州：甘肃教育出版社，2004.

王昆吾. 从敦煌学到域外汉文学［M］. 北京：商务印书馆，2003.

王三庆，庄雅州，陈庆浩，内山知也. 日本汉文小说丛刊（第一辑）［M］. 台北：学生书局，2003.

王绍曾. 近代出版家张元济［M］. 北京：商务印书馆，1984.

王水照，吴鸿春，高克勤. 日本学者中国文章学论著选［M］. 上海：上海古籍出版社，1994.

王向远. 翻译文学导论［M］. 北京：北京师范大学出版社，2004.

王小林. 汉和之间——王小林自选集［M］. 上海：上海人民出版社，2014.

王晓平. 东亚文学经典的对话与重读［M］. 上海：复旦大学出版社，2011.

王晓平. 佛典・志怪・物语［M］. 南昌：江西人民出版社，1990.

王晓平. 国际中国文学研究丛刊（第1—3集）［M］. 上海：上海古籍出版社，2011—2014.

王晓平. 近代中日文学交流史稿［M］. 长沙：湖南文艺出版社，1987.

王晓平. 梅红樱粉——日本作家与中国文化［M］. 银川：宁夏人民出版社，2002.

王晓平. 唐土的种粒——日本传衍的敦煌故事［M］. 银川：宁夏人民出版社，2005.

王晓平. 亚洲汉文学［M］. 天津：天津人民出版社，2001.

王晓平. 亚洲汉文学（修订版）［M］. 天津：天津人民出版社，2008.

王晓平. 远传的衣钵——日本传衍的敦煌佛教文学［M］. 银川：宁夏人民出版社，2005.

王晓秋. 近代中日关系史研究［M］. 北京：中国社会科学出版社，1997.

王晓秋. 近代中日启示录［M］. 北京：北京出版社，1987.

王晓秋. 近代中日文化交流史［M］. 北京：中华书局，2000.

王学珍，郭建荣. 北京大学史料［M］. 北京：北京大学出版社，2000.

王瑶. 中国文学研究现代化进程［M］. 北京：北京大学出版社，1996.

王重民，王庆菽，向达，周一良，启功，曾毅公. 敦煌变文集［M］. 北京：人民文学出版社，1984.

魏源. 海国图志［M］. 郑州：中州古籍出版社，1999.

吴虞. 吴虞日记［M］. 成都：四川人民出版社，1986.

夏晓虹. 觉世与传世——梁启超的文学道路［M］. 上海：上海人民出版社，1991.

项楚. 敦煌歌辞总编匡补［M］. 成都：巴蜀书社，2000.

项楚. 敦煌诗歌导论［M］. 成都：巴蜀书社，2001.

项楚. 敦煌文学论集［M］. 成都：四川人民出版社，1997.

项楚. 王梵志诗校注［M］. 上海：上海古籍出版社，1991.

肖瑞峰. 日本汉诗发展史［M］. 长春：吉林大学出版社，1992.

徐俊. 鸣沙习学集——敦煌吐鲁番文学文献丛考［M］. 北京：中华书局，2016.

许钧. 法朗士在中国的翻译接受与形象塑造［J］. 外国文学研究，2007（02）.

许钧. 相通的灵魂与心灵的呼应：安德烈·纪德在中国的传播历程［J］. 江海学刊，2007（03）.

薛富兴. 分化与突围：中国美学1949—2000［M］. 北京：首都师范大学出版社，2006.

薛绥之，张俊才. 林纾研究资料［M］. 福州：福建人民出版社，1983.

严绍璗. 日本中国学史［M］. 南昌：江西人民出版社，1991.

严绍璗. 日本中国学史稿［M］. 北京：学苑出版社，2010.

杨树达. 积微翁回忆录［M］. 上海：上海古籍出版社，2006.

杨义，赵稀方. 二十世纪中国翻译文学史·新时期卷［M］. 天津：百花文艺出版社，2009.

姚永朴. 文学研究法［M］. 上海：商务印书馆，1926.

余欣. 写本时代的学术、信仰与社会［M］. 上海：上海古籍出版社，2011.

俞平伯. 俞平伯全集［M］. 石家庄：花山文艺出版社，1997.

元青. 杜威与中国［M］. 北京：人民出版社，2001.

袁济喜. 承续与超越——20世纪中国美学史研究丛书［M］. 北京：首都师范大学出版社，2006.

张伯伟. 东亚汉籍研究论集［M］. 台北：台湾大学出版中心，2007.

张伯伟. 东亚汉文学研究的方法与实践［M］. 北京：中华书局，2017.

张伯伟. 域外汉籍研究集刊（第1—7辑）［M］. 北京：中华书局，2005—2011.

张伯伟. 作为方法的汉文化圈［M］. 北京：中华书局，2011.

张静庐. 中国近现代出版史料［M］. 上海：上海书店，2006.

张星烺. 中西交通史资料汇编［M］. 北京：中华书局，1978.

张艳玲. 20世纪中国小说在法国的传播与接受［J］. 世界文学评论，2007（01）.

张涌泉. 敦煌讲座书系：敦煌写本文献学［M］. 兰州：甘肃教育出版社，2013.

赵家璧. 中国新文学大系（第一辑）［M］. 上海：良友图书公司，1935.

郑克鲁. 法国文学论集［M］. 桂林：漓江出版社，1982.

郑民钦. 和歌的魅力——日本名歌赏析［M］. 北京：外语教学与研究出版社，2008.

郑民钦. 日本俳句史［M］. 北京：京华出版社，2000.

郑振铎. 插图本中国文学史［M］. 北京：人民文学出版社，1957.

郑振铎. 世界文库［M］. 上海：生活书店，1935.

《中国近代文学大系》总编辑委员会. 中国近代文学大系［M］. 上海：上海书店，2012.

中共中央马克思恩格斯列宁斯大林著作编译局. 哲学笔记［M］. 北京：人民出版社，1993.

中共中央马克思恩格斯列宁斯大林著作编译局. 马克思恩格斯选集［M］. 北京：人民出版社，1972.

中共中央马克思恩格斯列宁斯大林著作编译局. 马克思恩格斯列宁斯大林论文艺［M］. 北京：人民出版社，1964.

中共中央书记处研究室文化组. 党和国家领导人论文艺［M］. 北京：文化艺术出版社，1982.

中国社会科学院外国文学研究所外国文学研究资料丛刊编辑委员会. “拉普”资料汇编［M］. 北京：中国社会科学出版社，1981.

中国社会科学院文学研究所鲁迅研究室. 鲁迅研究学术论著资料汇编（1913—1983）［M］. 北京：中国文联出版公司，1985.

中国社会科学院文学研究所文艺理论研究室. 列宁论文学与艺术［M］. 北京：人民文学出版社，1983.

钟敬文. 寻找鲁迅·鲁迅印象［M］. 北京：北京出版社，2002.

钟书林，张磊. 敦煌文研究与校注［M］. 武汉：武汉大学出版社，2014.

钟叔河. 周作人散文全集［M］. 桂林：广西师范大学出版社，2009.

钟叔河. 走向世界丛书［M］. 长沙：岳麓书社，2008.

周绍良，白化文. 敦煌变文论文录［M］. 上海：上海古籍出版社，1982.

周扬. 马克思主义与文艺［M］. 大连：大众书店，1946.

周有光. 比较文字学初探［M］. 北京：语文出版社，2012.

周作人. 知堂书话［M］. 长沙：岳麓书社，1988.

周作人. 周作人散文全集［M］. 桂林：广西师范大学出版社，2009.

周作人. 知堂回想录［M］. 香港：三育图书文具公司，1980.

朱凤玉. 百年来敦煌文学研究之考察［M］. 北京：民族出版社，2012.

邹振环. 20世纪上海翻译出版与文化变迁［M］. 南宁：广西教育出版社，2000.

左玉河. 从四部之学到七科之学——学术分科与近代中国知识系统之创建［M］. 上海：上海书店出版社，2004.

左玉河. 移植与转化：中国现代学术机构的建立［M］. 郑州：大象出版社，2008.

二、英文文献

Brandauer F. P. Review of The Romantic Generation of Modern Chinese Writers by Leo Ou-fan Lee［J］. *Journal of Asian Studies*，No.1 1974.

Chen Fong-ching，Jin Guantao. *From Youthful Manuscripts to River Elegy*：*The Chinese Popular Cultural Movement and Political Transformation 1979—1989*［M］. Hong Kong：The Chinese University Press，1997.

Cheng Li，ed. *Bridging Minds across the Pacific*：*U.S.-China Educational Exchanges*，*1978—2003*［M］. Lanham，MD.：Lexington Books，2005.

Cheng Li. The Status and Characteristic of Foreign-Educated Returnees in the Chinese Leadership，China Leadership Monitor［J］. *Hoover Institute*，*Stanford University*，No.16，2005.

Schmidt Jerry D. *Garden Harmony*：*The Life*，*Literary Criticism and Poetry of Yuan Mei*（*1716—1798*）［M］. London：Routledge Curzon，2003.

Huang Jianyi. *Chinese Students and Scholars in American Higher Education*［M］. Westport，Connecticut：Praeger，1997.

Lampton David M.，Madancy Joyce A.，Williams Kristen M. *A Relationship Restored*：*Trends in the U.S.-China Educational Exchanges*，*1978—1984*［M］. Washington，D.C.：The National Academies Press，1986.

Li Hongshan. Building a Bridge of Knowledge and Understanding：The New Chinese Immigrants and Their Contributions［J］. *Chinese Studies in History*，Vol. 34，No.3，spring 2001.

Li Ying. *Cognitive Collision*：*Chinese Students' Experience of Cognitive Dissonance Regarding Christianity in the United States*［D］. Liberty University，2010.

Li You-ning，ed. *History of Chinese Students in the United States*：*Learning and Achievements in the Past 160 Years*［M］. New York：Out Sky Press，2009.

Lindbeck John M. H. *Understanding China*：*An Assessment of American Scholarly Resources*［M］. Praeger Publishers，1971.

Liu Lydia H. *The Clash of Empires*：*The Invention of China in Modern World Making*［M］. Cambridge MA.：Harvard University Press，2004.

Liu Lydia H. *Translingual Practice*：*Literature*，*National Culture*，*and Translated Modernity-China*（*1900—1937*）［M］. Cal stanford University

Press. 1995.

Liu James L.Y. *The Art of Chinese Poetry* [M]. Chicago and London: The University of Chicago Press, 1962.

Schmidt Jerry D. *Within the Human Realm: the Poetry of Huang Zunxian, 1848—1905* [M]. Cambridge (England): Cambridge University Press, 1994.

Oreans Leo A. *Chinese Students in America: Policies, Issues, and Numbers* [M]. Washington, D.C.: The National Academies Press, 1988.

Wang Xi. Develop and Utilize the Resources of Chinese Students in the United States [J]. *Chinese Education and Society.* Vol. 33, No.5, September/October 2000.

West Philip. *Yenching University and Sino-Western Relations (1916—1952)* [M]. Cambridge MA.: Harvard University Press, 1962

Zhang Xiaoping. *Residential Preference: A Brain Drain Study on Chinese Students in the United States* [D]. Cambridge MA.: Harvard University, 1992.

Zhao Yiheng. *The Uneasy Narrator: Chinese Fiction from the Traditional to the Modern* [M]. Oxford: Oxford University Press, 1995.

Zhao Yiheng. Post-Isms and Chinese New Conservatism [J]. *New Literature History*, Summer 1997.

Zweig David, Chen Changgui. *China's Brain Drain to the United States: Views of Overseas Chinese Students and Scholars in the 1990s* [M]. Routledge, 1996.

Pickowicz Paul. *Marxist Literary Thought in China* [M]. Berkeley: University of California Press, 1981.

Birch Cyril. *Studies of Chinese Literary Genres* [M]. Berkeley: University of California Press, 1974.

Gu Mingdong. *Chinese Theories of Fiction* [M]. Albany, N. Y.: State University of New York Press, 2006.

Wellek Rene. *Concepts of Criticism*［M］. New Haven：Yale University Press，1963.

三、日文文献

青木正児. 江南春［M］. 東京：弘文堂書房. 1941.

青木正児. 中華名物考［M］. 東京：平凡社. 1988.

青木正児. 支那近世劇曲史［M］. 東京：弘文堂書房. 1930年初版，1939年第二版.

青木正児. 青木正児全集［M］. 第四巻. 東京：春秋社. 1983.

青木保. 異文化理解［M］. 東京：岩波書店. 2001.

麻生磯次. 江户文学と支那文学——近世文学の支那的原拠と読本の研究［M］. 東京：三省堂. 1946.

安藤彦太郎. 日本人の中国觀［M］. 東京：勁草書房. 1971.

池田四郎次郎. 日本芸林叢書［M］. 東京：六合館. 1928.

池田四郎次郎. 日本詩話叢書［M］. 東京：文会堂書店. 1934—1936.

池田英雄. 史記学五十年——日中『史記』研究の動向［M］. 東京：明德出版社. 1995.

池田利夫. 日中比較文学の基礎研究——翻訳説話とその典拠. 補訂版［M］. 東京：笠間書店. 1988.

池田利夫. 蒙求古注集成（上巻）［M］. 東京：汲古書院. 1988.

池田利夫. 蒙求古注集成（中巻）［M］. 東京：汲古書院. 1989.

池田利夫. 蒙求古注集成（下巻）［M］. 東京：汲古書院. 1989.

池田利夫. 蒙求古注集成（別巻）［M］. 東京：汲古書院. 1990.

石井恭二. 武田泰淳エッセンス［M］. 東京：河出書房. 1998.

石川三佐男. 玉燭宝典［M］. 東京：明德出版社. 1988.

石崎又造. 近世日本に於る支那俗語文学史［M］. 東京：清水弘文堂書房. 1967.

磯部彰著.『西游記』受容史の研究［M］. 東京：多賀出版. 1995.

市川本大郎. 日本儒教史（上代篇）［M］. 東京：汲古書院. 1991.

市川本大郎. 日本儒教史（中古篇）[M]. 東京：汲古書院. 1991.

市川本大郎. 日本儒教史（中世篇）[M]. 東京：汲古書院. 1992.

市川本大郎. 日本儒教史（近世篇上）[M]. 東京：汲古書院. 1994.

市川本大郎. 日本儒教史（近世篇下）[M]. 東京：汲古書院. 1934.

伊藤虎凡、祖父江早昭二、凡山昇. 近代文学における中国と日本[M]. 東京：汲古書院. 1986.

稲田孝. 聊斎志異——玩世と怪異の覗きからくり[M]. 東京：講談社. 1995.

井上泰山. 中国近世戲曲小説論集[M]. 大阪：関西大学出版部. 2004.

井波律子. 中国人の機智——『世説新語』を中心として[M]. 東京：中央公論社. 1983.

井波律子. 中国の大快楽主義[M]. 東京：作品社. 1998.

井波律子. 中国幻想物語[M]. 東京：大修館書店. 2000.

内田知也. 隋唐小説研究[M]. 東京：木耳社. 1997.

江上波夫. 東洋学の系譜[M]. 東京：大修館書店. 1992—1996.

王迪. 日本にわける老荘思想の受容[M]. 東京：国書刊行会. 2001.

王勇，久保木秀夫. 奈良・平安期の日中文化交流[M]. 東京：農山漁村文化協会. 2001.

太田青丘. 日本歌学と中国詩学[M]. 東京：清水弘文堂. 1968.

太田辰夫. 西遊記の研究[M]. 東京：研文出版. 1984.

大曽根章介. 王朝漢文学論考[M]. 東京：岩波書店. 1994.

大野出. 日本の近世と老荘思想——林羅山の思想をめぐって[M]. 東京：ぺりかん社. 1997.

大星光史. 日本文学と老荘神仙思想研究[M]. 東京：桜楓社. 1990.

岡田正一. 日本漢文學史[M]. 增訂版. 東京：吉川弘文館. 1996.

奥野信太郎. 奥野信太郎全集[M]. 東京：福武書店. 1984.

大庭脩. 日中交流史話——江戸時代の日中関係を読む[M]. 大阪：燃焼社. 1993.

大庭脩. 江戸時代における中国文化受容の研究[M]. 京都：同朋舎. 1984.

大庭脩. 漢籍輸入の文化史——聖徳太子から吉宗へ[M]. 東京：研文出版. 2006.

大庭脩. 漢籍輸入の文化史——聖徳太子から吉宗へ[M]. 東京：研文出版. 2006.

蔭木英雄. 五山詩史の研究[M]. 東京：笠間書院. 1977.

加地伸行. 儒教とは何か[M]. 東京：中央公論社. 1990.

加地伸行. 中国人の論理学——諸子百家から毛沢東まで[M]. 東京：中央公論社. 1977.

加地伸行. 論語の世界[M]. 東京：中央公論社. 1992.

加藤周一. 加藤周一自選集 1[M]. 東京：岩波書店. 2009.

加藤周一. 加藤周一　中村真一郎　福永武彦集[M]. 東京：筑摩書房. 1971.

加藤周一. 中国往還[M]. 三陽社. 1972.

加藤周一. 日本文学史序说[M]. 東京：筑摩書房. 1980.

加藤周一. 日本文学史序说補講[M]. 京都：かもがわ出版. 2006.

金子彦二郎. 平安時代文学と白氏文集——句題和歌、千載佳句研究篇[M]. 鎌倉：芸林舎. 1977.

金岡照光. 敦煌文献と中国文学[M]. 東京：五曜書房. 2000.

金岡照光. 敦煌の文学文献[M]. 講座敦煌6. 東京：大東出版社. 1990.

金谷治. 中国思想を考える——未来を開く伝統[M]. 東京：中央公論社. 1993.

亀井俊介. 近代日本の翻訳文化[M]. 東京：中央公論社. 1994.

神鷹德治，静永健. 旧鈔本の世界——漢籍受容のタイムカプセル[M]. 東京：勉誠社. 2011.

狩野直喜. 読書纂餘[M]. 東京：弘文堂書房. 1947.

狩野直喜. 支那學文藪[M]. 東京：みすず書房. 1973.

狩野直喜. 支那小説戯曲史[M]. 東京：みすず書房. 1992.

川合康三. 中国の文学史観[M]. 東京：創文社. 2002.

川口久雄. 三訂平安朝日本漢文学史の研究（上）王朝漢文学の形成[M]. 東京：明治書院. 1988.

川口久雄. 三訂平安朝日本漢文学史の研究（中）王朝漢文学の分化［M］. 東京：明治書院. 1988.

川口久雄. 三訂平安朝日本漢文学史の研究（下）王朝漢文学の斜陽［M］. 東京：明治書院. 1988.

川口久雄. 敦煌よりの風1　敦煌と日本文学［M］. 東京：明治書院. 1999.

川口久雄. 敦煌よりの風2　敦煌と日本の説話［M］. 東京：明治書院. 1999.

川口久雄. 敦煌よりの風3　敦煌の仏教物語（上）［M］. 東京：明治書院. 1999.

川口久雄. 敦煌よりの風4　敦煌の仏教物語（下）［M］. 東京：明治書院. 2000.

川口久雄. 敦煌よりの風5　敦煌の風雅と洞窟［M］. 東京：明治書院. 2000.

川口久雄. 敦煌よりの風6　敦煌に行き交う人々［M］. 東京：明治書院. 2001.

川口久雄. 大江匡房［M］. 東京：吉川弘文館. 1995.

川口久雄. 西域の虎——平安朝比較文学論集［M］. 東京：吉川弘文館. 1970.

川口久雄. 花の宴——日本比較文学論集［M］. 東京：吉川弘文館. 1970.

漢字文獻情報處理研究會. 電脳中国学［M］. 東京：好文出版. 1998.

神田喜一郎. 東洋学文献叢説　旧抄本叢説　蔵書絶句［M］. 神田喜一郎. 神田喜一郎全集：第三集. 東京：同朋舎. 1984.

神田喜一郎. 真福寺本遊仙窟［M］. 東京：貴重古典刊行会. 1954.

神田喜一郎. 東洋学文献叢説［M］. 東京：二玄社. 1969.

神田喜一郎. 墨林閑話［M］. 東京：岩波書店. 1977.

神田喜一郎. 日本中國文學［M］. 東京：二玄社. 1969.

神田喜一郎. 敦煌學五十年［M］. 東京：筑摩書房. 1971.

貴重古典籍刊行会. 史記　孝文本紀［M］. 東京：貴重古典籍刊行会.

1954.

貴重古典籍刊行会. 知恩院蔵重要文化財大唐三蔵玄奘法師表啓［M］. 東京：貴重古典籍刊行会. 1960.

貴重古典籍刊行会. 酒井宇吉蔵晋書殘巻　山田忠雄氏蔵法相先徳行伝［M］. 東京：貴重古典籍刊行会. 1981.

貴重古典籍刊行会. 東京大学図書館蔵法華経集験記［M］. 東京：貴重古典籍刊行会. 1981.

喬秀岩. 義疏学衰亡史論［M］. 東京：白峰社. 2001.

京都帝國大學文學部. 京都帝國大學文學部景印旧鈔本第一集『毛詩唐風殘巻（東京和田氏蔵）　毛詩秦風正義殘巻（京都富岡氏蔵）　翰苑（築前男爵西高辻氏蔵）　王勃集巻二十九第三十（京都富岡氏蔵）［M］. 東京：京都帝國大學文學部. 1922.

京都帝國大學文學部. 京都帝國大學文學部景印旧鈔本第五集『文選集注』［M］. 東京：京都帝國大學文學部. 1936.

京都帝國大學文學部. 京都帝國大學文學部景印旧鈔本第六集『文選集注』残一巻［M］. 東京：京都帝國大學文學部. 1936.

京都帝國大學文學部. 京都帝國大學文學部景印旧鈔本第九集『文選集注』第四十三至四十八［M］. 東京：京都帝國大學文學部. 1942.

京都帝國大學文學部. 京都帝國大學文學部景印旧鈔本第九集『文選集注』第六十一至六十八［M］. 東京：京都帝國大學文學部. 1942.

京都帝國大學文學部. 京都帝國大學文學部景印旧鈔本第九集『文選集注』第九十三至一百一十六［M］. 東京：京都帝國大學文學部. 1942.

京都帝國大學文學部. 京都帝國大學文學部景印旧鈔本第十集『尚書殘巻（九条道秀公蔵）　毛詩二南殘巻（大念仏寺蔵）』［M］. 東京：京都帝國大學文學部. 1942.

京都帝國大學文學部. 京都帝國大學文學部景印旧鈔本第二集『漢書楊雄伝尚書殘巻』［M］. 東京：京都帝國大學文學部. 1935.

京都帝國大學文學部. 京都帝國大學文學部景印旧鈔本第二集三種『講周易疏論家義殘巻・経典釈文殘巻・漢書楊雄伝殘巻』［M］. 東京：京都帝國大學文學部. 1935.

京都帝國大學文學部国語學國文學研究室. 僧昌住編纂『新撰字鏡』增訂版［M］. 京都：臨川書店. 1986.

京都帝國大學文學部國語學國文學研究室. 和泉往来　高野山西南院蔵［M］. 京都：臨川書店. 1981.

金原理. 平安朝漢詩文の研究［M］. 福岡：九州大学出版会. 1981.

金原理. 詩歌の表現　平安朝韻文考［M］. 福岡：九州大学出版会. 2000.

久保天随. 支那文学史［M］. 東京：人文社. 1903.

倉石武四郎. 本邦における支那学の発達［M］. 東京：汲古書院. 2007.

興膳宏. 異域の眼［M］. 東京：筑摩書房. 1995.

小川環樹. 中国小説史の研究［M］. 東京：岩波書店. 1968.

胡志昂. 奈良万葉と中国文学［M］. 東京：笠間書店. 1998.

工藤一郎. 中国図書文献史考［M］. 東京：明治書院. 2006.

小島憲之. 王朝漢詩選［M］. 東京：岩波書店. 1987.

小島憲之. 上代日本文学と中国文学——出典論を中心とする比較文学的考察（上）［M］. 東京：塙書房. 1988.

小島憲之. 上代日本文学と中国文学——出典論を中心とする比較文学的考察（中）［M］. 東京：塙書房. 1988.

古勝隆一. 中国中古の学術［M］. 東京：研文出版. 2006.

古田敬一. 中国文学の比較文学的研究［M］. 東京：汲古書院. 1986.

後藤昭雄. 平安朝文人志［M］. 東京：吉川弘文館. 1993.

後藤昭雄. 平安朝漢文文献の研究［M］. 東京：吉川弘文館. 1993.

後藤昭雄. 本朝文粋抄［M］.東京： 勉誠出版. 2006.

後藤昭雄. 日本詩紀拾遺［M］. 東京：吉川弘文館. 2000.

後藤昭雄. 平安朝漢文学論考［M］. 東京：勉誠出版. 2005.

河野貴美子、王勇. 東アジアの漢籍遺産——奈良を中心として［M］. 東京：勉誠出版. 2012.

河野貴美子、王勇. 衝突と融合の東アジア文化史［M］. 東京：勉誠社. 2016.

河野貴美子，Wiebke DENECKE，新川登亀男，陣野英則. 日本文学史

第一册 『文』の環境——『文学』以前［M］. 東京：勉誠出版. 2015.

河野貴美子，Wiebke DENECKE. 日本における『文』と『ブンガク（bungaku）』［M］. 東京：勉誠出版. 2015.

駒田信二. 対の思想——中国文学と日本文学［M］. 東京：岩波書店. 1992.

小野四平. 中国近世における短篇白話小説の研究［M］. 東京：評論社. 1978.

崔香蘭. 馬琴読本と中国古代小説［M］. 広島：渓水社. 2005.

斎藤希史. 漢文脈の近代——清末=明治の文学圏［M］. 名古屋：名古屋大学出版会. 2005.

笹川臨風. 支那小説劇曲小史［M］. 東京：東華堂. 1897.

笹川臨風. 支那文学史［M］. 東京：博文館. 1898.

雑喉潤. 三国志と日本人［M］. 東京：講談社. 2002.

実藤恵秀. 大河内文書——明治日中文化人の交遊［M］. 東京：平凡社. 1994.

志賀一郎. 漢詩の鑑賞と吟咏［M］. 東京：大修館書店. 2001.

塩谷温. 歌訳　西厢記［M］. 奈良：天理時報社. 1958.

志村良治. 中国小説論集［M］. 志村良治博士著作集Ⅱ. 東京：汲古書院. 1986.

徐興慶. 近代中日思想交流史の研究［M］. 東京：朋友書店. 2004.

下出積興. 神仙思想［M］. 東京：吉川弘文館. 1995.

白川静. 白川静著作集［M］. 東京：平凡社. 2000.

白川靜. 漢字白話［M］. 東京：中央公論社. 2002.

新間一美. 平安朝文学と漢詩文［M］. 大阪：和泉書院. 2003.

澤田瑞穂. 宋明清小説叢考［M］. 東京：研文出版. 1982.

菅野昭正. 知の巨匠　加藤周一［M］. 東京：岩波書店. 2011.

菅野禮行. 平安初期における日本漢詩の比較研究［M］. 東京：大修館書店. 1988.

辻由美. 世界の翻訳家たち——異文化接触の最前線を語る［M］. 東京：新評論. 1995.

高島俊男. 水滸伝と日本人——江戸から昭和まで［M］. 東京：大修館書店. 1991.

高島俊男. 本と中国と日本人［M］. 東京：筑摩書房. 2004.

高橋智. 室町時代古抄本　論語集解の研究［M］. 東京：汲古書院. 2008.

瀧沢精一郎. 中国古典文学の享受——傳説と新意［M］. 枥木：吉本書店. 1981.

瀧川亀太郎. 史記会注考証［M］. 東京：新世紀出版社. 2009.

辰已正明. 万葉集と中国文学［M］. 東京：笠間書店. 1992.

辰已正明. 詩の起原［M］. 東京：笠間書店. 2000.

辰已正明. 懷風藻——漢字文化圏の中の日本古代漢詩［M］. 東京：笠間書院. 2000.

田中隆昭. 源氏物語 歴史と虚構［M］. 東京：勉誠出版. 1993.

田中德定. 孝思想の受容と古代中世文学［M］. 東京：新典社. 2007.

田中尚子. 三国志享受史論考［M］. 東京：汲古書店. 2007.

樽本昭雄. 清末小説閑談［M］. 東京：法律文化社. 1983.

陈生保. 森歐外の漢詩［M］. 東京：明治書院. 1993.

陈舜臣. 聊斎志異考——中国の妖怪談義［M］. 東京：中央公論社. 1994.

テリー・イーグルトン著，川本皓嗣. 詩をどう読むか［M］. 東京：岩波書店. 2011.

德田武. 近世日中文人交流史の研究［M］. 東京：研文出版. 2004.

德田武. 日本近世小说と中国小说［M］. 武藏村山：青裳書店. 1987.

礪波護、藤井讓治. 京大東洋學の百年［M］. 京都：京都大学學術出版會. 2002.

中川德之助. 日本中世禅林文学論考［M］. 大阪：清文堂. 1991.

長沢規矩也. 和刻本漢詩集成［M］. 東京：岩波書店. 1978.

長沢規矩也. 和刻本漢籍文集集成［M］. 東京：岩波書店. 1978.

長沢規矩也. 和刻本資治通鑑［M］. 東京：岩波書店. 2001.

長沢規矩也. 和刻本経書集成［M］. 東京：岩波書店. 1983.

長沢規矩也. 和刻本類書集成［M］. 東京：岩波書店. 1977.

長沢規矩也. 和刻本漢籍随筆集［M］. 東京：岩波書店.

長沢規矩也. 和刻本正史［M］. 東京：岩波書店. 1984.

長沢規矩也. 和刻本諸子集成［M］. 東京：岩波書店.

中西進. 万葉と海彼［M］. 東京：角川書店. 1990.

中西進. 源氏物語と白楽天［M］. 東京：岩波書店. 1998.

中西進. 詩心——永遠なるものへ［M］. 東京：中央公論社. 2006.

中西進. 日本文学と漢詩——外国文学の受容について［M］. 東京：岩波書店. 2004.

中野美代子. 中国人の思考様式［M］. 東京：講談社. 1974.

中野美代子. 西遊記——トリックワールド探訪［M］. 東京：岩波書店. 2000.

中村春作、市来津由彦、田尻祐一郎、前田勉. 訓読論——東アジア漢文世界と日本語［M］. 東京：勉誠社. 2010.

中村春作、市来津由彦、田尻祐一郎、前田勉. 続訓読論——東アジア漢文世界と日本語［M］. 東京：勉誠社. 2010.

仁平道明. 和漢比較文学論考［M］. 東京：武蔵野書院. 2000.

日本漢文小説学研究会. 日本漢文小説の世界——紹介の研究［M］. 東京：白帝社. 2005.

日本中国学会創立五十周年論文集編集小委員会. 日本中国学会創立五十周年記念論文集［M］. 東京：汲古書院. 1998.

野口鉄郎、中村璋八. 古代文化の展開と道教［M］. 東京：雄山閣. 1997.

芳贺纪雄. 万葉集にわける中国文学の受容［M］. 東京：塙書房. 2003.

芳賀徹. 翻訳と日本文化［M］. 東京：山川出版社. 2000.

波戸岡旭. 上代漢詩文と中国文学［M］. 東京：笠間書院. 1989.

波戸岡旭. 宮廷詩人菅原道真——『菅家文草』·『菅家後集』の世界［M］. 東京：笠間書院. 2005.

花田清輝. 随筆三国志［M］. 東京：筑摩書房. 1970.

林田慎之助. 中国文学の底に流れるもの［M］. 東京：創文社. 1992.

東野治之. 正倉院［M］. 東京：岩波書店. 1988.

東野治之. 正倉院文書と木簡の研究［M］. 東京：塙書店. 1998.

東野治之. 遣唐使と正倉院［M］. 東京：岩波書店. 2002.

広田二郎. 芭蕉と杜甫——影響の展開と体系［M］. 東京：有精堂. 1990.

藤田祐賢、八木章好. 聊斎志異研究文献要覧［M］. 東京：東方書店. 1985.

本間洋一. 王朝漢文学表現論考［M］. 大阪：和泉書院. 2002.

増田渉. 西学東漸と中国事情［M］. 東京：岩波書店. 1979.

松浦友久. 漢詩——美の在りか［M］. 東京：岩波书店. 2002.

松浦友久博士追悼記念中国古典文学論集刊行会. 松浦友久博士追悼記念中国古典文学論集［M］. 東京：研文出版. 2006.

松浦友久.『万葉集』という名双關語——日中诗学ノート［M］. 東京：大修館書店. 1995.

松浦友久. リズムの美学——日中詩歌論［M］. 東京：明治書院. 1991.

三浦叶. 明治の漢学［M］. 東京：汲古書院. 1998.

水澤利忠. 史記正義の研究［M］. 東京：汲古書院. 1994.

水澤利忠. 史記会注考証校補［M］. 東京：史記会注考証校補刊行会. 1956.

水田紀久. 近世日本漢文学論考［M］. 東京：汲古書院. 1987.

宮崎市定. 中国に学ぶ［M］. 東京：朝日新聞社. 1971.

宮崎市定. 史記を語る［M］. 東京：岩波文庫. 1996.

宮崎市定，砺波護. 論語の新しい読み方［M］. 東京：岩波書店. 1996.

村井章介. 東アジア往還——漢詩と外交［M］. 東京：朝日新聞社. 1995.

村上哲見. 漢詩と日本人［M］. 東京：講談社. 1994.

村山吉広. 近代日本と漢学［M］. 東京：大修館書店. 1999.

安野光雅、半藤一利、中村願. 史記と日本人［M］. 東京：平凡社. 2011.

山口久和. 章学誠の知識論［M］. 東京：創文社. 1998.

山口博. 万葉集の誕生と大陸文化——シルクロードから大和へ［M］. 東京：角川書店. 1996.

山田利明. 中国学の歩み——二十世紀のシノロジ［M］. 東京：大修館書店. 1999.

山本唯一. 易占と日本文学［M］. 東京：清水弘文堂. 1976.

吉川幸次郎. 人間詩話［M］. 東京：岩波書店. 1957.

若林力. 江户川柳で愉しむ中国の故事［M］. 東京：大修館書店. 2005.

和辻哲郎. 孔子［M］. 東京：岩波書店. 1994.

渡辺秀夫. 平安朝文学と漢文世界［M］. 東京：勉誠社. 1991.

和漢比較文学会. 和漢比較文学叢書（第1期）［M］. 東京：汲古書院. 1986.

和漢比較文学会. 和漢比較文学研究の構想（和漢比較文学叢書第1卷）［M］. 東京：汲古書院. 1986.

和漢比較文学会. 上代文学と漢文学（和漢比較文学叢書第2卷）［M］. 東京：汲古書院. 1986.

和漢比較文学会. 中古文学と漢文学1（和漢比較文学叢書第3卷）［M］. 東京：汲古書院. 1986.

和漢比較文学会. 中古文学と漢文学2（和漢比較文学叢書第4卷）［M］. 東京：汲古書院. 1987.

和漢比較文学会. 中世文学と漢文学1（和漢比較文学叢書第5卷）［M］. 東京：汲古書院. 1987.

和漢比較文学会. 中世文学と漢文学2（和漢比較文学叢書第6卷）［M］. 東京：汲古書院. 1987.

和漢比較文学会. 近世文学と漢文学（和漢比較文学叢書第7卷）［M］. 東京：汲古書院. 1988.

和漢比較文学会. 和漢比較文学研究の諸問題（和漢比較文学叢書第8卷）［M］. 東京：汲古書院. 1988.

和漢比較文学会. 万葉集と漢文学（和漢比較文学叢書第9卷）［M］. 東京：汲古書院. 1993.

和漢比較文学会. 紀記と漢文学（和漢比較文学叢書第10卷）［M］. 東

京：汲古書院. 1993.

和漢比較文学会. 古今集と漢文学（和漢比較文学叢書第11卷）［M］. 東京：汲古書院. 1992.

和漢比較文学会. 源氏物語と漢文学（和漢比較文学叢書第12卷）［M］. 東京：汲古書院. 1993.

和漢比較文学会. 新古今集と漢文学（和漢比較文学叢書第13卷）［M］. 東京：汲古書院. 1992.

和漢比較文学会. 説話文学と漢文学（和漢比較文学叢書第14卷）［M］. 東京：汲古書院. 1994.

和漢比較文学会. 軍記と漢文学（和漢比較文学叢書第15卷）［M］. 東京：汲古書院. 1993.

和漢比較文学会. 俳諧と漢文学（和漢比較文学叢書第16卷）［M］. 東京：汲古書院. 1994.

和漢比較文学会. 江戸小説と漢文学（和漢比較文学叢書第17卷）［M］. 東京：汲古書院. 1993.

和漢比較文学会. 和漢比較文学の周辺（和漢比較文学叢書第18卷）［M］. 東京：汲古書院. 1994.

四、俄文文献

Алексеев В М. Китайская поэма о поэте Стансы Сыкун Ту（837—908）［M］. Восточная литература РАН，2008.

Алексеев В М. Китайская литература［M］，Наука，1978.

Баевский В С. ИсторияРусской литературыⅩⅩвека［M］. Москва：изд. Языкирусской культуры. 1999.

Баранов В И. “Да” и “Нет” -Максима Горького［N］. Советская культура. 01. 04. 1989г.

Баранов И Г. Верования и обычаи китайцев［M］. Муравей-гайд, 1999.

Беляев А А. Новикова Л И. Толстые В И. Эстетика（словарь）［M］.

Москва：изд. Политиздат，1989.

Васильев В П. Очерк историй китайской литературы［М］. С-Петербург，1880.

Волков И Ф. Теория литературы［М］. Москва：изд. Просвещение-Владос，1995.

Вяткин Р В. Исторические записки，Ши Цзи［М］. Восточная литература РАН，1996.

Голыгина К И. Теория изящной словенсннсти в Китае XIX-начала XX в［М］. Наука，1971.

Голыгина К И. Великий предел-Китайская модель мира в литературе и культуре（I－XIII вв.）［М］. Москва：Издательская фирма "Восточная литература" РАН，1995.

Гринцер П А. Восточная поэтика［М］. Восточная литература РАН，1996.

Дацышен В Г. Русско-Китайская война 1900г. -Поход на Пекин［М］. С-П，Галея Принт，1999.

Ерасов Б С. Сравнительное изучение цивилизаций［М］. Аспект-пресс，1999.

Желоховцев А Н. Литратурная теория и политическая борьба в КНР［М］. Наука，1979.

Золотницкий Д. Мейерхольд-роман с советской властью［М］. Аграф，1999.

Кобзев А И. Китайский эрос［М］. Квадрат，1993.

Кравцова М Е. История культуры Китая［М］. С-П，Лань，1999

Кравцова М Е. Поэзия древнего Китая［М］. С-П，Центр Петербурское Востоковедение，1994.

Культурная революция и вопросы современной литературы. На посту. №13/14. 1928г.

Лисевич И С. Литературная мысль Китая на рубеже древности и средних веков［М］. Наука，1979

Маслов А А. Мистерия Дао-Мир《Дао Де Цзина》［М］. Сфера，1996.

Николаева П А. Академические школы в русском литературоведении［M］. Наука，1975.

Переломов Л С. Конфуций Лунь Юй［M］. Восточная литература РАН，1998.

Попова И Ф. Политическая практика и идеология раннетанского Китая［M］. Восточная литература РАН，1999.

Родионов А А. Лао Шэ и проблема национального характера в китайской литературе ⅩⅩ века［M］. СПб：изд. Роза мира，2006.

Рубин В А. Личность и власть в древнем Китае［M］. Восточная литература РАН，1999.

Скачков П Е. Очерки историй русского китаеведения［M］. Наука，1977.

Спешнев Н А. Лао Шэ：Юмористические миниатюры［M］. С-Петербург：изд. СПбГУ. 1997.

Сушков Б Ф. Русская культура［M］. Наука，1996.

Тимофеев Л И. Основы теории литературы［M］. Просвещение，1971.

Ткаченко Г А. Культура Китая［M］. Муравей，1999.

Чернец Л В. Введение в литературоведение［M］. Высшая школа，1999

Федоренко Н. Китайское литертурное наследие и современность［M］. ХУдожественная литература，1981

五、网站

孔夫子旧书网：http://www.kongfz.com/

日本国立国会图书馆：http://kindai.ndl.go.jp/

后　　记

20世纪前夜，藤田丰八在其撰写的《中国文学史》中论及中国文学的诸种特性，其中谈到中国文学的曙光初现于古代汉民族，“排他之念旺盛，为使其文学纯粹，防止他国文学侵入，崇古之心强盛，实用性之文学多而理想性之文学寡”。把这些话放在“五四”之前，虽难以首肯，也还是让人警醒。今天，20世纪已成过去，我们看到的文学景观与藤田丰八所言有天壤之别。中国学人在前人求知求真的学问精神感召下，将世界文学纳入药笼，吐故纳新，以中国读书人特有的坚韧，走过了艰辛探索的历程。

本书的写作，从酝酿到出书，十余年一闪而过，参与者多有变化。最初启动，源于2009年获批的国家社科基金重点项目“百年中外文学学术交流史”。中国社会科学院文学研究所高建平先生、叶隽先生以及南开大学文学院教授卢盛江先生以及他们的团队，都为项目提出过重要的建议，并进行了完美的组织工作。最后成果，不少采用了卢盛江先生提出的思路和框架。十年间，有些成员因为其他研究工作的需要，不得不离开我们的研究团队，但他们对我们研究工作的启示、推动和影响，是必须在这里记下的。

历史的叙述永远是流动的，而不是凝固的；是多声道的，而不是单声道的。百年中外文学学术交流，是一个崭新的题目，可以以各种视角、各种方法、各种表述来阐释。这里仅仅是21世纪初这一历史截面的一次探路、一次尝新、一次回望，其不完善、不完整、不完美的地方是很多的，其中一点，就是与中西文学学术交流的规模与深度相比，本书的论述显得薄弱。好在我国有很多这方面的专家，相信今后会看到他们很多新的相关成果。同时本书作者对于中日、中俄、中美以及围绕现代文学、古代文献方面的学术交流，有着丰富的参与经验，对于这些方面的史料掌握较为全面，论述也较为透彻，有亲历者的切实感受。读者读后如能对于这些方面的文学交流有一些不同以往的认知，我们就十分欣慰了。

一般来说，从外国文学学术来讲，域外的是发送方，中国的是接受方；从中国文学学术来讲，中国的是发送方，域外的是接受方。而任何交流过程，都只能是两者的共同作用和交互作用，而不会是一厢情愿任性运作的自然结果，何况在全球化时代，发送方与接受方往往处于不断交集、纠结、变转、移动之中，对话是在每一个环节中进行的。因而，在研究中外文学学术交流史的时候，就不能不把“外方”置于重要地位，而要这样做，就需要踏实认真的学术积累，但这样做又必然与当下急切的现实任务争夺时间。我们在矛盾中行进着，时常不免焦虑。同时，20世纪文学学术研究的重大课题，既需要高屋建瓴的宏观把握，又需要鞭辟入里的细节描述，大到交流大势，小到对话方式、会议流程、信函往来，无不有学问可做，做得好坏另当别论；不唯本本不唯上，不唯条条不唯框，是作者们一致的追求。

文学学术交流虽然是大事业，但学术交流史研究却是新课题。我们的心愿是不断弥补不足，让不精细的地方精细起来，不妥当的地方少一些，再少一些。或许有一天，多元学术对话的公共空间更为宏大而成熟，我们的表述也更为自然而切实，那就对此书做一次修订。

本书各编作者如下：

前　言	王晓平
绪　论	鲍国华

第一编　制度、观念与方法

第一章	鲍国华
第二章	李逸津
第三章	刘顺利
第四章	杨　伯

第二编　学人、著作与刊物

第一章	刘顺利

第二章　郝　蕊
第三章、第四章　鲍国华
第五章　石　祥

第三编　事件、交游与研究

第一章　叶　隽
第二章　郝　蕊
第三章　李逸津
第四章　李逸津
第五章　石　祥

第四编　翻译、出版与传播

第一章至第三章　郝　蕊　陈　巍

第五编　新时期、新学人与新方法

第一章　王晓燕
第二章、第三章　王晓燕　郝　岚
第四章　梁丽芳
第五章　郝　岚

第六编　国际中国文学研究

第一章至第五章　王晓平
第六章　李逸津

南开大学外语学院谷羽教授以及天津师范大学文学院的部分博士生、硕士生，参与了附表一初稿的编制，在这里也一并致谢。

最后，请允许我们对始终支持此项研究的饶芃子先生、阎纯德先生、王立新先生，对为此书出版而不惮繁难的祝丽、周红心、孙光兴、孙雯、任军芳、尹媛媛等山东教育出版社的女士们先生们，致以“真读书人”式的敬礼。

王晓平
2020年2月9日